Peter Berling

LE CALICE NOIR

Roman

Traduit de l'allemand par Olivier Mannoni

JC Lattès

Titre original :
DER SCHWARZE KELCH
publié par Gustav Lübbe Verlag

TANT MIEUX JE GRIFFE, TANT PIS !

Dédié à mes frères et sœurs
et à mes amis

NEC SPE NEC METU

DRAMATIS PERSONAE

Le couple royal

Roger-Ramon-Bertrand Trencavel du Haut-Ségur, dit « Roç »

Isabelle-Constance-Ramona Esclarmonde du Mont Y Sion, dite « Yeza »

SES COMPAGNONS, PROTECTEURS ET SOUTIENS

Guillaume de Rubrouck, *moine franciscain*
Jordi Marvel, *troubadour catalan*
Philippe, *écuyer et page*
Sigbert von Öxfeld, *chevalier teutonique, commandeur de Starkenberg*
Constance de Sélinonte, dit « Faucon rouge », *chevalier de l'empereur*
Taxiarchos, dit « Le Pénicrate », *marin*
Gosset, *prêtre, ancien ambassadeur du roi de France*
Potkaxl, *princesse toltèque*
Kefir Alhakim, *charlatan d'Ustica*
Kadr ibn Kefir Benedictus, dit « Beni le Matou », *son fils.*
Sutor, *berger des Apennins.*
Dietrich von Röpkenstein, *chevalier de l'empire*
Rinat Le Pulcin, *peintre et agent secret*
Arslan, *chaman mongol de l'Altai*

D'OCCITANIE

Jourdain de Levis, *comte de Mirepoix*
Pons de Levis, *son fils*
Melisende, *sa fille aînée, épouse de Comminges*
Mafalda de Levis, *fille cadette du comte Jourdain*
Gers d'Alion, *fiancé de Mafalda*
Simon de Cadet, *neveu du comte Jourdain*
Burt de Comminges, *beau-fils du comte Jourdain*
Gaston de Lautrec, *beau-frère de Jourdain*
Esterel de Levis, *épouse du comte de Lautrec*
Mas de Morency, *fils adoptif du comte de Lautrec*
Raoul de Belgrave, *chevalier*
Xacbert de Barbera, dit « Lion de Combat », *chef d'armée au service de l'Aragon*
Wolf de Foix, *noble proscrit*
Mauri En Raimon, *prêtre des cathares*
Na India, *herboriste cathare*
Geraude, *sa fille*

MEMBRES DE L'ORDRE DES TEMPLIERS OU DU PRIEURÉ

Thomas Bérard, *grand maître de l'ordre des Templiers*
Gavin Montbard de Béthune, *précepteur de Rhedae*
Marie de Saint-Clair, dite « La Grande Maîtresse », *grande maîtresse du Prieuré*
Guillaume de Gisors, dit « Face d'Ange », *son fils adoptif*
Guy de la Roche, *Templier*
Botho de Saint-Omer, *Templier*
Laurent d'Orta, *franciscain*
Georges Morosin, dit « Le Doge », *commandeur d'Ascalon*
Jakov Ben Mordechai, *érudit juif*
Ezer Melchsedek, *cabaliste*

Patrimonium Petri

Alexandre IV, *pape*
Octavien degli Ubaldini, dit « le cardinal gris », *chef des Services secrets*
Arlotus, *notaire pontifical*
Rostand Masson, *nonce pontifical*
Brancaleone degli Andalò, *sénateur romain*
Bezù de la Trinité, dit « Le Gros Trini », *inquisiteur au Languedoc*
Jacob Pantaleon, *patriarche de Jérusalem*
Bartholomée de Crémone, *franciscain, agent de la Curie*

Au service de la France

Louis IX, *roi de France*
Yves le Breton, *son garde du corps*
Gilles Le Brun, *connétable de France*
Olivier de Termes, *renégat occitan*
Pier de Voisins, *sénéchal de Carcassonne*
Fernand Le Tris, *capitaine du sénéchal*
Charles d'Anjou, *le plus jeune frère du roi*
Comte Robert de Les Beaux, *vassal de Charles d'Anjou*

Entre la Sicile et la Grèce

Manfred, *roi de Sicile*
Constance, *sa fille*
Hélène d'Épire, *épouse du roi Manfred*
Galvano di Lancia, *prince de Salerne*
Jean de Procida, *médecin, chancelier du roi de Sicile*
Maletta, *chambellan du roi de Sicile*
Le roi Enzio, *bâtard de l'empereur Frédéric II*
Oberto Pallavicini, *vicaire de l'Empire allemand*
Alekos, *aubergiste à Palerme*
Hamo l'Estrange, *comte d'Otrante*
Shirat Bunduktari, *son épouse*
Alena Elaia, *fille de Hamo et Shirat*

Nikephoros Alyattes, *ambassadeur de l'empereur de Nicée*
Ugo d'Arcady, *seigneur du castel Maugriffe*
Zaprota, *podestà à Corfou*
Démétrios, *moine grec*

LE MONDE DE L'ISLAM

An-Nasir, *souverain ayyubite, sultan de Damas*
Clarion de Salente, *sa compagne*
El-Aziz, *fils d'An-Nasir*
Turan-Shah, *malik d'Aleph, oncle d'An-Nasir*
Rukn ed-Din Baibars Bunduktari, dit « l'Archer », *émir mamelouk*
Mahmoud, dit « Le Diable du feu », *son fils*
Fassr ed-Din Octay, dit « Faucon rouge », *émir mamelouk*
Madulain, *son épouse, princesse saratz*
Nur ed-Din Ali, *fils d'Aibek, sultan mamelouk assassiné*
Saif ed-Din Qutuz, *successeur d'Aibek au Caire*
Naiman, *son agent*
Abdal le Hafside, *marchand d'esclaves*
El-Ashraf, *émir de Homs*
Abou Bassiht, *soufi*

AU ROYAUME DE JÉRUSALEM

Rabbi Jizschak, *chef de la communauté juive de Jérusalem*
Miriam, *sa fille*
Jacob Pantaleon, *patriarche de Jérusalem*
Plaisance, *reine de Chypre et de Jérusalem*
Godefroy de Sargines, *bailli du royaume*
Philippe de Montfort, *seigneur de Tyr*
Julien de Sidon, *chevalier-brigand de Beaufort*
Hanno von Sangershausen, *grand maître de l'ordre des Chevaliers teutoniques*
Jean de Ronay, *maréchal de l'ordre des Chevaliers de Saint-Jean*

LE SECRET DES TEMPLIERS

I

Lucifer à Rhedae

Dans le buisson de roses

À contre-jour, face à la clarté violente du soleil couchant, le peintre aveuglé ne discernait plus les contours ; les couleurs criaient, les fleurs blanches de la roseraie paraissaient danser, et ce qu'il désirait voir par-dessus tout, le texte, les signes et les lignes incompréhensibles tracés sur la pierre, disparaissait dans l'ombre. La pierre noire (était-ce du marbre ?) n'avait ni taches ni veines, on l'aurait dit venue d'un autre monde. Rien n'avait pu y changer : ni le socle, taillé dans un granit de la même couleur, ni le couvercle sculpté avec art, dans lequel les volutes blanches alternaient avec des incrustations rouge carmin et témoignaient de la valeur que l'on attribuait à ce cube si bien protégé.

Le maître qui se battait avec ces conditions défavorables était habillé avec beaucoup d'élégance, comme il convenait à un artiste de cour. Rinat Le Pulcin n'avait en fait aucun besoin d'aller pratiquer son art dans la nature, dans un jardin plein d'épines et d'insectes, sous les rayons ardents du soleil. Il était apprécié dans les palais pour ses portraits flatteurs, et aimait à se faire gâter par les puissants. La mission (bien payée, mais anonyme) qu'on lui avait confiée cette fois-ci ne paraissait pas très différente des autres : dans un château dont le nom n'importait guère, il rencontrerait un jeune chevalier et sa *damna*, qu'il devrait représenter sur la toile tels qu'il les trouverait. On lui avait annoncé que son travail ne se déroulerait pas à l'atelier, comme d'habitude, mais en plein air, et il avait pris cette nouvelle tel un défi. Rinat avait pourtant ressenti un léger frisson : une fois déjà, alors qu'on lui avait passé une commande en des termes analogues, il lui avait fallu peindre sur la toile l'image des deux corps encore chauds d'un jeune couple abattu. Ce ne fut pas le cas cette fois-ci : après plusieurs heures de chevauchée rapide, lorsqu'on lui ôta le bandeau des yeux, il découvrit ceux dont il devait brosser le portrait étonnés, sans doute, mais bien vivants.

On avait ordonné à maître Rinat de ne poser aucune espèce de question, ni aux deux personnes, ni à ceux qui les accompagnaient et les entouraient. Le château (en réalité, un puissant donjon isolé) ne semblait pas habité, même si rien ne laissait penser qu'il avait été pillé. Le portail en était grand ouvert, et un rapide regard à l'intérieur lui avait permis de constater que la halle, au moins, était vide et déserte. Aucun visage n'apparut à la haute fenêtre de la barbacane, aucune lance de garde ne pointait au-dessus des créneaux de la haute tour.

Son accompagnateur, un homme maigre que sa tenue désignait comme un prêtre, ne lui laissa pas le temps de satisfaire sa curiosité : il le prit par le bras et lui fit descendre le coteau, pour rejoindre un bosquet où se serraient des rosiers en buissons. La poigne énergique de l'homme qui s'était présenté sous le nom de « Gosset » avant d'ajouter sèchement, sans le moindre tressaillement de ses sourcils épais, les mots « *clericus maledictus* », ne se relâcha qu'à l'instant où ils eurent fait le tour du buisson de roses.

L'image qui s'offrit alors à Rinat s'intégrerait admirablement à la miniature qu'on attendait de lui. Un bâti soigneusement agencé soutenait un châssis de bois qui lui donnait la position et le cadre de son tableau. Rinat n'avait encore jamais vu pareille construction, mais il en comprit aussitôt l'utilité : elle lui laissait les deux mains libres pour travailler. On ne lui donna pas le temps de s'émerveiller. À sa droite, le buisson de rosiers était ouvert ; les branches épineuses avaient été taillées sans ménagement, comme en témoignaient les pétales encore frais sur le sol. La grotte artificielle ouvrait la vue sur cette sorte de tombe noire que les fleurs splendides entouraient et protégeaient encore des regards, peu de temps auparavant. Le jeune chevalier, debout devant la pierre, était plongé dans ses pensées. Il n'avait pas ôté son armure : il avait simplement posé ses gants sur la corniche de marbre de la stèle, et tenait son casque sous le bras.

Le regard attentif du peintre s'arrêta sur les couleurs de la cuirasse. Elle était zébrée de bandes rouge-jaune enflammées qui lui rappelèrent d'abord les armes des Trencavel, la fameuse lignée des vicomtes de Carcassonne. Mais, en y regardant de plus près, il discerna des guépards entremêlés et des animaux fabuleux, rappelant des dragons, qui se déplaçaient gracieusement les uns vers les autres. C'est le genre d'ornementation que l'on réalisait à Paris depuis que l'école rigoureuse de Byzance s'était propagée parmi les Francs. Le jeune chevalier n'avait ni salué, ni regardé le maître. Mais Rinat fut impressionné par ce front hardi surmontant des traits tendres et entouré par des boucles sombres, trempées de sueur. Le peintre aurait volontiers regardé ses yeux, mais le chevalier les tenait baissés, et ses paupières de velours étaient fermées. Rinat Le Pulcin se racla la gorge, ravala sa vanité blessée et sortit de son sac des creusets, de la craie teintée et pulvérisée, et des fioles contenant des peintures liquides et épaisses. Il versa les couleurs dont il pensait avoir besoin ; pour les éclaircir, il suffirait d'ajouter de la farine de plâtre blanche ; pour les assombrir, du charbon de bois pilé. Au début, la jeune dame s'était montrée très intéressée par les préparatifs, on aurait même dit qu'elle connaissait les techniques picturales. Elle s'était ensuite rendue sur le coteau et avait laissé l'écuyer prendre à sa place la position qu'elle comptait adopter pour le portrait. Le jeune homme paressait dans l'herbe, aux pieds du chevalier, la tête insolemment appuyée sur le bras, tenant nonchalamment par les rênes les chevaux de ses maîtres, ce qui ne l'empêchait cependant pas de dormir profondément. L'un des animaux passa sa tête dans le châssis et rumina près de son oreille ; l'écuyer ouvrit les yeux et dévisagea Rinat un bref instant. Il ne songea même pas à ouvrir la bouche pour le saluer : il se contenta d'écarter le naseau importun du cheval avant de retomber dans sa somnolence.

Le cheval délimiterait donc le côté gauche du tableau ; le château en occuperait le haut. Mais la position du chevalier dérangeait l'artiste. Il l'aurait volontiers installé derrière la pierre noire pour replacer le cadre au centre de l'image. Il faudrait bien lui céder sur ce point, même si on ne lui accordait pas beaucoup d'attention par ailleurs. Il appela Gosset, qui avait rejoint la dame sur le coteau : auparavant, le prêtre avait fait dire à l'artiste que c'est à lui qu'il devrait s'adresser s'il avait des questions à poser.

— Mon cher clerc maudit, s'écria Rinat, agacé, je vous prie de déplacer la pierre ou le château, puisque personne ne veut bouger.

Le jeune chevalier lui lança un regard amical.

— Philippe, ordonna-t-il à son écuyer, taille les rosiers derrière la pierre ! J'aimerais passer derrière cette chose pétrifiée, mais de telle sorte que je puisse regarder ma *damna* dans les yeux et qu'aucune ombre ne me tombe sur la tête.

Rinat remercia d'un sourire auquel, cette fois, l'on répondit, tandis que le jeune homme nommé Philippe se levait et sortait de la bâtière un sabre recourbé, un précieux cimeterre.

— De la belle lame de Damas ! s'exclama l'artiste, admiratif, tandis que le jeune seigneur se plaçait de côté et que l'écuyer s'attaquait au buisson épineux.

Entre-temps, Gosset, le prêtre, les avait rejoints. Rinat préféra devancer les reproches.

— Je n'ai posé aucune question, commença-t-il courageusement, alors que son interlocuteur fronçait les sourcils. Mais le chevalier vint à son aide :

— C'est moi qui ai donné les ordres.

Gosset accepta en haussant les épaules la nouvelle disposition. Le prêtre faisait grise mine. En dessous, au pied invisible du piton rocheux où s'élevait le château, on entendait des rires et des chants. Une joyeuse assemblée s'amusait manifestement. Gosset leva la tête et écouta ; son visage s'assombrit.

« *E cels de Carcassona se son aparelhetz.*
Lo jorn i ac mans colps e feritz e donetz
e, d'una part e d'autra, mortz e essanglentetz.
Motz crozatz I ac mortz e motz esglazietz. »

Les yeux du prêtre cherchèrent ceux de son protégé, mais le jeune chevalier ne s'intéressait plus qu'au recto du cube noir, dégagé par les coups de sabre de l'écuyer.

« *Peireiras e calabres an contral mur dressetz,*
quel feron noit e jorn, e de lonc e de letz.
Lo vescoms, cant lo vi, contra lui es corrut
e tuit sei cavalier, que n'an gran gaug agut. »

La taverne avait été creusée à l'arrière de la montagne, c'était une cave sans fenêtre à laquelle on accédait par un escalier abrupt. L'avant servait d'écurie et d'étable ; des portes taillées à mi-hauteur y laissaient tomber au moins un peu de lumière. L'air était à couper au couteau. La plupart des noceurs ne brandissaient cependant pas leur épée, mais leur gobelet.

« *Barò de Quéribus,*
Xacbert de Barbera,
Leon de Combat ! »

Ils reprirent tous en braillant le refrain de cette chanson qui évoquait le héros de la liberté occitane, Xacbert de Barbera, chassé de sa patrie par les Français et contraint de servir à l'étranger le roi Jacques d'Aragon. L'enthousiasme qu'inspirait le « Lion de Combat » était tel que l'on ne comprenait plus que des bribes de la chanson. Il était question de Quéribus, son château imprenable. Il avait fallu la trahison du renégat Olivier de Termes pour que cette place forte tombe entre les mains du sénéchal de Carcassonne, et donc en possession de la couronne française. Même son ami Jacques le Conquérant, l'*Expugnador*, n'y avait rien pu changer. Mais, un beau jour, il reviendrait dans les montagnes et chasserait les occupants.

Le troubadour qui, armé de son luth et de ces fortes paroles, donnait à ces hommes l'envie de battre la mesure avec leurs cruches, n'avait pourtant pas la stature d'un effroyable rebelle. Jordi Marvel tenait plutôt du nain, c'était un gnome à fine barbiche et aux jambes maigres. Mais, de sa cage thoracique mal formée, les notes sortaient puissantes, mélodieuses et superbes, et allaient arracher des larmes aux yeux de tous ces rustauds. La voix du chanteur déclenchait le dépit et la rage, et enflait pour prendre parfois des allures de coup de tonnerre. Certains des noceurs étaient déjà montés sur les tables et célébraient en dansant le triomphe sur les *Francos*, jusqu'à ce que la soif succède à l'appétit de victoire. Alors, l'hôte resservait à boire.

Lorsque le silence fut revenu parmi les hommes épuisés, quelqu'un cria :

— Et maintenant, Jordi, chante-nous l'histoire de Roç et Yeza, le couple royal !

Aussitôt, d'autres se mirent à crier : « *E viven los infantes del Grial !* »

Cette proposition ne parut pas particulièrement ravir le troubadour. Au lieu de prendre son instrument, il commença par tendre son gobelet vide à l'aubergiste.

— Je suis catalan, murmura-t-il, et j'aime chanter des héros faits de chair et de sang. Ces *reyes de paz,* vos rois de la paix, sont une légende, une chimère stupide, tissée par les faidits ! Une rumeur aussi absurde que la légende du Graal !

L'aubergiste, d'un coup, lui ôta des mains son gobelet rempli.

— Ne redis jamais cela ! dit-il entre ses dents.

Sa grosse main attrapa le nain par le haut du pourpoint et le fit tournoyer en l'air comme une fronde.

— Le Graal est l'espoir de ce pays !

— Sans rancune ! balbutia en haletant le troubadour

malingre. Mais je n'arrive pas à croire à ces rois sans royaume.

L'aubergiste desserra son emprise et, de l'autre main, colla de nouveau son gobelet sous le nez de Jordi.

— Bois, Catalan, et chante ! ordonna l'aubergiste en élevant la voix. Chante la ballade de Roç et Yeza, les rois du Graal !

Et le troubadour fit résonner son luth.

« *Grazal dos tenguatz sel infants*
greu partenir si fa d'amor
camjatz aquest nox Montsalvatz
Grass vida tarras cavalliers
coms Roç et belha Yezabel,
oltracudar infants Grazal,
rassa boratz bratz sporosonde,
Roç Trencavel et Esclarmonde. »

Sur le coteau, en dessous du château abandonné, un silence ensommeillé régnait désormais, si bien que l'on percevait presque chaque mot du texte.

« *Papa di Roma fortz morants*
peiz vida los Sion pastor
magieur vencutz mara sobratz.
Byzanz mas branca rocioniers
coms Roç et belha Yezabel,
oltracudar infants Grazal,
rassa boratz ains sporosonde,
Roç Trencavel et Esclarmonde. »

La jeune dame, qui avait repris la place occupée par l'écuyer, écoutait ces vers en s'amusant beaucoup. Elle avait posé sa belle tête sur sa main, comme le lui avait demandé le peintre en l'appelant, flatteur, « *la belle dormeuse* ». La chanson la distrayait trop pour qu'elle s'endorme : ses yeux gris-vert surveillaient, derrière les cils noirs, tout ce qui se passait alentour. Elle fronça les sourcils. Au loin, un nuage de poussière s'élevait sur la route qui montait vers eux. Personne d'autre ne remarqua l'approche rapide d'une troupe d'hommes à cheval. Son jeune époux était assis derrière la pierre, plongé dans ses pensées, observant quelque chose qu'elle ne voyait pas.

Rinat Le Pulcin avait déjà fixé le groupe sur sa toile, en quelques traits de graphite. Il accordait manifestement une importance essentielle à la pierre noire. Il l'avait disposée plus en biais qu'elle ne l'était en réalité, et s'efforçait, à s'en tordre le cou, de déchiffrer les signes et les lignes qu'une main avait tracés légèrement, mais proprement, sur la surface sombre. Les hommes qui avaient gravé ces hiéroglyphes incompréhensibles avaient dû utiliser des diamants, ou une flamme d'une chaleur inouïe, comme seule peut en produire la lumière focalisée du soleil. Les images, des espèces de runes, paraissaient avoir été gravées au burin. Mais le peintre ne pouvait pas les reconnaître. La lumière de l'après-midi tombait en biais sur la surface libre et aveuglait le curieux, comme pour le punir de vouloir en savoir trop.

Gosset, le prêtre maudit, se tenait derrière lui. Afin de ne pas se trouver dans le champ, affirmait-il, mais en réalité, cette posture lui permettait de contrôler chaque coup de spatule avec lequel l'artiste déposait ses couleurs avant de les affiner au pinceau, pour qu'elles produisent l'effet voulu. Philippe, l'écuyer (à moins qu'il n'eût été le page de la belle ?), était revenu auprès des chevaux et dormait. Des pinsons énervés entrèrent en gazouillant dans le buisson de roses ; un bourdonnement agacé d'abeilles répondit à cette agitation qui troublait leur récolte de pollen. Une araignée tissait sa toile. Et depuis la taverne, au pied du piton rocheux, montait la voix distincte du troubadour :

« *Grazal los venatz mui brocants*
desertas tataros furor,
vielhs montanhiers monstrar roncatz,
mons veneris corona sobenier,
coms Roç et belha Yezabel,
oltracudar infants Grazal,
rassa boratz mons sporosonde,
Roç Trencavel et Esclarmonde. »

Le jeune chevalier était tellement plongé dans la contemplation de la pierre, il était tellement ensorcelé qu'il paraissait lui-même pétrifié. Au recto de l'épitaphe, entre des signes magiques, le centre de la pierre était creusé. Il avait la forme d'une coupe. On aurait dit que la main d'un magicien avait découpé le calice dans la pierre noire, comme on extrait un cœur d'une poitrine. Le récipient, s'il y en avait eu un dans cette cavité, devait avoir été au moins à moitié incrusté dans la pierre : de l'extérieur, on n'en voyait sans doute qu'un relief. Ce qui captivait le jeune homme, ce n'était pourtant ni cette cavité, ni l'image du calice qui s'y était trouvé : c'était la source. Un filet d'eau fin comme une aiguille sortait de la pierre en haut de l'excavation. Juste en son milieu, elle descendait à la verticale sans trembler et sans former de gouttes, avant de disparaître, sans éclabousser, dans le pied de la coupe imaginaire. Cette colonne d'eau argentée était tellement régulière qu'elle aurait tout aussi bien pu couler du bas vers le haut. L'œil humain n'était pas capable de percevoir le sens du courant, seule l'habitude incitait le chevalier à supposer que cette source suivait les lois de la nature. Le jeune homme voulut s'assurer qu'il n'était pas victime d'une hallucination. Imperceptiblement, il vérifia que personne ne pouvait le voir faire. Il leva prudemment la main pour briser le jet d'eau du bout des doigts. Mais à peine s'était-il approché de l'excavation qu'une force invisible en éloigna sa main. Il fit une deuxième tentative, mais son poignet se mit à trembler. Son regard tomba sur l'anneau de fer qu'il portait au doigt. Ce gage d'amour était aimanté, il le savait. Il l'ôta, d'un geste résolu, et tendit de nouveau la main. Cette fois, il eut l'impression d'avoir reçu un coup, tant sa main avait reculé vite, sans avoir pourtant rencontré la moindre résistance matérielle et descriptible. Au même instant, tout autour de lui, les pétales des roses se mirent à tomber, ce qui consterna encore bien plus le jeune curieux. Effrayé, il leva les yeux vers sa *damna*, mais le regard de celle-ci était dirigé vers la vallée et ne cherchait pas du tout le sien.

Le maître, lui non plus, paraissait n'avoir rien remarqué de tout cela. La jeune belle attrapa un caillou et, avec un geste peu féminin, le jeta sur la tête de l'écuyer qui se releva d'un seul bond.

— Philippe ! appela-t-elle en secouant sa crinière blonde. *Dormire in lucem !* Va me chercher le prêtre !

Le peintre arrêta son travail, décontenancé. Philippe, le dort-debout, se leva et regarda autour de lui pour chercher Gosset qui se trouvait à deux pas à peine de sa maîtresse. Mais le prêtre comprit avant lui, se rendit près de l'amazone et se pencha vers elle.

— Ne regardez pas en bas, chuchota-t-elle, des hommes arrivent, des soldats du sénéchal de Carcassonne. Cela pourrait annoncer quelques problèmes pour les chanteurs, dans leur grotte. Descendez en vitesse et prévenez ces braves gens !

Gosset fit signe à Philippe de le rejoindre avec deux chevaux. Ils galopèrent ensemble vers la vallée. Dans la caverne, on entendait résonner, plus fort que jamais, la ballade de Roç et Yeza, ces rois qui libéreraient le pays du joug des Capétiens :

« *Ni sangre reis renhatz glorants*
ni dompna valor tratz honor,
amor regisme fortz portatz
uma totz esperanza mier
coms Roç et belha Yezabel,
oltracudar infants Grazal,
guit glavi ora ricrotonde,
Roç Trencavel et Esclarmonde. »

Derrière sa pierre noire, le chevalier semblait ne pas être concerné par tout cela. Il regardait fixement l'excavation en forme de calice dans laquelle le filet d'eau continuait à monter ou à descendre doucement, comme pour se moquer de lui.

La canso du faidit

Le toit de la taverne, recouvert de roseaux et de branches en bataille, donnait sur le coteau. Le pignon ouvert laissait tout juste passer les charrettes grâce auxquelles on pouvait charger sous les poutres la paille et le foin apportés d'en haut. « C'est ainsi, en général, que l'on nourrit les animaux dans les étables situées devant les maisons », se dit Gosset en découvrant cet orifice. Il laissa à Philippe les rênes de son cheval et reprit son chemin à pied, tout seul. S'il descendait vers la route pour entrer dans la caverne, il courait le risque d'être aperçu par les soldats, ou de perdre trop de temps. Cela dit, jusqu'à présent, il n'avait vu aucun casque ni aucune lance briller entre les arbres. Mais il n'envisageait guère une erreur de la princesse. En matière militaire, cette jeune femme valait bien son homme. Le prêtre quitta le couvert de la maigre forêt qui entourait le château et se faufila vers le pignon, dans lequel une porte de bois délabrée s'ouvrait de guingois.

On continuait à chanter le refrain de la dernière ballade, sous les applaudissements et les rires. Le son était assourdi, mais il lui parvenait distinctement.

> « *E tant cant lo mons dura, n'a cavalher milhor,*
> *ni pus pros, ni pus larg, pus cortes ni gensor.....* »

« ... le Graal rayonne encore dans la sombre nuit de la caverne, le *Pog* se dresse encore dans la lumière bleue du ciel, le sang de Perceval coule dans nos veines, et nous montrons notre cul nu au cureton gaulois »

Ces braillements insouciants agacèrent Gosset. Il n'entendit pas le craquement derrière lui, et ne vit pas le mouvement dans les buissons, à la lisière de la forêt. À cet instant, trois ou quatre soldats surgirent de derrière la porte du pignon, et le prêtre se retrouva entouré de pointes menaçantes. Un petit capitaine bedonnant ôta fièrement de son casque les branches vertes qui l'ornaient comme des cornes, et se campa devant Gosset.

— Où allez-vous de si bon pas, le prêtre ? demanda-t-il d'un air bienveillant. N'entendez-vous donc point quel accueil on vous réserve ?

— Un serviteur du Seigneur ne se laisse pas effaroucher par des gros mots. Du reste, les culs nus ne sont pas un argument : ils claquent d'autant mieux ! répliqua Gosset.

— Prenez seulement garde que ce ne soit pas le vôtre ! l'interrompit une voix désagréable.

Un dominicain aussi trapu que le capitaine, et plus gras encore, sortit du pignon.

— Je suis Bezù de la Trinité, ajouta-t-il d'une voix de fausset.

Gosset avait déjà entendu parler de cet inquisiteur aux méthodes bestiales, mais il l'avait imaginé plus effrayant. Comme personne ne lui avait demandé ni son nom, ni ce qu'il désirait (sans doute parce qu'il portait l'habit clérical), il décida de ne pas révéler son statut douteux, et de toute façon périmé, d'ambassadeur du roi. Mais son air irrespectueux fâcha le pesant inquisiteur. Il désigna les instruments.

— S'il vous plaît d'y descendre, joignez-vous à cette couvée d'hérétiques.

— De la canaille, des renégats ! maugréa le capitaine.

Bezù de la Trinité le fit taire d'une bourrade

— Si vous rejoignez ce nid de vipères cathares, ajouta l'inquisiteur, je ne tiendrai aucun compte de votre robe et je ne m'arrêterai pas à l'ingénuité de vos fesses : je vous livrerai au bras séculier, ici représenté par mon glorieux petit frère.

— Fernand Le Tris !

Le capitaine se rengorgea, ce qui lui valut un coup de pied, et il ne put finir sa phrase : « Capitaine du sénéchal de Car... » Bezù put alors reprendre, sur le ton inquisitorial qui s'imposait :

— Vous avez entendu de vos propres oreilles le chant scélérat qu'ils ont braillé ?

Il remarqua que le silence s'était fait dans la taverne. En tout cas, les braillements avaient cessé et laissé place au bruit habituel d'une auberge.

— Qu'est-ce que je suis censé avoir entendu ? demanda Gosset en feignant l'innocence. A-t-on blasphémé contre notre Seigneur ? ajouta-t-il, indigné. Voici son fidèle serviteur mis en garde !

Du coin de l'œil, il vit que Philippe avait compris et se retirait sous les arbres avec les chevaux.

— Vous êtes devant la porte de l'enfer ! Ne criez pas ainsi ! le semonça l'inquisiteur. Les damnés pourraient, autrement, échapper au feu qui les attend.

— Vous comptez les brûler vifs ?

Gosset paraissait enthousiaste. Il espérait que quelqu'un entendrait sa voix.

— Ceux qui échapperont aux flammes purificatrices, confirma avec satisfaction Fernand Le Tris, nous les accrocherons aux arbres.

— Admirable ! cria Gosset, qui s'efforçait désespérément de se faire entendre des occupants de la caverne. Ainsi, chacun de ces faidits aura le choix : soit mourir en torche pour la juste foi, soit se transformer en petit fanion flottant aux vents pour les couleurs de la France.

Il avait forcé sa voix vers les aigus, elle était à présent stridente. Mais, loin d'être perçue des noceurs, elle ne fit qu'exciter les nerfs sensibles de l'inquisiteur.

— Disparaissez, homme de Dieu, dit celui-ci entre ses dents, ou bien j'oublierai que votre gorge chante aussi les louanges de Dieu. (Il brandit tout d'un coup un couteau.) Taisez-vous, ou bien...

Gosset s'était tu, horrifié, d'autant plus que deux soldats l'avaient attrapé par les bras, si bien que Bezù n'aurait eu aucun mal à mettre sa menace à exécution. Le prêtre tomba à genoux, ce qui incita les surveillants à relâcher leur prise.

— Ne commettez pas un acte pareil, bredouilla-t-il, visiblement intimidé, laissez-moi partir !

Bezù se contenta de lui donner un coup de pied aux fesses dès que le prêtre se fut relevé. Gosset dévala le coteau pour rejoindre l'ombre des arbres. En se retournant, il vit que la forêt grouillait d'hommes en armes. Des archers avaient pris position tout autour de l'auberge, et avaient préparé des flèches incendiaires. Seule la route qui passait devant la taverne semblait totalement déserte, comme une invitation à sortir dans une quiétude illusoire.

À cet instant précis, ces fous recommencèrent à chanter leur ballade de Montségur.

« *Mas cò qu'es a venir no pòt hòm trespassar....*
E morit en après la nuèit, a l'avesprar... »

La « flamme de la liberté » ! Bandes d'insensés ! C'est eux qui allaient brûler d'un instant à l'autre, et comme des torches !

La peinture, sur le chevalet, avait progressé : Rinat Le Pulcin, le peintre, avait déjà commencé à répartir quelques taches de peinture blanche pour représenter les roses autour de la pierre noire. La jeune dame s'étira, impatiente ; son bras recourbé était engourdi. Elle n'avait plus aucune envie de retenir d'une main les boucles blondes qui lui tombaient sur le visage. Son front hardi, ses yeux brillants, et même son nez droit de Normande disparaissaient de plus en plus souvent sous les mèches. Elle écoutait les sons qui montaient de la vallée.

— J'aimerais avoir le troubadour près de moi, lança-t-elle, impérieuse, à son compagnon, ce chevalier dont elle ne pouvait voir que la tête penchée derrière l'épitaphe. Sa voix est puissante comme les cloches d'une église, mais elle est tellement harmonieuse, ajouta-t-elle avec entrain.

Et comme elle n'avait toujours pas de réponse, elle commenta, d'une voix douce :

— C'est certainement un bel homme.

Le jeune chevalier ne lui fit pas ce plaisir. Ce n'était ni par dépit, ni par jalousie, mais parce qu'il n'avait rien entendu, plongé qu'il était dans ses réflexions sur la pierre. Il rêvait du calice noir, qui avait laissé une trace tellement claire, aussi limpide que la source qui le pleurait — ou s'amusait de lui. Il entendait les abeilles bourdonner, voyait les araignées tisser leur toile. Il remarqua alors qu'elles avaient été sculptées dans la pierre, si fidèles à la réalité qu'il s'était laissé prendre à l'illusion. Furieux, il passa son gant de combat en fer sur la main qu'il n'avait, jusqu'ici, pas réussi à approcher de la pierre. Ce jet d'eau grotesque émis par une source cachée ne lui résisterait pas plus longtemps. Il serra le poing, et sans prendre son élan, comme s'il s'agissait de s'emparer de la pierre magique par la ruse, il l'enfonça dans l'ouverture en brisant ce jet d'eau fin comme une aiguille. Le silence qui s'instaura immédiatement l'épouvanta. Les oiseaux avaient cessé de chanter, les abeilles ne bourdonnaient plus, et la toile d'araignée était déchirée. Il regarda son poing ganté de fer — du sang rouge coulait dessus. Il le retira lentement.

Sa *damna* avait bondi sur ses jambes. Ce n'est pas lui qu'elle regardait, mais Philippe, qui revenait sans Gosset et gesticulait comme s'il était devenu fou.

Rinat Le Pulcin n'avait rien remarqué de tout cela. Satisfait, il jeta un dernier regard sur sa peinture, et la compara avec la réalité. Il découvrit alors que le buisson avait perdu ses roses. Un tapis blanc comme neige recouvrait le sol. Il vit aussi le sang qui coulait, et le chevalier qui s'efforçait de cacher sa main.

« *Ladoncs viratz lo pòble en auta votz cridar...* »

Un hurlement de rage accueillit les assaillants. La partie arrière de la taverne s'était remplie d'une fumée âcre, et à l'avant, de la paille enflammée s'abattait entre les hommes et les animaux. Les faidits avaient immédiatement compris qu'ils étaient pris au piège et qu'ils y périraient tous s'ils n'agissaient pas ensemble, et vite. Ils avaient jeté des seaux et des fûts pour lutter contre les flammes, saisi des tables et des bancs pour s'en faire des boucliers, chassé à l'extérieur les chevaux excités, et les avaient suivis en phalange compacte. Cela força le capitaine, sous les vociférations de son frère religieux, à faire sortir ses hommes des cachettes, de part et d'autre de la route, et à les envoyer vers les faidits avant que ceux-ci aient pu se libérer. Mais la fureur désespérée des enfermés était plus forte que la volonté hésitante des soldats. Fernand Le Tris ne put faire intervenir ses archers : dans l'épaisse fumée, amis et ennemis formaient déjà une mêlée si serrée qu'il eût aussi atteint ses propres hommes.

— Tirez, tirez ! couinait Bezù, l'inquisiteur. Nous avons des réserves, seuls les chiens sont comptés !

Mais les archers ne songèrent pas un instant à tirer

sur leurs propres compagnons au seul motif que ce gros homme voulait enfumer une taverne remplie de faidits.

— Prenez-les à revers ! ordonna le seigneur de la Trinité à son frère. Mais les archers devancèrent les ordres du capitaine. Ils jetèrent leurs flèches et leurs arcs, brandirent leur poignard et se précipitèrent dans la bataille, une mêlée qui allait et venait entre la sortie enfumée et les étables en flammes.

Personne ne chantait plus. Chacun combattait avec acharnement, homme pour homme. L'aubergiste apportait de son arrière-salle des baquets d'eau dont il inondait ses hôtes ; parfois, il lui arrivait de briser un fût sur le casque d'un soldat, lorsque l'occasion s'en présentait : de toute façon, pour lui non plus, il n'y aurait pas de quartiers. « Pris avec les autres, pendu avec les autres », pensa-t-il. Il sourit en voyant le frêle troubadour assis sous l'un des tonneaux de vin, qui tentait de protéger avec ses bras son luth contre la paille en flammes.

— Ouvre le robinet ! lui cria-t-il. Ce vin, personne ne le...

Il n'alla pas plus loin : une poutre venait de lui tomber droit sur la tête. Jordi Marvel, épouvanté, bondit hors de sa cachette pour l'en dégager. Alors, un soldat égaré trébucha sur les deux hommes et leva son poignard. Jordi assena un bon coup de luth sur son visage ébahi, et l'assaillant tomba contre la bonde du tonneau, qui commença immédiatement à se vider. Voyant ce flot rouge et épais, le Français éclata de rire et plaça son casque sous cette précieuse fontaine. L'aubergiste en fut tellement indigné qu'il trouva la force de se dégager de la poutre. Il envoya le bois buter contre le buveur et l'écrasa contre le tonneau. Mais d'autres Français vinrent au secours de leur ami. Ils taillèrent l'aubergiste en pièces et se tournèrent vers Jordi, qui n'avait, pour toute arme, que son luth brisé.

— À présent, c'est pour nous que tu vas chanter ! crièrent-ils, et ils se firent un plaisir de ballotter le petit homme comme un sac de sable.

Alors, au-dessus d'eux, le trou ouvert dans le plafond éclata et un chevalier dévala, sur sa monture, l'escalier de pierre. Il avait refermé sa visière, et son épée plate lançait des éclairs effrayants. Le cheval parvint à franchir les marches sans désarçonner son cavalier.

Cela effraya tellement les Français qu'ils oublièrent leur nombre et s'enfuirent en abandonnant sur place le chanteur sans défense. Le chevalier, dont le bouclier et la cuirasse étaient ornés de bandes rouge et or, attrapa au vol le troubadour malingre, le fit monter en selle, éperonna son animal, passa au-dessus des tables et les chaises, bousculant amis et ennemis, et atteignit la sortie sans être inquiété. Ceux qui se battaient sur la route reculèrent eux aussi devant lui, on aurait cru qu'ils venaient de voir apparaître Lucifer en personne. Le chevalier brida son cheval devant le capitaine, qui s'avança, l'air résigné. Son seul salaire fut un coup du plat de la lame sur son casque. Fernand Le Tris s'agenouilla, puis tomba en avant comme un sac. Le chevalier fit volte-face et remonta le coteau, faisant sauter sur le côté tous ceux qui s'y trouvaient, dont l'inquisiteur, qui se mit à crier derrière lui : « Halte ! C'est un ordre : halte ! » Mais, peu de temps après, ce mystérieux étranger avait disparu entre les arbres, portant devant lui, sur sa selle, le petit troubadour.

Cette apparition inattendue avait redonné du courage aux faidits : ils avaient quitté leurs tables et leurs bancs et s'étaient précipités hors de la taverne, avaient traversé la route et dévalé l'autre versant du coteau. On ne revit jamais les quelques Francs qui les avaient suivis.

La chimère d'un État des Templiers

L'ancienne ville royale gothique de Rhedae, simple siège du tribunal du comté de Razès, avait encore connu quelques heures de gloire lorsqu'elle était devenue la citadelle du catharisme. Elle s'était même offert le luxe d'accueillir un évêque hérétique dont les partisans avaient mené une résistance longue et acharnée. Au bout du compte, les conquérants français réduisirent en cendres non seulement les murailles, mais aussi toutes les maisons de la ville. Ils ne laissèrent que l'ancienne citadelle, cœur d'un village enchanté qu'ils appelaient Rennes-le-Château. Mais la véritable raison de cette destruction était tout autre : ils cherchaient le trésor de Salomon, celui que les Romains avaient volé à Jérusalem, que les Vandales étaient censés avoir ravi au Capitole et rapporté jusqu'ici avant de franchir les Pyrénées. Ensuite, ce sont les conquérants maures qui s'étaient abattus sur cette région, et lorsque les rois d'Aragon arrivèrent finalement à repousser ces flots humains, nul ne se rappelait plus où l'on avait enterré le trésor.

Un voile de mystère pesait ainsi sur les murs, dont chaque niche, chaque angle, était l'objet de sombres histoires. On racontait que le diable avait pris possession de cette terre où ce passé invisible était partout vivant. C'était un lieu de clandestinité. Même le château des Templiers n'avait pas été construit pour des raisons stratégiques : l'Ordre disposait d'assez de commanderies à proximité immédiate.

La citadelle était l'œuvre d'un seul homme. Le précepteur de l'ordre, Gavin Montbard de Béthune, était une personnalité hors du commun. De son vivant, déjà, cet homme auréolé de mystère, l'un des plus hauts responsables de la société secrète, était considéré comme un original. Il prenait des libertés que son activité multiple d'ambassadeur ne suffisait pas à expliquer. La forteresse de l'ancienne citadelle, que Gavin aménageait en permanence, domina très longtemps Rennes-le-Château. On racontait que ses installations s'étaient étendues sous terre, au-delà des limites de l'ancienne ville, et qu'elles devaient servir de futur siège au grand maître de l'Occitanie.

— Rhedae sera-t-elle le germe du nouvel État de l'ordre des Templiers ?

C'est Yeza qui avait posé cette question ironique. Elle avançait à côté de Gosset, à l'avant de la petite troupe. Son « peintre de cour », c'est le titre qu'elle avait donné sans cérémonie à Rinat Le Pulcin, la suivait en compagnie de Jordi Marvel. L'artiste avait son propre cheval bâté, une ganache fatiguée qui traînait le support du retable de bois, comme une catapulte démontée. Son troubadour fraîchement gagné au combat était en revanche tellement léger qu'ils auraient pu l'installer en plus du reste sur l'un des chevaux de trait que Philippe avait chargés de la tente et du reste de leurs biens. Roç et le serviteur formaient la queue du cortège.

— C'est certainement l'idée fumeuse qu'entretient secrètement votre ami le précepteur.

— Un royaume souverain des Templiers, avec Messire Montbard de Béthune comme *Despotikos* ? (Yeza éclata de rire à cette idée.) Gavin l'aigre-doux en nouveau roi Arthur ? Et qu'en disent les Templiers ?

— Fort intelligemment, ils ont commencé par se taire, répondit Gosset, car il faut tout de même l'approbation de la France.

— Ils pourraient acheter le terrain, fit Yeza en balançant la tête, l'air malin. Avec les dettes que le roi a accumulées auprès de l'Ordre....

— Paris ne cédera pas ce pays qu'il a acquis au prix de tant de peine et de sang, fit le prêtre en lui coupant la parole.

— Au prix du mensonge et de la tromperie ! rétorqua la cavalière aux allures de garçon, en rejetant en arrière sa chevelure blonde. Et en dépit du droit ! ajouta-t-elle.

— C'est le résultat qui compte, ma reine. Même Aragon n'en conteste plus au roi la possession légale.

— Mais moi, si ! répliqua Yeza.

— Eh bien soit, répondit Gosset en souriant, il est vrai que vous avez commencé votre existence à Quéribus.

Ils avaient monté l'élévation désertique en empruntant des chemins sinueux qui s'élevaient entre des ruines, des murs éclatés, des arcs de pierre effondrés, et s'approchaient de la citadelle que l'on avait plantée tout au sommet de Rhedae. Une église fortifiée dépassait du mur comme une barbacane. Son toit était entouré de créneaux en escaliers, et intégré au système de défense qui courait tout autour de la muraille du château. Un escalier abrupt menait à l'unique porte, si petite et si basse que deux hommes n'auraient pu la franchir ensemble, surtout pas à cheval. Mais les arrivants firent monter tout de même leurs chevaux et atteignirent le parvis recouvert de plaques de pierre. On laissa Philippe à l'arrière avec les animaux. Roç voulut monter *stande pede* les marches restantes, mais Gosset tenta de le retenir.

— Cela ne peut être l'entrée officielle, fit-il remarquer, mais Roç était enthousiasmé par l'idée qu'un accès secret menait forcément de l'église vers la citadelle.

— C'est toujours comme ça, affirma-t-il, et je saurai bien le trouver.

— Je t'accompagne, déclara Yeza.

— Il ne me reste donc plus qu'à préparer messire le précepteur, dit Gosset, à l'idée que ses hôtes vont arriver par la cheminée ou par une armoire afin de lui présenter ses hommages.

Ce qu'ils n'entendirent ni l'un ni l'autre : ils faisaient déjà la course dans l'escalier, prudemment suivis par Jordi et Rinat. La porte était ouverte, un crâne encastré dans le mur les saluait en souriant depuis le tympanon. En dessous, on lisait : « *Terribilis est locus iste* ». Roç poussa la lourde porte à madriers et la lumière tomba sur une face de diable grimaçant. Roç eut un mouvement de recul, mais on n'intimidait pas Yeza aussi facilement.

— Il te ressemble un peu, dit-elle au troubadour difforme qui les avait rattrapés.

Le personnage cornu se tenait accroupi juste à côté de l'entrée, et tendait la main comme pour demander l'aumône. Rinat emprunta son luth au Catalan et le plaça entre les mains de la figurine, avec tant d'habileté qu'elle avait l'air d'en jouer.

— Il ne lui manque plus que ta voix, Rinat.

La plaisanterie resta coincée dans la gorge de Roç. Une voix puissante retentit au même instant, emplissant toute la nef :

« On met fin aux ténèbres, on fouille jusqu'à l'extrême limite la pierre obscure et sombre. »

— Qui était-ce ? demanda Roç dès que la voix eut cessé de résonner.

— *Hic domus Dei est*.

Jordi, tout en marmonnant le texte, montra une autre inscription gravée devant eux dans le sol.

— C'était Dieu ! chuchota-t-il. Tu dois honorer son....

Rinat ôta le luth des mains du petit diable, et la rendit à son propriétaire.

« Ainsi chemineras-tu dans la voie des gens de bien, tiendras-tu le sentier des justes. Car les hommes droits habiteront le pays, les gens intègres y demeureront, mais les méchants seront retranchés du pays, les infidèles en seront arrachés. »

La voix retentit une deuxième fois et répéta les mêmes phrases mystérieuses. Mais ils avaient beau regarder autour d'eux dans la pénombre de l'église, ils ne découvraient personne. Ils ne parvenaient pas non plus à déterminer la direction d'où était venue cette litanie. La voix de basse profonde parcourait la nef, enflait et dégonflait avant de se perdre comme l'aurait fait la mélodie d'un orgue. Intimidés, ils avancèrent dans la salle intérieure dont les fenêtres étaient percées tout en haut des murs, si bien que la lumière ne tombait que sur certains points bien précis. Elle éclairait des niches, dans le mur, où se tenaient des personnages qui semblaient tous regarder en bas, vers le petit groupe. Une troisième fois, la voix tonna :

« Mieux vaut un enfant pauvre et sage qu'un roi, un roi vieux et stupide qui ne se soucie plus de rien. »

Son écho emplit tout l'espace, renvoyé par tous les murs, si bien qu'une fois encore, ils furent incapables d'en deviner l'origine.

« Le sage a ses yeux dans la tête, mais le fou erre dans la pénombre. »

Les visiteurs indésirables étaient arrivés devant l'autel. Ils y découvrirent un gigantesque calvaire. Une colline qui paraissait naturelle s'y élevait, portant à droite et à gauche les croix des mauvais larrons, et remplissait toute l'abside. La croix du Christ était encore à demi suspendue au-dessus du sol. Les valets du bourreau commençaient tout juste à la hisser à l'aide de cordes alors qu'un homme enfonçait encore le dernier clou dans la racine du pied. Un bruit derrière Roç, Yeza et Jordi les fit se retourner. De l'une des niches, qui portait le nom de « Joseph », une silhouette était descendue. Vêtue d'un habit ondoyant, elle quitta l'église d'un pas mesuré, la capuche profondément rabattue sur le visage. Au même instant, une voix profonde articula : « Shalom ».

Le prêtre Gosset était assis sur un tabouret. Il avait tout loisir d'observer son vis-à-vis dans le haut siège, de l'autre côté du bureau en chêne. Le précepteur de Rhedae, l'air serein, observait la campagne par la fenêtre ouverte. Gavin Montbard de Béthune était un être particulièrement impressionnant, avec sa tête de César qui paraissait avoir été taillée par un sculpteur, sa chevelure courte au teint de glace grise. Sa silhouette raide était toujours enveloppée d'un clams, dont la couleur n'était point le blanc immaculé, mais le noir, qui n'avait rien à voir avec les habitudes de l'Ordre. Il portait sur la partie droite de la poitrine la croix griffue et rouge sang des Templiers.

C'eût été un *protopoma* de Templier, se dit Gosset, si la couleur avait été la bonne. Et puis il avait ces yeux, avec leur étrange clarté sous les lourdes paupières, et cette bouche tendre prise entre un menton dur, imberbe, et un nez fin à l'air fragile.

Lorsque Gosset était entré dans la pièce de travail lambrissée du précepteur, celui-ci faisait un sermon à trois jeunes gens que leur tenue désignait comme des novices de l'Ordre. Ils regardaient le sol avec une mine de chien battu.

— Si vous n'avez pas appris la première règle, qui consiste à vous considérer comme de vulgaires soldats de l'Ordre, et à servir avec obéissance sans poser de question, alors faites-la entrer de force dans votre noble crâne ! lança-t-il d'une voix froide. L'état de chevalier est un préalable, mais les manières courtoises n'ont rien à voir avec le style de vie d'un Templier.

Le supérieur de l'Ordre posa un regard narquois sur les trois garçons.

— La mission que vous aviez à remplir à Quéribus était de ne pas vous faire remarquer au sein de la garde. Résultat : le sénéchal vous renvoie chez moi en vous traitant de chiens arrogants, qui dérangent la meute parce qu'ils aboient trop fort et montent la garde trop négligemment. Vous m'avez ridiculisé. Maintenant, dehors !

Et les trois jeunes garçons s'éclipsèrent, piteux.

— Ce sont des fils tardifs des conquérants ; ils n'ont aucun héritage à espérer, et n'ont pas envie de devenir prêtres. Avant qu'ils ne finissent chevaliers-brigands...

— ... vous voulez en faire profiter votre ordre, compléta Gosset. Car vous cherchez une relève docile, qui soit attachée à ce bout de terre depuis une ou deux générations sans avoir été contaminée pour autant par le virus occitan de la rébellion, et sans avoir succombé non plus aux hérésies cathares.

— Voilà une vision étonnamment juste, pour un prêtre qui n'en est pas un, confirma Gavin sans l'ombre d'un sourire. Chaque homme compte !

— Vous vous imaginez les choses trop simplement, reprit Gosset. L'ordre des chevaliers Teutoniques a pu établir un État en Prusse orientale, son pays d'origine, parce qu'il a soumis des païens sans droits et s'est approprié leur territoire.

Le précepteur, songeur, dirigea le regard vers Gosset.

— Il s'est passé quelque chose d'analogue ici, Gosset. Rome et Paris, main dans la main, ont persécuté les hérétiques, les ont éliminés et ont chassé la noblesse d'Occitanie.

— Cela ne crée pas un droit de propriété particulièrement appétissant, l'interrompit tranquillement le prêtre, mais c'est un fait accompli. Et vous n'en êtes pas l'auteur, hélas.

— Nous ôtons à la France le souci que constitue une province insurgée, et à l'Église les problèmes que causent les hérétiques. Avec un prix d'achat tel que le monde n'en avait encore jamais vu, et une généreuse remise de dettes, il s'agit tout de même d'une offre très acceptable.

— Vous autres Templiers, vous raisonnez comme des marchands. Vous ignorez les idées dynastiques, fit Gosset sans rien laisser paraître de sa colère. Vous oubliez la *gesta Dei per francos,* cette aura mystique autour d'un royaume sacré voulu par Dieu, la gloire de la France, des idées de sang et de sol qui se mêlent et que l'on a sanctifiées depuis longtemps. Vous oubliez la noblesse française dont les pères ont reçu des fiefs sur ces terres, en récompense de leur participation à ce pillage mené au nom de la couronne. Vous oubliez les dignitaires de l'*Ecclesia catolica*, qui ont trouvé des prébendes dans le Languedoc et le Roussillon. De tous ceux-là, vous allez vous faire des ennemis ! Même le pape ne peut se réjouir de pareils projets, et vous dépendez *encore* de lui.

Gavin baissa les yeux et lança un regard amusé sur le prêtre.

— Pour la chrétienté, la perte de la papauté serait un gain. Et un grand maître du Temple ferait le meilleur pape qui soit !

— Certainement, répondit Gosset en souriant. Le roi de France peut espérer le même destin. Sa Majesté est déjà folle de joie !

— De nouvelles solutions exigent la hardiesse de la pensée, répliqua Gavin d'une voix forte en se relevant. Leur mise en œuvre est une question de démarche prudente et de discipline très rigoureuse.

Il donna trois coups à la porte.

— Mon cabaliste, annonça le précepteur, d'une voix feutrée cette fois-ci. Jakov Ben Mordochai Gerunde, de Gérone, donc, est mon hôte, parce que ses juifs talmudiques le lapideraient s'ils lui mettaient la main dessus.

Gosset voulut répondre quelque chose, mais Gavin avait frappé quatre fois avec son abaque sur le plateau de la table, et les jeunes gardiens du Temple laissèrent entrer l'érudit. De sous la capuche émergea un visage de paysan qui respirait la bonté. Jakov resta debout à la porte.

— Qu'ont donc de nouveau commis les jeunes seigneurs Pons de Levis, Mas de Morency et Raoul de Belgrave, pour qu'ils se fouettent jusqu'au sang les uns les autres, torse nu, avec des verges de saule ?

— Ils feraient mieux de remplir leur crâne vide. Ils se sont comportés d'une manière tellement idiote que même Pier de Voisins a compris de quoi il retournait. Ils ont raté leur admission au sein de l'Ordre. Pour le moment.

— Redonnez-leur une occasion de faire leurs preuves, fit le savant en penchant la tête avec humilité.

— Le prestige des Templiers exige que l'on se débarrasse de ceux qui ne réussissent pas leur mission. Ils nous ont causé du tort, parce qu'ils se sont laissé démasquer comme des agents du plus bas niveau. Le sénéchal ne les a même pas punis : il me les a renvoyés indemnes, un geste amical qui cache une pure et simple raillerie. Je peux seulement espérer que toute l'équipe que j'avais infiltrée à Quéribus pour protéger Roç et Yeza ne sera pas découverte et éliminée.

— Laissez-moi m'en charger, proposa Gosset, mais Gavin ne voulut rien savoir.

— En tant que confesseur du couple royal, vous êtes accrédité auprès de nos adversaires. Soyez heureux de conserver ce statut, fit le précepteur, qui tournait autour de la table. Qu'est-ce qui amène les enfants du Graal dans notre région reculée ?

— Voilà bien longtemps que Roç et Yeza ne sont plus des enfants. Le couple royal l'a déjà prouvé aux Mongols, auxquels ils ont tourné le dos après la destruction brutale d'Alamut.

— Les héritiers de Gengis-Khan ont ainsi perdu ceux qui portaient leurs espoirs. Et la réconciliation entre l'Orient et l'Occident n'a toujours pas eu lieu.

— Ils sont rentrés en Occident, ont rendu visite au roi Louis à Paris, et les voilà dans votre demeure.

— Leur fièvre de la découverte a peut-être été troublée par mon départ, dit Jakov pour s'excuser. Mais je devais aller faire ma prière du *nichmat* !

— Je sais, grogna le précepteur. Vous autres juifs, vous loueriez le Seigneur jusque sur le bûcher, si le Talmud vous l'ordonnait.

— Je dois m'occuper de Roç et de Yeza, dit le prêtre, pour prendre congé.

— Vous pouvez observer d'ici les efforts qu'ils font pour percer les mystères du *locus terribilis*. Je suis curieux d'assister à cette scène.

Gavin marcha jusqu'au mur, déplaça un panneau de bois et fit signe à ses invités de le rejoindre. Des fentes dans le mur leur permettaient de voir la nef de l'église.

Madeleine dans le zodiaque

— Je te le dis, chuchota Roç à Yeza, dans cette église, quelque part, se trouve la clef du trésor de Salomon, sinon le trésor lui-même.

Elle le regarda en biais.

— Tout est trop évident, ici, marmonna-t-elle. Regarde donc les deux anges, ou ce que sont censés représenter ces deux jeunes gens vêtus de blanc qui gardent le rocher, là, devant. Bien entendu, il est mobile, mais tu ne trouveras rien derrière.

— Le cadavre, répondit Roç en frissonnant. Car ceci est la tombe.

— Pas même un cercueil ! rétorqua Yeza sans accorder un regard de plus à ce menhir lourd de plusieurs tonnes.

— Je vais l'examiner, dit Roç, qui n'en démordait pas. Si je trouve des traces de parchemins...

Yeza n'écoutait plus : en compagnie de Jordi, elle inspectait les niches, celles d'où Joseph s'était échappé un peu plus tôt. Le petit chanteur y avait grimpé : un escabeau se trouvait encore devant. Il avait pris la place du menuisier, et y avait fait une découverte.

— Sainte Germaine, là, dans la niche d'à côté ! s'exclama le nain, tout excité. Elle cache quelque chose de brillant dans sa main, à l'arrière.

Roç et Rinat furent les premiers à côté de cette statue qui tenait une main sur son entrejambe, coquette, comme si sa chevelure blonde qui lui tombait jusqu'aux genoux ne suffisait pas à voiler sa pudeur. Mais lorsqu'on la regardait de plus près, on constatait que la pointe du pouce et l'index formaient un anneau, une sorte d'invitation obscène. L'autre main avait été ramenée en arrière comme si elle tenait un poignard caché, pour punir un éventuel importun. Mais c'est un miroir qu'elle portait. Roç posa une main tâtonnante sur le socle, et sentit aussitôt qu'il était rotatif. On découvrit ainsi l'arrière de la pieuse Germaine. À cela, on se serait attendu. Mais pas à voir se refléter son postérieur dans la plaque d'argent poli tenue dans la main comme si elle voulait inspecter la raie de ses fesses.

— Mes nobles seigneurs ! dit Yeza d'une voix cassante en les rejoignant. Souhaitez-vous que je vous éclaire ?

— Le martyre de la sainte était peut-être qu'elle souffrait d'hémorroïdes ? plaisanta Rinat Le Pulcin, révélant ses connaissances médicales.

Mais personne d'autre ne s'engagea sur cette voie graveleuse.

— Un rayon de lumière devrait...

Roç réfléchissait à haute voix. Son regard se promena tout en haut, sur la voûte pointue de la nef. Un rayon de soleil y tombait par un trou du plafond, il donnait sur la niche, mais pas sur le miroir.

— La face cachée de la pruderie..., fit le troubadour, constatant que personne ne proposait de le soulever. Il avait quitté en toute hâte la niche de Joseph pour ne pas manquer le spectacle. Déçus, ils s'éloignèrent de la belle femme aux longs cheveux.

— Nous devrions aussi nous préoccuper des artifices des autres dames, suggéra Rinat, et le petit Jordi les devança.

Il grimpa agilement dans la niche de la Vierge qui tenait dans les bras un enfant dont la dimension valait bien la sienne. Le nain avait d'ailleurs sans doute l'intention scélérate de lui prendre sa place : il se dressa et fit mine d'ôter le Jésus à Marie. Et l'enfant se laissa effectivement détacher de sa poitrine ! Apparut alors un diablotin dessiné derrière l'Enfant Jésus, mais la tête suspendue vers le bas comme une chauve-souris, avec une longue langue, tandis que la nuque innocente du Sauveur formait l'arrière-train dénudé du diable, dirigé vers la tendre mère. Mais une chose intéressa beaucoup plus les chercheurs de trésor : sur la poitrine de Marie, comprimée sous une robe haute, se trouvait aussi un miroir en médaillon — et cette fois, un rayon lumineux tombait tout droit sur le métal étincelant.

— Eh bien voilà, dit Roç, tout heureux de voir son raisonnement confirmé, nous n'avons plus à présent qu'à découvrir le chemin que nous indique l'étoile de Bethléem !

Mais le reflet tombait sur le derrière reluisant du diable.

— Tu oublies que le temps passe, dit Yeza, tu oublies le cours des saisons !

Rinat bondit alors sur ses jambes.

— Le cycle du zodiaque ! s'exclama-t-il, en regardant fixement la voûte que formait la niche derrière la mère et l'enfant. Le mur était orné de fresques allégoriques.

— Regardez, là-haut, le Sagittaire et le Centaure..., dit-il en désignant l'image, tout excité. Et en dessous, les Dioscures et les lions ! Ce sont les voisins célestes du solstice !

— Ah, dit Yeza en désignant le haut, on ne montre pas le passage estival des Gémeaux au Cancer, et...

— ... du chasseur Chiron au Capricorne ! l'interrompit Rinat en faisant tourner son index en l'air.

— L'archer est Nessos, corrigea Yeza. Mais le raisonnement est juste. Il ne manque que le printemps et l'automne.

— Je les ai trouvés ! fit Roç, qui jubilait. Derrière Germaine !

Ils revinrent à grands pas vers la niche de la sainte.

— Vous voyez la mer ? Zeus déguisé en taureau la franchit d'un bond. Il enlève Europe..

Rinat était tout feu, tout flamme. Cette fois-ci, il devança Yeza.

— Il n'est là que pour attirer l'attention loin des poissons, dans l'eau, et des bêtes à cornes cachées, l'équinoxe du Bélier, à gauche. Et à droite, voilà la Vierge. Elle tient même la balance à la main ! C'est entre eux que s'établit l'équilibre parfait du jour et de la nuit, même si, en haut, l'aigle trace son cercle.

Yeza laissa sa fierté au peintre et se contenta d'ajouter :

— Cela signifie qu'ici, y compris dans le Scorpion, nous serons servis...

— Mais comment ? demanda Roç d'une voix maussade, déjà miné par l'idée qu'il n'avait pas, cette fois-ci, brillé par ses talents de découvreur.

— Réfléchis donc ! lui rétorqua sa *damna*. Ou bien la lumière doit suivre le miroir, c'est-à-dire qu'elle se reflète sur lui pendant toute l'année, ou bien c'est le miroir qui suit la lumière.

— Aidez-moi donc à monter, pria Jordi.

— Tu veux juste regarder les fesses de la bl...

— Chut ! ordonna Roç au peintre. Nous sommes ici avec des dames.

Et il souleva le nain à hauteur de la niche.

— Nabot lubrique ! s'exclama Rinat en voyant le troubadour plonger son nez entre les fesses de la statue et en ressortir la tête toute rouge, en s'ébrouant de plaisir.

Il fit le tour du personnage et, en écartant la chevelure qui la protégeait, l'attrapa sans la moindre pudeur entre les cuisses. On vit alors apparaître un tube qui rappelait, sans doute volontairement, un pénis. Il s'adaptait parfaitement à la main recourbée de la bonne Germaine. Le nain déplaça le bras arrière, celui qui tenait le miroir, et le mouvement se transmit à celui de devant.

— Dans quel décan de la Vierge nous trouvons-nous ? demanda Rinat avec une voix rauque d'excitation, et il répondit lui-même : — Dans le second !

Jordi fit tourner le bras dans le dos de Germaine, comme s'il voulait le tordre, jusqu'à ce que la main de la dame se trouve à la hauteur du signe correspondant sur la fresque. Un rayon de lumière éclatant tomba sur le miroir. De là, le tube le dirigea depuis l'anus et par la vulve avant de le faire réapparaître sous forme d'une tache bien distincte sur la paroi de l'église, de l'autre côté. Au-dessus, un candélabre sortait du mur, en forme de poisson.

— Voici la poignée de la porte ! jubila Yeza.

Ils traversèrent à pas mesurés la sombre nef de l'église.

— Surtout pas de faux mouvement, chuchota Roç.

Ils franchirent le calvaire qui s'élevait devant eux.

— Tout cela ne servirait-il que d'amusement à messire Gavin ? murmura Yeza.

Plus nostalgique que respectueuse, elle leva les yeux

vers les croix dressées, les échelles des bourreaux qui y étaient encore posées, les cordes et les amarres, les valets zélés et les légionnaires romains qui jouaient aux dés. Plus grands que nature, ils avaient été découpés avec un extrême réalisme dans un matériau tendre, sans doute du peuplier, et recouverts d'une série impressionnante de couches de peinture, si épaisse que l'on entendait une sorte de bruit d'argile lorsqu'on les frappait du doigt. Les croix, elles, avaient été taillées dans un bois plus noble.

— Notre vieil ami, le précepteur, veut nous mettre à l'épreuve. Je sens ses yeux braqués sur nous.

— C'est bien possible, dit Roç, qui paraissait moins intimidé. Mais je sens, moi, qu'il nous utilise et qu'il se sert de notre fameuse expérience de chercheurs de trésor pour vérifier si ses sécurités fonctionnent. Je parierais que nous sommes encore loin du but. Autrement, il serait intervenu depuis longtemps. Laissez-moi rejoindre le poisson tout seul, dit-il à ses accompagnateurs, et regardez bien ce qui se passe.

Yeza, Rinat et le petit troubadour s'arrêtèrent au centre de la salle. Roç s'approcha du mur, la tache lumineuse brillait comme une étoile au-dessus de lui. Il se dressa, attrapa le poisson-candélabre des deux mains et le tira vers lui, le regard rivé au menhir, attendant sans doute que celui-ci se mette en mouvement et libère le chemin. Un claquement retentit à l'autre bout de l'église, mais Yeza eut le temps de voir un tremblement parcourir la silhouette agenouillée de Madeleine. Le bloc rocheux n'avait pas bougé, mais Roç avait exclu d'emblée qu'il puisse s'agir de la porte menant à la chambre au trésor. Il hocha la tête, satisfait. Entre-temps, tous s'étaient rassemblés devant la pécheresse.

— J'aurais dû y penser tout de suite, dit Yeza, en colère. C'est avec Marie-Madeleine, proclamée putain, que l'Église joue son jeu le plus infâme. Je n'aurais pas dû m'étonner que...

— En tout cas, messire Gavin, puisqu'il est responsable de tout ce qui se trouve ici, lui a fait l'honneur d'un autel personnel. Il semble constituer la divinité principale de cet arrangement blasphémateur, dit Roç, qui défendait plus la femme que le Templier. Tous ces moines guerriers sont des voyeurs !

Il espérait que le précepteur l'entendait.

— Allons donc voir ce que cette femme aimante cache sous sa robe ! ajouta-t-il.

— Ce n'est pas si mal ! fit une voix qui semblait venir du haut de la voûte.

Roç et Yeza reconnurent Gavin à son seul ton sarcastique.

— Je puis à présent demander que vos accompagnateur quittent le *locus terribilis* et attendent à l'extérieur. Le couple royal parcourra seul le dernier chemin.

Cela semblait passablement lugubre. Mais Roç se raidit et renvoya à l'extérieur Rinat, qui fulminait, puis Jordi Marvel, tout heureux quant à lui d'échapper à ce lieu. La niche de la pécheresse était installée dans le mur, presque au niveau du sol. Elle non plus n'était pas ornée de fresques, mais habillée d'un superbe rideau de velours rouge rubis. Devant la femme agenouillée, on avait encastré dans le sol un pied de marbre, sans doute pour compléter l'image de la servante pécheresse. À côté se trouvait un bol d'essences odorantes vers laquelle sa main s'abaissait pour aller prendre l'onction. Roç remarqua bien que ce récipient ressemblait à un calice noir, mais l'idée qu'il puisse s'agir de celui qu'il recherchait ne lui vint pas.

— À présent, Yezabel Esclarmonde du Mont y Sion se retourne et ne détourne pas ses yeux du calvaire, tonna la voix invisible. Et elle ne regarde pas derrière elle !

— Songe à ce qui est arrivé à la femme de Lot ! lui chuchota Roç entre ses dents, fier d'être l'élu, celui que l'on croyait capable d'affronter n'importe quelle vision. Mais ensuite, il sentit son ventre se nouer, et pour le coup, il aurait volontiers échangé sa place avec Yeza. Celle-ci se détourna, mais marcha vers sainte Germaine, grimpa sur l'escabeau qui s'y trouvait encore, s'agenouilla vers la martyre et pria en tenant sa main cachée. Puis elle embrassa la statue devant sa chevelure blonde, redescendit et se rendit, tête baissée, à l'autel devant la reproduction du Golgotha. Roç avait assisté à cette scène, à la fois amusé et soucieux, avant de se tourner vers Madeleine. On lui donna presque aussitôt les instructions suivantes.

— Marche sur ses orteils, prends la tête de Madeleine avec les deux bras et fais-la descendre vers toi jusqu'à ce que tu sois toi-même à genoux.

Roç fit ce qu'on lui avait ordonné. Une fois de plus, son regard tomba sur le récipient. Il était en pierre noire. Mais Roç était tellement captivé par la découverte de ce mécanisme qu'il n'établit pas le lien avec la pierre noire devant laquelle Rinat avait fait leur portrait. Il tira vers lui la tête de la pécheresse. Le pied de marbre céda et il put, sans grande difficulté, faire basculer la femme agenouillée vers l'avant, sans la lâcher, jusqu'au moment où il lui fallut lui aussi mettre un genou à terre. La statue n'était pas lourde : à l'arrière, elle était creuse comme un tronc d'arbre frappé par la foudre. Puis il vit ce que dissimulait la cavité, ou ce qu'il y avait fait entrer en baissant le poisson-candélabre : un gigantesque membre courbé, comme celui de Priape, était sorti du rideau et avait sodomisé Madeleine. Il était à présent dressé sur le sol de la niche.

— Maintenant, prends la clef, elle t'ouvrira la porte, ordonna Gavin. Mais garde-toi bien de regarder derrière le rideau.

Roç n'avait aucune envie de transgresser l'interdiction. Il avait assez souvent entendu parler de la tête de Baphomet, dont on disait que les Templiers l'adoraient, commettant ainsi un blasphème. C'est sans doute la statue de cette créature diabolique qui, derrière le tissu rouge, lui présenterait son visage effroyable. Prendre en main ce phallus gigantesque lui fut déjà bien assez pénible. Roç l'abaissa. Il entendit un craquement et un grincement monstrueux, comme si le tonnerre et les éclairs se déchaînaient. Un trou rond apparut au plafond de l'église, mais la lumière du soleil n'y tomba pas. Le calvaire devint rouge comme l'enfer. Des volutes de vapeur s'élevèrent du sol et (Roç n'avait pas quitté des yeux le menhir, la gigantesque plaque de roche) la pierre se fendit en son milieu. Si beau que fût le spectacle, Roç était furieux de ne pas avoir découvert la fente. Mais ses rebords étaient si fièrement découpés que la ligne de séparation était vraisemblablement invisible. En tout cas, les deux ailes s'ouvrirent vers l'arrière, dévoilant une salle obscure.

Au seuil de cette porte de granit apparut alors la haute silhouette de Gavin. Le précepteur portait un clams noir et la croix griffue rouge brillait sur sa poitrine.

— Bienvenue, mes petits rois ! dit-il d'une voix affectueuse. Entrez donc !

Jusqu'à l'apparition de Gavin, Yeza n'avait observé la pierre tombale que d'un œil ; de l'autre, elle avait utilisé le miroir de Germaine pour voir ce qui se passait derrière son dos.

— J'ai tout vu, chuchota-t-elle à Roç, triomphante. Mais j'ai un besoin urgent à satisfaire, ajouta-t-elle lorsqu'il constata en souriant qu'elle avait volé le petit miroir. Devance-moi, j'arrive.

— Derrière la Mère de Dieu, tu trouveras une porte dans la paroi, dit alors Gavin. Elle mène à un lieu tranquille.

Yeza se tut, consternée, en comprenant que le précepteur entendait sans doute leurs moindres murmures. Elle traversa l'église vide, d'un pas mesuré, pour rejoindre la petite porte indiquée. Roç répondit à l'invitation du Templier et franchit la porte de pierre.

Voleurs de cerises

Les trois jeunes gens que Gavin avait si brutalement congédiés et chassés se tenaient assis sur une muraille et songeaient à leur destin injuste. Ils ne se rejetaient nullement les uns aux autres la faute de l'échec de leur mission secrète : ils étaient fiers de ne pas s'être comportés à Quéribus comme de simples soldats de garnison. En se tapant sur les cuisses de plaisir, ils savouraient encore leur triomphe : ils s'étaient bien moqués du commandant, un capitaine corpulent.

— Mon gros, singeait Pons de Levis, qui avait lui-même un certain embonpoint, j'ai un sou qui est tombé par terre !

Ils s'ébrouèrent de plaisir en se rappelant la scène : le capitaine s'était baissé avant de réaliser qui l'offensait ainsi, avec d'autant plus d'insolence que Morency lui offrit ensuite la pièce de monnaie, comme on récompense dédaigneusement un serviteur.

— Messire Fernand Le Tris, intervint Raoul de Belgrave, le plus grand d'entre eux, et sans doute aussi celui qui avait la meilleure allure, t'aurait volontiers enfoncé son épée dans la poitrine si je ne m'étais pas mis à hurler : « Laissez-moi régler son compte à ce chien galeux, ce porc a séduit ma *damna*... »

Pons lui donna aussitôt la réplique :

— « *Damna !* » À ce cri, je me suis jeté entre les deux coqs. « Misérable canaille ! Depuis quand Madame Le Tris est-elle ta catin ? » et j'ai brandi mon poignard dans ta direction, Raoul...

— Cela m'a suffi, continua en souriant de bonheur Mas, l'homme au visage de renard, pour décamper devant ta lame redoutée. Tu t'es mis à courir derrière moi, suivi par notre Pons, qui brandissait son poignard et écumait de manière effroyable.

— Et le gros est resté sur place comme s'il avait pris racine, la gueule ouverte. Il a tourné la pièce dans la main et a fini par la mettre dans sa poche en hochant la tête, avant de repartir...

— ... pour aller donner une raclée à sa femme qui...

— ... pour être franc, ne s'est jamais commise avec aucun de nous trois !

Yeza avait ouvert la porte de l'armoire, et compris aussitôt que la paroi arrière coulissait. Elle se trouvait dans une galerie basse qui serpentait sans doute autour de l'église, à l'intérieur des murailles : à intervalles réguliers, elle pouvait jeter des regards à l'extérieur par des fentes minuscules. Entre les contreforts extérieurs, des boyaux abrupts permettaient sans doute d'envoyer vers le bas de la poix ou de l'huile bouillante sur d'éventuels assaillants. Elle s'apprêtait à s'en servir pour faire ses besoins lorsqu'elle aperçut dehors, par une fente, de l'herbe verte et des buissons où elle pourrait s'abriter. Elle décida donc de passer par la fosse suivante. Collée au mur comme un lézard, elle descendit le mur sans regarder autour d'elle. Une pierre s'effrita, elle perdit prise, fit une brève chute et se retrouva dans le petit jardin du cimetière, à côté de l'église. Sous l'ombre des arbres, entre des croix usées par les intempéries et d'antiques pierres tombales recouvertes de mousse, elle vit les chevaux. Philippe dormait, couché dans l'herbe. De sa propre bâtière dépassait, bien visible et à portée de sa main, l'arc mongol et le carquois que lui avait offerts le Il-Khan. Elle jugea que la disparition de cette arme effraierait l'écuyer paresseux et lui donnerait une bonne leçon. Yeza se faufila devant lui et attrapa son arc et ses flèches.

Le cimetière était délimité, d'un côté, par un muret, des fondations où proliféraient les ronces, et les restes d'un ancien bâtiment. Yeza descendit prudemment un escalier en forme de fosse dont les marches de marbre n'offraient pas beaucoup d'équilibre. À ses pieds, un figuier sortait de la pierre ; son ombre lui parut le meilleur cadre possible pour ce qu'elle avait à faire. Yeza descendit ses chausses, souleva sa chemise et s'accroupit. Elle n'avait pas encore fini lorsqu'une pierre lancée du mur tomba sur l'arbre devant elle. Elle entendit un rire étouffé. Yeza leva les yeux et vit un garçon inconnu filer à travers le feuillage du figuier, derrière la rambarde du mur. Elle allait se lever lorsqu'un autre visage apparut au-dessus de la corniche. Un homme l'observait sans la moindre gêne. Un visage de loup, deux yeux froids et gris qui la regardaient comme un gibier sans défense.

Remettre mes chausses ! se dit-elle en un éclair : un troisième lascar venait de sauter sur le mur, au-dessus d'elle, et riait bruyamment. Celui-là était gigantesque, et n'avait pas mauvaise allure.

— Attendez donc, jeune vierge, ne verrouillez donc pas si vite votre jardinet !

Les rires reprirent, plus forts encore. La face de lune apparut alors entre les bottes de l'homme campé devant elle, et annonça :

— Voilà Mas qui vient s'en occuper.

Yeza fut prise de rage et bondit comme si elle avait

été piquée par un scorpion. Sachant qu'elle ne pourrait pas éviter de dévoiler un instant sa nudité, elle se tourna en un éclair et montra aux mauvais bougres ce qu'elle pensait d'eux en pointant ses fesses dans leur direction, tout en remontant ses pantalons. Elle n'aurait peut-être pas dû agir ainsi : les petites fesses dures de Yeza étaient tout à fait attirantes. Un bruit sourd, derrière elle, lui indiqua que le premier des trois lascars était descendu chercher son butin.

Elle se retourna ; elle avait déjà glissé la flèche sur la corde de son arc. Le loup se tenait à moins de dix pas, sous un vieux cerisier dont il avait sans doute utilisé les branches pour descendre rapidement.

— La saison des cerises est terminée, dit-elle pour tenter de détendre l'atmosphère.

La seule chose qui comptait désormais, c'était de ne pas avoir à affronter les trois à la fois — pour autant qu'ils n'étaient que trois.

— Je sais bien où cueillir les fruits que je veux récolter, fière donzelle ! dit-il en faisant un pas en avant. N'allez pas croire que vous puissiez m'en empêcher avec votre jouet. Savez-vous seulement vous en servir ?

Il tripotait déjà le lacet de ses chausses.

— Montrez-moi donc l'endroit que je dois atteindre sur le tronc, demanda Yeza d'une voix naïve.

Mas de Morency savourait déjà son triomphe. « Une fois que la petite aura tiré sa flèche, se disait-il, je serai sur elle avant qu'elle ait pu réarmer son arc. » Il se retourna vers le cerisier. Il posa les doigts à plat contre le tronc, juste au-dessus de sa tête. Mais la flèche était déjà partie et le cloua au bois par le milieu de la main. Yeza avait visé depuis la hanche. C'était sa seule chance.

Mas poussa un cri de rage bestial qui se transforma en un long gémissement lorsqu'il tira sur la flèche plantée en profondeur, ce qui ne fit qu'accroître la douleur. Yeza s'était retirée, par l'escalier branlant, sur la plate-forme à hauteur d'homme. Le grand bonhomme sauta du mur sans même s'aider avec les branches du cerisier, et atterrit habilement sur ses deux pieds. Il était armé d'une épée et fit mine de libérer son compagnon, toujours cloué à l'arbre.

— Laisse ça, cria Yeza, si tu ne veux pas lui tenir compagnie !

— Raoul de Belgrave n'a jamais laissé un ami en plan, et surtout pas pour une petite sorcière ! répondit-il en criant.

Sa mâchoire de fauve était crispée : il avait fini de rire. Yeza avança au bord de la plate-forme et leva l'arc, décidée à empêcher définitivement ce lascar d'enlever sa flèche. Les feuilles du figuier s'agitèrent. Face-de-lune surgit juste devant elle et lui arracha l'arme (du moins glissa-t-elle des mains crispées de Yeza) avant d'atterrir en dessous de la plate-forme, sur le ventre, qu'il avait rondelet.

Yeza ne perdit pas son calme un seul instant. En un éclair, elle avait fait passer sa main par-dessus son épaule et tiré son poignard de sa crinière. Elle profita de l'élan de son bras pour projeter son couteau. Raoul venait de sortir son épée, et s'apprêtait à frapper entre la flèche et la main de son ami lorsque la lame étincelante survint, lui transperça le bras et le cloua à son tour au tronc du cerisier, comme Yeza le lui avait annoncé. Il laissa tomber son épée.

Pons, la face de lune, s'était redressé. Il resta figé sur place en voyant ce qui était arrivé à ses amis.

— Prends le fer ! cria Mas de Morency d'une voix stridente en poussant dans sa direction, du bout du pied, l'épée tombée au sol. Plonge-le dans le corps de cette diablesse, ouvre-la en deux !

Il avait la voix cassée. Mais Pons de Levis émit un grognement sourd et monta les marches en courant, tête baissée.

— Je vais t'étrangler ! hurla-t-il en se précipitant vers Yeza, et en cherchant son cou, les deux mains en avant. Elle parut aller à sa rencontre en dansant, souleva l'une de ses mains, attrapa son poignet et frappa, plia le genou comme pour une révérence et fit voler son agresseur au-dessus d'elle. Elle ne tenait que le poignet, qui craqua affreusement lorsqu'il se brisa, avant même que l'homme ne se soit affalé, face contre terre. Elle sauta de la plate-forme et reprit son arc, ce qui incita Raoul à baisser définitivement la main, après avoir retiré d'un coup, dans un effort désespéré, le poignard qui la tenait clouée à l'arbre.

— Laisse-le tomber, dit Yeza d'une voix rauque, ou je te tire dans le cou.

À cet instant, Philippe, Rinat et Jordi entrèrent dans le cimetière.

— Prenez-les sous bonne garde, ordonna Yeza, et occupez-vous de leurs blessures jusqu'à ce que je vous aie envoyé de l'aide.

Le takt

Devant le portail de l'église, Yeza rencontra deux Templiers que Gavin avait envoyés pour la chercher.

— J'ai pris trois voleurs de cerises dans votre jardin de curé, dit-elle d'un ton léger. Emparez-vous d'eux !

L'un des Templiers s'y rendit en secouant la tête, l'autre escorta Yeza dans l'escalier en colimaçon éclairé par des torches, qui descendait sans doute vers la crypte de l'église. Devant un sas formé de deux herses de fer, qui ne laissait passer qu'une seule personne à la fois, le Templier la laissa seule. Yeza tressaillit d'effroi lorsque les pointes de fer s'abattirent d'un seul coup derrière elle et fondit en larmes en constatant que l'autre partie de cette écluse ne s'ouvrait pas tout de suite.

Elle finit par entrer dans une salle où la lumière tombait d'en haut, par un orifice circulaire. C'était sans doute la citerne. De l'eau pure, comme de source, se déversait dans un bassin en pierre. Elle se lava le visage et les yeux. Puis elle monta un escalier abrupt, de l'autre côté.

Yeza sentit qu'elle franchissait un seuil. Allait-elle enfin être initiée au grand mystère, allait-elle enfin voir le Graal ? Ou bien est-ce du fond d'elle-même que montait cette gêne qu'elle éprouvait ? Elle ne voulait pas se sentir comme une jeune femme, et surtout pas comme une reine. Mais elle serait toujours aux côtés de son époux, elle serait un chevalier comme Roç. Elle ne voulait pas non plus en avoir honte.

Tenant fermement son arme, elle reprit sa progression. Yeza découvrit en dessous d'elle une salle ronde, sans doute profondément enfouie dans la terre. D'innombrables cercles de piliers entouraient la haute coupole qui se trouvait en son centre. Cette grotte artificielle avait des dimensions que Yeza ne pouvait qu'évaluer grossièrement, en se fiant au nombre de torches et de petites lampes à huile accrochées aux piliers. Leurs lueurs se perdaient comme une ronde de lointains vers luisants dans le demi-cercle formé par l'arrière de la salle. C'était le « Takt » ! C'était forcément cela, la salle sacrée dans laquelle se déroulaient les rites mystérieux des Templiers, sur lesquels couraient tant de rumeurs. Au milieu de la rotonde, dans le sol de pierre, se trouvait une excavation rectangulaire remplie de corps géométriques, certains brillants, d'autres en verre, d'autres encore en matériau opaque. Quelques-uns étaient incandescents, comme s'ils avaient été plongés dans un poêle magique. Des flammèches bleues scintillaient autour d'eux, les éclairaient tantôt d'une lumière blafarde, tantôt du reflet d'une braise incandescente. Mais plus que par les cylindres et les pyramides, les cônes et les dés de cristal et de marbre, elle était fascinée par la gigantesque sphère qui reposait ou volait au-dessus de ce lit. Elle avait un reflet métallique mat et était entourée d'une maille de fils de fer verticaux en or et en argent qui la découpaient en quartiers, comme un citron. Ces segments grandissaient au fur et à mesure qu'ils approchaient du centre supposé du monde.

Autour de la sphère se tenaient Roç et Gavin, qui donna à Yeza l'impression d'avoir beaucoup changé. Ce n'était pas qu'il fût devenu vieux. Le précepteur ressemblait étrangement à une corneille, avec ses cheveux gris et son clams noir. Auprès d'eux se trouvait une autre silhouette dont Yeza ne connaissait pas les traits de paysan. Mais elle se rappelait ce manteau de prière de l'Ancien Testament : c'était saint Joseph, le chanteur qui s'était caché dans la niche pour dire la prière du *nichmat* !

Yeza vit Roç tourner prudemment la grosse sphère. On y avait gravé des masses de terre bizarres et des mers inconnues qui brillaient un moment avant de replonger dans le noir. Gavin avait aperçu la frêle silhouette en haut de l'escalier. Il lui fit signe.

— Bienvenue, Esclarmonde ! s'exclama-t-il d'une voix grinçante. Nulle plus que vous n'a la vocation d'éclairer le monde !

Yeza hésita. Elle se demanda une fraction de seconde si le rigoureux précepteur ne lui avait pas collé les trois garçons aux trousses en guise de punition, pour ne pas avoir obéi à l'ordre qu'il lui avait donné dans l'église, et pour avoir regardé dans le miroir comment le levier en forme de phallus empalait la pauvre Madeleine. Pourquoi les hommes faisaient-ils donc tant d'histoires dès qu'il s'agissait de cette petite différence ? Il est vrai qu'en l'espèce, la différence était de taille ! Mais Dieu sait que cette vision n'avait pas aveuglé Yeza. Et elle n'avait aucune envie d'admirer à présent cette sphère qui représentait le monde des hommes.

Yeza se mit lentement en mouvement et prit le temps d'observer la salle. Des parois de bois un peu plus hautes qu'un homme, disposées comme un labyrinthe, entouraient la dure couche de Gea. Il fallait être là, sur l'escalier, pour pouvoir embrasser du regard toute cette installation. Les murs étaient couverts de cartes géographiques qui montraient des océans, des mers de glace et des îles dont Yeza n'avait encore jamais entendu parler. Elle ne pouvait pas imaginer où ils se trouvaient, pour autant qu'ils existent. On distinguait des déserts aux couleurs sablonneuses — *hic sunt leones* — et des taches entièrement blanches qui pouvaient représenter des montagnes couvertes de neige ou une *terra incognita*. Les grandes forêts et les marécages étaient représentés en vert. Mais une chose captiva la jeune fille : ces lignes recourbées qui s'étiraient partout comme des galeries creusées par des larves dans le bois. C'étaient les voies ouvertes par l'homme dans des déserts sans fin, des routes qui franchissaient d'immenses obstacles rocheux accumulés. Et les traits tout droits sur les eaux devaient sans doute permettre aux navires d'éviter les tempêtes et les écueils. Ces peintures murales gigantesques étaient certainement sorties de l'imagination débridée de Gavin, songea Yeza, la terre n'était tout de même pas aussi grande que cela. Roç et elle-même en connaissaient précisément les extrémités, car ils étaient arrivés jusque chez les Mongols — et ce n'était pas le cas du précepteur !

— L'ordre des Templiers se considère lui-même comme la lumière du monde, lança-t-elle, mutine, pour saluer le maître des lieux. Qu'a-t-il encore besoin de mon humble personne, d'une femme maladroite ?

Elle s'approcha de Roç et lui jeta un regard hargneux. Son chevalier et protecteur n'avait pas été près d'elle au moment où elle aurait eu besoin de son bras. Le héros était totalement accaparé par les outils de métal posés à côté de la sphère rotative.

— Regarde, s'exclama-t-il, enthousiasmé, un sextant, et ici, un astrolabe ! Jusqu'ici, je n'ai jamais vu d'instruments aussi précis que chez les Assassins, à l'observatoire d'Alamut.

— Je sais, répliqua Yeza, pincée. C'était avec ton amante céleste, Kasda, l'astronome !

Roç se tut. Il regrettait amèrement de lui avoir raconté son aventure avec Kasda. Gavin leva un sourcil et dirigea leur attention sur l'homme en manteau de prière.

— Voici Jakov, mon cabaliste, dit-il d'une voix grave. Le rabbi Jakov Ben Mordechai connaît une réponse à toute chose. Si ce n'est à une question : pourquoi est-il détesté par le monde entier, y compris par ses juifs talmudiques ?

Yeza regarda l'homme droit dans les yeux, sans la moindre gêne. Il avait le visage franc et révélait une bonté qu'on aurait cherchée longtemps chez le Templier.

— Le jour où vous ne pourrez plus supporter le précepteur, brave homme, dit-elle d'une voix douce mais parfaitement audible, je vous prendrai volontiers à mon service.

Le rabbin sourit.

— Je ne serais qu'un poids pour vous, car ma science est inutilisable pour vos projets, ô reine, et mon savoir-faire ne suffit pas, loin de là, à pouvoir vous soutenir. Je suis moi-même un migrant entre les mondes. Mais chaque fois que nos chemins se croiseront, je vous servirai sans salaire.

— Prends-en de la graine ! lança Yeza à Roç. Voilà le genre d'esprit que j'aimerais voir régner autour de moi.

— Comme tu viens de l'entendre, ma noble dame, ce n'est concevable que de manière sporadique. Les hommes sages ont quelques autres occupations en ce monde.

Il fit tourner la sphère, se plongea dans les dessins, à sa surface, et les compara avec les cartes, sur le mur.

— Vous voulez donc dire... (Roç continuait à s'adresser à Gavin) qu'au-delà du Djebl al-Tarik, on ne trouve pas seulement l'océan de l'Atlas, mais aussi, bien loin derrière, des terres et des mers. Et que l'on peut...

— Garde cela dans ton cœur audacieux, dit solennellement le Templier. Ce n'est un savoir pour personne, c'est l'avenir, encore dissimulé.

— Et le connaître représente une grande force ? demanda Roç.

— La connaissance de soi ! dit le rabbi à la place du précepteur. Autrement, le savoir n'est qu'une futilité pour vaniteux, ajouta-t-il dans un murmure.

La voix de Gosset retentit alors dans la salle. Elle venait d'un tuyau de cuivre qui descendait du plafond.

— Précepteur, l'hôte que vous attendiez est arrivé, avec une grande escorte et de nombreuses caisses. Et même des esclaves...

Gavin s'était approché du tuyau. Le conduit était tellement recourbé qu'on pouvait en approcher aussi bien l'oreille que la bouche. Le précepteur avait donné trois coups impérieux de son abaque contre le tuyau, pour interrompre cette logorrhée.

— Ne laissez venir que Taxiarchos, ordonna-t-il, nerveux et grognon. Personne d'autre. Vous m'avez bien compris, le prêtre ?

— *Bauséant alla riscossa !*

Le cri de guerre des Templiers était une sorte d'accusé de réception. Puis le silence se fit. Ils attendirent. Roç regarda autour de lui pour vérifier si la salle circulaire pouvait encore avoir d'autres entrées, mais il ne put en découvrir aucune. Le Templier l'avait amené en le faisant passer par l'écluse, et le jeune homme avait aussitôt compris que la salle de la sphère terrestre, nommée par Gavin « le globe de l'Atlas », était inaccessible à quiconque ne savait pas nager sous l'eau, pour peu que l'on inonde cette chambre souterraine. On n'étoufferait pas pour autant : on avait creusé dans le plafond quelques trous qui laissaient percer la lumière blafarde. Selon les calculs de Roç, elle tombait sans doute des piliers de l'église qui s'élevait au-dessus de la salle. Ils devaient être creux, et acheminaient l'air et la lumière depuis le toit de l'édifice. En regardant bien la forme de ces deux espaces superposés, on pouvait aussi penser qu'il existait au moins une échappatoire. Mais le visiteur annoncé apparut, comme lui et comme Yeza, devant le mur qui refermait la citerne.

Gosset guidait l'homme dont on avait annoncé la venue, le fameux « Taxiarchos ». Roç se rappela les récits mouvementés de Guillaume, qui avait passé des heures à parler de cet homme, que l'on appelait aussi le « Pénicrate ». Le roi des mendiants de Constantinople, un homme massif au teint hâlé, semblait ne pas avoir froid aux yeux. On lisait l'héroïsme, et même la sauvagerie sur son visage. Il plut aussitôt à Roç.

— Mon vieil ami, Taxiarchos ! annonça fièrement Gosset.

Manifestement, les deux hommes étaient très heureux de se revoir.

— Nous nous connaissons, dit Gavin avec une douce ironie. C'est nous qui avons envoyé le Pénicrate vers l'Occident, aux commandes de l'un de nos meilleurs navires..

Entre-temps, les deux amis les avaient rejoints.

— Que nous avez-vous rapporté de ce voyage ? (La voix de Gavin tremblait d'excitation.) Mais vous pourrez nous raconter tout cela plus tard.

— Je commence par vous rendre la boussole.

Il plongea dans la poche de sa cape verte brodée d'or et en tira une petite boîte ronde ornée de pierres précieuses.

— Cette petite aiguille tremblante nous a rendu d'excellents services.

— Vous me direz tout cela tout à l'heure, répliqua Gavin.

Le précepteur cachait à peine son impatience. Roç ne l'avait jamais vu ainsi. Taxiarchos claqua alors dans ses mains. Tous les regards se dirigèrent vers l'escalier, où surgit une jeune fée des Mille et une Nuits, enveloppée d'une tenue en or qui recouvrait ses épaules, s'élevait au-dessus de sa tête et la forçait à adopter une attitude raide, presque rigide.

— Est-ce une fille des dieux ? demanda Roç en tirant discrètement le prêtre par la manche.

— Plutôt une vestale ! répondit celui-ci avec un air allusif tellement appuyé que Yeza le remarqua aussi. Du moins, ajouta le prêtre, elle pouvait prétendre à ce *status animae* avant de tomber dans les bras de Taxiarchos.

Roç n'avait encore jamais vu le *monsignore* sous ce jour. Il se hâta de répondre, d'homme à homme.

— Le mot de temple est donc le bon !

Yeza lança un regard agacé aux deux mâles. La petite femme avançait posément, pas à pas. Entre ses fines mains, elle tenait une petite cassette sur laquelle se trouvaient une cuiller en or et un mince tuyau ciselé. Comme Gavin ne la quittait pas des yeux, Roç put s'emparer de la boussole que le précepteur avait négligemment déposée à côté de la boule. Il était impossible d'ouvrir le couvercle, mais une vitre en quartz taillé permettait de voir l'intérieur. Un morceau de tôle insignifiant, découpé en forme de pointe de flèche, se balançait sur une pointe d'aiguille et se déplaçait en tremblant, toujours dans la même direction. Roç constata que l'on avait gravé dans la marge l'initiale des quatre points cardinaux. Il eut une intuition subite et approcha sa bague en aimant : la flèche se tourna vers lui. Il remit vite la boussole à sa place. La toute jeune femme-enfant s'était avancée. Elle avait un charme exotique. Seul son nez courbé comme le bec d'un aigle dérangeait Roç. Elle s'agenouilla devant Gavin, qui n'accorda pas la moindre attention à sa parure d'or, ni à son visage cuivré. D'un geste rapide, le précepteur lui prit des mains la cassette et l'ouvrit avidement. Roç se dressa pour voir ce qu'elle contenait, mais Gavin avait déjà versé dans le couvercle ouvert une cuiller pleine de poudre blanche. Il saisit le petit tuyau, le prolongea dans sa narine, se pencha sur le couvercle et aspira la poudre blanche par le nez. Ses yeux eurent un étrange éclat. Il battit des mains et s'exclama avec une gaieté totalement inhabituelle :

— Une fête, une fête ! Mes amis, offrons un festin ! Vous me raconterez tout, dit-il ensuite à Taxiarchos, vous me ferez voir tout ce que vous avez pu acheter, conquérir ou prendre par la ruse ! Montrez-moi le butin, je vous récompenserai comme un prince !

Il prit Yeza par la main pour donner le signal du départ. Mais celle-ci s'intéressait à la jeune étrangère.

— D'où vient cet oiseau doré de paradis ? demanda-t-elle.

— Potkaxl est une princesse toltèque, répondit Taxiarchos. Je l'ai aidée à s'échapper du temple du dieu-soleil. On l'avait installée sur la plate-forme, et le grand prêtre brandissait déjà son scalpel...

— ... Pour lui arracher le cœur toute vive.

Yeza sourit à Taxiarchos. Cet homme lui plaisait. Son propre statut lui revint subitement à l'esprit.

— Pourquoi devait-elle être sacrifiée, puisqu'elle est une princesse ?

— Potkaxl est l'une des dernières descendantes des Toltèques. Cela suffisait pour que l'on veuille envoyer cette vierge servir d'épouse au dieu.

Taxiarchos dévisagea la jeune fille qui l'écoutait avec intérêt.

— L'ancienne dynastie des souverains a été dépossédée du pouvoir des rois-prêtres par la nouvelle dynastie des Mayas. Ce renversement s'est fait dans un bain de sang.

Gavin n'avait pas lâché la main de Yeza. Il la tira énergiquement loin du Pénicrate.

— N'allez pas croire, ma chère Yeza, dit-il avec une excitation qu'elle n'avait encore jamais vue chez le rigoureux précepteur, que notre Taxiarchos ait préservé cette jeune fille dorée d'un tel destin par pur altruisme ! C'est un aventurier de la pire espèce.

C'était censé être une mise en garde. Gavin avait même dressé l'index, mais son rictus cassa son effet.

— Cette petite vestale lui promettait un double plaisir ! dit-il en gloussant. D'abord le costume, il était en or pur. Et puis ce qui se trouvait dessous : la peau nue !

Yeza se retourna vers Roç, décontenancée. Mais celui-ci marchait avec Jakov, manifestement plongé dans une grande conversation.

— Si une aiguille désigne toujours la même direction, lui demandait Roç, naïvement, et que l'on ne sache pas laquelle ?

Le rabbin éclata de rire.

— La boussole ne peut désigner que le Nord. Là-bas, sous la glace, se trouve sûrement une gigantesque montagne magnétique. Elle le sait parfaitement, nous pas.

— Mais cela nous permet de savoir, même en pleine nuit, où se situent le *meridies*, l'*oriens*, l'*occidens*, y compris sur la mer, et même si l'on ne connaît pas les étoiles...

Roç jugeait cela très satisfaisant. Mais s'il avait espéré que le précepteur allait à présent lui indiquer une autre voie pour sortir de la salle ronde, il fut déçu. Ils traversèrent la citerne par laquelle ils étaient arrivés. Yeza marchait à côté de la princesse toltèque et chercha à engager la discussion. Mais cette créature venue du pays des temples d'or, dont Yeza n'avait encore jamais entendu parler, articulait à peine quelques bribes de grec que Taxiarchos lui avait enseignées pendant la traversée.

— Je suis ton heureuse hétaïre, balbutia-t-elle, et je suis toujours à tes ordres.

Cela amusa extraordinairement Yeza.

Gosset et le Pénicrate, les deux vieux complices, formaient la queue du cortège.

— Potkaxl est toujours persuadée qu'ensuite elle va être mise à mort. Chaque fois !

— Ton sacrifice orthodoxe grec deux fois par semaine a dû lui faire l'effet d'un prélude aux vrais plaisirs divins qui l'attendent dans l'au-delà, répondit Gosset en ricanant..

La Toltèque

La salle du chapitre de Rhedae, la citadelle des Templiers, ne frappait pas par sa taille, mais par sa décoration choisie. Elle était lambrissée d'un bois sombre et précieux dans lequel on avait aussi taillé la table et les sièges. La pièce était assez sinistre : la seule ornementation était le Beauséant qu'un porte-bannière brandissait sur une lance, à l'extrémité de la longue salle. Et l'unique tache de couleur était, au pignon de la pièce, la croix griffue rouge sang incrustée dans le marbre noir comme une fine mosaïque de coraux. En biais, sur une estrade de trois marches, se trouvait la table où Gavin accueillait ses hôtes.

Les Templiers se levèrent sans un mot à l'entrée de leur précepteur. Exceptionnellement, Gavin Montbard de Béthune portait le clams blanc prescrit par son ordre – à une petite extravagance près : sa croix rouge n'occupait pas toute la largeur de sa poitrine, mais était brodée à hauteur de son cœur, grande comme la paume d'une main. Il lança à ses hommes un regard sévère, pria Roç et Yeza de prendre place à sa droite et offrit au Taxiarchos une autre place d'honneur, à sa gauche. S'installèrent ensuite Gosset, le prêtre, et Jakov, le rabbin, tandis que l'on plaçait la princesse toltèque entre lui et le Pénicrate.

La mince jeune fille avait quitté sa parure d'or pour une tenue turquoise ornée de perles. Elle était coiffée d'une tour pointue d'argent tressé, ornée de clochettes qui sonnaient à chaque mouvement. Gavin le remarqua avec mauvaise humeur, mais comme Taxiarchos le regarda au même instant avec un rire désarmant, il réprima sa remarque sarcastique. Ceux qui le connaissaient savaient cependant que le précepteur n'accepterait pas la présence dérangeante de cette jeune créature.

L'apparition de Potkaxl avait effectivement déclenché une rumeur dans la salle, un événement inouï, compte tenu de l'inflexible discipline de l'ordre. Et un chuchotement continua à bourdonner dans la pièce, même lorsque tous les chevaliers furent assis sur leurs bancs, raides comme si chacun d'entre eux avait avalé la lance du Beauséant.

À côté du couple royal, auquel Philippe servait de page, s'était installé Rinat Le Pulcin, le peintre. Jordi Marvel, le troubadour, s'était quant à lui posté de côté, sur les marches de l'estrade, et accordait son instrument. Sur les conseils de Rinat, Roç et Yeza avaient choisi pour le festin une parure mongole simple mais précieuse, qui leur allait fort bien. Yeza aimait particulièrement ces tenues, parce que celles des femmes ne se distinguaient pas spécialement de celles des hommes, entre autres à cause des pantalons et des épaules rembourrées.

« *Chanterai por mon corage*
que je vueil reconforter. »

Le précepteur avait frappé trois fois sur la table avec son abaque. Les chevaliers prirent place et Jordi se mit à jouer tandis que les serviteurs et les sergents apportaient les premiers plateaux.

« *Qu'avecques mon grant domage*
ne quier morir ne foler,
quant de la terre sauvage
me voi mes nul retorner
ou cil est qui rassoage
mes maus quand j'en oi parler. »

Les chevaliers reprirent le refrain. Un brin de nostalgie perçait dans leur voix rauque.

« *Dex, quant crieront "Outree",*
Sir, aidiés au pelerin
par cui sui espaventee,
car felon sont Sarazin. »

Les entrées étaient un choix de saucisses fumées et marinées dans l'huile, accompagnées de genièvre et de champignons, de jambon de sanglier et d'ours séché au grand air. On servit avec des airelles rouges et des oignons cuits à l'étuvée. Il y avait aussi des cailles frites et piquées de bandes de lard, et des bécasses en gelée de pomme. Leurs œufs avaient été cuits dur dans une saumure et empilés avec des olives et des herbes épicées dans des récipients en terre. On disposa sur la table du pain grillé et un vin blanc âpre du Razès.

« *Soufrerai en tel estage*
tant quel voie rapasser.
Il est en pelerinage ;
molt atent son retorner,
car outre de mon lignage
ne quier achoison trover
d'autrui face mariage :
Folz est qui j'en oi parler.. »

Des hommes du Pénicrate (enveloppé comme un seigneur dans du drap vert, mais avec autour du front un bandeau rouge qui lui donnait son mauvais genre), portèrent dans la salle de nombreux bahuts et corbeilles. Les bagues et les bracelets d'or tintèrent lorsqu'on déposa les caisses devant la table du précepteur.

« *Dex, quant crieront "Outree"...* »

Il ne les fit pas ouvrir, ce qui chagrina beaucoup les curieux qui se trouvaient dans la salle. Mais tous les Templiers restèrent figés sur leurs sièges et ne regardèrent même pas dans la direction des caisses. Ils savaient que Gavin n'attendait pour les punir qu'un signe montrant qu'ils ne se dominaient plus.

On apporta ensuite de grandes coupes débordant de figurines superbement sculptées : des objets de culte forgés, ornés de pierres jamais vues, d'incrustations d'or et de joyaux étincelants ; des corbeilles de travaux de cuir aux multiples couleurs et de gigantesques coquillages chatoyant comme des arcs en ciel ; des coiffes ornées de plumes et d'étranges masques qui paraissaient faire la grimace mais étaient le plus souvent des faciès menaçants, destinés à semer l'effroi et la terreur. Tout cela était porté par des esclaves à la peau mate, presque des enfants, comme on le vit lorsqu'ils enlevèrent leur coiffe devant Gavin et s'inclinèrent timidement.

— Xolua !

Ce cri avait échappé à la princesse toltèque ; mais aussitôt après, elle baissa la tête et resservit Taxiarchos. C'est Yeza qui, en demandant « Potkaxl, que se passe-t-il ? », lui donna le courage d'ajouter à voix basse :

— Xolua, mon petit frère.

— Va le chercher ! répondit Yeza, après s'être entendue avec Roç, d'un bref regard.

Avant que la jeune fille ne puisse se déplacer, l'un des sergents qui se tenaient derrière le précepteur pendant le repas et lui servaient de garde du corps cria « Halte ! » d'une voix sans appel.

— Que diriez-vous, s'enquit Yeza à Gavin, avec un air de défi, si je vous demandais les deux en cadeau, le frère et la sœur ?

Gavin laissa son regard flamboyant glisser sur elle et s'arrêter sur la princesse toltèque, dont le tintement vestimentaire lui était devenu insupportable. Sa mine sombre s'éclaira pour prendre un air inhabituellement cordial.

— Je vous offre volontiers le garçon, dit-il d'une voix douce. Mais les lèvres de la jeune fille pourraient révéler les secrets du lointain pays de l'or si elles n'étaient pas scellées. Ses yeux ont vu la voie qui traverse l'Oceanus Atlanticus, et sa vive intelligence pourrait retrouver le chemin. Je ne peux lui offrir ni la liberté, ni la vie.

Ce verdict brutal répandit un silence. Roç se leva alors si vivement qu'il renversa sa coupe de vin.

— La princesse Potkaxl se trouve sous la protection du couple royal, tout comme son frère Xuloa, cria-t-il, hors de lui, au précepteur. Que personne n'ose porter la main sur elle !

Yeza, par précaution, avait posé un bras autour des épaules de la petite. Roç, lui, sauta au-dessus de la table et prit une main du garçon.

Le visage de Gavin s'était de nouveau assombri, et une veine de colère lui barrait le front. Puis il émit un rire mugissant.

— Qui est ici sous la protection de qui ? Dois-je, dans ma propre maison...

Il sentit une main de fer lui enserrer le bras, si fort que la douleur le contraignit à se taire. Son hôte d'honneur, Taxiarchos, lui souriait de toutes ses dents de prédateur.

— Mon vénéré seigneur, dit-il doucement, avec une extraordinaire amabilité, Potkaxl n'a vu que les ondes de la mer, elle ne sait rien du fleuve secret qui passe sous les eaux et ne connaît pas le chemin de ce flot dissimulé que nul ne peut suivre sans boussole.

— Le spectacle qu'elle offre suffit à exciter la curiosité des jaloux, grogna Gavin. Mais Gosset intervint à son tour.

— Vous oubliez au service de qui elle se trouve à présent ! s'exclama-t-il avant de reprendre en chuchotant, mais d'un ton sans appel : Voulez-vous que le Prieuré perde les faveurs du couple royal à cause d'une païenne, et même d'un enfant non baptisé ?

Le précepteur ronchonna : il s'avouait vaincu. Une voix aiguë résonna alors à l'entrée de la salle.

— Gavin Montbard de Béthune, vous ne respectez pas la règle en vous faisant apporter des esclaves dont le Temple ne peut approuver l'origine.

Guillaume de Gisors entra dans la salle. Le chevalier n'occupait pas un rang élevé dans l'ordre. Mais chacun savait qu'il était le grand maître désigné de l'ordre secret qui se cachait derrière celui des Templiers, le Prieuré de Sion. Et tous, au chapitre, attendaient avec impatience la réaction de Gavin. Celui-ci se leva et donna trois coups brutaux sur la table avec son bâton.

— Bienvenue, Guillaume de Gisors. Je punirai sans trop de rigueur votre arrivée tardive. Vous tiendrez le Beauséant. C'est une fonction à remplir debout, s'exclama-t-il en riant bruyamment. Il vous est ainsi interdit de prendre place à notre table.

Il attendit que Guillaume ait marché jusqu'au bout de la longue table et qu'il ait saisi la bannière. Puis il s'assit de nouveau sur son siège et se tourna vers ses invités.

Mais Gisors reprit la parole dès qu'il eut en main la hampe du Bauséant.

— Le port du Beauséant est pour moi un honneur, mais il ne me détournera pas de mon devoir. Je dois vous parler.

Il mit la lance à l'épaule et traversa la salle au pas, jusqu'à ce qu'il se retrouve sur l'estrade, derrière Gavin. Celui-ci ne se retourna pas vers lui. Il se contenta d'expliquer :

— Personne n'a offert d'esclaves, ni à moi, ni à l'ordre. Ces gamins sont uniquement chargés de porter les marchandises que notre ami Taxiarchos nous a apportées en gage de sa mission réussie. Ces enfants païens sont et demeurent sa propriété, et il repartira avec eux.

Gavin prit sa coupe. Le Pénicrate se leva et sourit à Roç et à Yeza.

— Je me permets d'offrir au couple royal les enfants Potkaxl et Xolua, du peuple des Toltèques. Ils sont de sang princier, et j'espère qu'ils serviront leurs nouveaux maîtres avec joie, de toute leur âme et de tout leur corps.

« *Chevalier mult estes guariz,*
quant Deu a vus fait sa clamur. »

Jordi Marvel profita de cet instant de répit pour faire sonner les cordes de son luth.

« *Des Turs e des Amoraviz,*
ki li unt fait tels deshenors.
Cher a tort unt ses fieuz saisi ;
bien en devums aveir dolur,
cher la fud Deu primes servi
e reconuu pur segnuur. »

On apporta les plats de résistance, des assiettes de gibier rôti à la broche, des canards rôtis dans le jus de châtaignes, des bigarades et des oranges, des perdrix en croûte saupoudrées de cannelle, servies avec des amandes pilées dans la mélasse au miel, et une mousse de betteraves et de haricots.

Mais si délicieux qu'aient pu être les plats, certains convives continuaient à lancer des regards à la dérobée en direction des enfants étrangers, ce gamin et cette fillette qui s'étaient installés aux pieds du couple royal.

— Je vais faire leur portrait, annonça froidement Rinat au prêtre. Avant que le Temple ne les ait secrètement transformés en angelots.

— Il ne manquait plus que cela, lui répondit Gosset, effaré. C'est une véritable incitation au meurtre !

— Je suis un artiste, *Monsignore* ! se défendit le peintre. Imaginez-vous le monde d'où viennent ces créatures, leurs temples, leurs villes ! Tout cela en or pur ! Cette Potkaxl doit me...

— Je vous interdis même de lui adresser la parole ! dit Gosset entre ses dents. Sans cela, je vous brise d'abord le pinceau, puis les os.

« *Alum conquer Moïsès,*
ki gist el munt de Sinaï ;
a Saragins nel laisum mais,
ne la verge dunt il partid
la Roge mer tut ad un fais,
quant le grant pople le seguit. »

Les cruches étaient à présent emplies d'un vin rouge clair venu de l'autre côté des Pyrénées, de l'Andalousie occupée par les Maures, une attention du vizir de Murcia.

« *E Pharaon revint après :*
El e li suon furent perit. »

À peine était-il sur la table que tous le savouraient déjà. Les langues des chevaliers se dénouèrent. La princesse toltèque, arrachée au dernier instant au rituel sanglant, était l'objet de toutes les conversations. Quel dieu ces païens adoraient-ils ? À qui sacrifiaient les prêtres ? Leur pouvoir était-il égal à celui des rois ? Leur savoir secret était-il tellement supérieur à celui de l'Occident et de l'Orient qu'ils n'envoyaient même pas d'ambassadeurs ? Cela troublait considérablement les chevaliers du temple de Salomon.

Contre toutes les règles du protocole, Guillaume de Gisors frappa alors à trois reprises de sa lance sur le sol et s'exclama :

— Que l'on fasse entrer les seigneurs Mas de Morency, Pons de Levis et Raoul de Belgrave !

Cette fois, Gavin se retourna lentement vers l'homme qui se tenait debout derrière lui.

— Vous vous donnez trop souvent le rôle du juge ! lui chuchota-t-il, mais l'autre ne répondit pas à ce blâme.

En dessous, dans la salle, les trois hommes que l'on venait d'appeler avaient été amenés par des sergents. Ils portaient des chaînes, bien qu'ils eussent tous trois le bras gauche en écharpe. Roç lança à Yeza un regard interrogateur. Elle secoua énergiquement la tête, sans quitter des yeux les malheureux boucs que leur concupiscence juvénile avait placés dans cette mauvaise situation. Pons, petit et trapu, paraissait totalement abattu. Morency, la face de loup, regardait vers le sol, l'air haineux. Seul Raoul de Belgrave, qui dépassait ses amis d'une bonne tête, lui souriait encore. Yeza songea à la comtesse qui avait porté le même nom, et regretta d'avoir livré ces lascars à la juridiction de l'Ordre.

Gisors donna de la voix.

— Vous avez perdu votre vie. J'épargnerai à votre victime la honte de raconter de quoi vous vous êtes rendus coupables.

Il fit une brève pause qui ne leur laissa pas le temps de demander pardon.

— Profès ! cria-t-il au bourreau debout au seuil de la porte. Emmenez-les et faites votre office !

— Halte ! s'exclama Yeza. Je ne suis pas une victime et...

Elle tremblait de tout son corps. Roç la poussa doucement sur le côté.

— Leur acte mérite la mort, dit-il, l'air pensif. Mais leur jeune vie n'a pas été préservée jusqu'ici pour que vous la leur ôtiez. Car nous pardonnons aux malfaiteurs.

Gisors se tut, mais Gavin se rengorgea.

— L'Ordre que je préside à Rhedae admet tous les pécheurs.

— Pas du tout ! l'interrompit Gisors. L'Ordre n'est pas un asile pour les canailles !

— Ils paieront cher leur geste, ils accompliront les travaux les plus vils, répondit Gavin, mais sans convaincre son adversaire.

— La communauté des Templiers n'a pas besoin de débiles incapables de se maîtriser. La bienfaisance est l'affaire des Samaritains.

— La miséricorde ! s'écria Yeza, indignée.

Gisors la dévisagea, impassible, et se tourna vers les condamnés.

— Le couple royal a fait usage de son droit de grâce. Vous ne l'avez pas mérité, ajouta-t-il sèchement. Vous serez confiés au Pénicrate, et vous rejoindrez les rangs de ses galériens. Il décidera lui-même de la durée de votre peine et de la date de votre libération.

Avant d'être emmenés, les trois garçons s'inclinèrent.

— Nous remercions le couple royal pour sa bienveillance, commença Raoul de Belgrade en s'agenouillant, et ses compagnons s'empressèrent de l'imiter. Pons lui coupa la parole :

— Dieu fasse, ô maîtresse, dit-il gauchement, que nous puissions un jour vous revaloir ce geste en vous servant.

Puis on les entraîna hors de la salle, et Jordi joua rapidement quelques accords avant de chanter.

« *De ce sui molt deceüe*
quant ne fui au convoier,
sa chemise qu'ot vestue
m'envoia por enbracier. »

L'heure du dessert était venue. Les serviteurs apportèrent du fromage et des *naranjas de Tarok* découpées, des citrons rouge sang nageant dans l'huile d'olive et saupoudrés de sel et de poivre, le tout accompagné d'un madère doux.

« La nuit, quant s'amor m'arguë,
la met avec moi couchier
molt estroit a ma char nue,
por mes maus assoagier. »

Jordi savait prendre les chevaliers par les sentiments. Ils entonnèrent le refrain d'une voix puissante :

« Dex, quant crieront "Outree"... »

II

Sous le signe de la croix rouge griffue

La crypte de Saint-Denis

La cathédrale qui se dressait au nord de Paris avait été l'église de l'ancien monastère de Saint-Denis, et ne s'était pas dépouillée de son âme sobre lorsqu'elle avait été pourvue d'une nouvelle façade richement ornée et élevée au rang de lieu des couronnements et des funérailles des rois de France.

« Concurrunt universi
gaudentes populi
divites et egeni
grandes et parvuli. »

Louis IX, de la maison Capet, n'aurait pas porté de son vivant son surnom de « Saint Louis » comme une bure de moine s'il ne s'y était pas rendu en toute hâte, pour faire pénitence, chaque fois que ses affaires gouvernementales le lui permettaient.

« Principes et magnates
ex stirpe regia
saeculi potestates
obtenta venia. »

Louis, qui était au fond un être très fruste, avait horreur de séjourner dans sa capitale profane, avec son université à l'esprit libre, la vie dévoyée de la cour (le Louvre lui faisait l'effet d'une Babylone du péché) et les intrigues vaniteuses. Il voulait être un homme pieux, mais ce n'était qu'un monarque étriqué et bigot, un souverain intolérant et un juge suprême dont l'injustice touchait à l'atrocité.

« *Peccaminium proclamant*
tundentes pectora
poplite flexo clamant
hic : Ave Maria. »

Le roi fut le dernier, comme toujours, à quitter avec sa suite la maison de Dieu. Après la messe, dite cette fois-là par le cardinal Rostand Masson, nonce apostolique, le souverain avait l'habitude de prier encore un peu. Qui plus est, l'homme vêtu de pourpre avait demandé un entretien particulier au roi.

La reine Marguerite et sa cour attendaient sur l'escalier, devant la cathédrale : elle ne voulait pas laisser son mari exposé aux seules influences romaines, d'autant moins qu'elle devinait le motif de cette démarche religieuse. Elle avait prié le connétable de faire en sorte que la rencontre entre le cardinal et le roi ait lieu sur l'escalier. Gilles Le Brun, le maréchal du royaume, n'était certes pas un homme de la reine. Mais il était toujours sur ses gardes lorsque l'ambassadeur du pape menaçait de s'ingérer dans la politique de la France. Il entraîna donc son seigneur dès que celui-ci se fut levé de son prie-Dieu et l'escorta à travers la nef, en l'abreuvant de paroles, jusqu'à ce qu'ils soient parvenus au portail central. Ce guerrier, d'ordinaire avare de ses mots, déversait cette fois-ci une cascade de phrases sur son souverain. Rostand Masson, lui, ne s'était pas laissé distancer et attendait l'instant où le connétable cesserait de pérorer.

— Quéribus est un lieu d'une extrême importance, que dis-je ?, ce bastion est une clef, c'est lui qui nous assure le libre passage vers le Roussillon, c'est là où loge la plus puissante de nos garnisons, expliquait le maréchal de sa voix mugissante. Et comme il n'obtenait pas de réponse, il ajouta rapidement : Nous avons eu beaucoup de mal à prendre possession de ce fort...

— Ce sont la ruse et la perfidie qui nous ont permis de nous en emparer, répondit le roi d'une voix brutale, en lui coupant la parole.

— Et vous voulez le confier à ces descendants proclamés du Trencavel, Sire ! reprit le connétable indigné, qui paraissait avoir totalement oublié l'étiquette. Ces vagabonds sans royaume hisseront sur votre citadelle le drapeau de l'insurrection. Les faidits du Languedoc n'attendent que ce manant, Roç, et cette princesse rebelle, Yeza !

Il avait ainsi fourni, sans le vouloir, le mot qui permit au nonce apostolique de reprendre la parole.

— Le connétable a raison, Majesté. Vous encouragez les ennemis de notre sainte *Ecclesia catolica.* Cette couvée d'hérétiques, ces rejetons du diable !

— Comme vous venez de me le dire, connétable, et comme le sénéchal de Carcassonne me l'a confirmé, Quéribus abrite une puissante garnison qui devrait sans doute être en mesure de préserver nos possessions, même si j'y loge en invités deux jeunes personnes sans patrie qui tiennent une place dans mon cœur et que je veux guider vers le bon chemin !

Le cardinal ne se sentit pas concerné par cette réplique sans appel. Le groupe avait à présent atteint le portail. La reine marchait vers les trois hommes.

— Protégez votre âme contre les formes que prend le malin, l'adjura le nonce. Si ce Roç et cette Yezabel qui se fait insolemment appeler Esclarmonde sont des orphelins, c'est parce que leurs parents, des cathares, ont été livrés aux flammes purificatrices. S'ils n'ont pas en plus du sang de serpent des Hohenstaufen dans leurs veines, et du sang juif pour combler le tout, ils sont...

— Prenez garde à vos paroles ! Frédéric, l'empereur Hohenstaufen, était mon ami, je ne tolère pas...

Le nonce apostolique était allé trop loin, et le fidèle conseiller du souverain, le comte Jean de Joinville, se vit contraint d'intervenir rapidement. En murmurant « *De mortibus nihil nisi bene* », il poussa le cardinal loin de l'orage royal qui menaçait d'éclater. Puis il ajouta, l'air aimable, à l'attention du connétable :

— Soyez heureux, messire Gilles, que notre sage roi ait très bien su faire la différence entre le bon cœur et la raison d'État avisée lorsqu'il n'a *pas* accordé aux demandeurs ce qu'ils lui réclamaient : Montségur !

— Roç et Yeza au château des hérétiques, il n'aurait plus manqué que cela ! laissa échapper le cardinal, et le connétable ne voulut pas être en reste :

— Leurs revendications insolentes ont pourtant été récompensées. On leur a donné le château de Quéribus, comme s'ils étaient des chevaliers méritoires de la couronne.

— Seriez-vous en train de me blâmer, Gilles Le Brun ? demanda le roi d'une voix dangereusement basse.

La reine vint à son secours :

— C'est moi qui ai pris cette décision. Non pas à la suite d'un penchant subit pour ces créatures étrangères, ajouta-t-elle avec un regard perçant à son mari, mais parce qu'ils serviront la couronne ; nous pourrons utiliser ces trouble-fête contre certaines menées de l'ordre chrétien des Templiers, qui dépend de votre pape.

— Ils ne sont malheureusement pas aux ordres du roi de France, ajouta sèchement Joinville. Et ce bien qu'ils se soient largement répandus sur ses terres...

— Sur ses terres, effectivement, tandis qu'ils ne sont responsables que devant votre seigneur le pape ! ajouta Marguerite en pointant le doigt sur la poitrine du nonce.

Le comte de Joinville se dit avec un sourire qu'en prononçant ces mots dame Marguerite voulait aussi porter un coup à son beau-frère mal aimé, l'orgueilleux Charles d'Anjou. Charles avait épousé sa sœur, et elle ne la laisserait pas ajouter à son diadème le précieux joyau de l'Occitanie. On pourrait donc utiliser Roç et Yeza contre les ennemis du royaume, à la manière d'un caillou lancé dans les rouages d'un moulin. Mais cette brave femme (une sorcière malveillante) se trompait dans ses calculs. D'abord, parce que Roç et Yeza, tels que les connaissait Joinville, ne se laisseraient pas manipuler. Ensuite, parce qu'ils étaient soutenus par une puissance qui, jusque-là, avait tenu sa main protectrice au-dessus des enfants, d'une manière cachée, souvent incompréhensible. Et en dernier lieu parce que la pierre précieuse était peut-être d'une tout autre nature que celle imaginée par toutes les personnes présentes.

Le cardinal n'avait aucune envie d'aborder la question des Templiers, et voulut s'assurer un repli la tête haute.

— Je vois, Majesté, répondit-il en essayant de ne pas faire sentir sa moquerie, que vous statuez sur le destin de ces pauvres créatures selon les critères du registre des pauvres, que vous avez institué, grâce vous en soit rendue. Qu'ils restent dans cette forteresse, tant qu'on les empêche de propager leurs idées hérétiques dans ce pays de notre Sauveur Jésus-Christ, pays que l'Inquisition vient tout juste de net...

— Ils ne sont en rien des prisonniers, répliqua le comte de Joinville, agacé, en lui coupant la parole. Ils peuvent aller et venir comme il leur plaira. Le Languedoc est leur patrie. Et pour ce qui concerne la juste foi, notre sage roi a chargé le père Gosset, un prêtre expérimenté de l'*Ecclesia catolica*, d'assurer leur éducation.

Joinville, lui aussi, souhaitait trouver une issue acceptable à cette conversation : ennuyé par tant de bavardages, son roi s'était déjà séparé du groupe.

— Nous devrions peut-être les tenir éloignés de ces Templiers ? suggéra la reine.

— Au contraire, Votre Majesté, répondit le comte, qui pouvait être sûr de la confiance du roi. Si l'Ordre accepte de donner à Roç et Yeza un pouvoir profane, ou même de les reconnaître comme princes du pays, nous aurons gagné la partie. Roç et Yeza pourront nous prêter le serment d'allégeance, alors que le grand maître ne le peut pas, même s'il le voulait !

— Je vous apprécie comme *spiritus rector*, mon cher comte, fit le cardinal, flatteur. Attendons de voir ce qui se passe, d'autant plus que le roi s'efforce manifestement de réparer l'injustice qui a été commise à l'égard des descendants des Mérovingiens.

— Même les saints éprouvent parfois, sans raison,

une mauvaise conscience, répondit Joinville pour amortir la nouvelle attaque du religieux — mais le coup était aussi dirigé contre Marguerite.

— Vous avez sûrement aussi fait en sorte que les tombes de vos prédécesseurs, démis malgré eux et enterrés à Saint-Denis, soient rénovées à grand frais ?

La reine lança au cardinal un regard incendiaire et sourit de toutes ses dents.

— Mais bien sûr, Excellence, je vous dois des remerciements personnels pour ces bons tailleurs de pierre. Ce sont ceux que vous aviez fait venir de Rome pour exécuter les sculptures de Notre-Dame. Paris peut attendre, puisque c'est au roi Dagobert que l'Église doit la construction de cette maison de Dieu, et la France son temple d'honneur.

Le cardinal ne voulut pas s'avouer vaincu.

— Vous lisez trop le *Livre des femmes*, dame Marguerite !

Mais son ton de patriarche se retourna contre lui : la reine s'agenouilla, l'air insolent.

— C'est l'esprit chevaleresque, messire Rostand, dont on dénonce à juste titre la disparition dans ce livre.

Elle embrassa son anneau et s'éloigna sans lui adresser le moindre regard supplémentaire. Le roi congédia son escorte. Seul Joinville fut autorisé à l'accompagner.

— Commandez à mon ancien chapelain de la cour, Robert Sorbon, un rapport sur la possibilité d'intégrer désormais « les enfants du Graal » dans l'avenir de la France. Soit ils acceptent de prendre leur place (pour notre profit, cela s'entend), soit ils partiront.

— Le baiser ou l'exil ! laissa échapper Joinville. Maître Robert de Sorbon avait ouvert à côté de l'Université une école de théologie qui, en un peu moins de trois ans, avait déjà tellement prospéré que les *studiosi* la nommaient irrespectueusement « la Sorbonne ».

— Faites en sorte que le nonce soit informé de cette demande. Je ne veux pas qu'il se sente battu, maintenant qu'il nous a laissé le champ libre.

— Rostand est comme un éléphant, répondit Jean de

Joinville. Ils ont la peau épaisse, ils vont leur chemin, mais ils n'oublient pas.

Joinville soupira, soulagé, lorsque Louis prit brusquement congé de lui en faisant avancer son garde du corps, qui marchait toujours deux pas derrière lui, comme son ombre. Joinville esquissa une révérence et attendit que le roi s'éloigne.

Le cardinal avait fait signe au connétable de s'approcher de lui.

— Vous êtes un ami des Templiers ? constata l'homme d'Église plus qu'il ne le demanda. Est-ce cette idée d'un État de Dieu qui vous dérange ?

Gilles Le Brun n'était pas homme à dissimuler son opinion.

— Je vais retourner la question à notre Sainte Mère l'Église : l'idée n'est-elle pas venue au pape qu'un tel royaume de Dieu, sur le sol français, pourrait rendre superflu aussi bien lui-même que Rome tout entière ?

Il ne s'arrêta pas au geste hâtif du nonce qui, effrayé, venait de se signer.

— Je refuse un royaume de Dieu dont les maîtres ont acquis un pouvoir sans limites par l'usure, la traite des esclaves, les monopoles extorqués, si bien que même les rois ont des dettes chez eux et doivent payer intérêt et surintérêt. Le peuple sue sang et eau pour les payer aux rois, lorsque l'on n'a pas déjà affermé à cet Ordre chrétien des *militiae templi Salomonis* la perception des impôts. Je me ferais passer l'épée à travers le corps plutôt que de demander ne fût-ce qu'un sou de crédit à cette bande d'arrogants !

Gilles Le Brun était furieux. Le nonce lui tendit sa bague pour qu'il l'embrasse.

— Je te pardonne la dureté de tes paroles, mon fils, mais je les garderai dans mon cœur.

Le roi vit que la reine était encore avec ses suivantes et l'attendait manifestement, immobile. Il dévisagea son garde du corps, l'air dubitatif.

— Est-ce une bonne chose de faire appel à Belzébuth pour chasser le démon ? demanda-t-il à l'homme auquel il avait confié sa vie.

— Non, répondit Yves le Breton d'un ton résolu, comme toujours. Seulement Roç et Yeza ne sont pas Belzébuth. Ce rôle-là serait plutôt celui des Templiers. Mais ils ne parviendront pas à vivre ensemble.

— Comme l'eau et le feu ?

— Sauf s'ils trouvent leur pierre philosophale.

— Le Graal ?

Le Breton se taisait.

— Le Graal ? demanda une deuxième fois le roi Louis. Il n'existe pas ! ajouta-t-il rapidement, d'une voix presque implorante. Il n'a jamais existé !

Yves sourit imperceptiblement.

— Dans ce cas, Votre Majesté n'a rien à craindre.

L'ŒUVRE UTILE DU DIABLE

Le « Temple de Paris » n'était pas du tout un bâtiment sacré aux colonnes corinthiennes, mais un quartier entier, une partie de la ville entourée de murailles qui se rattachait au Marais. Son cœur était une tour sinistre, objet de nombreuses rumeurs parce qu'on y conservait les fonds de l'Ordre, et peut-être même son mystérieux « trésor ». Semblable à un donjon normand, il se dressait, large et puissant, au milieu des halles, des ateliers, des dortoirs et des réfectoires. Les salles d'audience et l'administration se situaient à proximité du portail principal, au premier étage. De ses hautes fenêtres, on pouvait observer l'extérieur, mais la vue ne portait pas bien loin. Gilles Le Brun, le connétable de France, n'apprécia pas de rencontrer Olivier de Termes pendant son attente dans le vestibule. Il marmonna quelques mots de justification, alors qu'il n'avait aucune obligation de le faire, expliqua qu'il fallait déterminer le nombre d'hommes qui constitueraient la garde permanente de Quéribus, et établir la répartition des frais.

— Ah ! fit Olivier d'une voix aiguë. L'Ordre vous a-t-il proposé de les assumer tant que Roç et Yeza séjourneront sous le toit du château ?

— Ce n'est pas tout, répondit fièrement Gilles Le

Brun, ils sont aussi disposés à fournir à leurs frais l'escorte que notre roi exige pour la sécurité des deux prunelles de ses yeux.

Olivier se demanda si la moquerie du connétable révélait une mauvaise humeur suffisante pour que l'on puisse aborder franchement le problème.

— Cela signifie, mon cher Gilles, que vous avez utilisé de manière totalement inutile ma vieille amitié avec Xacbert, et même que vous l'avez gâchée lorsque j'ai fait sortir le lion de sa caverne et que je l'ai envoyé se précipiter dans le piège grillagé du sénéchal de Carcassonne. Je l'ai fait pour la France ! Et vous ne trouvez rien de mieux que de livrer Quéribus à ses ennemis ! Le roi le sait-il ? demanda-t-il avec emphase.

Olivier, l'ancien seigneur cathare qui s'était réfugié au sein de l'Église et sous l'oriflamme, la bannière de guerre de la France, laissait libre cours à sa fièvre patriotique. Le connétable se vit contraint, malgré ses convictions, de défendre l'autre partie, ne serait-ce que pour éviter de faire cause commune avec des gens comme Olivier de Termes.

— On vous a récompensé pour cette prise heureuse, commença-t-il, méprisant. (Effectivement, le roi Louis avait restitué à Olivier Termes, qui avait appartenu à son père.) Vous pouvez aussi ne pas accorder trop de valeur au pouvoir de deux orphelins à peine majeurs, sans terres, sans moyens et sans armée. Pour ce qui concerne les mobiles de nos chers amis du Temple, si j'étais vous, je tiendrais mieux ma langue et je me garderais bien d'accuser les chevaliers d'être intéressés ou même hostiles.

Olivier avait rougi jusqu'aux oreilles et priait pour que l'irritable connétable veuille bien, au moins, baisser sa voix de sergent. Mais, d'un autre côté, l'envie de houspiller un peu plus ce bonhomme le démangeait.

— Si, à l'époque, Xacbert de Barbera s'en est sorti sans punition, en perdant uniquement Quéribus, la faute en revient au sénéchal de Carcassonne nouvellement nommé, Pier de Voisins. C'est lui qui a laissé l'adversaire déclaré de tous les Francs se réfugier en Aragon. J'ai fait en sorte qu'au bout de dix jours il soit relevé de ses fonctions et remplacé par un homme fiable ! ajouta-t-il, triomphal. Mais le connétable éclata de rire.

— Vous ne savez donc pas encore, messire Olivier, qui vient tout juste d'obtenir sa nomination à Carcassonne ? Eh bien c'est un homme qui vous porte un amour brûlant : Voisins en personne ! (Le connétable se serait ébroué de plaisir.) Termes n'est-il pas situé dans son secteur ?

Olivier fit mine de ne pas être atteint par ce coup ; mais il était si profondément touché qu'il en oublia toute prudence, aussi bien à l'égard de l'homme qu'il avait en face de lui, le chef de guerre de la Couronne, que vis-à-vis du lieu où il se trouvait, et qui appartenait au Temple.

— Comme vous avez raison, valeureux messire Gilles. Chacune de mes objections peut bien n'avoir aucune valeur en soi mais... (il baissa la voix jusqu'au chuchotement)... si le grand œuvre devait réussir...

Il n'acheva pas sa phrase et prit le temps de se repaître de la confusion qui s'emparait de son interlocuteur avant de continuer, d'un ton léger :

— À supposer que l'on ait trouvé la pierre, l'eau et le feu peuvent nouer une puissante alliance. Je suppose que vous en savez tout de même assez sur l'alchimie pour comprendre cela ? Ce qui se produira lorsque le couple royal célébrera ses noces chimiques avec l'ordre des Templiers, lorsque Roç et Yeza ne feront plus qu'un avec les gardiens du Graal ?

Il attendit en silence et approcha ses mains du visage du connétable ahuri, avant de les faire claquer d'un seul coup.

— Quéribus est la fiole sous laquelle darde la flamme bleue, l'élixir bouillonne dans le verre, des vapeurs vénéneuses s'élèvent, la mixture bout, elle cuit, et vous, Gilles Le Brun, que faites-vous ? Regardez donc dans un miroir !

Le connétable n'eut pas le temps de se demander s'il devait simplement envoyer son poing dans la figure du renégat ou lui faire sentir la pointe froide de son poignard sous le menton : ils entendirent du bruit dehors, sous les fenêtres qui donnaient sur la rue. On aurait dit une émeute. Son devoir était de s'en occuper. On ne voyait rien, si ce n'est la foule qui courait vers le Marais, les commerçants qui arrêtaient leurs charrettes et les artisans qui sautaient de leurs bancs. Un jeune Templier se précipita dans l'antichambre.

— Le roi est-il auprès du grand maître ? demanda-t-il, excité, en désignant la lourde porte.

— Non, répondit le connétable. Sa Majesté reçoit Thomas de Bérard au Louvre.

Le novice voulut repartir, mais Gilles le retint par la manche.

— Qu'est-ce qui émeut autant le peuple, là-dessous ? s'enquit-il en désignant les toits du Marais, d'où l'on voyait monter de la fumée.

— Un prêtre est en train d'exciter la foule. Il demande aux gens de brûler notre moulin à papier et de détruire le *librarius multiplex* que nous construit maître Villard de Honnecourt. Il se copie *eo ipso* « avec une valeur identique », expliqua le jeune Templier, enthousiaste, si fine que soit l'écriture.

— Et pourquoi cela émeut-il tant les esprits ? interrogea encore Gille Le Brun, qui avait déjà tiré son épée.

— Parce que cet inquisiteur, un crétin venu des provinces, convainc les gens que cet *imprimendum mecanicum* est l'œuvre du diable.

— Comment s'appelle ce lascar ? grogna le connétable en sortant. Mais il se doutait déjà de l'identité de celui qui se mettait ainsi en scène.

— C'est un tas de graisse de la sainte Trinité !

Le gros Trini ! Il ne manquait plus que lui à Paris ! Le connétable descendit bruyamment l'escalier de pierre, heureux, à chaque pas, de ne pas avoir vendu son âme. Le Seigneur l'avait préservé contre la tentation d'accepter l'argent de ceux qui étaient sans aucun doute alliés au Malin. Ses dettes de jeu pouvaient rester ce qu'elles étaient : des dettes d'honneur ! Devant le temple, il siffla pour appeler son escorte, se plaça à sa tête et se dirigea sur les lieux de l'action.

Les ruelles du Marais étaient étroites et sinueuses. Le ruisseau d'eau sale qui traversait le quartier servait aux équarrisseurs et aux teinturiers à se débarrasser de leurs bouillons puants, si bien que même les rats évitaient ces eaux saumâtres. Autrefois, elles animaient encore de nombreuses roues de moulin. Mais les gens avaient fini par dire que le pain empestait, et l'on avait mis au repos toutes ces installations. Le fait que les Templiers aient repris les meilleurs d'entre elles avait inquiété les voisins, notamment lorsque la rumeur avait couru que l'on y broyait par sacs entiers des morceaux de tissus, de la poudre d'os, des récipients de levure et toutes sortes de poudres. Quelques malins expliquèrent que l'on fabriquait désormais du parchemin artificiel, et cela avait suffi pour mettre en émoi les tanneurs, qui redoutaient que leurs fines peaux de fœtus d'agneaux ne perdent de leur valeur.

Dans ces conditions, même un agitateur balourd comme pouvait l'être Bezù de la Trinité avait la partie facile ; mais le moulin à papier ne voulait pas brûler, tout était trempé et poisseux, les flammes refusaient de prendre. La foule déçue s'était contentée de déchirer au milieu de la rue des piles de plaques qui ressemblaient à des bouses de vaches blanchâtres et séchées, et d'y mettre le feu en braillant. Mais des voix s'élevaient déjà pour dire que le véritable ouvrage du diable était une effroyable machine qui ressemblait au croisement d'un métier à tisser et d'une presse à olives. Elle avalerait le papyrus des Templiers et le recracherait couvert de texte, beau comme une page de Bible. Une telle perspective émut aussi l'inquisiteur, et il se dirigea, à la tête d'une meute de braillards de plus en plus nombreuse, dans la rue voisine où l'on disait le *librarius* caché dans une cave voûtée. Pour mettre ses adeptes dans l'ambiance, le dominicain entonna le vieil hymne des croisés, « *Veni creator spiritus* », ce chant que l'on avait entendu lorsque des villes entières du Languedoc avaient été réduites en cendres. Le gros agitateur arriva sur les lieux en même temps que le connétable, qui fit immédiatement poster ses hommes devant la lourde porte de chêne, l'épée dégainée. Cela n'était peut-être pas nécessaire : la porte était verrouillée et les fenêtres aussi hautes que celles d'une forteresse. Deux sergents des Templiers se tenaient devant l'entrée, lances croisées.

— Que se passe-t-il ici ? demanda Gilles Le Brun. Au nom du roi...

— Au nom du roi, l'interrompit le plus vieux des gardes, faites en sorte que cette foule se disperse ! Ce bâtiment est placé sous la protection de la Couronne.

Le connétable prit le temps de réfléchir. Mais Bezù tempêtait déjà :

— Ce n'est ni à la Couronne, ni au Temple qu'il revient de propager la parole de Dieu !

Il haletait : la peur que quelqu'un ne l'interrompe lui coupait le souffle.

— Seule l'Église, ses ordres monacaux et ses couvents, ont le droit de diffu... (Il dut s'arrêter pour respirer.) La copie illégale des Textes saints, et ce avec l'aide d'un instrument du diable, sans même faire appel à la main de copieurs bénis de Dieu, n'est autorisée à personne, surtout pas à un ordre de chevaliers qui devrait se consacrer à protéger l'Église, et pas à saper ses privilèges sacrés !

Il dut faire une pause. Il avait parlé trop vite, le peuple ne comprenait plus rien, des murmures parcouraient la foule. Quelques-uns jetèrent leurs torches au sol, mais attendirent tout de même l'issue de la dispute. Le connétable était certes, au fond de lui-même, du côté du gros moine : lui aussi haïssait les Templiers. Mais il ne pouvait pas faire fi du sigle royal apposé sur la porte, et c'est la cause de celui-ci qu'il devait défendre.

— Trini, dit-il d'une voix sévère, autant que je sache, votre Ordre et l'Église vous ont chargé de combattre les hérétiques en Occitanie. Vous n'avez aucun droit d'intervenir en public à Paris, surtout pas en tant qu'inquisiteur.

— Voulez-vous m'interdire d'accomplir la volonté de D...

Il n'alla pas plus loin, deux hommes du connétable l'avaient pris sous le bras à gauche et à droite, et Gilles Le Brun annonça d'une voix menaçante :

— Encore un mot sur Dieu ou une parole de résistance au roi, et je vous fais enfermer.

Le gros moine tremblait de rage, mais il se mordit les lèvres et joignit les mains pour la prière.

— Mais délivre-nous du mal, marmonna-t-il en jetant à son contradicteur un regard brûlant de haine. Seigneur, pardonne-leur, car ils ne savent pas ce qu'ils font.

S'il avait espéré que son martyre suffirait à ranimer la colère du peuple, il fut bien déçu. Les gens se dispersèrent aussi vite qu'ils avaient accouru, d'autant plus qu'à l'extrémité de la rue une patrouille des Templiers à cheval était apparue. Cela suffit à faire disparaître les derniers téméraires qui voulaient encore jouer les héros.

— Bezù de la Trinité, annonça le connétable d'une voix forte, Bezù de l'ordre de saint Dominique, nous vous ordonnons d'éviter jusqu'à nouvel ordre les alentours du temple. (Il fit signe à ses hommes de relâcher le moine.) Allez faire brûler les hérétiques dans votre Languedoc ! ajouta-t-il encore, l'air bienveillant.

Le gros décampa sans lui accorder le moindre regard. Le connétable adressa un très bref salut à la garde du temple et quitta les lieux. Il aurait volontiers observé cette machine dont on disait tant de merveilles. Elle accomplissait à elle seule autant de travail que les copistes de douze monastères ! Et chaque feuille écrite était propre et soignée, toutes semblables, comme une file d'œufs alignés ! Pour que messire Louis accepte que son sigle cache et protège un dangereux instrument appartenant aux Templiers, on lui avait certainement versé du vin pur dans sa coupe !

Le nonce pontifical, le cardinal Rostand de Masson, détourna son regard des toits biscornus du Marais. La colonne de fumée qui montait jusqu'au ciel un instant plus tôt s'était interrompue. En tout cas, on ne la distinguait plus de la brume qui montait des centaines de cheminées avant de se disperser. Son interlocuteur lui ouvrit la porte de la salle d'audience. Il avait affaire au jeune Guillaume de Gisors, qui n'était pas un membre haut placé dans la hiérarchie de l'ordre. Mais ce n'était pas du tout une erreur. Le cardinal savait que sa belle-mère était Marie de Saint-Clair, celle à laquelle des langues perfides avaient donné le surnom ambigu de « Grande Maîtresse ». C'est une femme qui dirigeait l'ordre secret du Prieuré de Sion, une organisation tentaculaire, présente dans le monde entier, qui était sans doute le pire ennemi de l'Église. Et Guillaume de Gisors passait pour son successeur désigné, même s'il ne portait que le modeste titre de commandeur.

— Le Saint-Père, dit le cardinal à voix basse, persuadé que les murs, ici, avaient des oreilles, le Saint-Père est soucieux.

Il commença par laisser ses mots produire leur effet, et attendit la réaction de Guillaume de Gisors. Mais celui-ci se contenta de lever les sourcils, ironique, comme pour dire : « Il a bien raison. » Mais il laissa à son invité le soin de l'admettre ouvertement.

— Après l'écrasement du pouvoir impérial des Hohenstaufen, reprit le cardinal, l'air inquiet, l'équilibre traditionnel du continent s'est mis à vaciller. Jusqu'ici, la France jouait un rôle d'arbitre extérieur au conflit. Maintenant, elle est la seule à occuper le terrain.

— Qui donc a prêché la croisade contre l'Occitanie ? Qui l'Anjou veut-il faire venir en Sicile, comme s'il ne suffisait pas déjà que règne à Constantinople un empereur franc, et en Terre sainte un roi désigné par la grâce de messire Louis ?

Le commandeur n'exprimait aucune colère, c'était plutôt de la moquerie. Et Rostand de Masson baissa la voix :

— Rome, comme tout pouvoir, a connu une longue série de porteurs de la tiare, mais aussi de porteurs des passions des hommes, de leurs préférences, de leurs angoisses, de leurs désirs, je veux parler des papes qui se sont succédé. Et c'est la somme de leurs faiblesses qui a mené à la situation à laquelle il nous faut aujourd'hui remédier par la purification.

— Ah ! s'exclama le commandeur. Le Saint-Siège a commencé par crier au feu dès qu'il apercevait un cierge qu'il n'avait pas béni ou allumé lui-même. Ensuite, il a cherché à les éteindre avec un seau d'eau, ou plutôt de sang. Et il est à présent trempé jusqu'aux os...

— Épargnez-vous ce tableau, le tança le cardinal, je parlais de purification.

— Et je parle pour ma part du liquide, pour rester dans cette image qui ne vous est pas agréable. Il faut pour cela un contre-pouvoir, car Rome, d'elle-même, ne se...

— Je parle de la France, dit le cardinal d'une voix ferme. L'*Ecclesia romana* n'est pas le problème de la France. En revanche, l'omniprésence de la France pourrait devenir insupportable à Rome. Nous ne nous sommes pas défendus pendant des siècles contre l'hégémonie allemande pour tolérer à présent une contre-Église sur le sol occitan. (Il leva les mains, implorant.) Surtout si elle prend la forme d'un État dans l'État. Cela aussi serait un pur et simple affront à la couronne.

— Depuis quand vous en souciez-vous ? répliqua Guillaume de Gisors. Le couple royal n'a pas seulement fait allégeance au roi Louis, mais aussi à Alphonse de Poitiers, le seigneur de Toulouse.

Le cardinal leva les yeux, étonné.

— Je ne parlais pas de ce jeune fou de Roç et de sa Yeza, qui a si peu d'une dame, ces deux pièces de jeu d'échecs que vous tenez dans vos mains. Je parlais de l'ordre des Templiers. Il mène une politique d'encerclement, et je ne m'étonnerais pas si la Couronne aux abois n'était un jour forcée de trancher le nœud par la violence !

— *Gesta Dei per Francos !* (Le commandeur avait pris une voix pleurnicharde.) Comment pourriez-vous y participer sans dévoiler votre identité ? Le pape est le commandant suprême des Templiers, c'est bien lui qui devrait appeler cet ordre à la modération. Eh bien, vous vous taisez ?

— Pour ne pas rire !

Ce n'était pourtant pas l'impression que donnait le nonce.

— Vous, c'est-à-dire, disons le mot, le Prieuré, vous avez mis cet œuf de coucou dans le nid de Rome. Et vous demandez à présent que le pape fasse preuve d'autorité paternelle !

Le commandeur sourit.

— Le Saint-Père pourrait aussi attribuer au Temple

un champ d'action qui pose moins de problèmes. Que diriez-vous de la Sicile ?

— Vous êtes voué au diable ! L'Ordre, voisin du *Patrimonium Petri ?* Mieux vaut avoir les Hohenstaufen dans la nuque que les Templiers au bout du pied !

— On ne peut pas tout avoir.

Guillaume éclata de rire. Mais le cardinal prit l'air grave.

— Rome est disposée à accepter vos protégés en Occitanie, tant qu'ils ne rétablissent pas le culte du Graal à Montségur — et tant qu'ils ne font pas appel aux Templiers dans ce dessein...

— Vous savez que nous avons d'autres projets pour le couple royal.

— Pourquoi ne les mettez-vous pas en œuvre ?

— Ah ! laissa échapper le commandeur, Roç et Yeza doivent donner de l'air au pape en se rendant tous deux *stande pede* à Jérusalem et en emmenant les chevaliers avec eux pour les protéger.

— Il en est ainsi, dit le nonce, telle est leur véritable destination.

L'auberge « De Leeve van Flanderen » se situait devant la porte d'Aubervilliers, au nord de la ville. Elle était comble du matin au soir. Mais les quatre hommes assis dans un coin attiraient tout de même l'attention. Ils ne ressemblaient ni à des commerçants en voyage, ni à des paysans des environs ; quant aux nobles, on ne les voyait guère ici d'ordinaire. Personne ne les connaissait. Ils formaient une singulière équipe, isolée des autres clients. L'aubergiste ne laissait personne s'approcher de leur table, ni les curieux, ni les ivrognes qui se dirigeaient vers eux en titubant. S'étaient réunis dans ce lieu où ils espéraient ne pas attirer les soupçons : Olivier de Termes, un noble écervelé, aux gestes nerveux et aux traits amollis ; le nouveau sénéchal désigné de Carcassonne, Pier de Voisins, un grognard énergique à la barbiche mélancolique et aux yeux aqueux ; l'inquisiteur Bezù de la Trinité, venu *incognito* en vulgaire dominicain pansu ; et un peu à l'écart, Yves le Breton, portant le pourpoint bleu aux lis d'or brodés. C'est ce qui avait le plus impressionné l'aubergiste. Depuis quand les hommes du roi s'égaraient-ils dans sa fosse aux lions ? Mais à toutes les questions des curieux, Yves avait opposé le silence et une sombre mine.

C'est Olivier qui commença.

— L'expertise juridique de maître Sorbon a pris exactement le tour qu'espérait la couronne, aussi mou que les bonbons de ce seigneur religieux.

— Tout de même, grogna le sénéchal, il se prononce clairement contre toute installation à Montségur, et demande que la garnison de Quéribus soit clairement placée sous mon commandement !

— Ha, ha ! s'exclama le gros en riant et en soufflant. Je parie que vos hommes ont été échangés depuis longtemps contre des sergents du Temple déguisés.

— Jamais ! Certainement pas ! tonna le sénéchal. Ils ont l'ordre rigoureux de ne...

— Vous connaissez mal votre Gavin Montbard de Béthune, répliqua le dominicain, moqueur. Le précepteur a passé un pacte avec le diable, il vous ôtera vos chausses sans que vous le remarquiez, et vous gravera sur les fesses une croix griffue au fer rouge.

— Tout le monde n'a pas un gros derrière insensible comme le vôtre, Trini !

Olivier avait mis les rieurs de son côté. Même le Breton eut un rictus, et avant que l'inquisiteur ne puisse vraiment se mettre en colère (il était habitué aux moqueries), Olivier lui donna un peu de miel à lécher :

— Mais votre tendre cerveau de bavard a raison de nourrir quelques soupçons. On ne peut pas faire confiance aux Templiers.

— Dans ce cas, changeons de nouveau les soldats de la garde, décida le sénéchal, partisan des solutions simples.

— Laissez-moi faire, proposa Olivier, je sais manier Quéribus.

Cette fois, c'est de lui que les autres se moquèrent.

— Il est une chose bien plus grave, dit le gros en soufflant : favorisée par la présence de ces deux enfants, l'hérésie cathare recommence à se propager dans le pays, les bonshommes à la barbe blanche passent de nouveau clandestinement dans les Pyrénées ou se faufilent hors des grottes dans lesquelles nous les avons emmurés, et prêchent contre la sainte Église.

— On ne peut pas non plus négliger le fait que l'Aragon guette depuis l'autre côté des montagnes. Ce bon Xacbert de Barbera n'attend que sa chance. Et Quéribus est aux mains de ce petit couple que notre bienveillant seigneur Louis traite, et même encourage avec tant de soin : un appât auquel le vieux lion aura bien du mal à résister, ajouta le sénéchal.

— Mais c'est tant mieux ! s'exclama Olivier, moqueur. Ne soyez donc pas aussi ballot que notre Trini, qui a voulu capturer un gnome chantant, ce Jordi Marvel, et qui a ainsi laissé passer entre les mailles de son filet l'agent le plus dangereux de Venise.

— Qu'ai-je à faire de la Serenissima ? rétorqua le dominicain. D'ailleurs, je n'ai vu personne qui lui ait ressemblé !

— C'est bien ce que je dis ! répondit Olivier en lui riant au visage. Rinat Le Pulcin, déguisé en peintre, séjournait sur les lieux de votre acte héroïque.

— Il n'y avait qu'un prêtre répondant au nom de Gosset.

— Lequel accompagnait deux jeunes seigneurs, un chevalier et sa dame, vous vous les rappelez sûrement.

— À contrecœur, admit Trini. Toute l'affaire a été gâchée à cause d'un lascar...

— Le chevalier téméraire ! C'était Roç Trencavel du Haut-Ségur, triompha Olivier. À moins que ce ne soit sa *damna,* la sauvageonne Yezabel Esclarmonde du Mont Y Sion ! On ne peut jamais en être sûr !

— Ils chevauchent tous deux comme le diable et ne craignent rien au monde ! commenta Yves le Breton.

Tous le regardèrent, consternés.

— Et c'est eux que vous avez laissés filer ? grogna le sénéchal. Tous nos problèmes seraient résolus si...

Le gros inquisiteur baissa la tête et murmura :

— Si eux aussi ont un.pacte avec l'enfer... je vais...

— Laissez cela au bras séculier, lança le sénéchal en lui coupant la parole, avant de s'adresser à Olivier. Vous connaissez bien les cachettes secrètes de Quéribus.

Ce n'était pas une question : il venait d'engager le renégat.

— Votre mission sera d'indiquer le chemin qui, sans se faire voir, de l'intérieur, le...

— Pourquoi moi ? s'exclama Olivier. Je me tiens scrupuleusement en dehors de cette affaire.

— Vous y êtes jusqu'au cou, répondit Pier d'une voix paternelle. Mais, même sans votre aide, l'homme qui sait accomplir ce genre de missions trouvera bien son chemin.

Tous suivirent le regard du sénéchal, dirigé vers Yves le Breton. Mais celui-ci baissait les yeux.

— Le meurtre n'a jamais été mon fort, dit-il sans cesser de regarder le sol. J'ai mis fin à beaucoup de vies pour servir mon roi. Aujourd'hui, la paix est dans mon âme. Rien au monde ne pourra me l'ôter à nouveau.

Il dévisagea ses trois interlocuteurs. Son regard était perçant.

— Je ne veux rien avoir entendu de tout cela !

Ils restèrent là, assis, jusqu'à ce qu'ils soient partis l'un après l'autre. Yves le Breton fut le dernier à quitter la taverne.

Miniatures

Le voyageur soupire de soulagement, lorsque la vallée s'élargit encore sur le Grau de Maury et qu'il se sait éloigné d'une journée de cheval seulement des côtes du Roussillon, avec leurs lagunes salées. Il a fait de bonnes affaires dans les villages retirés, au pied des Pyrénées, et se croit désormais hors de danger sur cette route sans arbres, entre les champs et les rangées de vignes, à l'abri des brigands qui rendent la montagne incertaine. Le château de Quéribus se dresse comme un pic entre les roches. Mais il faut se retrouver juste au-dessous pour voir le plus puissant donjon du pays se dresser tout d'un coup, large et majestueux, poussant sur le côté les pointes des rochers, avec une force de titan, montant jusqu'aux nuages bas et même au-delà : un tableau vertigineux. Ce n'est pas un mortel, c'est un géant qui a dû se construire ce billot, assemblé fragment après fragment, chacune de ses dimensions défiant le plus téméraire des châteaux forts. Quel qu'en soit le maître, il n'a nul besoin du brigandage pour subsister. Effrayé, le marchand attrape son sac pour payer son tribut avant même qu'on lui ait demandé le péage à la garde du portail, heureux que les masses rocheuses ne se précipitent pas sur lui pour l'écraser. Mais ensuite, il éperonne son cheval et fuit ce lieu sans même se retourner.

Le chevalier Roç Trencavel du Haut-Ségur était campé sur le donjon et s'imaginait avec plaisir comment il pourrait se divertir et distraire les siens, d'une manière conforme à son rang. Il organiserait des tournois, cela plairait certainement aussi à Yeza, qui s'était imaginé, en arrivant à Quéribus, une cour pleine de trouvères jouant du luth, de jeunes filles dansant la ronde et de galants chevaliers faisant la cour à elle-même et à ses dames. C'est ce qu'ils avaient vu pendant leur voyage à travers la France, à la cour de Poitiers, qui vivait encore sur la gloire de l'extraordinaire Aliénor d'Aquitaine, ce personnage presque légendaire qui fut successivement reine de France et d'Angleterre, et donna le jour à Richard Cœur-de-Lion.

Cela avait profondément impressionné Yeza. Richard était pourtant un roi misérable, stupide et cruel dans son rôle de héros. Mais comme sa jolie mère, les poètes et les chanteurs le vénéraient avec une telle ferveur qu'il s'était finalement retrouvé auréolé d'une couronne de rayons, et était devenu l'idole de toute la chevalerie. La dame souhaitait que son Trencavel connaisse le même destin, mis à part la faiblesse de Richard pour les fesses de matelots, ce que Yeza estimait être une rumeur malveillante. Elle-même ne se considérait certes pas comme une réincarnation de cette reine d'Aquitaine bonne vivante. Yeza était trop sérieuse pour cela : elle aussi avait des ambitions intellectuelles plus élevées. Mais ses exigences envers le chevalier qui l'accompagnait et les nombreux autres hommes qui l'escortaient pouvaient tout à fait se mesurer à celles de la reine. Il lui fallait ici une cour en bonne et due forme.

On avait commencé à la constituer, modestement, avec Potkaxl, même si la petite au nez d'aigle ne connaissait que la langue toltèque. Elle avait au moins l'avantage de répandre la bonne humeur autour d'elle, et son insouciance avait un effet rafraîchissant. Yeza disposait également de Jordi Marvel, ce nain qui buvait plus qu'il ne chantait, et elle revendiquait aussi Rinat Le Pulcin, qui prétendait volontiers avoir des « manières courtoises ». Roç soupira. Il ne lui restait plus que Philippe, son serviteur et son écuyer, que Yeza lui aurait volontiers ravi pour en faire son page, et le prêtre. Gosset est au moins un interlocuteur digne de ce nom, se consolait Roç. Il comprenait bien que quelque chose devait se passer à Quéribus, qu'il fallait y installer la vie d'une cour, sous peine de compromettre, à long terme, leur séjour en ces lieux. Mais ce qui était triste, c'est qu'aucune âme humaine ne s'égarait dans les montagnes pour passer par le Grau de Maury, surtout pas un Crésus que l'on aurait pu dépouiller. Et en dessous, dans la vallée, patrouillaient les cavaliers du sénéchal de Carcassonne, qui pratiquaient en professionnels le vol de grand chemin. Ici, dans le château, il disposait d'une garnison de sergents templiers grognons qui ne montreraient aucune compréhension pour ce genre de désirs. Pourquoi s'était-il laissé donner de force ce tas de pierre ? Le château le plus puissant de toute l'Occitanie ! Ils auraient mieux fait d'insister pour obtenir Montségur, même si c'était une ruine ! Et puis il regrettait l'absence de Guillaume de Rubrouck, leur joyeux frère mineur. Il en allait certainement de même pour Yeza. Ce franciscain avait le talent d'embellir la vie.

Roç et Yeza lui étaient un peu tombés dans les bras, lors de la dernière nuit de Montségur. L'Église et la France, marchant main dans la main, avaient déjà lancé l'assaut contre la forteresse des hérétiques lorsqu'au dernier instant on avait descendu deux ballots au bout d'une corde. Avec eux, le frère mineur rondouillard avait traversé la mer. Ensemble, ils avaient défié le sbire du pape avant d'arriver à Otrante. Guillaume n'avait cessé de surgir auprès d'eux, tirant toujours un nouveau fil de la pelote emmêlée de leur destin, de ce sort qu'avaient esquissé les puissances invisibles du grand projet, ce qui n'avait certes pas rendu leur vie plus simple, mais plus intéressante. Même si ni lui ni eux n'avaient à l'époque eu la moindre possibilité de rencontrer le grand khan, ils étaient revenus glorieux de leur prétendu voyage au royaume des Mongols. Ils avaient plongé tout l'Occident dans la confusion lorsqu'ils avaient affirmé triomphalement, à Constantinople, qu'ils s'étaient rendus en Extrême-Orient. Ce genre de folles audaces, seul Guillaume de Rubrouck pouvait se les permettre, ce Flamand rusé aux cheveux roux. S'il avait été là, il aurait depuis longtemps fait croire au monde entier que Roç et Yeza, le couple royal, avaient pris le contrôle de l'Occitanie, sinon de toute la Méditerranée. Guillaume les aurait intronisés triomphalement à Montségur. De Byzance aux Maures, au-delà des Pyrénées, des chefs des Frisons jusqu'à l'émir de Tunis, on aurait envoyé des délégations, certes pas pour faire allégeance, mais pour apporter des cadeaux précieux et des animaux étranges. Beaucoup auraient envoyé leurs fils et leurs filles, résolvant ainsi les difficultés qu'il y avait à constituer une cour digne de ce nom !

Le vent sifflait, glacial, des bribes de nuages filaient entre les roches. Roç décida de se retirer à l'intérieur de la muraille. Il y trouverait au moins une cheminée allumée, et il pourrait peut-être convaincre Gosset d'accepter une partie d'échecs. Le jeune maître du château descendait l'escalier en colimaçon abrupt lorsqu'il découvrit dans l'arrondi du mur une porte de bois soigneusement encastrée qu'il n'avait encore jamais remarquée. Elle n'était pas verrouillée. La curiosité de Roç était plus forte que son envie de chaleur, et puis il avait toujours su flairer les passages secrets.

Un étroit chemin montant le fit accéder à un étage intermédiaire où il n'avait encore jamais mis les pieds, et dont il n'avait même pas soupçonné l'existence. De petites ouvertures laissaient même passer la lumière. Mais qui, de l'extérieur, prenait le temps de faire le lien entre chaque meurtrière ou archère de cette tour gigantesque et les pièces auxquelles elles correspondaient ? C'était une construction complexe, sans doute faite pour que, même au terme d'un coup de main réussi, les défenseurs puissent échapper à leurs assaillants. Il était en réalité inconcevable que Quéribus tombe, à la suite d'un assaut ou d'un siège, entre des mains hostiles. C'est ce qui faisait sa renommée. Le dernier maître du château, le célèbre et redouté Xacbert de Barbera, avait été attiré hors de ses murs par une ruse, la lâche trahison d'Olivier de Termes.

Roç prenait bien garde aux trappes et aux autres obstacles qu'il rencontrait ; il se retrouva d'un seul coup dans une pièce qui sentait la présence humaine. On voyait aussi des traces fraîches, et pour Roç, elles désignaient sans le moindre doute l'homme qui fréquentait ce lieu : Rinat Le Pulcin, le peintre de cour. De petites billes séchées aux couleurs pâles couvraient le plancher de bois comme des crottes de mouton, et sur la table de travail, une porte posée sur deux tréteaux, on trouvait un creuset et des bols. Dans quelques mortiers sales, on voyait de nombreux restes poussiéreux de craie, de glaise et de schiste écrasés. Mais aucune œuvre du maître n'était visible. Roç n'eut pas à chercher bien longtemps. L'armoire installée dans le cadre de la porte pivota en grinçant et il se retrouva dans une pièce voûtée et basse qui avait dû, jadis, servir de bibliothèque : elle contenait des étagères vermoulues avec des tiroirs qui fermaient mal, et dont certains étaient du reste restés ouverts. Rien n'indique plus sûrement des compartiments secrets et des doubles fonds, toutes choses que Roç avait l'instinct de déceler. Ses doigts glissèrent sur les bords, firent pression çà et là, et il ne tarda pas à trouver la fissure. Roç poussa le casier secret et plongea la main dans l'étroite ouverture. Il attrapa d'abord de petites planches de bois blanc ovales, grandes comme la paume d'une main. Sur chacune d'entre elles, il découvrit un portrait de sa bien-aimée !

Il eut un pincement au cœur, comme si le peintre lui

avait ravi sa dame, mais sa beauté admirablement restituée l'emplit aussi d'émotion et de fierté. Yeza riant ; Yeza rêvant ; Yeza, avec sa ride verticale sur son haut front, plongée dans ses pensées ; l'œil étincelant de l'audacieuse Yeza. Yeza la sauvage, avec sa crinière blonde qui ne se laissait pas dompter ; Yeza le regard vague, mélancolique, triste et nostalgique. Yeza telle qu'il l'aimait plus que tout au monde !

Roç reposa les miniatures ; mais cette découverte éveilla ses soupçons. Il avait déniché trop facilement cette galerie de tableaux. Sous les admirables camées qu'il recelait, le tiroir avait un double fond. Roç le souleva légèrement et en sortit des feuilles de parchemin aplaties. Elles provenaient certainement d'un précieux bréviaire, car sur chaque page, on avait orné les initiales de miniatures en couleurs, souvent enluminées à la feuille d'or. Mais c'était le recto de ces pages qui intéressait Roç. Un scélérat les avait utilisées comme fond pour des esquisses extrêmement précises et profanes. Les contours et les creux étaient parfois réalisés avec une encre noire que l'on pouvait seulement se procurer, pour beaucoup d'argent, au pays du soleil levant, parfois simplement dessinés avec une simple sanguine. Il reconnut aussitôt l'architecture et les objets que l'on avait reproduits. C'était le « Takt », la centrale de commandement souterraine des Templiers de Rhedae, placée sous le commandement de Gavin, et qui avait peut-être même été aménagée par le précepteur. Roç n'avait pas vraiment fait attention à ses dimensions et à ses formes, car son intérêt avait été attiré par un autre détail dans la rotonde. Mais Rinat avait observé les lieux avec froideur ; il était manifestement habitué à saisir les choses vite et précisément. C'est alors seulement que Roç reconnut la disposition des lieux, sous la nef de l'église, qui se répétait, en miniature dans la cavité rectangulaire et portait cette sphère aux étranges gravures qui représentait la terre et la mer, posée sur un champ de corps géométriques. C'est précisément ce qui avait séduit le dessinateur : Roç trouva quantité de pyramides, souvent inachevées, esquissées, corrigées, rejetées. Pour le reste, Rinat semblait ne s'être attardé que sur une plaque de pierre circulaire. À moins que ce ne fût un pilier, ou un cône renversé ? En tout cas, on voyait toujours revenir ce disque dans lequel était inclus un rectangle.

Roç pensa d'abord au lit de la sphère, puis à la lourde pierre du buisson de roses. Bien entendu ! C'est là que lui et Yeza avaient rencontré pour la première fois ce Rinat Le Pulcin ! L'épitaphe recouverte de signes et de symboles incompréhensibles que Roç y avait vue faisait partie de l'énigme du « Takt ». Elle symbolisait quelque chose qui s'y trouvait, ou qui s'y était trouvé. Mais qui se tenait derrière le Temple, que cachait-il, qu'était-il censé dissimuler ? Roç secoua la tête, puis il aperçut un portrait de Gavin. C'était indiscutablement le crâne du précepteur. Roç fut touché par la froideur de ce tableau. À l'arrière de la tête du chevalier, juste sur la nuque, le peintre avait tracé en rouge sang, comme une blessure mortelle, la croix griffue des Templiers.

Un grincement du plancher fit sursauter Roç. Il se retourna : derrière lui se tenait Rinat Le Pulcin, le poignard à la main. Mais le peintre souriait, l'air confus, et finit par ranger son arme.

— Vous êtes le maître du château, seigneur Roç, dit-il d'une voix calme, mais je ne me serais pas attendu à vous rencontrer en ce lieu.

— Où vous dissimulez vos manigances ?

— Je n'ai rien à vous cacher, répondit-il fermement. J'ai choisi ce refuge pour son calme.

Roç brandit le portrait macabre du précepteur.

— Pour ne pas être gêné... (Il reposa le portrait avec les autres parchemins.) Je suppose que vous ne me révélerez pas pour qui vous travaillez avec tant de zèle et de talent ?

— Je sers ceux qui me paient, dit Rinat, et il commença à remettre de l'ordre dans les feuilles volantes que Roç avait étalées sur la table. Je peux seulement vous garantir, mon seigneur et maître, que ce sont les mêmes personnes qui veillent sur votre bonheur et votre bien-être.

Roç dévisagea le peintre. Il était, comme toujours, élégamment habillé, et aussi lisse que sa langue. Si Rinat jouait un double jeu, ce n'était pas visible. Les manières courtoises étaient dans sa nature. « C'est un faussaire ! » se dit Roç tout d'un coup. Cela le distingue des autres peintres, même s'il maîtrise admirablement son art.

— Vous ne pouvez pas souffrir Gavin ? demanda-t-il sans ambages.

Rinat secoua la tête.

— Il ne me fait pas souffrir, répondit-il prudemment. Mais il en fait sans doute souffrir d'autres.

— À qui barre-t-il donc la voie ?

Roç désigna le tableau qui tranchait comme une accusation sur tous les autres dessins.

— Il a emprunté un chemin qui... (Rinat reprit le parchemin.) C'est son chemin, ajouta-t-il avant de se taire.

— Toute sa vie était et est demeurée au service de son Ordre.

Roç décida de défendre le Templier qui, aussi loin que remontait sa mémoire, lui avait toujours ouvert la voie, à lui comme à Yeza, intervenant chaque fois qu'un danger les menaçait. Il ne leur avait jamais fait de mal. Tandis que Rinat se taisait obstinément, Roç réfléchissait à voix haute :

— Il a certainement aussi influencé son ordre, peut-être même l'a-t-il utilisé pour atteindre ses objectifs ?

— Vous êtes sur la bonne piste, lui confirma obligeamment Rinat. Je ne suis pas son juge, croyez-moi, mais je pense que, grâce à (ou malgré) des personnalités aussi fortes que celles du précepteur, que je ne peux m'empêcher d'admirer, l'Ordre tout entier a pris une direction qui n'était pas prévue.

— Vous voulez dire que les Templiers ont quitté le droit chemin ? demanda Roç, indigné. Aucune communauté de chevaliers n'a accepté pareilles aventures, n'a versé dans de telles proportions le tribut du sang en combattant les incroyants. Ils se sont sacrifiés. Tous les martyrs assemblés n'arrivent pas à leur hauteur, les Templiers sont des héros !

— Vous parlez des moines-chevaliers du passé. Mais aujourd'hui, l'Ordre est une puissance économique qui fait trembler les républiques commerciales. Le roi a de lourdes dettes auprès de lui. Les Templiers peuvent faire et demander ce qu'ils veulent, et arrogants comme ils le sont, ils ne s'en privent pas !

— L'Ordre s'est donc fait des ennemis, constata Roç. Et vous en faites partie ?

— C'est trop d'honneur ! répondit Rinat en riant. Je ne suis pas le pape ! (Puis il devint sérieux :) Je vais formuler les choses ainsi : le plus grand, l'unique ennemi des Templiers, ce sont les Templiers eux-mêmes ! Ne m'en demandez pas plus, je vous prie.

Songeur, Roç descendit derrière le peintre la pente escarpée de la tour, jusqu'à ce qu'ils se retrouvent dans l'escalier de pierre qui les ramena au corps principal du château.

Yeza l'attendait.

— Savez-vous, mon chéri, dit-elle pour l'accueillir, un bandeau sur les yeux, tirant soigneusement flèche après flèche vers une corbeille d'osier molletonnée sur le mur qui lui faisait face et qui ressemblait déjà à un hérisson, savez-vous que j'ai décidé de conquérir Montségur ?

Elle ôta son bandeau et lança à son chevalier un regard rayonnant. Il n'avait encore jamais pu résister à ces yeux-là. Dans la plupart des cas, c'était le signal précédant l'instant où ils se tombaient dans les bras, ou l'un sur l'autre, quel que soit l'endroit. Mais cette fois-ci, il remarqua à temps que le prêtre se réchauffait devant le feu de cheminée.

— Peu m'importe ce que messire Louis et ses conseillers auront à objecter ! conclut Yeza avec énergie, même si elle pensait manifestement à tout autre chose

— Je vous suivrai, ma dame, et je hisserai vos couleurs sur le plus haut des créneaux.

— Des mâchicoulis : vous ne trouverez rien de plus là-bas ! glissa Gosset. Je vais attendre ici, devant ce feu bien chaud, jusqu'à ce que le froid de la nuit qui règne entre les murs nus vous ramène.

— Je veux revoir le Pog ! s'exclama Yeza, et Roç l'approuva.

— Nous le devons à notre sainte mère, dit-il à voix

basse. Et à nous-mêmes, aussi. Ne sommes-nous pas les enfants du Graal ?

Ça n'était pas une question. Il ajouta aussi, immédiatement :

— Le Graal doit y être plus présent qu'au « Takt » de notre Templier de Rennes-le-Château.

— Où il y a beaucoup de coquille et peu de noisette, approuva Yeza, mais Roç répondit :

— Et cette coquille, il faut encore la faire éclater. Car l'Ordre a du mal à approuver ce que Gavin y fait. Par conséquent, le précepteur paie de sa propre poche ses dépenses non négligeables. Mais cette poche, c'est une source bouillonnante qui la remplit. Gavin a trouvé un trésor !

— Et alors ? demanda Yeza d'une voix aiguë. En quoi cela nous concerne-t-il ? De quel droit voulez-vous vous approprier son or, mon Trencavel ?

— Mon seigneur n'a pas tellement tort, dit Gosset. Si messire Gavin Montbard de Béthune veut tenir sa parole et vous installer comme couple royal sur un trône d'Occitanie, que ce soit dans un État des Templiers ou comme vassaux de la France, il doit aussi faire en sorte que vous ayez une cour conforme à votre rang.

— Si je deviens roi, proclama Roç, ce ne sera pas dans un pays, mais sur un pays.

— Il me paraît oiseux de s'échauffer les méninges en réfléchissant aux lubies de Gavin. La France ne songe pas un seul instant à céder ne fût-ce qu'un pouce du sol occitan, lança Yeza aux deux hommes, l'air sévère, et l'Ordre ne tolérera jamais au-dessus de lui, en son sein ou à côté de lui une dynastie de souverains. Si le couple royal accepte de servir de simple figure de proue, il en pâtira !

Mais Roç n'abandonna pas si vite la partie.

— Le trésor, s'il en existe un, appartient à celui qui le trouve.

Gosset se désolidarisa à son tour.

— Si c'est le précepteur qui l'a trouvé, tel que je le connais, il n'abandonnera pas. Ou bien il faudra lui passer sur le corps. Est-ce ce que vous voulez ?

— Non ! dit Yeza, plus vite que Roç, qui s'apprêtait à

protester de nouveau. Savez-vous, mon chéri, lança-t-elle en baissant son regard étoilé sur ses chausses, ce que ma suivante puérile a déclaré tout à l'heure ? « Quand Dieu a créé l'homme, il se trompait. »

— Grammaticalement, ça n'est pas tout à fait correct, dit le prêtre en souriant.

— Potkaxl fait des progrès, commenta Roç, depuis que monseigneur Gosset l'a prise sous sa protection.

— Savez-vous, au fait, quel âge a cette enfant ? demanda Yeza. Treize ans, tout au plus !

— La princesse des Toltèques fait cependant preuve d'une étrange maturité, remarqua le prêtre, notamment pour ce qui concerne les relations avec les hommes, tels que Dieu les a créés...

— Ah, répondit Yeza d'une voix mutine, parce qu'elle lave son petit frère tout nu ? On dit qu'il y a des hommes, notamment parmi les prêtres, qui ne se lavent jamais le bout !

Et sur ces mots, elle sortit en trombe, furieuse.

Entre Bagdad et Le Caire

— Une lettre de Guillaume !

Philippe brandissait un paquet scellé, qu'un messager du Temple avait apporté à Quéribus. Yeza laissa d'abord Roç le regarder, puis elle sortit son poignard d'un geste décidé et ouvrit l'enveloppe. Ils lurent ensemble.

Guillaume de Rubrouck, O.F.M.
au couple royal
Roç Trencavel du Haut-Ségur
et Yezabel Esclarmonde du Mont y Sion

Devant Bagdad, octobre, Anno Domini 1257

Mes très chers petits amis, je me permets encore de vous nommer ainsi même si vous n'êtes plus depuis longtemps les petits enfants que j'ai pu porter dans mes bras. Mais depuis, vous avez grandi dans le cœur du gros Guillaume, ornement de son ordre et favori du grand khan, et je ne trouve pas les mots pour dire à quel point vous me manquez chaque jour. D'autant plus que je continue à chevaucher dans l'escorte du Il-Khan, non par inclination, mais parce que l'éminent khagan Möngke m'a confié cette mission. Bagdad est enfin devant nous ; je peux espérer en devenir le patriarche. À bien y réfléchir, je monterais bien plus volontiers sur ce trône de conte de fées que sur le siège pliable et transportable de la yourte qu'un char à bœufs tire constamment dans la steppe. Surtout si je me fie aux descriptions du luxe et de la vie confortable que l'on mène dans la ville de Babylone, entre l'Euphrate et le Tigre, ville que nous allons arracher aux mains molles du calife. Alors, votre Guillaume sera gouverneur de tous les chrétiens nestoriens pratiquants ou non qui, selon le vœu de Dokuz-Khatun, échapperont à un massacre sans doute inévitable. Les dames qui constituent la suite de cette pieuse femme sont déjà à l'ouvrage pour me coudre les vêtements d'apparat dont j'aurai besoin.

Leur époux, le Il-Khan Hulagu, est certes loin d'être aussi confiant qu'elles : ses astrologues refusent de lui garantir une victoire éclatante. Il redoute des trahisons dans ses propres rangs, et tout particulièrement des ruses de la Horde d'Or, qui pourrait lui jalouser le gain de cette riche métropole. Comme vous le savez peut-être, Sartaq, le fils et successeur de Batou, est mort, et c'est son frère Berke qui a repris la direction de la Horde. Sa cour est chrétienne, mais lui-même a pour l'islam des sympathies sans équivoque. Hulagu, qui n'est de toute façon pas le plus courageux des hommes, est aussi hanté par le cauchemar que serait une intervention de l'Égypte et de la Syrie pour venir en aide au calife. Mais cette perspective ne l'incite pas à se presser. Il préfère tenir calmes les mamelouks du Caire en leur faisant des manières et en laissant courir des rumeurs apaisantes tout en menaçant ouvertement le dernier souverain ayyubide, An-Nasir, à Damas. Pour ce type de diplomatie, il utilise à juste titre son chambellan, Ata el-Mulk Dschuveni. Comme vous vous le rappelez sans doute, cet homme, qui a l'intrigue dans le sang, est un ardent musulman. S'il avait été au service de Rome, il serait certainement devenu inquisiteur. Il n'y a qu'un seul côté positif à ses missions secrètes : je le vois rarement, et lui n'a pas à supporter ma présence trop souvent. Il ne m'aime pas.

Ce bon vieux général Kitbogha se trouve hélas le plus souvent en inspection dans les différents camps de l'armée, dans lesquels on rassemble les troupes. Votre paternel ami n'a malheureusement pas surmonté la perte de son fils Kito, ce que je peux comprendre. J'ai de la peine, chaque fois que je rencontre sa silhouette voûtée. Le chagrin a marqué son visage, mais à chaque rencontre, il demande de vos nouvelles. Vous avez été les compagnons de son fils pendant tout le temps que vous avez passé chez les Mongols, et il s'est pris d'affection pour vous. D'ailleurs, nul ici ne vous a oubliés. Dokuz-Kathun, elle aussi, se renseigne sans arrêt sur son indocile petite-fille adoptive, la princesse Yeza, et je crois que dès qu'elle se rend à l'église, elle vous inclut dans ses prières. Et même le Il-Khan regrette souvent, lorsque Dschuveni n'est pas là pour l'entendre, que le petit roi l'ait abandonné, il affirme qu'il se sentirait mille fois mieux si le jeune couple de souverains chevauchait à ses côtés pour cette campagne imminente.

Dans le camp militaire mongol, devant Hamadan,
au mois d'octobre Anno Domini 1257

Je me trouve depuis une semaine dans le quartier général de l'armée qui s'est regroupée. Dokuz-Khatun a réclamé ma présence, et je ne veux pas me faire mal voir de cette haute dame. Car pour tout ce qui concerne les questions du christianisme, c'est-à-dire de la future église nestorienne de Bagdad et de son chef, le Il-Khan a délégué les responsabilités à sa femme. Dans un premier temps, elle voulait juste que je prie avec elle — la bonne âme ! Elle a l'esprit simple, et veut sans doute vérifier mon niveau de piété.

Savez-vous qui j'ai trouvé tout d'un coup devant moi, envoyé par Manfred de Sicile ? Faucon rouge ! J'ai trouvé cela follement audacieux, de la part de cet émir mamelouk, de se jeter dans la gueule du loup sous l'identité du chevalier Constance de Sélinonte pour vérifier de ses propres yeux la force de la bête. Car, selon moi, il y en a trop ici qui le connaissent aussi comme le fils du célèbre grand vizir du Caire. Mais il était impossible de l'appeler par son vrai nom, Fassr ed-Din Octay, tant il s'était parfaitement glissé dans le rôle du prince venu de l'Occident et anobli personnellement par le grand empereur Frédéric. Lorsque je l'interrogeai sur Madulain, je ne pus apprendre qu'une seule chose : à ce jour, son mariage avec la princesse des *Saratz* n'avait pas donné naissance à un enfant. Sur tous les autres épisodes de la cour du Caire, dont on parle jusqu'ici, il a gardé un silence de marbre, comme s'il n'avait rien à voir avec tout cela.

En revanche, il a su nous apporter les nouvelles de Palerme : son seigneur Manfred visait à présent un couronnement comme roi de Sicile. L'héritier légitime, le petit Conradin, petit-fils de l'empereur, était décédé en Bavière à l'âge tendre de cinq ans. Constance de Sélinonte considérait pour sa part que cette nouvelle n'était qu'une rumeur, qui faisait seulemennt l'affaire d'un bâtard. On disait en revanche que le roi anglais Henri III, auquel on ne prêtait guère, d'ordinaire, de sens des réalités, avait suspendu d'un seul coup les paiements qu'il versait à Rome afin qu'Alexandre IV lui donne la Sicile en fief pour son fils Edmond. Faucon rouge estimait que pareil projet tenait de la chimère ; d'une part, l'Angleterre n'avait pas suffisamment d'or, et les barons n'approuveraient plus une nouvelle aventure loin de leur île, après que Richard de Cornwall avait déjà prétendu en vain à la couronne allemande, et alors que la guerre en France engloutissait sans arrêt des sommes monstrueuses. Ce serait en outre pure folie que de lancer Edmond, ce gamin, contre Charles d'Anjou, un être rompu à tous les combats et avide de pouvoir qui n'avait pas encore enterré, loin de là, les ambitions qu'il nourrissait sur l'héritage des Hohenstaufen, au sud de l'Italie. Si les Services secrets des Mongols devaient avoir écouté notre conversation, ils pourraient être persuadés de la profondeur des connaissances diplomatiques de l'ambassadeur, s'ils n'en étaient pas encore convaincus. Nous convînmes d'une seule autre rencontre, au cours de laquelle je compte lui remettre ce pli à votre intention.

Hamadan, au mois de novembre Anno Domini 1257

Notre départ est imminent, je veux donc vous décrire rapidement la situation de Bagdad, puisque vous avez jadis eu le plaisir d'être reçus par le calife el-Mustasim. Il gouverne toujours, de plus en plus fatigué. Le pouvoir est aux mains du grand vizir Muwayad ed-Din et du chambellan Aybagh, le gros *dawatdar* dont vous aviez tous deux fait la connaissance. Le premier est chiite et tient à préserver la paix, le deuxième est partisan de la doctrine sunnite, il est donc extrêmement hostile au vizir et veut une confrontation militaire.

Bagdad est fortifiée, son armée est puissante. À elle seule, sa cavalerie compte cent vingt mille hommes. Mais qu'est-ce que cela représente, par rapport aux Mongols ? Le calife (contrairement à tout bon chef d'armée mongol) n'a pas un pouvoir de commandement illimité. Il dépend de l'envie qu'auront ses vassaux de transmettre ses décisions, ce qui est impensable chez les Mongols ! En outre, depuis l'effondrement du royaume des Choresmii, la machine de guerre de Bagdad n'a plus été véritablement mise à l'épreuve, elle est devenue lourde et manque de fiabilité. Le vizir l'a bien compris et a conseillé au calife de dégraisser son infanterie et de la remettre en forme. L'argent ainsi économisé, el-Mustasim l'emploie en partie pour couvrir les dépenses de sa cour dispendieuse, car il croit à tort que cet étalage est capable d'impressionner quelqu'un. Certainement pas les Mongols ! Entre nous soit dit : cela ne les rendra que plus avides encore à l'idée du butin qui les attend ! Le reste, le calife l'a volontairement envoyé au Il-Khan en guise de tribut, espérant que cela l'inciterait à suspendre sa campagne. Ce calcul, lui aussi, s'est révélé totalement faux ! Car à ce moment, Hulagu a exigé d'être reconnu comme souverain, et donc que l'on se soumette à lui. Cela a ruiné sur-le-champ la position du vizir pacifique. Le gros *dawatdar*, le chambellan d'Aybagh, a pu se faire proclamer chancelier du royaume et se donner des airs de sauveur. Contre la volonté du *dawatdar*, qui attendait juste l'instant où il pourrait lancer la bataille, le vizir a demandé de l'aide à Damas et au Caire. Mais la politique habile de Hulagu, entre l'assoupissement et la menace, porte à présent ses fruits. Ni l'Égypte ni la Syrie ne se soucient d'aller sauver Bagdad.

L'armée du Il-Khan, en revanche, a considérablement grossi ces derniers jours avec l'arrivée des troupes de la Horde d'Or. Hier, nous avons aussi été rejoints par un régiment de la cavalerie chrétienne de Géorgie, qui s'est, il y a un certain temps déjà, soumise aux Mongols et leur verse le tribut. À présent, ses cavaliers sont là pour prendre d'assaut la respectable citadelle du commandeur de tous les incroyants. Ce qui m'étonne, en réalité, c'est l'indifférence avec laquelle, au bout du compte, le monde de l'islam attend le coup mortel qui sera porté à la ville des descendants du Prophète. Le fameux chef de guerre Baitschu, qui avait déjà plongé les territoires frontaliers de l'Occident dans l'angoisse et la terreur dix ans plus tôt, est lui aussi en marche. Depuis cette date, il avait conservé son armée aux frontières de l'Asie Mineure pour repartir à l'attaque une nouvelle fois contre les peuples de la région. C'est la raison pour laquelle les Grecs et les Seldjoukides ont depuis longtemps conclu la paix avec le grand khan. Le signe du début de la grande attaque peut être donné à n'importe quel moment.

Après une audience d'adieux auprès du Il-Khan, Faucon rouge a demandé qu'on l'escorte en Arménie, un pays ami dans lequel il compte prendre un navire pour la Sicile. Cela n'a éveillé aucun soupçon. Je confierai cette lettre à Messire l'ambassadeur.

Vous savez à présent combien vous me manquez tous ici, mais aucun ne peut se mesurer avec moi, votre gardien et plus vieil ami, qui vous aime plus que tout sur cette terre. Mes petits rois, acceptez les baisers de

votre Guillaume

PS : Vous voudrez certainement savoir ce qu'est devenue mon « épouse » Xenia. Elle a effectivement cherché à m'imposer le mariage, à moi, vous vous rendez compte !

si bien que j'ai dû la mettre dans un navire à destination d'Antioche. J'ai eu du mal à me séparer de ma fille adoptive Amál, à laquelle s'est attaché votre Flamand malin, ce vieux coureur de jupon. Le petit Shams, Dieu soit loué, ressemble de plus en plus à sa mère Kasda, et non à son veau de père. Je suppose qu'un jour ou l'autre, les Assassins de Masyaf l'accueilleront avec joie et fierté comme leur nouvel imam. Mais rien ne presse. *Allahu Akbar !*

G.d.R.

Dans le hammam en marbre du palais du sultan à Damas, les maîtres du bain suaient beaucoup plus que la montagne de viande qu'ils travaillaient. Et ce n'était pas rien : car la transpiration coulait par petits torrents de la peau rose à gros pores d'An-Nasir Yusuf sur le sol chaud en mosaïque. Il suait de peur : après les jets d'eau chauds et froids arrivait en effet l'instant qu'il redoutait, même s'il fallait seulement, pour le franchir correctement, une main tranquille et puissante. Une main ? Que dis-je, cinquante mains ! Le sultan An-Nasir était un géant, il pesait autant qu'un bœuf adulte (un taureau, bien entendu). Et il pouvait devenir aussi violent. Le moment critique approchait, celui où il faudrait se redresser. Une fois, il avait glissé entre les mains des maîtres du bain (ils n'étaient que cinq) et était allé s'écraser sur le sol avec un gros claquement. Il ne s'était pas fait de mal. Sa garde personnelle avait accouru, l'avait aidé à se lever, puis avait dû le soutenir. Les malheureux maîtres du bain s'étaient aplatis au sol, sur le ventre, et An-Nasir leur avait sauté dessus de tout son poids jusqu'à ce qu'ils ne donnent plus le moindre signe de vie. Compte tenu de cette expérience, ils s'y mettaient à vingt, désormais, pour mener à bien ce travail. Et, sur un ordre donné à voix basse par le maître des bains (lequel avait, à l'époque, survécu au massacre : parti installer les coussins dans la salle de repos, il y était resté caché jusqu'à ce que la colère de son maître se soit dissipée), cinq maîtres se postaient de chaque côté du souverain et lui passaient de solides draps de lin sous les genoux, les cuisses, les fesses, le dos, les épaules et la nuque. Sur un deuxième ordre, ils soulevaient ce poids, qui leur paraissait bien valoir celui d'un buffle, tandis que cinq portefaix sélectionnés s'ajoutaient à l'équipe, les épaules chargées d'un mât de barque. Les maîtres du bain enroulaient les extrémités des draps autour de ces barres épaisses commc des arbres, installait cette précieuse masse, au son d'une mélopée rythmique, dans une position confortable au seigneur, et nouaient le tissu pour en faire un solide hamac. Ensuite, ils n'étaient plus responsables de rien et allaient en vitesse prendre position de part et d'autre de la couche couverte de coussins, dans la salle de repos, tandis que les portefaix approchaient d'un pas lent et régulier, en portant le taureau. Il avait fallu élargir plusieurs portes, entre le hammam et leur objectif final, pour que ce convoi puisse passer dans toute sa largeur.

An-Nasir Yusuf aimait ce dernier épisode de ses plaisirs du bain : dès la première porte, il voyait danser autour de lui les jeunes filles de son harem, auxquelles revenait l'honneur de le frotter avec des serviettes de soie parfumée une fois qu'il avait atteint sa couche. Si elles parvenaient à ériger son membre puissant, toutes se réjouissaient. Mais aujourd'hui, il resta pendant et mou. Le front du souverain révélait son inquiétude. A peine déposé dans ses coussins, il chassa son maître du bain, ses porteurs et ses jeunes filles et exigea que le grand eunuque aille lui chercher la fille de l'empereur. Le serviteur en fut étonné : cela faisait longtemps, déjà, qu'An-Nasir ne s'était plus rappelé son ancienne favorite, Clarion.

— Nu ? demanda l'eunuque, incrédule, ce qui lui valut un coup de pied.

— Je dois lui parler ! souffla le sultan. Il suffit que ma panse soit couverte par un drap.

— Depuis le nombril !

Le grand eunuque transmit l'ordre au grand maître du bain, et se dépêcha de ramener celle que réclamait son maître. Ce n'était pas toujours une tâche facile, car Clarion de Salente, dont il était prouvé qu'elle était la fille naturelle du grand Hohenstaufen, avait gardé de sa période de favorite la mauvaise habitude de se refuser de temps à autre. En informer An-Nasir était une mission extrêmement douloureuse, car le sultan, comme tous les souverains ayyubides, éprouvait une profonde vénération pour l'empereur. Ainsi, chaque fois, c'est le messager qui recevait le fouet, et pas l'esclave indocile. Mais depuis que Clarion avait donné le jour à une fille (la sienne plus que celle de son souverain), les désirs charnels d'An-Nasir à l'égard de cette maîtresse excitante s'étaient éteints, et il ne cherchait plus sa compagnie que lorsqu'il accueillait des ambassades occidentales. Ou encore lorsqu'il avait des problèmes avec les barons du « royaume de Jérusalem », puisque c'est ainsi que les seigneurs féodaux des États des croisés désignaient encore leurs propriétés grandes comme des mouchoirs de poche, éparpillées dans le désert et dépourvues de toute signification stratégique.

Clarion avait fait preuve de sens diplomatique en exigeant, un beau jour, de partir pour Saint-Jean-d'Acre afin de revoir d'anciens amis. Il l'avait laissée filer, supposant qu'il n'aurait plus jamais à entendre son organe souvent strident, d'autant plus que, malgré les ordres, elle avait emmené sa fille. Il fut très étonné, et presque ému, en constatant que Clarion était revenue au bout de quelques semaines comme si cela allait de soi, chargée d'une offre de cessez-le-feu dont Damas avait un besoin urgent. Depuis, elle avait statut d'ambassadeur, et il lui laissait la responsabilité de toutes ses entreprises. Elle avait toute sa confiance, et personne ne pouvait en dire autant. Il sentait que ce qu'il aimait désormais en cette femme n'était plus la sauvage de jadis, celle que désirait le taureau, mais l'amie et la conseillère qu'elle était devenue. Il ne comprenait pas pourquoi Clarion l'aimait, lui, mais il en était sans doute ainsi. Qui comprend donc les femmes ? se demandait-il justement au moment où il entra.

La maternité n'avait pu entamer sa beauté méditerranéenne. Dans un accès de tendresse, An-Nasir remarqua que sa chair molle n'était nullement endormie, et eut envie de la serrer, de sentir le parfum de sa poitrine rebondie. Mais le sultan écarta ces pensées.

— Je vous ai priée de venir, chère amie, parce qu'il m'est venu aux oreilles...

Elle lui coupa déjà la parole.

— Vous devriez commencer par vous inquiéter de votre fille, répliqua-t-elle. Mais Salomé s'épanouit même sans votre attention paternelle, ajouta-t-elle aussitôt. (Elle l'embrassa sur le front et remonta le drap, qui avait glissé, avant de reprendre sur un ton léger :) Baibars est dans la ville. (Elle lui prit la main.) Vous devrez bien réfléchir avant de prendre votre décision : allez-vous l'ignorer ou l'inviter dans votre palais avec tous les honneurs ?

— J'y ai déjà réfléchi, dit An-Nasir en souriant d'être si bien informé. L'émir Rukn ed-Din Baibars Bunduktari est tout de même encore considéré comme le plus capable de tous les officiers mamelouks d'Égypte. Même en exil, l'Archer reste l'homme fort du Caire, ajouta-t-il avec un certain respect. Pour moi, Baibars est le futur souverain. Dans cette mesure, même en tant que réfugié politique, il est le pire ennemi de mon sultanat, car tous les mamelouks sont des ennemis jurés de la dynastie légitime, celle des Ayyubides.

— C'est un doux euphémisme, mon souverain et maître, répondit Clarion. Baibars a assassiné de sa main le dernier Ayyubide, votre neveu, le sultan Turan-Shah.

An-Nasir croisa les bras sous la nuque et regarda vers le plafond.

— Il me tuerait aussi, moi, si...

— Si les Mongols n'étaient pas devant la porte...

— La chute de Bagdad est imminente, à moins d'un miracle dont je ne puis croire capable notre grand général, le *dawatdar* Aybagh.

Cela ne paraissait pas l'émouvoir particulièrement. On aurait même dit que cette idée l'amusait.

— Après Bagdad, ce sera le sort d'Alep, conclut sèchement Clarion. Ensuite, ce sera Damas.

Elle laissa la question sans réponse, dans le faible espoir qu'An-Nasir lui ferait entrevoir une solution. Mais le souverain ne profita pas de cette occasion, ou bien il était véritablement résigné.

— Ce n'est pas une fatalité. Si la Syrie et l'Égypte se reprennent, mettent de côté leurs disputes traditionnelles et font face ensemble...

Elle n'acheva pas non plus cette phrase, l'idée d'une

unité de l'islam lui semblait sans doute inconcevable, même face au plus grand péril. Clarion devança encore une fois la pensée de son calife.

— Si les musulmans l'emportent, ce sera la victoire des mamelouks. Damas sera sacrifiée, ou bien elle sortira tellement affaiblie de cette confrontation...

— Et pourtant, répondit le sultan, obstiné, je veux parler à Baibars. A ce moment-là, au moins, je l'aurai regardé dans les yeux et je saurai ce que j'ai...

— Ce que vous avez à attendre de Baibars, vous le savez parfaitement.

Clarion se releva et se campa devant la couche du souverain. — Aujourd'hui, vous l'avez entre vos mains, le destin ne vous offrira pas cette chance deux fois de suite. Vous devez tuer l'Archer !

— Mais cela, je peux encore le faire !

— Pas si vous lui accordez votre hospitalité !

Clarion perdait son calme, mais An Nasir ne se laissa pas troubler.

— Je veux le voir ! décida-t-il. Ce qui est dit est dit.

— Dans ce cas, moi, je n'ai plus rien à ajouter, répliqua-t-elle tranquillement. Permettez-moi de me retirer.

Il ferma les yeux et battit de la main en direction de Clarion. Elle lui avait déjà tourné le dos.

An-Nasir se sentait attiré par cet adversaire inconnu. Il ne savait pas non plus très bien pourquoi. Il était impressionné par sa témérité : venir chercher asile à Damas, parce qu'il avait eu des démêlés avec son sultan Aibek. Les espions du calife avaient aussi indiqué à leur maître que Baibars était accompagné par son fils Mahmoud. Cela toucha le cœur paternel du sultan, et il songea à la jeune Shirat. Mais il ne pouvait pas en parler à Clarion. An-Nasir fit rouler ses masses de chair sur le côté et glissa dans le sommeil et les rêves agréables.

À peine arrivé à Damas, Faucon rouge se retrouva nez à nez avec Sigbert von Öxfeld, le commandeur grisonnant des chevaliers teutoniques de Starkenberg. Cette rencontre eut lieu au comptoir commercial de la Serenissima. Les Vénitiens tenaient des concessions, parfois même des quartiers entiers, dans toutes les villes et ports importants, que ce soit chez leurs ennemis ou chez leurs amis. Les bonnes relations de la Serenissima avec l'Égypte étaient notoires, et n'avaient pas été affectées par la prise du pouvoir par les mamelouks ; mais les Vénitiens accordaient aussi une grande importance à la conservation de leurs liens d'amitié avec les Ayyubides. Et les marchands de Damas se sentaient honorés de pouvoir mettre à leur disposition un bâtiment luxueux et fortifié. C'était le point où tous les commerçants de la terre se donnaient rendez-vous ; mais les chrétiens des États croisés voisins, de Saint-Jean-d'Acre à Antioche, s'y rencontraient aussi lorsqu'ils venaient acheter des armes à Damas ou proposer des prisonniers sur le marché aux esclaves. Le commandeur, qui avait tant servi son Ordre et devait avoir dépassé la soixantaine depuis longtemps, si solide fût-il, aimait à séjourner dans cette ville, ne serait-ce que pour échapper aux contrées désertiques de Starkenberg. Ici, un vieil ours comme lui, même s'il se trouvait à côté de la caverne du lion ayyubide, pouvait tranquillement fumer son narguilé et savourer le thé indien corsé de menthe fraîche et de miel.

Faucon rouge avait bien fait de se présenter à Damas sous le nom de prince Constance de Sélinonte : chez les Ayyubides, on accorderait plus de crédit à un chevalier chrétien qu'à l'émir mamelouk Fassr ed-Din Octay. L'amitié entre les deux hommes s'était nouée bien des années auparavant, lorsqu'ils avaient tous deux reçu la mission périlleuse et honorable de sauver deux enfants de Montségur, le château du Graal. Faucon rouge et Sigbert avaient mené Roç et Yeza à travers la France hostile et par-dessus la mer, ils avaient été dès le début les gardiens du couple royal.

— Et Guillaume de Rubrouck ? demanda Sigbert en ôtant l'embouchoir du narguilé. Comment va ce gros malin ?

— Comme un coq en pâte ! répondit Faucon rouge en riant. Il semble bien avoir un peu maigri chez les Mongols. Mais notre frère mineur s'apprête à devenir patriarche de Bagdad.

— Il y en a déjà un ! s'exclama Sigbert, étonné. Je crois bien qu'il s'appelle Makika.

— Baibars séjourne-t-il encore à Damas ? Je sais qu'il a pris de modestes quartiers dans la ville, camouflé en marchand de chevaux arménien.

— Il avait, répliqua sobrement Sigbert. Il vivait ici avec son fils Mahmoud, un gamin de quinze ans, sans doute, fabuleusement doué, que les Vénitiens auraient bien gardé auprès d'eux, car c'est un génie pour ce qui concerne le mélange de poudres, d'huiles et de toutes sortes d'ingrédients susceptibles de faire de jolis pétards, solides ou liquides. Il en fait même éclater sous l'eau, de toutes les couleurs, avec ou sans fumée, au choix. Un feu d'artifice par la grâce de Lucifer !

— Il aurait pu devenir un homme riche en Occident ! remarqua Faucon rouge.

— Je l'aurais bien engagé moi-même, soupira le commandeur, mais c'est un fils obéissant, et il est rentré en Égypte avec son père. Hier, ils ont pris la mer à Tripoli, à bord d'une galère des Templiers.

Le palais d'été du grand vizir se situait loin de la ville agitée. Une route pavée menait depuis le Caire jusqu'au bourg de Gizeh où, face aux temples et aux pyramides, les villas des riches et des puissants étaient nichées dans une oasis de palmiers. Faucon rouge, qui avait hérité cette propriété de son père, s'était enfui. Ses rapports avec le sultan gouvernant, Aibek, un ancien général des mamelouks, s'étaient sensiblement améliorés lorsque Baibars, son vieil adversaire, avait dû quitter les lieux après de nombreuses querelles avec Aibek. Celui-ci n'avait jamais laissé passer une occasion de présenter Fassr ed-Din Octay, en raison de ses excellentes relations avec les Hohenstaufen, comme un inlassable défenseur de la cause de l'islam. Il y avait autre chose : la femme que Faucon rouge avait secrètement amenée avec lui était certes une *muslima*, mais provenait, fait incroyable, du cœur de l'Occident, les Alpes rhétiques.

Madulain était une princesse des *Saratz*, ethnie descendant d'aventuriers mauresques qui, quatre siècles plus tôt, avaient remonté le Pô avec leurs convois et avaient pénétré dans un univers montagnard qui leur était totalement étranger. Comme dans le sud de l'Italie, ces Sarrasins devenus sédentaires s'étaient rapidement montrés les plus fidèles soutiens de l'empereur allemand, qui les plaça sous sa protection. Madulain était une femme solide. Elle menait seule le palais d'été, ce qui tenait plus de l'administration des terres que de la tenue d'une cour. À la demande du sultan, elle avait pris sous sa coupe son fils Ali, fruit d'un ancien mariage. Elle n'avait pu refuser cette demande. Elle n'aspirait qu'à une chose : voir enfin son mari nommé grand vizir. Pour consolider son pouvoir, le sultan Aibek avait épousé la veuve de l'ancien Sultan, Shadjar ed-Durr, qui avait tenu à ce que l'un de ses petits-fils, Musa el-Ashraf (qui était encore un enfant, mais de sang ayyubide) soit nommé co-sultan. Ne serait-ce que pour cette raison, il n'y avait pas de place, du moins pas de place sûre pour Ali à proximité du trône. Ed-Din Ali avait à peine quinze ans, c'était un gamin joli et farouche qui avait perdu sa mère prématurément et souffrait beaucoup d'être séparé de son père. Le ménage que formait l'ancien général mamelouk avec Shadjar, une Arménienne avide de pouvoir et qui n'était plus de toute première jeunesse, ne s'arrangea pas après ce partage imposé des titres. La double cour grevait les caisses de l'État, et Shadjar remplissait, à son propre profit, celles du petit Musa. Elle aimait les vêtements précieux et ses favoris se battaient pour lui en offrir. Mais elle mettait surtout cette situation à profit pour constituer peu à peu une sorte de gouvernement fantôme, espérant pouvoir s'arroger, au bout du compte, le pouvoir sur l'État.

Aibek, un militaire aux mœurs spartiates, se heurtait de plus en plus souvent à la sultane, dont les dépenses luxueuses et inutiles le privaient des moyens indispensables. On échangeait des propos sans douceur, au palais. Shadjar n'avait aucune intention de se laisser offenser par un parvenu. Et ce jour-là, alors qu'Aibek, épuisé, prenait un bain, elle le fit assassiner par ses eunuques.

La nuit même, la nouvelle de la mort du sultan provoqua une insurrection dans la capitale. L'armée se divisa. Les partisans de Baibars, dont tous savaient qu'il était un adversaire d'Aibek, se battirent du côté de la sultane, ce que Baibars, l'Archer, n'aurait jamais autorisé. Mais il était en exil. Les autres mamelouks, ceux sur qui Faucon rouge exerçait une influence, tentèrent de prendre le palais d'assaut. C'est un émir nommé Saif ed-Din Qutuz qui était à leur tête. Une guerre civile paraissait imminente lorsque des trombes d'eau se mirent à tomber, chassant des rues les militaires insurgés et surtout le peuple en rébellion. Qutuz profita de l'occasion pour se rendre au galop à Gizeh, avec une escorte nombreuse : c'était à ses yeux l'unique possibilité de garder le dessus. Il comptait, dès le lendemain matin, présenter Ali, le fils du sultan assassiné, comme le seul successeur légitime. Mais il espérait aussi s'y retrouver face à l'épouse de Faucon rouge : il ne l'avait vue qu'une seule fois, mais cette rencontre avait suffi à lui inspirer une passion brûlante. Il savait qu'elle était seule.

La nouvelle des événements qui agitaient la ville était déjà arrivée à Gizeh. Madulain fut bouleversée, mais elle savait qu'en l'absence de son époux elle devait garder la tête froide. Elle prit l'initiative de réveiller Ali en pleine nuit et le fit habiller. Elle ordonna aux serviteurs de ne rien dire et de conduire l'adolescent dans la salle d'audience du palais du vizir.

Le garçon ensommeillé n'était au courant de rien. Mais comme il vénérait son hôtesse, et en était même secrètement amoureux, il fit tout ce qu'elle lui demanda.

À sa grande joie, Madulain le reçut seule. Elle prit dans ses bras le joli garçon et lui annonça sobrement : « Ali, à présent, vous êtes un homme. » Elle vit une lueur éclaircir ses yeux sombres, et elle eut bien du mal à ajouter : « Votre père nous a quittés cette nuit. »

Elle le laissa pleurer contre sa poitrine, lui caressa la tête et lui raconta peu à peu ce qui s'était passé.

Lorsque l'audacieux Qutuz entra, le grand eunuque l'arrêta dans l'antichambre, en lui annonçant d'une voix sévère : « Ceci est une maison en deuil ! » Madulain avait fait apporter une coupe d'eau de rose et lavait le visage du jeune garçon, toujours secoué par les sanglots. Mais il finit par l'écarter, d'un geste presque violent, s'essuya les yeux et ne la laissa pas le sécher.

— Recevons l'émir Qutuz, déclara Ali d'une voix ferme. Cet homme espère secrètement, et depuis longtemps, monter un jour sur le trône de mon père. Il a simplement besoin de moi comme marchepied !

Madulain sourit. En l'espace d'une nuit, Ali était effectivement devenu un homme. Entouré par ses servantes et par sa garde, il reçut l'émir Qutuz, qui commençait à perdre patience. Mais on ne laissa pas passer son escorte armée. Pour ne pas perdre plus de temps, et en supposant, ce qui était absurde, qu'il trouverait Madulain toute seule, il accepta cette condition. Madulain avait demandé à Ali d'attendre quelques instants dans la pièce voisine. Lorsque l'émir fit irruption, elle ne le laissa pas prendre la parole.

— Je suppose, émir Qutuz, lança-t-elle d'une voix glaciale, que vous avez veillé à ce que la meurtrière soit punie avant de venir rendre hommage à votre nouveau seigneur ?

Qutuz ne sut que répondre.

— Le palais est encore entre les mains des partisans de Baibars, répliqua-t-il en guise d'excuse.

À cet instant, Ali entra et se campa devant lui, d'un air impérieux. Qutuz comprit dans quelle situation il se trouvait. S'il ne prêtait pas immédiatement un serment d'allégeance, il pouvait dire adieu à ses ambitions. Entouré par les gardes de l'émir, des soldats fidèles qui bloquaient la porte derrière lui, il ne lui restait plus qu'une issue : s'agenouiller et faire allégeance d'une voix posée. Il prononça en hésitant le *halafan al jamin,* embrassa la main tendue d'Ali et s'exclama :

— *Fal yahya as-sultan Nur ed-Din Ali !*

Sur ce, l'enfant se pencha vers lui, le releva et dit :

— Je vous remercie, émir Qutuz. Soyez mon ami, plus encore que vous l'avez été pour mon père vénéré. J'ai besoin de votre conseil et de votre aide...

— Ordonnez à votre serviteur ! répondit celui-ci.

— J'attends dès aujourd'hui un acte prouvant votre savoir-vivre, rétorqua sèchement Ali. Honorez la mémoire de mon père et épargnez à votre nouveau sultan l'obligation de monter sur son trône tant que la femme dont je veux oublier le nom sera encore de ce monde. Je m'installerai au Caire lorsque le palais sera nettoyé.

Avant que Qutuz ne puisse reprendre la parole pour le contredire, Madulain intervint.

« Le peuple, mon seigneur et maître, dit-elle d'une voix soumise en pliant le genou et en évitant de regarder Ali, ne veut pas seulement entendrc parler du nouveau sultan : il veut le sentir, le voir de ses yeux. Alors, il le portera au palais à bout de bras. Il faudra cette tempête pour ramener à la raison les hommes égarés de Baibars. Il ne doit pas y avoir de combat ni d'épanchement de sang — hormis celui de cet homme maudit par Allah. Livrez-le au peuple ! lança-t-elle à Qutuz, qui avait entendu bouche bée son appel enflammé. Il avait aussi remarqué l'éclat dans les yeux de ce gamin qui devait devenir sultan.

— Il en sera ainsi ! proclama-t-il avec un air de général. Je vais infiltrer des hommes de confiance dans le palais. Quant à vous, Messire, j'enverrai les mamelouks de votre père vous chercher ici, ils vous escorteront avec tous les honneurs à travers la ville.

Il salua d'un geste bref et se précipita hors de la salle. Peu après, on le vit descendre au grand galop, avec son escorte, la route pavée qui menait au Caire.

— Restez mon amie ; ce n'est pas le sultan qui vous le demande, mais l'homme qui doit assumer ce fardeau.

Madulain ordonna à ses serviteurs d'habiller le sultan avec les vêtements les plus somptueux qu'ils pourraient trouver dans les chambres du vizir.

Au Caire, dès les premières heures de la matinée, les gens se rassemblèrent sur les places publiques. Ils étaient de plus en plus nombreux à se diriger, en groupes excités, vers le palais du sultan. Bientôt, une mer de têtes ondula à perte de vue devant le vaste escalier et la garde renforcée du portail, et comme des ondes dans le ressac, les chœurs furieux vinrent résonner contre les hauts murs. Bientôt, on n'entendit plus que çà et là quelques expressions de haine et de fureur. Et d'un seul coup, la foule se tut. Bien que des milliers de personnes se soient trouvées à cet instant devant le palais, un silence pesant régnait. La foule poussa contre la porte jusqu'à ce qu'elle s'ouvre dans un craquement. Alors, les eunuques jetèrent dans l'escalier de pierre le corps d'une vieille femme. Le peuple poussa un unique cri qui se transforma en hurlement strident lorsqu'il commença à avancer comme une mer déchaînée. Les vagues s'étaient déjà abattues sur la malheureuse. Lorsque, vers midi, le nouveau sultan fit son entrée sous les acclamations, toutes les traces de ce qui s'était passé avaient déjà été effacées.

Dans la lointaine Mésopotamie, la gigantesque armée mongole s'était mise en mouvement. Seules restèrent en arrière les femmes de la cour. À la demande insistante de l'épouse principale du Il-Khan, Dokuz-Khatun, Guillaume de Rubrouck ne fut pas non plus autorisé à partir avec les troupes. On le pria d'apporter aux dames chrétiennes une assistance spirituelle et de leur lire quotidiennement la messe au cours de laquelle il faisait dire des prières ardentes pour la réussite de cette campagne militaire.

Le général expérimenté qu'était Baitschu se mit en route avec ses troupes près de Mossoul, sur le Tigre, et redescendit la rive occidentale du fleuve. Kitbogha, le vieux grognard, assura le commandement de l'aile gauche et, abandonnant Bagdad à l'ouest, entra dans la plaine mésopotamienne.

Hulagu lui-même avait pris en charge le centre des troupes et marchait sur Kermanshah.

Pendant ce temps-là, le gros des troupes du calife était sorti de Bagdad pour affronter le Il-Khan et chercher une issue rapide en bataille rangée. C'est le secrétaire Aybagh qui détenait le commandement suprême. Mais lorsque le gros *dawatdar* entendit dire que Baitschu avait déjà franchi le Tigre, il craignit d'être coupé de Bagdad et de son arrière-garde. Aybagh repassa donc le pont aussi vite que possible, avant que l'ennemi ne l'attaque par-derrière. Près d'Anbar, à environ trente lieues de Bagdad, il se heurta aux Mongols. Baitschu, un homme expérimenté, fit semblant de se replier, attirant ainsi les Arabes sur un terrain marécageux. Pendant la nuit, il envoya des éclaireurs qui contournèrent le camp d'Aybagh et, derrière lui, percèrent la digue de l'Euphrate. Le lendemain matin débuta la bataille proprement dite. La fameuse cavalerie du calife resta coincée dans les marais et fut une proie facile pour les archers mongols. Les fantassins furent repoussés dans les champs inondés. La plus grande partie des assaillants arabes resta assommée sur le champ de bataille, beaucoup se noyèrent, les survivants se réfugièrent dans le désert et y moururent. Le gros *dawatdar* lui-même parvint, à l'aide de sa garde du corps, à franchir l'eau et les marécages, et à rejoindre Bagdad.

Le faucon rouge

La ville portuaire d'Ascalon, au sud de la Palestine, avait perdu depuis longtemps son statut de territoire du royaume chrétien de Jérusalem. Pourtant, les Pisans et les Génois s'y déplaçaient comme s'ils n'avaient jamais cessé d'être les maîtres de la ville. La Serenissima y avait elle aussi un quartier opulent, juste devant le port, et même les ordres de chevalerie y entretenaient des représentations auxquelles les autorités égyptiennes avaient accordé une sorte de statut d'ambassade. Ascalon se trouvait juste à la frontière du royaume des mamelouks, objet de conflits incessants ; les deux parties l'utilisaient pour échanger les prisonniers, mais surtout pour se livrer à un commerce intense d'armes et d'engins de guerre.

Abdal le Hafside résidait à la lisière du quartier des Vénitiens. Le palais du fameux marchand d'esclaves, un bâtiment gigantesque, s'élevait comme une citadelle au-dessus des maisons basses de la vieille ville. Il logeait dans l'ancien siège du commandeur des Templiers. L'Ordre, tenant compte des aléas de l'époque et du fait que le Hafside était en affaires un interlocuteur fiable et solide, avait renoncé à obtenir la restitution de cette propriété et s'était contenté d'y installer un vieux chevalier. Abdal s'était en outre montré magnanime et avait laissé aux Templiers le puissant donjon de l'installation fortifiée.

Georges Morosin était un Vénitien né dans l'empire latin. Il était lié par alliance à la famille des de la Roche, despotes d'Athènes. Cela lui avait permis de monter rapidement les échelons au sein de l'ordre des Templiers. Morosin, un homme de caractère qui perdait vite son calme et se montrait assez tyrannique, n'était pas le fleuron de son ordre. Mais il avait son utilité, surtout ici, à Ascalon. Il s'était immédiatement attribué le titre de commandeur, profitant du fait que ni son grand maître, ni son maréchal n'étaient là pour le surveiller. Il s'entendit d'emblée admirablement avec Abdal. Celui-ci n'avait pas tardé à noter les petites faiblesses du « commandeur » et avait eu l'habileté d'en faire son représentant pour toutes les affaires courantes, une délégation qui devint quasi permanente, le maître de maison étant très fréquemment absent. Le Hafside savait fort bien que Morosin, derrière son dos, parlait de lui comme d'un employé, mais il l'acceptait volontiers. À peine en possession du donjon, le Templier s'était rappelé son origine vénitienne et s'était assuré la docilité, puis l'obéissance de la colonie de la Serenissima installée à Ascalon : il invitait ses compatriotes, leur offrait des cadeaux et leur réservait d'autres gratifications. Ils lui avaient même donné son surnom : le « Doge ».

Faucon rouge fut reçu avec tous les honneurs par le commandant égyptien du port. Dès qu'il remit le pied sur sa terre natale, il redevint l'émir mamelouk Fassr ed-Din Octay, fils de l'inoubliable grand vizir Fakhr ed-Din. Bien sûr, ce sol n'était que celui du poste frontière le plus éloigné à l'est, coupé du royaume des mamelouks par les dunes de Gaza, derrière lesquelles commençait le désert du Sinaï. Dans la plupart des cas, les nouvelles du Caire, poussées par le vent au large de la ville, ne s'arrêtaient même pas à Ascalon. Damas et Saint-Jean-d'Acre les recevaient plus vite, au moins sous forme de rumeurs.

Dans les récits confus du commandant du port, l'émir ne vit aucune raison de s'inquiéter. Il comprit cependant pourquoi Baibars avait quitté son exil aussi vite que possible : non pas par crainte d'une intervention d'An-Nasir, mais parce qu'il avait flairé une possibilité de s'emparer du trône du sultan.

Sur un minaret, le muezzin appelait pour le *salat adh-dhuhur*. Faucon rouge comprit que le temps était venu de replonger dans le monde islamique où il avait été éduqué, bien que sa mère ait été une chrétienne. Faute de tapis de prière, il s'agenouilla sur une natte qu'un vieil homme lui déroula sur la route poussiéreuse.

« *Assalamu aleikum ua rahmatullah,*
assalamu aleikum ua rahmatullah ! »

Faucon rouge, songeur, traversa la cour du caravansérail, se dirigea vers le donjon et se fit annoncer au Doge par deux porteurs de turban armés de cimeterres. L'émir réfléchissait à la situation dans la capitale. « Je peux faire une croix sur ma nomination au poste de vizir, se dit-il. Au contraire, si Baibars arrive à se faire désigner sultan, je dois être sur mes gardes, même si l'on peut croire l'Archer capable d'oublier généreusement notre vieille inimité, une fois atteint son objectif. Non, mieux vaut que je me cherche d'ores et déjà un exil adéquat. »

Un majordome aux vêtements somptueux, sans doute un eunuque, apparut et lui demanda de le suivre.

Le Doge serra l'émir dans ses bras avec une amabilité exagérée. Ils s'installèrent dans la pièce qui occupait toute la largeur du donjon et servait sans doute de comptoir au Templier, car des cartes de tous les pays et de toutes les mers étaient accrochées aux murs, recouverts de tapis de soie.

Un pupitre élevé dominait la salle, couronnée par une balustrade de bois. Ils étaient assis sur des coussins de cuir mous et un enfant maure, vraisemblablement venu du Soudan, leur servit de l'eau d'orange amère fraîche, du lait de coco et du thé brûlant avec du gâteau aux amandes et des figues confites.

— Messire Georges, s'enquit le majordome qui surveillait les opérations, votre digne invité préfère-t-il du lait, du *shai* ou plutôt quelques gouttes de *citrus medicatus* ?

— Laissez-nous seuls ! ordonna le Doge avant de s'adresser au Faucon rouge. Avez-vous réussi à vous faire une idée de ce que nous pouvons attendre des hordes mongoles ? demanda-t-il d'abord. Bagdad est-elle déjà tombée ?

— Ce n'est qu'une question de temps, répondit l'émir. Ce qui ne fait aucun doute, en revanche, ce sont les objectifs que les Mongols poursuivent obstinément.

— Y a-t-il une possibilité de leur résister ?

— Tout à fait, mais il faut pour cela agir en commun.

— Baibars est en route pour Le Caire, nota le Doge.

— Je veux parler d'une action commune des États des croisés et des Ayyubides, car si une décision est prise, c'est sur leur territoire qu'elle le sera. Les mamelouks doivent être sûrs de disposer de ce terrain de parade. De toute façon, ils constituent la majeure partie des troupes, et l'émir Baibars est certainement le chef le plus approprié pour mener une entreprise de ce type.

— Une entreprise hasardeuse, rétorqua le Doge. Est-ce véritablement dans notre intérêt ?

— *Notre* intérêt ? demanda Faucon rouge, ironique. Pour moi, en tant qu'Égyptien, certainement. Mais vous, en tant que représentant du royaume chrétien ? Peut-être — et peut-être pas, sauf si vous voulez finir comme un État vassal des Mongols, avec un parent du grand khan comme gouverneur et un patriarche nestorien.

— Ce qui exaucerait enfin le rêve d'un franciscain corpulent que vous connaissez aussi.

— Le rêve de Guillaume de Rubrouck, confirma Faucon rouge. Et qui voyez-vous comme vice-roi ?

— L'ordre des Templiers plaidera sans doute pour les enfants du Graal, parce que la puissance qui les soutient le veut ainsi.

— Il ne semble pas que vous partagiez cette opinion ?

— C'est le moins qu'on puisse dire ! tonna le Doge. Sur bien des points, je ne partage pas les idées de notre précieux Prieuré. Je sais, émir, vous aussi, vous faites partie de cette société élitaire qui prône la restauration des Mérovingiens, mais qui se coupe ainsi peu à peu du monde. Une histoire grotesque, à mourir de rire !

Mais le Templier ne riait pas : il frappa du plat de la main sur le tabouret, faisant tinter les verres et basculer le pot de crème. Le majordome accourut.

— Mess... Georges ?

— Dehors ! Cesse donc d'écouter aux portes !

Le Doge adressa un grand sourire à son interlocuteur.

— Mais soyons sérieux, dit-il en se tranquillisant, peu importe si ce sont les Mongols ou les mamelouks qui l'emportent : il n'y a plus de place pour l'ordre des Templiers, dans sa structure actuelle. Surtout pas pour un ordre disposant d'un territoire spécifique, tel que l'envisage mon frère égaré, le seigneur Gavin Montbart de Béthune, qui vit dans l'idée démente qu'il pourrait faire surgir de son trou, à Rhedae, la capitale d'un État souverain, comme un papillon sortant de sa chrysalide. Je vous le dis : c'est un ver qui sort du fromage, un fromage de France, bien entendu !

— C'est pourtant là-bas que Roç et Yeza, le couple royal, seraient...

— Oubliez donc ces pauvres orphelins, l'ordre des Templiers n'en a plus besoin, ils ne sont plus qu'un fardeau pour lui.

Morosin eut du mal à dissimuler son agacement, d'autant plus que l'émir venait de lui répondre :

— Un ordre, tel que vous vous l'imaginez...

Le Doge se força à tempérer sa nature explosive. Il resservit son invité, en rajoutant du jus de citron dans la tasse, après y avoir versé ce qu'il restait de crème.

— L'ordre des Templiers est moins aujourd'hui une machine de guerre permettant de garantir la possession des déserts conquis qu'une société commerciale considérable, dotée de sa propre flotte. En outre et surtout, c'est une puissance financière immense, pour ne pas dire la plus puissante de toutes.

Il attendit que l'émir ait hoché la tête et reprit.

— Je vous le demande (mais cela n'avait rien d'une question) : en quoi les Templiers ont-ils besoin de leur propre territoire ? C'est une source d'embêtements, il faut le défendre, trouver des habitants, y faire régner l'ordre, la paix et la justice.

— Telles sont sans doute les obligations de tout souverain, objecta Faucon rouge.

Ce n'était pas une question non plus. Cette remarque mit le Doge dans un tel état d'excitation qu'il haussa de nouveau le ton.

— Qu'est-ce que les Templiers en ont à faire ? Leur royaume...

— ... n'est pas de ce monde ?

Faucon rouge s'offrait à présent le plaisir de railler son adversaire, mais celui-ci ne réagit pas à la provocation.

— C'est exactement cela ! Vous êtes plus malin que je ne l'ai cru au début. Ce dont les Templiers ont besoin, c'est d'un réseau bien rodé de concessions, de comptoirs et de représentations dans le monde entier, et des meilleures voies de communication, les plus rapide et les plus sûres. De cela, et de rien d'autre !

— Mais vous les avez déjà !

— C'est exact, nous les avons, et nous les mettons constamment en péril en nous laissant entraîner dans des confrontations stériles, comme ces « croisades » absurdes, et ces querelles encore plus ridicules autour du trône de Roç et Yeza, comme... Ah ! vous connaissez bien toutes ces questions sur la vraie foi, l'hérésie et l'incroyance ! Tout cela n'a rien à voir avec les affaires, conclut-il en fulminant.

L'émir l'observa longuement. Le Doge devait avoir la cinquantaine, c'était un homme massif, qui courait certainement à l'apoplexie. S'il apprenait à mieux garder son calme, il pourrait peut-être voir son objectif atteint avant sa mort.

— Mais l'ordre du Temple de Jérusalem n'a-t-il pas été fondé pour protéger le saint sépulcre de votre prophète, pour garantir la sécurité des routes de pèlerinage et, finalement, pour mener le combat contre nous, les incroyants ?

Le Doge avait une réponse toute prête.

— C'est comme pour les Mérovingiens. À un moment ou à un autre, toute idée spirituelle relève du passé. Ou bien on la momifie, elle pèse sur vous comme un fardeau, elle agace ou s'achève dans le malheur, le meurtre et l'assassinat. Allez demander aujourd'hui à un baron chrétien du royaume ou à un émir musulman voisin pourquoi ils se fracassent le crâne, ils vous répondront : parce qu'il a exigé un tribut, parce qu'il a attaqué ma caravane, parce qu'il a volé mon bétail. L'argent gouverne le monde !

— Mais la mission d'un ordre de chevaliers chrétiens, dont les membres ont dû, à leur entrée, renoncer à toute possession dans ce monde et à tout enrichissement personnel, n'est-elle pas précisément de s'opposer à cette laïcisation ?

— Devons-nous devenir une secte fanatique d'assassins qui, pour toute l'éternité, abattra des musulmans à coups d'épée parce qu'ils ne veulent pas adopter la foi chrétienne, et uniquement celle de l'*Ecclesia catolica* pardessus le marché ? Même les Assassins ont cessé depuis longtemps de tuer au nom de la doctrine ismaélienne. Ils se battent sur commande, oui, à gages ! Il nous faut vivre avec son temps ! Ni l'islam ni le christianisme ne peuvent l'emporter par les armes. Ils doivent donc coexister jusqu'à ce que l'une des deux doctrines se soit imposée comme la meilleure dans les esprits des hommes, et que l'autre se rallie faute de partisans. C'est le cours naturel du monde. Et le rôle de l'ordre des Templiers dans ce monde-là ne peut être différent de celui tenu jusqu'ici. Sans cela, sous peu, il aura fait son temps et disparaîtra. Tel qu'il se présente aujourd'hui, avec ses châteaux forts et ses terres, il est extrêmement vulnérable. Il ne peut pas fournir suffisamment de chevaliers pour défendre ces pièges à souris, ni contre les hordes mongoles, ni contre vous, les mamelouks.

Faucon rouge haussa un sourcil en souriant.

— Vous nous accusez d'avoir envie d'attaquer les Templiers. Mais vous, personnellement vous êtes bien installé comme une grosse souris baignant dans la graisse de la ville égyptienne d'Ascalon !

— Parce qu'ici, je n'entretiens pas un château menacé par les Égyptiens mais un comptoir commercial dénué de toute prétention territoriale. Et l'Ordre n'a pas besoin de plus. Des concessions, des entrepôts, des moyens de transport : tout cela peut être acheté et ne constitue pas de menace pour le souverain local. Pour n'importe quel hobereau, ces rapports-là sont beaucoup plus plaisants que des relations de vassalité qui, tôt ou tard, mènent à des querelles féodales. Nous sommes les amis de tous. Et nous payons pour cela, par-dessus le marché !

— Et à quoi bon tout cela ? demanda Faucon rouge, dont la vision du monde commençait à se troubler un peu.

— Dans quel dessein les Mongols déploient-ils leur puissance ? Que voulez-vous qu'ils fassent d'autre ? répliqua aussitôt le Doge. S'ils ne le faisaient pas, l'inactivité commencerait par paralyser leur empire, puis elle les corromprait et ils deviendraient la proie d'un autre pouvoir qui se donnerait comme objectif de soumettre les Mongols.

— Vous cherchez donc tout de même la souveraineté ?

— La souveraineté sur le monde entier ! proclama fièrement le Doge. Nous maîtriserons l'univers avec notre argent.

Il s'était levé, indiquant sans doute ainsi que son invité devait prendre congé. Cela ne déplut pas à Faucon rouge, désormais persuadé que ce Templier n'était pas en possession de toutes ses facultés mentales. Son regard s'arrêta sur les cartes accrochées au mur. Il crut voir devant lui des milliers de coffres et de caisses portés dans le désert à dos de chameau, ballottant sur les planches des galères dans la mer démontée. On ne distinguait pas la moindre tribu de brigands bédouins dans les dunes, ni la moindre voile d'un vaisseau pirate à l'horizon. Il vit des rois regarder avec un air de convoitise les coffres aux trésors ouverts, mais aucun n'y plongeait la main, bien que l'on n'aperçût nulle part un chevalier armé vêtu du clams blancs à la croix griffue rouge. L'ordre des Templiers avait disparu depuis longtemps, mais son or, porté par des mains invisibles, traversait les océans, les montagnes, les déserts et les forêts, d'un comptoir à l'autre. Ensuite, les images pâlissaient elles aussi, et les caisses roulaient, glissaient, nageaient à l'aventure dans des lacunes marécageuses et des fleuves puissants, sur des sentiers pierreux et des cols balayés par la neige. Alors, il ne vit plus non plus les caisses et les bahuts, il ne restait plus que l'argent, dévalant les montagnes comme une avalanche d'éboulis et descendant en larges flots vers la mer, comme un glacier. Puis, enfin, il disparut.

Faucon rouge respira, soulagé. Le Doge lui avait amicalement tapé sur l'épaule, l'arrachant ainsi à ses songes.

— Si votre parole a quelque poids au Prieuré, dit Morosin sans la moindre intention de l'offenser, exercez votre influence pour que le prince Roç Trencavel du Haut-Ségur et Yezabel Esclarmonde du Mont Y Sion restent où ils sont et où ils doivent se trouver, comme en témoignent les noms qu'ils se sont eux-mêmes choisis.

Faucon rouge perçut de nouveau dans sa voix l'élan du missionnaire.

— Leur destin s'accomplira plutôt à Montségur qu'à Jérusalem. Ici, ils n'auront que des malheurs.

— Je sais, répondit laconiquement Faucon rouge. Vous, Georges Morosin, commandeur d'Ascalon au service de Venise, vous ne voulez pas les avoir ici. Vous n'oserez sans doute pas les regarder dans les yeux. Vous ne voulez même pas faire leur connaissance.

— Il en est ainsi, messire. Saluez l'Archer de ma part. Un jour, Baibars fera un bon sultan. Un jour, mais pas maintenant. Dieu fasse que je ne doive pas vivre cette journée-là !

Et il poussa l'émir vers la porte. Le majordome, toujours aux aguets, était prêt à accompagner l'invité à l'extérieur.

— Vos amis parmi les mamelouks, lui chuchota-t-il, ont nommé Ali, le fils d'Aibek, au titre de sultan.

— Autre chose ? s'exclama Faucon rouge, agacé, par-dessus l'épaule, au lieu de remercier courtoisement avec un *bakchich.*

— Oui, fit l'eunuque entre ses dents, votre femme vous trompe.

L'émir Fassr ed-Din Octay n'avait peut-être pas entendu la fin, il traversa la cour et marcha droit vers le port.

Dans le donjon de Quéribus

Dans la salle des chevaliers du château de Quéribus, Roç et le prêtre Gosset étaient assis face à face et jouaient aux échecs. Les serviteurs avaient recouvert les murs nus de gros tapis et de toutes sortes de couvertures. Mais la fraîcheur humide de l'automne resta sensible et particulièrement désagréable entre les murs de pierre du château, elle franchissait le sol et les murs, si bien que Yeza finit par exiger que le feu, où brûlaient les bûches noueuses de vieux châtaignier, soit alimenté jour et nuit.

Emmitouflée dans une cape de fourrure d'ours beaucoup trop grande pour elle, elle se tenait à l'une des fenêtres ouvertes et attendait patiemment que Rinat ait achevé son portrait. Le peintre gravait son profil de trois-quart, en enfonçant une lame chauffée à blanc dans une plaque de bouleau blanc et tendre, grosse comme une paume de main. Les contours de son visage hardi se creusaient peu à peu dans le bois, tendres, fins et sombres. Jordi Marvel, le troubadour malingre, était recroquevillé sur un tabouret, à ses pieds. Il était presque entièrement recouvert par la couverture de velours dans laquelle il s'était enveloppé. Pourtant, il frappait bravement sur son luth avec ses doigts raides et chantait d'une voix grinçante :

« *Amors me tienent jolis,*
car adés me font penser
a la douce debonaire
que je ne puis oblier :
Le cors a gent et polis.
Les euz vairs et le vis cler. »

Gosset et Roç avaient interrompu leur partie et se servaient des figurines pour préciser la position des amis et ennemis, celle de leurs généreux soutiens et de leurs faux mécènes.

— Les adversaires déclarés, comme le pape, dit le prêtre en désignant le tas de pions qui entourait la dame noire, je les préfère encore à ces alliés incertains, avec leurs blancs manteaux.

— Vous parlez des Templiers ?

Roç relançait les réflexions de ce « conseiller » qui lui avait été envoyé sans qu'il sache par qui. Faute de responsable manifeste, c'est toujours le Prieuré qui était à l'origine de ce genre d'initiatives.

— Trois courants s'opposent aujourd'hui au sein de l'Ordre. Le premier est représenté par notre ami Gavin, ici présent. (Il souleva le cavalier blanc et le reposa.) Le précepteur s'est mis en tête, de sa propre initiative ou encouragé par je ne sais qui, de créer un État de l'ordre des Templiers au cœur de l'Occident, en Occitanie, justement.

— Et où pourrait-il l'installer, objecta Roç, sinon sur le lieu où tout a commencé, sur cette terre d'où nous sommes venus, où le Graal...

— Attendez un peu, l'interrompit Gosset. Cela ne signifie pas, loin s'en faut, que tous les partisans de cette entreprise veuillent vous intégrer à leurs plans, vous, le couple royal. C'est peut-être le vœu personnel de Gavin ?

— Il nous l'a promis ! protesta Roç.

— En a-t-il le pouvoir ? demanda le prêtre avec une pointe d'ironie, avant de reprendre, plus sobrement : En tout cas, ce serait le parti de ceux qui veulent prendre des précautions pour le jour où l'Ordre n'aura plus de refuge en Terre sainte, mais qui ne veulent pas renoncer à un territoire spécifique pour les Templiers.

— Ils n'ont pas d'autres soucis en tête ? C'est Roç, à présent, qui s'amusait.

— La question de la légitimité de leur existence après une telle désertion ne se pose pas pour ces chevaliers, répondit sèchement Gosset. Pour eux, le Beauséant peut être planté partout où le sol permet d'installer la bannière de l'Ordre. Le deuxième groupe partage cette opinion, pour ce qui concerne l'idée et l'utilité de la communauté des chevaliers, mais d'une manière beaucoup plus abstraite, et en se projetant sans doute aussi beaucoup plus vers l'avenir. Nous avons un excellent specimen de ces commerçants et de ces prêteurs d'argent — je ne puis les appeler des chevaliers : je veux parler du Doge, qui n'est pas vénitien pour rien.

— Je pensais que seuls les juifs étaient autorisés à pratiquer l'usure.

— Lorsqu'un juif prête de l'argent à titre individuel, on dit de lui qu'il est un usurier, dit Gosset en riant. Mais lorsque les Vénitiens s'y mettent à plusieurs, on parle des intérêts légitimes d'une *banca* ! Appelez cela comme vous voulez : faiseurs de rois, exploiteurs, secouristes ou vampires ! En tout cas, le Doge a l'intention de libérer son Ordre de tout fardeau territorial. Il ne veut conserver que la flotte, afin d'être présent partout où il flaire la présence d'un butin, à l'instar de la Serenissima, qui le soutient d'ailleurs. Il suffit pour cela d'un comptoir, d'un pupitre, d'un abaque et d'un gros livre dans lequel sont portés les noms et les créances des débiteurs.

— Mais à quoi bon, dans ce cas, conserver des chevaliers armés ?

— Pour protéger les transports, les dépôts de marchandises, et faire rentrer les fonds !

— Quelle noble mission pour des seigneurs de grande lignée ! se moqua Roç. Si j'étais Templier, je préférerais mourir dans l'honneur !

— Et nous en venons ainsi au troisième courant, que je considère comme *cardinale*, car derrière lui se trouve le pouvoir qui a jadis mis l'Ordre au monde et, selon moi, s'arrogera aussi le droit de le libérer de ses souffrances, d'une agonie dépourvue de toute orientation spirituelle. Il est vraisemblable que les Templiers aient un jour, il y a bien longtemps, rempli la digne mission qui leur avait été confiée à leur fondation. Mais Jérusalem est perdue à tout jamais. Ou bien ce n'est plus qu'une enveloppe vide. C'est du reste le sentiment qu'ils ont désormais d'eux-mêmes, puisqu'ils se considéraient comme les gardiens de cette cité.

Gosset s'arrêta.

— Vous parlez à présent du Graal, demanda Roç, certain de la réponse. Ce sont les Templiers qui le détiennent ?

— S'ils l'ont jamais eu, répondit le prêtre, il leur a certainement de nouveau échappé, il s'est volatilisé, car il est esprit !

— Un chevalier doit-il constamment repartir à la conquête du Graal ?

Roç était à présent captivé, suspendu aux lèvres de cet homme qui voyait les choses avec tant de lucidité et savait les exprimer si simplement. Cela ne pouvait pas être un véritable prêtre de l'*Ecclesia catolica*.

— La quête du Graal est la première mission d'un chevalier. Et il ne doit pas le chercher sous terre, comme un trésor, ou dans une caverne, comme un précieux calice, mais en lui-même. Celui qui pense qu'il l'a trouvé, qu'il le possède, l'a déjà perdu.

— Il n'en est pas digne ?

— Sa main se referme sur le vide, il est aveugle, sourd, c'est un mort vivant.

— Tels sont donc les Templiers, constata Roç. Et ce serait à eux de nous hisser Yeza et moi-même, sur le trône promis au couple royal ?

Le jeune homme, qui voyait un univers s'effondrer devant lui, faisait de la peine à Gosset.

— Je l'ai déjà dit, il existe une troisième force...

— Le Prieuré ?

C'était pour Roç une lueur d'espoir ; Gosset ne voulut pas la lui enlever.

— ... une force qui fera en sorte que sa créature se relève de son lit de malade et se métamorphose ; qui ne tolérera pas que son propre bras armé continue à se dessécher et à pourrir comme s'il était atteint par la lèpre, qui le forcera à reprendre l'épée.

— *Beauséant alla riscossa !* s'exclama Roç, enthousiaste. Et la Sainte Jérusalem ?

— Oubliez ce lieu, répondit Gosset. Il s'agit du Graal !

Ou bien les Templiers redeviennent ses chevaliers, ou bien...

— Ou bien ? demanda Roç avec un peu d'angoisse, mais Gosset resta inflexible.

— Ou bien la mère serrera les dents et plongera ce bras gangrené et incurable dans le feu qui le consumera et le purifiera, elle se séparera de lui avant d'être elle-même atteinte par la corruption.

— Eh bien ! dit Roç d'une voix rauque, belles perspectives ! (Il se leva.) C'est donc ainsi qu'agit la Grande Maîtresse ? Cette gentille dame qui nous a dit : « Je serai à vos côtés jusqu'au dernier jour. » Cela paraissait un peu désespéré.

— Cette parole vaut encore, proclama Gosset en se levant et en adressant à Roç un sourire encourageant.

« Je ne puis, ni si vœil,
departir de ma tres doce amie ;
si m'en duel,
quant amer ne me veult mie. »

Roç regarda Rinat Le Pulcin par-dessus l'épaule et lança un regard triste à Yeza, qui paraissait tellement mignonne avec sa chevelure blonde auréolée par la peau de l'ours. Elle a les plus beaux yeux du monde, songea-t-il, et il imagina Yeza nue et chaude sous la fourrure. Il aurait volontiers été avec elle à cet instant. Il regarda la miniature qui se formait sous les mains de l'artiste. Rinat avait bien sûr oublié la peau d'ours, il avait dessiné sa chevelure avec des feuilles d'or aux teintes nuancées et l'avait saupoudrée d'un jaune qui rappelait un champ de blé plein de fleurs, de pavot rouge et de violettes, de delphinium, de lis et de lupins. Son visage était encore un peu hâlé, comme si l'été avait eu envie de rester encore un petit peu avec Yeza, la rafraîchissant au matin avec sa rosée, la réchauffant de ses rayons à midi, et la caressant tendrement, la nuit, avec sa lune d'argent. En déposant des ombres ingénieuses sur son menton énergique et sur sa fossette, qui descendait vers l'incomparable naissance de son cou, le peintre avait admirablement rendu cette teinte en mélangeant de la pêche et de la cannelle, ses yeux étaient couleur émeraude, ses lèvres étaient rubis.

> « *Ne mes maus guerredonner.*
> *Las ! Si n'en puis sans lui durer ;*
> *trop chier me fet comparer*
> *l'amour qu'ai en li.*
> *Hé, las ! Bien me doit peser*
> *quant onques la vi,*
> *car ne puis endurer*
> *les maus que sent pour li.* »

Roç allait s'arracher à cette image lorsque les deux rubis s'ouvrirent ; entre ses dents, blanches comme des perles, apparut la langue rose de Yeza. Elle la passa sur ses lèvres pour leur donner un nouvel éclat et demanda :

— Savez-vous au juste, mon seigneur et maître, que votre serviteur Philippe s'est approché peu galamment de ma suivante ?

Roç éclata de rire.

— Ta Potkaxl l'a attrapé entre les jambes, sans pudeur mais avec savoir-faire, et avant que le pauvre bonhomme n'ait pu dire ouf, elle tenait déjà sa lance dans la main !

— Elle n'était sûrement pas molle ! rétorqua Yeza, moqueuse. Depuis des jours, il lui court après comme s'il avait caché un manche à balai dans ses chausses !

Roç tenta de défendre son écuyer.

— Il avait au moins encore un habit. Ta princesse toltèque, elle, ne portait rien sous sa jupe !

— Il a donc donné du manche à cette enfant ? La voix de Yeza devint toute petite, serrée par l'émotion.

— Il ne peut être question de cela. Potkaxl avait l'objet à la main, et elle l'a guidé sans le moindre mot d'excuse ou de regret.

— C'est-à-dire sans pardon !

Yeza se mit à rire et fit tourner une fois de plus sa langue agile.

— Potkaxl, que vous aimez encore à appeler une

enfant, *ma damna*, a forcé mon écuyer à accomplir un travail de domestique. Il a dû balayer, balayer, balayer.

— Arrêtez ! gémit Yeza. Allez vous coucher, je vous prie, et que la honte vous y cloue, jusqu'à ce que j'arrive !

Cette fois-ci, elle sortit la langue, mais Rinat se permit de la rappeler à l'ordre :

— J'ai encore besoin de la dame un quart d'heure dans sa peau d'ours, sans cela je me serai donné tout ce mal en vain. Je vous en conjure, Messire, acceptez ce sacrifice au nom de l'art, demanda-t-il à Roç en souriant. En contrepartie, j'immortaliserai votre bien-aimée !

Roç hocha la tête.

— C'est ce que vous m'annoncez à chaque fois ! Combien de temps encore comptez-vous me ravir ma *damna* ? (Mais il changea vite de ton :) Soit, Maestro. Cette fois, vous avez l'air de réussir particulièrement bien votre portrait.

— C'est le destin de l'artiste, répondit Rinat en s'inclinant, que de ne jamais s'avouer satisfait du résultat. Vous avez raison, Messire, tous les essais précédents pâlissent devant cette tentative encore insuffisante pour capter le charme de votre dame. (Rinat regarda son œuvre, non sans fierté.) Et pourtant, elle n'apaise pas encore mon orgueil.

— Eh bien continuez, déclara cordialement Roç. Il lança un baiser à Yeza, qui l'attrapa avec les lèvres comme une cerise, et sortit de la pièce.

« *Com'antt'as pedras bon rubie*
sodes antre quantas eu vi ;
e Deus vus fez por ben de mi,
que ten comigo gran amor ! »

Roç n'avait pas noté le chemin qu'il avait suivi. En tout cas, il se retrouva tout d'un coup dans la tour, sur l'escalier en colimaçon, devant une porte. Il se rappela l'entretien avec Gosset. Il n'existait en fait que deux sortes de Templiers : ceux qui voulaient porter le couple royal sur le trône et étaient disposés, pour cela, à faire des sacrifices, même celui de leur vie, et ceux auxquels Yeza et Roç étaient indifférents. Et il devait peut-être même envisager l'existence d'un groupe disposé à sacrifier tout autre chose : la vie de Yeza et la sienne.

Bon, ou plutôt mal, se dit Roç. Le Prieuré continuait à tirer ses ficelles comme un grand marionnettiste. Il jouait un jeu dangereux avec le couple royal qu'il prétendait protéger. Car la main qui veillait sur eux semblait oublier que Yeza et lui-même n'étaient pas des poupées animées, mais des créatures en chair et en os. Et s'ils jouaient avec eux, ce n'était même pas pour obtenir un résultat concret, pour leur offrir le trône promis, mais non ! Le but était le chemin ! Mais si la puissance secrète qui se cachait derrière eux avait raison, si elle connaissait réellement le grand projet, si elle était seule à savoir le chemin qui menait au Graal ? « Garde confiance, Roç ! » lui avait lancé le vieux Turnbull, ultime testament avant une mort volontaire. Garde confiance en la force de l'amour ! » Turnbull passait tout de même pour l'auteur du grand projet, et lui devait bien savoir de quoi il retournait. Roç se rappela, mélancolique, son père spirituel, et se reprit. Le Graal était-il l'amour ?

Roç entra sans hésiter dans la pièce du peintre et, par la fausse armoire, dans la crypte cachée. Il ouvrit le tiroir secret dans les étagères poussiéreuses. Les portraits de Yeza étaient beaucoup plus nombreux. Rinat comptait-il donc en faire commerce ? Roç souleva le double fond et en fit sortir les parchemins qui s'y trouvaient toujours. Il les passa en revue deux ou trois fois. Le double portrait du précepteur Gavin Montbard de Béthune, dont il avait gardé un souvenir tellement désagréable, n'était plus là. Roç inspecta le meuble méticuleusement, de haut en bas, puis toute la pièce et les moindres angles de celle qui la jouxtait. L'image avait disparu.

III

La nuit de Montségur

Rosemonde

L'hiver était arrivé sur le Roussillon, les sommets des Pyrénées brillaient déjà depuis longtemps d'un blanc resplendissant. En une nuit, la neige recouvrit aussi les montagnes qui entouraient le Grau de Maury. Elle n'alla pas tout à fait jusqu'au château de Quéribus, qui reçut une averse de pluie froide et dont la cour se transforma en marécage. Seuls les porcs s'en réjouissaient et se roulaient en couinant dans les flaques boueuses. Un petit cochon se tenait à l'écart : on l'appelait Rosemonde, et Rosemonde était amoureuse. Sa passion n'allait d'ailleurs pas à l'un de ses semblables, mais à Potkaxl. Depuis quelque temps, la princesse toltèque s'était mise à nourrir les porcs. Nul ne l'y obligeait : c'est elle qui avait choisi d'accomplir cette tâche qui lui permettait d'échapper plusieurs fois par jour au donjon et à la vie de la cour, pour se retrouver dans la paille avec son Philippe. Il n'y avait nulle trace de fausse pudeur là-dedans, cette petite tête brûlée au nez d'aigle ne connaissait pas ce sentiment. Mais chaque fois qu'elle s'abattait toute nue sur l'écuyer, elle poussait des piaillements si aigus et de tels grognements de délice que Yeza avait fini par lui suggérer de cantonner ses séances de copulation dans les salles d'habitation du château, si elle ne parvenait pas à tempérer ses ardeurs vocales.

Yeza savait s'exprimer très clairement, et la fille des

Toltèques connaissait désormais la plupart des mots qu'elle employait. Elle se mit ainsi à gâter les cochons, et Rosemonde ressentit peu à peu un penchant muet pour Potkaxl. La petite truie commença par venir à la rencontre de sa bienfaitrice. Bientôt, elle lui courait même après, avide et insatiable. Il arriva ce qui devait arriver. Imitant la très active Potkaxl, Rosemonde passa dans la paille et entendit pour la première fois les sons produits par l'accouplement, des bruits d'ailleurs bien connus des cochons. Au lieu de se détourner discrètement, elle glissa en grognant de joie son museau rose entre les corps, poussa Philippe sur le côté et se roula en couinant sur la princesse, lui passa entre les jambes, la souleva, bascula avec elle dans la paille. Aucune menace ne parvint à la chasser. La suivante et l'écuyer eurent bien du mal à échapper à la brûlante Rosemonde. Par la suite, il leur fallut verrouiller la porte chaque fois qu'ils se retrouvaient. Et de l'autre côté, la petite truie réclamait en reniflant de jalousie sa belle Potkaxl, qui devint ainsi un objet de moquerie pour toute la domesticité. Les jours où la suivante ne se présentait pas dans la basse-cour, on rencontrait Rosemonde sur l'escalier menant au donjon ou dans tout autre lieu où elle avait flairé la présence de l'objet de son amour porcin. Et on l'aimait, ce petit animal qui assurait distraction et gaieté au cours de cet hiver sinistre : tous les habitants du château rejetèrent donc avec indignation la proposition de Philippe, qui avait demandé qu'on l'abatte.

Yeza et Roç accueillirent avec beaucoup moins de joie la désagréable visite d'un moine qui grimpa, furibond, la montagne où était perché le château. À en juger par son froc, il s'agissait d'un franciscain. Les soldats de Quéribus qui surveillaient le portail et le regardaient avec curiosité espérèrent d'abord que c'était un Guillaume amaigri qui s'avançait vers eux. Mais ensuite, Gosset arriva dans la tour, passablement excité, et annonça que Bartholomée de Crémone était arrivé.

Roç fut aussitôt sur ses gardes. Guillaume ne lui avait-il pas déjà parlé de ce franciscain perfide qui lui avait volé le grand projet et poursuivait le couple royal pour le compte du Cardinal gris, c'est-à-dire de Rome ?

— Comment ça... Le Triton ? Yeza ne paraissait pas faire grand cas de ce nouveau péril.

— Que vient-il faire ici, grogna le maître des lieux, si ce n'est nous découper en rondelles ?

— Barth ne prend jamais le poignard, répondit Gosset pour le rassurer. Il s'y connaît en revanche très bien en poisons.

— Il s'est peut-être égaré ? suggéra Yeza. Il veut peut-être juste prendre une soupe chaude dans notre cuisine ?

— En ce cas, je renonce à tout autre repas pour aujourd'hui, annonça Gosset en riant. La cuisine est bien le dernier lieu où nous devrions le laisser entrer. Car ce n'est pas le hasard qui l'a mené ici. Je l'ai vu descendre du carrosse de l'inquisiteur.

— Seigneur, aie pitié de mon âme ! Le gros Trini et Barth, le Triton ! jubila Yeza. Quel couple !

Mais Jordi Marvel, lui, avait tellement peur qu'il était passé sous la table.

— Il vient me chercher ! gémit-il.

— Ça m'étonnerait ! estima Rinat. Bartholomée de Crémone n'est pas un sbire, mais un fonctionnaire de la curie. Il n'est pas membre des Services secrets, même si cela ne lui déplairait pas !

Roç mit un terme à la conversation :

— Recevons ce grand seigneur !

Le troubadour attrapa son luth et disparut dans une niche du mur, derrière le tapis. Rinat quitta la pièce, lui aussi, avant que Philippe ne laisse entrer le franciscain.

D'un rapide regard, Barth vérifia à qui il avait affaire, avant de commencer d'une voix mielleuse :

— Sa Sainteté le pape Alexandre IV et le roi de France adressent du fond du cœur leurs salutations au couple royal et lui souhaitent une longue vie.

C'était une vraie provocation ! Yeza dut se pincer les lèvres pour ne pas éclater bruyamment de rire. Roç bouillait, mais il laissa le visiteur continuer.

— Ils m'ont envoyé, moi, simple serviteur du Seigneur, pour vous rappeler Sa parole et prier avec vous pour le salut de vos âmes.

Le Triton s'agenouilla.

— Prions, dit-il d'une voix fluette, mais Gosset abrégea cette plaisanterie en lâchant un « Amen » retentissant dans le silence embarrassé. Yeza avait fait comme si elle n'avait pas entendu l'invitation du moine ; elle regardait par la fenêtre. Roç prit place dans son siège en forme de trône, ce qu'il ne faisait jamais d'ordinaire, et chuchota à Gosset :

— Que diriez-vous, mon père, si ce pieux homme commençait par se présenter et nous remettait les lettres de créance qu'ont certainement dû lui confier ces hautes personnalités ?

Toujours à genoux, le moine chercha quelque chose dans sa bure. Il était devenu cramoisi.

— Je suis Bartholomée de Crémone, annonça-t-il d'une voix saccadée, et nul ne doit mettre ma parole en doute.

Il sortit de son habit deux rouleaux de parchemin scellés. Gosset les lui prit de la main, brisa, après que Roç eut hoché la tête, les sceaux du roi, déroula le message et parcourut les lignes en marmonnant.

— Lui sont transmis les droits spirituels du fief de Quéribus, avec ses terres, ses animaux et ses habitants, domestiques et seigneurs, comme il en a été convenu avec l'évêché de Carcassonne, dont il dépend... C'est à lui seul qu'il revient de prélever la dîme dans le district religieux du Grau de Maury, et d'assurer l'enseignement chrétien...

— Mais nous avons déjà un prêtre, fit Roç, agacé, en interrompant la lecture. Puis il s'adressa à Barth, qui s'était relevé. Sa Majesté a-t-elle déjà oublié qu'elle nous a elle-même confié Gosset ?

Le Triton dodelina du chef.

— J'ai omis de vous le dire en arrivant : le roi a un besoin urgent de monseigneur, pour une mission rigoureusement secrète. C'est la raison pour laquelle il a fallu que j'intervienne, afin de ne pas vous laisser sans assistance spirituelle.

— Il n'en est pas question ! lança Roç, hors de lui. Je veux voir cela par écrit !

Bartholomée désigna le second rouleau. Il avait du mal à dissimuler son triomphe.

— Un ordre du nonce pontifical, le cardinal Rostand Masson, au père Gosset : dès qu'il aura reçu cette missive, il devra se rendre à Carcassonne pour prendre d'autres instructions auprès de l'évêque. (Le Triton s'était gonflé comme une grenouille.) Je suppose qu'un fidèle serviteur de l'Église, et un ambassadeur du roi qui a fait ses preuves, ne refusera pas d'obéir à cet ordre ?

La question était adressée à Gosset, mais c'est Yeza qui répondit.

— Nous remercions de tout notre cœur le roi et le Saint-Père pour tant de bienveillance.

Elle sourit amicalement au Triton et fit signe à son écuyer.

— Philippe, montre à notre cher hôte et directeur spirituel la chambre qui se trouve juste à côté de celle de Rosemonde, là où logeait Monseigneur Gosset. (Son sourire s'élargit encore.) Vous devez savoir qu'à Quéribus, nous ne pouvons guère vous offrir de confort.

— Ah, répliqua Barth avec modestie, comme tous les adeptes de saint François d'Assise, nous autres, pauvres frères, nous nous contentons d'une écurie et de ce qui tombe de la table des riches...

— Tant de frugalité vous fait honneur et nous fait honte.

— Comme moi, ajouta Gosset, résigné, vous obtiendrez chaque jour à la cuisine votre pain quotidien, et vous le bénirez. Prions, à présent !

Et le prêtre força le frère mineur à s'agenouiller une fois de plus, tandis que Roç et Yeza se souriaient en joignant gentiment les mains. Ensuite, Philippe fit sortir le Triton. À peine la porte refermée derrière lui, ils éclatèrent tous de rire. Jordi sortit en rampant de sa cachette. Lui n'avait aucune envie de s'amuser.

— Vous riez ! s'écria le gnome, mais il va tous nous tuer !

— Il faudra d'abord qu'il affronte Rosemonde, expliqua Yeza, car le réduit où il va s'installer servait de nid d'amour à Potkaxl. Son parfum flotte encore au-dessus de la paille !

— Quant à moi, j'ai fait annoncer aux cuisines, sous le sceau du secret, annonça Rinat, revenu sans que personne l'ait remarqué, que le moine souffrait d'une maladie contagieuse. Et que tout ce qu'il touche porte ensuite les germes d'une maladie effroyable et insidieuse.

Rinat raconta son histoire avec tant de gravité que Jordi se mit aussitôt à gémir, mais le peintre reprit :

— J'ai donné l'ordre d'interdire strictement au franciscain l'accès aux salles de l'intendance. Le jour, ils doivent barricader la cuisine de l'intérieur, et la nuit, enfermer le moine dans sa petite chambre.

— Dans ce cas, Rosemonde ne pourra pas..., objecta Yeza. L'idée de Rosemonde sautant sur le Triton l'amusait profondément.

— La truie trouvera bien le chemin pour rejoindre Barth, puant comme il le sera au bout de trois jours. Mais même si vous vous amusez beaucoup, et quelle que soit la plaisanterie que vous aurez inventée tous les deux, ne sombrez pas dans la frivolité. Ce franciscain est sans doute stupide, c'est aussi un bouffon, mais il est coriace et très inventif lorsqu'il s'agit d'accomplir une mission. Les deux lettres qu'il s'est procurées suffisent à le prouver. Ce n'étaient pas des faux !

— Je vais le garder à l'œil, dit Rinat. Partez sans vous faire de soucis. Vous pouvez vous fier à moi, ajouta-t-il à l'intention de Yeza et de Roç.

« Je n'en suis pas si sûr », songea celui-ci, mais c'est Yeza qui répondit :

— Comme vous le voyez, nous sommes sinon dans de bonnes mains, du moins dans des mains habiles. (Elle ne regarda pas Rinat Le Pulcin.) Et puis le couple royal a toujours su défendre sa peau.

— Et je suis encore là ! s'exclama Jordi. Je lui offrirai le rempart de mon corps !

Ils éclatèrent tous de rire. Mais le sourire du peintre paraissait un peu tourmenté. Le troubadour n'y prit pas garde et fit résonner son luth.

« Dòmna, pòs vos ai chausida,
fatz me bèl semblant,
qu'ieu sui a tota ma vida
a vòstre comand. »

Entre-temps, la neige avait fini par tomber sur Quéribus. Ceux qui n'étaient pas forcés de se rendre dans la cour pour accomplir d'urgentes besognes restaient dans leurs pièces chaudes. Bartholomée ne quittait son réduit que pour prendre son maigre repas avec les soldats, dans la salle de garde. On l'avait d'ailleurs installé tout seul en bout de table. Les hommes l'évitaient, ne serait-ce qu'en raison de son odeur très forte, pour employer un euphémisme. Le frère mineur avait aussi très rapidement renoncé à inculquer au couple hérétique les dogmes de l'Église. Dans la plupart des cas, il trouvait verrouillé l'accès au donjon et à l'aile habitée où se situait la salle des chevaliers. Et lorsqu'il parvenait à se faufiler par la porte après avoir longtemps attendu, dans la cour, l'instant où elle s'ouvrirait, les gardes attentifs l'arrêtaient dans l'escalier en prétendant que dans une quelconque baraque enneigée, une cabane perdue dans la montagne, un mourant avait, de toute urgence, besoin de son assistance, ou un nouveau-né du baptême chrétien. S'il acceptait de se déplacer, l'agonisant qui le réclamait était toujours mort avant son arrivée, après avoir manifestement reçu le *consolamentum* cathare. Quant aux nouveaunés, ils étaient encore le plus souvent bien au chaud dans le ventre de leur mère, lorsque les prétendues futures mères n'étaient pas de vieilles femmes qui n'auraient pas mis au monde une grenouille sèche. Souvent, il ne trouvait pas la moindre maison dans le lieu qu'on lui avait indiqué.

Et même lorsqu'il parvenait à tromper l'attention des gardes et à se frayer un chemin jusqu'au couple royal, le perfide Rinat et Jordi Marvel, ce gnome croassant, lui causaient mille désagréments effroyables. Chaque fois qu'ils le voyaient, ils lui demandaient une confession. À côté de ce qu'ils lui confiaient, les péchés mortels n'étaient plus que peccadilles. Des abîmes s'ouvraient sous ses yeux, et c'est lui que le diable rôtissait et écorchait dans les feux de l'enfer. L'écuyer à la vie dissolue et la suivante, une païenne venue d'un pays abandonné de Dieu à l'existence duquel Bartholomée ne pouvait croire, participèrent eux aussi au jeu en lui montrant de petits temples et des rites effroyables. Aux manigances de Philippe et de Potkaxl s'ajoutaient les cochonneries épouvantables de Rosemonde. Il était difficile de faire la leçon à la truie, et la possibilité que les visites nocturnes de l'animal dans son réduit soient un jour connues de tous l'accablait. Il devrait alors supporter les allusions infâmes du peintre. Le couple royal, lui, semblait s'amuser beaucoup de tout cela. Inutile de dire que ni Roç, ni Yeza n'allaient jamais se confesser auprès de lui, et qu'ils ne lui demandèrent pas une seule fois l'hostie consacrée. Chaque fois qu'il s'approchait d'eux, ils le chassaient en affirmant que le couple royal avait le rang de grand prêtre (ce qui était un blasphème) et n'avait pas besoin de ses services d'intermédiaire : Roç et Yeza avaient une relation directe avec Dieu. Mais lorsque le frère mineur insistait pour sauver leurs âmes, ils lui répondaient : « Eh bien ! Prions ! », une invitation auquel le moine ne pouvait se soustraire. Il récitait donc le Notre-Père en latin, tandis qu'eux le disaient d'une manière inaudible dans la langue vulgaire, dans laquelle Pierre Valdès l'avait fait traduire sans autorisation. Lorsque Barth voulait protester, on répétait la prière jusqu'à l'épuisement ; il finissait par renoncer et se retirait dans ses appartements. Dès que les gardes avaient refermé la porte derrière lui, tous éclataient de rire.

— Nous devrions adresser nos remerciements à monseigneur le pape, dit Yeza, pour nous avoir envoyé pareille distraction.

— Si seulement le Triton ne puait pas autant ! répliqua Roç. Mais cela nous forcerait à lui révéler où se trouvent les baquets !

— Ni le cuisinier, ni les servantes ne le laissent accéder à la cuisine, précisa Rinat. Ils ont oublié depuis longtemps l'histoire de la maladie infectieuse. Mais à présent, ils flairent le franciscain à trois lieues contre le vent.

— Vous voulez dire, demanda Yeza, que nous

sommes parvenus à ôter le venin des dents du Triton, et que nous pouvons désormais songer à mettre mon rêve en œuvre ?

— Comment cela ? s'exclama Roç, stupéfait. Ma *damna* veut à présent, en plein hiver...

— Nous passerons, vous, mon amant, et moi, votre amante, la nuit du solstice à Montségur, annonça Yeza sur un ton qui rendait toute résistance inutile.

Roç fut aussitôt d'accord. Ce n'était pas le cas de Rinat.

— Jusqu'ici, vous avez pu échapper à cette morsure empoisonnée, mais n'allez pas croire que votre confesseur empêché, le gardien de votre vertu, vous laisse faire ne serait-ce qu'un pas à l'extérieur sans lancer à vos trousses la garnison française la plus proche. C'est la première mission de ce mouchard. Et vous choisissez Montségur, par-dessus le marché ! gémit le peintre. Vous agitez le chiffon rouge devant l'Église et l'occupant !

— Votre mission à vous, Rinat Le Pulcin, annonça Roç d'une voix ferme, sera de cacher notre disparition à notre surveillant, assez habilement et assez longtemps pour que nous ayons pu franchir depuis longtemps toutes les montagnes au moment où il s'apercevra de notre absence.

Roç s'était manifestement accommodé du désir de sa reine, il s'en faisait même un plaisir. Le peintre oublia l'artiste sensible qu'il était, et montra une fois de plus ce qu'il était sans doute : un agent secret expérimenté. Il réfléchissait avec une rapidité étonnante.

— J'ai besoin pour cela de votre écuyer Philippe, et de votre suivante. (Rinat expliqua aussitôt son plan :) À vous, le couple royal, je demande seulement que vous cédiez votre chambre.

— Quoi ? fit Roç, indigné. Leurs corps nus, collés par la sueur, doivent se vautrer dans notre lit ?

— Exactement, confirma Rinat, impassible. Et ils doivent ensuite faire en sorte, comme on l'attendrait de vous, qu'après avoir poursuivi votre *damna* toute la soirée, ivre et excité, vous besogniez celle-ci pendant peu de temps, mais avec force bruits audibles de tous.

— Le Triton doit donc penser que je couine, émis, grogne et crie comme Potkaxl ? résuma Yeza.

— Ou comme Rosemonde ! fit Roç, moqueur, mais il le regretta vite : il venait de recevoir une gifle sèche et bien ajustée.

— Il faut pour cela deux personnes, mon chéri, un qui te fait chanter de délice, et...

— Nous nous sommes compris, répondit Roç rapidement. Lorsque je porterai ma bien-aimée sur le seuil, fou de désir, le serviteur me remplacera, et la suivante prendra la place de ma dame. Tous deux joueront le rôle du couple royal, assez bruyamment pour que chacun l'entende. Quant à nous, nous disparaîtrons silencieusement du château, dans le plus grand secret.

— Je vous fournirai des chevaux, des provisions et des couvertures de fourrure à la lisière du Grau de Maury...

— Non, dit Roç. Vous resterez ici. Le moine ne doit pas prendre le pouvoir sur ces lieux. Vous êtes la seule personne d'autorité qui reste ici. Car nous emmenons Jordi Marvel avec nous.

Le petit homme entendit la nouvelle sans manifester plaisir ni déplaisir. Il ne rayonnait pas vraiment de bonheur lorsqu'il reprit son luth et chanta, résigné :

« *A vòstre comand serai*
a tots los jorns de ma via,
e ja de vos no'm partrai
per deguna autra que sia. »

Le chemin des cathares

La petite troupe marchait vers l'ouest sur ce sentier muletier des Pyrénées que les gens appelaient encore « le chemin des cathares ». Éloigné des grandes routes militaires, il menait à travers les buissons sauvages des forêts obscures, suivait des crêtes difficilement praticables lorsque l'eau bouillonnante avait trop profondément creusé les gorges. Jordi, que Roç et Yeza avaient emmené en remplacement de Philippe, se révéla être un guide sûr, qui connaissait bien le pays. Le petit homme avançait sur l'un des chevaux bâtés, à l'avant, et reprenait des couleurs au fur et à mesure qu'ils s'éloignaient de Quéribus et de son Triton. Ils avançaient lentement dans la neige profonde. Yeza était perdue dans ses songes. La nuit de Montségur, qu'elle avait si longtemps désiré oublier, revenait à son esprit en images vives et douloureuses, remontant des profondeurs de sa conscience. La lumière bleuâtre des dernières heures, sur le château, le visage qui pâlissait, tout cela prenait peu à peu des contours plus vivants. Yeza sentait sa mère qui la serrait dans ses bras, elle souhaita pouvoir répondre à ce geste de tendresse : à l'époque, elle était engoncée dans un lange qui ne lui permettait pas de nouer ses petits bras autour du cou de la belle Esclarmonde. On les avait descendus comme deux chrysalides, elle et Roç, au bout d'une corde, le long de la falaise rocheuse. Elle avait eu peur pour son petit frère. Des mains d'homme gantées de fer les avaient recueillis ; une cabane enfumée, à la lueur du feu, et pour la première fois, le visage rose, souriant et étonné de Guillaume, entouré de bouclettes rouge et or. À partir de ce moment-là, le franciscain avait remplacé leur mère, c'est lui qui leur avait donné à manger, qui les avait baignés et leur avait essuyé les fesses, il avait dormi entre eux, ri et bu en leur compagnie.

Yeza sursauta : perdue dans ses rêves, elle s'était mise à somnoler et avait manqué tomber de cheval. Pour leur retour après tant d'années, Guillaume aurait dû de nouveau être parmi eux. Yeza n'aurait pas été étonnée de le voir surgir derrière le sapin suivant. Le moine lui manquait, et elle savait que Roç partageait ce sentiment. Ils contournèrent la ville de Quillan, avec sa forte garnison, et franchirent l'Aude à la ravine du Lys. Un vieillard aux cheveux blancs et à la longue barbe, portant un habit de lin clair, les y attendait ; Jordi ne leur avait pas annoncé cet accueil.

— Est-ce un druide ? demanda Roç en chuchotant, tout excité, lorsque la maigre silhouette apparut entre les sapins couverts de neige, sur l'autre rive du fleuve, dont il se distinguait à peine.

— C'est Mauri En Raimon, répliqua le troubadour tout aussi doucement. Un « bonhomme », l'un des derniers prêtres cathares à avoir encore pu échapper à l'Inquisition. Ils vivent avec les animaux, dans les forêts. (À sa voix, on sentait qu'il était fier de connaître un homme pareil.) Mais ils savent tout ce qui se passe dans le pays, ajouta-t-il, car la nuit, ils vont dans les villages, où des partisans secrets de la doctrine pure les accueillent et s'occupent d'eux.

La silhouette blanche avait désigné en silence les marches creusées dans la roche et les avait guidés vers le passage le plus étroit, où un tronc jeté au-dessus de la ravine permettait de franchir l'abîme.

— Bienvenue aux messagers du Graal, dit-il d'une voix rauque dès qu'ils eurent fait passer leurs chevaux au-dessus du pont glacé. *Que Diaus vos bensigna !*

Roç et Yeza étaient trop fatigués pour répondre ou entamer une conversation avec le parfait, même si tous deux étaient curieux d'entendre enfin, de la bouche d'un initié, des réponses aux questions qu'ils se posaient depuis si longtemps sur leur origine et leur destin. Le pur devait bien savoir, lui, ce qu'il en était réellement du Graal. Mais, pour l'heure, ils se contentèrent de s'incliner avant de remonter sur leurs chevaux et d'entrer à la file dans la sombre forêt de sapins. Le cathare avançait devant, à pied ; on ne pouvait de toute façon pas aller plus vite, la neige recouvrait tout et les animaux posaient prudemment un sabot après l'autre pour ne pas glisser.

Yeza était à deux doigts de s'endormir sur sa selle. Roç attrapa une branche recourbée et la fit remonter avec son chargement de neige, laissant s'abattre un nuage blanc sur le visage de sa dame. Elle s'ébroua et enfonça plus profondément sa capuche sur son front. Jordi avançait en éclaireur avec les chevaux bâtés, il était de bonne humeur et aurait volontiers joué du luth si Roç ne le lui avait pas interdit. Un sentier latéral croisait le leur. Le vieux Mauri En Raimon s'arrêta tout de suite et attira l'attention de Roç.

— Des cavaliers sont passés ici, il n'y a pas longtemps, fit-il d'une voix douce et grinçante, et ils étaient très pressés ! ajouta-t-il en désignant les traces de sabots dans la neige. Ils étaient certainement armés. Nous allons devoir prendre garde, à présent.

Roç envoya Jordi en arrière-garde. Yeza était à présent tout à fait éveillée et le prouva en lançant droit dans la bouche de Roç une boule de neige. Et c'est en crachant que le jeune chevalier alla se placer en tête du cortège, à côté du convoi. Ils suivirent la trace, jusqu'au moment où Roç aperçut de petits points rouges dans la neige : du sang ! Les traces avaient été piétinées par les sabots. Ils remarquèrent ensuite l'empreinte d'un pied nu.

— Une femme, dit Mauri. Si elle n'est pas parvenue à semer ses poursuivants ici même, dans la forêt de Camelier, elle est perdue. Car ensuite s'ouvre le plateau de Sault, où l'on ne trouve aucune cachette, et qui avantage les hommes à cheval !

Ils avançaient prudemment dans la forêt épaisse, nez baissé pour ne pas perdre la trace. Tout d'un coup, les traces s'arrêtèrent, et l'on ne vit plus d'empreintes de pas.

— Elle leur a échappé, dit Roç en bridant son cheval. Elle a sauté, regardez, nous franchissons une ravine, un lit de torrent asséché. Elle le savait certainement.

Il descendit de cheval et se pencha au-dessus de la rambarde de bois recouverte de neige. Il distinguait nettement l'empreinte de pieds nus, et il vit aussi les gouttes de sang, de plus en plus nombreuses.

— Cette femme est en danger ! s'exclama Roç. Nous devons la trouver.

— Je crois que je sais..., murmura le vieil homme en regardant autour de lui. Suivez-moi !, et il reprit sa marche avant d'obliquer dans un chemin creux, dissimulé de l'autre côté du sentier.

— Mais elle est partie de l'autre côté ! protesta Roç.

Le vieil homme le regarda tranquillement, de ses yeux clairs comme de l'eau de roche sous ses sourcils blancs et broussailleux.

— N'avez-vous donc pas vu que sa piste ne s'achève nulle part ? (Il éclata de rire.) Na India, cette vieille sorcière ! grogna-t-il d'une voix qui révélait la reconnaissance, et presque l'amour. Elle est revenue sur ses pas, elle est passée sous le pont et elle a couru chez elle !

Le vieil homme marchait rapidement. Peu après, les traces de pieds et les gouttes de sang réapparurent dans le chemin creux, et ils aperçurent la cabane, suspendue entre les grands arbres.

— Elle cache l'entrée d'une grotte, qui ouvre sur un système de galeries ramifié, expliqua Jordi, qui les avait rejoints. Il tenait le cheval de Yeza par les rênes : la jeune femme s'était de nouveau assoupie, la tête sur la poitrine.

— Une fois que la mère et la fille ont atteint leur refuge, poursuivit Jordi, aucune armée ne peut plus les capturer : dans les grottes, les hommes disparaîtraient l'un après l'autre. Ils se perdraient, tomberaient dans des gouffres, se noieraient et mourraient de faim.

— Elles devraient nous avoir vus depuis longtemps !

Le vieil homme observait. La porte de la cabane s'ouvrit effectivement ; une jeune fille au visage très pâle, les épaules et la poitrine couverte d'une longue chevelure blonde, sortit et leur fit signe, apparemment très émue.

— En Raimon, venez vite, Mère a besoin de votre aide !

Ils avancèrent rapidement vers le coteau sans arbres, puis montèrent par les marches qui décrivaient dans la roche un escalier sinueux.

— Voici Geraude, fit le vieux en présentant la jeune femme, qui ne devait pas être beaucoup plus âgée que Yeza.

Roç imagina ses seins blancs comme le lait, parcourus de veines bleues, lourds et mûrs. Mais ce qu'il remarqua surtout, c'étaient ses yeux bleu clair. Ils ressemblaient à ceux de Mauri En Raimon ! « Absurde ! » se dit Roç, et il regarda Geraude droit dans les yeux, avec une telle insolence qu'elle baissa les paupières en rougissant. C'est une vache idiote, conclut-il avant de la frôler pour entrer dans la cabane.

La vieille femme blessée était couchée sur un lit de paille. Un mauvais coup du plat de la lame lui avait fait éclater l'épaule ; le sang coulait goutte à goutte sur le drap.

Yeza s'était installée au bord du lit, près de la malade, et lui rafraîchissait le front avec un chiffon humide. Sur le feu, dans un pot de terre, bouillonnait une décoction d'herbes épaisse. Le vieux Mauri la touilla, la goûta, puis recommença à y remuer la cuiller.

Roç, désemparé, se tenait dans la salle basse et sombre éclairée par la seule lueur vacillante du feu de bois. C'est à cet instant seulement qu'il découvrit l'âne, mangeant tranquillement sur le lit la paille qu'il tirait de ses longues dents proéminentes sous le corps de la femme. Roç, fasciné, observa le visage de la blessée. Ses cheveux gris étaient hirsutes, collés par le sang que Yeza s'efforçait de nettoyer. Deux grains de beauté poilus enlaidissaient les joues ramollies, et des canines pointues et jaunes sortaient de sa bouche édentée. C'eût été la femme la plus laide que Roç ait jamais vue, s'il n'y avait eu ces yeux clairs, admirables. Ils brillaient comme des chrysoprases, deux cristaux d'un lac de montagne souterrain recevant sa lumière par des cheminées inaccessibles, un cadeau du bon Dieu. Roç était déconcerté par ce hiatus entre une beauté abyssale et une laideur épouvantable sur le visage d'une créature qui souffrait et gémissait.

— Ça ira bien, Mauri, fit-elle en chuchotant, les lèvres sèches. Étalez à présent le brouet sur cette coupure idiote que m'a infligée ce mauvais Fernand Le Tris, le capitaine de Carcassonne !

Elle se mit à rire, les traits déformés par la douleur, et Roç comprit pourquoi le prêtre aux cheveux blancs l'avait traitée de sorcière. Geraude, sa fille au teint laiteux, prit sa mère par-dessous la tête et la releva lentement, si bien que la vieille femme put étaler ce brouet d'herbe sur un morceau de drap tenu par Yeza, avant de le poser sur l'épaule blessée. Mauri plongea le doigt dans cette masse vert foncé qui rappela à Roç une bouse de vache fraîche, et hocha la tête en direction de Geraude, pour qu'elle recouche la blessée sur ce baume.

— Le lierre apaise la douleur. L'écorce de chêne ôte le venin, l'achilée referme les blessures, marmonna En Raimon. Na India gémissait doucement, mais cette plainte se transforma bientôt en une hilarité courroucée.

— Ce gros crétin tente de m'attraper depuis des années pour me livrer à son frère l'inquisiteur, dit-elle en riant et en haletant. Trini est encore plus gras que lui, mais il est moins stupide, malheureusement. Il m'a fait appeler auprès d'une malade qui avait besoin de moi. S'il nous avait prises ensemble, nous serions sans doute toutes les deux sur la place du marché, à nous réchauffer sur un bon petit feu. Ah ! J'ai été plus rapide, j'ai soigné l'agonisante avant qu'il ne puisse s'en apercevoir. Mais, sur le chemin du retour, j'ai oublié que même un aveugle peut suivre avec son bâton ma trace dans la neige. Il a bien failli me prendre !

— Repose-toi, maman ! supplia la douce Geraude. Ce bon En Raimon va nous quitter, après avoir prié avec nous.

— Oui, continue ton chemin, Mauri, conseilla la femme d'une voix ferme, les yeux brillants. Cette égratignure ne justifie pas le *consolamentum.*

— Une femme comme vous, Na India, ne rejoint pas le Paradis d'un pas aussi léger et aussi rapide, répondit gentiment le vieil homme, et il ferma les yeux sans joindre les mains. Il priait. Tous se taisaient à présent, et l'on n'entendait plus que les crépitements de la résine de pin dans le feu.

Yeza embrassa la femme sur le front, et la vieille leva les yeux vers la jeune fille.

— *Diaus vos bensigna,* chuchota-t-elle.

Roç fut le premier à ressortir. Jordi les attendait à l'extérieur avec les chevaux. Le soir tombait déjà lorsqu'ils sortirent du bois. Le vaste haut-plateau s'étalait devant eux.

— Les étoiles vont nous éclairer, annonça, confiant, l'homme aux cheveux blancs.

Cette fois, c'est Roç qui exigea que le vieux prêtre fasse le chemin sur l'un des chevaux bâtés.

— Je veux traverser ce plateau de Sault aussi vite que possible. La lueur des étoiles suffirait pour que l'on nous distingue aussi bien que des haricots sur une assiette blanche. Et ce soir, nous avons la pleine lune !

Ils chevauchèrent toute la nuit, et au terme d'une journée supplémentaire, ils longèrent, sous les falaises, le long Bac d'en Filla, un massif rocheux sans arbre semblable à une gigantesque limace. On ne trouvait pas la moindre fissure, la moindre ravine dans sa pierre lisse. Ici, le chemin des cathares faisait la part belle aux poursuivants, mais ils en acceptaient le risque. Ensuite, on débouchait entre la forêt de Corret, à droite, et le haut cône, à gauche, et l'on pouvait pour la première fois apercevoir le but du pèlerinage : devant les voyageurs, à la lumière du soleil déclinant, s'élevait Montségur. Quelle importance avaient encore les périls de ce monde, les serviteurs zélés du mal portant les bures noires des dominicains, les valets stupides du pouvoir séculier avec leurs pourpoints à fleurs de lis, les sbires de l'Inquisition et les agents du roi ? Comme une couronne dorée, solitaire, à une hauteur vertigineuse, le château du Graal s'élevait sur le Pog. Il paraissait plus appartenir au ciel bleu qu'à la roche sur laquelle il se dressait. Les ultimes rayons du soleil couchant, qui réchauffaient pareillement chrétiens, païens et hérétiques, transfiguraient les murs, faisant oublier qu'ils n'étaient plus qu'une enveloppe vide d'où s'était échappé le trésor. Des mains ensanglantées et des visages haineux s'en étaient emparés. Tout cela traversa l'esprit de Roç et Yeza au fur et à mesure qu'ils s'approchaient du Munsalvatsch, la Montagne salutaire. Mauri En Raimon, l'homme à la barbe blanche, s'arrêta et leva le regard vers le haut du château.

— Voici votre couronne, couple royal, lança-t-il à Roç et Yeza sans détacher les yeux de ce spectacle. Le précieux calice de la véritable divinité. Je serais heureux si je pouvais quitter ce monde avec cette image dans le cœur, marmonna-t-il, à part. J'endurerais avec joie, pour cela, tous les feux de l'enfer ! (Puis il dirigea son regard clair sur les deux jeunes rois et ajouta, sans avoir aucunement l'air de se plaindre :) La terre est un lieu de damnation, le royaume scintillant du Malin, qui sait cacher l'enfer devant nos yeux et nous fait croire que nous sommes libres. Il tient ainsi fermement nos âmes, il nous fait croire qu'il peut exister un « royaume de la paix » terrestre.

— Comment cela ? l'interrompit Roç. Ne peut-il pas exister si l'on s'efforce de l'atteindre ?

Le vieux le dévisagea longuement.

— Non, répondit-il lentement. Pas dans ce monde. Mais ne soyez pas tristes, ajouta-t-il en les voyant tellement décontenancés par sa réponse brutale. Car en compensation nous est apparu le Paraclet, donné par Dieu pour que nous cherchions le Graal, pour que nous le distinguions et que nous nous montrions dignes de lui.

— Le Graal ? demanda Roç. Dis-m'en plus là-dessus. Est-ce un trésor ?

La question fit sourire l'homme aux cheveux blancs.

— C'est un réceptacle de lumière, le calice de la vie éternelle. Lorsque tu y bois, tu ressens ce qu'il y a de divin en toi, et tu te sépares de la création du Démiurge, de ce monde du Malin.

Il se tut et pria.

— Je vais à présent vous quitter, dit-il ensuite. Jordi Marvel vous montrera le chemin le plus sûr vers le Pog. La montagne ne vous sera pas hostile, elle sait que votre enveloppe corporelle est venue au monde ici et que vos âmes y reviendront toujours jusqu'à ce que, libérées, elles planent dans les airs et prennent leur place au paradis céleste. *Diaus vos bensigna !*

Ils le suivirent du regard jusqu'à ce que sa silhouette blanche disparaisse entre les rochers.

Des âmes perdues dans les murailles

Les ombres de Yeza et de Roç étaient déjà longues lorsqu'ils traversèrent le Camp des Crémats, au pied du Pog, le coteau qui descendait doucement et sur lequel avait jadis brûlé le bûcher, ce chemin qu'avait choisi leur mère pour atteindre un monde meilleur. Quatorze années s'étaient écoulées depuis. Le disque solaire descendait encore lorsqu'ils commencèrent leur ascension par le bois. Jordi grimpait en avant. À l'abri des derniers arbres, ils nourrirent leurs montures et ne prirent avec eux que le cheval qui s'était montré le plus habile dans les éboulis. Ils le chargèrent de chaudes peaux de bêtes et de provisions frugales pour passer la nuit. Ils montèrent la pente raide à pied. C'est la lune, à présent, qui éclairait les rochers acérés.

— Je ne pensais pas qu'il ferait nuit aussi tôt, s'excusa Jordi.

— C'est aujourd'hui le jour le plus court de l'année ! répondit Yeza, moqueuse. Cette nuit sera la plus longue. Elle appartient aux fées et aux lutins, aux magiciens et aux sorcières. Ce qu'ils apprécient par-dessus tout, ce sont les gentils gnomes qui ne font pas plus de cinq pieds, ils les mesurent tous avec leurs balais. Lorsque tu as poussé trop court, tu leur appartiens.

— Ils tirent le terrestre dans les airs, ajouta Roç, le souffle court. Et lorsque tu as fait ce qu'ils voulaient, ils te laissent retomber sur la terre et...

— Il n'y a qu'un remède à cela : la chanson flatteuse et le beau son de l'instrument, répliqua le petit troubadour. Réjouissez-les, ravissez-les, et ils dansent toute la nuit. Mais lorsqu'ils sentent des mortels qui ne chantent pas et ne font pas de musique, des mortels qui suent le plaisir de la chair par tous leurs pores, comme le parfum du bulbe d'ail, alors ils s'abattent sur lui, ils le tiraillent et le chahutent jusqu'à ce que le rut ait cessé.

— Tu parles par pure jalousie, Jordi Marvel, s'écria Yeza. Le couple royal n'est pas ici, il est justement en train de faire follement l'amour à Quéribus !

— Et le Triton s'est glissé devant la porte de sa chambre, l'oreille collée au bois. Il a déjà les joues et le front cramoisi ! (Cette image réjouit Jordi, qui ajouta en chuchotant :) Et le voilà qui s'en va discrètement, qui descend l'escalier à pas feutrés, se faufile à l'ombre des murs, traverse la cour et entre dans son écurie. Il se jette en gémissant dans la paille...

— Jusqu'à ce qu'il entende le grognement mâtiné de couinements qu'il connaît si bien.

— Pouah ! s'exclama Yeza en feignant l'indignation.

Vous êtes vraiment des porcs, vous autres, les hommes ! Soupçonner de sodomie un homme de l'Église !

— Silence ! fit le nain entre ses dents. J'entends des voix.

— Ce sont les diables qui viennent chercher le calomniateur, chuchota Yeza. Mais ils aperçurent ensuite les lueurs en dessous d'eux, dans la forêt, et crurent voir dans le mur des silhouettes vêtues de blanc.

— Qui cela peut-il être ? demanda anxieusement Jordi.

Roç se mit à rire.

— As-tu cru que ma chère *damna* aurait eu la glorieuse idée d'entrer dans ce lieu magique pendant la *nox solstitii* ? Ce sont les âmes des défunts.

— Rebroussons chemin ! chuchota Jordi, qui tremblait de peur. Il est encore temps de sauver nos âmes.

— Trop tard ! (Roç avait mis ses mains en conque devant la bouche, pour que sa voix résonne comme dans une crypte.) Ne vois-tu pas, Jordi Marvel, là-bas, dans la forêt... Jordi Marvel ! Nous allons te trouver !

— Arrête tes bêtises ! lança Yeza. Nous ferions mieux de nous dépêcher, sans cela nous ne trouverons plus la moindre petite place libre.

Elle avait franchi les derniers paliers rocheux. La nuit leur épargna la vue sur les abîmes qu'ils venaient de franchir. Deux hommes vêtus de blanc, la capuche rabattue sur le visage, sortirent de l'ombre d'une fissure et marchèrent devant eux vers la porte du château, qui sembla s'ouvrir comme une sombre bouche pour accueillir les arrivants. Les hommes éclairèrent leurs derniers pas avec leurs torches, sur des marches taillées dans le roc. Intimidés, Roç et Yeza entrèrent dans la cour vide du château et s'étonnèrent de la hauteur des murs bien conservés qui les entouraient. Mais nul n'accourut pour les saluer, pour les prier de participer à la fête, fût-ce comme deux visiteurs anonymes. Les silhouettes inconnues disparurent dans une partie des murailles où se trouvait encore une salle couverte, un lieu de prière, mais aussi de résistance aux occupants.

— Ils ne savent pas qui nous sommes, constata Yeza,

dégrisée. Jordi offrit aussitôt d'aller annoncer la nouvelle de leur arrivée de l'autre côté, dans la salle où les hommes semblaient s'être rassemblés.

— Non, répondit Roç. Laissons les choses ainsi, passons cette nuit ici *incognito*.

— Je propose que nous occupions le bastion Est, dit Jordi. De là, on distingue ce qui se passe en bas, et l'on a vue sur la région.

— Et sur la voûte céleste ! s'exclama Yeza, enthousiaste. Nous y serons toujours mieux logés que dans une salle froide, surpeuplée, pleine de cathares zélés et de faidits brailleurs. Les uns veulent faire voler leurs âmes, les autres veulent que les Francs s'envolent du pays !

Yeza n'appréciait guère ni les uns, ni les autres.

— Ce sont nos partisans ! protesta Roç. Nos futurs sujets.

— Rien ne m'oblige à partager la même salle qu'eux, ni maintenant ni plus tard, rétorqua Yeza, alors que Jordi était depuis longtemps parti leur installer un campement sur la plate-forme, avec les peaux de bête. Si cela devait être une condition à notre accès au trône, ajouta-t-elle, je préférerais devenir jardinière à Otrante, ou à Antioche, chez notre ami le prince Bohémond !

— Et qui cultivera ton petit jardin ? demanda Roç, l'air coquin.

— Tu viendras avec moi ! annonça Yeza en lui attrapant fermement le sexe sous ses chausses. Puis elle redevint sérieuse : Je te le dis tout de suite, cette nuit est sacrée, et tu ne la profaneras pas ! (En voyant le rictus incrédule de Roç, elle ajouta :) Nous ne pourrons recevoir l'esprit de ce lieu qu'en nous étant libérés des tentations charnelles du Démiurge. Je ne suis pas venue à Montségur pour badiner, très cher !

Roç avait cessé de sourire. Si sa *damna* voyait les choses ainsi, son épée pouvait bien grandir autant qu'il le voudrait, cela ne servirait à rien.

Jordi revint, et ils gravirent l'escalier de pierre qui montait à pic jusqu'à la plate-forme, bien au-dessus de la couronne de murailles. Roç pensa malgré lui à la citadelle vertigineuse d'Alamut, à la nuit qu'il avait passée à l'observatoire avec Kasda. Cette nuit-là aussi, les étoiles lui avaient paru à portée de main.

Jordi emmitoufla ses maîtres dans des peaux de bête et les recouvrit de fourrures.

— Bonne nuit, faites de beaux rêves, grogna-t-il, et il redescendit prudemment l'escalier étroit. Le troubadour s'assit sur la marche la plus basse, interdisant l'entrée à quiconque. Son brave cheval se coucha à ses pieds, sur la paille que son maître avait soigneusement étalée. Songeant aux esprits de ce lieu, Jordi Marvel prit son luth et s'efforça de donner à sa voix une nuance de tendresse.

« *Nâch den kom diu künegîn.*
Ir antlütze gap den schîn,
si wânden alle ez wolde tagen.
Man sach die maget an ir tragen
pfellel von Arâbî.
Ûf einem grüenen achmardî
truoc si den wunsch von pardîs,
bêde wurzeln unde rîs.
Daz was ein dinc, das hiez der grâl,
erden wunsches überwal. »

Lorsque Jordi se tut, subjugué par le respect (plus envers la poésie de Wolfram von Eschenbach que devant la teneur des paroles mystiques), Roç chuchota sans paraître impressionné :

— Pour moi, le Graal n'a rien à voir avec un « *dinc* », une chose, c'est plutôt...

— Un savoir secret ? proposa timidement Yeza.

— Un savoir très, très ancien, confirma Roç, sans pouvoir rien ajouter.

Roç et Yeza étaient couchés sur le ventre, blottis l'un contre l'autre, la tête sur les mains, et regardaient vers le bas, dans la sombre cour. Des silhouettes enveloppées de longues capes continuaient à passer sous le cintre du portail et rejoignaient rapidement l'escalier qui menait à l'intérieur. Leurs torches s'éteignaient avant d'entrer, les ombres noires se fondaient dans les murs comme si elles les avaient traversés. Puis plus rien ne bougea dans la cour. Jordi, lui aussi, avait cédé au silence impérieux de ce lieu sacré et avait cessé de chanter. Roç et Yeza avaient beau écouter de toutes leurs oreilles, le silence le plus complet régnait à présent derrière les murs qui leur faisaient face et derrière lesquels un escalier menait dans la grande salle.

— Penses-tu qu'ils prient ? demanda Roç en chuchotant. Yeza répondit à voix basse, sans détourner ses yeux du cœur de la forteresse.

— Ils le vénèrent...

— Le Graal ?

Yeza se contenta de hocher la tête et força son bien-aimé à observer en silence le tableau qui s'offrait à eux. Une lumière bleuâtre, un rayon qui paraissait venu des profondeurs de la terre sortait des quelques ouvertures du mur, elle ne vacillait pas, gagnait au contraire en intensité. Ils eurent ensuite l'impression d'entendre un son léger, un bourdonnement surnaturel qui rappelait la vibration d'une harpe. Il enflait et diminuait alternativement. Lorsqu'il cessa, la lumière disparut avec lui.

Roç, déçu, se tourna vers sa compagne.

— Alors, il leur est apparu, oui ou non ?

Yeza réfléchit longtemps.

— Cela dépend sans doute de chaque individu, estima-t-elle alors. Il apparaît à celui qui se montre digne de lui.

— Toi non plus, tu ne l'as jamais vu, remarqua Roç, qui souhaitait calmer l'ardeur que ces scènes mystiques inspiraient à la jeune femme.

— Non, concéda Yeza, mais je suis sûr qu'il existe. (Elle se retourna vers Roç pour qu'il puisse la regarder dans les yeux, qu'il soit même forcé de la regarder.) Pourquoi n'as-tu manifesté aucune compassion envers Na India ? Elle souffrait, et tu ne lui as pas adressé un mot de sympathie.

Roç fut d'abord ahuri par cette accusation, puis agacé. Mais il répondit comme si elle l'avait amusé.

— Es-tu Herzeloide, suis-je Perceval ?

— Certainement, dit Yeza, c'est le nom que tu t'es

choisi, mon Trencavel, c'est ton sang, et tu ne peux le renier.

— Ne me refais pas la scène des gouttes de sang dans la neige, répondit Roç en se moquant doucement d'elle. D'ailleurs, puisque tu veux vraiment faire appel au mythe, la vieille était Kundry ! Tu n'as pas remarqué son âne ?

— Tu te trompes, et tu le sais ! répondit fermement Yeza avant d'ajouter, après un instant de réflexion : C'était Amfortas !

Cette idée laissa Roç bouche bée. Il regarda au-dessus de Yeza. Elle s'était laissée rouler sur le dos et avait fermé les yeux. Mais il savait qu'elle lui appartenait. Le regard rivé au donjon et à la salle souterraine, Roç chuchota :

— La lumière sort de la pierre noire, elle se ravive, son bleu naît du vert clair, comme un lac de montagne sous la terre, dans une grotte rocheuse, la lueur du soleil reflétée dans l'émeraude. C'est un spectacle admirable.

Roç gémit doucement, et Yeza murmura :

— Continue à raconter !

— L'œil veut se détourner parce qu'il ne supporte pas la puissance d'un tel rayon, mais il se sent attiré, aspiré par la source de lumière, il ne peut en avoir suffisamment. Voilà qu'apparaît une vierge, elle porte le calice et le présente à tous pour qu'ils y boivent.

Roç se tut : la vierge était Geraude. Il vit ses longs cheveux blond doré et elle lui adressa un sourire doux et laiteux, lorsqu'elle lui proposa le calice.

— Qu'y a-t-il ? s'enquit Yeza en constatant qu'il s'était tu.

— Je bois..., dit Roç, et il ne put s'abstenir d'ajouter : ...dans la coupe de la compassion divine, de l'amour universel.

Il pensait aux seins blancs de Geraude, à son ventre tendre où il aurait aimé presser ses lèvres, les laisser glisser sur sa peau chaude jusqu'à ce que le duvet blond se concentre pour former une fourrure dorée.

— Ainsi le cœur s'ouvre-t-il à l'ultime vérité, balbutia Roç, plus confus qu'excité, il découvre l'amour cosmique de la création pour elle-même.

Roç était trop épuisé pour continuer, et il avait honte devant Yeza, qui lui demanda :

— Sois sincère ! As-tu bu dans le calice ?

Il fut contraint de se taire.

Yeza était inquiète. Elle se laissa rouler vers Roç : elle avait besoin de le voir.

— Et si le pêcheur avait raison ? chuchota-t-elle, songeuse.

— Pêcheur ? Quel pêcheur ? répondit Roç interloqué.

— Tu n'as donc pas compris ? Mauri En Raimon était le pêcheur sur le lac, et son message nous enseigne que nous devons y boire pour prendre sur nous la souffrance du monde.

— Sur nous ? Roç n'était absolument pas d'accord. – Jésus de Nazareth ne l'a-t-il pas déjà fait avant nous ? Et à quoi cela lui a-t-il servi ? Le monde est plus mauvais qu'il ne l'a jamais été !

— Le prophète nous a apporté l'espoir, rétorqua Yeza, obstinée, pour que l'amour universel dépasse le malheur, la terreur et la mort. C'est cela, le calice !

— Jusqu'ici, il est passé devant nous sans nous voir, dit Roç sans exprimer de regret.

— À juste titre ! riposta Yeza. Nous ne l'avons ni cherché, ni demandé.

Roç comprit qu'il devait faire ses preuves comme chevalier du Graal s'il voulait encore exister aux yeux de sa dame.

— Je le chercherai, je peux prendre ma part du mystère du Graal.

Il voulut se relever, mais il lui sembla qu'un poing géant le pressait contre le sol. Ses membres étaient comme du plomb.

Yeza n'en avait rien remarqué. Roç continua donc comme si de rien n'était :

— Qui sait même si ce sont eux qui le détiennent..., murmura-t-il, dédaigneux.

— Quelle qu'ait été leur révélation, dit Yeza en fermant les yeux, le calice est devant nous, mais nous ne pouvons pas le prendre car nous ne sommes pas prêts à renoncer au monde.

— Devons-nous nous sacrifier pour eux ?

Roç n'y était pas disposé. Pour éviter une dispute, Yeza changea de sujet.

— Je l'ignore, admit-elle, mais je vois clairement à présent des gens qui se sont sacrifiés pour nous. Ils s'échappent de la lumière bleue, comme en apesanteur, leurs corps sont transparents comme des ailes de libellule.

— Qui vois-tu ? demanda Roç d'une voix rauque d'émotion, mais qu'il ne força pas afin de ne pas troubler la vision de Yeza.

— Le vieux Turnbull, dit-elle. Très maigre, mais d'une parfaite gaieté, tout à fait comme tu me l'as décrit lorsqu'il a fait sauter Vitus dans l'enfer qu'il méritait, en lui laissant miroiter l'accès au paradis.

— Le vol de l'aigle ! confirma Roç à voix basse. Qui vois-tu encore ?

— Créan ! dit Yeza. On dirait saint Sébastien, le corps criblé de flèches.

— Continue ! demanda Roç.

— Les autres, je ne les connais que par les récits de Guillaume. Celle-là doit être Loba, La Louve, étranglée par son propre fils Vitus parce qu'elle ne voulait rien révéler sur nous. Notre nourrice, que l'inquisiteur a entraînée elle aussi dans la mort. Et je les vois tous à présent, ceux dont les esprits hantent encore ces lieux où ils ont perdu la vie. Les défenseurs de Montségur, ils sont des centaines, ils tournent comme un essaim de moustiques, ils sortent de la lumière bleue qui se transforme en soleil blanc incandescent... je ne peux plus regarder ! gémit Yeza. Cela m'aveugle !

Elle posa les mains sur ses paupières fermées et secoua la tête de part et d'autre.

Roç la prit dans ses bras et couvrit son visage de baisers éperdus.

— Réveille-toi, Yeza, cria-t-il, horrifié, en voyant qu'elle n'ouvrait plus les yeux et ne semblait plus respirer. Roç passa la main sous la couverture et effleura sa vulve. Elle était trempée. Au même instant, elle lui mordit l'oreille, et ses yeux lui sourirent comme deux étoiles exténuées.

— Oh, dit-elle en inspirant profondément, je serais presque partie avec eux au paradis, je me sentais déjà si légère.

— N'y songe plus, lui ordonna Roç, inquiet, en rajustant la couverture en peau de bête. Il regretta de ne pas l'avoir interrogée sur sa mère, descendue du château avec beaucoup d'autres pour brûler au Camp des Crémats sur l'un des bûchers. Il aurait tant aimé savoir si Esclarmonde était aussi sa mère.

Yeza s'était aussitôt endormie. Roç la pressa contre lui, si fort qu'il entendait battre son cœur. Il leva les yeux vers le ciel, sous la voûte céleste. Il vit des myriades de lumières qui scintillaient et clignotaient. Quelque part, lui et Yeza dessinaient eux aussi leur trajectoire, le couple royal, un double astre brillant dont Dieu seul savait quelle ellipse il parcourait. Rien ne pourrait arrêter leur course.

Roç s'était endormi peu après. Yeza, elle, s'éveilla au milieu de la nuit. Elle écouta la respiration tranquille de son compagnon. En dessous, dans la salle du château, la lumière s'éteignit, les premiers participants quittèrent le donjon par l'escalier. Ici et là, on rallumait les torches.

Il n'est pas bien grand, le pas qui sépare le secret magique de l'aventure mystérieuse, songea Yeza au moment où elle aperçut Gavin. C'était bien lui, le Templier ! Son clams blanc brillait dans l'obscurité, et Yeza aurait juré que la croix griffue diffusait une lueur rouge sang. Elle voulut l'appeler, mais sa voix se serra. Elle regardait fixement le précepteur, qui ne marchait pas vers la porte comme les autres, mais vers le mur, et qui parut se perdre dans le néant, comme s'il avait transpercé l'épaisse muraille de pierre. Yeza secoua Roç pour le réveiller.

— J'ai vu Gavin !

— Pourquoi pas ? soupira son compagnon, ivre de sommeil. Yeza décida d'en rester là pour l'instant et s'enroula de nouveau dans la couverture. La chaleur de Roç lui fit du bien. Sa main chercha tendrement son sexe et s'y posa. Yeza aimait à s'endormir ainsi.

« Der grâl was von söhler art :
wol muose ir kiusche sîn bewart,
diu sîn rehte solde pflegen :
diu muose valsches sich bewegen »

Signes de feu

Le matin s'annonçait déjà, blafard. Les dormeurs avaient été réveillés par les sons de l'hymne au château du Graal, qu'avait entonné Jordi.

« Mit zühten neic diu künegîn
und al diu juncvröuwelîn
die dâ truogen balsemvaz.
Die künegîn valscheite laz
sazte vür den wirt den grâl
Daz maere giht daz Parzivâl
Dick an si sach un dâhte,
Diu den grâl dâ brâhte :
Er hete ouch ir mantel an. »

Chanter était une arme contre le froid. Le cheval hennit et se leva de son maigre lit de paille, ses fers firent des étincelles sur les silex dont était pavé le sol. À l'est, comme une boule de feu, le soleil se levait sur les forêts. C'est alors qu'ils virent les lumières sur les murs. Deux signes orange enflammés apparurent précisément dans les deux niches creusées par les fenêtres du mur. Les rayons du soleil passèrent par les deux archères, de l'autre côté, et avancèrent lentement sur la pierre, annonçant au moins une certaine agitation. Mais une personne sûre d'elle ou qui se sentait protégée par la main de Dieu pouvait aussi les interpréter comme l'indice d'un grand secret, symbole d'un code que seuls les initiés pouvaient lire, inscrit en lettres de feu, à cet instant précis, à l'heure du solstice, cet événement unique où prenait fin le soleil d'hiver.

— Nous voici ! laissa échapper Yeza. Mais Roç s'intéressait à tout autre chose.

— Regarde bien cet angle ! s'exclama-t-il en se

redressant pour ne rien perdre de ce spectacle subjuguant. C'est un message géométrique ! s'exclama-t-il lorsque les deux lumières atteignirent les fenêtres vides avant de s'éteindre d'un seul coup. Yeza n'aurait jamais vu les choses ainsi, mais Roç avait peut-être raison. Ils se relevèrent et appelèrent Jordi, qui monta aussitôt l'escalier abrupt.

— Un coin tranquille, dit-il, juste un peu froid.

Tandis qu'il rassemblait les couvertures et les peaux, Roç aida sa compagne à descendre les marches glacées. Ils se retrouvèrent dans le trapèze formé par les hauts murs d'enceinte.

— Nous devrions peut-être aller jeter un coup d'œil dans la salle, en bas ? proposa Roç, qui avait retrouvé sa fièvre d'explorateur. Nous trouverons peut-être...

— ... le trésor ! compléta Yeza en riant. Non, fit-elle, nous devrions laisser le royaume de la nuit à ceux qui le peuplent. Le jour nous appartient.

Elle arriva ainsi devant le portail ouvert et regarda le vaste paysage qui s'étendait jusqu'aux lointains sommets des Pyrénées. Roç l'avait suivie, il passa ses bras autour de sa taille.

— Ce monde est trop beau pour qu'on le quitte, dit-il à voix basse.

Yeza se tut. Son sourire était celui d'un sphinx.

Guidés par Jordi et le cheval bâté, accoutumé aux sentiers de montagne, Roç et Yeza descendirent le Pog par les bois et les éboulis. Ils trouvèrent leurs animaux bien installés entre les arbres, au-dessus du Camp des Crémats. De jour, sur ce coteau qui descendait en pente douce, tout rappelait le cadre où s'étaient jadis dressés les bûchers, aussi hideux que des bubons pestilentiels. Même sous la couverture neigeuse, les traces de l'incendie se voyaient encore. L'indignation et la rage se mêlaient dans l'esprit de Roç.

— Lorsque le printemps fera de nouveau pousser ici de l'herbe et des fleurs, alors ceux qui, cette nuit, se sont glissés dans le château, protégés par l'obscurité, devraient prendre place ici, visière levée.

Yeza tendit l'oreille.

— On organisera à Montségur un tournoi auquel tous...

— On ne le fera certainement pas sur ce pré, où l'herbe pousse sur la cendre des croyants ! répondit Yeza en lui coupant brutalement la parole.

— Mais au contraire ! C'est justement sur ce sol de la résistance sans arme, du calvaire subi et accepté, que je veux défier quiconque le voudra.

Yeza le dévisagea, inquiète.

— Est-ce cela, l'esprit de l'amour cosmique universel qui s'est abattu sur vous la nuit dernière, mon seigneur ?

Roç se tut, mais il se reprit vite.

— C'est l'esprit du tournoi chevaleresque qui m'habite. L'esprit galant de ma dame, pour l'honneur de laquelle les nobles montent en selle, aurait-il disparu pendant la nuit ? Les spectres vous auraient-ils ravi cette témérité dont vous faites preuve d'ordinaire ?

— Je parle sérieusement, lorsque je dis que je veux me consacrer à un autre amour, répliqua Yeza sans regarder son compagnon. Je veux m'exercer au renoncement.

— Voulez-vous commencer par moi ?

Yeza finit par lever les yeux vers son compagnon.

— C'est un enfant que nous devrions ...

Elle n'en dit pas plus : sur la route, en dessous du Pog, apparut une troupe de cavaliers au grand galop. Leurs pourpoints portaient les couleurs du sénéchal, et la bannière de la France flottait au-dessus d'eux, à l'extrémité de leurs lances.

— Le gros, en tête du cortège, s'exclama Roç d'une voix sourde, je le reconnais, c'est messire Fernand Le Tris !

— Le chasseur d'hérétiques ! ajouta Yeza en remarquant les chiens qui filaient derrière la troupe en tirant sur leurs laisses. Yeza avait beau aimer passionnément la chasse, elle haïssait les chiens que l'on utilisait pour traquer les hommes.

— N'est-ce pas lui qui a blessé Na India ? demanda-t-elle.

— C'est le frère de l'inquisiteur, répondit Roç. J'aimerais bien avoir de tels héros devant ma lance !

— Ce ne sera pas nécessaire, dit Yeza en désignant l'autre extrémité de la route : trois, quatre, puis six chevaliers trottaient nonchalamment vers les Français. Ils n'avaient même pas sorti leurs lances ni levé leurs boucliers.

— Je reconnais le blason du comte de Mirepoix, trois chevrons noirs ! s'exclama-t-elle, l'œil brillant. Ils ne donnent pas l'impression de vouloir dégager la route !

Roç lui lança un rapide regard. C'était elle, la Yeza qu'il connaissait et qu'il aimait. Elle n'avait qu'une seule envie à cet instant : entendre le choc des armes les unes contre les autres. Il n'avait pas fallu bien longtemps pour qu'elle oublie l'abstinence, la maternité et toutes ces billevesées. Il se mit à rire.

— Voilà qui me plaît !

Les Francs avaient compris qu'il s'agissait d'une affaire d'honneur : la route était si étroite que deux cavaliers pouvaient tout juste y passer de front. Mais les chevaliers restèrent les uns à côté des autres comme s'ils n'avaient pas remarqué ceux qui venaient à leur rencontre. Fernand Le Tris ne demanda donc pas à ses hommes de se ranger sur une seule file. Le capitaine ne se sentait tout de même pas à son aise : lui et la meute de chiens constituaient à présent l'avant-garde de la troupe. Et les autres levaient désormais joyeusement les lances, sans se mettre pour autant au galop. Les Francs, en revanche, ne pouvaient pas ralentir le pas sans perdre la face. Le choc était inévitable, et le gros homme qui les dirigeait allait se faire embrocher. Les chiens glapissaient. Jusqu'au dernier instant, le capitaine espéra ardemment que la supériorité numérique de sa troupe allait ramener les orgueilleux chevaliers à la raison et les forcer à dégager la voie. Mais rien n'y fit : les lances se rapprochaient, se rapprochaient encore...

— Au nom du Roi ! cria Fernand Le Tris en se retournant vers ses hommes. Le renard est lâché !

Il fit faire volte-face à son cheval, quitta le chemin et descendit le coteau, entouré par les chiens qui aboyaient à s'en briser la voix et par ses cavaliers qui ne s'étaient pas préparés à pareille péripétie. Les autres soldats s'étaient déjà mis en chasse et criaient : « Le renard ! Le renard ! »

En haut, sur le chemin, les chevaliers occitans passèrent au trot sans même accorder un regard à ce qui se déroulait en contrebas.

Lorsque Roç et Yeza eurent traversé le Camp des Cremats, les chevaliers s'arrêtèrent là où le chemin des pèlerins débouche sur la grand-route. Le plus âgé d'entre eux, manifestement leur chef, un homme qui paraissait n'avoir pas tout à fait achevé sa croissance mais portait une épaisse moustache, descendit et marcha vers Roç et Yeza, qui bridaient leurs chevaux, aux aguets.

— Je suis Jourdain de Levis, comte de Mirepoix..., dit-il, avant d'ajouter en désignant la ruine qui se dressait sur le Pog : ... et maître de Montségur.

Roç se laissa à son tour descendre de cheval et dit d'une voix aimable :

— Nous n'avions aucune intention de vous léser, monseigneur, en pénétrant ici sans votre autorisation...

— Pas un mot de plus ! fit le comte d'une voix de stentor. Je suis venu présenter mes hommages au couple royal, et s'il faut que quelqu'un exprime des excuses, c'est bien à moi de le faire, moi, père honteux d'un fils dégénéré !

Yeza se rappela alors le nom de ce garçon courtaud qu'elle avait cloué à un arbre à Quéribus : Pons de Levis !

— Pardonnez-moi de lui avoir joué un aussi vilain tour, dit-elle. Cela devait lui servir de punition.

— Je vous en prie, vous lui avez fait grâce de la vie à deux reprises, répondit messire Jourdain en considérant la jeune guerrière avec le respect qu'il lui devait. Une fois en le laissant réchapper à un lancer de couteau digne d'une magicienne. La seconde fois en sauvant sa tête de crétin devant le tribunal des Templiers. Je vous dois de très sincères remerciements.

Il fit mine de s'agenouiller. Roç eut tout juste le temps de bondir vers lui pour l'en empêcher.

— Messire, vous ne nous devez rien ! s'exclama-t-il, confus. Nous voulions juste voir Montségur...

— Acceptez-le en cadeau ! s'exclama le comte. Comme mon cœur se réjouirait de savoir le Pog entre vos mains !

— Nous ne pouvons accepter cela, dit Yeza. Le roi Louis, de terreur, en ferait tomber sa couronne, et monseigneur le pape en aurait une apoplexie !

Le comte éclata de rire à son tour.

— Voilà une expérience qui mériterait d'être tentée !

— Permettez-moi en revanche, répliqua Roç, d'organiser ici un combat chevaleresque, un tournoi de fête.

Le comte laissa aller son regard de Yeza à Roç avant de s'exclamer d'une voix tonitruante :

— Voilà une idée magnifique ! Et une idée digne de vous, ô couple royal ! Approchez-vous, Messires ! hurla-t-il à ses chevaliers. Nous allons organiser un tournoi sous le parrainage (il lança un bref regard interrogateur à Yeza, qui hocha la tête) de cette audacieuse jeune dame !

— Ce sera pour le solstice de mars ! décida Yeza tandis que les chevaliers descendaient de cheval et se hâtaient de venir lui embrasser la main.

Le comte présenta ses hommes :

— Wolf de Foix ; mes neveux Gers d'Alion et Simon de Cadet ; Burt de Comminges, mon beau-fils ; Gaston de Lautrec, mon beau-frère.

Ils s'inclinèrent aussi devant Roç, un peu ahuri d'entendre tous ces noms illustres. Tous étaient ses parents par un biais ou par un autre, s'il était le dernier des Trencavel. Le comte était déjà devant lui et lui donna l'accolade.

— Puisque vous ne voulez pas devenir notre suzerain, je vous souhaite la bienvenue, au nom du sang qui coule dans nos veines à tous.

Ils embrassèrent alors fraternellement Roç sur les deux joues, les uns après les autres, en l'appelant « Mon cher cousin ». Il leur répondit tout aussi cordialement.

— Nous nous reverrons lorsque le jour et la nuit seront aussi longs, lorsque le printemps sera arrivé ! cria Roç pour prendre congé, en montant à cheval.

— Notre printemps, c'est vous ! s'exclama le comte en regardant Yeza, comme le faisaient aussi la plupart de ses chevaliers.

— J'attends aussi le velours de vos dames, répondit Yeza. Je n'aimerais pas présider seule à l'affrontement de si nobles couleurs. Faites donc venir les belles du pays, que je devienne leur amie.

Tous levèrent alors leur lance et s'exclamèrent :

— Longue vie au couple royal !

Le Triton et la truie

Lorsque Roç et Yeza approchèrent du château de Quéribus, Jordi trottant derrière eux avec ses chevaux bâtés, les lieux ne leur parurent pas totalement étrangers. Les gardes qui surveillaient le portail ne jugèrent même pas nécessaire de les saluer. Entre les Templiers et le couple royal, on avait certes toujours respecté une certaine réserve, mais l'on n'avait jamais manqué d'échanger quelques amabilités, ne fût-ce que pour demander si le voyage s'était bien déroulé. Il ne se passa rien de tel ce jour-là. Roç et Yeza chevauchaient l'un derrière l'autre sur le chemin pavé de la tour, le bruit des sabots les étonna : pendant tout le voyage, ils avaient marché sur la neige.

— As-tu vu ces oiseaux de potence ? demanda Yeza à son compagnon. On dirait que ce ne sont plus les mêmes !

— Vous pourriez avoir raison, ma *damna*, répondit Roç. Je ne connaissais aucun de ces visages. Le Triton aurait-il renvoyé la garnison chez elle pour nous imposer des gueux venus de France ? Il en serait bien capable !

— Mettez ce faux franciscain à la question, vous êtes le maître des lieux ! exigea Yeza d'une voix sévère en descendant de cheval. *Principiis obsta !*

— Qu'est-ce que cela signifie ? rétorqua Roç, qui s'apprêtait à rendre à Yeza la monnaie de sa pièce. Mais à cet instant, son regard tomba sur le bâtiment de la cuisine. On y avait suspendu un porc découpé en deux parties, la tête vers le bas. Le boucher était en train de lui tailler les pattes antérieures avec son long couteau.

— Arrêtez ! s'écria Roç. Serait-ce Rosemonde ?

Le boucher eut un rictus confus et hocha la tête. À cet instant, Philippe arriva en trombe – il sortait de la paille, ses cheveux étaient couverts de foin séché. Potkaxl, ingénue, le suivait. Mais elle éclata en sanglots lorsqu'elle vit Roç et Yeza.

— Un meurtre ! cria-t-elle en sanglotant.

Philippe la poussa sur le côté.

— Rosemonde a été lâchement assassinée, confirma-t-il en se passant les doigts dans les cheveux.

— Par qui ? demanda Yeza.

— Eh bien..., commença Philippe, nous avons fait ce que messire Rinat nous avait ordonné, nous nous sommes couchés dans votre lit et nous avons...

— Je vois, grogna Roç avec une certaine impatience, je n'ai pas besoin de détails.

— C'était comme d'habitude, admit Philippe, peut-être un peu plus fort, parce que, sauf votre respect, la chose est plus agréable dans votre lit que dans la paille.

— C'était l'effet recherché, approuva Yeza. Mais quel rapport avec Rosemonde ? Oh mon Dieu, ça ne signifie tout de même pas que cette truie est montée dans notre lit...

— Nous l'avons vue tout d'un coup. (L'écuyer était tout de même un peu gêné.) Nous ne l'avons pas entendue venir, et je ne comprends pas comment Rosemonde a pu ouvrir la porte.

— Elle couinait de joie, ajouta Potkaxl, elle a sauté dans le lit, puis sur nous, avant de se jeter comme une sauvage sous la couverture. Elle a fait plus de remue-ménage que nous deux réunis, en produisant de tels grognements que j'étais sûre de voir accourir tout le château.

— Il n'y avait pas moyen de l'arrêter, nous n'arrivions à rien, et puis une truie donne de sacrées bourrades. Ça vous laisse de beaux bleus quand ça vous passe dessus !

— Ensuite, elle était tellement contente qu'elle s'est mise à mordre, ajouta la suivante dans un nouveau sanglot. La pauvre Rosemonde...

— Nous sommes donc sortis du lit, nous avons jeté toutes les couvertures sur le porc et nous nous sommes glissés sous le sommier, en espérant qu'elle ne pourrait pas nous y rejoindre. Mais elle nous a certainement sentis : elle s'est mise à sauter dans les draps et à donner du groin contre les oreillers, comme un âne sauvage qui cherche à désarçonner son cavalier. À cet instant, nous avons entendu des bottes devant votre lit. Nous ne voyions pas grand-chose, mais c'étaient bien des jambes humaines, je pus m'en apercevoir à la lueur de la bougie qui brûlait encore sur la table. Mais elle s'est éteinte presque aussitôt, et Rosemonde a commencé à pousser des gémissements pitoyables, c'était affreux. Elle a encore émis un dernier petit couinement et on ne l'a plus entendue. J'avais fermé la bouche de Potkaxl dès qu'ils étaient arrivés. Nous nous tenions tranquilles comme de petites souris, la peur nous garda serrés l'un contre l'autre jusqu'à ce que les bottes s'éloignent, aussi discrètement qu'elles étaient venues. C'est à ce moment-là qu'un liquide rouge et collant a commencé à nous couler dessus !

— Je suis immédiatement sortie de sous le lit et j'ai soulevé les couvertures, l'interrompit sa compagne, encore bouleversée par ce souvenir. Rosemonde nageait dans son sang !

— J'ai compté vingt-huit blessures, soupira Philippe. Les draps et les couvertures étaient en lambeaux. J'ai empêché Potkaxl de crier, et je me suis efforcé de ne pas vomir.

— Et tout cela dans notre lit ! constata sèchement Roç, mais la suivante précisa aussitôt :

— Vous ne trouverez plus la moindre trace de sang, juste du linge frais et parfumé.

— Et ensuite ? demanda Yeza à l'écuyer.

— Ensuite, nous avons réveillé messire Rinat, et il est allé chercher le moine...

— ... qui était couché tout habillé sur son lit ! s'exclama Potkaxl.

— Je m'en doutais, dit Roç.

— Messire Rinat, en compagnie du moine, a ordonné que tout reste comme on l'avait trouvé jusqu'au matin, conclut l'écuyer.

— Et que s'est-il passé ensuite ?

— Messire Bartholomée s'est mis dans une colère effroyable en constatant que vous aviez quitté le château en pleine nuit, vous et votre dame, sans l'en informer. Il a accusé Rinat d'avoir fomenté un complot avec vous.

— Je suis bien heureux de ne pas m'être trouvé sous les couvertures cette nuit-là !

— Après avoir manqué son attentat, s'exclama Rinat, le moine aurait bien pu avoir l'idée de nous accuser devant l'Inquisition d'avoir pratiqué un meurtre rituel sur un cochon !

— Nous avons tous eu de la chance, dit Roç, mis à part Rosemonde. Elle vous a sauvé la vie.

— Faut-il que ses meurtriers la mangent, par-dessus le marché ? songea Yeza. Halte ! ordonna-t-elle au boucher qui n'avait de toute façon pas osé poursuivre sa besogne. Rosemonde sera enterrée avec tous les honneurs. Installez-la dans une belle caisse, et qu'il ne m'en manque pas un seul morceau !

— Messire Bartholomée me l'avait ordonné, répondit le boucher pour s'excuser, et il essuya son couteau sur son tablier.

— Et où se trouve ce moine ? fit Roç d'une voix hargneuse. L'homme désigna la porcherie, de l'autre côté.

— Le pauvre ne se montre presque plus, répondit-il avec un sourire scabreux qui n'allait pas du tout avec sa remarque compatissante.

— Et c'est tant mieux ! gronda Roç en se dirigeant vers l'escalier qui menait à ses appartements.

— Et Rinat ? demanda Yeza à sa suivante. Nous lui avions confié le commandement du château. Il a bien mal rempli son office.

Potkaxl préféra se taire et guida sa maîtresse à la porte de la chambre. Elle était entrouverte. Rinat Le Pulcin était couché sur un lit de paille et enveloppé de draps. Son visage était aussi blanc que le linge trempé de sueur. Il eut un sourire terne en apercevant Yeza.

— Ce porc a cherché à m'empoisonner ! expliqua-t-il d'une voix rauque. Le Triton ! corrigea-t-il en comprenant que Yeza pouvait se méprendre. Il voulait abattre immédiatement le *corpus delicti*, le faire rôtir et manger par tout le monde afin d'éliminer les traces. Il a fait brûler vos draps et vos couvertures, en disant qu'il fallait éviter les épidémies.

— Il nous paiera cela ! lança Roç, qui était entré dans la chambre après les femmes. Laissons Rinat se reposer et guérir tranquillement, suggéra-t-il. L'émotion et l'effort lui sont certainement nocifs, et Philippe m'a déjà raconté tout cela.

— Je me sens déjà mieux, ne vous faites pas de souci pour moi, lança Rinat dans un souffle avant de fermer les yeux, exténué. Roç tira Yeza hors de la chambre qui empestait.

— Le peintre a eu l'esprit assez léger pour accuser le moine de complot meurtrier et d'usurpation de Quéribus. Car cette nuit-là, sans doute juste après que nous avons quitté le château, les Templiers ont été rappelés par un ordre urgent du précepteur Gavin Montbard de Béthune. Rinat a soutenu que le parchemin était un faux, mais le Triton l'a jeté en riant dans les flammes, qui ont consumé les traces de cette nuit sanglante. Le lendemain matin, en tout cas, la garnison avait été remplacée par des mercenaires français. Je pense que cette canaille était déjà sur place auparavant. Ce sont eux qui ont commis l'attentat ! conclut Roç.

— Comme c'est agréable, mon noble chevalier et protecteur, de dormir sous le même toit que de si braves gens !

— Ils n'essaieront pas une deuxième fois, répondit Roç pour tranquilliser sa compagne. À partir de maintenant, nous logerons le Triton dans notre tour, sous bonne garde.

— Même s'il s'agit de garantir notre intégrité physique, messire, cela me paraît trop sévère. Voulez-vous que je meure empoisonnée par sa puanteur ? Non ! dit Yeza. Nous devons juste lui montrer que nous ne craignons aucun d'entre eux.

— Comme vous le voudrez, mon audacieuse *damna*, je suis toujours disposé à mourir à votre côté, mais je voudrais auparavant, encore une fois...

— Certainement pas ! répliqua Yeza. Cette maison est en deuil. Nous allons commencer par offrir à Rosemonde son dernier repos. Je pense au buisson de roses.

— Un enterrement chrétien ? demanda Roç en riant, mais Yeza resta très digne. Il va falloir que notre cher frère Bartholomée lui accorde sa bénédiction. Je n'ai pas l'intention de lui épargner ce sacrement-là.

À la lueur des derniers rayons d'un soleil rougeoyant, le personnel des cuisines porta solennellement les restes de Rosemonde dans le petit jardin où l'on avait creusé une tombe fraîche au pied d'un rosier en buisson. Yeza avait envoyé deux soldats de la garde tirer le moine de son étable, qu'il ne voulait surtout pas abandonner.

— Comment voulez-vous que je sauve de la damnation l'âme de cette pauvre créature, puisqu'elle n'en a pas ! gémit-il en se cabrant des quatre fers. Il fallut que Yeza le menace de le faire enchaîner pour que le Triton se débarrasse de son escorte et suive le cortège qui accompagnait la caisse. Devant la tombe, Yeza lui demanda d'une voix pénétrée s'il ne voulait pas prononcer quelques mots, car, affirma-t-elle, « si vous ne pouvez reconnaître une âme à cette créature, Rosemonde vous a tout de même prouvé qu'elle a un grand cœur. »

Yeza attendait une réaction du franciscain, qui était resté derrière tous les autres. Elle vit alors des larmes lui couler sur les joues. Le moine pleurait. Roç jeta la première motte de terre sur la caisse qui descendait lentement dans le trou. Potkaxl s'approcha de la fosse et dit à voix haute :

— Dans ta vie ultérieure, tu seras un superbe prince et tu recevras en retour tout l'amour que tu as donné, ô truie !

Le personnel des cuisines et les serviteurs applaudirent. Jordi Marvel attrapa son luth et se mit à chanter :

« *Fetu fu pour a tous pleire ;*
chascuns la devroit amer.
Onques plus tost ne la vi,
Que sorpris me vi de li :
Si n'em puis mon cuer oster. »

IV

Carnaval et autodafé

Devant le tribunal de l'Inquisition à Carcassonne

Toute la ville gothique de Carcassonne, avec son double anneau de murailles et de tours, n'était qu'une unique forteresse. Sa citadelle n'était donc pas particulièrement élevée, elle se dressait au cœur de la cité, dont elle n'était séparée que par un mur d'enceinte. Jadis, les vicomtes de Carcassonne avaient régné depuis ce château. À présent, c'est un sénéchal qui y représentait la France.

Pier de Voisins aurait aimé que son siège eût été fortifié plutôt trois fois qu'une. Il n'était pas chez lui ici, il se sentait comme un prisonnier de la ville de Perceval. Nul n'avait oublié ce chevalier, le plus fameux fils de la lignée des Trencavel, et les fiers bourgeois de la ville enrageaient encore à l'idée que lui et l'imprenable Carcassonne étaient tombés par la trahison et la perfidie entre les mains de l'ennemi abhorré.

Pier de Voisins était un vieil homme. Il avait déjà occupé dans le passé la fonction de sénéchal. Cette fois, il assurait seulement l'intérim. Mais sa connaissance des lieux ne lui donnait ni confiance, ni envie de passer à l'attaque, comme le lui demandait avec fièvre son interlocuteur corpulent. Bezù de la Trinité, l'inquisiteur d'Occitanie, était extrêmement déçu par la mollesse du sénéchal. Le dominicain se rengorgea.

— Si vous ne vous rangez pas à mes arguments, Pier

de Voisins, je mènerai la lutte tout seul. Mais cela me donnera à réfléchir. Ne l'oubliez pas : aujourd'hui, vous êtes encore sénéchal, fier de votre pouvoir et de votre trône. Mais demain déjà, vous pouvez être un cas pour l'Inquisition.

— Vous avez une âme de poète, mais nulle muse ne pleurera votre disparition, répondit Pier en triturant ses longues moustaches tombantes qui lui donnaient un air mélancolique. À moins que ne se cache derrière votre panse grasse l'un des troubadours qui agitent secrètement le peuple contre le roi ? Réfléchissez bien à ce que vous aurez à avouer, vous, lorsqu'on vous montrera les instruments.

— Essayez donc de me dépasser en méchanceté ! rétorqua le gros homme dans un feulement. Mais songez-y : après Bezù de la Trinité, le dominicain, il ne reste plus que le diable ! Si vous lui avez voué votre âme, vous relevez de ma juridiction et vous brûlerez sans procès, comme cette vieille garce de Na India.

Le sénéchal laissa longtemps ses yeux aqueux fixés sur le pesant dominicain. Il aurait dû le pendre. Il se contenta de dire :

— Vous n'incendierez pas cette ville sans procès !

L'inquisiteur se cabra sur son siège avec un couinement de fureur.

— Vous aurez de mes nouvelles, sénéchal !

— Je n'y tiens pas, marmonna-t-il sans se relever. Mais le gros moine était déjà à la porte, où il faillit heuter Olivier de Termes. Celui-ci suivit l'inquisiteur du regard, en riant.

— Eh bien, quelque chose serait-il resté coincé dans le gras gosier de cette torche de Dieu ?

— Comme d'habitude ! (La mine du sénéchal s'éclaira elle aussi.) S'il était mince et sec comme la plupart des *canes Domini*, on pourrait le décrire comme un chien de chasse imbécile qui rapporte à son maître tout ce qui lui tombe entre les babines : vieilles poules, orvets, taupes mortes ou musaraignes. Mais jamais un lion, un aigle, et encore moins un dragon !

— Vous en demandez trop, mon vieil ami ! « Le gros

Trini », c'est ainsi que l'appellent tous ceux qui ne peuvent le supporter, et, pour ceux qui connaissent ses penchants, « la grosse Trini » !

— Ne commencez pas à broder, vous aussi, l'interrompit le sénéchal en feignant le désespoir. Ce dominicain poète me ramène en chaîne tout ce qu'il peut trouver comme barbus aux cheveux blancs et vieilles herboristes pour que je les brûle à Carcassonne comme hérétiques, *coram publico*. Et chaque fois, cela provoque des émeutes !

— La ville bout déjà de nouveau comme une marmite de poix et de soufre, lui confirma Messire de Termes. Une étincelle, et vous danserez sur le plus beau des feux grégeois !

— La gigue, effectivement, confirma le sénéchal, résigné. Le couple royal, ce Roç Trencavel, puisque c'est ainsi qu'il se nomme à présent, et sa dame Yeza...

— Esclarmonde, c'est tout à fait cela ! Du Mont y Sion, ajouta Olivier. Je connais ces deux créatures du Prieuré !

— En tout cas, c'est eux qui ont fait courir cette dangereuse rumeur. Ils ont annoncé qu'ils donneraient un tournoi au mois de mars. Et savez-vous où cela se déroulera ? Vous n'allez pas me croire : au pied du Pog !

— À Montségur, pour l'équinoxe ? (Olivier réfléchissait à voix haute.) Le moment est bien choisi, *constellatio maxima* ! L'heure sainte pour tous les cathares, celle qui a précédé la reddition du château. C'est génial.

— Ne serait-ce que pour une raison : je ne peux l'interdire.

— Parce que le territoire du Pog est placé sous la juridiction du comte de Levis ? supposa rapidement et justement Olivier, mais sans participer à l'indignation du sénéchal, si elle était sincère.

— Savez-vous, raconta ensuite Pier de Voisins, l'air soucieux, que mon prédécesseur, le très capable sénéchal Hugues des Arcis, qui dirigeait le siège, a qualifié de pure alchimie ce qui s'est passé autour du Montségur, sur ses murailles et à ses pieds. Les assaillants étaient très proches des défenseurs. Ils étaient issus des mêmes familles. Le commandant des gardes du château était Pierre-Roger, vicomte de Mirepoix. Et dans les rangs des assaillants combattait celui auquel le château était promis, Guy de Levis, son neveu direct, qui hérita effectivement du titre de comte.

— Et à présent, son héritier Jourdain rassemble autour de lui tous ceux dont les pères étaient encore des cathares déclarés, Wolf de Foix à leur tête, issu de l'union morganatique du dernier Trencavel !

— Le jeune Roç prétend lui aussi être le dernier descendant du Trencavel, corrigea Olivier d'une voix claire. Il serait le fruit de ce fils qui, en 1241, a entrepris une nouvelle tentative désespérée pour reprendre Carcassonne à votre prédécesseur, et qui y a perdu la vie.

— Hypocrite ! s'exclama le sénéchal. Ne prenez pas l'air aussi peu concerné, Olivier de Termes ! À l'époque, vous combattiez au côté du Trencavel.

— Mais j'ai ensuite rallié la bannière fleurdelisée de la France !

— Soit ! concéda le sénéchal, mais il reprit aussitôt : Et ce Roç, du côté maternel ?

L'idée de dévoiler cette mystérieuse origine plaisait à Olivier.

— En règle générale, on a des doutes sur l'identité du père. Dans le cas de Roç, c'est la mère qui est inconnue. La même année, une nonne aurait rendu visite à Montségur. On l'y aurait reçue et soignée avec tous les honneurs. La fille du châtelain, Esclarmonde de Perelha, s'est placée au service de l'étrangère, car cette noble dame était enceinte.

— De qui s'agissait-il ?

Pier de Voisins aimait ce genre d'histoires. Olivier prit son temps.

— On l'appelait Blanche. Et le monastère d'où elle venait gardait sur son origine un silence de glace.

— Dommage, regretta le sénéchal, déçu.

— Il a cependant été établi que le pauvre couvent des clarisses recevait des sommes considérables depuis l'entrée de Blanche ; elles venaient de la Sicile, *via* l'Aragon.

L'homme chargé du paiement se donnait beaucoup de mal pour ne laisser aucune trace de leur passage.

— Ne vous lancez pas dans la haute politique ! implora Pier de Voisins, qui brûlait de curiosité. La pointe de ses moustaches en tremblait d'excitation.

— La France devrait se rappeler le nom de ce fondé de pouvoir, poursuivit Olivier avec un sourire. Jean de Procida était le médecin personnel de l'empereur Frédéric, et les versements provenaient de la caisse personnelle du grand Hohenstaufen.

— Ah ! s'exclama le sénéchal. Je comprends à présent pourquoi l'on fait tant d'histoires avec ce Roç. C'est un mélange de sangs royaux !

— C'était aussi la raison pour laquelle les défenseurs de Montségur ont cru dur comme fer, trois ans plus tard, que l'empereur allait accourir à leur aide !

— Mais il ne l'a pas fait !

— Les gardiens du Graal avaient oublié que Frédéric, de toute sa vie, n'avait jamais eu la moindre sympathie pour les hérétiques, et qu'il les persécutait sans pitié sur ses propres terres. Montségur ne reçut pas un sou, et *a fortiori* pas le moindre soldat allemand. Au contraire, ils ont combattu du côté français ! Immédiatement après la défaite, Blanche disparut du château. Son enfant, un garçon, fut nourri par Esclarmonde comme s'il était le sien, car elle-même était enceinte et accoucha peu de temps après d'une petite fille, cette Yeza Esclarmonde.

— Et de quelle lignée provient-elle, du côté de son père ?

— Sa mère a emporté ce secret-là dans les flammes. Après la chute de Montségur, elle est montée sur le bûcher où périrent tous les cathares qui avaient refusé d'abjurer leur foi.

— On trouve encore aujourd'hui beaucoup d'entêtés qui l'imiteraient.

— Si on les attrapait ! répondit Olivier en riant. Les adeptes secrets de l'ancienne doctrine ne constituent une menace que lorsqu'ils vous haïssent, vous, les occupants.

— Comme vous-même, Olivier de Termes, répliqua

sèchement le sénéchal. Pourquoi aimeriez-vous la France ? Elle a tué votre père, elle vous a pris Termes !

— Mon père était une tête de lard, rétorqua froidement le renégat. Quant à Termes, je l'ai récupéré. Peu m'importe qui me l'a donné en fief.

— Tout le monde ne pense pas comme vous.

Pier de Voisins restait sur ses gardes, d'autant plus qu'Olivier continuait à jeter de l'huile sur le feu.

— Depuis que l'on a annoncé ce tournoi, on voit réapparaître ici, dans votre ville...

— Dans ma résidence surveillée, vous voulez dire !

Olivier ne releva pas les propos du sénéchal.

— ... on voit réapparaître ici tous les chevaliers que l'on poursuivait encore il y a peu parce que c'étaient des faidits. À présent, ils redressent insolemment la tête et se pavanent les armes à la main dans les rues : Alion, Cadet, Comminges et Lautrec ! Tous des bannis !

Le sénéchal balança la tête, l'air chagrin. Ses yeux bleus étaient dirigés vers l'extérieur, sur les toits de la ville. Il semblait soucieux.

— Ceux qui m'inquiètent, ce ne sont pas ceux qui montrent leur visage et qui portent les bandes jaune et rouge sur leur bannière, comme un signe visible de leur opposition. Non, l'inquiétant, c'est ma propre chevalerie, ces hommes auxquels la France a généreusement offert terres et prébendes en terre conquise, et qui, eux, ne paradent pas dans la ville. Leurs pères se sont battus pour gagner ces terres, ils les ont payées de leur sang, mais la génération suivante, et plus encore celle des petits-enfants, ne se sent plus française depuis longtemps. Elle se comporte comme des gens du cru. Pis encore, par pure envie de se distraire, ils se dressent contre le droit et la loi que je dois défendre ici au nom de la Couronne. Ils font même cause commune contre l'autorité avec ces faidits, auxquels ils sont depuis longtemps alliés par le sang et le mariage !

— Tout cela sent l'insurrection, confirma Olivier, ce qui ne rassura guère le sénéchal.

— On dit que l'on a vu la nuit, dans les rues, la litière de la Grande Maîtresse. On raconte que se tiennent des réunions secrètes, que l'on distribue des armes, que des chevaliers étrangers affluent dans la ville et sont accueillis dans les palais de ceux que j'ai cités.

— Vous avez encore l'armée sous votre contrôle. Qui pourrait vous la prendre ? Vos soldats sont des Francs, tout dévoués à leur roi.

— Je ne veux pas de combats de rue, marmonna le sénéchal. C'est la raison pour laquelle j'éviterai tout ce qui pourrait créer des troubles. Y compris l'autodafé réclamé par ce faible d'esprit qui prétend servir Dieu. Organiser cela maintenant, au milieu de la ville, sur la place de la cathédrale !

— Bannissez la grosse Trini ! suggéra Olivier. Attirez-le en lui demandant d'aller détruire un nid d'hérétiques à l'extérieur, en rase campagne, il ne pourra pas résister à l'appât.

— La seule personne à avoir le droit de le bannir est l'évêque. Quant à votre appât, il ne l'attirera pas. Ce gros chien a déjà attrapé suffisamment d'hérétiques, il voudra les voir brûler avant de partir.

— Vous ne pouvez pas non plus éliminer l'homme de Rome, cela provoquerait le soulèvement des chrétiens. Toutes les cloches des églises se mettraient à sonner et la tempête se déclencherait.

— Une insurrection chez les bourgeois ! s'exclama Pier de Voisins en frissonnant. Ce serait l'enfer.

— Je vous laisse cuire ici, lança messire de Termes en s'en allant, regardez bien ce qui se passe dans les rues. C'est la nuit de Carême, la nuit des bouffons, le carnaval !

Dans les rues de Carcassonne, le cortège masqué avançait comme une vague. Taillées dans le bois, creusées dans l'écorce de chêne-liège, tressées dans la paille, les figures grossières étaient accrochées au-dessus des têtes. Rien ne distinguait plus les bergers et les charbonniers, qui avaient quitté leurs montagnes pour affluer dans la ville, des citadins qui, depuis bien longtemps, avaient pris l'habitude de se masquer comme les gens de la campagne. Nul n'aurait pu dire depuis combien de siècles on célébrait le carnaval pour se moquer de l'hiver et invoquer le printemps. Sans doute d'origine celte, ce jour où l'on oubliait toutes les règles, cette fête excitée et parfois même violente existait au moins depuis l'époque des Romains. Elle débutait au moment où, depuis les forêts, les masques d'animaux apparaissaient dans les rues : au début, ce n'étaient que quelques loups solitaires, puis des truies sauvages et leurs marcassins, des vaches en chaleur groupées autour de leur taureau. À la tombée de la nuit, ils se faufilaient sous les portes, arpentaient discrètement les rues et effrayaient les bourgeois avec le fracas de leurs tambourins, de leurs chalumeaux et de leurs flûtes. Ensuite, les tambours résonnaient de toutes parts, les renards, les ours, les castors et les lynx sortaient des maisons et se mêlaient à la meute, en couinant, en feulant, en grognant et en sifflant. La chouette et la souris, le héron et le poisson hululaient, piaillaient, claquaient du bec et gobaient l'air. Qui aurait pu dire si c'était une femme qui, là-bas, poussait comme un bouc, ou un joyeux lascar qui faisait voler les jupes ? Les habitants de la région appréciaient de pouvoir s'amuser *incognito* ; les étrangers, eux, profitaient de cette période de dépravation pour se permettre des gestes qui leur étaient interdits d'ordinaire, passer leurs mains entre les jambes des dames et leur pincer les seins. On aurait cherché en vain le moindre cri d'indignation, le moindre signe de plaisir humain. Chaque émotion restait au niveau de l'animal, s'exprimait dans le jeu de la créature que chacun s'était choisie comme emblème. C'était l'unique règle dans cette fête sans limites. Lorsqu'on la transgressait, lorsqu'on se promenait en portant au cou un crucifix, une amulette représentant la Vierge ou un autre saint de l'Église, on ne pouvait espérer assistance. Mais si vous alliez trop loin dans le déguisement, on vous arrachait votre masque, parfois même vos vêtements. Et l'on vous poursuivait dans les rues comme un gibier, on vous frappait jusqu'au sang, on vous piétinait même parfois à mort si vous n'étiez pas parvenu à atteindre les portes ouvertes d'une église. Or, en cette nuit de carnaval, les portes des maisons de Dieu étaient le plus souvent fermées à double tour.

Les battants de bronze du portail de la grande cathédrale étaient cependant restés grands ouverts, cette nuit-là, comme pour inviter les fidèles à entrer. À l'intérieur, le tribunal de l'Inquisition avait commencé à siéger, et à Carcassonne, ses audiences devaient être publiques.

Sur les sièges du chœur étaient assis, le visage pétrifié, les membres de la curie romaine, menés par leur évêque et renforcés par les abbés et les prieurs des monastères et des couvents voisins. C'est Bezù de la Trinité qui représentait l'accusation. Le gros moine suait à la lumière vacillante des grandes bougies de cire, non pas parce qu'elles dégageaient de la chaleur (il faisait assez froid dans la cathédrale), mais parce que les portes ouvertes laissaient passer de plus en plus de ces étranges animaux qui reniflaient, chuchotaient et paraissaient très menaçants. Par prudence, il n'avait pas encore fait entrer les accusés : ils étaient restés sous bonne garde à l'écart du public, dans la sacristie. Il savait fort bien que ces animaux ne se battraient certainement pas pour défendre le droit de l'Église. Or il allait lui falloir ouvrir la séance d'un instant à l'autre. Et au bout du compte, c'est lui qui devrait énoncer les jugements du tribunal – lesquels étaient établis depuis longtemps. L'inquisiteur se contenta donc de faire lire *reus absente* la longue liste des chefs d'accusation par l'un de ses frères d'ordre, une litanie qui s'étira sans fin sans susciter le moindre effroi, ni même une once d'indignation, parmi les auditeurs. Bien au contraire : Trini entendit les intrus grogner et siffler irrespectueusement chaque fois qu'était évoquée la sainteté de l'Église, de ses membres et de ses sacrements, fredonner ou même rire lorsqu'on décrivait les infamies des hérétiques. La Vierge Marie en soit louée : son frère, le capitaine, avait fait dresser par les soldats du sénéchal un cheval de frise hérissé de pointes à travers l'église. Ce bétail n'oserait pas s'y attaquer. Mais la pression pouvait encore monter : les masques étaient de plus en plus nombreux à affluer par le portail. Le gros inquisiteur sentit un filet de sueur glacée lui parcourir le dos.

Fallait-il suspendre l'audience *sine die* après la lecture

de l'acte d'accusation, au moins jusqu'à la fin de ces journées païennes ?

L'inquisiteur n'eut pas le temps de prendre une décision. À l'extérieur, devant la cathédrale, il entendit un grand tumulte. La foule avait formé une gigantesque haie d'honneur. À la porte de la ville, peu de temps auparavant, un étrange cortège s'était mis en marche et avait attiré l'attention de tous, même de ceux que les événements de la cathédrale avaient laissés relativement froids jusque-là. Ceux qui le composaient étaient des étrangers, et ne faisaient pas partie du petit peuple de Carcassonne. Sous leurs masques d'animaux, ils portaient des pourpoints taillés dans le tissu le plus fin, souliers de velours fourrés et bottes de cuir, qui n'avaient rien à voir avec les bures grossières et les sacs en lambeaux qui revêtaient tous les autres. La rumeur n'avait pas tardé à courir dans toutes les rues : « Le couple royal est arrivé à Carcassonne ! » Ceux qui, un instant plus tôt, se poursuivaient, se montaient désormais dessus, buvaient et se battaient, se bécotaient et se cajolaient, affluaient autour du cortège des hommes aux beaux habits.

Roç et Yeza portaient tous deux la tête d'un cheval de race, ce qui soulignait encore leur élégance. Potkaxl, leur suivante, enveloppée de la tête aux pieds dans un déguisement de lézard émeraude, bondissait autour d'eux, tandis que Philippe jouait la salamandre cracheuse de feu. Devant se dandinait Jordi, la taupe. Il menait par une chaîne de fer un personnage à tête de cochon, recroquevillé de honte. C'était Barth, qui aurait sûrement aimé se grimer en triton, mais les soldats de la garnison avaient préféré le déguiser en porc avant de le confier au petit troubadour. Sur le chemin de la ville, d'autres hommes et femmes masqués les avaient rejoints, toujours plus nombreux. Ce n'étaient pas des paysans, mais de jeunes seigneurs et damoiselles des châteaux avoisinants. Aucun n'avait décliné son identité, mais Roç et Yeza pouvaient deviner le nom et le rang de beaucoup d'entre eux par la tête d'animal qu'ils avaient choisie. La vieille carpe à la bouche ouverte était naturellement le comte Jourdain de Levis de Mirepoix, et le loup de Foix dissimulait mal l'homme qui le portait comme son prénom. Ceux qui n'avaient pas d'animal dans leurs armoiries avaient passé une chemise et l'avaient décorée selon leur imagination. On y voyait des dragons et des licornes, des griffons et des phénix, mais aussi des sorcières et des pendus, Merlin l'enchanteur, des lutins et des gnomes, des elfes et des sylvains, des ondines et des reines des fées.

Tout ce cortège, on s'en doute, fit grande impression lorsqu'il atteignit la place de la cathédrale sous les cris de joie, les battements de pieds et les applaudissements. Jordi, qui le guidait, tira sur la chaîne pour faire entrer son porc dans l'église. Jusque-là, Barth avait docilement suivi son berger, mais face au tribunal qui siégeait dans le chœur, il se détacha d'un seul coup, sauta de côté, dans la foule qui salua sa fuite avec des bêlements de rire et disparut en traînant sa chaîne derrière lui. Nul ne put le rattraper. Jordi n'eut pas non plus le temps de réagir : la foule qui emplissait déjà la nef l'avait poussé contre le portail.

Le troubadour se rappela sa mission et, en compagnie de Philippe et de Potkaxl, se fraya un passage pour que ses maîtres puissent avancer jusqu'à l'autel. Comprenant qu'un événement se préparait, les fêtards leur laissèrent la voie libre.

Sur le côté s'élevait l'estrade qui, jadis, accueillait le trône de la lignée des souverains lorsque l'un des Trencavel s'égarait dans l'église – un événement assez rare, puisqu'on les considérait tous comme des cathares. Depuis la mort du dernier descendant, les prie-Dieu étaient vides. Le peuple respectait ce carré de bois désert, mais entretenait le souvenir de son héros, Perceval. Et même le sénéchal français, qui avait hérité de l'autorité du vicomte, s'en tenait à cette tradition et s'installait toujours sur les sobres sièges destinés au tout-venant.

La foule ouvrit donc tout naturellement à Roç et à Yeza un chemin vers cette estrade. De là, on voyait le chœur tout entier, par-dessus la tête des soldats. Les vieillards pétrifiés du clergé levèrent les yeux, effarés, en constatant que quelqu'un s'installait sur les sièges des souverains, en haut, dans la pénombre. Aveuglés par la lumière des nombreuses bougies, ils étaient incapables de reconnaître ceux qui venaient de s'asseoir, et cela aviva encore leur inquiétude. L'évêque était tellement troublé qu'il coupa la parole à l'inquisiteur et ordonna aussitôt de faire entrer les accusés. Bezù n'avait plus le choix.

— Les choses suivent leur cours, murmura-t-il pieusement, sans que sa transpiration diminue pour autant.

Un groupe de moines vêtus de noir entonna un choral qui réclamait pénitence avant le Jugement dernier.

« *Vila cadaver eris,*
cur non peccare vereris ?
Cur intumescere quaeris ?
Ut quid peccuniam quaeris ?
Qui vestes pomposas geris ?
Ut quid honores quaeris ?
Cur non paenitens confiteris ?
Contraproximum non laeteris ? »

Alignés sur de longues files, les prisonniers condamnés d'avance étaient acheminés vers le centre du chœur. Il y en avait des vieux et des jeunes, mais les femmes étaient les plus nombreuses. Roç aperçut aussitôt Na India, qui était de loin la plus laide de tous. Il était trop bouleversé pour ressentir de la colère. Ses yeux cherchèrent Geraude, mais la blonde jeune fille n'était pas parmi eux. Se rappelant le sermon de Yeza, pour qui même la plus laide des créatures de Dieu méritait sinon l'amour, du moins la sympathie et même la compassion, il fit signe à Philippe de le rejoindre.

— Nous montrer ici n'apaisera pas les tourments de cette pauvre femme, chuchota Roç à sa compagne. Mieux vaudrait que je fasse venir des renforts.

— *Ecce homo* ! fit Yeza, moqueuse. Elle n'était nullement surprise de voir la vieille herboriste ici, parmi les accusés. Mais rester là, impuissante, la mettait hors d'elle. Elle demanda sèchement à Roç :

— À qui voulez-vous réclamer assistance, noble chevalier ? Le peuple rassemblé ici est une force bien suffisante. Les pointes des soldats se briseront sur eux comme roseaux secs dans la tempête.

— Un bon conseil, ô ma dame ! Mais celle qui le formule ne se trouve pas aux premier et deuxième rangs. Ce n'est pas elle qui se fera transpercer comme un scarabée.

— Lorsque l'on veut mettre le feu, il ne faut pas épargner le petit bois, répondit Yeza, de mauvaise humeur. Mais allez-y, je porterai ma main protectrice au-dessus de la malheureuse si je ne parviens pas à l'arracher aux griffes de ces vautours, avec leurs cous de vieillards rouge pourpre !

Roç, suivi de Philippe, fendit à nouveau la foule pour ressortir de la cathédrale. La capuche rabaissée jusqu'au milieu du visage, les moines continuaient à chanter :

« *Quam felices fuerint*
qui cum Christo regnabunt
facie ad faciem
sic eum spectabunt ?
Sanctus, sanctus Dominus
Sabaoth conclamabunt
Sabaoth conclamabunt. »

Muet, entêté, aveux amicaux

Sur le parvis de la cathédrale, Roç heurta l'homme à la carpe.

— Miralpeix ! fit-il en haletant. À l'intérieur, les prêtres condamnent vos sujets, et vous traînez là sans rien faire ! Roç s'était adressé à son aîné avec rage, oubliant l'usage qui voulait qu'avec sa tête de cheval, il ne fût autorisé qu'à hennir et à souffler.

La carpe approcha sa bouche de poisson tout près de l'oreille du jeune étalon.

— Nous sommes en train de nous regrouper, s'excusa-t-il à voix basse. Mais je vous accompagnerai volontiers chez le sénéchal, le seul à pouvoir mettre un terme à cette vilaine affaire !

— Pourquoi n'y allez-vous pas directement, avec la force de l'épée ? Le peuple se soulèvera...

— Parce que nul ici ne porte d'épée, comme le veut la coutume, répliqua calmement de Levis. Et ne comptez pas trop sur l'insurrection des masses. Pensez au destin de notre Seigneur Jésus Christ à Jérusalem : branches de palmier et plein soleil. (Il éclata de rire.) Alors, vous acceptez mon offre ?

Roç n'entendit pas les derniers mots : déçu, il avait déjà replongé dans la foule. Une oie l'attrapa et fit danser ses petits seins bien fermes devant son visage.

— Venez, mon étalon, chuchota-t-elle dans son plumage blanc. Je vais vous pondre un œuf, et votre pilon m'ouvrira le nid ! Elle l'attrapa agilement entre les jambes. Roç souleva les deux bras en hennissant comme s'il voulait l'attirer à elle. Mais il se contenta de la faire tourbillonner autour de lui et la déposa entre les bras du premier venu. Il poursuivit sa marche aussi vite que possible, sans très bien savoir dans quelle direction il allait. Un ours gigantesque passa ses deux pattes autour de lui, et alors qu'il se demandait si le grognement était celui d'un homme ou d'une femme bien en chair, une main se posa par-derrière entre ses fesses. Cette fois, Roç frappa droit entre les cuisses poilues, là où même un ours est très sensible. La prise se relâcha et Roç fila entre les lapins qui dansaient, s'éloignant à quatre pattes des griffes qui tentaient de l'attraper en hurlant. Il heurta un renard auquel un mouton léchait le dessous de la fourrure, et lorsqu'il se redressa, il se trouva devant Wolf de Foix, qui montait une ânesse.

— Maître Lobo, fit Roç, les dents serrées. Où trouve-t-on le trou du sénéchal ?

Alors, l'ânesse courbée sortit sa langue rose et lui montra la direction.

« *Et quam tristes fuerint*
qui eterne peribunt
pene non deficient
nec propter has obibunt.
Heu heu miseri

numquam inde exibunt
numquam inde exibunt. »

Dans la cathédrale, le procès contre les hérétiques reprit : les citadins ne s'émouvaient guère du destin de leurs compatriotes venus de la campagne. Quant aux cathares des montagnes arrivés masqués dans la ville, la présence des soldats et des sbires invisibles de l'inquisiteur dispersés dans la salle les dissuadait d'exprimer leurs protestations en public. La nef se vida peu à peu. Le tour de Na India n'était pas encore venu, et Yeza écoutait avec attention et une certaine répugnance l'interrogatoire d'un paysan auquel le gros Trini tentait d'arracher un aveu utilisable.

— Croyez-vous en Dieu, l'unique, le Père, le Fils et le Saint-Esprit ?

— Oui ! cria aussitôt le paysan.

L'inquisiteur s'y attendait. Il reprit donc :

— Croyez-vous en Jésus-Christ, né de la Vierge Marie, mort pour nous sur la croix, ressuscité et monté au ciel ?

Au grand dépit de Trini, le paysan répondit avec joie :

— Mais bien sûr !

— Croyez-vous que, dans une messe célébrée par un prêtre, le pain et le vin sont transformés par la force de Dieu en corps et sang de Jésus-Christ ?

Cette fois, la voix de l'inquisiteur était devenue dangereusement basse, et l'accusé essaya se s'en tirer par une pirouette.

— Il ne faut pas le croire ?

— Je ne vous ai pas demandé si vous devez le croire, mais si vous le croyez !

— Je le crois comme vous le croyez !

— Vous voulez donc me faire croire que vous êtes croyant ! s'exclama Bezù avec un regard arrogant. Mais moi, je veux en être sûr ! Alors dites-le : « Je le crois ! »

Le paysan faisait mine de ne pas comprendre, mais le faisait avec une bonne volonté qui mit l'inquisiteur sur les charbons ardents. L'homme répondit de nouveau :

— Et vous, messire, vous n'y croyez pas ?

— Je le crois tout à fait et de tout mon cœur ! s'exclama l'inquisiteur, et le paysan répliqua :

— Cela, je le crois aussi !

Trini n'en pouvait plus.

— Vous croyez que je le crois. Mais ce n'est pas ce que je vous ai demandé. Ce que je veux savoir, c'est si vous y croyez.

Le paysan était désespéré, ou faisait mine de l'être.

— Vous tordez les mots qui sortent de ma bouche, je suis un homme simple !

— Bien, répondit le bourreau : Vous voulez donc jurer ?

Le paysan blêmit.

— S'il faut que je jure, je le ferai.

— Non ! cria Trini. Je ne vous ordonne pas de jurer, je veux savoir si vous voulez jurer !

— Alors, je dois jurer, ou non ?

— Je n'ai pas l'intention de vous forcer à le faire. Vous autres hérétiques, vous considérez le serment comme un péché dont vous pouvez vous débarrasser mutuellement lorsqu'il a été obtenu par la force. Et vous attribuez ensuite la responsabilité du péché à celui qui vous a contraint. Je vous connais !

— Mais alors pourquoi dois-je jurer si vous ne le voulez pas ?

— Pour écarter un peu le soupçon qui pèse sur vous : vous êtes un hérétique entêté.

Alors le paysan leva la main droite et cria :

— Dieu vienne à mon secours et prouve que je ne suis pas un hérétique !

— Dieu ne viendra pas à votre secours parce que vous mentez.

— Je ne suis pas un hérétique, répliqua l'homme, l'air rayonnant, car je dors auprès de ma femme, j'ai des enfants et je mange de la viande, je mens, je jure que je suis un chrétien pratiquant, aussi vrai que Dieu est venu à mon secours !

Sur un signe de l'évêque, le chœur des moines noirs reprit sa litanie :

« Ni conversus fueris
et sicut puer factus
et vitam mutaveris
in meliores actus
intrare non poteris
regnum Dei beatus
regnum Dei beatus. »

L'évêque fit circuler une petite tablette de cire, et les assesseurs, dans leurs sièges élevés, y gravèrent leur verdict.

— Chacun y met sa petite touche, lança Jordi, qui s'efforçait d'expliquer de manière divertissante à Yeza ce qui était en train de se passer. – On a prévu un hiéroglyphe spécifique pour chaque punition, chuchota-t-il à sa maîtresse. Tout en haut de la hiérarchie, parce qu'il est le plus proche du ciel ou de l'enfer, on trouve la mort sur le bûcher ou, pis encore, l'agonie emmuré vif.

Yeza lança un regard réprobateur à son troubadour trop bavard, ce qui ne le troubla guère.

— Ensuite vient la marque à la croix jaune, qui permet de reconnaître le proscrit de loin. Très embêtant, j'en ai fait l'expérience personnelle.

Il attendit de voir si Yeza s'intéressait au moins à ce détail, mais elle ne le fit pas. Il reprit donc :

— Le palier inférieur est la flagellation. Le fouet en public est déjà plus supportable, parce que les prêtres qui en sont chargés ne savent pas vraiment comment s'y prendre.

— C'est à cela qu'il faudrait te condamner, toi, chuchota Potkaxl, parce que tu es incapable de tenir ta langue !

Jordi se contenta de ricaner et reprit :

— La plus belle punition, c'est le pèlerinage, parce que les bonnes femmes accueillent les pécheurs d'une manière très amicale, elles les gâtent.

— Et il n'est pas prévu de couper les langues ? le taquina la suivante. Mais Jordi fit semblant de ne pas avoir entendu

— Tous les jugements prévoient aussi des amendes,

ne serait-ce que pour payer leur exécution, par exemple le bois du bûcher, termina le troubadour avec plaisir.

Yeza l'avait à peine écouté. Elle regardait le petit écriteau aller et venir ; tous ces vautours courbaient le cou avant de graver leur jugement, comme du bout de leurs serres. Puis on le rendit à l'évêque. Un secrétaire qui connaissait l'algèbre calcula le résultat, et le serviteur de l'Église annonça avec indifférence :

— Flagellation jusqu'au jour de l'Ascension, puis Santiago-de-Compostelle *per pedes*.

Le malin paysan tomba à genoux et remercia le tribunal pour sa clémence. Les soldats le ramenèrent à la sacristie.

Bezù de la Trinité bouillait. Ce serait le dernier que l'on traiterait avec tant de douceur. La vieille garce, elle, irait au feu ! Il hurlait déjà :

— Na India, vous êtes connue de tous pour vos sortilèges, ne tentez donc pas de nier !

Alors, Yeza se leva, ôta sa lourde tête de cheval, et ses cheveux blonds tombèrent sur ses épaules.

— As-tu des preuves, Trini ? cria-t-elle, et ceux qui étaient encore dans l'église éclatèrent de rire. On entendit même quelques gloussements depuis la barrière des soldats. Les vautours chuchotèrent, l'inquisiteur s'était recroquevillé comme sous un coup de fouet. Mais il ne regardait pas en direction de celle qui avait crié, il savait que la voix était venue de l'estrade. Et mieux valait s'écarter du chemin de ceux qui osaient y prendre place, même si ce n'était qu'une jeune femme. Le gros inquisiteur reprit donc son office.

— Na India, continua le dominicain d'une voix douce, un aveu soulage l'âme, donne au grand tribunal la possibilité de faire preuve de miséricorde, et facilite mon travail !

En prononçant ces mots, il s'était peu à peu rapproché de la vieille femme, avec un sourire de citrouille évidée. Mais Na India se redressa, lui lança un regard étincelant de ses yeux de louve et lui cracha en plein visage.

— Sorcière ! cria Trini. Tu me le paieras ! Montrez-lui les instruments ! hurla l'inquisiteur d'une voix de fausset.

Les vautours se mirent à dodeliner du cou : pareil recours à la torture n'était pas prévu.

— Je suis prête à avouer, lança l'accusée à la grande surprise de toute l'assistance.

Yeza comprit qu'elle n'obtiendrait plus rien ici. Elle remit énergiquement la tête de cheval sur sa coiffure et s'apprêtait à quitter la cathédrale lorsqu'une poule excitée aux yeux rougis par les larmes s'approcha d'elle en caquetant.

— Aidez-nous, noble princesse ! gémit Geraude.

— Il veut voir son âme purifiée s'élever des flammes, pour que le diable puisse enfin s'en emparer, commenta brutalement Jordi.

Yeza avait dévisagé avec mauvaise humeur la jeune fille aux yeux de vache.

— Cessez de vous lamenter ! laissa-t-elle échapper. Mais elle sentit aussitôt combien la jeune femme était désespérée, et elle eut honte de sa dureté. Na India est prête à entrer au paradis par la porte du feu, dit Yeza en caressant tendrement la main tendue de Geraude. Ni Bezù, ni aucun autre démon ne pourra l'en empêcher.

La jeune paysanne au visage laiteux pleura encore plus fort.

— Je n'ai personne d'autre au monde ! Elle ne peut pas me laisser seule.

— Mon enfant, répondit maternellement Yeza, en se comportant comme elle le fait, Na India s'assure le *consolamentum*. Elle est consolée, ne te place pas en travers de son chemin, il est déjà bien assez difficile.

— Non ! Elle ne doit pas mourir !

Geraude se jeta à genoux devant Yeza. Un cercle s'était formé depuis longtemps autour des deux femmes.

— Aidez-moi, ou j'irai brûler avec elle !

Tant de déraison était pénible à Yeza.

— Je te prends à mon service, dit-elle pour mettre un terme à cette scène. Mais Geraude continuait à implorer. Yeza s'adressa à Jordi et Potkaxl.

— Faites-la sortir d'ici, dit-elle sèchement. Et veillez

à ce qu'elle ne commette pas de bêtise, je vous en rends personnellement responsables. Moi, je vais parler aux Templiers.

— Merci, noble princesse, bredouilla la jeune fille secouée par les sanglots. Vous allez la sauver, j'en suis sûre.

Elle couvrit la main de Yeza de baisers humides jusqu'à ce que celle-ci se libère et sorte rapidement de la cathédrale.

Sa mince silhouette rehaussée d'une tête de cheval lui donnait une allure extrêmement séduisante. Un véritable troupeau de cerfs ne tarda pas à entourer Yeza. À cet instant, surgissant de nulle part, Wolf de Foix et la vieille carpe, Jourdain de Levis, se campèrent devant les porteurs de ramures qui s'arrêtèrent immédiatement et rentrèrent la tête. Flanquée de ses deux chevaliers, Yeza put continuer son chemin sans être dérangée.

Sous la citadelle, la geôle de Perceval

Dans la citadelle, Roç se tenait devant le sénéchal Pier de Voisins. Il avait ôté sa tête de cheval avant d'entrer dans le palais du gouverneur, et l'avait confiée à la garde de Philippe. Le vieux soldat avait été déconcerté par la demande du jeune homme qui lui faisait face, et qui était entré d'un pas suffisamment assuré pour que Pier se lève de son siège, lui qui avait horreur de rester debout. Il était furieux que l'inquisiteur soit passé outre ses ordres, pourtant parfaitement clairs.

— Bezù de la Trinité a agi de son propre chef, répondit-il à Roç en faisant tourner la pointe de sa moustache. Je lui avais ordonné explicitement de ne rien faire. Si nous nous asseyions ?

— Je tiens bien debout, répliqua Roç, tout au contraire de la femme que votre nervi a enchaînée en dépit de vos ordres, puisque c'est ce que vous affirmez. Si vous acceptez ce crime, vous vous en faites le complice !

— Mon cher jeune seigneur, le moine n'est pas mon sbire, et il ne dépend pas non plus de ma juridiction.

— Je ne parle pas du gros Trini, mais de Tris, son frère, et sauf erreur de ma part, c'est bien votre capitaine !

— Je vais immédiatement le rappeler à l'ordre ! garantit le sénéchal.

— Cela ne fera pas revenir le temps en arrière. À cette heure, le dominicain a déjà obtenu ce qu'il voulait. Na India se trouve devant le tribunal de l'Inquisition, qui va la torturer et la condamner sur la base des aveux qu'il aura obtenus. Vous le savez aussi bien que moi. Après la condamnation, elle sera remise au bras séculier, car l'Église ne se salit jamais les mains. Ensuite, vous serez même obligé d'organiser l'exécution, comme le veut le pacte entre la Couronne et Rome. Un pacte qui fait de vous un bourreau, sénéchal.

— Vous parlez bien, Roç Trencavel. Vous avez même raison. Mais comment un serviteur de la France peut-il s'y opposer ? Mon roi m'accuserait de désobéissance !

— Ne laissez pas s'enclencher le processus ! s'exclama Roç avec force. Nous n'en arriverons là que si vous restez sans rien faire. Dissolvez ce tribunal, vous en avez le pouvoir !

— Et sous quel motif, messire l'*advocatus ?*

Pier de Voisins oscillait entre l'amusement et l'agacement. Il aurait volontiers ignoré toute cette histoire, quitte à se laisser placer ultérieurement devant le fait accompli et, comme Ponce Pilate, se laver les mains dans l'innocence. En songeant à ce grand exemple, il eut des regrets.

Roç avait réfléchi. Il n'était pas question de duper ce serviteur résigné de la Couronne, mais d'atteindre le résultat souhaité, et rapidement.

— Le motif pourrait être l'ordre public ! Un autodafé pendant le carnaval pourrait provoquer une émeute !

Le sénéchal cessa de triturer sa moustache et observa son interlocuteur, les yeux à demi fermés. Malgré sa jeunesse, ou justement à cause d'elle, il ne pouvait s'empêcher d'avoir pour lui une certaine estime.

— Prenez donc place, grogna-t-il, conciliant. Je vais voir ce que je peux faire.

Roç comprit que rester debout ne lui donnerait pas

plus de force et se laissa tomber dans le siège qu'on lui offrait.

— J'ai entendu dire, messire, reprit Pier de Voisins précautionneusement, que le couple royal avait l'intention de parrainer un tournoi de printemps à Montségur ?

— Vous avez bien entendu, répondit Roç d'une voix rogue, car il ne pressentait rien de bon. Ma dame, Yezabel Esclarmonde du Mont y Sion, présidera l'assemblée des femmes. Quant à moi, comme d'autres chevaliers, je me battrai pour obtenir sa faveur.

— Cela vous honore beaucoup. Mais pareille rencontre ne constitue-t-elle pas un événement susceptible de semer le trouble et d'inciter à la rébellion, tout autant que l'exécution par le feu de quelques hérétiques et de votre vieille empoisonneuse ?

— C'est répugnant ! (Roç avait bondi de son siège.) Votre démarche n'est pas digne d'un homme d'honneur ! Le marché que vous vous apprêtez à proposer témoigne d'un esprit infâme !

Le sénéchal fut tellement surpris par la sortie de Roç qu'il resta assis et se contenta de le regarder fixement, l'air hagard.

— Épargnez-vous tout autre mot pour justifier votre chantage ! Comment ai-je pu me tromper autant sur un chevalier ! Mais il est vrai que vous venez de France !

Roç avait l'impression d'avoir atteint le sommet de l'abject : c'était la pire insulte qui lui soit venue dans sa colère. – Français ! lança-t-il encore avec rage et mépris en bondissant vers la porte. Il l'ouvrit et quitta les appartements du sénéchal. Il dévala l'escalier, tourna vers la garde de la porte, où l'attendait Philippe. C'est à cet instant-là qu'un coup sur la nuque lui fit perdre connaissance.

— Beau travail ! lança Barth, le Triton, au soldat qui avait brandi le gourdin, et il lui jeta une pièce.

— Faites-le descendre au cachot ! ordonna d'une voix sourde le capitaine qui avait dirigé l'action. Ses hommes étaient sortis de derrière les piliers, à gauche et à droite. Dépêchez-vous, gueux du roi, avant que messire Pier de Voisins ne se rende compte de ce qui arrive à son invité.

Le gros capitaine leva les yeux vers la porte ouverte du bureau, plus insolent qu'anxieux, tandis que deux soldats attrapaient Roç sous les aisselles et par les pieds, et lui faisaient descendre l'escalier de la cave.

— Toi, dit Fernand Le Tris à Bartholomée, veille à ce qu'il soit enfermé dans la geôle la plus reculée, là où l'autre type est déjà aux fers. Il pourra hurler autant qu'il en aura envie, personne ne l'entendra !

— J'espère que nous ne lui avons pas fendu le crâne ! marmonna le Triton.

— C'est toi qui ne l'as pas voulu ! répondit le capitaine. Moi, ça m'aurait été bien égal. Il pourrira en bas de toute façon, qu'il soit mort ou vivant...

— Merci, Tris, chuchota le Triton. *Electio supplicii comes.*

— Ton prince est en sécurité jusqu'au Jugement dernier. Tu as encore le temps de te demander si tu ne préfères pas l'empoisonner. Maintenant, je dois retourner à la cathédrale, sans quoi mon très cher frère va m'excommunier !

Fernand Le Tris rit doucement et se rendit au portail d'un pas assuré tandis que le Triton descendait l'escalier derrière Roç et ses porteurs. En haut, la porte du bureau se referma en claquant.

Le château des Templiers de Carcassonne était un long bâtiment sans décorations, collé entre deux grosses tours rondes sur la face arrière de la muraille de la ville. Personne ne pouvait dire précisément jusqu'où s'étendaient, à partir de là, les possessions de l'Ordre. On parlait de bras tentaculaires qui, au moins sous terre, allaient presque jusqu'à la citadelle et rejoignaient plusieurs églises. Nul ne s'en serait douté en voyant la sobriété des lieux.

Lorsqu'elle entra dans cette ville dans la ville, Yeza prit congé de son escorte, le poisson et le loup : les gardes ne toléraient pas le passage du carnaval à l'intérieur de la cour commerciale. Sa tête de cheval faillit aussi lui interdire l'accès au lieu, mais grâce à Dieu, l'un des gardes reconnut la jeune femme, qui réclamait rien de moins que le commandeur. Elle dut accepter de poser sur les yeux un bandeau de velours noir. Yeza le passa elle-même pour être certaine que les sergents ne trouveraient pas le couteau caché dans sa chevelure.

— Voulez-vous donc mc conduire à l'échafaud, plaisanta-t-elle, faut-il m'épargner la vision de mon bourreau et de sa hache ?

Le soldat qui l'accompagnait éclata de rire :

— Chez nous, on étrangle les belles femmes avec un cordon de soie, pour éviter les taches disgracieuses sur leurs vêtements précieux.

— Le Temple en est-il déjà réduit à faire commerce de robes de seconde main ? rétorqua Yeza. Elle attrapa le bâton par lequel l'homme devait la mener : il n'était pas permis au soldat de prendre une main de femme dans la sienne.

Leur pruderie est un peu exagérée, songea Yeza en suivant le Templier, écoutant soigneusement ses exclamations lorsque approchait un seuil ou lorsqu'elle devait rentrer la tête pour franchir un cadre de porte trop bas. Puis son guide frappa sur du bois (sans doute du chêne massif, songea-t-elle), on leva bruyamment un verrou de fer, le portail grinça sur ses gonds, Yeza entendit des chuchotements et le bâton passa sans doute dans une autre main : à partir de ce moment, on la tira avec énergie. Ils ne marchaient plus sur un sol de pierre, mais sur des tapis, et une voix qu'elle connaissait bien annonça tout d'un coup avec un ton amusé :

— Vous pouvez à présent ôter le bandeau, ma reine, mais laissez votre poignard en place.

Elle fit ce qui lui avait été demandé. Elle se tenait devant Guillaume de Gisors, le Templier au visage d'ange, le fils de la Grande Maîtresse. Ils se trouvaient dans une salle ronde dont les fenêtres n'étaient que de petites meurtrières. Contre le mur, on avait posé la litière noire de sa mère, Marie de Saint-Clair. Les rideaux étaient tirés, ce qui ne signifiait nullement que la vieille grande maîtresse du Prieuré de Sion ne s'y trouvait pas. Yeza ne l'avait jamais rencontrée ailleurs – et elle n'avait vu la Grande

Maîtresse qu'une seule fois en chair et en os, à Constantinople. Cela remontait déjà à dix ans

— Puis-je vous demander ce qui amène le couple royal dans la ville ?

Gisors avait une voix divinement tendre, on aurait juré que son sexe aussi était celui des anges. Mais Yeza n'avait pas l'intention de se laisser prendre par ce genre de détails, comme un moustique dans une toile d'araignée.

— Cela ne fait rien à l'affaire, messire ! répliqua-t-elle brusquement avant de reprendre un ton doucement ironique. Passez-vous donc l'hiver à Quéribus ?

— Cette idée ne m'est pas encore venue. (Le sourire du Templier se glaça.) Je me trouve là où l'exige mon devoir, et j'attends de vous un comportement identique ! (Il ne laissa pas à Yeza le temps de répondre.) Ici, votre apparition suscite une attention malvenue, sans même parler du fait que le couple royal s'expose à des dangers dont nous devrons ensuite...

— Mettre en danger et sauver sont pourtant vos jeux favoris, rétorqua Yeza. (Cette fois, c'est elle qui n'avait pas laissé le commandeur finir sa phrase.) Quant à notre sécurité à Quéribus, je n'en donnerais pas cher non plus. Je ne suis cependant pas venue pour que vous me disiez où nos pas peuvent nous conduire, mais pour...

— Je sais, l'interrompit Gisors, impassible. Vous voulez que le Temple intervienne en faveur d'une herboriste inoffensive que l'Inquisition accuse de magie et d'hérésie !

— Na India n'est ni une sorcière, ni une... (Yeza était indignée, mais elle se garda bien de prononcer le mot « hérétique », parce que le Templier savait très bien que la vieille femme était une cathare. Elle ajouta donc :) C'est précisément parce qu'elle est une adepte de notre foi que vous devez la sauver !

— Nous devons ? répéta le commandeur, narquois. Vous ne pensez tout de même pas que l'ordre chrétien des Templiers de Jérusalem, officiellement soumis au pape, va se dresser contre l'Inquisition, institution officielle de l'*Ecclesia catolica*, pour défendre une créature aussi insignifiante ? Ôtez donc cette idée de votre jolie tête !

Yeza imaginait ainsi l'ange à l'épée de feu, l'expulsion

du paradis de l'amour fraternel et de la miséricorde ! Sa colère impuissante lui donnait mal au cœur.

— Les Templiers sont-ils trop lâches, s'exclama Yeza, pour mettre en actes les commandements du Christ ?

— Qui fait donc cela ? riposta Gisors, moqueur.

— Les cathares ! répliqua-t-elle, furieuse. Et cela leur vaut d'aller dans les flammes !

— Et depuis les flammes, droit au Paradis ! répondit-il sur un ton amusé. Pour le Temple, ce commandement-là ne vaut pas.

— Pas encore ! dit Yeza, et elle se retourna pour partir lorsqu'on frappa à la lourde porte de fer. On poussa Philippe dans la pièce, les yeux bandés.

— Roç ! cria-t-il, hors d'haleine, en arrachant son bandeau. Non, non ! corrigea-t-il dès qu'il vit Yeza devant lui, livide et muette. Ils lui ont juste tapé sur la tête avec un gourdin, et l'on traîné dans la cave !

— Qui et où ? demanda le commandeur d'une voix tranchante.

— Des soldats, le Triton, et...

— Qui ça ? s'exclama Gisors, incrédule.

— Le moine Bartholomée de Crémone, dit le Triton, commenta Yeza, hors d'elle. Ce moine auquel vous avez déjà permis à plusieurs reprises d'attenter à nos jours.

— Celui-là, et le capitaine Tris, Fernand Le Tris, ajouta Philippe, qui tentait de reprendre son souffle. Ils guettaient mon maître lorsqu'il est revenu de chez le sénéchal.

— Ils l'ont jeté dans un cachot souterrain, mais le sénéchal n'en sait rien ! ajouta Philippe. J'ai tout vu et tout entendu, c'est le moine qui a poussé Tris à agir ainsi.

— Mais qu'allait-il faire là-bas ? demanda Gisors avant de répondre lui-même à sa question. Ne me dites pas que Roç s'est rendu seul à la citadelle uniquement pour sauver cette maudite sorcière...

— Tu es sûr qu'il vit encore ? (La voix de Yeza s'était faite toute petite.) Dis-moi, jure-moi que Roç est vivant !

— Il a le crâne dur, et s'ils avaient voulu le tuer, ils auraient utilisé un couteau, estima Gisors pour la tranquilliser. Roç s'en sortira avec une grosse bosse et un bon mal de tête !

— Nous devons le libérer immédiatement et punir les coupables ! ordonna Yeza.

— Chaque chose en son temps ! répondit le commandeur, et il appela la garde, devant la porte. Si Pier de Voisins n'est pas au courant, il n'opposera aucune résistance à notre demande. Dix hommes à cheval, un étendard, ordonna-t-il au sergent de service, et deux chevaux pour mes amis !

« C'est bien un ange, songea Yeza en lui adressant un sourire. Pauvre Na India ! Je ne l'oublierai jamais ! »

Yeza se jura, lorsque Roç serait sauvé, de trouver un moyen de sortir la vieille du bûcher. Mais il fallait d'abord s'occuper de son chéri, son seigneur et son roi. Elle n'aurait jamais dû le laisser partir seul pour chercher de l'aide !

Il faisait sombre à présent dans les rues de Carcassonne, la dernière nuit du carnaval s'achevait. La danse des masques ne durerait pas jusqu'au petit matin suivant, comme tous les jours précédents : elle s'arrêterait brusquement à minuit. Ceux que l'on prendrait encore déguisés après cette heure s'en repentiraient. Les attardés que les soldats du sénéchal capturaient alors et emmenaient dans les geôles de la citadelle jusqu'à ce qu'ils retrouvent leur état normal pouvaient s'estimer heureux. Mais d'autres créatures interviendraient cette nuit-là, de sombres silhouettes au long manteau noir, le visage caché par un voile de tissu qui ne laissait que deux minces fentes sur les yeux. Ils portaient sur leurs têtes de hauts chapeaux pointus et des croix blanches sur la poitrine. C'étaient les partisans de l'*Ecclesia catolica*. Ils arrivaient en groupes et portaient sur leurs épaules de lourdes statues de la Vierge, en marchant d'un pas solennel et mesuré. De toutes parts, ils convergeaient vers la cathédrale, des cierges à la main. Et c'est dans un recoin, le lendemain matin, le plus souvent poignardés, que l'on retrouvait les animaux qui avaient croisé leur chemin. Les chrétiens accomplissaient en silence leur cruel office. Ainsi, dès que l'aube s'annonçait, les gens des montagnes et des forêts fuyaient Carcassonne. Quant au peuple de la ville, qui s'était laissé entraîner par eux dans les rites païens du carnaval, il cachait ses masques et s'enfermait dans les maisons.

Mais ce soir-là, c'est ce que ses mouchards annoncèrent au sénéchal, les noirs ne pouvaient reprendre le pouvoir sur la ville comme ils en avaient l'habitude : les fêtards s'étaient rassemblés en meutes, et refusaient de s'en aller. Lorsque les noirs apparaissaient, ils devaient franchir sous une grêle de coups des haies d'animaux rétifs et haineux.

Pier de Voisins envoya à son capitaine Fernand Le Tris, qu'il savait à la cathédrale, l'ordre de ne pas se mettre tout de suite à capturer les adeptes du carnaval : il voulait à tout prix éviter une émeute. Il attendait d'autre part un rapport immédiat sur le verdict qu'aurait prononcé le tribunal de l'Inquisition. Aucune exécution publique ne devait avoir lieu ce jour-là, surtout pas par le feu ! Il n'aurait plus manqué que cela

Pier de Voisins regarda par la fenêtre cintrée qui donnait sur la ville. On ne remarquait rien de spécial, hormis le fait que les cornes de vache et les chalumeaux des percevaliens, comme il appelait les masques, continuaient à mugir et à couiner, et se rapprochaient de sa forteresse.

Dans les caves voûtées de la citadelle, on n'entendait rien de ces notes rebelles. Les cachots étaient situés sous le premier sous-sol, et certaines geôles devaient sans doute être creusées bien en dessous du niveau de l'eau. On disait qu'un escalier y menait, mais nul ne le connaissait. La plupart des trous sombres creusés dans le sol étaient fermés par des barreaux. On y jetait les condamnés. Et pour tout dire, il était rare que l'on se demande comment les en sortir. En revanche, dans la plupart des cas, leurs habitants avaient toute liberté de se promener dans les sous-sols.

Roç, qui s'était réveillé avec une douleur inconnue au crâne, commença ainsi par ramper vers un pan de mur où coulait de l'eau fraîche, et pressa doucement la tête contre la pierre froide. Ses yeux s'habituèrent peu à peu à l'obscurité, et il se redressa. Il retrouva aussi ses esprits, et avec eux son instinct d'explorateur. En cherchant une issue, il trouva des ossements suspendus au mur, accrochés à une chaîne de fer. Les rats les avaient depuis longtemps soigneusement nettoyés. Leur présence en bandes couinantes, la puanteur de plus en plus vive lui évita de buter contre des cadavres sur lesquels ils n'avaient pas encore achevé leur travail. Il arriva ensuite dans une salle qu'un trou dans le plafond plongeait dans une lumière blafarde, et dans laquelle un corps humain se défendait encore contre les rongeurs. À l'arrivée de Roç, les animaux se dispersèrent.

L'homme, qui tenait son visage caché entre les bras, et avait posé ses mains contre le sol en les protégeant avec ses manches, leva la tête. C'était Gosset, amaigri jusqu'aux os, un fantôme à la barbe folle. Mais, quelle que fût sa faiblesse, le prêtre n'avait pas encore totalement perdu son humour grinçant.

— Mon roi, chuchota-t-il, à peine audible. Je savais que mes services vous manqueraient ! Ces quelques mots prononcés, il lâcha, dans un râle : Soif !

Roç revint aussi vite que possible au point où il avait vu une source d'eau sortir de la pierre. Il ne pouvait rapporter plus que la coupe formée par ses deux mains, et dut faire plusieurs aller-retour avant que Gosset fût enfin désaltéré. Chaque fois que Roç s'en allait, les rats assaillaient de nouveau le prêtre. Et chaque retour de Roç les rendait plus nerveux : ils devenaient menaçants. Gosset avait un bâton, mais il était trop faible pour s'en servir. Entre les mains de Roç, il devint une arme efficace contre les rongeurs.

— Le rôle de triton ne me sied guère ! dit Gosset. Quittons ces lieux, mon roi !

Roç dut déployer une assez grande force de persuasion pour faire comprendre au prêtre qu'il partageait, hélas !, son destin. Mais cette mauvaise nouvelle ne suffit pas à entamer l'énergie retrouvée de Gosset.

— Tant que je n'aurai pas perdu ma raison, et vous l'agilité de vos membres, nous sommes certains de trouver la liberté.

— Le fait que ma tête soit bosselée, monseigneur, ne

devrait pas vous inciter à ne plus faire confiance à mon cerveau.

— Faites simplement en sorte que mon corps ne soit pas entamé par ces impatients fossoyeurs en fourrure grise, car j'ai vu ici, tout en bas, pousser des herbes qui vont apaiser rapidement votre douleur : du véritable pariétaire, de la morelle douce-amère et de la prèle. Le chemin mène sans doute au cloaque romain, et donc à la liberté. Le seul obstacle est une grille.

— S'il n'y a rien de plus ! répondit Roç pour se donner du courage. Je ne tiens nullement à partager le destin de mon grand-père putatif, qui a été affreusement empoisonné dans ces cachots.

— « *Miserabiliter infectus* », fit Gosset, confirmant ainsi la version de Roç. C'est en ces termes que le pape s'est exprimé dans sa lettre de condoléances après la mort de Perceval. Sa Sainteté avait commis une seule erreur : sa lettre avait huit jours d'avance !

La torche de l'inquisiteur

On dressait le bûcher sur le parvis de la cathédrale. Sur un tas de bûches sèches entrecroisées, on avait amassé une bonne couche de paille, afin d'obtenir rapidement la fournaise nécessaire à la combustion des corps. Le capitaine fit aussi déposer une bonne quantité de mousse humide et de feuillage frais au-dessus du bois : la fumée couperait le souffle aux condamnés et les empêcherait de crier avant que les flammes ne leur ôtent totalement l'air et ne les étouffent. Messire l'inquisiteur considérait certes cela comme une répugnante intervention du bras séculier, pourtant censé lui garantir que ses victimes souffriraient vraiment. Mais le capitaine prétendit qu'il voulait apaiser « l'ambiance insurrectionnelle » et « éviter des troubles ». Le plus sage eût certes été de reporter à un autre jour l'autodafé de ces cinq hérétiques insignifiants, mais l'inquisiteur avait écumé de rage et menacé de lancer l'*interdictum* sur la ville, si bien que l'évêque avait fini par céder. En réalité, Trini n'avait qu'un seul but : voir brûler la sorcière. Les quatre autres n'étaient là que pour faire nombre : pareille quantité de bois aurait paru trop dispendieuse pour une seule condamnée, d'autant plus que le moine n'avait pas la possibilité de faire payer les frais par la famille de la vieille femme.

Dès qu'il avait pu les faire sortir de la citadelle, Fernand Le Tris avait fait disposer ses soldats en carré autour du bûcher, hallebardes croisées vers l'extérieur. Il avait bien compris que ce peuple bestial, cet amas d'adeptes de l'inextirpable hérésie cathare, n'approuvait pas l'exécution de ces condamnés. Fort heureusement, le sénéchal avait mis, sans le vouloir, des soldats supplémentaires à sa disposition en levant l'interdiction de sortir pour les citadins. Le capitaine put ainsi tracer un cordon plus serré autour du bûcher. À cela s'ajouta le fait que les hommes en noir qui, d'ordinaire, exerçaient dans la nuit leur justice vengeresse, avaient cette fois-là évité les ruelles sombres et s'étaient tous retrouvés ici, devant la cathédrale. Ces sortes de clans qui ne se distinguaient que par la forme des croix blanches brodées sur leur poitrine acceptèrent docilement de venir renforcer le mur des soldats. Le parvis où se dressait le bûcher était donc parfaitement calme, et tout était prêt. Tous attendaient les douze coups du clocher, car à Carcassonne, on ne pouvait brûler personne avant minuit ni après les six coups du matin. Le plus impatient n'était cependant pas le gros capitaine Fernand Le Tris, posté devant la cathédrale, mais son frère, le religieux, encore plus gras que lui. Devant la sacristie, l'inquisiteur Bezù de la Trinité trépignait. Il savait qu'à l'intérieur se trouvait la femme dont il voulait voir le corps partir en fumée, et l'âme emportée par le diable.

« *Vita brevis breviter*
in brevi finietur
mors venit velociter
quae neminem veretur.
Omnia mors perimit
et nulli miseretur
et nulli miseretur. »

Le sénéchal Pier de Voisins ne doutait pas un seul instant que son ordre fût parvenu jusqu'à la cathédrale et que son capitaine l'eût exécuté consciencieusement et sur-le-champ. Il ne pouvait pas non plus s'imaginer que ce jeune insolent, ce Trencavel qu'il avait laissé filer au lieu de lc jeter au cachot pour le punir de son outrecuidance, avait tout de même fini par se retrouver dans ses geôles. Il ignorait tout autant que Gosset avait connu le même sort, pour une raison très simple : il n'avait jamais vu le prêtre. Lorsqu'à une heure fort tardive (il s'apprêtait justement à aller dormir), un moine à la réputation douteuse, Bartholomée de Crémone, apparut dans son bureau sans s'être fait annoncer, le sénéchal songea tout de même que certains de ses propres hommes paraissaient jouer en cavalier seul, en accord avec l'Église. Lorsqu'il avait interrogé ce franciscain au parfum de porcherie pour savoir comment il avait pu si facilement entrer dans la citadelle, celui-ci avait répondu, étonné :

— Hormis la garde du portail (et elle est endormie), tous vos hommes sont partis pour la cathédrale. Cela aurait-il échappé à votre attention ?

— Qu'est-ce que cela signifie ? s'exclama le sénéchal avec une telle fureur que sa moustache en trembla. Qui a donné cet ordre ?

— Certainement votre capitaine, il avait besoin de tous ses hommes pour...

Barth se pinça les lèvres. Il se dit que l'autodafé qui était en cours n'était peut-être pas prévu, ou qu'il ne serait peut-être pas approuvé par le sénéchal.

— Pour quoi ? demanda celui-ci d'une voix sévère.

— Pour... pour assurer l'ordre ! répliqua le franciscain. Le couple royal excite le peuple. Les animaux hérétiques refusent de quitter la ville. Cela grouille de faidits, et les noirs se sont réfugiés dans la cathédrale.

— Pourquoi ne m'a-t-on rien dit de tout cela ?

— Messire Fernand le Tris a la situation bien en main. Il vous fait demander d'établir un mandat d'amener pour ce Roç Trencavel. Et pour sa dame, Yeza, ajouta le Triton, auquel on ne pouvait dénier un certain don pour l'invention rapide et la combinaison. C'est certainement la plus dangereuse des deux ! ajouta-t-il.

Un roulement de sabots ébranla la cour de la citadelle. Les deux hommes se précipitèrent à la fenêtre. Il n'y avait plus aucune trace des gardiens du portail. À la lueur de la torche, on voyait un escadron de Templiers armés et casqués qui mettaient pied à terre devant la porte. La lumière tomba sur la chevelure blonde de Yeza, la première à être descendue de cheval.

— Vous pouvez arrêter la dame tout de suite, dit le sénéchal, moqueur, au franciscain. Mais celui-ci avait disparu, comme s'il avait été englouti par le sol.

Pier de Voisins se hâta d'aller saluer ces visiteurs tardifs : c'était le commandeur Guillaume de Gisors en personne, accompagné par les chevaliers de l'Ordre, qui venait d'entrer dans son château. Le sénéchal passa un manteau et ses chaussures de nuit, car il s'était débarrassé de ses bottes depuis longtemps. Il se donna bien du mal pour descendre l'escalier avec l'air nonchalant, ce qui n'était pas si simple avec ces souliers mal serrés. Il arriva au bas des marches en même temps que les chevaliers. Mais la jeune dame les devança et se mit aussitôt à lui crier :

— Comment accède-t-on aux caves, à vos cachots ?

Pier de Voisins commençait à prendre l'habitude d'être traité par le couple royal de manière discourtoise. Il fit mine de ne pas entendre cette question brutale et s'adressa au commandeur.

— Qu'est-ce donc qui vaut cet honneur au serviteur du roi ?

Mais Gisors, lui aussi, ne pensait qu'aux caves.

— Ne faites pas de difficultés, Voisins, ouvrez les geôles !

Le sénéchal était stupéfait. Il bredouilla :

— Je... je n'ai pas les clefs.

Les gardiens somnolents eurent la bonne idée de faire leur apparition à cet instant précis. Et il put leur demander d'une voix de stentor :

— Où cachez-vous la clef ?

— Sous la troisième pierre, à gauche.

Le visage rubicond de leur sénéchal incita les soldats à courir sans attendre à l'escalier de la cave et à soulever le dessus de la troisième pierre. On entendit alors le cliquètement d'un trousseau de clefs. Le sénéchal le leur arracha des mains.

— Mais qui donc est censé se trouver...

— Vous détenez Roç ! lâcha Yeza entre ses dents, et le commandeur accepta enfin de fournir une explication au sénéchal.

— Votre capitaine, qui est aussi docile face au clergé qu'un novice tout juste sorti de sa campagne, a laissé un franciscain le convaincre d'assommer secrètement Roç Trencavel juste après qu'il vous avait rendu visite, Pier de Voisins, et de le jeter dans les cachots de cette citadelle.

— Et nous allons l'en sortir ! ajouta Yeza d'une voix ferme. Elle fut la première à descendre l'escalier. Le sénéchal se dépêcha de la suivre (il y perdit une chaussure) et ouvrit la première grille. Puis il hurla à ses gardes de lui apporter son soulier, car les marches de pierre étaient glacées.

— Ouvrez toutes les portes à ces seigneurs ! ordonna-t-il. Montrez-leur le moindre recoin, et informez-moi lorsque l'on aura retrouvé l'homme recherché. Il retint l'un des soldats : — Va me chercher mes bottes et ma fourrure. Ensuite, tu me raconteras ce qui se passe véritablement ici.

L'homme remonta l'escalier en courant. Les torches des chevaliers descendirent vers les profondeurs.

Pier de Voisins s'assit sur la marche sous laquelle on dissimulait les clefs, une cachette tellement sûre qu'il s'étonna de n'avoir encore jamais rencontré aucun de ses détenus en promenade dans la rue. Le capitaine avait mérité au moins trente coups de bâton. Pier de Voisins frotta son pied nu. Où avait bien pu passer le moine puant qui était responsable de tout cela ? Bartholomée de Crémone devait bien connaître cette citadelle, pour avoir disparu aussi vite ! Peut-être vivait-il depuis longtemps sous le même toit que lui, sans que nul le sache ? Le sénéchal était de toute façon toujours le dernier à connaître l'identité de ces noires créatures qui voletaient ici, entre sa tour et sa cave, comme des chauves-souris.

Le soldat rapporta les bottes et les passa à son maître. Pier de Voisins jeta le manteau sur ses épaules.

— Qui garde la porte, au juste ? demanda-t-il, pris d'un soupçon soudain.

— Moi. ... Moi ? bredouilla le soldat. Personne...

— Le seigneur est avec nous ! dit le sénéchal, résigné. Ou plus exactement : *Gesta Dei per Francos !*

— Je vous demande pardon, Monseigneur ? murmura l'homme timidement. Je dois... ?

— M'accompagner dans la cave. Prends la torche et éclaire-moi. Voilà bien longtemps que je ne me suis plus rendu au royaume des morts.

Les Templiers entouraient à présent Roç et Gosset. Ils se trouvaient dans une pièce plus grande et plus aérée que les galeries trop basses et les cellules exiguës. Une balustrade de pierre courait à mi-hauteur de la cave. Mais on ne voyait pas par où l'on pouvait y accéder. Au milieu du plafond s'ouvrait un puits qui menait vers l'air libre. Tout en haut, on distinguait une grille de fer par laquelle filtrait le peu de lumière qui éclairait à peine cette pièce carrée. C'était une citerne désaffectée. Une rigole où de l'eau croupie faisait pousser d'étranges plantes traversait le sol soigneusement pavé et disparaissait derrière un autre trou grillagé, dans le mur.

— Par là, on accède au *cloaca maxima*, expliquait justement Roç aux chevaliers lorsqu'une silhouette se faufila en haut, derrière les piliers bas de la balustrade.

— Le moine ! s'exclama Gosset, surexcité. C'est lui, le coupable ! Barth, Bartholomée de Crémone, des Services secrets de la curie !

— Le Triton veut s'enfuir ! cria Roç.

La silhouette courbée allait et venait effectivement au-dessus d'eux, comme un rat qui ne trouve pas de trou pour filer. On entendit alors tonner la voix du sénéchal :

— Laissez le faire, il va revenir tout de suite.

Il y eut un craquement, une trappe s'ouvrit tout d'un coup, Barth tenta de s'agripper mais ne trouva pas de prise et tomba au sol comme un gros sac. Gosset fut le premier à rejoindre ce paquet immobile.

— Barth, espèce de porc ! cria le prêtre, qui ne se contrôlait plus. Je pourrais te...

— Ma jambe, ma jambe ! geignait le moine. Le commandeur arriva et le fit rouler sur le flanc, du bout de sa botte. La jambe droite du Triton n'était pas belle à voir.

— Ne vous salissez pas les mains ! dit-il lorsque Gosset fit mine de s'agenouiller pour l'aider.

— Il ne faut pas toucher aux fractures, ajouta le sénéchal d'un ton sentencieux. Soit les os se recollent d'eux-mêmes, soit la gangrène abrège les souffrances de la créature.

— On pourrait atteler la jambe, proposa Yeza. Redresser l'os d'un bon coup, et le coincer entre deux bandages.

Le commandeur étonné leva les yeux vers Roç, qui tenait déjà entre ses mains le bâton de Gosset et le rompait sur son genou en deux moitiés de taille égale.

— Ce chien renégat ne l'a pas mérité ! grogna le sénéchal. Il passera toute sa convalescence dans ces lieux !

Sur ces mots, ils abandonnèrent Barth à ses lamentations et remontèrent vers la citadelle. Sur la dernière marche, Gosset s'effondra. Roç eut tout juste le temps de le rattraper.

— Ce n'est qu'un accès de faiblesse, murmura le prêtre. Ne vous inquiétez pas.

Mais le sénéchal insista pour que l'on conduise immédiatement Gosset au lit.

— Mieux vaudrait que notre *medicus* lui fasse une saignée, intervint le commandeur. Il a fait ses études à Salerne. Ventouses et sangsues font souvent des miracles !

— J'espère que Gosset n'a pas entendu cette absurdité, chuchota Roç à sa compagne, et il lui montra sa bosse, qui avait déjà passablement dégonflé.

— Avec de bonnes plantes médicinales, comme la consoude et le souci en décoction ou en brouet, expliqua-t-il fièrement, notre sorcière herboriste aurait...

— Mon Dieu ! s'exclama Yeza. Na India !

« *Tuba cum sonuerit*
dies erit extrema.
Et iudex advenerit
vocabit sempiterna :
electos in patria,
prescitos ad inferna,
prescitos ad inferna. »

Devant la façade principale de la cathédrale, le tas de bois se dressait vers le ciel noir de la nuit. L'horloge du clocher se mit à sonner. Le battant de bronze faisait retentir la cloche. Chaque fois, il lui fallait tellement de temps pour prendre son élan que ceux qui attendaient en silence espéraient un instant que le prochain coup ne sonnerait pas. Mais le battant ne s'arrêtait jamais. La première note résonnait encore, tremblante, interminable, lorsque la suivante finissait par retentir, engloutissait l'écho de la précédente et détruisait la petite éternité qu'avait été la pause. Les douze coups sonnèrent, puis la cloche se tut.

Les hommes en noir masqués avançaient déjà, leur chapeau pointu sur la tête, portant devant eux, solennels, des cierges gigantesques. D'un pas mesuré, ils entourèrent l'autel de bois sur lequel ils comptaient sacrifier ces corps tressaillants pour purifier leurs âmes en l'honneur du Tout-Puissant. Ils se postèrent devant la façade et avancèrent sur les côtés, si bien que les soldats ne pouvaient plus protéger la place que du côté de la ville. Tout cela s'accomplissait sans ordres, dans un silence absolu. Qui aurait pu commander ces silhouettes, grands prêtres dotés de pouvoirs magiques et juges rigoureux ? Chacun d'entre eux était infaillible, tout comme l'*Ecclesia catolica* qu'ils représentaient.

Alors apparut le clergé : l'évêque sous un baldaquin, entouré par ses prêtres et ses prieurs plongés dans leurs bréviaires et entourés par des enfants de chœur qui agitaient des encensoirs. Derrière eux marchaient les soldats, menés par leur capitaine au ventre enflé. Fernand Le Tris paraissait avoir oublié ses derniers scrupules. *Alea jacta est.* En passant le seuil de la cathédrale, il franchissait son Rubicon. Il tenait comme un cierge son épée étincelante, il était le bras séculier de la lointaine Rome, le redouté César de l'Occitanie. Ce n'est pas l'inquisiteur, mais lui, Fernand Le Tris, qui donnerait le signal que tous attendaient depuis si longtemps : lorsqu'il abaisserait son arme, les flammes s'élèveraient. Pour une infime fraction de l'éternité, c'est lui, et lui seul, qui aurait le droit de donner la vie et la mort.

Ses soldats amenèrent les cinq condamnés, quatre vieux hommes et une femme, la sorcière Na India. Ils tiraient si fort sur leurs chaînes qu'ils paraissaient ne plus sentir le poids de leurs corps. Les hommes tenaient la tête baissée, certainement pas par honte, mais pour se concentrer et ne pas se laisser engloutir par la foule des badauds. Na India, elle, marchait la tête droite, son regard glissait sur les gens, derrière la barrière, elle semblait chercher quelque chose. Elle le trouva et ses yeux vert doré brillèrent de joie.

Mauri En Raimon s'était hissé sur le socle d'un mur, ses cheveux blancs le mettaient dangereusement en valeur dans la foule. Mais pour aujourd'hui, le Moloch avait choisi ses victimes, nul ne songeait à partir en chasse d'autres hérétiques, si nombreux fussent-ils sur les lieux. Mauri leva ses deux paumes vers le soleil invisible et salua Na India.

Suivirent les moines chanteurs. Ils étaient bien plus jeunes qu'on ne s'y serait attendu en écoutant les voix de basse de leur chœur ; ils étaient le plus souvent imberbes, leur face rose était celle de novices. Étonnés et terrifiés, ils assistaient sans doute pour la première fois de leur vie à un autodafé. Ils baissaient le nez et s'agrippèrent au texte de leurs chants lorsqu'ils virent le tas de bois.

Le dernier du cortège, marchant à bonne distance, était Bezù de la Trinité, l'inquisiteur, habillé comme un simple moine. Il toisa le tas de bois d'un œil critique, et constata avec satisfaction que l'on y avait bien planté quatre poteaux aux quatre coins, et un cinquième au milieu, surélevé, pour la sorcière. On avait déjà fait monter les quatre vieux hommes sur des échelles, on leur ôtait leurs chaînes pour les attacher aux pieux avec des cordes. Trini ne cessa de lancer de petits regards vers le haut du bûcher jusqu'à ce que la femme y soit enfin parvenue.

Son petit frère Tris tournait autour du bûcher et rappelait aux soldats qu'ils devaient fermement serrer les nœuds. Car on avait déjà vu les cordes brûler alors que les corps étaient encore suffisamment vivants pour que les condamnés se jettent hors des flammes et se retrouvent devant le brasier. Celui-ci dégageait alors une telle chaleur que personne ne pouvait plus les y faire remonter. Il fallait leur passer une corde humide autour du cou et tenter de les ramener vers la fournaise. Le plus souvent, ils étouffaient avant d'avoir pu atteindre le bûcher, et ce n'était pas du tout du goût de leurs juges.

L'inquisiteur se dirigeait vers son frère, le capitaine, lorsqu'ils entendirent du tumulte derrière eux. Ce ne fut une surprise ni pour l'un ni pour l'autre. Ils ne s'étaient pas attendus, en revanche, à ce que les soldats ouvrent le passage et forment une haie qu'empruntait à présent Pier de Voisins, le sénéchal, suivi par Roç et Yeza.

— Fernand Le Tris ! hurla le sénéchal à son capitaine. Est-ce ainsi que vous respectez mes ordres ?

— J'ai pensé que cela vaudrait mieux..., bredouilla le capitaine. Que cela irait dans votre sens... l'ordre public...

— Vous rétablissez l'ordre en organisant des flambées ? l'interrompit son supérieur avant de s'adresser à l'incendiaire : J'ai dit qu'on n'allumerait pas de bûcher ! lança-t-il à l'inquisiteur. Allez ! Détachez les condamnés ! Faites-les descendre et dispersez immédiatement cet attroupement illégal !

Le capitaine s'était repris, encouragé par un regard furieux mais décidé de son frère, qui faisait la sourde oreille. Après que l'inquisiteur eut chuchoté aux valets, sur le bûcher, « Dépêchez-vous, attachez-les ! », le capitaine voulut protester :

— Vous risquez une insurrection de la bourgeoisie ! lança-t-il au sénéchal en désignant les hommes en noir. Ils n'avaient pas bougé, mais ces espèces de colonnes de sel immobiles n'en paraissaient pas moins menaçantes.

Le sénéchal avança alors d'un pas et fit claquer sa main sur la joue du capitaine.

— Vous manquez vraiment de discipline, Fernand Le Tris ! Encore un mot pour me contredire, et je vous considérerai comme n'importe quel mutin sorti des rangs. Car vous êtes d'ores et déjà relevé de vos fonctions de capitaine !

Tout autour du sénéchal, beaucoup de soldats réguliers avaient déjà sorti leurs armes. Fernand Le Tris préféra donc s'abstenir de lever son épée.

— Libérez les condamnés ! ordonna-t-il d'une voix sourde aux soldats qui lui étaient restés fidèles. Obéissez au sénéchal !

Il aboyait de désespoir, comme un chien battu. C'est alors que l'inquisiteur se planta entre les deux hommes :

— Je vous excommunie tous les deux si la loi de Dieu n'est pas accomplie sur-le-champ ! (Il se retourna et s'adressa à tous les soldats :) Quiconque empêchera l'autodafé subira la damnation de l'enfer. Mais à ceux qui me suivront, tous les péchés seront pardonnés !

— Laissez donc brûler ces hérétiques, ajouta encore le capitaine d'une voix misérable. Nous aurons la paix, et le repos de nos âmes !

— Non ! hurla le sénéchal. On n'allumera pas le feu !

Les soldats étaient à présent plongés dans une telle confusion qu'ils abandonnèrent tous leurs postes pour entourer leurs supérieurs. Les premiers d'entre eux commençaient déjà à retirer le bois du bûcher, sans prêter la moindre attention aux condamnés suspendus à leurs poteaux. Cela plongea l'inquisiteur dans une fureur noire, il tenta de se frayer un chemin parmi ces désobéissants qui l'empêchaient d'achever son ouvrage

— Ne laissez pas passer le gros Trini ! ordonna le sénéchal à ses hommes. Constatant qu'il ne pouvait plus compter sur l'autorité de son frère, l'inquisiteur s'adressa en couinant aux noirs :

— À mon secours, chrétiens, contre Satan et ses suppôts !

Les bourgeois se regroupèrent. Leur allure sinistre impressionna les soldats qui avaient commencé à démonter le bûcher. C'est à cet instant qu'apparurent les Templiers. Leurs chevaux bondirent entre les deux camps en présence. Roç, qui était discrètement monté sur le bûcher pour détacher Na India avec l'aide de Yeza et du poignard qu'elle lui avait prêté, se sentit saisi par deux bras puissants et ramené vers le bas, en arrière. Lorsqu'il se retrouva au sol, coincé entre deux chevaux à côté de Yeza qui distribuait des coups de poing, il entendit tonner la voix moqueuse de Gisors :

— Il n'est pas prévu que le couple royal finisse dans les flammes de l'Inquisition !

Yeza en conclut aussitôt que les Templiers n'avaient aucune intention d'empêcher la mise à mort des condamnés.

— Vous n'avez pas le droit de vous faire les valets d'une Église assoiffée de vengeance ! cria-t-elle aux chevaliers, qui répondirent en riant grassement.

— Et que sommes-nous d'autre ! lança un Templier barbu qui avait rattrapé Roç au moment où celui-ci s'apprêtait à filer entre les pattes des chevaux.

— Nous sommes forcés de vous mettre en détention préventive.

C'était la voix glaciale du commandeur. Les Templiers, excellents cavaliers, avaient tellement resserré leurs montures que Roç et Yeza avançaient au milieu des chevaux comme s'ils étaient enfermés dans une geôle mobile.

Entre-temps, le comte Jourdain de Levis était lui aussi arrivé avec son escorte et, fait surprenant, avait pris le parti du sénéchal, qui interpellait justement le commandeur sur un ton particulièrement violent.

— Cette ville appartient encore au roi de France ! Ce lamentable tas de paille devant la cathédrale est une honte pour Carcassonne, et même s'il avait brûlé, le...

Mais les mots lui restèrent dans la gorge : Trini avait profité de cette querelle pour arracher un candélabre des mains d'un homme en noir et avait allumé plusieurs foyers dans la paille. En un instant, tout le tas de bois ne fut plus qu'un brasier crépitant, dégageant une chaleur insupportable, qui fit reculer toute l'assistance. Les vêtements et les cheveux des malheureux qui se tordaient sur leurs poteaux furent immédiatement dévorés par les flammes, seules les cordes détrempées maintenaient encore debout les corps dénudés. Leur peau éclata, et une fumée épaisse masqua la suite du spectacle. Mais rien n'adoucissait la puanteur de la chair brûlée.

Lc Templier barbu avait proposé à Roç de le hisser sur son cheval pour qu'il puisse assister à l'autodafé. Le jeune prince n'ayant pas répondu, le Templier attrapa Yeza, aussi raide qu'une poupée, et l'installa sur la selle, devant lui. Elle devina la silhouette calcinée de Na India derrière le nuage de fumée et chercha du regard Mauri En Raimon.

Le vieil homme était toujours debout sur son piédestal, les mains serrées sur sa tête, et regardait la femme qui avait à présent abandonné le combat. Lorsque les volutes de fumée disparurent pour un instant, il n'y avait plus personne sur le poteau. Na India était entrée au paradis. Yeza se laissa de nouveau glisser au sol, sans un mot de remerciement, et fit signe à Roç. Les Templiers leur ouvrirent le passage. Yeza avait espéré rencontrer Mauri En Raimon. Elle aurait demandé à ce brave homme aux beaux yeux de les accompagner. Mais il était déjà parti. Ils ne trouvèrent que la suivante de Yeza, Potkaxl, et l'écuyer de Roç, Philippe, qui tentaient de consoler Geraude. La jeune fille sanglotait, et Yeza ne se sentit pas à son aise lorsqu'elle les rejoignit. La cathare avait placé tous ses espoirs en elle, et elle les avait déçus.

Roç avait dû lire dans les pensées de Yeza. Il posa le bras autour des épaules de sa *damna* agenouillée.

— Même si cette vache à lait n'est pas à votre goût, vous devez tenir parole et la prendre parmi nos suivantes. Nous n'avons pas accompli notre mission, dit-il d'une voix terne.

— Nous nous sommes trompés sur ceux que nous considérions jusqu'ici comme nos amis, répondit Yeza. Retournons à Quéribus.

Des invités très dépaysants

Le lendemain matin encore, l'odeur de la cendre froide et des os calcinés planait sur la ville. La cité n'avait toujours pas retrouvé son existence paisible. Le renard, le lapin, le loup et le hérisson erraient toujours dans les ruelles ; ce n'était ni l'espoir, ni le plaisir ni la crainte qui les retenaient à Carcassonne. Ils restaient simplement parce qu'ils ne voyaient pas de fin qui leur aurait permis de reprendre un nouveau départ en rentrant dans les forêts. Dans les rues, les processions noires ne s'arrêtaient pas, elles non plus, si ce n'est pour accomplir les rites. À chaque croix, à chaque statue de la Vierge, elles faisaient de longues pauses, et l'on aurait pu croire qu'elles ne reprendraient jamais leur marche vers la cathédrale.

À l'intérieur de l'édifice à demi vide, c'est Bezù de la Trinité qui disait la messe à l'évêque. L'inquisiteur remerciait Dieu et le capitaine Fernand Le Tris pour le succès de son chrétien ouvrage. Trini avait pardonné à son frère son indécision de la nuit passée. Il inclut aussi les chevaliers du Temple et leur commandeur dans ses prières, ce qui était d'autant plus recommandé qu'il avait remarqué, à droite du chœur, la litière noire entourée par une délégation de l'Ordre. Lorsque la messe fut achevée, de solides sergents soulevèrent la litière et l'emportèrent.

Le capitaine attendit que le dernier de ces hommes ait quitté la cathédrale. Puis il entra dans le confessionnal où s'était retiré Trini et s'agenouilla.

— Où se trouve notre frère dans le Christ, Bartholomée de Crémone ? demanda le confesseur avec une grande inquiétude. Je ne l'ai pas vu cette nuit.

— Moi non plus, murmura Tris, et ce depuis que je l'ai laissé dans la citadelle pour venir vous assister ici.

— Serait-il tombé entre les mains de ce maudit sénéchal ?

— On peut le craindre, puisque ce Roç, que nous avions jeté dans le cachot le plus profond, se promenait hier devant le bûcher. C'est lui qui a lancé contre nous Pier de Voisins !

— Nous devons arracher Barth aux griffes de l'Antéchrist ! écuma l'inquisiteur. Vous, Tris, vous n'avez pas encore fini d'expier vos péchés. Trouvez donc Barth, libérez-le et amenez-le-moi ! Nous nous retrouverons ici à minuit.

Tris se leva, sortit du confessionnal et ne tarda pas à quitter l'église.

Une étrange délégation parvint à Carcassonne. C'était un cortège de petits hommes trapus chevauchant des animaux tout aussi courts sur pattes. Ils portaient de grosses vestes ouatées en couleur, ourlées de fourrure, des pantalons bouffants et de très belles bottes. Sur leurs vêtements brodés, ils avaient accroché toutes sortes d'objets, il était impossible de voir s'il s'agissait de verroterie ou de bijoux précieux. Leurs têtes étaient coiffées de casquettes de cuir fourrées, pourvues de pattes qui pendaient jusqu'aux oreilles comme si, là d'où ils venaient, le froid pouvait les leur geler. Mais le plus étrange était les visages ronds qui dépassaient des épaules fortement rembourrées, des cols et des coiffes de fourrure. Ils avaient le teint un peu jaune. La pilosité des hommes était faible et leurs barbes rappelaient celles des boucs. Quant à leurs yeux sans sourcils, ils s'allongeaient comme de fines amandes. Leur regard révélait un mélange d'indifférence et d'étonnement, comme des enfants de la campagne qui n'ont encore jamais vu une ville, surtout lorsque les gens qui s'y promènent portent des têtes d'âne ou de bœuf, ou des déguisements d'ours et de cerfs. Ils regardèrent en gloussant, sans la moindre crainte, les hommes en noir aux visages voilés, avec leurs chapeaux semblables à de grands sacs en papier, qui passèrent devant eux d'un pas court et raide, et les Templiers qui allaient à cheval tête dressée, dans leur clams blanc à la croix rouge, sans leur accorder la moindre attention. Ils parlaient un langage qu'aucun des bourgeois qui s'approchait d'eux, curieux, n'avait jamais entendu. Les Mongols étaient arrivés à Carcassonne.

D'où venaient-ils, qu'est-ce qui les amenait dans cette ville, où allaient-ils ? Eux-mêmes n'auraient pu répondre à ces questions si on les leur avait posées. Ils n'en savaient rien.

Tout leur savoir était incarné en une seule personne, dont l'allure et la démarche n'avaient rien à voir avec la leur : c'était Arslan, leur chaman. Cet homme maigre aux cheveux blancs parlait toutes les langues ; dans son long manteau noir émaillé de miroirs argentés, les épaules parées d'ailes d'oiseau, il ressemblait à un héron cendré.

Il avançait à pied devant eux, si vite qu'ils avaient peine à le suivre sur leurs chevaux. D'un geste à peine perceptible de la main, Arslan, qui marchait tête nue, arrêta une patrouille de Templiers qui brida immédiatement ses chevaux de combat caparaçonnés. Arslan demanda où se trouvaient Roç et Yeza, le « couple royal ».

Méfiants, les cavaliers proposèrent à ce curieux étranger de le mener auprès de leur commandeur, et le prirent au milieu de leur cortège, qui se mit en route pour rejoindre le château des Templiers.

Le chaman envoya la troupe des soldats mongols à la citadelle, afin qu'ils présentent leurs hommages au sénéchal. Pour qu'ils ne se perdent pas, il appela le jeune chef auprès de lui et, de son doigt mouillé, lui dessina le trajet sur le front.

Dans les rues, les gens se demandèrent encore longtemps ce que ces petits hommes pouvaient bien faire ici. Leur visite n'avait sans doute rien à voir avec le carnaval, dont la réputation n'avait tout de même pas atteint l'autre bout du monde !

Arrivé dans la cour des Templiers, le chaman dut, comme tous les autres, accepter qu'on lui bande les yeux. Il le fit sans protester, mais demanda qu'on le laisse marcher devant. À la stupéfaction des Templiers, il fit danser devant lui sans le toucher le bâton blanc avec lequel ils avaient l'habitude de guider leurs « aveugles ». Sans hésiter, ne fût-ce qu'une seule fois, il suivit les coups du bâton sur le sol de pierre et se retrouva devant le portail de chêne. Le bâton frappa le signal convenu sur la porte qui s'ouvrit en grinçant.

Sans attendre les Templiers effrayés qui chuchotaient

derrière lui, le chaman se dirigea droit vers Guillaume de Gisors. Mais il ne tendit la main au commandeur qu'après avoir esquissé une révérence en direction de la litière. Alors, le Mongol ôta son bandeau.

— L'illustre Möngke, grand khan de tous les Mongols, adresse son salut à la vénérable grande maîtresse du Prieuré de Sion et à son fils et successeur Guillaume de Gisors, par mon intermédiaire, moi qui suis Arslan.

Ce ton souverain déplut au commandeur. Il répliqua avec une sécheresse proche de l'arrogance.

— Nous répondons au salut et demandons quel est le désir du grand khan.

— Lorsque nous avons débarqué à proximité de la ville de Perpigna, nous avons rencontré un capitaine grec dont l'aura m'a aussitôt indiqué qu'il était entré en contact avec le trésor que je cherchais. Ce Taxiarchos m'a dit qu'ici, dans cette ville, je pourrais trouver le précieux but de mon voyage...

— Si c'est le trésor des Templiers que vous avez à l'esprit, brave homme, je vais être forcé de vous décevoir, rétorqua Gisors d'un air moqueur, en toisant son visiteur aux cheveux blancs comme s'il s'agissait d'un malade mental.

Mais le chaman soutint son regard compatissant.

— Cela, messire, je l'ai aussi senti dès que je suis entré à Carcassonne. Cette ville ne les cache plus dans ses murs.

— De quoi parlez-vous au juste, messire Arslan ?

Le commandeur savait garder les formes, mais il aurait préféré demander au vieux quel était l'objet précis de son radotage. Il ne parvint cependant pas à cacher plus longtemps son impatience.

— Il n'y a rien ici qui pourrait vous intéresser, ni vous, ni le grand khan !

— Je vois, dit le chaman, l'air songeur, que le couple royal vous a abandonné dans une grande colère.

— Ah ! s'exclama Gisors, qui s'était vite repris. Roç et Yeza ont leurs humeurs. On peut leur céder ou... (Il sourit, attendant une approbation.) ...ou bien attendre qu'ils se soient calmés.

Le vieil homme lança alors au commandeur un regard aussi impertinent que celui que Guillaume s'était permis de lui adresser un peu plus tôt. Mais le regret qu'inspirait au chaman la position de son interlocuteur était sincère.

— Le couple royal disposait jusqu'ici d'une bonne faculté de jugement, et tous deux, Roç et Yeza, ont un cœur.

Le commandeur n'était pas disposé à accepter qu'on lui parle ainsi.

— Comptez-vous m'apprendre comment...

— Il est trop tard pour cela, l'interrompit la voix sévère d'une femme. Guillaume, je souhaite qu'on me laisse seule avec Arslan, le fameux chaman !

La voix sortait de la litière noire, et ne tolérerait manifestement pas de réplique. Le commandeur s'inclina en serrant les dents et sortit de la pièce.

Dans la citadelle, le sénéchal et son ancien capitaine, debout devant la fenêtre, regardaient les toits de la ville. Mais leur regard était resté accroché aux murs du château des Templiers, qui paraissait certes anodin, entre les deux tours de ce bastion. Mais on disait que ses espaces souterrains allaient bien au-delà des limites de la citadelle.

— Si vous aviez eu un peu de cran, hier, grogna Pier de Voisins, l'intervention honteuse des Templiers serait survenue trop tard. Le bûcher aurait été démonté et il n'y aurait plus rien eu à allumer.

— Si vous étiez arrivé plus tard, monseigneur, je me serais...

— Vous avez fait dans votre froc ! gronda le sénéchal. Et cela a permis à votre frère...

— Ne me reprochez pas toujours mes liens familiaux, protesta Fernand Le Tris. Combien de fois avez-vous déjà profité de sa position de grand inquisiteur ?

— Si vous voulez rester mon capitaine, Tris, le gras Trini devra se chercher un autre pâturage, s'exclama le sénéchal en laissant libre cours à sa mauvaise humeur. Je ne peux ni ne veux tolérer plus longtemps pareille insubordination ! Je me suis adressé directement à Paris, au nonce apostolique Rostand Masson, pour que Bezù de la Trinité soit nommé diacre général et envoyé en Terre sainte. Il pourra y exercer comme il lui plaira son délire de persécution chrétien. Des millions de païens obstinés n'attendent que lui !

— Ce sont des incroyants, pas des hérétiques sortis du droit chemin !

— S'il ne disparaît pas, mon cher Tris, je devrai me séparer de vous, dit le sénéchal, qui avait à présent l'air très grave. Ensuite, vous ne serez pas seulement relevé de votre poste : vous aurez aussi à assumer un procès. Votre comportement d'hier a déjà été signalé à Paris. Par un autre que moi, je le précise. Je ne serais pas étonné si le connétable de France, le rigoureux Gilles Le Brun, apparaissait prochainement ici pour rétablir l'ordre. Si l'on peut encore entendre Bezù comme témoin à ce moment-là, vous êtes sûr de perdre votre tête. Je voudrais vous épargner ce désagrément.

— Pourquoi êtes-vous si bon avec moi ? demanda Fernand Le Tris en bredouillant, et en regardant la cathédrale, qui se dressait à l'autre extrémité de la ville.

— Parce que j'apprécie votre docilité, dit le sénéchal en posant son bras sur ses épaules. J'aime votre caractère féminin et je veux garder votre esprit versatile parce qu'en votre présence je me sens un homme, votre maître et souverain, fort et résolu.

Il tira à lui la tête du capitaine et l'embrassa sur la bouche, mais il laissa juste sa langue passer un bref instant entre ses lèvres avant de lui chuchoter à l'oreille :

— Il y a encore un autre témoin de vos méfaits. C'est lui qui vous a poussé, je sais, je sais, mais vous devriez vous assurer qu'il ne tombe pas vivant entre les mains du connétable ! Une fracture de la jambe peut provoquer une gangrène, mais aussi une mort rapide.

Pier de Voisins repoussa brutalement son capitaine en entendant un garde frapper à la porte de son bureau.

— L'ambassade du grand khan des Mongols ! annonça-t-il, ce qui arracha un éclat de rire aigu au sénéchal. Mais Fernand Le Tris ne l'imita pas. Car dès que son maître eut dit « Entrez ! » sur un ton amusé, la porte s'ouvrit et une étrange troupe de courtauds déguisés entra dans la pièce. Ils portaient tous des vestes informes de feutre et des chapeaux pointus garnis de fourrure et couronnés par un pompon.

Le sénéchal se laissa tomber dans son siège.

— Bienvenue ! s'exclama-t-il, affable. Je savais que mon ami le grand khan se souviendrait de moi. Comment se porte-t-il ?

Le chef des Mongols, un peu décontenancé par cette joyeuse réception, fit un pas en avant.

— Je suis Niketa Burdu, le neveu du grand général Kitbogha.

— Lui, je ne le connais pas ! répondit le sénéchal en riant. Mais je suis heureux d'entendre parler de lui !

Le jeune homme oublia toutes les entrées en matière pompeuses et intimidantes qu'il avait préparées, et sa revendication se transforma en une simple requête.

— Pourrions-nous emmener chez nous les enfants, je veux dire Roç et Yeza, le couple royal ?

— Je serais vraiment ravi de pouvoir vous les remettre, répliqua le sénéchal avec force. (C'était d'ailleurs la vérité : leur départ dissiperait aussi les soucis que lui inspirait ce tournois organisé à Montségur.) Malheureusement, reprit-il, ces grands seigneurs sont déjà repartis...

— Comment ? s'exclama le porte-parole, effaré. Vous ne les avez pas ? Mais que vais-je dire à mon oncle ?

— Je vous montrerai volontiers le lieu où vous pourrez les trouver, déclara aimablement le sénéchal en désignant le Sud par la fenêtre de sa pièce : Ils sont au château de Quéribus.

— Et nous devons nous rendre là-bas ? demanda Niketa Burdu d'une petite voix. Ce pays nous est étranger, avec ses hommes qui prennent des allures d'animaux...

— Je partage tout à fait votre sentiment ! fit le sénéchal en riant, pour le consoler. Je peux même vous assurer que les gens, ici, sont pires que des bêtes.

— Et pourquoi votre roi des Francs ne les a-t-il pas soumis et pacifiés ?

Les Mongols étaient à présent tout ouïe ; quant au sénéchal, il avait retrouvé son calme.

— Parce que nous sommes des gens faibles.

— Alors on devrait vous décapiter, estima sèchement Niketa Burdu. Si le roi veut imposer l'ordre et la loi, il doit commencer par les gouverneurs.

Pier de Voisins observa longuement son interlocuteur de ses yeux de chien triste, puis il vrilla sa moustache et répondit :

— Je vous donne mon capitaine, il vous montrera le chemin de Quéribus. Demain matin, vous partirez en sa compagnie.

Les Mongols avaient compris que l'entretien était terminé, et ils se pressèrent vers la porte en babillant. Mais leur chef se retourna encore une fois.

— Nous avons pris nos quartiers à l'hospice des frères miséricordieux du pauvre Lazare, annonça-t-il. Je saluerai mon oncle de votre part.

— En ce qui me concerne, je proposerai à notre roi de vous nommer gouverneur dans cette ville ! lui répliqua le sénéchal d'une voix de stentor.

Le Mongol acquiesça d'un hochement de tête aimable avant de quitter la pièce en marche arrière, en s'inclinant plusieurs fois.

Pier de Voisins s'ébroua.

— Voilà bien un peuple de barbares !

— Pourquoi lui avez-vous révélé où séjourne le couple royal ?

— Pour pouvoir me débarrasser aussi vite que possible de ce paquet, je veux dire de cette horde et du très vénéré couple royal. C'est la raison pour laquelle je vous confie cette mission importante. Vous serez ainsi excusé, et vous aurez une bonne raison d'être éloigné de cette maudite ville lorsque Gilles Le Brun arrivera. Ne vous réveillez donc pas trop tard demain matin, j'ai entendu dire que les Mongols ont des procédures judiciaires expéditives !

La cour vehmique

Le soir tombait sur les places et les ruelles. Les partisans de la doctrine « pure », comme s'appelaient les cathares, et les représentants du dogme rigide de l'Église de Rome continuaient à se côtoyer. L'affrontement paraissait imminent.

Gosset avait repris suffisamment de forces pour pouvoir tenir assis, le dos calé par une pile d'oreillers, et se consacrer à la lecture de vieux parchemins. Il avait trouvé certains de ces documents dans sa chambre ; son hôte lui en avait confié d'autres de bonne grâce.

Pier de Voisins avait pour son protégé des attentions touchantes. C'est du moins ainsi que le ressentait Gosset : le sénéchal se comportait comme une mère ou comme une épouse fidèle, il ne pouvait pas vraiment trancher la question, car sa vocation de serviteur de Dieu lui avait épargné la peine de chercher une épouse attitrée. Le sénéchal venait rendre visite au prêtre plusieurs fois par jour, et ils avaient noué une amitié virile qui rappelait à Gosset, avec un peu de nostalgie, ces journées heureuses passées avec le Pénicrate, Taxiarchos, au bordel de Constantinople. Une bonne putain ne lui aurait pas déplu à présent, ou une suivante aussi dévouée que la princesse toltèque Potkaxl, que son ami avait ramenée de son voyage sur les mers lointaines. Cettte petite, malgré sa précocité, était peut-être un peu idiote tout de même. Il suffisait, pour s'en convaincre, de savoir qu'elle avait choisi Philippe pour jouer avec elle dans la paille...

Gosset soupira et se dit qu'à son âge il ferait mieux de lire. Il s'était attaché à un sujet qui le captivait depuis longtemps : le Graal. Il s'était plongé dans la poésie de Chrétien de Troyes et souhaitait que quelqu'un lui procure l'œuvre de ce poète allemand, messire Wolfram von Eschenbach, qu'il aurait aimé étudier dans le texte.

« *Uf einem grüenen achmardi*
truoc si den wunsch von pardis :
Daz was ein dinc, das hiez der gral. »

Des étudiants lorrains, à Paris, lui avaient lu ces vers avec enthousiasme. Gosset ne les avait pas seulement recopiés, mais aussi appris par cœur.

Le lieu où on l'avait logé avait aussi séduit le prêtre. C'est ici, dans cette tour, qu'avait péri le dernier vicomte de Carcassonne, de la lignée des Trencavel. C'est dans les cachots de son propre château que l'on avait assassiné Perceval, empoisonné dans les caves, là où le Triton croupissait à présent et expiait ses fautes, la jambe brisée.

« *Dies war, du heizes Parzival,*
der name ist reht mitten durch. »

Gosset pensa malgré lui à Roç. Si Gavin ne se trompait pas, le jeune homme était le petit-fils de Trencavel. Gosset était à la recherche de lettres et de textes rédigés par le fameux gardien du Graal et fouillait dans les feuilles pâlies et les volumes empoussiérés que Pier de Voisins était allé chercher dans les archives et avait mis à sa disposition. Car rien n'intéressait plus le sénéchal que la personne de Perceval. Et Gosset éprouvait la même curiosité. Lui aussi était un fils de la France, et avait servi le roi Louis comme ambassadeur – à sa manière, il est vrai !

Gosset ne put s'empêcher de sourire. Depuis que son chemin avait croisé celui du couple royal, il se sentait bien plus lié au mystère du Graal qu'au lys de France. Il en avait parlé franchement avec Pier de Voisins. Et celui-ci lui avait tout de même demandé, dès qu'il se sentirait assez fort pour cela, de lui présenter son point de vue sur la situation en Occitanie, cette région à laquelle devait se confronter jour après jour le sénéchal solitaire et mal aimé.

Pier de Voisins n'aimait pas ces fonctions. Mais si résigné fût-il, il ressentait un profond désir de pénétrer les mystères de ce pays. Gosset avait d'abord voulu lui expliquer ses idées par écrit, mais lorsqu'il relut son texte, son instinct le dissuada de laisser une trace aussi matérielle de son opinion. Il se fiait au sénéchal, mais pas à la citadelle. Un morceau de papier aurait tôt fait de tomber entre de mauvaises mains, et celles-ci sauraient bien le transformer en une corde ajustée au cou du prêtre. Il s'était donc contenté de prendre quelques notes codées, afin de pouvoir exposer ses réflexions de vive voix à son ami, lorsqu'ils auraient un instant de tranquillité.

En même temps que son dîner, une soupe revigorante avec des œufs et quelques fruits, les serviteurs lui avaient apporté une torche qui lui permit de relire ses notes à mi-voix, dans l'obscurité qui tombait rapidement :

« Depuis longtemps, les deux parties ne connaissaient plus la tolérance. » C'était un début majestueux ; Gosset aimait son style. « Mais la question politique, celle de la liberté des provinces, fermentait elle aussi ! Pendant des centaines d'années, l'Occitanie avait été un pays parfaitement libre, elle n'avait de comté que le nom. Une tradition léguée par les Goths, qui ne connaissaient pas de titre plus élevé que celui de "Conde". Mais *de facto*, Tolosa avait pris un statut de royaume indépendant, et les seigneurs de Carcassonne, Foix et Razès se donnaient donc fièrement le nom de "Vicomtes". Les habitants du Languedoc ne s'étaient certainement pas beaucoup inquiétés des prétentions à la souveraineté émises par deux pouvoirs, l'Aragon d'un côté, Paris de l'autre. L'Aragon se trouvait de l'autre côté des Pyrénées, et Paris était si loin. Mais depuis cette funeste croisade contre le Graal, ce que l'on avait appelé les "guerres des Albigeois", menées et gagnées par l'alliance d'un roi de France soucieux de conquêtes territoriales et d'une Église romaine qui craignait pour son rôle d'unique représentant du christianisme, tous les équilibres s'étaient déplacés. Les païens violeurs de nonnes, les incroyants dévoués au croissant de lune et massacrant les missionnaires, même le juif errant ne constituaient pas aux yeux des papes un spectre aussi redoutable que les hérétiques. On les poursuivit d'une haine vengeresse, notamment les cathares, qui avaient joui d'une grande popularité. L'Inquisition, créée à cette fin, les envoya à la mort sur ses bûchers. Outre le fait qu'ils ne reconnaissaient pas la souveraineté du *Pontifex Maximus*, on leur reprochait surtout de prétendre (scélératesse !) trouver leur propre chemin vers Dieu. Le joyeux pays des ménestrels et des troubadours subissait désormais la double pression exercée par les occupants venus du nord de la France et par les "noirs", le clergé romain qui se donnait le nom de catholique et s'occupait en réalité des affaires de ce monde.

Mais tous ceux qui souhaitaient envoyer les Français au diable n'avaient pas tourné le dos à l'Église, loin s'en fallait. Il existait aussi des partisans secrets de la doctrine cathare qui souhaitaient une France grande et forte. Beaucoup des "conquérants", implantés depuis près de cinquante ans sur ces terres florissantes, se sentaient Occitans depuis longtemps et détestaient la tutelle exercée par Paris. En revanche, les marchands de la région, qu'ils aient ou non abjuré l'hérésie, étaient de bons sujets et payaient docilement leur écot au roi Louis. Mais ils supportaient très difficilement que l'Église les espionne et les traite comme des chrétiens peu fiables, des membres de second ordre de la communauté. Et puis il y avait aussi ces zélateurs inconciliables. D'un côté les "faidits", de l'autre les Francs qui se voulaient des exemples et refusaient même de parler, ou au moins de comprendre la langue du pays, la langue d'oc. Et naturellement, mon précieux ami et sénéchal, il y avait les "noirs". Je désigne par là tous ceux qui font de notre vie un enfer : le pape Alexandre à Rome, possédé comme tous ses prédécesseurs par l'idée d'éliminer les Hohenstaufen ; les légats, qui poussaient constamment à lancer de nouvelles croisades, non plus contre les "incroyants", ce qui n'avait déjà rien de spécialement chrétien, mais contre tous ceux qui ne se soumettaient pas à l'Église de Rome, seule à pouvoir apporter le salut, qu'il s'agisse de la Byzance orthodoxe grecque ou des khanats nestoriens chez les Mongols. Sans parler de la persécution répugnante des hérétiques menée par un Trini, des actes qui vous inspirent une juste indignation. Et au plus bas palier de cette échelle, on trouvait les méfaits répugnants d'un mouchard ordinaire comme le Triton.

Au-dessus de tout cela plane aussi l'ombre noire d'un État des Templiers, une vision qui réjouit peut-être les chevaliers de l'Ordre, mais vraiment personne d'autre. Et surtout pas les bourgeois de Carcassonne, qui ont déjà pu se faire une bonne idée de l'arrogance de cette illustre troupe. Il reste l'espoir (faible, je l'admets) en un royaume de la paix que Roç et Yeza pourraient présider. Mais qui donc y a intérêt ? Ni la France, ni l'Église, ni les Templiers, ni même les lointains Mongols. Le couple royal ne trouvera aucun lieu pour vivre ici, on n'a pas besoin d'eux, on ne veut pas qu'ils restent. J'espère que Roç et Yeza l'ont compris. En tout cas, les derniers événements de Carcassonne l'ont montré !

Tels que je les connais, par dépit, ils s'accrocheront encore un certain temps à l'illusion que l'Occitanie est la Terre sainte du Graal. Tout comme vous, mon sénéchal, allez rester ici dans le vain espoir que le Languedoc pourra devenir une partie de la France qui réjouisse la Couronne. Mais cela, vous ne le verrez jamais. »

Gosset avait achevé sa lecture lorsqu'il remarqua que le sénéchal était entré dans la pièce, sans faire de bruit.

Le capitaine Fernand Le Tris avait descendu dans la pénombre l'escalier donnant sur la cave. Il n'alluma la torche qu'après avoir refermé derrière lui la porte à barreaux et s'être assuré que l'on ne voyait plus, d'en haut, la lumière qui le guidait dans les profondeurs de la cave. Il savait où il trouverait le Triton, mais même maintenant, à quelques pas de son objectif, il ignorait ce qu'il ferait lorsqu'il se retrouverait en face de Bartholomée de Crémone. Devrait-il le libérer comme l'avait réclamé Trini ? Avec sa jambe cassée, ce ne serait pas facile, mais Barth pouvait peut-être marcher à cloche-pied. Le conseil glacial du sénéchal résonnait encore dans son esprit et donnait à Le Tris l'impression que son poignard brûlait comme du charbon ardent sous son pourpoint. Il souleva la torche et ouvrit la dernière porte, un gros portail à madriers derrière lequel un escalier en colimaçon menait au large couloir où s'alignaient les cellules. C'étaient des trous obscurs, fermés par des barreaux. Le Triton devait croupir dans la dernière d'entre elles, immobile comme le lui avait vivement conseillé le *medicus* des Templiers. Fernand Le Tris posa sa torche dans l'un des anneaux, sur le mur, avant de passer dans la galerie, qu'il connaissait suffisamment pour s'y hasarder dans le noir. Le capitaine fouilla sa poche pour y prendre la clef qu'il avait trouvée sur le bureau du sénéchal. Soudain, il eut l'impression d'avoir entendu du bruit derrière lui, et à son grand effroi, il vit sa torche vaciller sur le mur. Elle descendit l'escalier, elle s'approchait de lui et illuminait déjà l'extrémité du couloir. Cinq hommes étaient descendus, l'un d'entre eux tenait la torche de telle sorte que le capitaine soit forcé de les voir. Ils portaient les longs manteaux et les chapeaux pointus des « noirs », leurs visages étaient masqués, seules deux fentes barraient leur visage. Sur leur poitrine brillait la croix blanche formée par quatre lys refermés.

Le capitaine voulut leur lancer « Que me voulez-vous ? », mais fut incapable d'émettre le moindre son. L'un des hommes tenait une hache de bourreau dans les mains, un autre une corde tournée en nœud coulant. Le troisième portait l'une de ces pinces avec laquelle on arrache les ongles des mains et des pieds des suppliciés. Le quatrième brandissait une croix comme s'il fallait exorciser un mauvais démon. Le cinquième ne tenait que la torche. Ils étaient alignés de front, tout près de l'escalier, barrant l'unique issue dont aurait disposé le capitaine. Ils ne bougeaient pas, le seul mouvement était celui des ombres à la lueur de la torche. L'un des hommes cria :

— Fernand Le Tris, approchez !

Le capitaine obéit, les jambes flageolantes. Il n'était pas encore arrivé à leur hauteur lorsque la même voix ordonna :

— À genoux, Fernand Le Tris !

Il se mit à trembler comme un roseau au vent et finit par tomber sur les genoux. Les hommes en noir firent un pas vers lui. Celui qui portait la torche, le seul à avoir parlé jusqu'ici, dit alors de la même voix indifférente :

— Entendez l'acte d'accusation, Fernand Le Tris !

Le capitaine sanglota. Il ne put retenir ses larmes, elles lui dégoulinèrent sur les joues, et, de peur, il cacha son visage entre ses mains.

— En tant que soldat de l'armée française, vous vous êtes rendu coupable de refus d'obéissance.

— Mon maître, le sénéchal, a pris connaissance des circonstances de mon acte, se défendit le capitaine. Il m'a pardonné.

— Nous pas ! répondit sèchement son mystérieux interlocuteur. Vous avez, par négligence, ôté ses gardes à la citadelle. Vous avez volontairement troublé l'ordre public en soutenant un autodafé interdit avec des soldats placés sous vos ordres. C'est une complicité active à un crime contre la paix civile. Vous avez, par perfidie et pour de bas motifs, attenté à la vie et à la liberté d'une personne à laquelle votre supérieur avait manifestement accordé un sauf-conduit à la citadelle. Les moindres chefs d'inculpation sont donc la tentative d'assassinat, la séquestration, ce qui constitue une grave atteinte...

L'homme à la torche fit un pas en avant, et comme si c'était convenu, le chœur noir termina la phrase à l'unisson :

— ... à l'honneur de la France !

L'homme jeta la torche contre le sol comme s'il voulait l'éteindre, mais elle lança quelques étincelles et continua de brûler.

— Fernand Le Tris, reprit-il, vous savez quel verdict vous attend.

— Mon frère, l'inquisiteur, m'a forcé à édifier ce bûcher, bredouilla le capitaine. C'est lui, lui-même, qui l'a allumé ! ajouta-t-il, hors de lui. Je n'étais que son bras armé...

— Le bras officiel de l'Église, c'est l'État ! répliqua l'homme en noir. Et vous, Fernand Le Tris, vous n'êtes pas la France !

Le capitaine braillait à présent de rage et de désespoir.

— Je n'ai voulu assassiner personne, c'était juste un petit coup sur la nuque, et c'est celui-là, là-dedans, qui m'a poussé à le faire ! s'exclama-t-il en désignant la porte de la cellule du moine.

— Vous devriez prier, à présent, Fernand Le Tris, conseilla une jeune voix qui paraissait plus conciliante et donna de l'espoir au capitaine. Il vous reste juste le temps dont nous avons besoin pour inspecter ces os brisés. Il serait injuste qu'ils repoussent trop droit. Même en piedbot, Bartholomée de Crémone peut encore servir l'Église.

Les hommes portant la torche et la pince, suivis de l'exorciste, passèrent devant le capitaine, toujours agenouillé, et se dirigèrent vers la cellule. Fernand Le Tris regardait fixement l'homme portant la hache et l'autre, tenant la corde, qui s'installèrent devant lui. Leurs yeux, derrière les fentes de leur cagoule, paraissaient impitoyables. Il pria à voix basse et écouta les bruits qui venaient de la cellule. Il perçut une sorte de craquement, comme du bois que l'on casse ; aussitôt, le Triton émit un hurlement à glacer le sang, suivi d'un autre, encore plus atroce que le premier. Le cri se transforma peu à peu en gémissement, mais Fernand Le Tris ne l'entendait déjà plus. Il regardait les bourreaux qui se tenaient devant lui, avec une telle concentration qu'il ne remarqua pas l'homme masqué qui s'était posté dans son dos. Atteint à la nuque par une lourde croix de bois, il tomba comme un sac, la tête en avant.

Le sénéchal eut encore de la visite à une heure avancée de la nuit. Lorsque la garde annonça que Jourdain de Levis, comte de Mirepoix, souhaitait lui parler, Pier de Voisins s'étonna : que pouvait-il bien lui vouloir, à lui, le représentant de la France, et à une heure aussi indue ? Il est vrai que jadis, les Levis avaient combattu aux côtés de son prédécesseur Hugues des Arcis, le premier sénéchal de la ville conquise de Carcassonne, pour aider à prendre Montségur. Mais s'ils l'avaient fait, c'était uniquement parce que le château leur avait été promis. Ils avaient ensuite rapidement oublié à qui ils devaient leur fief et leur titre. Et une fois devenus comtes de Mirepoix, ils s'étaient très vite rappelé leurs liens familiaux dans le Languedoc, et s'étaient bientôt comportés d'une manière plus rétive que les pires ennemis de la France. Le comte n'avait encore jamais fait allégeance au sénéchal Pier de Voisins. Cette fois encore, le vieux seigneur n'était certainement venu que pour lui chercher querelle.

Jourdain de Levis entra comme une trombe et annonça, sans même saluer ni s'excuser pour ce dérangement tardif, qu'il venait lui parler du tournoi de Montségur, prévu au mois de mars.

— Oui, je sais, répondit Pier de Voisins d'un air suffisant. Vous comptez l'organiser à la date précise de l'équinoxe, pour le plus grand jour de fête des hérétiques. Voilà qui va réjouir l'Église !

— C'est un tournoi, pas un pèlerinage ! rétorqua le comte. Cela concerne plutôt l'honneur de la France. J'attends de vous que vous envoyiez vos meilleurs chevaliers, sans quoi la Couronne risque de perdre la face !

— À ma grande honte, et à celle de la France, je dois avouer que je ne dispose pas de chevaliers, mais uniquement de vulgaires soldats, fit Pier de Voisins, qui savourait la situation. Voulez-vous les remplacer ?

— Si aucune personne de noblesse et de rang n'est disposée à défendre les couleurs de la France, alors mieux vaut ne pas vous présenter à cette rencontre chevaleresque !

— Je suis sans doute trop vieux et trop raide pour monter encore en selle, s'excusa le sénéchal. Mais vous, Jourdain de Levis, vous êtes connu pour être un solide combattant. Et vous êtes toujours un vassal de la France !

L'entretien s'arrêta net. Le vieux chevalier avait regardé par la fenêtre et affirma tout d'un coup qu'il avait failli oublier un rendez-vous galant. Avec cette excuse cousue de fil blanc, il sortit de la citadelle aussi vite qu'il y était arrivé.

Pier de Voisins jugea que le temps était venu de se coucher. Minuit n'allait pas tarder à sonner.

Un petit cortège d'hommes aux longs manteaux noirs parcourait la ville d'un pas mesuré. Quatre d'entre eux portaient un corps enveloppé dans un drap, une relique précieuse ou un chef défunt. Un cinquième avançait devant eux, un cierge allumé à la main. Au cours de ces journées, ce genre de procession n'avait rien d'inhabituel, même si les participants y étaient en général plus nombreux et appartenaient le plus souvent au clergé. Quelques gamins qui traînaient encore dans les rues les escortèrent un moment. Mais comme on ne chantait pas et que les hommes avaient l'air particulièrement sinistres, ils les abandonnèrent. Le cortège se dirigeait vers la cathédrale.

Le vieux renard, Jourdain de Levis, regarda de tous les côtés avant de tirer sur la clochette, à la porte verrouillée de l'hospice des Frères miséricordieux de saint Lazare. Le frère portier reconnut le comte et le laissa entrer. Jourdain de Levis le suivit jusqu'à la salle où dormaient les Mongols et attendit patiemment que le vieil homme soit réveillé et qu'on le mène à lui.

Arslan ne paraissait nullement endormi. Il ne sembla pas étonné lorsque Jourdain de Levis lui annonça que le capitaine était empêché et qu'il allait personnellement le conduire à Quéribus, auprès de ses jeunes amis Yeza et Roç. Cela réjouit manifestement le chaman, qui ne cilla pas non plus lorsque le comte ajouta qu'ils devaient partir immédiatement : ils voyageraient jusqu'au petit matin. Arslan réveilla ses compagnons.

Peu avant minuit, la garde de la citadelle tira le sénéchal du sommeil où il venait à peine de plonger, pour lui annoncer que le connétable de France était arrivé.

— Donnez-lui la meilleure chambre ! grogna Pier de Voisins, mais Gilles Le Brun se tenait déjà devant son lit.

— Vous pourrez replonger dans vos rêves d'ici à quelques instants, fit celui-ci avec une amabilité inhabituelle. Mais je préfère vous informer avant que vous ne preniez d'autres dispositions : Paris a décidé de laisser se dérouler le tournoi de Montségur et de faire savoir (secrètement, cela va de soi !) que ce sera un grand événement. Les chevaliers de la France répondront eux aussi courageusement à ce défi. Tous ceux qui tiennent en selle y participeront, même s'ils se retrouvent sur les fesses l'instant d'après ! Nous voulons que l'autre parti, les Occitans rebelles, se rendent aussi nombreux que possible sur le lieu où ils ont été honteusement battus et où ils espèrent prendre leur revanche. Ils voudront traîner dans la poussière les couleurs de la France. Et tandis que les faidits et autres insurgés s'y emploieront, vous, mon valeureux sénéchal, et votre compétent capitaine qui a tout récemment prouvé sa fidélité avec tant de courage, vous entourerez le Pog et vous arrêterez tous ceux qui auront attenté à l'honneur de la France, se seront exprimés en termes négatifs sur Paris, le roi et son représentant, ou qui, simplement, ne comptent pas au nombre de nos amis. Quelques-uns s'en tireront avec de fortes amendes. Quelques fiefs seront repris, au profit de la Couronne, cela va de soi ; et si Dieu le veut, quelques têtes rouleront au sol !

Pier de Voisins était à présent parfaitement éveillé.

— Et qui doit organiser ce gigantesque réseau de surveillance ? Je n'ai à ma disposition qu'un tas de soldats abrutis et mal payés.

— Nous avons aussi pensé à cela. Messire le nonce ordonnera au grand inquisiteur Bezù de la Trinité de mettre tout son appareil à notre disposition. Ses hommes seront omniprésents, déguisés en valets et en écuyers, en aubergistes et en chanteurs, les yeux ouverts sur la subversion, les oreilles guettant le moindre manque de loyauté envers le souverain, la moindre expression de dédain envers la Couronne ! Qu'en dites-vous ?

— Je n'en dormirai plus de la nuit ! répliqua le sénéchal du fond du cœur. Je vois déjà le gros Trini déguisé en dame de cour, assis sur les genoux de Xacbert de Barbera et lui arrachant des sottises sur le roi Louis.

— Je souhaite de tout mon cœur que celui-là nous tombe enfin entre les mains pour cette fête du printemps !

— Vous n'avez qu'à faire en sorte qu'Olivier de Termes défende ce jour-là les couleurs de la France. Vous pourrez être certain que le seigneur de Quéribus ne le manquera pas !

— Il faut savoir faire des sacrifices, répondit le connétable en bâillant. Maintenant, finissez donc votre nuit. Je suis fatigué, moi aussi.

La troupe des Mongols, sous le commandement de Niketa Burdu, quitta l'hospice des frères miséricordieux. Le comte de Mirepoix les guidait à cheval. À côté de lui, marchant d'un bon pas, avançait Arslan, le chaman. Lorsqu'ils arrivèrent à la porte de la ville, l'escorte de Jourdain de Levis les attendait déjà. Les cinq cavaliers ne montrèrent pas le moindre signe d'impatience, mais se contentèrent de le saluer d'un hochement de tête, ce qui fit apparaître un sourire de satisfaction sur le visage du vieux soldat. Ils se rallièrent en silence à la troupe. Le claquement des sabots sur les pavés, sous la voûte de la porte fortifiée, recouvrit les douze coups de cloche qui résonnèrent depuis la cathédrale. Puis la neige blanche assourdit le bruit de leurs pas. La lourde porte à barreaux qui protégeait la ville pendant la nuit s'abattit derrière eux en cliquetant.

À peine l'ultime coup de cloche avait-il résonné que la sombre silhouette du dominicain se glissa hors de l'une des ruelles qui donnaient sur le parvis de la cathédrale. L'inquisiteur était accompagné par quelques soldats glacés : il ne jugeait pas prudent de sortir seul la nuit, surtout lorsqu'il passait devant ce lieu où une grande tache noire dans la neige sale rappelait encore sa besogne de la journée. Bezù se signa secrètement, car les âmes des suppliciés pouvaient encore hanter la place. Il ordonna à sa garde d'attendre devant l'église, et se faufila par l'une des petites entrées latérales.

La haute nef centrale était plongée dans la pénombre. Dans les autels situés sur les flancs, on voyait juste briller encore les nombreuses petites lampes à huile déposées par les croyants à l'appui de leurs suppliques aux saints ou à leurs ossements, conservés dans des reliquaires.

Trini passa devant les autels. Son ombre projetée contre les piliers le rendait nerveux. Ses yeux cherchaient à percer la pénombre du chœur, dans lequel il pensait trouver le capitaine et Bartholomée. Rien ne bougeait à côté des confessionnaux, et Bezù de la Trinité s'arrêta, agacé. Ses deux complices avaient sans doute pris du retard. Un seul grand cierge brûlait sur l'autel, ce qui gêna le sens de la symétrie de l'inquisiteur. Il leva les yeux vers la croix qui descendait du plafond dans l'axe de la salle, et eut le souffle coupé. Son cœur s'arrêta un instant, puis se mit à battre la chamade. Au-dessus de lui, au bout de la chaîne qui se perdait tout en haut dans la voûte, un corps humain se balançait, suspendu par les pieds. L'inquisiteur regarda fixement le visage de son frère et s'effondra à genoux. Il n'osa pas lever encore une fois les yeux, mais l'image s'était déjà gravée dans son esprit, et il ne parvenait plus à s'en débarrasser. Tris était pendu comme un vieux sac, ses yeux vitreux étaient braqués sur l'inquisiteur Ses bras se balançaient en dessous de lui. Le gros inquisiteur bondit et quitta la sombre cathédrale comme s'il était poursuivi par des furies.

La neige tombe, silencieuse...

Le matin illumina peu à peu les forêts couvertes de neige. Les hommes avaient chevauché toute la nuit, en silence, parce qu'ils n'avaient pas grand-chose à se dire. La troupe s'était allongée, les chemins étaient étroits et le chaman fermait le cortège. Ainsi, sa voie était déjà tracée, et il ne risquait pas de se faire piétiner par un cheval affolé par la chute d'un paquet de neige tombé d'une branche de sapin.

Niketa Burdu profita de l'occasion pour rejoindre le comte, qui marchait en avant : c'est à lui, le neveu du fameux général Kitbogha, que revenait l'honneur de guider la délégation mongole. Il tenta d'entraîner le vieux Jourdain de Levis dans une conversation pour bien montrer qu'il était un homme important.

— Mon éminent seigneur, maître de tous les empires du monde, le puissant Möngke, commença Burdu, m'a fait choisir par son serviteur, le général Kitbogha, pour me rendre au pays du soleil couchant et y rendre visite à deux enfants royaux sur lesquels l'œil de mon khagan se posait avec plaisir et qui se sont éloignés du soleil de ses faveurs pour mener leur vaine action devant des yeux ignorants et des cœurs ingrats.

— Ah ! s'exclama le comte en bridant son cheval, ce

qui arrêta tout le cortège. Vous voulez convaincre le couple royal de quitter l'Occitanie et de revenir dans la steppe des Mongols ?

— J'espère, dit Niketa Burdu, qu'ils considéreront encore comme un ordre le désir du Tout-Puissant, que je suis venu leur transmettre.

Il attendit, pour vérifier l'effet produit par ses paroles sur Jourdain de Levis. Mais celui-ci se contenta de regarder en clignant les yeux le soleil qui se levait et rendait la neige aveuglante. Il ne répondit rien, si bien que Niketa Burdu se sentit tenu de souligner encore l'importance de sa mission, des Mongols et de sa haute personne.

— Ce qui les attend, ce n'est pas la steppe des Mongols, que vos yeux n'ont encore jamais vue, valeureux comte, mais le Reste du Monde, tous les pays situés à l'ouest de la Perse, que nous sommes en train de soumettre. C'est là que, selon l'irrévocable décision du grand khan, les enfants devront régner.

— Ce trône-là, ils peuvent aussi l'avoir ici, rétorqua le comte, bien décidé à ne pas se laisser impressionner par l'émissaire. Le paysage d'Occitanie est incomparablement plus aimable, il n'est pas trop chaud, messire Niketa Burdu, et il n'y pas de Mongols ici. Je veux dire par là que vous n'avez pas encore poussé vos conquêtes jusqu'ici, et que vous ne pouvez donc pas connaître le Languedoc et ses charmes.

— Je n'en ai pas besoin, riposta le Mongol, rétif. La première impression me suffit ! Car ma mission n'est pas de séjourner en ces lieux, mais de convaincre Roç et Yeza de revenir avec nous, conformément au vœu du grand khan.

— Vous comptez donc emmener le couple royal immédiatement ? demanda le vieux renard.

Niketa Burdu le dévisagea, un peu étonné.

— J'offrirai au couple royal, en lui pardonnant généreusement ses actes passés, la possibilité de retrouver immédiatement la protection du souverain le plus puissant de cette terre, au-dessus duquel n'existe plus que Tengri, le ciel éternellement bleu. Il est disposé à les reprendre auprès de lui, dans sa grâce incommensurable, comme si rien ne s'était passé. Car, pour le khagan, aucune distance n'est plus grande que la portée d'une flèche, et aucune période de séparation n'est plus longue qu'un battement de cils.

— Voilà qui est admirable ! s'exclama le comte en faisant faire volte-face à son cheval. Le couple royal a bien de la chance ! dit-il au jeune Mongol. Lorsque vous sortirez de cette forêt, vous découvrirez sur le coteau qui vous fera face le château de Quéribus, où vous êtes certainement ardemment attendu. Vous transmettrez mes hommages à Yeza et Roç, car c'est ici que nos chemins se séparent.

Le jeune Mongol parut vexé, mais il ne sembla pas vouloir demander qu'on l'escorte jusqu'au bout, d'autant plus qu'Arslan avait remonté la colonne et les rejoignait.

— D'ici, nous trouverons le château tout seuls, répondit Niketa Burdu, mais il répéta tout de même devant le chaman la description du trajet. Lorsque nous aurons quitté la forêt, Quéribus se dressera déjà devant nous, sur la montagne la plus proche.

— C'est bien cela, confirma le comte en se tournant vers Arslan pour lui présenter ses excuses. Pour moi et mes hommes fatigués, ce serait un long détour. Ce fut pour moi un plaisir d'avoir été utile à de si lointains amis de nos amis ! *A Diaus !*

Et la petite troupe de cavaliers s'éloigna dans la forêt enneigée.

Au bout de plusieurs jours, Mauri En Raimon, remontant le « chemin des cathares », rencontra au milieu des « forêts noires » une troupe égarée de guerriers mongols. S'ils n'avaient pas été accompagnés par Arslan, qui savait toujours trouver une source, des herbes, des racines et des oignons sous le manteau de neige et savait aussi découvrir les abris et les cavernes, et si certains d'entre eux n'avaient pas eu de grands talents de chasseurs, ils seraient tous morts de soif, de faim et de froid. Mais le chaman ne voulait pas aller jusque-là. Il les avait fait tourner en rond jusqu'à ce que l'envie d'aller chercher Roç et Yeza à Quéribus finisse par leur passer. Lorsqu'il avait senti qu'il était proche de son objectif, il avait fait apparaître les cathares.

— Effectivement, lui dit l'homme à la barbe blanche, vous n'êtes pas loin de Quéribus. Je vais vous y conduire !

Et il leur désigna la direction qu'il fallait prendre. Mais Niketa Burdu n'était plus maître de ses réactions et se mit à crier :

— Non ! Nous voulons revenir au fleuve ! Le port s'appelait Perpigna ! Je ne croirai plus le moindre mot de qui que ce soit !

— Vous avez simplement omis de demander quand nous quitterions cette forêt, rétorqua sèchement Arslan au jeune soldat. Car la direction était la bonne. Messire le comte ne vous a pas du tout menti.

— Cela m'est égal, Arslan, éructa le jeune homme, au bout de ses forces et de sa patience. Donnez à ce brave homme la lettre, afin qu'il la remette au château, et conduisez-nous à la mer.

— Notre mission n'était pas de transmettre une lettre de Guillaume de Rubrouck, mais d'inciter le couple royal à rentrer avec nous. C'est cela, notre devoir !

— Vous le ferez très bien tout seul, répondit Niketa Burdu d'une voix faible. Nous vous attendrons à Perpigna, vous et le couple royal. Je suis fatigué par cette forêt enneigée.

— Dans ce cas, acceptez l'offre aimable que vous fait ce brave homme, et soyez heureux qu'il consente à vous mener au port.

— Qu'il nous guide hors de cette forêt jusqu'à la grande route la plus proche, celle qui nous mènera droit au fleuve. Plus de chemins de traverse !

Mauri adressa à Arslan un sourire de connivence, et ils se mirent en marche. Bientôt, les arbres se clairsemèrent, et la route qui menait à la côte apparut en dessous d'eux, dans la vallée. Niketa Burdu ne vit pas le château qui lui faisait face, entre les roches. Il renonça, hautain, aux services de Mauri, qui lui avait proposé de le guider, si bien qu'après une marche rapide les deux vieux hommes se retrouvèrent ensemble sous les murs de Quéribus. La garde de la porte fit des difficultés pour leur permettre d'entrer. On appela Rinat, qui laissa passer ces étranges ambassadeurs dans la cour du château, mais voulut leur prendre la lettre.

Arslan et Mauri se comprenaient sans avoir à prononcer le moindre mot. Ils s'accusèrent aussitôt mutuellement de porter la lettre. Comme deux compères au numéro bien rodé, ils se mirent à se retourner les poches l'un à l'autre en se traitant de gâteux. Ils braillèrent ainsi jusqu'à ce que la moitié des habitants du château soient accourus, Roç et Yeza compris. Arslan avait obtenu ce qu'il voulait, et Rinat rentra la queue entre les jambes lorsqu'il vit avec quel respect Roç accueillait le vieil homme en manteau de haillons, et la chaleur avec laquelle Yeza, rayonnant de bonheur, lui tendait les bras. L'arrivée de Mauri avait elle aussi fait grand plaisir au couple royal. Dès qu'elle le vit, Yeza lui demanda :

— Vous êtes-vous donc décidé à rester avec nous ?

Mauri secoua imperceptiblement la tête.

— Nos chemins ne sont pas encore identiques.

— Soyez tout de même notre hôte, dit Roç, et il ordonna aux deux suivantes, Potkaxl et Geraude, de préparer un lit à ces seigneurs et de leur servir à manger. Les yeux bovins de Geraude s'emplirent de larmes lorsqu'elle découvrit son vieil ami.

— Ah, implora-t-elle à voix basse, restez donc près de nous.

— Ne harcèle donc pas Mauri En Raimon, la rabroua Yeza, il saura bien quel chemin il doit suivre.

Geraude, ce veau de lait, se mit à pleurer encore plus fort. Potkaxl, elle, s'efforçait de prendre le chaman par la main.

— Je vous conduis à votre lit, messire !

Mais Arslan passa doucement la main sur le front de la princesse toltèque, et elle s'en alla sans lui, le visage transfiguré, suivie par son amie qui sanglotait toujours.

Roç ricana, et Yeza finit par l'imiter.

— Ne veux-tu pas faire un échange : ton Philippe contre mes deux suivantes ?

— Ce qui manque encore à ta cour, ô ma reine, c'est une vraie dame !

Le chaman s'était approché de la fenêtre et regardait à l'extérieur. La neige avait recommencé à tomber, les flocons tourbillonnaient, toujours plus denses. Arslan tira Mauri par la manche et désigna, à l'extérieur, le manteau blanc des montagnes.

— Ne voyez-vous pas, de l'autre côté de la vallée, dans la forêt...

Roç et Yeza l'avaient rejoint. Ils regardaient fixement un épais rideau de cristaux qui dansaient furieusement avant de s'abattre sur le sol. On ne voyait strictement rien, et surtout pas l'autre côté de la vallée.

— Oui, dit Mauri, je vois entre les sapins une pierre noire. Elle se dresse dans la neige, mais aucun flocon ne s'accroche à elle. Une source qui ne gèle pas jaillit en son milieu. Elle coule, claire et délicieuse...

Roç dressa le cou, mais ses yeux ne parvinrent pas à percer le rideau de flocons blancs. Il voulut ouvrir la bouche pour poser une question. Yeza tenta de l'en retenir. Elle devinait que la vision que le chaman transmettait au parfait, Mauri, disparaîtrait s'il le faisait. Mais Roç ne se laissa pas détourner par le mysticisme. Il brûlait de percer ce secret et de satisfaire sa curiosité.

— La cavité où coule la source a-t-elle la forme d'un récipient ? demanda-t-il au vieux cathare. D'un calice ?

Le regard de Mauri perdit alors son éclat.

— Je ne sais pas, grommela-t-il, incertain. Je ne vois plus rien, tout est blanc, la pierre a disparu.

— La pierre noire, dit le chaman à Yeza, vous apparaîtra lorsque vous croirez être parvenus au terme de votre route. Ne vous laissez pas induire en erreur par son apparence, poursuivez votre chemin, car c'est lui, votre but, ce n'est ni la pierre noire, ni son calice disparu.

— Le miroir de votre âme, ajouta En Raimon, mais c'est aussi et toujours un trompe-l'œil du démiurge, du dieu qui a créé ce monde !

En Raimon sourit aux deux rois pour leur donner du courage. Arslan, l'air joyeux, s'adressa au cathare.

— Allons nous reposer à présent. Il est vrai que nous sommes de vieux hommes, et que nous n'avons pas besoin de beaucoup de sommeil, mais la nature, rythmée par l'astre éblouissant, réclame son dû. Et nous devons partir de bonne heure demain.

Il serra d'abord Roç dans ses bras, puis Yeza. Ils sentirent tous deux sa force rayonner et s'emparer d'eux. En Raimon passa devant, et ils quittèrent la chambre sans un bruit, comme s'ils avaient déjà perdu leur apparence physique. Dehors, il avait cessé de neiger. Yeza et Roç se dévisagèrent. C'est elle qui, la première, rompit le charme et donna un petit coup de coude dans les côtes de Roç, pour le tirer de sa méditation.

— Lisons donc enfin la lettre de Guillaume ! s'exclama Yeza en lui arrachant la missive des mains. Elle courut vers la tour en riant, et il se lança à sa poursuite.

Salutations depuis la cité des morts

Guillaume de Rubrouck, O.F.M.
au couple royal
Roç Trencavel du Haut-Ségur
et Yezabel Esclarmonde du Mont y Sion

Bagdad, fin janvier Anno Domini 1258

Vénéré couple royal, puisque, si j'en crois le Bulgai, chef des Services secrets, c'est ainsi qu'il me faut vous appeler, mes chers amis, car vous demeurez tels même si je n'ai plus reçu depuis longtemps le moindre signe de vie !

Je ne sais pas encore comment je vous transmettrai cette lettre. Par des détours, certainement, mais si possible sans qu'elle ait été lue auparavant par ceux qui s'efforcent de ne laisser sortir vers le Reste du Monde aucune nouvelle non censurée concernant ce qui se passe ici, et ils savent ce qu'ils font. Mais il n'est pas nécessaire que je m'en chagrine à présent, nous aurons bien le temps de nous en soucier plus tard. Je n'ai pas peur, car je sais mon destin entre les mains de Dieu, et si étroitement lié au vôtre que rien ne m'est arrivé parce que mon destin est de vous serrer un jour de nouveau dans mes bras.

Voici une semaine, le Il-Khan Hulagu est apparu devant la ville. Je n'avais encore jamais vu Badgad de mes yeux, contrairement à vous, grands voyageurs, et j'ai été subjugué. Pas même par la grandeur ou par la force de ses murailles et de ses tours, ni par le nombre des camps qui s'étendaient des deux côtés du Tigre. Non, ce qui m'a stupéfait, c'était cette brume bleue qui flottait sur la ville et mc fit penser à tous ces récits des Mille et une Nuits, c'était cet éclat rouge-rose avec lequel le soleil déclinant magnifiait ses coupoles et ses toits, ses créneaux et ses minarets, faisant étinceler le fleuve comme des bijoux sur le ventre d'une danseuse. Et lorsque la pénombre a fini par se répandre, nous avons vu briller la chaîne lumineuse formée par cent mosquée et cent palais. Nous aurions pu entendre l'appel des muezzins si notre armée n'avait produit pareil fracas. Le trépignement et les hennissements de milliers de sabots et de chevaux, le cliquètement de la vaisselle, le claquement des armes. Les catapultes avançaient en grinçant et en gémissant, chargées des pots de feu grégeois, précédées par les béliers et les tours d'assaut. On entendit tonner le pas des archers, les ordres des chefs de section emplissaient l'air. Nous étions venus écraser Sheherazade, la violer et l'étrangler. Rien ne la sauverait.

En l'espace de quelques jours, des ponts flottants furent jetés sur le Tibre, en dessous et au-dessus de la ville. Les ailes de l'armée dirigées par les généraux Baitschu et Kitbogah les franchirent, refermant l'anneau du siège. Le Il-Khan lui-même demeura immobile devant la partie orientale de la ville, car c'est là que se trouvaient les palais gouvernementaux et les casernes. Comme son épouse, Dokuz-Khatun, avait tenu à me garder dans son campement pour lui servir de prédicateur, il me fallut rester sur place. J'aurais préféré, et de loin, partir avec notre vieil ami Kitbogha. La table de sa tente est bougrement mieux remplie que chez Hulagu, qui fait servir une fois par jour un repas de jeûne monotone, parce qu'il doit prendre garde à ses maux d'estomac. Il n'y a pas de viande, ici, mes amis, juste des légumes et du riz cuits sans sel. On apaise la soif avec de l'eau. C'est la raison pour laquelle ces dames assistent régulièrement à ma messe, au cours de laquelle je les abreuve copieusement de vin. Mais il m'a déjà fallu resserrer ma ceinture, je veux parler de la corde de ma bure, et lorsque je me regarde dans le miroir, j'y vois la mine avachie d'un franciscain dont la couronne de cheveux rouge doré s'est encore clairsemée. La calvitie progresse et rend la tonsure inutile. C'est lamentable, mais il me faut correspondre au stéréotype d'un frère mineur exemplaire, car Dokuz-Khatun, cette haute dame, a une idée bien précise de l'allure que je dois avoir. Pour moi, je suis prêt à tout, du moment que l'on me nomme au moins patriarche chrétien de Bagdad dès que la ville sera prise.

Entre-temps, nos machines ont commencé à la bombarder. Jour et nuit, les coups s'abattent dans un bruit de tonnerre sur la première muraille, et les projectiles volent à l'intérieur de la cité, bien au-delà du deuxième mur. Les espoirs du calife ont sans doute commencé à se dissiper, même si nous n'avons pas encore percé de brèche. En tout cas, il a envoyé le vizir dans notre camp. Muwayad ed-Din, le chi'ite, s'était prononcé depuis longtemps en faveur d'une paix avec les Mongols. Mais il n'avait pu s'imposer face au *dawatdar,* le grand secrétaire et chancelier de la cour – un belliciste invétéré ! Pour moi, cependant, cette mission du grand vizir fut un mauvais coup. Pour s'attirer la bienveillance de Dokuz-Khatun, il avait en effet emmené un petit homme sec qui s'appelle Makika et, à mon grand effroi, s'est présenté comme le patriarche nestorien de la ville. J'ignorais totalement qu'il existât une communauté chrétienne dans la cité du Prophète. Dokuz-Khatun ne le savait pas non plus. Elle en fut tellement heureuse qu'elle couvrit Makika de cadeaux. Mais elle eut beau plaider auprès de son époux la cause de la délégation, rien n'y fit : Hulagu refusa de négocier avec les ambassadeurs, il ne les reçut même pas. Son chambellan Ata el-Mulk Dschuveni, lui-même musulman, mais adepte de la *sunna,* eut le plaisir d'informer le vizir chi'ite qu'il lui fallait revenir dans la ville.

Je savais quant à moi, non pas par ouï-dire, mais pour y avoir assisté avec douleur, comment les Mongols traitaient les vaincus. Pour ce qui concernait Makika, cela ne me dérangeait pas, bien au contraire. Je sentis germer en moi l'espoir que ce bonhomme ne survivrait pas à la première bouffée de sauvagerie qui suivrait la prise de la ville. Mais j'avais quelque sympathie pour Muwayad ed-Din, ne serait-ce que par vos récits. Je me suis donc approché de lui et je me suis présenté comme le confesseur du couple royal. Il s'est aussitôt souvenu de vous : même vos noms lui étaient restés en mémoire. Je lui dis rapidement qu'une fois rentré dans la ville, il devait se coucher pour attendre la mort, puisque tel était son destin. Il devait se procurer une dose de poison qui permet de simuler la rigidité d'un cadavre, et se faire enfermer dans son caveau de famille. C'était à lui de choisir les joyaux qu'il devrait emporter dans sa tombe : il devrait en tout cas attendre dans le caveau jusqu'à ce que la tempête soit passée et que j'aie la possibilité de le libérer. Je lui recommandai de ne mettre dans le secret que les personnes qui devaient absolument être au courant, et de ne surtout rien en dire à ses femmes, d'autant plus qu'il n'était pas certain que quiconque survivrait au sein de sa famille. Face à la menace de la mort, on ne pouvait se fier ni aux liens familiaux, ni à la fidélité des esclaves. Le grand vizir s'abstint sagement de m'interroger sur les mobiles qui me faisaient agir ainsi, se contentant de me demander comment il pouvait me remercier. Je répondis qu'on en trouverait bien l'occasion.

Il fut bientôt contraint de quitter à nouveau notre camp.

Vous allez me demander quelle mouche m'a piqué. Votre Guillaume est-il devenu un sournois pilleur de tombes, ou un maître chanteur ? Nenni ! Mon seul but était de garder un soutien pour m'aider à accéder aux hautes fonctions qui m'attendaient. Un homme aussi important enfermé dans son caveau était une garantie – même si elle n'était pas absolue, car Muwayad pouvait mourir de faim avant que je ne le trouve, des pilleurs pouvaient me devancer, un incident quelconque pouvait mettre un terme à tous mes projets. C'était un pari à cent contre un, une aventure à l'issue parfaitement incertaine mais qui, si les choses se passaient bien, me mettrait en mesure d'échapper à cette sinistre vie quotidienne à la cour de Dokuz-Khatun, surtout si ce Makika devait devenir patriarche ! Alors, j'aurais les moyens de replonger dans l'univers de l'Occident, et je n'y serais plus un misérable moine mendiant.

Pour vous le dire en toute sincérité, votre Guillaume s'ennuie, et vous lui manquez beaucoup ! Si la montagne ne vient pas au prophète, c'est votre Guillaume qui devra venir à la montagne, surtout si elle s'appelle Montségur, celle où je vous ai pris, enfants, pour vous emmener dans une vie sauvage dont il m'a été donné de jouir à vos côtés. Je pense à vous avec tellement de nostalgie !

Bagdad, début février Anno Domini 1258

Au bout d'une semaine supplémentaire, l'effroyable bombardement a porté ses premiers fruits : le premier mur de l'est a commencé à s'effondrer. Tandis que les défenseurs surveillaient encore tant bien que mal les brèches, le calife el-Mustasim, accompagné de tous ses chefs de guerre et de ses principaux fonctionnaires, s'est rendu dans le campement du Il-Khan. J'ai constaté avec soulagement, et même avec un étrange bonheur, que le grand vizir n'était pas parmi eux. On leur a demandé de déposer les armes et d'entrer dans une tente. Ils ont cru que c'était celle de Hulagu, mais à l'intérieur, ce sont les sbires de Dschuveni qui les attendaient et les ont tous massacrés. Ceux qui ont tenté d'échapper à la mort se sont précipités sur les lances des soldats installés tout autour du lieu du supplice. On n'avait laissé passer que le calife. J'ai cependant entendu Dschuveni, le chambellan du Il-Khan, se plaindre amèrement du fait que l'on n'ait trouvé dans son escorte ni le grand secrétaire Aybagh, ni le grand vizir. À cet instant précis, des gardes ont traîné à ses pieds le gros *dawatdar*. Il s'était laissé tomber derrière une dune, face au campement, et avait fait le mort. Dschuveni ordonna de le renvoyer dans la ville pour qu'il obtienne la reddition des défenseurs.

Il m'a semblé qu'il avait encore un projet pour le grand secrétaire de la cour, d'autant plus qu'il savait bien quelles richesses le *dawatdar* corrompu avait accumulées. Il n'aurait pas traité avec autant d'égards le grand vizir, ce partisan de la *sh'ia*. Mais ajourner n'est pas gracier, loin s'en faut.

On le devina lorsque les troupes mongoles entrèrent dans la ville. Je n'y étais pas : Hulagu et sa cour prirent du temps avant de franchir les portes de la cité. Mais les rumeurs atroces sur ce qui se passait derrière les murs dépassaient (comme toujours chez les Mongols) tout ce que j'avais entendu jusque-là. Hommes pris les armes à la main, habitants venus se rendre, femmes, enfants, tous furent exterminés sans exception. Le massacre dura trois semaines et coûta la vie à quatre-vingt mille habitants de Bagdad. Les Géorgiens qui firent irruption par les brèches, derrière le *dawatdar,* haïssaient les musulmans. C'est eux qui se comportèrent avec le plus de sauvagerie. Ils décapitaient tous ceux qu'ils rencontraient, et dressèrent une pyramide de têtes sur le parvis de la Nizamiya, la plus ancienne *madrasa* de Bagdad. Au fil des jours suivants, elle atteignit vingt mètres de hauteur. On disait que les seuls survivants étaient quelques garçons et filles particulièrement jolis que l'on rassembla dans la cour de la respectable Mustamsiriya, la fameuse école coranique, pour les répartir entre les généraux, auxquels ils serviraient d'esclaves. On épargna aussi presque tous les membres de la communauté chrétienne, qui s'étaient réfugiés dans les églises, une mesure de grâce qu'avait arrachée Dokuz-Khatun.

C'est de l'une de ces églises que les Géorgiens tirèrent le gros *dawatdar,* qui s'était déguisé en prêtre. Ils privèrent Dschuveni du plaisir de lui faire avouer par la torture où il avait enterré ses trésors : ils le découpèrent en morceaux juste après avoir franchi le portail. C'est ce que m'apprit Makika, venu dans la tente de Dokuz-Khatun pour la remercier d'avoir protégé sa communauté. *A Diaus,* trône du patriarche ! Je serrai la main de ce petit homme chétif et le félicitai.

Bagdad, à la mi-février Anno Domini 1258

Ensuite, nous avons pu entrer dans la ville en même temps que le Il-Khan. Nous nous sommes installés dans le palais du calife. Hulagu avait emmené avec lui le souverain de Bagdad. Dès le premier jour, il s'en est servi comme guide pour tout visiter, notamment les chambres au trésor. Mais il ne s'en est pas contenté et a fini par le remettre à Dschuveni. Celui-ci lui a demandé où se trouvaient les trésors cachés. Le vieux el-Mustasim, le trente-septième membre de la vénérable dynastie des califes abbassides, s'est contenté de secouer sa tête de vieillard. On lui a passé un cordon de soie autour du cou, et l'on a tiré dessus jusqu'à ce que la pomme d'Adam en saillisse. Il a râlé et désigné le mur. Les Mongols ont décollé le crépi et lui ont coupé l'index. Il gémissait et saignait. Derrière les pierres, ils ont découvert une chambre secrète. Elle contenait vingt coffres, tous remplis à ras bord de pièces d'or. Le chambellan ne se tenait plus. Il a de nouveau fait serrer le nœud autour du cou du calife, dont les yeux ont paru près de rouler hors de la tête. Il a alors désigné, du petit doigt, la cage d'escalier. On y a fait descendre el-Mustasim, toujours au bout de son collier de soie. Après avoir descendu quelques marches, il a montré aux Mongols un mécanisme qui ouvrait une autre galerie. Dans la pénombre, nous avons vu scintiller des coupes, des armures décorées et des amphores, des cassettes et des candélabres, des mors et des selles, et même un trône. Tout cela n'était pas seulement en or et en argent, mais aussi richement orné de pierres précieuses. On a posé la main du pauvre calife sur la marche de pierre et on lui a coupé le petit doigt. Je ne les ai pas suivis dans les profondeurs de la cave, d'où j'ai encore entendu la voix étouffée du calife. On m'a raconté plus tard qu'il était mort dans son lit après avoir révélé à ses bourreaux que toute la structure de sa couche, aussi large que haute, y compris les piliers qui soutenaient le baldaquin, était composée d'or massif. À ce moment-là, il ne lui restait plus que quelques doigts aux deux mains, et il serait certainement mort exsangue si Dschuveni ne l'avait pas fait étrangler.

Je sortis discrètement du palais du malheureux calife et m'enquis du lieu où se trouvait la résidence du grand vizir. Le palais avait déjà été pillé à plusieurs reprises. Le sol était jonché de mobilier détruit, de vaisselle brisée et de coussins éventrés, le tout mêlé d'excréments, de tripes et de sang encore frais, un tableau si répugnant que seuls les rats et les mouches osaient encore s'approcher des cadavres mutilés.

Je descendis courageusement vers les offices et, de là, dans les chambres à provisions. Dans la cave la plus sombre, je découvris, cachés derrière une montagne de corps en décomposition, les enfants terrifiés du grand maître de la cour, un cuisinier et deux eunuques. Après avoir convaincu le cuisinier de baisser son grand couteau (la peur me tétanisait), j'appris que son seigneur, le grand vizir, avait choisi de mettre fin à ses jours peu avant la conquête. Il s'était retiré dans la crypte de ses vénérables aïeux et s'était fait emmurer. Il s'était fait remettre le poison avec lequel les femmes du harem s'étaient elles aussi suicidées, sous la surveillance et avec l'aide des eunuques.

Je me fis décrire le chemin de la crypte : je voulais me recueillir sur la tombe de mon vieil ami. Il fallait qu'il reste dans sa cachette jusqu'à la fin des persécutions.

Le caveau était dans la partie arrière du parc. Je n'allai pas tout droit vers ce *ma'abad al miyet*, mais me faufilai entre les splendides bassins d'ornement où des poissons flottaient sur l'eau, ventre en l'air, et entre des volières dont les occupants ailés jonchaient le sol. Je me retrouvai enfin devant le bâtiment à coupole. Comme un chevreuil effarouché, je regardai de tous les côtés avant de m'approcher. Je fis prudemment le tour des murs badigeonnés de blanc. Aucune trace n'indiquait que l'on avait récemment scellé une ouverture. Je frappai trois fois, avec une longue pause et deux courtes, puis pressai mon oreille contre la paroi crépie. J'entendis la voix de l'émir comme s'il se tenait devant moi.

— Bienvenue, mon ami, dit-il comme si notre rendez-vous était la chose la plus naturelle qui fût. Tout est-il fini ?

— Oui, répondis-je. Le calife est mort, et le *dawatdar* aussi.

— *Al hamdu ua shukru lillah !* Dans ce cas, je peux sortir.

— Attendez un peu, répliquai-je aussitôt. Je veux

d'abord m'assurer que vous ne connaîtrez pas le même sort. Je reviendrai demain à la même heure, et j'espère pouvoir vous dire si les Mongols en veulent encore à votre vie.

— Mais cela m'est bien égal ! s'exclama Muwayad ed-Din. Je ne vais pas passer le reste de mes jours comme un mort vivant !

— Je vous en prie, soyez raisonnable ! implorai-je. Sans cela, tout aura été fait en vain ! Attendez au moins jusqu'à demain.

Le grand vizir ne m'accorda pas une réponse, et je sortis du jardin. En chemin vers mes quartiers, je me triturai les méninges pour dénicher une solution : comment faire ressusciter cet homme sans qu'on le renvoie aussitôt à la mort ? À ma grande joie, le Bulgai était arrivé auprès du Il-Khan pour évaluer l'ensemble des trésors et déterminer la part qui revenait au grand khan Möngke. Le Bulgai, juge suprême de l'Empire mongol et chef tout-puissant des Services secrets, était un homme redouté de tous. Il était d'une grande intelligence, objectif et incorruptible. Pour ce qui me concernait, cela le rendait beaucoup moins dangereux que Dschuveni, par exemple, qui se laissait guider par ses inclinations et par sa haine. Avec le Bulgai, il m'était possible de parler.

Je le trouvai dans la chambre au trésor, dont on avait forcé les portes. Il était penché sur les listes. Ses hommes pesaient les caisses une par une, car faire l'inventaire détaillé sur place aurait pris une éternité.

— Mes modestes salutations sont bien peu de chose, vénéré Bulgai, face au riche butin que cette ville fait tomber entre vos mains, comme vous l'avez mérité, dis-je.

— Oui, répliqua-t-il en levant à peine les yeux. Une capitulation à temps leur aurait coûté moins cher. Ces Arabes ne savent pas compter, même si nous leur devons l'invention de l'algèbre.

Il se décida tout de même à me dévisager ; ses yeux sombres me percèrent, j'eus un instant l'impression d'être une mouche au bout d'un hameçon.

— Quel avantage espérez-vous donc en venant me rendre visite en de telles circonstances ?

— Une fois retranché ce tribut élevé, répondis-je, Bagdad demeure une grande ville et, en tant que telle, une valeur susceptible de figurer dans vos registres, même avec une population diminuée d'une bonne moitié, si mes calculs son exacts.

— Vous ne vous trompez pas de beaucoup, Guillaume.

Il hocha son crâne chauve pour que je continue.

— Une pareille ville a besoin d'une administration pour collecter les impôts et d'un gouverneur qui vous représentera loyalement.

— Ah ! lança-t-il en me riant au visage. Cherchez-vous à présent une fonction profane ? Ce n'est pas une mauvaise idée, Guillaume de Rubrouck ! (Il me dévisagea, l'air bienveillant, et, Dieu soit loué, je ne le démentis pas.) En réalité, poursuivit-il, j'avais l'intention de faire nommer à ce poste le grand vizir Muwayad ed-Din, mais ce seigneur n'a pas eu suffisamment confiance dans la générosité de notre vénéré Il-Khan et, m'a-t-on dit, s'est de sa propre main privé du destin qui l'attendait !

C'en était trop pour mon pauvre crâne. Valait-il mieux que je me taise ? Je me fiai à mon inventivité naturelle.

— Ce n'est pas de gaieté de cœur, vénéré Bulgai, que je devancerai cette fois-ci vos Services secrets. Mais j'ai appris du Premier eunuque de son harem, qui est mort dans mes bras, que le perfide *dawatdar* a fait emmurer vivant son concurrent, le grand vizir, avant de se rendre lui-même au campement du Il-Khan pour mener les négociations. Car le grand scribe espérait bien obtenir un poste de gouverneur à votre service.

— Autant que je sache, nous avons ouvert chaque cave et retourné le moindre carré de sol de cette ville. Un réduit secret nous aurait-il échappé ?

— Je suis tout disposé à vérifier cette rumeur pour votre compte, proposai-je avec zèle.

— Vous ferez bien, Guillaume de Rubrouck, et je sentis son regard passer sur mon cou comme la lame d'un bourreau. Car cette rumeur, vous pourriez bien en être l'auteur, maintenant que l'unique témoin, ce castrat, a quitté notre monde dans vos bras miséricordieux. Les Service secrets n'aiment pas qu'on les prenne de vitesse. Et surtout, ils n'acceptent pas qu'on les trompe !

Il baissa de nouveau le crâne : je pouvais considérer que l'entretien était clos. J'eus l'impression d'avoir déjà quitté cette vie, enterré vivant comme ce prisonnier volontaire que j'allais à présent devoir libérer. Je sortis à reculons de la chambre au trésor.

— Je vous souhaite de trouver Muwayad ed-Din, répéta-t-il. Mort ou vif !

Je n'étais pas assez stupide pour revenir aussitôt à la résidence du grand vizir : il était clair que le Bulgai ferait désormais espionner le moindre de mes pas. Le lendemain, je n'osai pas non plus me rendre dans le parc. Mais au cours de la soirée, le Bulgai me fit appeler dans la salle d'audience du palais du calife.

J'y aperçus Muwayad ed-Din, déguenillé, portant une barbe de quelques jours, la chevelure hirsute. Les Services secrets l'avaient libéré de sa prison. Je m'efforçai de paraître aussi sûr de moi que possible, et adressai un sourire au Bulgai. Celui-ci dodelina du chef, ce que je pris pour un signe de contentement : j'avais rempli ma mission. Il détourna son regard de moi pour observer le vizir.

— Comment se fait-il, Muwayad ed-Din, que le *dawatdar* Aybagh ne vous ait pas tout simplement tué ?

Le grand vizir répondit sans la moindre hésitation :

— Parce que ce moine, là, m'avait mis en garde !

— Dites la vérité ! tonna le Bulgai.

Des frissons chauds et froids me parcoururent le dos. C'est ma vie qui se jouait à présent devant moi. Mais le grand vizir prouva qu'il était capable de tenir un poste de gouverneur.

— Lorsque j'ai eu vent du danger, j'ai pris congé de cette existence, et j'ai fait emmurer mon corps mortel, expliqua-t-il avec le plus grand calme. J'ai remis ma vie entre les mains d'Allah, au sens le plus propre du terme.

— Et celui-ci a eu l'intelligence de se servir de Guillaume de Rubrouck, fit le Bulgai pour clore cet entretien. Savez-vous que, dans le Reste du Monde, on appelle Guillaume « Le rusé Flamand » ?

— Il a entendu la voix d'Allah, répliqua le futur gouverneur, et nous devrions lui en être reconnaissants.

Le Bulgai souriait. Et je pus m'en aller.

Bagdad, mois de mars, Anno Domini 1258

Bien que l'on ait depuis longtemps évacué les cadavres de toutes les rues et de toutes les cours (on les a brûlés par tas gigantesques, sur les rives du Tigre), il restait suffisamment de corps sous les maisons effondrées pour qu'un parfum de décomposition, suave et discret, plane au-dessus de la ville comme un nuage de brume. Par crainte justifiée des épidémies (des corps enflés flottaient encore dans les puits et les citernes) Hulagu déplaça son campement, quittant le palais du calife pour la campagne et Hamadan. On m'autorisa à demeurer à Bagdad. Le patriarche Makika et le nouveau gouverneur, Muwayad ed-Din, avaient insisté pour que je reste.

J'étais heureux d'avoir échappé à l'essaim de femmes qui entouraient Dokuz-Khatun, et j'acceptai l'aimable proposition de mon ami Muwayad, qui m'offrait de prendre mes quartiers dans sa résidence. Lui-même s'installa dans le palais du calife qui, une fois vidé de tous ses biens, devint le siège du gouverneur. Son pouvoir était réduit : Dschuveni, l'inflexible chambellan de Hulagu, le força à se plier au système d'administration rigide des Mongols, et lorsque celui-ci dut suivre son seigneur à la campagne, un peu plus tard, le gouverneur était déjà encerclé par un véritable anneau de fonctionnaires et de contrôleurs des finances mongols. Il ne lui restait plus qu'à frapper de son sceau ce que les autres avaient déjà signé de leur anneau.

— Je me sens comme une ceinture de cuir qui se resserrerait elle-même en permanence, me confia un jour le seigneur Muwayad. Et les surveillants qui ont été placés sous mes ordres sont eux aussi taillés dans un cuir que je dois mâcher chaque jour. Je ne parviens pas à y prendre goût. Une semelle est plus épicée que ces gens-là. Je ne comprends pas que vous ayez tenu aussi longtemps auprès des Mongols.

— Cuisez-les, ou bien posez-les sous votre selle et

chevauchez jusqu'à ce qu'ils s'attendrissent, lui conseillai-je, mais il fit un signe de dénégation.

— Ils restent coriaces, même lorsqu'on les découpe en petites lanières.

L'admiration qu'éprouvait Muwayad au début envers les fils de la steppe diminuait à vue d'œil. Il paraissait ne plus apprécier particulièrement ma compagnie, comme si c'était ma faute s'il avait connu ce destin (et rien de pire !). Il n'était plus question de reconnaissance éternelle, ni même de cadeaux précieux.

Entre-temps, le Il-Khan avait lui aussi commencé à évacuer ses troupes de la ville. Beaucoup de ses généraux le regrettèrent : jusqu'au dernier moment, ils avaient fouillé et creusé dans les maisons abandonnées pour y trouver des trésors. N'oubliez pas que Bagdad avait perdu d'un seul coup bien plus de la moitié de ses habitants, et que, s'attendant à des pillages, beaucoup de ces malheureux avaient bien sûr enterré ou emmuré tous leurs objets précieux. Ils avaient emporté dans leur mort subite le secret de leur cachette. Hulagu, disait-on, se demandait bien ce qu'il allait pouvoir faire des trésors gigantesques que les califes abbassides avaient accumulés en l'espace de cinq siècles et dont une grande partie, je suppose, lui était tout de même tombée entre les mains. La part qu'il envoya à son frère Möngke, le grand khan, autant par conscience de son devoir que par intelligence, laissait deviner l'ampleur gigantesque du butin. Je l'avais d'ailleurs vue de mes yeux : vingt chars à bœufs lourdement chargés gémissaient sous le poids lorsqu'ils emportèrent les coffres hors de Bagdad, entourés, en guise d'escorte, par une division de l'armée. Pour le modeste reste qu'il s'était réservé, Hulagu a fait construire à Shaha, sur le rivage du lac d'Urmiah, un gigantesque château sans fenêtres qui protégeait un creuset à or et des chambres séparées les unes des autres pour stocker toutes les sortes de pierres précieuses. Au centre, dit-on, se trouve une salle à coupole dans laquelle le Il-Khan a exposé, pour son amusement ou son édification, tous les objets et joyaux auxquels il prête trop de valeur artistique pour qu'on puise les fondre ou les dessertir.

Le Il-Khan pense s'installer tout près d'ici, en Azerbaïdjan. Son épouse a veillé à ce que le patriarche Makika ne s'en aille pas les poches vides, lui non plus. Elle lui a offert quantité de cadeaux, a pourvu d'ustensiles précieux plusieurs mosquées transformées en églises et lui a offert comme résidence l'ancien palais des califes, sur la rive occidentale du Tigre. Les Mongols restés sur place se sont totalement repliés sur le côté oriental, en emmenant le gouverneur. Ils y disposent de bâtiments récents, et surtout d'un nombre important d'écuries.

Je passe mes journées dans l'ancienne résidence du grand vizir, que l'on m'a pratiquement abandonnée, lorsque je ne me promène pas dans la ville en bonne partie dévastée. Sur des rues entières, on ne trouve pas la moindre boutique ouverte, les ateliers sont vides ou en miettes. Je ne rencontre pas grand monde non plus, et lorsqu'il m'arrive de croiser des créatures vivantes, elles sont méfiantes, rongées par le chagrin et angoissées. Je partage ma résidence avec les deux eunuques qui s'occupent des orphelins de l'ancien majordome et avec le cuisinier qui assure sans plaisir ma subsistance physique, tant que je lui verse les sommes totalement outrancières que le marché, dit-il, exige de moi, lorsque ces enfants mal élevés ne m'ont pas pris tout ce que j'avais en poche. Parfois, ils vont jusqu'à venir dévorer le repas qui m'attend à ma table.

Une mission de franciscains est arrivée dans la ville. Ils ont eu l'air extrêmement étonnés ou, pour mieux dire, déconcertés de rencontrer ici le fameux Guillaume de Rubrouck en fort bonne santé. Car ils avaient entendu dire que je n'étais plus de ce monde depuis bien longtemps. Ils n'ont presque rien pu me raconter sur l'Occident : ils venaient de la *Terra sancta* et ont juste pu me dire que la guerre civile qui avait commencé à Saint-Sabas, près de Saint-Jean-d'Acre, y faisait toujours rage et engendrait des alliances extrêmement hétéroclites dont aucune ne durait bien longtemps. Ces derniers temps, Gênes et les chevaliers de Saint-Jean, jadis adversaires acharnés de l'empereur, avaient même défendu avec ardeur la cause des Hohenstaufen. En tout cas, le pape, au moment de son départ, avait convoqué des représentants des trois républiques maritimes à sa cour de Viterbe (Brancaleone l'avait chassé de Rome) et avait ordonné que deux envoyés vénitiens et deux légats pisans embarquent sur un navire génois, et que deux Génois s'embarquent sur un navire de la Serenissima et débarquent en Terre sainte pour y assurer l'arrêt des hostilités et la fin des querelles entre chrétiens. Une entreprise à laquelle mes frères ne voulaient pas croire.

En contrepartie, j'ai tenté de leur faire comprendre que les nestoriens étaient des chrétiens, et n'avaient donc pas à être convertis, et qu'ils jouissaient qui plus est des faveurs de l'autorité mongole. Mais il n'y avait pas moyen de faire entrer cela dans leur crâne épais. Cela m'a été profondément pénible, mais je n'ai pu éviter de les accompagner auprès du patriarche Makika. Ils s'y sont conduits d'une manière plus idiote que je ne l'aurais imaginé dans mes pires cauchemars. Je me suis contenu jusqu'à ce qu'on les ait mis dehors.

Lorsque j'eus pris conscience du fait que je ne pouvais attendre aucun remerciement concret de messire Muwayad, je me mis, lors de mes explorations dans la ville, en quête de caches d'argent toujours possibles, quoique improbables : les plus évidentes avaient été vidées depuis bien longtemps. J'avais sur moi un couteau cassé (j'avais brisé la lame moi-même dès ma première tentative) et une petite pelle. J'étais devenu un chercheur de trésors. Mais la chance ne me souriait guère. Mes seules rapines furent une paire de boucles d'oreilles sans valeur, des bijoux pour fillettes, et un bracelet orné d'un rubis, qui se révéla d'ailleurs être un faux. Mais qu'y avait-il de plus simple que d'aller chercher le fruit de mes légitimes revendications directement dans mon parc, je veux dire : dans celui du grand vizir ?

Je me suis ainsi retrouvé un beau jour sur le chemin des tombes. Les poissons d'ornement nageaient de nouveau dans les bassins, et des oiseaux bigarrés chantaient dans la volière. Je me suis dirigé tout droit vers la partie arrière : là où nous nous étions jadis entretenus en chuchotant, on avait enlevé quelques pierres, ouvrant un trou juste assez grand pour laisser glisser un homme. J'ai passé ma tête dans l'ouverture. Des restes de repas desséchés jonchaient le sol et l'odeur était suffocante. Contre le mur, j'ai aperçu un sarcophage et derrière quelques coffres fermés à clef. Messire le grand vizir n'avait-il donc pas trouvé le temps de récupérer ses trésors ? J'avais déjà glissé une jambe dans la faille du mur pour que mon corps épais puisse passer, lorsque j'ai entendu derrière moi un rire étouffé. C'étaient les rejetons du majordome ! J'ai donc refait passer mon torse de l'autre côté, me suis cogné la tête contre les pierres effritées, et je me suis retrouvé à cheval sur le trou, comme un voleur pris sur le fait. Devant moi se tenait la légion des enfants, flanquée des eunuques et du cuisinier, armé, fort inutilement, d'un grand couteau dont la vue a provoqué mon rire. Mais j'étais bien le seul. Les enfants me regardaient d'un air amusé, les eunuques avec tristesse, le cuisinier sévèrement.

Ce soir-là, je n'ai rien eu à manger. Au petit matin, un messager envoyé par la chancellerie du gouverneur m'a déposé une brève lettre de créance où l'on m'informait que l'on avait répondu positivement à ma demande et que je pourrais quitter Bagdad avec la délégation de mon *Ordo Fratrum Minorum*.

Je me suis rendu auprès de Makika, qui a eu la courtoisie de me faire ses adieux en personne. Il m'a serré la main et m'a souhaité bonne chance. J'ai appris à cette occasion que le départ de mes deux frères aura lieu aujourd'hui même. Je dois donc m'arrêter là.

Le seul élément positif est que ces événements vont me rapprocher de vous : nous allons partir tout droit vers l'est, à pied. À Damas, au plus tard, je me séparerai de mes accompagnateurs. Mais je confie cette lettre à Makika, qui a le service de courrier mongol à sa disposition. S'il ne brise pas le sceau et ne fait pas disparaître ma missive, elle vous parviendra avant que j'aie atteint la côte de la Méditerranée. Mon désir de vous serrer enfin dans mes bras, mes chers amis, donnera des ailes à mes pauvres pieds et transformera en mille baisers le sable qui crissera dans mes sandales. La distance que je vais devoir franchir dans le désert est supérieure à celle qui sépare les Alpes et Otrante. Je rêve d'un chameau qui me ferait voler d'une oasis à l'autre, dans lesquelles des *houris* aux yeux de braise me rafraîchiraient sous les palmes et me réchaufferaient pendant la nuit. Ainsi se portent mes pensées jusqu'à vous : qu'elles me précèdent dans le lieu où vous séjournez aujourd'hui, mes petits rois. Ne m'oubliez pas.

Avec amour et en toute hâte, votre Guillaume.

Yeza et Roç échangèrent un regard. Ils s'étaient couchés sur leur lit, tête contre tête, et avaient parcouru la lettre de Guillaume « en une glissade », comme Yeza avait coutume de le dire. Ils se redressèrent, et Roç passa les bras autour de Yeza.

Jadis, elle n'avait jamais assez de ces tendresses. À présent, il arrivait assez fréquemment qu'elle y mette subitement un terme parce qu'elle pensait à quelque chose de « plus important ».

— Notre amour est notre bien le plus précieux, dit-elle d'une voix forte, comme pour faire taire le moindre doute, y compris dans son propre esprit. Nous n'y renoncerons jamais !

— Et c'est à Guillaume que nous le devons, répondit-il, l'air perplexe.

— C'est à nous-mêmes que nous le devons, répliqua-t-elle en riant. Mais c'est grâce au récit de Guillaume que nous avons enfin compris qui étaient les Mongols !

— Oui, dit Roç en se relevant. Nous allons informer Arslan qu'un retour des enfants royaux auprès des Mongols n'est pas envisagé à l'heure actuelle.

— Il pourra rapporter cette nouvelle à Kitbogha, ou à celui qui l'a envoyé, ajouta Yeza. Je ne voudrais pas lui faire de peine !

— Mais ne nous faisons pas de peine à nous non plus !

Roç riait. L'obstination perçait dans sa voix :

— J'en ai assez d'être utilisé par tous et par chacun.

— De qui parles-tu donc ? demanda Yeza, moqueuse.

Personne ne nous empêche de réfléchir et d'agir en conséquence.

— Tu as raison, répondit Roç, songeur. En fait, nous n'avons plus personne au monde !

— Si ! rétorqua Yeza, la mine grave. Nous-mêmes !

V

Un joyeux tournoi

Des dames et des fanions

Le Languedoc et le Roussillon avaient pris la parure vert tendre du printemps, les cerisiers étaient en fleur sous un ciel sans nuage, bleu azur. Les lointains sommets des Pyrénées étaient encore couronnés de neige, tandis que les montagnes plus proches se dressaient, toutes de granit gris, au-dessus des forêts ténébreuses. Le Pog, la plus belle de ces élévations, portait comme un joyau les murs de Montségur. À ceux pour qui le piton rocheux était un ami et un consolateur, il faisait l'effet d'une main de femme dressée pour adorer le soleil ; à ses adversaires acharnés, il donnait l'impression d'être un poing serré.

Les trois chevaliers, qui avaient déposé leurs armes, virent leur objectif de très loin. Les boucliers accrochés au bouton de la selle et les heaumes portant panache les désignaient comme des fils d'une noblesse que le conquérant venu de France avait implantée là récemment. Et pourtant, ces jeunes hommes se sentaient chez eux – ou plus exactement : de retour chez eux, car ils revenaient après avoir purgé leur peine sur une galère des Templiers.

Ils étaient menés par Raoul de Belgrave, un beau gaillard blond qui savait l'effet captivant qu'il provoquait, entre autres, sur les femmes. Il était issu d'une vieille lignée normande et portait un bouc en ornement sur son casque. On retrouvait le motif sur son blason, avec le crancelin d'argent formé de chevrons d'hermine sur fond rouge.

Mas de Morency, le deuxième, avait été orphelin de bonne heure, une expérience amère qui avait marqué son visage : il avait les traits d'un loup, paraissait perpétuellement aux aguets, son allure était méfiante et hermétique.

Le troisième était Pons de Levis, le gros fils du comte de Mirepoix, un garçon trapu, mal dégrossi, moitié balourd, moitié terreur.

Cette année passée comme esclaves, accrochés à leurs rames sous la surveillance rigoureuse du Taxiarchos, ne les avait pas rendus meilleurs, tout juste plus rusés.

— Je te vois encore en viking sur la prairie, Mas !

Quand Raoul riait, il montrait toutes ses dents blanches de prédateur.

— Quand l'ours blanc t'a couru après, reprit-il, et quand la mère phoque t'a sauvé, le jour où tu es tombé dans l'eau, sur la banquise.

— C'était un morse jaloux, répondit Morency. Quant à toi, ces Mongols des glaces t'ont traîné dans leur igloo pour que tu satisfasses leurs femmes roulées dans l'huile de baleine, ce que tu as fait avec l'ardeur d'un chien de traîneau !

— Et il a eu bien raison ! rétorqua Pons pour défendre leur meneur. Ensuite, on n'a même plus revu une femelle d'élan avant que nous ne retrouvions la terre ferme en Biscaye ; et voilà bien longtemps que nous n'avons plus troussé de jupon. Mais à Montségur, au tournoi, nous trouverons enfin de vraies femmes. Et pour toi, Raoul, il y en aura sûrement pléthore !

Un soupir de désir échappa de la poitrine du petit Pons, qui chevauchait derrière les autres. C'est toujours Belgrave, ce chevalier tant admiré, qui avait la première bouchée, la meilleure. C'était le plus fort et le plus beau d'entre eux, et tout semblait lui tomber entre les mains.

— Cette fois, la maîtresse du tournoi ne te montrera pas ses jolies fesses, Pons. Cette vénérable dame te remettra la couronne de vainqueur, lança Mas de Morency, si tu ne tombes pas de ta selle au premier choc.

— L'essentiel est qu'elle ne me brise pas de nouveau le bras, rétorqua Pons. Raoul vint à son aide :

— Si j'étais Mas, je cacherais ma main lorsque nous lui serons présentés.

— Et si le héraut du couple royal ne nous jette pas nos casques aux pieds avant même que nous ne soyons entrés sur le terrain du tournoi, ajouta Mas de Morency pour tempérer l'enthousiasme de celui qui les guidait, dame Yeza, si elle nous reconnaît, ne nous laissera certainement pas affronter son chevalier, Roç, par crainte que nous ne lui enfoncions notre pilon dans le ventre ou que nous ne lui bosselions son armure !

— Lorsqu'une jeune femme se débarrasse de trois lascars de notre trempe comme de trois gorets à l'étal du boucher, tu peux t'attendre à ce que son seigneur sache fort bien distribuer les coups et les bosses. Le Pénicrate m'a raconté les faits d'armes de ce Roç Trencavel : seul, juste pour le plaisir, il se battait contre dix guerriers mongols, armé d'une simple canne de bambou !

— Et après ? demanda Mas, à qui cette histoire ne plaisait pas.

— Il sautait par-dessus et leur bottait le train.

— Et ensuite ? questionna Pons, curieux

— Lorsqu'ils se retournaient, il était depuis longtemps perché dans l'arbre le plus proche. Ils lui tiraient dessus avec des flèches, mais aucune ne l'atteignait.

— Ils ne visaient sans doute pas aussi bien que la petite sorcière qui t'a cloué à l'arbre, fit Mas, moqueur.

— Oh si ! répliqua Raoul en riant. Mais je ne te révélerai pas comment ce Roç arrivera à casser ton épée comme si elle était en bois. Et il te cognera à main nue sur ton crâne casqué et stupide, si fort que les larmes jailliront de tes yeux.

— Moi ? Jamais !

— Si tu ne peux pas pleurer, tu auras encore plus mal, Mas, répondit Pons.

— Nous verrons bien ! rétorqua Mas.

— Au lieu de nous disputer, réclama Raoul, nous ferions mieux de réfléchir à la manière de procéder pour ne pas être renvoyés comme des chiens mouillés, la queue entre les pattes. Je veux participer à ce tournoi, c'est mon bon plaisir !

— Le noble chevalier ! fit Mas, narquois. Tu as donné au Taxiarchos ta parole d'honneur qu'après cette distraction...

— Un tournoi n'est pas une distraction, mais une prestation honorable...

— Je veux dire que tu avais promis qu'après ce détour nous rentrerions gentiment, obéissants comme des novices, auprès des Templiers à Rhedae, et que nous nous ferions absoudre miséricordieusement de nos péchés.

— Oui, dit tout tranquillement Raoul. Ça ne te convient pas, Mas ?

— Je n'y songe pas un seul instant ! aboya-t-il. Aller ramper devant le précepteur Gavin...

Il n'alla pas plus loin. Raoul s'approcha de lui, lui attrapa les testicules d'une main, le souleva et le laissa tomber à côté de son cheval.

— Lorsque je donne ma parole, déclara-t-il d'une voix puissante, elle est respectée par chacun de nous trois, n'est-ce pas, Pons ? À moins que nous ne soyons plus que deux ?

Pons hocha la tête avec zèle tandis que Mas époussetait son pantalon.

— Ça ira, Raoul ! affirma celui-ci. Pons lui lança alors les rênes de son cheval pour qu'il puisse remonter dessus.

— Allons, reprit Raoul. Ce n'est tout de même pas pour rien que nous aurons nettoyé nos armures, préparé nos chevaux et nos caparaçons pour faire cette longue chevauchée. Le couple royal nous a pardonné lorsque nous sommes passés devant le tribunal des Templiers.

— C'est à sa grâce que nous devons de porter encore la tête sur nos épaules ! s'exclama Pons en se retournant vers Mas. Et cela vaut aussi pour toi !

— Ne vous querellez pas ! gronda Raoul. Et toi, Pons, ce jour-là, tu as promis de rendre un jour cette faveur en te mettant à leur service. On ne t'a pas contredit. Alors, allons-y, et servons-les ! Qu'en dis-tu, Mas ?

— Magnifique ! s'exclama Pons. Raoul, tu es le meilleur !

— Et Pons est un Hercule de clairvoyance ! Je suis entouré de génies ! Donc, je m'agenouille devant le chevalier Roç et la dame Yeza et je dis : « Je suis un pauvre orphelin, Mas de Morency, fils adoptif de l'honorable comte Lautrec et de son épouse aussi gracieuse que fine et tendre, la chère et noble dame Esterel, acceptez-moi comme serviteur très dévoué. » C'est cela ?

— Tout à fait, répondit Raoul. Mais évite cet accès de ferveur envers ta mère adoptive.

— Ferveur ? s'exclama Mas. Je l'adore à m'en consumer, son portrait ne quitte pas mes yeux, je brûle de passion.

— Sans doute, mais tu la dénudes en te laissant aller à pareil éloge de ses vertus.

— Tu as raison, tu as toujours raison, Raoul ! dit Mas de Morency, la gorge serrée. Je me consolerai avec des putain !

— Nous aurons du mal à en trouver à Montségur, intervint Pons d'une voix triste. Je préférerais de loin avoir un cul de femme bien potelé entre les cuisses que de galoper sur ce canasson au bout d'une longue lance...

— Avec toi, ça ne durera pas bien longtemps, fit Mas pour le consoler. Et ensuite, pendant des jours, tu ne ressens plus le moindre besoin de...

— Moi, je ne peux plus attendre ! s'exclama Raoul. Chevauchons plus vite, sans quoi nous allons arriver trop tard !

Et il partit au grand galop, si rapidement que ses deux compagnons eurent bien du mal à le suivre.

Sur la verte prairie qui s'étendait juste devant le Camp des Crémats, on avait dressé une tribune en bois dont le centre était recouvert d'un toit et qui tournait le dos à Montségur. Yeza aurait préféré voir le château, mais par respect des familles cathares pour lesquelles ce gigantesque bûcher était encore comme un souvenir atroce, elle y avait renoncé.

— Et puis l'attention des dames ne doit pas être

détournée du combat, avait expliqué Rinat. D'ailleurs, ceux des chevaliers qui vous salueront auront face à eux un tableau inoubliable : la reine du Pog devant le château du Graal, qui s'élèvera comme une couronne au-dessus de sa noble tête !

— Je veux que vous me peigniez ainsi ! s'exclama Yeza. Au premier plan, je vous prie, vous placerez deux chevaliers filant l'un vers l'autre, les lances à l'horizontale ; au bord du tableau, les boucliers de tous les participants ; à mes pieds, Jordi avec son luth. Et d'en haut, une colombe descendra, portant un rameau dans son bec.

— Non, devant vous, c'est Roç Trencavel qui sera agenouillé, et il recevra de vos mains la couronne de fleurs du vainqueur.

Rinat s'inclina. On l'avait chargé de préparer le champ où se déroulerait la fête et la tribune des dames. Il avait fort à faire.

À droite et à gauche, à une certaine distance, on avait disposé les présentoirs où les seigneurs pourraient planter leur bannière, s'ils en avaient une, selon leur appartenance à l'un des deux partis qui s'affronteraient. À droite flottaient déjà les drapeaux aux bandes rouges et jaunes, une fois quatre, une fois trois pour les comtés de Foix et du Roussillon, ainsi que la croix à clefs des Toulousains, jaune sur fond rouge. Le seul à y avoir déjà ajouté sa bannière était Roç. Le couple royal s'était un peu disputé pour choisir son blason. Roç avait insisté pour utiliser les couleurs des Trencavel, mais Yeza avait attiré son attention sur le fait que le sénéchal français de Carcassonne les avait depuis longtemps reprises à son compte. Yeza lui proposa la croix de Toulouse, associée au lys du Prieuré de Sion qu'ils portaient tous deux sur leur bague. Mais, après ses tristes expériences avec les institutions de l'Église de Rome, l'Inquisition et les Templiers, Roç ne tenait pas du tout à se battre sous le signe de la croix.

— Quant au lys, chacun pensera à la France !

En souvenir de sa mère, qu'il n'avait pas connue, Yeza lui proposa les trois guépards des Hohenstaufen, et même, pour finir, l'aigle noir de l'empereur. Mais rien de tout cela ne satisfaisait son Trencavel.

Jordi finit par suggérer que l'on charge Rinat de résoudre aussi le problème de l'héraldique. Celui-ci décida de border l'écusson de rouge et de le séparer en diagonales de la même largeur, en bande de gueules. Et sur le fond « or » (il était juste jaune !), il plaça l'aigle noir en haut, les guépards en bas. Il disposa aussi en terrasse les bandes rouges de la Catalogne, les pals. L'ensemble produisait un effet très solennel, et Roç en fut satisfait.

Les Français devaient occuper la partie gauche du terrain. Mais aucun représentant de la France n'était encore apparu. Et nul n'avait songé à se procurer au moins une oriflamme qui eût valu invitation. Le baquet destiné à recueillir les étendards était resté vide, si bien que le comte de Mirepoix finit par envoyer l'un de ses écuyers y planter les trois chevronnels, sa bannière qui paraissait presque venue d'Extrême-Orient.

Jourdain de Levis était arrivé avec toute sa famille. Le tournoi offrait au vieux comte une occasion de revoir sa sœur et sa fille aînée, Melisende. Son époux Burt de Comminges se reconnaissait de loin, avec sa croix griffue rouge sur fond blanc dont la forme rappelait celle des Allemands. Cet emblème énergique allait fort bien au caractère de Burt, qui ne laissait jamais passer une occasion de se battre et préférait se rendre à des joutes comme celle-là que de s'occuper de sa farouche épouse, dans le château de ses ancêtres. Melisende semblait s'y faner, solitaire comme un lys blanc. En revanche, le comte de Comminges était pour Mirepoix un compagnon à toute épreuve. Sa sœur cadette, Esterel de Levis, avait épousé Gaston de Lautrec, un homme tranquille qui ne tirait guère de profit de l'âpre existence de chevalier, entre le combat, la chasse à courre et les tournois. On disait qu'il savait lire, et même écrire. Le couple discret qu'il formait avec son épouse était demeuré sans enfants. C'est la raison pour laquelle Gaston avait adopté Mas de Morency, orphelin, et s'était mis en tête de faire donner une éducation au jeune garçon. La tentative avait été un échec complet, et il ne s'entendait pas du tout avec cette tête brûlée de Mas. L'hostilité de ce garçon intelligent ne fondait que devant l'épouse de son père adoptif, Esterel, une beauté à la fleur de l'âge, pleine de vitalité et d'esprit. Devant elle, il devenait doux comme un agneau, ce qu'elle ne lui demandait d'ailleurs pas du tout.

— Il t'admire tellement, ma chère, lui avait expliqué Gaston. Non seulement cela lui ôte sa méchanceté, mais cela lui coupe la parole.

— Le plus triste, c'est que j'ai beau plaisanter sans cesse avec lui, je ne l'entends jamais rire, lui confia son épouse.

Leur nièce Mafalda, la fille cadette de Jourdain, une créature gâtée jusqu'à la moelle, avait entendu cette conversation. « Elle devrait coucher avec lui une fois pour toutes ! » avait-elle conclu devant sa sœur Melisende.

Mafalda était promise à Gers d'Alion, un garçon aux boucles noires qui savait étonnamment satisfaire ses désirs impétueux, et ce n'était pas rien : Mafalda avait une nature aussi opulente que sensuelle. Mais Gers parvenait à la rendre folle. Beaucoup d'hommes lui faisaient la cour, mais elle leur battait froid à tous et en était fière et heureuse. Elle prenait cela pour de l'amour.

C'est peut-être la profonde indifférence de Gers d'Alion à l'égard du sexe féminin qui le rendait aussi attirant. Son inclination allait sans la moindre ambiguïté à son cousin Simon de Cadet. Gers était un admirable chevalier, au coup sûr et puissant. Mais s'il l'était devenu, c'était uniquement parce que les jeux de guerre et le combat plaisaient tant à Simon. Tous deux étaient les neveux de Levis, qui aimait à les avoir autour de lui. Comme le comte n'avait pas d'autre fille qu'il eût pu donner à Simon, il lui conseilla (connaissant lui aussi ses penchants) de rejoindre les Templiers. Jourdain de Levis considérait l'amitié visible de ses neveux comme une menace permanente sur le futur couple de Mafalda. Cette jeune fille était la prunelle de ses yeux, et il ne s'était jamais opposé à ce que cette chatte sauvage si précoce s'adonne avant le mariage et sans le moindre frein à sa passion pour Gers d'Alion. Mais Mafalda et Simon étaient très liés l'un à l'autre, ne fût-ce que dans leur amour pour Gers. Lui aimait sa féminité débordante, sans convoiter son corps pour autant. Quant à Mafalda, elle l'acceptait comme un admirateur agréable et discret dont son Gers n'était même pas jaloux. Simon ne voyait donc aucune raison d'abandonner ce ménage à trois stimulant et d'aller respirer l'air confiné des Templiers.

Yeza recevait les dames sur la tribune. Dès qu'elle l'avait vue, la joyeuse Esterel l'avait adoptée et serrée contre sa poitrine. Lors des présentations, Melisende était restée en retrait, effarouchée. Mais Mafalda avait poussé en avant la jeune femme hésitante :

— Je vous présente ma sœur aînée, Melisende, un exemple de vertu !

Cela donna à Mafalda l'occasion d'observer Yeza. La dame, qui avait à peu près son âge, vivait, de notoriété publique, en mariage morganatique avec son Roç, et ce depuis des années. Elle ne s'en faisait pas une gloire, ne se promenait pas en exhibant son galant, ne se livrait à aucune scène de jalousie ou de réconciliation émouvante, toutes choses sans lesquelles Mafalda ne pouvait concevoir d'amour véritable. Tout ce que faisait cette princesse du Graal paraissait simple et naturel ; son rapport avec Roç, son seigneur, semblait fait d'une confiance et d'une harmonie si visibles et tranquilles, et pourtant d'un amour tellement puissant, que Mafalda en éprouva quelque jalousie. À cela s'ajoutait le naturel avec lequel Yeza se comportait face aux autres hommes, plus vieux ou plus jeunes. Et Mafalda sentit que Yeza la regardait comme un *pez de fica* : des fesses, des seins et un trou humide. Mais c'est la tête de Yeza qui inspira une véritable rage à Mafalda. La jeune femme n'avait pas seulement une belle chevelure blonde : elle avait aussi un cerveau et savait s'en servir.

Mafalda avait les cheveux roux et châtain, des yeux sombres et enflammés ; contrairement à Yeza, qui n'en avait que les boutons, elle avait la poitrine formée et opulente. Cela lui servirait de consolation : au moins, se dit-elle, Gers d'Alion ne lui sauterait pas dessus ! Mais à l'instant même où elle se disait cela, elle vit son préféré et Simon, le traître, discuter en toute décontraction avec

Yeza, plaisanter avec elle, et même avec sa suivante ! On disait qu'il s'agissait d'une princesse toltèque, mais son nom était imprononçable. La petite avait un nez dont un combattant aurait pu se servir comme d'une hache. Mais cette Kakpotzl n'avait aucune honte de ce nez d'aigle, elle discutait joyeusement avec les deux hommes, et sa maîtresse ne lui interdisait même pas de prendre la parole.

Rinat avait inspecté les barrières, une double bande de troncs rabotés s'élevant à hauteur des croupes, que les cavaliers utiliseraient pour se guider et pour empêcher leur cheval de passer de l'autre côté de la piste. Lorsqu'on était habile, on pouvait faire en sorte que son adversaire ait un angle tellement réduit qu'il ne puisse éviter le coup. Cette barrière était aussi destinée à assurer une distance de sécurité, pour qu'aucun des combattants n'aille s'écraser entre les femmes après avoir été éjecté de sa selle.

Au milieu du champ de tournoi, juste en face de la tribune couverte, le maître de cérémonie avait fait dresser un piédestal. On y installait les lances à la verticale, alignées les unes à côté des autres. Lorsque les combattants seraient désignés, ils passeraient à gauche et à droite des barrières, rejoindraient l'estrade, feraient leur choix, attraperaient les lances ou se les feraient tendre par des pages, et se rendaient ensuite au point où commencerait leur chevauchée, là où se trouvait leur fanion.

En un mot, tout était prêt pour le tournoi. Il ne manquait plus que l'adversaire. Jourdain de Levis aurait tout de même du mal à se battre seul contre tous au nom de la France...

Wolf de Foix, le vieil ami de Mirepoix, le seul dont les aïeux ne soient pas arrivés dans ce pays en conquérants, avait donc proposé que Gaston et Burt aillent se placer sous l'oriflamme. Pour défendre les couleurs de l'Occitanie libre, lui serait sans doute disposé à rompre la lance contre tous ses amis.

Wolf de Foix savait de quoi il parlait. Ce *faidit* était constamment en fuite. Il était traqué, et ses combats étaient fréquents. Il était presque devenu une légende, et s'il avait pu se présenter au tournoi en chair et en os, il le devait à sa force inépuisable, à sa rapidité et à son ami Jourdain, qui le protégeait chaque fois qu'il le pouvait.

Les comtes de Foix était parents avec les comtes de Toulouse et avec les Trencavel de Carcassonne. Jadis, les vicomtes de Mirepoix avaient été leurs vassaux, mais rien de tout cela ne jouait plus le moindre rôle. Depuis des années, Wolf de Foix était l'hôte du château de Mirepoix, lorsqu'il ne parcourait pas les terres qui avaient jadis appartenu à ses ancêtres.

— Non, décida Jourdain, nous ne vous offrirons pas ce plaisir : le loup solitaire dévorant trois, quatre, ou cinq agneaux français : voilà qui achèverait de vous transformer en mythe, en nouveau Perceval !

— Le terme d'agneaux me paraît exagéré ! répondit de Foix en riant. Je parlerais plutôt de béliers aux cornes solides. Vous en trouverez bien quelques-uns dans vos rangs !

— Pure provocation ! commenta Burt avec un sourire. Je préfère être abattu en agneau qu'en cornu !

— Lorsqu'on a pour épouse la vertu faite femme, on peut choisir le signe de l'Aries : au tournoi, c'est Mars qui se tient à ses côtés, dit Gaston. Je suis déjà un vieux bouc, un seul coup de notre ami me briserait toutes les côtes.

— Eh bien soit, grogna Wolf en riant. Dans ce cas, nous attendrons les véritables Français, ceux que nous enverra le sénéchal !

Et ils retournèrent distraire les femmes.

Les guirlandes sur la tribune, les fanions solitaires sur les porte-bannières, les bandes de couleur, les mouchoirs de soie des nobles dames qui s'ouvraient comme des fleurs sur la tribune, les robes bigarrées des femmes des environs venues s'asseoir sur les bancs, en plein air : tout cela battait à présent à la brise du printemps qui descendait du Pog, comme une unique et grande attente.

Le choix des couleurs

Le soleil se levait, le vent descendait, encore froid, des sommets enneigés des Pyrénées et venait jouer avec ses rayons brûlants, courbait les fleurs et caressait les visages des hommes qui attendaient là depuis le petit matin. C'étaient les soldats que Gilles Le Brun, le connétable de France, avait convoqués parce qu'il n'avait pas confiance dans le vieux sénéchal de Carcassonne ni dans ses troupes.

La mission que l'on avait confiée à Pier de Voisins dépassait ses compétences : il lui fallait transformer le tournoi de Montségur en un gigantesque piège où se laisseraient prendre tous les faidits rassemblés sur les lieux. Gilles avait d'abord envisagé d'installer une souricière autour du Pog : tous ceux qui voudraient aller se battre pourraient y entrer, mais aucun n'en ressortirait librement. Toutefois de la même manière que, jadis, les assaillants de Montségur, dotés d'une bien plus grande armée, avaient fini par renoncer à encercler totalement cette maudite montagne, le connétable comprit bientôt, lui aussi, qu'il était condamné à l'échec. Comment refermer un piège hermétique sur cette région de forêts creusée de ravines rocheuses et parcourue de torrents furieux ? Les deux commandants se contentèrent donc de préparer des barrages sur les accès et les voies qu'ils connaissaient, dans le plus grand secret : car nul ne devait rebrousser chemin en les apercevant, pour chercher un sentier qui permettrait une évasion.

Les deux hommes ne tenaient pas autant l'un que l'autre, loin s'en faut, à la réussite de toute l'entreprise. Gilles Le Brun défendait la couronne de France sur tous les fronts, dans une guerre permanente avec l'Angleterre, de Bordeaux à Cherbourg, lors des soulèvements des Bretons et des Flamands, ou des désagréables frictions avec les puissants voisins de l'Est et du Sud, là où l'on ressentait depuis longtemps l'absence de la poigne d'un empereur. Le Languedoc n'avait donc pour lui aucune espèce d'importance. C'était en outre un champ de bataille absurde, puisque la France avait donné cette terre hérétique conquise au frère du roi, Alphonse de Poitou. Celui-ci avait même épousé Jeanne, la dernière héritière de Toulouse. Mais ce mariage n'avait pas satisfait la région. Il s'était installé dans la lointaine ville de Poitiers, et n'avait pas eu d'héritier. Gilles Le Brun ne connaissait pas très bien la situation en Occitanie, et n'avait pas l'intention de remédier à cette ignorance. Son subalterne, le sénéchal de Carcassonne, était en revanche en poste ici pour la deuxième fois. On l'avait renvoyé, bien qu'il se fût adapté beaucoup trop vite lors de sa première période sur place, ce que le connétable, partisan des solutions fortes, désapprouvait totalement. Il avait sans doute raison sur ce point. Messire Gilles allait encore prouver l'efficacité de ses méthodes sur la terre occitane. Ensuite, il pourrait réclamer le remplacement de Pier de Voisins, trop conciliant à son goût.

Auprès des deux seigneurs se trouvait Olivier de Termes, que le connétable méprisait de tout son cœur. Pour lui, c'était un vulgaire renégat. Il n'avait jamais pu lui faire confiance. Pourtant, le seigneur de Termes réinvesti était jusqu'ici le seul à s'être présenté pour défendre, la lance à la main, les couleurs de la France. Gilles Le Brun constata avec fureur qu'il s'était déjà emparé de la sainte oriflamme, « sa » bannière de guerre, pour la planter sur le lieu du tournoi. Le connétable aurait préféré aller défendre en personne l'honneur de la couronne. Mais telle n'était pas la mission qui lui avait été confiée.

— Où sont passés vos chevaliers ? lança-t-il, fort mal luné, à son sénéchal. Ces nobles sires se cachent-ils, à l'heure de s'engager pour le roi qui leur a donné leur fief ?

— Ce sont ces seigneurs dont je vous ai déjà décrit l'état d'esprit, répondit Pier de Voisins, l'air résigné, en tordant sa barbe de loup de mer. Vous ne vouliez pas me croire, mais ils se moquent bien de Paris.

— Je leur ferai rengorger leurs moqueries ! s'exclama le connétable, qui trépignait.

— Il faudrait d'abord leur rendre leur révérence, se moqua Olivier, qui ne pouvait pas supporter cet infatué venu du Nord. S'ils se présentent au tournoi, ils ne le feront pas par le chemin que vous leur avez assigné. Ils nous attendent peut-être sur le pré depuis longtemps...

Ces mots avivèrent encore l'agacement du connétable.

— Un homme au moins va venir de Paris, triompha-t-il, et celui-là leur apprendra les bonnes mœurs !

Il se tut, craignant d'en avoir déjà trop dit. Mais Olivier était curieux, et surtout incrédule.

— Et qui est ce héros ?

— Le Chevalier noir ! répondit le sénéchal. Paris a annoncé sa venue. Nous ignorons son identité précise, ajouta-t-il en jetant un regard interrogateur au connétable, qui l'évita.

Pier de Voisins soupçonnait à juste titre que Gilles savait très bien qui se cachait derrière ce surnom, si ce n'était pas lui qui avait monté toute cette mise en scène.

— « Le Chevalier noir » répéta Olivier, moqueur. Tout cela ne sent pas le héros en quête d'aventure, mais le complot d'arrière-salle.

— Qui que ce soit, mon cher Olivier, murmura Pier de Voisins en constatant que le connétable restait muet et hostile, nous sommes tenus de ne pas lui demander ce qu'il désire, de ne pas dévoiler son identité, et surtout de ne rien faire qui puisse entraver son action.

— L'ordre est de tout faire pour faciliter la tâche de l'inconnu, ajouta Gilles Le Brun en lançant un regard sévère à Olivier. J'attends aussi de vous que vous cédiez à ses demandes sans la moindre objection, quelles qu'elles soient.

— Cet étrange seigneur va donc me parler ? demanda Olivier, étonné. Je pourrais le reconnaître à sa voix !

— Faites plutôt en sorte qu'un autre ne vous reconnaisse pas, vous, rétorqua le connétable. Nous avons entendu dire que votre vieil ami Xacbert de Barbera n'a pas l'intention de manquer ce tournoi, bien qu'il n'y soit pas encore arrivé. On dit aussi qu'il viendra uniquement pour régler ses comptes avec vous, sire Olivier.

Ces mots firent taire messire de Termes. La nouvelle l'avait manifestement consterné.

— Ce n'est pas certain, fit Pier de Voisins pour apaiser la terreur du chevalier ; mais le connétable retourna avec joie le couteau dans la plaie, certain d'avoir touché le renégat aux tripes.

— Je souhaite que le vieux seigneur de Quéribus vienne traîner par ici, pour le voir enfin se balancer au bout d'une branche. Je n'aurais pas perdu mon temps.

Il s'arrêta et, comme un chasseur qui a flairé son gibier, fit signe à ses deux compagnons de se cacher dans un bosquet, derrière eux : on entendait les sabots d'un cheval sur le chemin qui serpentait en dessous d'eux. Les soldats éparpillés dans la forêt se mirent à couvert. Trois cavaliers apparurent sur le sentier étroit, trop jeunes pour que celui qu'on recherchait se trouve parmi eux. Ils ne cachaient pas non plus leurs visages, leurs heaumes brinquebalaient sur leur selle, tout comme leurs boucliers.

— Je ne connais pas le premier, chuchota Pier de Voisins à son subalterne. Le deuxième semble être un Lautrec, vieille lignée toulousaine, et le dernier doit être un fils du comte de Mirepoix, le jeune Levis.

Lorsque le dernier fut passé devant eux, un sifflement retentit. Les soldats bondirent et barrèrent aux trois jeunes gens le chemin du retour en laissant des sapins s'abattre sur le chemin. Le sénéchal descendit d'un pas lent vers les cavaliers, qui n'avaient fait aucun geste pour prendre leurs épées. Ils regardaient avec amusement la troupe immobile, et Pier de Voisins les apostropha sur un ton très aimable :

— Où allez-vous de ce pas, messires ?

Ils riaient.

— Vous parlez au sénéchal de Carcassonne ! cria Olivier, qui avait grimpé la butte pour rejoindre son ami, mais dévala le dernier monticule, ce qui déclencha une nouvelle salve de rires.

— Raoul de Belgrave, annonça le chef des trois garçons, Mas de Morency et Pons de Levis, sur le chemin du Pog. Serait-il interdit de participer au tournoi ?

Au cours de cette année passée sur la galère des Templiers, Raoul avait appris à éviter les ennuis.

Gilles Le Brun les avait rejoints et avait fait porter par Olivier la bannière honteusement oubliée du connétable de France. Voyant cela, les trois cavaliers mirent immédiatement pied à terre.

— À votre service ! brailla Raoul.

— Doucement, mon ami, ordonna Gilles sans sourire. Vous êtes à présent en mission secrète.

— Mais nous voulons aller au tournoi ! geignit Mas.

— C'est bien ce que vous allez faire, répondit le sénéchal, mais vous vous y battrez pour les couleurs de la France.

— Je vous fais chevaliers du Lys d'or, ajouta solennellement le connétable. Portez au combat l'oriflamme sacrée et mettez un point d'honneur à me la rapporter en vainqueurs.

Raoul de Belgrave ouvrit la bouche pour repousser cette offre, avec courtoisie et fermeté, (« Nous ne sommes pas dignes d'une telle distinction... »), mais Pons avait déjà attrapé la hampe et brandissait fièrement la bannière. Raoul se contenta donc d'ajouter : « Mais nous ferons de notre mieux pour ne pas vous décevoir ! » Il éperonna son cheval et ses deux compagnons filèrent derrière lui. À peine parvenus hors de vue du barrage, Mas brida son cheval, furieux.

— On pourrait te tendre un torchon plein de merde, lança-t-il au porte-drapeau rayonnant, tu l'attraperais des deux mains ! Il n'est pas question que je me batte pour la France à Montségur !

Raoul de Belgrave ne le rabroua pas, bien au contraire.

— Je suis né ici, moi aussi, et il me répugne de chevaucher pour une cause qui n'est certainement pas la mienne.

— Mais tu as promis..., protesta Pons, amèrement déçu.

— De donner le meilleur de nous-mêmes ! rétorqua Mas. Mais qu'est-ce que cela signifie ? Puisque le connétable nous prend pour des...

Mas s'arrêta net : Olivier était apparu au grand galop derrière eux, sur le chemin. Il semblait désireux de les rattraper. En tout cas, il mit son cheval au pas lorsqu'il parvint à leur hauteur.

— Donnez-lui ce drapeau idiot ! grogna Mas au gros Pons, tandis que Raoul s'exclamait :

— Nous vous attendions, Olivier de Termes, car c'est à vous que revient l'honneur de mener cette bannière au combat.

Et il ôta la lance de la main de Pons.

Olivier reprit l'oriflamme avec bonheur. Son premier souci était de ne pas se rendre seul sur la place du tournoi où l'attendait peut-être, tapi dans les bois, l'effroyable Xacbert. Mais dès qu'il eut posé le drapeau sur son épaule, les trois garçons partirent au galop en le laissant sur place.

— Dites-moi que vous m'aimez !

Mafalda prononça sa demande à haute voix, pour que tous l'entendent distinctement. Tous, c'étaient le couple royal et sa suite, deux servantes et un valet qui faisait office tantôt d'écuyer de son seigneur, tantôt de page de la dame. C'était lui qui avait aidé le maître de cérémonie, Rinat Le Pulcin, à nouer les guirlandes et à planter les fanions.

Philippe espérait pouvoir enfin disparaître. Potkaxl roulait déjà des yeux, désignant l'escalier de bois qui menait à l'issue dérobée. Mais Roç commanda un rosastro glacé du Roussillon, afin que l'attente de « l'ennemi » soit plus agréable à tous.

Jordi prit son luth pour distraire les dames :

« Novel'amor que tant m'agreia
me fai lo cor de joi chantier,
per que la moia penseia
me fai mon chan renovelier. »

Mafalda, sous le banc, toucha le pied de son amant.

— Avouez que vous m'aimez !

Gers d'Alion la regarda, étonné, comme si elle l'avait arraché à ses rêves.

— Vous ne le savez donc pas ?

— J'aime l'entendre de votre bouche, répondit Mafalda. Et mettez-y tout votre cœur !

— Mon cœur, je l'ai arraché de ma poitrine il y a bien longtemps, *ma damna*, lorsque je vous ai vue pour la première fois.

Le beau jeune homme souriait. Mais son sourire parut traverser la jeune fille pour atteindre Simon de Cadet, qui tenait la main de Mafalda.

— Ensuite, reprit-il, j'ai jeté mes yeux, j'ai arraché mes cheveux, j'ai déchiré mes joues, mon cou et ma peau, et ainsi de suite jusqu'à ce que tout soit à vous, consumé par l'ardeur de votre amour. Je n'existe plus !

— Mon dieu, Gers, comme tout cela est bien dit ! (Mafalda respirait fort, elle en avait presque la voix coupée.) Je pourrais devenir folle de plaisir, vous dévorer sur place !

— Voilà ce que j'appelle de l'amour ! lança d'une voix mugissante Burt de Comminges, qui ne se tenait pas assis auprès de sa femme Mélisende, mais debout auprès des hommes. Il attrapa rapidement la fesse de Geraude, qui passait devant lui, et celle-ci rougit autant que Melisende, qui avait remarqué ce geste.

« *M'amor, ge no l'en quier ostier.*
Ja no falsoia
M'amia moia,
Si de bon cor me vol amier. »

Le seul, sans doute, à se retrouver avec plaisir à côté de son épouse était Gaston de Lautrec. Mais dame Esterel ne tenait jamais bien longtemps immobile sur son coussin. Tantôt elle serrait Yeza dans ses bras, tantôt elle redonnait du courage à ses nièces. Elle réchauffait Mélisende, la solitaire, et tempérait l'ardeur de Mafalda pour qu'elle ne serre pas de trop près, en présence du couple royal, cet Alion qui gardait la main posée sur l'épaule de Simon.

Jourdain de Levis se tenait à côté de son ami Wolf de Foix. Ils regardaient, inquiets, le terrain désert. Le soleil montait.

— Pas un nuage dans le ciel, un temps idéal pour un tournoi, venait tout juste de dire le comte avec une once de déception, lorsque apparurent trois cavaliers. Le dernier, il le reconnut aussitôt, était son fils. Il n'y avait vraiment pas de quoi bondir de joie ; mais à cet instant précis, ce gamin insolent était le bienvenu. Gaston de Lautrec eut des pensées analogues en reconnaissant son fils adoptif, Mas. En revanche, Esterel, son épouse, se mit à crier de bonheur :

— Voilà notre Mas ! Comme il va être heureux de nous retrouver ici, le pauvre, après tout ce qu'il a enduré !

Elle aurait certainement continué à babiller si son mari ne lui avait pas donné un gentil coup de coude dans les côtes, et n'avait pas dirigé son attention sur Yeza, qui était devenue livide. Mais Roç la regarda fixement, et Yeza se reprit.

Une autre personne de l'assistance était devenue d'abord blanche comme de la craie, puis toute rouge. Mélisende regarda rapidement son époux avant d'oser observer le premier des nouveaux-venus. Elle ferma les yeux. C'en était trop pour elle.

Gers d'Alion et Simon de Cadet toisèrent les trois chevaliers, Raoul, Mas et Pons, comme de possibles adversaires. Burt ne ressentit pas la moindre émotion. Ces gamins lui parurent au premier coup d'œil des proies bien faciles. – Menu fretin ! murmura-t-il à Foix, et celui-ci se contenta de lever les yeux pour constater qu'il ne trouverait pas d'adversaire à sa taille. Il avait déjà projeté trois fois derrière sa selle Comminges, qui se considérait pourtant comme un as des tournois.

Les trois jeunes gens mirent pied à terre devant la tribune. Alors que Pons souriait à son père, ce qui l'émut quelque peu, que Mas, qui paraissait vraiment heureux, faisait signe à sa mère adoptive, Raoul de Belgrave se présenta devant le couple royal. Il s'agenouilla devant Yeza, inclina la tête un bref instant et s'adressa à Roç.

— Nous sommes venus vous servir, comme vous nous en avez accordé la faveur.

Roç ne se le rappelait plus du tout, mais estima que ce garçon n'avait pas froid aux yeux.

— On ne peut parler de faveur, mais nous vous accorderons le sursis. Vous devrez encore une fois renoncer à l'hommage de ma *damna*.

— Nous vous remercions, dit Raoul d'une voix sèche. Il se leva et salua Jourdain de Levis, le loup de Foix, qu'il n'avait encore jamais vu, mais dont il admirait les actes légendaires. Raoul, à présent, se sentait doublement heureux : il allait pouvoir se battre sous les yeux de ce héros. Dame Esterel le serra dans ses bras parce qu'il était un ami de Mas, et Raoul s'inclina un bref instant devant Melisende sans la regarder dans les yeux, mais en observant insolemment son décolleté. Pons, pendant ce temps-là, s'était dirigé vers son père, et Mas s'était détaché de sa mère adoptive, Esterel. Il serait pourtant volontiers resté entre ses bras.

— Nous chevaucherons pour l'Occitanie, père ! s'exclama Pons sans qu'on lui ait rien demandé.

Le vieux comte lui lança un regard dédaigneux.

— Ce n'est pas une bataille rangée que nous organisons ici, répondit-il sèchement, mais une rencontre amicale. Homme contre homme. Et nous verrons bien qui défend les couleurs de qui !

— Mais nous ne voulons pas courir sous le drapeau de la France ! s'exclama Mas de Morency, si bien que Jourdain de Levis, voyant son beau-frère Gaston de Lautrec hausser les épaules, l'air désemparé, ravala sa colère et préféra s'adresser à Raoul, le meneur des trois jeunes gens.

— Vos pères ont tous, comme moi-même, prêté serment d'allégeance à la couronne de France. Nous ne pourrons donc éviter de lui rendre l'hommage qui lui revient.

— Dans ce cas, pourquoi ne défendez-vous pas ses couleurs avec vos amis ? intervint de nouveau Pons. Ces vieux seigneurs...

Il n'alla pas plus loin : son père lui avait envoyé son gant en pleine figure.

— Dépose immédiatement le bouclier des Levis de Mirepoix ! hurla-t-il à son rejeton. Je t'interdis ...

— Pardonnez à Pons la bêtise de sa jeunesse !

Lautrec s'était interposé entre le père et le fils. Mais son propre fils adoptif, Mas, tira Pons en arrière et reprit :

— Nous nous fichons bien de...

C'est alors Raoul qui intervint et repoussa ses camarades avec une telle force qu'ils trébuchèrent tous les deux.

— Disparaissez ! ordonna-t-il d'une voix menaçante, alors qu'ils avaient déjà dévalé la moitié du petit escalier. Puis il s'adressa aux comtes :

— Le mieux serait de laisser le sort décider qui combattra pour...

À cet instant précis, Mafalda entra en scène et défia son père en annonçant : — Mon Gers portera les couleurs que j'aurai choisies pour lui.

Le père se retourna et laissa la parole à son ami Wolf :

— Vous n'avez pas de collier familial au cou. Parlez : moi, je ne dirai plus rien !

— Jusqu'ici, vous n'avez rien dit du tout ! C'est votre couvée qui a ouvert le bec ! répondit Foix en éclatant de rire.

— Décidez, Wolf de Foix, s'exclama Raoul avec admiration, et tous obéiront.

— Voilà qui est bien, répliqua-il.

— *Silentium !* hurla Burt de Comminges, que toute cette scène agaçait profondément.

— Bien, commença prudemment le comte de Foix, Jourdain de Levis, Burt de Comminges et Gaston de Lautrec courront sous la bannière aux lys, tout comme Olivier de Termes, que je vois arriver au trot. Il a apporté l'oriflamme lui-même, il sait à quel camp il appartient, lui, ce traître.

Il n'avait fait que murmurer les derniers mots. Il reprit :

— Roç Trencavel peut difficilement se battre sous ce drapeau, tout comme moi-même, et si Mafalda veut bien l'accepter, Gers d'Alion combattra pour l'Occitanie. En revanche, Simon de Cadet doit chevaucher dans le camp des Francs.

Les deux amis se dévisagèrent, et Simon hocha la tête.

Mafalda l'embrassa avec un cri de joie avant de couvrir son Gers de baisers.

— Et nous ? miaula Mas de Morency.

— Tous les trois au service de Roç Trencavel !

— Soyez remercié, Wolf de Foix, répondit Raoul d'une voix posée. Vous êtes l'homme dont ce pays a besoin.

Wolf eut un rire amer.

— Oubliez donc le vieux faidit usé que je suis. S'il existait encore un avenir, ce ne serait pas moi qui l'incarnerais, mais Roç Trencavel.

Roç n'avait pas entendu cette phrase : Olivier était justement en train de présenter ses hommages au couple royal.

— Mon interdiction de porter les couleurs des Levis demeure en vigueur, mon fils et héritier peut se...

— Nous avons à cela une solution toute prête, le tranquillisa Raoul en montrant l'escalier, où Pons apparut avec un vieux bouclier bosselé. On y voyait, sur un écusson bleu, trois étoiles à cinq branches et, sous la fasce, sur fond rouge, un poisson d'or.

— Jésus Marie ! laissa échapper Comminges. Où avez-vous déniché cela ?

— Dans le grenier de notre château de Mirepoix, dut reconnaître Pons.

— Mais c'est encore pire ! s'exclama son père, très ému. C'est certainement le bouclier de mon prédécesseur, le fils de Bélisse Pierre-Roger de Mirepoix. Ce fut le dernier commandant, le défenseur de Montségur. Il est mort dans la prison de Carcassonne. Mais soit ! s'exclama-t-il sur un coup de tête, en serrant dans ses bras un Pons éberlué. Portez-le en son honneur ! (Et il ajouta, en s'adressant au comte de Foix :) Vous êtes beaucoup plus nombreux à présent, mais on peut toujours espérer qu'un véritable Français osera se présenter ici. Commençons sans attendre ! La première joute revient à notre hôte !

JOUTES, COUPS ET COCU

« E lo vescoms estec pels murs e pels ambans
e esgarda la ost, don es meravilhans.
A cosselh apelec cavaliers e sirjans,
sels qui so bo er armas ni milhors combatans :
"Anatz, baro", ditz el, "montatz els alferans". »

Olivier avait posé sa bannière aux lys sur le présentoir de gauche ; elle flottait désormais, provocatrice, face à l'étendard aux bandes rouge et jaune. Les dames prirent place au premier rang de la tribune. C'est à Yeza, la dame de ce tournoi, que revenait la place centrale, mais Mafalda ne voulut pas lui laisser entièrement le côté réservé à l'Occitanie. Elle se déplaça donc légèrement vers la droite avec toute sa cour. Elle aurait préféré avoir avec elle la joyeuse Esterel. Mais celle-ci, placée à sa gauche, représentait désormais avec la silencieuse Mélisende les couleurs de la France.

Rinat et Jordi aidèrent Roç à passer son armure. Il l'avait découverte dans la salle des armes du donjon de Quéribus. La plupart des cuirasses étaient beaucoup trop grandes pour lui – Xacbert de Barbera avait sûrement la taille d'un ours – mais il en avait finalement trouvé une plus petite, qui n'avait jamais été utilisée et semblait avoir été moulée pour lui. C'est Rinat qui s'était procuré le heaume. Il l'avait décoré non pas d'un aigle impérial ou d'un guépard de Waiblingen, mais d'une simple lame de Damas recourbée vers le haut. Pour faire encore mieux comprendre le symbole, il avait fait descendre de chaque côté deux demi-balles en rouge et jaune, qui formaient deux ailes. Roç ôta le heaume lorsqu'il se présenta devant sa dame. Elle était fière de son chevalier, mais elle le cacha bien.

— Ne t'envole pas ! plaisanta-t-elle en désignant les ailes, et Jordi expliqua :

— Cela peut amortir un coup sur le heaume ; ce genre de chocs, d'ordinaire, vous fait tinter les oreilles !

— Qui sera votre adversaire ? demanda Yeza. À part

Comminges, vous n'en avez aucun à craindre, et même celui-là ne me paraît pas vraiment doué d'un grand esprit.

— Il se fie trop à ses muscles, répondit Roç. Je n'en vois qu'un ici auquel j'aurais bien du mal à résister, mais Foix se bat dans nos rangs.

Il embrassa Yeza sur le front, les yeux et la bouche, leurs langues se touchèrent en un éclair : c'était une promesse et un rituel. Elle lui accrocha un petit foulard en fine batiste. Il le connaissait : c'était celui qu'elle lui avait laissé, en Égypte, comme gage d'amour, lorsqu'on les avait séparés et qu'elle avait dû rester comme otage auprès du redouté Baibars. Il le lui avait rendu lorsqu'ils s'étaient retrouvés, chez les Assassins.

Rinat et Jordi hissèrent Roç sur son cheval. Jordi portait désormais le pourpoint rouge et jaune du héraut et avait échangé son luth contre une trompette. Il accompagna Roç : il devait s'installer sur le terrain, à côté du présentoir des lances, juste en face de la tribune, et donner le signal lorsqu'il voyait que les seigneurs étaient installés à côté des drapeaux et prêts à courir.

Roç chevaucha à l'extérieur, le long des barrières, vers la droite, pour prendre la bannière rouge et jaune. Le moment du défi était venu. Il ne se retourna pas pour voir qui allait l'affronter : on n'affichait pas ce genre de curiosité. Lorsqu'il tournerait son cheval, arrivé en haut, son adversaire devrait déjà s'être dirigé vers le terrain, car faire attendre longtemps celui qui lançait le défi était considéré comme une marque de lâcheté ou de perfidie.

C'est Simon de Cadet qui le releva. Il avait été assez rapide pour précéder Mas et Raoul, tous deux tellement pressés d'en découdre avec Roç qu'ils se disputaient encore la préséance au moment où Simon arriva devant son adversaire. Les deux combattants ayant atteint leur bannière au même instant, ils se dirigèrent immédiatement vers les lances. Chacun choisit l'une de ces longues perches, ornées, sur leur pointe émoussée, d'une sorte de petite couronne. Cela empêchait que l'adversaire ne soit transpercé, mais c'était suffisamment dur pour qu'il ressente douloureusement le choc s'il ne l'amortissait pas avec son bouclier. Lorsque la lance se brisait, on la changeait contre une neuve : car sans la morne, ce petit volant qui la couronnait, la perche pouvait facilement devenir une arme mortelle.

Roç vit avec quel calme Simon faisait son choix. Cadet avait certainement déjà couru plus d'une joute. Pour Roç, c'était la première fois. Certes, il était sans doute le meilleur cavalier, mais que ferait-il, avec un tel arbre sous le bras ? Tout en revenant lentement à sa bannière, Roç repassa dans son esprit tout ce qu'il avait appris auprès des Mongols. Il comptait emporter la décision dès le premier passage. Roç fit pivoter son cheval. Il ne coinça pas la lance sous son bras, mais s'apprêta à la tenir à la main tout en chevauchant. Il brandit son bouclier devant lui.

Jordi vit ainsi qu'il était prêt. Comme Simon fermait la visière de son heaume, ce que Roç avait presque oublié de faire, Jordi prit la trompette et donna le signal.

La tribune répondit par des cris enthousiastes. La voix de Mafalda, stridente, tranchait sur celle des autres. Roç songea à Yeza en éperonnant son cheval et en partant à toute vitesse. Il commença par laisser sa monture choisir elle-même le rythme de sa course. Par la grille de son heaume, il vit son adversaire approcher. Il perçut la clameur du peuple qui l'encourageait depuis les bancs.

Simon de Cadet chevauchait dans une posture impeccable, son cheval accéléra et se mit au galop. Il se dirigea vers Roç, sans ruse ni colère. Roç n'esquiva pas, ce qui déconcerta son adversaire, qui fit un écart. Roç laissa la lance tomber de sous son bras dans sa main, qu'il tenait très basse. Les cris se firent encore plus bruyants dans la tribune, les piaillements des femmes perçaient les oreilles des chevaliers. C'était à présent au tour de Simon d'attaquer ; Roç se jeta habilement sur le côté, ce qui plaça sa lance de biais. Comme le coup de son adversaire avait donné dans le vide et que son corps avait suivi la trajectoire, Roç n'eut aucun mal à le faire tomber de sa selle. Il fit faire le tour de la barrière à son cheval et se dirigea rapidement vers le cavalier au sol. Simon avait pratiqué toutes les sortes de joutes, mais c'était la première fois qu'il se sentait décoller de sa selle sans avoir reçu de coup perceptible.

— Vous ai-je blessé ? s'enquit Roç, l'air désolé.

— Comment donc ? rétorqua Simon, courroucé. Vous ne m'avez pas touché !

— Dans ce cas, pourquoi êtes-vous couché ici ? remarqua Roç avec un sourire narquois.

— Refaisons un tour, demanda Simon en se redressant et en attrapant d'une main ferme les rênes de son cheval, resté à côté de lui.

— Pas aujourd'hui, répondit aimablement Roç. Nous avons commencé tard, et les autres veulent aussi mesurer leur force. Et puis, de toute façon, ajouta-t-il en tendant la main à Simon du haut de son cheval, vous connaîtriez le même sort.

Sur ces mots, il s'éloigna de lui et revint auprès de sa dame pour lui rendre son foulard.

— Votre bond de Mongol n'était pas bien correct, mon chevalier ! dit Yeza en riant.

— Mais cela lui a évité de se briser le bras, ma dame, répliqua Roç tout aussi gaiement avant que l'on ne vienne l'aider à descendre de cheval.

Pendant ce temps-là, messire Jourdain était déjà parti au galop, portant sur son bouclier jaune vif les trois chevrons noirs. Son fils Pons voulut le suivre et courut après lui, portant le bouclier bosselé orné du poisson des Miralpeix. Mais son ami Mas s'interposa et poussa brutalement Pons contre le bord de la tribune.

— Tu ne feras pas cela ! l'apostropha-t-il. Ton père n'a pas mérité cette honte !

Il éperonna son cheval et passa devant le drapeau rouge et or pour rejoindre le présentoir à perches.

— C'est un honneur pour moi, comte Jourdain, cria-t-il en sortant une lance, de pouvoir me confronter à vous.

Le vieil homme le dévisagea, l'air amical.

— Ne vous hâtez pas, Mas de Morency. Une joute se gagne avec une humeur joyeuse et une tête froide, pas avec des muscles tétanisés !

— Plutôt que de me faire la leçon, riposta le jeune homme, agacé, veillez donc à rester sur votre selle !

— La leçon sera vite donnée ! s'exclama le comte en s'éloignant.

Ils prirent tous deux leur place, la trompette retentit. Mas partit au galop, la lance tendue loin devant, le bouclier devant la poitrine, remontant jusqu'au menton où il lui battait contre la mâchoire. Au moment où il l'écartait, furieux de douleur après s'être mordu la langue, le vieux Jourdain arrivait au trot, tranquillement et presque étonné de trouver son jeune adversaire dans une telle position. Il prit le temps de le soulever proprement de sa selle. Il laissa la lance de Mas glisser contre son bouclier, puis déposa son adversaire sur l'herbe fraîche, derrière la croupe de l'animal. Mas, assis par terre, se mit à crier :

— Donnez-moi immédiatement ma revanche, si vous êtes un homme de...

Il rengorgea le reste de sa phrase pour avaler sa salive ensanglantée. Le comte hocha la tête. Mas saisit sa lance, courut après son cheval et remonta en selle avec l'aide de Jordi. La morne étant intacte et bien fixée sur les deux lances, les cavaliers reprirent leur position de départ. Ils fermèrent leur visière, serrèrent sur leur lance leur main gantée de fer, la trompette retentit et ils repartirent à l'attaque. Mas ne parvenait pas à avoir l'humeur joyeuse ni la tête froide, mais il réussit au moins, cette fois-ci à ne pas crisper ses muscles, et tint le bouclier comme il convenait de le faire. Cette fois, le vieux Jourdain lui arriva dessus comme un cyclone. Mas pointa fermement sa lance sur la poitrine de l'autre, bien décidé à ne pas la laisser rebondir sur le bouclier. Mais il fut le premier à se sentir arrêté et sa lance éclata sur le bouclier de son adversaire, derrière lequel celui-ci se cachait jusqu'aux yeux. Mas avait constaté avec satisfaction que sa lance avait atteint sa cible, mais il avait été décontenancé en la voyant se briser, et comme il avait mis toutes ses forces dans le coup, il vola en avant. Il tenta de se raccrocher à la crinière de son cheval, glissa et se retrouva, cette fois, le nez au sol.

— Qu'est-ce que j'avais dit ?

Jourdain de Lévis se tenait devant lui, à cheval, portant à la verticale la lance dont il n'avait même pas eu à se servir. Il secoua la tête et repartit fièrement vers la tribune.

— C'était une victoire de la France ! conclut son vieil ami Wolf. C'est maintenant à nous de lancer le défi.

— Tu attends pour sortir du bois l'instant où je suis déjà usé, moi, ton plus terrible adversaire.

— Et sans même avoir brisé ta morne ! Voyons donc qui se sacrifiera pour essayer de me faire tomber de ma selle !

— Je me soumets à ce destin avant qu'un autre n'ait à en souffrir ! cria Gaston de Lautrec.

On l'aida à monter en selle.

— Soyez indulgent avec moi, fit-il en soufflant sous l'effort, et il envoya, de la main, un baiser à son épouse Esterel. Celle-ci lui lança une rose qu'il coinça sur son heaume avant de courir vers le terrain. Choix de la lance, position, visière baissée, coup de trompette, la course commença.

Gaston chercha à diriger le comte de Foix contre le bois des barrières. Ce n'était pas un mauvais cavalier. Il fonça de biais sur son adversaire, pour le cantonner dans la voie intérieure, la plus étroite. Mais Foix fit tout d'un coup cabrer son cheval, et Lautrec fonça sur la rambarde. Son cheval voulut d'abord éviter l'obstacle, mais son maître le força à sauter après avoir laissé tomber sa lance.

Les spectateurs éclatèrent de rire et applaudirent ce coup de maître, d'autant plus que Wolf de Foix eut suffisamment d'humour pour faire ensuite quelques sauts spectaculaires entre les barrières et se mettre à gesticuler avec sa lance comme s'il cherchait son adversaire disparu. C'est Lautrec, alors, qui leva son bouclier en signe de défi, ôta sa visière et passa devant la tribune, où Yeza déposa une petite couronne sur sa maigre chevelure. Puis il partit pour un nouveau combat, avec la mine rayonnante du vainqueur. On lui redonna une lance et il fit semblant de menacer Foix, mais celui-ci ne le regardait pas. Jordi émit une note pitoyable sur sa trompette. Wolf fit comme si son cheval et lui-même avaient été terrifiés par ce bruit : il laissa tomber la lance et filer sa monture. Lautrec jeta le bouclier, prit sa lance à deux mains et se précipita en hurlant vers son adversaire, qui s'approchait, ballotté sur sa selle. Lorsqu'ils se rencontrèrent, ils s'arrêtèrent net. Le cheval de Wolf faisait des sauts de cabri et celui de Lautrec s'était immobilisé comme une statue. Lautrec tentait d'atteindre Foix avec sa lance, mais manquait chaque fois sa cible. Alors, d'un seul coup, Wolf attrapa la pointe de la lance et tira, lentement mais sûrement, son adversaire au sol.

À la tribune, les invités en criaient de joie. Lorsque Gaston fut assis sur l'herbe, Wolf se laissa lui aussi descendre de cheval. Il atterrit à côté de son adversaire, lui prit sa petite couronne de vainqueur et la mangea. Sous les rires des spectateurs, tous deux revinrent à leur bannière – ils commencèrent d'ailleurs par se tromper de drapeau.

À la tribune, Mas s'était lui aussi rendu dans le camp adverse pour se faire consoler par sa mère adoptive, Esterel. Elle lui chuchota :

— Avoir protégé Pons de mon frère n'était pas seulement l'acte d'un noble chevalier, c'était aussi très viril, parce que tu as épargné la honte et la douleur à son père. Je ne l'oublierai pas, mon fils.

Sur ces mots, elle l'embrassa sur le front. Ils furent ensuite distraits par Raoul, agenouillé à côté d'eux devant Melisende. Il lui tenait la main et elle chuchotait :

— Je sais que tu veux le défier, chéri, mais je t'implore de ne pas le faire, au nom de notre amour !

— C'est mon devoir, Melisende, dit Raoul d'une voix ténue, mais suffisamment forte pour être entendue de ceux qui l'entouraient. La jeune femme lui répondit avec passion :

— Si Burt te tue, mon cœur sera brisé. Si c'est toi qui l'emportes, on ne me laissera plus te voir.

Mais les deux tourtereaux ne s'étaient pas rendu compte que Burt de Comminges s'était approché d'eux ; leurs voisins l'avaient quant à eux vu venir avec un mélange de délice et d'effroi.

— Ho, ho, gronda-t-il d'un seul coup en feignant l'amusement. Monseigneur et madame se connaissent ?

J'en suis enchanté ! tonna-t-il avant d'ajouter d'une voix tremblante : Dans ce cas, je peux sans doute espérer faire la connaissance de messire (quel est son nom, déjà ?) sur le terrain du tournoi. Le prochain combat est justement le micn !

Ces mots prononcés, il fit demi-tour et se dirigea vers son beau-père, le comte Jourdain, en faisant cliqueter ses éperons. Celui-ci se trouvait en compagnie d'Olivier de Termes, qui était en train de lui raconter son histoire

— Je sais seulement que ce « Chevalier noir » viendra de Paris. Il est en mission. Il vient pour tuer.

— Comment savez-vous cela, Olivier ? Ou plutôt : le savez-vous vraiment ?

— Par l'âme de mon père, je...

— Laissez ce noble héros hors de tout cela ! l'interrompit sèchement Roç, qui les avait rejoints. Vous en avez déjà fait bien assez subir à son âme !

Olivier fit mine de ne pas avoir entendu cette attaque.

— Je ne sais même pas qui est ce « Chevalier noir » !

— Vous avez peut-être raison, marmonna le comte. Si un homme vient de Paris dans le seul dessein de participer à nos réjouissances campagnardes, ce n'est sans doute pas seulement pour chercher l'honneur et la gloire.

Roç reprit sa réflexion au vol.

— Si telle était sa quête, son nom illustre le précéderait déjà.

— Mais si cet homme se masque sous l'anonymat, comme un bourreau..., poursuivit le comte.

— Eh bien dans ce cas, c'en est un ! gronda Burt. Reste à savoir qui ce Chevalier noir vient défier.

Roç se remémora tous les sbires qui avaient essayé d'attenter à sa vie et à celle de Yeza. Mais aucun ne lui semblait pouvoir tenir le rôle du Chevalier noir.

— Notre première tâche sera de le savoir à temps, et le cas échéant de le rendre inoffensif, annonça Jourdain d'une voix résolue. Vous, Roç, veillez à ce que le tournoi suive son cours normal. Moi, je vais aller à la rencontre de ce Chevalier noir, avec quelques amis. Cours ! ordonna-t-il à Philippe, qui se dirigeait justement avec Potkaxl vers l'escalier de derrière, et dis aux seigneurs de Foix et de

Lautrec que je les prie d'achever leur joute et de me rejoindre.

Philippe obéit aussi vite que possible.

— Vous ne pourrez pas compter sur moi, beau-père. Je livre le prochain combat !

— Comment cela, vous avez bien entendu ce que...

— J'ai entendu et vu que votre fille Melisende s'imaginerait volontiers en jeune veuve. Je ne lui ferai pas ce plaisir, mais elle va pleurer tout de même !

Sur ces mots, il partit seller son cheval. C'est l'instant que choisit Mafalda pour rejoindre les hommes et demander, insolente :

— Père, auriez-vous une ramure ? Une ramure de cerf, si possible à douze bois, car Messire de Comminges voudrait la porter sur son casque !

Comme son père n'avait toujours rien compris, elle ajouta, narquoise :

— On a peine à y croire : votre fille, la prude, la farouche, l'eau dormante, votre vertueuse Melisende soupire pour un jeune bouc !

Elle grimaça, imitant le chaste battement d'œil de sa sœur aînée.

Jourdain leva le bras pour faire taire Mafalda, mais Esterel arrêta son geste.

— Espèce d'oie ! fit la femme.

— Ne faites surtout pas d'enfants, mon cher Trencavel ! ajouta le comte de Levis avec un soupir.

Il ne salua pas Olivier lorsqu'il alla prendre congé de dame Yeza.

Sur la verte prairie, les nobles sires de Foix et de Lautrec continuaient leurs bouffonneries : ils venaient de remonter en selle et se bousculaient doucement. Lautrec eut bien entendu le dessous, une fois de plus. Il fut le dernier à rejoindre les hommes qui se rassemblaient. Il tirait son cheval par les rênes et boitait : il s'était foulé le pied en descendant.

Jourdain de Levis avait demandé à son neveu Simon de Cadet de se joindre à eux. Le jeune homme souffrait moins de la défaite qu'il avait subie que de l'arrogance avec laquelle Roç la lui avait infligée. La troupe de cavaliers disposait ainsi de quatre solides piliers, ce qui suffirait bien pour interroger et retenir un chevalier, si noir fût-il. Si cela tournait mal, on avait aussi Foix en arrière-garde. Ils quittèrent discrètement le pré pendant que Raoul de Belgrave et Burt de Comminges se dirigeaient vers les lances.

Vieilles rancœurs et sang épais

Le combat imminent engendra une certaine tension sur la tribune. Dame Esterel s'occupait de sa nièce Melisende, qui s'était pâmée, comme de bien entendu, lorsque Raoul l'avait quittée sans un mot pour aller se préparer au combat. Avec l'aide de Geraude, qui ne cessait de gémir et avait les larmes aux yeux, Esterel avait ranimé sa nièce en lui faisant respirer un petit flacon d'aromates. Depuis, la malheureuse était assise, les mains posées sur son petit visage, afin que chacun voie bien qu'elle ne supporterait pas d'assister à la scène qui se préparait sur le terrain. Elle regarda tout de même, à travers ses doigts.

Olivier de Termes n'attendait que l'instant où Roç quitterait enfin sa place à côté de Yeza. Il venait de s'approcher de lui pour lui faire une proposition qu'il préparait depuis longtemps déjà. Mais les problèmes conjugaux de Burt de Comminges accaparaient le jeune chevalier.

— Je vous en prie, messires, demanda Roç aux comtes de Foix et de Lautrec, que Philippe était allé chercher. Ces deux-là ne sont pas montés en selle pour s'amuser. Placez-vous devant le piédestal. Vous servirez d'arbitres. Intervenez si l'un d'eux transgresse trop nettement les règles, ou s'il faut empêcher le pire : la mise à mort de l'adversaire vaincu.

— Mais ces deux hommes apparemment si résolus nous écouteront-ils ? s'enquit Gers d'Alion avec une étrange gaieté. S'ils veulent tous deux se couper mutuellement la tête, il sera difficile de les en dissuader avec de belles paroles.

— Prenez votre épée, conseilla Roç. J'envoie aussi le héraut pour qu'il leur rappelle encore une fois les règles !

— Que votre Jordi souffle dans son instrument dès qu'un prétexte d'arrêter le combat se présentera, et qu'il ne craigne pas d'interrompre la joute si le sang coule trop, proposa Mas de Morency.

— Dépêchez-vous ! s'exclama Roç en entendant retentir la trompette, et les deux cavaliers partirent au galop pour rejoindre le podium. Mais l'affrontement avait déjà commencé. Les deux lances avaient éclaté sur les boucliers. Le heaume trop lourd de Burt de Comminges bascula en avant : le chevalier avait été catapulté vers l'arrière et plié en deux, comme Raoul de Belgrave. Celui-ci avait tenté de résister à la violence du coup sans laisser son buste se plier. Son ventre avait amorti le choc.

— Pas de vainqueur ! hurla Jordi en soufflant furieusement dans sa trompette, voyant que les mains des deux chevaliers étaient déjà posées sur le fourreau de leur épée. Ils en restèrent donc là et se dirigèrent vers lui pour attraper de nouvelles lances.

— Cette fois, je vais te la planter dans les parties ! grommela Burt.

— Tu ne sais même pas tenir une fourchette ! rétorqua Raoul. Et ils repartirent tous deux prendre leur position.

— Dites-moi, Roç Trencavel ! demanda Olivier. Ce Chevalier noir que ce bon Jourdain compte arrêter, quelle pourrait être sa cible ?

Olivier n'avait qu'une crainte : voir apparaître sur le terrain Xacbert de Barbera.

— Nous verrons bien, répondit Roç. Puisqu'il vient de Paris, vous n'avez rien à craindre.

— Je me fais du souci pour tous ceux qui tiennent à la liberté de l'Occitanie.

— Ce n'est guère votre cas.

Olivier était dans une telle détresse qu'il aurait avalé n'importe quelle couleuvre.

— Je ne songe pas à ces faidits que l'on a longtemps recherchés, comme le comte de Foix, ni à sa couvée d'insurgés qui change si facilement de bannière, mais aux quelques individus qui pourraient prendre la tête de la rébellion...

Olivier avait soigneusement préparé son offre.

— Et là, je ne vois que vous, Roç Trencavel.

— Pensez-vous que je doive avoir peur ?

— Je vous offre mon aide ; ne repoussez pas la main tendue !

— Voilà qui devrait me rendre deux fois plus méfiant ! marmonna Roç. Mais il ne put s'empêcher de rire en voyant Olivier si inquiet. Il avait l'air lamentable.

— Mais dites-moi donc, demanda Roç, comment le généreux et puissant messire de Termes compte assister le misérable chevalier sans terre qu'est Roç Trencavel. L'épée à la main ?

— Non, par la ruse, répliqua Olivier en souriant. Une ruse que vous ne me refuserez sans doute pas, puisque je porte vos armes sur le front, comme les autres.

— C'est sans doute vrai, dit Roç, sèchement. Et c'est à ces mains-là que je dois confier ma protection ?

— Cela serait très utile au plan que j'ai ourdi pour votre sécurité, répondit Olivier en souriant. Vous devriez vous glisser dans mon armure (il repoussa d'un geste apaisant de la main l'indignation de Roç), au moins jusqu'à ce que le danger soit passé, c'est-à-dire jusqu'à ce que nous sachions qui est le Chevalier noir, et ce qu'il veut !

Roç prit le temps de réfléchir.

— En attendant, il aura pu enfoncer son épée entre votre barbe et votre col de chemise !

— Je n'aurai aucune difficulté à me faire identifier. En revanche, il ne connaîtra sans doute pas votre blason.

Olivier réprima un sourire de supériorité : il sentait à quel point Roç Trencavel était fier des figures héraldiques qui ornaient son casque et son bouclier.

— Il ne s'agit que des premières minutes, au cours desquelles il ne doit pas voir votre visage. Cela tant que nous ne l'aurons pas démasqué. Jusque-là, je garderai ma visière ouverte. Et vous, Roç, vous me ferez le plaisir de garder la vôtre fermée.

— Écoutons donc ce qu'a à dire dame Yeza sur la

question, dit Roç. Je vois parfaitement le sens de votre proposition. Mais la portée d'une telle démarche m'échappe peut-être un peu.

— Je suis à votre disposition, Roç Trencavel.

Olivier feignait l'insouciance. En réalité, il était terrifié à l'idée que le vieux seigneur de Quéribus puisse arriver avant que Roç n'ait pris sa décision, et qu'il lui tranche la gorge pour le punir de sa trahison.

La trompette retentit de nouveau. Cette fois, Burt visa la tête de son adversaire. S'il l'atteignait, c'en serait fini de lui. Mais lorsqu'ils s'approchèrent l'un de l'autre, il vit que Raoul portait son bouclier à droite, et la lance dans l'autre main. Ce jeune coq était-il gaucher ? Cela troubla le plan de Comminges, qui courait du mauvais côté. Il ralentit son cheval, qui repassa au trot. Son cerveau travaillait encore fébrilement lorsque la lance de son adversaire croisa la sienne. Le coup porta de bas en haut ; Belgrave n'eut aucun mal à atteindre les parties génitales de son adversaire tout en écartant la tête pour ne pas être touché. Burt se mit à hurler : le choc de la morne contre ses testicules lui avait causé autant de douleur que s'il s'était empalé sur la lance. De toute la force qui lui restait, il frappa le cou de son adversaire. Les chevaux avaient ralenti jusqu'à s'immobiliser. Burt avait perdu toutes ses forces d'un seul coup, et la lance de Raoul le repoussa derrière sa selle. Il sentit ses cuisses se desserrer. Se voyant déjà au sol et couvert de honte, il tenta d'ôter au moins le casque de son adversaire. Mais sa lance continua à battre dans le vide. Alors, la trompette retentit, le protégeant contre l'infamie d'une défaite « debout ».

— Cessez le combat ! hurla Jordi. Égalité !

— Écartez-vous ! cria Mas. Pas de combat !

Ils firent reculer leur cheval. Burt dut ôter sa lance, coincée dans le heaume de Raoul. Celui-ci eut tout de même la satisfaction de retirer la sienne de sous le bas-ventre de Comminges, constatant qu'une morne peut causer des douleurs épouvantables quand on la soulève, surtout quand on la fait tourner doucement, comme un bouchon. Le hurlement bestial de messire de Comminges évita aux dames d'entendre des paroles indécentes.

Olivier avait averti qu'un cordon avait été installé par les Français tout autour du Pog. Les quatre chevaliers avaient donc emprunté la ravine qui serpentait en dessous de Montségur. En 1244, déjà, cette gorge avait été la faille principale dans l'anneau formé par les assiégeants : pendant longtemps, elle avait permis aux habitants de Montségur d'aller et de venir sans obstacle. Jourdain de Levis, Wolf de Foix, Gaston de Lautrec et Simon de Cadet sortirent discrètement de la forêt par l'autre côté. Ils avaient perçu au-dessus d'eux les voix des Français qui ne se doutaient de rien et attendaient toujours d'éventuels arrivants. Ils se postèrent bien avant le barrage installé par le connétable, et attendirent le Chevalier noir.

Burt de Comminges et Raoul de Belgrave étaient revenus au présentoir ; Comminges pressait sur son bas-ventre le bouclier à croix rouge sur fond blanc, comme s'il voulait cacher ce qu'il venait de subir.

— Messire Burt aimerait abandonner la lance et sa morne, dit Raoul avec un grand sourire lorsqu'il vit les deux arbitres.

— C'est la main portant l'épée qui doit désormais trancher ! confirma Comminges.

— À pied ou à cheval ? demanda tranquillement Raoul. Burt songea à la douleur qu'il ressentait encore en haut des cuisses. Sur la selle, elle deviendrait infernale. Mais avec la surprise qu'il préparait à son adversaire, elle ne durerait pas bien longtemps.

— À cheval, répondit-il. Jusqu'à la décision !

— Jusqu'à ce qu'un homme soit désarmé ou incapable de combattre ! décida Mas, auquel sa fonction donnait soudain un peu d'autorité.

— Voilà nos coqs qui reviennent sans leur lance, s'exclama Yeza en désignant le pré.

— À présent, c'est le tranchant du fer qui va décider.

— Au combat à l'épée, ce n'est ni le bouclier, ni le bras qui fait la décision : c'est la tête, et elle seule !

— Messire Olivier, dit Roç, qui a la bonté de croiser régulièrement notre chemin depuis des années, a une proposition à nous faire. Il veut que je me glisse dans sa peau, et lui dans la mienne.

— Le renégat compte-t-il s'écorcher vif ? demanda froidement Yeza. Comment pourrions-nous regarder dans les yeux notre vieil ami Xacbert s'il...

Olivier fut pris de vertige.

— Je ne suis pas l'homme que vous croyez, vénérée dame Esclarmonde. Xacbert était aussi *mon* ami, et le meilleur. Le fait que je l'aie attiré hors de Quéribus pour le faire tomber entre les mains de Pier de Voisins lui a sauvé la vie, car le sénéchal était bien disposé à mon égard et l'a laissé s'échapper, ce qui lui a du reste coûté sa fonction. Si je n'avais pas agi ainsi, Xacbert aurait été décapité. Voilà comment j'ai perdu son amitié.

— C'est une belle histoire, dit Roç. Vous voudrez bien la répéter lorsque Xacbert de Barbera se tiendra ici, devant vous !

— Je veux le faire en votre présence, déclara Olivier. Je m'agenouillerai et lui remettrai mon épée ! (Ses yeux s'embuèrent.) Mais je voudrais que vous soyez encore en vie à cet instant, et que vous acceptiez ma proposition !

Roç appela Philippe et l'envoya sur le terrain pour demander encore une fois aux combattants de ne pas se laisser entraîner par la haine : cette fête était donnée pour la joie de tous. Mais, au dernier instant, il jugea qu'il valait mieux aller le leur dire en personne. Le héraut rappela les deux combattants à leur point de départ lorsque le maître du tournoi entra sur le pré.

— Et si c'est un piège ? demanda Yeza au seigneur de Termes. Si votre bouclier et votre parure étaient justement le seul indice que connaisse le Chevalier noir ?

— Qui m'accorderait donc tant d'attention à Paris ? Qui pourrait bien vouloir me tuer ?

— Hormis Xacbert..., dit Yeza, et une ombre passa soudain sur son visage. Vous ne savez vraiment pas qui se trouve derrière cette histoire ?

— Derrière le Chevalier noir ? Non !

— Je ne veux pas savoir qui se trouve sous l'armure, mais qui soutient ce complot.

Ils réfléchirent tous les deux assez longtemps. Mais c'est elle qui finit par exprimer ce sombre soupçon :

— Connaissez-vous Yves le Breton ?

— Le garde du corps du roi ? Certainement ! Mais je ne peux m'imaginer...

— Moi, si, dit Yeza avec un frisson. Mais elle se reprit et ajouta : J'approuve votre proposition. Je mettrai dans la confidence tous ceux auxquels je peux me fier. Mais si mes amis ont la moindre impression que vous jouez double jeu, Olivier de Termes, vous êtes un homme mort.

— Yeza Esclarmonde, répondit Olivier, vous trouverez difficilement ici un homme qui vous connaisse depuis plus longtemps que moi, vous et Roç Trencavel. On vous appelait encore « les enfants du Graal » lorsque je vous ai rencontrés sans le savoir pour la première fois, il y a quatorze ans. (Ce souvenir lui arracha un sourire.) On venait de vous sauver de Montségur en flammes.

— Et depuis, vous avez souvent surgi là où nous ballottait le destin, se rappela Yeza, revenue à de meilleurs sentiments.

— Moi aussi, il m'a ballotté plus que je ne le maîtrisais, songea Olivier à voix haute. Si je trouvais la mort en ce lieu sacré, si ma vie gâchée sauvait cette fois-ci celle du Trencavel, le cercle se refermerait, et je mourrais en homme heureux.

— Ah, messire Olivier, ne pensez donc pas à mourir pour l'instant. Le plus souvent, la mort vous emporte au moment où vous ne vous y attendez pas.

Le grand combat

Yeza avait presque toujours raison. Pas cette fois-là. Le chevalier noir était bien Yves le Breton. Xacbert de Barbera ne le connaissait pas, il n'avait eu aucune possibilité de le voir, pas plus qu'aucun de ceux qui croisèrent ensuite sa sombre silhouette, car Yves ne relevait jamais sa visière. Son souffle bruyant passait par la fente en croix de son heaume en forme de seau, et il ne parlait guère. Les cornes de bélier retournées qui se dressaient et se rejoignaient au-dessus du casque n'en étaient que plus menaçantes.

Xacbert de Barbera rencontra Yves sur le bac isolé et désert d'un fleuve qui courait entre deux forêts. Le vieux guerrier, qui connaissait encore fort bien ce côté des Pyrénées, même s'il servait depuis des années le roi Jacques d'Aragon, au-delà des crêtes, avait déjà tiré vers lui la chaîne de l'embarcation. Pour ne pas être discourtois envers le Chevalier noir, il grommela : « J'attends encore. »

Yves ne montra aucune réaction, il observa, ennuyé, le blason sur le bouclier accroché à la selle du chevalier. On y voyait sur fond rouge trois filets d'argent et les hermines, ce qui ne rappela rien à Yves. Xacbert de Barbera, en revanche, observa, déconcerté, les armes du Chevalier noir. Le blason lui rappelait un peu le sien, ou celui de la Bretagne. Cela tenait aux queues d'hermine stylisées que l'on avait aussi utilisées ici, si ce n'est qu'elles étaient « contre » et noir sur blanc. Peu courant, mais possible. En revanche, le fait qu'elles soient sur la tête, leur corps croisé désignant le bas comme des doigts tendus pour conjurer le sort, repousser les jurons, les avortons de nonnes, les croix non bénites ou autres diableries, tout cela donnait à ce bouclier et à l'homme qui le portait une allure extrêmement sinistre. Les deux rangées de dents qui, en haut et en bas, paraissaient se sourire l'une à l'autre, ne contribuaient pas non plus à adoucir le blason. Avait-il rencontré le prince des ténèbres ? Était-ce la mort qui lui faisait face ? Xacbert, ce vieux guerrier, ne craignait ni la Camarde, ni le diable. Mais il se sentit tout d'un coup devenir maussade.

— J'attends des amis, reprit-il.

Cette fois, l'homme en noir parut au moins le regarder, mais il continua à se taire obstinément, si bien que Xacbert, qui n'était d'ordinaire ni frivole, ni bavard, sortit de sa réserve. Car le Chevalier noir ne pouvait pas être un sbire de la France : c'était sans doute un faidit, un homme comme lui, Xacbert, qui devait passer clandestinement dans son propre pays, un homme à abattre, qui n'avait plus que le droit de mourir.

— Mes amis rejoindront l'objectif par des chemins sûrs, ajouta-t-il, confiant.

— Montségur ?

Ce fut le premier mot qu'il arracha à cet étranger inquiétant. On aurait dit une question. Xacbert hocha la tête.

— J'attends..., répétait-il justement en voyant le Chevalier noir mettre pied à terre et guider son cheval sur la barge de bois.

— Moi pas, répondit-il d'une voix tellement décidée que Xacbert le laissa aussitôt passer, jugeant de toute façon qu'il ne pouvait demander à l'autre de patienter plus longtemps. Et puis il n'était pas mécontent de se débarrasser de cette encombrante société. Lorsque le cheval arriva devant lui, Xacbert regarda le caparaçon noir, ourlé d'un grand nombre de petites queues d'hermine. Ce chevalier vêtu des couleurs de la mort était certainement un seigneur puissant et un guerrier redouté. Son épée large en témoignait : de la belle ouvrage, mais lourde à manier. Lui en aurait été capable, mais la plupart des chevaliers que connaissait Xacbert auraient dû prendre les deux mains pour s'en servir. L'homme en noir était-il un noble pour autant ? Il ne donnait pas l'impression d'être de haute lignée : sa silhouette aux larges épaules, un peu voûtée, aux longs bras pendants, paraissait trop grossière pour cela.

L'homme en noir avait saisi la perche de la barge et dirigeait le radeau d'une main sûre en travers du courant. Xacbert le suivit des yeux, le vit traverser le fleuve en quelques coups puissants, remonter à cheval sur l'autre rive et disparaître dans la forêt.

Sur la tribune, les femmes, qui avaient presque toutes été abandonnées par leur mari, observaient avec plus ou moins de passion les joutes qui se déroulaient devant elles. Pons avait été le seul à ne pas se battre, jusqu'ici, et on ne lui avait confié aucune tâche à remplir. Il aurait volontiers assisté les arbitres, qui avaient fort à faire.

Mafalda était seule. Elle se rongeait les ongles. Dame Esterel, aidée de Geraude, toujours pleine de compassion, s'occupait des peines de sa sœur aînée. Melisende, la douce et prude, avait tout simplement dupé sa cadette. Pons s'approcha de sa sœur. Il cherchait quelques mots de consolation, peut-être une simple plaisanterie :

— Ce n'est pas possible, une si jolie femme toute seule !

Elle regarda le garçon grassouillet comme s'il n'avait pas toutes ses facultés mentales, ce qui n'était d'ailleurs pas tellement inexact. Mais Pons continua de papoter sans la moindre gêne.

— Mon épée est toujours sans fourreau, ajouta-t-il stupidement, d'abord sans prendre conscience du double sens de ses paroles, puis en éclatant d'un rire gêné.

Mafalda lui fit signe de se pencher vers elle et lui assena une giffle retentissante du plat de la main.

Roç et Yeza, assis devant elle, se retournèrent d'un seul coup. Pons avait sauté en arrière comme un chien battu. Le fait que le couple royal ait été témoin de son humiliation le brûlait plus encore que le rouge de sa joue. C'est ce Roç qui en était responsable !

— Quand pourrai-je enfin me battre ? cria-t-il au Trencavel, qui répondit avec décontraction :

— Lorsque l'honneur de dame Melisende sera définitivement perdu, ce sera votre tour, Pons de Levis. Messire d'Alion sera certainement très heureux de pouvoir ajouter un coup de lance à la gifle de dame Mafalda.

— Vous avez le droit de parler ainsi impunément, geignit Pons. Moi, lorsque je me permets cela, je prends aussitôt des coups.

Yeza et Mafalda éclatèrent de rire ensemble pour la première fois. Pons s'éclipsa par l'escalier situé à l'arrière de la tribune. Mais une main de jeune fille l'attrapa.

— Je vais vous refroidir la joue avec de la neige, annonça Potkaxl, fébrile.

— Et d'où la sortez-vous, jeune vierge ?

Pons était encore loin de deviner ce qui allait lui arriver.

— Ici, sous la tribune, nous nous en servons pour rafraîchir le vin.

Et d'une poigne énergique, Potkaxl l'entraîna sur le lieu du crime.

Le Chevalier noir leva les yeux sans brider son cheval. Devant lui, entre les pointes des sapins, s'élevait le Pog, les ruines du château se dressaient sur la pointe rocheuse aplatie. Yves le Breton ne comprenait pas pourquoi l'on faisait tant d'histoires autour de ce Montségur. Il n'avait encore jamais été dans le Languedoc et ne s'était pas vraiment intéressé à son histoire. Elle lui soufflait pourtant dessus, à présent, comme cette brise printanière qui se faufilait agréablement par la fente du casque et rafraîchissait sa tête brûlante. C'était donc cela, le château du Graal pour lequel le roi, son seigneur, Louis, avait si longtemps combattu ? C'est de là que venaient les enfants, devenus le couple royal, ce grand péril qui planait sur la France. C'est en tout cas ce que lui avaient répété les hommes qui lui avaient confié sa mission et dont il n'avait jamais pu voir le visage. Yves avait tout fait pour refuser : on s'était trop souvent servi de lui, on l'avait lâché comme un assassin, un meurtrier à gages. Il avait imploré son roi de lui épargner désormais un tel destin et de le protéger contre les puissances obscures qui le considéraient comme un simple outil docile et veule.

Messire Louis avait été horrifié par sa confession, il avait longtemps prié en sa compagnie et l'avait assuré qu'Yves n'aurait plus jamais à prendre l'épée, si ce n'est pour le protéger, lui, le roi. Et Yves l'avait cru. Pourtant, une nuit, il les avait trouvés debout devant son lit, le visage masqué, et ils lui avaient tendu une lettre portant le sceau royal. Ils ne lui avaient pas permis de parler à Messire Louis avant son départ, et l'avaient enlevé du Louvre comme un criminel, les yeux bandés. Lorsqu'il put ôter son bandeau, il se trouvait dans une tour, au milieu de la ville. Il pouvait sentir la Seine, des bruits familiers lui parvenaient depuis les berges. Des moines silencieux l'habillèrent, on lui passa une armure dont les moindres accessoires étaient en noir. Il lui fallut monter sur un cheval moreau, prendre un bouclier et passer à sa ceinture une épée gigantesque. Puis on lui mit un heaume, et il ne vit presque plus rien. Le jour ne s'était pas encore levé lorsqu'ils le conduisirent aux portes de la ville.

Son voyage était bien préparé. À chaque étape de son parcours vers le sud, quelqu'un lui prêtait assistance sans mot dire. À Toulouse, c'est le connétable de France qui l'avait attendu, messire Gilles Le Brun. Il l'avait accompagné jusqu'à Carcassonne. Pendant toute leur chevauchée, il avait éludé toutes les questions que lui posait Yves – car Le Breton se doutait bien que Gilles Le Brun était l'un de ses commanditaires. Arrivé dans la citadelle du Sénéchal, Le Brun lui avait présenté un dessin, le blason et la parure que Roç Trencavel porterait pendant le tournoi. La reproduction était précise, même les couleurs étaient identiques : l'aigle et le guépard sur le bouclier, l'épée dressée sur le casque. Il ne pouvait pas manquer le Trencavel, même visière fermée. Quant à l'épée qu'on lui avait confiée, c'était une arme de bourreau, si finement affûtée qu'elle découpait le cuir comme du beurre, et si lourde qu'aucun rivet de fer ne lui résistait. Elle séparait le bras du tronc, la tête du cou. Puisque c'était à lui, Yves, que revenait la fonction de bourreau, il ne pouvait être mieux armé.

Le Breton avait passé plusieurs jours et plusieurs nuits comme un prisonnier, dans la citadelle de Carcassonne. Un matin, de bonne heure, on lui fit reprendre sa route. Le connétable, lui dit-on, l'avait précédé. Yves aurait volontiers faussé compagnie aux conjurés, non pas pour épargner la vie de Roç Trencavel, mais pour se sauver lui-même. Mais à qui s'adresserait-il ensuite, une fois qu'il se serait démasqué devant le couple royal, ou qu'il aurait refusé de commettre ce meurtre ? Il n'était qu'un pauvre chien errant. Jusque-là, un seul être humain lui avait offert une niche et quelques os : le roi Louis.

Yves s'arrêta un instant. Il chevauchait sur un sentier de montagne, semblable à celui qu'on lui avait décrit. À un moment ou à un autre, le sénéchal Pier de Voisins l'accueillerait et le guiderait jusqu'au tournoi, lorsque le Trencavel serait en lice.

Le Breton avait entendu des voix. Il se laissa glisser de sa selle et s'approcha doucement du précipice. En dessous, dans la vallée, un sentier serpentait. Et au-dessus, quatre chevaliers attendaient, cachés derrière des arbres. Ce n'étaient pas le sénéchal et ses hommes. Ces quatre-là semblaient attendre quelqu'un. Leur piège était-il destiné au vieil homme à mâchoire d'ours qu'il avait rencontré sur le bac ? Celui-ci attendait des amis. Or les autres guettaient manifestement un homme auquel ils ne voulaient pas du bien. Était-ce lui qu'ils attendaient ? Quelqu'un avait-il annoncé sa venue ?

Yves se retira sans un bruit, entoura les sabots de son cheval avec des morceaux de la housse. L'épée découpait admirablement. Puis il rebroussa chemin.

De sa main gauche gantée de fer, Raoul avait attrapé le pommeau de son épée normande, héritée de son grand-père Lionel qui avait jadis conquis ce pays avec Montfort pour le soumettre au roi de France. À présent, le petit-fils du guerrier se battait pour l'honneur d'une femme qu'il avait consolée avec une certaine frivolité parce qu'elle souffrait sous le joug de son époux. Lequel n'avait guère apprécié la chose. Raoul eut un rire de prédateur, baissa la visière et brandit le bouclier devant sa poitrine.

Burt était encore en train de se tâter les parties. Mais lorsque la trompette de Jordi retentit joyeusement, il fit sortir son arme. C'était un méchant fléau, une boule hérissée de pointes qu'il faisait tourner au-dessus de sa tête au bout d'une courte chaîne. La main gantée de fer serrait fortement l'anneau de prise, que la force centrifuge menaçait de lui arracher. Ils furent rapidement face à face ; il fallait à présent être le premier à donner le coup décisif, le coup mortel. Au moment où Raoul laissait son épée brandie s'abattre en un éclair, la sphère hérissée qui avait tenté de lui arracher l'arme des mains donna dans le vide. La lame de Raoul, déviée au dernier instant par le bouclier de Comminges, alla entailler la cuisse de Burt, qui ne sentit pas la blessure. Ils s'étaient croisés. C'est seulement lorsque son cheval se mit à tourner que Burt vit le sang couler sous sa cuirasse. Le chien galeux ! Si l'on en venait au combat à pied, il serait comme paralysé. Mais on n'irait pas jusque-là !

Raoul était revenu plus vite que ne l'aurait cru le seigneur de Comminges. Sa sphère ne tournait pas encore : il la lança donc contre le bouclier de l'autre. Les pointes d'acier s'y plantèrent, il tira, mais pas assez fort, si bien que Raoul put frapper avec son épée sur la chaîne tendue. Le bruit du fer entrechoqué retentit, la chaîne sauta, mais la lame se brisa elle aussi et tomba quelques mètres plus loin.

Les arbitres avaient vu toute la scène. Jordi, qui regardait bouche bée ce combat acharné, reçut deux coups simultanés dans les côtes et fit retentir la trompette. Comme les chevaliers s'étaient éloignés l'un de l'autre, ils firent aussitôt volte-face. Mais Comminges éperonna son cheval et bondit vers les arbitres, auprès de sa bannière. Jordi soufflait à tue-tête. Tous virent Burt sortir son épée longue de son fourreau et se précipiter vers son adversaire en la brandissant au-dessus de la tête, bien décidé à porter un coup épouvantable. Raoul se tenait près des bannières, désarmé. Mas lui lança son épée, mais Gers d'Alion sauta de l'estrade et s'opposa courageusement à l'assaillant.

— Hors de mon chemin ! hurla Comminges.

Belgrave l'attendait à présent, le cheval en travers, levant et baissant, comme pour le défier, son bouclier auquel la boule et son morceau de chaîne étaient encore accrochés. Mais il dissimula derrière le corps du cheval l'épée que lui avait confiée Mas. Gers d'Alion attrapa les rênes de Burt, mais il fut mis à terre. Raoul savait qu'il ne pourrait parer la force d'un coup pareil, il fallait chercher à y échapper. Burt contourna le cheval de Raoul, si bien que celui-ci se retrouva de dos, sans protection. Mais au moment où Burt attaquait, la monture de Raoul bondit vers l'avant. Comminges frappa dans le vide et perdit l'équilibre. Il tomba de cheval. Mas rattrapa sa monture, tandis que Gers sautait des deux pieds sur l'épée longue que le chevalier couché sur le ventre tentait d'attraper.

— Vous avez perdu cette manche ! cria d'Alion à Comminges.

— Et même une manche et demie, parce que vous avez transgressé la règle ! ajouta Mas, furieux. On devrait vous interdire toute nouvelle participation à un tournoi !

Burt s'était relevé. À cet instant seulement, il vit l'épée dans la main de Belgrave.

— Et cela ! hurla-t-il à Morency. Qu'est-ce que c'est ? Un arbitre qui prête son arme ! Vous n'êtes pas impartial !

— Calmez-vous, Burt, ordonna Gers d'Alion. Retournez tous deux à vos places et attendez la décision que va prendre le seigneur du tournoi. L'arme reste ici ! ajouta-t-il, car Burt s'était baissé pour ramasser son épée longue. Mas reprit la sienne à Raoul. Puis les deux adversaires furent renvoyés à leur bannière.

Xacbert de Barbera avait assez attendu. Ou bien son ami Wolf de Foix n'avait pas reçu la nouvelle de sa venue au tournoi, ou bien il n'avait pas eu la possibilité de venir le chercher en ce lieu où ils s'étaient déjà secrètement rencontrés, jadis. Xacbert se doutait bien que le sénéchal, ce bon vieux Pier de Voisins, espérait que lui, le fameux « Lion de Combat », ne résisterait pas à pareille invitation au pied du Pog. Les Français le guettaient certainement quelque part. Il espéra que Wolf de Foix, lui aussi un faidit recherché, n'était pas tombé dans leur filet !

Xacbert, le vieux guerrier, guida prudemment son cheval sur les troncs d'arbre glissants de la barge, y sauta à son tour et éloigna le radeau de la rive, en poussant sur la perche. Il avança doucement sur le fleuve. Ce n'était pas un torrent, mais la fonte des neiges l'avait fait beaucoup enfler. Il appuya de toutes ses forces la perche contre le fond, mais rien ne bougea. Son regard se porta alors sur l'autre rive. Le mystérieux homme en noir s'y tenait, comme surgi du néant. Les deux pieds dans l'eau, bien calé, il retenait des deux mains la chaîne de tirage.

— Qu'est-ce que cela veut dire ? hurla Xacbert, pensant à une mauvaise plaisanterie.

Le radeau ballottait dangereusement dans le courant. Xacbert vacilla, et son cheval s'énervait. Mais le Chevalier noir ne disait rien et ne relâchait pas sa prise.

— Que voulez-vous de moi ? cria Xacbert, qui perdait déjà son calme. Je suis un pauvre chevalier, pas un marchand, je n'ai pas d'argent !

— Déshabillez-vous ! ordonna l'homme au casque à cornes, d'une voix de stentor. J'ai besoin de votre armure !

— J'en ai besoin aussi ! cria Xacbert ! C'est tout ce que j'ai.

Mais l'autre ne répondit pas : l'homme en noir tenait bon la chaîne et le fameux « Lion de Combat » savait qu'il allait mourir noyé s'il ne cédait pas. En grinçant des dents, il commença à défaire les nœuds de sa cuirasse, ce qui n'était pas tâche facile sur cette barge ballottée par le courant. Le diable fit alors preuve d'un peu de compassion et laissa Xacbert se rapprocher du rivage.

— Jetez-moi votre épée, exigea-t-il, et mettez votre cheval à l'eau. En remerciement de votre amabilité, je vous laisserai moi aussi tout ce que j'ai.

Xacbert fit ce qu'on lui demandait. Sauter dans l'eau froide n'était certainement pas une bonne idée : même s'il atteignait le rivage, il n'aurait pas le dessus dans le combat qui ne manquerait pas de s'ensuivre. Car il ne faisait sûrement pas bon titiller l'homme en noir.

— Maintenant, débarrassez-vous de votre armure et du heaume, et placez-les sur le radeau !

— Et vous ? s'exclama Xacbert, désormais résigné. Comment pourrai-je prendre la vôtre ?

Ce Chevalier noir ne pouvait être que le diable ! Sa réponse confirma ce terrible soupçon.

— Vous la trouverez avec mon cheval au prochain coude du sentier, dans la forêt.

C'était bien cela : Xacbert ne devait pas voir la face de la créature, ni les cornes qu'il dissimulait sous son heaume, si elles ne passaient pas tout simplement dans la parure de bélier !

Xacbert sentit que la chaîne se desserrait. Il retourna vers la rive d'où il était parti. Sorcellerie ! Il comprit alors qu'il s'était bien fait berner. Il n'avait plus ni cheval, ni épée !

— Où vous reverrai-je ? cria-t-il, furieux, de l'autre côté du fleuve.

— Indiquez-moi un lieu, aussi proche que possible du pré où se tient le tournoi, mais où l'on ne pourra nous voir.

Xacbert réfléchit. Il connaissait les environs du Pog comme sa bâtière. Il cria :

— Au-dessus, vous trouverez un triste coteau, le Camp des Crémats. Là, en lisière de la forêt, une croix est dressée. Je vous y attendrai !

— Les pierres tombales me conviennent toujours !

Ce fut les derniers mots qu'entendit Xacbert. Il ôta son armure et la posa au milieu de la barge, avec son heaume. La barge se mit en marche. Il était désormais en chemise – ce Belzébuth lui avait tout de même laissé ses bottes – et regardait ses affaires glisser sur le fleuve. De l'autre côté, l'homme en noir les rattrapa et disparut dans la forêt, tenant les deux chevaux par le licol.

— Savez-vous, très chère, demanda Mafalda à Yeza lorsque son chevalier, Roç, se fut éloigné, pourquoi ces deux-là se battent aussi violemment ? (Elle désigna le champ sur lequel, derrière la palissade, le combat faisait toujours rage entre l'amant et l'époux de la prude Melisende.) Ce n'est pas qu'ils se haïssent, je parierais qu'ils ont oublié depuis longtemps pourquoi ils se tapent dessus, mais parce qu'ils n'osent pas faire l'amour l'un avec l'autre ! répondit-elle elle-même avec un éclat de rire strident.

Dame Mafalda avait de quoi rire. Il manquait une corne au crâne de bélier qui ornait le heaume de Belgrade ; quant à la croix qui servait d'ornement sur le heaume cylindrique de Comminges, elle était depuis longtemps tombée dans l'herbe, tache rouge clair entre les gouttes de sang noir. Raoul et Burt frappaient comme deux forgerons devenus sourds auraient battu leur enclume. Mais eux ne portaient qu'une mince tôle. Burt, qui maniait magistralement son épée longue, avait un léger avantage que Raoul ne pouvait compenser que par son agilité. On cessa peu à peu de compter les plaies qu'il avait causées aux cuisses et aux reins de Comminges. Mais il devait prendre des précautions extraordinaires : qu'un coup de cette lourde lame de fer l'atteigne pour de bon, et c'en serait fini de lui. La lisière de son bouclier rouge aux hermines était à présent aussi dentelée que la ligne des Pyrénées, et deux des trois chevrons d'argent avaient déjà disparu.

Raoul bondissait, envoyait un coup à Burt et reculait comme un ressort lorsque celui-ci frappait. Au début, ils avaient encore respecté toutes les règles de l'art du combat normand, frappaient par séries rapides de cinq attaques, cou gauche, creux du genou droit, cou droit, creux du genou gauche et fente du crâne, laissant leur arme passer bien au-dessus du heaume, signal qui transformait le défenseur en attaquant. Mais Raoul avait vite compris qu'il pourrait ainsi avoir le dessous. Il craignait que sa lame ne se brise. Il se serait ainsi retrouvé un moignon d'épée à la main, livré à la colère impitoyable de Comminges, et aurait eu d'un seul coup une tête en moins. C'est la raison pour laquelle il parait les coups de cette brute et le frappa à son tour en faisant tourner son adversaire au bout de la pointe de son épée.

Cette ruse fit crier Burt de douleur et de rage. Du sang coula de son bras. Comminges ressentit alors une profonde fatigue : ses coups devenaient de plus en plus lents, perdaient de leur précision et de leur force. Il était grand temps : Raoul, qui dansait encore autour de son adversaire au début du combat, sentait à présent ses jambes se raidir ; son armure était comme du plomb.

À quelques reprises, déjà, les deux combattants avaient trébuché et avaient manqué de tomber l'un sur l'autre, fort heureusement sans brandir leur épée. Leurs pommeaux s'accrochaient de plus en plus souvent. Ils cherchaient alors, de leur poing ganté de fer, à atteindre la visière ou le heaume de l'autre, ou à s'enfoncer la tranche de leur bouclier dans les parties molles. Cela valut à l'un un violent coup à la tête, à l'autre de terribles douleurs au ventre. Après chaque mêlée, ils se détachaient de plus en plus lourdement l'un de l'autre, se poussaient avec leur bouclier ou se piétinaient. Leurs forces ne suffisaient plus qu'à porter deux ou trois coups successifs ; ensuite, ils se retombaient dans les bras et se poussaient avec leur casque comme deux boucs ; le bélier de Raoul perdit l'autre corne ; quant au seau que Burt portait sur la tête, il avait de telles bosselures que l'on avait peine à imaginer l'état du crâne qu'il était censé protéger. Mais les deux hommes continuaient à combattre. Les yeux injectés de sang, ils attendaient l'instant où l'un d'entre eux s'effondrerait sans pouvoir se relever, et où l'autre s'approcherait en titubant pour lever son épée des deux mains, dans un ultime effort, et la plonger lentement entre la collerette de l'armure et le bas du heaume, dans la gorge de son adversaire.

Un vieux lion dans la bataille

Pons et Potkaxl ne perçurent rien du tout de ce combat implacable : ils livraient leur propre joute sous la tribune, dans la pénombre. La princesse toltèque n'était pas un adversaire facile, et Pons vit que, si sa lance n'éclatait pas en morceaux, elle pouvait tout de même devenir aussi molle qu'une outre mal remplie. Cela tenait peut-être aussi au fait qu'au début de leur combat ils avaient commencé par boire abondamment le jus de fruits rose d'Aragon... Juste après, l'experte Potkaxl avait pour la première fois enfourché la lance. Depuis, tantôt couchés sur les poutres diagonales, tantôt penchés sur des traverses ou simplement adossés à l'un des piliers, ils étaient revenus plusieurs fois à l'assaut. Les deux combattants, devant la tribune, étaient bien éloignés de ce genre de plaisirs. Qui sait, peut-être cela aurait-il ouvert leurs yeux collés par la jalousie, si la jeune fille leur avait alors tendu ses fesses nues, prête à rendre coup pour coup ?

Mais tout d'un coup, Potkaxl poussa Pons contre un poteau et posa la main sur sa bouche. Elle avait vu deux silhouettes, deux hommes en armure, se glisser derrière les montants de la tribune. À les voir disparaître dans la pénombre et s'approcher de Pons, immobile et sans pantalon, on pouvait penser qu'ils se livraient eux aussi à une activité peu avouable. Potkaxl eut un instant d'effroi en reconnaissant son maître, le Trencavel. L'autre était messire de Termes. Elle les vit qui se débarrassaient de leurs cuirasses : ils furent bientôt tous deux en chemise. Potkaxl n'aurait jamais cru cela de messire Roç !

C'est l'instant que choisit Pons pour lâcher un pet retentissant. Les deux chevaliers attrapèrent leur fourreau. Roç fut le premier à sortir son épée. Lorsqu'il eut fait quelques pas, il reconnut non point les fesses de Pons de Levis, qui s'était retourné vers lui, mais le visage de la servante, trempé de sueur et tout joyeux, car elle ignorait totalement ce que pouvait être la mauvaise conscience, et il ne restait plus rien de l'effroi qu'elle avait ressenti un instant plus tôt.

— Que faites-vous là ?

Roç n'avait pas le moindre égard pour les plaisirs de la princesse toltèque, pas plus que pour la pudeur de Pons, qui s'éloignait d'elle à présent.

— Disparaissez ! ordonna-t-il à la suivante. Faites ça où vous voulez, mais pas ici ! Allez dans la forêt ! ajouta-t-il.

Ils se levèrent tous les deux. Les pantalons de Pons lui étaient descendus sur les chevilles – Potkaxl ne portait pas ce genre de choses. Ils disparurent en un éclair.

Roç et Olivier purent ainsi achever l'échange de leurs armures.

Le comte Jourdain de Levis et ses trois chevaliers étaient toujours postés en embuscade et attendaient l'arrivée du Chevalier noir. Mais le temps leur devenait long, peu à peu.

— Olivier n'a pas changé ! grogna Gaston de Lautrec. Il aura une fois de plus inventé toute son histoire !

— Nous ne devrions pas laisser les dames toutes seules aussi longtemps. Et puis l'on a besoin de nous au tournoi. Le seigneur dont on a annoncé la venue ne voudra sans doute plus nous faire l'honneur de se battre avec nous. Rentrons !

Ils venaient se de lever lorsque Simon de Cadet les appela à voix basse.

— Là-haut, un cavalier !

Ils levèrent tous les yeux vers la forêt. Effectivement : ils pouvaient voir entre les troncs d'arbre un cavalier qui était sans doute en train de parcourir la crête. Il leur fit signe.

— C'est Xacbert ! s'exclama Wolf de Foix. Xacbert de Barbera, mon vieil ami ! Il a dû demander une permission à Don Jaime pour nous...

— Il nous fait signe, l'interrompit Cadet. Nous devons continuer notre route.

— Il connaît bien le terrain, confirma Wolf, tout à la joie que lui causaient ces retrouvailles. Il veut sans doute nous rencontrer dans la ravine !

Ils repartirent donc, en vérifiant constamment que le cavalier les suivait bien à distance, derrière les arbres.

— Je l'ai reconnu à sa stature d'ours ! fit Wolf, ravi. Je n'ai pas eu besoin d'observer son bouclier et sa parure !

— Trois gueules, trois fasces d'argent avec hermine, dit Simon, qui était un bon observateur. Et sur le heaume une tête de lion à la gueule grande ouverte !

— C'est *l'Expugnador* qui l'a décerné à son glorieux général, ajouta Gaston, pour avoir pris aux Maures l'île de Majorque !

— Xacbert, le vieux Lion de Combat ! claironna Foix. Et ils repartirent au galop.

Burt et Raoul étaient tous les deux au sol, sur le ventre, comme deux bousiers revenus sur leurs pattes à force de trépigner, mais incapables de s'en servir pour avancer. Ils s'étaient tourné autour en titubant pendant un bon moment, sans pouvoir lever l'épée. Ils avaient consacré leurs dernières forces à ne pas perdre l'adversaire des yeux, à travers les fentes bosselées de leur heaume. Leur souffle n'était plus qu'un râle. Ils ressentaient jusque dans le cou les battements de leur cœur, et leur main parvenait tout juste à tenir l'épée. Mais ils ne voulaient pas lâcher leur arme. Mas de Morency et Gers d'Alion approchèrent avec respect, même Jordi quitta sa place sur le podium, suivi par Philippe, qui portait la trompette.

— Les deux adversaires pourront bien vivre avec le souvenir d'un combat sans vainqueur, dit Alion pour les apaiser.

Mais comme ni l'un ni l'autre ne répondait, Mas constata :

— Il va bien falloir ! Car il n'y aura pas de suite. Je vous prie de sortir du terrain, lorsque le délai se sera écoulé.

Il tenait fort bien son rôle d'arbitre. Dame Esterel serait fière de lui. Jordi lança le signal qui annonçait la fin de la joute et l'absence de vainqueur. C'était le plus long combat qu'il ait jamais vécu.

— La fin d'une bataille pareille entre deux hommes déguisés en chevaliers, dit dame Mafalda à dame Esterel, d'une voix suffisamment forte pour que sa sœur puisse l'entendre, ressemble à l'épuisement complet que l'on connaît sur le lit d'amour. Mais c'est plus beau dans ce dernier cas !

Mafalda constata avec une certaine jouissance que le visage blême de Melisende, trempé de sueur par l'angoisse, était passé au rouge vif.

— Vous les retrouvez tous les deux, vos compagnons de lit, le désiré et l'indésirable, mais je parierais qu'aujourd'hui, vous n'avez plus grand-chose à attendre de l'un ni de l'autre !

— *Ta goule !* cria la douce Melisende avant de lui envoyer une gifle.

Le Chevalier noir approchait du cordon que le connétable avait tiré autour du Pog. Le sénéchal connaissait les instructions : ne lui poser aucune question ! Lui-même et ses soldats reculèrent donc respectueusement lorsque ce mystérieux cavalier (même son cheval était noir) passa sans un mot devant eux sans même leur adresser un regard.

— J'ai appris, dit Gilles Le Brun au sénéchal dès que l'homme en noir eut pris le virage suivant, que les trois lascars auxquels nous avions confié l'honneur de la France nous ont lamentablement trompés. Ils se battent pour l'Occitanie !

— Dans ce cas, je dois sans doute faire appel à mes vieux os...

— Vous restez ici, Pier de Voisins ! ordonna le connétable, avant d'ajouter : Ne m'en veuillez pas. Vous ne pourrez pas y conquérir de nouveaux lauriers, et puis entre-temps, le comte de Mirepoix et les seigneurs de Lautrec et Comminges se sont rappelé qu'ils étaient les vassaux du roi. C'est l'honneur de la couronne qu'ils défendent !

— Je veux voir cela de mes yeux ! insista le sénéchal.

— Épargnez-vous, vous avez fait votre temps ! lui conseilla Gilles Le Brun en constatant qu'il allait avoir quelque peine à retenir le vieil homme. Le connétable était curieux de voir ce qui se passerait lorsque le Chevalier noir apparaîtrait sur le lieu du tournoi. L'homme passait pour fiable, mais Gilles aurait tout de même volontiers observé la manière dont procéderait Yves le Breton. Quelqu'un, sans doute bien placé pour le savoir, l'avait jadis surnommé « l'exécuteur ».

Pier de Voisins sella son cheval et partit. Il ne tenait pas à rattraper l'homme en noir : sa compagnie ne lui disait rien de bon. Le blason était faux, et le sénéchal jugeait cela inconvenant, quelle que soit la personne qui se cachait derrière. Cela n'avait plus rien à voir avec la chevalerie. On n'allait pas à un tournoi pour abattre un homme !

Au premier virage, il rencontra un cavalier : c'était Rinat Le Pulcin. Le sénéchal ne le connaissait que par ouï-dire. On racontait qu'il était au service des Vénitiens. Ses qualités de peintre n'étaient certainement pas aussi élevées que les prix réclamés pour ses portraits. On ajoutait que ceux qu'il peignait ne restaient jamais longtemps en vie.

Pier de Voisins éprouva aussitôt de l'antipathie pour l'artiste. Il esquiva toutes les tentatives que fit Rinat pour engager la conversation. Et ils se séparèrent avant d'avoir atteint le pré du tournoi.

Xacbert de Barbera, le « Chevalier noir », riait sous cape. Il ne s'était pas imaginé que son arrivée au Pog serait aussi facile. Sa bonne humeur s'était installée lorsqu'au troisième essai, il avait enfin réussi à tirer cette maudite barge contre le rivage, avait franchi le fleuve, toujours en chemise, et avait effectivement découvert le cheval noir, attaché à un arbre quelques pas plus loin dans la forêt. L'armure noire était prête, et le heaume mystérieux lui allait à merveille. Il avait sorti sur quelques centimètres l'épée large de son fourreau et avait passé le pouce sur la lame : cela avait suffi à lui entailler le doigt ! Ce n'était pas une arme de tournoi, mais un outil. Il comprenait tout, à présent : l'homme en noir était un bourreau. Peut-être le bourreau secret de la couronne française ? Et puis après tout, en quoi cela le regardait-il ? Lui-même n'était-il pas venu pour faire payer sa trahison à Olivier de Termes ? Le Chevalier noir avait apparemment lui aussi un compte à régler ! Xacbert se concentra. L'homme en noir aurait pu l'abattre sur place, s'il avait su à qui il avait affaire. Son ami Wolf de Foix était lui aussi une cible possible. Il avait lui aussi été plusieurs fois condamné à mort par contumace, il était méprisé, banni, sa tête était mise à prix. En tout cas, Xacbert devrait convaincre Wolf de rentrer avec lui en Aragon ; là, au moins, sa vie serait en sécurité. Mais qu'est-ce que ce tueur venait faire au tournoi ? Est-ce le couple royal qu'il était venu assassiner ? Xacbert n'avait rencontré qu'une seule fois Roç Trencavel et sa dame Yeza, alors qu'ils étaient encore de petits enfants, juste avant la chute de Montségur. Mais depuis, il n'avait cessé d'entendre parler d'eux. Ils avaient même voyagé sur son navire, le *Nuestra Señora de Queribus*, cadeau du roi Jacques. Tout ce qu'il avait entendu dire de ces deux jeunes gens avait enthousiasmé Xacbert. Que Roç et Yeza se soient installés dans son château était pour lui un grand honneur, et il éprouvait une immense joie à l'idée de pouvoir enfin se retrouver face au couple royal, après tant d'années. C'était la véritable raison pour laquelle il avait entrepris ce voyage épuisant et dangereux. Il voulait relever le défi une fois encore, son véritable objectif n'était pas de tuer Olivier, ce misérable renégat. Celui-là avait été suffisamment puni : il avait regardé la mort en face et avait dû rester à Termes, son salaire de Judas. Non, il ne le tuerait pas. Mais il le terroriserait, Olivier aurait tellement peur qu'il en chierait dans son armure. Ensuite, Xacbert lui rirait au visage. Mais il ne se salirait pas les mains. Xacbert de Barbera souriait sous son heaume noir et décida de se rendre aussi vite que possible au point de rendez-vous avec l'homme en noir. Il lui restituerait aussitôt sa sombre armure avant d'aller affronter messire de Termes dans une rencontre franche et loyale. À moins qu'il ne commence par traverser le pré vêtu de son costume de Chevalier noir, pour mettre en garde tous ceux qui pourraient être menacés ? L'homme en noir lui en voudrait sans doute, et Xacbert le craignait, même si c'était lui qui, pour l'heure, détenait l'arme meurtrière. Non, il aurait bien le temps, après l'échange des armures, de prévenir Roç et Yeza. Il dirigea son cheval vers la ravine du Lasset par laquelle on pouvait arriver, sans se faire remarquer, à la croix du Camp des Crémats.

Le comte Jourdain et ses camarades traversèrent la gorge située en dessous du Pog, là où les rochers trempés montaient à pic jusqu'à Montségur, arrosés par les eaux furieuses du Lasset. Il fallait connaître le moindre détour du sentier pour oser franchir cette porte de l'enfer. Ils tenaient leurs chevaux par les rênes. Parfois, ils se retournaient brièvement pour voir si Xacbert les suivait. Wolf de Foix voulut l'attendre, mais Jourdain lui cria dans le vacarme de l'eau :

— À la sortie de la ravine ! Ici, on ne comprend pas un mot !

De toute façon, ils n'auraient pas pu marcher de front. Et comme Xacbert, revenu dans leur champ de vision, leur faisait signe de ne pas ralentir le pas, Foix ajourna de nouveau la joie des retrouvailles. Mais lorsqu'ils arrivèrent enfin dans la forêt, où les eaux vives s'apaisaient en parvenant dans un lit plus large, et s'arrêtèrent pour attendre leur ami, il avait disparu. Xacbert paraissait avoir été englouti par le Lasset. Simon chevaucha jusqu'à la sortie de la gorge pour voir où il avait bien pu passer.

— Il aura obliqué dans la forêt, juste après la gorge, supposa Jourdain pour rassurer Wolf de Foix, il connaît ces lieux comme sa poche.

À cet instant, Simon de Cadet revint au galop.

— Pas trace de Xacbert ! cria-t-il, hors de souffle. Mais j'ai vu un chevalier noir traverser la forêt !

Les serviteurs et les écuyers avaient emporté les deux combattants hors du champ du tournoi, en les tenant par les bras et par les jambes. Le comte Jourdain de Levis avait fait dresser une tente pour le tournoi, derrière la tribune. Jusqu'ici, on l'avait utilisée pour passer les armures ; elle se transforma en infirmerie de campagne. On fit sortir Comminges et Belgrave de leurs carapaces de tôle, il fallut forcer quelques charnières avec des pinces, découper des courroies au couteau et sortir laborieusement la chair écorchée de la cuirasse, comme si l'on vidait les pinces d'un crabe. Tout cela n'alla pas sans gémissements ni jurons. Les deux hommes auraient cherché longtemps sur leur corps un emplacement sans bosse, blessure ou hématome.

Geraude jouait les bons Samaritains. Elle lavait, séchait, passait sur les blessures un brouet à base d'anthyllide, de millepertuis et de sanguine, répandait des essences, notamment du mercure, et étalait un onguent à base de zinc, comme le lui avait enseigné Na India.

Roç alla rendre visite aux deux hommes bandés de la tête aux pieds et couchés sur les civières. On n'en voyait guère plus dépasser que les orteils et le nez, et même ces parties-là étaient bleues et ensanglantées. Quant à lui, nul ne le reconnut : il portait déjà l'armure d'Olivier et avait refermé sa visière. Il était heureux de pouvoir participer à une deuxième joute, car messire de Termes ne s'était pas encore risqué, jusqu'ici, sur le terrain du tournoi.

Devant lui, Geraude était penchée vers Raoul. Roç joua un instant avec l'idée d'utiliser son déguisement et d'aller tâter des rondes fesses de la jeune femme. Il avait déjà tendu la main lorsque apparut Yeza.

— Où est donc passée Potkaxl ? demanda-t-elle en chuchotant, et la main de Roç se figea. Elle aussi pourrait venir se dandiner ici, comme cette bonne Geraude ! songea Roç. Elle servirait à quelque chose !

Roç grogna quelques mots incompréhensibles : il venait de se rappeler qu'il avait envoyé la suivante dans la forêt.

Geraude, fine mouche, se retourna d'un seul coup et

vit sa maîtresse discuter familièrement avec l'importun messire de Termes. Cela la déconcerta totalement.

— J'y arriverai bien toute seule, fit-elle dans un souffle.

Potkaxl jouait au cavalier dans la mousse de la forêt. Elle s'était plantée dans les cheveux des plumes de faisan et de perdrix qu'elle avait ramassées sur le chemin. Comme Pons, son cavalier, renâclait de plus en plus souvent, c'est elle qui avait pris les rênes. Ils étaient couchés dans un petit vallon en pente douce, rempli du feuillage du dernier automne. Seule la tête de Potkaxl en émergeait, les yeux vifs comme ceux d'un écureuil inquiet pour ses noisettes. Elle avait immédiatement remarqué les deux hommes qui étaient entrés dans l'ombre protectrice, derrière des arbres, à la lisière de la forêt, là où se dressait la croix. Le deuxième était tout de noir vêtu. Ils mirent pied à terre, et Potkaxl rentra la tête.

— Ne recommence pas à mollir ! demanda-t-elle pour sa part doucement à son cheval et elle se pencha vers lui, collant son visage au sien pour que l'on n'aperçoive pas sa chevelure. Cette position éperonna Pons, et il commença à ruer sous elle. Elle chercha à le retenir au sol, mais cela l'excita encore plus. Potkaxl oublia les deux chevaliers et se consacra totalement au sien, jusqu'à ce qu'il se cabre pour la dernière attaque et s'affale sur le sol, épuisé. Potkaxl alla et vint encore un peu sur ce qu'il restait de la lance avant d'abandonner tout espoir de miracle. Ce n'était pas le saint glaive de l'église de Mirepoix, qui revenait toujours après un incendie ou un vol. L'écureuil surveilla donc de nouveau les alentours.

— Qu'est-ce que tu vois ? s'enquit Pons d'une voix lasse.

— Deux cavaliers, répondit Potkaxl. Le premier porte sur son heaume une sorte de tête de panthère blonde à la crinière en bataille. (La princesse toltèque n'avait encore jamais vu de lion.) Il se dirige vers le tournoi.

— Laisse-le filer, grogna Pons, la voix endormie.

— Le deuxième est un chevalier vêtu de noir qui...

Pons s'était redressé d'un seul coup, déséquilibrant Potkaxl.

— Où ça ? s'informa Pons, surexcité.

— Il vient de disparaître ! On ne voit plus que l'homme au fauve.

Pons suivit des yeux le cavalier qui s'éloignait.

— C'est un lion. Cet homme est Xacbert de Barbera, le Lion de Combat. Il faut que j'aille le saluer tout de suite !

Il fit mine de jeter sa cavalière au sol.

— Encore une fois ! implora Potkaxl.

Le Chevalier noir

Roç, le maître du tournoi, trouvait qu'il avait fort à faire et fut heureux de voir revenir à ses côtés le comte Jourdain de Levis et son escorte. Il demanda à Philippe de rappeler les arbitres, espérant que Gers d'Alion répondrait à son défi. Un peu plus tôt, il avait chargé Jordi, le héraut à la trompette, d'annoncer qu'à partir de cet instant chacun affronterait qui il souhaiterait. Faute de Francs, les Occitans pourraient défier d'autres Occitans.

Roç avait oublié que l'armure d'Olivier de Termes faisait justement de lui un Français. Il bouscula brutalement le fiancé de Mafalda, qui revenait du présentoir aux lances, et loin de s'excuser, lui adressa un geste arrogant de la main. Puis il lança non pas à Yeza, mais à Mafalda, un baiser insistant de la main et monta sur le cheval d'Olivier. Mais Gers d'Alion fit comme s'il n'avait rien remarqué. Roç avait oublié que certains chevaliers n'acceptaient même pas de relever une offense que leur avait faite un homme comme Olivier.

Il rejoignit le terrain du tournoi et tourna à gauche, vers la bannière aux fleurs de lys. Il lança un regard provocateur aux dames de l'assistance. En haut, à l'autre bout de la piste, était apparu un chevalier qu'il n'avait pas encore vu ce jour-là. Des appels et des cris d'enthousiasme retentirent dans la tribune. C'était Xacbert de Barbera ! Le Lion de Combat !

Le vieux seigneur de Quéribus était donc venu tout de même. Quel honneur, de pouvoir l'affronter !

Les deux chevaliers allèrent choisir leur lance. Roç se rappela alors d'un seul coup qu'il était Olivier de Termes, celui auquel le vieil homme vouait une haine abyssale, sinon mortelle ! Roç eut honte de porter une cuirasse aussi peu honorable et de ne même pas pouvoir serrer la main à Xacbert avant le combat. Il se demanda même s'il devait résister à l'attaque certainement tempétueuse de ce lion avide de vengeance. Il vaudrait peut-être mieux ne pas chercher à vaincre, mais tomber de cheval au premier choc. L'honneur d'Olivier de Termes ne méritait de toute façon rien d'autre.

Roç était arrivé au stand en même temps que Xacbert, qui avança vers lui visière ouverte et, visiblement ému, voulut dire quelque chose. Mais Roç se contenta de hocher brièvement la tête vers lui, attrapa une lance au hasard et revint à ses marques. Il eut de la peine à laisser ainsi le héros en plan. Ces yeux tristes ! Peut-être avait-il accordé depuis longtemps son pardon à Olivier ?

Xacbert fut d'abord étonné, puis profondément blessé du comportement de son ancien ami Olivier. Il décida d'apprendre les bonnes manières à ce malotru : il allait s'amuser avec lui !

La trompette retentit. Ils partirent. Roç avait arrêté sa tactique, Xacbert également. Ils s'approchèrent rapidement l'un de l'autre, levèrent leur lance et visèrent le bouclier. Mais à la dernière seconde, Xacbert baissa sa lance et la laissa passer devant son adversaire. Il s'était contenté de parer le coup, qui manqua lui aussi sa cible. Mais il entendit aussitôt derrière lui le bruit métallique d'un chevalier précipité au sol. Alors qu'il ne l'avait même pas touché ! Écœuré par tant de lâcheté, Xacbert se retourna un bref instant et fit signe au héraut : il ne tenait pas à poursuivre ce combat. Jordi, d'un coup de trompette, le déclara donc vainqueur. Avant même cet instant, les serviteurs et écuyers étaient accourus derrière Philippe et avaient emporté le vaincu.

— Il doit puer comme un bouc, s'il chie aussi vite

dans son froc ! grommela Xacbert au héraut en rendant sa lance.

Roç fut transporté dans la tente d'où l'on venait de faire sortir les héros du combat précédent, arrangés comme deux momies vivantes. Le premier alla rejoindre sa fidèle épouse, qui n'osa faire face à son mari qu'en présence de sa tante Esterel ; l'autre fut emmené par son compagnon Mas de Morency.

Burt de Comminges repoussa brutalement l'aide de Melisende et n'accepta que l'aide d'Esterel. Raoul sourit à Mas avant de partir en boitant. Roç avait sous-estimé la violence de sa chute volontaire dans une armure qui n'était pas sienne : emportée par la lourde décoration du heaume d'Olivier de Termes, sa tête avait brutalement heurté le sol, et il avait un instant perdu connaissance. Yeza veilla à ce qu'on le sorte doucement de sa cuirasse pour qu'il puisse s'étendre. Geraude, doublement excitée lorsque, en enlevant son heaume, elle reconnut le visage de Roç, lui prépara immédiatement une soupe chaude au jus de sureau et lui posa sur le front et sur la nuque une compresse rafraîchissante imbibée de camphre et de décoction d'aubépine.

Rinat fut consterné en découvrant le faux Olivier, et sortit de la tente aussi vite que possible.

Entre-temps, l'heure du véritable Olivier de Termes était arrivée. Lorsqu'il avait vu, caché dans l'armure de Roç, que Xacbert avait terminé sa joute et qu'il n'avait plus à craindre de l'avoir comme adversaire, il s'était dépêché d'aller se battre pour l'Occitanie. Il regarda autour de lui, provocateur, vit Gers d'Alion et son ami Simon de Cadet qui faisaient la course pour rejoindre leur cheval. Mas de Morency, lui aussi, était déjà en selle : tous voulaient se mesurer à Roç, le Trencavel. Olivier se sentit empli de jalousie, mais aussi de fierté narquoise. Il allait donner une leçon à ces gamins, même si c'était Roç qui en récoltait la gloire. Sûr de trouver un adversaire (et il ne se souciait guère de savoir lequel), il courut droit vers le présentoir et choisit une arme. Sans se retourner, il se rendit au point de départ des Occitans. Qui allait le défier ? Les trois garçons qui rivalisaient pour cet honneur firent tout d'un coup demi-tour. De l'autre côté, près de l'oriflamme, un cavalier tout en noir était apparu, comme sorti du néant. Olivier sentit son cœur s'emballer. Le Chevalier noir ! Olivier semblait paralysé sur son cheval.

L'homme en noir avança, sans se hâter particulièrement, jusqu'au présentoir, vérifia en reculant le pommeau des lances qui s'y trouvaient et la solidité de la morne qui ornait leur pointe. Mais d'un geste rapide que nul ne remarqua, il ôta l'une de ces petites couronnes et fit sortir de sa selle un objet de même taille. Il s'agissait d'un fer de lance moulé dans l'acier, et entouré d'une petite couronne mobile. À la moindre pression, elle reculait d'une largeur de main, ce qui suffit largement pour qu'une lame atteigne un cœur ou cause des lésions irréparables. Il enfonça la pointe dans la lance et ramena vers l'avant la petite couronne peinte en or mat. Le fer à deux tranchants était quant à lui peint dans la même teinte que le bois dont on avait fait les lances.

Yves le Breton était résolu à remplir sa mission le plus vite possible. Une dernière fois ! Le prix qu'on la lui paierait n'était pas négligeable : il serait adoubé et nommé sénéchal de Carcassonne. Il était juste, dans de telles conditions, qu'il élimine le dernier Trencavel comme l'avait fait jadis Simon de Montfort avec le dernier Perceval. *À Dieu,* petit Roç, avec les ultimes salutations du vicomte Yves le Breton !

Il leva la lance et vit que sa victime sortait de sa léthargie. Yves commença au petit trot, puis il fit filer son cheval noir comme un éclair. Les adversaires se rapprochèrent. Il visa juste sous la pointe du bouclier, là où s'achevait la cuirasse et où commençaient les parties molles, qui n'étaient protégées que par du cuir. Il écarta d'un mouvement léger la lance de son adversaire et atteignit son objectif. L'autre cavalier perdit sa lance et resta un instant comme planté sur l'arme du chevalier noir, tandis que son cheval, en dessous de lui, continuait à avancer. Un cri d'horreur retentit dans la tribune et sur les bancs ; il se transforma ensuite en un murmure excité. Yves se débarrassa de sa victime, laissa tomber sur le sol le corps recroquevillé et continua sa course ; il devait à présent trouver le temps d'échanger de nouveau la morne de sa lance, en s'éloignant autant que possible du lieu où il avait commis son crime. De toute façon, personne ne l'avait vraiment regardé : tous avaient été distraits par Rinat Le Pulcin qui, avant même le début de la course des deux cavaliers, s'était précipité vers la tribune en agitant les bras ; il avait trébuché, était tombé sur le nez, s'était relevé et avait continué à courir, les mains au-dessus de la tête comme pour former une croix de saint André. Il semblait vouloir à tout prix interrompre ce combat.

Mais le Breton ne l'avait pas remarqué. Après le choc des deux cavaliers, Rinat avait fait demi-tour et était revenu discrètement à sa place. Yves n'avait eu d'yeux que pour sa cible. Et il l'avait atteinte. Il ne brida son cheval qu'au moment où il eut rejoint l'oriflamme, où l'attendait Pier de Voisins, l'homme qui avait été le plus longtemps sénéchal de Carcassonne. Yves ne vit aucune raison de feindre des regrets lorsque celui-ci l'informa qu'il se rendait à la tribune pour voir comment se portait Roç Trencavel.

S'il n'était pas encore mort, Roç n'en avait plus pour longtemps. Yves vit des hommes emporter le corps. La foule avait accouru sur le terrain. Il fit rapidement disparaître le fer de lance mortel et sa fausse morne, et barbouilla l'original en bois, inoffensif, avec le sang qui souillait l'extrémité de sa lance. Puis il se rendit là où avait eu lieu le choc et laissa la morne d'origine tomber dans l'herbe. Lorsqu'il aurait rendu son arme, il se plaindrait au héraut d'avoir perdu la couronne protectrice. À tout hasard...

« J'espère que rien de grave n'est arrivé ? » s'informerait-il, la mine navrée. On considérerait ces mots comme une demande d'excuses après un accident. Yves repartit lentement – il était pourtant pressé : il ne voulait plus rencontrer personne, ce qui lui permettrait d'éviter toutes les questions. Mais toute hâte, à présent, l'aurait rendu suspect.

La loge d'honneur paraissait avoir été balayée, toutes les dames et tous les seigneurs se pressaient derrière la tribune, devant la tente. Le comte Jourdain eut bien du mal à disperser les curieux qui s'étaient rassemblés dès que l'on avait apporté le blessé. Quelqucs-uns parvinrent tout de même à se glisser dans la tente. Ils y virent Roç qui dormait, la tête bandée. Ils ne furent donc qu'à moitié étonnés lorsqu'on ôta son heaume au mourant, et lorsque l'on vit apparaître le visage d'Olivier de Termes. On le coucha avec d'infinies précautions. Xacbert, qui avait vu plus de blessures que quiconque en ce lieu, examina la mauvaise plaie en compagnie de Géraude.

— Il n'y a rien à faire, murmura-t-il. Les entrailles sont déchirées, les humeurs qui s'en échappent vont empoisonner le sang. Il ne reste plus qu'une chose à espérer : qu'Olivier se vide de son sang le plus vite possible.

Celui-ci ouvrit les yeux. Sa main tremblante chercha celle de Xacbert, et il se força à sourire.

— On n'échappe pas à son destin.

— Je t'avais pardonné, dit le Lion d'une voix douce. Mais cela ne compte plus à présent.

— Cela compte, chuchota Olivier d'une voix de plus en plus faible. Ma fin aura au moins eu un sens. Roç vit et tu m'as pardonné...

Sa voix se brisa.

— Nous t'aimons, Olivier de Termes, dit Yeza d'une voix suffisamment forte pour qu'il l'entende encore. Nous t'aimerons toujours.

— Je... vous... aime. Et sa tête tomba sur le côté.

Xacbert ne fut pas le seul à pleurer. Wolf de Foix passa son bras sur les épaules de son ami et le fit sortir de la tente. Yeza voulut les suivre lorsque Geraude s'approcha d'elle et, entre deux sanglots, lui chuchota quelque chose à l'oreille. Le comte Jourdain et l'une de ses sœurs s'en allèrent aussi. Yeza retint ses suivantes. Potkaxl, elle aussi, l'avait rejointe. Elles revinrent toutes auprès de la couche où reposait Olivier. Geraude souleva le drap ensanglanté et montra à Yeza le tablier de cuir transpercé. Même le fer-blanc riveté n'avait pas résisté. On aurait dit qu'une pointe d'épée était entrée dans ce corps avec une incroyable violence.

— Ce n'était pas une vraie morne ! gémit Geraude. Le pauvre messire Olivier !

— C'était un meurtre avec préméditation. Un meurtre commis contre celui qui portait cette armure. Ôtez-la au mort. Il n'en a plus besoin, mais moi, si. Où partez-vous, Rinat ? demanda-t-elle en le voyant chercher à sortir de la tente. Restez ici, j'ai aussi besoin de vous ! Philippe, courez demander aux deux arbitres, Gers d'Alion et Mas de Morency, de me rejoindre !

Devant la tente, une fois annoncée la mort d'Olivier de Termes, la foule commença à se disperser. Ce genre d'accidents arrivait parfois. Seul Pier de Voisins tentait encore de comprendre les circonstances qui avaient provoqué la mort de son ami.

— Si ce combat s'est déroulé à la régulière, je veux bien quitter mon poste de sénéchal de Carcassonne ! dit-il à Jourdain de Levis. Mais le comte lui répondit rudement :

— C'était votre homme, quelle qu'ait pu être l'identité de ce Chevalier noir.

Il espérait que le sénéchal lui révélerait son nom, mais Pier de Voisins répliqua avec indignation.

— Ce n'est pas mon homme. Je ne le connais même pas. Mais c'est une honte pour la France !

— Nous devons vivre avec cela, dit le comte de Mirepoix.

— Vous, peut-être. Moi, pas ! rétorqua Pier de Voisins. Je vais me battre pour l'honneur du roi, et pour mon ami défunt !

— Sénéchal, avertit le comte, ne faites pas votre malheur ! Que comptez-vous donc obtenir ? Vous ne rendrez pas la vie à ce mort.

— Mais je retrouverai la paix de mon âme ! répondit Pier de Voisins en s'éloignant.

Gers d'Alion et Mas de Morency étaient passés dans la tente.

— Arrêtez cet homme ! dit Yeza en désignant Rinat Le Pulcin. Enchaînez-le mais ne le tuez pas ! Lui et son maître doivent pouvoir répondre de leurs actes devant moi.

Ils s'étaient arrêtés tous deux à l'entrée et avaient dégainé leurs épées, si bien que Rinat n'osa pas tenter de s'enfuir. Il se laissa ligoter, ils le firent sortir et l'accrochèrent à un poteau, en dessous de la tribune.

Yeza passa l'armure de son chevalier, Roç. Elle veilla à ce que l'on n'efface pas les traces de sang. Elles devaient rester bien visibles. Geraude et Potkaxl l'aidèrent. Elle avait renvoyé sur le terrain Jordi, le héraut. Il devait annoncer le combat suivant. Elle voulait savoir, à présent, si l'homme était bien celui auquel elle songeait. Yves le Breton en cavalier assassin vêtu de noir, cela lui ressemblait bien ! Elle ne pourrait pas le tuer, du moins ni ce jour-là, ni en ce lieu, mais elle allait le démasquer ! Alors, quelqu'un l'abattrait peut-être enfin comme un chien enragé ! Tant que ce ne serait pas fait, le Breton n'aurait de toute façon aucun répit.

Lorsque Roç Trencavel, ressuscité, regagna les palissades, visière rabattue, des applaudissements retentirent sur les bancs du public. Mais Yeza n'y fit pas attention : la seule chose qui comptait était que le suspect fût encore là.

Et il était bien là, le Chevalier noir, en haut à gauche, près de cette maudite bannière à fleurs de lys, sa silhouette sombre et menaçante bien assise sur le cheval moreau. À lui seul, ce dos voûté révélait qu'il s'agissait vraiment du Breton.

Yeza décida de se diriger vers lui avant même le choix des lances et de lui arracher son masque du visage. D'un geste, elle fit faire volte-face à son cheval et galopa vers le Chevalier noir en traversant le pré. Elle dut faire des crochets, car Wolf de Foix et Xacbert tentèrent de lui barrer le chemin en criant. Mais cette cavalière aguerrie évita les chevaux des deux hommes et leur échappa en sautant hardiment la barrière. Elle vit alors le Chevalier noir éperonner son cheval et se diriger vers la forêt.

— Arrêtez-vous, lâche cria Yeza dans son heaume. Montrez donc qui vous êtes, Yves !

Mais la forêt l'avait déjà englouti lorsque Yeza atteignit le présentoir, en même temps que Wolf de Foix, qui attrapa aussitôt ses rênes.

— Laissez-le filer ! cria-t-il avant de chercher à la calmer : Un homme pareil ne mérite que la corde du bourreau, sûrement pas une mort de chevalier.

Yeza souleva sa visière, mais cela ne décontenança pas Wolf, qui se contenta de rire.

— Combien de malheurs causera-t-il encore ? demanda Yeza, indignée.

— Autant que Dieu le voudra, murmura le vieux soldat.

Pons, qui n'avait rien su de tout cela, voulait enfin prendre part au combat. Il fut ravi d'apercevoir près de l'oriflamme Roç Trencavel, entouré par deux chevaliers aussi fameux que Foix et que Xacbert, devant lesquels il lui plairait beaucoup de briller. Il dirigea son cheval vers le podium, demanda à Jordi de faire sonner sa trompette et brandit sa lance d'un geste outrancier avant de revenir au trot, sans se retourner, auprès de la bannière occitane.

Ce défi vint à point nommé pour Yeza. Avant que les deux hommes, auxquels la provocation aurait aussi pu s'adresser, se soient décidés ou aient pu l'empêcher de se lancer dans cette aventure virile, elle abaissa sa visière et fila vers le présentoir des lances. Elle en choisit une légère – pour affronter Pons, elle n'avait pas besoin de force, il se soulèverait tout seul de sa selle. Effectivement, Pons avait les reins tellement fatigués par sa chevauchée sur, sous, avec et contre Potkaxl qu'il avait peine à tenir à cheval. Mais il le remarqua seulement à l'instant où sa monture partit au galop. Sautillant sur sa selle, il fila vers Yeza en agitant sa lance. Elle avait coincé la sienne derrière la nuque de son animal, et lorsqu'ils se croisèrent, elle balaya le gros garçon comme un fruit gâté sur le pré. Il se retrouva assis sur son large postérieur, bien heureux que ce soit fini. Jordi sonna la victoire au premier passage.

Une fin horrible et triste

La mort indigne de son ami Olivier, tué par le Chevalier noir, avait profondément ébranlé le sénéchal. Il était déjà en selle lorsque le pseudo Roç Trencavel dirigea son cheval vers la tente, derrière la tribune, tandis que l'on emmenait Pons de Levis hors du terrain. Pier de Voisins vint rapidement occuper le stand de la France. Simon de Cadet et Gers d'Alion se disputèrent aussitôt l'honneur d'affronter le premier homme à combattre sincèrement sous la bannière aux lys. Pons avait privé Simon d'une revanche sur le Trencavel, mais Gers d'Alion pouvait faire valoir son droit à un premier combat. C'est Mafalda qui emporta la décision en demandant que son préféré aille défendre les couleurs de l'Occitanie.

Après avoir toisé Rinat, toujours ligoté, Yeza était discrètement revenue dans la tente. Roç dormait toujours profondément, sous le coup du breuvage que Geraude lui avait fait boire. Tout lui avait été épargné, même l'accident malheureux qu'avait subi messire de Termes, et qui aurait dû être le sien. Geraude et Potkaxl aidèrent Yeza à sortir de son armure.

Dehors, la trompette retentit. Gers d'Alion arriva enfin, lui aussi, au stand des lances, où le sénéchal l'attendait déjà. Il avait eu du mal à s'arracher aux bras de Mafalda. Elle lui avait glissé son petit foulard sous sa cuirasse, et chaque fois qu'il croyait avoir pris congé d'elle, elle s'était penchée par-dessus la rambarde pour se faire embrasser une dernière fois.

— Je vous en prie, Messire, dit doucement Pier de Voisins, vérifiez vous-même que la morne est bien fixée ! Et il tendit sa lance à Gers d'Alion, ahuri, qui ne put faire autrement que s'exécuter et lui tendre son arme à son tour. Les deux petites couronnes étaient bien accrochées.

— Je vous souhaite un bon combat ! dit le sénéchal en observant son jeune visage.

— Que le meilleur gagne, répondit courtoisement Gers d'Alion.

— Ou du moins le plus chanceux ! conclut Pier de

Voisins en rabaissant sa visière et en rejoignant ses marques.

— Pour notre Occitanie, chérie ! cria dame Mafalda, si fort qu'on l'entendait forcément jusqu'au pré.

Lorsque Fortune sourit, Vénus n'est pas loin. Cette maxime avait traversé l'esprit du vieil homme. Aucune récompense de ce type ne l'attendait, lui. Il ne pouvait même pas espérer les remerciements de la France. Arrivé à l'oriflamme, il s'inclina cependant devant ce roi lointain qui attachait si peu de prix à ses services, et fit un signe de croix avec sa main gantée. Il attrapa la lance sous le point où elle décrivait un cône, la coinça sous son bras et attendit le signal. D'Alion était prêt, lui aussi. Jordi fit résonner sa trompette, et les deux cavaliers se mirent en mouvement.

Le sénéchal avait mené beaucoup de joutes dans sa jeunesse. Il garda son adversaire à l'œil : il ne tenait pas à se laisser surprendre. Peu lui importait qui serait le vainqueur, c'est à ses propres yeux qu'il voulait en sortir gagnant. Pier de Voisins resserra les cuisses et vérifia sa prise sur le manche de bois, son cheval partit au grand galop. Son cœur bondissait de joie. Quel bonheur de voler à nouveau vers ce choc unique, à l'issue incertaine. « *O Fortuna !* » clama le vieil homme en visant le bouclier de l'autre, comme le voulaient les rites de la chevalerie. Mais il constata avec inquiétude que l'autre tenait son bouclier trop loin, et surtout qu'il ne l'avait pas placé à la verticale : il le tenait la partie supérieure en arrière, comme pour le combat à l'épée. L'arme pouvait lui entrer dans l'œil. Pier de Voisins tenta d'éloigner sa lance, mais elle glissait déjà contre la surface lisse du bouclier, la morne se décala vers le bas et se brisa. La pointe de sa lance, elle, fut déviée vers le haut, glissa sur le rebord du bouclier et passa sous le menton d'Alion, entre la barbe et le heaume, s'enfonçant dans son gosier et sans doute plus haut, dans le cerveau. Le sénéchal l'avait laissée tomber avant même qu'un flot de sang rouge ne jaillisse du cou et que d'Alion, la lance plantée dans la tête, ne glisse lentement de son cheval, qui s'était remis au pas. Le cri strident de Mafalda perça le silence d'une foule tétanisée.

Pier de Voisins n'attendit pas que son cheval se fût arrêté, il sauta de sa selle, désespéré, tomba, se redressa et courut auprès du malheureux, aussi vite que le lui permettait son armure.

Jordi avait déjà bondi. Il tenta, des deux mains, d'ouvrir la visière déformée. Ils n'osèrent pas ôter de la tête l'extrémité de la lance, qui s'était brisée lors de la chute. Wolf de Foix, Xacbert et Simon de Cadet les avaient rejoints. Ils étaient agenouillés dans l'herbe ensanglantée. Simon, d'un geste absurde, voulut redresser la tête toujours enfermée dans le heaume, mais le sang s'arrêta brusquement de couler. La mort était venue.

— Retournez-vous ! ordonna Wolf. Mais Jordi fut le seul à obtempérer. Il en avait assez vu pour cette journée. D'un geste, Foix retira le bois ensanglanté de l'effroyable blessure. Un filet rouge coula doucement sur le mouchoir déchiré avant de se tarir à son tour. Simon tira timidement le foulard de Mafalda de sous sa cuirasse. Il était imbibé de sang. Il le porta à ses lèvres et s'en alla. Foix attrapa le mort sous les aisselles et souleva son corps comme pour lui donner une dernière accolade, mais le hissa aussitôt sur le cheval d'Alion. Le chevalier était désormais de travers sur la selle, les jambes d'un côté, la tête et les bras de l'autre. Ils le ramenèrent ainsi lentement à la tribune. Pier de Voisins les suivait, tête basse. Nul n'avait émis le moindre reproche, mais il se sentait coupable. Comment aurait-il pu éviter ce malheur ? Tout était allé si vite, même s'il avait eu l'impression de vivre la scène au ralenti, comme dans un cauchemar. Pour que le garçon soit encore en vie, il aurait dû ne pas participer à cette joute.

Partout on gémissait sur les tribunes et sur les bancs. Les femmes pleuraient fort, mais la voix pénétrante de Mafalda portait plus loin, et elle hurla de douleur, entre de terribles sanglots, lorsque le cheval portant le corps approcha d'elle. Son père avait tenté de la consoler, mais elle l'avait repoussé. Dame Esterel n'était pas parvenue, elle non plus, à la serrer contre sa poitrine. Mafalda lançait même des imprécations à Simon, si bien que celui-ci oublia de lui rendre son foulard. Elle paraissait avoir perdu la raison, elle suppliait qu'on lui rende son bien-aimé, se jetait au sol, déchirait ses vêtements, traitait le sénéchal « d'assassin », parlait de « complot » et de « tribunal ».

Yeza ordonna à Geraude d'apporter la boisson qu'elle avait administrée à Roç. « Mais double la dose, je te prie ! »

Geraude revint en courant avec sa petite fiole. Simon et Mas essayèrent de maîtriser la jeune femme prise de folie pour que Geraude puisse lui faire avaler son breuvage, mais elle se dégagea, courut vers l'escalier, à l'arrière de la tribune, et disparut dans la forêt. Elle n'avait pas accordé le moindre regard au corps de Gers, qu'on lui avait présenté sur le cheval, devant la tribune.

— Moi, je l'aurais embrassé une dernière fois ! assura dame Esterel, en larmes, à sa nièce Melisende. Celle-ci ne pleurait pas, mais son visage déjà pâle était devenu livide.

— Vous devriez aller chercher ma sœur, dit-elle à Simon de Cadet, elle pourrait se faire du mal.

Simon ne paraissait pas décidé.

— Courez et consolez-la ! ordonna Melisende. Vous le devez à votre ami !

Simon s'inclina et partit.

Lorsque Roç s'éveilla dans la tente, il était en compagnie de deux cadavres. Il se frotta les yeux, se croyant dans un mauvais rêve. Au même instant entrèrent Xacbert de Barbera, Wolf de Foix et Pier de Voisins. Ils ne le regardèrent pas, pas plus que les deux corps.

— Ma décision est irrévocable, messires, dit le sénéchal d'une voix posée. Je vais remonter à cheval, et je veux que vous, Wolf de Foix, qui êtes sans doute le meilleur des cavaliers, vous releviez mon défi. Un combat à mort ! Il faut bien que cela cesse un jour...

— Je vous en prie, Pier de Voisins, ne vous laissez pas gagner par la douleur et la démence qui font rage ici ! s'exclama Xacbert, inquiet.

— Vous n'êtes en rien responsable, ajouta Wolf de Foix, lui aussi horrifié. Rien ne vous force à vous livrer à un acte pareil. D'ailleurs cela n'a rien d'héroïque, au contraire, vous allez rejeter sur moi la malédiction qui pèse sur tous, ici, depuis l'apparition de ce Breton ! Je n'envisage pas un seul...

— Je veux la mort ! cria alors le sénéchal. Voulez-vous que j'aille me pendre sur la tribune ? Faites-moi l'honneur de m'affronter à l'épée, je vous en implore, je vous exonère par avance de toute culpabilité, de toute malédiction, de toute expiation, que Xacbert de Barbera m'en soit témoin ! À moins qu'il ne me faille d'abord aller me camper devant ces dames, les traiter de putains lubriques, traîner le couple royal dans la boue, cracher sur la gloire du courageux Roç Trencavel et de Yeza, sa dame hardie ? Faut-il aussi que je vous offense, Wolf de Foix, que je prononce sur votre digne origine et sur votre Occitanie bien-aimée des mots tellement ignobles que vous ne pourrez faire autrement que de vous battre si vous ne voulez pas perdre la face ?

— Non, répliqua Foix, un faidit ne peut se permettre une chose pareille !

Il s'agenouilla devant le sénéchal et demanda d'une voix ferme : — Pardonnez-moi !

Pier de Voisins tomba à son tour devant lui et l'embrassa sur le front.

— De tout mon cœur heureux, répondit-il à voix basse, et Xacbert posa ses mains sur la tête des deux hommes :

— Dieu vous bénisse tous deux.

Puis ils se levèrent et quittèrent la tente.

Roç était désormais certain d'avoir rêvé. Il se rendormit aussitôt.

Simon avait aperçu Mafalda qui courait sur le Camp des Crémats, vers la forêt de Montségur. Il prit son cheval et galopa derrière la désespérée. La pente du Pog montait à pic avant de s'élever d'un seul coup pour former un promontoire rocheux. Une femme qui n'avait plus tous ses esprits pouvait y être précipitée dans le vide sans même avoir voulu mettre fin à ses jours. Simon retrouva Mafalda couchée sur une pierre. Elle pleurait à chaudes larmes, le corps secoué par les sanglots. Il s'approcha prudemment, passa le bras autour de son cou et lui caressa les cheveux.

— Mafalda, je vous en prie...

Il n'alla pas plus loin : elle avait poussé un cri bestial qui résonna au loin sur les rochers, et ce cri ne s'arrêtait plus, c'était une unique note qui enflait et dégonflait, d'une voix tellement stridente qu'il crut sentir vibrer la moelle de ses os. Elle avait repoussé sa main d'un geste violent et tambourinait des poings sur le rocher où elle s'était couchée, dans la même position que Gers sur son cheval. Elle frappait son visage sur la pierre, comme si elle avait décidé de se fracasser le crâne.

Simon chercha encore une fois à s'approcher d'elle, il passa derrière elle et voulut la prendre par les épaules pour l'éloigner des rebords tranchants sur lesquels elle s'écorchait le visage en hurlant. Mafalda se tut tout d'un coup. Simon crut que son cœur n'avait pas résisté à la douleur, et se pencha timidement au-dessus d'elle. Il sentit alors la chaleur de son corps. Elle recula et se serra contre lui, elle saisit sa robe et releva le tissu jusqu'à ce que l'homme se retrouve entre ses deux jambes nues. Simon maudit son membre, mais laissa tout de même tomber ses pantalons. Mafalda écarta les cuisses. Lorsque Simon entra en elle, elle gémit doucement, pour un bref instant. Bientôt, ses poings recommencèrent à frapper la pierre. Elle n'avait plus envie de se défigurer. Elle rejeta ses cheveux sur la nuque et fit ondoyer son bassin jusqu'à ce que Simon lui tombe sur le dos en haletant. Ils restèrent longtemps ainsi. Puis Mafalda annonça :

— Simon, je n'oublierai jamais cet instant !

Cela l'agaça puissamment :

— C'est Gers d'Alion que vous ne devriez pas oublier aussi vite !

Elle se détacha de lui.

— Il y a surtout une chose que je n'oublierai pas (Mafalda regarda Simon remonter et fermer ses pantalons) : Gers d'Alion m'a abandonnée !

Ils redescendirent tous les deux à travers la forêt. Simon avait de plus en plus envie de renoncer à ce monde peuplé de femmes, pour entrer dans l'ordre des Templiers.

Mafalda, elle, se demandait si elle ne devait pas se mettre au service du couple royal, comme suivante de Yeza. Cela lui permettrait de mener une vie aventureuse, sans jamais plus devoir éprouver une douleur aussi effroyable, causée par un homme auquel elle avait voué son cœur.

Dans sa demi-conscience, Roç perçut des voix qui évoquaient la fin rapide et atroce du sénéchal de Carcassone. Il crut avoir compris que les deux adversaires s'étaient mis d'accord pour s'affronter à l'épée dès le premier combat, qu'ils s'étaient précipités l'un vers l'autre et que Foix avait coupé la tête d'un seul coup au vieux Pier de Voisins, avant même que celui-ci ait pu lever son arme pour se défendre. Il y eut ensuite des cris, il crut comprendre, à la voix de Yeza, qu'elle était prise d'une extrême colère. Rinat Le Pulcin s'était échappé, ce que Roç ne comprit pas du tout. Pourquoi diable était-il prisonnier ?

« Quelqu'un a coupé la corde ! » pestait sa dame. Ensuite, des artisans entrèrent dans la tente en faisant tellement de bruit que Roç se réveilla tout à fait. Il vit, en clignant les yeux, que trois cercueils se trouvaient devant son lit. Les hommes se mirent à taper dessus à coups de marteau. Ce bruit le décida à se lever de sa couche et à quitter ce lieu au plus vite. Il ne ressentait plus ses douleurs à la tête, même s'il pouvait encore palper ses bosses. Sur le pré, il entendit Jordi sonner le signal annonçant la fin du tournoi.

ON COMPTE LES VIVANTS

Le soleil de l'après-midi ne réchauffait plus le pré : la douce bise qui avait jusqu'alors offert une agréable fraîcheur aux combattants acharnés et aux invités excités laissa place à un vent froid qui descendait des sommets des Pyrénées et faisait battre joyeusement les fanions et les guirlandes colorées. La journée avait été splendide, les quelques petits nuages disparaissaient les uns après les autres du ciel d'azur, et la couronne des murs de Montségur, tout en haut du Pog, brillait comme de l'or. Le conseil des femmes entourait Yeza, l'arbitre suprême du tournoi, qui venait de constater que c'était à Wolf de Foix que revenait la couronne du vainqueur : « Deux joutes, deux victoires ! »

— Vous oubliez honteusement votre propre chevalier ! s'exclama dame Esterel. Le noble Roç Trencavel s'est battu à trois reprises : deux victoires et une défaite, cela compte plus que deux victoires seules !

À cet instant seulement, Yeza se rappela qu'elle s'était secrètement battue contre Pons sous l'armure de Roç. Elle voulut répondre qu'un homme qui n'avait pas été vaincu valait plus, mais Mafalda s'exclama avant qu'elle ait pu prendre la parole :

— D'ailleurs, cette victoire sur le sénéchal était en réalité un coup de grâce anticipé, après un combat qui n'a pas eu lieu !

— Messire Wolf peut difficilement s'en faire une gloire ! s'exclama à son tour sa sœur Melisende, pour une fois d'accord avec elle.

— Si nous nous fondons sur ce genre de considérations..., répondit d'abord Yeza. Mais elle s'arrêta et s'avoua vaincue.

Jordi sonna encore une fois pour appeler tous les seigneurs présents, et tous durent se poster, à cheval, le long des palissades. On y voyait le comte Jourdain de Levis, ses amis Wolf de Foix et Xacbert de Barbera, son beau-frère Gaston de Lautrec, qui avaient tous franchi sans dommage les épreuves du tournoi. On ne pouvait en dire autant de Burt de Comminges. Les serviteurs l'avaient recouvert de bandages, du nez jusqu'aux orteils, et ses écuyers devaient le soutenir. L'homme qui lui faisait face du côté droit, Raoul de Belgrave, s'était défait depuis longtemps de ses pansements, ce que Melisende nota avec bonheur. Seul un bandeau autour de la tête et un bras en écharpe témoignaient encore de ses blessures. À côté de lui se tenaient Max de Morency et Pons de Levis, qui ne s'étaient couverts de gloire ni l'un, ni l'autre. On pouvait d'ailleurs en dire autant de Simon de Cadet, qui vint les rejoindre. Au bout de compte, les anciens avaient donné une leçon aux jeunes, à une unique exception près : celle de Roç, qui prit alors la place du milieu sous les applaudissements du peuple.

Yeza, entourée de ses suivantes et des dames de la maison Levis, fit un signe à Philippe. Jordi sonna encore une fois, et l'écuyer mena son seigneur, à cheval, jusqu'au bord de la loge d'honneur. Roç baissa gracieusement la tête, sous les ovations.

— Pourquoi moi ? chuchota-t-il.

— Bien dormi ? répondit Yeza à voix basse, en souriant. Puis elle déposa sur ses cheveux la couronne de roses, tissée de rubans jaunes, et l'embrassa sur le front. Les seigneurs levèrent les armes pour la saluer. C'était la fin du tournoi.

Les premiers à partir furent messire de Comminges et son épouse Melisende. Ils n'échangèrent pas le moindre mot, et ce mutisme semblait devoir durer un certain temps. Messire Burt, sur le chemin du retour, n'ouvrit qu'une seule fois sa mâchoire bandée, au moment de franchir le barrage que le connétable avait dressé sur la route. Gilles Le Brun apprit ainsi par Comminges que les seigneurs Pier de Voisins et Olivier de Termes n'avaient pas survécu au combat.

— Qui les a... voulut demander le connétable, mais Burt avait du mal à parler, et il ne répondit pas, d'autant plus que lui et sa silencieuse épouse avaient déjà franchi le barrage.

Gilles Le Brun était perplexe. Le Chevalier noir était passé un peu plus tôt devant lui, sans le saluer, au retour comme à l'aller, et l'on aurait pu supposer qu'il avait rempli sa mission. Pourtant, nul ne mentionnait la mort de Roç Trencavel. Il voulut en savoir plus.

Raoul, Mas et Pons tentaient de convaincre Roç de ne pas sous-estimer la soif de vengeance du connétable, après la mort du sénéchal et d'Olivier. Si Le Brun venait à apprendre que le bourreau de Paris, envoyé par Dieu sait qui, avait été berné et avait tué le mauvais homme, on pouvait supposer que le connétable se ferait un plaisir de réparer personnellement cet outrage. Roç ne devait pas tomber entre ses mains. Yeza approuva :

— Suivez le conseil de vos nouveaux serviteurs, conseilla-t-elle à Roç. Je retrouverai bien toute seule le chemin de Quéribus !

Simon de Cadet intervint à son tour

— Je me joins à vous, dit-il à Roç. Je vous laisse l'armure de mon ami Gers d'Alion. Puisse-t-elle vous dissimuler efficacement, puisqu'elle n'a pu le protéger.

Yeza embrassa Simon pour le remercier et Roç partit avec lui pour changer d'armure. Il se jura que ce serait la dernière fois.

Était-ce la démarche de Simon qui l'y avait incitée, ou simplement la volonté de ne pas passer le reste de ses jours en veuve retirée dans le château de son père ? En tout cas, Mafalda fit un pas en avant, courba le genou devant Yeza et annonça :

— Vous penserez peut-être que je ne ferai pas une bien bonne suivante, mais je vous promets de vous servir fidèlement et de...

Elle n'alla pas plus loin : un nouvel accès de larmes l'empêcha de parler. Yeza vit bien quelques objections, mais elle les écarta, releva la jeune femme agenouillée, l'embrassa et répondit :

— Restez auprès de moi tant qu'il vous plaira.

On décida que Yeza et sa cour ne partiraient qu'au moment où Roç et les siens auraient déjà franchi le barrage mis en place par le connétable. On pria Philippe de transmettre cette information.

Messire Gaston de Lautrec et son épouse Esterel prirent congé. Eux aussi proposèrent de faire sortir Roç de la nasse en le dissimulant au sein de leur escorte. Mais son fils adoptif Mas de Morency s'excusa auprès de sa marâtre adulée :

— Nous, les nouveaux écuyers du Trencavel, expliqua-t-il avec fierté, nous mènerons notre seigneur Roç en sûreté à travers tous les obstacles.

— Nous sommes assez nombreux pour cela !

confirma Pons, et Potkaxl lança un regard admiratif à son chevalier.

Messire de Lautrec s'éloigna donc de Montségur. Gilles Le Brun se précipita vers lui lorsqu'il le vit arriver avec ses hommes.

— Dites-moi, noble sire Gaston, quelle main a envoyé mon stupide et vieux sénéchal à la mort ?

— Pier de Voisins a choisi seul son destin, et a voulu mourir par l'épée. La main qui a exaucé ce vœu était celle de Wolf de Foix. Il n'aurait pu choisir adversaire plus chevaleresque ! ajouta Gaston avec force en voyant le visage du connétable se tordre de haine.

— Le faidit ! Il me le paiera !

Mais il réprima son accès de haine en constatant que l'autre le toisait d'un air méprisant et éperonnait déjà son cheval.

— Et Olivier ? s'exclama-t-il, hors de lui. Qui donc l'a tué ?

Gaston brida son cheval une fois de plus.

— Wolf de Foix est un homme d'honneur, vous n'en trouverez pas deux comme lui à Paris. L'assassin de messire de Termes était votre Chevalier noir !

Et sur ces mots, il s'en alla définitivement.

Les trois vieux amis, Xacbert de Barbera, Wolf de Foix et le comte Jourdain de Levis repassèrent par la gorge sinueuse qui permettait d'aller et de venir sans obstacle le long du Pog.

Le comte leur avait recommandé une extrême prudence : ils n'étaient plus que trois. Lui-même avait laissé son escorte à Yeza. Lorsque la dame aurait atteint Quéribus sans encombre, ses hommes devaient le rejoindre à Mirepoix, où il avait invité ses amis. Ils quittèrent la forêt qui les protégeait des regards et, l'épée à la main, entrèrent dans la ravine où mugissait le torrent.

Lorsque les jeunes, c'est-à-dire Raoul de Belgrave, Mas de Morency, Pons de Levis, Simon de Cadet et Roç, portant l'armure de Gers d'Alion, avancèrent vers la barrière dressée par le connétable, brides croisées, visières baissées et armes au poing, ils constatèrent avec étonnement que presque aucun soldat français ne se trouvait plus là pour leur barrer la route. Ils ne ralentirent pas : aucun d'entre eux n'avait envie de discuter avec Gilles Le Brun, qui se campa sur le chemin.

— Voilà la honte de la France ! lui cria Raoul en riant. Il avait sans doute ôté les mots de la bouche du connétable, qui le regarda d'un air stupide. Ses yeux glissèrent sur les boucliers et les ornementations des heaumes des cinq chevaliers, il énuméra leurs noms à voix basse, l'homme qu'il cherchait n'était pas parmi eux.

— Où est le Trencavel ? hurla-t-il dans leur dos.

Pons, le dernier, se retourna et cria :

— Vous ne l'avez pas vu ? Il était dans l'escorte de messire de Lautrec !

Puis la bande s'éloigna au galop. Mais une fois franchi le premier virage, Raoul, leur meneur, leva la main, et ils se rassemblèrent autour de lui.

— Vous avez vu, le connétable était presque seul.

— Il n'y avait que ses gardes du corps, cachés derrière les arbres, confirma Mas.

— Il a renvoyé ses soldats ! intervint Roç. Il pensait que je repartirais seul, c'est sans doute la raison pour laquelle ils se sentaient suffisamment nombreux...

— Par conséquent, conclut Simon de Cadet, il a dressé un piège quelque part. Mais qui veut-il y prendre ?

— Les deux hommes qu'il veut voir morts ou enchaînés, Roç mis à part, s'exclama Raoul : Xacbert et Foix !

— Car vous, messire, fit Mas de Morency en s'adressant à Roç, vous dormiez lorsque votre serviteur Rinat a commis sa trahison. Il aura sans doute aussi révélé au connétable quel chemin...

— La ravine ! s'exclama Roç.

Ils firent entrer leurs chevaux dans la forêt et coururent vers le Pog à bride abattue.

Lorsque Philippe, hors d'haleine, vint annoncer à Yeza que Roç avait franchi le barrage sans difficulté, elle donna le signal du départ. Les artisans commencèrent à démonter la tribune. Le peuple s'était dispersé depuis longtemps. Ils étaient les derniers. Elle avait auprès d'elle l'escorte du comte Jourdain. On lui avait aussi confié la garde des trois cercueils. Ils étaient posés sur les chariots qui devaient rapporter à Mirepoix la tente, les coussins, les lances et les provisions. Le cortège s'approcha lentement du point où messire Gilles attendait toujours que Roç lui tombe entre les mains, persuadé que Pons de Levis lui avait menti. Il aurait aimé voir la tête du Trencavel sur une pique. Cela aurait provoqué un cri d'indignation dans tout l'Occident, mais ce meurtre aurait mis un terme à cette fantasmagorie des enfants du Graal et du couple royal – et bientôt, personne ne serait plus venu les réclamer à cor et à cri. Tant qu'il serait en vie, ce faux Trencavel ne serait qu'une source d'ennuis ! Gilles Le Brun ne voulait pas revenir à Paris sans avoir accompli sa besogne, à l'instar de ce Breton.

« Cette espèce de raté ! » marmonnait justement le connétable lorsqu'il aperçut à la tête du cortège qui approchait le bouclier et la cuirasse que lui avait décrits son homme de confiance, ainsi que son ornement, une épée mauresque, un cimeterre dressé pour frapper. Le chevalier avait baissé sa visière. Gilles fit un signe à ses hommes. Ils attendirent jusqu'à ce que le cheval et le cavalier se trouvent juste en dessous d'eux. Puis ils surgirent des bosquets et attrapèrent la monture du chevalier avant qu'il n'ait pu tirer son épée. Le connétable en resta coi : l'homme ne tenait pas d'épée, mais une trompette, et un luth était accroché à son épaule. « Il est donc aussi ménestrel ! » songea Gilles avec mépris.

— Que voulez-vous ? cria Yeza au connétable en ordonnant à ses hommes de décharger les cercueils d'Olivier et du sénéchal. Gilles s'en approcha avec un certain malaise.

— Qui est le troisième ? s'enquit-il.

— Gers d'Alion a été tué au combat par le noble Pier de Voisins.

— Gers d'Alion ? (Le connétable repassa en revue dans son esprit les chevaliers qui venaient de franchir son barrage.) Et qui est celui-là ? demanda-t-il en désignant du doigt l'homme qui avançait en tête du convoi.

— Mon bouffon, Jordi, répondit Yeza en riant. Il a passé l'armure de son seigneur, ce qu'il n'a pas le droit de faire en temps normal, lorsque son maître...

Jordi avait relevé sa visière et adressait un sourire malin à Gilles Le Brun.

— Voulez-vous que je vous joue un air sur mon luth, noble seigneur ? Mais je peux aussi vous en souffler un...

Il emboucha la trompette, mais les gardes du connétable arrêtèrent l'insolent.

— Et où est-il, ce seigneur, votre Trencavel ?

— Il est certainement passé devant vous, dit Yeza comme si elle commençait à en douter. Ne l'avez-vous donc pas salué ? Il espérait ardemment pouvoir faire votre connaissance lors du tournoi. Qui sait ce qui vous serait alors arrivé ? (Elle laissa glisser son regard vers les deux cercueils.) Pour ces deux hommes, faites donc dire une messe au nom du couple royal. Je vous enverrai l'argent !

— Ce n'est pas nécessaire, répondit Gilles Le Brun, confus.

Le convoi se remit en marche, laissant le connétable seul avec les deux cercueils. Il observa le troisième avec colère. Qu'il soit vide ou non, cette dame arrogante aurait dû me témoigner plus de respect. De toute façon, il le remplirait sous peu. Et ce ne serait pas le seul.

Le comte Jourdain, Xacbert de Barbera et le comte de Foix menaient prudemment leurs chevaux sur les pierres trempées. L'eau du Lasset descendait en cascade autour d'eux dans la ravine sombre et profonde. Ils atteindraient rapidement la sortie, et pourraient alors remonter en selle. Un cavalier à pied n'en vaut plus qu'un demi, songeait le comte, qui n'avait rien à craindre pour lui-même mais se faisait du souci pour ses amis. La lumière du soir scintillait déjà à travers les arbres de la forêt, devant eux. Ils dessinaient de longues ombres noires devant le ciel incandescent. Pendant un instant, les hommes s'arrêtèrent en silence en observant ce spectacle. Après le tonnerre, le gargouillement et le mugissement du torrent coincé entre les roches, ils ressentirent comme une libération le calme de cette forêt obscure. La flèche qui venait de se planter dans le cou de Foix n'avait pas fait de bruit, elle non plus, juste un léger gazouillement dans l'air et un coup sourd. Ensuite, les projectiles s'abattirent sur eux de tous les côtés, entre les arbres, depuis le haut des rochers. Ils se jetèrent aussitôt au sol en entraînant leurs chevaux, dont le corps fut cependant bientôt tellement hérissé de flèches qu'il ne put que leur servir de protection. Les animaux hennissaient de douleur ; l'ennemi invisible, lui, ne faisait pas le moindre bruit. Quant aux trois chevaliers, ils chuchotaient à peine.

— Faites les morts lorsqu'ils arriveront ! demanda le comte.

— Inutile, répondit Foix dans un râle, la flèche plantée dans une artère. Je serai bel et bien mort d'ici là.

— Stupide ! marmonna Xacbert en appuyant sur la blessure des lambeaux de sa chemise. Il savait bien, pourtant, que son ami allait mourir. Cette attaque de félons s'acheva aussi vite qu'elle avait commencé. Et le silence s'installa de nouveau. Si les arbres, tout autour d'eux, et les corps tremblants des chevaux, n'avaient pas été couverts de flèches, on aurait pu prendre tout cela pour un mauvais rêve. C'est alors qu'ils virent les silhouettes noires qui s'approchaient de toutes parts, comme une meute de chiens encercle le cerf agonisant.

— Maintenant ! gémit Wolf de Foix en tentant d'empoigner le pommeau de son épée. Mais elle lui tomba des mains. On entendit alors le pas de chevaux lancés au galop dans la forêt, et le choc des lames de fer, suivi de gémissements et de jurons. Roç, Raoul, Mas, Pons et Simon exterminaient les archers du connétable. Ils brisaient les nuques, perforaient les cœurs, fendaient le crâne de ceux qui avaient perdu leur casque. « Pas plus d'un coup pour chaque homme ! leur avait ordonné Roç. Et qu'aucun n'en réchappe ! »

Ce spectacle avait remis Xacbert et Jourdain sur leurs jambes ; ils s'occupèrent des archers qui voulaient se sauver par la ravine. Rinat Le Pulcin leur tomba entre les mains. Il tenta de passer entre les jambes de Xacbert et le rivage à pic, mais Xacbert le reconnut à temps. Il le frappa par-derrière, aux chevilles. Rinat trébucha et tomba à genoux. Roç se précipita vers eux.

— Celui-là, je le veux vivant ! cria-t-il en taillant en pièces les autres soldats à sa portée. Mais Xacbert de Barbera refusa de l'écouter. Il se jeta, l'épée levée, sur la pente glissante.

— Voilà pour Wolf de Foix ! hurla-t-il, fou de rage et de douleur, en laissant sa lame s'abattre afin de décapiter le peintre. Mais Rinat utilisa ses dernières forces pour sauter sur le côté, dans le tourbillon du torrent. Le fer lui entailla l'épaule et lui sectionna le bras avant de heurter le sol rocheux. Le cri de Rinat se mêla au grincement de la lame sur la roche. Le peintre avait disparu tête la première dans l'eau sombre du Lasset. Sa main si fine, avec laquelle il maniait si bien le pinceau, resta accrochée aux rochers. Roç et Xacbert regardèrent les flots. Le traître ne reparut pas. Xacbert donna un coup de pied à la main de l'artiste, l'envoyant rejoindre son propriétaire. Lorsqu'ils furent certains que nul ne s'était échappé (ils avaient abattu les derniers survivants entre les arbres), Mas et Pons refirent encore une fois le parcours et donnèrent le coup de grâce à chacun des blessés, en décomptant les morts.

— Cinquante ! s'exclama Pons à l'attention de son père, mais celui-ci murmura, d'une voix atone :

— Que pèsent-ils face à cet unique ami !

Wolf de Foix fut enterré sous le Lasset. Ils barrèrent un bras de la rivière, creusèrent une fosse avec leurs épées, l'y couchèrent et ensevelirent le corps sous de lourdes pierres. Puis ils levèrent le barrage, et l'eau retrouva son lit.

— Nous aurions pu le ramener à Foix, dit le comte, et l'y enterrer en secret.

Le vieux Jourdain se racla la gorge.

— Notre Wolf était un faidit. Sa terre est celle-ci.

— Et il continuera ainsi à vivre pour tous ceux qui tiennent à la liberté de l'Occitanie.

Roç avait les larmes aux yeux.

— Prions pour son âme, dit Simon, et ils s'agenouillèrent, tandis que la nuit tombait sur la forêt.

Ils se séparèrent dans la pénombre, après que les jeunes eurent accompagné le comte et Xacbert jusqu'au château du plus proche vassal de Levis. On leur ordonna aussi d'assurer la sécurité de Roç jusqu'à Quéribus.

— Comment cela ? demanda Mas. Nous restons définitivement auprès de Roç Trencavel, à présent, non ?

— Certainement, répondit Raoul. Mais as-tu oublié que nous sommes seulement en permission ? Taxiarchos a notre promesse : après le tournoi, nous devons chevaucher vers Rhedae pour nous placer sous les ordres de Gavin Montbard de Béthune. Je compte bien tenir ma parole.

Mas baissa la tête, d'autant plus que Pons hochait la sienne pour approuver Raoul.

Simon de Cadet s'exprima à son tour :

— Emmenez-moi auprès du précepteur, je veux être admis dans l'Ordre.

Mais Mas n'en démordait pas.

— Nous sommes déjà au service de messire Roç Trencavel. Je ne veux pas servir deux maîtres.

C'est Roç qui dissipa ce cas de conscience :

— Allez à Rhedae, dit-il, et demandez à messire Gavin de vous libérer. Décidez ensuite ce que vous voulez vraiment. Je vous prendrai volontiers, tous les quatre, à mon service !

Ces mots les convainquirent. Ils reprirent leur chemin, songeant aux morts et à leur propre vie, si jeune et tellement incertaine.

VI

Que Diaus vos bensigna !

Une intervention chirurgicale

Le visiteur ne découvrait la basilique Sainte-Madeleine de Rhedae qu'après avoir franchi son unique accès. Une fois à l'intérieur, il était saisi par l'étonnement, l'incrédulité, parfois même par une profonde hébétude. L'étroite porte demeurait donc le plus souvent fermée. Vue de l'extérieur, cette étrange église paraissait noyée dans les fortifications. La couronne de créneaux de la citadelle incluait le toit à coupole, comme s'il s'agissait d'un simple contrefort avancé. Mais Sainte-Madeleine n'avait rien d'un bastion extérieur et accessoire. Elle constituait au contraire le cœur du château des Templiers dirigé par Gavin Montbard de Béthune. Le royaume du précepteur se situait presque exclusivement sous terre, et les gens ne parlaient jamais de cette basilique mystérieuse qu'en l'appelant « la porte de l'enfer ».

L'ambassadeur en mission spéciale, le *medicus* et conjuré Jean de Procida, fut d'autant plus étonné d'être reçu sur le toit de l'église par messire Montbard de Béthune, qui fuyait de plus en plus, ces derniers temps, la lumière du jour.

Si le précepteur livide s'était ainsi exposé au soleil dans son clams noir, c'est qu'une troupe de cavaliers s'était installée sur le parvis. On était la veille du *palmarum,* et ils répétaient la procession annuelle. La clarté des mâchicoulis badigeonnés de blanc avait beau lui faire mal aux yeux, Gavin regardait avec fierté sa troupe, ces Templiers et ces sergents qui s'étaient disposés sous leur bannière de guerre. Il leva l'abaque, son bâton de commandement, et cria d'une voix émue : « *Beauséant !* »

Ils brandirent tous leurs lances et leurs épées et répondirent d'une seule voix : « *Alla riscossa !* »

Gavin s'inclina devant le drapeau, et la troupe se replia en bon ordre.

— Très impressionnant ! lâcha Jean de Procida. Et très élitaire ! (Il arrêta là ses compliments.) Mais c'est trop peu pour mettre votre projet en œuvre.

Gavin lança à son invité un regard en biais, teinté de moquerie.

— Il m'est difficile d'étaler devant vous les montagnes d'armes neuves et les caisses pleines d'or qui serviront à payer la légion de mercenaires catalans que vous m'avez promis, mais vous avez ma parole que tout est prêt.

Jean de Procida était un caméléon. Il pouvait se donner l'allure d'un général, se faire passer pour un diplomate habile, et revenir l'instant d'après dans le rôle du médecin secourable et compatissant.

— Et pourtant il vous manque quelque chose, dit-il à voix basse, en s'efforçant de ne pas blesser le prince templier, réputé pour ses colères. Pour un bouleversement tel que vous l'envisagez, il vous faut aussi le soutien du peuple.

Jean laissa à son interlocuteur le temps d'avaler la couleuvre.

— Pour les Templiers, c'est-à-dire pour un État dirigé par votre Ordre en Occitanie, les gens ne descendront pas dans les rues, et monteront encore moins sur les barricades. Or vous avez besoin d'eux, pour faire plier la France et pour l'empêcher de revenir dans le Languedoc avec, cette fois, une armée gigantesque.

— Lorsque nous tiendrons tous les châteaux, lorsque nous en aurons chassé les garnisons, répondit vivement le précepteur, et lorsque l'aide de l'Aragon nous aura...

— Je vois que vous ne m'avez pas compris. La population se moque de savoir qui la pressure pour lui soutirer les impôts, et dans ce domaine-là, la réputation de l'Ordre...

— Nous leur laisserons en revanche une liberté que Paris leur a ôtée : celle de leur propre culture !

— Même s'ils vous croyaient sur ce point, ce serait une bien vague promesse. Les gens veulent du concret, s'ils doivent mettre leur vie dans la balance et se jeter contre les pointes de fer françaises. Ce qui vous manque, c'est un chef charismatique, une figure que le peuple suivra, aveugle et pourtant enthousiaste, prêt à n'importe quel sacrifice !

Un éclair traversa les yeux durs de Gavin, mais il sourit ensuite amèrement.

— Eh bien, dites donc tout de suite que vous n'êtes pas seulement un agent de l'Aragon et des Hohenstaufen, mais que vous représentez aussi les intérêts de Roç et de Yeza, le couple royal !

— Avez-vous une meilleure proposition ? rétorqua Jean. Je plaide pour les enfants du Graal parce qu'ils servent notre cause commune. Et nous tenons nous aussi à ce qu'elle triomphe.

— Mais je suis seul à en supporter les coûts et le risque !

— Pas tout à fait ! Si votre entreprise devait ne pas réussir, l'Aragon se serait beaucoup éloigné des terres où il est à l'abri, les problèmes avec la France ne manqueraient pas, et il en ferait les frais. N'oubliez pas que nous sommes en train de mener des négociations qui concernent précisément nos prétentions sur Carcassonne et sur leur contrepartie.

— Je joue ma peau, vous votre réputation ! répondit Gavin, indigné. Mais soit, je suis disposé à demander à Roç et Yeza s'ils désirent se placer à la tête de l'insurrection.

— Cela mettrait aussi de votre côté les cathares, qui n'ont pour le reste aucune raison de faire confiance aux Templiers en matière de liberté religieuse. Ils ne prendront certes pas les armes, mais ils pourraient former un humus de bienveillance où s'enracinerait votre action.

— Les Templiers, amis des hérétiques ? se moqua le

précepteur. Dans ce cas, les Capet ne seraient pas les seuls à nous accuser d'insurrection. Le pape lancerait tout l'Occident contre nous !

— C'est votre problème, Gavin Montbard de Béthune, répliqua froidement le négociateur. Vous devez vous décider. Vous ne pouvez que tout miser sur une seule carte, et il vous faut le faire vite. Comme je vous l'ai dit, le roi Louis a proposé au roi Jacques d'Aragon un accord bienveillant. Une fois qu'il sera signé, vous ne pourrez plus rien attendre de l'autre côté des Pyrénées.

Le précepteur hésitait. Il n'aimait pas l'idée qu'il était désormais lui aussi pressé par le temps.

— Et pourquoi donc, Jean de Procida, si vous pouvez parler au nom de l'Aragon, pourquoi nous encouragez-vous à franchir ce pas lourd de conséquences si vous pouvez aussi facilement obtenir la paix ?

— Parce qu'une république occitane indépendante dirigée par le Temple serait une épine dans le pied de la France, qui gênerait beaucoup son expansion, ses ambitions en Méditerranée. C'est aussi ce que pense le roi Manfred de Sicile.

— Vous dites la France, mais vous pensez à un homme : Charles d'Anjou !

— C'est vous qui l'avez dit, Gavin. (Jean redevint plus aimable.) Maintenant, dites-moi aussi ce qui vous anime, vous, le précepteur Montbard de Béthune. Car je ne me trompe certainement pas beaucoup en affirmant que l'Ordre a émis les plus grandes objections sur vos projets ?

— Mais justement ! s'écria Gavin avec un rire courroucé. Il existe de petits esprits et des poltrons, des conservateurs qui n'ont toujours pas dételé et n'ont d'autre rêve que de libérer le Saint-Sépulcre. Et puis il y a des libres esprits, des marchands, des usuriers qui n'ont qu'une seule idée en tête, multiplier leur fortune. À tous ceux-là, je veux opposer un exemple, un véritable État de Dieu, non pas au ciel, mais sur la terre ! Non pas dans les déserts rocheux et perdus de la *Terra sancta*, mais ici, sur cette terre du Graal, féconde et aimée de Dieu. C'est ici que la semence de la lignée de David doit lever et parvenir au pouvoir...

On lui coupa la parole : un garde du Temple s'approcha de Jean.

— Pardonnez-moi ce dérangement, mais on demande le *chirurgus*. Un cas d'une extrême urgence !

Il montra un sceau taché de sang, que le précepteur reconnut lui aussi immédiatement. C'était le signe de reconnaissance secret du Prieuré de Sion. Le médecin hocha la tête.

— Réfléchissez-y bien, Gavin, dit-il en prenant congé, et en posant sa main sur l'épaule du précepteur, et lorsque vous vous déciderez, n'hésitez pas et ne faites pas les choses à moitié.

Il avait chuchoté la dernière phrase. Le garde les avait de toute façon précédés et les attendait à bonne distance sur le palier de l'escalier.

Le Templier le plus haut gradé de Rhedae quitta après un dernier regard presque nostalgique l'univers des mâchicoulis. La silhouette solitaire vêtue du clams noir à la croix griffue rouge était longtemps restée en haut sans observer vraiment les collines et les vallons. Gavin les avait comme transpercés des yeux, avait piqué dans les sombres forêts, les avait survolées, avait franchi les hauts sommets dentelés des Pyrénées, rejoint le lointain Océan, et avait poursuivi sa course imaginaire. Là-bas se trouvaient des royaumes qu'il n'avait jamais vus et ne connaîtrait jamais. Mais il rêvait de les assujettir à l'ordre des Templiers. Une profonde tristesse voila tout d'un coup le regard de cet homme au crâne anguleux et grisonnant. Puis la colère s'empara de lui.

— Ce ne sont que des ingrats ! songeait-il en descendant l'escalier en colimaçon. Personne ne voulait le comprendre, et il ne pouvait s'attendre à aucune espèce de reconnaissance. Il redescendit avec plaisir dans la pénombre et le silence de l'église, de son église, avec tout ce qu'il y avait créé. Les travaux du Golgotha étaient presque achevés. Le Christ était déjà attaché sur sa croix, entouré par les femmes. Il avait fait ajouter les trois Marie, la *Mater dolorosa*, la sœur de Lazare et Marie-Madeleine, sa préférée. On avait aussi disposé Joseph d'Arimathia et quelques-uns des disciples, ainsi que quelques soldats et bourreaux romains, pour faire bonne mesure. Les deux larrons étaient encore couchés au sol, près de leurs croix. Leurs corps n'étaient pas encore tout à fait achevés, des marteaux, des gouges et des ciseaux jonchaient le sol autour d'eux. Les cordes qui devaient lever la croix pendaient déjà du plafond. Satisfait, Gavin se dirigea vers la porte basse, l'unique accès depuis l'extérieur. Il vérifia son verrouillage, caressa en passant le diable caché derrière elle, dans la niche (pendant un instant, il fut tenté de l'embrasser sur le front, entre ses courtes cornes, mais il s'en abstint) et se rendit d'un pas énergique devant le menhir qui barrait l'accès au « fossé » donnant sur la basilique. Il activa le mécanisme, la pierre lourde de plusieurs tonnes s'ouvrit juste assez pour laisser passer la mince silhouette du précepteur. Et pendant que les blocs de roche se refermaient derrière lui, il jeta un bref regard dans la colonne du puits, autour de laquelle l'escalier tournait vers le bas, dans la citerne vide. Il entendait le bruissement du torrent que l'on avait dévié vers les profondeurs de l'édifice : son eau le rendait indépendant, lui et son château, des chutes de pluie et des caprices de la source. Un seul geste, et l'eau entrait en mugissant dans la chambre souterraine, qu'elle remplissait en quelques minutes. C'était l'une des précautions qu'il avait prises en cas de siège. Personne ne pourrait barrer la route de ce précieux liquide qui arrivait ici de loin, empruntant plusieurs galeries creusées dans la roche et dont nul étranger ne pouvait voir les entrées. Une fois remplie à ras bord, la citerne fermait en outre l'accès à son donjon souterrain, le « Takt », qu'il s'était bâti comme ultime refuge. De là, il pourrait encore gouverner même si l'ennemi s'emparait de son château, une hypothèse de toute façon très improbable. Gavin avait pris ses précautions.

Une patrouille de Templiers, forte de deux hommes, accompagna le médecin Jean de Procida vers une cabane de charbonnier isolée dans la forêt, qu'ils atteignirent au bout d'une heure de marche rapide.

— Merci d'être venu !

Mauri En Raimon, l'homme à la barbe blanche, le reçut devant l'entrée, recouverte d'une beau de bête.

— Je lui ai administré une décoction de plantain séché, dit-il à voix basse, et j'ai badigeonné la blessure avec une pâte composée de calamine frottée et d'alchémille finement hachée.

Le vieux Mauri nota avec satisfaction que le fameux chirurgien approuvait ses mesures de premier secours.

— Mais cela n'a pas bonne allure, ajouta-t-il. Le bras est resté trop longtemps dans l'eau.

— Laissez-moi voir la blessure, l'interrompit Jean, et le parfait leva le rideau.

Sur un sac rempli d'herbes sèches, Rinat Le Pulcin, allongé, gémissait dans son sommeil fébrile. Jean s'approcha, demanda à Mauri de lever le moignon de bras et ôta précautionneusement les bandages imbibés de sang et de pus. Le bras avait été sectionné une main avant le coude.

— Un coup bien net ! marmonna le médecin. Seule votre pâte a permis à cet homme de résister à la gangrène.

— J'ai trouvé de l'huile d'olive et je l'ai fait bouillir, indiqua Mauri avec une certaine fierté, en désignant le chaudron, sur le feu.

— Nous allons en avoir besoin, répondit le médecin en ramenant le blessé à la conscience par quelques petites gifles. Rinat ouvrit les yeux, anxieux, et regarda fixement l'étranger, qui sortait à présent d'une sorte de mouchoir un scalpel étincelant.

— La douleur que je vais vous causer, brave homme, dit le médecin en plongeant l'acier affûté dans la braise, va largement dépasser celle du coup d'épée. Vous avez le droit de crier, mais pas de sursauter.

Mauri passa un morceau de bois sous le bras, le noua et le serra des deux mains.

— Il vaudrait mieux que vous vous asseyiez sur l'autre bras, conseilla Jean à Mauri en voyant Rinat retourner brusquement le buste au premier contact de la lame. Ainsi contraint à l'immobilité, le peintre se mit à pousser des gémissements effroyables lorsque le fer plongea dans sa chair avec un sifflement.

— Je dois enlever tout ce qui est déjà corrompu,

expliqua Jean. Je veux aussi écarter de quelques doigts le cubitus et le radius, cela vous donnera la possibilité d'installer une main artificielle qui sera en mesure d'au moins tenir une cuiller.

Il tira une alêne et noua une fine corde de boyau.

— Vous êtes fou ! cria Rinat. Je meurs !

D'un geste rapide, Jean fit glisser la lame presque jusqu'à l'articulation. Puis il referma les morceaux de peau et cousit en quelques points rapides chacun des deux moignons ensanglantés.

— Le chaudron, à présent, ordonna-t-il à Mauri en maintenant lui-même le bras. Mais Rinat ne bougeait plus. Il avait fort heureusement perdu connaissance.

— Il va revenir à lui tout de suite ! annonça Jean avec un sourire sarcastique, en plongeant un bref instant le moignon dans l'huile bouillante.

Avec un cri bestial, qui se transforma rapidement en une plainte, Rinat tenta de se cabrer. Mais Mauri le tenait fermement.

— Ce sera tout ! dit le médecin pour consoler son patient. Il étala une quantité abondante de pâte sur la blessure pendant que le parfait installait le bandage.

— Pourrai-je un jour manier de nouveau le pinceau ? demanda dans un souffle Rinat, trempé de sueur.

— Certainement, avec la main droite ! répondit Jean. Que s'est-il passé ?

— J'ai été victime des brigands, murmura le peintre, ils m'ont cru mort et m'ont jeté dans une rivière.

— Je l'ai trouvé sur le rivage, il s'était échoué dans un buisson. Mais une journée s'était sans doute déjà écoulée, ajouta Mauri En Raimon.

— Soyez heureux qu'ici, les eaux de montagnes soient aussi froides et propres, dit Jean en remballant ses ustensiles. Vous devez avoir un cœur d'ours, pour avoir survécu sans vous vider de votre sang, vous noyer ou geler. La douleur du coup aurait suffi à tuer n'importe qui d'autre !

— Je ne sais comment vous remercier, noble sire. (Rinat se força à sourire.) Maintenant que j'ai fait votre connaissance, aucune torture ne pourra plus me faire peur !

Jean éclata de rire et sortit. Il ordonna aux deux Templiers qui l'avaient attendu devant la cabane de rester jusqu'à ce que le blessé soit transportable. Ensuite, ils l'emmèneraient à Rhedae et l'y soigneraient.

— Saluez le précepteur de ma part, ajouta-t-il encore. Il sait où me trouver.

Jean de Procida monta sur son cheval, mais Mauri En Raimon l'arrêta.

— *Diaus vos bensigna !* Je ne veux pas retenir les Templiers. Et puis ici, je ne peux leur offrir ni le gîte, ni le couvert. Je soignerai ce malheureux. Qu'ils reviennent dans une semaine, avec un cheval.

— Vous êtes un véritable *magus medicus*, fit le médecin en riant, et un de la bonne espèce. Vous pourriez peut-être m'apprendre bien des choses ! Adieu !

Il s'en alla à cheval, suivi par les deux Templiers, heureux de ne pas devoir passer les jours et les nuits à venir dans la forêt.

LE MARIN QUE RIEN N'ÉGARE

Taxiarchos était un personnage peu commun, dans son rôle de capitaine d'un voilier des Templiers. C'est le hasard qui avait fait de ce rat de terre un voyageur au long cours. Ni son origine, ni sa formation n'avait préparé à sa vocation le « Pénicrate », comme on l'appelait dans sa patrie byzantine. Un navire pirate tombé entre ses mains, de manière un peu fortuite, avait lancé la deuxième carrière de cet homme, jadis roi des mendiants de Constantinople. L'orgueilleux précepteur de Rhedae avait confié à Taxiarchos une mission qui le dépassait mais qui avait suscité son enthousiasme. Le Byzantin n'avait pas perdu son sens des affaires pour autant. Il avait grand respect pour les espèces sonnantes et trébuchantes, notamment lorsqu'elles se trouvaient dans sa bourse. L'accumulation de trésors n'était pas seulement pour lui un attrait, mais la condition de toute activité.

C'est à ce point que commençait le malentendu avec Gavin, son mécène. Celui-ci l'avait déjà envoyé à deux reprises sur l'Océan et lui devait toujours la part de butin qu'il revendiquait au nom des habitudes. Le précepteur considérait, à tort, que tous ceux qui l'entouraient devaient mettre en jeu toute leur vie et toutes leurs forces, comme il le faisait lui-même, pour l'honneur de Dieu ou pour l'avènement de son État des Templiers, sans avoir aucun souci d'enrichissement. L'abnégation de Gavin se limitait cependant à la détention personnelle des biens terrestres. Il ne dédaignait pas, en revanche, le plaisir qu'apportait l'exercice du pouvoir. Taxiarchos se sentit donc floué lorsqu'on lui demanda de servir cet objectif éminent moyennant une faible solde et de la nourriture. Il n'était pas un Templier, il n'avait fait vœu ni de chasteté, ni de pauvreté, ni même d'obéissance absolue. C'était un corsaire.

Telles étaient les réflexions qui traversaient l'esprit du capitaine lorsqu'il décida de présenter ses récriminations à son commanditaire. Le seul problème était qu'une chaleureuse amitié le liait au précepteur. C'était d'ailleurs le cas pour toutes les personnes qui, autour de lui, sortaient de l'ordinaire : le prêtre Gosset, ou encore Abdal le Hafside, tous ceux qui ne connaissaient pas les liens du système féodal et ne se soumettaient pas aux hiérarchies poussiéreuses de l'Église. Des hommes avec lesquels on pouvait transformer le monde et en conquérir de nouveaux. Cette estime était d'ailleurs réciproque.

Le précepteur l'attendait dans le « Takt », son centre de commandement souterrain, auquel Taxiarchos avait libre accès. Le précepteur avait bien l'intention de couper l'herbe sous les pieds de son capitaine, et avait préparé quelques reproches pour répondre à ses revendications.

— Moi, Taxiarchos, votre amiral de la flotte transatlantique, je vous suis bien plus précieux que les deux ou trois mille archers dont vous prélevez la solde sur votre caisse de guerre, celle-là même que je remplis abondamment. Vous ne pouvez pas me mettre sur le même plan que votre or !

Taxiarchos avait arrosé de vin sa mauvaise humeur. Le Templier lui coupa la parole.

— Je me félicite de cette attitude !

— Ne me félicitez pas, répliqua l'autre, mais placez mieux votre argent !

Gavin avait forcé son visiteur à s'asseoir. Il lui fit aussitôt apporter une nouvelle coupe remplie. Il ne tenait pas du tout à ce que le marin retrouve ses esprits.

— Bien, dit le précepteur, votre voyage auprès des Toltèques vous semble être un succès complet parce que vous m'avez rapporté toutes sortes d'ustensiles artistiques et exotiques. Mais le calice noir que je vous avais envoyé chercher n'y était pas !

— En revanche, il y avait une bonne quantité de cette poussière blanche que vous vous mettez dans le nez ! répondit Taxiarchos en riant. Quant aux statuettes de dieux en or, aux couteaux de sacrifices et aux coupes pour les cœurs qui saignent, vous les avez fait fondre avec plaisir et transformé en pièces, mais moi...

— J'ai armé pour vous, à grands frais, deux traversées successives, l'interrompit Gavin. Et qu'est-ce que cela m'a rapporté ? (Il ne laissa pas au Pénicrate le temps de répondre.) Des contes des cent nuits polaires, passées sous des yourtes de glace avec des femmes offertes par leurs maris, qui ne se lavent pas mais se roulent dans la graisse de baleine, des histoires de chevaux et de vaches barbues qui vivent sous l'eau mais ne donnent pas de lait, tous plus grands que le navire que je vous avais confié afin de...

— Ne me rendez pas responsable des ouragans hivernaux, se défendit le capitaine. C'est eux qui nous ont éloignés du royaume de Thulé vers la glace éternelle et nous ont fait tellement tournoyer que nous ne pouvions plus distinguer le jour de la nuit. La boussole était devenue folle ; j'avais perdu toute orientation, et aujourd'hui encore, je suis bienheureux d'être rentré avec votre navire...

— Et les mains vides ! s'exclama le précepteur. Et une fois encore sans le calice qui, à Thulé...

— Aucune âme humaine, aucun Viking, pas même les Mongols de la neige, au Groenland, ne peuvent nous dire où se trouve ce Thulé, pour autant qu'il existe. Peut-être n'est-ce qu'un mirage dans le blanc désert des glaces, tout comme votre calice noir ?

Taxiarchos vida sa coupe d'un trait, sans remarquer la veine de colère qui enflait sur le front de son interlocuteur.

— Si je comprends bien, répondit le précepteur avec une douceur menaçante, vous voguez à mes frais sur les sept mers, et vous ne croyez même pas en votre mission ? Savez-vous combien d'argent vous me devez ? Et vous avez l'audace de me demander une récompense, une part du butin ! Commencez par couvrir vos propres frais, Messire l'amiral !

Taxiarchos s'était redressé en titubant.

— Est-ce votre dernier mot, Messire le précepteur ? Si tel est le cas... je pourrais aussi tenir cela pour une chimère, comme votre maudite coupe noire ! dit-il avec un rire sonore. S'il en est ainsi, alors je sais ce qu'il me reste à faire avec vous !

— Vous êtes ivre !

— Je suis ivre, oui, répondit Taxiarchos, mais c'est passager. Votre esprit à vous est atteint par la folie. Et cela est considéré comme incurable !

Sur ces mots, il s'éloigna de Gavin et sortit du « Takt », d'un pas lourd, tandis que le précepteur restait sur place, recroquevillé dans son siège. Taxiarchos continua son chemin sans un mot, l'air sombre. Mais le Templier le laissa partir. La perte de son ami lui faisait de la peine. Un ou deux sacs de cet or damné qu'il thésaurisait pour mettre son projet en œuvre auraient suffi à le contenter. Gavin avait-il vraiment le cerveau malade ? Si tel était le cas, il avait bien besoin d'un homme comme Taxiarchos. Il avait besoin de tous ! Gavin Montbard de Béthune voulut rappeler aussitôt le Byzantin, mais il ne parvint pas à desserrer les mâchoires.

Taxiarchos se tenait en haut, au bord de l'escalier de pierre, et écoutait en bas, dans le puits. Il percevait la voix de Jakov, qui chantait :

— Pourquoi te soucies-tu des voies de ton Seigneur ? Pose des questions sur ce qu'il t'est permis de voir ; mais pour le reste, rappelle-toi, « Ne laisse pas ta bouche plonger ta chair dans le péché ! Car tu n'as pas à poser de question sur les voies du Saint des Saints, sur les mystères supérieurs qu'il scelle et dissimule ! »

Taxiarchos était aux aguets. Avait-il entendu la voix de Gavin ? Les eaux mugissantes avaient un rapport avec de mystérieuses galeries, qui menaient quant à elles à coup sûr aux chambres au trésor souterraines des Templiers. Mais il n'avait pu en découvrir l'entrée. Elle devait se trouver quelque part entre la porte de pierre, dans l'abside de Sainte-Madeleine, entre les piliers du « Takt ». Mais où ?

Le précepteur ne montait certainement pas par la fosse du puits ; l'écoulement des citernes se faisait par des trous gros comme le poing dans la tour de l'escalier en colimaçon ; et il n'avait jamais pu inspecter le « Takt » proprement dit, parce que Gavin ne l'y avait jamais laissé seul. Ces derniers temps, il semblait même y dormir. Mais il n'avait jamais vu non plus le Templier emprunter un autre chemin pour descendre dans ses caves que celui auquel lui-même avait accès (au moins jusqu'à ce jour) et sur lequel il n'avait rien pu découvrir de suspect. Il n'y avait pas la moindre excavation sur le mur, pas la moindre fissure dans le mortier, aucun creux lorsqu'on cognait de la main ou du pied. Soit, on pouvait quitter l'église sans en utiliser le portail, mais savoir cela ne l'avançait guère. Il utilisa tout de même ce passage pour rejoindre la cerisaie.

Taxiarchos, avec l'humeur d'un enfant qui cherche un trésor, se laissa glisser par l'une des galeries creusées dans le mur et atterrit devant les sabots de chevaux attachés dans le jardin. Il les reconnut aussitôt à leurs housses : c'étaient « ses » jeunes chevaliers qui venaient d'arriver à Rhedae et dépoussiéraient leurs vêtements avant de se présenter devant le rigoureux précepteur.

— Salut, capitaine ! s'exclama Raoul, qui fut le premier à le remarquer. Êtes-vous donc tombé du mât ?

— *Par Diaus !* Est-ce ainsi qu'on salue son capitaine ?

Taxiarchos s'efforça de dissimuler son ivresse et de

paraître de bonne humeur. Les trois garçons (il ne connaissait pas le quatrième) s'exclamèrent d'une même voix :

— *Viva la suerte ! Viva la muerte ! Nuestro Señor Amiral !*

Pons de Levis choisit ce moment pour lui présenter le chevalier inconnu.

— Le noble sire Simon de Cadet, un bon ami et une fine lame !

— Il veut entrer, comme nous, dans l'ordre des Templiers, ajouta Mas de Morency. Le précepteur est-il disposé à nous recevoir ? Nous ne sommes pas venus nous traîner à genoux devant lui !

Taxiarchos profita de l'occasion.

— Ce grand seigneur n'est pas exactement de la meilleure humeur qui soit, dit-il en riant. Faites-le attendre, et commençons par nous rafraîchir avec une boisson froide. Vous êtes mes invités !

Les trois gaillards ne se le firent pas dire deux fois. Ils suivirent Taxiarchos à la file indienne ; celui-ci leur fit traverser le parvis et descendre dans les minuscules ruelles de Rhedae. Simon et Raoul formaient l'arrière-garde.

— Il aime offrir du bon vin, celui-là ? demanda Simon d'une voix sourde. L'image qu'il se faisait des Templiers vacillait au même pas que le capitaine, qui avançait devant eux. Est-ce qu'il appartenait au Temple, par hasard ?

— Taxiarchos, notre amiral, a son Ordre à lui ! fit Raoul en ricanant. Le Pénicrate exige lui aussi une obéissance absolue lorsqu'il s'agit de boire, d'aller aux putains et de piller l'ennemi ! Le mot d'ordre secret n'est pas bien compliqué : « Ne te fais pas prendre ! »

— Quelle honte ! lâcha Simon. Je ne participerai pas à cela.

— Allons, ne vous comportez pas comme une vieille fille, et tenez-nous compagnie ! répondit Raoul en riant.

— Taxiarchos est un homme admirable, c'est à sa générosité que nous devons de pouvoir être présents à Montségur. Nous lui devons bien cette coupe. Et puis d'ailleurs, les Templiers s'enivrent aussi de temps en temps !

— Eh bien soit, Belgrave, dit Simon d'une voix ferme, je ne suis pas un gâte-sauce. Mais ensuite, je vivrai rigoureusement selon les règles, je prierai et je me battrai !

Ils étaient arrivés à la taverne, où la servante se jeta aussitôt au cou de Taxiarchos.

— Quelle jolie jeune chair m'amenez-vous là avec vos vieux os ? s'exclama-t-elle en les voyant.

— Un os reste dur, même lorsque vous le faites reposer et bouillir dans votre chaudron ! répliqua Taxiarchos du tac au tac en lui tapant sur les fesses. Donne-nous du meilleur, et pas coupé ! Ces messieurs sont des connaisseurs, et ils ont tôt fait de sortir leur épée.

Ils s'installèrent sur des bancs, autour de la table en bois grossier. La servante apporta deux cruches et des récipients en terre cuite.

— À de nouvelles aventures ! s'écria le Pénicrate. (Mais il eut ensuite une expression de regret.) Cette fois, messires, je partirai sans vous vers les îles ensoleillées des Bienheureux, où m'attendent depuis un an, sous les palmes, de jeunes filles à la peau veloutée. Depuis la plage blanche, leurs fermes poitrines courent vers le navire, recouvertes de fleurs et de coquillages...

— Si plus de neuf lunes se sont écoulées, intervint Mas de Morency, moqueur, il se pourrait aussi qu'elles brandissent dans votre direction quelques bébés en langes, Papa Taxiarchos !

Tous éclatèrent de rire, le Pénicrate plus fort que les autres. Seul Simon resta muet.

— Et quand bien même ? s'exclama Taxiarchos. La terre, de l'autre côté de l'océan, nourrit aussi les petites gueules. Le lait tombe des arbres dans de grosses noix, les fruits pendent jusque dans l'eau claire de la lagune, et les belles pêchent des poissons bigarrés à main nue.

— Juste des poissons ? demanda Pons. Je laisserais bien le mien sortir de mes chausses.

— Tranquillise-toi, Pons, elles prendront aussi le tien, rétorqua Raoul en feignant le sérieux. Ensuite, elles le battront contre un rocher jusqu'à ce qu'il cesse de frétiller, et le grilleront au feu de camp.

— Dites-moi, Amiral, demanda Mas en interrompant ce joyeux tableau, quand donc traverserez-vous de nouveau la mer de l'Atlas ?

Taxiarchos sourit. Il en tenait déjà un dans ses filets.

— Au solstice de juillet, au plus tard, je devrais reprendre la mer avec mon équipage.

— L'avez-vous déjà réuni ? interrogea Pons, incapable de dissimuler sa curiosité.

— Messires ! les admonesta Raoul. Qui voulez-vous donc encore servir ? Nous sommes venus nous mettre aux ordres du précepteur...

— Mais lui a le pouvoir de nous renvoyer en mer ! s'exclama Pons. Et Mas ajouta, narquois :

— À supposer que le cap soit mis bien plus au sud que la dernière fois !

— Je vous mets en garde, dit Taxiarchos. Cette fois, ce sera brûlant, vous allez suer, sauf à vous promener nus comme Dieu vous a créés !

— Avez-vous déjà oublié que nous avons donné notre parole au couple royal ? rappela Raoul à ses compagnons. Mais l'envie de découvrir les îles aux palmiers sur la mer bleue s'était aussi emparée de lui.

— Mais nous ne cesserons pas pour autant de servir le chevalier Roç Trencavel et sa dame Yeza, répondit Mas.

Et Pons s'enquit, avec un certain sens pratique :

— Quand serions-nous de retour ?

— Si je dois vous prendre dans mon équipage, dit Taxiarchos, l'air concentré, il vous faudra vous décider rapidement, car pour remplir votre office, il vous faudra d'abord aller accomplir à terre certains préparatifs. Nous devons envisager les quantités gigantesques d'or et de bijoux qui nous tomberont entre les mains de l'autre côté de l'Atlantique. Je ne peux prendre avec moi que quelques hommes fiables, triés sur le volet...

— C'est exactement notre cas ! s'écria Raoul en tendant la main à ses amis.

— Ce sera sans moi, dit Simon, mais nul ne l'entendit.

— La traversée durera peut-être quatre ou cinq lunes, précisa Taxiarchos en faisant mine d'hésiter.

— Peu importe ! s'exclama Raoul. Topez là !

Le capitaine eut un sourire magnanime et lui tendit la main. Aussitôt, celles de Pons et de Mas s'abattirent sur elle.

— Buvons à notre accord ! s'écria Pons. La tournée est pour moi, l'orgueil masculin de la maison des Levis !

La servante remplit la cruche.

— Vous voudrez bien m'excuser, dit Simon en se levant. J'ai pour habitude de tenir ma parole !

— Mais c'est bien ce que vous faites ! déclara Pons, insolent. Saluez le précepteur de notre part !

— Il nous retrouvera à la Noël ! ajouta Pons. Ou mieux encore, à l'Épiphanie. Nous reviendrons comme trois rois des pays lointains, les mains pleines d'or !

Raoul fut le seul à se lever et à accompagner Cadet jusqu'à la sortie de la taverne.

— Je sais que nous devrions avoir honte, reconnut-il à voix basse. Mieux vaut que vous ne nous ayez pas vus !

— C'est bien possible, répliqua Simon, quoique je sois encore persuadé, Raoul de Belgrave, que vous êtes un véritable chevalier. Je vous remercie pour votre compagnie et votre escorte.

— Nos chemins se croiseront certainement encore, Simon de Cadet. *Beauséant alla riscossa !*

Le jeune homme sérieux répondit d'un sourire et se dirigea vers le château.

Dernier bain à Quéribus

— Quelle que soit la gloire que vous a apportée la victoire au tournoi, mon chevalier, sermonnait Yeza, elle ne vous dispense pas de vous laver. Depuis notre retour, aucune goutte d'eau chaude n'a humidifié les fesses sur lesquelles vous vous asseyez. En un mot, vous sentez fort du pantalon, messire, et vous outragez l'odorat de mes suivantes !

Yeza était de bonne humeur. Elle venait de prendre

son bain. Elle se tenait à côté de Roç, un drap de lin noué au-dessus de sa poitrine. Potkaxl la parfumait d'essence de rose, de lavande et de mélisse. Puis elle la frotta énergiquement. Apercevant un instant sa nudité, Roç décida de quitter ses chausses, tout disposé à remplacer à la fois le drap de lin et Potkaxl. La présence de la jeune fille ne l'aurait guère freiné dans son joyeux projet, mais il ne lui plaisait guère qu'elle ait entendu les reproches de Yeza, d'ailleurs tout à fait légitimes.

— Tu peux nous laisser seuls ! annonça-t-il pour éloigner la princesse toltèque. Mais Yeza fut implacable :

— Le bain est prêt. Philippe vous attend près du baquet fumant.

Roç chercha à faire une sortie moins humiliante, il n'aimait pas particulièrement se baigner, et il n'en avait aucune envie à ce moment précis. Il regarda les seins de Yeza qui dépassaient du drap comme deux bourgeons, ses longues jambes, ses cuisses bien formées qui montaient jusqu'à ses petites fesses dures et lui offraient aussi une vision fugitive sur sur son jardin plongé dans une ombre mystérieuse. Il y aurait volontiers fait un tour, mais Yeza resserra le drap sur ses hanches.

— Allons, messire, dit-elle sans se laisser en rien émouvoir par la lance qui montait à présent dans les chausses de son chevalier, Pâques approche et une fois par an...

— Vous exagérez, répondit Roç, agacé. Comme le corps élancé de la jeune fille était séduisant, sous ce tissu humide ! Il reprit : C'était à Noël, avant notre premier voyage à Montségur. Nous étions à Montségur, et nous nous sommes tous deux...

— C'était un lavage rituel, sans savon et sans herbes ! rétorqua Yeza en riant. Celui-là ne compte pas. Et puis ce sera la dernière fois que vous pourrez monter dans ce baquet. Xacbert s'est réconcilié avec le roi Louis et va sans doute pouvoir récupérer Quéribus...

— Et cela me vaudra, pour ma peine..., s'indigna Roç, mais Yeza ne le laissa pas aller plus loin.

— J'en ai plus qu'assez de ces murailles, et je suis

heureuse de les quitter. Mais je ne sais pas plus que vous... à moins que vous ne le sachiez ?...

Roç secoua la tête, confus.

— ... où le grand projet nous mènera ensuite.

— Nous devrions commencer par nous rendre à Rhedae et en discuter avec Gavin. Je vais immédiatement...

— Cela non plus ne vous dispense pas de bain ! Que pensera donc de nous le précepteur ? Car, dans le doute, il croira que nous empestons tous les deux. Dépêchez-vous donc : qui sait combien de temps il faudra attendre pour que l'occasion se représente ?

Roç sortit. En chemin, il croisa Jordi, et cela le conforta dans ses intentions. Il emmena le nain avec lui dans la tour, dans la salle secrète où il avait découvert l'atelier de l'artiste. Il frissonnait encore chaque fois qu'il pensait à Rinat. Le danger mortel auquel lui et Yeza avaient échappé ne le troublait pas outre mesure. En revanche, il aurait aimé savoir quel jeu le peintre avait joué avec eux.

— Rinat n'était qu'un petit rouage, et il a été broyé par la machine, marmonna le troubadour lorsqu'il comprit où Roç l'entraînait. Mais qui faisait tourner le mécanisme : était-ce l'eau sur les pales, le vent dans les ailes du moulin ?

— Peu importe ! répondit Roç. Ce n'était pas un poète comme vous, Jordi Marvel. Je ne puis éprouver à son égard ni respect, ni admiration. Il a commis des erreurs, trop d'erreurs pour que cela puisse passer pour de la malchance !

— Et chaque fois, d'autres que lui ont mordu la poussière ! réfléchit Jordi à voix haute. Ça a commencé dès notre première rencontre dans cette taverne. Ensuite, c'est Rosemonde qui l'a surpris, au moment où vous avez pris un coup sur le crâne, à Carcassonne. Cela a valu au capitaine Le Tris d'être pendu par les gigots. Et pour finir, on a même vu arriver le Chevalier noir... qui n'a pas tué le bon homme !

Entre-temps, ils avaient atteint la pièce secrète. Jordi ne cacha pas qu'il la connaissait très bien. Comme pour effacer les soupçons qui venaient à Roç, le troubadour poursuivit sa réflexion :

— Comme si le principe de tout cela était de provoquer des dangers tout en mettant ceux qui les causent hors d'état de nuire. Vous n'avez pas remarqué ?

— Si, dit Roç en regardant quelques-uns des mystérieux parchemins qu'il recherchait. On les avait étalés sur la table dans un désordre absolu. Ils étaient peints en couleurs vives et portaient des signes apocryphes dont il ne devinait pas le sens. Roç se dirigea droit vers le réduit caché derrière les étagères.

— Cela me rappelle même beaucoup cette puissance mystérieuse dont la devise manifeste, sinon avouée, est « *Non meta, sed iter !* »

— Cela ressemble fort au Prieuré, confirma Jordi. Qu'ils soient consommables ou vénéneux, on reconnaît de loin ses champignons sur la mousse. Mais en dessous, le *fungus* tisse ses fils, formant de fins réseaux cachés qui ont échappé depuis longtemps à toute espèce de contrôle. Le Prieuré, avec ses tentacules invisibles, a tellement miné ses adversaires – l'*Ecclesia catolica* et la maison Capet – que l'on ne peut plus distinguer amis et ennemis. Souvent, faute de véritables adversaires, ils se sont combattus eux-mêmes, conclut Jordi, au grand étonnement de Roç : il avait sous-estimé ce petit homme.

— Dans cette mesure, le chemin est le but, ajouta-t-il pour ne pas avoir l'air d'en savoir moins que son troubadour. Il ne leur reste plus rien d'autre ! Et puis, avec un oracle aussi commode, on peut tout justifier : n'importe quelle contradiction, tout événement imprévu, chaque erreur !

Jordi le dévisagea.

— Le pire est que cela fonctionne ! dit-il, presque avec tristesse. Votre exemple, vous, le couple royal, le montre parfaitement. Vous vous êtes soumis aux règles de ce jeu.

Roç avait commencé à extraire les tiroirs secrets lorsqu'ils entendirent une sorte de reniflement derrière l'étagère. Le nain sauta en arrière et chercha à se protéger derrière les jambes de Roç. Celui-ci resta d'abord comme enraciné. Il n'avait pas d'arme sur lui. Quel animal pouvait-il bien s'être égaré ici ? Une martre ? Ils écoutèrent. Ils entendirent distinctement un souffle bruyant : soit l'animal avait pris froid, soit il était mort de peur. Prudemment, pour ne pas être mordu, Roç ôta l'un des tiroirs et le porta devant lui comme un bouclier. Ainsi armé, il fit le tour du meuble vermoulu... et découvrit le visage anxieux du petit Xolua, le frère de Potkaxl. Le bonhomme, qui ne devait pas avoir plus de six ans, était assis sur un tas de parchemins. Roç vit aussitôt qu'il s'agissait des plans et des croquis de Rhedae qu'il cherchait. Mais la terreur suivante ne tarda pas : Xolua s'était emparé des couleurs et des pinceaux du peintre, et avait recouvert ces précieuses feuilles d'étranges graffiti.

A Diaus, beau trésor ! se dit Roç, et il voulut arracher les parchemins à l'enfant. À cet instant, Jordi repassa entre les jambes de Roç et s'approcha du jeune talent, avec un sourire bienveillant.

— Où as-tu donc déniché ces jolies images, Xolua ? demanda-t-il, confiant, et le jeune garçon désigna fièrement l'arrière de l'étagère, une cachette que Roç n'avait pas trouvée. Jordi tendit la main, et Xolua sortit gentiment de sa caverne. Elle était pleine à craquer de parchemins peints.

— Je vais apporter ce gamin chez sa sœur, proposa Jordi. Pendant ce temps-là, regardez si l'on peut encore sauver quelque chose. Je puis de toute façon vous consoler : Rinat n'a pas trouvé la cachette du trésor de Rhedae, juste une série interminable de galeries et de chambres, un véritable labyrinthe.

— D'où tenez-vous cela ? Rinat pourrait bien vous avoir raconté des histoires. Ou bien est-ce vous, Jordi Marvel, qui tentez de m'abuser ? Vous pourriez tout aussi bien être un complice du peintre. Si je me rappelle bien, nous vous avons rencontrés au même instant et au même endroit pour la première fois, vous-même et Rinat Le Pulcin !

— Bravo pour cette méfiance bien tardive, mon maître, répondit Jordi. Mais votre raison devrait vous dire que Rinat – tout comme moi ! – serait allé chercher sa récompense immédiatement s'il avait découvert ne serait-ce qu'un indice sur ce trésor. Il n'a rien trouvé. C'est la raison pour laquelle je suis encore ici, à votre service.

— Je veux vous faire confiance, Jordi, même si l'on peut penser qu'il s'agit d'une légèreté irresponsable. Mais j'en suis arrivé à un point où seuls les actes dénués de toute raison me paraissent être logiques. Nous ne viendrons à bout du Prieuré (vous, Jordi, vous pourriez aussi bien être l'une des ses têtes pensantes que l'une des ses victimes !), cette société secrète imprévisible, que si le couple royal dont il a la « charge », c'est-à-dire ma dame Yeza et moi-même, ne se comporte pas comme permettrait de l'attendre la logique d'Aristote, ni même les sentiments.

— Voilà les chances également réparties, car tel est aussi le comportement du Prieuré. Le nain ricanait. C'est un joueur, et au-delà d'un certain stade, le goût du jeu devient une maladie de l'esprit.

— Je vais donc à présent vous laisser seul avec les parchemins, après avoir constaté que ce sujet ne vous est pas inconnu. Vous trouverez peut-être tout de même un indice quelconque, et vous nous permettrez peut-être de nous y raccrocher nous aussi. En tout cas, j'emmène Xolua à la cuisine.

— L'eau de votre bain a dû se refroidir, dit Jordi en guise de salutations

— Je veux un bain chaud ! s'exclama Xolua, qui s'était jusqu'ici contenté d'observer les deux hommes en silence, avec de grands yeux, et dont le visage tout rond rayonnait à présent. Ensuite, je ferai pipi et je continuerai ma peinture.

Roç le prit par la main et quitta rapidement la tour en sa compagnie. Il y avait une chose de sûre, et il n'en avait pas parlé à Jordi : il ne manquait pas seulement le sombre portrait du précepteur Gavin, mais aussi toutes les miniatures que Rinat avait réalisées avec le portrait de Yeza, sur de petits tableaux de bois. En tout cas, il n'avait pu les découvrir. Peut-être fallait-il demander à Xolua ? Roç décida de charger Potkaxl d'élucider ce mystère.

La salle de bains se trouvait juste à côté de la cuisine. Un escabeau menait au bord du grand baquet de bois sur lequel on pouvait rabattre un couvercle à deux anses. On ne voyait plus alors dépasser que les têtes des baigneurs, chacune sortant d'une moitié du bac. Ce n'était pas par pruderie, mais pour garder la chaleur. Roç avait toujours vu ce lieu embrumé par des nuages de vapeur tellement brûlants qu'on était forcé de s'y déshabiller aussitôt. Lorsqu'il y entra, il trouva son serviteur Philippe qui jouait à colin-maillard avec trois suivantes de Yeza. L'eau du bain était glacée (il commença par le vérifier en y plongeant timidement le doigt). Il renvoya les jeunes filles à la cuisine pour y remplir des baquets d'eau chaude et laissa Philippe le déshabiller. Geraude saupoudra de la mélisse séchée dans le baquet et y versa aussi quelques huiles éthérées qui sentaient la cannelle, les roses et le jardin. Ce veau de lait aux yeux doux ne portait qu'une blouse sur sa peau claire.

— Comptez-vous me tenir compagnie, jeune vierge ? chuchota Roç rapidement avant que Potkaxl ne revînt de la cuisine, en portant sur son dos les deux premiers seaux attachés à un joug. Ou bien me frotterez-vous le dos ?

La blonde Geraude rougit jusqu'à la racine des cheveux et recula lorsque Roç monta devant elle, tout nu, dans le baquet. Mafalda arriva à son tour ; elle ne portait qu'un seul seau : elle était trop raffinée pour se passer le joug sur les épaules. Elle poussa Potkaxl, s'approcha tout près du bord du baquet et versa avec jouissance de l'eau sur le ventre de Roç, observant sans la moindre honte ses parties génitales.

— Je saurais vous procurer bien des plaisirs du bain, glousse-t-elle en faisant semblant de vouloir remuer les huiles déversées par Geraude. Elle laissa son bras plonger, de plus en plus profondément. Mais Roç connaissait sa dame Yeza, elle ne le laisserait jamais seul livré à ses suivantes, dont elle remarquerait en route rapidement l'absence.

— Fermez le couvercle ! ordonna-t-il brutalement, et Philippe rabattit l'un des deux pans, du côté de Roç. Mais il n'avait pas compté avec l'impétuosité de Mafalda. Avec un petit cri censé exprimer l'effroi, mais qui ressemblait fort à un piaillement de plaisir, mademoiselle de Levis se laissa tomber dans le baquet, sans même avoir enlevé son tablier.

— J'ai glissé ! s'exclama-t-elle, et Roç sentit déjà les orteils de la jeune femme jouer avec ses bourses. Philippe l'empêcha au moins d'avancer le bassin en lui coinçant le cou dans la fraise de bois. À cet instant, Roç vit sa dame approcher du baquet – un détail que ne remarqua pas Mafalda, tout occupée à bien placer ses jambes. La mine de Yeza n'annonçait rien de bon, d'autant moins qu'elle venait de s'armer d'une trique.

— Fais-moi sortir ! lança Roç à Philippe en soulevant sa moitié de couvercle. Son serviteur lui lança un drap de bain qui lui permit de voiler sa nudité. Pendant ce temps-là, sans dire un mot, Yeza passait la trique dans la poignée, pour empêcher Mafalda de sortir. Celle-ci commença à pousser les hauts cris : Yeza avait aussi tiré sur la bonde, et l'eau chaude s'échappait rapidement du bac. Mais ce n'était pas fini. Une source froide arrivait jusque dans la pièce, où elle s'écoulait dans un bassin. Des gouttières de bois permettaient de l'acheminer jusqu'à la cuisine. Yeza ordonna à Philippe de diriger les gouttières vers le baquet. Mafalda hurlait comme une empalée.

Yeza, qui n'avait pas encore dit un mot à son chevalier, se mit alors à étriller Roç jusqu'à ce qu'il ait la peau comme une écrevisse. Puis elle demanda à Philippe de le rhabiller et quitta la pièce tête haute, suivie de Potkaxl et de Geraude. Mafalda avait cessé de crier, elle ne faisait plus que trembler. Arrivée à la porte, Yeza dit à Philippe, d'une voix sonore :

— Lorsque dame Mafalda aura suffisamment goûté aux plaisirs du bain, renvoyez-la-moi. Nous allons préparer notre départ.

Roç s'esquiva par la cuisine et retourna aussi vite que possible auprès de Jordi, dans le donjon.

La conjuration n'aura pas lieu

« Le roi Salomon disait : "Viendront les jours du Mal, qui entoureront l'homme, conséquence de ses péchés." »

Jakov Ben Mordechai se tenait, habillé de son costume de grand prêtre, dans la niche de Joseph, et chantait l'invocation à son Dieu Yahvé, en balançant légèrement le corps vers l'avant.

« Le roi David répondit : "Pourquoi, en ces jours du Mal, devrai-je avoir peur lorsque m'entourera la faute ?" »

Sa voix de basse emplissait toute la voûte de Sainte-Madeleine, et il y prenait plaisir. Si le rêve de l'État de Dieu, tel que l'imagine l'Ancien Testament, devait être mis en œuvre par les Templiers, comme l'envisageait son mécène, le précepteur Gavin Montbard de Béthune, on créerait pour la première fois au cœur de l'Occident un espace de liberté religieuse dans lequel les Juifs jouiraient des mêmes droits que les chrétiens et les musulmans. On pouvait du reste se demander, pensa-t-il, s'il était vraiment nécessaire de se montrer aussi prévenant envers les adeptes du prophète Mahomet : après tout, ils disposaient de terres en abondance, ils y étaient les maîtres et ne se comportaient pas avec beaucoup de tolérance envers les deux autres religions qui, comme la leur, ne vénéraient qu'un seul Dieu. Mais Gavin s'était fixé sur cette idée d'un traitement identique pour tous. Son véritable but était de pouvoir accorder asile et protection aux « parfaits » cathares. Et puis il flirtait aussi un peu avec des mouvements ismaéliens, comme ceux des Assassins. Après tout, les Templiers n'avaient-ils pas copié beaucoup de choses chez ces fanatiques de la *shia*, depuis les longs vêtements blancs jusqu'aux règles rigides ? Il est vrai qu'un chevalier du Temple n'allait pas jusqu'à se précipiter du plus haut d'une muraille parce que son grand maître le lui avait ordonné d'un claquement de mains. Mais l'Ordre exigeait lui aussi une obéissance absolue et s'était également lancé dans une bataille qui paraissait perdue d'avance. Autre point commun, Les frères du Temple n'étaient jamais rachetés lorsqu'ils avaient été faits prisonniers. Les musulmans, notamment depuis le début du règne des mamelouks, avaient donc pris l'habitude de les raccourcir d'une tête dès qu'ils les capturaient. Jakov n'avait en outre jamais entendu dire qu'un Templier mort allait au Paradis, et leur désir de mourir devait être fondé sur des motifs bien cachés, s'il n'était pas simplement l'ultime expression d'un monstrueux mépris de la vie – la mort violente comme couronnement d'un fier parcours sur cette terre.

« Si l'homme n'avait pas péché, il ne percevrait pas l'avant-goût de la mort en ce monde. Parce qu'il a péché, il doit sentir le goût de la mort avant de pouvoir quitter ce monde. »

Cela contredisait certes la farouche volonté de vivre qui caractérisait Jakov, le juif. Mais après tout, les Templiers n'étaient pas le peuple élu de Dieu.

« Alors l'esprit se sépare de son corps et le ramène dans ce monde. Et l'esprit nage à présent dans un fleuve de flammes pour recevoir sa punition. »

Le précepteur entra dans l'abside de la basilique par la pierre tombale fendue. Plusieurs charpentiers travaillaient sur le Golgotha. Joseph, leur saint patron, n'était plus là : c'est Jakov qui se tenait à sa place. Sur l'ordre de Gavin, les artisans avaient transporté sur la colline le père du Messie, comme tous les autres personnages des niches, y compris celui de la Vierge Marie.

Mais Jakov ne parvenait pas à comprendre pourquoi messire Gavin avait aussi fait scier et excaver les deux larrons. Ils étaient sans doute trop lourds, et le bois massif se fissurait facilement. L'idée que le vieux Joseph ait dû assister à la crucifixion de son fils adoptif était une nouveauté pour Jakov. Pour lui, à cette date, ce brave charpentier était monté depuis longtemps rejoindre les anges.

Gavin regarda avec satisfaction la progression du travail des menuisiers. Il s'exclama ensuite d'une voix sonore :

— Au nom de la Sainte Trinité, Jakov, je te prie de sortir !

Le précepteur savait fort bien que la vue de cette idylle familiale déplaisait souverainement à l'adepte de Maimonide. Jakov resta donc sur place et chanta encore une strophe.

« Ce jour là, lorsque le corps sera brisé, lorsque l'âme se détachera de lui, il sera permis à l'homme d'observer ce qu'il ne pouvait observer tant que son apparence physique le gouvernait, et il parviendra à la clarté. »

Gavin attendit patiemment que Jakov ait fini et soit descendu de la niche de Joseph.

— Rien d'étonnant à ce que le peuple d'Israël soit constamment victime de pogromes, dit le précepteur pour saluer l'homme pieux. Pour Pâques, non seulement vous abattez de petits chrétiens, mais vous chantez, et trop fort !

— Nous ne sommes pas des bouchers de chrétiens, nous égorgeons des agneaux selon les rites, répondit Jakov à cette macabre plaisanterie. Même si nous envisagions de cuire pour Pessah un vieux bouc comme vous, Gavin, vous devriez être cuit selon les rites kasher.

Le précepteur s'amusait. Il répliqua :

— Je préférerais la petite colombe du Saint-Esprit, saupoudrée de cannelle et d'amandes pilées avant d'être cuite au four. Ce n'est pas un jour férié, pour vous ?

Aucun blasphème ne pouvait ébranler Jakov.

— Le jour où vous avez crucifié le fils de Dieu pour lui assurer une mort d'immortel, parce que le lendemain, il ne fallait pas troubler le sabbat...

— Comment cela, nous ? rétorqua Gavin. C'est vous, les juifs, qui avez commis cette faute...

— Ponce Pilate et ses légionnaires romains descendaient-ils de David, par hasard ? C'est eux qui ont traîné Jésus comme agitateur devant leurs tribunaux militaires. Cela explique la croix. Nous, nous l'aurions lapidé.

— Selon le *Codex militaris*, il aurait dû rester suspendu jusqu'à ce que les vautours aient nettoyé le dernier de ses os. Mais notre seigneur Jésus-Christ a été enlevé la nuit même.

— La seule question est de savoir pourquoi, répondit Jakov, qui prenait manifestement plaisir à se quereller avec le précepteur. Parce qu'on le croyait déjà mort, ou encore vivant ?

— Ce qui ne fait aucun doute, c'est que l'on pouvait corrompre Ponce Pilate, pourvu qu'on y mette le prix.

— Cela vaut sans doute pour tout détenteur d'une fonction, commenta Jakov. Mais ne réfléchissez pas trop à celui qui a reçu l'argent : L'homme qui compte, c'est celui qui l'a donné, le riche oncle Joseph d'Arimathia. Paie-t-on autant pour un cadavre, juste pour lui assurer un bel enterrement ? Ou bien donne-t-on une somme pareille pour sauver une précieuse vie ?

— Tout ce qui s'est produit ensuite corrobore l'idée qu'il a survécu. Aux deux larrons, à sa droite et à sa gauche, on a brisé les jambes pour que la mort puisse survenir par asphyxie avant le début du jour de la fête juive. Notre Seigneur Jésus a seulement été égratigné avec une lance, et cela a suffi pour qu'on le déclare mort. Il pourrait, malgré toutes les consignes, avoir été décroché de la croix par ses adeptes. On l'a emmené tout près de là, dans une grotte aménagée en hôpital et, par précaution, fermée par une pierre. Là, des esséniens connaissant la médecine l'auraient soigné. Les deux gardiens qui surveillaient les lieux ? Ce n'étaient pas des anges, mais eux aussi des membres de la secte à laquelle Jésus lui-même aurait appartenu, deux esséniens en longues tenues blanches.

— Des précurseurs des Templiers ! ajouta Jakov, moqueur, mais Gavin ne se laissa pas décontenancer et poursuivit son récit :

— Une fois ces premiers secours administrés, on l'a porté dans un hôpital. Seule la pierre est restée sur place, brisée en deux.

— Pour effacer les traces – ou bien pour préparer la légende du retour, de la « résurrection » ?

— Ne sois pas envieux, juif ! lui rétorqua le Templier. Le Seigneur a été soigné dans un lieu secret. Considéré comme guéri au bout de quarante jours, il a pu prendre congé de ses disciples.

— La Pentecôte ! Seuls quelques-uns de ceux qui le

suivaient étaient dans le complot : ceux qui étaient capables de comprendre. Pierre n'en faisait pas partie. C'était en revanche le cas de Jean et de Judas, qui avait participé à la mise en œuvre du plan. Pour le reste des disciples, cela ne pouvait que ressembler à un miracle, à une montée au ciel. Car Ponce Pilate avait exigé qu'il disparaisse sans laisser de traces, qu'il s'exile avec toute sa famille. Personne ne devait pouvoir l'accuser devant l'empereur, à Rome, d'avoir épargné un ennemi de l'État.

— Jésus, l'insurgé, devait être définitivement considéré comme mort ! triompha Gavin. Et cela a fonctionné à merveille !

— Ce fut l'heure de naissance du Prieuré de Sion, lui confirma volontiers son cabaliste. Tout ce qui ne pouvait être concilié avec ce projet devenait surnaturel, un miracle divin ! Dans cette mesure, les instigateurs de toute cette machination ont trompé Ponce Pilate. Jésus-Christ ressuscité est devenu immortel. Il a déclenché un mouvement qui allait causer bien des soucis à Rome, jusqu'à ce que les successeurs autoproclamés du prophète Jésus prennent le pouvoir dans la ville en se donnant le nom de papes.

— Vous voyez bien, précieux Jakov, que le goût exagéré qu'ont les juifs pour le mystère s'est finalement retourné contre vous. Si, à cette époque, vous n'aviez pas racheté l'homme sur sa croix, vous vous seriez épargné bien des problèmes. Ponce Pilate s'en lavait les mains. Il avait encaissé son argent et n'était même plus forcé de garantir que le délinquant n'était pas déjà mort sur la croix. Choc de la blessure, septicémie – il laissa cela au destin. Et vous, juifs zélés, vous avez déployé tout votre savoir, depuis l'art martial jusqu'à la médecine, avec ses poisons et ses antidotes, pour que cet homme paraisse mort, pour le réveiller et l'aider à devenir immortel. « Assis à la droite de Dieu. » Rien que pour cela, vous méritez des lauriers !

— Cela ne nous a pas valu que de la reconnaissance, confirma Jakov. On a retourné les faits contre nous. Nous qui l'avions empêché de mourir, on nous a accusés de l'avoir tué, et jusqu'à ce jour, ces chrétiens qui ont récupéré le corps, la vie et la mort de Jésus se complaisent à transformer en enfer notre existence sur cette terre. Vous avez raison, Gavin, si nous nous étions tenus à l'écart de ce procès, depuis la mise en accusation jusqu'à la condamnation et l'exécution, alors...

— ... alors il n'y aurait pas non plus aujourd'hui d'Ordre des « Pauvres chevaliers du temple de Salomon ». Nous avons donc toutes les raisons d'être reconnaissants envers les descendants de David ! s'exclama Gavin en riant.

— N'allez pas croire, messire le précepteur, que sans vous, les chrétiens auraient été bien différents. Il y a toujours un messie quelconque qui attend devant les portes, et nous, le peuple élu de Dieu, nous avons toujours été attaqués par les partisans de toutes sortes de prophètes, ne serait-ce que par jalousie, parce que Dieu, notre Seigneur, nous parle directement !

— N'est-ce pas faire preuve de démesure ou d'aveuglement que de continuer à se croire « élu » après plus de mille ans de diffamation, de privation de droits, d'expulsions et de persécution ?

Exceptionnellement, aucun sarcasme ne s'était glissé dans la voix de Gavin au moment où il avait posé cette question. Jakov y répondit tout de suite.

— Voulez-vous hériter de nous, messire le précepteur ? La chose que vous vénérez, la tête de Baphomet, vous aurait-elle monté le cou ? Ou bien considérez-vous que le Graal ait été envoyé par Dieu ? Comptez-vous comparer cette pierre que vous ne pouvez même pas montrer aux tables de la loi de l'Arche d'Alliance que Yahvé a remises à Moïse ?

— Vous les avez aussi perdues, ces tables, valeureux seigneur, et avec elles l'Arche d'Alliance, par-dessus le marché. Vous autres juifs, vous vivez des regrets que vous inspire la perte, du souvenir d'un passé où le Temple se dressait encore à Jérusalem...

— Il s'y dressait, je ne le contesterai pas, les Templiers avaient tous leurs esprits lorsqu'ils ont choisi le nom de leur Ordre. Mais vous avez eu beau fouiller sous le sol des écuries de Salomon, vous n'avez rien trouvé.

Dans le cas contraire, auriez-vous besoin d'une chose comme le Graal ?

— Vous vous accrochez à la vieille loi, dit Gavin. Mais le temps ne s'est pas arrêté. Depuis Jésus-Christ, c'est le Nouveau Testament qui est en vigueur...

— Ouvrage humain ! (Pour la première fois, la voix de Jakov était devenue sèche et tranchante.) Avez-vous l'intention de comparer à nos prophètes les évangélistes, ces misérables écrivaillons ? Allons, dites-le-moi : que signifie pour vous le Graal ?

Gavin resta muet. Il ne savait que dire, d'abord parce qu'il n'était pas aussi sûr de lui que le juif, fermement ancré dans la tradition, et ensuite parce qu'il ne voulait pas révéler à un adepte d'une autre foi le peu de chose qu'il avait appris sur le Graal. Il ne pouvait pas dire à Jakov que le Démiurge avait choisi les Templiers pour maîtriser le monde, et que leur Yahvé n'était autre que le Démiurge, le seigneur de cette terre.

— La nouvelle loi se trouve, chiffrée, dans une pierre noire qui prend sa place dans une plus grande pierre où se trouve le savoir du monde. La clef se trouve dans le calice noir, qui veille sur l'interaction et le lien entre le macrocosme et le microcosme. Sans lui, nous ne découvrirons jamais la pierre de notre passé dans l'univers et de notre futur dans les étoiles.

— Est-ce cela, le Graal ?

— C'est cela et c'est autre chose, répondit Gavin. Le calice noir est une forme sous laquelle apparaît le Graal pour nous mettre à l'épreuve. Si nous confondons l'être et le paraître, nous ne sommes plus dignes de la quête du Graal !

Jakov ne paraissait guère convaincu.

— N'oubliez pas que le seigneur des ténèbres est aussi celui qui apporte la lumière, seule la matière noire de l'être permet à votre Graal d'apparaître...

— Ne tentez pas d'enfouir le message de la lumière et de l'amour dans votre sombre et triste crypte souterraine, Jakov ! De l'étouffer avec la colère de vos pères ! Le Graal est le libérateur lumineux ! Sous son signe, nous avons lancé le combat pour le pouvoir. Nous, les chevaliers du Temple, nous sommes ses humbles serviteurs !

— C'est ainsi que vous vénérez le calice noir ?

Le précepteur esquiva cette question gênante.

— Notre mission est de le chercher, c'est à la fois notre damnation et notre salut !

— C'est en cela que vous croyez, Gavin Montbard de Béthune ?

— Si je pouvais être digne de lui, je ne le laisserais pas passer, je le viderais jusqu'à sa lie amère.

Jakov ne paraissait pas avoir entendu.

— Pourquoi ferme-t-on les yeux au mourant ? réfléchit-il à voix haute. (Sa question n'était pas adressée au Templier.) Parce que les yeux contiennent les couleurs de ce monde. Lorsqu'on ferme les yeux, toute l'apparence de ce monde est plongée dans l'obscurité.

Gavin ferma les yeux et s'imprégna de cette image. Jakov reprit :

— Tant que la chair existe, elle qui vient de « l'autre côté », Satan exerce son pouvoir sur elle. Mais si la chair disparaît, il perd tous ses droits. Voilà pourquoi l'on dit de l'homme : « Quand sa chair se consume à vue d'œil et qu'apparaissent ses os dénudés ; quand son âme approche de la fosse et sa vie du séjour des morts, alors, s'il se trouve près de lui un Ange, il revient aux jours de son adolescence. »

La chapelle silencieuse du Louvre était plongée dans la pénombre. Ses vitraux aux couleurs de nuit diffusaient une lueur douce et sacrée, à peine troublée par les personnages sépia et les quelques notes de rouge rubis que l'on avait disposées çà et là sur le verre.

Le roi Louis aimait ce lieu. Ici, jeté au sol, il pouvait se plonger dans la prière, seul dans son dialogue avec Dieu. Une ferveur bien plus profonde encore s'emparait du pieux monarque lorsque maître Robert de Sorbon prenait le temps de le confesser, lui, le grand pécheur. Ce n'était pas la pénitence qui l'enflammait ainsi (elle lui paraissait toujours trop douce), mais le déroulement de la confession elle-même : se glisser discrètement dans cette sombre guérite, s'approcher de la grille derrière laquelle son directeur spirituel lui posait en chuchotant des questions gênantes... Pour Louis, tout cela rappelait un peu les jupes d'une femme sous lesquelles il se faufilait, gamin. Le plaisir était une punition, on l'attendait avec délectation.

Aujourd'hui, c'était la journée de maître de Sorbon. Louis savait qu'il transpirait dans l'étroit confessionnal, furieux que le monarque le fasse attendre alors qu'à l'université, des étudiants avides de savoir se pressaient autour de sa chaire. Et lui, le Trismégiste de tous les *doctores*, gaspillait ici son temps précieux !

Il tenait certes à parler au roi, les affaires de l'État exigeaient une conversation et des explications. Mais il le savait, Louis n'entendrait aucun de ses arguments. Il ne lui restait donc d'autre solution, à lui, le maître, que d'attendre avec une impatience agacée l'instant où la tête grise du roi apparaîtrait dans le cadre noir.

Louis, le Saint Homme, s'était inventé un répertoire de péchés qui lui paraissait suffisant – il y ajouterait d'ailleurs, à la fin, qu'il avait été bien méchant de laisser le vénérable messire de Sorbon mariner ainsi dans son jus. Il se leva et se dirigea d'un pas incertain vers le confessionnal, ouvrit le rideau avec délices et s'agenouilla sur le banc en bois dur.

— *In nomine Patris, et Filii et Spiritus Sancti*, murmura rapidement le maître avant de reprendre aussitôt : *Ego te absolvo a peccatis tuis*. Le précepteur des Templiers de Rhedae, abandonné par tous les bons esprits, semble en mesure et désireux de frapper immédiatement !

— Ô seigneur, donne-moi ta paix, bredouilla le roi. Prions ensemble : *Da servis tuis pacem.*

— Ils ont préparé une proclamation d'indépendance, ajouta Sorbon. Ils comptent désarmer d'un seul coup toutes nos garnisons, à commencer par Carcassonne.

— Paix sur la terre, murmura Louis, et bonheur aux hommes.

— Le poste de sénéchal n'est toujours pas pourvu dans ce lieu menacé, reprit le Cassandre déguisé en confesseur. Il semble que Wolf de Foix, le faidit, n'ait nullement trouvé la mort. Sa ville lui ouvrira les portes.

Quant à Xacbert de Barbera, il récompense bien mal votre indulgence et rassemble les mécontents des deux côtés des Pyrénées. Quant aux Levis de Mirepoix, on ne peut s'y fier. On dit que les Templiers ont préparé de gigantesques arsenaux, suffisants pour armer n'importe quelle légion de mercenaires payés par les conjurés. Jean de Procida, l'agent de la Sicile et de l'Aragon, a été vu à Rhedae...

— La paix, Seigneur, je vous en implore, donnez-nous la paix, gémit le roi qui ne voulait rien savoir de tout cela. Mais le maître était implacable.

— Un extrême danger menace la France. Le précepteur insurgé a envoyé chercher Roç et Yeza. Ils doivent quitter Quéribus, ce lieu où vous les aviez consignés, Majesté. Si le couple royal, ces prétendus héritiers du Graal, prennent la tête de l'insurrection, l'Occitanie, le Roussillon et le Languedoc se jetteront dans les flammes de la rébellion. Aragon rompra le traité de paix de Corbeil !

— Il suffit, Sorbon ! Vous abusez de manière coupable de la fonction que vous donne Dieu !

Le roi avait la voix cassée par l'énervement. Il poursuivit :

— C'est la voix du diable qui parle par votre bouche. Si vous vous faites son instrument, mon âme, elle, ne tombera pas entre ses griffes. *Pater noster, qui es in caelis, ne nos inducas in tentationem. Sed libera nos a malo.*

— Le mal, Majesté, c'est l'hérésie qui veut se propager là-bas, sur vos terres, contre l'Église une et unique, l'*Ecclesia catolica.* Vous vous apprêtez à commettre une faute dont je ne pourrai vous absoudre.

— Faux prêtre ! aboya le roi en frappant des deux poings contre la grille qui le séparait de son confesseur. Je veux la paix, et vous me poussez dans les feux de l'enfer ! Je veux confesser mes péchés, et vous m'en rajoutez de nouveaux ! Partez, je ne veux plus vous entendre !

Et, sans même attendre que l'on exécute son ordre, Louis bondit et sortit de la chapelle du palais, comme s'il était poursuivi par des furies. Mais, avant d'atteindre le portail, il ralentit le pas et se força à retrouver la dignité qui sied à une tête couronnée.

On avait déposé, juste à côté de l'entrée, une litière noire sans ornements. Quatre Templiers se tenaient, immobiles, à côté de cet objet inquiétant. Des rideaux noirs barraient la vue sur l'intérieur. Satan avait-il déjà libre accès au dernier refuge de son âme ? Le fait que ces Templiers lui servent d'escorte ne faisait que confirmer le soupçon que Louis nourrissait depuis bien longtemps contre l'Ordre de Jérusalem. Le Malin en personne était-il entré ici pour écouter l'inventaire de ses péchés ? N'était-ce donc pas maître de Sorbon qui se tenait sur la chaise du confesseur ? Était-ce Satan qui l'avait tenté ? Louis se signa nerveusement et tenta de passer discrètement devant la litière. Alors, une main gantée sortit du rideau et l'attrapa par l'ourlet de son manteau.

La main osseuse d'une vieille dame, pensa le roi, qui comprit à qui il avait affaire. Et il ne voulait avoir aucun rapport avec elle ! À aucun prix ! La voix le cloua pourtant sur place – une voix fragile, mais dont la dureté ne tolérait aucune réplique.

— Ne vous inquiétez pas pour la paix de votre âme, dit-elle d'une voix claire et distincte. Il n'y aura pas de révolte du péché. Vous avez ma parole, Majesté !

La main relâcha l'ourlet du manteau et rentra lentement sous la litière, comme une murène dans sa grotte. Le roi trébucha au seuil de la porte, parce qu'il s'était signé une fois de plus au lieu de faire attention à ses pieds.

Au consolatum succède l'endura

« *Altas undas que venez suz la mar,*
que fay lo vent çay e lay demenar,
de mun amie sabez novas comtar,
qui lay passet ? No le vei retornar ! »

— Mon petit nez sent l'air du voyage, soupira Jordi lorsqu'il eut tiré de son luth les dernières notes, qui semblèrent filer comme des perles entre ses doigts de nain, avant de disparaître en un souffle. J'ai le cœur tellement lourd, et je suis pourtant de si joyeuse humeur ! Cela annonce un grand voyage.

Par la porte de la salle des domestiques, le troubadour, songeur, regardait la cour ensoleillée.

— À l'instant où la chaleur du soleil commence à cajoler nos murs, se plaignit Geraude, où les prés sont en fleurs, vous vous sentez attiré par l'étranger, maître Jordi ?

— On ne nous demande pas notre avis, répondit Philippe à la farouche suivante, mais nous devons préparer notre départ. Je me sens toujours à mon aise avec ces seigneurs, ils donnent à ma vie un sens, et toutes sortes d'aventures par-dessus le marché !

— À moi aussi, cela me plaît, fit Potkaxl avec enthousiasme. Je devrais être morte aujourd'hui, le prêtre voulait m'arracher le cœur. À présent, je peux l'entendre battre chaque matin où je me réveille. Ma bouche peut embrasser. Mon ventre réjouit les hommes, et ma tête bourdonne de plaisir ; mes yeux brillent, et mon nez d'aigle (elle rit à la face de Jordi) s'élance dans les airs, prêt à s'abattre sur n'importe quel lieu nouveau, si lointain et étranger soit-il !

— Voilà ce que j'appelle de la fidélité ! lança Mafalda, moqueuse. Le prêtre aurait pu tranquillement vous découper le cœur. Vous n'en avez pas besoin ! Votre entrejambe en fait office !

— Ne soyez donc pas jalouse ! s'exclama Jordi. Notre Potkaxl est fidèle à elle-même. Quant au nid qui se cache entre ses cuisses, il est toute loyauté !

— Assez parler de nids humides et de petits oiseaux ! ordonna Philippe. Nous devons préparer notre départ ! Que les femmes rangent le linge, les vêtements et les couchages dans les bahuts. Nous, ajouta-t-il à l'intention de Jordi, nous nous occuperons des chevaux, des armes, des tapis et des meubles qu'il nous faudra charger sur les chariots.

— Je vais préparer les cuisines, dit Mafalda qui se rappelait enfin son statut de suivante. Mettez dans les coffres toutes les provisions, les chaudrons et les poêles, les cruches et les coupes, et toute la vaisselle !

— Voilà qui a fait du bien à la pauvre Yeza ! gémit la dame en nouant ses bras autour du cou de Roç et en tirant encore une fois son visage vers elle pour pouvoir l'embrasser longuement et tendrement. Roç ne voyait que les étoiles de ces yeux, ce rayonnement de l'iris vert qui lui rappelait ces lacs clairs et insondables des forêts montagnardes, et les astres étincelants dans l'air limpide des déserts. Ces yeux lui firent perdre la tête, son corps se remit à vibrer, son sang à bouillonner, à l'instant même où il se sentait happé par le sommeil, et où Yeza elle aussi paraissait l'y inviter. Mais c'était une ruse. En se donnant l'air vaincu, épuisé et soumis, elle l'invitait en fait à poursuivre les fugitifs, à punir les prisonniers, et sa lance enfla de nouveau. Malgré lui, le chevalier se remit au trot. Si la dame avisée l'avait défié, il aurait sans doute protesté, se serait senti violé et aurait baissé les armes en prétextant la fatigue, ou une autre excuse idiote. Mais ainsi, elle jouait la victime, et le seigneur de la guerre ne connaissait pas de pitié. Bientôt, il recommença à galoper fougueusement et Yeza put de nouveau nouer ses jambes nues autour des hanches fines du garçon, brandissant son bassin comme un bouclier face à l'assaillant. Alors seulement, c'est elle qui donna de l'éperon, puis de la cravache. Yeza était devenu un cheval sauvage, à Roç de se débrouiller pour tenir en selle ! Elle fila avec lui, il se laissa emporter, traversa de vertes prairies, des rivières jaillissantes, se sentit de plus en plus près de la cascade. Un bruissement l'annonça, enfla jusqu'à devenir une plainte, il se sentit précipité dans le vide et plongea dans un silence cristallin. Comme toujours, Roç et Yeza avaient atteint ensemble le sommet de leur plaisir ; main dans la main, ils se laissèrent retomber ensemble, animés par le bonheur de leur amour et la jouissance qu'ils avaient connue.

— Vous n'en avez jamais assez, mon seigneur ! reprocha Yeza à son bien-aimé. Aucune pitié pour votre pauvre petite Yeza !

Roç avait le souffle court, mais parvint tout de même à protester.

— Non, je ne me laisserai pas prendre une fois de plus par cette fée qui me suce le sang ! Roç colla son oreille contre sa poitrine. – Je n'entends pas le cœur ! chuchota-t-il. Vous êtes vraiment une magicienne !

Yeza lui mordit tendrement la nuque.

— Et vous, Roç Trencavel, vous êtes le chevalier qui me délivre. La magie noire m'avait transformée en mauvaise chauve-souris – n'entendez-vous pas mon petit cœur qui bat, à présent ?

Roç ne voulut pas s'avouer vaincu.

— C'était la dernière fois, princesse, que je vous délivrais de ce sombre château. Le dragon va bientôt revenir, fuyons d'ici !

— Ne transformez donc pas ce brave Xacbert en un monstre cracheur de feu ! répondit Yeza en riant. Nous n'avons aucune véritable raison de nous enfuir.

— Mais suffisamment de motifs, marmonna Roç. Ce n'est pas un hasard si Gavin veut nous voir...

— J'ai déjà donné des ordres pour ranger et charger notre somptueux trousseau...

— Il y a trois chariots dans la remise, cela suffira bien !

Yeza paraissait hilare.

— Ma dame de cour, mademoiselle de Levis, en a besoin d'un tout entier pour son bric-à-brac !

— Compteriez-vous l'emmener ?

— Mais certainement, messire, je ne veux surtout pas que vos plaisirs secrets se limitent aux faiblesses de Geraude ou aux désirs violents de Potkaxl. Et puis dame Mafalda est mon ornement.

Roç avala sa salive.

— Avez-vous révélé à nos domestiques que ce voyage pourrait nous conduire très loin ?

— Mais certainement, mon seigneur et maître. D'ailleurs, mis à part la suite de mes dames et votre serviteur, nul ne veut nous accompagner.

— Et Jordi ?

— Il vient !

— Voilà une escorte opulente pour un couple royal !

— Pense à la Sainte Famille ! le consola Yeza. Ils n'étaient que deux, plus un âne !

— Marie portait un enfant.

— Ce n'est certainement pas un plaisir que je me réserverais pour ce voyage à la destination incertaine. Et puis vous n'êtes pas un ange, Roç Trencavel.

— Lorsque nous aurons atteint notre objectif, nous pourrions...

— Si nous y parvenons, mon aimé, ce sera de bon cœur. Mais dans ce cas, je préférerais des jumeaux.

Philippe frappa à la porte de leur chambre.

— Le *perfectus* est aux portes du château, le bon Mauri En Raimon !

— Donnez-lui à boire et à manger dans la cuisine. Ensuite, nous serons prêts à le recevoir.

Roç se redressa, admira encore une fois longuement le corps étendu de Yeza jusqu'à ce qu'elle lui tourne le dos et se recouvre du drap. Roç secoua la tête, passa sa chemise et alla vers la porte. Mais le désir d'être embrassé par Yeza s'empara de nouveau de lui. Il revint sur ses pas, s'agenouilla à côté de leur lit et souleva le drap pour lui cajoler les cuisses. Yeza se redressa et tira sa tête contre elle. Roç savait ce qui se passerait s'il ne cédait pas aux désirs de sa dame. Il chercha donc ses lèvres.

— J'ai oublié de vous dire, ma Dame, que je vous aime par-dessus t...

Roç n'alla pas plus loin. Elle lui ferma la bouche et ils restèrent couchés en silence, serrés l'un contre l'autre, écoutant mutuellement leur souffle et savourant leur chaleur, jusqu'à ce que Philippe frappe une deuxième fois à la porte.

— Mauri En Raimon a une lettre urgente de messire le précepteur !

Roç reçut le visiteur au donjon. Il voulut attendre, pour lire la lettre, que Yeza les ait rejoints. Il posa donc au vieil homme, que Xolua avait guidé jusque-là, une question qui le tourmentait depuis longtemps déjà.

— Vous êtes un *perfectus*, un cathare parvenu au niveau le plus élevé de la pureté, commença-t-il. Ou bien êtes-vous un druide, un grand prêtre des forces de la nature et de la magie secrète ?

Cette entrée en matière arracha un sourire à Mauri.

— Prenez un peu de tout cela, messire, secouez et touillez la mixture, et vous aurez un mélange qui n'a rien d'ordinaire, et encore moins de compréhensible !

La réponse plongea Roç dans la confusion, mais il eut du mal à l'admettre. C'est la raison pour laquelle il ajouta, malin : — C'est sûr, personne n'est parfait.

— Vous voilà déjà plus proche d'un cathare, répondit Mauri. Son monde est scindé, coupé en deux, car c'est celui du diable !

— N'est-ce pas Dieu qui a créé ce monde ?

— Non, car dans ce cas, il ne serait pas tel qu'il est. Satan est le dieu créateur, saint Jean l'avait déjà compris et l'a écrit dans la Sainte Révélation. L'homme qui porte la lumière a créé tout ce qui est visible et éphémère, la matière, et donc également l'être humain. Le vrai dieu ne crée pas, il n'apparaît pas. Il est, il était et il sera, partout, éternel, tout-puissant. Ce qui reste, c'est l'âme humaine !

— Dieu est-il alors bon ou mauvais ? demanda Yeza, qui était entrée discrètement dans le donjon.

— En réalité, il est tout, répliqua Mauri. Mais pour comprendre comment il englobe tout, il faut savoir comment le bien est parvenu dans le monde du malin.

— Et pas l'inverse ? s'enquit Yeza.

— Il vaudrait mieux pas ! rétorqua vivement le vieil homme. Jadis, nos âmes étaient pures, elles étaient des anges, comme Satan lui-même. Mais il a séduit les anges. Pour le punir, on l'a chassé du Ciel, et il a emmené avec lui dans sa chute une partie des anges, le soleil, la lune et les étoiles. Ils sont tombés sur notre terre, et Satan les a forcés à entrer dans sa matière, et dans nos corps.

— C'est donc cela ! fit Roç, songeur. Mais où est donc passé l'esprit ?

— L'âme des anges a laissé son corps dans le ciel, l'enveloppe terrestre n'est que sa geôle. L'élément qui articule le corps et l'âme est l'esprit, planant entre le ciel et la terre, cherchant constamment une issue. Il apporte de la lumière dans la geôle des détenus, il « illumine » la pauvre âme. L'homme devient un *katharos*, il ne songe plus qu'à se débarrasser de ses chaînes, de son enveloppe et, devenu une âme libre, à remonter dans sa patrie céleste.

— Nous pouvons par conséquent nous aussi devenir de véritables cathares si nous recevons volontairement l'esprit de Paraclet, conclut Yeza. C'est une grande consolation.

— Mais lisons donc la lettre que vous nous avez apportée de Rhedae, proposa Roç.

Mauri sortit la lettre de son vêtement et la lui tendit. Le vieil homme fit mine de se retirer, mais Yeza lui demanda de rester et lui proposa un siège.

— J'aurai encore une question à poser à ce sage homme, annonça-t-elle en s'adressant plus à son compagnon qu'à Mauri En Raimon. Roç avait brisé le sceau et lisait les lignes à mi-voix. Yeza le regarda par-dessus l'épaule. La lettre commençait à brûle-pourpoint, on l'avait manifestement écrite en toute hâte :

« *Gavin Montbard de Béthune souhaite à Yezabel Esclarmonde et Roger Trencavel, le couple royal, une vie heureuse dans le lieu sacré que le grand projet leur destine. C'est là, et seulement là, mes protégés, que vous pourrez trouver le Graal, il est revenu à son lieu d'origine, et c'est là que vous devriez le suivre. Le Graal est le symbole de la rédemption : la force de l'amour permet de quitter le monde mauvais du Démiurge.* »

— Avez-vous entendu, Mauri En Raimon ? demanda Roç au messager. Le précepteur du Temple ne dit rien d'autre que ce que vous venez de nous expliquer...

— Je sais, répliqua le cathare. C'est à moi qu'il a dicté ces lignes.

— Gavin se serait-il secrètement converti à la foi cathare ?

Roç avait du mal à y croire, mais Mauri répondit à voix basse :

— Il m'a demandé le *consolamentum* et je le lui ai accordé.

Roç secoua la tête, incrédule, mais il poursuivit sa lecture :

« À celui qui est jugé digne du Graal, on épargne le Calice noir, qui a besoin de la mort physique pour entrer au paradis, d'où proviennent nos belles âmes. Celui qui vous dit ces mots, heureux enfants, est un ange déchu qui doit à présent emprunter ce chemin difficile. Vous, Roç et Yeza, vous avez l'amour, vous devriez chercher la trace vivante de notre origine parfaite. Alors, vous conquerrez le Graal. L'ultime désir du pauvre larron, c'est de connaître l'honneur d'être crucifié à côté du Paraclet. Relevez donc celui qui a péché, ne faites pas attention à la tête de Baphomet, cette fausse idole qui vous attire avec son or et vous entraîne vers le bas, vers la terre. Songez à votre vieil ami, libérez son âme de sa prison terrestre, emmenez-le avec vous en Terre Promise. C'est ce que réclame un homme indigne de vous demander, à vous, le couple royal, de vous rendre encore une fois à Rhedae dans la maison de la pécheresse avant que vous ne partiez, avant que lui-même ne parte. Et lorsque vous serez sous la croix, sachez que votre Gavin vous a toujours aimés, même lorsqu'il était sévère ; qu'il vous a toujours protégés lorsqu'il invoquait les dangers, et qu'il n'a jamais voulu que votre bien, même lorsque cela ne paraissait pas évident. C'est mon testament. Hâtez-vous, car bientôt, déjà, les aiguilles vont s'enfoncer. »

— Est-ce l'*endura* ? Roç s'était timidement tourné vers Mauri En Raimon, qui répondit par l'affirmative en baissant sa tête aux cheveux blancs.

— Mais cela me paraît aussi un testament très précis et plein d'indices, fit Yeza à voix basse. On dirait que Gavin veut faire de nous ses héritiers.

— Penses-tu qu'il s'agisse du trésor ? chuchota Roç pour que le vieux cathare ne l'entende pas.

Yeza ne répliqua pas. Roç prit donc l'affaire en main, surexcité par cette nouvelle quête.

— Nous devons partir immédiatement !

— En tout cas, continua Yeza, c'est un appel au secours désespéré.

Yeza était triste ; son regard tomba sur le petit Xolua,

qui avait joué pendant tout ce temps aux pieds du parfait, sans dire un mot. Elle eut une intuition subite :

— Valeureux Mauri En Raimon, l'avenir dira si ma supposition est la bonne. Je n'ai plus le temps de rester ici, comme vous venez de l'entendre et comme vous le saviez sûrement avant même de venir.

Le vieil homme se releva et voulut prendre congé.

— Soyez l'hôte de ces murs tant qu'il vous plaira, lui dit Yeza. Je veux vous confier cet enfant car il est trop petit pour faire avec nous ce voyage dans l'inconnu. Éduquez-le, faites-en un bon *perfectus*.

Comme si Xolua avait tout compris, il attrapa la main de l'homme et le mena hors de la pièce. Alors entra Potkaxl, et ils virent que la princesse toltèque avait pleuré. Ils restèrent tous les trois à la fenêtre et aperçurent Mauri En Raimon franchir le portail avec Xolua. Le petit ne se retourna même pas vers le haut donjon de Quéribus.

« Oy aura dulza, qui vens dever lai
un mun amic dorm e sejorn'e jai,
del dolz aleyn un beure m'aporta'y !
La Bocha obre, per gran desir qu'en ai.

Et oy Deu, a amor !
Ad hora m'dona joi et ad hora dolor !»

Lorsque Roç, Yeza et leur escorte furent arrivés devant la taverne incendiée, en dessous du château, ils firent arrêter le convoi. Leurs trois chariots avaient suffi à charger les biens qu'ils avaient emportés de Quéribus – s'il n'y avait eu dame Mafalda, deux auraient sans doute suffi. Mais la première dame de cour avait manifestement emporté tout son trousseau. En tout cas, ses bahuts, ses caisses, ses malles et ses ballots étaient plus nombreux que ceux de sa maîtresse et de Roç réunis. Geraude et Potkaxl, Philippe et Jordi ne possédaient rien. Le troubadour était assis sur le siège de cocher et s'apprêtait à entonner une nouvelle chanson lorsqu'il aperçut le toit effondré et les poutres calcinées. C'est là que Roç, une année plus tôt, avait courageusement chevauché pour le tirer des griffes du capitaine Fernand Le Tris. Et l'inquisiteur, le gros Trini, n'avait pas eu le dessus. Cette fois, il était à l'abri de ce genre d'agressions. Car toute la garnison, composée de courageux soldats de Mirepoix, les accompagnait ce jour-là.

Roç fit attendre ses accompagnateurs et monta la colline avec Yeza, passa au-dessus de la grotte où le vin, jadis, rafraîchissait les voyageurs. Ils aperçurent le buisson de rosiers. Les roses blanches fleurissaient de nouveau, mais on ne voyait plus rien de la pierre noire. Le buisson s'était refermé, on ne distinguait même plus les entailles qu'y avait faites Roç pour dégager le cube noir. On aurait dit que la pierre n'avait jamais été là. S'il n'y avait pas eu ce petit torrent, ce filet d'eau qui sortait sans doute de terre au milieu du buisson de rosiers, ils auraient pu douter de leur mémoire. Roç se rappela l'épitaphe de marbre, le creux destiné à recevoir le calice noir et le fin rayon produit par l'eau de source. Il frissonna. Lui et Yeza comprirent en même temps que la pierre n'avait été là qu'à un instant bien précis, celui où ils étaient passés devant elle.

— Pour retenir cet instant unique, dit Yeza, songeuse, on avait même envoyé un peintre. La pierre noire n'est plus qu'un tableau.

— Ou même une idée, compléta Roç. Elle contenait un message à notre intention, et nous ne l'avons pas compris.

— Son apparition était peut-être une invitation à la chercher.

— Elle, ou le calice manquant ? Comme nous nous sommes déjà mis en route, nous n'avons plus besoin de cet indice. Suivons donc la trace de la pierre noire, ma dame. Elle nous mène d'abord à Rhedae.

— Parions qu'elle ne nous y attend pas, dit Yeza. Ce sera un long voyage, jusqu'à la fin...

— Je suis prêt, l'interrompit brutalement Roç, comme s'il était pris de superstition et voulait empêcher qu'elle ne prononce des mots susceptibles de devenir réalité.

— Eh bien soit ! dit Yeza, qui avait compris à quoi il pensait. Nous allons savoir à quoi nous sommes prêts.

Elle l'embrassa sur la bouche et ils descendirent nonchalamment la colline pour rejoindre leurs chevaux et leurs accompagnateurs.

L'ÉPOUSE DE PALERME

I

Le testament du précepteur

Le trône du pêcheur

— Hâtez-vous, *Santità* ! s'exclama le puissant cardinal Octavien. Sa Sainteté Alexandre IV, gâté par les flatteries de sa cour, n'apprécia guère la chose. Il lui semblait qu'Octavien degli Ubaldini lui avait donné du « *Santì* », reprenant l'abréviation grossière des garçons de rue de Trastevere. N'était-il pas le titulaire du Saint-Siège, investi par Dieu, représentant du Seigneur sur cette terre, successeur de l'apôtre Pierre et chef de toute la chrétienté ?

Le pape trébuchait plus qu'il ne marchait en redescendant les escaliers abrupts du château Saint-Ange, dans le babil permanent de sa suite. Il se faisait l'effet d'une reine des abeilles entourée par son essaim bourdonnant. Quelques heures plus tôt, ils étaient venus le chercher et lui avaient fait emprunter la galerie du Borgo, considérant qu'il n'était plus à l'abri des attaques de la plèbe dans la basilique Saint-Pierre. Il avait espéré qu'au moins, on ne le forcerait pas à quitter la ville, *sa* ville. Mais cela ne lui fut pas épargné non plus. Une porte étroite menait à l'extérieur ; par une trappe et un escalier branlant, on descendait vers le rivage du Tibre et l'on arrivait tout droit à bord de la galère pontificale. On y avait tendu une multitude de cordes et de voiles, non pas pour éloigner les mouches et la corruption des marchandises à transporter, mais pour le protéger, lui, le pape, des projectiles que les

Romains pourraient lui lancer du haut des berges du Tibre, et surtout des ponts sous lesquels il lui faudrait passer. À peine arrivé à bord, Alexandre dut descendre dans la cale puante, et on leva les amarres, cap au nord.

Le pape sombra dans une somnolence comateuse. Des cauchemars l'agitaient. Il vit son trône, le Saint-Siège de Pierre, déposé devant la porte. Les enfants du Graal marchaient dans sa direction et s'y installaient, comme si c'était tout naturel. Roç et Yeza étaient vêtus de mousseline blanche et rayonnante. En dessous, leur corps était nu, mais pur, un calice avançait en planant devant eux. Et au-dessus de leur tête, la colombe au rameau d'olivier battait des ailes. Le ciel s'ouvrit au-dessus de Saint-Pierre, un rayon de lumière sortit des nuages, descendit sur le couple installé sur son trône et le fit briller : le pape et la papesse ! Alexandre entendit chanter les anges, mais ne voulut rien voir d'autre que les flammes de l'enfer qui dardaient sous le trône du pêcheur. Mais dans son rêve enfiévré, il avait beau regarder fixement le socle au lieu de se réjouir à la vue des cieux lumineux, il ne parvenait pas à faire surgir la moindre flamme sulfureuse. Dans la cale, des perles de sueur recouvraient déjà le front du pape. Par longues rangées de deux, des hommes barbus et de jeunes femmes, tous vêtus de blanc, avançaient par vagues vers le couple royal : les « bons hommes » et les « bonnes femmes », les « purs dans la foi ». Le bâtard Manfred avait élevé l'hérésie des cathares au rang de religion d'État. Alexandre se vit s'agenouiller devant le trône. Alors, enfin, il regarda droit dans la fournaise, et elle lui bondit à la face, lui dévorant le visage ! Alexandre sursauta en criant. Un seau de poissons puants avait dévalé sur le toit de sa tente, un animal avait glissé par une fissure et avait atterri sur la poitrine du pape. Sa Sainteté vivait encore !

Les précautions qu'on avait prises se révélèrent du reste exagérées, d'autant plus qu'Octavien avait fait disposer sur les deux rives des gardes à cheval qui avançaient à la même vitesse que la galère et évacuaient les ponts avant son passage. Seuls quelques œufs nauséabonds et autres betteraves pourries atterrirent sur la voile, sans la moindre conséquence. Mais le mélange d'aliments corrompus et d'excréments empestait épouvantablement. Rome n'en voulait pas à la vie du pape, la ville désirait seulement se libérer de sa domination : elle le laissa filer. Bien après qu'il eut franchi les murs de la ville, à l'extérieur, à la Prima Porta, on le fit monter dans une litière, et le cortège obliqua dans la Via Cassia, sans être inquiété.

Alexandre était fou de rage, et il se sentait mal. À trois reprises, il fallut lui apporter ce siège percé qui n'avait de commun avec celui de saint Pierre que la largeur des fesses. Et c'est dans cet équipage qu'ils atteignirent Viterbe, la mal aimée.

La ville, située à la frontière du *Patrimonium Petri* et de la Toscane, était destinée à protéger l'État religieux romain des attaques venues du nord par la Via Cassia. Au grand regret de la curie, cela ne valait nullement au pape l'amitié des habitants de Viterbe. Mais les châteaux où l'on avait coutume de se réfugier dans les Colli Albani, au sud, étaient considérés comme encore moins sûrs. Octavien, maître des « Services secrets » de la curie, que l'on appelait aussi « le cardinal gris », avait donc décidé sans réfléchir bien longtemps que le Saint-Père viendrait se réfugier dans cette ville. Rome, l'ingrate, l'infidèle, avait une fois de plus proclamé la république et donné les pleins pouvoirs au sénateur Brancaleone degli Andalò. Le pire, dans toute cette histoire, c'est qu'un partisan déclaré des Hohenstaufen venait ainsi de prendre les fonctions du Podestà dans la Ville éternelle, dans son *urbs* !

Alexandre en aurait hurlé de rage. Lui-même natif de Rome, il ressentait doublement l'injure qui lui avait été faite. Mais, après cet affreux voyage, il se sentait trop faible pour laisser libre cours à sa douleur. Et puis il lui manquait un public compatissant, ou du moins intéressé. Le pape se retira dans les appartements qui lui avaient été attribués et se fit servir une décoction de mauve et de camomille, avec quelques gouttes de valériane.

Octavien degli Ubaldini était un Florentin, et la proximité de sa ville natale lui garantissait à Viterbe une protection suffisante. Lassé des sempiternelles querelles avec le porteur de la tiare, il décida de faire un rapport écrit sur la situation, épisode que les Anglais résumèrent sèchement (et à juste titre !) par le terme d'« affaire sicilienne ». Il lui fallut d'abord dresser un tableau sans complaisance de toutes les erreurs commises par le prédécesseur de Sa Sainteté. Avec une malveillance d'intrigant, Octavien alla chercher pour rédiger ce mémorandum le notaire pontifical Arlotus, sachant sans doute que celui-ci avait servi Innocent IV et qu'il s'était déjà, à l'époque, laissé corrompre par Charles d'Anjou.

Le cardinal gris avait convoqué le notaire dans l'aile du palais pontifical qu'il avait confisquée à son propre usage, et dont au moins un souterrain permettait de s'enfuir en cas d'urgence.

— Mon cher Arlotus ! fit-il aimablement en voyant arriver le petit homme sec. Je ne voudrais pas faire injure à votre rang en vous demandant de faire travailler vos doigts – et de les couvrir d'encre ! Les Services secrets ont suffisamment de secrétaires à la chancellerie, je pourrais demander à Bartholomée de Crémone...

— Par le Christ et par tous les saints, surtout pas ce bavard de Triton ! Autant aller accrocher tout de suite le *scriptum* à la porte du palais !

— Je vois que vous êtes un spécialiste, dit le cardinal avec délectation. Eh bien ! dans ce cas, commençons.

Le notaire relégué au rang de *secretarius* se rendit au pupitre, et Octavien s'installa sur un siège.

— « *Commentatio Rerum Sicularum.* Jusqu'à la mort de l'antéchrist Frédéric Ier, ... »

— ... L'empereur Hohenstaufen déposé ?

— Ne m'interrompez pas, Arlotus ! « Jusqu'à cette mort, le roi Louis de France empêcha toute attaque de son frère cadet, Charles d'Anjou, contre la couronne de Sicile. Et même après cette date, il soutint la prétention à l'héritage, légitime à ses yeux, de Conrad, fils de l'empereur. Le roi renia ainsi son propre sang en forçant Charles à renoncer officiellement à ses prétentions. C'est seulement lorsque Conrad alla au diable, en mai *anno Domini* 1254, que le pieux Louis changea d'attitude. Il continua certes à défendre l'idée que la succession revenait au fils mineur de Conrad, dit "Conradin", mais l'insolente attaque du bâtard Manfred, qui avait pris le pouvoir en Sicile, avait sérieusement décontenancé ce fidèle ami des Hohenstaufen. Entre-temps, notre Saint-Père Innocent s'était rappelé que la Sicile avait toujours été un fief pontifical et que le Saint-Siège était le seul à pouvoir l'attribuer. Il fit savoir publiquement que son favori demeurait le comte d'Anjou. Pour ne pas perdre la face, ce qui ne seyait point à un roi de France, le roi força son frère à refuser de nouveau ce trône, ce que Charles fit en grinçant des dents.

Déçu, le Saint-Père, dans sa bonté et en un instant de faiblesse, céda aux recommandations que lui avaient chuchotées des conseillers félons : il chercha à se réconcilier avec le bâtard. Manfred, cet avorton du diable, avec sa belle frimousse et sa nature cupide, fit allégeance au Saint-Père trop crédule. Le diable guida même par la bride le cheval de son pasteur et de son maître Innocent lorsqu'il franchit le fleuve-frontière, le Garigliano. Mais une semaine à peine plus tard, Manfred quitte le lieu des négociations et se cache chez ses Sarrasins, à Lucera. » Ce que l'on peut comprendre, cher Arlotus, n'est-ce pas ?

Le notaire s'abstint de répondre et se contenta de poser quelques questions supplémentaires.

— Charles d'Anjou n'avait-il pas reçu secrètement carte blanche pour faire table rase ? Ou bien Innocent, avec la faiblesse de son grand âge, n'avait-il pas été mis au courant de vos projets ? Un sinistre peintre arrivé de Venise ne séjournait-il pas déjà sur place, sous prétexte de faire le portrait du futur jeune roi de Sicile ?

— Pourquoi m'accusez-vous, moi, un simple *advocatus* de la curie, d'en savoir autant ? Pis encore, vous me soupçonnez ouvertement d'avoir pris parti et d'avoir été au courant de pareilles manigances !

— Elles vous sont totalement étrangères ! Elles vous indignent tellement que mes vagues allusions vous suffisent à formuler une accusation ! Vous ne pouvez rien me cacher !

Le cardinal gris ne riait pas, même si les trémoussements de son interlocuteur l'amusaient beaucoup.

— Je serais un piètre chef des Services secrets si

j'ignorais que vous étiez présent sous la tente des négociations.

— Ah ! Le Triton ! s'exclama Arlotus en comprenant soudain qui avait servi d'informateur. Et le cardinal put se permettre de hocher la tête avec satisfaction.

— Vous pouvez donc aussi admettre que cette même nuit, Yves le Breton est arrivé...

— Je l'admets volontiers, répondit le secrétaire, si vous m'expliquez en retour quelle mission votre Barth remplissait là bas.

— Le Crémonais n'était certainement pas là pour tuer, si c'est ce que vous voulez insinuer. D'autre part...

— D'autre part, l'interrompit Arlotus, à cette époque, le pape actuel était encore le cardinal gris, maître des Services secrets.

— Vous en savez trop, dit Octavien avec une amabilité qui ôta au visage d'Arlotus le peu de sang qui coulait encore dans ses veines. En tout cas, reprit-il, le vénéré pape Innocent IV mourut la même année et mon prédécesseur, comme vous l'avez justement relevé, occupa le siège du Pêcheur. Où en étions-nous restés, précieux Arlotus ? Ah oui, à « Lucera ! » « En tant que successeur du Siège, Alexandre IV ne pouvait pas faire autrement que reprendre, au moins dans un premier temps, la politique de la curie. De fort louable manière, il ne le fit cependant pas avec la haine aveugle de son prédécesseur, mais avec une attitude plus réfléchie... »

— Mais pas plus résolue !

— Vous l'avez dit : *Omissis !* « Notre Saint-Père actuel pouvait se permettre d'attendre que la situation évolue d'elle-même. Le temps travaillait pour lui. Avec l'âge, le roi Louis se montrait de plus en plus docile, et finit par céder à la pression constante de son frère. Mais, entre-temps, un nouvel obstacle s'était levé. L'État de l'Église, saigné par les confrontations permanentes avec Manfred, qui avait étendu son domaine jusqu'aux Alpes, avait de graves problèmes financiers. Le pape se vit contraint de céder contre espèces sonnantes et trébuchantes ses droits sur le fief de Sicile. L'Anjou aurait pu satisfaire ces besoins, mais il n'y tenait nullement. »

— Il lui aurait été facile de prendre la Provence en gage !

— La politique de votre favori, le comte Charles, consiste à attendre l'instant où la Sicile lui tombera entre les mains et où une papauté désespérée lui cédera la couronne sicilienne sans la moindre contrepartie. Je vous le prédis, à vous et à tous les autres, qu'ils veuillent l'entendre ou non ! Il existe hélas dans cette curie des groupes qui tireront profit de n'importe quelle solution, pourvu que l'on éloigne toutes celles qui tiennent debout.

— Pour quelle solution plaidez-vous ?

— Je le confierai à ce mémorandum à la fin, précieux seigneur, restons-en à la chronologie des événements.

— Vous ne me devez nullement ce renseignement, Excellence, commença Arlotus, tout miel, mais vous avez laissé entendre que vous aviez une autre solution à l'esprit ?

— Vous voulez savoir pourquoi je suis contre l'Anjou ? Parce qu'un axe français qui traverserait la Méditerranée de biais, passant par la Sicile, jusqu'en *Terra Sancta* et même jusqu'à Constantinople, promet encore plus d'hégémonie et de prétentions séculières que l'*unio regni ad imperium* des Hohenstaufen. D'autant plus que règne en Allemagne un Anglais qui n'a pas de vues sur la Sicile. Voilà les raisons pour lesquelles je m'engage en faveur du Hohenstaufen Conradin. Ce gamin n'a que six ans, c'est vrai. Mais même Manfred ne pourra s'affirmer contre ses prétentions au trône. Le bâtard paierait cher pour exercer la régence, plus que ne pourrait réunir l'Anjou, même s'il le voulait. Le fait que Charles paie certaines personnes à la Curie, ajouta avec délices le cardinal Octavien, témoigne de son sens des bons placements financiers... et de son avarice. En tout cas, nous aurions immédiatement la paix, de l'argent, et dans dix ans un jeune roi avec lequel nous nous débrouillerions bien.

— Cela sonne bien, mais vous faites votre compte en oubliant les ambitions du comte d'Anjou et de son épouse ! Ils se révéleront plus forts que tous ces jeux d'échecs où les pions sont des enfants. Messire Charles est un homme à la fleur de l'âge, et pour régner, il ne suffit pas de prétendre au trône. Il faut aussi vouloir exercer le pouvoir, savoir le conquérir et le retenir...

— Vous teniez vraiment à avoir le dernier mot, précieux Arlotus ?

Le parc du Palazzo dei Papi jouxtait les murs de la ville de Viterbe. Cela paraissait aussi inquiétant à Sa Sainteté Alexandre IV que la petite rivière qui clapotait sous ses fenêtres avant de disparaître sous le mur. Deux portes dérobées lui permettaient certes de s'enfuir, mais elles pouvaient aussi bien laisser entrer un assassin soldé par le bâtard des Hohenstaufen en Sicile ou l'un de ses gouverneurs sans foi qui, dans les régions du nord, toutes proches, maintenaient en vie le pouvoir de cette couvée du diable, de ce nid de vipères maudit par Dieu et par lui-même ! Mais le vicaire du Christ ne tenait pas non plus à résider au centre de la ville. Il s'y serait senti l'otage des gens de Viterbe, auxquels on ne pouvait pas se fier et que seul le joug retenait sans doute de le trahir – tout comme les Romains ! Alexandre aurait pourtant ardemment souhaité avoir l'esprit libre, en cet instant précis, pour prendre des décisions importantes. Comme un homme tourmenté par la migraine, la moindre contrariété le mettait hors de lui et le plongeait dans une sourde inactivité. Il sentait que l'on avait mené des négociations et conclu des accords non pas dans son dos, mais sous son nez. Le cardinal Octavien, son conseiller, son confident, s'était occupé de tout. C'est le cardinal gris qui tenait désormais les fils.

Alexandre eut même l'impression d'être soumis à la question lorsque Octavien, sans avoir frappé, entra d'un pas rapide dans la pièce et demanda sans même le saluer si Sa Sainteté avait lu le mémorandum qu'il lui avait fait porter quelques heures plus tôt. Le pape l'avait lu, effectivement, mais il éprouva une grande envie de répondre par la négative, par pur dépit. D'un autre côté, il avait relevé dans la *Commentatio Rerum Sicularum* quelques formules qu'il ne pouvait laisser passer telles quelles.

— Vous me gardez ici comme un prisonnier,

commença-t-il, au seul motif que ce lieu vous arrange, parce que vous vous y trouvez à proximité de Florence.

— Le Saint-Siège est toujours debout, *Santità*, répondit le cardinal (ce qui correspondait exactement à la réalité, puisque Octavien s'était assis alors que le pape était encore sur ses deux jambes). Mais si vous tenez tant que cela à être près de Rome, vous pouvez y retourner. Si je ne me trompe pas sur Brancaleone, vous seriez le premier pape de l'histoire auquel on ferait un procès pour haute trahison.

Le teint d'Alexandre vira au gris cendre, il se mit à transpirer.

— Savez-vous, Octavien, ce que j'ai rêvé cette nuit ? Devant Saint-Pierre, on avait dressé un échafaud. Mes cardinaux formaient une longue file...

— Elle ne devait pas être si longue que cela, vous n'en avez que huit, l'interrompit sèchement son confident. Moi compris !

— Vous n'y étiez pas, se rappela le pape, mais je marchais en dernier...

— Tant que Guillaume de Rubrouck n'occupe pas mon poste, j'accepte volontiers de vous tenir compagnie.

— Vous vous moquez encore face à la mort sur le pilotis. En haut, le bourreau attend avec son épée...

Alexandre replongea dans son rêve.

— Avez-vous vu votre tête tomber ? demanda le Cardinal gris, impassible.

— Non, j'ai monté l'escalier, mais deux anges se sont placés à mes côtés. Les enfants du Graal me guidaient. Les marches menaient au ciel !

— Voilà l'admirable rêve de la rédemption d'un pécheur !

— Vous n'êtes plus mon ami, Octavien, se plaignit Alexandre. Votre texte grouille d'accusations offensantes. Vous m'y présentez comme un être à la fois versatile et entêté, cupide et animé par la même haine aveugle que mon prédécesseur Innocent !

— Si vous avez eu cette impression, cher Saint-Père, et si elle vous révolte, mon modeste traité a atteint son objectif.

Le pape se força à afficher un rictus de reconnaissance.

— J'espère seulement, mon bon ange Octavien, que le moine qui l'a rédigé pour vous est en sécurité, *saluti suae consulens* ?

— Vous pensez que je devrais me faire du souci pour sa santé ?

— Il faut l'empêcher de parler ! fit Alexandre dans un feulement, agacé par la feinte incompréhension de son conseiller, qui ne prenait pas tant de gants d'ordinaire. Je ne veux pas que l'on sache sur quel ton vous me parlez ! Les moines de notre chancellerie ont la langue plus agile que la plume. Par conséquent ... !

— Le rédacteur était Arlotus, votre *advocatus*...

— En avons-nous encore besoin ?

La tête de Baphomet

« *Philomele demus laudes in voce organica*
dulce melos decantantes, sicut docet musica,
sine cuius arte vera rulla valent cantica. »

La montée à la citadelle de Rhedae, le reste fortifié de Razès, la capitale du comté gothique qui s'étendait jadis sur toute la colline, courait en serpentins entre les ruines.

« *Cum telluns vere novo producuntur germina,*
nemorosa circumcira frontescunt et brachia,
flagrat odor quam suavis florida per gramania. »

Depuis longtemps, le laurier et les épineux, le genêt et les acacias avaient recouvert les arcs effondrés, les colonnes de marbre brisées et les moignons de murs. Le soleil déclinant plongeait dans une lueur rouge doré le château des Templiers, qui s'élevait au-dessus. Les ombres violettes des cavaliers et des chariots du convoi qui montait péniblement glissaient comme des spectres sur les parois de pierre de la forteresse. Roç et Yeza chevauchaient en tête de leur petite caravane, composée de trois chars à bœufs et de la poignée de soldats de leur dernière « garnison », que le comte de Mirepoix leur avait laissés après avoir quitté Montségur et qui les avaient escortés jusqu'en ces lieux, une simple étape dans leur voyage. Les hommes n'étaient guère disciplinés. Le plus souvent, ils étaient assis sur le dernier chariot au lieu de marcher. Les trois « suivantes » de Yeza avaient pris place sur le char du milieu. Il aurait mieux valu dire « les deux suivantes », car Mafalda se considérait comme une « dame de cour », et si elle était montée avec les deux autres, c'était pour ne pas être exposée, seule, aux tentatives d'approche de ces soldats grossiers.

« Hilarescit philomela, dulcis vocis conscia,
et extendens modulando ulturis spiramina,
red dit voces ad estivi temporis indicia. »

Jordi, le petit troubadour, s'était lui aussi installé auprès des dames, et les distrayait avec son luth.

« Istat nocti et diei voce sub dulcisona, sopratis
dans quietem cantus per discrimina nec non
pulchra viatori laboris solatia »

Geraude chantait d'une voix superbe, ce qui agaçait Mafalda.

« Vocis eius pulcritudo, clarior quam cithara,
vincit omnes cantitando volucrum catervulas,
implens silvas atque cuncta modulis arbustula. »

Roç et Yeza avançaient si loin devant qu'ils ne percevaient pas la gaieté bruyante de leur escorte. Eux-mêmes se taisaient, plongés dans leurs réflexions. Tous deux songeaient au lieu qui se trouvait devant eux, Rhedae, le siège de leur mentor Gavin Montbard de Béthune, et surtout à sa personne. Le précepteur des Templiers de Rhedae leur avait lancé un appel sourd mais désespéré. Ils ne savaient comment interpréter l'ultime et pressante invitation à venir aussitôt lui rendre visite. Et cela préoccupait Yeza et

Roç. Car ils n'avaient jamais vu Gavin inquiet. Ils l'avaient toujours connu sarcastique et arrogant. Il s'était constamment tenu au-dessus des choses, leur avait donné un tour surprenant, souvent dangereux, lorsqu'il apparaissait à l'improviste, intervenait et disparaissait de nouveau, toujours en possession du pouvoir que lui conférait son rôle d'exécuteur du grand projet. Jusqu'ici, il avait toujours été leur guide, si loin que puissent se le rappeler les enfants du Graal. Et c'est cet homme-là qui se résignait à présent ?

— On aurait dit un testament, fit Roç, brisant ainsi le silence sans regarder Yeza. Comme si Gavin avait dû prendre congé de nous à tout jamais.

— Et ce dans une profonde tristesse. Il souffre peut-être d'une maladie incurable ?

Après avoir franchi l'ultime lacet, ils étaient arrivés en haut, sur le parvis de Sainte-Madeleine. Aucun Templier n'accourut pour les saluer, aucun garde ne se montra derrière les créneaux. Les lieux semblaient éteints, le soleil vespéral déclinait comme une boule de braise dans les montagnes, répandant la pénombre et laissant souffler un vent glacial. Yeza frissonna. Elle se força à attendre à côté de Roç l'arrivée du chariot qui portait leurs affaires. Puis elle demanda à Mafalda, sa dame de cour, de vérifier leur trousseau avec l'aide de Philippe.

Ils mirent pied à tête et montèrent avec leur escorte l'escalier raide qui menait à la basse porte de l'église. Tous ressentaient désormais l'atmosphère oppressante, même Potkaxl. Silencieuse et craintive, elle monta les marches juste derrière sa maîtresse. Peut-être la Toltèque se rappelait-elle la marche sacrificielle vers le temple, dans sa lointaine patrie, et s'attendait-elle à découvrir, en haut, un prêtre brandissant son couteau. La princesse poussa un petit cri aigu. En haut, à la porte, on apercevait une silhouette enveloppée dans un manteau de prière gonflé par le vent. L'homme ne tenait pas de couteau de sacrifice, mais répétait d'une voix forte et plaintive : « *Olov ha shalom ! Olov ha shalom !* »

C'était Jakov, le cabaliste, et il paraissait extrêmement

excité : il répéta plusieurs fois son exclamation avant de se précipiter dans l'escalier, vers les nouveaux-venus.

Roç l'attrapa par la manche.

— L'Apocalypse ! bredouilla Jakov. Et retentit la quatrième trompette et le quatrième cavalier...

— Qui est-ce ? s'enquit sèchement Yeza, ce qui ramena un instant le cabaliste à la raison.

— Le peintre l'annonce, répondit-il, le chevalier noir apporte la mort, le trésor est englouti dans la mer, le capitaine ne peut trouver le chemin, trois cavaliers errent autour. *Olov ha shalom !*

— Que se passe-t-il avec Gavin ? lui demanda Roç d'une voix sévère. Où est le précepteur ?

Mais les seuls mots que parvint à prononcer Jakov étaient « *Olov ha shalom, olov ha shalom !* » Il s'arracha à l'emprise de Roç, dévala les marches et disparut dans l'obscurité.

Roç et Yeza se regardèrent en secouant la tête.

— Quelque chose a dû...

— Je redoute le pire, fit Yeza en lui coupant la parole. Mais elle marcha sans crainte vers la porte ouverte.

— N'y allez pas ! J'ai tellement peur ! dit Geraude en sanglotant si fort que la princesse toltèque crut devoir la prendre dans ses bras pour la consoler.

Roç avait suivi Yeza. Dans l'église, devant chaque niche vide, brûlaient d'innombrables petites lampes à huile. Leur lumière vacillante plongeait le groupe du Golgotha dans une atmosphère lugubre. Les saints sortis de leur niche s'étaient rassemblés sur la colline, sous les croix. Madeleine était agenouillée devant le crucifié comme si elle voulait laver ses pieds ensanglantés avec ses larmes. Roç remarqua que le calice noir (il fut soudain certain que c'était celui où elle avait puisé l'onguent dont elle l'avait recouvert et dans lequel elle avait recueilli son sang) avait disparu. Les mains de Madeleine se tendaient, désemparées, vers le supplicié ; elles ne formaient pas une coupe, mais tenaient un récipient invisible. Cette disparition causa un choc à Roç, qui comprit d'un seul coup qu'il avait été au-dessous de tout la première fois que le calice s'était révélé à lui. Il serra les dents. Peut-être Yeza n'avait-elle rien remarqué de tout cela. Marie était à côté de Madeleine et levait les yeux vers son fils comme si elle attendait un mot de consolation. Quelques légionnaires romains, qui n'étaient pas encore présents lors de leur première visite, éloignaient le vieux Joseph, tandis que d'autres jouaient aux dés, sur une couverture, les vêtements des crucifiés. Roç se rappela qu'auparavant, ils utilisaient le fond d'un pot en terre cuite retourné. Celui-ci pendait à présent au bout d'une grosse corde, à trois bons pieds au-dessus du groupe. La corde montait vers la voûte et s'y perdait dans l'obscurité, mais elle redescendait un peu plus loin pour maintenir debout, en position oblique, la croix du deuxième larron. Le clou planté à la naissance de la main du délinquant était ressorti sur la partie inférieure et s'était profondément enfoncé dans le sol. Cela maintenait apparemment la croix en équilibre, au bout de la corde, de l'autre côté du pot de terre. Mais personne ne s'en soucia, parmi le petit groupe qui s'était rassemblé, passablement déconcerté et effarouché, au milieu de la pièce.

— Le cabaliste n'a pas tous ses esprits, constata Roç. Qu'il ait vu Yves le Breton, c'est bien possible, et c'est certainement inquiétant. Mais le peintre ?

— Tu étais pourtant bien là lorsque cet espion et ce traître a disparu dans la rivière après avoir été abattu ?

Yeza commençait à éprouver quelques doutes sur le récit enjolivé que son chevalier lui avait fait des événements survenus dans la forêt de Montségur.

— Je te jure que je l'ai vu de mes yeux ! se défendit Roç. Son bras...

— Il faut que nous trouvions Gavin, fit Yeza en lui coupant la parole. Lui connaîtra la solution de l'énigme...

Roç avait déjà avancé, une lampe à huile à la main, était passé devant le Golgotha et avait rejoint la pierre qui, d'ordinaire, fermait l'accès au « Takt ». Ce gigantesque menhir était en miettes. Roç monta sur les blocs de granit et éclaira le passage, où il savait qu'un escalier de pierre en colimaçon descendait dans la citerne. Il vit briller devant lui le miroir d'une surface aqueuse noire d'où ne dépassait que le haut de l'anneau de pierre. La citerne était remplie à ras bord. « On l'a inondée », se dit Roç en un éclair. Cela empêchait toute progression. Abandonnant dans la ncf les deux suivantes serrées l'une contre l'autre, Yeza s'était rendue sur la réplique du Golgotha. Jordi l'éclaira. C'est là qu'elle rencontra Roç, qui revenait vers le centre de l'église.

— Le chemin du « Takt » nous est barré, expliqua-t-il. Seul Gavin a pu faire cela. Je pense qu'il s'est enfui.

— Ou qu'il est mort, répondit Yeza en frissonnant. En ce cas, le « Takt » est sa tombe.

— Et nous sommes ses héritiers, constata Roç d'une voix étouffée. Nous n'avons plus qu'à trouver le trésor.

— Honte sur vous, Roç Trencavel ! chuchota Yeza. Vous ne savez pas encore ce qui lui est arrivé, et vous pensez déjà à...

— Je pense à son testament ! protesta Roç, le rouge au front. Et cela vous concerne aussi, dame Esclarmonde. De toute façon, vous en êtes l'usufruitière.

Yeza n'écoutait plus. Elle savait bien que son compagnon avait raison. Son objection était une simple marque de piété dont Gavin, le Templier, aurait lui-même ri. Dans sa hargne, elle se mit à secouer le long clou de charpentier qui dépassait de la main du larron.

— Le larron et la tête de Baphomet, réfléchissait Roç. Cela me semble un indice utilisable. Non, non ! cria-t-il en voyant Yeza, furieuse, arracher le clou de la main. En un instant, la croix portant le larron s'éleva vers la voûte. On entendit aussitôt un bruit sourd : le pot de terre avait été précipité au sol, où il s'était fracassé entre les joueurs de dés. Yeza, effrayée, avait sauté en arrière lorsque le larron s'était envolé vers le ciel. Cela lui sauva la vie : il alla claquer contre la voûte à laquelle on avait sans doute accroché la poulie où coulissait la corde unissant les deux objets. Le corps de bois se brisa, libérant une pluie de joyaux ! Des rubis, des saphirs et des diamants scintillants recouvrirent le sol empoussiéré. Çà et là tombèrent aussi des lingots d'or, de petite taille mais suffisamment lourds pour tuer un homme sur le coup. L'un d'eux, dans sa chute, coupa le bras de Marie. Et un reflet doré apparut dans l'aisselle de la Vierge.

— La tête du diable ! s'exclama Jordi, plus effrayé que réjoui. Il désigna les éclats du pot qui, en se brisant, avait libéré une tête d'idole au sourire satanique. Elle était en or massif !

— Baphomet ! bredouilla Roç, bouleversé. Le dieu secret des Templiers !

— Tout ici est sans doute en or, constata Yeza, dégrisée. Ferme la porte ! ordonna-t-elle à Jordi. Elle savait parfaitement maîtriser ses sentiments lorsque les circonstances l'exigeaient. Roç, lui, était encore totalement abasourdi par les splendeurs qui s'abattaient sur lui l'une après l'autre. Le nain souriait, mais restait parfaitement immobile.

— Je l'avais déjà verrouillée, expliqua Jordi avec fierté. Je l'avais senti, moi, l'or !

— Venez tous ! ordonna Yeza en s'adressant aussi à ses suivantes. Et faites comme moi !

— Il faut briser tous les personnages, s'exclama Roç, tout excité. On disait qu'ils sont tous pleins d'...

— Au contraire, répliqua Yeza. Nous devrions raccrocher immédiatement le bras de Marie et cacher la fissure, car nous ne sommes certainement pas les seuls à chercher ici le trésor des Templiers.

— Et l'or du larron, la tête d'or, qu'est-ce que nous en faisons ? Roç admirait la tranquillité de Yeza.

— Ce que nous ne pouvons cacher, nous devons le jeter à l'eau avant qu'un autre ne le découvre.

— Tout ce bel or ? geignit Roç, mais Yeza lui répondit sèchement.

— Si vous ne pouvez pas renoncer à ce peu de chose, vous en perdrez beaucoup, mon roi, il s'agit là d'une grande richesse.

— Le corps du larron va flotter sur l'eau et nous trahir...

— Vous rappelez-vous la sortie de cette église ? demanda Jordi en gémissant sous le poids des quelques lingots qu'il portait dans ses bras. Voilà une cachette adéquate ! Il s'adressa à Yeza : À moins que nous ne le brûlions ?

— L'essentiel, déclara Yeza en hochant la tête, c'est

d'effacer toutes les traces de notre découverte. Nous devons à présent penser comme des rois. La dissimulation du trésor est une sorte de campagne militaire.

— Je suis votre général, Majesté ! s'exclama Jordi. Je trouverai une stratégie pour remporter cette bataille !

Yeza sourit et tendit la main au nain. Roç et les suivantes empilèrent les morceaux de bois éclatés du larron pour former un petit bûcher. Roç montra les morceaux du personnage à Yeza, qui les avait rejoints.

— Les cavités ont été creusées avec précision pour que l'on puisse empiler dans le torse les lingots et les petits sacs de bijoux. La tête, les bras et les jambes sont amovibles, si bien que l'on peut, par les orifices, ôter pièce par pièce le trésor de cette cassette à forme humaine sans être obligé de la détruire !

En un instant, un feu s'éleva au milieu de l'église. Les flammes éclairèrent un peu les lieux, sans rien leur ôter de leur aspect effrayant.

— Si quelqu'un regarde par la fenêtre, de l'extérieur, dit Roç en riant, il croira que le diable et son enfer se sont nichés dans le ventre de Sainte-Madeleine.

Mais le rire lui resta dans la gorge. À l'extérieur, on entendait le bruit des sabots d'un cheval qui se rapprochait. Et un instant plus tard, la voix de Taxiarchos résonnait devant l'église :

— Que se passe-t-il ici ?

Mafalda fit preuve, exceptionnellement, de présence d'esprit, et répondit du tac au tac :

— Mes seigneurs, le couple royal, célèbrent la messe de minuit.

— Êtes-vous donc devenus des adorateurs de Satan ? mugit Taxiarchos. On entendait le bruit de ses bottes sur l'escalier. Il frappait déjà à la porte. D'un signe, Yeza avait ordonné à tous ceux qui l'entouraient de garder leur calme.

— Nous ne le laisserons pas nous déranger, chuchota-t-elle. Mais Jordi eut une meilleure idée. Le nain se mit à chanter d'une puissante voix de basse les paroles de la Sainte Messe :

« *Sanctus, Sanctus, Sanctus*
Dominus Deus Sabaoth.
Pleni sunt caeli et terra gloria tua.
Hosanna in excelsis. »

— Il faut faire disparaître cette tête ! murmura Yeza. Mais Roç, secondé par Potkaxl, avait beau faire, il ne parvenait pas à déplacer, même d'un centimètre, la tête en or de Baphomet.

— Avec la couverture et les éclats de terre cuite !

— Et les pierres précieuses ! ajouta Roç, qui en avait déjà fait son deuil.

Ils posèrent sur la tête de Baphomet la couverture et les morceaux de pot. Geraude et Potkaxl y dissimulèrent toutes les pierres précieuses qu'elles n'avaient pas pu faire disparaître dans leur poche, comme le leur avait demandé Yeza. Même Jordi trouva le temps de se remplir les poches tout en chantant les louanges du Seigneur.

— Dans l'eau ? redemanda Roç pour être bien certain d'avoir l'accord de sa dame. Ils unirent tous leurs forces et firent descendre ce précieux ballot le long de la colline, vers la porte donnant sur le monde souterrain, entre les éclats du menhir. Ils aperçurent la naissance de l'escalier tournant, semblable à la bouche d'un puits. Jordi les éclairait sans cesser de chanter. La situation lui plaisait manifestement.

« *Benedictus qui venit*
in nomine Domini
Hosanna in excelsis. »

Roç sauta sur l'anneau de pierre. Puis il tira sur le ballot, dont le nœud se défit. Yeza et Geraude poussèrent ensemble : la tête glissa du tissu, franchit le rebord et disparut dans les profondeurs aqueuses, suivie par les pierres étincelantes. On entendit un roulement sourd, un crissement contre les murs, de grosses bulles remontèrent dans l'eau. Puis ils perçurent un grondement auquel se mêlaient des bruits de succion. L'eau calme qui emplissait le puits baissa subitement, comme dans un entonnoir. Un tourbillon puissant aspira l'eau vers les profondeurs : la citerne se vidait. Ils revinrent dans la nef, et Jordi chanta le Kyrie :

« *Kyrie eleison.*
Omnipotens stelligeris
conditor caeli.
Christe eleison. »

Taxiarchos secouait la porte. Roç et Yeza s'agenouillèrent devant le feu qui dévorait les derniers restes du larron. Devant eux, de l'autre côté des flammes, Jordi chantait encore, flanqué de Potkaxl qui faisait tournoyer ses hanches et accomplissait de gracieux mouvements de mains, comme si elle implorait les flammes. Roç jeta un coup d'œil sur toute la scène. On n'y voyait rien de suspect. Il ne restait plus la moindre trace du trésor.

Sur un signe de Yeza, Geraude se dirigea dignement vers la porte pour laisser entrer Taxiarchos.

« *Qui mundum omnem tuo*
salvasti cruore.
Kyrie eleison.
Trinus et unus qui regnas in saecula. »

Le Pénicrate comptait sans doute se mettre à rugir de colère, mais il s'arrêta net devant tant de solennité religieuse. Il joignit gentiment les mains tout en laissant son regard balayer la nef. Mais rien n'éveilla ses soupçons. Il s'arrêta sur Potkaxl. C'est tout de même lui qui avait sauvé cette toute jeune princesse toltèque du couteau du prêtre. Cela créait des obligations. Il espérait un petit signe de reconnaissance. Au cours du long voyage en bateau, elle avait quand même été autorisée à partager son lit... Cette petite hypocrite dansait pour ses nouveaux maîtres comme elle l'avait fait jadis devant lui, et n'avait pour son sauveur qu'un sourire insolent. Roç se releva d'un bond, tendit la main à Yeza et l'aida à se relever.

— Je me fais du souci pour le précepteur, expliqua Taxiarchos après un instant d'observation. Gavin Montbard de Béthune avait l'air très étrange, hier, lorsque je l'ai quitté pour inspecter les environs avec ces trois jeunes seigneurs, dit-il en désignant la porte.

— Ah, dit Yeza. Raoul de Belgrave et ses compagnons tiennent sans doute beaucoup à leur capitaine. En réalité, ils voulaient se faire libérer par Gavin pour entrer à notre service. D'où leur est venu ce soudain changement d'intention ?

Cette curiosité déplaisait visiblement à Taxiarchos.

— Ils sont maîtres de leur décision ! répondit-il d'un ton rogue. Demandez-le-leur vous-mêmes !

— Le précepteur les a-t-il seulement délivrés de leur bannissement ?

— L'occasion ne s'en est pas encore présentée ! s'exclama Taxiarchos qui, lorsqu'il ne connaissait plus son rôle, savait improviser avec brio. Le pouvoir que j'avais sur eux a pris fin lorsque nous avons touché la terre ferme, je ne suis donc plus le gardien de ces gamins !

Tout en prononçant ces mots, il avait attrapé un tison et, en l'utilisant comme une torche, s'était approché du menhir éclaté, sans accorder un seul regard au groupe du Golgotha. Taxiarchos éclaira la pénombre et resta longtemps silencieux. Dans la citerne, l'eau avait déjà baissé à hauteur d'homme. Le bruit d'aspiration n'avait cessé de se renforcer. Il mugissait dans les tuyaux du puits, comme un torrent au fond d'une gorge.

— Qui a inondé la citerne ? demanda Taxiarchos d'une voix inquisitoriale à Roç, qui l'avait rejoint.

— Vous devriez poser la question au précepteur ! C'est peut-être lui, tout simplement. Qui d'autre connaissait le mécanisme ? Je ne sais même pas comment on l'actionne !

Roç avait répondu avec arrogance. Constatant que cela lui réussissait (le capitaine, décontenancé, éclairait à présent la salle, les parois et l'escalier avec sa torche), il ajouta insolemment :

— Vous feriez mieux de vous demander qui a provoqué l'écoulement de l'eau. Car lorsque nous sommes entrés, la citerne était encore pleine à ras bord, et la surface était comme de l'huile.

Taxiarchos n'avait pas non plus d'explication.

— Elle sera vide d'ici peu. Ensuite, nous pourrons descendre et essayer de parvenir au « Takt », pour autant que les herses nous laisseront passer. Venez-vous avec moi, Roç Trencavel ?

Yeza remit les choses à leur place.

— Le couple royal accepte votre escorte, dit-elle. Procurez-vous des torches et des lampes à huile, je n'ai pas l'intention de passer des heures à tâtonner dans la pénombre, là-dessous.

Taxiarchos la dévisagea, amusé.

— Si vous le permettez, je vais faire venir Raoul et les autres.

Il s'apprêtait déjà à aller les chercher lorsque Yeza l'arrêta sèchement :

— Certainement pas. Le personnel reste devant l'église. Je me demande bien ce que d'autres témoins pourraient voir de plus que nos trois paires d'yeux !

Taxiarchos s'avoua vaincu. Jordi apporta d'autres torches de sapin et des lampes à huile.

— J'ai verrouillé la porte de l'église, annonça-t-il, et je vais attendre ici avec les dames. Si vous n'êtes pas revenus d'ici une heure, maîtresse, dit-il à Yeza, j'appellerai les autres, et nous partirons à votre recherche !

Le nain avait prononcé ces mots d'une voix tellement décidée que Roç et Yeza se contentèrent de hocher la tête. Le Pénicrate, lui aussi, se plia à sa volonté. Entre-temps, en bas, le reste de l'eau avait été aspiré dans un ignoble bruit de succion. Ils purent donc commencer à descendre. Ils laissèrent Taxiarchos passer devant. Yeza vérifia discrètement que son poignard se trouvait bien à portée de main, dans sa chevelure, et descendit en dernier les marches trempées de l'escalier tournant.

Le mausolée de Gavin Montbard de Béthune

Quelques flaques jonchaient encore le sol en pierre du vestibule. Roç et Taxiarchos éclairèrent le socle massif de l'escalier, mais hormis de petites voûtes murées disposées tout autour et à peine plus grandes que l'entrée d'une niche à chien, il n'y avait rien à découvrir. Roç attendit que Yeza soit arrivée tout en bas. Ils avaient tous les deux la même hypothèse : la lourde tête de Baphomet avait certainement creusé un trou à l'intérieur d'un pilier, et l'eau s'y était engouffrée d'un seul coup, sans doute (Roç ne voyait aucune autre solution) par le canal qui devait réguler l'arrivée d'eau.

L'entrée du système souterrain se trouvait vraisemblablement ici, quelque part, sous l'entrée. Mais il ne pouvait pas tenir uniquement ce rôle. Roç flairait un mystère, au moins un passage secret qu'ils avaient peut-être détruit. Mais où menait-il donc, sinon à d'autres trésors cachés ?

— Pourquoi prenez-vous tellement de temps pour inspecter le château d'eau du précepteur ? demanda Taxiarchos, moqueur. Nous avons devant nous le cœur de son royaume souterrain, le « Takt » !

Roç ne sortit de sa méditation qu'à l'instant où Yeza lui donna une bourrade. Ils suivirent le Pénicrate, qui les avait déjà précédés vers l'écluse de fer. Elle était ouverte, ce qui n'étonna guère Roç. Les événements qui s'étaient déroulés ici n'avaient pas suivi un cours normal. Il était prêt à tout. Yeza aussi, visiblement : elle lui adressa un sourire encourageant. Mais une image lugubre venait tout juste de lui venir à l'esprit. Elle avait vu Rinat, le peintre, prisonnier entre les herses, le corps transpercé par les fers. Il portait son bras coupé entre les dents, comme un chien tenant son os, et avait l'air tout surpris de ce qui lui arrivait. Yeza, agacée, chassa de son esprit ce tableau effroyable. Mais elle ne se sentit pas tout à fait bien lorsqu'elle leva sa torche et aperçut les pointes acérées des herses suspendues, qui pouvaient s'abattre à n'importe quel moment si quelqu'un, quelque part, déclenchait le mécanisme.

Ils se hâtèrent de franchir le piège mortel. Ils attendirent de se trouver dans la citerne elle-même pour respirer librement ; en haut, par l'orifice circulaire, on apercevait le ciel, et un courant d'air frais et léger leur balayait le visage. Là encore, une source d'eau claire bouillonnait dans un bassin. Roç y but avidement. Taxiarchos l'attendit, et ils montèrent ensemble les marches larges et raides qui menaient sur la crête de la digue qui leur faisait face et, telle une épaisse muraille de pierres, séparait la citerne du « Takt ».

Lorsqu'ils furent arrivés en haut, ils s'immobilisèrent tous les trois, fascinés par la vision qui s'offrait à eux . En bas, des centaines de lampes à huile brûlaient dans la salle circulaire en coupole, accrochées sur tous les piliers qui portaient la voûte du « Takt ». Les petite lampes brillaient comme des yeux d'animaux au cœur de la nuit et se perdaient dans la profondeur de la pièce. Chacun d'entre eux avait déjà visité ces lieux, et leurs regards à tous se portèrent donc dans le bassin de pierre creusé dans le sol, au milieu, là où reposait jadis la grande sphère de métal. On n'y voyait plus à présent qu'un trou noir. La sphère s'était volatilisée. Avaient également disparu, sur les murs, ces cartes dont ils se souvenaient tous très précisément, surtout Taxiarchos. Le précepteur et son amiral s'étaient servis de ces documents pour préparer les voyages audacieux sur l'*Oceanus Atlanticus*. Les voies qui menaient au-delà de ces frontières invisibles et évitées par tous les marins, les frontières du monde connu et concevable. Quelqu'un avait aussi ôté les illustrations qui représentaient les pays lointains. Il ne restait plus que les châssis de bois, empilés comme pour cacher quelque chose. Cette mise en scène rappela à Yeza les tombeaux des pharaons, d'autant plus que l'on ne pouvait rien voir, même depuis le haut, et qu'aucune lumière n'y brillait. Cette vision lui fut désagréable. Et le souvenir de la grande pyramide ne se prêtait guère, lui non plus, à la mettre de bonne humeur.

— Regardons la vérité en face ! lança-t-elle d'une voix décidée, brisant le silence de ses deux compagnons. Elle passa devant eux et ils descendirent les marches qui menaient au « Takt ». Sans hésiter, Yeza avança droit vers le bassin rectangulaire, suivie de près par les hommes. Un orifice sombre béait à présent à l'endroit où se pressaient jadis les corps géométriques, cônes et cylindres, cubes et pyramides, portant sur leurs pointes et leurs arêtes le superbe globe terrestre que l'on pouvait ainsi faire tourner dans tous les sens et d'une seule main. On ne voyait plus trace de tout cela. Sous les morceaux de pierre, un escalier descendait dans les profondeurs : l'accès au mystérieux monde souterrain que s'était créé le précepteur. C'est exactement ce qu'ils avaient cherché ! Roç et Yeza évitèrent de se regarder. Taxiarchos, lui, ne put dissimuler son intérêt.

— C'est en bas que nous trouverons la solution ! annonça-t-il d'un ton détaché, mais il s'apprêtait déjà à descendre.

— Nous avons le temps pour cela ! répondit Yeza. Nous devrions peut-être commencer par nous intéresser au sort de Gavin. À moins que vous n'en sachiez plus que nous ?

D'un geste brusque, elle éclaira le visage du Pénicrate. Mais on n'effrayait pas si facilement Taxiarchos, et il se contenta de rire.

— Si j'en savais beaucoup plus que vous, j'aurais évité de vous rencontrer. J'ignore à quel moment vous êtes arrivés, et ce que vous avez découvert avant de vous enfermer dans l'église.

Roç ne dissimula pas ses soupçons.

— Peut-être vouliez-vous faire votre découverte devant des témoins...

— Quelle découverte ? répliqua Taxiarchos avec un empressement manifeste. De quoi parlez-vous ?

— Messieurs ! fit Yeza pour empêcher la dispute imminente. Nous n'avons pas encore trouvé Gavin Montbard de Béthune !

Elle se dirigea vers le rectangle, avec l'assurance d'un somnambule. Roç et Taxiarchos tirèrent une paroi de bois sur le côté, ouvrant un passage à largeur d'homme. Et ils se retrouvèrent derrière le précepteur, assis de dos à son bureau, légèrement penché en avant, dans un fauteuil qui ressemblait à un trône. Sa nuque était ornée d'un dessin rouge mat, une croix fourchue peinte avec du sang. Roç se rappela aussitôt où il avait vu cette image, précisément : dans le donjon de Quéribus, dans la chambre cachée du peintre. Ils poussèrent la paroi sur le côté, ce qui leur permit de passer devant la table.

La tête du précepteur n'avait pas basculé en avant sur le bureau parce que quelqu'un lui avait glissé la sphère armillaire sous le menton, ce qui donnait à Gavin l'allure d'un sage, d'un astrologue qui réfléchit les yeux fermés à ce qu'il a découvert, une pierre, peut-être, qu'il aurait été le seul à avoir vue. Le Templier avait l'air paisible et détendu, comme si la mort ne s'était pas emparée de lui brutalement, mais dans son sommeil.

— S'il n'y avait pas ce sang coagulé sur la nuque, constata sobrement Taxiarchos, personne n'imaginerait qu'il a été assassiné.

Mais l'amiral était lui aussi bouleversé. Il n'osa pas toucher le mort et se contenta d'observer la blessure à bonne distance. Roç, lui, voulut en savoir plus. Il passa derrière la chaise et éclaira la nuque du cadavre.

— Ça n'est pas du sang ! s'exclama-t-il. On dirait plutôt de la cire à sceller. Quelqu'un lui a dessiné la croix des Templiers...

Le Pénicrate se pencha à son tour sur la tache rouge.

— On lui a apposé le sceau de la mort ! laissa-t-il échapper.

— Où est son abaque ? demanda tout d'un coup Yeza. Il n'a devant lui que son astrolabe et quelques autres instruments.

Roç s'approcha d'elle et profita de sa présence pour poser discrètement la main sur la boussole qu'il avait aussitôt découverte et la ramena vers lui sans que Taxiarchos le remarque.

— Des ustensiles, dit-il avec dédain, tout en faisant disparaître la petite boîte dans sa poche, mais pas de notes ! Aucune carte qui nous indique le trajet à suivre sur les mers ! Il pourrait aussi s'agir d'un meurtre crapuleux maquillé, n'est-ce pas, messire l'amiral ? Sans les cartes maritimes, avec toutes leurs îles, leurs récifs, leurs icebergs et leurs courants, même vous ne retrouveriez pas la Côte d'Or !

— J'aurais du mal, répondit le marin en souriant. Mais s'il devait vous plaire de me soupçonner, songez que si tel était le cas, je ne serais pas ici, sur les lieux du crime, mais depuis longtemps en haute mer, là où, si l'on en croit votre imagination débridée, le sable lui-même est en or. Où est la boussole ?

Son regard inquiet balaya les instruments sur la table, devant le mort. Mais il ne trouva pas ce qu'il cherchait.

— Sans la boussole, il est presque impossible de trouver son chemin en pleine mer.

— Le précepteur n'aura sans doute pas souhaité que se répète ce voyage blasphématoire ! dit insolemment Yeza. Peut-être Gavin, face à la mort, a-t-il fait la paix avec l'*Ecclesia catolica*, et abandonné au prêtre cet instrument du diable.

Taxiarchos éclata de rire.

— Je peux imaginer beaucoup de choses, mais certainement pas un Gavin Montbard de Béthune rampant vers la croix !

— Vous n'avez justement pas notre imagination débridée ! répliqua Roç. Qui peut être le meurtrier, selon vous ?

— Vous et moi mis à part, répondit le Pénicrate, songeur, toute personne qui se serait présentée à Rhedae au cours des deux derniers jours, en se montrant ou non. *Terribilis est locus iste !* La manière dont sont aménagés ces lieux ne restreint pas le cercle des suspects. Selon moi, la mort est survenue il y a un jour, sinon deux. Je plaide donc pour que nous profitions à présent d'un sommeil nocturne que nous avons tous mérité et que demain, à la lumière du jour, en oubliant nos préjugés...

— Je ne dormirai pas sous le même toit qu'un mort, victime d'un crime infâme ! déclara Roç d'une voix décidée. Vous, amiral Taxiarchos, vous pouvez garder le corps. Moi, je passerai le reste de la nuit à la belle étoile, pour y prendre un peu de repos, si l'âme errante de Gavin me le permet.

Raoul de Belgrave, Mas de Morency et Pons de Levis saluèrent le couple royal en inclinant la tête et en regardant ailleurs, ce qui laissait à penser qu'ils avaient mauvaise conscience. Roç et Yeza les observèrent encore en quittant l'église devant laquelle les trois garçons attendaient leur nouveau maître, Taxiarchos. Jordi était convaincu que l'amiral chercherait à descendre en premier dans les sous-sols.

— Laisse-les filer, murmura Roç à voix basse. Ensuite, nous en serons débarrassés.

— J'espère même que ce corsaire et ceux qu'il a séduits disparaîtront dans les profondeurs avec leur cupidité. Nous devrions de plus faire en sorte qu'ils ne revoient pas le jour de sitôt, afin de pouvoir cacher tranquillement les personnages du Golgotha.

Les soldats de Mirepoix bivouaquaient près des chars à bœufs disposés en carré devant l'entrée de la cerisaie. Les animaux paissaient dans l'enceinte des murs. L'escorte du couple royal repartirait le lendemain matin, de bonne heure, et retournerait auprès de son maître, le comte Jourdain de Levis. Ensuite, Roç et Yeza se retrouveraient de nouveau seuls, il ne leur resterait plus que leur cour minuscule, Philippe, le serviteur, Mafalda, la Première dame, les deux suivantes tellement disparates, Geraude et Potkaxl, ainsi que Jordi, le troubadour. Auxquels s'ajouteraient encore une vieille cuisinière, deux valets de ferme idiots qui avaient demandé qu'on ne les renvoie pas à Quéribus, et les conducteurs des chars à bœufs.

Roç et Yeza étaient couchés un peu à l'écart, sur la plate-forme depuis laquelle Yeza, un an plus tôt, avait glorieusement défendu son honneur contre les trois garçons. Ils ne dormaient pas. Jordi était du premier quart ; il surveillait Taxiarchos et ses trois hommes, à l'intérieur de l'église.

Le nain était assis derrière l'armoire secrète, dans le lambris (Yeza lui avait indiqué le chemin qui y menait depuis la cerisaie) et observait par une fente l'activité des chercheurs de trésor. Ils avaient verrouillé de l'intérieur la porte de l'église. On ne voyait pas Taxiarchos, ses trois accompagnateurs étaient installés par terre et jouaient avec les dés des légionnaires.

Roç et Yeza étaient couchés sur le ventre, collés l'un à l'autre, et pouvaient ainsi surveiller leur entourage. Roç posa enfin la question qui les agitait tous les deux.

— Alors, qui a tué Gavin ?

— Tant que nous l'ignorons, répondit Yeza, il est difficile de trouver un motif à ce crime et, partant, de découvrir ses auteurs.

— Qui te dit que le sceau ne dissimule pas une piqûre ?

— Tu penses à une flèche empoisonnée ? demanda Yeza sans trop y croire. Dans ce cas, le poison devait être très puissant, avec un effet de paralysie immédiate, comme l'aconit ou l'arsenic. Mais partons de l'idée que la mort a été violente, sournoise, donnée par derrière. Pour arriver jusqu'ici, la victime devait bien connaître son tueur, et n'avoir aucune espèce de soupçon.

— Qui remplirait ces conditions ?

— Taxiarchos, proposa Yeza. Il se serait éloigné après avoir déclenché le remplissage de la citerne.

— Et aurait attendu que quelqu'un arrive, comme nous l'avons fait, pour comprendre avec lui, étape après étape, ce qui s'est passé ?

— Mais la réponse qu'il nous a donnée est convaincante. Si un homme comme lui, intéressé avant tout par le trésor (il l'avoue lui-même), avait eu la voie aussi libre qu'à cet instant-là, pourquoi diable aurait-il attendu que des poux viennent s'installer dans sa fourrure pour boire à leur tour le sang doré ?

— Qui le cabaliste a-t-il encore nommé ? Rinat Le Pulcin ?

— Cela m'a étonnée, dit Yeza. Je me fie à ton rapport sur la fin de cette canaille.

— Je peux te jurer deux choses : qu'on lui a coupé le bras et qu'il est tombé dans un torrent déchaîné ! Mais il n'était pas mort, et pourrait en être ressorti quelque part ?

— Son bras aussi ! (La voix de Yeza était moqueuse.) Un cordonnier les a retrouvés tous les deux et les a recousus en vitesse, mais de travers !

— Et pourquoi Jakov l'a-t-il mentionné au lieu de s'étonner du fait que le peintre n'arrive pas avec nous à Rhedae ? Il ne pouvait rien savoir de la « séparation » !

— Jakov a seulement dit : « Le peintre annonce la mort » ! Cela peut aussi se rapporter au tableau que Rinat avait fait de Gavin, ce portrait de dos avec le sceau rouge sur la nuque... C'est exactement ainsi que nous avons trouvé le précepteur.

— Je me refuse à imaginer Rinat Le Pulcin comme un mort vivant revenu pour que ses prophéties picturales prennent corps, afin que sa mauvaise âme trouve enfin le repos.

— Parce que tu te refuses à envisager la seule possibilité : Rinat n'est pas mort, justement !

— Dans ce cas, c'est lui, le meurtrier ! Satan, auquel il s'est voué, l'a préservé pour qu'il puisse achever son ouvrage. Crois-tu au diable, Yeza ?

— Je n'en suis pas loin, en tout cas, répondit-elle en riant. À moins que nous ne donnions la préférence à un autre rejeton de l'enfer, Yves le Breton ?

— Tu trouves ça drôle ? « Le Chevalier noir apporte la mort », c'est aussi ce que criait Jakov.

— Prends-le au pied de la lettre, lui conseilla Yeza. Cela ne signifie nullement qu'Yves ait lui-même commis le meurtre, mais uniquement que le Breton y a participé d'une manière ou d'une autre.

— Le poison ! s'exclama Roç. Yves a apporté le poison mortel !

— Ce n'est certainement pas le roi Louis qui lui en a donné l'ordre. Car Gavin n'aurait jamais toléré d'avoir le Breton derrière son dos, il savait parfaitement combien cet homme est dangereux. Ce ne peut pas être le criminel, constata Yeza.

— Dans ce cas, qui a fourni le poison, et qui...

— Demain matin, nous ôterons le sceau et nous déterminerons s'il y a eu ou non du poison. Il me semble étrange que l'on ait marqué d'une manière aussi visible une petite piqûre, une égratignure que l'on aurait facilement négligée. Je parie...

— Ne parie pas, résumons plutôt nos idées !

— Bien, dit Yeza, nous avons un groupe de suspects qui ont tous un rapport avec le meurtre. Mais manifestement, aucun d'entre eux ne l'a commis. Je ne serais pas étonnée si d'autres s'y ajoutaient. Quelque part, tapi dans l'ombre...

— ... ou bien si près de nous que nous sommes incapables de le voir...

— ... guette le grand inconnu, qui rit sous cape.

— Gosset ! s'exclama Roç en désignant le prêtre qui se retrouva tout d'un coup devant eux, sorti de la pénombre comme un spectre. Quel vent vous amène ?

— Celui de Carcassone, messire, répondit Gosset, amusé. Je sors aussi de la voiture de l'inquisiteur, si vous voulez connaître mon véritable mode de transport. Bezù de la Trinité a établi son campement au pied de ce lieu maudit où il ne veut pas pénétrer de nuit, et qu'il compte exorciser demain matin. En bref, il se trouve devant l'église Sainte-Madeleine, dans laquelle mon vieil ami Taxiarchos s'est barricadé et se livre à des activités tellement mystérieuses qu'il ne peut malheureusement pas me recevoir, comme il me l'a fait savoir par ses gardes du corps.

— Soyez le bienvenu chez vous ! dit Yeza. Asseyez-vous et racontez-moi ce qui vous mène en ce lieu. Même si vous deviez prétendre que c'est un pur hasard, nous vous faisons entrer dans le cercle des suspects !

Gosset s'était assis devant eux, en tailleur.

— Et de quoi me soupçonne donc le couple royal ?

Roç constata avec satisfaction que le prêtre ne portait plus les traces de son enfermement dans les oubliettes de Carcassonne, et qu'il avait repris un peu de graisse et de muscles.

— Gavin est mort.

— Je l'ai entendu dire, répondit Gosset. On m'a appris aussi que la commanderie de Rhedae avait été dissoute par l'Ordre et que ses chevaliers avaient été répartis entre les sites du Temple, aux alentours. C'est aussi la raison pour laquelle Trini a fait le voyage. L'inquisiteur veut s'établir ici pour faire de Rhedae le point de départ de son activité missionnaire, dans l'esprit de la très chrétienne *Ecclesia catolica*, après avoir chassé les mauvais esprits de l'errance religieuse et de l'hérésie.

— Et vous devez lui prêter main-forte ? demanda Yeza, moqueuse.

— Dieu m'en garde ! s'exclama Gosset. Je pensais seulement que je vous rencontrerais ici...

À cet instant, le nain sauta du mur, derrière eux, et atterrit dans la cerisaie. Jordi se redressa et courut vers eux en criant :

— Ils ont disparu ! Dès qu'ils ont eu renvoyé Monsignore, à la porte de l'église, ils sont descendus tous les trois dans la citerne. J'ai encore attendu un peu, puis je suis sorti de ma cachette, je me suis faufilé jusqu'à l'escalier et j'ai guetté. D'un seul coup, j'ai entendu leurs voix en dessous de moi. Elles sortaient du puits et paraissaient très excitées. Puis ils se sont éloignés.

— Excellent ! répondit Yeza. Ils ont mordu à l'hameçon. Prends Philippe avec toi. Jetez autant de morceaux du menhir que vous pourrez en porter, afin de leur barrer le chemin du retour. Et laissez la porte de l'église verrouillée de l'intérieur !

— Je le ferai volontiers, dit le troubadour. Mais ces dames pourraient aussi nous apporter leur aide. Geraude et Potkaxl ont des bras puissants. À quatre, nous soulèverons de plus gros morceaux.

— Vous êtes notre général, répliqua Roç. Les troupes sont sous votre commandement !

La poitrine gonflée de fierté, le nain partit réveiller ses auxiliaires.

— Vous devriez dormir, mes rois, dit Gosset. Je vais monter la garde à votre place.

— Je vous fais confiance, dit Yeza en tirant la couverture sur elle et sur Roç.

Un héritage à négocier

Dans le « Takt », Taxiarchos et ses trois auxiliaires étaient montés dans le lit rectangulaire où avait jadis reposé la grande sphère. Un escalier de pierre y prenait son départ et menait dans les profondeurs. Sur le sol de cette galerie souterraine où un homme tenait à peine debout, ils avaient trouvé, éparpillés, les cônes et les cubes, les cylindres et les pyramides, tous en pierres semi-précieuses parfaitement ciselées, agate et jaspe, cristal de roche et cornaline, onyx et améthyste, excitants au regard et agréables au toucher. Mais ce n'était pas cela, le trésor.

— Ne nous arrêtons pas là-dessus ! ordonna sèchement l'amiral en voyant que Mas et Pons voulaient en ramasser quelques-uns. Cela vous alourdira les poches et vous fatiguera pour pas grand-chose !

Il continua avec Raoul sa marche dans le tunnel. Bientôt, ils durent avancer courbés, car le plafond ne cessait de s'abaisser. Ils entrèrent dans une vaste salle ; de grandes roues de fer étaient disposées en saillie sur les murs.

— C'est de là que l'on actionnait les écluses pour laisser entrer l'eau ou vider la citerne, comprit aussitôt Taxiarchos. Nous devons nous trouver juste sous la digue qui sépare le « Takt » de la citerne. Ne touchez à rien ! s'exclama-t-il en voyant Mas manipuler ces engrenages aussi grands que des roues de charrette. À moins que tu ne veuilles nous noyer ?

— On dirait une croix de Templier en fer, nota Raoul en poussant son compagnon. Ils se retrouvèrent dans la galerie. Au-dessus d'eux, ils remarquèrent un grand trou, comme si un coup de catapulte avait percé la roche et creusé le sol à l'endroit où ils étaient. Raoul éclaira le sol. Il crut apercevoir, juste en dessous de lui, un visage humain doré qui brillait dans l'eau. Était-ce un simple reflet ? Il ne voulait pas se rendre ridicule. Il ne dit pas un mot sur sa découverte, et suivit Taxiarchos.

— Une pierre précieuse ! Un rubis ! s'exclama Pons en brandissant le trésor qu'il avait ramassé sur le sol de la galerie.

Taxiarchos se fit remettre la pierre et la fit miroiter à la flamme de sa lampe à huile.

— Effectivement, murmura-t-il. Un rubis précieusement ciselé. Il a sûrement été perdu par quelqu'un.

— À présent, il est à moi ! répondit Pons, qui ne maîtrisait plus ses nerfs. Au même instant, en un éclair, Mas se baissa pour ramasser un diamant étincelant.

— Nous sommes sur la bonne voie ! triompha-t-il. Le

trésor est à nous ! Et il fit disparaître le diamant dans sa poche.

— Je me vois contraint, dit l'amiral d'une voix posée, d'expliquer la subtile différence entre l'inventeur et le détenteur – ne parlons même pas de propriétaire. Tout ce que nous trouvons pendant notre voyage commun sous mon commandement, que ce soit en mer ou sur terre, dans l'eau ou sous le sol, nous appartient à tous en commun. L'inventeur reçoit une récompense, le reste est distribué. L'armateur du navire, que je représente, touche la moitié. Sur le reste, les deux tiers reviennent à l'amiral, et un tiers à l'équipage. Le capitaine en reçoit autant que l'inventeur, c'est-à-dire un quart, plus la moitié de la récompense de l'inventeur. Chacun d'entre vous trois reçoit la même chose, ce qui reste paie la boisson. C'est entendu ?

— À vos ordres ! s'exclama Mas. J'ai compris qu'il vaut mieux ne rien trouver !

— Pour que vous viviez aux crochets du propriétaire, de l'amiral, du capitaine et de moi-même, votre ami Taxiarchos ? Continuez à chercher !

Mais, un instant plus tard, c'est lui qui se baissa, incapable de résister à la vue d'une émeraude grosse comme un œuf de pigeon, sur les éboulis qui recouvraient le sol ; il en repéra une autre, presque aussi volumineuse, deux pas plus loin. Puis Raoul dénicha une topaze.

— Celui qui est passé ici ne devait plus savoir quoi faire de ses bijoux, dit-il en riant. Ou bien il a tenté de les mettre à l'abri dans la plus grande hâte.

La fièvre des chercheurs de trésor s'était emparée des quatre hommes, ils avançaient en titubant dans la galerie et ramassaient tout ce qu'ils découvraient. Mais ils rencontrèrent un obstacle. Un échafaudage de bois brinquebalant, encastré entre les parois étroites du tunnel et dont il était impossible de définir l'usage, leur barrait le passage.

— On dirait qu'une tornade s'est abattue ici, nota Mas, et le Pénicrate le regarda, étonné.

— Ou bien de l'eau coulant avec une force terrible ?

Le Pénicrate comprit alors que l'eau qui s'était échappée de la citerne avait suivi ce chemin, qui n'avait jamais été prévu pour cela. Il pensa au trou dans le plafond, mais il n'envisagea pas un seul instant que la main de l'homme ait pu percer pareil orifice, et ne fit pas le lien entre les joyaux dispersés et la trombe d'eau qui s'était engouffrée dans la galerie. Ils se faufilèrent entre les piliers brisés et les poutres éclatées, et aperçurent finalement, au loin, l'extrémité du tunnel. L'aube pointait déjà. On entendait le mugissement d'un torrent. Ils se frayèrent un chemin jusqu'à la sortie et se retrouvèrent devant une ravine. Un pont l'enjambait autrefois ; mais il était à présent à moitié détruit, et pendait entre les pierres.

— Restons ici jusqu'à ce qu'il fasse jour, ordonna Taxiarchos. Sans cela, l'un de vous se brisera le cou en tentant de réparer le passage.

Épuisés, ils s'installèrent sur les pierres et attendirent.

Roç et Yeza furent réveillés à deux reprises. La première fois lorsque Jordi et son équipe atterrirent derrière eux, jaillissant du puits creusé dans le mur, et annoncèrent fièrement qu'ils avaient si minutieusement bouché le trou avec des éclats de granit que même une souris ne parviendrait plus à s'y faufiler. Et la seconde fois lorsque Gosset les secoua pour les réveiller : Guillaume de Gisors était arrivé avec une nombreuse escorte et exigeait qu'on lui ouvre la porte de Sainte-Madeleine, sans quoi il la ferait forcer.

— Tentez une diversion, dit Yeza. Pendant ce temps-là, Jordi la déverrouillera de l'intérieur.

— Il a avec lui un Templier haut gradé qu'ils appellent le « Doge », expliqua Gosset à Roç, encore ivre de sommeil. C'est le responsable des biens et des propriétés de l'Ordre. Rhedae doit être vendu.

— Avec l'église ? s'enquit Roç, effrayé.

— Elle fait partie de l'inventaire.

Yeza fut plus rapide que lui à se réveiller et à se lever.

— Nous devons vous mettre dans la confidence, Gosset, chuchota-t-elle après avoir renvoyé une nouvelle fois Jordi dans l'église. Et vous ne vous en plaindrez pas. Il faut absolument racheter Rhedae en l'état.

— Avec quel argent ? demanda le prêtre, incrédule mais intéressé : il commençait à flairer une bonne affaire.

— Rhedae vaut de l'or, beaucoup plus que ce qu'il coûte. Il nous faut juste un moyen de franchir le mauvais cap, la période qui séparera la signature du contrat et l'entrée en possession du bien.

— Le trésor des Templiers ? murmura Gosset en tentant de prendre un air détaché.

— Je ne dirais pas cela, intervint Roç. La fortune du défunt précepteur, qu'il nous a léguée.

— Est-ce un simple espoir, interrogea Gosset, redevenu homme d'affaires, ou bien l'avez-vous déjà trouvée ?

— Trouvée, inspectée et mise en sécurité ! dit Yeza d'une voix ferme. Que nous coûtera l'aide qu'on nous apportera dans l'intervalle ?

— Un quart des sommes que vous aurez sous votre contrôle, répondit le prêtre sans détour.

— Topez là ! dit Roç en tendant sa main. Gosset la prit et posa celle de Yeza dessus.

— Laissez-moi faire ! conclut-il. Je vous prie seulement de vous comporter comme un riche couple de souverains qui, par nostalgie, cherche à acquérir Rhedae, mais n'y tient pas au point de commettre des folies. Le reste, je m'en charge !

À la première lueur du jour, Taxiarchos et ses trois auxiliaires avaient franchi la ravine au prix d'une périlleuse escalade. De l'autre côté, ils se retrouvèrent devant l'orifice d'une grotte qui se révéla être le prolongement du tunnel dans la roche. Un étrange sentier en troncs d'arbre le parcourait. Ils avancèrent dans la galerie, qui s'élargissait pour former une sorte de chapelle. Au-dessus de leur tête, ils aperçurent, solidement ancré dans la roche, un gigantesque tambour de bois. Au-dessus courait une grosse corde, à laquelle pendait un étrange véhicule : une petite voiture plate et ouverte dont les roues de bois grossières étaient posées sur les troncs circulaires, qui les enserraient et les empêchaient de glisser sur les rails de bois. La corde était fixée par ses deux extrémités à cet étrange chariot, et disparaissait dans les profondeurs de la galerie. Taxiarchos suivit sa trace avec Raoul, mais on n'apercevait pas la moindre lueur susceptible d'annoncer une fin prochaine du tunnel. Les deux autres hommes se tenaient encore à côté de la voiturette lorsque Pons, toujours aussi incapable de se maîtriser, commença à tirer sur la corde. Elle ne céda pas. Mais elle eut un sursaut, se tendit, et l'engin se mit en mouvement. Mas sauta immédiatement dans le chariot, tandis que le gros Pons, tout effrayé, regardait d'un air ahuri son ami qui s'éloignait.

— Debout, debout, messires ! criait Mas, enthousiaste. L'enfer nous appelle, le diable veut nous voir ! Il sait que notre fainéant de Pons exècre la marche ! cria-t-il à Taxiarchos et à Raoul lorsqu'il passa devant eux. Levez-vous ! Il nous faut à présent chevaucher Cerbère pour nous montrer dignes du trésor flamboyant !

Les deux hommes sautèrent dans le chariot, car la galerie se rétrécissait à vue d'œil et ils n'eurent bientôt plus la moindre place pour courir à côté du véhicule. Le plafond rocheux s'abaissa lui aussi rapidement, les forçant, même assis, à rentrer la tête dans les épaules.

— Nous voilà en route pour l'enfer ! brailla Mas, ce qui lui valut un coup de poing de Raoul.

— Arrête donc de beugler comme ça, le tança celui-ci, uniquement parce que tu crèves de peur !

Pons s'était repris. Il courait derrière eux, courbé en deux. Il sauta et manqua leur tomber dessus.

— Mon Dieu, fit-il en haletant, où cela doit-il nous mener ?

— Au purgatoire, grogna Raoul, où l'on te jettera dans une marmite, pour te punir de ta vie impure. Les filles de l'enfer attiseront les flammes avec la braise de leur vagin et le vent de leurs fesses. Leurs poitrines touilleront l'huile où tu friras, les mains liées.

— J'ai peur, grommela Pons, miséricorde, que j'ai peur ! Et il se recroquevilla à côté de ses compagnons. Taxiarchos, lui, se tenait devant, regardait fixement les murs de roche ténébreux qui défilaient autour d'eux, et se taisait. Son attitude ramena à la raison les autres chercheurs de trésor, et ils roulèrent lentement vers leur destin incertain.

— Éteignez les torches ! ordonna leur chef. Nous n'en avons pas besoin pendant le trajet, et nul ne sait ce qui nous attend encore.

Roç et Yeza se rendirent sur le parvis de l'église, suivis par leurs domestiques. Ils y trouvèrent Guillaume de Gisors, qui donnait justement à ses sergents l'ordre de se procurer un bélier et de défoncer la porte. Le fils adoptif de la Grande Maîtresse était accompagné par Simon de Cadet, vêtu de la tenue noire des novices. Le jeune homme servait manifestement d'aide de camp à Gisors. Il marchait à deux pas de son maître, comme un chien obéissant, et n'ouvrait pas la bouche, même pour saluer. Cela faisait sans doute partie des épreuves auxquelles il était soumis pour être admis dans l'Ordre.

Yeza adressa au Templier un signe respectueux et Roç s'exclama avec entrain :

— Bienvenue, mon cher Guillaume. Êtes-vous venu nous tenir compagnie pour notre prière matinale ?

Et, sans attendre une réponse, il monta l'escalier.

— La porte est fermée à clef ! cria le Templier derrière lui, mais Jordi se retourna pour lui répondre : — Il arrive qu'elle se coince !

Roç était arrivé tout en haut et entreprit de pousser le portail d'un coup d'épaule. Déverrouillée, elle céda facilement, et Roç attendit que Gisors accoure derrière eux. Yeza ne laissa pas au Templier le temps de s'étonner.

— La mort subite et violente de votre frère d'ordre, Gavin Montbard de Béthune, ne paraît pas vous affecter particulièrement, constata-t-elle. J'entends dire que l'Ordre veut vendre Rhedae, alors qu'il n'a pas encore pris la moindre disposition pour offrir à son précepteur une sépulture digne de lui.

— Pour ce qui concerne le décès du précepteur, aucun des qualificatifs que vous avez utilisés ne convient. Mais, cela ayant été mis à part, l'ordre ne vendra pas Rhedae : il le rasera, et vous pouvez en tirer les conclusions que vous voudrez sur le souci que nous nous faisons pour la tombe de l'homme qui a contraint l'Ordre à prendre cette décision.

Gisors paraissait se repaître de la mine de plus en plus déconfite du couple royal.

— Où qu'il se trouve, ne vous faites pas de souci, Gavin sera de toute façon « sous terre ».

Roç allait inviter le Templier à le suivre dans les profondeurs du « Takt » pour qu'il puisse voir Gavin. Mais il s'en abstint. Son vieil ami, sur son dernier fauteuil, n'avait pas mérité un visiteur aussi glacial.

— Vous ne tenez donc pas particulièrement à élucider ce crime, à capturer son auteur et à le punir ?

— Toute vérité n'arrange pas forcément la situation des personnes concernées, qu'elles soient mortes ou vivantes. Quand on élucide, c'est pour donner un sens. Sans cela, mieux vaut s'abstenir.

— Qui voulez-vous protéger ? s'indigna Roç, mais Yeza lui posa la main sur le bras, pour le calmer.

— Peut-être bien vous, le couple royal, auquel manque une condition essentielle pour pouvoir intervenir dans cette affaire : je veux parler de la connaissance complète de la biographie de votre ami, le précepteur. Il est aussi possible que nous voulions seulement protéger sa mort.

— Nous allons à présent prier pour lui, dit Yeza, et elle entraîna Roç à sa suite. Le Templier s'immobilisa sur le seuil et les vit s'agenouiller au milieu de la nef. Il jeta encore un regard désapprobateur et heurta la main tendue du diable, juste derrière le portail – il n'y avait jusqu'alors prêté aucune attention. Il sursauta, se signa rapidement et cracha au visage de Satan. Puis il quitta à grands pas Sainte-Madeleine, où l'attendait en silence Simon de Cadet, et descendit l'escalier en fulminant. Le novice le suivait, tête basse.

Gosset avait réussi à rattraper les soldats de Mirepoix avant qu'ils ne s'en aillent, et les avait retenus. Car tant que l'avenir des enfants royaux n'était pas garanti, il était absurde de se priver de leur escorte. C'est alors qu'il aperçut ce général des Templiers qu'ils appelaient le « Doge ». Georges Morosin se tenait à l'écart de la troupe d'hommes à cheval arrivés avec Guillaume de Gisors. Il avait meilleure allure que les autres chevaliers de l'Ordre : sa barbe était soigneusement taillée et il portait un clams immaculé en damassé. Gosset songea qu'il ressemblait en cela au maître défunt de Rhedae. Le commandeur d'Ascalon, lui aussi, se considérait comme un être à part au sein de l'Ordre, et il veillait à afficher cette différence. Georges Morosin, tout en lisant son bréviaire, marchait dans la cerisaie. Il reconnut le prêtre et lui fit un signe aimable, à la dérobée — mais cela ne suffit pas à éloigner Gosset.

— Qu'est-ce qui peut pousser un homme comme vous à quitter les chaudes contrées de l'Égypte pour le rude Languedoc ? demanda le prêtre d'un ton léger. Le *Strategos* est-il venu acquérir une utile expérience sur la manière dont on peut empêcher l'avènement d'un État des Templiers ?

L'homme ainsi interpellé leva les yeux, flatté, et renvoya le compliment.

— Vous devez être le fameux monseigneur Gosset, ambassadeur plénipotentiaire du roi. (Il avait prononcé ces mots sur le ton familier que seuls les puissants emploient entre eux.) Abdal le Hafside avait des affaires à régler avec l'Aragon. C'est la raison pour laquelle nous avons fait halte à Perpigna. Et j'ai profité de cet arrêt pour faire un petit détour dans l'admirable arrière-pays.

Voilà un homme qui ment sans vergogne pour camoufler une démarche et un objectif bien précis, pensa Gosset. Que pouvait bien faire le Doge à Rhedae, si tel n'était pas le cas ! Le prêtre évita cependant de le heurter de front et demanda ingénument :

— Une rencontre avec l'ambassadeur du roi Manfred, le grand *medicus* Jean de Procida ?

Comme il s'y attendait, il n'obtint pas de réponse, mais un simple sourire qui ne réfutait pas sa supposition. On pouvait donc considérer que cette question n'avait pas même été posée.

— Quel dommage, reprit-il, que le malheureux décès de votre frère entache la joie que vous causait votre voyage ! On dit qu'après l'enterrement, Rhedae sera mis en vente ?

Le doge dévisagea son interlocuteur, étonné :

— La dépouille mortelle du précepteur a été ensevelie dignement, comme il l'avait souhaité, dans la chambre funéraire qu'il avait lui-même préparée.

Sa voix trahissait la fausse compassion, il semblait même s'amuser de cet « enterrement ».

— Elle est ornée de deux croix griffues en fer, posée sur le mur sous forme de roues solaires celtiques. Aussi doubles que les relations de messire Gavin Montbard de Béthune avec son Ordre. Il y avait d'un côté, celui auquel il appartenait. De l'autre, celui qu'il imaginait. Il a ainsi été enterré sous le « Takt » pour jouir de son dernier repos, emmuré pour que son esprit schismatique ne s'abatte pas sur nous. Et sa pierre tombale n'est ornée que d'une croix, toute simple ! J'allais dire : « Il va lui falloir vivre avec ! »

Le Doge rit de sa plaisanterie, mais Gosset était troublé et dut se forcer à ne pas se trahir.

— Qui l'a donc porté en terre ? demanda-t-il. Et quel chemin a suivi le cortège ? Je n'ai vu personne entrer dans l'église, Gisors mis à part.

— Celui-là, justement, n'a pas pris part aux obsèques que la Grande Maîtresse en exercice a célébrées dans le réfectoire. Là-bas, un gigantesque portail s'ouvre sur l'escalier qui mène dans le « Takt ». Le précepteur avait imaginé que cette cérémonie solennelle se déroulerait en bas, mais nous n'avons pu exaucer cette ultime volonté.

Tout donnait l'impression que le précepteur avait lui-même ordonnancé sa mort. Mais messire Morosin, si bavard fût-il, ne semblait pas vouloir s'attarder sur ce point. Gosset se contenta donc de noter :

— Le couple royal sera fâché d'apprendre que le Prieuré n'a pas considéré sa présence comme nécessaire. Yeza et Roç seront tristes de n'avoir pu prendre congé de leur vieil ami.

— Ils en ont eu largement l'occasion, puisqu'ils sont déjà entrés à l'intérieur du temple comme s'ils étaient les maîtres de cette maison ! répliqua le doge. En quittant ce monde, le précepteur est rentré dans les rangs de l'ordre des Templiers – auquel, malgré tout le respect que je lui dois, le couple royal n'appartient pas. On a franchi trop de bornes, ces derniers temps. Tout a une fin.

Il était manifeste que Georges Morosin défendait lui aussi cette ligne : il n'approuvait ni les manigances de Gavin, ni les privilèges accordés à Roç et Yeza, ni les projets du Prieuré. Le mysticisme et même les émotions n'avaient pas de place dans l'idée qu'il se faisait des nouveaux Templiers.

— Le couple royal tient à ses souvenirs, à ses amis, à ce pays et à l'histoire singulière qui est la sienne ! Roç et Yeza sont disposés à acquérir Rhedae, moyennant finances !

Ce retournement surprit le Doge. De toute évidence, il ne comprenait guère le sentimentalisme.

— Et avec quoi comptent-ils payer ? s'informa-t-il avec une once d'arrogance. L'Ordre n'a pas le moindre cadeau à faire !

— Par un échange, rétorqua Gosset, provocateur : l'attitude du Templier l'agaçait.

— Messire l'Inquisiteur, Bezù de la Trinité, paie comptant, lui !

Le Doge tentait de repousser d'avance cette offre peu commode, mais Gosset prenait sa vengeance avec délectation.

— Mais l'échange sera cautionné par le Hafside.

Le coup avait porté. Le Doge avait sursauté comme s'il avait été touché par un coup de fouet.

— Pourquoi ne l'avez-vous pas dit tout de suite ? s'enquit-il d'une voix flagorneuse. Quel sera le prix d'achat ?

— Dites-moi la somme qu'offre Trini, répliqua Gosset sans prendre le temps de savourer son triomphe, et ajoutez dix pour cent.

— Quinze pour cent, renchérit le Doge d'Ascalon, rompu aux pratiques du bazar. C'est sans doute ce que vous y gagnerez vous aussi ? demanda-t-il, aux aguets. N'étiez-vous pas le partenaire du Pénicrate de Constantinople ? Où est-il donc passé, d'ailleurs, ce bon Taxiarchos ?

— Douze et demi ! proposa Gosset avant de répondre. Notre ami suit sa propre route – sous la terre !

Il se força à sourire, mais le Doge fut pris de fureur.

— Grotesque ! Cette quête du trésor des Templiers ! Le simple fait d'en parler sape la réputation de l'Ordre ! Cela suffit ! À l'avenir, les affaires de l'ordre des Templiers seront celles d'une banque bien ordonnée, limpide comme de l'eau de source ! Par quel biais recevrai-je la monnaie de l'échange ? Et quand ?

— Puisque vous êtes aussi méfiant, je vais immédiatement informer Abdal. Vous aurez ainsi le papier en main dès ce soir.

— *Allah isamhak !* s'exclama le Doge, effrayé. Votre parole me suffit !

— Dans ce cas, topez là, dit le prêtre. Au nom du couple royal.

Le Doge n'hésita pas à prendre la main qu'on lui tendait.

— « *Pacta sunt servanda* », murmura Gosset, et le Doge répéta :

— *Mashiat Allah !* Je vous servirai pour n'importe quelle somme, ajouta-t-il, d'autant plus qu'à présent, le couple royal va reprendre la direction de Jérusalem, avec tous les revenus des taxes imposées aux pèlerins, du commerce des objets de dévotion et de la fabrication de reliques ! Ils vont apporter une nouvelle prospérité à cette ville abattue.

— Voilà Trini ! annonça Gosset. Je dois prendre congé.

— Ne me laissez pas tout seul ! supplia le Doge, et Gosset éclata de rire.

— Il est facile d'oublier à Ascalon une abominable excommunication prononcée à Rhedae !

Mais Gosset resta, moins pour prêter assistance à messire Morosin que pour savourer le probable accès de fureur de Trini, qui ne se doutait de rien.

Le diable embrasse l'inquisiteur

La prière dans l'église ne fut pas particulièrement recueillie. L'arrogance et la froideur de Gisors avaient trop agacé Yeza. Jadis, on appelait « Face d'ange » le jeune Templier dont chaque initié savait qu'il succéderait un jour à Marie de Saint-Clair dans les fonctions de Grand Maître du Prieuré. Et le blond Guillaume avait effectivement quelque chose de surnaturel, il était aussi beau et hors d'atteinte que l'ange à l'épée de feu. Les années passées au service des deux Ordres l'avaient usé, ses traits tellement séduisants autrefois ne pouvaient plus dissimuler son véritable caractère. Hautain, intrigant, rusé, Guillaume utilisait son pouvoir et le faisait surtout sentir aux jeunes membres de l'Ordre qui ne respectaient pas toutes ses volontés. Simon de Cadet n'avait aucune difficulté à remplir toutes les conditions fixées par l'Ordre, amitiés viriles comprises. Ce qui le dérangeait, c'était la manière. Toute tendresse était bannie, on riait des sentiments, et au lieu de faire preuve d'affection ou de camaraderie vigoureuse, les chevaliers plus anciens rivalisaient pour brimer les jeunes, les décourager et les sodomiser. Simon était cruellement déçu. Car lui avait fait siennes les règles rigides de l'Ordre : obéissance, pauvreté, chasteté. Il s'était imaginé une rude école, s'était préparé à toutes les épreuves de courage. Mais on ne lui demanda rien de tout cela. Il brûlait d'être envoyé en Terre sainte, d'être lancé dans des combats où les privations seraient nombreuses et sa vie constamment en péril. Au lieu de cela, il faisait les cent pas dans son nid, contraint d'observer les combats féroces que se livraient les différentes fractions des Templiers. Et Gisors, le despote, le traitait comme un gamin à sa disposition personnelle, il était obligé de baisser son pantalon à tout bout de champ et n'avait, pour le reste, aucun droit à la parole. Le fait que Roç et Yeza ne l'aient pas salué le minait. Et il avait honte de la manière dont Guillaume avait traité le couple royal. À la première occasion, il entra donc discrètement dans l'église.

Roç et Yeza étaient encore agenouillés, et leur petite escorte les imitait. Mais, en réalité, ils discutaient. Leur problème était de savoir comment ils pourraient – discrètement – déplacer l'ensemble du groupe du Golgotha.

— En supposant, dit Roç, que notre prêtre parvienne à convaincre l'Ordre de nous laisser la colline à taupes de Gavin, et tout son contenu...

— Parlons-en aussi peu que possible, comme de l'église dans son ensemble, d'ailleurs. Mieux vaut les considérer comme un supplément dont l'entretien nous obligera à faire des sacrifices, mais que nous voulons consacrer à la mémoire de Gavin Montbard de Béthune, nota Yeza.

— C'est beaucoup trop sentimental, se moqua Roç. Vous vous transformez en grenouille de bénitier ?

— Entre beaucoup d'autres choses, messire !

— Dans ce cas, précieuse dame, faites-nous donc savoir comment doit se dérouler le reste, insignifiant, des opérations : démontage, emballage et transport en toute sécurité. Et dans quelle direction ?

— Nous y arriverons bien, rétorqua Yeza. Jordi trouvera une idée. Mais pour l'heure, nous devrions faire nos adieux à l'homme qui, par-delà la mort, s'est soucié de notre avenir. Nous ne pouvons pas laisser Gavin ainsi, sur son siège !

Roç n'avait aucune objection à formuler. Ils se levèrent, contournèrent la colline à bonne distance sans perdre des yeux le précieux Golgotha, et rejoignirent le menhir, l'entrée du monde souterrain. C'est l'instant que choisit Simon pour faire son entrée. Il les rejoignit en silence alors qu'ils descendaient déjà l'escalier en colimaçon. Mais il attendit que Roç et Yeza se trouvent dans la citerne et que les dames, accompagnées par Philippe et Jordi, aient descendu les dernières marches pour se diriger vers le couple royal et dire à voix basse à Roç et Yeza :

— Mon cœur bat pour vous, pardonnez-moi mon piètre comportement et mes manières, mais je veux être admis dans l'ordre des Templiers.

Yeza s'apprêtait à lui répondre, mais Mafalda lui brûla la politesse :

— Vous vous comportez d'ores et déjà comme si vous étiez depuis des années un chevalier de la croix griffue, Simon de Cadet ! lui lança-t-elle, l'œil étincelant. Vous avez certainement déjà craché sur le crucifix et embrassé Gisors sur les fesses ! Mais ce qui est impardonnable, c'est que vous vous obstiniez à vouloir prononcer un vœu dont vous auriez dû comprendre depuis longtemps qu'il ne correspond en rien à votre désir de servir en vous battant ! Pourquoi ne crachez-vous pas aux pieds des Templiers, pourquoi ne venez-vous pas avec nous ? Au service du couple royal, vous pourriez devenir ce que vous êtes réellement : un homme bon et sincère. C'est à lui que vous devriez consacrer votre existence !

Simon la regarda longuement et tristement.

— Entre nous, il y aura toujours Gers d'Alion, dit-il, la voix chagrine. Je ne peux vous offrir la consolation que je n'ai pas trouvée moi-même. Mais je vous remercie pour vos paroles sincères, Mafalda. Vous m'avez montré que vous méritiez que l'on songe toujours à vous avec amour !

Sur ces mots, il fit demi-tour et remonta l'escalier en courant. Yeza était encore ahurie par le discours de sa dame de cour, qu'elle avait toujours considérée, jusque-là, comme une poule vaniteuse. Il n'y avait rien à ajouter à ce qui avait été dit, et Yeza préféra se taire. Simon de Cadet devait suivre son chemin. Mais s'il se retrouvait un jour devant eux, elle l'accueillerait à bras ouverts. La grille de fer, avec ses deux herses, était toujours ouverte. Ils la franchirent en vitesse, à la file indienne, et s'apprêtaient à escalader la digue de pierre qui séparait la citerne et la rotonde du « Takt » lorsqu'une voix rauque et masculine monta vers eux, comme portée par le vent.

« Alma Virgo virginum
in coelis coronata
apud tuum filium
sis nobis advocata ! »

Ils montèrent les marches sur la pointe des pieds jusqu'au moment où ils purent voir, de la crête de la digue, l'intérieur du « Takt ».

« Et post hoc exilium
occurens mediata,
occurens mediata. »

Les parois en bois avaient disparu, tout comme la chaise, la table et le cadavre.

« Iam est hora surgere
a sompno mortis pravo,
a sompno mortis pravo. »

Derrière la rotonde, entre les piliers, les Templiers s'éloignaient, formant une large procession. Ils portaient des bougies allumées et chantaient d'une voix profonde, qui se dissipa lentement au fur et à mesure qu'ils s'éloignaient.

« Ad mortem festinamus
peccare desistamus,
peccare desistamus. »

Roç et Yeza les suivirent longtemps du regard, jusqu'à ce que le dernier d'entre eux soit englouti par la profondeur du « Takt ».

— Il semble bien, murmura Roç sans regarder sa compagne, que nous ne saurons jamais qui a tué Gavin. Les Templiers se contentent de sombres allusions.

— Nous mis à part, mon cher, chuchota Yeza, personne ne veut le savoir !

Son regard tomba sur à l'endroit où se tenait jadis le lit de la sphère rotative. À présent, une pierre tombale toute lisse bouchait le trou et barrait l'entrée au royaume de Gavin.

— Désormais, dit Roç, brisant le silence, le précepteur de Rhedae est dans son monde souterrain. Il en sera aussi le cerbère, qui interdira le passage à tous ceux qui n'y ont pas droit !

— *Zih' rono l'bracha !* dit Yeza, et Roç répondit, comme il l'avait lui aussi appris chez Jakov Ben Mordechai : « *Oleh l'shalom !* »

Au loin, la voix des Templiers qui chantait le requiem se fit imperceptible, et s'éteignit.

— Je vois de la lumière ! s'exclama Pons, tout joyeux.

— Sommes-nous enfin au but ? répondit Mas en geignant.

Taxiarchos ne disait rien. Les effets de lumière dans les galeries se révélaient souvent être des hallucinations, même si le chemin en rondins de sapin avait effectivement traversé de nombreuses ravines qui avaient fait vaciller le véhicule et la confiance des chercheurs de trésor. Le parcours avait été bien entretenu. Pourtant, l'installation donnait l'impression d'avoir été abandonnée à tout jamais. C'est un royaume des morts qu'ils parcouraient. Taxiarchos pensait à l'homme qui avait créé ces galeries. Avec le décès de Gavin, tout ce qui avait été créé ici avait perdu son sens. Un silence sépulcral régnait dans le tunnel comme une chape d'air étouffant. Pourtant, la corde infatigable continuait à tirer leur véhicule vers l'avant, les roues de bois crissaient et les troncs grinçaient sous leur poids. Lui aussi commençait à douter lorsque la galerie s'élargit pour former la porte d'une grotte. Dans la lumière pâle, on distinguait les silhouettes d'êtres humains vivants. Les chercheurs de trésor, assis sur leur chariot, entendirent du bruit. La caverne se transforma en une salle couverte. La corde passait sur un tambour de bois, le pendant de celui qu'ils avaient vu au début de leur voyage. Le lieu leur rappela vaguement un moulin, mais on n'avait guère l'impression que l'on avait fabriqué ici la farine quotidienne des Templiers. Une roue à aubes tournait sur son axe, poussée par le cours régulier d'un torrent. Toutes les roues dentées, tous les arbres de transmission paraissaient eux aussi prêts à se laisser animer par la force de l'eau. Mais les pierres de meule étaient empoussiérées, et des toiles d'araignée prouvaient que le moulin ne remplissait plus depuis longtemps la fonction pour laquelle il avait été conçu. La force de la roue se transmettait au tambour par un pignon horizontal qui faisait défiler la corde installée en boucle.

Sans dire un mot, les meuniers débrayèrent le mécanisme, et leur chariot de bois s'immobilisa.

— Ce moulin appartient-il aux Templiers de Rhedae ? demanda Taxiarchos, en devinant qu'il n'obtiendrait pas de réponse. Il se retourna et découvrit la martellerie. Cette construction, en revanche, donnait l'impression d'avoir fonctionné peu de temps auparavant. Une fine poussière métallique recouvrait le sol, et aucun élément en fer n'avait été atteint par la rouille. Taxiarchos s'imagina sans peine que, dans cette salle, on ouvrait les roches pour en tirer les métaux nobles et séparer l'or et l'argent.

Les meuniers ne posèrent pas de questions, ne répondirent pas à celles des quatre curieux et désignèrent, sans un mot, la paroi rocheuse qui leur faisait face. On y avait creusé une nouvelle ouverture ; mais elle était fermée par une porte de bois. Le pont jeté au-dessus de l'eau paraissait stable. Ils reprirent donc leur progression. Lorsque Taxiarchos, à la tête du petit cortège, approcha de la porte, ses battants s'ouvrirent d'un seul coup, comme sous l'effet d'un spectre. Ainsi, même Pons, qui marchait en dernier, ne fut ni surpris, ni effrayé lorsqu'ils se refermèrent à grand fracas derrière lui. Ils étaient à présent dans la pénombre et durent allumer leurs torches.

— Une seule suffit ! ordonna leur chef.

À la lueur d'une lampe à huile, ils constatèrent qu'on les attendait : un petit chariot se tenait devant eux, semblable au précédent. Ils montèrent, Mas saisit la corde détendue et la fouetta comme on lance un attelage avec les rênes. Une secousse parcourut le véhicule, qui se mit en mouvement.

Roç et Yeza se trouvaient encore dans l'église Sainte-Madeleine lorsqu'une violente dispute éclata devant l'entrée. Ils envoyèrent Philippe fermer la porte à clef. Ils ne voulaient surtout pas que des visiteurs viennent se promener à l'intérieur et s'occupent (fût-ce par simple curiosité) du groupe trop visible du Golgotha. Mais ils ne pouvaient tout de même pas passer toute la journée à prier, agenouillés sur le rude sol en pierre, dans le seul dessein de justifier leur présence et de ne pas éveiller les soupçons ! Philippe revint leur expliquer la situation.

— Trini et le Doge se disputent devant la porte, parce que le Templier a vendu la maison de Dieu à Gosset.

— Magnifique ! s'exclama Roç. Le prêtre a fait du bon travail !

— Mais l'inquisiteur veut les excommunier, lui et le Doge, s'ils ne...

— Je veux entendre ça ! s'exclama Jordi en pouffant. Et il courut vers la porte verrouillée. Le nain colla son oreille contre le bois, et fit signe à Roç et Yeza, qui ne voulurent pas non plus se priver de ce plaisir. Et ils autorisèrent aussi les suivantes à écouter à la porte. Trini fulminait :

— Si vous sécularisez cette maison de Dieu et tout ses saints contre la volonté de l'Église, alors je vous excommunierai tous sur-le-champ en vertu des pouvoirs qui me sont conférés, vendeurs comme acheteurs !

— Cela ne marche pas avec moi ! répondit le Doge en riant. Je suis Templier et armé contre tous les diables, y compris contre les prêtres de l'*Ecclesia catolica*...

— Mais cela ne vous empêche pas de faire vos sales affaires avec un faux prêtre de l'Église, Judas !

— Il ne m'a pas embrassé, remarqua Gosset, moqueur. En revanche, il a déjà posé sur la table plus de trente pièces d'argent, vénérable père. (De toute évidence, Gosset prenait beaucoup de plaisir à agacer le gros Trini.) Et puis je n'ai pas agi en mon nom propre, mais pour le compte du couple royal ! Ce sont les nouveaux propriétaires.

— Enfer, ouvre tes portes ! couina l'inquisiteur. Voilà le sommet de l'ignominie, on ne pouvait trouver pire infamie ! (Sa voix s'étrangla et devint stridente.) Le couple d'hérétiques en possession d'un lieu sacré ! Cette couvée du Hohenstaufen, ces blasphémateurs, célèbrent leurs messes noires sur l'autel du Seigneur ! Il faudra me passer sur le corps !

— Nous avons bien assez d'un cadavre ici, ô messire de la Trinité, rétorqua sèchement le Doge. C'est du reste le motif pour lequel l'Ordre se sépare de ces murs. Ils ont déjà perdu leur caractère sacré. Ôtez vos doigts de ce lieu, sans cela vous succomberez vous aussi au véritable maître de Sainte-Madeleine. Gardez-vous du maître des Ténèbres !

— Vous ne me faites pas peur ! renâcla Trini. Je vous le demande pour la dernière fois, brisez le pacte que vous avez conclu, renoncez à ce bien acquis dans l'iniquité, qui revient à l'Église et à elle seule. (Trini avait cessé de parler : il hurlait à présent de rage.) Quant à vous, si vous ne voulez pas que l'ordre des Templiers vous chasse à tout jamais, rendez-lui son argent ! Je vous en conjure, au nom de la Sainte Vierge et de tous les saints !

— Jamais, répondit le Doge d'une voix claire et distincte, l'Ordre ne rend jamais l'argent qu'il a déjà comptabilisé parmi ses recettes.

— Je ne suis ici que le représentant du couple royal, ajouta Gosset. Roç Trencavel et sa dame Yeza sont les propriétaires légaux du sol sur lequel vous vous trouvez, puissant inquisiteur.

— Est-ce votre dernier mot ? fit celui-ci dans une sorte de sanglot. Trini n'avait encore jamais dépensé en vain ses imprécations.

— Oui, répliquèrent les deux hommes en chœur.

— Alors je vous maudis, vous, votre Ordre et votre couple royal !

En un éclair, sa voix avait de nouveau changé : c'était celle du Dieu furieux de l'Ancien Testament qui tonnait à présent : — Je vous damnerai par le Livre et le Cierge, je vous chasserai de la communauté de l'Église chrétienne ! (Il tambourinait sur le portail.) Ouvrez ! Ouvrez ! Ordre de la Sainte Inquisition !

Roç sourit à Yeza. Sur un signe de lui, Jordi disparut derrière le personnage de diable qui se trouvait à côté de l'entrée, tandis que les trois suivantes (Mafalda refusa de se prêter au jeu lorsqu'elle apprit de quoi il s'agissait) s'installaient dans les niches des trois saints, sur le mur qui leur faisait face. D'un seul coup, Philippe déverrouilla la porte et l'ouvrit en grand. Trini, ahuri, regarda fixement le groupe humblement agenouillé devant lui. Roç l'accueillit d'une voix solennelle :

— Votre venue consacre cette maison et ses serviteurs ! Entrez et faites votre office !

L'inquisiteur était bouche bée. Il s'était attendu à n'importe quelle espèce de résistance, il était prêt à écraser n'importe quelle rébellion. Et voilà qu'il se retrouvait face à une hérétique avérée qui lui serinait d'une voix fluette : « Bénie soit la Vierge Marie ! » Quant à son galant, ce prétendu Trencavel, il ordonnait à son serviteur : « Messire l'inquisiteur a besoin d'une Bible et de quelques cierges ! Préparez-lui tout, pour qu'il puisse remplir la sainte mission que lui assigne sa haute fonction. »

Il n'eut d'autre choix que de murmurer « Merci ! » et « Loué soit le Seigneur ! »

Philippe apporta aussi un encensoir et un petit seau en argent qui servait à projeter l'eau bénite. Yeza le lui tendit, tête basse, ce qui empêcha le gros prêtre de percevoir la lueur de haine dans les yeux de la jeune femme. C'était lui, c'était l'homme qui avait brûlé Na India, qui avait mis de sa main le feu au bûcher ! Lorsque Geraude vit l'inquisiteur, ses yeux s'emplirent de larmes. Les deux autres grâces, dans leurs niches, avaient plutôt envie de pouffer de rire, même si elles ignoraient le traitement que Roç et Yeza allaient réserver au gros Trini. Elles ne le sauraient d'ailleurs jamais. Car tandis que tous étaient occupés au portail, à accueillir l'inquisiteur comme il se devait, et que celui-ci devait accepter les objets sacrés des mains d'hérétiques déclarés, la litière noire avait surgi du néant, de derrière le groupe du Golgotha. Elle était forcément sortie du « Takt », portée par quatre Templiers, et avait franchi les restes du menhir pour arriver dans l'abside. Mais comment la litière avait-elle pu gravir l'escalier en colimaçon ? En tout cas, elle était là, à présent, et nul ne l'avait encore remarquée.

Trini, en revanche, venait d'apercevoir le diable derrière la porte de l'église. Il se signa, horrifié, d'autant plus qu'il lui semblait bien avoir senti la main du Malin se poser sur ses fesses, peut-être même les caresser. Il fit un bond en arrière et cogna sur la main avec le goupillon. Le diable eut un rire caverneux. Trini se retourna. Aucun de ceux qui l'entouraient n'avait pu produire ce bruit ! Ils le regardaient tous, pleins d'espoir, le grand inquisiteur ! Il sentit alors une langue râpeuse lui lécher la paume de la main. Trini se mit à trembler. Mieux valait exempter ce prétendu couple royal de l'excommunication, au moins pour le moment. Mais les autres n'y échapperaient pas.

Trini serra fermement la Bible que lui avait apportée Philippe et entra dans la nef de Sainte-Madeleine. Son regard tomba sur les niches où se tenaient des personnages féminins, qui paraissaient animés. La pécheresse Madeleine était agenouillée. Il ne voulut pas en croire ses yeux : son postérieur n'était-il pas dénudé ? Il se rapprocha de la niche. Lorsqu'il passa devant sainte Germaine, la robe de celle-ci glissa à son tour, dévoilant une impudique nudité. Trini se signa à trois reprises – car Geraude, celle que Trini avait prise pour Marie, venait elle aussi de dévoiler sa poitrine blanche, et une voix de tonnerre résonna dans la nef :

« Toute lubricité se dissimule dans la pénombre, le sang noir ! Celui qui a versé le sang, adore les idoles et se livre au Unzucht voit son âme dénudée... et il est jugé aux Enfers ! »

La voix était celle de Joseph, immobile dans sa niche. Rien ne laissait croire qu'il s'agissait d'un être vivant, et l'inquisiteur hébété n'osa pas aller vérifier de plus près, car une nouvelle voix caverneuse résonna à cet instant :

— Bienvenu, Bezù de la Trinité, qui as fièrement transgressé tous les interdits. Nous t'aimons comme l'un des nôtres !

Ce ne pouvait être que Satan en personne ! L'inquisiteur tremblait de tout son gros corps, et son regard tomba sur la litière noire derrière laquelle semblaient monter les flammes de l'enfer : un halo de lumière rouge et or entourait cette création du diable comme l'auréole de la Sainte Vierge.

« Ton âme nous appartient pour toujours,
C'est la fête aujourd'hui, le festin de ton corps ! »

Trini poussa un cri, jeta par terre la Bible et le goupillon et se précipita vers le portail. Il secoua le verrou, qu'il fut incapable d'ouvrir tellement il avait peur, il criait comme un empalé et geignait comme un enfant. Il se vida sans doute aussi les tripes, car il sentait très fort lorsque Philippe accourut et le laissa filer loin de l'église.

La Grande Maîtresse

À peine la porte refermée derrière Trini, Jordi sortit de derrière sa statue de diable, et tous éclatèrent de rire. Ils ne cessèrent pas non plus lorsque Jakov Ben Mordechai redescendit de la niche de saint Joseph, murmura « Shalom » en passant devant eux et se dirigea vers la litière déposée dans l'abside. La lueur qui l'éclairait par-derrière disparut, et les quatre Templiers firent un pas en avant. Ils s'inclinèrent devant Roç et Yeza. Le plus âgé annonça :

— On souhaite s'entretenir en particulier avec le couple royal !

Roç et Yeza se dévisagèrent. Ils retrouvèrent leur sérieux. Ils savaient qui voulait leur parler, et avaient parfaitement conscience de l'importance de cette rencontre imminente avec la vieille grande maîtresse de l'Ordre. Il y a dix bonnes années, déjà, ils avaient pu regarder Marie de Saint-Clair dans les yeux, lorsqu'ils avaient dû quitter Constantinople après quelques épisodes mouvementés. Le chef du Prieuré de Sion n'intervenait qu'aux moments où allaient être prises des décisions de grande portée. Ils traversèrent leur Golgotha sans lancer de regard inutile sur le groupe des personnages, car ils se savaient observés. Ils s'arrêtèrent devant la litière noire. Le cabaliste chauve ouvrit le rideau et les fit entrer. Mais il les suivit comme si c'était tout naturel et prit place sur le banc qui leur faisait face et où personne d'autre ne se tenait. Jakov ne leur laissa pas beaucoup de temps pour s'étonner.

— Marie m'a prié de répondre de manière exhaustive à quelques questions qui vous brûlent l'âme. Le faire elle-même exige trop d'efforts, leur confia-t-il familièrement. Elle aussi, tout cela l'épuise. Ensuite, elle vous parlera de choses plus importantes : de votre avenir.

— Dans ce cas, demanda aussitôt Roç, expliquez-nous ce qui est arrivé à Gavin. Qui l'a tué ?

— Et pourquoi ? ajouta Yeza.

Elle observait attentivement Jakov depuis que ses yeux s'étaient accoutumés à la pénombre qui régnait dans la litière. Elle l'avait jusqu'ici considéré comme un illuminé inoffensif qui se prenait pour la réincarnation de Joseph, beuglait des extraits de l'Ancien Testament et apparaissait toujours au moment où on ne l'attendait pas. Mais le fait qu'il fût à présent assis devant eux prouvait que Jakov Ben Mordechai était sans doute plus qu'un zélateur de la foi ou que le cabaliste illuminé de Gavin, et devait jouir de la plus haute estime.

— Qui ? insista Roç.

— Personne, tous, lui-même, répondit Jakov, plongeant de nouveau Yeza dans la perplexité.

— Nous, ajouta Jakov pour finir, et ce « nous » inclut le précepteur lui-même. Gavin Montbard de Béthune était sorti du droit chemin, ce qui peut arriver, ce que l'on peut même réparer. Mais ses projets avaient été éventés, la couronne de France les considérait à juste titre comme une haute trahison et réclamait sa tête. Nous ne voulions pas exiger pareille preuve d'humilité de l'Ordre auquel il appartenait officiellement, ni offrir ce triomphe aux Capet. Nous avons donc laissé au précepteur un délai pendant lequel il pouvait clarifier lui-même la situation. Gavin avait compris que son entreprise était vouée à l'échec, et qu'elle n'allait en aucun cas dans le sens du Prieuré. Il en a donc tiré la conséquence. Il m'a chargé de la mise en œuvre, connaissant sans doute mon expérience d'abrégeur de souffrances, et sachant qu'il pouvait me faire confiance. J'ai voulu lui faire quitter cette existence sans angoisse et sans douleur. Nous nous sommes donc mis d'accord sur un mélange de différents poisons, de la ciguë pour endormir, du datura pour paralyser et de la jusquiame pour anesthésier. Yves le Breton a été envoyé pour chercher le meilleur *veneficus* du pays, le bonhomme Mauri En Raimon, qui sait surtout où poussent la mandragore, cette plante rare, et la digitale, et qui en a trouvé avec l'aide d'Yves. À l'origine, Gavin avait souhaité recevoir la mort dans son sarcophage noir, mais aussi y séjourner à tout jamais, coupé par l'eau de ce monde malveillant. Le précepteur voulait reposer dans son royaume souterrain, le « Takt », comme un pharaon dans sa pyramide, jusqu'au jour du Jugement dernier, lorsque toutes les eaux retomberont dans les océans et emporteront avec elles son corps ou ce qu'il en restera. Nous avons seulement compris par la suite pourquoi il y tenait tant, lorsque l'eau s'est échappée de la citerne, à la suite d'une fuite ou d'une décision de Dieu. Le siphon qui l'a vidée a emporté vers le bas sa couche de pierre et aurait aussi entraîné le corps de Gavin dans les profondeurs s'il s'y était encore trouvé, mais...

— Attendez ! s'exclama Yeza. Il vivait donc encore... Commencez par nous raconter sa mort !

— Le Breton n'est pas seulement revenu avec Mauri En Raimon, mais aussi avec un manchot...

— Rinat ! (Roç réprima à grand-peine un cri de rage.) Rinat Le Pulcin ? Un sbire déguisé en *pictor* !

— Exact ! Il s'appelait ainsi, répliqua Jakov, et je dirais moi aussi qu'il s'agissait d'un *sicarius*. À cela près qu'il jouissait de pouvoirs considérables et qu'il est intervenu dans le rituel funéraire que j'avais prévu pour Gavin.

— Ces pouvoirs, de qui les tenait-il ? demanda Yeza, mais Jakov ne répondit pas.

— Nous avions préparé un somnifère à base de pavot et de mandragore que Gavin devait absorber lorsqu'il en aurait envie, puis une petite écorchure...

— Ah, nous y voilà ! s'exclama Roç, triomphal.

— De l'ivraie ! continua Jakov, imperturbable. *Lolium temulentum !* Imperceptible, même avec une conscience parfaitement claire, et c'est seulement lorsque celui-là aurait entièrement agi que je devais faire en sorte, par un petit geste, qu'il n'y ait plus de réveil, du moins dans cette vallée de larmes...

— Je connais la procédure, dit Roç. Une planche de bois sous la nuque...

— Et c'est fini, l'interrompit Jakov, qui ne tenait manifestement pas à entendre une description complète de son geste.

— Que voulait Rinat, ce rat ? s'enquit Yeza.

— Juste avant que la rigidité cadavérique ne s'installe, il exigea que l'on sorte le précepteur de sa crypte et qu'on l'installe assis à sa table de travail, tel que vous l'avez trouvé.

— Ensuite, Rinat lui a peint à la peinture rouge ce signe de sang sur la nuque, ajouta Roç, pris par la fièvre du chercheur.

— Tout juste ! répondit Jakov. Et il lui a imprimé le sceau avec un anneau de Templier en or.

— L'anneau de qui ? demanda Yeza, mais elle n'obtint pas non plus de réponse.

— C'est ainsi que Gavin Montbard de Béthune fut montré à l'envoyé secret de la Couronne. Pour l'Ordre, désormais, c'était une affaire réglée.

— Yves le Breton représentait la France ? J'ai du mal à y croire, objecta Yeza.

— Qui que ce fût, admit Jakov, son témoignage a suffi au Conseil du Chapitre.

— Guillaume de Gisors ?

— Exact, précieuse Dame, lui représentait le Prieuré, et Georges Morosin représentait le grand maître des Templiers, qui séjourne en *Terra sancta*.

— L'Occident et l'Orient étaient ainsi réunis pour commettre un paisible fratricide, conclut Yeza sans cacher son mépris, que Jakov ressentit lui aussi.

— Gavin sortait du lot. Il n'avait pas cette médiocrité des chevaliers de l'Ordre, vaniteux, blasés, tout occupés à leurs petits commerces, c'était un combattant, un combattant hautain, au sens propre du terme, il avait l'âme haute et une vision puissante qui aurait changé la face du monde.

— C'est sans doute le sort qui nous attend nous aussi, dit Roç à voix basse. Car nous aussi, nous incarnons une idée dont tous parlent certes avec exaltation, mais que nul ne veut voir mise en œuvre.

Quelqu'un frappa sur le bois de la litière, de l'extérieur, trois coups brefs et secs.

— Voilà, dit Jakov en se relevant. Désormais, vous savez tout ce qu'il m'appartenait de vous dire.

Il souleva le rideau donnant sur l'église et fit mine de quitter la litière. Un Templier s'avança :

— Le couple royal est prié d'escorter Jakov Ben Mordechai jusqu'au portail, déclara-t-il en se tournant vers le cabaliste, sans regarder Roç et Yeza. Jakov sourit.

Yeza avait intuitivement compris de quoi il s'agissait, mais Roç s'insurgea :

— Mais nous devions rencontrer la Grande...

— Chut ! fit Yeza, qui était déjà sortie de la litière. Et Jakov se pencha vers Roç, qui hésitait encore.

— Faites juste quelques pas avec moi, et lorsque Roç le suivit enfin, il ajouta en chuchotant : La vieille dame n'aime pas à prendre place en présence de tiers. Elle est trop fière pour montrer combien elle est affaiblie.

Et tout en parlant, il éloigna Roç de la litière. Yeza les avait précédés depuis longtemps. Et lorsqu'ils l'eurent rejointe, il s'inclina devant elle et annonça : — Revenez sur vos pas, à présent, je trouverai mon chemin tout seul. Ne faites pas attendre Marie.

Il ne se dirigea pas vers la porte de l'église, mais vers la niche de Joseph, et il s'y installa. Sa voix résonna aussitôt comme le tonnerre dans la nef de l'église :

« Et la nuit brillera comme le jour, la pénombre comme la lumière. »

Yeza prit Roç par la main et ils revinrent, obéissants, jusqu'à la litière. Le Templier annonça « le couple royal », et ils entendirent l'abaque cogner trois fois contre le bois. Il souleva le rideau pour les laisser entrer. Lorsque leurs yeux se furent habitués à l'obscurité, ils virent assise devant eux la vieille dame voilée qui les attendait.

— Je me réjouis de vous revoir, dit-elle.

Yeza et Roç se rappelèrent aussitôt cette voix. Elle était devenue un peu cassante, mais n'avait rien perdu de sa détermination.

— Nous nous réjouissons aussi, répliqua Yeza. Nous avons plus besoin de vos conseils que jamais !

— J'aimerais avoir ta force, Yeza Esclarmonde, répondit la Grande Maîtresse avec un soupir imperceptible. (Et elle reprit, après une petite pause :) Tu ne pourras surmonter tes doutes, Roç Trencavel, qu'en comprenant que la volonté qu'il faut imposer doit être la tienne.

C'est Yeza qui rompit le silence qui suivit :

— Depuis quand le grand projet nous laisse-t-il cette liberté ? demanda-t-elle avec agressivité, et la Grande Maîtresse soupira de nouveau avant de répondre :

— Le grand projet a été une remarquable école, il vous a permis de développer des facultés qui étaient les vôtres, et surtout celle d'utiliser votre liberté. Le temps est à présent venu où il vous faut décider par vous-mêmes quel chemin vous allez prendre. Le désir d'atteindre l'objectif suppose qu'on veuille le chercher. C'est votre quête et elle seule qui détermine l'objectif.

— La quête du Graal ? s'enquit Roç, timidement.

— Celle-là n'a de sens, expliqua Marie avec une vivacité étonnante, que si tu as véritablement la volonté de le découvrir, car le Graal n'est nulle part, surtout pas ici, à Rhedae, ni ailleurs en Occitanie, il ne se trouve certainement ni dans une caverne, ni sous la terre.

Ces propos ressemblaient à une plaisanterie.

— Il est caché, et il ne se montre pas à ceux qui n'en sont pas dignes, ajouta Marie de Saint-Clair en retrouvant son sérieux. Et Roç sentit que ses yeux, à travers le voile, étaient braqués sur lui. Le Graal est en toi, en vous, le couple royal !

— Ce n'est donc pas le calice noir ?

Roç était déçu. La Grande Maîtresse l'était tout autant : elle attendait sans doute une réponse plus digne à sa révélation. Yeza intervint.

— Le calice noir est un symbole, une clef du mystère ?

Mais ce n'était pas non plus la formulation qu'attendait Marie de Saint-Clair.

— Le Graal n'est pas un objet ! répondit-elle à Yeza. Le calice noir n'est rien que la clef donnant accès à la pierre de la pierre. Cela peut être le symbole de certaines étapes de la quête, mais celle-ci ne peut s'y épuiser, sous peine de vous mettre en danger.

— Faut-il donc préserver sa vie, demanda Roç, ou bien un chevalier du Graal doit-il se jeter tout entier dans la balance ?

— La vie de ton corps te sert, chevalier Roç Trencavel, tout comme tu sers le Graal. Si tu l'abîmes, tu ne te soucies guère de ton office. Le Graal appartient aux vivants, le Graal est la vie !

— Et l'amour ! dit Yeza d'une voix ferme.

— La vie, c'est l'amour, l'amour, c'est la vie, Yeza Esclarmonde. Tu as sur ton chevalier l'avantage de connaître la nature du Graal.

— L'amour surmonte aussi le calice noir ? demanda Yeza, pourtant sûre de la réponse.

— L'amour, c'est ce qu'il y a de divin en toi, murmura la Grande Maîtresse, épuisée.

Roç et Yeza sentirent sa fatigue, et se turent. Ils restèrent longtemps assis en silence. Puis Marie de Saint-Clair toussota.

— Votre séjour en Occitanie ne me paraît ni judicieux, ni utile, quels que soient vos projets. Je propose que vous quittiez ces lieux.

— Est-ce notre destin ? questionna Roç. Ou bien pouvons nous décider librement ?

— Nous en avons déjà parlé. (La mauvaise humeur perçait dans la voix de la Grande Maîtresse.) Je vous offre Jérusalem, je ne vois rien qui puisse mieux vous aller ! On me fera part de votre décision, et du chemin que vous prendrez !

Elle avait ainsi brusquement donné congé à Roç et à Yeza. Mais lorsqu'ils se levèrent, la Grande Maîtresse soupira de nouveau et dit, presque avec bienveillance :

— Ma destinée à moi est de vous accompagner sur tous vos chemins et de tenir ma main, protectrice, au-dessus de vous. Je serai avec vous jusqu'à mon dernier jour.

Roç et Yeza descendirent de la litière et marchèrent lentement vers leur petite escorte.

— Elle a déjà dit ça, autrefois ! chuchota Roç.

— Jusqu'ici, répliqua Yeza, songeuse, elle a tenu parole.

II

Les chercheurs de trésor

Un mirage

Par sa façade donnant sur la ville, le palais royal de Palerme rappelait certes toujours une forteresse normande ou une sorte de long drakkar. Mais, dans ses cours, il avait conservé la culture spirituelle de l'Orient. Le soleil jouait entre les jeux d'eaux et les arbres d'ornement, les volières et les buissons en espalier. Des déambulatoires ornés d'admirables piliers de marbre et de hauts palmiers dispensaient l'ombre nécessaire. C'est ici que se rendait messire Manfred dès que son temps le lui permettait, et sa mince silhouette embellissait les jardins. L'étang aux poissons rouges renvoyait l'image d'un homme blond aux traits encore juvéniles. Les uns l'appelaient déjà le beau « roi », même s'il n'était pas encore couronné. Les autres, en revanche, l'avaient surnommé « Le Bâtard », ce qui correspondait bien au contexte de sa naissance, mais en aucun cas à sa nature joyeuse et séduisante, ni à ses traits plaisants et souvent songeurs. Manfred était le fils naturel du grand empereur Hohenstaufen Frédéric II. Sa mère était la comtesse Bianca Lancia. L'empereur leur vouait une telle estime, à elle et à leur descendant commun, qu'il les avait légitimés juste avant de mourir. Ce n'était que justice, estimait son accompagnateur silencieux : car aucun des innombrables fils de l'empereur n'avait la trempe d'un Manfred.

Derrière l'aimable façade du gouvernant se dissimulait une certaine irréflexion, que les uns interprétaient comme un signe de perfidie et de cruauté, les autres comme un travers involontaire, conséquence de sa pusillanimité et de son manque de détermination.

Manfred paraissait souvent fasciné par l'idée de sa propre grandeur. C'était, pensaient certains observateurs, un mélange oriental d'assurance outrancière et d'impuissance. Cela le distinguait de Frédéric – cela, mais aussi le fait qu'il n'avait pas hérité de sa méfiance maladive. Comparé à son père, son fils de vingt-six ans était littéralement naïf. Et il rayonnait en outre comme un jeune dieu – cela non plus, on ne l'aurait pas dit de l'empereur.

L'accompagnateur et conseiller de Manfred (qui l'avait, dans une certaine mesure, hérité de son père, et l'avait élevé au rang de chancelier) était Jean de Procida. Il s'agissait en réalité d'un médecin extraordinairement doué, d'origine napolitaine, comme le révélait son nom. Mais comme le jeune souverain semblait répugner à exercer ses fonctions royales, il impliquait cet homme aux dons multiples dans toutes les décisions politiques. Et Jean l'en remerciait en lui témoignant une fidélité dont peu de Hohenstaufen avaient pu jouir au fil des siècles.

— Les services secrets d'Aragon, dit Jean avec discrétion, pour ne pas étaler ses bonnes relations, ont intercepté une lettre adressée au « couple royal ».

— Ah ! mon cousin Trencavel ! dit Manfred en souriant. Mais au fait, est-ce vraiment un parent ?

— Yeza, Yezabel Esclarmonde, l'est en toute certitude, mais cela ne change rien à l'affaire. Ce qui compte à mes yeux, c'est l'auteur de la lettre. Il s'agit de Guillaume de Rubrouck, un franciscain qui, depuis leur naissance, leur tourne autour comme la lune autour du soleil, si je puis m'exprimer ainsi.

— Un franciscain ? (Manfred avait bonne mémoire.) Est-ce ce moine que l'on avait envoyé auprès du grand khan des Mongols ?

— Tout juste, répondit le *medicus*. Guillaume n'a rempli aucune des missions qui lui avaient été fixées. Mais il a fait en sorte que Roç et Yeza reviennent en Occident.

— Ce que les Assassins ont payé par la destruction d'Alamut, ajouta Manfred. Jean reprit la remarque au bond :

— Guillaume est un être dangereux, expliqua le chancelier. Il a l'air tout simple dans sa bure brune, rondouillard et bonhomme. Mais derrière cette grosse cruche de terre cuite sommeille une *bomba*, plus redoutable que le feu grégeois, et lorsqu'elle explose...

— Comment cela ? demanda Manfred. Est-il ici ?

— Non, Dieu soit loué, il est encore loin, à Nicée.

— Compte-t-il anéantir l'empereur grec ?

Manfred trouva la plaisanterie amusante, mais cette expression ne plaisait pas à Jean.

— Dieu l'a préservé de pareil destin – il a envoyé Vatatses au diable.

— Ah ! s'exclama Manfred. Ma sœur est donc enfin une heureuse veuve.

— Veuve, sans doute. Mais heureuse ? Ne me détourne pas de Guillaume ! Ce futé Flamand n'est pas seulement une amphore, c'est aussi une catapulte. Il lance ses projectiles... Permettez-moi de lire sa lettre, elle ne vous amusera pas d'un bout à l'autre, mais elle vous distraira.

Ils s'installèrent sur un banc à l'ombre, une fois que le médecin eut constaté, d'un bref regard, qu'aucun espion ne s'y cachait et que nul ne pouvait s'y faufiler pendant sa lecture.

« Guillaume de Rubrouck, O.F.M.

au couple royal, Roç Trencavel du Haut-Ségur et Yezabel Esclarmonde du Mont y Sion

Damas, juin Anno Domini 1258

Qu'elle me consolait, cette idée à laquelle je m'accrochais comme un porte-drapeau s'agrippe à sa hampe pendant la bataille : chaque pas que je faisais me rapprochait de vous. Je les décomptais, un par un, en avançant mètre par mètre dans le sable du désert, courant souvent le risque d'être abandonné sur place par mes frères en religion. Car je ne soutenais pas leur rythme, j'avançais en titubant à la fin de la colonne et il m'arrivait fréquemment de tomber d'épuisement dans le sable.

Lorsque nous rencontrâmes une caravane d'esclaves, je pus acheter un chameau. À cet instant, leur mépris pour cet amolli de Guillaume avait atteint un tel degré qu'ils m'ordonnèrent de poursuivre ma route tout seul. Les marchands m'avaient cédé l'animal à un bon prix, parce que j'avais eu la présence d'esprit de me faire passer pour un ami d'Abdal le Hafside. Ce mensonge fit des prodiges, mais conforta mes frères dans leur opinion : ma personne était totalement indigne de leur Ordre. Quant à moi, je n'avais pas la moindre honte lorsque je me retrouvai enfin seul, accompagné de ma *jamala*, qui s'appelait Delilah, ce dont mes vendeurs m'informèrent avec un clin d'œil. Loin de moi l'idée de me faire passer pour l'inventeur des histoires qui courent sur les pratiques des hommes solitaires dans le désert. À cent lieues à la ronde, il n'y avait que du sable – et la chamelle.

Lorsque nous nous arrêtâmes, le soir, il me sembla déjà que Delilah, lorsqu'elle se couchait, me tendait son arrière-train avec impudence, une tentation à laquelle je pus résister, même si ma chamelle me dévisageait d'un air moqueur. À la fin du deuxième jour, elle s'approcha encore plus près de moi et poussa lentement son postérieur vers la couche, si bien que c'était le seul tableau qui s'offrait à moi pour m'endormir. Dans mon rêve, Delilah se transforma en danseuse aux fortes hanches, aussi poilue qu'un animal, et pourtant honteusement désirable. Je ne voyais pas sa tête, mais sa vulve rose et luisante béait, obscène, entre la fourrure de ses cuisses. J'en fus tout excité, je m'oubliai, m'éveillai en haletant, trempé par ma semence. Furieux, je changeai mon pantalon et partis avant même le lever du soleil. Je m'installai sur la bosse de Delilah avec de tout autres sentiments. Elle me regardait toujours avec de grands yeux. Plus nous chevauchions, je dois vous l'avouer, plus j'attendais fébrilement la tombée de la nuit, d'abord avec un vague sentiment de rejet, puis en affrontant les principes moraux qui m'avaient été inculqués et la honte qui nous est innée. Guillaume, tu es contre nature ! Guillaume, ne connais-tu pas l'écœurement ? Non, je veux être un porc, une truie et un verrat à la fois. Il n'y avait pas une âme alentour. Je sautai de ma selle, et Delilah fit mine de se mettre à genoux ; je le lui interdis. Je passai derrière elle. Son arrière-train était bien trop haut. Je rassemblai avec les pieds puis, comme pris de folie, avec les mains, une colline de sable susceptible de compenser notre si grande différence de taille. L'esprit confus, je me hissai sur mon monticule et regardai une fois encore de toutes parts. Le désert s'étendait, parfaitement vide, tout autour de moi, le soleil était encore loin d'avoir disparu. Mon ombre s'étirait, grotesque, lorsque j'ôtai mes chausses et voulus attraper des deux mains les flancs de Delilah pour l'attirer vers moi. Elle tourna la tête et retroussa les lèvres. Quant à moi, je ne pus rien attraper du tout, car elle avait fait un pas en avant, sachant parfaitement combien elle m'humilierait en me laissant planté là sur mon petit tas de sable, les chevilles entravées. Désespéré, je laissai mon regard errer dans le lointain. Je ne doutais pas que ma prochaine épreuve serait la vision d'un mirage !

Je vis effectivement au loin une caravane. Elle se dirigeait vers moi et Delilah, en coupant par les dunes. On portait une femme dans une litière, manifestement une dame de haute lignée, car plusieurs serviteurs avançaient autour d'elle pour l'éventer. Plus elle s'approchait, plus je voyais à quel point elle était belle. Sa poitrine imposante se balançait sous un voile de mousseline qui laissait aussi deviner la forme de ses cuisses. Au dernier instant, je me rappelai que j'étais nu, et je voulus remettre mes chausses, mais Delilah avait posé dessus sa hanche pesante. Je lui poussai les flancs, la bousculai du genou, j'allais lui donner des coups de pied, mais la litière était déjà à côté de moi, et une voix profonde demanda :

— Que puis-je faire pour toi, Guillaume ?

Vous savez bien, mes chers, quelle aurait dû être ma réponse. Mais à cet instant, la dame souleva son *hijab :* c'était Clarion ! »

À cet instant, Manfred interrompit le lecteur.

— S'agirait-il de Clarion de Salente, ma demi-sœur ?

— Certainement, mon prince et presque roi, répondit Jean. Guillaume nous a emmenés tout près de Damas, et la favorite du Sultan revenait d'une excursion dans l'une des oasis voisines.

Jean de Procida appréciait cet intermède : lire à voix haute le fatiguait.

— Ils se connaissent, bien entendu, par le biais de Roç et Yeza, qui ont passé une grande partie de leur enfance à Otrante, là où Clarion, elle aussi, a grandi.

— Je sais, dit Manfred, impassible. Clarion était une conséquence imprévue de la nuit des noces de Brindisi.

Jean de Procida connaissait fort bien cet épisode. L'empereur Frédéric, incapable de maîtriser ses instincts, ne s'était pas seulement abattu sur son épouse mineure, Yolanda, mais aussi sur la camériste. Le chancelier se contenta toutefois de répondre :

— Cette femme devenue mère de manière inespérée était un cadeau de noces de son ami, le grand vizir.

— C'était même vraisemblablement l'une de ses filles ! compléta froidement Manfred, qui voulait à présent savoir ce qu'avait entrepris Guillaume. Alors, qu'a-t-il répondu ?

— Songez à ce qui venait de se passer. La belle inconnue avait en outre ajouté avec joie : « Je vous aiderai volontiers, Guillaume ! J'exaucerai le moindre de vos vœux ! » Et le moine répondit : « Dans ce cas, soyez gentil, tenez-moi cette chamelle récalcitrante ! »

Le jeune seigneur fut pris de fou rire.

— Ce Guillaume est peut-être un gredin, mais il vaut de l'or !

— Oui, confirma le médecin, il a de l'humour. Et surtout le don peu commun de rire de lui-même. Écoutez donc la suite !

Il attendit que Manfred se soit calmé, et continua de lire sa lettre.

« J'ai passé des jours heureux dans le palais du sultan. An-Nasir, dont le volume dépasse quelque peu le mien, est un véritable géant. Il m'a serré contre son cœur engraissé, parce que je m'étais laissé battre aux échecs, mais surtout parce que j'écoutais patiemment le récit de ses malheurs, sur lesquels il revenait constamment. Pour ce qui concernait l'attitude à adopter face aux Mongols, le colosse avait la versatilité d'une jeune fille. Tantôt il pestait indistinctement contre les "peuples primitifs de la steppe" et balayait mes figurines de l'échiquier comme s'il s'agissait de son ennemi invisible, lequel l'exténuait déjà en le faisant attendre, lui, le sultan ayyubide. Tantôt il se recroquevillait comme un petit tas de misère, prêt à se soumettre sans condition, comme les Mongols le lui avaient demandé.

Sa situation n'était pas compliquée : elle était désespérée. Or c'était précisément ce qu'il ne voulait pas comprendre. Il ne pouvait pas se placer sous la protection des Mamelouks du Caire, il en était étrangement conscient. Ils l'auraient assassiné sur-le-champ, car ils considéraient Alep et Damas, Homs et Hama comme l'héritage de Saladin, un legs qui leur revenait de droit. Ils tenaient An-Nasir pour un usurpateur. Sans alliés, son armée était incapable d'affronter les Mongols. Hulagu réclamait certes les mêmes places fortes, y compris Damas, mais le Il-Khan avait laissé entrevoir à An Nasir la perspective de lui laisser la vie sauve.

Or le souverain ayyubide estimait justement que cette proposition était scandaleuse. Je lui ai conseillé d'abord de chercher à gagner du temps : il était encore possible que les Mongols n'envisagent plus de nouvelles conquêtes, ou bien qu'on les en empêche. J'ignore comment je parvins à lui faire croire qu'une seule des deux solutions était réaliste.

Le puissant An-Nasir attrapa ce fétu d'espoir comme le tronc d'un palmier dans la tempête de sable.

— Je vais envoyer mon fils El-Aziz auprès de Hulagu, en témoignage de mon désir de négocier, et comme mon ambassadeur personnel. Cela ne manquera pas son effet sur les Tatars.

Je dus contredire le despote sur ce point – cela aussi me demanda un certain courage, car ce bœuf m'aurait brisé la nuque d'un seul coup de patte.

— Votre désir, Majesté, suppose que les Mongols aient le même, expliquai-je à cette montagne de chair célèbre pour ses colères. Je connais Hulagu, et je sais quelle est son attitude, et si vous faisiez ce que vous venez de m'annoncer, je parle de votre progéniture, ce n'est pas en ambassadeur, mais en otage qu'on l'accueillerait.

Ma phrase était suffisamment emberlificotée pour éviter un accès de fureur. Il lui fallut un certain temps pour comprendre le sens de mes paroles.

— Si El-Aziz se laisse traiter ainsi, grogna-t-il à l'intention de son fils, qui ne se trouvait d'ailleurs pas à portée de voix, il aura mérité son sort. Et il ne sera pas digne de parler en mon nom.

— Mais ce qui risque de se passer, au bout du compte, me permis-je d'avancer, c'est que vous aurez livré votre fils et héritier sans avoir vous-même progressé du moindre pas dans votre affaire !

— Eh bien, envoyez-moi auprès des Mongols ! intervint Clarion, surgie de derrière une haie de buis. Le sultan n'était pas du tout surpris de la voir apparaître, il connaissait les habitudes de son ancienne favorite, qui aimait à se mêler des affaires des hommes, et il la laissa poursuivre.

Cet épisode imprévu me soulagea. Je craignais déjà d'être allé trop loin et je me voyais avec terreur remplir le rôle d'ambassadeur du dernier des Ayyubides. Et puis Clarion s'était toujours montrée la plus maligne. Souvent, seule son aide avait permis de faire changer d'avis cet entêté d'An-Nasir.

— Les Tatars ne pourront pas défier toutes les règles aussi légèrement si l'ambassadeur est une femme.

Dans le jardin, relié aux appartements privés du seigneur, Clarion ne portait plus le voile de mousseline qui laissait transparaître sa silhouette toujours opulente.

— Hulagu est marié, crus-je devoir signaler, et Dokuz-Khatun, sa Première épouse, une chrétienne nestorienne passablement bigote, pourrait ne pas apprécier beaucoup votre arrivée.

— N'allez pas croire, Guillaume, rétorqua-t-elle, que vous êtes le seul capable d'adapter votre ampleur intellectuelle à l'environnement, comme un caméléon. Moi aussi, je sais comment je dois me présenter devant le Il-Khan et son épouse : décemment voilée, et boutonnée comme une nonne !

Le puissant An-Nasir suivait avec un plaisir croissant cet entretien qui lui faisait oublier ses soucis pour un instant.

— Votre intervention, estimée Clarion, répondis-je doucement, n'aurait de sens que si vous pouviez faire allusion à une importante communauté chrétienne à Damas, ou à un autre élément qui prendrait Dokuz-Khatun par les sentiments et la pousserait à demander au Il-Khan que la ville soit épargnée. Or, à ma connaissance, fis-je en me tournant vers le sultan, vous n'avez plus dans votre ville une seule église où les croyants...

— Les chiens chrétiens se retrouvent dans leurs maisons pour la prière, malgré l'interdiction ! tonna An-Nasir, et nous les laissons faire tant que leurs croix ne se dressent pas sur les toits !

Il se savait gré de tant de tolérance. Elle n'était même pas due à l'influence de Clarion : la comtesse s'était convertie à l'islam des années plus tôt, par amour pour cette montagne de chair.

— Guillaume a raison, mon maître. Vos sujets chrétiens ne peuvent pas nous servir à grand-chose. Et personne ne croirait à votre propre conversion !

Elle me lança un regard triomphal et reprit :

— Je vais parler de Roç et Yeza au Il-Khan. Cela suffira à impressionner les Mongols !

— Mais nous ne les avons pas encore, l'interrompit le sultan à juste titre, et tout le monde le sait !

Mais Clarion ne s'embarrassait pas de ce genre de détails :

— Guillaume ira les chercher ! »

— On dirait la menace d'un voyage aux enfers ! objecta Manfred en profitant d'une pause que son lecteur avait faite pour respirer. Cela signifie donc que Guillaume, la *granata francescana*, est tout de même chez nous ?

— Pourquoi chercherait-il le couple royal ici, en Sicile ? répliqua Jean de Procida. Bien qu'il ait tenu en main la lettre provenant de Nicée (laquelle se trouve, chacun le sait, au cœur de l'Asie Mineure), il se surprit à laisser son regard inspecter le jardin, suspicieux. On ne pouvait tout de même pas être totalement certain que cet affreux franciscain ne surgirait pas du néant, tout d'un coup, entre deux buissons. On pouvait le croire capable de tout.

— Non ! s'exclama le médecin d'une voix inutilement forte. Guillaume s'arrêtera à Nicée !

— Comment y est-il arrivé ?

Manfred avait pris goût au style du moine. À cet instant, on entendit un craquement dans les sous-bois. Cela ne ressemblait pas au bruit d'un animal dans les feuilles mortes.

— Guillaume joue les hérissons ? demanda Manfred en riant. Mais il avait déjà sorti son poignard. Son conseiller fit une grimace éloquente.

— Immà ! appela une jeune fille d'une voix impérieuse. Et très lentement, un guépard se leva dans les buissons de papyrus d'un bassin ornemental tout proche, étendit les membres antérieurs, arqua la colonne vertébrale, fouetta le sol de sa queue : sans doute un signe de salutation, maintenant que sa jeune maîtresse lui avait gâché l'effet de surprise que produisaient toujours ses tendres arrivées à la volée. Constance, la fille du premier lit de Manfred, sortit des buissons. Elle portait précautionneusement, sur un grand plateau d'argent, une belle carafe pleine de boisson froide et des montagnes de friandises.

— Je voulais juste vous apporter un rafraîchissement, dit-elle pour excuser son irruption.

Son père éclata de rire. C'était la prunelle de ses yeux, et il lui passait tout, ou presque.

— En réalité, tu cherches seulement la compagnie de deux hommes fort occupés afin de pouvoir t'empiffrer de sucreries loin de la surveillance de ta gouvernante !

Manfred avait bien du mal à prendre l'air sévère, et Constance pouffa, un peu confuse, en déposant sa charge devant les deux hommes, sur une console de marbre. C'était une grande fille épaisse. Une grosse dondon, se dit le médecin, qui attribuait une bonne part de cette « opulence » dont son père se targuait tellement à la boulimie de Constance, à son goût insatiable pour les sucreries. Mais il avait cessé depuis longtemps de le lui déconseiller.

— Je vous ai moi-même préparé cette boisson fraîche à base de menthe sauvage, de décoction d'églantier amer et de miel, messire Jean, dit-elle. Pour votre pauvre gorge, qui a toujours tant de choses importantes à dire... Immà ! cria-t-elle de nouveau en tirant l'animal par son collier, loin du plateau de friandises.

— Ma gorge vous remercie pour votre attention, répondit le chancelier, fâché, mais elle se réjouit encore plus de ces précieuses pâtisseries, des fruits confits, des petits gâteaux aux amandes, des écorces d'orange ruisselant de mélisse, des châtaignes grillées aux œufs en neige, des figues sèches fourrées aux noisettes sucrées, de la mousse de datte au cumin venue de Tunis, des gâteaux à la pista...

— Arrêtez, arrêtez ! bredouilla Constance en trépignant sur ses grosses jambes. Lorsque je vous entends parler ainsi, messire Jean, dit-elle, je ne comprends que trop bien pourquoi mon père vous a confié les destinées de son royaume. Vous savez séduire !

— Je n'ai fait que nous ouvrir l'appétit, à Sa Majesté et à ma piètre personne, pour ce petit récipient d'amuse-gueule qui devrait suffire pour deux hommes. (Il s'empara du plateau et le tira à lui.) Merci bien, fière princesse, dit-il en se repaissant des souffrances évidentes de la jeune fille : des larmes lui étaient montées aux yeux. Son père ne le supporta pas.

— Je te cède ma part, mon enfant, dit-il pour la consoler. Mais je t'en prie, cesse de pleurer !

Immà semblait partager ce vœu : elle se mit à lécher avec compassion la main baissée de Constance, sans quitter des yeux le plateau d'argent. Jean, impassible, l'éloigna de ses deux interlocuteurs.

— S'il revient à quelqu'un de s'abstenir, Manfred, ce n'est pas à vous, mais à votre serviteur.

Il s'était levé et s'apprêtait à jeter dans le buisson le beau plateau de friandises, ce qui aurait certainement réjoui le guépard.

— Déclarons donc simplement, annonça le chancelier, que le royaume de Sicile n'a pas faim, mais juste soif ! Et, avec une révérence galante, il reposa son plateau dans les mains de l'enfant en larmes, n'en gardant que la carafe et les coupes. – Merci encore pour cette attention altruiste, conclut-il en souriant.

Il avait ainsi atteint son but : Constance disparut à toute vitesse. Sans doute n'entendit-elle pas son père, soucieux, crier derrière elle « Mais pas tout à la fois, mon enfant ! » : on perçut bientôt, derrière les buissons, des bruits de mâchoires, entre autres celles du guépard. Suivit un gémissement, presque une plainte : — Immà, je me sens mal !

— Pauvre créature, chuchota Manfred. Elle n'a pas la vie facile, ainsi, sans mère.

— « Immà » vient-il de « Immaculatà » ? demanda Procida, incidemment.

— Me trouvez-vous un père trop dur parce que je n'ai pas autorisé l'adoption d'un compagnon mâle pour ce fauve ? s'enquit Manfred, comme pour s'excuser.

— Allons, elle se mariera bientôt !

— Je ne parle pas de ma fille Constance ! répondit Manfred, d'une voix tremblant de colère.

Mais le chancelier fit comme s'il n'avait rien remarqué.

— Bien entendu. Après tout, c'est moi qui me suis opposé aux noces avec l'infant d'Aragon.

Une porte claqua au fond du déambulatoire. Jean se versa un gobelet.

Le miel turc

— Continuez, *Doctore !* demanda impatiemment le jeune souverain à son conseiller, qui apaisait sa gorge légèrement irritée avec la menthe sucrée au miel.

Jean de Procida reprit la lecture de la lettre de Guillaume à Roç et à Yeza :

« Je fis le sourd pour ne pas montrer ma joie. Imaginez-vous cela : d'un ciel qui n'était guère limpide, tombait sur votre Guillaume totalement desséché une chaude pluie qui lui permettrait de vous rejoindre rapidement, par le chemin le plus rapide, et avec un certain confort ! J'appris par Clarion que mes frères d'Ordre, qui séjournaient toujours dans la ville, avaient entre-temps déployé une telle ardeur missionnaire que les autorités souhaitaient s'en débarrasser au plus vite. Il était absurde de les transporter à Saint-Jean-d'Acre ou à Tyr, en Terre sainte : ils se réinfiltreraient *stande pede* en Syrie pour porter témoignage de leur messie crucifié. On avait donc décidé d'affréter un navire qui les emporterait au moins jusqu'à Chypre, mais poursuivrait ensuite sa route et me conduirait jusqu'à Marseille, ou du moins jusqu'en Sicile. »

— Vous voyez, Jean, commenta Manfred, de bonne humeur, en coupant la parole à son lecteur, nous nous rapprochons déjà du nœud du problème. N'y a-t-il pas de nouveau du bruit dans les buissons ? *Guillelmus ante portas* ! plaisanta-t-il pour troubler son médecin. En réalité, il ne voyait plus aucune objection à rencontrer le moine. Ce n'était pas du tout le cas de Jean de Procida, qui connaissait bien le franciscain et reprit donc aussitôt sa lecture :

« Chargé d'honneurs et de cadeaux, on m'a accompagné jusqu'à la côte, où le voilier mouillait déjà. Mon escorte m'y transporta à la rame. Mes frères me réservèrent un accueil franchement glacial. Je ne m'en souciai guère, de toute façon je n'aurais pas à les supporter longtemps ; nos chemins se sépareraient à Limassol. Mais comment vous décrire mon effroi lorsque je rencontrai à bord Bartholomée de Crémone, Barth, le Triton ! C'est vrai, notre éducation nous habitue à éprouver de la miséricorde chrétienne pour tous les infirmes. Mais les jambes tordues et estropiées de Barth soulignaient si bien son effroyable caractère que je pris, je l'avoue, un malin plaisir à le voir ainsi, à lui dire que c'était bien fait pour lui, qu'il me plaisait de constater qu'on avait enfin donné la démarche qui convenait à un empoisonneur et un intrigant. Que Dieu me pardonne ! Lui, en tout cas, ne me le pardonna pas.

On leva les voiles. Je me mis à table, loin des autres,

et mangeai avec bonheur ce que la cuisine m'avait préparé, en ne me souciant plus du tout du Triton. C'est la dernière chose dont je me souvienne. Je m'éveillai sur une côte étrangère où m'avait déposé la mer, avec une sensation épouvantable dans le ventre et de tels bourdonnements au crâne que mon seul souhait était de mourir sur place. C'est sans doute l'eau de mer froide dans laquelle ils m'avaient impitoyablement jeté qui m'avait évité le trépas. Je remontai la plage à quatre pattes. Puis je sombrai de nouveau dans l'inconscience. Je ne puis ajouter "heureusement", car je me réveillai ensuite dans un trou noir, une geôle de Vatatses. J'avais été arrêté comme espion, quelque part à la frontière de l'empire grec de Nicée. Des gardes-côtes vigilants m'avaient emmené dans la capitale, enchaîné, pour y être jugé. Votre Guillaume ne serait sans doute plus votre Guillaume depuis longtemps si, de manière inespérée, il n'avait reçu avant la visite du bourreau celle d'un prêtre que je connaissais personnellement pour l'avoir rencontré au royaume des Mongols. Son nom était Demetrios. Dieu le bénisse ! Guillaume de Rubrouck, devenu un ambassadeur du grand khan attaqué par des pirates, apparut ainsi aussitôt, baigné et somptueusement vêtu, devant le trône du souverain. Ce n'était plus le redouté Jean Vatatses, celui-ci venant d'être admis à l'Olympe ou dans l'Hadès. En réalité, seuls les Mongols auraient dû regretter sa mort. Mais de toute façon, son fils unique et successeur, Théodore II, se hâta de confirmer sa complète soumission au grand khan, qui le laissa dès lors en paix. Et la paix, il en avait besoin pour reconquérir Constantinople. Pour souligner ses prétentions, il demanda au patriarche orthodoxe de résider à sa cour. Celui-ci, qui portait l'admirable nom d'Arsenios, me mit dans la confidence parce que sa plus grande peur était de n'avoir pas misé sur le bon cheval. Théodore avait en effet de nombreux rivaux, et chacun d'entre eux avait ses propres prétendants au trône de patriarche. Je compris bien son problème, et il m'en fut reconnaissant.

— En réalité, l'empereur Théodore n'a personne à craindre, m'expliqua Arsenios. Mais si Michel d'Épire concluait un pacte incluant Achaïe et la Sicile, les choses deviendraient délicates. Le despote, et c'est bien injuste, a deux filles de toute beauté. Il a déjà promis Anna, son aînée, au vieux sac d'os qui gouverne Achaïe, dans le vague espoir que cela lui assurera sa fidélité. En revanche, sa cadette, Helena, encore plus charmante, est destinée à Manfred, le bâtard de l'empereur. »

À ce point de la lettre, un léger trouble se fit sentir à Palerme. Jean de Procida avait eu beau toussoter immédiatement après avoir lu ce passage délicat, le mot abhorré semblait encore planer dans la cour fleurie du palais. Manfred eut un rire douloureux.

— *Nomen est omen !* Ce bonhomme s'appelle Arsenios, c'est bien cela ? Nous noterons ce nom-là, dit-il d'une voix sourde et menaçante.

— C'est vous, messire, qui m'avez demandé de poursuivre ma lecture, fit le médecin pour s'excuser.

— C'est vrai, et qu'il en soit ainsi, répondit Manfred en s'efforçant de faire meilleure figure. En tout cas, ma jeune épouse est couverte de lauriers. Voilà de quoi me réconcilier !

— Votre magnanimité me fait honte ! murmura modestement Jean de Procida. Vous devriez porter ce qualificatif comme une décoration, puisqu'il vous relie à votre impérial géniteur, qui aimait à se placer au-dessus de l'étiquette, de la morale commune et des habitudes.

— Et qui, souvent, se montrait bien trop bon, objecta Manfred. Que le Seigneur m'en préserve ! Mais je vais vous présenter quelque chose.

Manfred avait déjà bondi sur ses jambes. Il n'attendit même pas que le médecin le suive et marcha droit vers une chapelle couverte de rosiers, dans un coin du déambulatoire. Lorsque Jean de Procida l'eut rejoint, Manfred poussa de l'épaule la porte coincée. La pièce était plongée dans une demi-obscurité : les fleurs qui tombaient en grappes devant la fenêtre étroite laissaient à peine passer les rayons du soleil. Seule une bougie à l'huile déposée devant la statue de la Vierge diffusait un éclat rougeâtre. Lorsque leurs yeux s'y furent accoutumés, ils virent un prie-Dieu devant l'autel. Aux murs étaient accrochés des *ex-voto*, le plus souvent en argent gravé. Manfred plia brièvement le genou devant la Vierge et alluma deux bougies dans les chandeliers, en confia une à son confident et s'approcha du mur. Le tableau luxueusement encadré montrait saint Sébastien, le corps nu transpercé de flèches. À y regarder de plus près, le martyr romain n'était cependant pas accroché à un arbre, comme d'habitude, mais suspendu devant le mur d'une ville dont les créneaux grouillaient d'archers enturbannés qui s'efforçaient tous de l'atteindre avec leurs flèches.

— Un ancêtre héroïque ? demanda Jean, moqueur.

— Un aïeul de ma lignée normande, confirma le petit-fils de Constance de Hauteville, qui avait aidé les Hohenstaufen à prendre le pouvoir en Sicile. Ses sujets sarrasins s'en sont servis pour faire pression sur les croisés, qui assaillaient leur ville. Il a du reste survécu à cette torture, ce qui, d'un point de vue médical, constitue certainement un miracle.

Jean se sentit obligé de regarder de plus près. Il était en train de murmurer « aucune flèche dans la région du cœur, dans le poumon ou dans la rate », lorsque Manfred retourna le tableau sous le nez, dévoilant son recto. On y voyait la miniature d'une jeune fille aux longs cheveux bruns et lisses.

— C'est ma petite épouse hellénique, dit le bâtard, ému, la future reine de cette île !

On voyait qu'il n'était pas seulement fier du charme de la princesse grecque aux grands yeux en amande, mais qu'il était tombé proprement amoureux de son image.

— Qui donc l'a réalisée pour vous ? demanda courtoisement Jean, qui s'intéressait moins à l'épouse qu'à cette peinture extraordinaire.

— C'est la Serenissima qui me l'a offerte, par le biais de son ambassadeur.

— Je comprends : les Vénitiens craignent que Nicée ne l'emporte et, avec elle, les Génois. Ils utiliseront donc tous les moyens pour créer une alliance qui permettra à Épire de devancer les Nicéens.

— Est-ce tout ce que vous inspire la contemplation de ce tableau ? Vous n'avez donc pas de sang dans les artères ! Les êtres ne vous captivent qu'au moment où ils se retrouvent devant vous, glacés, sur la table de dissection.

Manfred était réellement indigné. Il ressentait comme une offense le manque d'enthousiasme de son ami à l'égard de sa belle fiancée. Mais Jean de Procida n'était pas homme à se laisser intimider.

— Je vous avais posé une question sur le peintre, Monseigneur, et pas sur ses commanditaires ou sur la personne qui vous a remis l'œuvre.

— Pardonnez-moi, Jean, se reprit aussitôt Manfred. Le nom du peintre est Pulcin, Rinat Le Pulcin. Il a une main bénie de Dieu, regardez seulement la finesse avec laquelle ce coup de pinceau souligne les longs cils noirs...

— Rinat Le Pulcin ? répéta le *medicus chirurgus*, et il se rappela l'aide qu'il lui avait apportée dans la misérable cabane forestière, dans le Languedoc. Il se tut, ce qui fit dresser l'oreille à Manfred, soudain pris de méfiance :

— Ne me dites pas que vous le connaissez, qu'il s'agit d'un faussaire, d'un flatteur, et que ses travaux ne correspondent en rien à la réalité ?

Cette fois, le jeune Manfred était véritablement en colère : Jean lui avait fait perdre ses certitudes. Mais son conseiller l'ôta aussitôt de ses doutes :

— Rien de tout cela, Monseigneur. Je songeais simplement que cette main bénie est aujourd'hui en train de pourrir quelque part. Des brigands la lui ont coupée. Je me suis moi-même chargé de préserver le peintre de la gangrène et de la septicémie, avec des moyens de fortune. Il ne pourra plus jamais...

Jean de Procida s'arrêta en voyant Manfred soulever un autre *ex voto*. Il représentait une tour frappée par la foudre. Il dévoila en silence le secret que l'œuvre dissimulait au verso.

C'était l'un des portraits de Yeza dont le peintre avait réalisé des dizaines d'exemplaires en miniatures sur bois. Jean n'avait jamais vu la jeune femme en chair et en os, mais il devina aussitôt à qui il avait affaire.

— Yeza ! laissa-t-il échapper, impressionné malgré lui par la personnalité qui rayonnait de ce tableau. Yezabel Esclarmonde, sans doute un enfant naturel du Hohenstaufen, comme vous-même !

— En êtes-vous bien sûr ? demanda Manfred. Elle me ressemble par son profil téméraire, mais chez ma sœur, si c'en est une, ajouta-t-il, sceptique, le front et le nez des Normands apparaissent bien plus. Elle semble aussi avoir hérité leur sauvagerie. Avez-vous jamais vu Yeza et Roç en chair et en os ? Et à quoi ressemble ce Roger Trencavel ? Pourquoi dit-on de ce petit couple qu'ils sont les « élus du Graal » ?

Le médecin éclata de rire.

— Vous posez trop de questions à la fois. Je ne les ai jamais vus ni l'un ni l'autre. Il est difficile de dire si c'est messire Frédéric qui les a engendrés, et si oui, dans quelles circonstances. La seule chose à peu près sûre, c'est que Yeza a été mise au monde par une hérétique notoire qui a aussi nourri Roç à son sein jusqu'à ce qu'elle disparaisse sur le bûcher.

— Eh bien dans ce cas, soupira Manfred, je préfère encore ma douce Hélène. Ses parents sont certes des adeptes de l'orthodoxie schismatique des Grecs, mais au moins ce ne sont pas des hérétiques. Sans même parler du fait qu'ils ont un rapport avec ce Graal. De quoi s'agit-il, au juste ? D'un calice ? D'une pierre, *lapis excellens* ?

— Ou *ex coelis*, répondit Jean. Nul ne peut le dire. Quelque chose au fond de moi se refuse à le concevoir comme un objet. Le calice ne peut être que le symbole de son contenu...

— Le sang du Sauveur ?

— Cela aussi me paraît trop épais, trop collant, trop rouge, répliqua le médecin. Cela doit être quelque chose de transcendantal, un savoir primitif et secret, protégé par une caste de prêtres remontant à la nuit des temps, bien avant la naissance et la mort du Christ.

Manfred lança un regard interrogateur sur le parchemin enroulé que Jean tenait toujours dans ses mains.

— Vous vouliez me lire la lettre de Guillaume ? Continuez donc.

Le chancelier se racla la gorge et lut :

« Lorsque le patriarche m'eut ainsi exposé la situation

politique complexe, on me présenta à l'empereur. Théodore était un homme maigre, un ascète qui ne me parut pas en très bonne santé et tentait de dissimuler ses douleurs à la poitrine (à moins qu'il ne s'agisse d'une phtisie ?). On remarquait d'autant plus la lucidité de son esprit. “Qu'entreprendrait le grand khan à ma place ?” demanda-t-il immédiatement. C'était une question piège. Je devais faire mes preuves.

— Le puissant khagan ne se trouvera jamais dans une situation pareille, répondis-je, mais si je devais vous donner un conseil, ce serait le suivant : “Détruisez la toile d'araignée avant qu'elle ne puisse devenir dangereuse pour vous. Tissez votre propre toile, soyez votre propre araignée.” Et il m'observa comme si la métamorphose avait déjà commencé.

— Vous êtes un homme intelligent qui ne saute pas si vite que cela dans la toile. Je dois donc attaquer Épire avant qu'elle ne soit trop forte ?

— Envoyez votre meilleur général pour qu'il suggère au despote la possibilité d'une attaque. Vous pouvez acheter le prince d'Achaïe, il vous coûtera moins cher qu'une campagne militaire. Quant à ce jeune cerf de Manfred, vous devriez le dissuader de venir se faire les bois ici. Pour cela, le pape serait votre allié naturel. Réconciliez-vous avec lui !

Un fin sourire parcourut alors ses traits émaciés.

— Un tel gibier ne devrait pas plaire à Arsenios, votre mécène.

— Il faut bien le suspendre, Majesté, puis l'épicer avec talent.

— Votre repas est trop coûteux pour moi, Guillaume de Rubrouck. Au bout du compte, votre solution signifie qu'il me faudra moi aussi payer mon tribut à l'insatiable Rome.

— Byzance reconquise vous rapportera le...

— Ah, Constantinople ! s'exclama-t-il en me coupant la parole. Messire Baudoin en a tellement vidé les caisses qu'il hante l'Occident depuis des années déjà pour trouver des fonds, en bradant les dernières reliques de l'État. Non, ça n'est pas la solution. L'argent ne permet pas de tout...

On nous interrompit : on annonçait l'arrivée du patriarche. Il avait dû écouter à la porte. Il s'inclina brièvement devant son empereur et me lança :

— Je suis surpris d'entendre Guillaume de Rubrouck plaider pour la réconciliation avec Rome. Serait-ce par hasard dû au fait qu'il ne peut pas utiliser l'unique arme efficace contre le Hohenstaufen, et qu'il cherche, comme d'habitude, à se dresser en rempart devant le couple royal ?

Il me décocha un regard narquois et triomphal, avant de reprendre :

— Roç et Yeza en rois de Sicile seraient plus acceptables, pour le pape Alexandre, que si Manfred se posait lui-même la couronne sur la tête. Et cela nous reviendrait aussi moins cher !

— Comment cela, mon cher Arsenios ? demanda l'empereur Théodore, aimable, mais incrédule.

— Tout simplement ! répondit le patriarche, qui avait déjà préparé son argumentation. Si Manfred n'est plus de ce monde, *miserabiliter infectus*, la couronne revient à l'héritier légitime. Conradin, qui est encore un enfant, ne pourra imposer ses prétentions. Dès lors, la voie vers la solution qui nous agrée est ouverte. Roç et Yeza ne s'intéressent pas à la Grèce.

— Et comment réussirions-nous ce que le Saint-Siège n'a pas obtenu depuis que les Hohenstaufen ont pris le pouvoir en Sicile ? Le diable les a protégés contre tous les poisons de cette terre !

— Hellade n'a encore jamais tenté de le faire, c'est notre chance. Il existe en Orient des mixtures dont les médecins de Salerne n'ont encore jamais entendu parler, et pour lesquelles ils ne disposent donc d'aucun remède !

— Essayez-les sur Guillaume de Rubrouck, plaisanta le souverain. S'il n'y survit pas, nous avons une chance de réussir, si faible soit-elle.

— Le décès de Guillaume ici, à Nicée, nous mettrait en mauvaise posture, objecta fort heureusement le patriarche. Mais d'un autre côté, il me semble qu'il ne doit pas sortir de ces murs, puisqu'il a eu vent de nos projets...

— De *vos* projets ! rétorqua sèchement l'empereur. Je

ne veux rien en savoir, et je n'en ai d'ailleurs jamais entendu parler. N'est-ce pas, Guillaume ?

Je hochai la tête, muet.

— L'ambassadeur du grand khan est intangible, reprit l'empereur. Traitez-le en invité de marque !

Le patriarche s'inclina, me fit signe de le suivre, et nous quittâmes la salle. »

— Voilà de charmantes perspectives, dit enfin Manfred en constatant que Jean ne tenait pas à continuer immédiatement sa lecture.

— S'il nous faisait l'honneur d'une visite, nous devrions nous montrer très reconnaissants envers Guillaume, dit le médecin. Au moins, à présent, nous savons ce qui nous attend.

— Prenez immédiatement les mesures nécessaires. Surtout contre la Grèce.

— Dois-je continuer ma lecture ? demanda Jean de Procida, mais il était à peu près certain de la réponse. Elle ne tarda pas :

— Non ! Cela me suffit pour le moment.

— Dans ce cas, nous devrions nous occuper des questions de notre propre gouvernement, qui sont beaucoup moins aventureuses que les projets démentiels ourdis à la cour impériale de Nicée autour du couple royal !

— Exposez-moi donc ces questions, mon chancelier !

Manfred s'agenouilla sur le prie-Dieu de telle sorte que Jean se retrouva tout d'un coup debout comme un prêtre célébrant la messe.

— Votre allié, le sénateur Brancaleone, a repris le pouvoir dans l'*Urbs*, ce qui a encouragé les Romains à chasser messire Alexandre. Le pape s'est enfui à Viterbe.

— De nouveau, et si vite ? demanda Manfred, manifestement réjoui.

— Vous pouvez aussi remercier les barons anglais.

— Je n'y manquerai pas, mon précieux *Medicus*. Envoyez un navire à Londres et invitez-les à mes noces.

Procida ne s'arrêta pas sur ce point :

— C'est surtout au notaire pontifical Arlotus que vous devez votre reconnaissance. Il s'est présenté à

Londres avec des prétentions tellement éhontées que même les partisans les plus bienveillants de la cause sicilienne en sont restés ébahis.

— Mais, mon cher Procida, ce n'est pas une raison pour faire grise mine, au contraire...

— Cela ouvre la voie à un prétendant que vous ne devrez pas prendre à la légère ! rétorqua le conseiller.

— Charles d'Anjou ! s'exclama le jeune souverain. Mais je ne le crains pas ! ajouta-t-il stupidement.

Manfred ne tenait plus en place. Il se remit brusquement debout.

— Je m'étais imaginé que je recevrais la couronne en compagnie de ma jeune épouse. Je suis maintenant résolu à ne plus attendre son arrivée et nos noces. Organisez le couronnement le plus vite possible ! Dirigez les préparatifs, je vous prie, mon cher Jean !

Le chancelier réfléchit un bref instant.

— Hier soir, messire Sigbert d'Öxfeld, commandeur des Chevaliers teutoniques, est arrivé à Messine !

— Qu'ai-je donc besoin de la bénédiction de l'Allemagne ? fit Manfred, fulminant. Souciez-vous plutôt des *iocalia*. J'en ai un besoin bien plus urgent !

— Messire Berthold de Hohenburg s'est rendu à Venise pour mettre les joyaux de la couronne...

— ... à l'abri, afin que je n'y touche pas, je sais, poursuivit le jeune souverain en tapant du pied, afin que le légitime...

— Non, l'interrompit le chancelier, implacable. Il les a déposés, mis en gage !

— Voilà qui est admirable ! (Manfred éclata de rire.) Dans ce cas, dégagez-les !

— C'est déjà fait, mon seigneur et maître !

Un délicieux calvaire

Taxiarchos admirait sans réserve toutes les constructions parfaites du fameux ingénieux Villard de Honnecourt, que l'on disait très proche de l'ordre des Templiers. À Carcassonne, Pier de Voisins lui avait montré avec fierté un trébuchet, cette puissante catapulte démontable sans laquelle Montségur n'aurait jamais été conquis. Il se trouvait à présent devant cette scie mécanique dont il avait déjà tant entendu parler. Animé par une roue à eau comme n'importe quel moulin, un système d'engrenages complexe assurait le glissement régulier d'une lame de scie tendue qui découpait dans des troncs d'arbre courbes des poutres droites, de fines planches et toutes sortes de tiges polies aux mesures égales. Les valets de la machine se tenaient autour d'elle comme des contremaîtres : leur seule tâche était de veiller à ce que la scie ne surchauffe pas, à ce que ses dents ne s'émoussent pas et à ce qu'elle soit constamment alimentée par de nouveaux arbres. Mais les poutres qu'elle recrachait ce jour-là, Taxiarchos le vit au premier regard, n'étaient que d'épais madriers qui auraient fait injure à ses capacités et ne pouvaient servir qu'à étayer une mine. Il s'y était attendu. On n'avait pas extrait du sol le trésor des Templiers pour le découper et le fondre aussitôt : on l'avait profondément enfoui dans la terre, enterré et caché. Tous les trésors dont les moines-chevaliers avaient pu s'emparer, couronnes et calices soigneusement forgées et ornées, monstrances et coupes, statuettes et crucifix façonnés par d'illustres orfèvres, diadèmes, chaînes et bracelets : on les avait ressortis ensuite pour leur redonner leur état originel, ils redevenaient des boules uniformes, que l'on battait ensuite en pièces de monnaie. Mais ces boules et ces pièces étaient en or, de l'or pur avec lequel l'Ordre pouvait sinon gouverner le monde, du moins l'acheter. Taxiarchos ne s'étonna donc pas non plus de découvrir tout autour de la « scierie » couverte d'un toit plusieurs fours dans lesquels des chauffeurs transformaient en charbon de bois les chutes, les petites branches et les racines inutilisables.

Mas de Morency n'avait pas encore compris (ou ne voulait pas admettre) qu'il ne servait à rien de questionner les hommes de la scierie. Ils étaient aussi muets que les chauffeurs.

— Vous ne chauffez tout de même pas le château de Rhedae avec ce charbon ? demanda-t-il, sans récolter autre chose que des regards hostiles ou méprisants. Vous

vous en servez sûrement pour faire fonctionner une grande cheminée, dont le feu atteint une température suffisante pour faire fondre l'or et l'argent ?

Pons voulut prêter assistance à son ami, mais on le repoussa sans ménagement. Quelques hommes avaient déjà attrapé des gourdins ; Raoul cria « Nous sommes sur la bonne voie ! » et poussa ses compagnons vers l'avant.

Ils traversèrent le pont. Taxiarchos les avait précédés. Ils n'avaient pas encore franchi la ravine lorsque les premières pierres volèrent dans leur direction. Ils se réfugièrent dans une caverne ouverte dans la paroi, de l'autre côté. Comme certains des chauffeurs et des menuisiers les suivaient toujours en brandissant leurs gourdins et en poussant des cris inarticulés, mais clairement menaçants, comme seuls peuvent le faire les muets, Raoul coupa derrière lui la corde qui soutenait le pont suspendu. Celui-ci tomba dans la profondeur de la ravine.

— Et comment allons-nous revenir ? demanda Pons, effrayé. Mas lui répondit en lui donnant une bourrade :

— Nous ne connaissons plus ce mot-là ! Lorsque nous aurons trouvé le trésor, nous jetterons un pont de marbre au-dessus de la ravine !

— Pensez tout de même à une chose, dit subitement Raoul, sortant de son silence habituel : l'or ne se mange pas !

— Monseigneur Gosset est en très bonne voie de se rendre indispensable au couple royal, dit Yeza. Sa manœuvre empeste à cent lieues à la ronde !

— Pourquoi ne lui faites-vous pas confiance, ma *damna* ? répondit Roç. S'il nous rend des services, c'est qu'il en tire profit. Une relation de ce genre me paraît constituer la meilleure forme de dépendance, entre le servage et l'abnégation.

Installés dans l'église, Roç et Yeza surveillaient le démontage minutieux du groupe du Golgotha. À la demande de Gosset, Abdal le Hafside avait envoyé une douzaine de ses marins les plus capables. On avait certes l'impression qu'une horde de pirates maures avait pris

Sainte-Madeleine à l'abordage, mais ils avaient sans doute des instructions rigoureuses : ils se tenaient aussi tranquilles et silencieux que des charpentiers franciscains. Les soldats de Mirepoix apportaient leur aide, eux aussi, et il ne fallut pas longtemps avant que tous les personnages de la crucifixion se retrouvent au sol. Cela provoqua une nouvelle apparition de Bezù de la Trinité. Avec la témérité et l'ardeur d'un martyr, le gros prêtre arriva en trombe sur le parvis de l'église, sauta de sa charrette et fit mine de se préparer au combat décisif contre toutes les puissances sataniques. Il avait amené à cette fin deux jeunes lecteurs et deux enfants de chœur qui portaient devant eux les cierges allumés et secouaient leurs encensoirs avec ardeur. Mais avant leur inéluctable confrontation avec le Malin, qui les attendait de pied ferme à l'intérieur de l'église, le diable leur barra le chemin en la personne de Gosset.

— Vous venez certainement bénir cet ouvrage construit à la gloire de Dieu ? demanda-t-il à l'inquisiteur, qui fulminait déjà.

— Ne me retenez pas ! feula celui-ci en direction de Gosset, sans ralentir le pas. Sans cela, l'excommunication vous frappera deux ou trois fois de suite, indigne serviteur de l'*Ecclesia* !

Mais les enfants avaient beau agiter leurs encensoirs autour de lui, Gosset ne bougeait pas.

— Le couple royal a décidé de faire une dotation qui apportera gloire et honneur à toute la chrétienté. (Gosset n'avait pas l'intention de se laisser couper la parole, et ne libérait toujours pas le passage vers l'escalier.) Le précieux groupe du Golgotha, un chef-d'œuvre de la sculpture sur bois occidentale, sera acheminé à Jérusalem aux frais du couple royal. Là, sur la terre sacrée, il trouvera un digne lieu d'adoration. Ici, dans ces murs abandonnés par tous les bons esprits et livrés aux mains du profane, la Sainte Famille serait vouée à une déchéance certaine !

— Qui me le garantit ? Je veux dire : comment l'Église peut-elle accepter une donation des mains de...

Trini avait perdu ses certitudes. Gosset n'eut plus qu'à enfoncer le clou.

— Dans le port fluvial de Perpigna, le voilier venu de la Terre sainte a déjà accosté. Son Éminence le grand métropolite de Bethléhem en personne est à bord pour accompagner jusqu'à leur destination finale le crucifié et sa famille, les larrons et les bourreaux, les disciples et tous les saints !

Gosset énuméra les saints pour se donner contenance : il se demandait en réalité comment il allait parvenir à faire passer le Hafside pour un dignitaire de l'Église.

— L'œuvre réussie d'un artiste inconnu !

— La sainte Jérusalem tremble dans la joyeuse attente des deux seigneurs. Car le couple royal ira lui aussi s'y installer, ajouta le Doge, qui avait rejoint les deux hommes.

— Qu'ils aillent s'installer où ils veulent, grogna Trini. Mais notre Seigneur Jésus-Christ devrait être acheminé jusqu'à l'église du Saint-Sépulcre, pour que chacun se rappelle ses souffrances et son triomphe.

— Bonne idée ! s'exclama aussitôt le Doge, et Gosset demanda incidemment :

— Combien coûterait une grande procession qui irait d'ici à la côte et remonterait le fleuve jusqu'à Perpignan ?

— Qui paie ? questionna Trini.

— Nos bienfaiteurs, répondit Gosset, jugeront sûrement utile de s'assurer la bénédiction que vous donnerez, Bezù de la Trinité, au dernier pèlerinage du crucifié à travers l'Occitanie.

— Ce ne sera pas bon marché, soupira l'inquisiteur. Comptez sur plusieurs jours de marche et la participation, au fil de notre progression, d'un nombre croissant de religieux dont nous aurons visité les lieux sacrés...

— Faites donc votre compte tranquillement et indiquez-moi le prix. À cela s'ajouteront les frais de transport. Si cela vous convient, les statues traverseront le pays sur des chars différents, debout et dévoilées. Tous doivent pouvoir les regarder encore une fois et leur faire leurs adieux avant que nous ne les envoyions prier en Terre sainte pour nous, pauvres pécheurs !

— Admirable !

Trini était tellement exalté qu'il aurait serré le prêtre dans ses bras. Mais celui-ci ne s'arrêtait plus :

— À propos de « pauvres pécheurs » ! dit-il avec une nuance de remords dans la voix, cela n'enrichirait-il pas la procession si quelques seigneurs ayant cédé au péché étaient de temps en temps exposés à une flagellation, le dos nu, tout au long du parcours ?

— Quelle idée merveilleuse ! s'exclama le gros Trini. Je me chargerai personnellement de ces punitions !

— Je pensais, ajouta Gosset, que messire Georges Morosin et moi-même avions bien mérité ce châtiment.

Le Doge fit comme s'il n'avait pas entendu, mais Gosset lui prit la main et déclara au nom des deux hommes :

— Nous nous estimons heureux de pouvoir ainsi expier toutes nos bassesses, toutes nos pensées égoïstes et mensongères. (Il serra la main du Doge et ajouta encore :) Que Dieu nous aide et nous pardonne.

C'en était trop pour Trini : il le prit dans ses bras et l'embrassa fraternellement sur les deux joues.

— As-tu compris, Raoul, pourquoi ces gnomes nous couraient tous autour sans dire le moindre mot ?

Mas de Morency se retourna encore une fois vers ce cône rocheux d'où s'échappaient une fumée noire et une nuée d'étincelles.

— On leur a coupé la langue ! expliqua-t-il.

Raoul de Belgrave s'ébroua et s'adressa à Taxiarchos, qui les précédait en silence, comme toujours.

— Nous ne pouvons plus être loin de notre véritable objectif. Cette montagne creusée comme un volcan, ce gigantesque four, est le creuset dans lequel on déverse tantôt les morceaux d'or, tantôt les fragments d'argent. En dessous, le métal liquide coule dans des moules en terre cuite et refroidit dans le torrent.

— Même si ces nains vénéneux n'ont rien voulu nous montrer, ajouta Pons, tout excité, j'ai vu sur le sol des traces d'or et d'argent, comme des gouttes éclatées et figées.

— Et cette montagne d'écuelles en terre cuite, toutes de la taille d'un lingot maniable, l'interrompit Mas, prouve sans aucun doute qu'il s'agit de l'âne d'or des Templiers. Un âne qui jette ses crottes, une par une, sur le grand tas – des crottes en or !

Ses yeux perçants brillaient de cupidité.

Raoul était le seul des trois à se contenir. L'idée du trésor et de cette richesse inespérée ne l'impressionnait guère. Il se contenta donc de répondre :

— Nous savons à présent quel chemin parcourt l'or et quelles métamorphoses il subit au fur et à mesure de son parcours. Il ne nous reste plus qu'à déterminer où et comment il est stocké. Vous pouvez être sûrs qu'il est sous bonne garde !

— D'un dragon cracheur de feu ? s'enquit Pons en éclatant de rire. Tu ne me fais pas peur.

— Cela pourrait faire suffisamment peur aux gens moins aguerris, mon cher Pons, lorsque la montagne s'ouvre en pleine nuit, lorsque de la fumée lui sort des narines et que des yeux de feu te regardent fixement. Des flammes en jaillissent, et une queue de dragon glisse jusqu'à l'eau, où elle disparaît dans un nuage de vapeur étincelante !

Pons se montra effectivement impressionné.

— Mais enfin, il n'y en a pas, de dragon ? demanda-t-il avec une pointe d'angoisse, et Mas reprit aussitôt :

— Je n'en suis pas si sûr, Pons. Tu devrais peut-être revenir sur tes pas, il est encore temps.

— Vous oubliez, dit Taxiarchos, que l'on y fondait aussi du minerai de fer, et que l'on utilisait pour cela des moules bien différents – des pointes de lance ! Des pointes en fer, prêtes à être montées sur une tige, et ce par centaines ! Te rappelles-tu la scierie ?

Lorsqu'il avait quelque chose à dire à ses trois accompagnateurs, il s'adressait presque exclusivement à Raoul, qui se montra digne de son rôle de lieutenant.

— Je me rappelle ces pierres noires et brillantes que j'ai vues près du four. Je sais à présent qu'il s'agissait de charbon minéral. Que vous dit cette idée, Taxiarchos ? Des piles de longues tiges affûtées, de même épaisseur – de quoi équiper une armée...

Taxiarchos hocha la tête.

— Je ne serais pas étonné que l'on y ait aussi réalisé d'autres armes, tout ce qui exige d'ordinaire le travail manuel et laborieux de centaines de forgerons : pointes de flèches, fers à cheval, éperons et au moins les ébauches des épées, qu'il ne reste plus ensuite qu'à endurcir à la forge et à affûter.

— Des armes, des armes ! se moqua Mas. En quoi cela nous intéresse-t-il ? Nous ne voulons pas conquérir le monde, nous voulons nous repaître dans notre or comme des coqs en pâte !

— Voilà un beau rêve de chevalier ! rétorqua Raoul. Et Pons, heureux de pouvoir enfoncer Mas un peu plus profondément, ajouta :

— D'ailleurs, il faudrait commencer par trouver ce que tu appelles déjà « ton » or avant de pouvoir en profiter. Et si l'on a fabriqué des armes ici, c'est sans doute aussi pour les utiliser, dans une guerre dont nous ne savons rien. Ce qui peut nous laisser de marbre.

— Bon dieu, espèce de crétin ! Tu n'as qu'un souci à te faire : que tes poches, que tu remplis ici, ne soient pas trouées !

— C'est ta tête qui est percée, Mas ! répondit courageusement Pons. Ce n'est pas un dragon qui nous attend, mais en toute certitude des gardes, les soldats d'une armée dont « ton » or constitue la cassette de guerre !

— Exact, Pons ! le félicita Taxiarchos. Nous devons nous attendre à un accueil de ce genre. Pour aller plus en avant, il nous faut désormais du silence, de la perspicacité et de la ruse ! À partir de maintenant, que l'on ne prononce plus un seul mot inutile, le combat a déjà débuté. Nous ne pouvons plus utiliser la voiture tirée par la corde, elle trahirait notre arrivée. (Il dévisagea ses trois amis.) Je formerai la tête du cortège. Tu me suivras, Pons. Ensuite, Mas, et Raoul en arrière-garde !

Ils entrèrent ainsi à pied dans la galerie qui s'ouvrait devant eux. Ils devaient se baisser : elle n'était pas faite pour accueillir des guerriers debout.

— Et merde ! grommela Mas.

La procession ressemblait plutôt à une caravane. Sur le parvis de Sainte-Madeleine, les chariots à fumier avaient pris place ; leur plate-forme, lavée et brossée, portait désormais les personnages du Golgotha. Sur les premières voitures, on ne distinguait que les badauds et les soldats romains qui les refoulaient. On apercevait ensuite le larron de droite ; on n'avait pas trouvé celui de gauche, quelqu'un avait dû s'en emparer. Le Doge présenta ses excuses à Gosset pour ce contretemps, et le couple royal pardonna magnanimement la perte de cette statue, dont on emporta tout de même la croix. On avait remplacé le larron par un bien triste témoin, le pauvre saint Joseph, et on lui avait adjoint sainte Germaine, dont la présence à la crucifixion était tout aussi douteuse. Les marins du Hafside s'étaient eux aussi installés sur cette charrette : ils ne voyaient pas du tout pourquoi ils auraient dû faire le trajet à pied.

La voiture suivante portait l'événement central de la procession. Non point Jésus et sa couronne d'épines, mais l'inquisiteur Bezù de la Trinité, dans le chariot duquel avaient aussi pris place Gosset et le Doge. Leurs scènes de pénitence étaient prévues pour plus tard, on attendrait d'être à portée de vue des agglomérations : autrement, cela ne valait pas la peine de se donner tout ce mal. On n'avait pas accordé pareil traitement de faveur au Christ. Il resta tout le temps accroché en plein soleil, devant Marie, la *Mater Dolorosa* aux mains jointes, et Marie-Madeleine, qui souffrait en silence.

Tous les chariots étaient recouverts de fleurs et de branchages, y compris celui du couple royal, le suivant dans la procession. Comme celui de l'inquisiteur, il était tiré par des chevaux. Jordi était installé sur le siège du cocher. De leurs suivantes, seule Geraude les accompagnait. Philippe et les deux autres étaient en queue de cortège, sur trois voitures qui transportaient leurs affaires personnelles, protégées par des bâches contre les intempéries et la convoitise des bandits. Aux charrettes portant le groupe du Golgotha et les saints, on avait attelé des bœufs. La dernière voiture ne contenait que les biens de la Première dame de cour. Elle en assurait personnellement la surveillance.

Simon, le futur Templier, vint la rejoindre. Il voulait lui faire ses adieux. N'avaient-ils pas partagé le plaisir et la souffrance ? Dame Mafalda ne pouvait toujours pas admettre que ce guerrier puissant et paisible préfère le rude service de l'Ordre aux douceurs amoureuses qu'elle attendait de lui.

— Un homme d'expérience cueille les roses lorsque leurs boutons sont prêts à éclater, afin de les voir éclore dans sa main ! lui lança-t-elle une dernière fois. Qui sait ce que je serai devenue lorsque vous aurez changé d'avis !

— Une chose est certaine, Mafalda. Le parfum que vous exhalez vous empêchera de vous faner incognito. Il accompagnera aussi mes pas, quoi qu'il arrive !

Il baisa la main qu'elle lui tendait, plia le genou devant Roç et Yeza et se détourna. Son regard tomba sur Guillaume de Gisors, qui l'observait d'un œil torve tandis que le plus gradé des Templiers prenait congé du Doge et de Gosset. Le couple royal se força à adresser un geste aimable à Guillaume.

Le Templier était heureux de se débarrasser de ce fardeau, y compris du groupe de la crucifixion. On avait ainsi effacé à Rhedae les dernières traces du précepteur maudit. Ce *locus maledictus* allait retrouver l'insignifiance d'un tas de pierres. Comment Gisors aurait-il deviné que le diable était resté juste derrière le portail de l'église ?

Roç et Yeza s'étaient pris d'une si grande affection pour leur petit homme qu'ils avaient tenu à l'emmener avec eux. Mais Trini avait fait une telle scène que Gosset avait conseillé d'y renoncer pour ne pas mettre en péril l'ensemble de l'opération.

Peu avant de partir, l'inquisiteur sortit une fois encore de sa voiture, pour s'assurer que Belzébuth était resté à sa place. Puis il donna le signe du départ. On alluma de gigantesques cierges, et les enfants en chasuble blanche se mirent à chanter :

« O Maria, Deu maire,
Deus t'es fils et paire. »

On agitait des fanions, et le chœur d'hommes rassemblés par Trini reprit l'hymne :

« Domna, preja per nos
To fil lon glorios. »

Les enfants de chœur répartis le long de la colonne secouaient des encensoirs. À l'avant marchait un orchestre de tambours et de fifrelins, de timbales et de cors.

« Eva creet serpen
un angel resplanden ;
per so nos en vain gen :
Deus n'es om veramen. »

Rhedae n'avait encore jamais vu pareille procession. Les charrettes descendaient les unes après les autres sur la route sinueuse qui menait à la vallée. On avait arrimé à la corde les personnages vacillants.

« Car de femna nasquet,
Deus la femna salvet ;
E per quos nasqet hom
Que garit en fos hom. »

— Je ne m'étais pas imaginé ainsi nos adieux à l'Occitanie ! dit Yeza. Roç avait le regard fixé sur les coupoles de Sainte-Madeleine. Elle voyait qu'il luttait contre les larmes.

— *A diaus,* Gavin Montbard de Béthune ! s'exclama-t-il tout d'un coup en se levant pour agiter le bras. *Que diaus vos bensigna !*

Yeza le tira doucement par la manche.

— *Zih'rono l'bracha*, chuchota-t-elle sans se retourner vers la citadelle du Templier. Où est au juste passé Jakov Ben Mordechai, la voix du prophète ?

— Le « plieur » ! rectifia Roç, qui s'était repris. Je pense qu'il fait le voyage avec nous. Qu'est-ce qui pourrait le retenir ici ? Même son Joseph quitte ces lieux.

— *Terribile iste locus*, approuva Yeza.

Le cortège de voitures descendait, freins tirés, la ruelle qui longeait les ruines de l'ancienne capitale des Goths. Toute la population s'était postée au bord de la rue et leur faisait signe. Quelques personnes tombèrent à genoux en voyant passer devant elles la croix vacillante du Sauveur. Mais la plupart criaient « Madeleine, Madeleine ! Ne nous quitte pas ! ». Et lorsque passa la voiture portant le couple royal, beaucoup les acclamèrent. Plus loin, pourtant, quelques badauds manifestaient leur mécontentement : « Pourquoi nous volez-vous les saints ? Madeleine appartient à Rhedae, bande de voleurs ! »

Si Roç et Yeza ne reçurent pas de coups, c'est uniquement parce que leur chariot était entouré par un cercle dense de soldats. Mais l'escorte ne put empêcher qu'on leur jette des fruits pourris.

— Pourvu qu'ils ne se servent pas de pierres ! cria Yeza en se baissant, tandis que Roç recevait une betterave gluante sur la poitrine. C'est bien fait pour ces pilleurs de trésors ! ajouta la jeune femme, moqueuse. Ils ont bien raison, ces gens-là !

— Ah, répondit Roç, regardez-moi cette sainte ! Rien ne peut lui tacher les doigts, ni souiller sa pure conscience ! Mais comptez sur elle pour profiter des trésors, une fois qu'on les a trouvés !

— Ai-je d'autre choix que de partager avec vous les joyaux et les fromages moisis, messire ! répondit-elle d'une voix accablée en évitant un œuf, mais pas un fromage nauséabond, qui lui atterrit sur le ventre. L'œuf, lui, alla s'écraser sur le dos de Jordi, répandant une puanteur infernale. Ils eurent bientôt dépassé le petit groupe d'excités, et la foule les acclama de nouveau.

Geraude quitta son banc, à l'arrière, pour les rejoindre et nettoyer les restes de projectiles, plus les taches sur leurs vêtements. Mais Jordi sentait si mauvais qu'ils durent le chasser de leur voiture. Le chemin obliqua ; en haut, sur un rocher, ils crurent avoir aperçu les cheveux blancs de Mauri En Raimon qui tenait le petit Xolua par la main. Mais lorsqu'ils eurent pris le virage, ils ne parvinrent plus à le voir.

— Il nous a fait signe ! nota Roç, satisfait. Son salut me réjouit.

— J'espère qu'il ne se laissera pas prendre par Trini, répondit Yeza. Il restera dans ma mémoire comme un morceau de notre patrie, l'Occitanie.

— Notre patrie perdue, murmura Roç. Je serais content qu'il soit avec nous.

Subitement saisi par une profonde émotion, Roç prit Yeza dans ses bras et cacha sa tête dans ses cheveux.

« *Vida qui mort aucis*
nos donnet paradis. »

Devant eux, les enfants de chœur reprenaient le choral après l'inquisiteur.

« *Gloria aisamen*
nos do Deus veramen. »

Adieux à l'Occitanie

L'amiral Taxiarchos et ses trois matelots avaient longtemps marché courbés en deux dans la basse galerie. À la fin, épuisés, ils n'avançaient plus qu'en titubant, trébuchant constamment sur les rails de bois ou sur la corde qui pendait entre eux, ce qui mettait le Pénicrate en rage. Chaque mouvement de la corde pouvait annoncer leur arrivée aux gardes. Enfin, ils perçurent au loin un rayon de lumière et une sorte de couinement régulier. Ils avancèrent alors aussi discrètement que possible. Mais ils durent bientôt admettre qu'ils avaient atteint l'extrémité du tunnel. Contrairement à tous les précédents, celui-ci ne débouchait pas sur une salle, mais dans une cheminée. La lumière du jour qui y descendait leur montrait le chemin qu'ils devaient suivre. Une tour de bois avait été solidement ancrée dans le puits carré, et l'on y avait suspendu une corbeille, juste assez grande pour accueillir deux hommes, tout au plus. La corde qu'ils avaient jusqu'alors suivie comme le fil d'Ariane passait sur une poulie de bois, mais elle tournait à vide. Une autre poulie, elle aussi décrantée, retenait la corde à laquelle était suspendue la corbeille. Entre les deux tournait, toujours à vide, un rouage de bois qui, lorsqu'on se trouvait à proximité, produisait d'effroyables grincements, comme seuls peuvent en engendrer des mécanismes désaffectés que l'on n'a pas huilés depuis longtemps.

— Si nous mettons cet ascenseur en marche, chuchota Taxiarchos à ses camarades, nous serons découverts immédiatement. Peut-être même si tôt qu'ils ne nous laisseront pas arriver en haut et nous liquideront comme des taupes.

— Ou bien ils couperont la corde, ajouta Mas, et nous serons précipités dans le vide.

— Bon, dit Taxiarchos. Nous sommes au but, nous devons monter ! (Il désigna la structure de bois qui s'élevait au-dessus d'eux.) Ou bien nous revenons sur nos pas.

— Nous allons escalader la tour, proposa Raoul. J'y vais le premier. Il tira son large poignard et le coinça à plat, entre ses dents.

— À l'abordage ! cria Pons, qui voulut partir juste derrière son ami. Mais Mas le retint par ses pantalons.

— Tu fermes la marche ! ordonna-t-il entre ses dents.

Taxiarchos dut les séparer : Pons fut autorisé à monter en troisième, lui-même se réservant un rôle de renfort. Mais le Pénicrate ne leur donna pas la véritable raison pour laquelle il restait à la traîne. Lorsque les trois jeunes nobles eurent commencé leur ascension, il fit un pas en arrière, si bien que nul ne pouvait plus le voir depuis la tour. Il sortit de sa poche un morceau de papier, le dessin assez précis d'un système de grottes souterrain où l'on reconnaissait la patte de Rinat Le Pulcin. Il ne nota pas seulement la situation des lieux indiqués, mais aussi leur nom : « Quatrième porte, “Apocalypse ”, par la grotte “Évangile apocryphe” ; deuxième à gauche, “putain de Babylone” ; première à droite, “cathédrale du grand animal". » Puis il rangea le croquis du peintre dans sa poche de poitrine, revint dans le puits et leva les yeux vers la tour de bois. Il attendit que Raoul soit arrivé en haut et qu'il ait soigneusement inspecté les environs sans y déceler le moindre danger pour que celui-ci commence son ascension, double les deux autres et sorte prudemment la tête par l'orifice du puits.

Ils se trouvaient au milieu d'une cour pavée entourée de murs en basalte bleu nuit et lisse. Ils étaient hauts et d'autant plus impressionnants qu'on ne voyait pas âme qui vive en ce lieu. Un grand portail se trouvait dans leur dos, mais il était muré vers l'extérieur et abritait, derrière une herse en fer, une puissante roue à aubes animée par un cours d'eau souterrain. Manifestement, c'était sa force qui faisait tourner sans répit l'axe grinçant et le grand rouage, en bas. Juste en face des intrus s'élevait la montagne. Elle aussi était bardée de basalte bleu, jusqu'à une altitude qui dépassait largement la hauteur des murs ; mis à part quelques meurtrières, on n'y voyait pas la moindre fenêtre. Les trois portails en chêne massif installés au niveau du sol, verrouillés tous les trois, menaient certainement à l'intérieur de la montagne.

Taxiarchos fit signe à ses hommes. Raoul et lui-même furent les premiers à s'extraire du puits ; Pons et Mas les rejoignirent aussitôt. Ils se retrouvèrent ainsi tous les quatre dans la cour déserte. Même à présent, nul ne semblait se soucier de leur arrivée. Ils rangèrent leurs poignards et marchèrent derrière leur chef, vers la porte du milieu. Comme par magie, les lourds battants du portail s'ouvrirent vers l'intérieur en grinçant, et ils firent face à la pénombre d'une galerie creusée dans la roche. Ils s'immobilisèrent, intimidés. Une voix courroucée retentit dans leur dos :

— Qui sont ces gêneurs ?

Lorsqu'ils se retournèrent, ils virent au-dessus de la roue à aubes, entre les tours du grand portail, deux sergents vêtus de manteaux noirs, que leurs croix griffues désignaient comme des Templiers. C'étaient deux vieux soldats, qui avaient manifestement passé toute leur vie au service de l'Ordre.

— C'est le précepteur qui nous envoie, déclara Taxiarchos d'une voix ferme.

— Sans prévenir et sans mot de passe ? questionna le Templier, méfiant. Le deuxième reprit, toujours aussi grognon :

— Quiconque ignore comment il entre dans le *trou des tipli'es* et comment il en ressort est un gêneur !

Le suspicieux éclata de rire. Le Pénicrate lança alors aux Templiers, qui ne semblaient avoir l'intention ni de venir à l'aide des visiteurs, ni de leur barrer le passage :

— Après la quatrième « porte de l'Apocalypse », il traverse la « grotte de l'évangile apocryphe », tourne à gauche vers la deuxième « mine de la putain de Babylone », prend la première entrée à sa droite et se retrouve dans la « cathédrale du grand animal ».

— Allez avec Baphomet ! répliqua le premier, toujours d'aussi mauvaise humeur. Mais allez-y !

— En enfer ! répondit Taxiarchos, et ils entrèrent dans la montagne.

Comme l'avait prévu Bezù de la Trinité, tout gonflé d'orgueil et de sentiment du pouvoir, les gens affluaient de plus en plus nombreux pour assister à la plus grande procession qu'ils aient vue de mémoire d'homme, et même depuis la christianisation de l'Occitanie, voire depuis l'existence de l'Église ! Trini, le « grand inquisiteur du Languedoc, du Roussillon et de Razès », puisque c'était le titre qu'il se donnait à présent, s'était paré de vêtements précieux dont le pape, à Rome, n'aurait pas eu honte. Il ne manquait plus que la tiare sur son crâne tout rond.

On faisait étape devant chacune des églises que l'on apercevait, si pauvre et petite soit-elle. Le plus souvent, les vignerons et les bergers soulevaient alors leur propre Sainte Vierge ou leur saint patron de sur son piédestal et se ralliaient au cortège triomphal. Cela plaisait à Bezù. Plus il y avait de participants, plus ses bourses se remplissaient et plus son petit cœur battait fort. Surtout lorsqu'il contemplait les deux hommes auxquels il devait tout son argent et qui avançaient à présent devant son chariot, le buste nu pour mieux sentir les coups de verge et se repentir avec plus d'ardeur.

De temps en temps, le plus souvent juste avant l'étape suivante, le Doge et Gosset descendaient du véhicule, ôtaient leur chemise, passaient une cagoule sur la tête et allaient subir leur punition. Mais ceux qui auraient entendu leur conversation à mi-voix auraient pu douter de leurs remords.

— Le Hafside touche toujours cinquante pour cent, expliquait le Doge.

— Je garde le dixième et la modeste moitié du reste, bien entendu, dit Gosset d'une petite voix : il avait beau être habitué aux épreuves physiques, il n'était pas insensible. Le maigre salaire de l'intermédiaire ! ajouta-t-il.

— Le salaire de Judas ! grogna le Doge. Car sur l'autre moitié, celle du produit de la vente des figures de bois, vous vous servirez de nouveau selon la même formule !

— Et ce sera justice, répondit Gosset. Je suis tout de même l'agent accrédité du couple royal !

Il se retourna pour s'assurer que l'inquisiteur se préparait à remplir son office et que Roç et Yeza, loin derrière, suivaient toujours le cortège. Tout allait pour le mieux. Il tendit le dos.

— Vous n'en sortirez pas non plus les poches vides, ajouta-t-il pour encourager le Templier cupide.

— Comme je ne peux ramasser qu'un quart de ce qui coule dans les coffres de l'Ordre (et encore : c'est par l'entremise du Hafside, puisqu'en tant que Templier, tout enrichissement personnel m'est interdit !), grogna le Doge, qui haletait de plus en plus fort, vous devriez peut-être me laisser les croix des larrons. Elles ne font que déranger l'image de la Sainte Famille dans sa souffrance.

— La souffrance des larrons ? railla Gosset. Je vous offre la croix creuse du gauche. Un menuisier habile vous en sortira au moins trente répliques !

— Alors donnez-moi aussi Joseph, proposa Morosin, d'une voix grinçante et presque atone. De toute façon, il n'a rien à faire sur le Golgotha !

— Et encore moins dans votre poche ! rétorqua Gosset. Vous vous lamentez parce qu'Abdal le Hafside ramasse un quart des sommes pour votre compte. Et en plus, vous avez un intérêt sur toutes les affaires en cours. Cela vous rapporte bien plus qu'un tiers !

— Pensez-vous ! gémit le Doge. Il m'enlève aussi un pourcentage parce que j'agis en son nom. Le monde est tellement ingrat.

— Chut ! fit le prêtre. Notre bourreau approche.

Ils se trouvaient devant un hameau, quelques cabanes regroupées autour d'une chapelle.

— C'est le Grau de Maury ! chuchota Gosset. En haut, dans les rochers, s'élève Quéribus.

Il reçut le premier coup, le Doge le second. Le chariot s'était arrêté un bref instant, si bien que Trini parvint à descendre sans tomber. Il avait plongé le fouet dans l'eau et dans le sang pourpre de poux écrasés pour qu'il claque mieux et qu'il fasse plus grand effet. L'Inquisiteur répéta le « double coup de fouet sacré » parce que les premiers badauds se trouvaient déjà au bord du chemin et acclamaient sa prestation. Quelques-uns manifestèrent cependant leur mauvaise humeur, et le gros Trini remonta vite dans son chariot bâché avant que les premières pierres ne se mettent à voler. Ses deux victimes, en revanche, ne furent pas épargnées.

— À quelle farce indigne me suis-je prêté là, gémissait le Doge. Si un frère d'Ordre voit que je me laisse rouer de coups par un curé ordinaire, le Temple me chassera à la première réunion du chapitre de l'Ordre.

— Nul ne soupçonnera que vous avez joué le rôle du pauvre pécheur, répondit Gosset pour le consoler. En revanche, cela nous permet de tenir l'inquisiteur sous notre contrôle, et j'y tiens, jusqu'à ce que nous sentions à Perpigna les planches du voilier sous nos pieds, avec... (il faillit dire : « notre butin », mais se reprit à temps) ... avec le Christ et tous les saints.

— À ce moment-là, nous pourrons chasser le gros Trini du bord, à coups de fouet ! gronda le Doge alors qu'ils faisaient halte devant la petite chapelle du Grau de Maury.

Roç et Yeza sautèrent aussitôt de leur chariot, ne fût-ce que pour se dégourdir les jambes. Gosset, une fois achevée la scène de la « passion du pauvre pécheur », que l'on donnait devant la porte de chaque église rencontrée, avait pris l'habitude d'aller se rafraîchir dans la voiture du couple royal. Lorsque ce n'était pas possible, Roç et Yeza envoyaient Jordi à l'avant du cortège, pour s'assurer que leur guide spirituel ne manquait de rien. Philippe ou Potkaxl venaient eux aussi de temps en temps pour les informer des événements survenus en tête de la procession. Seule Mafalda ne quittait pas sa voiture : elle surveillait jalousement ses biens. On était pourtant déjà dans la large vallée qui descendait vers la mer, et le danger n'était plus aussi sérieux que dans les montagnes. Tous regardèrent avec d'autant plus d'inquiétude un groupe d'hommes à cheval qui couraient vers eux à travers champs.

Roç fut le premier à reconnaître les couleurs du seigneur de Quéribus.

— Xacbert de Barbera ! s'exclama-t-il, tout heureux, en donnant une bourrade à Yeza. Notre vieux *Lion de Combat* !

Yeza dut se dominer pour ne pas courir vers ce géant à mâchoire d'ours, comme elle le faisait lorsqu'elle était petite fille. À présent, elle était une souveraine (même si elle n'avait pas de royaume pour l'instant), et l'on attendait de sa part une certaine dignité.

— Est-ce une caravane d'esclaves ? hurla le Lion en guise de salutations. Dois-je vous libérer des griffes de l'Inquisition ou vous protéger des brigands de l'*Ecclesia catolica* ?

— Rien de tout cela, mon bon Xacbert ! s'écria Yeza pendant qu'il mettait pied à terre et courait vers eux pour les embrasser. Le plus grand danger qui nous menace, c'est que vous nous écrasiez sur votre poitrine !

— Ils ne voulaient pas me rendre Quéribus ! se plaignit le vieil homme. J'ai dû rester aux arrêts chez moi, au fin fond du Roussillon. Ensuite, j'ai prétexté votre départ et mon désir de vous faire mes adieux, je suis parti et je me suis emparé de Quéribus au passage, en un tour de main. La garnison a pris ses cliques et ses claques dès qu'elle m'a vu apparaître sous les murs !

Il éclata de rire, mais un voile de tristesse se déposa sur son visage.

— Le prétexte était grave. Je vais, nous allons, le pays tout entier va regretter votre départ. Vous allez beaucoup me manquer.

— Venez donc avec moi ! s'exclama Roç. Pourquoi voulez-vous rester ici, à subir les tracasseries de ces félons de Français ?

— Je suis trop âgé et je tiens à ce pays, répondit le vieil homme dans un soupir. Mais ne laissez pas mon chagrin gâcher votre départ. Je vous escorterai jusqu'à la côte, je vous ferai signe jusqu'à ce que votre navire ait disparu à l'horizon !

DE L'OR, FAIS DU FER TRANCHANT. DES JOYAUX, DE LA ROCHE SOURDE

Si Raoul, Mas et Pons s'étaient étonnés de la vitesse avec laquelle leur capitaine avait appris la formule, ils étaient à présent impressionnés par la sûreté avec laquelle Taxiarchos progressait dans le labyrinthe des couloirs, galeries, rampes et toboggans. Jusqu'alors, ils avaient plutôt eu l'impression que leur chef était parti avec eux au petit bonheur la chance. Mais ils étaient certains maintenant qu'il savait parfaitement où se trouvait le trésor. Cette confiance leur donna des ailes. Ils avaient tort. Taxiarchos était certes capable de lire le trajet sur le document qu'il portait sur la poitrine, mais il ignorait totalement ce qu'il découvrirait au terme de leur parcours. La première surprise les attendait déjà dans « l'évangile apocryphe ». On y avait stocké des centaines de lances, amassées entre les piliers de bois comme des allumettes. Il y avait là des javelots et de longues hampes, et des milliers de flèches nouées en petits tas. Ils l'avaient prévu, mais aucun d'entre eux n'aurait imaginé pareilles quantités. Il y en avait sans doute des dizaines de milliers, les piles s'alignaient les unes derrière les autres, et chacune montait jusqu'au sombre plafond de la grotte. Dans les mines désaffectées de la « putain de Babylone », ils découvrirent les cuirasses : pectoraux, casques, boucliers et épées. Mis à part une croix griffue rouge, ces armes n'avaient aucune couleur, aucune décoration. Tout était soigneusement rangé dans des étagères. On y trouvait aussi des bottes et des éperons, des protège-jambe et des coudières hérissées de piquants.

Mas resta bouche bée. Raoul, lui, vérifia la souplesse des lames.

— Du travail de premier ordre ! s'exclama-t-il. Cela vaut presque la lame de Damas !

— Du Tolède ! répondit Taxiarchos, en expert, après un seul regard. Oh, mon Dieu !

Devant lui, transformés en fer gris, s'amassaient les trésors en or qu'il avait rapportés du cruel pays des Toltèques, en franchissant les mers, et souvent au péril de sa vie. Qu'en avait fait ce précepteur mégalomane ? De son or ? Sa part du butin était là, à tout jamais, dans ces montagnes d'armes et de cuirasses !

— De l'or, tu feras du fer ! s'exclama le Pénicrate, amer. C'est la pierre philosophale !

— Le monde n'a encore jamais vu pareil arsenal ! s'écria Pons, enthousiaste.

— Il y en a assez pour conquérir l'univers ! ajouta Mas. Cela suffirait même à équiper une armée de Mongols.

— D'où cela sort-il ? demanda Raoul. Et à quoi cela sert-il ?

Il regarda Taxiarchos, interrogateur. Le Pénicrate paraissait lui aussi impressionné, mais il reprit son chemin sans répondre.

— C'est de la folie pure ! murmura Mas. Nous sommes ici dans l'antre de la conjuration mondiale des Templiers !

— D'*un* Templier ! corrigea sèchement Taxiarchos. Le précepteur ne pouvait pas seulement avoir en tête l'arrivée d'une armée d'envahisseurs venus de Catalogne !

— Je ne sais pas ce qu'il avait en tête, dit Raoul, mais il avait depuis longtemps perdu toute mesure.

— Je comprends maintenant pourquoi messire Gavin

a dû quitter ce monde ! ajouta Pons, très ému. Tout cela, c'est trop !

— Ou pas assez ! grogna Taxiarchos. Lorsque je pense à ce qu'il peut bien rester de pièces d'or et d'argent liquide, après tout cela...

— *A Diaus,* beau trésor ! commença à gémir Pons, mais son lamento lui resta coincé dans la gorge : ils venaient d'entrer dans la « cathédrale du grand animal », une grotte majestueuse où les stalactites pendaient comme de gigantesques lustres, et aux bords de laquelle les stalagmites montaient en piliers gigantesques. La salle s'approfondissait en son milieu ; un lac lisse et calme s'était creusé dans le sol de calcaire blanc et jaune. Des reflets dorés y couraient. Au fond, on distinguait la pierre noire, au niveau exact de la surface de l'eau ; sur elle reposait la sphère qui représentait la terre ; elle paraissait planer sur les eaux. Mais si captivés que les quatre hommes aient pu être par cette image, leur regard fut attiré dans l'eau cristalline, plongea et s'arrêta sur le fond jaune. Il était pavé de lingots d'or ! Pons et Mas poussèrent un cri de joie et s'apprêtèrent à plonger, mais Taxiarchos les tira en arrière. Au loin, on entendit un grondement. Le sol se mit à trembler sous leurs pieds et des ondes circulaires coururent à la surface du lac.

— Sortons d'ici ! cria Raoul en poussant ses camarades qui hésitaient : ils avaient déjà de l'eau jusqu'aux chevilles, mais ils auraient volontiers pris le temps de se pencher pour attraper au moins l'un de ces gâteaux larges comme la paume d'une main.

— En arrière ! hurla à son tour Taxiarchos lorsque les premières pierres se détachèrent du plafond et allèrent s'écraser dans l'eau. Ils montèrent la pente donnant sur le lac, sautant par-dessus les crevasses qui commençaient à s'y former. Ils se jetèrent littéralement dans la caverne, à l'extrémité de la galerie par laquelle ils étaient entrés dans la cathédrale, lorsqu'ils entendirent derrière eux les piliers s'effondrer, les stalactites dégringoler, suivis par tout le plafond. Ils se précipitèrent, le Pénicrate en tête, à travers le tunnel étroit puis dans la « putain de Babylone ». Les armes soigneusement empilées y étaient éparpillées, des pierres jonchaient le sol, la poussière tournoyait. Ils montèrent, avancèrent tant bien que mal entre les obstacles innombrables, progressèrent de plus en plus vite vers la sortie. La voie de « l'évangile apocryphe » leur était déjà barrée, de gigantesques blocs rocheux avaient mis en miettes les lances et les flèches, ils errèrent dans un tunnel dont ils espéraient qu'il donnerait à un moment ou à un autre sur la lumière. Ils rampèrent dans des galeries dont le plafond avait baissé, où les étais étaient courbés, et le sol continuait à trembler. D'un seul coup, une paroi se rompit à côté des fugitifs, et se déplaça lentement sur le côté. Les quatre hommes se retrouvèrent alors entre les carrés de basalte bleu, à la pâle lumière de la cour intérieur. Ils bondirent par-dessus les piliers brisés pour atteindre le puits de l'ascenseur, car le mur d'enceinte rectangulaire du *trou' des pili'es* n'avait pas subi le moindre dommage : il était toujours aussi lisse et raide, et nul ne pouvait songer à l'escalader. La seule issue était le chemin par lequel ils étaient venus. La corde avait glissé de la poulie, ils le virent avant même d'avoir atteint l'entrée. Mais lorsqu'ils regardèrent vers le bas, ils comprirent que cette possibilité leur était elle aussi refusée. Une sorte de limon caillouteux gargouillait au fond du puits et montait constamment, comme une pâte qui lève ! Le tremblement avait cessé. La grande roue à aubes ne tournait plus. On ne voyait plus les deux Templiers. Les chercheurs de trésor étaient coincés là, les mains vides, et ils auraient aussi, bientôt, le ventre creux. S'ils ne parvenaient pas rapidement à franchir les murs, ils seraient bientôt trop faibles pour cela.

— C'était certainement un piège, déclara Mas en lançant un mauvais regard à Taxiarchos. On a tout fait pour nous attirer ici !

— Pas pour nous tuer, ajouta Raoul, mais pour se débarrasser de nous !

— Et l'on y est parfaitement arrivé ! s'exclama Pons. Tu n'aurais pas pu nous transmettre plus tôt les renseignements que tu avais ? À présent, nous allons mourir de faim ici !

— Nous quereller n'est certainement pas la meilleure

manière d'arranger les choses ! gronda Taxiarchos en regardant autour de lui.

— Les seules échelles que nous puissions utiliser sont la roue et les lances brisées, conclut-il.

Gosset, ce prêtre toujours prévoyant, avait fait savoir au Hafside, par l'intermédiaire d'un messager, ce que l'on attendait de lui. Abdal avait ainsi fait sortir les vêtements les plus précieux de ses coffres et ordonné à ses hommes de les passer pour être dignes d'un « grand métropolite ». Lui aussi s'était vêtu en grande pompe, sachant fort bien comment se comportaient les princes des Églises chrétiennes, surtout les orthodoxes. Il fit acheter dans les boutiques orientales de la ville de Perpigna tout ce que l'on pouvait dénicher en guise de bâtons d'évêque, monstrances et écrins, il édifia au milieu du pont, sur son voilier mauresque, un autel pourvu d'une croix, de cierges et d'une bible précieuse. Puis il attendit avec curiosité l'arrivée de la procession et de l'inquisiteur redouté. Il avait tenu à flatter la vanité de Trini.

L'étonnement d'Abdal ne fut pas mince lorsqu'il aperçut son propre délégué à Ascalon, le Doge, Georges Morosin, et son vieil ami le prêtre Gosset arriver dans la ville déguisés en pénitents. Des coups de fouet claquaient sur leur dos dénudé, sans leur faire vraiment mal, comme le constata le Hafside dès le premier regard. Il réprima son rire et ne montra pas non plus qu'il connaissait les deux pécheurs, mais se dirigea vers Trini, qu'il prit dans ses bras en répétant sans cesse « *Kyrie eleison !* » et « *Christos vaskrez !* », deux expressions dont il savait vaguement qu'elles signifiaient « Seigneur, aie pitié ! » et « Christ est ressuscité ! ». Pour le reste, il laissa parler les cadeaux qu'il avait préparés à l'intention de Trini. Celui-ci se dépêcha de pousser ses deux pénitents vers l'autel pour les absoudre au plus vite de tous leurs méfaits et de tous ceux qu'ils commettraient à l'avenir. C'était un blasphème, mais Trini était d'humeur magnanime et ne revint pas sur sa promesse : il était temps pour lui de toucher son salaire.

Gosset enfila une tenue propre sur son dos nu et alla

chercher le couple royal, les éminents commanditaires de la procession, pendant que le Doge expliquait à son partenaire en affaires tous les accords qui avaient été conclus et les variantes qu'on leur avait prévues. Mais Abdal s'opposa formellement à ce qu'on roue l'inquisiteur de coups avant de le chasser sous une pluie d'injures.

— Je ne vais certainement pas surcharger le navire avec le poids de ces poupées de bois uniquement pour vous permettre de refroidir votre mauvaise humeur, fit-il en désignant les chars à bœufs portant les personnages du Golgotha. Je n'accepterai pas que vous mettiez en péril notre vie à tous et surtout que vous me mettiez en retard.

— Mais ces sculptures constituent le trésor ! tenta de lui expliquer le Doge. Ce sont des créations particulièrement précieuses, des chefs-d'œuvre de l'art occidental !

À cet instant, Gosset revint avec Roç et Yeza. Ils avaient entendu la dernière phrase ; ils poussèrent Gosset vers Abdal et séparèrent le Doge du Hafside. Georges Morosin n'apprécia pas du tout que l'on ait ainsi mis un terme à leur discussion. Mais, de toute façon, Trini l'avait déjà rejoint avec sa liste de frais, et voulait savoir qui allait le rembourser.

— Nous vous paierons ! lui annonça Yeza en lui ôtant le papier de la main. Les soldats de Mirepoix croyaient qu'on allait enfin les laisser repartir. Ils se trompaient : c'est le vieux Xacbert de Barbera qui reprit le commandement et leur ordonna de décharger.

Gosset était très rapidement arrivé à passer un accord avec le Hafside. Aucun or ne pèse trop lourd lorsque la moitié tombe dans la caisse du bord – moins les quinze pour cent de frais pour l'intermédiaire. Abdal donna donc immédiatement à ses matelots l'ordre de hisser à bord les statues de la Sainte Famille du prophète Jésus, avec les badauds et ses bourreaux.

— Répartissez bien le poids, et amarrez fermement ! allait-il hurler en arabe et à voix haute. Gosset l'arrêta à temps et lui rappela qu'il était censé exercer une fonction de grand métropolite chrétien. Il chuchota donc ses ordres à son lieutenant, qui brailla à sa place.

— Si le chargement se met à glisser en haute mer,

expliqua-t-il, même la mère de l'homme à la croix ne pourra plus rien pour nous.

Le gros Trini les rejoignit, suivi par Yeza.

— Messire l'Inquisiteur recevra pour ses prestations la somme convenue.

Elle indiqua à voix basse au Hafside la somme qu'il devait payer, et prit le temps de lui chuchoter quelques mots supplémentaires. Trini, inquiet, dansait d'un pied sur l'autre. Il finit par décider d'accomplir un geste généreux :

— En reconnaissance des objectifs louables que le couple sacré (il voulait dire « royal », mais ne put rectifier à temps) a fixés à cette très chrétienne donation, l'Église renonce à un tiers de la somme qui lui revient.

Il paraissait lutter contre l'émotion.

— Je... elle considère cela comme sa contribution à l'enrichissement de ces lieux qui sont saints pour chacun d'entre nous.

Trini pleurait à présent. Il donna l'accolade au grand métropolite, puis à Roç et à Yeza, avant de se faire payer par Gosset. Celui-ci prit dans la caisse du bord la somme prévue, diminuée d'un tiers.

— Donnez aussi trois pièces d'or à chaque soldat de Mirepoix ! proposa Roç, et Yeza hocha la tête. Ils nous ont servis longtemps et fidèlement !

Gosset leva les yeux vers Abdal, qui répondit doucement :

— Nous le retrancherons sur la part du Doge, à titre de frais de transports. Le Temple digérera bien cette perte !

Yeza éclata de rire.

— Mais nous pouvons nous le permettre !

— Maniez votre or avec parcimonie ! leur conseilla Gosset. Nous avons encore une longue route devant nous !

Taxiarchos s'était montré, une fois de plus, capable d'affronter avec décontraction n'importe quelle situation nouvelle, si dramatique qu'elle puisse paraître. Les chercheurs de trésor du « *trou des tipli'es* » étaient ainsi parvenus à utiliser la herse de fer comme une échelle, devant la roue à aubes, à l'aide de quelques lances qui n'étaient pas totalement brisées. Le plus dangereux était qu'il leur fallait entrer une fois encore dans la mine effondrée, où des fragments de roche continuaient à se détacher du plafond. Mas et Pons s'en chargèrent. Mas insista même pour le faire : il brûlait de vérifier un soupçon qui lui était venu mais qu'il s'était prudemment abstenu de formuler : ce tremblement de terre avait été déclenché artificiellement, soit par une mécanique destinée à écarter les intrus, soit par les deux sergents du Temple, qui avaient disparu sans laisser de traces. Mais il n'en découvrit aucune espèce de preuve, et leur chef ne leur permit pas de mener leurs explorations plus avant dans la montagne. Ils en furent navrés : ils continuaient à espérer secrètement qu'ils trouveraient au moins un petit trésor, quelques pierres précieuses, peut-être, qui les auraient au moins dédommagés de toute la peine qu'ils s'étaient donnée.

Lorsqu'ils se tinrent enfin tous les quatre, épuisés, sur la crête des murailles, au-dessus de la porte condamnée, ils découvrirent une vue effrayante sur l'abîme. Vers l'extérieur, les murs lisses descendaient encore plus bas : le constructeur avait intégré à l'habillement de basalte le nez rocheux naturel sur lequel il avait dressé la barbacane, pour masquer et protéger l'entrée des mines. Mais ces chasseurs de trésor chanceux comprirent alors comment les deux Templiers avaient pu disparaître sans se faire voir : dans l'une des tours du portail, une porte dérobée menait à la ravine, et donc à la liberté. Il leur fallait simplement descendre un étroit escalier en colimaçon. C'est ce qu'ils firent, l'un après l'autre.

À peu près au même moment, le trois-mâts du Hafside levait l'ancre dans le port de Perpignan. Xacbert de Barbera et Bezù de la Trinité restèrent sur le môle, en agitant les bras. Ils ne remarquèrent cette communauté involontaire qu'au moment où ils s'entendirent renifler. Le vieil hérétique invétéré et son poursuivant acharné échangèrent un bref regard désapprobateur avant de s'éloigner brusquement l'un de l'autre. Les soldats de

Mirepoix, grassement rémunérés, avaient pris position tout au bout du quai et criaient :

— Ay, ay, ay, Dieu bénisse le couple royal ! Ay, ay, ay !

Geraude et Potkaxl se chargèrent de répondre aux salutations : dame Mafalda était tout de même la fille du comte de Mirepoix, et première dame de cour par-dessus le marché. Elle n'agitait pas la main vers des soldats ordinaires. Philippe se coucha aussitôt. Seul l'infatigable Jordi attrapa son luth et chanta sous le claquement des voiles que l'on hissait à présent.

« *Oy, aura dulza, qui vens dever lai*
un mun amic dorm e sejorn'e jai,
del dolz aleyn un beure m'aportay !
La bocha obre, per grand desir qu'en ai. »

Le Hafside avait cédé à Roç et Yeza sa cabine personnelle à la poupe, une pièce somptueuse, et avait fait installer une tente sur le pont pour lui-même, le Doge et Gosset. Ni lui ni ses invités n'y manquaient de rien : on put s'en rendre compte lorsqu'il convia le couple royal à venir partager un verre, une fois qu'ils furent au milieu du fleuve, en direction de la mer. Conseillé par Xacbert, il avait chargé à son bord une quantité importante de vin rouge et râpeux du Roussillon.

— Les seigneurs qui avaient jusqu'alors coutume d'entourer les croix du Golgotha voyagent un peu moins confortablement que nous, plaisanta Gosset en levant son verre. Les voilà serrés comme des sardines dans la cale du navire, ligotés et enchaînés, comme notre bon Abdal a coutume de transporter sa marchandise. Ils ne voient le ciel bleu que par la grille de fer au-dessus de leur tête, et elle leur barre l'accès au pont supérieur. Et pourtant, ils portent leur propre croix sans une plainte !

Tous se mirent à rire, et le Hafside nota sèchement :

— J'espère qu'ils portent autre chose que cela ! Même si ma part n'est que de cinquante pour cent !

— Moins mon salaire d'intermédiaire ! s'exclama Gosset. Buvons au sauvetage réussi du trésor !

Ils trinquèrent tous en souriant. Seul le Doge avait l'air un peu déconcerté. Messire Georges Morosin n'avait toujours pas saisi en quoi consistait le trésor, ni où il se dissimulait.

III

Des îles lointaines

Méfie-toi d'Hellade !

Mis à part sa façade entourée par deux tours, qui rappelait encore la simplicité de ses maîtres d'ouvrage normands, aucun élément de l'impressionnante cathédrale de Palerme n'exprimait mieux l'influence des empereurs Hohenstaufen que son flanc dominé par le somptueux portique. Les Souabes étaient allés chercher au Nord les bâtisseurs de cathédrales et leurs contremaîtres pour réaliser l'antique rêve du Sud. Ils voulaient y jouir de l'existence et reposer leur corps. Un amour auquel les Sarrasins toujours présents répondirent mieux que l'éminente parenté de la dernière princesse normande, qui, au fond de son cœur, ne devint jamais vraiment une impératrice Hohenstaufen. Jean de Procida, qui avait déjà servi de médecin personnel à son fils unique et tant aimé, Frédéric, était plus conscient de ce problème que Manfred, son jeune maître, auquel il avait transmis sa fidélité envers la maison impériale.

Le chancelier préféra se faufiler par une porte latérale de la façade sous les sombres arcades de la cathédrale. Le haut dignitaire de l'Église avec lequel il avait rendez-vous, l'évêque de Grigenti, avait sans doute adopté la même attitude. En réalité, celui-ci avait utilisé une entrée encore plus secrète et destinée au clergé, juste à côté de l'abside. Si l'on faisait tant de mystères, c'est que l'archevêque prévu pour la cérémonie du couronnement avait quitté la ville prématurément, sous un prétexte cousu de fil blanc. En réalité, le pape l'avait rappelé à Rome juste à temps.

On s'en doute, l'*Ecclesia romana* n'appréciait guère de voir cette cérémonie célébrée par un vulgaire *episcopus provinciae*. Mais le pasteur de Grigenti tenait plus à sa tête qu'à sa pourpre, et avait cédé à la demande insistante du chancelier. Jean de Procida surprit l'évêque grassouillet dans la contemplation des sarcophages de marbre que l'on avait installés dans les chapelles latérales, aussi imposants que des navires de combat étrangers prêts à partir à la bataille, même si des baldaquins semblaient vouloir leur imposer le calme, la seule et unique bonace, sans doute, de leur vie tempétueuse.

— Une digne chambre funéraire, dit l'évêque, qui ne portait ni sa mitre, ni son bâton. Elle, je l'ai connue de son vivant, dit-il en désignant le cercueil de Constance d'Aragon, la première épouse de Frédéric. L'empereur l'aimait beaucoup, il n'en a plus jamais aimé aucune comme celle-là. Il lui a laissé dans sa tombe la couronne de fer des Normands.

— Ce qui montre sans doute aussi qu'à cet instant au plus tard, l'empereur était conscient du fait qu'il ne lui serait jamais accordé de mener et d'achever une vie paisible comme roi des deux Siciles, tandis que son lointain empire serait régi par des fils obéissants et des baillis fidèles. Rome se chargeait déjà de lui compliquer l'existence, répondit le chancelier, l'air songeur.

L'homme d'Église ne releva pas ces allusions perfides.

— Et il repose à présent ici, *stupor mundi*, eh oui, la stupeur du monde, enfermé dans du porphyre rouge, porté par quatre lions, signe mystérieux des temps antiques...

— « Il vit et ne vit pas », dit la Sibylle, l'interrompit Jean, qui perdait patience. Nous sommes ici pour nous occuper des vivants : du couronnement solennel de celui qui fut sans doute le plus aimé de ses fils, Manfred.

— Mis à part le malheureux Enzio, qu'il aurait certainement préféré.

L'évêque venu du sud de l'île, là où l'on ne voyait que

des chèvres paître entre les temples grecs, avait donc sa préférence. Mais avant que cet éloquent spécialiste des conflits familiaux chez les Hohenstaufen ne puisse étaler tout son savoir, le chancelier lui coupa la parole.

— Mais celui-là, les inflexibles Bolonais l'empêchent de s'emparer de l'héritage. Peut-être pour son plus grand bien, ajouta-t-il. Un roi Manfred, une fois paré de la couronne impériale, ne pourrait plus jouir longtemps de la beauté de son île.

— C'est précisément ce que symbolisent les sarcophages de ses ancêtres, reprit l'évêque pour justifier l'attention qu'il portait à ces tombes. Je veux parler de celui du cruel Henri et de la douce Constance de Hauteville. Ils appellent l'empire et le pape à la réconciliation. C'est ce dont je veux parler au peuple, aux invités officiels venus des campagnes allemandes, et aux espions du château Saint-Ange, ceux qu'Octavien degli Ubaldini nous envoie très certainement...

— Le cardinal gris..., laissa échapper Jean avant de pouvoir dissimuler la nuance d'effroi que révélait sa voix, ... ce Florentin ? Je serais heureux s'il ne s'agissait que de mouchards déguisés, et rien de pire.

— L'anneau du cardinal est réputé, et le poison officiel passe pour être une spécialité des *orefici fiorentini*, constata l'évêque, stoïque. Seuls les Byzantins les égalent en cela.

Jean de Procida était enfin parvenu à éloigner l'évêque des sarcophages pour le mener devant l'autel en le tirant doucement par la manchc.

— Ici, Manfred s'agenouillera devant vous. Mais vous le relèverez et le mènerez à ce trône de mosaïque d'or.

— Mais c'est la place qui revient à Son Éminence, l'archevêque...

— Justement, répondit sèchement Jean. C'est là que messire Manfred s'installera, pour le punir. C'est vous qui l'oindrez et déposerez sur sa tête la couronne que je vous tendrai, si l'on ne trouve personne plus digne de le faire.

— Et ensuite, les cloches sonneront ?

— Cela, c'est mon problème, répliqua le chancelier. Répétez à présent la cérémonie ! Vous avez à votre disposition tous les prêtres et tous les prieurs de cette ville, avec leurs chœurs, leurs servants et leurs auxiliaires.

— Je préférerais réfléchir à mon prêche, trouver les mots exacts...

— Soyez bref, et surtout ne vous trompez pas pendant le saint office. Les Palermitains sont superstitieux, ils vous battront à mort si vous leur gâchez la fête.

Sur ces paroles encourageantes, le chancelier abandonna l'évêque sous le chemin de croix byzantin qui, à l'entrée du chœur, pendait à une chaîne qui descendait du plafond.

Jean de Procida quitta la cathédrale par le somptueux portail principal ; il se savait attendu dans le hall d'entrée. Son temps était compté.

— Le cortège de la fête rassemblera les chevaliers derrière le *Palazzo*, lui expliqua immédiatement le Premier chambellan, maître des cérémonies, qui préparait les festivités, et tout particulièrement le trajet qu'emprunterait le cortège du couronnement.

— Il franchira la Porta di Castro vers San Cataldo et la Martorana, où l'attendra le haut clergé. Puis il obliquera dans la Maqueda, traversera le Cassaro, tournera dans la Bandiera, qui mène au monastère de Saint-Dominique. Là l'attendront les représentants de la bourgeoisie et des corporations. À la Porta Carbone, nous atteindrons la Cala où se trouveront, sur le quai, les ambassadeurs étrangers. Le cortège sera ainsi au complet, et nous remonterons solennellement vers la ville, jusqu'à ce que nous arrivions ici.

Les deux hommes, entourés par les membres du comité des fêtes, qui prenaient l'air important ou affairés, se trouvaient désormais sur les marches de l'escalier extérieur de la « cathédrale », puisque c'est ainsi que les Palermitains nommaient cette gigantesque église consacrée à l'*Assunta*. Ils regardaient le Cassaro, cette large rue centrale qui, partant de la Cala, le bassin portuaire, menait jusqu'au « Qasr », le château fort : c'est ainsi que les Hohenstaufen eux-mêmes aimaient encore à appeler le Palazzo dei Normanni. C'était le *camino real* traditionnel, la voie royale qui dessinait la forme d'une croix et qui, loin d'éviter les ruelles étroites et sinueuses de la vieille ville, passait dans les quatre quartiers de la cité : le Capo, la Loggia, la Kalsa et l'Albergaria. Manfred y avait tenu, même si son chambellan ne partageait pas entièrement sa confiance.

— Il sera tellement facile, pour des archers, de se dissimuler sur les toits, ou pour les Assassins de surgir de n'importe quel trou.

— Mais la solution est toute simple, mon cher Maletta, répondit le chancelier, impassible. Imaginez-vous que vous êtes vous-même un tueur à gages. Où attaqueriez-vous ? Descendez le chemin, et chaque fois que vous verrez la possibilité de commettre un attentat, postez des arbalétriers ou une double garde.

— Je suis totalement incapable de jouer ce rôle. J'ai le vertige rien qu'en marchant au bord d'un toit.

— Il est à peu près certain que l'attentat contre la vie du roi ne sera pas perpétré par la violence, expliqua Jean au fonctionnaire anxieux. C'est par la perfidie qu'on essaiera de le tuer, par le poison. Notre mission est de surveiller chaque boisson, chaque bouchée pendant le festin – depuis la marmite du cuisinier ou le bec de la cruche jusqu'à la bouche du souverain, et sans troubler pour autant sa gaieté.

— On dit que le Triton traîne sa jambe par ici ?

— C'est malheureusement véridique ! Octavien est donc forcé de nous envoyer un tueur que nous ne connaissons pas.

— Attendez-vous la morsure d'un de ces reptiles avant que le couronnement ne soit parvenu à son terme ?

— Je l'attends à n'importe quel moment, maugréa le chancelier, d'autant plus que cette fois-ci, Hellade s'active elle aussi. Moins autour de notre maître que pour la Corne d'Or ! Prenez garde à tout ce qui vient du Bosphore !

Le chancelier quitta avec son escorte la place située devant la cathédrale de Palerme et se rendit dans le palais voisin, celui d'Arcivescovile, où il avait rendez-vous avec Thomas Bérard, le grand maître des Templiers. Celui-là ne restera pas jusqu'au couronnement, se dit le chancelier avec colère. Car le plus haut dignitaire de l'Ordre séjournait *incognito* dans la ville et s'était refusé à entrer dans le palais du roi. Il l'avait donc logé chez l'archevêque, au « Castel San'Arcitrotz », puisque c'est ainsi que Manfred (lequel ne parlait pour le reste aucun mot d'allemand) nommait le siège de son contradicteur romain. Jean fut heureux de pouvoir utiliser la maison de l'archevêque empêché comme lieu de rencontres secrètes. Le Palazzo Arcivescovile possédait plus d'accès secrets et de tunnels d'évasion que celui du roi. L'un d'entre eux descendait jusqu'à la Cala.

La galerie souterraine murée débouchait sur le coude du port, à l'endroit précis où se situait la petite église de Santa Rosalia, la patronne de la ville, juste à côté d'un grossiste en vin. On avait ménagé deux sorties : l'une, religieuse, par la crypte et l'autre, profane, à l'arrière de la cave aux fûts. Devant les deux bâtiments était ancré un navire remarquable, un deux-mâts à la coque bombée qui avait conduit ici le grand maître en mission secrète, sans arborer ses couleurs. Seul un homme rompu aux combats maritimes pouvait apprécier à sa juste valeur l'architecture d'une trirème, le plus beau des navires de guerre qui frayaient en Méditerranée. Ce bateau, qui paraissait plutôt pataud, devait être d'une vitesse extraordinaire. Il disposait d'une gigantesque surface de voile et toutes les rames étaient servies non pas par un, mais par trois esclaves, si l'on se fiait aux sièges qu'on y avait installés. Il avait tout d'un saurien menaçant. Cette impression terrifiante était encore renforcée par le gigantesque éperon qui formait la pointe de la proue, comme un nez d'espadon. On pouvait l'abaisser profondément sous la surface de l'eau. Les capitaines et officiers des autres navires, rassemblés sur le quai, observaient avec agacement les sergents du Temple qui montaient la garde autour du navire et interdisaient qu'on pénètre dans cette machine de guerre flottante, et même qu'on la regarde de trop près.

On disait que le précurseur, sinon le modèle de *L'Atalante* (c'est ainsi, disait-on, que se nommait ce prodige des mers, mais ce n'était inscrit nulle part) était la fameuse trirème de la comtesse d'Otrante, « L'Abbesse », celle qui avait semé la panique en Méditerranée jusqu'à ce qu'on cesse d'entendre parler de cette femme redoutable. Mais il était rare que l'on voie *L'Atalante* au sud du Djebl al-Tarik. On racontait qu'elle voguait d'ordinaire au-delà des « Colonnes d'Hercule » de Cadix, passait dans les Océans et allait jusqu'aux « Iles lointaines », quoi qu'on entende par là, puisque l'on y atteignait la fin du monde. C'était entre autres pour éviter ce genre de rumeurs que les Templiers hissaient rarement leur hideux pavillon. On disait aussi que le navire voguait le plus souvent de nuit et que de nombreuses barques de pêcheurs disparues sans explication avaient en fait été les victimes de *L'Atalante,* qui filait sur la mer dans la pénombre. Il était donc plus qu'étonnant de la retrouver ici, paisiblement ancrée dans la Cala. Ses voiles rabaissées formaient un rideau tout autour du navire. Peut-être ne devait-on pas voir les catapultes fixes montées à son bord, les vingt trébuchets (dix sur chaque flanc) qui lançaient des flèches incendiaires et les puissantes balistes, assez fortes pour projeter des poids de cinquante livres ou de grosses amphores rondes remplies de feu grégeois. Dès le premier coup, les uns comme les autres provoquaient de toute façon la destruction et le naufrage de n'importe quel ennemi, si habile soit-il.

Comme pour détourner l'attention de ce monstre des mers, un autre puissant voilier des Templiers arriva alors dans le port. Mais il fit un crochet dès qu'il aperçut *L'Atalante* pour aller jeter l'ancre sur le môle le plus éloigné, à hauteur de Santa Maria di Catena, l'église dont le mur courait depuis le port jusqu'aux quartiers désaffectés des Génois. Le navire était sous le commandement de Taxiarchos, accompagné de ses trois jeunes chevaliers venus du Languedoc, Raoul de Belgrave, Mas de Morency et Pons de Levis.

À vrai dire, cela n'avait rien d'un événement. Depuis quelques jours, on voyait s'ancrer tant de navires considérables, parfois à quelques heures d'intervalle seulement, dont de nombreux deux-mâts et des galères de plusieurs centaines d'hommes, que seul le commandant du port se soucia de ce voilier rapide qui venait d'entrer.

— Allez-y donc, ordonna le Pénicrate à ses trois

hommes, et cherchez la taverne qui vous paraîtra la plus mal famée. Je n'ai pas seulement besoin d'un solide vin rouge de Sicile...

— ... mais encore d'une *fica* noire et humide, dit Pons, complétant la phrase si souvent entendue chez son amiral.

— Ici, il doit aussi y avoir des blondes, ajouta Mas alors qu'ils descendaient la passerelle à la file. C'est l'apport normand.

— C'est la noblesse de l'île. Elle attendait justement Mas de Morency, un pauvre chevalier sans terre.

— Mais lubrique ! rétorqua celui-ci.

— Les blondes, il faut toujours attendre si longtemps avant qu'elles ne comprennent ce que l'on espère d'elles...

— Mais elles sont si bonnes ensuite ! s'exclama Pons.

— Je préfère les brunes. Elles sont trempées avant même que tu les aies vraiment regardées.

— Ne regarde pas ! clama Mas. Ferme les yeux, baisse tes pantalons, et...

— Si ces prétendus coureurs de jupon continuent à faire couiner leurs longues gueules de singes au lieu de déplacer leurs fesses dans la direction ordonnée par l'amiral, je leur écrase les couilles ! leur brailla Taxiarchos en les voyant s'attarder encore sur le quai, incertains. Et il ajouta : Vous les entendrez sonner comme les cloches du ciel !

Ils filèrent tous les trois, tandis que le commandant de la capitainerie montait à bord.

Le port grouillait en effet des invités venus de tous les coins du monde, de la Méditerranée jusqu'aux lointains rivages de la Baltique. Le glorieux trio se fraya un chemin dans la foule des badauds.

— Qu'est-ce que nous venons faire ici, au juste ? grogna Mas de Morency. J'aimerais bien savoir pourquoi nous avons dû prendre ce navire d'assaut, et ce même pas comme de vrais corsaires, mais secrètement, comme des voleurs au milieu de la nuit !

— Mais l'équipage a obéi au moindre mot de Taxiarchos, objecta Raoul.

— Il n'empêche que la serrure de la chaîne, à Perpigna, portait le sceau des Templiers, même si notre amiral l'a brisé d'un geste aussi rapide que discret, je l'ai bien vu.

— Et pourquoi devions-nous faire voile aussi vite jusqu'ici, comme des diables, sans avoir pris de provisions, sans nous arrêter, même en pleine nuit ?

Pons avait manifestement souffert du manque de confort et de sommeil.

— La faim t'a vidé le cerveau, mon pauvre Levis ! ironisa Raoul. La raison est toute simple : Taxiarchos n'a pu admettre que le précepteur lui ravisse sa part de la cargaison, puis que le couple royal lui subtilise le trésor. S'il est venu ici aussi rapidement, ce n'est pas pour que nous prenions enfin notre service auprès du chevalier Roç Trencavel, mais parce qu'il espère pouvoir encore les récupérer ici, lui et son admirable compagne Yeza !

— Ils sont donc déjà là ? demanda Pons, incrédule.

— Qu'est-ce que j'en sais ? En tout cas, je n'ai aucune envie de chercher longtemps la taverne « la plus mal famée » de Palerme. Nous prendrons la première qui se présentera !

— De toute façon, dès que tu y seras entré, elle remplira la condition requise, rétorqua Raoul.

Ils contournèrent le barrage formé par les sergents du Temple et entrèrent chez le marchand de vin le plus proche. « *Oleum atque Vinum* », lisait-on sur la porte ouverte, et l'on avait installé un bar juste à côté, vers le môle. Alekos, le patron, était un Grec et bondit littéralement en apprenant que les trois garçons étaient arrivés avec Taxiarchos, le Pénicrate de Constantinople ; il put à peine attendre que son compatriote à la triste réputation fasse à sa modeste salle de dégustation l'honneur d'une visite.

Ce qu'abritaient les voûtes n'était d'ailleurs pas si modeste que cela. On y avait disposé des amphores de précieuse huile d'olive pressée à froid, toutes enfouies dans le lit de sable. Au fond, les fûts de chêne formaient de longues rangées et diffusaient un parfum tantôt âcre et terreux, tantôt lourd et résineux, lorsque Alekos baissait son nez en pomme de terre vers le robinet ouvert. C'est d'ailleurs justement ce qu'il était en train de faire : il comptait réserver à ses invités les meilleurs crus de cet or liquide qu'il conservait dans sa chambre aux trésors.

Alekos était un homme de paille du Temple, le véritable propriétaire de l'« *Oleum atque Vinum* », des halles qui le jouxtaient et de la petite église de Sainte-Rosalie. Les maîtres du Temple ne possédaient rien d'autre à Palerme, ni quartiers, ni commanderie. L'Ordre, dont le maître suprême était tout de même le pape, ne jugeait ni souhaitable ni nécessaire d'entretenir des quartiers en Sicile depuis que les Hohenstaufen y régnaient : ceux-ci auraient pu s'en servir pour les faire chanter. La situation actuelle les satisfaisait pleinement. Ils n'étaient pas seulement à proximité immédiate de la mer, mais à deux pas du nœud de l'influence romaine. C'était eux qui avaient la plus haute autorité spirituelle à leur botte, et non l'inverse, comme l'aurait aimé l'archevêque. Quant à leur lien avec le pouvoir séculier, il demeurait invisible. Jean de Procida s'en chargeait.

Alekos avait servi le vin, mais Taxiarchos n'était toujours pas apparu. L'hôte avait ainsi commencé à passer le temps avec les trois chevaliers étrangers, en énumérant les navires ancrés dans le port, et les invités royaux déjà arrivés.

— La galère bleue, là-bas, dit-il en désignant le long navire à la proue surélevée, c'est l'émir de Tunis. Il a envoyé son grand eunuque, qui écume pour son compte les marchés aux esclaves. Juste à côté se trouve le voilier aux lignes élégantes du duc de Gandia, qui représente le roi d'Aragon.

— Ah ! laissa échapper Pons. Don Jaime, l'*Expugnador* !

— Nous nous sommes battus contre Xacbert de Barbera ! ajouta Mas avec fierté. C'est lui qui avait pris Majorque pour le compte du roi d'Aragon.

Alekos rit et resservit à boire.

— Je ne connais que son navire, la *Nuestra Señora de Quéribus*, dont ce vieux rat des champs prétend n'avoir jamais foulé les planches !

— Je connais ces couleurs ! s'exclama Pons en désignant une vieille galère qui accostait. Ce doit être le comte de Malte.

— Le grand amiral de la flotte sicilienne. Non, ce sont les armes de l'amirauté... ce ne serait tout de même pas « L'Abbesse »... Non, ça n'est pas possible !

L'attention d'Alekos fut attirée par de nouveaux arrivants.

— Voyez-vous les chameaux richement ornés que l'on vient tout juste de décharger ? C'est la plus fidèle garde de Manfred, les Sarrasins de Lucera.

Il avala une bonne gorgée et resservit une tournée.

— D'Apulie, de la Terra di Lavoro et même de Calabre, beaucoup des vassaux et parents du roi ont traversé la mer au lieu de prendre le chemin pénible qui passe par les terres. Ils ont donc tous emmené leur maison avec eux, comme des escargots.

Cette idée causait à Alekos une grande joie : après tout, il était né ici, et il n'était pas peu fier de pouvoir donner à ces trois jeunes lascars un échantillon de l'univers que représentait le puissant royaume de Sicile.

— Le prince de Tarente, les ducs d'Amalfi, et avec eux ceux de Bénévent et de Capoue sont arrivés ainsi, tout comme les comtes de Sorrente et d'Aquin, ceux de Lecce et de Brindisi. Et du royaume du nord sont arrivés le duc de Spoleto et celui de Montferrat.

— Foggia, Messine et Naples ont certainement elles aussi envoyé des délégations de leur bourgeoisie et de leur université ? se moqua Mas.

— Certainement ! Autrement la ville ne serait pas aussi pleine de merde à chaque coin de rue !

Manifestement, Alekos n'éprouvait pas un amour débordant pour ses frères situés au-delà de la mer Tyrrhénienne, ni pour les vantards bruyants de la Campagnie, ni pour les arrogants d'Apulie, qui s'étaient piqués de remplacer Palerme comme capitale du royaume. Alekos cracha par terre, méprisant.

— Et parmi les autres États, qui donc envoie son ambassadeur ? interrogea Raoul qui, jusqu'alors, s'était contenté d'écouter attentivement. L'Angleterre a toujours été une bonne amie, non ?

Alekos avait, sur ce point aussi, des informations récentes. Il commença par remplir son gobelet, se rinça la gorge et demanda, l'air soucieux :

— Mais où est donc passé Taxiarchos ? Il devrait tout de même...

— Lorsque nous avons quitté le navire des Templiers, le capitaine du port montait justement à bord.

— Le navire des Templiers ? répéta-t-il.

— Mais bien sûr ! répliqua Pons, tout fier. Celui-là même avec lequel nous avons, après le « Fer... ».

Il n'alla pas plus loin : Raoul lui avait envoyé une gifle sèche et douloureuse.

— Vous étiez sur le point de nous énumérer les invités venus des pays lointains, reprit Belgrave en adressant un sourire cordial à son hôte. Il préféra garder pour lui les questions qui lui venaient d'un seul coup à l'esprit.

— Eh bien, reprit le Grec en essuyant les gouttes de vin sur les pointes de ses moustaches, nous aurions par exemple le despote d'Épire. Celui-là a envoyé son fils bâtard. Il sera sans doute suivi sous peu par sa jolie fille, Enela Angelina. (Il prononça le mot du bout de la langue). Car elle est promise à notre seigneur Manfred. Mais je ne chasserais pas non plus de ma couche l'épouse de son demi-frère ! Lorsque cette princesse de Valachie a traversé la campagne, hier, ils avaient tous les yeux exorbités, même le deuxième dans la hiérarchie des chevaliers de Saint-Jean, Messire Hugues de Revel, arrivé ici peu de temps avant elle pour représenter son grand maître. Châteauneuf est aujourd'hui trop vieux pour voyager. Cette Valache enflammée portait le costume et les bijoux de sa patrie sauvage. Il n'y a que des bergers et des moutons là-dedans ! Tout le monde la regardait, et son époux éclatait de jalousie !

— Je veux la voir ! s'exclama Mas de Morency.

— Elle n'attend que toi ! répondit Raoul avant de s'adresser à l'aubergiste. Elle a certainement tout de suite envoyé sa suivante pour demander si Mas de Morency était déjà arrivé !

— Continuez ! s'exclama Pons. Il n'y a donc ni roi, ni empereur, ni sultan ... ?

— La cour redoute que l'empereur latin Baudouin de Constantinople ne puisse faire le voyage. Cela leur coûterait cher : fort de son malheureux titre impérial, il vend des reliques à un prix prohibitif. En fait, il est en pleine banqueroute. Messire Baudouin n'a plus un bezant en poche, si bien qu'il vivra aux crochets de ses hôtes. Même en raclant ses fonds de tiroir, il ne trouve plus de quoi payer ses voyages.

— Alors, pas même un empereur !

Pons était déçu. Mais, à cet instant précis, une jeune fille pétulante passa à l'extérieur, entourée de gardes du corps sarrasins et d'un essaim de suivantes. La vierge était bien en chair et portait un regard insouciant au-dessus de la foule, car elle dépassait tout son entourage d'une bonne tête. Elle avait des yeux insolents de femme-enfant. Son regard se dirigea, par la porte ouverte, sur les buveurs attablés, et elle s'arrêta pour toiser les trois garçons sans la moindre gêne. Puis elle sourit et laissa son guépard l'entraîner vers l'avant. Le sourire de la jeune fille était destiné à Raoul, car c'était lui qui lui avait adressé un clin d'œil pour l'inviter à leur table.

— Ouh là ! fit Pons en reprenant son souffle. Tu as vu comment elle m'a regardé ?

— Toi ? s'exclama Mas.

— C'était Constance, la fille du roi Manfred, son enfant unique et couvert d'un amour brûlant ! expliqua Alekos aux jeunes cerfs. C'est encore une enfant...

— Une enfant ? répliqua Raoul. Dans ce cas, je me transformerais bien en corrupteur de jeune chair !

Mas se leva d'un seul coup pour suivre du regard l'assemblée qui s'éloignait.

— Et je prends le guépard en cadeau ! La déesse Diane est descendue me serrer dans ses bras.

— Elle te donnera en pâture à sa bête avant même que tu aies pu sortir de tes chausses ! fit Raoul, qui n'avait pas de pitié lorsqu'il s'agissait du dessous de la ceinture.

L'hôte mit un terme à la dispute.

— Constance est une jeune vierge honorable. Et elle est fiancée à l'infant d'Aragon.

— Le second point n'entraîne pas forcément le premier ! rétorqua Pons. Mais l'agitation reprit devant la taverne.

La chaîne formée par les sergents du Temple ouvrit cette fois-ci de bonne grâce la voie à une troupe de soldats qui, guidés par le commandant du port, se dirigea tout droit vers la porte de l'« *Oleum atque Vinum* ». Ses hommes étaient déjà entrés lorsque le commandant cria :

— Au nom de la loi, tous les hommes présents ici sont aux arrêts !

Les soldats s'emparèrent du trio avant même que l'un des jeunes gens ait pu tirer son arme. Ils leur passèrent les bras dans le dos et leurs lièrent les poignets. Ils voulurent faire de même avec Alekos, mais finirent par y renoncer : on était entre connaissances...

— Vous allez tout de même devoir nous suivre, Alekos ! lui ordonna l'un des gens d'armes.

— Moi ? Pourquoi ?

— Parce que vous êtes grec ! lui répondit-on sèchement. Il s'agit d'un complot byzantin, ajouta-t-il, l'air grave. Haute trahison !

Les trois glorieux jeunes gens furent poussés hors de l'auberge. Alekos les suivit en secouant la tête.

Le raccommodeur d'Ustica

Le voilier du Hafside était ancré dans une crique discrète de l'île d'Ustica, dans le nord de la Sicile. Le marchand d'esclaves avait choisi la route la plus courte, passant tout droit entre le sud de la Corse et la pointe septentrionale de la Sardaigne, qui grouillait d'ordinaire de corsaires et de bandits sardes. Mais tous les navires de pirates qui s'approchaient de lui se contentaient de lui adresser un salut respectueux dès qu'ils reconnaissaient le fanion fièrement hissé d'Abdal. Ses couleurs montraient, sur fond noir, deux cimeterres croisés, brodés en fil d'or sur le drap luxueux. Au-dessus, dans le *capo* vert, la tête d'un Maure portant un bandeau blanc sur les yeux, comme si l'on venait de la couper. Mais le tissu battait joyeusement au vent ; quant au maître du navire, il était bien vivant et d'excellente humeur. Le Hafside portait toujours la robe imaginaire d'un grand métropolite de Bethléhem, chargée de bijoux. Cet habit lui plaisait énormément, mais il l'aurait revêtu de toute façon, pour remercier Allah d'avoir accumulé autant d'or sur son navire sans qu'il ait eu à bouger ses petits doigts ornés de bagues. Abdal, ému, jeta un coup d'œil depuis le pont des rameurs par la grille qui donnait dans le ventre de son navire. Cette fois, la cale n'était pas pleine de corps d'esclaves couleur d'ébène, mais de saintes figures, toutes fourrées d'or massif. Il n'y avait plus qu'à les ouvrir. C'est en tout cas ce que lui avait garanti messire Georges. Ses partenaires en affaires avaient toujours le tort de le croire aussi sot que le laissaient penser les traits spongieux de son visage.

Le commandeur des Templiers était un être à la fois vaniteux et torturé. Il rejouait chaque fois la scène du maître cupide et du serviteur trompé. Il savait échanger les rôles et s'adapter aux situations les plus bizarres que l'on puisse imaginer entre l'Orient et l'Occident. Un conquérant chrétien, membre d'un Ordre religieux, et un marchand d'esclaves musulman, vivant dans une parfaite symbiose, de celles qu'on ne trouve d'ordinaire qu'au fond des océans, entre le murex et l'anémone de mer.

Il ne restait plus que quelques hommes debout, se dit Abdal, en Orient comme en Occident. Ils devaient se montrer solidaires et transformer ce monde. Non pas tenter de préserver une paix corrompue sur cette terre, mais se battre pour mener unc vie d'hommes nouveaux ! Il le dirait volontiers à Roç et à Yeza, ces deux faiseurs de paix royaux ! Ils portaient en eux tout ce qui pourrait améliorer le monde, le Hafside le sentait bien. Ils devaient se libérer des liens invisibles qu'avait tissés autour de leur jeune vie le Prieuré, cette assemblée de morts vivants ! Il fallait qu'il le leur dise, et il les aiderait de toutes ses forces. Il les imaginait déjà, tous les deux, à la tête d'un mouvement qui mènerait à une ère nouvelle, porterait l'humanité sur de nouveaux rivages, jusqu'aux « Îles Lointaines » !

Abdal dut redescendre sur terre : en dessous, à la poupe, monseigneur Gosset venait de faire ouvrir la grille de fer qui donnait sur la cargaison, et quelques Maures se laissaient descendre par des cordes vers les corps en bois. Le prêtre était suivi par Jordi, le troubadour du couple royal. Il contempla, captivé, ce spectacle parfait qui rappelait beaucoup un abordage par des pirates.

Georges Morosin rejoignit son partenaire à grands pas.

— Nous devrions à présent veiller à ce qu'aucun membre de la Sainte Famille ne disparaisse, murmura le Doge. Je les ai comptés...

— Au contraire, lui répondit le Hafside qui avait remarqué un regard du prêtre et, en hochant la tête, lui avait indiqué son accord. Votre curiosité pourrait être interprétée comme un signe de méfiance, et révélerait aussi que nous connaissons le véritable contenu de ces poupées de bois.

— Ne parlez pas aussi légèrement de ces personnes qui ont porté leur croix et qui nous ont sauvés, nous, les Chré...

— Nous verrons bien ce qu'elles portent ! répliqua Abdal en éclatant de rire. Vous m'avez juré que cela ne me ferait pas de peine. Passez donc à présent avec moi dans la tente, pour que je puisse me repaître de vos souffrances, vous qui êtes forcé d'attendre l'instant de vérité et qui, manifestement, n'y parvenez guère.

— Vous voulez simplement ne pas boire seul, parce que cela pourrait être considéré comme une perfidie indigne d'un bon musulman, lui rétorqua le Doge. Mais au lieu de boire dans votre tente étouffante ce jus de raisin troublé par le roulis et lamentablement chambré, comme nous avons été contraints de le faire pendant toute cette traversée, reprit Georges avec éloquence, je préférerais savourer une cruche du vin frais de ce précieux pays, à l'ombre d'un olivier.

Le Templier se dirigea à grand pas vers le bastingage. Le marchand d'esclaves ne le retint pas.

— Je me demande vraiment où vous avez pu apercevoir la moindre branche d'arbre sur ce rocher aride, grogna-t-il en suivant son ami. Mais peu importe. Cela nous permettra au moins de rejoindre discrètement le couple royal et de vivre avec lui l'arrivée de cette Passion en bois.

— Vous faites preuve d'une sensibilité étonnante, pour un non chrétien, répliqua le Doge, moqueur, en descendant par l'échelle de corde. Le Hafside lui marcha sur la main.

Il n'existait pas de véritable village à Ustica : un certain nombre de maisons étaient accrochées dans les rochers, au-dessus de la plage, et sur l'ensemble trônait une puissante tour de garde normande, manifestement vide. Les habitants de ces lieux s'étaient peut-être cachés en voyant arriver le navire. Leurs expériences désagréables avec les pirates leur inspiraient une certaine méfiance, et la vue qu'offraient Abdal et ses Maures n'était certainement pas de nature à les rassurer. On ne voyait que les têtes de ces hommes qui, armés de harpons, de faux et de fléaux, restaient cachés derrière les murs de pierre, plus effrayés qu'effrayants, mais prêts à défendre au prix de leur vie celle de leurs femmes et de leurs enfants.

À mi-hauteur, entre la plage de sable gris et les murailles, Roç et Yeza avaient fait dresser leur tente au flanc de la colline en terrasses, sur un plateau ombragé par un gigantesque figuier. Le poids des fruits trop mûrs, qui éclataient déjà, faisait courber les branches, et Yeza ordonna à ses femmes de les cueillir et de les préparer. Roç en suçait une du bout de la langue.

— Sais-tu comment les gens d'ici appellent ce fruit ? demanda Roç, provocateur, à Potkaxl, après s'être assuré que Geraude le regardait aussi : une *fica* !

Potkaxl sourit, Geraude rougit, mais Dame Mafalda, qui surveillait l'épluchage, s'exclama :

— Vous ne devriez pas la lécher aussi longtemps. Il vaudrait mieux vous la fourrer dans la gorge !

Roç vit alors, à sa grande joie, apparaître le Hafside, qui gravit les marches raides de la terrasse avec agilité, malgré son corps impressionnant, et le Doge, qui le suivait en gémissant et en s'arrêtant toutes les deux minutes. Le marchand d'esclaves leva les yeux vers la muraille surveillée par les hommes en armes. Abdal éclata de rire :

— Ils redoutent Georges Morosin, l'effroyable Doge d'Ascalon ! (Puis il s'adressa galamment à Yeza :) Ils agitent déjà le drapeau blanc, pour vous montrer qu'ils veulent vous rendre grâce et vous faire allégeance...

Il saisit avec reconnaissance l'une des figues fraîches que Mafalda lui avait fait porter sur un plateau par Geraude, et y mordit avec volupté avant de reprendre :

— ... avant que nous ne leur dévorions toute leur récolte de fruits !

— Ces indigènes ne savent pas quoi faire de leurs figues, répondit Roç en guise d'excuse. À cet instant précis, ils virent un petit homme sec coiffé d'un turban bien trop haut, qui montait sur la muraille, suivi par un gigantesque Noir agitant un grand éventail de plumes et de roseaux au-dessus de la tête de son maître. Cela ne demandait d'ailleurs pas beaucoup d'efforts au Maure : le turban lui arrivait tout juste à la poitrine. Devant eux courait un enfant à la peau beaucoup moins sombre, mais aux cheveux bouclés, qui secouait furieusement le drapeau blanc.

Le Doge venait d'atteindre la plate-forme, en haletant, lorsque le petit homme descendit les marches aussi dignement que possible, à une telle vitesse que son éventeur eut peine à le suivre pour le présenter à l'assistance :

— Son Excellence Kefir Alhakim, gouverneur de Sa Majesté l'empereur Frédéric sur l'île d'Ustica, annonça-t-il avec un accent souabe tellement épais que nul ne le comprit. Roç et Yeza étaient les seuls à maîtriser l'alémanique, et traduisirent en arabe ou en français ce qu'ils venaient d'entendre. Mais le petit homme fit un geste de dénégation et d'impatience.

— Je suis le docteur de cette île, dit-il avec force. Je soigne tous les maux de ses habitants, depuis la fièvre engendrée par la piqûre des *Trachinidae* ou du *Scorpanea* jusqu'aux hémorragies en couches, aux conséquences de l'ingestion de mauvais coquillages et aux maladies de l'amour !

Kefir Alhakim lança un regard de défi à la ronde, ce qui n'échappa pas à Roç.

— Vous avez donc appris tout cela à Salerne, et vous avez une accréditation, comme le prévoit la loi...

Le petit homme ne le laissa pas finir sa phrase.

— Je suis un médecin utilisant les remèdes que l'on trouve cachés dans la nature. Je suis l'un des derniers à connaître la *myketologia,* je suis le plus grand connaisseur des *muscaria* secrets et des *sporangia* ordinaires.

— Mon père, intervint le petit garçon d'une voix trop forte, non pas en levant les yeux vers le noir, mais en désignant le turban du kéfir avec son drapeau, est le tailleur du village depuis que le gouverneur de l'empereur, messire Berthold de Hohenburg, l'a chassé de Naples et l'a banni ici.

— Le médecin personnel, ce Jean de Procida..., reprit le père, mais sa colère n'était pas assez forte pour retenir son insolent de fils.

— ... l'avait accusé d'exercice illégal de la médecine, acheva celui-ci, impitoyable.

— La réalité est que je n'avais pas suffisamment d'argent pour engraisser le château !

— Ce qui ne change rien au fait que mon éminent père est un remarquable tailleur, auquel on peut confier n'importe quel chiffon acheté au bazar pour qu'il en fasse une tenue d'apparat, conclut ce petit garçon doué pour la rhétorique. Je vous le recommande, mesdames et messieurs !

À cet instant seulement, tous remarquèrent les vêtements somptueux de la délégation, à commencer par le pourpoint de héraut que portait le Noir, orné des armes du Hohenstaufen. Le petit garçon insolent avait lui aussi des pantalons bouffants damassés et un beau gilet de velours.

— Et toi, je suppose que tu suis des études ? demanda Yeza, incapable de réprimer un gloussement. Messire Kefir Alhakim lui faisait pourtant de la peine : il était recroquevillé sous son gigantesque turban, et l'on n'en voyait presque plus dépasser que le bout de son nez.

— Oh oui, répondit son rejeton. Je fréquente à

Palerme le collège des Bénédictins. Un jour, je serai *professore* ou cardinal ! Je ne suis qu'en visite ici. Je serai de retour dans la *civitas* pour les noces de notre seigneur Manfred, le 18 août.

— Bien, bien, approuva le Doge. Dans ce cas, tu vas certainement pouvoir nous procurer du pain, de l'huile et du vin frais des îles, car c'est pour en trouver que je me suis efforcé de monter jusqu'ici.

— Nous cuisons notre pain nous-mêmes avec notre blé, nous vendangeons notre vin et nous pressons des olives ...

— Nous... tu veux dire, ta mère ? objecta le Doge.

— Elle est morte, répliqua le Noir, et Yeza traduisit.

— Est-ce que tu comptes me faire croire que tout cela pousse sur cette île rocheuse ?

— De l'autre côté, derrière le volcan, dans la Tramontana, le sol est fertile et protégé des vents. Nous ne manquons de rien !

— Eh bien cours, et rapporte ce qu'il désire à Messire le commandeur !

Le Doge jeta au garçon une pièce qu'il rattrapa au vol avant de repartir en courant, drapeau blanc au vent.

— Cela signifie-t-il que nous n'avons rien à craindre de vous ? s'enquit le gouverneur.

— Cela signifie que nous vous paierons tout ce que vous nous donnerez, répondit Roç. À commencer par l'eau potable...

— Du vin ! s'exclama le Doge. Nous offrons un festin, et tous les habitants de ce lieu sont invités !

— Même nos femmes ? osa alors demander le gigantesque éventeur en lançant un regard d'abord suspicieux, puis terrifié vers la plage, où les Maures, s'il ne se trompait pas, sortaient du navire des cadavres de Noirs et les déposaient dans le sable.

Le marchand d'esclaves remarqua son effroi et éclata de rire.

— Ceux-là sont morts voici plus de mille ans, déclara-t-il, ce qui rendit le Noir encore plus hagard.

— Ne vous inquiétez pas pour vos femmes, intervint

alors Yeza. Mes dames leur tiendront compagnie, comme il se doit.

Cela plut aussi au seigneur Kefir.

— Je vous remercie, dit-il en s'inclinant d'abord devant Yeza, puis devant tous les autres. Je vais à présent revenir parmi les miens, leur annoncer la bonne nouvelle et prendre toutes les mesures nécessaires.

Puis, une fois sa dignité retrouvée, il fit signe à son héraut de le suivre et commença à monter.

— Si j'étais un pareil poids plume de gouverneur, je me ferais transporter sur les épaules !

— Mais justement, ce n'est pas un vrai gouverneur, c'est seulement le docteur de l'île, remarqua son ami Abdal pour le consoler. Mais Roç ne lui reconnaissait même pas ce titre :

— C'est un raccommodeur !

— Mais un bon ! assura Yeza au moment où Gosset gravissait péniblement les dernières marches.

— Nous avions un passager clandestin ! annonça-t-il joyeusement. Lorsque j'ai recompté d'en haut, avant le déchargement, je me suis retrouvé avec un personnage de plus que ce que j'avais noté à Perpignan. Ensuite, l'un des Maures a découvert un saint qui criait d'une voix forte et distincte « Yachwei ! », et nous avons trouvé Jakov étroitement enlacé à son Joseph, le charpentier.

— Cela ne m'étonne pas, déclara Roç, où pourrait-il s'être installé, sinon... (Mais Gosset l'empêcha, en ricanant, de développer son explication ingénue.) Ce qui m'étonne, en revanche, concéda Roç, c'est qu'il ait survécu à cette traversée en gardant toute sa santé et toute ses forces. Il devrait être aussi rabougri qu'une figue sèche.

Gosset laissa son regard aller de Roç à Yeza, qui ne bronchait pas.

— *Nebbich a Wunder !* dit-elle d'un ton léger en tendant au prêtre le plateau de fruits frais.

— Bref, reprit le prêtre, j'ai laissé Jordi en bas, pour surveiller les lieux, et j'ai chargé Jakov de se rendre utile et de commencer à démonter les personnages dès que tous seront installés au frais, sur la plage.

— Très judicieux, mon cher Gosset, dit Roç. Mais

dans ce cas, nous devrions être présents sur place, car s'ils se mettaient à les scier et à les ouvrir à coups de hache...

— Ils ne le feront pas, l'interrompit Gosset. Le représentant de Joseph sur cette terre se comporte d'une manière plus colérique que le pape. Il a recommencé à crier « *Jachwei !* », et cette fois d'une manière si fréquente et si violente que même les Maures ne s'y attaqueraient pas. Même s'ils n'ont aucune idée de ce que peut bien être cette colère de Jéhovah qu'il menace de faire s'abattre sur notre tête si nous devions oser détruire ces témoignages uniques de la sculpture sur bois occidentale.

— Et ce Jakob a parfaitement raison ! intervint le marchand d'esclaves, d'une voix autoritaire. Puisqu'il vous est permis, à vous, les indigènes, de réaliser des images du Tout-Puissant et de l'Unique, puisqu'il vous est permis de l'entourer d'une famille, ces personnages sont les objets d'un culte sacré et par conséquent...

— Écoutez-moi ça ! se moqua le Doge. Un pieux de la lignée d'Israël et un partisan négligent du Prophète se battant ensemble pour défendre un art religieux d'un goût extrêmement douteux !

— D'une part, nous descendons tous deux de la maison d'Abraham. D'autre part, il en va du christianisme comme de l'art, tous deux vivent du dogme, et non de la foi !

Cette déclaration était tellement étonnante de la part du Hafside que son ami en resta bouche bée. D'un geste gracieux, Mafalda lui tendit l'une des figues.

— Prenez donc ce fruit. La figue qui se trouve dans l'arbre est trop haute pour vous et elle n'est pas encore assez mûre.

Elle fendit une figue du bout d'un ongle, et la laissa éclater entre ses longs doigts fins.

Fica ! songea Roç avec un brin de colère. *Fica !*

Tous les regards s'étaient tournés vers le haut, où Potkaxl, cuisses nues, continuait à cueillir les fruits. Mais leur attention fut détournée. Potkaxl elle-même sauta des épaules de Philippe et tomba au sol comme un fruit mûr.

En haut, derrière la muraille de pierre, il y avait du mouvement. Les têtes des hommes avaient disparu, mais on voyait se dessiner la grande silhouette du héraut noir. Il guidait le fils du gouverneur, qui commandait une légion d'enfants de son âge, parfois même plus jeunes, portant sur leurs têtes corbeilles et amphores de terre ventrues, et descendant les marches avec agilité.

— Ah ! s'exclama le Doge en claquant de la langue, voilà notre en-cas !

— Pourvu que l'on ne nous apporte pas les dernières provisions de ces pauvres gens, objecta Roç à voix basse. Le gouverneur, ce raccommodeur et bonimenteur, leur extorque même ce qu'ils auront gardé pour l'hiver !

Compte tenu de l'abondance des mets qui remplissaient les corbeilles, cette idée n'avait rien d'absurde.

L'enfant aux cheveux bouclés fit étaler des draps de lin blanc devant les hôtes de l'île, distribuer des gobelets en terre cuite et des coupes, et déballa lui-même les corbeilles en vantant ses marchandises d'une voix tonitruante. Le héraut, quant à lui, se contentait d'éventer soigneusement messire le *Studiosus*.

— À Ustica, on vendangeait déjà le vin du temps de Tibère ; il était tellement doux qu'on le servait même à l'empereur, expliqua le gouverneur, et le héraut désigna l'amphore. Les gamins commencèrent à servir, assez maladroitement, si bien que Potkaxl et Geraude se crurent obligées de venir à leur aide.

— Notre pain est unique dans tout l'empire. Du son et de l'orge broyé mélangés à des marrons et des raisins secs, le tout assaisonné de sésame et de coriandre. Une pâtisserie sans égale !

On fit passer les corbeilles pleines de galettes de pain, tandis que l'enfant continuait son discours :

— Du fromage produit avec le lait de nos chèvres, venu dans un lit d'herbes de l'île, de sel de mer et de sardines séchées au soleil.

— Dis-moi, demanda le Doge en coupant cet éloge prononcé avec ardeur, comment t'appelles-tu au juste ?

— Kadr ibn Kefir ad-Din Malik Alhakim Benedictus ! Mais vous pouvez m'appeler simplement Beni, mes condisciples m'appellent « Beni le Matou » parce que je sais où les souris ont leur petit trou ! ajouta-t-il en lançant à Potkaxl un regard effronté auquel elle répondit avec plaisir. Jordi intervint avant qu'ils ne puissent s'entre-dévorer.

— Tout est prêt. Maître Jakov a surmonté ses scrupules, mais il veut superviser l'intervention d'un bout à l'autre et en personne.

— Mais cela peut durer une éternité ! protesta Roç.

— Pas si longtemps que cela, trancha le Hafside. Commençons par le faire patienter un peu. Nous devons prendre des forces avant l'épreuve qui nous attend. Joignez-vous à nous, messire le *studiosus* Kadr ibn Kefir ad-Din Malik Alhakim Benedictus. Et vous cher Jordi, Gorge d'Or de la Catalogne, prenez donc votre instrument et chantez-nous la ballade de Roç et Yeza. Il s'inclina galamment devant la princesse. Elle tenta de repousser cet hommage, mais le Hafside ne s'en soucia pas et demanda : *El canzo de los enfantes del Grial !* Roç hocha la tête, flatté.

— En parcourant la Méditerranée, j'ai entendu beaucoup de choses sur les hauts faits du couple royal, ajouta le marchand d'esclaves. Mais on dit que nul ne les chante d'une manière plus éloquente que vous, Jordi de Marvel y Gandia, Conde de Urgél !

Le nain avait le rouge aux joues. Mais rien ne permettait de dire si c'était de honte, de colère ou de joie. C'était la première fois que Roç et Yeza entendaient parler de son origine noble ! Pour éviter que le Hafside n'en rajoute, le troubadour se mit à faire courir ses doigts sur les cordes de son luth.

« *Grazal dos tenguatz sel infants*
greu partenir si fa d'amor
camjatz aquest nox Montsalvatz.
Grass vida tarras cavalliers
Coms Roç et belha Yezabel,
Oltracudar infants Grazal,
rassa boratz bratz sporosonde,
Roç Trencavel et Esclarmonde.

Papa di Roma fortz morants
peiz vida los Sion pastor

magieur vencutz mara sobratz.
Byzanz mas branca rocioniers,
coms Roç et belha Yezabel,
oltracudar infants Grazal,
rassa boratz ains sporosonde,
Roç Trencavel et Esclarmonde.

Grazal los venatz mui brocants
desertas tataros furor
vielhs montanhiers monstrar roncatz,
mons veneris corona sobenier,
coms Roç et belha Yezabel,
oltracudar infants Grazal,
rassa boratz mons sporosonde,
Roç Trencavel et Esclarmonde.

Ni sangre reis renhatz glorants
ni dompna valor tratz honor ;
amor regisme fortz portatz
uma totz esperansa mier,
coms Roç et belha Yezabel,
oltracudar infants Grazal,
guit glavi ora ricrotonde,
Roç Trencavel et Esclarmonde.

Le chancelier

Le Palazzo Arcivescovile, situé entre la cathédrale et le château royal, était érigé à la manière d'un puissant donjon normand, comme si ses bâtisseurs avaient prévu qu'éclaterait un jour un conflit entre le pape, qui se concevait comme le suprême suzerain de l'île, et les conquérants qui se donneraient bientôt le titre de « rois ».

— Nul ne pouvait imaginer la haine abyssale que Rome vouerait aux descendants des Hohenstaufen, dit Jean de Procida, songeur, debout devant l'étroite fenêtre creusée dans les murs. Il regardait vers le bas, la ville, le grouillement de ces ruelles qui descendaient en sinuant vers la *Cala*. On n'y apercevait que la pointe des mâts des navires à l'ancre.

— Et c'est pourtant l'unique raison pour laquelle il ne m'est pas possible de rester à votre journée de fête.

Thomas Bérard, le grand maître en exercice du Temple, évitait même de se montrer à la fenêtre.

— Parmi les occasions susceptibles de provoquer la curie, reprit-il, certaines sont tellement essentielles que nous les acceptons. Mais une cérémonie de couronnement ne le justifie pas. C'est en revanche le cas de l'évolution en Grèce.

— L'agression de Nicée contre Constantinople vous donne mauvaise conscience, nota le chancelier. Son empereur est lié aux Génois. Vous cherchez donc des moyens de l'empêcher, ou bien un allié avec lequel vous pourrez devancer votre vieux rival.

— Vous pouvez voir les choses ainsi, Jean de Procida.

Le chancelier constata le pouvoir dont jouissait un grand maître du Temple, même lorsque celui-ci se contentait d'inviter son hôte à s'asseoir, d'une voix impérieuse.

— Il s'agit de prendre des décisions sur la voie que nous suivrons désormais : l'Ordre doit-il se laisser cantonner dans l'ouest de la Méditerranée, si on lui ôte son point de chute en Palestine, comme on l'a fait à nos amis de l'Hôpital ?

Il toisa son interlocuteur. Cela avait-il un sens d'exposer à un médecin personnel hissé au rang d'homme d'État (car à ses yeux, Jean n'était rien de plus) des idées qui dépassaient de très loin le maintien du royaume de Sicile au profit du dernier des Hohenstaufen, un bâtard par-dessus le marché ?

— Jérusalem est plus que le siège du grand maître, reprit-il à voix basse. C'est la source spirituelle de notre existence. Qu'elle se tarisse, et l'Ordre disparaîtra. Nous devons donc transporter le Temple (ou ce qui le constitue) dans le monde, sans limites territoriales. Nous ne devons autoriser personne à dresser des obstacles, à créer des monopoles ou d'autres barrières commerciales, ni à l'est, ni à l'ouest !

Jean eut une immense envie de faire descendre ce visionnaire de ses nuages.

— Le Temple éparpillé sur le monde entier, comme a tenté de le faire votre Gavin Montbard de Béthune dans le sud de la France ?

— Le projet manquait d'ambition territoriale et ne tenait pas compte de la réalité...

— Allons, allons, objecta le chancelier. C'est un beau morceau de terre que convoitait le précepteur, suffisamment grand et fortuné pour que les Capet se lancent dans de terribles guerres de conquête afin de se l'approprier. La liberté d'esprit et l'hérésie avaient engraissé le sol...

— C'est bien cela ! Mais à présent, ce sont le sang et les cendres de coupables et d'innocents qui nourrissent la terre de la province française. L'idée de Gavin était criminelle ! tonna le grand maître.

— Vous l'avez fait expier !

— Expier ? (Le grand maître éclata de rire.) Expier, il le peut à présent (bien que j'en doute). Nous lui en avons seulement donné l'occasion, et de manière bien tardive ! Le mal était déjà fait.

— Manque de clairvoyance ! railla le chancelier, mais à voix basse : il ne tenait pas à heurter ce puissant seigneur auquel il avait quelque chose à demander. Mais ses pensées restaient attachées à l'arrogant précepteur de Rhedae.

— Il n'était et il n'est nullement dans la ligne du Temple d'intervenir dans les systèmes féodaux existants ou dans les affaires de la France, et *a fortiori* de prendre parti pour les cathares. Cela a toujours été l'affaire de nos amis de l'Hôpital.

— Mais qu'est-ce que les chevaliers de Saint-Jean savent du Graal ? Pour eux, ce n'est qu'une coupe !

— Nous aussi, nous vénérons le calice où fut recueilli le sang du Christ...

— Montbard de Béthune se sentait-il lié à une autre conception ?

— Depuis sa jeunesse, à peine entré dans l'ordre, Gavin a nourri un complexe de culpabilité à l'égard des partisans du Graal. C'est lui qui, jadis, a donné un sauf-conduit au Trencavel pour entrer à Carcassonne.

— Une parole qui a été ignominieusement trahie, a valu la mort à Perceval et n'a pas été spécialement un honneur pour votre Ordre.

— À cette époque, nous aurions pu nous imposer. Mais à quoi bon ? C'était la guerre, et nous étions du côté qui nous avait été assigné par le pape.

— Et c'est avec cet Ordre qui laisse son drapeau flotter au gré du vent, et qui l'admet, que vous voulez nous proposer une alliance ?

Le grand maître ne bondit pas de colère. Il chuchota :

— Le vent souffle où il veut, il efface les traces de l'injustice, il gonfle les voiles vers de nouvelles aventures et peut, en un éclair, se transformer en tempête destructrice.

Jusque-là, il n'avait fait que mettre son interlocuteur à l'épreuve. Mais cette fois, il l'attaqua directement :

— En tant que représentant d'une Maison damnée et bannie par l'Église, vous avez un langage bien téméraire. Ne voyez-vous donc pas les dangers qui menacent votre maître Manfred ?

— Qu'avez-vous à proposer ? répliqua Jean d'un ton glacial.

— Un pacte pour la conquête de Constantinople. Un pacte auquel se rallierait aussi Venise. Les terres conquises seraient réparties en deux moitiés...

— Comment cela ? La moitié pour Venise, et nous nous partagerions le reste ?

— Oh non ! Nous laisserions la part du lion à la Sicile. Nous nous contenterions des droits de concession !

— Comme c'est bienveillant ! Des poux gros comme le poing dans la fourrure du roi !

Jean s'efforçait de dissimuler sous les sarcasmes joyeux le poids de ses propos peu amènes. Mais l'hostilité non affichée remontait dans les veines des deux hommes comme le poison après la morsure d'une vipère, son ombre passait sur les murs de chêne du sombre réfectoire, balayait les longs lambris, et les bougies vacillaient sur leurs candélabres de fer accrochés au mur. Le chancelier devait mettre un terme à cette discussion.

— Et quoi d'autre encore ?

— Le droit, pour le Temple, d'installer son quartier général en Sicile et de faire ancrer sa flotte dans cette île.

Le chat était sorti du sac, griffes dehors, en feulant. Jean ne montra pas son effroi.

— Je parlerai au roi de votre proposition, dit-il, la bouche sèche.

On frappa à la porte.

— Messire Sigbert von Öxfeld ! annonça la garde. Commandeur de l'ordre des Chevaliers teutoniques !

— Vous pouvez le rayer de la liste de vos alliés possibles, fit messire Thomas entre ses dents, l'air dédaigneux. Ces paysans allemands ont déjà trouvé leur nouveau champ. Ils labourent la Baltique !

Le commandeur de Starkenberg, dont les cheveux gris n'avaient toujours pas entièrement viré au blanc, dut se courber pour franchir la porte.

— Mon cher Öxfeld ! s'exclama le Templier en se levant. Qu'est-ce qui vous amène ici ?

Sigbert savait qui était son hôte, et commença par s'adresser au chancelier.

— Je vous apporte, à vous et au jeune roi, les salutations de mon grand maître. Hanno von Sangershausen est empêché, mais il invite Dieu à bénir le courageux seigneur Manfred et la fière couronne que l'on va placer sur sa digne tête.

— Soyez remerciés, lui et vous, répondit le chancelier, ému. Il serra le vieil homme dans ses bras et le fit asseoir sur son propre siège.

— Du vin ! cria-t-il au garde.

— Dans ce cas, je puis prendre congé, dit Thomas Bérard d'une voix manifestement pincée. (Puis, en s'adressant à Sigbert :) À moins que vous n'ayez d'autre motif à mentionner pour ce long voyage, qui, à votre âge, a certainement dû être pénible ?

Il se leva.

Le manteau du pouvoir, songea Jean, n'est jamais qu'un habit emprunté, même lorsqu'il s'agit du clams blanc du grand maître, orné de sa croix griffue rouge. Mais cette fois, le commandeur répondit par un sourire à la franche curiosité de Thomas Bérard.

— L'âge n'est qu'une question de solidité intellectuelle. Mais le maître suprême du Temple sera peut-être intéressé si je lui dis que je suis aussi venu saluer Roç et Yeza.

— Comment ? s'exclama le chancelier, étonné. Le couple royal est ici et je n'en sais rien !

— Ses allées et venues ne concernent plus l'ordre des Templiers ! grogna le grand maître en se dirigeant vers la porte. Réfléchissez à mon offre. Vous en avez besoin ! lança-t-il à Procida, comme un dernier os à un chien.

— Peut-être pour répartir de nouveau le pouvoir en mer Égée, rétorqua froidement le chancelier. Mais certainement pas en cédant, sans l'avouer, notre souveraineté sur ces îles.

— Votre assurance n'a pas de fondement, chancelier, répondit Thomas. Rappelez-vous : le vent !

Et il sortit à grands pas.

— Un manchon à air ! marmonna le vieux Chevalier teutonique. Venise et ses alliés voient leur fourrure grecque prendre le large.

— Et lui voit ses clams blancs s'envoler au vent comme un petit cirrus dans le ciel bleu azur ! déclara Jean, songeur. Messire Thomas discerne beaucoup de choses qui nous sont dissimulées. Mais après tout, ce n'est qu'un homme, et il ne peut tout empêcher !

— Que se passe-t-il avec Roç et Yeza ? s'enquit le commandeur en interrompant les réflexions mélancoliques du chancelier. Sont-ils donc ici, à Palerme ?

— La dernière fois que j'ai eu de leurs nouvelles, ils séjournaient encore en Occitanie. Mais c'était avant le trépas de leur protecteur, le précepteur de Rhedae.

— Quoi ? Gavin est mort ? (La nouvelle ébranla Sigbert von Öxfeld.) Comment cela ?

— L'Ordre l'a balayé loin du chemin qu'il avait emprunté de son propre chef.

— Montbard de Béthune se pliait rarement aux plans ourdis par d'autres que lui, songea Sigbert à voix haute.

Roç et Yeza ont appris cette attitude auprès de lui, leur esprit de contradiction est son héritage spirituel. Vous ne les attendez pas, Jean de Procida ? demanda-t-il avec un sourire rusé. Eh bien, dans ce cas, je suis certain qu'ils vont venir !

— Le roi Manfred les recevra avec tous les honneurs, leur destin ressemble beaucoup au sien. Même si eux n'ont pas encore trouvé leur royaume.

Le vieil homme resplendissait.

— Ils sont de toute façon parents par le sang, si l'on prête foi aux rumeurs. Ce que je fais volontiers, car ils ressemblent fort à mon empereur.

— On peut aussi considérer cela comme un fardeau, répondit le chancelier pour tempérer l'enthousiasme de Sigbert. L'indubitable gloire du grand Hohenstaufen avait aussi ses zones d'ombre, son caractère était soumis à des variations qui le faisaient devenir injuste, méfiant et cruel, surtout dans les dernières années, lorsqu'il se battait pour défendre son empire.

— Le royaume de Roç et Yeza n'est pas de ce monde. Il reste à espérer qu'ils pourront protéger leurs vertus contre toutes les attaques du Malin.

— Vos protégés ne pourront pas éternellement errer dans ce monde en se présentant comme « le couple royal », songea Jean de Procida.

Le vieux commandeur attendit la suite avec impatience.

— Le roi Manfred n'ira jamais en Terre sainte, pas plus que Conradin, s'il vit encore. Jérusalem, je veux parler de la véritable Hierosolyma, et pas du royaume d'Acre, qui se réduit comme une peau de chagrin ridicule, pourrait leur offrir un trône digne d'eux, poursuivit le médecin. En supposant qu'ils disposent de notre soutien, ni les Templiers, ni les chevaliers de Saint-Jean, ni vous-mêmes, les Allemands, ne pourrez refuser de servir dans la ville sacrée de la chrétienté.

— Vous oubliez les juifs et les musulmans, objecta Sigbert. Mais Jean ne le laissa pas finir.

— Pour ce qui concerne les premiers, c'est sans doute plutôt une question de liberté religieuse ; pour les mamelouks, c'est une affaire politique. Si les uns comme les autres reçoivent les garanties dont ils ont besoin...

— Avec une garnison qui serait fournie par des chevaliers de trois Ordres rivaux ?

— Le couple royal doit exercer son pouvoir de paix comme il lui plaît ! s'énerva le chancelier. Autrement, qu'est-ce qui justifie son existence ? « Pas de ce monde » ? Nous connaissons déjà cela ! Jérusalem n'a pas besoin d'un nouveau Messie, ni personne d'autre d'ailleurs, le premier a fait suffisamment de dégâts. S'il ne s'était pas dérobé devant sa mission...

— Dieu ne l'a pas envoyé pour prendre la tête d'une insurrection des juifs, mais pour sauver ce monde.

— Vraiment ? Alors regardez-le, ce monde ! (Jean se tut, hors de lui. Mais au bout d'un instant, il finit par ajouter, d'un ton amer :) Jésus a-t-il vraiment mérité cette bande de Romains comme successeurs ?

Sigbert s'arrêta, non parce qu'il avait été touché par l'accès de colère bien compréhensible du chancelier, mais parce que des doutes s'étaient emparés de lui : après tout, l'idée qu'il avait du destin de Roç et Yeza ne pouvait-elle pas être complètement fausse ? Il soupira.

— Le couple royal doit décider lui-même quelle est sa volonté. Je suis tout disposé à consacrer les dernières années de ma vie à exaucer leur vœu. J'accepte volontiers de mourir pour cela. De toute façon, cela me profite, conclut-il en riant.

— Ne voyez pas les choses sous un jour aussi dramatique, tenta de l'apaiser Jean. Ce n'était qu'une réflexion. Elle ne mérite peut-être même pas que vous en arriviez à rêver du sacrifice de votre vie.

— Il ne va pas tarder, répondit le vieil homme. Sur le port, votre vigilant chambellan vient justement d'arrêter un empoisonneur grec. L'empereur de Nicée l'aurait envoyé pour dissuader définitivement messire Manfred de venir au secours de son beau-père *in spe*, le despote d'Épire, dans la conquête de Constantinople.

— Ah, Maletta, ce serviteur tellement doué ! répliqua seulement le chancelier. Il a tenu compte de mon avertissement.

— Le Grec ne lui serait jamais tombé dans les bras, raconta Sigbert, si les Templiers ne l'avaient pas accusé de leur avoir volé un navire.

— Et alors ? Il a avoué ?

— L'intention de meurtre, non, mais l'affaire du voilier, oui. Ce Taxiarchos, oui, c'est son nom, affirme cependant avoir effectué avec ce navire des traversées de l'Océan (vous vous rendez compte : des *traversées* de l'Océan !) en mission secrète, en tant qu'amiral de l'Ordre, mais avoir été privé de son salaire. Il a même pu présenter un ordre de mission écrit, mais les Templiers n'ont pas voulu le reconnaître.

— Taxiarchos, avez-vous dit ? Cet homme est dans son droit. Sa seule malchance est que son commanditaire est tombé en disgrâce...

— Ah ! C'était Gavin, et il est mort !

— Tout juste ! Et après, que s'est-il passé ?

— Votre chambellan zélé l'a fait enchaîner, tout comme trois de ses complices qui prétendent être des chevaliers occitans. L'un d'eux affirme même être le fils du comte Jourdain de Levis de Mirepoix. On les a surpris lors d'une réunion de conjurés dans une taverne appartenant à un certain Alekos, un Grec, lui aussi. Cela a suffi à messire Maletta. Il voulait qu'on les pende tout de suite. Mais, à ce moment précis, deux grands seigneurs sont passés, un certain Oberto Pallavicini...

— ... Vicaire de l'Empire pour la Lombardie et la Toscane ! commenta le chancelier.

— ... l'autre était un Lancia.

— Sans doute Galvano, prince de Salerne, l'un des oncles de notre roi.

— Ma foi ! Tous deux ont strictement interdit au chambellan de commettre un acte aussi délicat. Il devait, lui dirent-ils, attendre jusqu'au couronnement et ne pas troubler les cérémonies avec la vue hideuse d'une potence courbant sous le poids. Par ailleurs, même un Grec avait droit à un procès en bonne et due forme. Cela valait aussi pour des jeunes gens de haute lignée. On les a donc mis au cachot, mais ce Maletta a voulu commencer tout de suite les interrogatoires...

— C'est une absurdité ! s'exclama Jean de Procida. Taxiarchos, de son état Pénicrate de Constantinople (ce qui ne constitue pas un titre de noblesse, la meilleure traduction que l'on pourrait en donner serait celle de « roi des mendiants »), cet homme est en tant que tel et en général... (Jean repoussa l'idée qui venait de lui venir) ...beaucoup trop intéressant à nos yeux pour que Maletta passe ses nerfs sur sa personne. Gardes ! cria le chancelier, et deux soldats se précipitèrent aussitôt dans la pièce. Il écrivit quelques lignes sur un parchemin et le scella rapidement.

— Montez immédiatement sur vos chevaux, allez à la Capitaneria et donnez ceci au commandant. Je le rends personnellement responsable du sort des prisonniers. Que rien ne leur arrive, et que nul n'ait plus accès à leur cachot, même messire le chambellan. Il en répond sur sa tête !

— Pourquoi ne les faites-vous pas libérer ? demanda Sigbert tandis que les gardes s'éloignaient à grands pas.

— Qu'ils mijotent tranquillement jusqu'à ce que je sache de quoi il retourne. Je veux les interroger moi-même.

— Mais ce sont peut-être effectivement de dangereux criminels ?

— Dans ce cas, ils pendront au bout d'une corde, assura le chancelier. Mais je m'imagine que, dans un pareil cas, un vieux renard comme ce Taxiarchos ne voyagerait pas dans un navire du Temple dont la propriété est contestée et n'ancrerait pas à côté de la galère du grand maître. En outre, Alekos, le Grec, est un Palermitain de longue date, et un homme de confiance du Temple.

— Et les trois Occitans ?

— S'ils sont innocents, nous compenserons leur captivité en leur offrant des places d'honneur à la table du roi !

— Dans ce cas, allons vite au port, et faisons en sorte que justice soit rendue à tous.

— J'ai pour l'heure rendez-vous avec le roi, mais n'ayez crainte, valeureux Sigbert. Allez-y, ouvrez vos yeux et vos oreilles chaque fois que vous pourrez apprendre quelque chose sur Roç et sur Yeza. Ils doivent être assis à notre table le jour du couronnement. Et vous aussi, bien entendu, commandeur, ne serait-ce qu'en tant que représentant bienvenu de l'ordre des Chevaliers teutoniques !

Dans les profondeurs de la Kalsa

La Kalsa avait été, jadis, le bastion formant l'angle sud-est de l'ancienne muraille de la ville. Elle datait de la domination arabe. Ses caves, qui descendaient profondément dans la terre, étaient sans doute encore bâties sur des fondations phéniciennes. Côté mer, les Normands avaient déplacé les murailles et avaient demandé à leurs architectes de jardin sarrasins de transformer en parc la partie qui séparait l'ancienne et la nouvelle muraille. Comme on avait aussi pratiqué une avancée vers le sud, la Kalsa s'était bientôt transformée en un château de conte de fées niché dans un bois de palmiers, jalonné de troncs minces et de plantes grimpantes fleuries, irrigué par de petits ruisseaux coulant dans des canaux de marbre et éclatant en jets d'eau lorsqu'ils se croisaient. Ce jardin, que la famille royale réservait à ses promenades, n'avait pas besoin de volière : il attirait les oiseaux comme par magie, mouettes venues de la mer, hirondelles et pigeons qui nichaient dans les murs rongés par les intempéries. Les Hohenstaufen y mettaient aussi leurs faucons. Une partie des salles de garde, dans l'ancienne muraille toute proche, ne servait plus que de quartiers aux oiseaux et aux fauconniers.

On n'habitait plus guère le bâtiment à plusieurs étages. Dans les caves humides, situées bien en dessous du niveau de la mer, se trouvaient les cachots des prisonniers politiques, ceux qui subissaient, disait-on, de « pénibles » interrogatoires dont on entendait parfois l'écho, malgré les murs épais, jusque dans les anciens appartements. C'était souvent aussi dans ses profondeurs que l'on exécutait secrètement les verdicts. Rien n'avait jamais confirmé la rumeur, mais cela ne donnait guère envie de venir se reposer en ces lieux.

L'ancienne muraille de la ville dissimulait un tunnel qui descendait jusqu'en dessous de l'église Santa Maria della Catena, et jusqu'à la Capitaneria voisine. Il servait d'accès au royaume souterrain des cachots. Lorsqu'on disait de quelqu'un qu'il allait à la Kalsa, on ne s'attendait pas à le voir revenir.

L'unique issue, bien dissimulée, menait directement dans la mer, par une grotte peuplée de grasses murènes. Pourtant, les pêcheurs faisaient un grand détour avec leurs bateaux, évitant les rochers qui entouraient la caverne.

La Kalsa passait pour un lieu maudit, un séjour idéal pour les elfes et les fées des forêts clairsemées de lauriers-roses. Entre les papyrus et les nénuphars des bassins d'ornement, les buissons de rosiers qui descendaient en grappe depuis les balustrades des terrasses, l'ancien promontoire où l'on alignait les catapultes, et dans les profondeurs moites et ténébreuses, vivait un peuple de lémuriens, de gnomes livides, de géants abêtis, de bourreaux et de valets que nul ne voyait jamais : eux-mêmes étaient prisonniers de ces geôles, et on leur faisait descendre leur nourriture par les grilles. Mais dans les période de grande affluence, par exemple pour les noces royales, les baptêmes et, bien entendu, les couronnements eux-mêmes, les services du grand chambellan étaient forcés de réutiliser les étages supérieurs pour abriter les invités, qui n'en étaient pas toujours ravis.

— Maletta devrait essayer lui-même, une nuit, s'il parvient à fermer l'œil ici, pestait Oberto Pallavicini, puissant prince de l'empire et gouverneur de toutes les terres féodales cisalpines de l'empire allemand, y compris les villes insurgées de la Ligue lombarde et l'infidèle Florence. Le soir, reprit-il, les hirondelles gazouillent, on dit qu'elles ne se couchent jamais. Et au petit matin, ce sont les mouettes qui se mettent à crier. Ensuite, ce sont les effroyables pigeons, avec leurs piaillements et leurs roucoulades.

— Mais qu'est-ce que vous reprochez à ce château ?

Les salles sont hautes et claires, les lits pourvus de tapis précieux et de coussins de soie, de l'eau fraîche est à notre disposition dans les cruches et les bassins, des pétales de rose y nagent, la lavande et la myrrhe parfument les garde-robes, et les serviteurs devancent le moindre de vos désirs.

Galvano di Lancia, plus âgé que le gouverneur, regardait, l'air maussade, son ami mécontent.

— Je pensais, dit-il encore, que vous seriez heureux de profiter de la tranquillité de ces lieux, pour ces quelques heures de liberté que nous laissent le service de l'empire et l'occasion qui nous amène ici. Nous sommes loin de l'agitation du palais, des cris et de la liesse, des roulements de tambours et de timbales, sans parler des fanfares.

— Les geckos rampent sur les murs, des cigales cachées grésillent...

— Ah, vous craignez la solitude ? (L'idée amusait le prince de Salerne, bâti comme une armoire.) Vous devinez, dans la fuite de ces lézards inoffensifs, l'ombre du meurtrier invisible, et lorsque le crissement de la cigale se tait, vous avez tellement peur que votre cœur s'arrête... À propos, que devient votre vieil ennemi Ezzelino ?

— Je sais, répondit Oberto, furieux. Je dois me débarrasser enfin du tyran de Vérone avant qu'il ne me tue !

— Ou qu'il ne vous empêche définitivement de dormir. Ici, vous êtes en sécurité, mes appartements se trouvent juste à côté des vôtres, et ma garde personnelle capturera tout gecko et tout grillon qui oserait troubler votre repos.

— Je suis parvenu à faire passer Sienne de notre côté, raconta Oberto, pour éviter de nouvelles piques. Cela m'a coûté...

— C'est nous qui avons avancé l'argent à Brancaleone, compléta Lancia. Le sénateur, qui a repris le pouvoir à Rome, vous adresse d'ailleurs ses salutations les plus cordiales. Le pape s'est réfugié à Viterbe.

— Mais son cardinal Octavien degli Ubaldini attise Florence contre nous.

— Au nord du *Patrimonium Petri* débute votre territoire, lui rappela le prince de Salerne. Abattez donc cette truie !

Lancia pouvait parler ! Lui se trouvait au sud, c'est-à-dire sur les terres incontestées des Hohenstaufen. Il n'avait pas à se débattre avec deux bonnes douzaines de villes-républiques qui, à peine les avait-il « pacifiées » et leur tournait-il le dos, couraient de nouveau dans le camp du pape, son adversaire.

— Plus facile à dire qu'à faire..., commença Oberto Pallavicini, bien décidé à reprendre son lamento, lorsqu'on annonça le chambellan à ces messieurs.

— Mon chef, Maletta ! le salua cordialement Lancia en lui posant ses deux grosses pattes sur les épaules, si fort que le chambellan courba un peu les genoux. Notre ami Oberto est ravi par votre idée admirable de lui avoir proposé ces superbes quartiers et leur parc.

Le chambellan se contenta d'afficher un sourire tourmenté avant de gonfler sa poitrine malingre.

— Je viens juste de réussir à confondre cet assassin grec que l'on avait capturé. J'ai à présent la preuve en main : du poison !

Le chambellan était hors d'haleine. Il avait gravi en courant les nombreuses marches abruptes qui montaient des geôles de la Kalsa, pour annoncer sa victoire aux deux grands seigneurs.

— Nous avons trouvé sur lui une petite boîte contenant une étrange bouillie, composée d'essences inodores et de sable fin.

— Et qu'est-ce qui vous fait croire, gronda Lancia, amusé, derrière sa barbe, qu'il s'agit d'un poison destiné à un meurtre ? Qui donc avale du sable ?

— Le chien du geôlier a simplement reniflé le flacon, triompha Maletta, et cela lui a suffi pour perdre connaissance !

— Ce cabot était fatigué ! s'exclama Oberto Pallavicini.

— Mais il ne s'est pas réveillé ! Son cœur ne bat plus.

— Le grand âge. Quand on passe une vie de chien dans les cachots, la moindre émotion suffit. Le cœur fidèle d'un molosse a cessé de battre. Comment son maître a-t-il pris la chose ? Les bourreaux aussi ont un cœur, qu'ils réservent aux grands chiens féroces !

Maletta se mordit les lèvres. Expliquer à ces deux moqueurs le danger mortel dans lequel s'était trouvé le royaume, quelques jours seulement avant le couronnement, n'avait aucun sens. Mais il le savait : Jean de Procida ne le féliciterait pas, lui non plus. À sa manière sarcastique, il l'interrogerait comme s'il était lui-même le meurtrier en puissance. Il en était certain depuis qu'il avait vu la garde du palais l'interrompre irrespectueusement en plein milieu de son interrogatoire et le chasser brutalement du cachot en criant « Ordre du chancelier » ! Et ils avaient aussi emporté la lettre qu'il avait trouvée sur le coupable, aussi bien cachée que cette dose de produit diabolique ! Mais ils n'avaient pas pris le flacon ! C'était sa preuve ! Cela vaudrait la corde au Grec et à ses sbires, après le couronnement ! Si cela n'avait tenu qu'à lui, il leur aurait déjà réglé leur compte et les aurait tous fait étrangler dans leur geôle. Le bourreau était lui aussi partisan de cette solution, il tenait déjà le nœud coulant à la main. Mais l'interdiction avait été prononcée, et la transgresser pouvait bien faire tomber une tête — sinon la sienne, du moins celle du bourreau. Le chambellan lui-même n'était pas capable de commettre un tel acte. Il lui fallait donc attendre et, d'ici au procès, trouver quelqu'un qui connaisse ce genre de poisons. Il se rappela ce Kefir Alhakim, un homme que le chancelier, particulièrement sourcilleux sur ce point, avait banni sur une île pour « exercice illicite de la médecine ». Celui-là s'y connaissait même en champignons vénéneux au poison totalement incolore. Mais le nom de cette île ne revint pas au chambellan.

— Puis-je vous présenter un ami qui m'est aussi précieux qu'un frère ?

C'est en ces termes que Manfred reçut son chancelier à la Capella Palatina, au premier étage du château normand :

— Bien que je sois beaucoup plus jeune en nombre

d'années, je suis son oncle, poursuivit-il, de fort bonne humeur, ce qui a une certaine saveur, puisque l'émir est un adepte du prophète, un musulman pratiquant... (Il éclata d'un rire léger.) Si le pape savait cela, en plus du reste !

— Je suppose qu'il est au courant, répondit Jean de Procida du même ton insouciant, et il regarda avec une sympathie immédiate ce prince musulman auquel il donnait une bonne quarantaine d'années. Ce fils du désert, dont les yeux sombres et vifs le frappèrent plus que le nez crochu et tranchant, sourit et s'inclina devant le chancelier.

— Malheureusement, mon rapport de parenté avec les Hohenstaufen s'est établi sans lien direct du sang, si bien que je ne dois le titre de chevalier qu'à la bonté de Frédéric, un empereur que je vénérais. Et encore : ce geste était-il surtout l'expression de la profonde amitié que le grand Hohenstaufen entretenait avec mon illustre père, ajouta-t-il, modeste et fier à la fois.

— Laissez-moi le temps de vérifier mes connaissances ! demanda le chancelier. C'est l'une de vos sœurs...

— Une demi-sœur..., corrigea l'émir, auquel ces explications étaient désagréables.

— ... qui servait de suivante à la toute jeune Yolanda, lors de la nuit de noces de Brindisi.

— Et qui servit à mon père de succédané pour les joies qui ne lui avaient pas été accordées dans le lit de noces.

— Il n'y a rien à dire de plus à ce sujet.

L'invité venu d'Orient aurait aimé clore le débat, mais son hôte manquait de finesse.

— Votre mère était une chrétienne ? s'enquit Manfred, et l'émir n'eut d'autre choix que de hocher la tête. Comment est-elle arrivée au harem du grand vizir, votre père Fakr ed-Din ?

La mise en cause de son père allait vraiment trop loin pour son fils.

— Elle avait été achetée à bon prix sur le marché aux esclaves, après ce que l'on avait appelé la « croisade des enfants ». À cette époque, en Occident, on ne trouvait plus de chevaliers pour combattre au nom de la croix, et les parents ont toléré que les enfants aillent se battre à leur place, en les couvrant de honte. Cette infamie a souillé toute la chrétienté ! conclut-il, passablement énervé.

Manfred comprit enfin qu'il avait profondément offensé l'invité qu'il avait appelé « son ami ».

— Un harem, fit-il pour tenter de l'apaiser, présente au moins l'avantage d'offrir à tous une naissance légitime. Sous cet angle, nous devons à cette institution le grand plaisir et l'honneur, plus grand encore, de pouvoir vous saluer aujourd'hui, Faucon rouge, comme ambassadeur du sultan à notre fête !

— Je dois vous décevoir, mon précieux oncle, répondit l'émir. Ma position au Caire n'est pas celle de mon père. Ali est encore un gamin, entouré de généraux mamelouks qui lorgnent sur le trône. Si j'ai pu m'éclipser, c'est uniquement parce que, avant de partir, j'ai noué une solide amitié entre le fils de mon pire ennemi, Baibars, et le jeune sultan. Ainsi, le père est forcé de veiller sur le bien-être de ces deux enfants. Quant à moi, j'ai pu venir secrètement ici pour rendre hommage au fils de Frédéric, non pas sous l'identité de l'ambassadeur Fassr ed-Din Oktay, mais sous celle de Constance de Sélinonte. Je ne pourrai rester plus d'une journée après votre couronnement. Si mes adversaires remarquent que je m'absente longtemps du pays, une révolution de palais éclatera au Caire. À l'invitation du grand maître, je rentrerai sur l'un des voiliers rapides des Templiers, qui ont libre accès aux ports égyptiens.

Manfred s'était installé sur le trône royal des Normands, un siège en marbre orné de mosaïques byzantines. Son agacement se lisait sur son visage.

— Si vous tenez à ce que votre anonymat soit préservé, cela va poser des problèmes de protocole. (Le chancelier toussota, perplexe.) L'envoyé du sultan a droit à une place d'honneur à la table du roi. Mais que pouvons nous faire avec un inconnu répondant au nom de « Constance de Selinonte » ?

— Si je ne suis pas bienvenu ici en tant que personne, répondit Faucon rouge en s'adressant directement à Manfred, qui se recroquevilla sur son trône, je saurai bien mieux utiliser mon temps et mon énergie. Thomas Bérard m'avait proposé de rentrer aujourd'hui à Alexandrie à bord de *L'Atalante.* J'avais refusé pour vous rendre honneur. Vous pouvez vous demander si vous le méritez...

L'émir laissa son regard glisser une dernière fois sur ces lieux où il avait laissé tant de précieux souvenirs. Ici, il s'était agenouillé devant l'empereur. Et c'est son fils « naturel » qui trônait à présent sur ce siège, incapable de trouver une réponse digne de cet homme.

— Permettez-moi de me retirer, demanda Faucon rouge à Jean de Procida. Je voudrais pouvoir embarquer avant que le navire ne quitte le port.

Le chancelier accompagna Constance jusqu'à la porte. Il ne trouva rien de mieux à dire que « Je suis désolé ».

— Ces mamelouks ne comprennent pas la plaisanterie ! grogna le roi en voyant revenir son chancelier, pensif. Son père, le vizir, venait du Kurdistan.

— Hum..., répondit à peine Jean de Procida.

— Avant que Faucon rouge ne s'élance pour nous rejoindre en franchissant la mer, il a mis sa femme en sécurité à Damas. Et précisément chez Clarion de Salente, la favorite du sultan ayyubide, An-Nasir, qui est, c'est amusant, cette fille de la sœur...

— Très amusant, en effet ! laissa échapper le chancelier, ce que Manfred prit très mal.

— J'attends de mon chancelier qu'il adapte son humeur à la mienne, Jean de Procida ! Libre à vous de vous sentir mal à l'aise, mais vous n'avez pas à me montrer. Alors riez, je vous en prie. Je suis capable de faire la tête tout seul !

— Je pense plutôt à la couronne.

— Et moi, je pense à la femme de l'émir. On dit que c'est une superbe monture ?

— C'est une princesse des *Saratz,* une tribu de Sarrasins qui s'est retrouvée dans les Alpes au cours de la conquête de l'Apulie.

— Je sais. Ils s'y sont installés et, depuis, surveillent pour le compte de l'empereur les cols du royaume septentrional des Allemands. Ils n'ont sans doute pas encore appris que leur seigneur a depuis longtemps quitté ce monde.

— « Il vit et ne vit pas ! » rétorqua sèchement Jean en citant le mot bien connu de la Sibylle.

— Très amusant ! commenta Manfred en se redressant dans son trône de marbre. J'ai entendu dire que le Grec interpellé portait sur lui une autre lettre de Guillaume de Rubrouck et que vous la lui avez confisquée.

— C'est exact, confirma le chancelier.

— Comptez-vous m'en dissimuler le contenu ?

— Je ne l'ai pas lue moi-même !

— Eh bien dans ce cas, ne nous privons pas de ce plaisir et allons découvrir ensemble le dernier rapport en date de ce joyeux frère de saint François. Je propose d'ailleurs que nous quittions ce sombre lieu et que nous nous rendions en haut, dans les appartements plus gais de mes ancêtres normands. Ils sont clairs et chassent les sombres pensées.

Sur ces mots, il se leva et quitta la salle. Son chancelier le suivit.

Celui qui se permettait de qualifier de « lieu sombre » ce qui constituait sans doute la plus belle chapelle privée du monde n'était encore jamais descendu dans les profondeurs de la Kalsa. On ne trouvait qu'à Paris une rivale sérieuse de cette maison de Dieu : la Sainte-Chapelle, que le pieux roi Louis s'était fait construire dans un style moderne, rappelant les cathédrales. Ce n'était certainement pas pour apaiser sa conscience effroyablement juste, mais pour atteindre enfin à la sainteté. Qui sait, peut-être cette œuvre d'art en filigrane dont tous vantaient les fenêtres de verre coloré cachait-elle elle aussi les horreurs de supplices qui se déroulaient discrètement, dans son sous-sol.

Manfred n'avait effectivement jamais visité les cachots dans lesquels il laissait dépérir ses ennemis. De l'eau coulait des murs, goutte à goutte. On ne pouvait que l'entendre : dans la nuit profonde qui y régnait à tout jamais, on ne discernait pas ce genre de détails. Des grappes de mousse s'étaient pourtant formées sur les pierres de granit grossièrement taillées, où elles pendaient comme des barbes visqueuses. L'œuvre du diable, assurément ! Si son royaume ne commençait pas dès que l'on était entré dans la galerie, près de Santa Maria della Catena, c'était du moins l'antichambre de l'enfer.

C'est dans ce trou obscur que l'on avait installé les trois malheureux chevaliers venus du Languedoc, pour qu'ils attendent avec leur chef, Taxiarchos, la peine qu'ils avaient bien méritée. Ils ne voyaient rien, eux non plus, et pouvaient tout juste entendre le cliquetis des chaînes qui leur pesaient aux mains et aux pieds.

La voûte centrale, une citerne désaffectée de l'époque romaine, donnait sur des réduits qui se ramifiaient en forme d'étoiles, chacun fermé par une grille. Ils avaient pu le deviner à la lumière des torches de leurs gardiens.

— Le fait que l'on nous ait enchaînés tous les trois dans la première cellule, songeait Mas, ne peut qu'annoncer un procès rapide. La liberté ou la potence !

Le dernier mot qu'il avait prononcé ne manqua pas son effet. Pons fut secoué par un petit sanglot.

— Le Pénicrate, ce Grec criminel et tellement dangereux que messire Maletta a déjà convaincu de tentatives d'empoisonnement, est en revanche enfermé tout seul, continua Mas à voix haute, comme pour apaiser son angoisse.

— Ce qui signifie seulement que ses tortures dureront un peu plus longtemps, intervint Raoul dans le seul dessein de soulager la rage que lui inspirait le Pénicrate, auquel ils devaient de s'être retrouvés dans cette situation. Sans aucun espoir de quitter ce lieu autrement que les pieds devant. À moins qu'on ne le traîne à travers les grottes et qu'on ne le donne en pitance aux murènes !

Ils restèrent aux aguets, attendant une indication de leur chef, mais il se tut, et cette image effroyable disparut d'elle-même. Pons se mit à geindre dans la pénombre.

— Reprenez-vous ! ordonna enfin la voix qu'il attendait. Quelqu'un a posé au-dessus de nous sa main protectrice. Sans cela, nous flotterions dans la mer depuis longtemps, après avoir été étouffés.

— C'est ce que nous ont prédit les valets, sanglota Pons. Juste comme ça !

— Les valets ! se moqua Mas. Nous sommes des seigneurs, et seuls des seigneurs peuvent nous exécuter !

— C'est ta manière de siffler dans les caves sombres, ricana Raoul. Mais tu ne siffles pas bien fort !

— Tu fais dans tes chausses ! cria Mas en secouant ses chaînes. Je le sens jusqu'ici. À l'aide ! La puanteur m'étouffe !

— Silence ! hurla Taxiarchos. Je vous ordonne de fermer vos gueules, tous les trois. Et toi, Pons, arrête de couiner !

Ces mots produisirent leur effet. Nulle part l'être humain n'a plus besoin d'autorité que lorsqu'il se retrouve jusqu'au cou dans la merde. Le silence s'instaura donc de nouveau et ils entendirent tous des pas s'approcher d'eux, venant du haut par un escalier de pierre. Puis ils aperçurent l'éclat d'une torche. Pons l'observa à s'en exorbiter les yeux. Du revers de la main, il essuya les larmes sur son visage en s'écorchant les joues avec ses menottes. À la lumière de la torche que des gardiens tenaient respectueusement pour éclairer le chemin sur la pierre glissante, ils virent apparaître le guépard, qui reniflait et tirait sa jeune maîtresse avec une telle vigueur qu'elle avait toutes les peines du monde à ne pas dévaler l'escalier.

— *Dir balak ya Immà !* ordonna la voix enfantine. Je ne veux pas me retrouver dans la crotte.

Un gardien passa sa torche derrière la grille, dont l'ombre stria les visages des prisonniers.

— Ce sont ceux que vous voulez ?

Les yeux de Constance brillaient autant que ceux de son félin.

— C'est lui, dit-elle en désignant Raoul, qui a porté son regard sur moi avec tant d'insolence !

La terreur manqua faire tomber Pons en syncope, tandis que Mas bouillait de jalousie et que Raoul souriait sans la moindre honte à la lumière vacillante.

— Détachez-le ! ordonna-t-elle aux gardiens effarés, pour qu'il puisse m'embrasser !

Les gardes en eurent à leur tour le souffle coupé. L'un d'eux finit tout de même par se reprendre et par répondre :

— Majesté, nous n'en avons pas le droit ! Cela nous coûtera notre tête.

Un violent coup de cravache, celle qui assurait d'ordinaire l'obéissance d'Immà, s'abattit sur le visage du garde.

— Je propose que vous me fassiez couper la tête, princesse, fit Raoul. On aura ainsi respecté les consignes, et vous pourrez satisfaire à votre désir !

— Non ! gémit le gardien-chef. Ne réclamez pas cela de nous, je vous en prie !

Constance regardait fixement à travers la grille, sans broncher.

— Votre proposition n'est ni appétissante, ni particulièrement originale, messire, vous l'avez trouvée dans la Bible. Comme c'est ordinaire ! ajouta-t-elle en se détournant. J'ai perdu l'envie de vos lèvres. Une bonne chose, qu'il y ait des grilles ici !

Elle fit un signe aux gardiens qui l'attendaient, soulagés, tira Immà derrière elle et repartit à la lueur des torches. On ne distinguait plus ses pas de ceux des gardiens. Seul le cliquetis des griffes du guépard était encore audible.

— Espèce de chacal débile ! marmonna Mas dans la pénombre, à l'intention de Raoul.

Le Golgotha démantelé et pillé

Sur la plage d'Ustica, les maîtres et l'équipage du voilier s'étaient rassemblés autour de Jakov, le charpentier. Dans le sable du rivage, qui montait en pente douce, on avait soigneusement disposé, à l'horizontale, les personnages du Golgotha : la croix de Jésus de Nazareth et du larron de droite – nul ne remarqua que l'autre et sa croix étaient absentes – la vierge Marie, Madeleine et les autres femmes, à droite et à gauche, puis Joseph et les bourreaux.

Les légionnaires romains étaient disposés de part et d'autre du butin.

Comme des chasseurs allant observer leur tableau, le Hafside, le Doge et Gosset les passèrent en revue avant d'indiquer à Jakov de commencer son ouvrage. Une timidité compréhensible lui fit, dans un premier temps, épargner les femmes. Il commença par s'attaquer à son ami et patron, Joseph. Avec les précautions d'un chirurgien, il lui ôta les bras et les jambes avant de lui scier la tête. À l'aide des piques de quelques hallebardes, ce menuisier doué fit sortir de sa cage thoracique, les uns après les autres, des sacs pleins de pièces tintantes. Mais ses crochets n'atteignaient pas la profondeur du ventre creux. Quatre Maures soulevèrent le torse, le mirent sur la tête, si l'on peut dire, et le secouèrent jusqu'à ce que la dernière barre d'or soit tombée dans le sable de lave noir. Alors, Jakov déboucha les membres du saint et en fit sortir de petits sacs de cuir remplis de joyaux.

Roç et Yeza, mais aussi Gosset, surveillèrent le Doge du coin de l'œil pendant toute l'opération. À cet instant au plus tard, messire Georges comprit qu'il avait vendu le siège des Templiers à Rhedae bien au-dessous de son prix, qu'il l'avait même bradé. Mais Morosin joua le mécène uniquement soucieux de la conservation des œuvres d'art religieux, s'exclamant tantôt : « Doucement ! » ou « Attention ! », tantôt « Par le diable ! » ou « Honte ! Honte à la chrétienté ! »

Cela ne l'empêchait pas de loucher intensément sur le moindre petit sac. Gosset l'observait. Il comprit le but de ses simagrées en remarquant un sourire du Hafside, qui appréciait manifestement la prestation de comédien de son compagnon. Ces deux-là s'étaient mis d'accord depuis longtemps – comment aurait-il pu en être autrement ? Cela signifiait qu'il devait rester sur ses gardes s'il ne voulait pas être le dindon de la farce.

Roç et Yeza trouvèrent certes que le Doge en faisait trop. Eux aussi auraient compris tôt ou tard ce qui se déroulait réellement sous leurs yeux. Mais le Hafside lui-même mit un terme à cette représentation, en promettant d'une voix posée au Doge la « part de l'inventeur », au moins sur son propre pourcentage. Georges Morosin put donc enfin se réjouir en contemplant le butin qui s'amassait devant lui.

Le marchand d'esclaves ordonna à ses Maures de creuser une cuvette dans le sable, au-dessus de la dune, là où les vagues n'arrivaient jamais, et d'y amasser tous les trésors. La procédure choisie par Jakov assommait tout le monde : il ouvrait les sculptures avec d'infinies précautions, pour que l'on puisse ensuite les reconstituer sans que rien laisse deviner ce qu'elles avaient subi. Mais Jakov avait une telle autorité que nul ne songea sérieusement à protester.

— Cela peut durer plusieurs jours, constata tout de même le Hafside. Je m'étais dit...

— Dieu nous guide, répliqua le Doge avant d'ajouter à l'attention de Gosset : Vous avez bien entendu Beni le Matou nous dire que le couronnement de Manfred est imminent. Le couple royal doit-il arriver les mains vides à Palerme, à peu près au même moment ?

Comme Gosset prenait le temps de la réflexion, c'est Roç qui répondit :

— N'avons-nous pas de l'or et des bijoux en abondance ?

— Cela ne fera qu'attiser les convoitises, objecta Gosset.

— Et puis c'est vulgaire, ce n'est pas digne de nous, ajouta Yeza, ce qui plut beaucoup au Doge.

— Mis à part l'inestimable mérite qu'il y a eu à préserver des œuvres d'art sacré d'une disparition certaine et à entretenir le souvenir du messire de Rhedae, poursuivit celui-ci, les sculptures éventrées n'ont aucune valeur pour le couple royal. Au bout du compte, elles constituent même une charge pour lui.

— C'est faux ! dit Roç.

— C'est exact ! rétorqua Yeza. Je ne tiens pas à les avoir sur le dos en permanence.

— Mais nous voulions les emporter à Jérusalem...

— Avons-nous jamais suivi le chemin dont nous pensions qu'il serait celui de notre prochaine étape ?

— Parlons-en, justement ! reprit le Doge au vol. Votre prochaine étape, c'est la visite de la Sicile. Le digne cadeau que vous offrirez à Manfred sera cet admirable groupe du Golgotha, il ne pourra le refuser sans dresser encore plus violemment contre lui la sainte Église romaine. Un chef-d'œuvre de la sculpture sur bois occidentale, venu du Languedoc, un exemple de piété profonde et de foi ardente. On pense que Xavier d'Urgel le Jeune est le créateur de ces somptueuses figures.

— Somptueuses ? Mais elles sont nues ! intervint alors Kefir Alhakim. (Le gouverneur s'était discrètement glissé dans le cercle avec son éventeur.) Je vais vous les habiller, moi, avec une pompe et un raffinement qui vous vaudra même l'admiration du roi Manfred. Vous n'avez qu'à me fournir le tissu, et je vous...

— J'ai à bord des caisses pleines de velours et de brocart, de soie et de damassé, annonça le Hafside avant de renvoyer sèchement le tailleur : Mais nous n'avons pas encore besoin de vous ici pour vous en occuper.

Les Maures avaient remarqué le regard agacé d'Abdal et avaient repoussé Kefir Alhakim avant que ce malin ait pu comprendre ce qui se passait réellement sur la plage.

— Attendez qu'on vous appelle, si vous le voulez bien !

La mine offensée, le gouverneur aux ciseaux agiles repartit avec son héraut.

— L'idée n'est pas mauvaise ! s'exclama le Hafside derrière lui. Mais rien n'indiqua que Kefir Alhakim avait entendu ces quelques mots de réconfort.

— Elle est du plus mauvais goût ! protesta Yeza.

— Mais elle augmente la valeur de nos saints, la contredit aussitôt Roç, et elle plaira certainement au peuple de Sicile !

— Les tissus seront ma contribution au cadeau du roi ! annonça pour finir le marchand d'esclaves. On ne sait jamais...

— Excellente idée ! trancha le Doge. Chaque année, la population célébrera par une procession l'arrivée des saints sur son île, et Manfred pourra se vanter d'avoir offert ce trésor à l'Église. Il devrait vous en être éternellement reconnaissant !

Pendant toute la discussion, maître Jakov avait poursuivi son ouvrage. Mais il devenait évident qu'il ne parviendrait pas à démembrer, à vider et à reconstituer plus de deux ou trois personnages par jour. Et il n'admettait même pas qu'un spécialiste comme le menuisier de bord du Hafside pose la main sur « ses » saints.

Les Maures n'étaient autorisés qu'à vider les personnages et à porter les trésors vers la fosse. Le Hafside observait en secouant la tête le travail de cette réincarnation du charpentier. Jakov traitait comme une relique la tête en bois de Joseph. Il l'avait déposée dans un sac, y avait ajouté des herbes (une simple plante des sables, pensa le Hafside). Les fleurs que cet étrange prophète arrachait avec leurs racines étaient elles aussi tout à fait ordinaires. Jakov traînait son sac partout avec lui, comme une mère porte son enfant en langes, il ne le quittait jamais des yeux. Pour ne pas heurter sa sensibilité, nul n'osa prendre le sac ni même y jeter un regard. Tous s'habituèrent peu à peu à cette espèce de manie.

— Bien, annonça Gosset après avoir discuté un instant à voix basse avec Roç et Yeza. Le couple royal est d'accord !

— Le groupe du Golgotha, une fois reconstitué, sera offert au roi Manfred !

— Dans ce cas, nous pouvons à présent parler de la partie commerciale de cette opération ? lança le Doge.

— La répartition est réglée, mon cher ami et Templier, l'informa aussitôt le Hafside. Mais une fois que nous aurons apaisé la mauvaise conscience de notre cabaliste menuisier, je ne suis pas disposé à ce que nous perdions encore plusieurs journées à décompter l'argent, à peser chaque barre, à calculer sa teneur en or et à discuter la valeur de chaque pierre.

Entendre des mots pareils dans la bouche d'un marchand d'esclaves étonna toute l'assistance, à l'exception du Doge.

— Que proposez-vous ? demanda Gosset.

— Il sera réparti selon son poids et son volume ! répondit le Doge.

— Tout à fait ! reprit le Hafside. Pendant que nous démonterons les figures, nous ferons fabriquer des caisses. Et c'est mon menuisier qui s'en chargera ! ajouta-t-il. Il en fabriquera une correspondant à la part de chaque ayant droit.

— Le couple royal en aura besoin de deux, déclara Yeza à la stupéfaction de tous, Roç compris. Non seulement parce que le poids qui nous revient est plus important, mais parce que messire Roç Trencavel et moi-même feront caisse séparée.

Roç regarda sa dame avec étonnement. Mais elle avait parlé d'une voix tellement tranchante qu'il supposa que Yeza, comme toujours, savait ce qu'elle faisait.

— J'en demande deux, moi aussi, s'exclama le Doge. Un petit bahut en récompense de mes modestes mérites, et un grand, décoré d'une croix des Templiers, pour que chacun sache à qui il sera destiné !

— Ce n'est que justice, trancha Gosset. Pour ma part, je commande un bahut de marin à double fond, car la Sicile se trouve devant nous, et je ne veux pas faire tomber inutilement des regards cupides sur mes maigres biens.

Le seul à ne pas avoir besoin de coffre supplémentaire, parce qu'il en avait déjà un, était Abdal le Hafside.

— Si les discussions commencent dès que l'on parle des caisses, grogna-t-il, cela prouve à quel point j'avais raison de proposer une répartition rapide. Pour qu'il n'y ait aucun malentendu : les pièces seront distribuées par sacs, on ne comptera que les barres, les joyaux resteront dans leurs sachets de cuir et seront répartis selon leur poids.

— Vendus aux enchères ! proposa Yeza. Le produit de la vente ira à l'équipage.

Comme elle avait fait sa proposition à voix haute, ce qui lui avait valu les applaudissements des Maures, il n'y avait plus rien à objecter.

Le Hafside secoua la tête.

— Je vais à présent envoyer chercher les tissus à bord du navire. Chacun des personnages que messire Jakov laissera partir sera porté au village, afin que son excellence Kefir Alhakim puisse, avec l'aide des femmes, commencer par habiller les saints. Car pour cela non plus, je n'ai pas l'intention d'attendre longtemps.

Personne n'avait remarqué que Jakov avait posé sur son épaule le sac contenant la tête de Joseph et montait la colline qui menait au bourg. Ceux qui le virent finalement pensèrent qu'il comptait rendre visite au gouverneur pour discuter avec lui de l'habillement des personnages. Tous avaient de toute façon beaucoup à faire sur place.

Jakov était triste. Il avait cherché longtemps une cachette digne et adaptée pour la coupe que lui avait confiée Gavin. À présent, il devait s'en séparer au plus vite, parce qu'un quelconque seigneur dépourvu de toute espèce de sensibilité à la proximité du mystère avait décidé de céder les personnages au roi de Sicile. Or ce calice ne pouvait avoir qu'une seule destination : la Jérusalem céleste, sa *Hierosolyma* bien-aimée !

— Comme nous sommes les seuls auxquels on n'a confié aucun travail, plaisanta Georges Morosin, revenons à notre festin à peine entamé et soûlons-nous jusqu'à ce que tout se soit déroulé comme se le figure notre monseigneur Abdal.

— Invitez aussi les hommes de la bourgade, ils ne dérangeront pas leurs femmes pendant la couture ! ajouta Gosset.

— Le couple royal, déclara Roç, ne désire pas prendre part à ces libations. Il se retirera sur la montagne jusqu'à ce que vous l'appeliez.

Roç, qui avait adressé ces mots à Gosset sans s'être préalablement entendu avec Yeza, se garda bien de diriger son regard vers sa compagne. Celle-ci se vengea :

— Il sera accompagné par Potkaxl et Philippe, ajouta-t-elle, contrecarrant ainsi les intentions de Roç, qui voulait la contraindre à une explication et à une réconciliation en tête à tête. Faites les préparatifs nécessaires !

ordonna-t-elle à ses suivantes et serviteurs. Des provisions pour plusieurs jours !

Elle chargea Mafalda et Geraude de lui préparer, entre-temps, une garde-robe de fête pour son arrivée et son séjour à Palerme.

— Faites donc travailler ce tailleur ! ordonna-t-elle à sa Première dame de cour. Cela vaut aussi pour vous, Jordi. Je vous charge d'imaginer quel tissu vous ornera, vous et vos hommes, quels seront vos bannières, vos pourpoints et vos boucliers. Le Hafside vous donnera tout ce dont vous aurez besoin.

— Et je vais réfléchir, ajouta Gosset, à l'identité que vous prendrez pour entrer à Palerme, et à l'attitude que vous devrez avoir à l'égard du roi Manfred.

— Nous y entrerons sous l'identité du couple royal ! grogna Roç, de fort méchante humeur. Et certainement pas en quémandeurs !

— Des couples royaux, il y en aura quelques autres parmi les invités – ce que nous ne sommes d'ailleurs pas encore. Et si vous ne voulez pas lui faire allégeance, qu'avez-vous à lui proposer ?

— Ne compliquez donc pas autant les choses, Gosset, intervint Yeza. Nous sommes de passage, nous lui rendons visite, nous lui laissons un cadeau généreux et nous poursuivons notre route.

— Si la chose était aussi simple, valeureuse reine, vous pourriez désormais renoncer à mes services.

— Nous ne le voulons pas, répondit sèchement Yeza. Réfléchissez donc à tous les obstacles envisageables, lesquels pourront par la suite être remplacés par d'autres, auxquels nous n'aurons pas songé.

À l'instant précis où ils s'apprêtaient à remonter à la plate-forme où se trouvait leur tente, Beni le Matou vint à leur rencontre.

— Messire mon père est en larmes, s'exclama-t-il d'une voix pleine de reproches. Vous avez récompensé son hospitalité par la méfiance, blessé son honneur de représentant du pouvoir impérial, et surtout méprisé ses services. À présent, c'est la guerre entre nous ! s'exclama-t-il en tournant déjà les talons. Les hommes s'arment. Ils se battront jusqu'à la dernière goutte de sang que vous leur laisserez sur cette île !

Il ne faisait aucun doute qu'il se comptait au nombre de ces guerriers prêts à sacrifier leur existence.

— Mais pas du tout ! s'écria Yeza. Nous accordons toute notre confiance à messire votre père, l'illustre Kefir Alhakim. La meilleure preuve en est qu'il a bien voulu nous tailler des vêtements pour nos saints, selon son bon vouloir de maître artisan, et conformément à son goût raffiné.

— Cela le réjouira certainement, mais cela n'efface pas l'affront d'avoir été grossièrement chassé de la plage, de sa plage ! Une telle insulte ne peut qu'être lavée dans le sang !

Beni montrait ses griffes, moins pour menacer les étrangers que pour étaler sa puissance devant Potkaxl. Le Matou bombait le torse. Yeza laissa à Roç le soin de caresser dans le bon sens les derniers poils encore hérissés.

— L'honneur de Son Excellence le gouverneur impérial d'Ustica, qu'il n'était nullement dans notre intention d'offusquer, sera réparé par une visite du couple royal dans sa résidence, annonça Roç d'une voix cérémonieuse. Vous n'avez qu'à nous montrer le chemin.

— Voilà qui va le rendre fou de joie ! s'exclama Beni. Je me dépêche de lui apporter cette joyeuse nouvelle.

— Connaissez-vous ces lieux, là-haut ? le retint Roç en désignant la montagne.

— Voulez-vous m'offenser à mon tour ? Moi, Kadr ibn Kefir ad-Din Malik Alhakim Benedictus ?

— Nullement, jeune seigneur ! répondit Roç. Je voulais juste m'assurer que vous nous y mèneriez.

— Voyez-vous cette tour ? demanda ce *studiosus* touche-à-tout en désignant la muraille qui s'élevait bien au-dessus du village. C'est là que vous attendra mon père. Ensuite, je me mettrai à votre service, où que vous vouliez poser votre pied majestueux.

— Je m'en réjouis ! s'écria Yeza, et elle se mit à rire en voyant Potkaxl suivre des yeux le Matou qui remonta les marches avec souplesse et disparut.

Un patriarche bienveillant

Le regard du futur roi se dirigea, par les hautes fenêtres, sur les toits de sa ville. Ceux de la Campanaria de la Martonara (« La Madonna dell Ammiraglio », disaient les gens) dépassaient tous les autres. Juste à côté, à droite, les coupoles de San Cataldo brillaient d'un éclat rose entre les hauts palmiers. Derrière, la mer étincelante se perdait dans l'horizon. Manfred regrettait de ne pas avoir aussi vue sur la petite église San Giovanni degli Eremiti. Il l'aimait, cette ancienne mosquée avec son jardin enchanté au milieu d'un calvaire, plus encore que la plupart des chefs-d'œuvre de l'art jardinier arabe qui peuplaient son château. Mais pour contempler ce petit trésor, il lui aurait fallu se lever.

Or le jeune seigneur était couché sur un divan de marbre frais, sa belle tête aux boucles blondes reposant sur son coude. Il regardait son chancelier qui arpentait la salle claire à grands pas tout en lui lisant la lettre de Guillaume de Rubrouck. Celle-ci était en fait, une fois de plus, adressée « au couple royal, Roç et Yeza », mais puisque l'on avait de toute façon déjà rompu le sceau en enquêtant sur l'homme qui la portait, le roi et son chancelier avaient oublié tout scrupule. D'ailleurs, pour être honnête, ils n'en avaient ni l'un, ni l'autre. Le terme même leur était étranger, et ils se seraient plutôt étonnés de ne pas utiliser pareille source, d'autant plus que la dernière lettre du franciscain, qui contenait des allusions à une haute trahison et à un régicide, abordait des questions touchant à la sécurité de l'État.

« Je passe ainsi mes journées dans la belle Antioche, de préférence à la table du prince. Bo m'apprécie aussi comme adversaire à un jeu de damier auquel il s'adonne fréquemment, non point parce que je n'ai guère de chance aux dés, mais parce que, même dans une situation désespérée, je double la mise avec fureur et irréflexion, promettant de gros gains à celui auquel sourit la fortune.

Son service du Trésor me le permet : je suis enregistré chez ce brave Bo comme ambassadeur spécial du grand khan et légat du roi de France. Je ne m'ôte cependant pas le soupçon que Bohémond a parfaitement compris quelle était ma véritable situation et ne me nourrit si généreusement qu'au nom de sa vieille amitié avec toi-même, mon noble chevalier Roç, et avec toi, ma dame avisée. Je lui ai dit que je me trouvais en réalité en route pour rejoindre mes royaux seigneurs, et j'ai dû constamment lui raconter vos aventures. Tel est désormais mon dilemme. Aujourd'hui, il apprécie tellement ma compagnie qu'il paraît de moins en moins disposé à me payer la suite du voyage. Et je ne souhaite pas le lui mendier. Un seul souci m'afflige : le chapitre de mon Ordre, qui tient justement congrès à Tripoli, pourrait s'intéresser au cas de frère Guillaume, qui manque depuis déjà si longtemps à l'appel de l'*Ordo Fratrum Minorum*. C'est la raison pour laquelle j'ai demandé au prince que soit respecté mon anonymat. Je ne me montre pas en public. Cela m'évite aussi de me faire attraper par Xenia, car "mon épouse" se donne certainement beaucoup plus de mal que moi pour assurer la subsistance de la petite Amàl et de Shams. Il est vrai que les enfants ne sont pas le fruit de ma semence, mais ils ne sont pas sortis non plus du ventre de Xenia, autant qu'elle puisse les chérir... »

— Vous pouvez peut-être survoler la vie amoureuse inaccomplie du moine, mon cher Jean, suggéra le jeune souverain en interrompant le chancelier.

— Je peux aussi totalement arrêter ma lecture, répliqua celui-ci, agacé. Cette perspective ne lui aurait certainement pas déplu, elle lui aurait épargné quelques dizaines de minutes de fatigue supplémentaire. Mais Manfred ne céda pas.

— J'ai dit « survoler », gardez-en l'essentiel, les allusions qui pourraient nous concerner, et puis ce qui se trouve entre les lignes. Évaluer les arrière-pensées avant même qu'elles ne soient pensées, voilà ce qui caractérise le diplomate.

— Je préfère ne pas voler du tout, grogna Jean de Procida, et picorer comme un pigeon tant qu'un faucon comme vous tourne au-dessus de moi.

— Eh bien continuez à sautiller entre les grains que nous lance Guillaume.

« C'est moi qui, devant les ruines fumantes d'Alamut, ai pressé l'imam nouveau-né des Ismaéliens contre la poitrine de Xenia, pour qu'elle l'élève et m'élève du même coup. Puisque je suis son sauveur, c'est à moi de décider de son destin. Si je lève le voile qui recouvre encore son existence, les Assassins exigeront que je leur livre leur chef divin, sous peine de mettre un terme à la mienne. Bohémond réclamerait sans doute mon poids et celui de l'enfant en bon or massif, mais n'hésiterait pas à nous livrer aux Assassins. Il me semble parfois que la meilleure chose qui pourrait arriver à cet enfant serait de ne jamais apprendre quel poids pèse sur ses épaules. Je pense aussi à vous : comme votre vie aurait été différente si l'on n'avait pas imaginé pour vous le grand projet – ne parlons même pas de la mienne ! Mais on n'échappe sans doute pas à son destin !... »

— Mais ça n'a aucun intérêt ! s'exclama Manfred. Guillaume, en tout cas, a trouvé sa voie, et il y prend plaisir : il joue au destin ! Que ce soit avec les enfants du Graal ou avec le chef spirituel de ces Assassins tant redoutés, Guillaume s'occupe de tout !

— Reste à savoir si c'est pour le bien des personnes concernées, fit Jean d'une voix rauque. Je ne tiens pas à l'avoir à Palerme, ni dans d'autres parties de votre royaume !

— Voulez vous le confier aux franciscains, ou à son « épouse » ? demanda Manfred avec ironie. Ce serait la seule manière d'être sûr qu'il ne se tiendra pas à côté de mon lit demain pour y monter la garde.

— Vous êtes trop grand pour cela. Mais il pourrait planer autour de votre jeune fille, Constance, pour jouer auprès d'elle l'ange tutélaire !

— Même un Guillaume de Rubrouck n'y survivrait pas ! Continuez la lecture, je vous prie !

« Vous voulez certainement savoir pourquoi j'ai quitté Nicée en prenant mes jambes à mon cou ? Mon seul désir était qu'on ne sépare pas trop vite celui-ci de celles-là. Mais j'anticipe. L'empereur Théodore II a suivi mon conseil et a chargé le plus compétent de ses généraux, Michel Paléologue, de passer à l'attaque contre Épire. En un clin d'œil, le général s'est emparé du pays du despote, il l'a franchi jusqu'à la mer comme s'il se moquait de lui. Arrivé là, il a pris la ville portuaire de Durazzo. Mais, au lieu de savourer cette victoire sur son rival pour la conquête de Constantinople, cet entêté, ce méfiant de Théodore a retiré ses faveurs à son général et l'a humilié en lui ordonnant un repli immédiat. Paléologue ne l'a pas oublié. En tout cas, l'empereur est mort trois jours plus tard. Il a laissé son trône à son fils de six ans et unique héritier, Jean IV. Il se nomme Laskaris Vatatses, mais personne, sans doute, n'a besoin de se rappeler son patronyme, car à peine le mort avait-il fermé les yeux, le patriarche avait déjà chargé Michel Paléologue d'assurer la régence. Le lendemain, il lui donna le titre de duc et le nomma despote, si bien que nul ne s'étonna que le jour du couronnement, l'ancien général ait su convaincre le patriarche de le désigner comme co-empereur et de lui poser à lui aussi une couronne sur la tête – il a même été le premier à la recevoir. Dès le lendemain, personne ne parvenait plus à trouver la couronne du gamin. Et sa juvénile existence pourrait bien connaître un sort identique, ou plus cruel encore, dans un très proche avenir.

Bref, après ces événements solennels, le patriarche Arsenios, sans doute après s'être entendu avec le nouveau souverain, m'informa qu'un navire m'attendait pour me conduire en Sicile, et ce en mission officielle auprès de Paléologue et de l'Église grecque, qui lui était dévouée. Car on connaissait sans doute fort bien là-bas les démêlés de la maison Hohenstaufen avec l'*Ecclesia romana*. Une information que l'on m'avait confiée sous le sceau du secret m'incita à accepter cette offre avec joie : on m'avait dit que vous, mes chers amis, vous trouviez désormais à Palerme. La source de cette information était le moine Démétrios, ce prêtre qui, dès le malheureux début de mon séjour à Nicée, était intervenu de manière tellement bénéfique dans mon existence anéantie, parce qu'il me connaissait et m'estimait depuis notre rencontre à Karakorom... »

Ici, le chancelier s'interrompit de lui-même.

— Il doit tout de même bien y avoir quelque chose de vrai dans cette annonce d'une visite imminente de Roç et de Yeza sur notre île.

— Il est rare que la fumée commence avant le feu, se moqua Manfred, mais avec ce Guillaume, tout paraît possible.

— Alors, les trois chevaliers d'Occitanie n'auraient pas menti lorsqu'ils prétendaient vouloir rencontrer ici le couple royal ?

— Et pourquoi mes chers parents ne voudraient-ils pas venir à ma fête afin de me présenter leurs hommages ? répondit Manfred en bâillant de satisfaction. Du côté paternel, je n'ai plus beaucoup de cousins...

Il s'arrêta. Jean se dit que le roi venait de se rappeler son jeune frère Conradin, s'il ne l'avait pas déjà fait auparavant, pendant qu'il lui lisait le passage sur l'irrésistible ascension du général Paléologue. Mais il se garda bien de faire la moindre remarque à ce sujet. Et Manfred termina sa phrase :

— ... tellement peu que même des parents lointains et appauvris sont les bienvenus chez moi. Mais poursuivez la lecture, précieux chancelier !

« J'ai donc embarqué, avec tous les honneurs et tout le respect qui m'étaient dus en tant que porteur d'un message de salutations au nom du Christ. Des caisses pleines de cadeaux m'accompagnaient, des robes précieuses que l'on avait manifestement fait tailler à mes mesures. J'en essayai une aussitôt. Et je dois vous dire qu'elle était tellement somptueuse que la tenue de l'archimandrite de Tiflis, que j'avais tant admirée lorsque le dignitaire avait présenté son hommage au grand khan, me fit rétrospectivement l'impression de l'aube d'un enfant de chœur à côté de celle-là. Je l'ai donc gardée sur moi et je suis allé me pavaner sur le pont du navire. »

— Vous pouvez aussi passer le chapitre « Les nouveaux habits de Guillaume », Jean, le morigéna Manfred, mais le chancelier se défendit vivement :

— C'est le style de Guillaume, pas le mien !

— Continuez ! répliqua le jeune souverain, impitoyable.

« C'est alors que le patriarche apparut pour prendre congé de moi. Il m'attira dans un coin tranquille et sortit un objet caché sous la paille, dans une corbeille qu'il avait apportée. C'était un précieux coffret en ivoire, richement ornée de gravures. Il l'ouvrit précautionneusement et m'autorisa à y jeter un regard. On y voyait, couché sur du velours, un crucifix en argent. Le corps du Sauveur était en albâtre, mais des reflets rubis y brillaient : il était rempli d'un liquide qui avait sans doute cette couleur. Le patriarche ôta avec soin la croix entourée de perles et de saphirs. À mon grand effroi, il ouvrit le corps comme si c'était un flacon, en détachant sans la moindre piété la tête coiffée d'une couronne d'épines en or, et me montra la cavité.

— Voyez-vous, me dit-il, c'est notre principal cadeau à messire Manfred. Vous devrez le lui offrir vous-même, le lui remettre en mains propres. Attirez son attention sur les stigmates, à la racine des mains, sur les pieds, et sur le point où la lance est entrée dans le flanc. L'artiste a travaillé l'albâtre de telle sorte que le sang, ce liquide, sorte par les blessures. Regardez donc !

Et de fait, lorsqu'il tenait le corps d'une certaine manière, des gouttes minuscules apparaissaient sur les cicatrices.

— Je scelle à présent ce bel objet avant le long voyage, pour que rien ne s'en échappe !

Il prit une bougie dans sa corbeille, l'alluma et commença par laisser couler de la cire tout autour du goulot avant de le reboucher avec la tête. Puis il en versa un peu sur chacune des blessures et replaça le crucifix dans son lit.

— Elle fondra à la moindre chaleur, m'informa-t-il, même celle de la paume d'une main. Alors, le miracle pourra suivre son cours pour le croyant ingénu. Le simple contact d'une peau humaine avec cet effroyable poison cause une mort inévitable, aussi douloureuse que les flammes de l'enfer !

À cet instant seulement, je remarquai que, pendant toute cette démonstration, Arsenios avait porté des gants de cuir blanc très fin. Je m'imaginais facilement ce qui pouvait arriver à celui qui porterait à ses lèvres, dans un accès de piété, cet objet diabolique.

— Je ne prendrai pas cet objet ! m'exclamai-je. Je ne suis pas un assassin.

— Mais tu te contenteras d'offrir le coffret, répondit le patriarche. Nul ne te soupçonnera. Évidemment, il ne faudra pas que tu y séjournes trop longtemps.

— J'ai trop peur, objectai-je.

En réalité, ma décision était prise depuis longtemps : je jetterais ce coffret à la mer à la première occasion.

— J'ai trop peur que quelque chose ne se passe pas comme prévu, ajoutai-je.

— Bien, Guillaume, dit froidement le patriarche. Je vais installer le coffret dans une épaisse cassette de bois précieux, dont les parois seront scellées à la feuille d'or. Ainsi, rien ne pourra t'arriver. Je te donnerai aussi une paire de ces gants de cuir, si bien que ta vie, à laquelle tu tiens à juste titre, ne courra aucun danger. Attends ici, m'ordonna-t-il.

Il redéposa son coffret dans la corbeille et disparut. Je restai là à faire les cent pas. Et je compris tout d'un coup avec angoisse qu'Arsenios pouvait être revenu expliquer que je n'étais pas un porteur assez fiable pour cet objet meurtrier. Que ferait-il, dans ce cas, d'un homme initié au complot, devenu inutile et même dangereux ? Je ne quitterais jamais Nicée en vie !

Arsenios était allé chercher les sbires qui me... Je tremblais de tout mon corps. À côté de nous, j'avais remarqué un voilier de fret qui s'apprêtait à quitter le port pour Antioche. Il venait de jeter l'ancre, avait détaché ses amarres et glissait lentement devant moi. Je sautai en concentrant toute mon attention sur le cordage que je voulais attraper. Je parvins à m'en emparer, le navire me tira dans son sillage, j'avalai autant d'eau qu'une baleine, mais je tins bon. Ils me hissèrent à bord au moment précis où nous franchissions la tour du port. Ma robe coûteuse était tellement gonflée d'eau qu'elle avait manqué me couler sur place. Mais votre Guillaume a son ange gardien... »

— Halte ! s'exclama messire Manfred. Ce criminel exprime-t-il encore quelque supposition sur l'identité de l'homme qui pourrait lui succéder comme empoisonneur ? Car je suppose que cet aimable patriarche n'a pas renoncé à ses plans au seul motif que Guillaume est tombé à l'eau ?

— Certainement pas, marmonna le chancelier en lisant le reste de la lettre. Au moment où il envoie sa missive, notre franciscain ne voit encore aucun moyen utilisable pour quitter Antioche, et il propose à Roç et à Yeza de s'y rendre (ce que je peux comprendre, après tant de tentatives sans succès) : leur ami Bo serait heureux de les avoir auprès de lui.

— Cela suffit ! dit Manfred, la gorge sèche. Le terme de diabolique ne suffirait pas à qualifier ce feu grégeois liquéfié. C'est satanique. Nous devrions inviter Arsenios quelque part, en un lieu sacré où il se rendra sans...

— Rien ne peut rendre naïf un homme comme celui-là. Pour ce genre de personnages, aucune occasion ne justifie la naïveté...

On frappa à la porte, qui s'ouvrit pour laisser passer Immà, tirant Constance derrière elle.

— Ce chaton devient une grosse bête, mon enfant, fit Manfred en guise de salut.

— Je peux encore le tenir, se défendit la grande adolescente avant de présenter sa requête : Les trois chevaliers d'Occitanie sont innocents ! annonça-t-elle au chancelier.

— Je sais, répondit celui-ci, amusé par son intervention. Dois-je les libérer ?

Constance secoua énergiquement la tête : — Non !

— S'ils sont maintenus en prison alors qu'ils sont innocents, objecta son père, c'est une injustice, et notre devoir à tous est de la réparer. Ils doivent manger à notre table !

— Pas à côté de moi ! s'exclama la petite capricieuse en tirant son guépard loin de Manfred, qui jouait avec lui. Puis elle se dirigea de nouveau vers la sortie.

— Il est grand temps de la marier ! dit son père lorsque la porte se fut refermée.

— Mais à côté de ce fauve, l'infant Dom Pedro fait l'effet d'un petit matou famélique !

— Je vous prie de ne pas parler ainsi de ma fille ! rétorqua Manfred à son chancelier, moins courroucé que profondément chagriné.

— Je parlais d'Immà ! précisa sèchement Jean de Procida.

— En l'état actuel de nos connaissances, reprit le futur roi, il est possible que ce Taxiarchos n'ait été, lui aussi, que la victime de circonstances malheureuses...

— ... répondant au nom de Maletta, ajouta son chancelier.

— En tout cas, je préférerais que ce fameux marin soit en liberté. D'autant plus que le navire a été restitué aux Templiers.

— Pour ma part, j'aimerais le laisser mijoter encore un peu en prison, surtout en sachant qu'il n'a plus de navire.

— Vous ne connaissez pas personnellement les effrois de la Kalsa, mon cher. Là-dessous, les gens ne tardent pas à perdre la tête. Ils ont des hallucinations, des mirages terrifiants, ils s'imaginent qu'ils voient le soleil, qu'ils y rôtissent, qu'ils cuisent dans la fournaise de l'enfer.

— C'est bien ce que je disais, répondit le chancelier, impassible. Mais loin de moi l'idée de faire perdre la raison à ce loup de mer. Une idée m'est venue : nous lui donnons le meilleur navire de la flotte royale...

— L'amiral va me présenter sa démission !

— Il va falloir vous arranger avec lui, Majesté. J'ai

besoin du navire pour le placer sous les ordres de Taxiarchos.

— Mon chancelier, je vous en prie, je vous implore, dites-moi ce qui, tout d'un coup, donne tant de valeur à cet homme ?

— Taxiarchos est le seul à connaître la voie menant à l'or des « Îles lointaines » !

— Cela me plaît beaucoup, s'exclama Manfred. Laissez-le dans son cachot jusqu'à ce qu'il soit brisé et docile. Mais libérons ces trois garçons ! Cela contribuera à lui saper le moral. Et puis gardons toujours en réserve la menace de lâcher de nouveau Maletta sur lui.

— J'espère que toutes ces tortures ne seront pas nécessaires, et que j'obtiendrai d'ici à votre couronnement la parole de Taxiarchos. Il pourra ainsi s'asseoir à notre table en tant que *capitano in missione speciale*, avant de partir pour rendre riches la Sicile et son roi !

DANS L'IVRESSE DE LA GROTTE BLEUE

Beni le Matou avait fait la moitié du tour de l'île à la rame – c'est du moins l'impression qu'avait eue Yeza. Utilisant le ressac, il s'était faufilé entre les écueils, puis dans de sombres grottes aux noms inquiétants, comme *Homo Mortuus* ou *Caput Stragis*, même s'il s'agissait de simples métropoles de l'époque phénicienne, ou de temps encore plus reculés. Mais Benedictus, ce petit m'as-tu-vu, aimait l'exagération.

Roç se rappela avec un certain malaise la scène qui avait eu lieu dans la tour du « Gouverneur », au royaume des champignons vénéneux et des herbes enivrantes de Kefir Alhakim. Il avait calmé le raccommodeur en quelques mots bien choisis, lui avait fait remettre les tissus qu'il lui avait apportés et, en guise de dédommagement, un sac de joyaux, avant de passer à voix basse à son propre projet.

Mais ce docteur autoproclamé, voyant qu'on faisait appel à ses connaissances spécialisées, s'était lancé dans un cours magistral, d'une voix inutilement forte :

— En inhalation, je vous recommande la graine du datura, la belladone sèche et le chanvre juif.

Il ne remarqua pas les gestes de Roç, qui tenta d'abord de lui faire baisser la voix, puis de le faire taire, et passa à la recette miracle suivante.

— Si vous préférez manger quelque chose, messire, alors prenez des racines de l'*Orchis maculata* ou *latifolia,* ramollies dans une décoction de graines d'aneth doux et cuites au four jusqu'à en être transparentes. Nappées de jus de dates fermentées et de miel, c'est aussi, en boisson, un admirable aphrodisiaque.

Yeza avait entendu ces mots et, soupçonnant un complot entre les deux hommes, intervint dans la discussion :

— Vous ne devez tout de même pas manquer ici d'hallucinogènes comme le *claviceps purpurea,* l'ergot de blé ?

— Nous ne sommes pas à Éleusis, ici, voulut protester Roç, mais Kefir ne comptait pas s'avouer battu.

— *Claviceps paspali* pousse ici abondamment sur les prairies.

— Il n'en est pas question ! s'exclama Roç, mais Yeza prit ses mots pour un défi.

— Ou bien chacun d'entre nous renonce au soufflet du feu artificiel, et à la fausse dureté de l'épée qu'on y forge...

— Je n'en ai vraiment pas besoin !

Roç jouait l'indigné, atteint dans sa fierté virile. Mais Yeza lui répliqua d'une voix cinglante :

— À moins que messire ne se fasse du souci pour le brasier de ma cheminée ?

— Ne déforme pas le sens de tes propres mots, et ne camoufle pas tes manies : je ne veux pas plonger dans ce monde de cristaux gelés d'où dardent des flammes bleues, je ne veux pas me précipiter dans des cascades de sang bouillonnant qui creusent leur chemin jusque dans des profondeurs où aucun rayon de lumière ne pénètre plus. J'ai peur de voler, Yeza. (C'était presque une imploration.) Et toi non plus, tu ne devrais pas te lancer dans pareilles aventures...

— Ah, répondit-elle froidement, dès qu'il s'agit d'une possibilité d'expérience spirituelle, la monture de mon noble chevalier renâcle. Mais face à n'importe quelle jument brûlante, l'étalon se met à grimper aux cieux. Poudre-toi donc la queue de cantharides jusqu'à ce que tu te promènes comme Priape, mais ne te figure pas...

Elle avala le reste de sa phrase, tremblant de colère, et se précipita hors de la tour.

Roç avait ainsi chargé le charlatan de donner à sa dame Yeza tout ce que réclameraient son cœur et son esprit.

— De toute façon, son esprit et notre raison à tous les deux ne peuvent être plus confus. Je souhaiterais par-dessus tout que ma dame éprouve pour moi un désir aussi puissant que jadis.

Roç sortit tout d'un coup de ses rêves. Il soupira et observa Yeza, assise en face de lui. Elle avait le regard fixé sur la surface scintillante des eaux et semblait avoir envie de plonger dans ce monde d'algues phosphorescentes, d'éponges gigantesques et de champs d'anémones qui se balançaient doucement.

— Dans la grotte que je veux vous montrer, j'ai vu hier l'un des vôtres. Il portait sur son épaule un sac rebondi, leur raconta Beni d'un air mystérieux.

— Jakov, le charpentier ! s'exclama Roç, et Beni hocha la tête.

— Il était agenouillé dans la caverne, au bord de la mer, et il ouvrait le sac avec beaucoup de précautions. Et devinez ce qu'il en a sorti ?

— Une tête en bois !

Yeza avait gâché l'effet de surprise soigneusement préparé, et Beni se vengea. Il renonça à raconter que le crâne en question s'ouvrait comme un coffret et qu'il recelait, comme s'il avait été moulé pour elle, une coupe de pierre noire.

— Jakov a essayé de creuser un trou avec les mains, mais le sol calcaire était trop dur pour cela.

Il passa aussi sous silence le fait qu'il avait ensuite poussé le récipient dans la mer, assez loin pour que l'eau le recouvre.

— Je n'en ai pas plus à raconter, conclut froidement Beni, car j'ai dû décamper afin de quitter la grotte avant lui !

— Jakov voulait peut-être laver la tête de Joseph ? plaisanta Roç. Ou l'abreuver ? En tout cas, on n'a pas remarqué son absence !

Devant eux s'ouvrait à présent une merveille baignant dans la lumière bleue, une grotte qui plongeait tous ses visiteurs dans le ravissement et l'étonnement. Elle allait si loin à l'intérieur de la roche en basalte que ni la marée ni les courants ne troublaient les eaux cristallines qui y stagnaient. Ils pouvaient entendre tomber les gouttes, voyaient les reflets trembler entre les stalactites couleur de marbre, au plafond, et l'unique édifice qui montait de l'eau vers eux comme un château enchanté, pourvu de murailles et de tours, au milieu d'un lac d'argent et d'azur.

Pendant que Roç et Yeza restaient immobiles, béats d'admiration, Beni fit tout d'un coup sortir deux sacs de jute parfaitement identiques.

— Un cadeau de messire mon père au couple royal ! annonça-t-il fièrement en répétant les mots que lui avait appris le tailleur : le sac droit pour le Pluton qui sommeille en la dame, afin que les limbes de sa conscience ne se figent pas. « Du Dieu la connaissance inique, Pluton est riche, mais claudique. »

Et il donna le sac qu'il tenait dans sa main gauche à Roç, ahuri, qui ne put s'empêcher de commenter à voix basse « Et c'est un poète, en plus ! » avant que Beni ne reprenne :

— « Mars a séduit Venus, belle au bras du guerrier.
Le filet sur les dieux, la ruse a triomphé.
De déesse plaisir, le cadeau présenté
Était aussi gelé que la glace en juillet. »

Et l'air grave, il remit le deuxième sac à Potkaxl.

— Je peux m'en passer ! s'exclama Roç, agacé, et il déposa le sac dans la main de Philippe.

Yeza n'avait pas écouté. Elle n'y tenait plus : elle s'arracha presque les vêtements du corps, se dressa dans toute sa nudité et plongea dans l'eau les mains devant, presque sans éclabousser. Roç la vit glisser sur le fond comme une truite. Tandis qu'il se demandait encore s'il devait la suivre bien qu'elle ne l'y eût pas invité, Potkaxl laissa à son tour tomber son unique vêtement et sauta. Mais on comprit rapidement qu'elle ne savait pas nager. La princesse toltèque réapparut, les yeux terrifiés, en crachant de l'eau. Elle se mit à battre des bras, prise de panique, mais sans émettre le moindre cri. Philippe tomba dans l'eau plus qu'il n'y sauta, tout habillé, manquant presque renverser la barque.

— Je ne maîtrise pas cet art des dauphins ! bredouilla en guise d'excuse le courageux Beni. Roç eut fort à faire pour tirer son serviteur jusqu'à la barque afin qu'il puisse se retenir au bastingage. Yeza, elle, avait rattrapé Potkaxl depuis longtemps : elle la tenait à présent sous les aisselles, les deux mains jointes derrière sa nuque. Elle tira sa suivante vers la colline de stalagmites qui s'élevait hors de l'eau. Agrippée à la première qu'elle rencontra, Potkaxl retrouva ses esprits avec une étonnante rapidité.

Yeza, épuisée, se laissa tomber sur le dos. Elle vit alors nager à la surface l'un des sacs que Kefir avait préparés à son intention. Elle le rattrapa et le lança sur l'épaule de Potkaxl. Rien ne permettait de dire si c'était le sien ou celui que l'on avait destiné à Roç, il était certainement tombé de la barque dans la mêlée. D'ailleurs, elle s'en moquait, elle n'avait pas l'intention de s'exposer aux effets secondaires inconnus de ce genre de potions magiques. Pourtant, après sa sortie fulminante de la tour de Kefir Alhakim, elle s'était renseignée pour savoir quels hallucinogènes poussaient sur l'île, mis à part le dangereux ergot.

Beni avait étalé son savoir.

— En fait, il ne reste que le royaume des panéoles.

Yeza avait dû insister pour apprendre que le *Subalteus* et le *Cyaescens* poussaient près de ces admirables grottes bleues dans lesquelles on rassemblait les moutons pour la nuit.

— Elle enivre les moutons et rend les bergers lubriques, ou l'inverse, avait ajouté Beni.

Yeza lui avait ri au nez, mais avait ensuite laissé comprendre qu'elle mangerait volontiers de ces champignons. Était-ce de cela qu'il lui avait mis dans son sac ? Yeza replongea : elle venait d'apercevoir en dessous d'elle un superbe exemplaire de *serpula*.

Il fallut qu'il remarque les yeux subjugués de Beni pour que Roç s'intéresse à la beauté parfaite du corps de sa compagne, depuis les cheveux blonds et fluides jusqu'au triangle sombre de ses cuisses, en passant par les seins en boutons de rose.

— Ô divine Néréide, fille du..., haletait Benedictus, le futur séminariste qui admirait sans se cacher tant de beauté dévoilée.

— Tu ferais mieux d'aider Philippe, le sauveteur, à sortir de l'eau ! lui lança Roç, moins inquiet pour le sort de son serviteur que soucieux d'interdire au jeune étudiant d'autres regards sur l'ondine impudique. Le tablier de Philippe, gorgé d'eau, l'attirait si fortement vers le bas qu'il était incapable de se hisser par ses propres moyens dans le canot. Roç dut lui prêter la main, ils le hissèrent par les épaules jusqu'à ce qu'il se retrouve entre les deux bancs de la barque, tête la première et pattes en l'air.

— À présent, ramez vers le rivage, là où le canot pourra s'échouer sur les cailloux, messire *Studiosus*, ordonna Roç.

Beni fit ce qu'on lui disait, même s'il garda un œil sur la fille de Nérée, qui continuait à faire des clapotis dans l'eau.

Roç se déshabilla, fit un ballot avec ses vêtements et ses chaussures. Beni, d'un coup de rame, échoua le bateau sur la rive en pente douce. Roç, qui avait prévu de quitter l'embarcation d'un bond élégant, perdit l'équilibre et tomba à plat ventre, tandis que les jambes de Philippe disparaissaient au fond de la barque.

— Attendez ici et ne bougez pas d'un pouce ! hurla Roç aux deux hommes avant de plonger pour atteindre sans se faire voir l'île aux stalactites et ses sirènes. Mais il ne réussit pas à les surprendre : lorsqu'il apparut en reprenant son souffle entre les conglomérats de pierre, il ne trouva ni Yeza, ni Potkaxl. Il les entendit glousser derrière une autre haie de stalactites. Il regarda prudemment. La maîtresse et sa suivante étaient couchées dans un bassin rempli d'eau. La princesse toltèque tenait Yeza entre ses jambes, et sa dame était allongée, la tête sur le pubis de la jeune fille, les deux jambes tendues : une petite source d'eau sulfureuse, sans doute chaude, jaillissait du bassin rocheux, entre ses jambes. La suivante puisait ce liquide chaud dans ses mains et le laissait couler sur la pointe des seins dressée de sa maîtresse. Roç sentit son membre gonfler et bondit comme un faune qui tente de surprendre des nymphes.

Potkaxl lui sourit sans cesser son activité. Mais Yeza ne leva pas les yeux vers lui.

— Dehors, les hommes ! s'exclama-t-elle d'une voix sévère.

Roç décida de ne pas obéir, monta au bord de la baignoire, le membre dressé, et se fit une place par la force après avoir constaté que les deux jeunes femmes assises ne faisaient pas mine de lui en laisser une. Il toucha timidement les pieds de Yeza, qui se mirent aussitôt à lui cajoler les flancs.

LES NOCES DE SANG DU DIEU SOLEIL

Le bain sulfureux était effectivement d'une chaleur bienfaisante, lorsqu'on sortait de l'eau froide et salée. Yeza lui lança l'un de ses regards étoilés qui lui donnaient tant de courage, mais elle resta silencieuse. Le sexe du jeune homme, en revanche, abandonna ses espoirs et retomba dans ce bouillon laiteux, puisque personne ne s'en occupait. Roç ne trouva rien de mieux que de s'adresser à la princesse toltèque, pour se faire admettre comme invité.

— Tu ne nous as jamais raconté, demanda-t-il, ce qui s'est vraiment passé, là-bas, sur les « Îles lointaines », lorsque Taxiarchos t'a sauvée.

— Laisse ça ! rétorqua sèchement Yeza. Tu ne comprends pas qu'elle n'aime pas en parler ?

La question avait au moins eu le mérite de sortir sa dame de sa réserve.

— Si vous voulez, maîtresse, l'interrompit Potkaxl en

souriant à Roç par-dessus l'épaule de Yeza, je suis prête à me sacrifier. Mais ensuite, vous devrez, pour la durée du rituel, vous soumettre à mes désirs, car c'est la seule manière dont vous pourrez découvrir l'amour du dieu soleil et le sacrifice d'une épouse sur la pyramide du temple...

— Je suis ton esclave ! s'exclama Roç, amusé, mais Yeza répondit sérieusement, et à voix basse :

— Je suis prête à parcourir avec toi le chemin de tes souffrances...

— Pourquoi souffrances ? s'enquit vivement Potkaxl. C'est la joie, la joie et le plaisir qu'il vous faut partager avec moi, Esclarmonde ! (Elle ferma les yeux et leva les deux bras en ouvrant la paume de ses mains vers l'astre solaire invisible.) Ce fut un grand honneur, pour la famille, que l'on m'ait choisie pour servir au temple du dieu soleil !

La princesse toltèque semblait en transe, sa voix toujours prête à plaisanter, d'ordinaire, paraissait sortie d'un autre monde.

— Je savais certes que je ne reverrais plus jamais mes amours, mes parents, mes frères et sœurs, mais puisque tous se réjouissaient, je faisais comme eux. Dans la nuit qui suivit mon admission, on me revêtit d'habits de fête. Mon père me conduisit à la pyramide du dieu soleil, dont le temple n'est accessible qu'aux hommes en temps normal. Dans son sous-sol gigantesque se trouve une salle avec un couloir en colonnes, richement orné de peintures murales qui racontent les actes héroïques de nos rois, toujours assistés par le dieu soleil, du moins lorsqu'il n'est pas en colère contre eux.

Potkaxl faisait défiler devant ses yeux les images que sa mémoire allait chercher dans un passé refoulé.

— Là, on avait dressé un festin pour les épouses et pour leurs pères. On y servait des plats délicieux et des boissons enivrantes que je n'avais jamais bues, pas plus que mon père d'ailleurs. J'y rencontrai une autre jeune fille venue d'une province éloignée, elle aussi désignée par le sort. Elle était bien plus belle que moi, sa taille était haute, elle avait le cou long et altier. Elle portait aussi beaucoup plus de bijoux en or que n'avait pu m'en donner mon village. Son père était très fier, et Kaolin ne m'accorda pas le moindre regard. À minuit, nos pères, complètement ivres, durent quitter la pyramide, après avoir remis tous les cadeaux et tous les bijoux qu'ils n'avaient pu accrocher à leurs filles. À présent, nous étions toutes seules avec les jeunes prêtres du dieu soleil, qui avaient partagé notre table. Mais ils ne nous prirent même pas dans leurs bras, nous, leurs épouses consentantes. Des serviteurs du temple nous apportèrent une boisson fraîche.

— Ah, dis Roç, j'imagine...

— N'imaginez pas ! répliqua sèchement la princesse toltèque. Buvez plutôt ! Levez-vous, je vous prie, et attrapez le sac caché derrière vous, dans la pierre. Kefir Alhakim a préparé pour chacun d'entre vous un breuvage...

— Comment cela ? Tu ne sais même pas de quoi il s'agit ! protesta Roç, mais il se leva et fit ce qu'on lui avait ordonné. Le sac était trempé et laissait filtrer un liquide brunâtre.

— Au temple du dieu soleil, je ne savais pas, moi non plus, ce que je buvais, fit la princesse pour éviter toute question supplémentaire. Il est donc bien normal que vous partagiez mon destin.

— Comment devons-nous boire cela ? demanda Yeza.

— Le sac a passé suffisamment de temps dans cette eau douce qui goutte du plafond, il suffit d'aspirer ce qu'il contient, cela ne manquera pas son effet !

Potkaxl leur donna l'exemple, puis elle tendit le sachet à Roç, qui aspira sa part avec une mine cadavérique avant de le poser dans la main de Yeza :

— J'espère seulement que ce n'était pas la mixture qui t'était destinée !

— Je l'espère aussi, répondit Yeza en souriant, et elle le pressa en laissant les gouttes du breuvage lui tomber dans la bouche.

— En tout cas, dit Kefir Alhakim, l'effet n'est pas immédiat !

— Comme c'est tranquillisant, s'exclama Roç.

— Comme c'est excitant ! contra Yeza.

— Enfin, les jeunes prêtres nous ont conduites dans la salle voisine, où se situait la « pierre d'accueil du grand dieu soleil », une copie de l'authentique, je le sais aujourd'hui, car elle se trouve dans le sommet de la pyramide, et en deux exemplaires, comme l'apparence du dieu soleil...

— Plus que le double soleil sous le signe du lion, l'interrompit Roç, ce qui m'intéresse, c'est la pierre. Était-elle en marbre noir et lisse ?

— Qu'est-ce qu'un « lion », je te prie ? demanda Potkaxl, confuse, mais sans sortir totalement de sa méditation.

— Une créature comme Yeza, mais poilue et de sexe masculin, marmonna Roç en osant regarder les yeux étincelants de sa dame.

— Nous, les épouses, nous étions autorisées à choisir notre premier homme. Car nous étions encore vierges toutes les deux, bien sûr. Le sort offrit à Kaolin le premier choix. À mon grand agacement, elle désigna justement la panthère noire sur laquelle mes yeux s'étaient aussi portés. Ce n'était pas de la jalousie, c'était juste la crainte qu'ensuite, il ne soit plus en pleine possession de sa force virile...

— Comment cela, questionna Roç, vous avez perdu votre virginité avant même de...

— C'était certainement plus agréable que de se faire monter par un grand prêtre vieux et laid au soleil levant, estima Yeza.

— Mais nous devions essayer ! expliqua la princesse. Nous devions trouver l'homme qui saurait en toute certitude nous procurer le plus grand plaisir, ce feu explosif dans notre ventre, cette plongée dans une chute d'eau, ce vol du condor vers le soleil, quelque chose que nous ne connaissions ni l'une, ni l'autre. Cela pouvait être la panthère noire, il suffisait bien pour Kaolin et pour moi, tous les autres ne provoqueraient qu'un chatouillis agréable ou nous feraient mal. Il y en avait un qui portait un troisième bras sous son tablier de prêtre. Celui de la panthère noire était juste comme il fallait, de la largeur d'un tronc de yucca, et pas plus long non plus. Il est allé profondément...

Yeza interrompit son récit :

— Vous deviez donc, à l'instant du plus grand plaisir...

— Oui, oui, gémit Potkaxl, tandis que Yeza passait tendrement les mains derrière elle et caressait cette jeune créature tellement excitée par son souvenir. Nous devions voir le dieu soleil, tituber dans la grande lueur incandescente du dieu soleil, nous y précipiter, nous y brûler, nous y consumer !

Potkaxl respirait lourdement.

— Et qu'est-ce que c'est que cette histoire de pierre du bonheur ? s'enquit Roç.

— C'est sur elle que tout cela se passe. C'est la couche du dieu soleil.

— Comment cela ? C'est sur une pierre dure qu'a eu lieu le sacrifice d'amour ?

Yeza n'était pas moins curieuse que Roç, à présent. Alors, la princesse toltèque l'attrapa par-derrière, sous les aisselles, et la souleva comme une plume.

— Couchez-vous sur le ventre, demanda la servante à sa maîtresse, sans le lui ordonner vraiment, mais d'une voix qui ne semblait pas tolérer de contradiction. Je serai votre pierre du bonheur !

— Cela va trop loin ! s'indigna Roç en sautant sur ses jambes.

— C'était convenu ainsi ! le rabroua Yeza.

Potkaxl s'agenouilla, le visage tourné de l'autre côté, offrant à Yeza son dos recourbé.

— Faites-moi confiance, reprit-elle. Donnez-moi vos mains, que je dois tenir, car elles vont vous lier.

Yeza avait des scrupules à presser son corps nu, son ventre, son pubis et sa poitrine sur le dos de la princesse. Elle avança en hésitant derrière la jeune fille agenouillée et lui tendit les mains timidement, par-dessus ses épaules. Potkaxl les attrapa, se pencha profondément vers l'avant, tira les bras vers elle, si bien que Yeza décolla du sol et glissa sur la peau trempée jusqu'à ce que ses seins entourent la nuque de Potkaxl. Yeza comprit rapidement que sa position était excitante pour l'homme qui se trouvait déjà derrière elle, et elle comprit que son identité lui était égale : ce pouvait être Roç ou la panthère noire, la seule chose qu'elle désirait était d'être prise.

— Et à présent ? demanda-t-elle en jouant la naïveté. Elle sentit l'excitation de Roç entre ses cuisses.

— Messire Trencavel est le jeune prêtre élu.

La Toltèque essayait de préserver la dignité du rituel, cabrée pour résister à la hâte du jeune homme.

— Il se glisse dans la fourrure de la panthère noire...

Elle avait à peine prononcé ces mots que l'assaut de Roç secouait déjà leurs deux corps, son épée brûlante glissa sur sa peau tendue.

— Je suis la pierre qui ne sent rien, s'exclama Potkaxl. Vous recevez le grand bonheur du grand soleil, Esclarmonde, cria-t-elle à Yeza qui tremblait de colère. Montrez-vous digne de votre nom, donnez-vous à lui, car c'est lui qui vous donne la lumière.

Ce petit cabot, songea Yeza, mais elle se plia à ses ordres et se détendit. Je ne donnerai pas au dieu soleil le triomphe du plaisir suprême, se dit-elle froidement.

— Continue à raconter, Potkaxl, demanda-t-elle en se maîtrisant.

— Encore, encore ! gémissait Roç en donnant des coups plus puissants.

La Toltèque continua son récit :

— La pierre plate est comme un autel, elle est plus plate que je ne puis l'être, mais pourtant légèrement excavée pour que le corps qui s'offre trouve un appui et ne glisse pas sur le côté.

— Ton dos prolongé me va fort bien, Potkaxl ! commenta Roç en haletant.

Il se sentait utilisé pour un jeu qu'il ne comprenait pas. Yeza, elle, se taisait obstinément, elle ne gémissait même pas. La princesse toltèque semblait elle aussi indifférente. Elle continuait à raconter son histoire, même si sa voix paraissait un peu absente.

— Une fois que nous avons essayé tous les hommes, glousa-t-elle, ou que chacun des jeunes prêtres a eu son dû, nous avons passé le reste de la nuit à dormir, étroitement serrés les uns contre les autres. Vers le matin, mais il faisait encore sombre, je me suis réveillée toute seule. Kaolin était partie, ma panthère noire aussi, ce qui me serra le cœur, et tous les autres prêtres avec eux. Seuls les musiciens qui avaient agrémenté notre fête avec leurs flûtes et leurs tambours dormaient dans leur réduit : ils avaient pu nous entendre, mais n'avaient pu assister à nos ébats délicieux. J'en éveillai un tout en lui fermant la bouche. Cela le sortit suffisamment du sommeil pour qu'il me suive avec une certaine anxiété : en théorie, il ne devait ni quitter sa cachette, ni voir une épouse comme moi. « Tu devras attendre ici jusqu'à ce qu'ils viennent te chercher ! » me chuchota-t-il.

Or c'est justement ce que je ne voulais pas. Je lui accordai plus qu'un regard, mais brièvement et debout...

— En l'espace d'une nuit, elle change son statut de jeune vierge en celui de nymphomane, se moqua Roç en passant sa colère sur Yeza.

— Tout à fait, noble sire Trencavel, votre nymphe maniaque a convaincu le joueur de flûte (ou de tambour, je ne sais plus) de me hisser dans la corbeille. Elle menait, par un puits, à la plus haute plate-forme de la pyramide. Normalement, on ne pouvait l'atteindre que de l'extérieur, par un grand escalier très raide. Ma panthère noire me l'avait raconté dans la soirée, avec fierté.

L'éloge réitéré de ce prêtre solaire commençait à agacer profondément Roç, dont les cuisses continuaient à battre régulièrement sur le dos de Potkaxl. Il ne pouvait certes pas la voir, mais la seule idée de cette courbe qui se perdait dans la fente des fesses faisait monter en lui un nouveau désir sourd. La princesse toltèque tenait en effet le postérieur sur les talons, ce qui interdisait à l'homme de détourner son sexe de celle à laquelle elle-même servait de lit. Potkaxl avait affirmé qu'elle était devenue pierre. Mais Roç aurait parié qu'elle regrettait depuis longtemps cette déclaration et qu'elle aurait préféré que ses coups soient destinés à sa propre vulve.

— Continue ! implora Yeza, mais seule Potkaxl se sentit concernée par cet appel.

— À peine avais-je grimpé dans la corbeille qu'elle a

commencé à s'élever sans un bruit. En bas, en dessous de moi, le tambour et la flûte ont repris comme au cours de la nuit de fête précédente. Mais la musique s'intensifiait au fur et à mesure que je progressais vers l'ouverture étroite.

Yeza, qui avait jusqu'alors suivi avec attention le récit de Potkaxl (cela la distrayait des efforts que Roç accomplissait, non sans habileté, pour la mener à l'orgasme contre sa volonté), se laissa alors emmener et glissa vers le soleil avec la princesse toltèque, pendant que Roç faisait tout pour transformer son vagin en un puits de chair brûlante, soumis à ses coups et ses glissements, ses pressions et ses arrêts.

— Encore, encore, chuchota-t-elle à Potkaxl en l'embrassant derrière l'oreille et en laissant sa langue jouer un instant dans le pavillon.

— Arrivée en haut, je me suis retrouvée dans une salle qui ressemblait à une tente rectangulaire. C'était le sommet de la pyramide. Elle était divisée par deux murs à hauteur d'homme qui me rappelaient des parois d'étables. Au milieu se trouvait un grand portail qui montait presque jusqu'au plafond. Personne ne m'avait entendue venir, tous étaient occupés dans le compartiment de gauche, je le compris aux halètements et aux gémissements de Kaolin, qui poussait sans arrêt de petits cris perçants. Je m'approchai prudemment et regardai depuis le coin de la paroi. Kaolin était allongée sur le ventre, sur la pierre du bonheur, étirée d'une manière qui ne semblait pas naturelle : ses mains étaient tendues vers l'avant, attachées à je ne sais quoi. On aurait dit un animal prêt à être abattu. Deux des prêtres tenaient les extrémités des liens et faisaient en sorte que son corps reste tendu. Deux autres tiraient ses jambes au rythme des tambours et des flûtes dont le son nous parvenait à présent par le puits. Entre les cuisses de Kaolin se dressait ma panthère noire, debout, la paume des mains tournée vers le Grand Astre qui s'élevait. Seul le balancement de ses hanches révélait ce que l'on faisait à Kaolin. Elle était plantée comme une chèvre sur la broche. J'étais jalouse, mais d'un autre côté, tout cela me parut interminable. Je ne m'étais pas imaginé ainsi la « réception du grand bonheur solaire ». Cela n'avait rien à voir avec de l'amour, j'étais écœurée et je haïssais la panthère noire !

— Extrêmement intéressant ! commenta Roç. Mais Yeza ne dit rien.

— Pourquoi ne continues-tu pas à raconter ? demanda Roç à la Toltèque. Yeza, ma dame, veut être divertie. Ne te laisse pas distraire.

Potkaxl plia encore le dos et rejeta la tête sur sa nuque.

— J'étais tellement ahurie de voir ce qu'ils faisaient à Kaolin que je ne m'étais pas contentée de regarder en silence. Ils me découvrirent, et en furent fort mécontents. Ma panthère noire, cette crapule, ne m'accorda même pas un regard. Les deux prêtres qui lui tenaient jusqu'alors les cuisses poussèrent Kaolin dans les bras de ce vaniteux qui la souleva aussitôt et continua à se satisfaire. Mais je n'étais plus obligée d'assister à la scène : les deux autres me tirèrent brutalement dans la chambre de droite, de l'autre côté, aménagée exactement comme celle de gauche. Ils défirent ma précieuse robe. En dessous, j'étais nue. Ils ne me laissèrent que ma parure de pierres précieuses et ma coiffe. Puis ils me pressèrent sur la pierre et me poussèrent en avant jusqu'à ce que mon front heurte presque le bois d'une fenêtre à deux battants. On y avait installé des poignées pour mes mains, mais cela ne leur suffisait pas, ils y attachèrent mes bras et mes doigts. Puis ils déversèrent sur moi un mélange huileux qui sentait très fort, une mixture à la fois excitante et anesthésiante. Ce liquide me coula sous les cuisses et se concentra sous mon ventre, car je me trouvais dans une cuvette qui me faisait à présent l'effet d'une baignoire.

Mais en jouant avec mes frères et sœurs, j'avais au moins appris comment on doit tenir les mains lorsqu'on vous les attache si l'on veut pouvoir se libérer ensuite. À côté, les halètements et les gémissements étaient de plus en plus forts, les cris de Kaolin étaient plus fréquents et de moins en moins retenus. Je secouai les lanières de cuir et serrai les poings. Le volet de bois, devant mon nez, s'entrouvrit. Je restai silencieuse et avançai mon visage jusqu'à ce que je puisse regarder par l'entrebâillement. Je sursautai. Juste devant moi, de dos, se tenait le grand prêtre du dieu soleil. Un homme vieux et digne, portant une grosse couronne de plumes surmontée d'un disque solaire scintillant. Mais ce n'était pas cela qui m'avait fait peur. Derrière son dos, il tenait caché un étrange couteau recourbé, à la lame terrifiante. On aurait dit une petite faucille, mais son manche épais et lourd était en or. J'entendais à présent les cris de jouissance de Kaolin à travers la paroi. Ils se transformèrent en hurlement, puis en plainte. Je savais que j'allais prochainement connaître le même sort. Furieuse, je tirai sur mes liens.

L'attention du grand prêtre fut distraite par des inconnus qui s'étaient frayé un chemin parmi les hommes qui attendaient au pied du monument et montaient les marches de la pyramide, sans hâte mais sans aucune espèce de peur. Ils portaient des casques étranges, qui ressemblaient à des pots, et sur leurs cuirasses flottaient de longues capes blanches ornées d'une croix rouge. Leur avancée irrésistible sembla déplaire au grand prêtre, et sans doute aussi au dieu soleil. Kaolin hurlait à présent comme un jaguar, un cri qui ne semblait pas vouloir s'arrêter. Le grand prêtre s'était approché de la fenêtre en bois derrière laquelle se trouvait la bienheureuse. Il frappa deux fois contre le volet avec le manche de sa faucille. Les deux battants s'ouvrirent alors d'un seul coup, comme par miracle, avec une telle force que Kaolin, qui y était attachée, sembla partir en volant, bras tendus, vers le soleil levant. Le grand prêtre l'attrapa par les cheveux, lui tira la tête vers le haut, la faucille brilla un instant et le sang se mit à jaillir du cou égorgé de la jeune fille.

J'étais comme paralysée, mais je vis que les guerriers étrangers pressaient le pas. Ils avaient tiré leur épée, et les casques cachaient désormais totalement leur visage. Le grand prêtre désigna la fenêtre derrière laquelle j'attendais, sachant désormais quel allait être mon sort. Je défis mes liens, avec une telle rage que le sang m'en coula sous les ongles, je glissai en arrière sur mon lit de pierre qui n'était qu'un autel de sacrifice, je tombai à genoux et restai là, tremblante. À côté, les prêtres s'occupaient encore de dénouer le corps de Kaolin. J'entendis le grand prêtre leur demander de se hâter. Puis il y eut un claquement derrière moi, je me retournai et j'eus tout juste le temps de voir la corbeille disparaître vers le bas. Je me levai d'un bond et courus au puits. La corde qui descendait jusqu'en bas était mon seul espoir, je sautai, l'attrapai, m'y laissai glisser, mes mains étaient en lambeaux, je tombai dans la corbeille...

— Je n'en peux plus ! dit Roç. J'ai donné tout ce que j'avais ! Et il se retira.

Yeza resta là, les yeux fermés, immobile. C'est Potkaxl qui se leva lentement, heureuse de pouvoir se dégager le dos.

— Tu mens, dit enfin Yeza en ouvrant les yeux, sachant fort bien que Roç ne pouvait rien contre son regard. Tu n'as rien donné du tout, tu ne l'as pas voulu. Et maintenant tu me laisses là comme si j'étais une pierre !

— N'importe quel bloc de marbre est un bloc de charbon incandescent, par rapport à la froideur avec laquelle tu te donnes. Ah, ma dame, nous sommes donc tombés si bas, tous les deux !

L'exclamation de Roç n'était pas feinte. Il souffrait.

— Nous ne sommes pas bien loin, mon chevalier, répliqua Yeza, qui ne voulait pas se laisser contaminer par son émotion. Elle avait glissé du dos de Potkaxl, tandis que la suivante, épuisée, se tenait sur le bord du bassin, les fesses tendues vers ses deux auditeurs.

— La pauvre Potkaxl, fit Roç. Nous devrions écouter son histoire jusqu'à la fin, elle l'a mérité.

— Ce qu'elle a mérité, c'est que l'arme qui l'a battue aille à présent demander pardon en entrant dans son fourreau.

— Tu es sérieuse, Yeza ?

— Tu ferais bien de ne pas en douter ! répondit-elle avant de se relever en souriant.

Roç était perplexe. Il ne savait plus ce qu'elle avait vraiment en tête.

— Je te vois tout à fait en état d'exaucer mon vœu, dit-elle en regardant froidement son membre. Potkaxl a mérité nos remerciements, non pas parce que nous avons pu écouter son histoire, mais parce qu'elle nous a ouvert les yeux. Donne-lui ce remerciement, je n'en ai malheureusement pas la possibilité. Tu le feras aussi en mon nom.

Elle avança vers lui, passa les mains autour de son cou et l'embrassa tendrement sur le front, mais pas sur la bouche. Même le contact forcé de son ventre avec le glaive toujours dressé de Roç ne sembla pas causer la moindre émotion à la jeune fille.

— Si tu es épuisé, couche-toi et étends-toi dans cette source chaude. Potkaxl saura bien comment trouver son compte.

Yeza renforça la pression de ses bras sur les épaules du garçon. Il céda. Ils étaient à présent agenouillés l'un devant l'autre, et Roç passa à son tour ses bras autour d'elle.

— Uniquement si tu m'embrasses encore une fois, si tu m'embrasses comme...

Yeza vit qu'il pleurait.

— Je vais le faire, mon chéri, au nom du souvenir...

Elle n'alla pas plus loin : il s'était collé à ses lèvres avec le désespoir d'un homme en train de se noyer, et elle lui fit le plaisir de répondre au tournoiement de sa langue, comme ils en avaient l'habitude. Puis elle se détacha et entoura les hanches de la Toltèque, toujours retournée.

— Prends ce dont tu as besoin, lui chuchota-t-elle, sachant sans doute que Roç pouvait l'entendre. Tu ne peux le posséder, mais sers-t'en tout de même.

Potkaxl se retourna. Elle semblait triste.

— Je ne peux pas vous faire cela, Esclarmonde.

— Ne t'en soucie donc pas. Tu ne me trompes pas, au contraire, tu représentes ta maîtresse. Ne me fais pas honte !

Yeza embrassa aussi sa suivante et sortit du bassin. Elle chercha le sac de Kefir Alhakim, posé dans un creux de la pierre. Elle le pressa comme une éponge sur ses lèvres et aspira le liquide amer. Puis elle avala de l'eau pour dissiper l'arrière-goût. Lorsque Yeza se retourna, Potkaxl était déjà plantée sur le sexe de son compagnon. Yeza lui lança le sac, peut-être un peu trop violemment, car il lui claqua au visage. Mais la petite efffrontée se contenta de sourire et d'essuyer cette sauce brune.

Yeza s'enfonça dans la mer. Elle éprouva un plaisir encore inconnu lorsqu'elle s'élança des créneaux de pierre vers l'eau limpide, elle sentit le froid pétillant qui s'emparait d'elle au fur et à mesure qu'elle approchait du fond. Ne plus jamais remonter ! songea-t-elle. Mais sa flottaison naturelle la ramena vers la surface dans un nuage de petites bulles d'air, et elle réapparut dans l'eau bleue de la grotte.

EN DEÇÀ DES COLONNES D'HERCULE

— Quel gueuleton ! grogna Georges Morosin en s'essuyant le front. Le soleil était déjà impitoyable, le matin, sur les rochers d'Ustica. Ils étaient assis à trois parmi les rochers du rivage, sur des sièges pliants que le Hafside avait fait apporter du bord, et surveillaient la répartition des lingots d'or et des pièces.

— En fait, j'ai eu l'impression que vous goûtiez les plats avec une certaine retenue, répliqua Gosset sans quitter du regard les Maures chargés de compter et de peser le noble métal.

— À table, Notre Doge a les manières d'un fin Vénitien !

Ce n'était pas la première fois qu'Abdal se moquait des habitudes du Doge. Il savait que son ami possédait un ustensile à trois dents qu'il appelait « fourchette », et dont il disait qu'il avait été inventé par les Byzantins. Lui, Abdal, mangeait avec un couteau et ses doigts.

— Mais quand il s'agit de beuverie, il redevient un Templier !

Le Hafside éclata de rire, et les deux autres se crurent tenus de l'imiter. Gosset surveillait le remplissage de trois caisses : une pour Roç, une pour Yeza, plus la sienne. Le nain Jordi et la douce Geraude s'occupaient de l'égale répartition de la part revenant au couple royal. Gosset était quant à lui parvenu à appâter l'arrogante « Première dame de cour », Mafalda, avec quelques colifichets, si bien qu'elle encaissait sa part avec fièvre et attention, aussi bien chez Abdal que chez les administrateurs du trésor proprement royal de Roç et Yeza.

— La confiance est d'argent, le contrôle est d'or ! plaisanta le Hafside. Mais, cette fois, seul Gosset lui répondit en laissant échapper un petit rire. Messire Georges se contenta d'un rot, le vin de l'île, dont tous avaient bu abondamment, faisait encore effet, l'air était brûlant sous la tente que l'on avait tendue au-dessus des trois seigneurs. Le Doge pouvait reprendre à son compte la phrase du Hafside. Il avait cédé à beaucoup trop bon marché le trésor de Rhedae. Le prêtre et Abdal l'avaient dupé, non pas personnellement, mais dans ses fonctions de représentant de l'ordre des Templiers. Sa seule consolation était le fait que de toute façon, aucun des chanceliers du Temple ne lui avait jamais manifesté la moindre reconnaissance lorsqu'il s'était efforcé de multiplier leurs richesses.

— Je vous fais confiance, déclara-t-il à brûle-pourpoint, et je ne changerai pas d'attitude, précieux Abdal !

— Je vous crois volontiers ! rétorqua celui-ci d'une voix de stentor. Jusqu'ici, ce marché vous a rapporté plus que quiconque pourrait vous offrir entre la Corne d'Or et le Djebl al-Tarik !

— À propos, fit le Doge pour changer de sujet, tout cela ne peut tout de même pas constituer la totalité des biens que le précepteur Gavin a soustraits à l'Ordre. (Il désigna les caisses de navires qui se remplissaient lentement, mais régulièrement.) Taxiarchos m'a parlé de chargement de navires provenant des « Îles lointaines », des chargements tellement gigantesques que l'équipage devait dormir sur les ustensiles en or et que l'on avait même jeté par-dessus bord les réserves d'eau potable pour que les navires, la quille trop enfoncée, ne chavirent pas à la première vague de l'Océan.

Le Hafside se réfugia dans le silence, non pas par prudence, mais parce qu'il n'avait aucune idée de ce que pouvaient être les côtes dorées légendaires de « *La Merica* », comme certains initiés appelaient cette source de richesse inépuisable. Pour lui, cette affaire était aussi nébuleuse que le Graal. Son or à lui venait toujours d'Afrique, sous forme de gros colliers ou « d'or noir ». Ce Graal ne devait certainement pas apporter de si grandes richesses que cela : autrement, le couple royal n'aurait pas eu besoin de faire commerce de statues de saints, dont le produit final représentait deux petites caisses ridicules de pièces d'or. Pourtant, il s'était pris d'affection pour Roç et Yeza, et pour la dignité avec laquelle ils assumaient leur pauvreté. Abdal envisageait vaguement de leur restituer en secret sa part du butin.

— Le crime du précepteur a été d'agir ainsi alors que notre Ordre combattant en *Terra sancta* avait un urgent besoin de renforts, reprit le Doge, aussi bien en armes qu'en argent, afin de lever des troupes supplémentaires et de consolider les châteaux. Gavin avait carte blanche.

Gosset prit la défense du précepteur.

— On ignore totalement s'il n'a pas investi dans des armes la plupart de l'or arrivé de *La Merica*. Il a emporté son secret dans la tombe.

— Que lui avait creusée son ordre ! ajouta le Hafside d'une voix courroucée. Ensuite, il s'y est couché lui-même. Et aujourd'hui, aucun Templier ne sait plus comment on arrive aux « Îles lointaines », à « *La Merica* ». Il est vraisemblable qu'elles n'existent pas du tout.

— Les déclarations de Taxiarchos prouvent leur existence. Un homme que vous connaissez et que vous appréciez vous-même, valeureux Abdal.

— S'il était si simple que cela de s'y rendre d'un coup de voile et d'en revenir, une armada ancrerait depuis longtemps devant le Djebl al-Tarik une foule de navires, comme sur la Corne d'Or. À ma connaissance seuls des marins confirmés se sont lancés dans cette aventure, et aucun n'est jamais revenu.

— L'océan de l'Atlas est un gigantesque tourbillon, a dit Taxiarchos. Celui qui s'y lance au petit bonheur est attiré malgré lui vers les profondeurs, et n'en réchappe pas. Mais lorsque l'on connaît les bords de cet entonnoir, et lorsqu'on sait l'utiliser, on peut se laisser porter par le courant et par l'*aquil* glacé pour le franchir en quelques jours *via* la *rota septentrionalis,* avec ses montagnes d'eau gelée, et rejoindre des plages éternellement ensoleillées d'où dépassent, dans d'interminables oasis peuplées de cocotiers, des temples d'or encore plus gigantesques que les pyramides.

— Ce n'est pas pour rien que Taxiarchos était le roi des mendiants de Constantinople. Inventer pareilles histoires n'est pas dans les mœurs des marins honnêtes. Et vous, Gosset vous y croyez !

Le Hafside riait à gorge déployée. Mais, cette fois, il était seul. Le Doge resta silencieux. Cet étalage des affaires internes de l'Ordre ne lui plaisait pas du tout. Les histoires que l'on racontait ici n'étaient connues que du premier cercle de l'Ordre, le chapitre secret. Et ceux qui les écoutaient n'étaient même pas membres de l'Ordre. Mais les soucis du commandeur d'Ascalon n'étaient pas ceux du prêtre Gosset. Lui n'admettait pas qu'on le fasse passer pour un colporteur de fausses nouvelles.

— Le cercle de rotation du Cancer sert d'aide à la navigation pour le retour vers la côte africaine...

— Eh bien voilà, c'est là que le gredin est allé chercher son or ! triompha Abdal le Hafside, mais Gosset ne s'avoua pas battu.

— Et la princesse toltèque ? rétorqua-t-il, tout aussi sûr de lui. Vous, Abdal, entre les mains duquel sont sûrement passées des femmes de toutes les races et de toutes les couleurs de peau, avez-vous jamais vu une créature semblable à cette Potkaxl, la suivante de Yeza ?

— Le *cheîtan* sait où il l'a dénichée ! intervint alors le Doge, qui tenait à effacer aussi vite que possible la trace des « Îles lointaines ». Il aurait fallu arracher la langue de Taxiarchos, songea-t-il. Mais il était sans doute trop tard pour cela.

— Je peux vous le raconter précisément, reprit Gosset, comme Taxiarchos me l'a raconté.

— Écoutons donc, décida le Hafside, magnanime. Nous ne sommes pas forcés de prendre cela pour argent comptant !

— Des indigènes avaient indiqué aux marins le chemin du temple du dieu soleil, une pyramide que l'on disait construite entièrement en or et qui s'enfonçait donc un peu plus dans la terre, chaque année. Là, le lendemain matin, deux vierges devaient être mariées au dieu. Taxiarchos marcha donc toute la nuit dans une forêt épaisse et humide, accompagné de quelques chevaliers triés sur le volet. Ils atteignirent la pyramide étagée au moment précis où le soleil se levait. Sur la plate-forme supérieure avait lieu un sacrifice humain, ce qui indigna les Templiers. Ils gravirent au pas de charge l'escalier extérieur (dont les marches étaient composées d'une pierre verte, marbrée de noir, alors que tous les blocs de l'édifice étaient effectivement en or massif). La montée prit plus de temps que ne l'auraient pensé ces seigneurs. Taxiarchos ordonna donc à deux de ses hommes de faire demi-tour et de pénétrer par le bas dans la pyramide. Le prêtre commença le sacrifice avant qu'ils ne soient parvenus au sommet : le sang coulait déjà depuis la pointe de l'édifice. Parvenus tout en haut, ils découvrirent deux autels de pierre et un puits. Le grand prêtre lâcha ses hommes contre les chevaliers. Mais les Templiers le jetèrent vivant dans le puits et abattirent tous les autres. Lorsqu'ils furent revenus au niveau du sol, Taxiarchos appela les deux chevaliers qu'il avait envoyés dans la pyramide. Mais on ne lui répondit pas. Une longue rampe menait dans les profondeurs de la terre. Guidés par le Pénicrate, ils descendirent, l'épée dressée. Ils arrivèrent dans une salle qui avait sans doute servi de réserve : sur la table se trouvaient encore des cruches pleines de boissons fruitées et toutes sortes de mets disposés sur des assiettes. Taxiarchos interdit à ses hommes d'y toucher. D'une petite pièce, ils entendirent le gazouillis d'une flûte. Les intrus firent tomber la paroi de bois et y trouvèrent des musiciens recroquevillés, leurs instruments à la main. Taxiarchos leur laissa la vie sauve. L'un des musiciens les mena dans une pièce voisine dont ils n'avaient pas vu la porte. C'est là que s'achevait le puits qui servait à monter les victimes vers la plate-forme. Mais une herse de fer s'était abattue à l'entrée, transperçant les deux Templiers. L'un d'eux râlait encore. Il mourut à l'instant même où les autres, en rassemblant toutes leurs forces, parvinrent à soulever la grille. Dans le puits se trouvait une corbeille, et dans celle-ci une fillette à demi nue, dont la terreur se lisait sur le visage maculé de taches de sang : c'était notre Potkaxl !

Si le corps du grand prêtre ne l'avait pas tuée au terme de sa chute, c'est qu'il s'était empalé sur la partie supérieure de la herse. C'est lui qui, en tombant, avait déclenché le mécanisme et provoqué la mort des deux chevaliers, au moment précis où ils voulaient faire sortir Potkaxl, tout effarouchée, de sa corbeille.

Gosset ne mentionna pas ce que Taxiarchos lui avait révélé sous le sceau du secret : les deux chevaliers avaient déjà baissé leurs pantalons. Comme l'admit plus tard Potkaxl devant Taxiarchos, elle aurait d'ailleurs été tout à fait disposée à récompenser ses deux sauveurs comme ils le méritaient. Elle ne s'était pas montrée choquée par le désir spontané des manteaux blancs qui avaient tout d'un coup sorti leur épée de sous leur cape, mais par la colère du dieu soleil, qui avait puni les intrus sur-le-champ et sous ses yeux, d'un unique coup de tonnerre.

— Mais c'est une histoire très émouvante, admit le Hafside. Même si elle n'est pas vraie (car en Afrique, on ne trouve pas ce genre de temples, on y adore d'autres dieux), elle est fort bien imaginée. À moins que ce ne soit vous, Gosset, qui ayez troussé ce beau drame, « Les noces de sang du dieu soleil » ?

— « La malédiction de la pyramide d'or » ! ajouta le Doge, ironique, en guise de sous-titre.

— La tragédie, c'est l'épilogue, conclut Gosset. Lorsque Taxiarchos et ses hommes ont sorti les cadavres de leurs frères d'armes, un homme s'est précipité vers l'enfant en brandissant sa hache et en criant : « Seul le sang peut laver cet... » L'idolâtre n'est pas allé plus loin, car l'arrière-garde des Templiers lui avait déjà fendu le crâne. C'était le père de Potkaxl.

— Alors ce bon Taxiarchos a pris pitié de la malheureuse orpheline et l'a mise à l'abri dans son lit, à bord du navire, se moqua le Hafside, avant de la confier comme suivante au couple royal.

— À propos, fit le Doge en bâillant, où sont donc passés ces seigneurs ? Ils devraient être de retour depuis longtemps.

Sur le rivage, en dessous de la seule agglomération d'Ustica, on avait emballé toutes les caisses, les canots étaient prêts à les transporter avec leurs propriétaires jusqu'au voilier du Hafside, ancré dans la crique. La seule chose que l'on n'avait pas encore répartie était le tas de bourses en cuir remplies de joyaux ; le Doge, Gosset et Abdal étaient assis en demi-cercle autour de cet amoncellement. Derrière eux se tenaient Jordi, Mafalda et Geraude. Deux sièges pliants étaient libres. Et tous attendaient le retour du couple royal. L'assemblée vit bientôt approcher d'en haut, du village, un cortège solennel. Dirigés par Kefir Alhakim, le gouverneur, suivi de son héraut et éventeur noir, les habitants de la bourgade descendirent les terrasses en portant les saints du Golgotha. On avait installé chacun des personnages sur un châssis tenu à l'épaule par quatre hommes. Les saints, attachés par des cordes, vacillaient un peu, mais ils tenaient bon. Tous étaient vêtus d'habits précieux.

— Le style me rappelle un peu les Mille et une Nuits, murmura Gosset, moqueur. Les visages de bois noir renforcent encore cette impression.

— Ça n'est pas si éloigné de la réalité que cela, répliqua le Hafside. La vie et la mort de votre Messie se sont déroulées en Orient, pas dans les cathédrales nordiques, sous votre ciel gris, dans ce décor monacal dénué de couleurs et de toute joie de vivre !

« *Crux fidelis inter omnes*
arbor una nobilis :
Nulla silva talem profert,
Fronde, flore, germine. »

Les femmes du village accompagnaient elles aussi le cortège en chantant, mais elles avançaient à bonne distance.

« *Dulce lignum,*
dulce clavos,
dulce pondus sustinet. »

Le Doge applaudit lorsque maître Kefir les eut rejoints. Les autres l'imitèrent.

— Faites-les porter immédiatement aux navires, proposa Georges Morosin. Cela nous évitera de perdre encore plus de temps.

Le Hafside ordonna à ses Maures d'aider à l'embarquement, et, s'adressant au gouverneur d'une voix si sévère que celui-ci s'agenouilla aussitôt, demanda :

— Où est passé le couple royal ?

— Nous le cherchons. Et nous le trouverons ! Ils se sont cachés tous les deux...

— J'espère pour vous que telle est bien la réalité, empoisonneur ! gronda Abdal en se détournant de lui.

« *Pange lingua gloriosi*
proelium certaminis,
et super crucis tropeo
dic triumphum nobilem :
Qualiter redemptor orbis
immolatus vicerit. »

La Sainte Famille défilait justement devant eux. Gosset et le Doge se signèrent, Mafalda plia le genou, Geraude lâcha un rire strident. Jakov arriva en courant, du rivage, pour réceptionner son Joseph, mais le Hafside lui interdit d'arrêter le cortège :

— À bord, vous aurez tout loisir de le serrer dans vos bras.

Les premiers canots quittèrent le rivage. On aurait dit que le Christ et le larron restant, la Sainte Vierge, Marie-Madeleine et les légionnaires romains marchaient sur l'eau.

— Une vision édifiante ! s'exclama le Doge. Même si Jérusalem ne la voit jamais, le roi Manfred, Palerme et toute la Sicile accueilleront avec joie ce cadeau de couronnement.

— Je crains, dit Gosset, que la cérémonie du couronnement n'ait déjà eu lieu...

À cet instant, le canot transportant le couple royal surgit de derrière la Punta dei Falconieri, sur laquelle on avait jadis entretenu une fauconnerie impériale dont les murs étaient aujourd'hui en ruine. En quelques coups de rame, Beni et Philippe conduisirent la barque dans la baie. Roç tenait la barre. Yeza était debout face à lui, à la proue.

Jordi et Geraude se précipitèrent vers la plage, où la barque accosta en crissant sur le gros sable gris. Mafalda, la Première dame de cour, avançait d'un pas mesuré. Jakov, qui avait suivi du regard son Joseph (lequel traversait à son tour la crique), fut le premier sur place pour tendre la main aux dames. Seule Potkaxl, qui titubait encore un peu, profita de son aide. Yeza sauta sur le rivage. Elle regarda les hommes qui la dévisageaient en silence, assis sur leurs sièges, et expliqua pour s'excuser :

— Nous avons dû passer la nuit dans une grotte, parce que de nuit, il n'était pas prudent de...

— De nuit ? répéta Gosset, incrédule.

— Cela fait trois jours que vous êtes absents ! éclata le Doge. Nous nous sommes fait de grands soucis.

— Trois jours ? s'étonna Roç. Certainement pas !

— Fiez-vous à nos esprits sobres et lucides ! s'écria le Hafside. Cela faisait deux nuits. Aujourd'hui, c'est le troisième jour !

— Alors le couronnement a eu lieu hier ! se lamenta Beni. Les Patres Benedicti vont me chasser de l'école !

— Eh bien, tu viendras avec nous, le consola Potkaxl, et le Matou ronronna.

— Philippe a peut-être besoin d'un apprenti, ajouta Roç.

— Il y a plus important à faire, l'interrompit sèchement le Hafside. Nous avons perdu assez de temps !

Le Doge le soutint :

— Dépêchons-nous de distribuer les joyaux. Ensuite, tout le monde à bord.

— J'offre ma part aux femmes du village ! s'exclama Yeza, et Kefir Alhakim s'inclina jusqu'au sol.

— Alors choisissez trois petits sacs, trancha le Hafside. Nous pourrons répartir le reste pendant la traversée, l'offrir à qui bon vous semblera. À moins que vous ne vous sentiez encore en dette envers cet herboriste ?

Abdal avait adressé la question à Roç, redoutant (à

juste titre) la générosité de Yeza, qui reprit aussitôt la parole :

— Le gouverneur a accompli un admirable travail de tailleur, commença-t-elle à dire. Mais Kefir Alhakim s'était déjà jeté à ses pieds :

— Il n'y a qu'un remerciement que je puisse vous demander : emmenez-moi avec vous...

Il ne vit pas le regard désapprobateur de son fils, et poursuivit donc son discours :

— Je peux vous servir de médecin personnel... (Mais il corrigea aussitôt en voyant la main de Roç qui se levait :) ... ou de cuisinier ?

Cette fois, c'est Yeza qui secoua la tête.

— ... de chambellan ? proposa enfin le gouverneur.

L'idée plut à Roç, qui répondit d'un air grave :

— Si ma dame l'approuve...

— Je vous nomme vizir !

— Et moi ? fit Beni.

— Tu seras mon page, l'informa Philippe sans broncher.

L'éventeur accompagna son maître, le gouverneur, jusqu'à la barque.

— Je vous suivrais volontiers, Excellence, fit le grand Noir d'une voix plaintive en soulevant son maître pour le faire monter dans la barque. Mais que deviendraient mes femmes ?

— Puisez dans les trois sacs ce qu'il vous faut pour elles, répondit Kefir Alhakim, qui n'avait pas tardé à entrer dans son rôle de vizir. Nous nous souviendrons toujours de vous avec reconnaissance.

L'heure des adieux était venue. En larmes, le héraut se fit remettre trois petits sacs par les Maures. Le reste fut chargé dans le canot du Hafside, le dernier à quitter l'île.

Les femmes de la bourgade avaient elles aussi afflué sur le rivage. Elles agitaient les bras vers la Sainte Famille, que l'on avait installée debout dans la cale du voilier, ne laissant dépasser que les têtes et les croix.

« *Sit patri natoque, summo*
graetiae cum spiritu,

sempiternae trinitati
laus, salus, et gloria : »

Abdal fit hisser la voile. Le vent s'y engouffra peu à peu, la gonfla, et le navire du marchand d'esclaves quitta majestueusement la baie pour rejoindre la pleine mer.

« *Quae creavit, quae redemit,*
quaeque nos illuminat. »

IV

Un cadeau pour le roi Manfred

LE COURONNEMENT – UN CAUCHEMAR DU PAPE

La fin de l'été était douce en cette année 1258. Les jours raccourcissaient déjà, mais la fraîcheur du début de la nuit était encore fort agréable. Le Saint-Père, Alexandre IV, avait donc ordonné que l'on serve un dîner aux chandelles dans le parc, sous le gros noisetier. Lui-même et son confident, le cardinal Octavien, avaient invité à leur table le patriarche de Jérusalem.

Contrairement à ses hôtes, Jacob Pantaleon était d'origine modeste. On disait que son père était un cordonnier de la ville de Troyes, en France, et que Jacob avait réussi à monter une par une les marches de la curie, en se montrant aussi fiable qu'appliqué.

Alexandre, lui, était issu de la noble famille des Conti di Segni, qui avait déjà fourni quelques papes, et le seul contact qu'il eût jamais eu avec la pauvreté remontait à sa toute première enfance, lorsque son oncle Grégoire IX l'avait emmené à Assise et lui avait présenté saint François.

Octavien degli Ubaldini était quant à lui le rejeton d'une riche famille de la noblesse florentine.

Pour ne pas écraser ce patriarche sans prétention sous un faste inutile, l'office avait été prié de préparer un repas champêtre. On servit des melons et des figues fraîches accompagnant du jambon fumé de la Maremma, que des paysans du cardinal avaient offert à leur seigneur. Tout comme le vin blanc et râpeux, qui provenait de sa résidence d'été de San Bruzio, l'un des vignobles les plus réputés du sud de la Toscane. Alexandre aurait aimé que le frascati ait été apporté de sa terre natale, mais il avait préféré y renoncer en voyant son ami, à cette idée, pointer les lèvres d'un air méprisant. De toute façon, la livraison en provenance des montagnes d'Albanie n'était pas arrivée. Les soldats de la république de Brancaleone l'avaient sans doute interceptée et avaient savouré eux-mêmes ce précieux breuvage.

Le cardinal gris commença par laisser le patriarche se servir avant de l'interroger avec précautions sur la situation en Terre sainte ; il connaissait bien le point faible de ce brave Pantaleon, qui, depuis sa nomination trois années plus tôt, n'avait toujours pas pu prendre ses fonctions : la curie ne cessait de lui confier des missions spéciales. Lorsque les mouvements de mastication de l'invité se furent apaisés, lorsqu'il eut abondamment abreuvé son gosier, le cardinal engagea donc la conversation :

— Mon cher Jacob, nous vous considérons comme un remarquable connaisseur de la situation en Outremer, même si (tout comme nous) vous n'avez pu jusqu'ici que suivre de loin le cours des événements.

Le patriarche reposa son gobelet d'un geste énergique.

— Si Sa Sainteté ne procède pas contre ces villes avec la même dureté et la même obstination que dans l'affaire sicilienne, les amiraux des flottes continueront à ourdir leurs sales manigances égoïstes. (Comme le cardinal l'avait resservi, il reprit une gorgée.) Si vous ne brandissez pas la menace de l'*interdictum* contre les républiques maritimes, Gênes, Venise et Pise, si vous ne pratiquez pas l'excommunication des Doges, comme vous auriez dû le faire depuis longtemps, rien ne pourra les empêcher de consacrer leurs forces humaines considérables et leur gigantesque matériel de guerre, leurs machines et leurs navires, à se déchirer mutuellement au lieu de combattre nos ennemis musulmans. C'est une honte !

— C'est sans doute vrai, murmura le pape. Pour eux, la foi compte moins que le commerce.

— Aucune interdiction solennelle (qu'elle soit prononcée par le royaume de Jérusalem ou par vous-même, pardonnez-moi, Très Saint-Père) n'empêchera la Serenissima de passer avec Le Caire des accords qui la feront puer jusqu'au ciel, tandis que les Génois noueront langue avec n'importe quel infidèle, pourvu qu'il lui livre des marchandises. Et Pise prendra ce que les deux grands lui laisseront. Le nom « chrétien » n'apparaît dans leurs livres de comptes que s'il s'agit d'une cargaison d'esclaves, de pèlerins capturés qu'ils transportent et mettent aux enchères d'un marché oriental à l'autre ! Ils livrent même des armes aux infidèles, s'ils paient comptant !

— C'est effectivement un scandale !

Alexandre s'efforçait de paraître outré, mais il ne trouvait pas ses mots, d'autant plus qu'il avait dans la bouche un volumineux morceau de jambon. Octavien, lui, avait sur la situation un regard plus détendu.

— L'idée des pèlerinages armés vers Jérusalem est née il y a plus de cent cinquante ans. Elle est devenue vieille, elle n'a plus l'élan qui était le sien à l'origine.

— C'est aussi la responsabilité du Saint-Siège, si je puis me permettre, répondit Jacob, tout disposé à jouer son trône de patriarche. Depuis le début de ce siècle, le nombre de pèlerins arrivant jusqu'en Terre sainte n'a cessé de décroître. Les opérations militaires dirigées contre des chrétiens d'Occident, ne cessent de se multiplier ! Je ne citerai que trois exemples : Constantinople, les Albigeois, et à présent les Hohenstaufen ! Vous allez me répondre : « Schismatiques, hérétiques, bâtards de l'Antéchrist ». Mais vous ne me ferez pas croire que ce type de guerres menées sous le signe de la croix aura servi à reconquérir les lieux saints.

— Sanglier ! répliqua le cardinal, amusé. Je peux vous dire cela parce qu'on est justement en train de le trancher, dit-il en désignant une gigantesque broche que les serviteurs apportaient du feu tout proche. Eh oui, du sanglier, avec des pommes rôties, des châtaignes grillées, et un nouveau vin ! ajouta-t-il en faisant signe au sommelier. Servez à présent ce rouge captieux de notre abbaye de San Polo ! Un fragment liquide du royaume céleste, issu du cœur du chianti !

Puis il s'adressa au patriarche qui, furieux, retourna sa coupe encore à moitié pleine, en signe de refus.

— Nous vous donnerons les pleins pouvoirs pour ramener les belligérants à la raison, annonça le pape pour l'apaiser.

— La raison ? s'exclama Jacob. Mais c'est bien de cela qu'il s'agit ! S'ils se fient à leur *ratio*, ils sont dans leur droit. Ce qui leur manque, c'est de soumettre leur commerce aux valeurs célestes. Ils oublient le salut de leur âme, la foi chrétienne ! Ils adorent Mammon !

— Je peux vous consoler, assura le cardinal en servant à son invité un savoureux morceau de viande. Devant la capitale, Saint-Jean-d'Acre, a eu lieu une bataille navale décisive, la Serenissima en est sortie vainqueur, les Génois ont évacué leurs quartiers et se replient sur Tyr avec le reste de leur flotte.

Le Saint-Père s'arracha un soupir.

— *Suum cuique !* Dans ce cas, chacun aura quelque chose, et ils pourront préserver la paix à l'avenir.

J'aurais peut-être dû procéder ainsi dans l'affaire sicilienne, se dit Alexandre. Conradin reçoit la Sicile, Edmond, peut-être, l'Apulie, et l'Anjou ramasse le reste, de Naples jusqu'à la pointe de la botte calabraise.

— Votre homme de Palerme ! chuchota un garde au cardinal.

— Quand on parle du diable...

Alexandre observa en clignant les yeux la lueur du feu dans la pénombre. La nuit était tombée depuis bien longtemps. Dans l'aura des flammes apparut une silhouette courbée, qui n'avait pas les pieds fourchus mais les deux jambes mutilées, et avançait vers la table sur des béquilles.

— Le Triton ! chuchota Octavien à l'oreille du pape, avant de s'exclamer : Mais voici notre ambassadeur non accrédité ! Le témoin anonyme du couronnement de Palerme, du moins, je l'espère ! J'ai nommé Bartholomée de Crémone !

Un serviteur miséricordieux glissa un tabouret sous les fesses de l'estropié, qui s'y laissa tomber en gémissant.

— Votre récit, Barth, nous gâchera-t-il le reste de la soirée ?

— Si vous m'offrez une bouchée de votre table et une gorgée de vin, puissant seigneur et maître, couina le moine sans la moindre crainte, je parviendrai peut-être à faire apparaître les faces amusantes de l'histoire, car il y a beaucoup de bouffonnerie dans un couronnement !

Le cardinal fit un geste, et l'on posa dans les mains de Bartholomée ce qu'il avait demandé, car il n'avait pas le droit de prendre place à la table pontificale.

— Comme Dieu, le Juste, commença-t-il en mâchouillant, m'a puni de mes péchés en me brisant les membres qui me servaient à marcher, l'idée de me déguiser en mendiant est venue d'elle-même. J'avais cru avoir conquis une belle place, juste derrière le portail de la cathédrale, une place d'où j'aurais pu voir de près le trône, l'autel et où même le cortège serait passé à portée de ma main. Mais le matin du couronnement, les sbires de Procida m'ont placé devant la porte. Là, mes collègues locaux m'ont lancé des pierres pour me faire rejoindre le groupe des étrangers, si bien que j'ai été contraint de filer au plus vite.

— Vous n'avez donc pas vu le couronnement de vos propres yeux ? demanda aussitôt le cardinal gris, mais cela intéressait moins le pape.

— Qui donc a remis la couronne au bâtard ?

— C'est qu'au début, il n'était pas là ! (Le Triton laissa échapper un rot considérable.) À deux reprises, le grand jour a été reporté parce qu'il fallait encore faire venir les bijoux de Venise. À la hauteur d'Otrante, une escadre génoise a arrêté le voilier rapide de la Serenissima, mais un navire de guerre de l'Anjou l'a fait sortir de cette mauvaise passe et l'a escorté jusqu'au port du comte Hamo l'Estrange, lequel n'avait pas été invité à la fête de Manfred parce qu'il refuse, depuis des années, de restituer la trirème amirale de Sicile, qu'il a reçue de son père, le comte de Malte.

— C'est de sa mère qu'il l'a héritée, cette « Abbesse »

sans foi ni loi ! grogna Alexandre. Mais ne me parlez pas de cette famille d'hérétiques à laquelle nous devons l'éducation des enfants du Graal !

— En tout cas, Hamo a fait acheminer par voie terrestre jusqu'à Palerme les bijoux du couronnement, conclut provisoirement Barth en avalant une bonne rasade de son gobelet.

— Bien, et qui a couronné ? demanda de nouveau le pape.

— L'évêque de Grigenti.

— Le gredin !

— Sans doute ! confirma le Triton. Il tremblait tellement des mains qu'il a failli laisser tomber la couronne.

— Mais vous n'avez rien vu de tout cela, constata le cardinal. Que pouvez-vous nous raconter pour en avoir été directement témoin ?

— Comme il était impossible de trouver une place lucrative devant la cathédrale, je suis descendu discrètement vers la *Cala,* le port intérieur. Là, les illustres invités, les puissants souverains et les ambassadeurs étrangers attendaient le cortège du couronnement, et je pouvais espérer des aumônes substantielles.

— Je ne vous ai pas envoyé à Palerme pour vous remplir les poches ! l'admonesta le cardinal gris, mais Barth avait une réponse toute prête.

— Un mendiant qui ne mendie pas se rend suspect ! Je n'avais aucune envie que l'on me torde aussi le cou. J'ai donc empoché toutes les pièces qu'on me lançait. C'est aussi là, sur le port, que s'était rassemblée la plus grande partie du peuple, chassé pour raisons de sécurité des ruelles étroites où comptait passer le cortège. Bientôt, on put entendre au loin les cris de joie qui l'accueillaient. Le cortège, j'avais réussi à savoir tout cela, traverserait la vieille ville d'église en église, avant de remonter le somptueux Cassaro parfaitement rectiligne, puis de revenir à la cathédrale et au palais royal. Toutes les troupes, cavaliers et fantassins, y feraient la haie d'honneur. Sur le port, la foule attendait de pouvoir enfin voir le jeune roi...

— L'usurpateur ! corrigea Octavien.

— *Impostator miserabilis !* chuchota Alexandre.

— Cette attente lui était devenue insupportable. On commençait à voir sauter des gens depuis le môle, dans l'eau du port. Alors, du pied du Monte Pellegrino, a retenti une tout autre musique. Au lieu des fanfares martiales, des tambours et des timbales des Sarrasins, qui marchaient en avant du cortège, on entendit résonner tout doucement, mais de plus en plus distinctement, l'*Ave Maris Stella*, chanté avec ferveur par mille pieuses gorges de notre *Ecclesia catolica*...

— Comment cela ? demanda le pape, incrédule. Une manifestation en notre faveur ? Pour affirmer nos droits sacrés ? (Alexandre avait bondi de son siège, triomphant.) Celui qui a fait cela à notre profit, je le sanctifierai ! s'exclama-t-il avec emphase, mais le Triton battit des bras pour le calmer.

— Prenez votre temps, Très Saint-Père, et écoutez !

Il commença par se faire servir une nouvelle bonne coupe de vin, tout heureux de voir le pape suspendu à ses lèvres.

— Le peuple rassemblé sur le port l'a abandonné comme de l'eau sortant d'un baquet, tous sont partis pour le quartier des Génois, ce puits situé au bord de la mer et qui s'appelle *Aqua Santa*...

— Et qui est arrivé à ce moment-là ? interrogea à son tour le cardinal, mais Barth joua aussi avec sa curiosité.

— Comme nous nous retrouvons ici face à une confusion babylonienne, permettez-moi encore une fois de le raconter comme si mes pieds avaient été de la partie depuis le début, et comme si je ne devais pas me fier à des récits recueillis après coup auprès de témoins oculaires.

— Mais dis-moi seulement qui !

— Ce serait dommage ! protesta le Triton. Cela vous gâcherait le plaisir de cette belle histoire.

— Bien, mais avance rapidement, lui ordonna Alexandre, ne remonte pas jusqu'à la troisième génération, ou jusqu'à Roç et Yeza, le couple royal des hérétiques.

Barth sourit.

— Alors que le port était déjà plein des navires des invités, et que le début de la cérémonie avait été annoncé par trois coups de canon du Palazzo dei Normanni, un vaisseau étranger, un puissant trois-mâts, est apparu devant la tour qui surveille l'entrée de la Cala. Le commandant du port avait fait tirer la chaîne depuis longtemps et envoya un canot informer l'étranger qu'il pouvait jeter l'ancre près du môle, mais qu'un débarquement n'était plus possible. Cependant, le grand métropolite de Bethléhem a insisté !

— Il n'existe pas ! protesta le patriarche, qui prenait la parole pour la première fois et s'était contenté jusqu'alors de suivre avec mauvaise humeur le récit et la manière dont il était présenté.

Le pape était désorienté.

— Avons-nous jamais décerné pareil titre ? demanda-t-il à son conseiller.

— Les Grecs, peut-être ? suggéra celui-ci.

— *Apostata chismaticus !* trancha Alexandre.

— Le dignitaire chrétien, reprit Barth, que tout cela n'émouvait guère, voyageait en compagnie d'un commandeur du Temple et d'un prêtre français, monseigneur Gosset, que son roi...

— C'était cela, la surprise ? s'informa le cardinal d'une voix glaciale.

— Pas du tout, répliqua insolemment le Triton, ce n'était que le prélude. Ce Gosset affirma qu'il avait à son bord un cadeau pour le roi Manfred qui rendait indispensable un accostage, sans lequel il serait impossible de le décharger. Le grand métropolite insista, mais le commandant du port, qui ne voulait pas manquer le cortège (d'autant plus qu'il occupait une fonction importante et devait être présenté au roi), le renvoya dans un petit port de pêche consacré à la Sainte Vierge, au pied du Monte Pellegrino. Le voilier s'y dirigea donc avec sa mystérieuse cargaison, et s'amarra à la muraille du quai ...

— Bon, et qu'est-ce que ce faux métropolite avait à son bord ? interrogea le pape. Il s'agissait forcément d'un cadeau blasphématoire...

— Vous vous trompez, très Saint-Père, reprit Barth. En présence du prêtre local, et d'une foule de curieux qui s'étaient aussitôt rassemblés sur le rivage, on a déchargé un groupe de figures du Golgotha, grandeur nature. Une splendide série de sculptures sur bois noble, ornée de petits bijoux et de tissus précieux tels que je n'en ai jamais aperçu nulle part, même dans la Rome éternelle.

— Je suppose que vous ne l'avez pas vue de vos propres yeux ?

— Oh si, mon seigneur, expliqua Barth avec fierté. Car ensuite, la procession s'est dirigée vers Palerme, au cœur des cérémonies du couronnement...

— Voilà qui me plaît ! s'exclama le pape. Cela nous arrange extraordinairement...

— Les gens ont chargé sur leurs épaules les saints, notre Sauveur et les femmes en lamentation, puis ils les ont portés en chantant avec ferveur l'*Ave Maris Stella*, puisque la Vierge et son fils leur étaient arrivés par la mer. La croix marchait en avant, suivie des soldats romains et d'une grande quantité de saints...

— Qui n'ont jamais assisté à la crucifixion, se moqua Octavien, mais le pape lui fit signe de se taire.

— Et qui donc avait organisé tout cela, à qui l'Église doit-elle ce triomphe sur le nid de vipères des Hohenstaufen ?

— Aux généreux donateurs, sans aucun doute, répondit Barth, qui se réjouissait de voir ainsi monter la tension. Ils marchaient modestement, à la fin de la procession. C'étaient Roç et Yeza.

Le silence qui s'abattit sur le parc était tellement profond qu'on pouvait entendre le bruissement des feuilles dans les arbres et le clapotis de la petite rivière voisine. Un grillon chantait, et l'on percevait le cri d'un oiseau de nuit.

— Ah ! soupira Alexandre en rompant le silence. Que Dieu les bénisse ! Nous avons peut-être toujours été injuste avec ces enfants.

— Le couple royal, lui rappela doucement son ami Octavien, n'a jamais rien fait de mal à l'Église, sa seule tare est son origine...

— Hérétiques ?

— Pis encore : Hohenstaufen !

— Pouvons-nous leur pardonner ?

— La Sainte Inquisition, certainement pas, mais notre Seigneur...

— Je serais heureux de les voir en face de moi.

— Ils ne répondront sans doute pas à une telle invitation, après tous les torts que leur a causés la curie.

— Je pourrais leur demander pardon, suggéra le pape avant de se reprendre et de s'exclamer d'une voix haineuse : Non ! Non, ce sont des Hohenstaufen !

— Vérifions-le, Saint-Père, une fois que nous serons parvenus à les convaincre de se présenter devant votre trône.

— Soyez remercié, Octavien ! Vos conseils me couvrent toujours de honte, moi, pauvre pécheur.

— Nous sommes tous des pécheurs, dit le patriarche, derrière eux. Prions, car nous avons oublié de le faire au commencement de ce repas.

Et le silence du jardin s'abattit de nouveau sur les quatre hommes en prière. Lorsque le cardinal jugea qu'il en avait fait suffisamment, il se tourna vers son subalterne :

— Achevez votre récit, ordonna-t-il d'un ton sec, comme si le Triton avait inventé ces événements imprévus. Qu'a fait Manfred ?

— La procession avait enflé, c'était devenu une véritable avalanche lorsqu'elle arriva sur le flanc de la Cala au moment précis où le cortège y débouchait. Elle s'y est rattachée. Derrière les personnages de la Sainte Famille, le Christ en tête, les gens quittaient le chemin prévu et se dirigeaient vers la Kalsa. Le Cassaro, orné de fleurs, de guirlandes et de portes d'honneur, resta vide, ils se pressèrent dans les rues étroites jusqu'à ce qu'ils parviennent aux murailles de la ville. Ensuite, ils passèrent devant la Porta Sant'Antonio et se dirigèrent vers le palais. Près de la petite église de San Giovanni degli Eremiti, Manfred, à l'aide d'une poignée de chevaliers, parvint à prendre la tête de la procession et à l'arrêter. Le peuple voulait absolument porter ses nouveaux saints dans la cathédrale, où tout avait été préparé pour le couronnement solennel.

Roç et Yeza apparurent alors et déclarèrent d'une voix ferme que ces lieux étaient ceux qui convenaient à la

Sainte Famille : ici, la mosquée et l'église étaient aussi étroitement liées qu'en Terre sainte, d'où elle venait et qui était son but. Les gens hurlaient de joie, Manfred donna l'accolade au couple royal et le guida avec tous les honneurs jusqu'à la cathédrale, pour qu'il puisse assister à son couronnement. Dans son sermon, l'évêque de Grigenti parla d'anges descendus du ciel pour célébrer l'événement en chantant leurs hosannas. Il a déclaré que la paix devait régner entre les hommes, pas seulement entre les chrétiens et les musulmans, mais aussi entre le Saint-Père et le jeune roi béni par Dieu.

— Un beau sermon, dit le pape en riant. Guillaume de Rubrouck n'aurait pas fait mieux ! Ce frère mineur était-il lui aussi présent ?

— Non, assura Barth. Lui, je le connais, et je ne l'ai pas vu.

— Vous ne nous avez rien épargné, Bartholomée de Crémone, fit le cardinal gris. Vous savez comment on traitait ceux qui apportaient de telles nouvelles, autrefois ?

— Ma tête a toujours appartenu aux Services secrets.

— C'est ce qui vous permet de la garder sur vos épaules jusqu'à ce que le Tout-Puissant décide de vous clouer le bec ! Allez, maintenant !

Le patriarche prit lui aussi congé. Le vent de la nuit faisait vaciller les bougies dans les photophores.

Le pape Alexandre IV marchait de long en large dans son bureau. Par les hautes fenêtres, son regard agité glissa au-dessus du parc, sur le chemin de ronde qui ceinturait de l'intérieur la muraille de la ville. Il observa les collines hérissées de cyprès, autant de doigts sombres jaillissant comme des pointes de la masse vert mat des bois d'olivier et des tendres couleurs de la vigne. De l'église rattachée au palais, on entendait les cloches sonner midi. Les gardes annoncèrent le cardinal Octavien, qui avait un laissez-passer permanent, et ouvrirent aussitôt les portes. Alexandre entendit ses pas sur les marches de travertin usées par le temps. En deux foulées rapides, il monta sur l'une des alcôves surélevées où se trouvaient les fenêtres, et regarda fixement à l'extérieur.

— Regardez donc, Saint-Père, qui je vous ai ramené ! annonça son confident et conseiller, le cardinal Octavien. Son Excellence, sir Darius Turnbull, ambassadeur du roi d'Angleterre, ne veut absolument pas admettre que ses hommages ne servent à rien tant que son maître, Henri, ne s'en tient pas aux accords passés.

Le pape se retourna lentement, prit une mine affligée et toisa sans le saluer le légat qui était entré en même temps que le cardinal mais, contrairement à celui-ci, n'avait pas attendu au seuil de la pièce. Sir Darius se trouvait à présent au milieu de la salle et, confus, tournait son chapeau dans ses mains. Octavien renforça encore cette impression de malaise en ajoutant nonchalamment :

— Et il n'a pas non plus apporté d'argent !

Le pape regarda l'ambassadeur comme s'il s'agissait d'un quémandeur importun. Il ne lui plaisait pas. Il avait la stature d'un gros chien de berger, mais ses cheveux rouges et ses petits yeux sans sourcils rappelaient le cochon. Les ongles de ses doigts étaient rongés.

— Eh bien, commença Alexandre pour qu'il cesse de triturer son chapeau, qu'avez-vous à nous dire, sir Darius ?

Il ne songea pas un seul instant à proposer un siège au légat.

— Cet encaisseur malveillant, bien qu'agissant au service de votre Sainteté, a provoqué des catastrophes. Ses exigences cupides et absurdes, ses menaces impudentes ont causé à la maison royale anglaise un dommage irréparable.

— Ah ! s'exclama le cardinal derrière lui. Vous mettez tout à l'envers : le Saint-Siège n'a pas seulement cherché à vous faire payer vos oublis. En continuant à revendiquer le droit qui lui a été reconnu officiellement, il a aussi soulevé des problèmes que vous comptez à présent nous faire payer ?

— Gardez pour vous vos moqueries à bon marché, cardinal Octavien. Si votre intention était de faire éclater l'affaire sicilienne, vous auriez pu vous y prendre plus simplement que de nous lancer aux trousses ce crapaud d'Arlotus !

— Que s'est-il donc passé pour que vous vous permettiez de nous parler sur ce ton, sir Darius ? demanda le cardinal, plus amusé qu'indigné.

— Notre seigneur le roi s'est vu forcé de transmettre à son Éminence votre *conditio sine qua non...*

— *Sine qua excommunicatio !* corrigea le pape, énervé, mais Turnbull continua.

— ... de transmettre cet ultimatum en toute franchise et sincérité, puisque les propriétaires fonciers de l'Église sont les plus riches du pays. Je tairai, par courtoisie innée, ce qu'ils lui ont dit de votre pape à Rome et de son *interdictum,* lorsqu'ils ont rejeté notre demande. Malheureusement, ils n'ont pas gardé leur fureur pour eux. Quelques jours plus tard, les principaux barons du royaume se sont réunis, ont juré de rester solidaires, ont filé tout droit au palais royal de Westminster et, après avoir déposé leurs armes dans l'antichambre, se sont précipités dans l'appartement où dormait le roi.

— Voilà ce que j'appelle de belles manières anglaises ! plaisanta le cardinal.

— Ils l'auraient roué de coups à poings nus ! répondit sèchement sir Darius. J'ai honte pour vous, ajouta-t-il à voix basse. Henri, mon seigneur, a dû reconnaître qu'il n'avait aucune échappatoire. Avec le prince héritier Edouard, que l'on avait fait venir, il a juré sur la bible que dans cette pénible affaire, qui n'en était pas une, mais la ruine de l'Angleterre, il n'entreprendrait plus rien sans l'accord des seigneurs religieux et laïcs.

— Je peux le délier de ce serment ! l'interrompit le pape, hors de lui. Serment forcé ! Il ne vaut rien !

— Cela ne sert plus à rien, dit sir Darius d'une voix plaintive, car cette bande de brutes au crâne épais, Montfort en tête, a soutiré au roi une autre concession, qui aura beaucoup plus de conséquences : la convocation d'un parlement à Oxford ! ! (Sir Darius en tremblait). Votre Sainteté comprend-elle bien ce que cela signifie ? Ce n'est plus le pape, mais un synode permanent qui détermine la politique de l'*Ecclesia catolica*, vous n'êtes plus autorisé qu'à sceller des bulles que d'autres ont rédigées.

— Ce ne serait pas vraiment une nouveauté, constata Alexandre en adressant un sourire au cardinal, adossé au chambranle de la porte.

— C'est la fin de toute monarchie ! éclata Turnbull, et son visage rose prit une teinte sombre. C'est la fin de l'Occident, une peste qui n'épargnera personne, un déluge dans lequel seront emportés le droit et l'ordre, les lois de Dieu et...

Il n'alla pas plus loin : sa tirade lui avait coupé le souffle. Qu'il n'aille pas à présent nous faire une attaque, songea Octavien, on raconterait que j'ai fait usage de mon poison... Il fit glisser la main sur son anneau et demanda avec une feinte bienveillance :

— Que pouvons-nous faire pour vous ?

L'ambassadeur le dévisagea, hagard.

— Vous pouvez glisser dans votre anus béni l'argent que vous nous avez déjà extorqué ! L'Angleterre ne se laissera pas exploiter plus longtemps ! Et si Rome nous excommunie, il pourrait bien, Saint-Père, vous arriver la même chose qu'à mon pauvre seigneur Henri !

Un silence glacial régnait dans la salle. On ne devrait pas engraisser autant les bull-terriers, songea le pape.

— Je pense que vous avez usé de votre immunité d'ambassadeur royal jusqu'à l'extrême limite du supportable. Gardes ! cria le cardinal d'une voix sèche. Conduisez ce seigneur à la plus proche frontière du *patrimonium Petri* !

— Mon navire est ancré à Civitavecchia !

— Eh bien faites en sorte d'y avoir embarqué d'ici quarante-huit heures ! Sans cela, je vous enfoncerai pour ma part dans les fesses, en guise d'ultime salutation, le traité nul et non avenu et le sceau de messire votre roi ! Dehors !

Les gardes s'emparèrent de l'ambassadeur et le menèrent à l'extérieur. Dans la salle, la chaleur était caniculaire.

— Un grossier merle, cet Anglais ! soupira le pape. Me menacer, moi, leur pape, de voies de fait !

— D'un schisme ! mon cher Alexandre, fit Octavien, mais voyant que cela n'améliorait nullement l'humeur de son ami, il changea de sujet : Vous pouvez être satisfait. J'ai encaissé soixante mille marks d'or en argent allemand. C'est tout de même une jolie récompense lorsque l'on n'a rien cédé.

— Exact, Mais nous nous trouvons désormais au même point qu'au jour de ma montée sur le trône.

— Non, votre couronnement a eu lieu à Rome !

L'AUBERGE DU GREC

Le voilier du Hafside était ancré sur la Cala, l'ancien môle intérieur de Palerme. Depuis sa prestation sous l'identité du grand métropolite de Bethléhem (un triomphe !), Abdal avait eu la sagesse de ne plus se montrer. Son vieil ami, le commandant du port, l'avait caché pour qu'il échappe aux recherches des sbires de Maletta. Il l'avait dissimulé dans l'une des ailes les plus agréables de la Kalsa, auprès des fauconniers, tout en haut de la muraille. Le chambellan estimait à juste titre que la tolérance dont on avait fait preuve à l'égard d'une arrogante cérémonie religieuse organisée par un dignitaire de l'Église inventé de toutes pièces, et ce justement le jour du couronnement, allait jeter de l'huile sur le feu de la haine. Le pape, à Rome, guettait la moindre occasion de pouvoir dénoncer le couronnement comme une farce dépourvue de la bénédiction épiscopale, et cette procession sauvage qui avait tous les attributs d'un carnaval ne pouvait que le renforcer dans cette intention. Si l'on y regardait de près, même l'acte solennel de l'évêque de Grigenti pouvait être considéré comme une insolente mascarade. Non, tout cela avait été une mauvaise plaisanterie imaginée par ce couple royal. Dire qu'il attendait en plus un remerciement pour ce cadeau que personne n'avait demandé, ce cheval de Troie déguisé en navire, plein de personnages de saints ! Maletta avait fait ses études à Alexandrie. Depuis, s'il n'aimait pas les Grecs, il appréciait en revanche leur art poétique, au moins celui d'Homère. Le roi, avec son insouciance, avait réussi à sauver la situation *in extremis*. Mais à quel prix ! Il avait dû partager avec Roç et Yeza l'éclat de cette journée qui était censée servir sa gloire.

Pour Maletta, la disparition du grand métropolite tombait à point. Cela lui épargnait l'obligation de l'arrêter. Le chambellan préféra recouvrir l'incident d'un manteau de silence.

Dans cet esprit, il avait aussi rapidement ôté le couple royal à la vue des nobles et au contact du peuple en attribuant à Roç, Yeza et leurs domestiques des quartiers dans la Kalsa. Or ses sbires l'avaient informé, un instant plus tôt, que Roç et Yeza venaient de se rendre au port avec la cour pour faire leurs adieux à l'équipage du navire qui les avait acheminés. Le grand métropolite était réapparu à cette occasion. Certains prétendaient avoir reconnu en lui Abdal, un marchand d'esclaves redouté au service du sultan. Maletta hésitait : devait-il intervenir, ou non ? Mais pour ne pas susciter plus de remous, il décida de fermer les yeux, en espérant que le plus grand nombre possible de ces invités indésirables prendraient le large à cette occasion.

Roç et Yeza, escortés par leurs serviteurs, écuyers et suivantes, y compris la Première dame, Mafalda, le confesseur Gosset et le majordome Jordi, approchèrent du bateau. Les passagers, le Doge, Sigbert et Jakov, étaient déjà prêts pour le départ. Ils n'avaient pas emmené leur vizir fraîchement nommé, Kefir Alhakim, craignant que le bannissement dont l'empereur avait frappé le bonimenteur ne fût toujours en vigueur. Abdal fit des adieux brefs et rapides : le commandant de la capitainerie lui avait conseillé de ne pas se montrer trop longtemps sur le port, et de jeter l'ancre le plus vite possible. C'était bien l'intention du Hafside, qui s'adressait pour l'heure à Roç et Yeza :

— Ensemble et chacun pour soi (il ne put réprimer cette petite pique), vous aurez toujours en moi un ami qui surgira lorsque vous l'appellerez, qui fera tout pour vous sans poser de question. Je suis votre serviteur, ayez recours moi chaque fois que vous le voudrez.

Ces mots prononcés, le Hafside remonta la passerelle et se retira dans sa cabine. Roç et Yeza furent navrés du départ de Sigbert, qu'ils avaient à peine eu le temps de voir. Ils éprouvaient une profonde affection pour le Chevalier teutonique, qui les avait sauvés de Montségur. Tandis que Roç réprimait virilement une douleur mêlée de tristesse (car le commandeur avait vieilli, il avait certainement dépassé depuis longtemps la soixantaine) et se contentait de lui serrer la main, Yeza attendit. Puis elle prit Sigbert par la manche et l'entraîna sur le côté.

— Vous ne pouvez pas rentrer maintenant dans ce navire, lui chuchota-t-elle en forçant le géant à barbe blanche à baisser la tête vers elle. J'ai besoin de vous, mon cher Sigbert. Vous devez m'accompagner pour un important voyage, avant de rentrer à Starkenberg.

Le grand et vieil homme s'immobilisa et posa sa main sur l'épaule de la mince jeune fille.

— Yeza, vous exaucez l'un de mes rêves. Me placer encore une fois à votre service a toujours été mon vœu le plus ardent. Vous ne savez pas quel bonheur vous offrez ainsi à mes vieux jours.

Sur ces mots, il se dirigea vers les autres, sans lâcher l'épaule de Yeza.

— Je reste encore un peu, annonça-t-il au Doge, d'un ton léger.

Cela agaça Roç. Sans regarder Yeza, il dit à Gosset, d'une voix forte :

— Nous avons à présent pris congé de tous, je souhaiterais partir. Venez avec moi, je vous prie.

Il passa devant et ne se retourna même pas pour constater que Gosset le suivait, en hésitant et en secouant la tête.

— Vous me trouverez au Palazzo Arcivescovile, précisa Sigbert à Yeza. Jean de Procida prolongera certainement volontiers l'hospitalité qu'il m'a accordée.

Il demanda son sac de voyage à Jakov et s'en alla d'un pas léger. Yeza fit signe à l'érudit juif de la rejoindre.

— Précieux maître Jakov Ben Mordechai, nous avons

parlé de tout ce qui nous anime tous les deux, déclara-t-elle d'une voix ferme. Nous sommes d'accord sur un point : il faut que l'on donne de nouveau plus d'importance au pouvoir de l'esprit, aux *valores spirituales,* qu'à Mammon et à la cupidité du commerce et du négoce.

Yeza appela Jordi, et celui-ci apporta un sac d'argent rebondi.

— Tenez, prenez ceci, allez à Jérusalem et fondez l'école qui sera consacrée au savoir secret, à la recherche de la destinée humaine. Je vous retrouverai dès que je me serai débarrassée des charges de ce monde.

Le nain lui tendit le sac, mais Jakov ne le prit pas. Il pencha sa tête d'oiseau émacié bien au-delà du bastingage, pour mieux voir Yeza en dessous de lui.

— Ce monde, couina-t-il avec sa voix de Joseph, oubliez-le ici, tout de suite ! Il n'y a rien ici de précieux auquel vous deviez prendre garde. Parcourez immédiatement le chemin de l'illumination, sans ajourner ni perdre un temps précieux. Venez...

— Non, dit Yeza, décidée. Je veux être libre ! Et je ne me sens pas libre si je laisse derrière moi des choses inexpliquées. Je veux faire table rase. Et je prendrai pour cela le temps qu'il me faudra, si précieux soit-il. Ne gaspillez pas le vôtre, et acceptez cet argent.

Jakov attrapa le sac.

— Promettez-moi...

— Faites-moi confiance, Maître. Jérusalem verra sa servante avant même que cette année...

— N'oubliez pas, jeune dame, l'interrompit aimablement le Doge, qu'en mystique une année vaut un battement de cil ! Nous sommes bientôt en septembre.

— Eh bien soit, répliqua Yeza. Ma volonté étant irrévocable, je ne suis pas forcée de me fixer des délais fermes, comme s'il s'agissait d'un marché portant sur des produits périssables.

— Vous n'êtes pas périssable, répondit le Doge, amusé, cela ne fait aucun doute à mes yeux.

Le Templier fut le dernier à monter à bord. Il entendit Jakov faire pression sur le Hafside :

— Il faut que vous jetiez encore une fois l'ancre à

Ustica. J'ai laissé sur l'île quelque chose dont nous avons tous besoin, pour notre salut, sans quoi un terrible malheur s'abattra sur nous !

— Pour ce qui me concerne, rétorqua le Hafside en haussant les épaules, je ne suis pas superstitieux. Mais je ne voudrais pas être responsable du malheur du Doge !

Celui-ci, de très mauvaise humeur, leva les yeux vers Jakov.

— Je vous le dis tout de suite : si vous y avez mis de côté et enterré une partie du trésor, un tiers revient au Hafside. Et j'en prendrai un autre pour l'offense !

Jakov hocha la tête, avec l'air de l'homme pieux et satisfait.

On leva les amarres, les Maures souquèrent ferme, le voilier glissa dans le port, vers la haute mer. Yeza se tenait sur le quai, un peu à l'écart, avec Jordi. Ses femmes, y compris Mafalda, agitaient les bras, tout comme Philippe et Beni.

Dans l'« *Oleum atque vinum* » tout proche, l'auberge du marchand de vin Alekos, les trois chevaliers occitans braillaient. Raoul de Belgrave, Mas de Morency et Pons de Levis avaient réapparu dans sa gargote juste après le couronnement. Et comme ils semblaient vouloir y prendre racine, Alekos leur servait une cruche après l'autre. Ses clients étaient de toute façon déjà soûls au moment où ils étaient entrés chez lui en titubant. Ils avaient quelque chose à raconter. Et puis c'était la première fois qu'il avait dans son établissement des buveurs qui avaient commencé par échapper à la Kalsa, avant de manger à la table du roi. Ils faisaient certes beaucoup de bruit et cassaient beaucoup de vaisselle. Mais chaque fois, ils lançaient des pièces pour payer le vin et les dégâts.

Deux autres hommes apparurent alors dans la salle. Roç, suivi de Gosset, contempla les trois buveurs :

— Je me doutais bien, lança Roç d'une voix forte et agacée, que nos ivrognes traîneraient ici ! À la table du roi, ils racontaient leurs hauts faits dans tous les tournois et dans toutes les cours d'Occitanie. Mais ici, ils forment un beau paquet de soudards. Vous ne trouvez pas, Gosset ?

— Oui, acquiesça le prêtre en regardant autour de lui. Ils n'ont pas de femmes non plus. Et sans doute rien dans leur bourse.

Mas voulut se lever, il avait même tendu la main vers son arme, mais son épée était tombée par terre. Raoul le força à se coucher et se leva lentement. Il avait appris sa leçon.

— Vous, Roç Trencavel, vous êtes le favori du roi. Nous, en revanche, nous sommes ivres. Il serait chevaleresque de ne point se moquer de nous.

— Comptez-vous m'enseigner les règles de la chevalerie ? demanda Roç, qui cherchait la bagarre. Vous, qui avez rompu la parole de vassal que vous aviez donnée ? (Il se tenait campé devant Raoul, avec un air de défi.) Vous ne m'amusez pas, continua-t-il. Je suis profondément affligé de voir des jeunes gens de haute lignée tomber aussi bas.

Raoul s'affaissa sur le banc, en rotant, Pons piqua du nez et Mas lâcha un pet. Gosset retint Roç par la manche. C'est le moment que choisit Alekos pour s'approcher et demander à contretemps :

— Je vous sers quelque chose, messires ?

— Je vous paie un verre, Roç Trencavel, s'exclama alors Pons, si vous nous reprenez à votre service !

Mas lui décocha un regard venimeux, mais en constatant que Raoul s'était endormi, le menton sur la poitrine, il se mit à crier de rage : — Il faut que j'aille pisser ! Et il se fraya un chemin sur le côté, pour ne pas devoir passer devant Roç.

Pons suivit Morency du regard.

— Il ne pense pas ce qu'il dit, expliqua-t-il à Roç. Nous serions vraiment heureux si vous pouviez nous pardonner. Taxiarchos nous a entraînés...

Raoul avait entendu ces mots dans son sommeil.

— Pons ! marmonna-t-il. Nous ne sommes pas des calices attendant une abeille. Hic ! Nous sommes assez grands pour bourdonner et butiner nous-mêmes, et si quelqu'un ne veut pas de nous...

Sa tête glissa sur le côté. Cette fois, même les

secousses que lui infligea son gros compagnon ne purent le réveiller.

— Lorsqu'il aura retrouvé ses esprits, qu'il vienne me voir dans la Kalsa, dit Gosset. Je veux lui parler.

— Pas moi ! rétorqua Roç en tournant les talons. Venez, à présent.

Le prêtre lança un regard d'encouragement à Pons et suivit le mouvement.

Lorsque Mas revint, il portait une bassine d'eau. Il comptait s'en servir pour punir Pons. Mais ils s'y prirent finalement à deux pour la déverser sur la tête de Raoul. Celui-ci sortit aussitôt de son sommeil et s'ébroua.

— Les abeilles ! cria-t-il à l'aubergiste. Du nectar ! Nous n'avons plus rien à aspirer !

— Ce raffiné de Trencavel t'a sans doute étourdi le pistil ?

Mas s'était trop approché de lui : il avait déjà pris le seau sur la tête, suivi d'un coup qui lui fit siffler les oreilles. Il tomba à genoux.

Alekos se tenait à l'écart avec un inconnu, un moine orthodoxe, si l'on en croyait son habit.

— Je cherche un couple royal, Roç et Yeza, chuchota-t-il.

— Le faux bourdon vient tout juste de passer ! cria Raoul, qui avait entendu la question. Le couple royal est descendu à la Kalsa.

— Comment vous appelle-t-on, compatriote, demanda Alekos à l'étranger, et d'où venez-vous ?

— Je suis macédonien, corrigea le moine, et mon nom ne fait rien à l'affaire. Montrez-moi plutôt le chemin, j'ai des salutations à transmettre.

— Confiez-les donc aux dames, à l'extérieur ! s'exclama Pons en désignant le quai, où Yeza, ses suivantes et Jordi marchaient en direction de la Kalsa. Mafalda ! hurla-t-il à sa sœur, et la Première dame de cour se retourna.

Elle demanda à Yeza quelques minutes de liberté. Sa maîtresse avait aussitôt reconnu la voix et les trois hommes, et n'avait pas du tout l'intention de les rejoindre dans la taverne.

Beni proposa son escorte à dame Mafalda, et tous deux entrèrent en hésitant dans l'« *Oleum atque vinum* », fronçant le nez comme s'ils descendaient dans une gargote de fond de port.

Pons courut vers Mafalda et se jeta à son cou avec un cri de joie. Raoul, lui aussi, avait bondi sur ses jambes et s'inclinait galamment tandis que Mas, encore assis, tentait en gémissant d'ôter le baquet de sa tête.

— Pons ! dit la dame d'une voix sévère, en détachant ses bras de son cou. Tu empestes ! Elle observa avec une certaine arrogance les deux larrons qui accompagnaient son frère. À Rhedae, vous avez filé sous terre comme deux taupes. Et vous voilà qui ressortez à Palerme, sales et malodorants.

— Ce fut un long tunnel, Mafalda, lui répondit Raoul. Mais à présent que vous êtes avec nous, je vois de nouveau la lumière !

— Intercédez en notre faveur, ma sœur, implora Pons, afin que nous revenions en grâce auprès de Roç et de Yeza.

— Je ne veux pas de miséricorde ! s'exclama Mas, qui venait juste de se dégager.

C'est l'instant que choisit le moine étranger pour s'interposer.

— J'ai un message pour vos seigneurs, et je vous serais très obligé de bien vouloir me conduire à eux.

Beni, qui, jusque-là, s'était contenté d'observer la scène avec étonnement, s'ébroua et se présenta :

— Je m'appelle Kadr ibn Kefir ad-Din Mali Alhakim Benedictus, et je suis le Premier secrétaire du couple royal. Vous-même, qui êtes-vous ?

— Demetrius, répliqua le moine, ahuri.

— Eh bien, suivez-nous, ordonna Beni. Je vais faire en sorte que vous obteniez une audience. Ma précieuse dame, ajouta-t-il à l'intention de Mafalda, qui le dépassait d'une tête, si vous ne voulez pas gaspiller plus longtemps en ce lieu l'ornement de votre corps et la bonté de votre cœur, je suis à votre disposition.

— Vous avez raison, Benedictus, répondit la dame ainsi courtisée, ces messieurs, dans l'état où ils sont, ne sont pas une bonne fréquentation. Elle écarta Pons et lança à Raoul : Cher Belgrave, si vous ne voulez pas vous attirer mon mépris, montrez-vous digne du service que vous prétendez rendre. Auparavant, suivez mon conseil et ne vous montrez pas.

Elle rejeta fièrement sa belle tête en arrière et sortit de l'auberge à une telle vitesse que Beni et le moine eurent du mal à la suivre.

— Est-ce que nous cherchons des bains publics ?

— Pour ne pas offenser les nez raffinés, s'exclama Mas, moqueur, lorsque nous ramperons devant messire Roç Trencavel et sa haute dame Yeza Esclarmonde comme si nous nous trouvions devant le grand khan des Mongols...

— Une autre cruche, et du meilleur, Alekos ! l'interrompit Raoul. Nous célébrons le début imminent d'une nouvelle vie !

L'aubergiste était distrait : il regardait du coin de l'œil Jean de Procida, étroitement entouré par sa garde du corps, qui se faufilait discrètement hors de l'église Santa Rosalia et se dirigeait vers la capitainerie. Il savait que le chancelier avait utilisé le passage secret du Palazzo Arcivescovile, qui débouchait en bas, dans la crypte. Alekos se proposa de le guetter lorsqu'il prendrait le chemin du retour.

— *Vinum,* Alekos ! *In vino ridet fortuna !*

— Et lorsque Fortune te sourit, Vénus n'est pas loin, cria Morency. Des femmes, Alekos ! Fais venir des femmes !

La carotte et le bâton

Dans les geôles de la Kalsa, la nuit éternelle et le silence sépulcral auraient brisé le moral du prisonnier le plus endurci. Comment vivre en sursautant d'angoisse à chaque lueur, au moindre bruissement qui ne pouvait signifier qu'une chose : on venait le chercher ! Taxiarchos, comme les autres, entendit de loin les pas qui s'approchaient.

Sa dernière heure avait-elle sonné ? Il banda les muscles pour empêcher ses chaînes de cliqueter et serra les dents. La torche paraissait venir de l'infini et se diriger vers lui, il percevait distinctement, à présent, les voix des lémures, ses bourreaux : « ... lui laisser le fer... ça vous tire le cul vers le fond comme si c'était du plomb, et ça vous rallonge le cou... »

Il ne put voir leur visage : ils portaient des cagoules pourvues de petites fentes pour les yeux. Ils le libérèrent. Puis ils nouèrent grossièrement un bandeau autour de sa tête et le poussèrent en avant. Leurs plaisanteries grossières sur la corde et la dernière défécation accompagnèrent son parcours dans le royaume des morts. Puis un peu de lumière se glissa sous le tissu de son bandeau, et on le lui arracha d'un coup.

Il se trouvait dans une cave. D'en haut, par une grille, tombait un rayon de soleil – mais une corde en descendait aussi. Le nœud coulant pendait juste devant le nez de Taxiarchos, dont les mains étaient toujours liées dans le dos. Les lémures s'éloignèrent derrière lui, sans faire de bruit. Il découvrit alors, devant lui, Jean de Procida.

— Vous savez certainement, commença le chancelier sans préambule, que seule votre avidité à trouver le trésor des Templiers, qui vous avait fait descendre sous terre à Rhedae, vous a jusqu'ici maintenu en vie.

Il attendit de voir si ses mots produisaient leur effet. Mais il n'en fut rien : Taxiarchos resta muet.

— Si Gisors s'était emparé de vous, votre mort était certaine.

Il n'était pas nécessaire de lever les yeux vers la corde. Le silence dura.

— Vous avez donc eu de la chance une première fois. Une deuxième fois, la Fortune vous a souri sous les traits de notre cher Maletta. Il vous a emprisonné avant que les Templiers ne puissent vous mettre la main dessus, et nous avons refusé de vous livrer.

Taxiarchos écoutait attentivement, mais ne desserrait pas les dents.

— Il n'y aura pas de troisième fois, Taxiarchos, fit le chancelier sur un ton beaucoup plus sec. Ou bien vous acceptez notre offre, ou bien vous mourrez, car pour notre part, nous ne tenons nullement à laisser en vie des personnes connaissant le secret.

Taxiarchos lança à son interlocuteur un regard franc et appuyé.

— Ma vie, je l'ai gâchée. Je sais précisément pourquoi je me suis lancé dans cette chasse au trésor puérile, à Rhedae. (Il éclata d'un rire clair, qui sonnait faux.) J'ai même trouvé le trésor. Et je l'ai perdu aussitôt ! (Taxiarchos se calma, d'autant plus vite que Jean de Procida était un auditeur attentif.) Enlever leur propre navire aux Templiers était l'unique moyen de franchir les zones qu'ils contrôlaient. Ils ne s'y étaient pas attendus.

— À votre arrivée à Palerme, cela a failli vous coûter cher.

— Je ne pouvais pas deviner qu'à cet instant précis, Thomas Bérard se trouverait sur place avec son *Atalante*. Mais les sergents du Temple, sur le port, n'étaient pas au courant ! Ils étaient tout heureux d'avoir retrouvé leur navire volé. Lorsque leur grand maître a reçu la nouvelle, je m'étais de nouveau éclipsé.

Cette fois, le rire de Taxiarchos parut déjà un peu plus libéré.

— Vous devriez comprendre à présent, Jean de Procida, pourquoi je ne puis accepter d'entrer à votre service. La *Rota Fortunae*, cette étroite route maritime qui mène aux « Îles lointaines », est la même pour tous. L'Ordre la domine sans la moindre faille, il y a même aménagé des relais. Pensez-vous qu'ils laisseront le moindre navire portant un autre fanion ne serait-ce qu'approcher les vents qui permettent de faire la traversée ? Et d'ailleurs, même si un spécialiste passait discrètement devant eux, les rois et prêtres cruels qui gouvernent ces îles n'obéissent qu'aux Templiers. Tout autre serait aussitôt victime de leurs dieux assoiffés de sang. Moi qui ai, comme vous le dites, mis ma chance en fermage, envoyez-moi donc làbas, faites-moi donc revenir avec mon butin : la *Rota Fortunae* ne connaît qu'un courant rotatif, qui porte les navigateurs sur l'océan et les fait accoster au-delà des colonnes d'Hercule, précisément sur les points où l'Ordre a érigé ses forteresses portuaires. Je tomberai en toute certitude entre leurs mains, et ils me considéreront comme un traître, qui aura révélé l'un de leurs grands secrets. Ils me découperont vif.

— Cela, nous savons aussi le faire ici, en Sicile.

— Je sais. C'est la raison pour laquelle je suis gai et détendu. Car vous avez besoin de moi vivant.

— Nous vous laisserons vivre si vous nous êtes utile. Ne réfléchissez pas trop longtemps. Nul n'est irremplaçable !

Sur ces mots, Jean de Procida, tête basse et mine sombre, sortit de la cave sans saluer son prisonnier. Taxiarchos vit la garde reformer un cercle autour du chancelier. Puis on lui banda de nouveau les yeux et on le fit replonger dans la pénombre.

Dans les étages supérieurs de la Kalsa, une activité débordante régnait depuis l'arrivée du couple royal. Roç et Yeza avaient pris leurs quartiers dans les appartements les plus élevés de l'édifice. Sans même en discuter, chacun avait choisi une chambre à part, dans deux des bastions qui formaient les angles. Roç garda avec lui Philippe, son fidèle serviteur. Il avait aussi installé Kefir Alhakim dans une pièce située près de la sienne -- même si le « vizir » aurait en réalité préféré rester auprès de Yeza et de ses épouses. Son jeune fils Beni appréciait d'être séparé de son bouffon de père. Cela lui permettait aussi d'échapper à la surveillance de Philippe, qui le traitait comme un coursier à sa disposition personnelle, et pas du tout comme le « Premier secrétaire ». Jordi, quant à lui, avait un penchant pour Yeza. Ses chansons rencontraient plus d'écho auprès d'elle que chez Roç, qui n'aimait pas entendre le luth lorsqu'il jouait aux dés avec Kefir ou lorsqu'il l'écoutait parler de ses champignons. Potkaxl et Geraude auraient certes souhaité que Mafalda, la Première dame de cour, aille s'installer dans l'autre tour, mais elle ne songea pas un instant à céder au désir des suivantes. Seul Gosset ne tenait pas à respecter cette frontière. Il s'était installé au milieu du long couloir qui reliait les deux ailes. Ces pièces-là étaient en outre plus claires. Un étage en dessous, on trouvait les appartements du vicaire de l'empire, le borgne Oberto Pallavicini, entouré par le cercle des bivouacs de sa garde personnelle, qui surveillait aussi le rez-de-chaussée et l'escalier. Le prince Lancia de Salerne était reparti dès le matin suivant le couronnement. Maletta avait laissé sa place à Hamo l'Estrange, qui, comme toujours sans serviteur, avait fait tout seul, en portant la précieuse couronne, le long chemin qui traversait la Calabre par les terres.

En allant rendre visite au comte d'Otrante avec Gosset, Roç pensait à Hamo. Le comte devait avoir près de trente ans, à présent. Mais il donnait toujours l'impression de ne vouloir devenir ni un homme, ni un chevalier, et encore moins un comte. Pour Hamo, la noblesse n'était qu'un fardeau, le legs de sa mère tyrannique. Il n'accordait guère de valeur à son titre, et Hamo ne se sentait pas un vassal du roi, parce qu'il ne comprenait absolument pas l'origine de cette dépendance. Son père n'avait jamais connu le gamin pensif. Le fait d'être marié à Shirat, la plus jeune sœur du puissant émir Baibars, l'entourait en outre d'une aura étrangère qui s'exprimait dans son surnom, bien qu'il le tînt de sa mère. Mais Roç s'était toujours bien entendu avec cet original.

Roç salua le comte en demandant « Que devient Alena Elaia ? » et lui présenta Gosset, oubliant totalement que les deux hommes avaient déjà fait connaissance à Constantinople.

— L'âge détruit la mémoire, mon cher Roç ! observa Hamo en souriant. Tu es un homme depuis longtemps. Quant à ma fille, elle vient d'avoir sept ans et elle dépasse presque sa mère.

— Shirat ? réfléchit Roç à voix haute en imaginant cette charmante princesse qui avait fait preuve de tant d'intelligence lorsqu'elle avait abandonné son statut de dame de harem chez An-Nasir, puis d'esclave du khan mongol Ariqboga, pour devenir comtesse d'Otrante. Son caractère lui rappelait celui de Yeza, même si elle était sensiblement plus âgée. Elle avait au moins autant d'années que Hamo. Mais Roç en avait gardé le souvenir d'une éternelle jeune fille connaissant tous les mystères de l'Orient. Combien d'aventures avaient glissé sur elle sans laisser de traces, alors qu'elles auraient laissé sur n'importe quelle autre d'inguérissables cicatrices, l'auraient rendue amère, dure ou corrompue !

— Tu m'écoutes, Roç ? Elle traduit Hildegarde von Bingen en arabe, et étudie les doctrines des soufis. Tu ne dois pas y comprendre grand-chose.

— Mais si ! répondit Roç. J'ai personnellement connu le grand Rumi, je l'ai entendu dire des poèmes. Malheureusement, je n'ai jamais rencontré l'autre dame.

— Elle est morte voici près d'un siècle. J'apprécie plus sa science médicale que ses visions mystiques.

— Cette science est faite pour le corps humain, Monsignore, l'autre relève des mystères de notre âme. Demande donc à Yeza. (Hamo s'adressa à Roç.) Les femmes ont un autre rapport que nous avec ces choses-là. Au fait, comment se porte ta moitié ?

— Si bien qu'elle commence à ne plus avoir besoin de l'autre, répliqua Roç, l'air tourmenté. Elle a découvert le royaume de l'esprit et veut en devenir la grande prêtresse.

— En d'autres termes, on n'est pas près de célébrer les noces du couple royal, commenta Gosset. De toute façon, il ne s'agirait jamais d'un mariage dans le sens où l'entend l'Église, dont nul n'a d'ailleurs requis la bénédiction.

— Vous pourrez l'attendre longtemps, ajouta Roç d'un air de défi. Ce serait sûrement le dernier de mes vœux. Yeza doit mener à bien ses expériences spirituelles. Et moi, venir à bout de celles qui attendent tout chevalier. (Il réfléchit un instant.) Mais, finalement, rien au monde ne peut nous séparer.

— Tu as de la chance, mon cher, dit Hamo en soupirant. Tu es un vrai Trencavel, le combat et l'aventure t'attirent.

— Ils sont ma vie ! renchérit Roç. Comme mon amour pour Yeza !

— Quant à moi, reconnut Hamo, je mène une vie de couple parfaitement harmonieuse, j'occupe avec bonheur mon château au bord de la mer. Et me voilà doté d'un roi qui veut non seulement réquisitionner mon navire, notre vieille trirème, mais aussi m'entraîner dans la guerre. Uniquement parce qu'il voudrait envoyer quatre cents hommes à son beau-père, en Grèce, pour le soutenir contre d'autres Grecs !

— Mais c'est un superbe défi, Hamo ! s'enthousiasma aussitôt Roç. Du reste, c'est le droit absolu de Manfred, puisqu'il est ton souverain.

Mais Roç modéra son ardeur en voyant le visage incompréhensif de Hamo.

— On ne peut pas se contenter de porter son titre de comte et d'aller à la pêche ou d'accomplir ses devoirs conjugaux. Au fait, avez-vous eu un fils, entre-temps ?

— Non, mon Dieu, Alena Elaia suffit bien ! Elle tient à la fois de sa grand-mère et de Baibars, l'Archer !

— La trirème n'était-elle pas un legs de votre père, amiral de la flotte sicilienne sous l'empereur Frédéric ?

— Le comte de Malte est mort alors que j'étais encore un nourrisson, rétorqua Hamo. Nul n'a jamais osé contester ce navire à ma mère.

— Je l'imagine, répondit Roç en souriant. Tante Laurence aurait transformé toute la Sicile en champ de bataille, et bombardé Palerme au feu grégeois !

— Je ne me suis jamais accommodé de cette réputation terrifiante qui précédait Madame la Comtesse, l'Abbesse, protesta Hamo. Mais cela ne signifie pas, loin de là, que j'accepterais n'importe quoi !

— Dans ce cas, que fais-tu encore ici ? demanda Roç.

— Je suis aux arrêts. Les gardes de mon voisin, Oberto Pallavicini, ont l'ordre d'accompagner le moindre de mes pas, pour que je ne m'enfuie pas avant de m'être soumis.

— Veux tu que nous imaginions un plan pour te libérer ? proposa Roç.

— Ne t'attire donc pas d'ennuis, mon cher Roç. Tu en auras suffisamment lorsque tu connaîtras le véritable caractère de Manfred. Toi aussi, tu es pris au piège, ici, même si tu ne l'as pas encore senti se refermer sur toi.

— Nous verrons bien, dit Gosset. Nous nous sommes sortis de nasses bien mieux colmatées que celle-là !

— Ne sous-estimez pas Jean de Procida, le *spiritus rector*, il paraît très aimable, mais c'est...

— Je regrette, murmura Roç à Gosset, que nous ayons laissé le Hafside repartir avec son navire.

— Ma consolation, déclara Gosset, c'est que Taxiarchos se trouve forcément quelque part ici.

— Êtes-vous certain, Gosset, qu'il s'agisse d'une consolation ?

— Certainement ! répondit le prêtre. Je le connais mieux, et depuis plus longtemps que vous. Et je l'estime comme un homme qui a toujours su se sortir d'affaire.

— Sans cela, il ne serait pas ici ! Roç sourit. Et où se cache-t-il donc, votre bon ami ?

— On le trouvera bien, dit Gosset en s'adressant surtout à Hamo, avant de quitter sa chambre. Dans le couloir, les gardes de Pallavicini se levèrent et les saluèrent avec leurs hallebardes.

D'un œil, Alekos, l'aubergiste, surveillait le môle devant son « *Oleum atque Vinum* », pour ne pas manquer le retour de Jean de Procida. De l'autre, il contrôlait sporadiquement les gestes de ses clients. Une rousse aux fesses de jument et aux seins de vache s'était collé Mas sur le ventre et la poitrine. Ses bras charnus l'entouraient comme les tentacules d'un poulpe et sa langue rose léchait la tête du jeunot comme une laie inquiète. Ses défenses, les dernières dents qu'il lui restait encore, renforçaient cette impression. Fort heureusement, elle s'abstenait le plus souvent de sourire.

Pons, accroché à d'autres lèvres, glissa littéralement sur ses amis, dévala de son banc et se roula sur le sol en pierre de l'auberge, devant les pieds enflés des hétaïres du port. Il mit le pouce dans la bouche et se réfugia avec un sourire béat dans les bras de Morphée, suivant ainsi l'exemple de son chef qui, adossé à un pilier, ne laissait plus percevoir qu'un ronflement.

Alekos aperçut l'arrière-garde de l'escorte du chancelier. Pour ne pas perdre de temps, il lança à la putain de Mas, qui s'était lui aussi endormi, une pièce d'argent beaucoup trop grosse, et se précipita à l'arrière, vers l'escalier qui donnait sur son entrepôt de vin. Avec une agilité qu'on ne lui voyait pas souvent, Alekos courut vers le dernier des fûts, donna un coup de pied sur le robinet et se jeta contre la paroi de chêne. Elle pivota sans un bruit sur son axe et laissa l'aubergiste entrer dans le tonneau. Lorsqu'il fut de l'autre côté et voulut ressortir par le couvercle d'un cercueil à double fond posé contre le mur, il aperçut la pointe de l'épée des gardes dirigée vers son ventre, et il s'immobilisa.

— Qu'y a-t-il de tellement urgent ?

La voix mécontente de Jean de Procida résonnait dans la pénombre de la crypte.

— Un moine grec est arrivé, fit Alekos, le souffle court. Il se nomme Demetrios. Il était à la recherche du couple royal...

— Était ?

— La suivante de dame Yeza l'a emmené à la Kalsa.

— Telle est bien sa destination ! (Le chancelier avait pris un ton plus affable.) N'en parlez à personne d'autre.

Procida était décidé à mettre à l'épreuve Roç, Yeza et leurs domestiques.

— Ces ivrognes, là-haut...

— ... cuvent leur vin, compléta Alekos sans se rendre compte qu'il avait coupé la parole au chancelier.

— ... sont bien les trois accompagnateurs de Taxiarchos ?

Alekos se tut, inquiet. Avait-il commis un impair ?

— Jusqu'ici, je ne l'ai encore jamais vu, assura-t-il. Et les jeunes seigneurs n'en parlent plus non plus depuis qu'ils... (Il ne savait plus très bien comment s'exprimer à présent.) ... depuis qu'ils ont quitté la Kalsa pour la table du couronnement...

— Eh bien nous allons les y conduire de nouveau, ils tiendront compagnie à Taxiarchos.

Cela attisera son envie de voyager, songea le chancelier, qui n'avait pas encore arrêté son plan, mais avait l'habitude d'improviser.

— Ce sera un réveil désagréable ! constata Alekos en

indiquant aux gardes, derrière lui, le chemin qui passait par le fût et la cave à vin.

Jean de Procida plongea la main dans sa poche et lança à l'aubergiste une pièce d'or.

Yeza avait chargé Geraude de demander au redouté Oberto Pallavicini, à l'étage inférieur, si elle pouvait avoir avec lui un entretien en tête à tête, portant sur une affaire en particulier. Geraude remonta pour l'informer que le vicaire de l'empire était à sa disposition quand elle le voudrait, même tout de suite.

— Il est épouvantable, raconta Geraude, impressionnée. Le blanc de son œil crevé, quand il ne le recouvre pas d'un bandeau...

— J'y survivrai, grogna Yeza. Puis elle s'apprêta et fit signe à Potkaxl de la suivre.

— Il se sera sûrement préparé à votre visite, annonça la douce Geraude.

— Pourquoi donc lui as-tu dit que je comptais venir tout de suite ? demanda sèchement Yeza.

— Parce que je sentais que cela vous tenait à cœur, murmura Geraude en baissant les yeux.

Yeza la serra dans ses bras sans prononcer un mot et quitta sa tour d'un pas énergique. Même Potkaxl eut du mal à suivre son rythme. Les gardes de Pallavicini étaient postés à l'extrémité de l'escalier, les hallebardes croisées. Ils lui présentèrent les armes dès qu'ils l'aperçurent. Dans le long couloir, leurs petits feux de camp brillaient sur le sol de pierre. Pendant les nuits d'automne, le palais se refroidissait plus vite que ne pouvait le réchauffer le soleil. Les deux dames passèrent devant les appartement de Hamo et entendirent distinctement les voix de Roç et de Gosset.

— J'aimerais éviter que d'autres oreilles n'entendent ma conversation, annonça Yeza à sa suivante, sans ralentir le pas. Tu te posteras à la porte et tu feras en sorte que personne ne nous écoute !

Potkaxl annonça sa maîtresse et se retira.

C'est Pallavicini en personne qui lui ouvrit la porte.

— Je pourrais déjà vous avoir poignardé, dit Yeza pour engager la conversation, avec son rire désarmant.

— Vous auriez eu du mal, rétorqua le militaire en se frappant la poitrine avec le poignet. Le fer de sa cuirasse résonna sous son pourpoint de soie. La jeune dame observa, amusée, son œil unique. Elle avait l'air aussi sûre d'elle qu'une reine, et savait se placer au-dessus de la « dignité » que d'autres attendaient d'elle. Cela plut au vieux soldat.

— Je suis à votre service.

Il proposa d'un geste gracieux à Yeza la seule chaise qui se trouvât dans la grande pièce. Elle était placée devant une longue table de réfectoire en chêne massif, et recouverte de documents, de cartes et de rouleaux de parchemin, qui paraissaient y avoir été amassés il y a bien longtemps et être restés là depuis, sans que nul y touche.

— L'administration n'est pas mon fort, s'excusa-t-il, et il fit mine de balayer toute cette paperasse de sa table.

— Vous êtes pourtant l'intendant de l'empire pour toutes les terres situées au nord du *Patrimonium Petri*, commença Yeza avant de poser la question qui lui brûlait les lèvres : Bologne en fait-elle aussi partie ?

Pallavicini inclina sa tête grise.

— Une bonne question, mais à laquelle il est difficile d'apporter une bonne réponse. (Il resta à côté d'elle et s'appuya des deux mains sur la table pour garder les yeux sur sa visiteuse.) D'un côté, Bologne fait partie des Marches. Mais d'un autre côté, elle s'est ralliée aux villes de la Ligue Lombarde, qui ne dépendent pas de l'empire. Elle échappe ainsi habilement à la juridiction pontificale, sans se plier pour autant aux velléités de pouvoir de l'empereur.

— C'est bien de cela qu'il s'agit, confirma Yeza. (L'homme la regarda de son œil unique. Elle ajouta :) Ils tiennent le roi Enzio captif !

Yeza s'était efforcée de prononcer sa phrase comme si de rien n'était, mais son inquiétude, et un sentiment inconnu de solidarité avec un homme qu'elle n'avait jamais vu lui firent perdre un instant contenance. Pallavicini avait perçu son émotion. Il posa sa main sur la sienne et dit :

— C'est aussi la raison pour laquelle je ne touche pas à Bologne. J'ai dû le promettre à mon père.

— Je veux savoir, l'interrompit Yeza, si le roi Enzio est mon père.

— Comment cela ? demanda-t-il sans cacher sa curiosité et une once de mauvaise humeur. Il savait qu'Enzio était le fils de Frédéric, qu'il était prisonnier et considéré comme irrécupérable, bien que son père ait vivement espéré le revoir, jusque sur son lit de mort. Mais il ne l'avait jamais imaginé lui-même en père recherché par sa fille.

— Ma mère, la fille du châtelain de Montségur, a brûlé sur le bûcher alors que j'avais à peine trois ans. Les seules choses que je sais, je les tiens des histoires que l'on colporte. C'est la raison pour laquelle je veux entendre de sa bouche si elles sont véritables. Je veux savoir s'il l'a aimée, pourquoi il l'a quittée – ou pourquoi elle est partie.

Yeza s'arrêta : l'attention de Pallavicini avait été distraite par un petit reptile. Elle avait remarqué depuis longtemps le gecko qui se promenait par à-coups entre les parchemins et tentait, par une projection fulgurante de sa langue, de capturer les mouches qui se posaient comme des points noirs sur les documents. D'un geste brusque, le militaire ôta sa main de celle de Yeza : on aurait juré qu'il craignait ce petit lézard inoffensif.

— Mais vous voulez aussi retrouver votre père... reprit le vicaire après s'être éloigné de la table. À quoi bon un père ? Vous valez bien un homme !

Yeza observait la scène avec un intérêt glacial, moins pour le gecko qui lui courait à présent sur le dos de la main, que pour l'œil horrifié de son hôte.

— Faux ! Je vaux une femme. Cela entrera peut-être un jour dans une tête d'homme !

Elle était en colère, à présent : la ride de son front s'était creusée. La ride de colère des Hohenstaufen, songea le militaire. Mais un feu aux reflets verts brillait dans les yeux de Yeza. Cela lui venait certainement de sa mère, cette hérétique.

— Pouvez-vous me faire entrer dans la ville de Bologne ?

Le vicaire de l'empereur se retourna vers elle.

— Si je pose la question, on me répondra très vraisemblablement par la négative, et cela n'arrangera pas vos affaires.

L'œil du soldat était fixé sur elle. Comme un serpent observe le petit oiseau, songea Yeza.

— Vous devriez aller rendre visite au pape à Rome. Je veux dire : à Viterbe, corrigea-t-il.

— Vous ne pourrez pas m'aider beaucoup sur ce plan, répliqua Yeza en se levant de sa chaise.

— Mais si, et je le ferai volontiers ! s'exclama le vicaire au grand étonnement de la jeune femme. Je peux vous remettre une lettre de recommandation pour le cardinal Octavien degli Ubaldini. (Il aida son invitée à descendre de son siège surélevé.) Cela vous ouvrira en tout cas les portes de Saint-Pierre. Je veux dire : du Saint-Père.

Yeza lui lança un dernier regard émeraude.

— Ouvrira... sans les refermer derrière moi à tout jamais ? Je n'ai pas l'intention de partager au château Saint-Ange, en tant que fille du Graal, le destin que connaît le roi Enzio à Bologne.

— Ne vous inquiétez pas, je peux vous garantir un sauf-conduit de Tunis jusqu'aux Alpes, y compris dans la Rome éternelle. Il n'y a que Bologne. Devant ses murs, mon pouvoir atteint ses limites. Vous le comprendrez sûrement ?

Comme son œil semblait attendre un geste de compréhension et trahissait une attitude plus courtoise que ne s'y serait attendue Yeza, elle hocha courageusement la tête.

— Je vais vous faire rédiger la lettre immédiatement. Je ne puis hélas l'écrire moi-même, expliqua Pallavicini. Votre suivante pourra venir la chercher.

— Je vous remercie, Oberto, dit Yeza en se dirigeant vers la sortie. Mais le garde bondit comme un fauve, atteignit la porte avant elle et la lui ouvrit.

— C'est moi qui vous dois des remerciements. Vous

m'avez fait rencontrer une femme fascinante, qui dirige elle-même son destin !

Le scorpion

Le couple royal avait changé l'aspect de la sinistre Kalsa. Comme des drapeaux colorés, des chemises et des robes étaient suspendues aux créneaux. Sur les bastions, les suivantes avaient tendu des cordes entre les gros murs de pierre et accroché la totalité des tuniques, pourpoints et pantalons de la cour, qui avaient eu besoin d'un lavage urgent après un si long voyage. Potkaxl et Geraude avaient pris dans l'ancien office un vieux baquet qu'elles avaient rempli d'eau savonneuse chaude. À la grande joie des gardes du vicaire, tous installés aux fenêtres, elles y montèrent et commencèrent à frotter et à tordre le linge. Elles furent bientôt elles-mêmes tellement trempées que leurs propres vêtements leur collaient au corps comme si elles étaient nues. Elle finirent d'ailleurs par se déshabiller elles aussi, car elles avaient grand besoin d'un bain.

Fronçant les sourcils en entendant le vacarme qu'elles avaient provoqué, dame Mafalda ne tarda pas à les rejoindre. Mais en voyant quel succès elles s'étaient taillé, elle voulut aller dans l'eau. Beni, qui aurait volontiers tenu compagnie à Geraude, l'en dissuada toutefois en lui montrant Demetrios qui roulait des yeux devant ce spectacle. Ils avaient promis au moine de le conduire auprès du couple royal. Mafalda se rappela donc sa charge de Première dame de cour, demanda aux suivantes de ne pas exagérer le lavage des vêtements et des corps, et de monter la corbeille de linge en haut du palais. Elle fit à Demetrios un signe magnanime pour qu'il la suive.

Maletta faisait les cent pas dans la tour de Roç, les bras croisés dans le dos. Philippe, debout, le regardait. Le grand chambellan était venu présenter ses hommages au couple royal. Il avait choisi son moment pour être sûr de ne trouver ni Roç, ni Yeza – ce serait un bon prétexte pour leur rappeler qu'ils n'étaient pas autorisés à aller traîner dans le port.

La mission de Maletta n'était cependant pas de leur faire des remontrances : le roi Manfred souhaitait avoir le couple royal à sa table le lendemain. Maletta s'efforça de prendre l'air offusqué parce qu'on l'avait laissé attendre si longtemps en compagnie d'un serviteur, lorsque des cris de joie et des sifflements montèrent de la cour. Le grand chambellan se précipita à la fenêtre et eut tout juste le temps d'apercevoir le giron rebondi de Potkaxl et les fesses blanches et tendres de Geraude qui s'élevaient lentement et avec plaisir au-dessus du rebord du baquet. Les soldats devaient au moins voir ce qu'ils ne pouvaient avoir...

— Je suis venu, noble dame, vous apporter les salutations de Guillaume, tonna une voix de basse à l'autre extrémité du long couloir de la Kalsa. On aurait cru que le moine s'apprêtait à chanter comme une liturgie grégorienne les nouvelles qu'il devait transmettre.

Yeza fut prise d'une antipathie immédiate pour cet homme au menton prolongé d'une longue barbe noire. Mais elle était heureuse d'avoir enfin des nouvelles de Guillaume. Elle voulut que Roç les partage avec elle et, oubliant pour un instant leurs querelles, elle décida d'aller aussitôt lui rendre visite dans sa tour. Elle emmènerait ce moine grec et sa suivante Mafalda, puisque c'était elle qui lui avait amené ce Demetrios. Yeza proposa d'un geste à cet invité inattendu de confier sa corbeille de voyage à Jordi et de le suivre. Mais Demetrios refusa absolument de se séparer de son bien.

— C'est une relique ! expliqua-t-il d'un air important. Je ne puis la laisser seule, sans cela, sa bénédiction deviendra une malédiction qui s'abattra sur moi ! ajouta-t-il en serrant fort sa corbeille.

— Tant que ce n'est pas un cobra, vous pouvez y conserver la pierre philosophale si cela vous plaît, répondit Yeza avec une certaine impatience. Libre à vous de traîner votre panier où vous le voudrez, mais il faut d'abord que mes gens en aient inspecté le contenu.

Demetrios comprit qu'un autre refus l'aurait rendu suspect. Il déposa la corbeille entre les mains du nain, avec autant de précautions que s'il s'était agi d'un œuf cru.

— L'objet sacré est si fragile ! précisa le moine. N'ouvrez pas la corbeille hors de ma présence ! implora-t-il Jordi.

— Venez, maintenant ! le pressa Yeza, et Demetrios finit par la suivre, l'air hagard. Mafalda fermait le cortège.

Roç et Gosset étaient revenus, par l'escalier de derrière, dans la tour que Roç avait réquisitionnée dans la Kalsa. Ils avaient longtemps marché dans le parc, jusqu'aux étranges falaises qui bordaient le rivage. Ils avaient parlé de Hamo, de Manfred et de Yeza. Ce faisant, ils avaient découvert une grotte que la mer avait profondément creusée dans la roche. Roç se sentit évidemment tenu d'y entrer aussitôt, mais il n'alla pas loin. Une galerie percée par la main de l'homme, et qui sentait les excréments, s'achevait sur une porte barrée par une grille en fer massif. Elle était fermée, mais Roç comprit que cette galerie ne pouvait mener nulle part ailleurs que sous la Kalsa, et qu'elle lui servait manifestement d'égout. Tout content de sa trouvaille, Roç remonta vers Gosset qui, n'éprouvant pas le moindre intérêt pour les souterrains secrets, s'était assis sur une pierre et regardait la mer, pensif.

— En fait, déclara-t-il, nous devons convaincre Hamo d'aller chercher sa trirème à Otrante et de la conduire ici...

— Une telle concession réjouira extrêmement son seigneur, le roi Manfred. Mais à quoi cela nous servira-t-il ?

— Ce n'est que le premier préalable d'un plan auquel nous devons bien réfléchir avant de le mettre en œuvre.

— Vous voulez dire que nous devrions, avec l'aide de la trirème...

— Connaissez-vous un autre navire, mon seigneur ?

— Mais dans quelle situation allons-nous placer Hamo ! objecta Roç. Et puis ce « nous », qui est-ce ?

— Yeza, quel que soit son but, sera elle aussi heureuse d'échapper à cette île. Ensuite, elle pourra suivre son propre chemin !

— Vous parlez comme si notre séparation était une affaire entendue.

— Elle est inéluctable, même si l'on ne peut en discerner les conséquences.

— Et combien de temps devrai-je ?...

— Jusqu'à ce qu'elle vous revienne.

Roç voulut protester, mais Gosset ne lui en laissa pas le temps.

— Un homme qui s'agrippe à une femme qui s'en va l'a déjà perdue, Roç. Seul celui qui demeure paisible et indifférent reste désirable. Pas le mendiant. Quant aux prétentions d'un jaloux, elles ne sont qu'une entrave.

— Et notre amour ?

— Il n'est pas seulement soumis à ces lois-là, mais aussi à celles de l'usure, à l'habitude qui émousse les sentiments, aux épuisantes confrontations du quotidien.

— Gosset, pour un prêtre, vous avez une expérience étonnante !

— Effectivement, jeune homme, il y a une partie de mes vœux sacerdotaux que j'ai appris à apprécier, je veux parler du célibat. Il m'a offert une vie amoureuse extrêmement riche : des liaisons libres d'une longue durée, et surtout un sentiment de bonheur que rien n'a jamais troublé.

— Je comprends, dit Roç, pas d'obligation, pas d'ennuis, mais des distractions et...

— Vous comprenez de travers, mon cher ! Des obligations, il y en a, et elles sont bien plus importantes parce qu'elles naissent de penchants personnels. Le mariage limite l'amour, *eo ipso*, à deux personnes. C'est bien peu pour cette pléthore de rencontres que nous réserve l'existence. La distraction est le bon mot pour désigner la mauvaise manière d'utiliser le plus grand cadeau de l'existence, l'amour !

— Et si Yeza ne m'aime plus ?

— Eh bien, c'est ainsi ! Comment vous imaginez-vous cela, un amour qui n'en est plus un ?

— Mais moi, j'aimerai éternellement Yeza ! s'exclama Roç, dépité.

— Nul ne vous l'interdit, mais cela ne force pas l'autre à vous payer de retour. L'amour fort et grand de l'un peut influencer l'autre, l'impressionner et le pousser à se donner (ou simplement, dans la plupart des cas, à se céder). Mais tout cela est sans garantie. Surtout pour ce qui concerne la constance de ce sentiment que nous appelons l'amour !

— Nous avons l'amour depuis que je suis capable de réfléchir ! Nous ne le perdrons jamais !

— On a tôt fait de le perdre lorsque les deux personnes concernées ont la folle idée qu'ils le possèdent. C'est là-dessus que vous fondez votre prétention, Roç. On dit toujours que l'amour n'a rien à voir avec la raison. C'est vrai pour l'instant où il naît, ce n'est pas vrai lorsqu'il s'agit de sa conservation. Il faut, pour le préserver, une grande intelligence.

— Avec Yeza, je suis bien tombé, se consola Roç.

Gosset secoua la tête.

— Dans ce cas, vous devriez aller présenter vos hommages à votre dame, pour qu'elle se souvienne de vous. Depuis des jours, vous ne lui avez pas concédé le moindre mot aimable.

— Qu'elle fasse le premier pas ! C'est ce que vous venez vous-même de me présenter comme la recette idéale pour retrouver un amour heureux !

— Bien, acquiesça Gosset. Dans ce cas, retournons à la Kalsa et attendons que la dame prenne les devants.

— Elle n'a pas la volonté d'être mesquine, reconnut Roç. Mais elle veut imposer ce qu'elle a dans la tête, et elle cherche de nouvelles expériences spirituelles.

— Et vous, qu'avez-vous donc en tête ?

Gosset s'efforça, avec succès, de ne pas laisser la moindre note d'ironie transparaître dans sa voix. Mais Roç se mit aussitôt à parler de chevalerie, de guerre, d'actes héroïques, et de Hamo, qui avait si peu le sens de ses devoirs de vassal.

— Nous ne pouvons tout de même pas nous contenter de prendre son navire à Hamo ? Que deviendra-t-il ensuite, entre les mains d'un roi Manfred que ce vol aura certainement plongé dans une profonde colère ?

Les deux hommes traversaient lentement le parc et se dirigeaient vers leur tour.

— Ni la trirème, ni Hamo ne doivent être livrés au roi, conclut Roç.

— Mais il reste Otrante, objecta Gosset lorsqu'ils atteignirent la porte. Et l'île est malheureusement inamovible, c'est-à-dire à la merci du souverain, avec la femme et la fille de Hamo.

— Il faudrait donc donner l'impression que tout se passe comme se l'imagine messire Manfred, mais qu'en réalité...

— Commençons par y réfléchir, nous en parlerons ensuite. Pas maintenant.

Ils avaient monté l'escalier en colimaçon et étaient entrés dans la pièce arrière. Ils y découvrirent le « vizir » Kefir Alhakim, l'air passablement épouvanté.

— Messire Maletta attend dans votre salle de travail, annonça-t-il à Roç. Philippe m'a caché ici.

— Et pourquoi tremblez-vous ?

— Parce que j'ai entendu vos pas et que je ne savais pas...

— Personne ne vous trouvera ici, assura Roç. Et ils quittèrent la pièce par la porte de devant.

Roç céda le pas à Gosset. Celui-ci en profita non pas pour saluer le chambellan, mais pour s'immobiliser à côté de la porte et annoncer d'une voix tranquille, mais qui imposait l'attention : — Le Trencavel ! avant de joindre les mains et de baisser la tête pour prier, comme si un saint s'apprêtait à entrer.

Maletta était tellement ahuri qu'il imita les gestes du prêtre. Il oublia les reproches qu'il comptait adresser à Roç, et lorsque celui-ci entra en s'exclamant « Eh bien, cher Maletta, qu'est-ce qui nous vaut l'honneur ? », le chambellan se contenta de transmettre l'invitation.

— À supposer, expliqua Roç à Gosset, que Yeza

accepte, rien ne nous empêche quant à nous de céder à l'aimable désir du roi.

Il s'était adressé au prêtre avec une légère nuance interrogative dans la voix. Celui-ci saisit la balle au bond.

— Nous devrions servir à notre cher messire Maletta un rafraîchissement, pendant que je vais recueillir l'assentiment de dame Yeza Esclarmonde. Philippe ! s'exclama-t-il en faisait sursauter le serviteur Demande quelles sont les préférences de notre hôte, et efforce-toi de les satisfaire.

Philippe suivit Gosset et quitta d'un air digne la pièce de travail.

Yeza, accompagnée de Mafalda et du moine Demetrios, avait parcouru le couloir qui reliait les deux tours. La porte de la pièce arrière était entrebâillée, et ils y virent le dos courbé de Kefir Alhakim, l'œil collé au trou de la serrure. Mafalda eut une grande envie d'aller donner au vizir indiscret une bonne claque sur les fesses, mais elle se retint, jugeant que cela serait indigne d'une Première dame de cour, et craignant que le curieux ne pousse un cri qui aurait révélé leur présence. Elle se contenta donc de faire grincer la porte, et Kefir se retourna d'un seul coup, épouvanté. Yeza posa un doigt sur ses lèvres et laissa sa suivante écouter à la porte. Tous purent entendre distinctement Maletta transmettre l'invitation du roi, qui souhaitait avoir le couple royal à sa table au Palazzo dei Normanni le lendemain soir. Ils entendirent aussi Gosset quitter la tour pour aller rendre visite à Yeza. Elle retourna rapidement à la porte et rattrapa le prêtre de justesse, dans le couloir. Pendant ce temps-là, le moine Demetrios tirait la dame de cour par la manche.

— Prenez-moi avec vous demain ! implora-t-il à voix basse.

Mafalda le dévisagea comme s'il lui avait fait une proposition indécente.

— Mais qu'est-ce que vous croyez ? répondit-elle d'une voix sévère. Seuls prennent place à la table du roi Manfred des gens de rang et de haute lignée. À moins qu'il ne veuille vous rendre un hommage exceptionnel !

Le moine agenouillé resta ainsi en compagnie du vizir apeuré. On les pria tous les deux de ne pas bouger de leur place. Yeza décida de ne pas se montrer au chambellan : elle envoya Mafalda et Gosset l'informer qu'elle acceptait l'invitation avec grand plaisir.

— Quel rapport de vassalité ces trois lascars d'Occitanie ont-ils au juste à votre égard ? demandait précisément Maletta au moment où entraient Gosset et Mafalda.

— On pourrait penser qu'ils ont juré fidélité, répondit le prêtre à la place de son seigneur. Mais ils ont ignominieusement trahi leur serment.

— Un certain Taxiarchos, expliqua Roç, les a incités à rompre leur parole de chevaliers, car ils sont tous trois de sang noble et sont des combattants aguerris, au tournoi comme dans la bataille !

— Ah, s'exclama le chambellan, voilà qui fait plaisir à entendre.

— Je pensais, intervint insolemment Mafalda, que vous souhaitiez connaître l'opinion de ma maîtresse sur le dîner de demain ? Eh bien, si messire Trencavel est d'accord, nous pouvons faire les choses ainsi, je vais les accompagner...

— Vous viendrez avec moi ! dit Roç en s'adressant à Gosset, et celui-ci informa le chambellan :

— Le couple royal attendra que vous, Maletta, vous présentiez ici personnellement pour le guider sous votre protection au palais du roi.

— Ce sera un honneur pour moi, assura le chambellan en s'inclinant.

Philippe l'accompagna. À peine les pas du chambellan et de ses sbires avaient-ils cessé de résonner que la porte sur l'arrière-salle s'ouvrit, et Yeza poussa le moine grec devant Roç.

— Demetrios nous apporte les salutations de Guillaume.

À cet instant, le vizir passa sa tête à l'intérieur.

— Le chambellan revient ! couina-t-il.

Philippe eut tout juste le temps de se glisser dans la seconde pièce avec le moine : déjà, on frappait. Gosset ouvrit, mais Maletta n'entra pas.

— Si le couple royal y tient (il avait aperçu Yeza), je peux lui faire présenter ce Taxiarchos. La providence bienveillante nous a permis d'arrêter à temps ce dangereux criminel. Demain, nous lui ferons son procès. Ensuite, il pendra au bout d'une corde !

— Quelle est l'accusation ? s'enquit froidement Yeza.

— Tentative d'empoisonnement contre notre roi. L'empereur et le patriarche de Nicée l'ont envoyé, nous avons les preuves en main. Alors, vous me suivez ?

Roç lança un regard interrogateur à Yeza, qui hocha imperceptiblement la tête.

— Vous l'avez enfermé sous nos pieds, suggéra Roç pour vérifier ses suppositions, lesquelles, jusqu'ici, avaient rarement été démenties. Pas vrai, Maletta ?

Roç se garda bien de révéler qu'il avait déjà découvert l'issue cachée dans la mer. Le chambellan s'en tira quant à lui par une pirouette.

— La Kalsa dispose de différents paliers vers la félicité. Au plus bas, l'hôte est le plus près du ciel !

— Voulez-vous dire par là, répondit Gosset, qu'ici, au dernier étage, c'est l'enfer qui nous attend ?

— C'est une question que vous devez poser à votre conscience, répliqua Maletta avec un étonnant sens de la repartie. Du reste, vous ne pouvez pas me suivre pour en apporter la preuve. La visite des geôles ne fait pas partie du protocole en vigueur lors des invitations à la cour, mais relève des rigoureuses *regulae administrationis iustitia.* Cette fois, le couple royal devra se fier uniquement à ma personne.

Ces mots étaient aussi destinés à Mafalda.

Il passa le premier. Roç et Yeza le suivirent en silence. Maletta souriait, satisfait. Les gardes instruits par Procida ne refuseraient pas au couple royal l'accès au prisonnier, et lui n'était que leur accompagnateur.

Tandis que Roç et Yeza descendaient les marches derrière le chambellan et ses sbires pour rejoindre les cerbères de la Kalsa, leur suite ou, pour mieux dire, leur cour, à l'exception de Philippe, était revenue dans la tour de Yeza et s'était répartie dans les chambres. Peu après, Demetrios frappa à la porte de Mafalda. Le moine portait sa corbeille comme une hostie sur un coussin invisible. Il la posa précautionneusement devant Mafalda.

— Il semble impossible qu'un moine de peu d'importance soit invité à la table du roi. Mais je suis un bon chrétien et je n'ai pas de rancune. Je veux au moins faire parvenir au roi Manfred la précieuse relique dont mes frères, au monastère, ne se sont séparés qu'à contrecœur.

Mafalda brûlait déjà de curiosité, mais Demetrios tenait encore la main au-dessus de la corbeille.

— Comme le célèbre franciscain a donné l'idée de faire au roi un cadeau digne de lui, puis-je vous demander de le prendre avec vous demain et de le transmettre au roi...

— Puis-je au moins voir de mes yeux cet objet précieux ? insista Mafalda.

Demetrios souleva le tissu qui recouvrait la corbeille, dévoilant une cassette en bois exotique sombre, abondamment ornée d'incrustations en ivoire. Il entrebâilla le couvercle et laissa Mafalda y jeter un regard. Un crucifix y reposait sur un coussin de velours. Le corps du Sauveur paraissait d'albâtre.

— Seul le roi est autorisé à toucher le corps sacré, à le prendre en main et à le presser ardemment contre ses lèvres ! avertit Demetrios d'une voix sévère. Abstenez-vous donc de toute curiosité coupable et laissez ce coffre fermé jusqu'à ce qu'il soit ouvert par les mains auxquelles on l'a destiné avec tant d'amour.

Il tenta de reprendre la corbeille.

— Je vous la donnerai demain soir, avant que l'on ne vienne vous chercher pour vous emmener au palais.

Mais Mafalda avait déjà la main sur l'anse.

— Si vous tenez à ce que moi, l'indigne, à laquelle le moindre contact avec la sainte relique est interdit, s'indigna la Première dame de cour, si vous tenez à ce que je joue la coursière, j'exige au moins que vous me fassiez suffisamment confiance pour me la remettre immédiatement en mains propres. Sans cela, gardez-la. Ou demandez à votre seigneur Maletta de vous servir de porteur !

Le moine tressaillit à ses mots, ce qui n'échappa pas à Mafalda. Puis il desserra progressivement son poing sur le panier, et la jeune femme tira jusqu'à ce qu'il le lâche entièrement.

— Je vous implore, bredouilla Demetrios, n'agissez pas contre le commandement divin ! Ne lâchez pas la corbeille des mains et ne la laissez pas tomber, je vous en prie !

Toutes ces simagrées fatiguaient Mafalda. Elle savait d'ores et déjà qu'elle se soucierait de cette interdiction comme de sa première chemise, et poussa le moine hors de sa chambre.

— Allez voir le Grec sur le port et tranquillisez votre esprit avec du vin, du pain et de l'huile, cela aide lorsqu'on a trop de sang dans les veines.

Demetrios finit par s'en aller. Dame Mafalda, quant à elle, appela ses suivantes. Chez le roi, avec cette corbeille, elle aurait l'air d'une crieuse de marché. Potkaxl et Geraude arrivèrent de la terrasse en gloussant. Elles avaient passé tout ce temps à suspendre du linge et à vouloir échapper aux pattes du Matou. Celui-ci surgit d'ailleurs lui aussi, sans y avoir été invité.

— Déballe cela prudemment, Geraude ! ordonna la Première dame. La suivante tira le linge de la corbeille et prit entre ses mains la cassette incrustée d'ivoire. L'intérieur est fragile ! ajouta Mafalda avant de chuchoter : ouvre-le précautionneusement !

Geraude obéit. Devant elle reposait, couché sur du velours, un crucifix d'argent orné de saphirs et de perles. Le corps du crucifié était en albâtre, mais son sang circulait à l'intérieur, rouge rubis. Il paraissait épais dans les membres, mais sortait des blessures en fines gouttes. Une gouttelette sortait aussi de l'aine, où l'on avait enfoncé la sainte lance. Geraude s'apprêtait à prendre dans ses mains cette relique qui ne lui rappelait en rien son Paraclet cathare, lorsque des hurlements hystériques de Pallavicini retentirent au rez-de-chaussée.

— Misérable bande d'assassins ! criait le vicaire à tue-tête. Marie Joseph ! Des scorpions ! Au secours !

Mafalda referma rapidement le couvercle. Beni fila,

dévala l'escalier de marbre, courut dans le couloir, et trouva le redouté Oberto Pallavicini debout, pieds nus dans son lit, immobile comme un pilier de marbre. Entre ses jambes se tenait un petit scorpion, sans doute tombé du baldaquin. Autour de lui, ses sbires avaient tiré leurs épées et en dirigeaient la pointe vers l'insecte. Mais Oberto, d'une voix stridente, leur interdit de passer à l'attaque, craignant à juste titre que le scorpion, se sentant acculé, ne pique avant que les gardes du corps lui règlent son compte.

— Ne bougez pas d'un pas ! ordonna Beni aux guerriers. Il attrapa la coupe en verre du vicaire, versa au sol l'eau qui y restait et s'approcha à quatre pattes, par-derrière, de l'insecte venimeux. Arrivé entre les jambes nues de Pallavicini, il renversa la coupe en un éclair et la fit glisser sur la couverture et les draps. Au bord du lit, un mouvement habile suffit à coincer l'animal.

— Mon sauveur ! s'exclama Pallavicini, rayonnant, en chassant les sbires de la chambre. Tu es le page de la dame Esclarmonde ? s'assura le vicaire. Que souhaites-tu en récompense ?

— Que vous m'appeliez par mon titre de Premier secrétaire du couple royal, et que vous me laissiez garder le scorpion !

Pallavicini éclata de rire et lui jeta un bezant d'or. Beni attrapa la pièce et fila avec la coupe où dansait le scorpion.

Dans la tour de Yeza, les femmes avaient aussi appelé Kefir Alhakim pour lui demander conseil : Geraude avait encore entrouvert la cassette et trouvait que le Christ avait une odeur suspecte : il sentait la mort douloureuse, la gangrène, la pestilence et la corruption. Le vizir était devenu livide.

— Du virus cadavérique ? demanda anxieusement Geraude.

Kefir s'était contenté de secouer le corps et sa boîte, ce qui fit couler le liquide rouge par la blessure de la jambe.

— Il n'existe aucun reptile sur cette terre, aucun serpent sous l'eau, aucun dragon dans les airs...

À cet instant, Beni se précipita dans la pièce, avec son scorpion prisonnier de la coupe. Mafalda, effrayée, fit un pas en arrière, mais Potkaxl, à laquelle Beni ne pouvait rien refuser, lui demanda :

— Donne-moi cela !

Elle lui prit la coupe des mains et la souleva au-dessus du crucifié. D'un geste décidé, elle fit basculer le scorpion sur l'écume rose qui sortait de la blessure et, par sécurité, retourna le verre sur l'animal. Un tremblement parcourut l'insecte. Il se mit à tourner en rond, comme s'il avait été piqué par une tarentule, son aiguillon frappa furieusement l'albâtre, son poison sombre gicla sur le corps blanc, ses pinces ne trouvèrent rien où s'accrocher, il tenta encore de planter son dard dans le corps, comme le font les scorpions lorsqu'ils sont entourés par les flammes, mais les forces lui manquaient déjà. Il se tortillait misérablement, tous crurent même l'entendre crier, il se retourna sur le dos et mourut, recroquevillé.

Sans que nul l'ait remarqué, Gosset les avait rejoints, avait regardé par-dessus l'épaule des dames et assisté à la conclusion du drame.

— Un mélange infernal ! soupira Kefir en allant repêcher avec un fétu de paille le scorpion mort dans la cassette. Un simple contact suffit, le *venenum* se fraie un chemin en dévorant la peau et se glisse dans le sang.

— Refermez cette caisse à poison ! ordonna Gosset, et faites-moi une description précise de cette mixture.

— Je n'y toucherai plus ! annonça Mafalda. Même dix chevaux...

Et tous furent soulagés lorsque l'énergique Potkaxl eut remis la cassette dans sa corbeille.

Le prix de la liberté

En dessous, dans la Kalsa, nul n'avait entendu le cri d'angoisse d'Oberto Pallavicini, pas plus d'ailleurs que l'on ne percevait, d'en haut, les hurlements des suppliciés.

Taxiarchos n'était soumis à aucune torture, mis à part l'insupportable silence et l'obscurité totale qui régnaient dans son réduit. Après un instant de terreur, il ressentit donc comme un bienfait la visite de Roç et de Yeza.

On avait interdit à Maletta l'accès aux cachots. Il dut rester dans le sombre couloir donnant sur les cellules des prisonniers. Comme les gardes avaient suivi le couple royal, il attendait seul et tentait d'écouter la conversation. Mais il n'entendait que les gouttes qui tombaient une à une du plafond, et le bruissement des profondeurs. Sa main agrippait fermement la poudreuse, la preuve irréfutable qui lui permettrait de confondre le Pénicrate.

— Ce n'était guère intelligent de votre part, messire Taxiarchos, dit Roç, en grec, au prisonnier enchaîné, d'emporter cette preuve avec vous. D'autant plus que Gavin était mort et que nul ne s'en souciait plus.

— Je voulais cette preuve, répliqua le prisonnier en soupirant.

— Et elle s'est à présent retournée contre vous, intervint Yeza. À qui, ici, vouliez-vous faire croire l'histoire du rêve mégalomane du précepteur ?

— Nous devons essayer de prendre cette pièce à conviction au chambellan, ou du moins de la rendre inutilisable, affirma Roç. En tout cas, nous allons vous faire sortir de là. J'ai découvert une galerie qui débouche sur une grotte, dans la mer.

— Les lémures m'en parlent chaque jour ! répondit Taxiarchos, moqueur. C'est l'unique voie qui permette de se débarrasser des tas de merde et des cadavres dont on ne sait plus quoi faire.

— Je parlerai au roi Manfred, lui garantit Yeza, prise de pitié pour le marin.

— Ayez confiance en nous ! s'exclama Roç, alors que les gardes se raclaient la gorge et agitaient leurs torches pour leur faire comprendre que la visite était terminée. Une certaine agitation s'était emparée de la Kalsa. Roç et Yeza n'en comprirent pas la cause.

Gosset était descendu dans les appartements du vicaire de l'empereur. Il lui raconta en quelques mots que, grâce à la vigilance du couple royal, on était parvenu à identifier un empoisonneur qui en voulait manifestement à la vie du roi Manfred. L'individu en question avait cherché à se faire inviter le lendemain soir à la table du roi. Cela lui ayant été refusé, il avait convaincu la Première dame de cour d'apporter un présent à Manfred.

— Il s'agit d'un effroyable poison, et surtout si diaboliquement présenté (rendez-vous compte, une sainte relique !) qu'il aurait atteint le roi en toute certitude. Un seul contact, et c'est la mort inévitable ! ajouta Gosset, qui perdait son calme, alors qu'il s'était jusqu'ici efforcé de décrire l'incident aussi sobrement que possible. Même le scorpion a péri dans des douleurs atroces.

— Ah, celui-là ! répondit le vicaire, auquel ce souvenir déplaisait visiblement. C'est bien fait pour cet animal perfide.

— Le poison qui l'a tué et qui était destiné au roi, expliqua Gosset d'une voix ferme, était constitué des éléments suivants : jusquiame et noix d'arec à parts égales, mélangées avec le jus de la belladone et de la digitale, à quoi l'on a ajouté une décoction du chapeau d'une amanite tue-mouches, la dent d'une vipère cuivrée, les aiguillons de deux tarentules en cours d'accouplement et le jabot d'un crapaud dont je ne me rappelle plus le nom, expliqua-t-il en citant tout ce qui lui était revenu des allusions et des présomptions de Kefir.

— Ce sujet, un simple moine grec, n'a pas pu imaginer cet attentat tout seul. Sa préparation est trop parfaite, l'interrompit le vicaire.

— Seul un cerveau malade a pu concocter pareille abomination ! conclut Gosset.

Oberto Pallavicini avait écouté tranquillement le récit du prêtre.

— Tout indique que ce cadeau venait de Nicée ! constata-t-il.

— Cela cadrerait bien ! s'exclama Gosset. Ce Demetrios s'est introduit auprès du couple royal en lui apportant les salutations de Guillaume de Rubrouck.

— Cela aurait dû vous mettre en alerte. Ce franciscain passe pour un homme extrêmement dangereux.

— Guillaume est un bon et vieil ami du couple royal. Il n'aurait jamais fomenté un acte pareil !

Oberto réfléchit.

— Je propose que nous exaucions le vœu de ce Demetrios : nous allons l'inviter auprès du roi au Palazzo dei Normanni, avec son cadeau. J'en prends la responsabilité, ajouta le vicaire en se frottant les mains. Votre seule mission sera de prévenir le moine du fait que vous avez pu vous procurer une invitation supplémentaire. Mais il ne doit pas nourrir le moindre soupçon.

— Pensez-vous qu'il me croira ?

— Dites simplement : « Le couple royal est parvenu à... » Même s'ils n'en savent rien, puisqu'ils sont à la cave avec Maletta.

Roç et Yeza parcouraient avec le chambellan la galerie des gardes, qui surplombait des deux côtés l'entrée principale. Ils marchaient vers la sortie.

— A-t-il avoué ses intentions criminelles ? demanda Maletta, curieux.

— Nous ne lui avons pas posé la question ! répondit Yeza, laconique.

— Nous considérons que Taxiarchos est innocent ! ajouta Roç.

— Mais je tiens la preuve entre mes mains ! s'exclama le chambellan en sortant la petite boîte de sa poche.

— Montrez-moi cela ! ordonna Yeza, sur un ton qui ne tolérait aucune contradiction.

Maletta lui tendit son précieux objet.

— Laissez-moi sentir ! ajouta Roç d'une voix aussi énergique, et tous deux placèrent la tête au-dessus du *corpus delicti*. Yeza avait ouvert le couvercle depuis longtemps et dispersé le reste du sable moisi dans la pénombre, sur le sol trempé de la Kalsa. Elle tendit à Roç la boîte retournée.

— Traces d'encre – sépia –, une décoction de fleurs de tilleul, de mauves et de thym. Un somnifère inoffensif pour des gens malades de l'estomac, conclut Roç. Yeza tenta le tout pour le tout, tendit la poudreuse vide au chambellan.

— Sentez vous-même !

Maletta y plongea le nez sans voir, à la faible lueur de la torche, qu'il n'y avait plus rien dans le flacon. Il ne put que secouer la tête. Yeza referma le couvercle et lui rendit l'objet.

— Maletta ! s'exclama-t-elle d'une voix sévère. Vous condamnez un innocent.

Au même instant, de l'autre côté de la galerie, on ramenait Raoul, Mas et Pons dans la Kalsa. Ils avançaient tant bien que mal, tête baissée, portant de lourdes chaînes au cou et aux poignets.

Le chambellan rangea son flacon. Pourquoi ces trois-là revenaient-ils déjà ici ? Cela dépassait l'entendement. Roç et Yeza, eux non plus, n'y comprenaient rien. Mais ils n'en laissèrent rien voir, passèrent derrière les torches pour dissimuler leur étonnement et s'éloignèrent en silence.

Le soir tombait déjà lorsque Roç et Yeza quittèrent les caves de la Kalsa pour remonter dans leurs tours respectives. Roç s'était attendu à ce que Yeza lui tourne le dos pour rejoindre ses appartements. Mais elle resta à côté de lui et le suivit dans sa tour. Rien n'aurait fait plus plaisir à Roç que de demeurer seul avec elle à cet instant précis, mais lorsqu'ils franchirent la porte, ils crurent se retrouver en pleine basse-cour. Gosset ayant été envoyé au port, en compagnie de Beni, pour aller chercher le moine Demetrios, et Kefir Alhakim ayant été mis aux arrêts par le vicaire de l'empire pour que ses bavardages inconsidérés ne mettent pas le moine en alerte, c'est Mafalda qui se chargea de raconter les événements au couple royal. Yeza n'en fut pas surprise, mais déçue de ne pas avoir démasqué Demetrios, elle qui avait, d'emblée, eut un mauvais pressentiment à l'égard de cet homme.

Roç ne disait rien. Il ne voulait poser de question à personne, et surtout pas aux suivantes. Or Philippe, son fidèle serviteur, était justement absent lorsque l'on avait découvert l'effroyable secret de la relique. Yeza entraîna Roç dans une alcôve où l'une des rares fenêtres donnait sur le parc et sur la mer qui s'étendait derrière lui. Le soleil s'apprêtait à disparaître dans les arbres violets et bruns de l'horizon. Sous ses derniers rayons, l'eau scintillait comme un tapis en or massif.

— Tel que je te connais, tu es décidé à libérer Taxiarchos de son cachot aujourd'hui même..., lui demanda-t-elle d'un ton très aimable.

Roç ne regardait pas le jeu de couleurs que l'astre rougeoyant faisait miroiter derrière les silhouettes noires des palmiers. Il observait fixement Yeza, et ses yeux n'étaient plus que méfiance.

— Comptez-vous m'aider, par hasard, *ma damna* ?

Yeza fit ce qu'elle put pour le déstabiliser : elle lui lança son regard rayonnant. Que sont les étoiles qui se lèvent face à l'éclat de ces pupilles sombres dans leur iris gris vert ?

— Mes femmes pourraient détourner l'attention des lémures. Car il est facile d'entrer dans les geôles sans se faire voir, mais difficile de libérer Taxiarchos de ses chaînes. Par ailleurs, que devons-nous faire des trois oiseaux de malheur ?

— Ceux-là, j'en ai besoin. J'espère qu'ils n'ont pas encore été enchaînés. Avec leur aide, je compte me rendre maître des lémures et les forcer à me donner les clefs.

— On vous reconnaîtra, mon bon Trencavel.

— Vous me donnerez un alibi.

— Pensez-vous à Rosamonde ?

Roç se mit à rire, confus.

— Si je ne fais rien pour mes gens, comment peuvent-ils me respecter ? Pourquoi devraient-ils me suivre ?

— Peut-être peut-on obtenir plus, et d'une manière moins aventureuse, rétorqua Yeza. Pourquoi Taxiarchos devrait-il encore croupir dans sa geôle puisque l'on connaît le véritable empoisonneur envoyé par Nicée ?

— Vous voulez dire que nous devrions attendre le repas chez Manfred ?

À cet instant, Hamo fit irruption dans la pièce, l'air

hagard, les cheveux en bataille. Il ne semblait pourtant pas avoir été blessé.

— Rendez-vous compte, ce Procida m'a mis le couteau sur la gorge. J'ai dû signer un ordre de remettre immédiatement au porteur la trirème et un équipage suffisant, sans quoi...

— Sans quoi ? demanda Roç, indigné.

— Sans quoi je ne reverrais plus avant longtemps Shirat et notre fille Alena Elaia !

— On n'a rien exigé de plus d'un vassal du roi en rébellion ? Roç avait du mal à le croire, à juste titre.

— Non ! Je dois attendre ici comme un prisonnier jusqu'à ce que mon navire accoste.

— Ensuite, vous repartirez à pied, en homme libre ?

— Ensuite, je pourrai m'engager dans la guerre de Grèce sur n'importe quel navire, mais sans aucun pouvoir de commandement.

— Nous voici donc face à un deuxième problème, dit Yeza à Roç. Elle souriait, mais elle n'en avait guère envie. Elle en avait assez de se soucier constamment des difficultés des autres, en oubliant ses propres préoccupations.

— Il me semble que j'ai besoin d'un temps de réflexion ! dit-elle à Roç. Permettez, messire, que je me retire dans ma tour.

Elle sortit. Ses servantes la suivirent.

Minuit était déjà passé depuis longtemps lorsqu'en bas, dans la Kalsa, des soldats du chancelier Jean de Procida demandèrent à entrer. Ils se firent conduire au cachot de Taxiarchos et ordonnèrent aux lémures de l'ouvrir. Quand il fut libéré de ses chaînes, ils lui passèrent une capuche noire et le menèrent en silence dans les longues galeries, jusqu'à la capitainerie. Taxiarchos crut d'abord que son exécution en secret était une question de minutes. Mais il reprit espoir lorsque ses gardiens le conduisirent près du port, à en croire le clapotis de l'eau sur la pierre et l'odeur puissante du poisson et du goudron, dans un bâtiment qui sentait, comme une église, l'encens et la bougie de cire. Ils durent aussi marcher dans une boue qui leur montait jusqu'aux chevilles et avait parfois l'odeur d'un égout. Il monta ensuite un escalier en colimaçon, une porte grinça et on lui ôta sa capuche. Il se trouvait dans une pièce sombre et haute. Devant lui, Jean de Procida se tenait derrière sa table de travail.

— Je ne perdrai pas de temps, dit-il, l'air agacé. Soit nous nous mettons d'accord, soit vous aurez droit à un procès expéditif !

Le geste qu'avait fait le chancelier incita Taxiarchos à se retourner. Par une porte ouverte, il aperçut un billot. Des torches illuminaient un homme puissant au buste nu. Le visage du bourreau était caché, mais sa hache brillait dans la pénombre de la cour. Taxiarchos revint lentement vers le chancelier.

— Bien, faisons vite, dans ce cas, Jean de Procida. Je suis disposé à me rendre pour votre compte sur les « Îles lointaines », mais à une condition : je veux faire le voyage sur *L'Atalante* !

Ces mots produisirent le même effet que si le bourreau avait laissé s'abattre sa hache. Puis un sourire illumina le dur visage du chancelier, et il se mit à rire aux éclats.

— Voilà qui me plaît, Capitano ! Cela m'arrange remarquablement ! Je connais déjà la manière dont nous ravirons ce bateau miraculeux aux Templiers !

— Avec quel équipage ?

— Cela, je m'en charge. Mais il sera digne de *L'Atalante*, comme son amiral !

Il tendit au Taxiarchos un rouleau de parchemin scellé, qu'il avait préparé à l'avance.

— Voilà déjà une lettre vous donnant le pouvoir de récupérer à Otrante la trirème et ses fameux *lancelotti*. Le navire vous conduira en un lieu qu'il reste à déterminer. Là, vous recevrez d'autres instructions. On vous dira où vous pourrez prendre *L'Atalante*.

— Puis-je emmener mes trois gaillards, quoi qu'ils aient pu faire ?

— Oh non ! Il restent à la disposition de ce seigneur, là, dehors, au cas où vous-même et la trirème ne seriez pas au lieu convenu et le jour dit. Demain matin, un navire vous conduira à Otrante. Pour le reste de la nuit, vous êtes mon invité. Je vous souhaite un bon repos, amiral. Pour ma part, je suis exténué.

On conduisit Taxiarchos dans une chambre du Palazzo Arcivescovile, où l'on avait préparé un lit à son intention. Il s'endormit tout de suite.

V

Une coupure douloureuse

Ce que révèle le miroir

Le château de Hamo se réchauffait au soleil d'un doux automne, une brise fraîche dansait au-dessus de la baie d'Otrante et faisait scintiller les vagues sur le velours bleu foncé de la mer Ionienne. La vieille trirème se balançait tranquillement dans son port, comme une poule dans son nid. On avait ramené les voiles pour leur éviter d'essuyer les tempêtes d'hiver imminentes, et les rames, équipées de leurs faux redoutées, avaient été rangées dans l'arsenal. Les *lancelotti*, tous des fils de la noblesse locale d'Apulie, un mélange de Normands, de Souabes et des habitants de la toute proche Hellade, avaient pris congé de la comtesse et étaient revenus dans leurs tours et leurs châteaux, le long de la côte bien surveillée du Salentin. Seule une petite garnison était restée pour protéger les murailles, avec quelques Maures qui n'habitaient pas dans les villages voisins avec leurs familles. Ils préféraient vivre au « château », comme ils l'appelaient, et s'occuper de la maintenance des murs, des catapultes, des tours, et de l'entretien des armes. On vivait paisiblement ici, au château d'Otrante, aucun péril ne s'annonçait et tous les troubles qui échauffaient les esprits entre la Sicile et Rome n'arrivaient pas même ici sous forme de rumeurs. Seuls des voiliers vénitiens qui revenaient de leurs points d'appui grecs dans l'Adriatique cherchaient parfois refuge dans la baie d'Otrante, lorsque les tempêtes du cap de Lucques étaient trop menaçantes.

La comtesse Shirat avait gardé son visage de jeune fille. La princesse mamelouk pouvait difficilement cacher son héritage kurde, qui lui avait laissé des yeux clairs malgré sa peau mate. Son frère aîné était le fameux « Archer », le plus puissant émir et meilleur général du Caire, Rukn ed-Din Baibars Bunduktari. Shirat se tenait droit dans un fauteuil en corbeille sur l'une des terrasses surélevées d'Otrante, où elle avait créé avec des roses et de la lavande, du jasmin et de l'acanthe en pot, ainsi que des lauriers-roses en gros vases d'argile, un jardin arabe où ne manquaient plus que les palmiers et le clapotis des fontaines artésiennes.

Shirat aimait à rester assise là et à regarder la mer. Moins pour rêver que pour surveiller les alentours, car elle savait, par expérience, combien la paix pouvait être trompeuse à Otrante, d'autant plus que son époux était parti pour la lointaine capitale. De la terrasse, elle pouvait aussi apercevoir sa jeune fille Alena Aiala qui cueillait des fleurs dans la cour intérieure, à l'ombre, sous la surveillance des femmes. Celui que la comtesse regardait le moins était le peintre, installé hors du soleil à l'autre extrémité de la terrasse et qui était censé faire son portrait sur du bois fin, avec des couleurs préparées à base d'œufs et de différentes petites poudres. Les ingrédients (calcaire broyé et charbon de bois, zinobre brûlé, terre cuite, depuis le sable clair jusqu'au jaune sulfureux, un peu de sépia et de henné et le coûteux lapis-lazuli) avaient été achetés au marché, lorsqu'il ne les avait pas apportés dans ses bagages. Quels que soient les mélanges que préparait cet étrange invité dans différents creusets, il les étalait ensuite soigneusement, avec sa spatule et son pinceau, sur le fond préparé avec des essences. Shirat avait plusieurs fois allongé le cou, mais elle n'était pas parvenue à apercevoir son portrait. La surface en bois était accrochée, à hauteur de la poitrine, à un châssis qui ressemblait à un trépied. Le maître vénitien avait bien du mal. Il lui manquait un bras, et il devait tout faire avec la main qui lui restait. Rinat Le Pulcin – c'est sous ce nom qu'il s'était présenté – avait été débarqué dans l'île par une galère vénitienne, avec de nombreux cadeaux et une étrange justification : la Serenissima, dit-il, avait si souvent utilisé la protection du port d'Otrante qu'elle souhaitait en remercier le seigneur en chargeant le « Maestro » (c'est le titre que se conféra modestement l'artiste) de fixer son portrait pour la postérité. L'idée avait plu à Shirat : cela la divertirait. Elle aurait certes préféré avoir sa fille avec elle, car elle se considérait avant tout comme une mère. Mais le maître avait vigoureusement refusé.

— Je vous vois comme la femme libérée de l'Orient, qui ne renonce pas à sa féminité et qui peut donner de nouveaux élans à la vie amoureuse de l'Occident. Vous êtes la mère, la femme et la maîtresse de la nouvelle vie, qui dépasse toutes les oppositions et les unit dans la paix et le bonheur.

Shirat sentit un frisson lui parcourir la peau. Cet homme-là n'était pas venu pour faire son portrait. Il dissimulait le véritable motif de sa présence. Celle-ci avait pourtant un lien avec elle et avec Otrante. Shirat prit l'air calme et indolent d'un sphinx. Mais elle était aux aguets. Qui était ce Rinat Le Pulcin s'il ne gagnait pas sa vie en maniant le pinceau ? Il se promenait le long des fortifications d'Otrante, elle l'avait trouvé près des catapultes des bastions, et dans le port, non loin de la trirème, toujours prêt à exprimer son enthousiasme pour ces « vues divines, d'une beauté immortelle ! » et cette « harmonie entre la nature de Dieu et l'action glorieuse de la main de l'homme ». Et chaque fois ce *Maestro* manchot était tant bien que mal arrivé sur l'un de ces lieux, en rampant, en grimpant, en se faufilant tant bien que mal, il avait toujours sur lui son matériel de dessin, craie, sanguine ou charbon, et couchait minutieusement sur le parchemin tout ce qu'apercevaient ses yeux.

— Tel est l'effroyable destin de l'artiste, avait-il gémi lorsqu'elle l'avait trouvé suspendu dans le vide entre deux créneaux, dans le seul dessein de mieux distinguer la trirème dans le port. Il est forcé de tout saisir, ennoblir et pérenniser, tandis qu'un homme heureux, dénué de tout don de ce genre, peut se contenter de regarder et de se réjouir, en se moquant bien de la postérité.

— Vous vous considérez certainement comme un être exceptionnel, avec autant de talent ? lui avait rétorqué Shirat. Car vous ne créez pas seulement des œuvres d'art : vous êtes aussi capable de célébrer votre propre gloire de créateur.

— Je suis un mercenaire des arts, lui avait alors avoué Rinat avec une étonnante franchise. Celui qui me paie doit savoir ce qu'il a payé en m'achetant. Autrement, ma valeur décroît. Car elle n'augmente pas seulement avec la qualité du travail, mais aussi avec la renommée de l'artiste !

— Otrante est très honoré, *Maestro*, avait-elle fini par répondre en esquissant une courbette.

Peut-être pourrait-elle, en jouant sur sa vanité, apprendre quelque chose sur ses commanditaires et sur leurs mobiles ?

Shirat se tenait assise dans son fauteuil en corbeille, sur la terrasse, elle regardait l'autre côté de la mer et observait à la dérobée l'activité du peintre, toujours prête à laisser ses yeux rêveurs glisser vers le lointain lorsque, le pinceau coincé à la verticale devant son pouce, il prenait les proportions de la jeune femme, en l'observant aussi fixement que le serpent regarde le petit oiseau. Un cri strident dans les jardins, suivi des lamentations des femmes, annonça qu'Alena Elaia s'était enfin piquée sur les roses interdites. Et comme, au même instant, l'un des *lancelotti* se présenta devant sa maîtresse et lui indiqua à voix basse qu'il y avait de la visite à la porte, elle se redressa.

— Il suffit pour aujourd'hui, *Maestro !* déclara-t-elle au peintre qui dissimula habilement sa surprise et peut-être aussi sa mauvaise humeur, et s'inclina en direction du siège vide. Shirat avait déjà suivi le garde et descendu l'escalier.

— C'est Laurent d'Orta, l'informa le serviteur, ce franciscain...

— Conduisez-le dans la cour, ordonna la comtesse. Je dois d'abord aller voir ma fille.

Mais c'est à ce visiteur inattendu qu'elle pensait vraiment. Laurent d'Orta l'avait accompagnée jadis, lors de cette traversée vers Constantinople au cours de laquelle ils avaient été attaqués par des pirates. Ils lui avaient arraché son enfant et l'avaient vendue, elle, à un marchand d'esclaves. Ce moine malingre, mais très intelligent et plein d'esprit avait survécu à ce drame. Il avait fait en sorte qu'on les retrouve, elle et sa fille, après quatre années de recherches. Aux dernières nouvelles qu'elle avait eues de lui, il était devenu patriarche de Karakorom à la place de Guillaume.

Shirat se fit montrer les doigts ensanglantés de sa fille. Alena Eleia avait sept ans, à présent. Les épines plantées sur son visage et sur ses jambes indiquaient que sa nourrice ne la tenait plus. Elle courait désormais partout comme un petit diable. Rien d'étonnant à cela, songea Shirat : Hamo, le père de la petite, n'était pas du tout le fils légitime du vieil amiral, mais celui d'un cavalier intrépide, l'une des nombreuses extravagances que s'était offertes sa mère Laurence, « l'Abbesse », qui s'était fait secrètement engrosser par un prince mongol. Hamo était un *kungdaitschi*, et Alena Elaia en avait hérité toutes les qualités. Mieux valait ne pas parler de sa grand-mère ! Shirat essuya les gouttes de sang et se sentait prise par l'envie d'assener une gifle à l'enfant qui lui lançait un regard de défi, lorsque Laurent traversa la haie de roses et se dirigea vers elles.

— Mais c'est un miracle de la nature ! fit-il aussitôt, l'air exalté, comme s'il avait mis son texte au point avec Rinat. La fille devient une jeune dame, et la mère rajeunit chaque jour !

Ces mots, eux, semblaient au moins venus du fond du cœur. Lorsque le *Maestro* les prononçait, ils paraissaient toujours intentionnels et chargés de signification. Même si Shirat ignorait dans quel dessein.

— Ah, Laurent ! s'exclama-t-elle en apercevant le frère mineur, dont la tonsure était à présent bien plus large que la couronne de cheveux. Conseillez une mère : que doit-elle faire avec une fille qu'aucun homme ne vient encore chercher pour la dompter au sein d'un mariage, mais qui se sent déjà bien trop à l'étroit dans cette humble demeure ?

Avant même que Laurent ait eu la moindre idée de réponse, Alena Elaia lui avait sauté sur le dos.

— Je vous en prie, expliquez à ma mère que je ne veux pas non plus aller au couvent, avec les nonnes. Je veux conquérir le monde avec Roç et Yeza, le couple royal.

— Oh Sainte Vierge ! s'écria le moine en courant un instant en rond avec l'enfant sur son dos. (Puis il la fit descendre et s'adressa à Shirat :) Quelles billevesées notre Hamo l'Estrange est-il allé glisser à l'oreille de cette enfant !

— Je ne suis plus une enfant ! répondit dans un feulement la jolie petite fille. Et Yeza n'avait que trois ou quatre ans lorsqu'elle est partie avec Guillaume pour les pays lointains.

— Ce sont donc les contes de fées de Guillaume ! constata le franciscain avec un sourire. Dans ce cas, je vous souhaite bien du plaisir ! dit-il à la maîtresse de maison. Pourquoi, au juste, avez-vous quitté le palais Kallistos à Constantinople ? Vous y étiez chez vous...

— Vous pourriez aussi bien demander pourquoi je suis revenue de chez les Mongols. Mais commençons par répondre à la première question : parce que la ville de la Corne d'Or tombera tôt au tard aux mains des Grecs, quel qu'en soit le chef. Un patriarche orthodoxe réclamera donc l'ancien siège de l'évêque romain, et nous serons chassés, sinon pire !

— Je ne peux que vous le confirmer, s'exclama Laurent, j'en ai fait physiquement l'amère expérience. On ne devrait jamais essayer d'obtenir des fonctions élevées. La chute est trop haute – et le plus souvent, trop dure.

— Moi non plus, je ne veux pas devenir évêque ! intervint Alena Elaia, qui se sentit exclue de la conversation. Je veux être l'écuyer de Roç Trencavel et de Yeza Esclarmonde lorsqu'ils partiront au combat.

— Asseyez-vous et rafraîchissez-vous, proposa Shirat avant d'ordonner à sa fille : Va chercher quelque chose à boire, écuyer.

— Du vin, peut-être, à cette heure ? s'enquit gracieusement la petite avant de filer à travers les plates-bandes.

— Où se trouve donc votre époux ? s'enquit Laurent en regardant autour de lui.

— Hamo est parti pour Palerme, afin d'assister au couronnement de Manfred, notre nouveau souverain.

— À pied ? J'ai vu la trirème.

— À cheval, et tout seul. Je me fais du souci. Il y est bien arrivé, si je me fie aux récits que l'on m'a faits, puisque l'on a solennellement déposé la couronne sur la tête de Manfred, à la cathédrale. Il pourrait donc être revenu depuis longtemps... (Elle soupira.) Alena Elaia tient beaucoup à son père, même s'il ne correspond pas du tout à l'idéal de chevalerie qu'elle s'imagine devoir suivre dans sa propre existence.

— Elle préférerait même certainement être chevalier que dame de cour ! (Laurent se mit à rire.) Vous auriez dû la laisser filer avec Hamo.

— Je serais morte d'angoisse !

Shirat changea rapidement de sujet. Alena Elaia revint, balançant une cruche sur sa tête.

— Que se passe-t-il de l'autre côté de la mer Noire ? interrogea-t-elle. Je suppose que vous en revenez...

— Si l'on veut, répondit Laurent. J'ai évité de me rendre dans l'une des cours rivales. J'ai voyagé de monastère en monastère. Cela permet de tout savoir sans risquer sa tête parce que l'on a misé sur le mauvais cheval.

— Vous devriez apprendre l'équitation, frère Laurent, l'interrompit Alena Elaia. Si vous m'enseignez la géométrie et l'algèbre, alors je vous montrerai...

— Je croyais que vous vouliez partir à la Guerre sainte ?

— Il faut aussi pour cela les capacités d'un ingénieur, afin de construire les fortifications, et celles d'un spécialiste en balistique, pour les détruire de nouveau.

— Votre fille m'étonnera toujours, commenta le moine avec un sourire amusé.

— Moi, elle m'effraie. Mais continuez donc votre récit.

— Il est compliqué par le fait que les maisons

régnantes de la Grèce ne semblent s'entendre que sur un seul point : choisir toutes les mêmes prénoms. Ainsi, l'ancien général Michel Paléologue est à présent unique empereur de Nicée, et il a nommé son frère Jean le Sebastocrator (allez savoir ce que cela peut signifier !) au poste de commandant en chef de l'armée. Son pire ennemi est lui aussi un Michel, le despote d'Épire, et il a pour principal allié son fils bâtard Jean, marié à la fille d'un prince de Valachie, une femme racée !

— Je vous en prie, ne parlez pas des femmes comme si c'étaient des chevaux, même si elles viennent de Valachie ! le sermonna Shirat.

— Soit, acquiesça Laurent en souriant. Comme tous ont peur de Nicée, le despote a reçu le soutien des derniers princes francs, le duc Guillaume d'Achée, le duc Guido la Roche d'Athènes et en dernier lieu, car il n'a même pas de quoi s'offrir une armée de chevaliers en ordre de marche, l'empereur romain Baudoin de Constantinople.

— Et la guerre va éclater ? questionna Alena Elaia.

— Aussi certain que l'amen dans la Hagia Sophia ! affirma Laurent. Et celui qui la gagnera entrera en vainqueur à Constantinople !

Shirat réfléchit un instant avant de demander :

— Et pour nous, qu'est-ce que cela signifie ?

— La question est de savoir si Manfred se tiendra à l'écart de cet affrontement byzantin. S'il ne le fait pas, il recevra un coup de pied aux fesses, d'une botte pontificale répondant au nom de Charles d'Anjou.

— Voilà une vision bien énergique des choses. Il reste tout de même encore Venise.

— Venise n'a qu'un seul intérêt : les choses doivent rester telles qu'elles sont, car sur les terres de tous les seigneurs concernés, c'est elle qui détient les meilleurs morceaux, sous forme de comptoirs de négoces extrêmement lucratifs avec statut d'extraterritorialité, hormis, peut-être, à Nicée ! Gênes, en revanche, ne peut que tirer bénéfice d'un changement, surtout si Nicée en ressort vainqueur.

— Je dois vous parler de quelque chose en particulier, murmura Shirat. Venez avec moi à l'intérieur. J'ai un étrange invité...

Alena Elaia fila, vexée, avant que sa nourrice et les gouvernantes aient pu la reprendre sous leur surveillance. Sa mère éprouvait toujours le besoin de la traiter comme une enfant, surtout devant des visiteurs étrangers. Rinat, le peintre, se comportait tout autrement. Il lui avait promis de démonter un trébuchet avec elle, puis de le remonter. C'est elle qui pourrait tirer le coup d'essai.

Shirat exposa à Laurent ce qui n'était encore qu'un vague soupçon : le *Maestro* en séjour à Otrante pourrait avoir de tout autres intentions que celles qu'il prétendait nourrir.

— Rinat Le Pulcin ? s'informa Laurent, qui avait manifestement du mal à conserver son calme. C'est un agent de Venise, mais il a la réputation d'être vénal. Et donc d'aimer à espionner pour d'autres puissances !

— C'est bien ce que je redoutais. Et Hamo n'est pas là !

— Otrante a-t-elle encore son miroir, tout en haut du donjon ?

— Qui donc l'en aurait décroché ? Mais je ne suis jamais allée là-haut, dans la coupole. Et je ne sais pas non plus comment on s'en sert.

— Laissez-moi m'en occuper. S'il y a bien une chose que nous ne désapprenons jamais, nous autres, vieux membres de l'Ordre secret, c'est l'art d'envoyer et de lire les signaux !

— Mais l'engin doit être totalement encrassé, à cause des pigeons, et le miroir aveugle !

— Pour cela, il va vous falloir mettre personnellement la main à la pâte, car nous devons éviter que cela ne se sache. Faisons le nécessaire ce soir, lorsque tous dormiront. Ensuite, lorsque le soleil se lèvera, nous poserons la question et nous saurons avant que ne sonnent mâtines qui est actuellement le commanditaire de l'espion.

— Nous saurons peut-être aussi quelles sont ses intentions à mon égard...

— À l'égard d'Otrante ! supposa le franciscain.

Un lézard fila au-dessus de la fenêtre du bureau du comte, où avait lieu l'entretien. Il avait été dérangé par cette agitation inhabituelle. Alena Elaia se faufila avec la même habileté, serrée contre le mur. Elle pouvait désormais entendre tout ce que l'on disait dans la pièce, mais elle ne perçut que les dernières phrases. Elles lui suffirent.

La nuit tomba et se leva. À la première heure (il faisait encore sombre), Shirat réveilla son invité. Sans faire de bruit, ils traversèrent la cour intérieure du château. La lourde porte armée de fer, située bien au-dessus des têtes et que l'on ne pouvait atteindre que par une échelle, s'ouvrit dans un grincement. On ne l'avait manifestement plus utilisée depuis des années. Tout était couvert de poussière. Enfin, ils arrivèrent sur une plate-forme en plein air, ceinturée par une double couronne de créneaux.

Laurent dégagea l'entrée.

Ils se faufilèrent sous le mur, dans la voûte. Il faisait nuit noire, mis à part quelques minces rayons de lumière qui passaient à travers les fines crevasses du bois de la porte. Le moine chercha à tâtons une chaîne de fer, et l'entrée s'ouvrit comme une gueule, en gémissant. La lumière vive de la lune tomba sur Alena Elaia, qui était assise devant la porte et éclata de rire en voyant la stupéfaction des deux adultes.

— Mais comment as-tu donc... ? s'étonna la comtesse d'une voix sévère. Elle s'interrompit aussitôt, car sa fille indocile tournait déjà comme une toupie pour décrire l'ascension d'un escalier en colimaçon. Elle fut rapidement prise de vertige.

— Tu vas encore tomber ! l'avertit Laurent en l'arrêtant.

— Cela va bien plus vite qu'avec votre échelle ! fit Alena Elaia. Il y en a même deux, de ces escaliers. Le premier va jusqu'à la cave.

— Bon, dit la comtesse sans attendre la description de ce passage secret qu'elle ne connaissait pas. Dans ce cas, tu retrouveras aussi toute seule le chemin pour redescendre.

— Ma très chère mère, je vous supplie de me laisser rester ici !

La petite savait manier Shirat. La comtesse ne pouvait pratiquement rien refuser à sa fille unique. Elle lança un regard interrogateur à Laurent, qui donna son accord en hochant la tête. Comment l'enfant pourrait-elle comprendre les informations qu'il avait à transmettre ? Aucun étranger ne déchiffrerait jamais les codes du Prieuré, quelle que soit son expérience en matière d'émission de signaux.

Alena Elaia lui adressa un regard reconnaissant.

— Toute ma vie, j'ai souhaité savoir ce qui se passait ici, d'où venaient ces feux au milieu de la nuit !

— Reste sur le côté, ordonna Shirat, et pas un mot !

Le moine paraissait connaître le système. D'un geste sûr, il tira une bâche en cuir fin et défraîchi sur la paroi de bois voûtée qui se trouvait dans leur dos, et le miroir apparut. Il était composé d'un bon nombre de plaques d'argent noirci qui, formant une courbe douce, suivaient le cercle concave du cadre de bois.

— Nous n'avons plus beaucoup de temps, dit-il à Shirat, qui s'efforçait de l'aider : elle n'était pas le genre de femmes à laisser faire son travail par un homme. Ce n'est possible qu'aux premiers rayons du soleil, ajouta Laurent. Nous devons être prêts dans un quart d'heure.

Elle prit un seau plein de cendre de bois et lança un morceau de chiffon à sa fille.

— Tu peux te rendre utile ! Plus il brillera, plus l'éclair ira loin !

— Il fait aussi du tonnerre ? s'enquit Alena Elaia, l'air grave, en regardant fixement le miroir. Elle s'efforça aussitôt d'y effacer les taches, mais n'y parvint pas. Shirat lui donna une leçon : elle cracha sur le chiffon, le plongea dans la cendre puis frotta le métal. Et l'argent se mit rapidement à briller.

— La salive sert à tout ! criailla Alena Elaia en l'imitant aussitôt sous le regard ému de Laurent. Puis le moine passa derrière le miroir, où un tabouret en bois était installé, avec le cadre, sur des lattes disposées en biais. Il n'était pas sur la pierre, mais semblait planer, à une distance d'un doigt au-dessus du sol. Laurent essuya la poussière sur le siège et sur les marques que l'on avait tracées par terre. Il prit place et vérifia le mouvement des deux chaînes qui passaient à sa droite et à sa gauche. Lorsqu'il en tirait une, la porte se fermait. L'autre la rouvrait.

Shirat, qui avait nettoyé la partie supérieure du miroir, celle où sa fille n'arrivait pas, vint rejoindre le moine.

— Êtes-vous prêt ? demanda-t-elle. Le soleil va se lever.

Laurent hocha la tête.

— Viens avec nous par-derrière, à présent, mon enfant, ordonna la comtesse. Autrement, la lumière t'aveuglera !

Alena Elaia s'installa, furieuse, derrière l'appareil. Elle posa les mains sur son visage et regarda à travers ses doigts. Nul ne devait voir qu'elle était folle de rage et bien décidée à apprendre par cœur le rythme des éclairs.

Laurent ouvrit la porte d'un coup, la laissa ouverte l'espace de trois battements de pouls, la referma, compta doucement jusqu'à dix, l'ouvrit pendant trois coups, puis la referma d'autant, avant de l'ouvrir à nouveau et d'attendre.

— C'est le signe de reconnaissance de l'une des îles situées devant Kerkyra. Elle est aux mains de la Serenissima et de nos gens, expliqua-t-il. Le signal date du temps où elle appartenait à Byzance.

Ils regardèrent tous fixement la mer, dont l'horizon se perdait dans la brume, au-dessus du ciel bleu. Mais on n'y voyait rien.

Laurent répéta l'opération : trois – pause longue – trois – pause brève – dix !

Ils attendirent encore un instant, jusqu'à ce qu'Alena Elaia se mette à crier : — Là ! Ça brille !

Effectivement, de l'autre côté de l'Adriatique, on apercevait une lueur, pas particulièrement brillante, mais bien visible. Laurent vérifia le signal et confirma, trois courtes, une longue.

— Commencez ! lui demanda la comtesse, entre ses dents.

Alena Elaia fut bientôt moins fascinée par l'ouverture et la fermeture de la porte que par le moine qui, semblable à un marionnettiste furieux, tirait sur les chaînes sans cesser de regarder, au sol, les marques sur lesquelles un rayon de lune semblait se promener point par point. Alena Elaia chercha à découvrir le trou par lequel il tombait dans la coupole. Elle n'y parvint pas : il lui aurait fallu, pour cela, se glisser sous le siège du moine.

Le maigre frère mineur était en nage. Il avait commencé par chuchoter le nombre des battements de son pouls. À présent, il les comptait d'une voix forte, et il finit par les crier ; les chaînes cliquetaient, les portillons claquaient. Par à-coups, il se replaçait, lui, le siège et tout le miroir, dans des positions toujours nouvelles. La poussière tourbillonnait, Laurent toussait, gémissait d'une voix rauque, lançait de temps à autre des regards hâtifs sur les marques du sol, comptait, faisait des pauses et comptait encore. Un dernier claquement, et tout retomba dans la pénombre.

Lorsque ses yeux se furent habitués à l'obscurité, Shirat vit le moine recroquevillé sur son tabouret. Il respirait lourdement. La poussière se redéposa sur le sol. En revanche, elle ne trouva plus sa fille. La petite aura eu peur, songea-t-elle.

— Rinat Le Pulcin est un espion, annonça Laurent, résumant le message qu'on lui avait transmis de l'autre côté de la mer. Un espion au service de l'Anjou. Otrante est en danger, ajouta-t-il, songeur. On saura plus tard si c'est un danger immédiat ou à long terme. En tout cas, nous devrions empêcher ce lascar de nuire.

Lorsque Shirat appela ses *lancelotti*, elle apprit que messire Rinat avait quitté le château à la première heure, en toute hâte, mais avec tous ses ustensiles de peinture. Il voulait, avait-il annoncé à la garde qui ne lui avait rien demandé, peindre Otrante de loin à la lueur du petit jour. Il avait pris un cheval. Mademoiselle Alena l'avait accompagné jusqu'à la porte et lui avait fait ses adieux d'un geste de la main.

— Devons-nous le poursuivre ?

— Non, trancha Shirat d'une voix lasse. Cela pourrait être un piège !

— Il croisera de nouveau votre chemin à un moment ou à un autre, fit le moine. Mais à présent, vous êtes avertie !

Repas divin, poison d'enfer

La grande porte du palais royal de Palerme resplendissait. Les *Gardia dei Saraceni* qui s'étaient installés devant elle en haie d'honneur n'avaient pas seulement allumé les torches coincées dans les anneaux de fer, le long du mur, mais aussi celles placées sur les pylônes, à gauche et à droite de la montée. La chaîne de lumière éclairait loin dans la cour intérieure et lançait des ombres tremblantes sur les murs du Palazzo dei Normanni. Le couple royal arriva à cheval. Yeza avait sèchement refusé la litière qu'on avait amenée à son intention, si bien que le chambellan Maletta avait dû lui laisser son cheval et s'installer dans la chaise à porteurs avec Gosset, Mafalda et le moine. Auparavant, il s'était plaint auprès de Gosset : Taxiarchos avait été enlevé dans sa geôle de la Kalsa et sa boîte, la preuve qu'il tenait contre le criminel, avait été, sans qu'il puisse comprendre comment, vidée de son contenu.

— Cet empoisonneur grec doit avoir conclu un pacte avec le diable ! marmonna le chambellan.

— Possible, répondit le prêtre pour calmer le haut fonctionnaire courroucé. Mais je vous conseille de ne pas laisser échapper le moindre mot là-dessus, ni sur le Grec, ni sur les poisons !

Comme Gosset avait prononcé ces paroles sur un ton très décidé, le chambellan se contenta de secouer la tête, agacé. Il fut le dernier à monter dans la litière, qui se mit alors en marche. Face à lui, le moine Demetrios se tenait raide comme un piquet. Il portait sur ses genoux un coussin de velours pourpre ourlé d'une bordure dorée. Sur le coussin était posée la cassette incrustée d'ivoire. Il la serrait des deux mains, pour qu'elle ne glisse pas avec les balancements de la litière. Mafalda lui avait vivement conseillé de ne pas se présenter devant le roi avec la corbeille à fruits, et Geraude, secourable, lui avait aussitôt proposé de coudre un coussin fin. Demetrios n'avait certes pas compris ces efforts, mais il acceptait tout depuis que Gosset l'avait surpris en l'informant, contre toute prévision, qu'à la suite de la bienveillante intervention de Roç et Yeza il pourrait tout de même se présenter à la réception que messire Manfred offrait le soir même en l'honneur du couple royal. Au lieu de remercier avec joie, le moine était devenu livide. Gosset et Mafalda savaient pourquoi. Seul Maletta ne se doutait pas un seul instant que l'on s'apprêtait, sous son nez, à faire entrer clandestinement au palais royal un objet qui valait bien une bombe de feu grégeois.

Les deux autres personnes dans le secret ne se sentaient pas si bien non plus. Mais Pallavicini leur avait demandé un silence absolu, et il leur avait lancé un tel regard qu'ils n'en parlèrent même plus l'un avec l'autre. Gosset supposait cependant que le vicaire de l'empire avait mis au courant le chancelier Jean de Procida. Sans son accord, il aurait été impensable et extrêmement dangereux pour tous ceux qui seraient présents, au courant ou non, de mettre en œuvre le scénario prévu. Le prêtre comprit d'un seul coup que cela pourrait aussi être un piège mortel pour Roç et Yeza. Si Pallavicini jouait un double jeu, si, par exemple, à la demande de Rome, il avait l'intention d'éliminer Manfred, ou le couple royal, ou bien encore les deux... Si Manfred n'avait pas été prévenu, il serait très vraisemblablement victime de cet attentat infernal. Dans ce cas, Roç et Yeza subiraient la vengeance immédiate de la garde sarrasine, ou bien, après la torture et un procès expéditif, de l'impitoyable justice du chancelier, pour complicité avérée de *regicidio* ! Gosset se mit à transpirer.

Demetrios, lui, pâlissait encore, au fur et à mesure qu'ils montaient le Cassaro et approchaient du Palazzo dei Normanni. Seule Mafalda rayonnait de fierté à l'idée d'être invitée à la table du roi. Pendant la chevauchée nocturne, Roç et Yeza avaient répondu avec patience aux signes et aux joyeuses acclamations des groupes qui étaient dispersés çà et là, sur la route d'apparat. Mais ils n'avaient guère parlé l'un avec l'autre.

— Voilà comment je m'imagine notre entrée à Jérusalem, commenta Roç, brisant le silence à l'instant même où ils aperçurent l'illustre palais.

— Si les applaudissements sont aussi modérés, répondit Yeza en souriant et en désignant les personnes qui s'étaient rassemblées le long du chemin (par pur hasard, car le chambellan, qui ne tenait pas à offrir un nouveau grand défilé au couple royal, n'avait pas fait annoncer la réception au palais), et si notre escorte a fondu au point de tenir dans une chaise à porteurs, nous pouvons connaître le même sort que, jadis, le seigneur Jésus de la lignée de David.

— Tu penses que le Prieuré nous fera crucifier ?

Roç ne voulait pas se laisser gâcher la fête, et tenta de sauver sa bonne humeur en plaisantant. Mais un frisson le parcourut dès qu'il eut prononcé ces paroles macabres : et si elles devenaient réalité ? Il replongea dans le silence, mais Yeza n'eut pas de pitié.

— La puissance secrète qui le poussait sur son chemin vers Jérusalem et le Golgotha n'était certainement pas très différente du Prieuré. Elle a fait croire au Paraclet qu'il se trouvait à la tête d'un mouvement populaire, que la ville allait se dresser contre Rome en un seul cri de ferveur, et lui faire porter la couronne de roi. Au lieu de cela, il n'a trouvé que quelques pauvres bougres, déjà adeptes de ses théories, pour agiter leurs branches de palmier. Et il a même fallu un Judas pour convaincre le gouverneur qu'un ennemi dangereux et puissant était entré dans l'enceinte de la ville. Sans cela, l'épisode n'aurait même pas attiré l'attention.

— Vous débordez de sarcasmes, aujourd'hui, ma dame, s'étonna Roç. Et qui sera donc notre Judas à nous ?

Yeza le regarda longuement. Elle était triste de voir si bien ce que Roç ne pouvait pas discerner. Elle était moins touchée de le voir opposer une lourde résistance à tout ce qu'elle lui rapportait de son monde spirituel. Mais elle ne comprenait pas que certaines pensées ne lui viennent jamais, ne puissent même jamais l'atteindre.

— Judas est une partie de nous-mêmes, dit-elle à voix basse. Il est en nous.

— Dois-je y penser la prochaine fois que vous m'embrasserez ?

— La prochaine fois que vous m'embrasserez, vous n'y penserez pas ! s'exclama Yeza. Et si cela vous paraît trop dangereux, si vous craignez pour le salut de votre âme, il n'y aura pas de prochain baiser !

Elle éperonna son cheval, mais Roç lui emboîta le pas.

— Même si vous étiez le Démiurge, se mit-il à crier en haletant, même si Lucifer était entré en vous, je continuerais à vous aimer.

Ému, le souffle court, il attrapa les rênes de Yeza, et tira son corps vers lui. Elle avait déjà passé les bras autour de son cou. Les deux chevaux s'arrêtèrent en attendant la fin de cet accès de passion débridée, ils se rapprochèrent et empêchèrent ainsi les deux cavaliers de tomber. Ils étaient agrippés l'un à l'autre et s'embrassaient comme deux éperdus. Ils ne se détachèrent qu'au moment où la litière approcha. Roç et Yeza se redressèrent. Ils dirigèrent ensuite leurs regards vers l'illustre palais qui se dressait devant eux dans la nuit. On les applaudissait. Ils franchirent la haie de Sarrasins armés de torches.

« C'est la porte de l'enfer ! pensa Roç, d'un seul coup. Je l'ai embrassée, son feu brûle sur mes lèvres, sa braise me consume intérieurement. Et pourtant, je ne la quitterai jamais. »

Ils montèrent la rampe. Ils attendirent, pour mettre pied à terre, d'être arrivés dans la cour intérieure. Maletta descendit aussitôt de la litière, mais Jean de Procida était déjà dehors pour accueillir le couple royal.

Gosset (qui n'avait qu'une idée en tête : tout expliquer au chancelier aussi vite que possible) fit sortir rapidement Mafalda de la chaise à porteurs, parce qu'il ne voulait pas apporter son aide à Demetrios. Celui-ci en dernier, apparut un peu perdu, avec son cadeau dans les mains. Le moine suivit les autres, d'un pas aussi rapide que le tolérait sa dignité, portant la cassette devant lui, sur le coussin, comme s'il s'agissait de la sphère de l'Empire.

On conduisit les invités dans un gigantesque escalier (ils auraient aussi bien pu monter à cheval) jusqu'au deuxième étage du palais, dans les salles que le grand roi normand Roger s'était fait construire, il y avait bien longtemps de cela. Des scènes de chasse colorées ornaient les murs et s'animaient à la lumière vacillante des innombrables bougies qui, plantées dans des chandeliers en argent à plusieurs bras, assuraient l'éclat de la longue table déjà dressée. Les invités étaient encore debout. On y voyait quelques parents de Manfred, issus de la Maison Lancia. Les yeux de Gosset, inquiet, cherchaient Oberto Pallavicini, mais il n'était pas là. Le prêtre fit mine de s'adresser au chancelier, très affairé, pour être enfin certain que tout se passait normalement. Car le moine se tenait dans un coin, désormais discrètement observé par tous ceux qui savaient ce qu'il avait entre les mains. Mais tandis que Gosset cherchait encore à se frayer un chemin, le héraut annonça : « Le roi ! »

Tous s'inclinèrent en direction de la porte par laquelle Manfred entra alors d'un pas léger. Il était suivi de près par un guépard qui tirait derrière lui sa maîtresse, la petite Constance. Le souverain s'installa au milieu de la table, offrit à Yeza la place qui se trouvait à sa droite, et demanda à Roç de tenir compagnie à sa fille, assise à sa gauche. Celle-ci dévisagea le chevalier avec un intérêt non dissimulé — d'autant plus qu'il avait attrapé Immà par la gueule, sans la moindre crainte, et lui caressait la fourrure.

Gosset vit alors avec terreur que Demetrios s'adressait au chancelier.

— J'ai ici un précieux cadeau pour le roi Manfred.

— Pas maintenant ! répondit Procida. Vous aurez tout le temps de le lui remettre après le repas.

Procida ne donnait pas du tout l'impression d'être au courant. S'il l'était, c'était vraiment un maître de la dissimulation.

Le chancelier et Mafalda prirent place à droite de Yeza. Le moine s'était retrouvé en bout de table, entre deux vieilles dames de la Maison Lancia. Gosset s'installa en face de Roç. Le guépard ne dérangeait pas le Trencavel. En revanche, il ne plaisait guère à Maletta, qui resta debout et veilla au bon acheminement des plats, ce qui n'était pourtant pas de son ressort.

— En *amuse-goule*, on servira des langues de faisan, des œufs de caille et des cœurs de paon finement hachés et en gelée, sans poivre, Monseigneur, expliqua Constance au prêtre, pour bien montrer à Roç qu'elle n'avait pas besoin de sa compagnie. J'ai demandé ces entrées-là parce que ce sont les préférées d'Immà !

— Dans ce cas, je renoncerai volontiers à ma part, répondit galamment Gosset.

Les assiettes étaient tellement garnies qu'une seule aurait suffi à les nourrir tous les deux. Contrairement au guépard, Gosset n'avala cependant pas d'un seul coup le contenu de deux plateaux, et s'abstint de lécher le plat d'argent.

— J'échangerais volontiers avec Immà ! déclara Roç, en servant du vin à Constance. Il versa quelques gouttes sur la main de la jeune fille, ce qui lui donna la possibilité de toucher sa peau en l'essuyant.

— Avez-vous donc une telle faim, messire Trencavel ? s'enquit-elle en jetant un regard sur Immà qui se léchait les moustaches avec délectation.

— Non, assura Roç en posant sa jambe contre la sienne. Mais je pourrais me coucher à vos pieds !

Le genou de la jeune fille se mit à trembler. Devait-elle éloigner sa jambe et fermer les cuisses ? La jeune fille mûre avant l'heure se réfugia auprès de Gosset.

— Et voici à présent *mes* plats préférés ! Des cuisses de dinde rôties dans le miel, du foie de perdrix grillé avec des pommes sucrées et du raisin, de la poitrine de palombe panée aux amandes et à la cannelle. J'en mangerais jusqu'à éclater.

C'est du reste ce qu'elle fit, sous le regard ahuri de Roç.

— Pense aux autres invités, mon enfant, rappela son père, soucieux, les sourcils froncés. Laisse donc quelque chose à messire Trencavel, pour qu'il devienne aussi grand et fort que toi !

Manfred éclata de rire, puis se tourna vers Yeza. Roç s'abstint de rire, même lorsque Constance l'autorisa, magnanime, à mordre dans un pilon.

— On m'a raconté que votre seigneur et chevalier, reprit Manfred, se bat admirablement dans les tournois. Mais connaît-il aussi bien l'art de la guerre proprement dit, lorsqu'on ne fait pas appel à l'esprit chevaleresque, lorsqu'il faut se battre pour la victoire ou la défaite ?

Yeza lui lança de biais un regard amusé.

— Comptez-vous l'envoyer au secours de votre beau-père ?

Manfred fut troublé de se voir ainsi percé à jour.

— Je voulais dire... Le hardi Trencavel a-t-il déjà mené une armée au combat ?

— Il brûle de le faire, avoua Yeza à voix basse. Si vous l'en chargez, Manfred, vous allumerez un feu que je ne veux pas avoir à éteindre.

— Vous avez éludé ma question, Yeza. Je veux savoir si je puis lui confier quatre cents de mes meilleurs chevaliers.

— Le couple royal n'élude jamais, précieux cousin. Je vous ai donné mon opinion. Pour le reste, c'est à Roç Trencavel lui-même que vous devez le demander.

Le chancelier avait lui aussi entendu la question et se sentit obligé de commenter la réponse :

— Si j'ai bien compris, mon roi, cette dame avisée estime que cela demeurera notre problème, parce que la réponse certaine à une question stupide n'élimine nullement l'incertitude !

C'était trop de subtilité pour Manfred.

— Attendons donc la fin du repas, nous en débattrons en cercle restreint avec nos chers invités.

Les cuisiniers apportèrent fièrement (c'était leur privilège) les fruits de mer, de grands poissons en croûte ou cachés sous une épaisse couche de gros sel, cuits tantôt avec des olives, tantôt avec du fenouil baignant dans son jus. Mais on servit aussi de petits tas de chair de thon rouge découpée en lanière, avec du gingembre râpé, des langoustes grillées dans le safran avec des anneaux d'oignons croustillants, des anguilles plantées vives sur des piques et qui se tortillaient au-dessus des flammes, tout comme les homards majestueux qui continuaient, sous les yeux des invités, à brandir leurs pinces vers les cuisiniers jusqu'à ce qu'on les plonge dans l'eau bouillante. On apporta des instruments qui permettaient d'ouvrir les coquilles des animaux. On agrémentait l'ensemble de sel en gros grain, de poivre d'Inde, d'huile d'olive pressée à froid, et de jus de citron vert. Tous mangeaient à grand bruit, arrachaient avec les dents la chair rouge et blanche, aspiraient avec ardeur les parties détachées, décortiquaient, fouillaient et avalaient de répugnante manière. On crachait les arêtes, on jetait les carapaces vides derrière soi, on se tachait et l'on se rinçait les doigts avant de les plonger dans des coupes d'eau tiède où nageaient des nénuphars. On rotait, on arrosait des plats du vin blanc et râpeux de l'île, le « *regaleali* » des vignes royales, et l'on rotait encore une fois pour confirmer son plaisir. Des musiciens entrèrent, avec leurs luths et leurs flûtes de Pan, leurs crécelles et leurs guimbardes.

On desservit le poisson. Tous buvaient abondamment. Seul le moine Demetrios restait tout droit, comme planté au bout de la table. Les dames des Lancia avaient renoncé depuis longtemps à leurs efforts pour l'entraîner dans leur conversation. Le prêtre semblait assis sur des charbons ardents.

Pour amuser Roç, mais aussi par exubérance, Constance renversa sa coupe. Elle ne buvait que du vin rouge que messire Manfred coupait personnellement avec de l'eau lorsqu'elle ne parvenait pas à tromper sa vigilance et à se resservir elle-même. Une flaque rouge se forma sur le lin blanc. Roç y plongea un instant le doigt. « Pour qu'il ne porte pas malheur ! » chuchota-t-il avant de lui frotter quelques gouttes derrière le lobe de l'oreille. Constance gloussa de plaisir, mais Manfred fronça les sourcils.

— Ma fille est déjà fiancée ! laissa-t-il échapper sur un ton un peu trop agacé, si bien que Jean de Procida se crut obligé d'intervenir en riant.

— Messire Trencavel est déjà promis, lui aussi !

annonça-t-il à la fille du roi, et Manfred le prit à son tour à la plaisanterie, d'autant plus que Yeza s'en amusait.

— Il faut encore que j'y réfléchisse ! annonça-t-elle.

— Pardonnez à ce jeune homme. Il est bien assez puni. À sa place, d'ordinaire, est assis un dresseur de fauves, ajouta le chancelier, ce qui lui valut un regard indigné de Manfred. Au cas où Immà perdrait ses esprits... ajouta-t-il.

— Où elle se rappellerait qu'elle est un guépard ! précisa Roç pour reprendre pied dans une conversation qui se déroulait sans lui. J'ai rarement vu un chaton aussi docile.

— Cette fois-ci, il ne pouvait vraiment pas parler de votre fille, Majesté !

Jean de Procida s'était levé pour se dégourdir les jambes. Gosset profita de l'occasion pour s'approcher discrètement de lui. Le chancelier se dirigea dans la cour et chercha un coin sombre afin de soulager sa vessie. Gosset, qui éprouvait le même besoin, s'installa à côté de lui. Mais Procida lui adressa la parole avant qu'il ne puisse lui faire part de ses soucis.

— Monsignore, vous êtes bien le confident et le conseiller du couple royal ?

La question était toute rhétorique. Gosset urinait lui aussi.

— C'est la raison pour laquelle je voulais vous parler.

— Me parler ? l'interrompit le chancelier en éclatant de rire. Je suis en train de pisser. Tout le reste peut attendre la fin de cette beuverie !

— Le cadeau du moine ! gémit Gosset.

— Nous nous en occuperons au dessert, Monsignore.

— Savez-vous que...

— Quelle pression j'avais sur la vessie ! gémit Procida avant de lancer à Gosset : Vous faites trop peu honneur à notre vin. Si vous en buviez plus, vous vous videriez mieux, et sans ouvrir la bouche !

Sur ces mots, il repartit vers la salle du repas. On avait entre-temps apporté les viandes. Mais on servit d'abord une petite soupe chaude, pour flatter l'estomac. Chacun put choisir entre les moules à l'orge, l'os à moelle aux carottes ou la queue de bœuf cuite dans de gros haricots.

— Ceux-là font bien péter ! dit Constance en riant et en tendant sous la table son écuelle au guépard. Sa main toucha un bref instant celle de Roç, et son visage vira au pourpre. Roç voulut s'adresser à Gosset. Mais celui-ci attrapa un cuissot de sanglier sur le plus proche plateau, et le lui tendit.

— Prenez l'os avec les deux mains, elles resteront au-dessus de la table, lui ordonna-t-il d'une voix basse, mais impérieuse. Et lorsque vous l'aurez rongé jusqu'au bout, jetez-le derrière vous, ne le tendez pas à Immà, ni même à sa princesse, comme succédané pour une promesse que vous ne pouvez tenir.

— Je prendrais volontiers un plaisir de cochon ! reconnut Roç à voix basse. Mais la truie en moi sait qu'elle ne doit pas laisser sortir le verrat.

— Je l'espère bien ! grogna le prêtre, effrayé. Une seule bombe me suffit à cette table !

On servit du gibier, du dos de chevreuil, du hérisson et du râble de lièvre, des bécasses entières. Le tout était agrémenté de fruits cuits, citrouilles et poires, figues et prunes, baies de la forêt, mousse de châtaigne et noisettes confites. C'était l'heure de Constance : elle engouffrait littéralement les sucreries. Roç s'abstint de lui lécher les doigts qu'elle lui tendait complaisamment. Son père était un chasseur passionné, et il portait toujours son couteau à la ceinture. Roç ne tenait pas à l'énerver une seconde fois. Et la jolie femme-enfant aux traits rebondis ne savait pas à quel point elle jouait avec le feu.

— Et voilà le dessert !

Constance trépignait de bonheur à l'idée de dévorer la conclusion tant attendue du repas.

— Les petits gâteaux tendres au fromage frais, fourrés à la pomme et au miel, le gâteau au saindoux rempli de mûres aigres, roulées dans le sucre, des dattes en massepain à la place des noyaux, des boules de pistache en beurre brun et œufs battus, arrosés de crème...

Roç vit la langue rose de la jeune fille danser sur ses

lèvres épaisses. C'est l'instant que choisit le chancelier pour se lever et commencer une allocution.

— L'un de nos invités, le moine Demetrios, venu de la lointaine Hellade, berceau de cette grande culture qui a aussi irrigué le sol de la Sicile et à laquelle l'île doit aujourd'hui son éclat rayonnant, le règne glorieux de la lignée des Normands et des Hohenstaufen, a apporté un cadeau au roi Manfred, une précieuse relique... (Jean de Procida s'interrompit un bref instant, pour faire signe à Demetrios de quitter son bout de table et de le rejoindre) ... qu'il va maintenant remettre personnellement à notre bien-aimé roi Manfred.

Des vivats et des applaudissements accompagnèrent le parcours du moine qui, blanc comme avait pu l'être la nappe avant le début du repas, porta alors son coussin et sa cassette vers le milieu de la table, où messire Manfred se tourna vers lui, l'air aimable. Les autres invités s'étaient levés. Tous ceux qui avaient mangé à proximité du roi formèrent alors un demi-cercle, dans lequel entra le moine. Il s'inclina devant le roi et lui tendit le coussin.

— Que la bénédiction du Seigneur accompagne ce cadeau, murmura Demetrios dans sa barbe noire et hirsute. Ses yeux sombres semblaient lancer des flammes. Il évita de dévisager Manfred : son regard resta fixé sur la cassette que le roi souleva de son coussin, des deux mains, et présenta à l'assistance avant d'ordonner gentiment au moine de l'ouvrir. Tous dressèrent le nez, pressés de voir l'objet – mis à part les habitants de la Kalsa. Lentement, Demetrios ouvrit le couvercle abondamment orné d'incrustations. Mais il n'y trouva pas du tout son Christ d'albâtre sur une croix d'argent. C'est un simple calice noir qui reposait sur le velours violet ! Roç et Yeza retinrent leur souffle et osèrent à peine échanger un bref regard. Le calice noir ? Roç secoua imperceptiblement la tête. Tous observaient fixement la coupe. Comme le roi n'avait manifestement pas l'intention de prendre la relique en main, Demetrios rassembla son courage et parla.

— Vous devriez vous rappeler le sang sacré du Christ et porter cette coupe à vos lèvres chaque fois qu'il vous prendra l'envie d'y boire. Ainsi, vous participerez constamment à sa grâce et à sa bonté.

Manfred, apparemment comblé de bonheur, joignit les mains et adressa au moine un regard rayonnant.

— Donnez-moi donc votre magnifique cadeau, homme pieux, je veux y boire tout de suite, en toute humilité.

Il fit signe à son goûteur, qui, l'air suspicieux, versa dans une petite coupe qu'il portait au cou un peu du vin qu'il avait puisé dans la cruche du roi et déjà goûté. Il en grappilla quelques gouttes et les fit rouler dans sa bouche avant de les avaler et de les sentir lui descendre dans les entrailles. Il donna à cet acte une tournure tellement solennelle que tous crurent éprouver les mêmes sensations que lui. À la fin, l'homme hocha la tête, satisfait.

Demetrios avait tenu la coupe dans sa direction depuis le début de l'opération. Mais ce fut à cet instant seulement que le goûteur lui ôta le récipient des mains, versa le vin qui restait dans sa coupelle et le secoua dans la coupe avant de le vider au sol, d'un geste expert, sans éclabousser. Alors seulement, il remplit le calice noir et, sur un bref clin d'œil du roi, le tendit au moine visiblement ahuri.

— Prêtre, bénissez à présent ce vin, afin que pour le serviteur croyant de l'Église, il se transforme en sang de notre Seigneur Jésus-Christ, par le miracle de la transsubstantiation ! prononça Manfred d'une voix obséquieuse.

Le moine fit le signe de la croix sur le calice, mais le roi plissa le front, très mécontent.

— Seules vos lèvres, semblables au Saint-Esprit, peuvent faire descendre la grâce sur ma misérable personne.

La voix du roi avait la douceur du miel, mais ses yeux étincelaient de fureur. Demetrios ne comprenait pas où voulait en venir le souverain. Incertain, presque désespéré, il tendit la coupe à Manfred.

— Vous devez en boire avant le roi ! lui chuchota Procida.

Le moine se mit à frissonner de tout son corps.

— Comment cela ? Je n'en suis pas digne !

— Nul n'en est plus digne que vous, insista le roi. Seule votre bouche engendrera l'eucharistie !

Les mains de Demetrios tremblaient tellement qu'il parvenait à peine à tenir la coupe. Il se mordait si fort les lèvres qu'elles devinrent blanches comme de la craie, semblables au reste de son visage. Il éloigna le calice.

— Bois à ma place ! lui ordonna Manfred.

Alors, le moine laissa tomber la coupe, comme si la terreur la lui avait fait glisser des mains. La pierre noire éclata. Le vin se renversa, rouge rubis, sur le sol de marbre. Le silence horrifié ne dura que quelques secondes. Demetrios fit un geste désemparé, comme pour aller ramasser les éclats. Immà tirait sur sa laisse et reniflait, poussée par la curiosité.

— En arrière ! cria Roç en se jetant sur le chemin du guépard qui avait bondi en feulant, entraînant sa maîtresse. Immà répondit en mordant le bras de l'assaillant. Le sang coulait sur la manche de Roç. Yeza, aidée par Mafalda, l'entraîna à l'écart et l'installa sur une chaise. Le roi observa fixement la flaque rouge, à ses pieds, sa veine de colère gonflait à vue d'œil. Mais il croisa le regard amusé de son chancelier. Il se força à sourire, ce qui incita Demetrios à lever vers lui un regard plein d'espoir.

— Lèche ! lui dit doucement le roi. C'est le sang de ton Seigneur. Lèche-le !

Le moine tomba à genoux, leva les mains pour s'agripper aux jambes du roi, mais celui-ci recula d'un bond.

— J'ai dit : lèche ! hurla-t-il, et ses gardes du corps appuyèrent la tête du moine contre le sol. Ils le poussèrent et lui donnèrent des coups de pied aux fesses jusqu'à ce qu'il ait le visage plongé dans la flaque rouge. Demetrios tambourinait des deux poings sur le sol. Ses mains se crispèrent. Ses doigts tentèrent de s'enfoncer dans la pierre, tous purent entendre le bruit écœurant des ongles qui se cassaient. Une convulsion parcourut son corps, il poussa un cri à glacer le sang, se cabra, frappa plusieurs fois du front dans la flaque, s'étira d'un seul coup et s'immobilisa.

— Faites-le sortir ! ordonna le chancelier. Ne le touchez pas avec les mains !

Les Sarrasins plantèrent les crochets de fer de leurs lances dans la chair du moine, à hauteur des épaules, et le traînèrent hors de la salle, le visage au sol, comme on fait sortir un taureau mort de l'arène. Il laissa derrière lui une traînée rouge qui ressemblait à du sang.

— Ne restons pas ici, suggéra le roi à ses hôtes. Le cadeau de Nicée m'a gâché le plaisir de la table !

Entouré par ses gardes du corps, Manfred quitta la salle d'un pas rapide, en évitant soigneusement de marcher sur les taches de poison. Sa fille et son guépard le suivirent sans y avoir été invités, après que Constance, encore honteuse, eut chuchoté à Roç, livide : « Je vous remercie, mon chevalier », et à Yeza : « Excusez mon Immà ! »

Yeza avait déchiré la manche de Roç sur toute sa longueur et coupé avec son petit poignard un morceau de soie qui paraissait à peu près propre, l'avait plongé dans le vin et avait ainsi pansé la blessure. Maletta, qui avait été surpris et sincèrement bouleversé par tout l'épisode, parce qu'il se reprochait son manque de vigilance, avait immédiatement envoyé chercher le médecin de la cour, un Arabe. Il avait commencé par ôter le pansement de fortune noué par Yeza. « *Da'adam jassri !* » dit-il. Il lava la blessure avec du vin, la saupoudra d'inula contre le tétanos et la septicémie, mais n'employa pas d'herbes cicatrisantes : ainsi, les bords de la blessure se nettoieraient par la voie naturelle. Puis on entoura le bras d'un bandage, et on le mit en écharpe. C'est l'instant où Jean de Procida vint les rejoindre.

— Sa Majesté Manfred vous doit des remerciements, ô couple royal. Il était trop furieux pour vous le dire. Et puis, ajouta-t-il en s'adressant surtout à Roç, nous avions prévu un entretien qui devait porter sur votre avenir immédiat, Trencavel. Nous le repoussons jusqu'à ce que vous soyez guéri.

Roç ne fit aucun signe d'approbation, ce qui agaça le chancelier et lui donna un ton plus froid. Mais il ajouta :

— Si le couple royal le souhaite, il peut prendre ses quartiers ici, au palais, où le Trencavel serait sous surveillance médicale.

— Je vous remercie, dit Yeza. Nous rentrons à la Kalsa, où nous avons notre propre médecin arabe.

— Un médecin arabe ? demanda le chancelier d'un air supérieur. Quel est son nom ?

— Pour l'heure, cela ne fait sans doute rien à l'affaire ! répliqua sèchement Yeza. Il appartient à notre cour et jouit de toute notre confiance !

— Comme il vous plaira !

— L'entretien avec le roi peut également avoir lieu à la Kalsa si messire Manfred le souhaite et veut nous exprimer sa gratitude. Nous vous ferons savoir, chancelier, quand cela nous conviendra. Et je prie à présent messire le chambellan de faire préparer la litière.

— Elle est déjà là ! s'exclama Maletta, prévenant. Je vous escorterai à travers la ville !

Mafalda et Gosset aidèrent Roç, qui était tout de même un peu affaibli, à regagner la litière. Yeza fit le parcours à cheval. Maletta avançait devant eux. À cette heure, ils ne rencontrèrent presque plus personne dans les rues sombres de Palerme. Et c'est ainsi qu'ils rentrèrent dans la Kalsa.

L'AMBASSADEUR DE L'EMPEREUR

Les jours suivants, Roç resta cloué dans son lit.

— Les dents de ce guépard n'étaient pas aussi propres que l'on pourrait s'y attendre de la part d'un chaton de lait.

Il souriait faiblement lorsqu'on changea son bandage, sous les yeux attentifs de Gosset et de Yeza.

— Aviez-vous vraiment besoin d'aller jouer les tueurs de dragons devant cette enfant ? se moqua doucement Yeza.

C'est Geraude qui s'était chargée de nettoyer la blessure. Toutes les heures, elle y étalait de nouvelles pâtes médicales. Elle prenait à cœur son rôle de bonne Samaritaine. Kefir Alhakim hachait et pressait, frottait et cuisinait l'hysope et l'ajonc que Beni et Potkaxl allaient chercher selon ses indications, dans les forêts qui entouraient la ville. Le vizir veillait rigoureusement à ce que ses consignes soient scrupuleusement respectées. Il aurait préféré y aller en personne, mais Yeza craignait à juste titre que Procida, lui-même médecin, ne fasse pas d'exception à l'*approbatio universitatis* qui ne permettait qu'aux *doctores medicinae*, ceux qui avaient passé leurs épreuves à la faculté de Salerne, d'exercer cette profession. Comme Kefir Alhakim avait une fois été banni pour être contrevenu à cette loi, il ne pouvait espérer aucune grâce. On aurait déjà suffisamment de problèmes pour faire sortir le mycologue de la ville.

Dès le lendemain, Constance avait elle aussi fait demander si elle pourrait rendre visite à son héros blessé, en compagnie d'Immà. Mais Gosset l'avait renvoyée à une date moins critique. La fièvre provoquée par la blessure avait été très élevée ; seuls l'*Arcticum lamma* et le *Sempervivum* avaient permis à Roç de franchir cette première passe où il avait été entre la vie et la mort.

Yeza avait d'abord voulu installer Roç dans sa tour, parce que ses femmes pouvaient mieux l'y soigner. Mais on avait finalement choisi le domicile de Roç, qui disposait d'un escalier secret. Deux dames dormaient ainsi constamment dans la chambre de derrière, à portée de voix du lit du Trencavel. Au cours des premières nuits, Yeza avait tenu à veiller elle-même son compagnon. Mais il était désormais sur la voie de la guérison. On le traitait avec de l'opium et de la valériane que Philippe et Mafalda se procuraient dans les couvents ou les hospices. Jordi, lui, resta dans la tour de Yeza. Il surveillait sa caisse au trésor. Ni son luth, ni ses chansons n'étaient souhaités au chevet du malade.

Au Palazzo dei Normanni, la vie de la cour et les affaires de l'État suivaient leur ordre routinier, ce qui ne signifiait pas que l'on avait oublié l'héroïsme de Roç. Manfred avait personnellement ordonné que l'on apporte chaque jour au convalescent des plats choisis à la cuisine du palais. Ses médecins les composaient spécialement, même s'ils étaient offusqués de ne pas avoir pu participer aux soins du blessé. Constance fit en sorte que son courageux chevalier ne manquât pas non plus de friandises.

Le roi s'était pris d'affection pour Roç. Chaque matin, il s'enquérait de sa santé auprès de Pallavicini, et seul son chancelier pouvait le retenir de faire une visite au malade, à la Kalsa. Depuis cette mémorable soirée, au plus tard, Jean de Procida savait quant à lui que ce n'était pas avec le Trencavel, mais avec sa dame Yeza qu'il devait s'entretenir sur l'avenir du couple royal et sur la manière la plus élégante de les éloigner tous deux de Palerme. Le chancelier n'avait pas oublié l'enthousiasme avec lequel le peuple leur avait couru après, le jour du couronnement. Nul ne devait être amené à avoir des idées déplacées en raison de leur longue présence sur l'île (même s'il ne soupçonnait nullement Roç et Yeza d'avoir des visées sur la Sicile). Un régicide, on l'avait vu, ce n'était pas si difficile que cela à mettre en œuvre, pourvu que le criminel et ceux qui le manipulaient fassent preuve d'un peu plus d'habileté. Et les ennemis ne manquaient pas ! La meilleure garantie contre ce genre de menées demeurait l'absence d'alternative crédible. Or le couple royal en constituait une, et de taille !

Le chancelier fut dérangé dans ses réflexions. La Capitenaria della Cala annonçait l'arrivée totalement imprévue d'un messager grec. Jean de Procida pensa bien entendu à un message du despote d'Épire, le futur beau-père du roi, et fit vérifier la nouvelle à deux reprises par des courriers lorsqu'on lui annonça un certain « Nikephoros Alyattes, ambassadeur de l'empereur de Nicée ». Le chancelier commença par le faire venir sous bonne escorte au Palazzo Arcivescovile, ce palais avancé dans lequel lui-même résidait, puisque le pape n'avait toujours pas renvoyé l'évêque dans son diocèse. Puis Jean se rendit en toute hâte auprès de son roi.

— Il tombe bien, celui-là ! tonna Manfred après un instant d'étonnement incrédule. Michel Paléologue veut sans doute présenter ses condoléances à ma fille, pour la perte si soudaine et si atroce de son père vénéré, auquel Nicée porte un tel amour ! Nous accorderons à sa visite la durée requise pour un deuil aussi profond ! annonça le roi en éclatant de rire. Combien de temps porteriez-vous mon deuil, Jean de Procida ?

— Pas une heure, Majesté ! Ma douleur serait si vive que je mettrais fin à mes jours sur votre lit de mort.

— Je vous l'interdirai par testament. Car vos services seraient indispensables au royaume orphelin et à mes pauvres enfants.

— Dois-je donc laisser messire Nikephoros paraître devant vous ?

— Nous allons lui offrir la terreur de me voir en vie. Ensuite, il aura tout le temps de le regretter.

Le chancelier envoya des coursiers à cheval prendre l'ambassadeur sur le Cassarò et le conduire directement au palais, où messire Manfred, l'air sombre, continuait à imaginer la réception qu'il pourrait réserver au représentant de Nicée.

— Dommage que nous ayons déjà brûlé le cadavre du moine.

— Nous n'avions pas le choix. Dans la mer, il aurait empoisonné les poissons.

— Je l'en aurais volontiers fait sortir au moment où l'ambassadeur entrera dans cette pièce.

— Nul n'aurait pu reconnaître le visage de Demetrios. Moi-même, je n'aurais pas supporté cette vision plus longtemps.

Le chancelier tentait de tempérer l'accès de cruauté de son maître.

— J'ai une bonne nouvelle de la Kalsa. La guérison du Trencavel progresse. Nous devrions réfléchir à l'entretien que nous comptions avoir avec lui.

— Voilà longtemps que je voulais rendre une visite à Roç et à Yeza !

— Mais c'est à eux de venir vous voir ! objecta le chancelier. D'ailleurs, là-bas, vous pourriez bien tomber sur votre comte d'Otrante, ce récalcitrant qui demande une audience depuis des jours pour obtenir de vous une dispense. Hamo l'Estrange veut rentrer chez lui pour se cacher derrière le tablier de son épouse.

— Je ne veux pas le voir, renvoyez-le.

— Nous attendons encore que Taxiarchos nous annonce que la trirème lui a été livrée.

— J'ai promis à mon beau-père, répliqua Manfred, agacé, que je lui enverrais mes chevaliers sans délai. Je ne veux pas que leur départ soit encore retardé, uniquement parce que certains de mes vassaux, des vermisseaux effarouchés comme ce Hamo l'Estrange, cherchent des échappatoires absurdes.

Manfred avait épanché sa colère. Jean de Procida en profita pour jeter Roç dans la conversation, comme une bûche dans la cheminée allumée.

— Roç, lui aussi, sera bientôt suffisamment rétabli pour ne pouvoir refuser de prendre part à ce convoi des quatre cents sans perdre la face !

— Mais si ! grogna messire Manfred. Et pour une raison toute simple : ce n'est pas mon vassal ! Vous pouvez aussi en discuter avec dame Yeza, c'est elle qui décide !

— Nous allons nous débarrasser de cette dame au plus vite ! laissa échapper le chancelier. Oberto Pallavicini m'a annoncé qu'elle veut se rendre en Italie afin d'obtenir, à Rome, que les Bolonais laissent partir votre demi-frère Enzio, l'homme que Yeza considère comme son père.

— Intéressant, marmonna le roi.

— Voilà qui nous ouvre de toutes nouvelles perspectives ! corrigea son chancelier. Et elles ne sont pas sans danger !

— Vous voulez dire qu'elle court un risque...

— Ce serait le cadet de mes soucis, répliqua froidement Jean de Procida. Non, c'est vous qui êtes en danger si elle réussit.

— Il y a encore un instant, vous vouliez vous débarrasser d'elle. Souhaitez-vous à présent qu'elle reste ?

— Il faut qu'elle parte et qu'elle n'arrive pas.

La phrase résonnait encore, menaçante, dans la haute salle, lorsque les gardes annoncèrent l'arrivée de l'ambassadeur.

Le roi s'installa sur son trône et pria le chancelier de se tenir à côté de lui, avant d'ordonner aux gardes :

— Faites entrer cet homme, et restez ici à notre disposition !

L'ambassadeur fut amené dans la pièce comme un détenu. Il protesta aussitôt contre ce traitement indigne.

— Je suis Nikephoros Alyattes, ambassadeur extraordinaire de Sa Majesté l'empereur de Byzance ! s'exclama-t-il, indigné, au moment où il franchissait la porte. Voulez-vous voir mes lettres de créance ?

— On les a remises en votre nom il y a quelques jours déjà, répondit Jean de Procida. Mais vous, vous devriez vous agenouiller, à présent. Vous vous trouvez devant le roi des Deux-Siciles !

— Je m'en doute ! répondit fièrement l'ambassadeur. Mais je ne vois aucune raison de courber l'échine !

— Gardes, ordonna le roi, aidez cet homme à trouver le sol. Un coup de pied aux fesses !

Deux gigantesques Sarrasins prirent Nikephoros sous les deux bras et le plièrent vers l'arrière tandis que deux autres, d'un coup de pied au creux du genou, le plaçaient dans la position souhaitée.

— Bien, approuva le roi, satisfait. Qu'avez-vous donc à nous exposer en toute humilité ? Êtes-vous venu exprimer vos regrets, puisque l'ambassadeur extraordinaire de votre général putschiste, Michel Paléologue, a tout simplement laissé tomber le cadeau que ce fils de putain nous destinait ?

— Je ne sais pas de quoi vous parlez. Vos propos me paraissent bien singuliers. Mais on ne m'a pas envoyé ici pour douter de votre entendement. Votre père très vénéré se retournerait dans sa tombe s'il lui fallait voir comment son fils, ou l'un de ses fils..., ajouta-t-il finement. (Il aurait presque dit « son bâtard », mais cela lui aurait coûté sa tête, et sur-le-champ. Il était déjà à genoux, exciter encore un peu plus le roi n'était pas nécessaire.) Vous traitez d'une manière honteuse l'ambassadeur de son vieil allié, Nicée ! Avez-vous perdu le sens des hiérarchies, de l'autre côté de la route de Messine ?

Curieusement, Manfred paraissait se calmer peu à peu. Il en devenait presque aimable.

— Nicée a failli me faire perdre la vie, et vous venez me parler d'alliance, vous osez prononcer le nom du grand empereur Frédéric ? Votre Paléologue a dû être pris de *delirium tremens*.

— Je ne comprends toujours pas à quoi vous faites allusion.

— Ah, railla le roi, un faible d'esprit, peut-être ? Comment cet usurpateur a-t-il pu, dans ce cas, vous charger de cette mission téméraire : venir nous demander si nous aimons encore l'empereur de Nicée ! Manifestement, Paléologue, qui n'avait déjà plus sa raison, est aussi en train de perdre la mémoire. Vous ne connaîtriez pas un moine nommé Demetrios, par hasard ?

— Jamais entendu parler, répliqua Nikephoros Alyattes. Vous voyez des esprits. À moins que vous n'ayez été victime d'un *impostor*. La cour de Nicée n'utilise pas de moines comme ambassadeurs !

— Mais votre patriarche Arsenios, si ! objecta le chancelier, que ce jeu du chat et de la souris ennuyait. Dans son extraordinaire bonté, le roi renonce à votre tête, Nikephoros Alyattes, une tête que vous aviez pourtant perdue de droit, pour complicité de tentative de meurtre. Nous allons vous donner le temps d'y réfléchir, et au général Paléologue le loisir de regretter votre absence. Gardes ! Conduisez cet homme à la Kalsa !

Cette fois-ci, les Sarrasins donnèrent un coup de pied à Nikephoros pour qu'il se lève plus vite, le reprirent par les deux bras et le traînèrent à l'extérieur.

— Un dernier mot ! s'exclama-t-il alors qu'ils étaient déjà au seuil de la porte.

Le roi accéda à ce vœu d'un geste de la main.

— Mon puissant seigneur obtiendra bientôt mon retour. Il m'échangera, et par la force !

— En rendant la mère de l'empereur ? l'interrompit le roi, narquois. Il restituera aussi ma pauvre sœur Anna, après en avoir fait bon usage, au terme d'une vie pleine d'humiliation ?

— Non, répondit Nikephoros Alyattes, en échange des survivants, parmi les quatre cents fiers chevaliers enfermés dans les geôles de Nicée !

— Jetez-le dehors ! cria Manfred aux gardes.

Hamo, la mine sombre, apparut dans la tour.

— Je dois vous dire *A diaus*, mon cher Trencavel. On vient de me transmettre l'ordre de me rendre dans le port, où je dois m'embarquer pour la Grèce. En guise de consolation, on a placé sous mes ordres une dizaine de chevaliers allemands. Je ne comprends pas leur langue, et leurs manières ne me siéront certainement pas beaucoup.

— Et réciproquement, Hamo l'Estrange, se moqua Roç d'une voix faible, car si le Trencavel n'était plus alité, il n'avait tout de même pas retrouvé toutes ses forces. Tu pourras au moins être sûr qu'au combat, ils s'attaqueront à tes ennemis et protégeront ta vie. Que veux-tu de plus ?

— Du confort dans ma tente ! Je ne peux pas supporter ces barbares, il me suffit de les avoir autour de moi pour le combat !

— Comment puis-je t'être utile, mon pauvre Hamo ?

— Il y a cinq ans, j'ai laissé à Guillaume de Rubrouck, pour son voyage auprès du grand khan, le meilleur de mes serviteurs. À votre retour à Constantinople, vous l'avez pris à votre service.

— Philippe ?

— Oui, Philippe ! Rendez-le-moi, ou du moins prêtez-le moi pour cet effroyable voyage en Grèce. Il parle la langue des Hellènes, au cas où je devrais m'y faire comprendre. On ne sait jamais !

— Je ne peux te refuser cela, dit bravement Roç, mais je veux que Philippe prenne la décision. Pour moi, depuis longtemps, c'est plus qu'un serviteur : c'est un ami.

— Je le traiterai volontiers comme tel !

Gosset entra alors dans la tour et annonça :

— Philippe prépare ses affaires, il va vous quitter pour quelque temps.

Roç, indigné, dévisagea Hamo, qui rougit jusqu'aux oreilles :

— Je lui ai proposé un salaire de prince.

— Vraiment ? répondit Roç. Précieux Gosset, informez Philippe qu'il peut prendre dans mon coffre autant d'or qu'il le voudra. Il est inutile qu'il vienne me faire ses adieux.

— Autre chose, ajouta Gosset. Le roi Manfred a entendu dire que vous étiez guéri et demande si le couple royal pourrait lui rendre visite dans son palais...

— Le roi Manfred n'a certainement pas prononcé les mots « couple royal », l'interrompit Roç.

— C'est exact, dut admettre Gosset. Mais je me suis permis de refuser en votre nom. Et comme le chancelier s'oppose fermement à ce que son seigneur fasse une visite dans la Kalsa, nous nous sommes mis d'accord sur un compromis. L'entretien d'adieux aura lieu dans l'église de San Giovanni degli Eremiti. Nous honorerons ainsi le patron de notre bon ami de Procida, et le roi devra vous faire vos adieux en vous remerciant devant le splendide cadeau que vous lui avez fait. Car c'est là, comme vous l'avez ordonné, que le groupe du Golgotha a trouvé un abri, au moins provisoire.

— Comment cela, « vos adieux » ? demanda Roç, méfiant. Compte-t-il nous bannir de l'île ?

— Non, dit Gosset, mais Yeza quittera Palerme demain matin.

Le silence tomba comme la hache du bourreau et se posa, semblable à une rosée de plomb, sur tous ceux qui se trouvaient dans la pièce. Roç s'approcha de la fenêtre. Il s'était toujours imaginé que les larmes lui viendraient aux yeux s'il arrivait un jour ce qui venait d'arriver, aussi froides et brûlantes que la mort. « Abandonné ! » Mais Roç ne pouvait pas pleurer, ses larmes étaient séchées par l'onde de chaleur, gelées par le froid glacial. Il se sentit mal. Il serra les barreaux de la fenêtre, si fort que les os de ses phalanges se dessinèrent en blanc sur ses mains. Il aurait aimé perdre connaissance.

Hamo se racla la gorge, et Roç se retourna lentement.

— Quel vœu puis-je encore remplir pour toi, Hamo ? s'enquit-t-il d'une voix basse et douce-amère. Réponds-moi. Ensuite, je te dirai comment tu peux me remercier.

Hamo était bouleversé.

— Si tu y arrives, Roç, alors salue ma petite femme et surtout ma fillette Alena Elaia ! Console-les et dis-leur que je reviendrai bientôt.

— Je le ferai, Hamo, garantit Roç.

— Et moi, comment puis-je t'être utile ?...

— En disparaissant enfin ! laissa échapper Roç, avant de se retourner vers la fenêtre.

Hypocrisie et fausse émotion

C'était Roger II, le souverain normand, qui avait fait bâtir l'église de San Giovanni degli Eremiti. On n'avait pas rasé la mosquée qui se trouvait sur ces lieux, on l'avait intégrée au nouvel édifice. Le respect de la réalisation artistique des Arabes et la tolérance religieuse allaient si loin que même la partie chrétienne, la nef, et le campanile carré avaient reçu des coupoles roses. Il n'y avait rien d'étonnant à ce que le roi Manfred, qui se sentait étroitement lié à l'héritage hellénistique et islamique du pays, (semblable en cela à son père) ait plus apprécié ce joyau architectural que le puissant palais érigé juste à côté d'elle, bien que la petite église ait servi de chapelle funèbre à la cour. Le jardin, entouré par un calvaire, n'était cependant pas un cimetière. Et Manfred n'était pas superstitieux ! Il aimait s'y rendre avec son conseiller Jean de Procida. Cette fois, ils attendirent cependant à l'intérieur de l'église l'arrivée de Roç et de Yeza, qui avaient pris du retard.

— Ce comportement était prévisible, murmura le chancelier, de mauvaise humeur. Je parierais que la dame Yeza est responsable de ce manque de ponctualité.

— Elle s'en sortira bien, assura le roi en souriant, et nous supporterons aussi ce terrible affront, mon cher Jean !

— Taxiarchos est arrivé à Messine avec la trirème et tout son équipage. Quatre-vingts des *lancelotti* ont répondu à votre appel, l'informa son chancelier, sans transition.

— Et pourquoi ne vient-il pas jusqu'à Palerme ? Ces *lancelotti* sont certainement de remarquables combattants, qui arriveraient à point nommé pour remplir des régiments encore incomplets. Car je ne veux pas donner à mon beau-père prétexte à se plaindre de ma nonchalance ou de mon manque de précision. Je lui enverrai les quatre cents soldats promis au complet !

— Taxiarchos réclame la libération des trois chevaliers d'Occitanie.

— Comment cela ? Ils sont de nouveau enfermés ?

— Parce que même un Taxiarchos ne doit pas mettre en doute l'exactitude de votre parole. C'est seulement lorsque la trirème sera amarrée dans la Cala que les liens de ces jeunes seigneurs seront détachés dans la Kalsa !

— Et on les enverra à Épire par le prochain bateau ! Rien ne plaisait plus à messire Manfred que ce genre de revirements désagréables dans le destin des autres. À peine libérés, cap sur Hellade !

Il rit de malin plaisir, sans prendre garde au mécontentement manifeste de son chancelier. Le roi finit tout de même par remarquer que celui-ci ne partageait pas sa gaieté.

— Jean, dit-il, mieux vaut que vous quittiez à présent ce lieu joyeux, je voudrais m'entretenir seul avec Roç et Yeza.

— Comme vous le souhaiterez, majesté.

Jean fit une courbette et sortit rapidement de l'église.

Roç et Yeza, suivis d'une escorte que Maletta, le chambellan, avait mise à leur disposition, passèrent devant la porte Saint-Antoine, le chemin le plus court pour retrouver messire Manfred. Ils avançaient vite pour rattraper leur retard et n'avaient pas le temps de discuter longuement, ce qui n'était de toute façon l'intention ni de l'un, ni de l'autre. Roç était énervé, et Yeza paraissait épuisée. Il ne put cependant s'empêcher de l'agresser :

— Je suppose que, si nous sommes en retard, c'est que vous étiez encore en train d'emballer votre trousseau ?

— Vous vous trompez, Roç Trencavel, même ma Première dame de cour a déjà bouclé ses dernières malles !

Roç cherchait la querelle. Il voulait la blesser, elle qui s'en allait aussi simplement qu'un chevalier partant au combat, et le laissait comme une vierge abandonnée.

— Je garde Beni ! s'exclama Roç, provocateur. En remplacement de Philippe. Mais je vous laisse le vizir !

Yeza ne réagit pas.

— Cela brisera tout au plus le cœur de Potkaxl, répondit-elle, mutine. Que vous voulait la jeune fille du roi ? Ne peut-elle donc pas attendre que je sois partie, cette petite ?

— Constance, entourée de ses suivantes et de ses gardes du corps, voulait seulement savoir si je me portais mieux ! répliqua Roç. Elle, au moins, se soucie de ma santé.

— Ah oui, cette santé que d'autres femmes piétinent en prenant le large ! Je suis heureuse que cette enfant se soucie de vous. Je vous sais ainsi en de bonnes mains.

Comme la montée progressive de leur dispute avait fini par les mettre au grand galop, ils étaient rapidement arrivés à San Giovanni. L'escorte les suivait de loin.

Roç et Yeza mirent pied à terre presque au même instant. Cela les fit sourire malgré eux. Ils s'étaient tacitement entendus pour se présenter comme un couple uni devant le roi. Roç tendit galamment le bras à sa dame. Et c'est ensemble qu'ils entrèrent à l'intérieur de l'église, plongée dans une lumière crépusculaire.

Ils trouvèrent le roi Manfred dans la salle jouxtant le presbytère. On y avait remonté avec soin le groupe du Golgotha. On aurait dit que l'artiste chargé de cette mission avait vu les personnages debout, à l'église Sainte-Madeleine de Rhedae. Même la colline était là, tout comme la troisième croix. Les légionnaires romains jouaient de nouveau aux dés sur la marmite retournée, comme si elle n'avait jamais éclaté en mille morceaux en dévoilant la tête dorée de Baphomet. Bien entendu, l'effet était tout différent : les personnages portaient désormais des vêtements précieux et colorés, et les soldats romains avaient posé à côté d'eux leurs casques à frange rouge.

— Vous vous étonnez, mais je ne vous laisserai pas dans l'ignorance, dit Manfred d'un air aimable en allant à leur rencontre. Votre remarquable nain, messire Jordi, a apporté son aide à nos menuisiers. C'est en outre un troubadour de premier ordre, nous avons beaucoup chanté ensemble.

À cet instant seulement, leurs regards tombèrent sur le luth, que le roi avait posé sur un tabouret.

— Je le garderais volontiers auprès de moi, à la cour.

Yeza tressaillit, mais Manfred sourit de nouveau.

— Ils vous est tellement attaché, madame, qu'aucun bien, aucun or n'a pu le convaincre de vous abandonner.

— Je suis heureuse qu'il me soit fidèle, répondit-elle, soulagée. J'ai une longue marche devant moi.

— Vous comptez nous quitter demain matin par les terres, dit Manfred. J'ai chargé Maletta de vous escorter jusqu'à Messine. Et sur le continent, à Regium, vous attend mon oncle Lancia, le prince de Salerne. Son influence considérable va jusqu'aux frontières de l'État de l'Église, sinon plus loin. Et à Rome, c'est notre partisan Brancaleone qui a pris le pouvoir.

— Il semble que votre puissance n'a pas de frontières, intervint Roç. Comment se fait-il que les Bolonais puissent s'opposer à la libération de votre frère ?

— Sa vie est entre vos mains, déclara Manfred en s'efforçant de faire preuve de compassion. Notre père nous a interdit à tous de le mettre en péril en tentant de le libérer, que ce soit par un siège ou un assaut.

Roç lança à Yeza un regard qui devait signifier « Tu as entendu ? », mais Yeza fit comme si elle ne l'avait pas remarqué.

— Vous connaissez certainement les chansons qu'il rédige depuis sa triste prison ? demanda-t-elle d'un air de défi en dirigeant le regard du roi sur le luth.

— Plus tard, s'excusa courtoisement Manfred. Je voudrais d'abord connaître les projets du couple royal.

Il avait fait des efforts considérables pour utiliser ces mots, et n'avait pu s'empêcher d'y glisser une note d'amusement. Il ajouta rapidement :

— Ni à Rome, ni nulle part en Italie ou sur les côtes de la Méditerranée, on ne peut conquérir un royaume qui répondrait à vos attentes.

— À Constantinople, un trône impérial sera bientôt à céder, si je suis bien informé, affirma Roç insolemment.

— Je ne peux que vous mettre en garde contre celui-là, reprit Manfred avec un rire tourmenté. Au trône de Byzance, on peut préférer n'importe quel siège incandescent sorti des flammes de l'enfer, l'assise hérissée de clous et le dossier plein de lames acérées.

— Et pourtant, tous s'efforcent d'en prendre possession, se battent pour y parvenir ?

Roç semblait d'humeur à aller jusqu'au bout de ce sujet. Mais Yeza mit un terme à cette discussion.

— Le couple royal n'a aucune intention de contrecarrer vos ambitions, cher cousin. Ni en Méditerranée, ni au-delà des Alpes, ni sur le Bosphore.

— Notre royaume n'est pas de ce monde ! lança Roç.

— J'ai déjà entendu ces mots quelque part, se moqua Manfred. Comment a fini celui qui les a prononcés ?

— Vous ne pourrez pas nous effrayer, rétorqua Yeza d'une voix ferme. C'est intentionnellement que l'on a mal compris Jésus le Nazaréen. C'est sur cette méprise que repose aujourd'hui l'Église romaine de l'apôtre saint Paul.

— C'est certainement plus son œuvre que celle du simple pêcheur qu'était Pierre ! (Le roi paraissait songeur.) Et comment comptez-vous éviter qu'il ne vous arrive la même chose ?

Manfred, malgré lui, éprouvait pour ses deux interlocuteurs une certaine solidarité. Finalement, n'avaient-ils pas les mêmes ennemis ?

— Nous voulons Jérusalem ! s'exclama Roç. Cela étonna Yeza – non pas tant la chose en soi, c'était un vieux rêve, mais le fait qu'il l'exprime ouvertement, ce jour-là, en ce lieu, et en disant « nous ». Cela l'émut. Mais ces mots ne provoquèrent que la raillerie de Manfred.

— Jérusalem, bien entendu ! laissa-t-il échapper en feignant l'épouvante (ou bien avait-il vraiment peur ?) Vous défiez l'histoire ! Il ne vous manque plus que de vous parer du titre de « rois des Juifs », et vous êtes certains d'être lapidés. Les trois religions s'en chargeront ensemble, ce sera leur seul sujet d'unanimité !

— Si notre mort pouvait donner le jour à une union durable, c'est-à-dire à la paix, cela ne serait pas absurde, objecta Yeza. Mais il me semble que notre vie, une vie sans prétention au pouvoir, à la domination, aux terres et aux rapports féodaux sur l'âme et le corps d'autres êtres humains, cette vie-là peut nous permettre d'établir une paix universelle !

— Vous avez des rêves admirables, ma chère. Mais le lieu qui conviendrait pour cela serait la Lune, certainement pas cette terre, et encore moins Jérusalem.

— Peut-être notre Jérusalem se situe-t-elle sur une lointaine étoile, intervint Roç, songeur, ce que Yeza entendit en frissonnant de bonheur. À nous de faire en sorte que les hommes reconnaissent la ville sainte comme une étoile rayonnante, et pas comme une pomme de discorde entre des religions concurrentes.

Manfred le regarda de côté.

— Je vous aurais pris, Roç Trencavel, pour un homme aux deux pieds sur terre.

— Vous auriez eu raison. Je ne me suis pas encore séparé de ce monde. Il me faudra le parcourir longtemps avec mes deux jambes, mes deux bras et ma pesante tête. Il me faut apprendre à supporter le combat, les privations, les défaites et les victoires jusqu'à ce que je puisse me rapprocher de notre Jérusalem. Et cela vaut aussi pour ma dame. Yeza doit elle aussi trouver sa voie.

— Laisse-moi parler pour moi-même, mon cher Roç. Je suis plus que jamais convaincue que le chemin est le but. Il ne s'agit pas de la possession de cette ville convoitée, mais de l'acquisition d'une Hierosolyma céleste, une Jérusalem spirituelle, un lieu de l'esprit !

— Dommage, regretta Manfred. J'aurais volontiers contribué à y organiser votre entrée triomphale et à faire converger vers vous les cœurs de tous ceux qui cherchent la paix.

— Ne faites pas, pour nous, abstraction des droits de Conradin ! répondit Roç en souriant. Ce sera pour une autre fois, ajouta-t-il. Nous n'avons pas besoin des insignes terrestres, même s'il est vraisemblable que votre neveu n'y prendra jamais le pouvoir.

— Qui vivra verra, conclut laconiquement Manfred. À lui aussi, je céderai volontiers mon trône s'il se montre assez fort pour le garder. Et lorsque vous aurez atteint votre Jérusalem, la terrestre, bien entendu, lorsque vous aurez, peut-être, soif de reconnaissance dynastique, sachez que mon soutien ne vous fera pas défaut. Le monde a besoin de souverains aux si nobles ambitions.

— Nous vous remercions de votre amitié, répondit Roç, tout aussi faussement, et nous vous souhaitons un long règne béni par les cieux.

— Oui, approuva Yeza. Vous avez un beau pays. Soyez heureux, Manfred ! (Avant que l'émotion ne devienne insupportable, elle ajouta rapidement :) Vous vouliez nous faire entendre un chant du roi Enzio.

Manfred prit le luth et entonna, d'une belle voix claire :

« *Va, cansonetta mia,*
e saluta messere,
dilli lo mal ch'i'agio :
Quelli che m'a'n bailia
si distretto mi tene.

Salutami toscana,
quella ched è sourana,
in cui regna tutta cortezia,
e uanne in pugla piana,
Lamagna, capitana,
là doue lo moi core è nott'e dia. »

Lorsque la dernière note eut retenti, les deux hommes virent que Yeza avait les larmes aux yeux. Manfred se racla la gorge. À l'extérieur, le soir était tombé depuis bien longtemps.

— Je partirai tôt demain matin, annonça Manfred. Rien ne me donne des palpitations de bonheur plus que de m'en aller à la chasse à l'aube rose de l'automne, lorsque la rosée froide recouvre encore l'air, dans la joyeuse attente du premier rayon de soleil !

— Prenez le Trencavel avec vous ! suggéra Yeza à brûle-pourpoint. Chevaucher dans les prés et les forêts au petit matin lui fera du bien.

— Si vous vous sentez assez rétabli pour cela,

acquiesça aimablement le roi, j'aurai plaisir à vous avoir à mes côtés. Mes chasseurs viendront vous chercher !

Roç ne put que hocher la tête. Yeza avait atteint son objectif. Il n'aurait pas à la regarder lorsqu'elle quitterait la Kalsa.

Manfred les accompagna hors de l'église. Les sbires de Maletta leur amenèrent les chevaux. Manfred resta au seuil de l'édifice et les suivit du regard lorsqu'ils disparurent dans la pénombre de la nuit.

SÉPARATION AU PETIT MATIN

Devant la grande porte de la Kalsa, Gosset et Jordi attendaient le retour de leurs maîtres. Yeza brida son cheval et noua un petit foulard sur son corselet. Roç le reconnut aussitôt à la croix de Toulouse brodée.

— Vous me l'aviez donné il y a des années, lorsque le destin nous avait déjà imposé une séparation. (Elle le porta à ses lèvres.) *Que Diaus vos bensigna,* mon Trencavel !

Sur ces mots, elle tendit à Roç le morceau de tissu et lui adressa un long et dernier regard.

Des yeux comme des étoiles, songea Roç avant de répondre :

— *Que Diaus vos bensigna,* Esclarmonde. Et il serra le petit foulard dans son poing.

Yeza mit pied à terre et franchit le portail sans se retourner. Jordi la suivait.

Roç se laissa glisser de son cheval.

— Étaient-ce les adieux à votre dame ? demanda Gosset, inquiet de l'état d'esprit de son seigneur.

— Yeza et moi-même sommes d'accord, non pas sur le chemin, mais sur l'objectif. C'est ce qu'a montré, de manière fort réjouissante, l'entretien avec Manfred. Et cela me suffit ! J'en suis très heureux !

— Comment avez-vous trouvé le roi ? s'enquit Gosset, qui voulait tout savoir.

— D'une amabilité débordante lorsqu'il a compris

que notre objectif est Jérusalem. Il voulait nous l'offrir tout de suite !

— Quelle générosité ! Donner une maison vide dont la couronne pare déjà le front du régent Henri de Chypre !

— Manfred nous a offert son amitié et tout le soutien dont nous aurions besoin.

— Voilà qui devrait suffire à éveiller votre méfiance. Car messire Manfred ne pense aux autres que s'ils lui sont utiles. Sans cela, il fait en sorte qu'ils ne puissent plus lui nuire !

— Chacun a ses petites faiblesses, Gosset. Ne soyez pas aussi suspicieux, Manfred m'aime bien ! Au petit matin, je pars avec lui à la chasse. À l'occasion, je lui glisserai un mot en faveur des trois Occitans, pour ne pas avoir à me reprocher de ne pas penser au sort des autres !

— On peut douter qu'ils vous soient jamais utiles à quoi que ce soit, mon cher Trencavel ! Vous gaspillez votre bonté pour des gens qui n'en sont pas dignes. Pour ma part, je suis très heureux de ne pas les avoir entre les jambes !

— Vous êtes un sans cœur. Ce sont juste de jeunes cabots qui ne savent pas encore sur quel arbre ils ont le droit de pisser.

— Faites comme il vous plaira, Trencavel. Mais veillez à ce qu'ils ne vous prennent pas pour un tronc ! (Gosset était las de faire la leçon à un homme qui ne voulait pas écouter.) Essayez, je vous prie, de trouver le sommeil pour les quelques heures qui vous restent encore à dormir. Bonne nuit !

Dans les geôles de la Kalsa, le nouveau venu avait immédiatement montré comment il fallait manier le personnel de garde. Les lémures, d'ordinaire obtus et grognons, le pas traînant, bondissaient désormais pour rendre la vie de Nikephoros Alyattes aussi agréable que possible. Ils montèrent même en courant à l'« *Oleum atque vinum* » d'Alekos non seulement pour aller chercher du vin et de l'huile, mais aussi pour acheter des poissons frais, des bougies et du lin pour couvrir la table, des serviettes et des couverts. Car le seigneur ne souhaitait pas manger autrement.

Les trois prisonniers du Languedoc en restèrent bouche bée. La salive ne tarda pas à y monter lorsque l'on fit tourner les grands poissons sur la broche et griller les petits à la poêle.

— À table, messieurs ! ordonna l'ambassadeur de Grèce, et les lémures se dépêchèrent d'ouvrir les cellules et de mener les prisonniers dans la salle centrale, vivement éclairée, qui donnait sur les différents réduits.

— Permettez-moi de me présenter : Nikephoros Alyattes, envoyé de Sa Majesté l'empereur de Nicée.

D'un mouvement de la main, il désigna les succédanés de sièges que l'on avait apportés, de simples caisses recouvertes de peau. Les lémures assuraient le service. Raoul entreprit de se présenter, lui-même et ses compagnons :

— Pons de Levis, comte de Mirepoix !

Pons, déjà amaigri, ne comprenait plus rien à ce qui lui arrivait et prenait son hôte pour l'inquisiteur.

— Je suis innocent, laissa-t-il échapper d'une voix pitoyable.

Mas éclata de rire.

— Voilà une chose que je ne pourrai jamais affirmer ! Seriez-vous le diable, Mas de Morency est votre homme ! lança-t-il avant de se jeter sur les plats. Il avala un poisson entier et voulut l'arroser de vin lorsque Raoul arrêta son bras.

— Raoul de Belgrave se permet de lever son verre à la santé de Son Excellence !

À cet instant seulement, Mas l'imita et Nikephoros but avec eux.

— Qu'est-ce qui amène de si noble sires en ce lieu inhospitalier ?

— C'est le Pénicrate de Constantinople qui nous a mis dans cette situation, répondit Mas.

— Qui ? demanda Nikephoros, et Pons précisa en geignant :

— C'est Taxiarchos, le coupable !

Raoul jugea de son devoir de clarifier la situation.

— Nous voyagions avec lui en mission spéciale, et l'on nous a pris pour des tueurs à gages grecs envoyés par votre empereur.

— On semble se soucier considérablement de l'empereur, à cette cour, constata Nikephoros. Comme si mon seigneur n'avait rien d'autre à faire que d'empoisonner cet insignifiant bâtard de Sicile ! (Les lémures remplirent les coupes vides.) Je comprends à présent...

— Vous peut-être, nous pas ! rétorqua Mas d'une voix sèche. À ce moment-là est arrivé un moine nommé Demetrios...

— Je ne le connais pas ! déclara aussitôt Nikephoros, d'une voix sans appel : il se demandait tout de même si ces trois étranges prisonniers n'étaient pas des mouchards du chancelier, placés là pour lui arracher des aveux. Jamais entendu parler !

— Il prétendait apporter un message adressé au couple royal par un certain franciscain...

— Ça n'est tout de même pas Guillaume de Rubrouck ? (L'ambassadeur perdit son air indifférent.) Si ce moine est de la partie, il ne reste plus à Satan qu'à y glisser la queue et à se suicider. Ça vaudrait mieux pour lui !

Il vida sa coupe jusqu'à l'ultime goutte, comme si c'était la dernière. Les trois compères ne comprenaient pas sa remarque, mais ils levèrent leur verre en silence dans sa direction.

— Messieurs ! s'exclama Nikephoros, qui tentait de reprendre contenance. Nous devons nous préparer à un long séjour. Pour aujourd'hui, nous allons nous soûler !

— Voilà qui me convient, dit Mas, et les lémures resservirent à boire.

— J'espère que Roç et Yeza ne nous oublieront pas ! geignit Pons.

L'ambassadeur s'adressa alors à Raoul, qu'il tenait pour le plus malin des trois, et qu'il ne prenait plus, désormais, pour un espion :

— Si nous sortons un jour vivants d'ici, je vous inviterai à Constantinople, et mon empereur vous dédommagera de tous les ennuis que vous avez subis à cause de lui !

— Voilà une belle parole, déclara Raoul en levant son verre.

— C'est la parole de Nikephoros Alyattes, et vous pouvez vous y fier !

L'aube se montrait sur le lac paisible, les silhouettes noires des palmiers élancés se découpaient sur la surface d'argent qui se fondait dans l'horizon.

Devant la Kalsa, Beni tenait un faisceau de javelots et, par le bridon, le cheval de son seigneur. Les chasseurs de Manfred étaient arrivés. Roç descendit l'escalier en pourpoint de cuir et s'enfonça dans la légère brume du matin. Beni lui tendit un arc et un carquois bien rempli.

Roç se hissa sur un cheval. Il aperçut alors Sigbert von Öxfeld, le chevalier teutonique, venant vers lui. Il prit conscience, et cela lui serra le cœur, du fait qu'il ne verrait pas Yeza en revenant de la chasse. Le vieux commandeur avait porté Roç dans ses bras lorsqu'on les avait emmenés de Montségur pour les sauver. Portant toujours le manteau blanc, la croix noire en forme d'épée, d'une fidélité inébranlable, Öxfeld avait été pendant toute sa vie le gardien des enfants du Graal. Sigbert tenait déjà son sac de voyage. Il allait accompagner Yeza.

Roç mit pied à terre et courut vers le chevalier. Il le prit dans ses bras comme il le faisait lorsqu'il était petit garçon. Mais il ne trouva pas les mots.

— Fais attention à elle ! parvint-il juste à bredouiller.

Le commandeur le serra dans ses grandes pattes.

— Je veux te retrouver en bonne santé – et vous revoir tous deux réunis, grogna le vieil homme d'une voix émue avant de plaisanter : Avant cela, je ne laisserai même pas le petit doigt à la Camarde !

Il donna à Roç une bourrade qui, jadis, l'aurait mis au sol. Mais cette fois-ci, le Trencavel tint bon.

— Merci, mon vieux Sigbert ! cria-t-il en se retournant.

— Je n'ai rien entendu, grommela le géant en franchissant la porte.

Roç remonta en selle, et ils partirent. Beni courait à

côté de lui, à pied. À l'est, l'horizon prenait une teinte rose et violette. Puis le disque solaire sortit de la mer et l'enflamma comme de l'or liquide.

L'escorte de Maletta était arrivée devant la Kalsa, tout comme la litière et les chariots destinés à transporter les bagages. Autour, des montagnes de caisses et de coffres, de linge en ballots et de corbeilles. Mafalda, assise comme une poule sur son perchoir, surveillait le chargement des voitures, et grondait Geraude. Potkaxl était absente. Quelqu'un avait-il vu la princesse toltèque ?

— Pour ce matin, personne ! fit en haletant Jordi qui descendait marche par marche, avec Kefir, le lourd bahut contenant le trésor.

— Notre Potkaxl aura oublié de se réveiller ! suggéra la bienveillante Geraude pour défendre la suivante.

— La seule question est de savoir dans quel lit ! ajouta sèchement Mafalda, qui se vit contrainte de mettre elle-même la main à la pâte.

Jordi et Kefir déposèrent la lourde caisse devant la litière et aidèrent les femmes.

— Voulez-vous que j'aille voir où elle est ? proposa Geraude.

— Cela te ferait trop de plaisir ! répliqua la Première dame de cour. Kefir Alhakim ! ordonna-t-elle. Allez la chercher et faites-la sortir de ses édredons !

Mais rien n'y fit : on ne l'avait toujours pas retrouvée au moment où toutes les caisses furent empilées sur les chariots tirés par des attelages de deux bêtes. Sigbert souleva tout seul le coffre au trésor pour le déposer dans la litière, où allèrent s'installer les deux dames et Kefir. Jordi grimpa sur le siège du cocher, sa place préférée.

Gosset apparut au portail, encore un peu endormi.

— Ce ne sont pas des adieux, dit-il à Yeza. Je connais mon destin depuis longtemps. Je sais que nous nous reverrons.

— Merci, Gosset, pour tout ce que vous avez fait pour nous. Et j'ai l'intention d'accroître encore notre dette à votre égard : je vous en prie, veillez bien sur le Trencavel !

Gosset s'inclina.

— C'est le motif, ma chère dame, pour lequel je ne vous accompagne pas. Je veux essayer de vous ramener notre noble chevalier en bonne santé et plus riche, non pas en or, mais en expériences.

Yeza lui tendit la main, et Maletta donna le signal du départ. Yeza et le commandeur laissèrent passer le petit cortège. Les deux chariots se mirent en marche en grinçant, suivis de la litière. L'escorte les précédait. Pour les hommes du roi, le chemin à travers la Sicile ne présentait guère de danger. Cet accompagnement était plutôt une manière de rendre honneur à Yeza.

— *Adieu, monsignore !* cria-t-elle encore une fois à Gosset en passant devant lui à cheval. *Et au revoir !* Puis la mince jeune femme et l'imposant commandeur teutonique rejoignirent le convoi.

Gosset les suivit du regard en leur faisant signe. Puis il monta, pensif, sur l'étage vide de la tour. Il entra dans la pièce qui, derrière la chambre de Roç, dissimulait l'entrée secrète. C'est là qu'avait habité Philippe. Beni avait pris sa place. Mais, dans le lit du Matou, Potkaxl, enroulée sur elle-même, dormait profondément. Gosset sourit et ne la réveilla pas.

Roç chevauchait à côté de Manfred. Ils traversaient les sous-bois, loin de tous les chemins. Sur les prairies, quelques lièvres, perdrix et faisans étaient passés devant leur arc. Ils pendaient à présent sur les chevaux de l'équipage sur lequel Beni avait lui aussi pu prendre place. Il portait toujours les javelots. Jusqu'ici, on n'avait pas vu le moindre sanglier. Seule une petite troupe de chevreuils parvint à s'échapper en bondissant avant que les chasseurs ne soient à portée de tir. Roç n'appréciait guère tout cela. Ce n'était pas un chasseur passionné, contrairement à Manfred, qui lui racontait avec exaltation la chasse aux faucons qu'il allait organiser dans les jours à venir. Roç appréciait en revanche le calme de la forêt, les rayons de soleil qui passaient comme des doigts dorés dans le feuillage des arbres et faisaient briller le sol, les torrents qui gargouillaient entre des pierres rondes, et le lointain appel du coucou. Il pensait, plein d'amour, à Yeza. Si douloureux que ce fût, il l'aimait aussi parce qu'elle suivait son propre chemin, audacieuse et imperturbable. C'est également ce qu'elle attendait de lui. C'était la seule manière pour eux de se retrouver. Il vit son chemin s'ouvrir devant lui.

— Vous attendez à juste titre une réponse, noble Manfred, dit tout d'un coup Roç au roi. J'accepte votre offre. Je mènerai en Grèce les chevaliers qui doivent encore vous arriver.

Le roi lança à Roç un regard de côté. Un imperceptible sourire de triomphe se dessina sur ses lèvres.

— Je savais que je ne pouvais pas me tromper sur votre compte, Trencavel ! (Il éperonna son cheval et cria :) Hue !

Tous deux traversèrent la forêt au grand galop. Les mottes de terre humide volaient autour d'eux.

— Sanglier ! Sanglier ! criaient les rabatteurs. Le sanglier est lâché !

LA PISTE DU CALICE

I

Vers de nouveaux rivages

Bain froid dans le détroit

Pendant plusieurs jours, ils avaient remonté la côte rocheuse solitaire au nord de l'île, allant d'une tour de garde rudimentaire à l'autre. Les Hohenstaufen avaient le plus souvent repris telles quelles les fortifications sommaires de leurs prédécesseurs normands. Yeza aurait mille fois préféré parcourir l'intérieur des terres, où des villas romaines bien conservées se dressaient encore dans les vallées ombragées comme si leurs habitants venaient juste de sortir pour une promenade à cheval, et où des sources brûlantes jaillissaient depuis toujours dans des thermes dont les sols étaient ornés de splendides mosaïques. Des temples grecs dominaient les vertes collines et, avec leurs rangées régulières de piliers en marbre, semblaient inviter les dieux à s'arrêter un peu. En leur honneur, on donnait toute l'année dans les théâtres et les arènes collés aux coteaux des mystères et des jeux, les *circenses*, pour la joie et la distraction des habitants.

Le chambellan Maletta, un connaisseur enthousiaste du riche passé de la Sicile, demeura cependant parfaitement sourd aux demandes de Yeza, lorsqu'elle voulut faire un petit détour. Et elle fut heureuse, au bout du compte, quand elle vit enfin la ville de Messine, à la pointe septentrionale de l'île. Derrière, presque à portée de main, se dressaient les terres du continent.

Sans la moindre halte, ils descendirent au port pour se faire transporter par une barge. Yeza reconnut aussitôt la trirème. Elle ressemblait à un insecte, une grande libellule qui scintillait entre tous ces bateaux de pêcheurs aux couleurs vives, et les navires de fret sans ornement.

— De l'autre côté, à Regium, vous attend une escorte du prince Lancia, annonça respectueusement Maletta. Il avait à peine fini sa phrase que Yeza s'exclama « Mais c'est Taxiarchos ! » et éperonna son cheval.

Lorsque le cortège formé par les chariots et sa litière arriva sur le quai, Yeza s'était précipitée à bord depuis longtemps. Elle avait oublié les contrariétés de Rhedae, où le Pénicrate l'avait affrontée dans la recherche du trésor du Templier. Il avait en outre manifestement perdu la partie, car la bonne vieille trirème ne semblait pas transporter de richesses à son bord ; mais elle était servie par les redoutables *lancelotti* d'Otrante. Ils saluèrent Yeza comme ils en avaient l'habitude, en faisant claquer les unes contre les autres les lames de leurs faux.

— Où vous mène votre chemin, ma reine ?

Taxiarchos ne semblait pas avoir de rancune, en tout cas pas à son égard : il descendit vers elle d'un pas souple, de la passerelle de quart. Yeza ouvrit malgré elle les bras pour le saluer, mais Taxiarchos aperçut Maletta derrière elle et s'arrêta donc froidement au pied de l'escalier au lieu de l'embrasser. Yeza, déçue, presque hargneuse, répondit donc simplement :

— Sur le continent !

Et Taxiarchos annonça d'une voix puissante :

— Que personne ne vienne nous contester le droit de passage !

Comme pour confirmer ses propos, les *lancelotti* frappèrent leurs faux affûtées, et le chambellan jugea plus prudent de ne rien dire.

— Je vous accompagnerai pour cette traversée, ma dame, annonça Maletta. Moins pour assurer votre sécurité (avec messire Taxiarchos, vous ne craignez rien !) que pour veiller à la prise de possession de la trirème qui, *sous mes ordres* (il souligna les derniers mots, d'une voix suffisamment forte pour que chacun puisse l'entendre), poursuivra ensuite sa route vers Palerme.

Ces mots étaient destinés au Pénicrate, qui fit mine de ne pas voir et de ne pas entendre le chambellan. Il salua en revanche Sigbert, qui menait lui-même son cheval à bord, puis passa sous le pont comme s'il voulait éviter d'être impliqué dans la querelle imminente. Il sourit à Yeza avant de disparaître.

Cela déplut à Maletta, qui monta à son tour à bord. Pour souligner ses prétentions au commandement, il lança quelques ordres et pressa les hommes qui assuraient le chargement. Taxiarchos le laissa faire. Mais dès que la dernière caisse fut à bord, en compagnie de Jordi, qui avait veillé à ce que rien ne reste à quai, ni les chariots, ni la litière portant le coffre au trésor, ni les dames ou le vizir, il donna d'un signe aux *lancelotti* l'ordre de lever l'ancre.

Les faux redescendirent et, dans un mouvement puissant, s'enfoncèrent dans l'eau. Sur le môle, les sbires de Maletta et tous les badauds eurent un mouvement de recul. Le chambellan réprima son envie de protester. Pourquoi ses hommes auraient-ils dû franchir la passerelle ? Lui, Maletta, était bien capable de s'imposer tout seul à bord.

La trirème glissa hors du port et Taxiarchos tourna le gouvernail, si bien que la proue surélevée et son bélier dissimulé s'orientèrent rapidement vers Regium. Les premiers dauphins apparurent des deux côtés, en décrivant de gracieux bonds hors de l'eau. Les battements réguliers des *lancelotti* conduisirent bientôt le navire au milieu du détroit qui séparait Scylla et Charybde, deux lieux qui, à l'époque de Homère, inspiraient encore aux navigateurs une peur considérable.

Maletta, lui, ne croyait pas à ces fables. Mais il vit d'un seul coup les *lancelotti* sortir leurs rames de l'eau. La trirème s'immobilisa, balancée par les flots.

— Vous êtes sur le chemin de Rome ? s'enquit Taxiarchos à Yeza. Je vais vous y conduire !

— Qu'est-ce que cette absurdité ? intervint le chambellan. Il n'en est pas question !

La seule réponse fut un claquement de faux, qui sonna comme un éclat de rire moqueur. Taxiarchos se tourna tout de même vers lui :

— M'avez-vous amené ces trois lascars d'Occitanie, comme je vous l'ai demandé ?

— Vous n'avez pas à poser de conditions ! aboya le chambellan, ce qui lui valut un nouveau claquement de faux.

— Vous savez nager, Maletta ? questionna Taxiarchos, impassible, avant de répondre à sa propre question. Non ? Dans ce cas, il va vous falloir quelques vessies de porc. Elles vous ramèneront sur le rivage de votre île !

Le chambellan était livide de rage – il ne voulait pas montrer sa peur. Hormis un faible « Vous le regretterez ! », il ne parvint pas à prononcer le moindre mot.

On lui avait déjà passé sous les aisselles les baudruches gonflées. Il en avait une moitié devant la poitrine, une moitié sur la nuque. Deux *lancelotti* musclés l'attrapèrent par les chevilles et par les bras, et le portèrent tranquillement vers le bastingage. Ils balancèrent son corps trois ou quatre fois au rythme des faux, et il prit son envol, décrivit un bel arc de cercle et atterrit dans l'eau. Des dauphins tout heureux bondirent autour du nageur, qui se dirigea vers la côte en agitant les pattes comme un cabot mouillé. Mais l'île était encore plus proche, et le chambellan décida de s'y rendre. Il avalait l'eau, la recrachait, ses râles étaient entrecoupés de jurons muets. Les dauphins tournoyaient autour de lui et le poussèrent vers le rivage. Le chambellan vit ensuite la trirème filer vers le nord. Au grand dam des marins, une barque de pêcheur finit par récupérer le pauvre homme, qui battait furieusement des bras autour de lui.

— Moi, au lieu de lui attacher des tripes de cochon, je lui aurais fixé du plomb aux pieds. Vous vous êtes fait un ennemi mortel, constata tranquillement Yeza, sans la moindre satisfaction, alors que les autres ne semblaient pas pouvoir se défaire de leur hilarité. Le chambellan vous pendra pour cela ! ajouta-t-elle.

Taxiarchos l'observa, amusé.

— Il en a toujours eu envie. Et puis je vivrai volontiers avec cette menace tant qu'il me sera donné non seulement de vous servir, mais aussi de vous tenir compagnie, même pour un bref trajet.

Yeza, étonnée, le dévisagea.

— Vous en avez eu largement le temps à Rhedae. Mais si je ne me trompe, vous l'avez utilisé pour creuser votre propre chemin, avec l'égoïsme d'une taupe. Quel éclair de bonté a donc frappé notre Saül ?

Taxiarchos surmonta sa confusion en souriant insolemment.

— Vénus, née de l'écume, m'a fait percer le cœur par la flèche de l'amour.

Les sourcils de Yeza se froncèrent. Cela n'annonçait rien de bon.

— Des images aussi plates ne sont pas dignes de vous, dit-elle d'une voix forte. Si vous en vouliez à ma vertu, soyez certain qu'Aphrodite ne guide pas mes actes. Mes déesses sont Diane et surtout Pallas Athénée. Épargnez-moi donc vos allusions stupides.

Elle se tourna vers son troubadour :

— Jordi, éloigne-moi ce m'as-tu-vu !

Taxiarchos se réfugia dans un rire tonitruant.

— Dans le rôle de Cupidon, votre page me fait plutôt penser à saint Benoît !

Jordi se sentit atteint dans son honneur.

— Je manie l'arc avec un infini plaisir, Taxiarchos. Je commencerai par vous tirer dans les couilles, qui me semblent sérieusement enflées, une petite saignée ne pourrait pas leur faire de mal. Un conseil : allez dans votre cabine et arrangez-vous tout seul !

Ce conseil valut au nain les applaudissements et les braillements amusés des *lancelotti.* Mafalda éclata elle aussi de rire. Geraude ne savait pas si elle devait rougir vertueusement ou blêmir. Kefir prit cette passe d'armes au sérieux. Il se campa devant Taxiarchos.

— En tant que vizir de dame Yeza Esclarmonde, je dois m'interdire formellement pareil langage truffé d'indécences. Mais permettez-moi de vous dire que vous devriez avoir honte d'abuser ainsi de la position de ma maîtresse, qui est montée en toute confiance dans votre navire. Éloignez-vous, et agissez comme un homme !

Taxiarchos se sentit placé au pied du mur. Suivant une inspiration subite, il s'agenouilla devant Yeza.

— Ma dame, s'exclama-t-il, si vous ne me pardonnez pas sur-le-champ d'avoir laissé mon cœur stupide s'exprimer aussi ouvertement, je suis l'exemple de Maletta et je saute par-dessus bord !

Yeza baissa les yeux vers lui. Elle ressentit de la pitié pour cet homme, le roi des escrocs et des voleurs de la Corne d'Or, l'homme qui avait dompté l'Océan, qui avait navigué jusqu'aux « Îles lointaines » et qui paraissait à présent n'être plus capable que de dire des bêtises.

— Ne jetez pas votre cœur dans la mer, il est encore à mes pieds, lui répondit-elle en souriant. Levez-vous et, si vous pensez devoir parler, commencez par vous servir de votre cerveau. Sans cela, taisez-vous. Cela ne fait jamais de mal !

Taxiarchos eut tôt fait de se remettre sur ses jambes. Et il tenta tout de même d'avoir le dernier mot.

— Dame Esclarmonde, pensez au noble chevalier Perceval ! Lui non plus n'a pas posé la bonne question, et il a été puni pour cela.

Il eut un sourire de gamin, et elle fut incapable de lui en vouloir. Mais elle ne voulait rien lui passer.

— Vous n'êtes pas Perceval, vous ne cherchez pas le Graal !

Pourquoi n'aurait-elle pas joué avec lui ? Il l'avait bien mérité !

— Si vous désirez partager ma couche, reprit-elle, vous me l'avez fait savoir, à moi comme au monde entier. Et vous n'attendrez plus longtemps ma réponse : Non merci, Taxiarchos !

Le Pénicrate crut deviner, au comportement de Yeza, que la porte n'était pas totalement fermée ; Yeza voulait juste le laisser un peu mijoter. Il n'était pas homme à laisser ce plaisir à une femme. Il porta ostensiblement la main sur ses parties et se dirigea, le pas ample, vers sa cabine.

La trirème avait hissé toutes ses voiles au vent de l'automne et mis le cap vers le nord-ouest, en pleine mer. Au deuxième jour, on dut reprendre les rames. Le Ponant, avant même qu'ils ne soient arrivés à la hauteur du cap de Sorrente, repoussait constamment le navire contre les roches du rivage.

Tout un escadron de navires de guerre légers et rapides jaillit alors de la baie de Salerne. Ils portaient le drapeau du duché de Lancia, et coupèrent la route à la trirème. Encerclé, Taxiarchos dut admettre que toute résistance était inutile. Il fut forcé de se diriger vers le port.

On pria aimablement, mais fermement, Yeza et sa cour de quitter le bord. Le duc Lancia la conduirait personnellement à Rome, dès qu'il serait arrivé, car il attendait jusqu'ici son hôte à Regium.

Taxiarchos vit monter à son bord une troupe de Sarrasins censés lui servir de « garnison ». Ils se répartirent immédiatement sur le pont et tinrent les *lancelotti* en respect avec leurs arbalètes. Le Pénicrate fut aussitôt escorté vers Palerme, prisonnier sur son propre navire, puisque c'est ainsi qu'il considérait déjà la trirème. On lui permit tout de même de prendre congé de Yeza. Il le fit avec beaucoup de froideur. Taxiarchos alla chercher sous sa chemise une amulette qu'il portait sur la poitrine, au bout d'un ruban de cuir. C'était une croix des Templiers en or, elle la reconnut tout de suite. Mais, à l'intersection des deux poutres, elle était rehaussée par une petite pyramide en onyx noir. Elle paraissait très ancienne.

— Cela vient du cœur, murmura-t-il, mais seule une vive intelligence permet de le comprendre.

Yeza ne voulait repousser ni le corsaire échoué, ni l'homme. Et puis elle devinait que ce talisman avait appartenu à Gavin.

— J'espère seulement qu'il ne laissera pas mon cœur derrière moi, et que mon intelligence ne me laissera pas en plan.

Elle sourit tandis qu'il lui passait le ruban autour de la tête et faisait disparaître la croix dans le corsage de la jeune fille. Puis on emmena Taxiarchos.

Yeza était certaine de revoir l'aventurier. En guise

d'adieux, elle lui lança l'un de ses regards étoilés. Ses yeux brillaient d'un vert profond. Elle en connaissait l'effet.

Devant le cardinal gris

Dans l'imposant Palazzo dei Normanni, Beni le Matou aidait à contrecœur sa Potkaxl à étendre le linge. Ils avaient tendu en boucle une corde d'une fenêtre à l'autre au-dessus de la cour intérieure. Ils y suspendaient les chemises et les sous-vêtements, puis tiraient sur la corde pour la faire défiler. Comme la suivante ne connaissait pas cette méthode, et que Beni n'avait jamais fait que l'observer, des vêtements trempés tombaient régulièrement entre les déchets de la cuisine du palais. Pour les ramasser, Beni devait descendre bon nombre d'escaliers et parcourir des couloirs interminables. Chaque fois, Potkaxl devait reprendre le nettoyage au début.

— On a vite fait de se perdre, ici, fit le Matou en haletant. Chaque escalier mène à un endroit différent, et l'on se retrouve tout d'un coup ou bien dans une salle de fête, ou bien dans un garde-manger au sous-sol, entre le gibier suspendu, les sacs à fromage dégoulinants ou les betteraves pourries.

Potkaxl répondit en riant à cette plainte.

— La princesse Constance a moins de difficultés. On dirait qu'elle a mis son guépard sur la piste de notre seigneur Roç. Même si Monsignore Gosset fait dormir Roç chaque nuit dans une chambre différente, on la retrouve devant la porte le lendemain matin, comme si Immà l'avait conduite là par hasard.

Beni aida sa compagne de lit à essorer les plus grandes pièces de linge.

— Tant que les draps du Trencavel n'ont pas de taches de sang, la cour doit considérer que la princesse est vierge. J'ai récemment vu le chambellan en personne observer le linge.

— Mais le roi regarde tout cela d'un mauvais œil, soupira Potkaxl comme si elle était directement concernée. Pourtant, notre pauvre maître ne devrait plus la repousser, surtout maintenant que la dame Yeza l'a quitté.

— Ne te mets pas en tête d'aller combler son absence ! ordonna le Matou jaloux. Je ne le tolérerais pas.

Potkaxl lui lança un regard amusé.

— Je te vois déjà faire le gros dos, mon cher Matou. Je vois ta fourrure se hérisser, tes griffes sortir, tu feules et tu sautes au visage de notre maître. Mais je frissonne à l'idée de la fureur du roi si la prunelle de ses yeux devait être déshonorée. Messire Manfred en ferait porter la faute sur le seul Trencavel. Il lui ferait couper l'engin scélérat, lui arracherait les yeux et lui ouvrirait le ventre.

— Arrête ! s'exclama Beni, horrifié. À partir de maintenant, je dormirai devant son lit. Je ne le quitterai plus des yeux, jour et nuit !

— Sais-tu donc où il est passé, en cet instant précis ? demanda Potkaxl, amusée par l'ardeur soudaine de son amant.

— Par tous les saints ! s'écria Beni. Il n'aura tout de même pas...

— Il est parti à la chasse au faucon avec messire Manfred, le tranquillisa la suivante. C'est l'une des mesures de sécurité prises par le roi : il s'est attaché à Roç et ne veut pas qu'il subisse toutes ces choses affreuses.

— Mais si cela arrivait, l'auteur de l'adultère serait condamné. Manfred le doit de toute façon au roi d'Aragon. Constance, si lascive soit-elle, est tout de même promise à l'infant. Nous allons cacher des sous-vêtements de Roç dans tout le palais, proposa Beni, qui se sentait soudain une âme de saint Georges. Cela égarera Immà.

— Je viens de les laver ! répondit Potkaxl. Il ne nous reste qu'à ouvrir les yeux et les oreilles !

C'est aussi ce que faisait le prêtre Gosset. Il fut ainsi témoin lorsque Maletta, passablement démonté, se précipita dans le bureau du chancelier.

— Vous m'avez honteusement trompé, Jean de Procida ! fit-il en écumant, sans la moindre explication ni même une ombre de salut. Cet homme mérite la potence ! Vous savez forcément comment il s'est joué de moi !

Le chancelier l'interrompit :

— Il ne m'en a pas dit un mot, mon cher Maletta !

— Les messagers que j'ai envoyés dans le monde entier pour s'emparer de ce criminel ne vous auront tout de même pas caché l'ignominie qu'il m'a faite ?

— Leur récit se limitait à l'excursion de Taxiarchos, à laquelle nous avons mis un terme rapide. Lancia, lui aussi, l'aurait volontiers décapité de sa main, parce que notre capitaine enamouré l'avait fait attendre à Regium, lui, Sa Majesté le duc ! Je peux tout de même vous consoler : pour cette journée gaspillée, il a fait donner une douzaine de coups de martinet sur le dos nu du Pénicrate.

— Et vous, vous avez reçu ce mutin avec tous les honneurs, vous l'avez confirmé dans ses fonctions de capitaine de cette galère du diable, vous lui avez laissé le commandement sur ces faux et sur ces lascars insolents, les *lancelotti* ! couina le chambellan, qui sentait l'eau de mer lui remonter à la gorge au souvenir du claquement moqueur de leurs lames. Il fallait tous les pendre ! Tous !

— La prochaine fois, le tranquillisa le chancelier. À présent, la trirème est déjà repartie. Pour une mission importante dont je porte seul la responsabilité.

— Je souhaite que votre capitaine fasse preuve à votre égard de la même insubordination que celle qu'il s'est permise envers moi. Ensuite, vous parlerez autrement ! grogna le chambellan.

— Tout capitaine est maître de ses actes tant qu'il se trouve en haute mer. Sans cela, il ne serait pas capitaine. L'unique possibilité de lui demander des comptes est le moment où il remet le pied sur terre. C'est ce qui attend tous les capitaines un jour ou l'autre. Et ce qui leur fait perdre leur toute-puissance.

— La prochaine fois que Taxiarchos sera jeté sur le rivage et qu'il frétillera sur le sable, je le suspendrai par le cou, je l'embrocherai vif, je le ferai griller à la flamme, puis je le découperai et je le consommerai avec bonheur !

— N'est-ce pas l'image d'un morceau juteux de rôti

de porc qui vous hante, Maletta ? Ou bien avez-vous pris un trop long bain dans l'eau de mer ?

Jean de Procida n'avait que moquerie pour la soif de vengeance du chambellan, qui quitta la pièce en claquant la porte.

Le bon Lancia ne s'était effectivement pas laissé ravir l'honneur d'accompagner en personne Yeza, une fois reprise, au port romain d'Ostie. Là, ils avaient été reçus par le redouté Oberto Pallavicini et le non moins redoutable cardinal Octavien, qui paraissaient pour une fois s'être mis d'accord. Ils ne se tenaient certes pas sur le môle, mais attendaient leur hôte au Castel d'Ostia, à l'intérieur des terres. Peu à peu ce bassin portuaire romain autrefois réputé s'était ensablé sans que les papes s'en émeuvent. Le duc de Salerne n'avait en fait aucune intention de débarquer, mais le message lui indiquant que ces deux seigneurs souhaitaient les saluer, lui-même et la dame Yeza, lui fit oublier sa rancœur contre Rome et sa cour de guelfes. Il avait toujours rêvé de se retrouver en tête à tête avec le célèbre cardinal gris.

Yeza ordonna à Jordi de se procurer de nouveaux véhicules, car les bateaux légers de Lancia n'avaient pu embarquer les chariots. Seuls avaient pris place à bord les chevaux et la litière où reposait son coffre au trésor. Elle renonça aussi à l'accompagnement de sa Première dame de cour, ce qui blessa profondément Mafalda, car la comtesse de Levis aurait volontiers présenté ses hommages au pape au lieu de se soucier des caisses et des cassettes. Seule l'information selon laquelle « Sa Sainteté Alexandre IV » ne se trouvait pas à Rome, et encore moins à Ostia, put la calmer provisoirement. Yeza n'emmena que Sigbert, le commandeur de l'ordre des Chevaliers teutoniques, qui avait supporté tout le trajet, y compris le changement d'embarcation, avec un calme stoïque. Ce géant aux cheveux blancs portait lui-même sur l'épaule son modeste sac de voyage. Il n'était guère touché par tout ce qui se déroulait autour de lui. Il gardait seulement un œil sur Yeza, mais discrètement, car il savait qu'elle n'appréciait pas d'être chaperonnée. Il lui faisait confiance, et elle le remerciait de temps en temps pour sa présence, en lui lançant un bref regard.

L'un des murs de la grande salle d'audience du château pontifical était recouvert, du sol au plafond, par la fameuse *Mappa Terrae Mongalorum,* cette carte du monde qui montrait pour la première fois le royaume du grand khan des Mongols, avec les bulbes coiffés d'or, les minarets élancés et les campaniles chrétiens de Karakorom.

Yeza ne put s'empêcher de sourire. Guillaume lui avait souvent raconté l'étrange manière dont avait été créée cette peinture murale. Il s'était alors plus couvert de peinture que de la gloire d'un découvreur de mondes. Ne parlons même pas du prestige de l'artiste. Yeza chercha et trouva la porte secrète, tout en haut, entre le désert de Gobi et les montagnes de l'Altai. Elle savait par Guillaume que cette porte pouvait être actionnée depuis le haut, et elle n'était pas fâchée de connaître ce détail. Elle pensa malgré elle à Roç, qui serait aussitôt monté vérifier le mécanisme.

— Bienvenue, jeune dame ! s'exclama très cordialement le cardinal en voyant arriver Yeza. Et, par pure habitude, il lui tendit la main gantée et ornée d'une bague.

Yeza prit la main, contempla l'anneau avec intérêt et commenta :

— Moi, je n'accouplerais pas les rubis et les émeraudes, on dirait qu'ils s'éteignent mutuellement.

Puis elle lui rendit la main avec un sourire désarmant.

Sigbert, qui n'avait pourtant encore jamais rencontré le cardinal, se chargea des présentations :

— Le prince Galvano Lancia, duc de Salerne (ce que chacun savait, mais il lui avait paru utile de le rappeler pour annoncer Yeza sous le jour qui lui convenait), a eu l'amabilité de placer Sa Majesté royale Yezabel Esclarmonde du Mont y Sion en sécurité, sous la garde de Votre Excellence. C'est le vœu de nombreux princes et peuples chrétiens, entre les Pyrénées et l'Altai, dans les lointains territoires orientaux des Mongols, entre les îles de la mer du Nord glaciale et les pyramides du désert : seul le couple royal doit désormais occuper le trône de Jérusalem et y imposer enfin la paix. L'imposer, oui, aussi bien aux armées déferlantes du grand khan et aux sauvages mamelouks du sultan du Caire qu'aux Vénitiens et aux Génois qui règlent en Terre sainte leurs querelles absurdes alors que les véritables pèlerins n'y viennent pratiquement plus. (Le vieux commandeur reprit son souffle.) La situation en *Terra sancta* a toujours été un reflet, pour ne pas dire une caricature des rapports de force en Occident et en Orient. La responsabilité de Rome est d'y assurer l'ordre et la tolérance. Autrement, notre bien-aimée Jérusalem sera la victime définitive de ces honteuses bisbilles. Au lieu de semer le tendre grain de l'amour parmi les hommes, au profit de la foi chrétienne, nous le jetons entre les meules de la cupidité profane et de la haine fanatique. Est-ce ce que Rome désire ?

Sigbert von Öxfeld se tut, épuisé. Il n'avait pas préparé son discours. Mais l'occasion unique qui s'était offerte à lui de parler devant deux grands personnages de l'empire et le plus haut représentant du trône de saint Pierre avait fait jaillir de sa poitrine toute la rage accumulée après une vie au service de la chrétienté.

Mais le commandeur ne toucha pas son assistance. Ces messieurs jugeaient au contraire que l'intervention du chevalier n'était guère convenable. Yeza, seule, avait marché vers le vieil homme et lui avait posé fermement la main sur le bras, en signe de reconnaissance pour ses paroles, mais aussi de volonté d'apaisement. Elle ne s'était pas attendue à une autre réaction, et voulait éviter qu'une fureur légitime s'empare à présent de Sigbert.

— Eh bien ! dit le vicaire de l'empire au cardinal gris, en lui lançant un clin d'œil lourdaud et familier. Vous connaissez à présent les prétentions du couple royal, et même si l'on ne nous en présente ici que la meilleure moitié, vous pouvez être certain que la dame Yeza les exposera d'une façon identique devant notre Saint-Père.

— Alexandre est prévenu ! plaisanta Lancia d'une voix de stentor.

Le cardinal lui emboîta le pas.

— Le pape sait pourquoi il séjourne à Viterbe, bien à

l'abri entre ses murs. Mais j'attends de dame Yeza qu'elle me demande un sauf-conduit pour la ville de Bologne.

— Je ne me laisse pas montrer en spectacle comme un animal exotique, et je n'ai pas l'habitude d'entrer en brisant les portes, répondit-elle sèchement. La manière dont on accueille ici nos prétentions sur le trône de Jérusalem ne me donne guère l'envie de solliciter encore quelque faveur que ce soit de l'Église ou de l'empire !

— Je vous en prie, précieuse dame, assura le cardinal d'une voix mielleuse, le sauf-conduit sur nos terres vous est d'ores et déjà garanti, et ne se heurtera à aucun obstacle. (Il se tourna un peu avant de reprendre :) Cela me coûtera ce trait de plume que l'on reconnaît comme ma signature.

Sa plaisanterie le fit éclater de rire, et Pallavicini l'imita.

— Mais il en va autrement du royaume de Jérusalem.

— Je ne veux pas être mal comprise, même par mes amis, expliqua Yeza. Le couple royal n'a aucune prétention sur le territoire qui, conformément au droit féodal, porte le nom de « Royaume de Jérusalem », bien que la ville sainte n'appartienne plus elle-même *de facto*, depuis plus de soixante-dix ans, à la zone de pouvoir des chrétiens. Nous n'avons pas non plus l'intention de mener une nouvelle croisade violente ni de nous emparer du royaume par la ruse. Nous voulons un havre pour l'esprit, une Jérusalem de l'âme.

— On dirait qu'un ange a chanté ! jubila le cardinal en écartant les bras. Comme cela va réjouir le Saint-Père ! La rose du Christ refleurit dans les ruines, le Saint-Sépulcre rayonne d'un nouvel éclat !

Yeza avait reculé, ce qui lui permit d'échapper à l'accolade, mais pas à ce flot de mots qui cachaient à peine leur fausseté. Elle décida de répondre avec la même monnaie.

— Que ce serait beau, soupira-t-elle en tournant ses yeux rayonnants vers le plafond de la salle comme si le pape y était perché, comme ce serait beau si nous pouvions recevoir la Jérusalem céleste en fief, des mains du représentant du Christ sur cette terre ! Le couple royal reçoit humblement la couronne d'épines dorée du Saint-Esprit, et le pape bénit notre œuvre !

Le cardinal dévisagea Yeza, d'abord ahuri, puis touché, et pour finir amusé.

— Je présenterai votre vœu au Saint-Père. Je suis persuadé que cette reconquête pacifique qui nous permettra de faire une petite farce à tous les adversaires de l'*Ecclesia catolica* est tout à fait dans son esprit. Mais soyez d'abord mon hôte ici.

— Je vous remercie, Excellence, de comprendre aussi vite. Je ne suis cependant pas venue ici admirer un port ensablé, mais votre Rome éternelle, *urbis et orbis*. Sachez que vous pourrez m'y trouver à n'importe quel moment, car j'y attendrai votre lettre, portant une signature lisible et certifiée !

Yeza tourna les talons pour s'en aller, et fit un signe à Sigbert. Mais Pallavicini la fixa du regard, ce qui poussa le cardinal à retenir Yeza.

— Je suis en mesure de vous établir un sauf-conduit pour un voyage à Bologne, mais pas pour la ville de Rome. Pour une jeune dame, c'est une route très dangereuse, contre laquelle je ne peux que vous mettre en garde. Les Romains sont un peuple insoumis !

Yeza toisa le vicaire de l'empire.

— Vous, Oberto Pallavicini, vous êtes certainement un bon ami du *podestà* de cette ville qui a chassé le pape de ses murs ?

Yeza s'était attendue que le vicaire des Hohenstaufen ait beaucoup de mal à répondre à ce défi ; mais il ne broncha pas. Il se contenta de laisser son regard glisser devant elle.

— Je peux vous donner une lettre de recommandation pour Brancaleone ; mais je dois reprendre à mon compte la mise en garde du cardinal !

— Qui donc a le pouvoir à Rome ? demanda Sigbert.

— La plèbe ! répondit le cardinal. Brancaleone a proclamé la république, et cette canaille croit à présent qu'elle peut se gouverner elle-même. Brancaleone, ce rêveur infidèle, est depuis longtemps devenu le jouet des masses déchaînées. *Senatus populusque Romanus !* Quelle assemblée !

— Un tas de merde ! s'exclama le vicaire.

— Cela ne me fait pas peur, déclara Yeza. Rome ne sera pas pire que les autres capitales de cette terre. Accompagnez-moi à l'extérieur ! dit-elle au vicaire.

Elle fit une petite révérence ironique devant Galvano Lancia et le cardinal, et franchit la porte, suivie par Sigbert et Pallavicini.

— Voyez-vous, précieuse dame, lui chuchota le vicaire, plus rien ne s'oppose à votre visite à Bologne, auprès du roi Enzio. Vous avez conquis le cœur du cardinal, je n'ai jamais obtenu un tel sauf-conduit. Saluez pour moi le roi Enzio et dites-lui que tout va pour le mieux, qu'il ne doit pas abandonner son espoir. Bologne sera bientôt isolée, et la ville ne pourra supporter la pression d'un blocus ! Son fidèle Oberto y veillera !

Sur ces mots flatteurs, le vicaire de l'empire s'éloigna d'un pas agile, après avoir lancé à Yeza un regard perçant, qui était censé exprimer ses meilleurs vœux.

— Aller saluer Enzio, murmura Sigbert, cela signifie aller lui dire : reste où tu es. Moi, ton représentant, je règle de toute façon toutes les affaires mieux que tu ne le ferais. Personne n'a besoin de toi !

— Quelle bande de gredins vulgaires ! laissa échapper Yeza. Ils se tiennent tous les coudes !

— Ils protègent tous leur pouvoir ! confirma le commandeur, mais l'attention de Yeza avait été distraite.

— J'ai l'impression de voir des fantômes, murmura-t-elle. Le Triton vient de disparaître derrière un pilier !

Sigbert sourit.

— Bartholomée de Crémone compte effectivement au nombre des spectres employés par le cardinal gris.

— Son apparition n'annonce rien de bon ! constata Yeza, soucieuse.

— Il boite, répondit le commandeur pour la tranquilliser.

Ils étaient arrivés devant le château. Jordi avait trouvé des chariots, et les avait déjà chargés.

— À Rome, nous nous installerons à la Maison des Allemands, proposa Sigbert.

Yeza ne répondit pas, mais prit le troubadour de côté et lui résuma rapidement ce que Guillaume lui avait raconté sur sa cachette secrète dans le château pontifical, que l'on pouvait atteindre depuis le toit, par une cheminée désaffectée.

— Vous n'êtes pas forcé de vous exposer à ce péril, Jordi, dit-elle. Mais j'aurais aimé connaître les projets de ces messires.

À son grand soulagement, le nain s'enflamma aussitôt pour ce plan. Yeza alla avec lui jusqu'à la garde de la porte et demanda où se trouvaient les lieux paisibles du grand besoin. Pendant que les gardes lui montraient le chemin, Jordi leur était déjà passé devant les jambes. Yeza monta l'escalier, entra dans cette pièce collée aux murs comme un nid d'hirondelle, regarda la mer lointaine, et prit ensuite le chemin du retour. Elle suivit le Tibre en direction de la ville, que l'on disait tellement différente de celles qu'elle avait vues jusque-là.

Dans la salle d'audience pontificale, le cardinal Octavien était agacé. Pallavicini se montrait pour sa part satisfait du résultat de l'entretien.

— À Rome, elle ne dérangera pas nos cercles, elle se rendra dès que possible à Bologne. On y est déjà préparé à la recevoir pour une assez longue visite. Elle ne résistera pas à la tentation !

— Et même ? insista le cardinal. Et si son entreprise aboutit ?

— Alors, ce sera la couronne de Jérusalem qui l'attirera ! se moqua Pallavicini.

— Ah, laissa échapper le cardinal, ce que la Rome chrétienne n'est pas parvenue à faire au cours de ses mille années d'histoire, vous voulez l'installer là-bas en un tournemain ? Et imposer par-dessus le marché la paix entre les peuples, la réconciliation entre les religions, y compris les hérétiques et les idolâtres ?

— Je ne peux parler de « volonté ». Le couple royal s'y efforcera, et échouera au bout du compte.

— C'est la seule manière de nous en débarrasser, ajouta le cardinal, satisfait, sans qu'ils apparaissent comme des martyrs héroïques, des héros du grand projet sacrifiés par le Prieuré ou des ennemis défavorisés (comme l'Église !), acquérant ainsi la gloire des grands hommes, et survivant dans l'esprit de leurs semblables.

— C'est exactement cela ! approuva solennellement Oberto Pallavicini. Mais Lancia était sceptique.

— Vous n'êtes même pas certain de réussir à Bologne ; et puis votre plan ne concernerait que la dame Yeza, mais pas Roç Trencavel. Comment comptez-vous donc garder les commandes en main, après, à Jérusalem ?

— Sans la dame Yeza, le couple royal n'en est plus un.

— Yeza vit encore, et Roç n'aura pas de répit avant qu'elle ne...

— C'est le roi Manfred qui s'occupe du Trencavel, assura le vicaire en lançant au cardinal un regard apaisant qui n'eut pas beaucoup d'effet.

— Bologne ne doit pas être un coup d'épée dans l'eau ! s'exclama le cardinal. Car Jérusalem m'inquiète. Là, on libérera des forces que nos seuls moyens ne pourront pas canaliser !

Octavien, si posé d'ordinaire, était en train de perdre son calme.

— Il est impossible de toute façon de demander au Saint-Père d'accepter l'installation de ce couple. Ils ne sont même pas baptisés !

— Ni mariés devant l'Église ! (Cette dispute amusait beaucoup Lancia :) et ils feront reconnaître le catharisme comme profession de foi !

Le cardinal irrité ne perçut pas l'ironie du noble. Lancia se crut obligé d'en rajouter un peu :

— Ils en feront une religion d'État !

— Il ne manquerait plus que cela, dans ce lieu de malheur où les juifs nous posent déjà tellement de problèmes. Lorsqu'ils ont voulu construire leur temple, ils ont fait raser toute une montagne, uniquement pour trouver un lieu consacré pour leur Arche d'Alliance, qu'ils ne sont même pas capables de montrer !

— Rome a aussi le Temple sur la conscience ! ajouta Lancia, mais le cardinal ne se laissa pas détourner de son idée.

— Pour les musulmans, c'est là-bas que le prophète Mahomet est monté au ciel, à cheval, il existe même une pierre avec une empreinte de sabot.

— Allons, allons, dit Lancia, vous n'allez pas énumérer à présent tous les lieux saints que les chrétiens ont à offrir là-bas et aux alentours immédiats. Rome, avec son saint Pierre enchaîné et quelques catacombes, ne supporte pas la comparaison !

— Vous n'êtes pas un ami de l'Église, le tança le cardinal. Mais le fait que vous êtes l'oncle de Manfred ne vous force pas à jouer l'Antéchrist !

— Je me réjouis d'entendre, Octavien degli Ubaldini, que vous considérez toujours les partisans des Hohenstaufen comme des chrétiens.

Le cardinal ne se laissa pas entraîner dans la provocation.

— Nous sommes tous entre les mains de Dieu, répondit-il d'une voix cérémonieuse. Aux uns, il montre la voie vers la foi véritable, les autres passent devant son tribunal. Qu'est-ce que c'était que cette histoire d'attentat au poison contre le roi Manfred ?

— Il ne sortait pas de votre cuisine, Excellence, intervint le vicaire. Les Grecs...

— Ces misérables schismatiques ! s'exclama le cardinal. Voilà qui leur ressemble bien, un calice empoisonné !

— Comment savez-vous donc que c'était un calice ? demanda Pallavicini, méfiant ; mais le cardinal lui fit signe d'arrêter.

— C'était un lourd calice en marbre noir, reprit le vicaire. Nous avons fait reconstituer les éclats par deux condamnés à mort.

— Il vous a fallu six hommes pour arriver au bout du travail, corrigea Lancia, courroucé.

— En tout cas, nous avons trouvé dans le socle de la coupe un espace creux destiné à recevoir le poison ; il coulait ensuite par un canal fin comme une aiguille, montait le pied du calice par un fil de laine lorsque le sommelier versait le vin, déjà goûté, dans la coupe.

— Pas mauvais, nota le cardinal. Ces Grecs ! Géniaux dans la conception, mais exécrables dans la mise en œuvre ! D'épouvantables schismatiques ! Et comment messire Manfred a-t-il échappé à son destin ?

— Un franciscain nous a mis en garde !

— On n'est nulle part à l'abri de ces frères mineurs ! Ils sont presque aussi terribles que les hérétiques. Non, ils sont pires encore !

— Il s'agissait de Guillaume de Rubrouck !

— Sainte fausse couche de Marie ! dans ce cas, ça ne pouvait qu'échouer ! s'exclama le cardinal. Messieurs, à table ! Mon *venerarius venerabilis*, mon empoisonneur attitré, est aujourd'hui en congé.

Et ils quittèrent la pièce, de fort bonne humeur.

Brancaleone sur le Capitole

Le petit cortège composé par les deux chariots et la litière atteignit les murs de la Ville Éternelle à la « Porta Portuensis », la porte située en dessous du port sur le Tibre. Le vicaire de l'empire lui avait envoyé une troupe de cavaliers qui négociaient à présent avec les gardiens des portes. Et le chemin était déjà libre pour dame Yeza, qui fit son entrée dans la ville à cheval, au côté de Sigbert. Elle observa de ses yeux brillants le grouillement de barques et de navires qui peuplaient le port fluvial, près de l'île de Lepra, au milieu du Tibre, tandis qu'à droite, l'Aventin se dressait majestueusement, avec ses palais et ses jardins.

— Nous devrions éviter Trastevere, que l'on appelle à juste titre le quartier des voleurs, lui suggéra le Chevalier teutonique. Il est censé protéger le port intérieur. En réalité, toute personne qui s'y égare est aussitôt dépouillée.

Yeza aurait aimé vivre une attaque de coupe-jarrets, mais elle se rappela à temps que le coffre transporté dans la litière contenait tous ce qu'elle possédait pour pouvoir achever son voyage. Elle suivit donc docilement le gigantesque gouverneur dans la rue pavée qui, empruntant un pont romain, obliquait vers le quartier de la ville où l'on soulageait d'une autre manière les voyageurs esseulés. Le pavé paraissait déjà de très bonne qualité, et la rue était flanquée, de part et d'autre, par des statues de marbre. Elle débouchait droit sur un bâtiment circulaire majestueux, entouré de temples.

— Le Colisée ! s'exclama Yeza, toute fière d'en connaître le nom. Mais Sigbert fut contraint de la décevoir.

— Ce n'est que le théâtre de Marcellus. Le Colisée est dix fois plus haut et plus massif !

Une fois entrée dans les ruelles sinueuses, Yeza n'en finissait plus de s'étonner. Jusque-là, elle avait rencontré partout des témoignages de l'architecture romaine, du Liban jusqu'au Languedoc. Mais elle était stupéfiée par la quantité de piliers et d'arcs, tous d'une beauté ahurissante.

— Nous voici devant le château fort des Teutons ! plaisanta Sigbert en désignant un billot de travertin apparemment sans fenêtres, un édifice clair mais qui, dans ses proportions et son sobre décor, révélait la main des architectes romains. C'est là que nous allons prendre nos quartiers.

— J'aimerais descendre dans un logis tout simple et aller sentir la mer, dit Yeza en désignant une entrée sombre creusée dans un mur, au-dessus de laquelle un panonceau de bois orné d'une flèche annonçait une « *Albergo del Paradiso* ». C'était un bâtiment semblable à une tour, auquel avait jadis mené un escalier. Il s'était effondré sur la moitié de sa hauteur, et un figuier s'y était niché. Yeza remarqua le regard désapprobateur de son protecteur.

— Le bouclier de l'Ordre teutonique s'étend sûrement sur ce petit « paradis ». D'en haut, comme Dieu le père, vous pourrez surveiller ma couche spartiate et protéger mon sommeil.

Mafalda, quant à elle, préféra revendiquer son statut de Première dame de cour.

— Le vizir et mon humble personne accepteront volontiers l'hospitalité du vénéré messire d'Öxfeld, puisque nous devons aussi garantir la sécurité de nos biens, ce qui me paraît assez difficile au « Paradis », dit-elle en fronçant le nez.

— Parfait ! l'interrompit Yeza. Vous prendrez vos quartiers dans le château, avec les chariots et les bagages. Ne resteront avec moi, je suppose, que Geraude et maître Jordi. Il se plaira bien ici.

Elle mit pied à terre et actionna énergiquement un heurtoir composé d'une casserole en cuivre trouée et d'un fer à cheval usé. L'aubergiste avait sûrement remarqué depuis longtemps la présence de ses hôtes devant sa porte : dès le premier coup ou presque, il apparut avec sa femme.

— Je passerai vous voir tous les jours, s'exclama le commandeur à voix haute. Cette annonce était moins destinée à Yeza qu'aux aubergistes, qui s'inclinèrent aussitôt profondément en découvrant l'homme en tenue de l'Ordre, manteau blanc et croix noire.

— La haute dame ne manquera de rien ! déclara l'aubergiste en observant Mafalda.

Yeza profita de l'occasion pour plaisanter un peu.

— Vous pourrez m'appeler à toute heure, haute dame, dit-elle en effectuant une révérence parfaite devant sa dame de cour, je serai aussitôt à votre service. Cela vaut aussi pour le valet Jordi, dès qu'il sera revenu parmi nous.

— Je vais immédiatement envoyer chercher cet oublieux ! répondit dignement dame Mafalda, qui était entrée dans le jeu.

Seule Geraude s'inquiétait véritablement.

— J'espère qu'il nous trouvera !

— Dois-je aller le chercher ? proposa le vizir.

— Il n'en est pas question, Kefir Alhakim, décida Mafalda. Qui décharge les chariots ? (Elle se tourna vers Yeza, d'un air majestueux.) Je vous enverrai l'indispensable !

Sigbert, tourmenté, souleva les sourcils.

— Par sécurité, je ferai déposer la litière dans mes appartements ! lança-t-il à Yeza sans la regarder.

— Si ces dames veulent bien me suivre, proposa l'aubergiste, déjà moins respectueux. Son épouse observait même Yeza et Geraude avec un certain dédain. Les créatures féminines qui descendaient dans son établissement sans être accompagnées par des hommes étaient le plus souvent de réputation douteuse. Mais ces deux-là ne ressemblaient pas aux autres courtisanes de San Giovanni in Laterano, le palais de la curie et des cardinaux, ces vieux boucs lubriques.

L'aubergiste mena les deux voyageuses dans deux chambres voisines. Celle de derrière avait vue sur une cour plantée de vigne, celle de devant sur un marché animé, avec une fontaine. Elles étaient meublées sobrement, et pas vraiment propres. Les murs portaient les traces de la mort subite de toutes sortes d'insectes. Les moustiques avaient laissé de petites flaques de sang, et des cancrelats morts reposaient sous le lit.

— Allez donc profiter de la vie à proximité du peuple, proposa Geraude à sa maîtresse. Je vais préparer votre chambre. Nous utiliserons nos propres draps.

— Commencez par enfumer les matelas ! (Yeza n'était pas disposée à se laisser gâter sa bonne humeur par la vermine.) Je suis certaine que des cohortes de punaises et au moins une légion de puces y sont tapies dans l'ombre, attendant joyeusement l'instant où elles pourront déguster notre tendre peau !

Elle descendit la ruelle et rencontra Jordi, qui paraissait tout amusé. C'est elle qui lui demanda un récit :

— Comment avez-vous échappé à la grotte de l'effroyable murène — je veux parler du cardinal ? Venez, mon troubadour, accompagnez-moi dans le tourbillon de la plèbe romaine !

« De don plus m'es bon e bel
non vei mesager ni sagel,
per que mos cors non dormi ni ri,
ni no m'aus traire adenan,
tro que eu sacha ben de fi
s'el' es aissi co eu deman. »

Le nain hésita et regarda vers le haut de l'auberge, avec méfiance.

— Geraude a-t-elle pris mon luth ? s'enquit-il, inquiet. On entendait depuis la chambre de doux accords et la belle voix de la suivante. Elle entonnait un chant d'amour à sa patrie occitane.

« *La nostr'amor vai enaissi*
com la branca de l'albespi
qu'esta sobre l'arbre tremblan,
la nuoit, a la ploia ez al gel,
tro l'endeman, que-l sols s'espan
per la fueilla vert e'l ramel. »

Ils écoutèrent tous les deux un instant au pied de l'escalier, puis Jordi se reprit et se mit à raconter.

— J'ai entendu tout ce que le cardinal et le vicaire de l'empire se sont jeté à la tête comme si je m'étais tenu à côté d'eux, chuchota le nain tandis qu'ils se frayaient un chemin vers la rue, par un couloir obscur. Ensuite, ils sont passés à table, et mon ventre a émis de tels gargouillements que j'ai craint qu'ils ne l'entendent.

— Je vous achèterai un œuf dur, ou même deux ! lui promit Yeza en apercevant les stands et les bancs pleins de poules et de corbeilles grouillant de poussins qui pépiaient.

— Je ne m'en serais pas sorti indemne en passant devant la garde de la porte. Je me suis assis dans un coin, sous l'escalier. Lorsque l'un d'entre eux est passé près de moi, je me suis mis à ronfler bruyamment, à plusieurs reprises. Ils m'ont entendu, m'ont réveillé et j'ai joué l'ahuri : je leur ai demandé où était ma maîtresse, partie un instant plus tôt pour le lieu du grand besoin. Ils m'ont alors éclaté de rire au visage : elle avait filé depuis longtemps ! Je me suis mis à geindre, et ils ont eu pitié de moi. Ils m'ont fichu dans la barge suivante, celle qui remontait le fleuve avec un chargement d'herbes fraîches, de tubercules et de betteraves.

— Ce qui explique votre odeur ! Les légumes ne devaient pas être de première fraîcheur.

— Ça n'est pas moi ! protesta le nain. Cette ville pue par tous les trous, les Romains...

— Apprenez-moi plutôt ce que préparent avec une telle harmonie ces deux seigneurs qui, d'ordinaire, se combattent férocement !

— Le cardinal Octavien et le borgne Oberto ne sont pas aussi ennemis que cela, répondit Jordi d'une voix sérieuse, en regardant discrètement autour de lui. Nous devons être sur nos gardes. Le lieu ne se prête guère à vous révéler ces intrigues.

Yeza ne s'en souciait guère.

— Puisque aucun danger ne nous menace pour l'instant, commençons par aller chercher des œufs, du pain et du jambon.

Sigbert transmit à Yeza l'invitation du Capitole. Le commandeur, accompagné par son escorte, ne précisa pas si c'était lui qui était allé la demander ou si les mouchards de Brancalcone l'avaient déjà averti de l'arrivée de la jeune femme. En ces temps d'hostilité au pape, les Allemands, fidèles à l'empire, étaient en tout cas les seuls à être bien vus sur la colline du sénat. Les Romains n'avaient jamais apprécié la tutelle laïque que les papes exerçaient sur leur ville. Le peuple aurait sans doute porté Yeza dans les rues comme une reine, si l'on avait su qui elle était. Mais Sigbert considérait qu'une telle manifestation n'était pas conseillée : il existait dans l'enceinte de la ville un parti du pape. Une classe noble influente qui devait en bonne part ses titres, ses privilèges et ses palais à l'État religieux, le Patrimonium Petri, auquel on était aussi fréquemment lié par la famille et les alliances. Ces dignitaires se donnaient le nom de *Camerlinghi*, les chambellans du pape. Le peuple, lui, les appelait « *Cammellieri leccazampe* », les chameliers lécheurs de sabots. Mais ils avaient du pouvoir, et le moyen de faire poignarder en pleine rue ou disparaître dans les égouts quiconque le menaçait trop.

Yeza choisit Kefir Alhakim pour l'accompagner. Elle lui acheta une robe noire garnie de fourrure et un chapeau semblable à celui des professeurs. Elle lui fit mettre autour du cou une lourde chaîne d'or qui retenait, au lieu de la croix, une *khamsa*, la main porte-bonheur arabe. Il avait l'air très digne.

Le chevalier teutonique avait fait transporter la litière et attendait devant l'auberge. Elle dut s'y installer avec le vizir.

Le chemin du Capitole passait devant la plus grande aire théâtrale que Rome ait jamais possédée, celle du Pompeius.

— C'est ici que César a été assassiné, expliqua Yeza au vizir, d'un air grave. Un homme qui détenait le pouvoir sur de gigantesques royaumes. Mais il a échoué en tentant de s'emparer du pouvoir à Rome.

Ils étaient déjà arrivés sur la colline du Capitole. Les Chevaliers teutoniques mirent pied à terre. Et l'on dirigea directement la litière vers le palais du Podestà, juste à côté du Sénat.

Sigbert von Öxfeld fut le seul à suivre. Yeza s'était imaginé le fameux Brancaleone comme un noble romain de haute stature ; elle fut déçue lorsqu'un petit chauve grassouillet lui adressa un salut amical, mais distrait, au moment où elle sauta de la litière. Le Podestà avait pourtant quelque chose de chaleureux dans le regard. Cela inspira aussitôt confiance à la jeune fille, tout comme le fait qu'il était en train d'arroser avec amour quelques cactées et un aloès en fleur, installés dans des pots de terre cuite sur le rebord de la fenêtre. Cela donnait à la vue majestueuse que l'on avait sur le forum et le Palatin une dimension humaine.

— Et qu'est-ce qui vous mène, ma reine, en ce lieu réservé aux bergers qui font paître leurs troupeaux entre les ruines d'une grandeur passée, aux agneaux qui se font tondre par des pâtres inutiles ? Voulez-vous donc qu'on vous enlève la fourrure entre les oreilles ?

Il observa en détail, avec une franchise désarmante, la chevelure blonde de Yeza, après avoir posé son arrosoir au long bec.

— Vous avez une bien belle laine dorée !

— Je ne suis pas une brebis, et je ne me laisse pas

tondre ! le tranquillisa Yeza en rejetant sa crinière vers l'arrière, d'un mouvement de tête énergique. Et Rome n'est pas non plus pour moi une idylle pastorale, je n'ai pas l'intention d'y mener une vie oisive et paresseuse. Rome est le point de départ d'une entreprise à laquelle je vais me consacrer avec une discipline rigoureuse.

Brancaleone l'observa, amusé.

— Vous voulez partir pour Bologne, auprès du roi Enzio ?

— Oui, acquiesça Yeza. Comme tout le monde ici en sait manifestement déjà plus que moi, je ne le nierai pas. Le pape doit me laisser accéder à la ville.

Jusqu'ici, Sigbert avait suivi la conversation en silence, presque absent. Mais, à cet instant, il prit la parole et demanda :

— Cette volonté de rendre visite au roi emprisonné est-elle votre vœu personnel ? Ou bien quelqu'un vous l'a-t-il habilement suggéré ?

Le commandeur paraissait sincèrement inquiet, et Yeza perdit tout d'un coup sa certitude. Elle se dit que Rinat Le Pulcin avait effectivement pu lui donner cette idée-là, et dans ce cas, les scrupules de Sigbert étaient justifiés. Ils changèrent de sujet.

— Qu'ont trouvé, au juste, les Romains à Jérusalem, et qu'ont-ils emporté lorsqu'ils ont détruit le Temple après l'insurrection des juifs ?

Brancaleone la regarda, moins étonné que le Chevalier teutonique, qui voyait ses craintes confirmées et trouvait extrêmement étrange cette diversion audacieuse vers la Terre sainte.

Brancaleone n'avait guère envie de répondre à cette question ; approfondir le débat précédent lui aurait aussi été désagréable, car le vieux commandeur avait touché une réalité du doigt. Mais dissuader Yeza de se lancer à la poursuite d'Enzio n'était pas son affaire. Lui, Brancaleone degli Andalò, dont les ancêtres venaient du sud de l'Espagne (d'aucuns avaient combattu dans les rangs des Templiers) savait bien pourquoi certains milieux voulaient écarter le couple royal de Jérusalem. Cela tenait justement à cette question que Yeza avait très habilement soulevée. Il joua les ignorants.

— Le trésor des Templiers ? demanda-t-il, moqueur et incrédule. J'ignore, ma belle reine aux cheveux blonds, en quoi il consistait. Et puis les Goths l'on enlevé, jadis, à Rome, et l'ont emporté dans le sud de la France. On prétend qu'il est conservé dans leur ancienne capitale, Rhedae.

Et in Arcadia ego, songea Yeza. Mais elle dit d'une voix ferme :

— Il n'y est plus. Nul ne sait où il est passé !

— Aucun peuple, confirma le Podestà, n'a emporté autant de secrets dans son déclin et sa mort que les Goths.

— Et aucun, ajouta Yeza, qui bouillait au fond d'elle-même mais gardait extérieurement une parfaite froideur, n'est resté jusqu'à ce jour aussi auréolé de mystère. Tous les mouvements occultes de l'Occident se réclament, au bout du compte, de ce peuple mystérieux. Savez-vous donc dans quel lieu de Rome on conservait, jadis, le trésor des Templiers, ou plutôt du Temple, corrigea-t-elle aussitôt ?

— Certainement ici, sur le Capitole ! répondit le Podestà en riant. Mais vous n'en retrouverez plus la moindre coupe en or ! Non pas parce que les conquérants ont opéré avec minutie : mais les Romains auraient gratté depuis longtemps la moindre pierre noire qui aurait encore eu le parfum de ce beau métal ! Quand il s'agit de piller des trésors, c'est le peuple le plus travailleur de cette terre !

Yeza avait regardé autour d'elle. Si Roç avait été là, il aurait trouvé, même ici, sur le Capitole, l'entrée dans le monde souterrain – car cela ne faisait aucun doute, la colline tout entière était certainement creuse, percée de galeries et de salles secrètes, comme le château Saint-Ange ! Mais elle aussi estimait qu'ici, à Rome, on ne découvrirait rien. Ni la Pierre noire, ni le calice n'auraient choisi ce lieu où l'on ne respirait pas cet air dont on fait les vrais grands mystères. Un lieu pour les bergers et les moutons, pour de jolies journées de pâturages entre les ruines recouvertes d'herbes folles : Brancaleone avait bien raison. Il n'existait sans doute que deux ou trois points sur cette terre qui se situaient dans un champ de force magique. Par ordre d'ancienneté, c'étaient les pyramides, le Temple, et non point Rome, mais Montségur !

— Je vous crois, Brancaleone ! déclara Yeza tandis que ses pensées l'entraînaient déjà ailleurs. Bologne n'a rien à faire du mystère du Temple. C'est simplement un défi, un examen auquel je me soumets moi-même.

« C'est un piège, mon, enfant ! » songea le Podestà, mais il ne le dit pas. Peut-être cette jeune reine était-elle aussi appelée à franchir ce genre d'épreuves.

Le couple royal devait vraisemblablement s'exposer aux risques du monde féodal. Un processus de purification ? Lui, le Podestà, n'avait pas mission d'anticiper sur le grand projet, il n'était qu'un vicaire du Prieuré ; les décisions étaient prises en plus haut lieu. Si l'on affirmait à Yeza qu'elle devait s'adresser au pape pour régler cette affaire, elle n'hésiterait pas à se rendre chez lui. Ce qui l'inquiétait, c'est qu'elle paraissait fermement persuadée que Rome, et non, par exemple, Viterbe, serait le lieu de cette rencontre. Alexandre devrait donc revenir dans sa ville. Or ce n'était guère compatible avec sa présence à lui, Brancaleone, dans ses fonctions et sa dignité de Podestà républicain. Si Yeza ne s'était pas trompée, alors Brancaleone devait être sur ses gardes. Mais le petit chauve grassouillet n'avait aucune envie d'aborder ce sujet.

— Je vais vous montrer un portrait de moi, annonça-t-il à brûle-pourpoint. Un artiste vénitien l'a réalisé voici peu de temps. J'ai là bien meilleure allure qu'*in natura*.

Il fouilla dans les tiroirs de son bureau et finit par en sortir fièrement un petit tableau de bois grand comme la paume d'une main.

— Et il ne m'a rien coûté !

Yeza reconnut aussitôt le coup de crayon : c'était Rinat. Elle regarda attentivement le portrait du sénateur Brancaleone. Il paraissait effectivement beaucoup plus jeune, aussi éthéré qu'un ange imberbe ! Elle tressaillit. C'était de toute évidence le portrait d'un mort ! Elle voulut parler, se demanda comment elle devait formuler sa mise en garde. Mais au même instant, à la porte du bureau, les gardes annoncèrent qu'un certain messire Kefir Alhakim souhaitait s'adresser d'urgence à la dame Esclarmonde ou au chevalier Sigbert. Voyant que celui-ci hochait la tête, le Podestà ordonna qu'on le fasse entrer.

Kefir paraissait surexcité. Il ne perdit pas de temps à saluer Brancaleone et annonça en toute hâte :

— Jordi vous fait demander de rentrer au plus vite dans vos quartiers.

— Dommage, s'écria le Podestà, il est rare qu'une personne aussi agréable que vous s'égare auprès de moi. (Il jeta son petit tableau dans le tiroir.) Je suis heureux de vous avoir parlé, ma reine. Je vous souhaite du fond du cœur beaucoup de chance dans votre entreprise auprès d'Enzio, et sur tous vos autres chemins !

Il embrassa galamment la main de la jeune femme. Kefir était resté immobile à la porte et attendait Yeza avec une impatience qui frôlait l'impolitesse. Brancaleone accompagna ses hôtes à l'extérieur. Et, tout d'un coup, le vizir s'adressa à lui :

— De faux amis font peser sur vous le risque d'un malheur imminent, commença-t-il en hésitant, mais Sigbert l'empêcha de continuer. Il secoua sa tête grisonnante et désigna Kefir avec un sourire, comme pour montrer qu'il n'avait pas tous ses esprits. Cependant le Podestà s'était immobilisé, les ailes de son nez étaient devenues livides. Il poussa ses visiteurs vers l'escalier et rentra sur-le-champ dans sa chambre, dont il referma la porte à clef.

C'est au moment où ils rejoignirent la grande cour du Capitole qu'ils constatèrent que tout était plongé dans l'obscurité. La nuit venait si tôt, en cette fin d'automne, qu'ils purent voir les derniers voiles de nuages illuminés, un finale splendide en orange, cyclamen et violet : le soleil prenait congé de Rome.

Lorsqu'ils eurent fini de descendre l'interminable escalier extérieur, la nuit romaine était déjà tombée. Les premiers braseros allumés par les pauvres crépitaient sur les chemins menant aux portes de la ville ; les riches, eux, faisaient planter des torches dans les supports de fer, devant leurs palais. Yeza insista pour que l'on emprunte à pied le chemin sinueux menant au centre ville, d'autant plus que Kefir n'avait pu lui expliquer pourquoi Jordi avait demandé qu'elle rentre aussi vite dans ses quartiers. Le Chevalier teutonique, inquiet pour sa sécurité, ordonna cependant à leur escorte de les suivre de près. Ils marchaient à peine depuis un quart d'heure dans les ruelles étroites, progressant constamment au centre, moins par crainte des attaques que pour éviter que l'on ne déverse sur leur tête, depuis les fenêtres, des immondices ou des excréments, lorsqu'ils remarquèrent une certaine agitation. On apercevait des hommes qui couraient, si l'on en croyait leurs torches vacillantes, et l'on entendait un bruit qui rappelait celui des armes. Sigbert, à son tour, ordonna qu'on presse le pas et resserra encore son escorte armée autour de Yeza. Mais lorsqu'ils aperçurent le château de l'Ordre, lorsqu'ils se retrouvèrent devant la miteuse auberge « Del Paradiso », tout était paisible sur la place. Des enfants jouaient entre les étals du marché, et les anciens étaient assis devant les porches de leur maison.

C'est alors, d'un seul coup, que le silence de la nuit tombante fut déchiré par le son des cloches. Au premier coup sur le bronze, tous ceux qui dressèrent le cou sentirent que quelque chose s'était passé. Puis d'autres cloches rejoignirent la première, elles tonnaient toutes, comme pour appeler à l'insurrection.

— Ce n'est pas un *memento mori*, comme il est courant de le sonner lors du décès d'un pape, expliquait le commandeur au moment précis où Jordi les rejoignit en courant.

— Brancaleone ! cria-t-il, hors d'haleine. Ils ont assassiné Brancaleone !

— Ce ne sont donc pas les cloches du deuil, constata Yeza, mais celles annonçant le délice vaniteux de l'*Ecclesia !*

Sigbert ne prit pas le temps de lui répondre : il avait plus important à faire.

— Ce sera une nuit sanglante, prédit le vieux chevalier, qui parlait d'expérience. Les guelfes ont affûté leurs armes. Et toi, Yeza, à leurs yeux, tu comptes au nombre des gibelins !

— Je peux défendre toute seule ma...

— Rien du tout ! tonna le commandeur. J'exige que, cette nuit, vous dormiez tous dans notre maison fortifiée ! Pas de discussion !

Yeza le trouva émouvant, avec son air de patriarche de l'Ancien Testament. Elle se conforma à son ordre. Ils ne s'arrêtèrent donc pas au « Paradis » et continuèrent leur marche jusqu'à ce que la lourde porte garnie de pointes de fer se referme derrière eux dans la maison des Allemands, et qu'on l'ait verrouillée. On avait déjà renforcé la garde, et les chevaliers passaient leur armure.

— Je le pressentais, confia Yeza à Sigbert.

— Lui aussi, répondit sobrement le commandeur.

— Kefir l'avait deviné également, ajouta Yeza à l'intention de son petit troubadour, et toi, tu as entendu le coup venir ?

— Non, répondit Jordi à son grand étonnement. Je pensais que le coup serait dirigé contre vous, *ma damna* !

La faveur de Sa Sainteté

Le lendemain matin, Rome s'éveilla affairée, et ne paraissait pas déplorer le Podestà assassiné. L'odeur des incendies que l'on avait allumés çà et là la nuit passée flottait encore, mais le marché était ouvert. Les prix avaient un peu augmenté, si l'on en croyait les cris des commerçants. Vers midi, un nouveau son de cloche s'éleva, d'abord timide, puis de plus en plus énergique. Le vent le propagea comme une tempête de cloches qui aurait balayé la ville.

Jordi, qui avait des oreilles dans la populace, surgit en courant aussi vite que ses petits pieds pouvaient le porter.

— Le pape est arrivé !

— Ah ! s'exclama Yeza avec mauvaise humeur : elle n'avait encore jamais ressenti la moindre sympathie pour les porteurs de la tiare. Voilà donc le clergé qui se réjouit et qui tire de toutes ses forces sur les cordes, afin de souhaiter la bienvenue au Saint-Père !

— Au contraire ! expliqua le troubadour. Ce sont des

cloches de protestation ! Le peuple de Rome déteste l'idée de revenir sous le joug de la curie, il préférerait envoyer au diable tous ces porteurs de pourpre avec leurs manières de courtisans, et placer le Saint-Siège du pape devant les portes de la ville – devant la « Porta Flaminia », par exemple, depuis laquelle le pontife pourra se rendre par le chemin le plus court à Viterbe ... ou en enfer !

Dès le lendemain, ils se retrouvèrent au château Saint-Ange, la tombe monumentale de l'empereur Adrien, transformée en forteresse pontificale.

Après l'accueil qu'ils lui avaient réservé, Sa Sainteté Alexandre IV préféra ne pas aller à la rencontre des Romains, surtout sur le long parcours qui, depuis le palais du Latran, menait de San Giovanni à l'église Saint-Pierre, à l'extérieur des Murs. Du château Saint-Ange, en revanche, il pouvait utiliser les murailles de Borgo, le chemin de fuite fortifié dont s'étaient servis tous ses prédécesseurs. Il arriva ainsi le pied sec et le pas ferme à sa basilique. Si le successeur de saint Pierre était menacé, il reviendrait en courant, tunique relevée, dans la rotonde qui se dressait juste sur la rive du Tibre. Comme le cardinal gris, qui y résidait en permanence, tenait particulièrement à ce que l'accès et les entrailles de la forteresse ne se transforment pas en lieu public, on bandait les yeux des visiteurs dès la traversée du fleuve. Cette fois, Yeza ne se fit accompagner que par Sigbert. L'invitation à l'audience privée ne concernait de toute façon personne d'autre. On les fit monter et descendre par des couloirs interminables. Yeza se rappela les récits de Guillaume sur ces barrages de castors trempés dont les galeries souterraines se trouvaient sous les eaux, bien au sec. Elle fut d'autant plus étonnée lorsqu'on lui ôta enfin son bandeau et qu'ils se retrouvèrent dans une salle claire et chaude dont les fenêtres offraient une vision unique sur la ville, de l'autre rive.

Au moins au premier regard, le pape n'avait pas l'air d'un monstre ou d'une créature sournoise et manichéenne. Il n'était pas assis sur son trône, mais sur le rebord d'une couche. Il fit signe à Yeza de s'approcher de lui. Elle prit place auprès du Saint-Père, mais le cardinal Octavien l'invita aimablement à se relever. Non parce qu'elle avait oublié de baiser la main et la bague du pape, mais parce qu'il voulait la voir encore marcher un peu, sûre d'elle et pourtant si gracile, et même gracieuse.

Yeza bondit sur ses jambes et dit, très courtoisement elle aussi :

— Notre pauvre messire le pape, qui est manifestement muet, mais, je l'espère, n'est tout de même pas aveugle et sourd, peut à présent regarder en toute quiétude mon dos et son gracieux prolongement, car je vais quitter cette pièce sur-le-champ.

Le pape éclata de rire, la prit par la main et la tira vers lui.

— Ces Florentins, lui chuchota-t-il avec un clin d'œil, n'ont d'yeux que pour les lignes des femmes. Quant au baiser sur la bague, ils ne l'ont mis en vigueur que dans un seul dessein : celui qui l'embrasse doit admirer chaque jour un nouveau joyau. Dis-moi, veux-tu épouser Manfred ?

— Dieu me garde ! s'exclama Yeza. Jusqu'ici, le cardinal Octavien n'a pas réussi à empoisonner le roi de Sicile. À présent, il aimerait sans doute s'essayer à l'inceste ? (Elle éclata de rire.) Depuis mon enfance, hors du baptême, je vis dans une liaison incestueuse et sans la bénédiction de l'Église, comme il se doit pour une hérétique. Je ne vais pas faire une chose pareille à Manfred. D'ailleurs, je suis déjà promise !

— Dieu seul peut pardonner tant de péchés, dit le cardinal, en s'efforçant de ne pas passer devant Alexandre pour un bigot repoussant. Il aimait le courage de cette jeune femme. Elle avait quelque chose de royal. Même s'il n'avait encore jamais vu aucune reine faire aussi peu de cas de l'étiquette.

— Laissez donc le Saint-Père décider lui-même, Excellence, si l'on peut me pardonner ! demanda-t-elle, mutine, au cardinal. Mais Alexandre ne prononça que quelques mots :

— Je suis bouleversé !

Était-ce feint ou sincère ? En tout cas, il se sentit obligé d'ajouter :

— Je comprends seulement aujourd'hui la grandeur humaine de notre Seigneur, qui a fait asseoir à ses pieds une pécheresse comme Madeleine et a élevé cette femme déchue en lui demandant, avec des essences précieuses...

Yeza lui coupa la parole.

— Il y a une différence entre moi et Marie-Madeleine : l'*Ecclesia* des patriarches a pu, ultérieurement, faire passer cette femme sans défense pour une putain, ce qui constitue une sinistre falsification historique, comme vous le savez certainement ! Car cette femme – et en cela, elle m'était tout à fait semblable ! – était la reine, l'épouse du roi Jésus ! (Yeza était en rage.) Cela n'a pas plu aux pères de l'Église, ces misogynes, et cela ne vous convient toujours pas. C'est la raison pour laquelle on l'a transformée en « Madeleine la pécheresse » en niant le rôle considérable qu'elle avait joué. Vous ne réussirez pas à faire la même chose avec moi.

Les deux hommes éclatèrent de rire.

— Je vous propose, ô ma reine, dit spontanément le cardinal, que vous restiez notre hôte dans cette ville. Et si, au bout d'une lune, vous pouvez toujours en dire autant, alors nous paierons la rançon du roi Enzio pour le faire sortir des geôles de Bologne.

— Et si elle perd sa vertu ? s'enquit le pape, intéressé par le jeu dont son ami était en train d'imaginer les règles. Mais Yeza ne le laissa pas répondre.

— Je n'ai pas l'habitude de perdre mes paris. Mais je n'en accepte jamais aucun dont les règles soient fixées par une personne susceptible d'en influencer l'issue. (Elle lança au cardinal un regard incendiaire.) Toutefois je veux vous faire une contre-proposition : donnez-moi un laissez-passer qui me permettra de me rendre jusqu'à Bologne. Si j'atteins la ville sans perdre ma vertu, comme vous aimez à vous exprimer, alors vous me garantirez la libération du roi Enzio. Je peux verser sa rançon toute seule.

— Cela peut te coûter cher, objecta le pape. Ils pourraient demander plus que ce que l'empereur Henri a arraché à l'Angleterre, en son temps, pour libérer Cœur de Lion !

— C'était tout le trésor du royaume anglais ! ajouta le cardinal, malicieux.

— Alors prononcez l'*interdictum* contre Bologne ! suggéra Yeza.

Son sérieux amusa encore plus le pape que son conseiller.

— L'ancien empereur Frédéric a déjà offert des sommes monstrueuses à la ville, sans succès. Nous allons vous établir le papier que vous nous avez demandé. Nous ne voulons et nous ne pouvons en revanche vous donner aucune garantie de succès. Profitez donc de Rome, mais veillez à adopter de meilleures mœurs !

Yeza se leva et baisa la main qu'on lui tendait. Lorsque Octavien à son tour lui offrit la sienne, elle regarda l'anneau en fronçant les sourcils.

— À Ostia, Excellence, je vous ai déjà dit que vous devriez changer de pierre. C'est toujours la même, et à l'époque, déjà, elle témoignait d'un certain mauvais goût.

Sigbert, qui avait somnolé tout ce temps dans le fauteuil qu'on lui avait désigné, et qui n'avait entendu que la fin de la discussion, se dressa tout d'un coup sur ses jambes.

— Moi aussi, j'ai besoin d'un sauf-conduit pour notre Ordre. À Rimini, les fûts hivernaux de bière bavarois sont arrivés, ceux que les pieux frères du monastère d'Andechs nous adressent chaque année pour Noël. Nous n'avons qu'à aller les chercher. Je vous en enverrai volontiers quelques cruches pour faire la fête, car elle est excellente en bouche !

— Vous aurez votre document, mon cher Öxfeld, mais la bière ne me réussit guère. Quant au Saint-Père, cette boisson amère de Bohême lui fait pousser des jurons !

— Je vous remercie, Excellence. Et pardonnez à cette jeune dame ses propos inconvenants. Elle a grandi comme une sauvage.

— Je suis la fille préférée du diable ! s'écria Yeza, qui crut avoir compris le plan de Sigbert.

— Mais on peut l'exorciser ! suggéra le pape avec bienveillance. Nous en aurons abondamment l'occasion dans les semaines qui viennent ! assura-t-il à Yeza. Voilà un cas qui promet d'être extrêmement intéressant, dit-il ensuite à Sigbert, notre exorciste pourrait bien s'y casser les dents !

Le cardinal accompagna Sigbert à la porte.

— Je vais aujourd'hui même vous envoyer le laissez-passer pour votre hydromel. Vous pouvez me faire confiance.

Sigbert hocha la tête. Yeza le suivit docilement. Lorsqu'ils eurent quitté la pièce, on leur banda de nouveau les yeux, à tous les deux.

— Ils veulent absolument que je parte pour Bologne, constata Yeza lorsqu'ils eurent quitté la barge, sur l'autre rive, où personne ne pouvait plus les épier.

— Pourquoi t'es-tu comportée d'une manière aussi invraisemblable ? demanda le vieil homme, chagriné.

— Parce qu'ils voulaient jouer au chat et à la souris avec moi.

— Je crois plutôt qu'ils ne veulent pas te laisser partir, ils te garderont ici et t'y laisseront pourrir !

— Ils n'y réussiront pas ! s'exclama Yeza.

— Mais si, répondit le commandeur. Tu connais mal Rome, et surtout tu sous-estimes les possibilités et les pratiques de la curie lorsqu'il s'agit de se débarrasser de quelqu'un. C'est beaucoup plus efficace que la corde ! Ils ont suffisamment d'expérience avec les martyrs pour éviter d'en créer de nouveaux. Mais en te faisant passer pour une putain, puis en te laissant filer, ils auront détruit l'aura, la *reputatio* du couple royal, d'une manière plus radicale que s'ils vous avaient fait abattre comme des chiens enragés ! Tu dois quitter cette ville immédiatement !

Aux premières heures de la matinée, avant même le lever du soleil, dans la légère brume qui montait du Tibre, flottait sur le champ de Mars et planait au-dessus de la Porta Flaminia, trois lourds chariots sortirent l'un après l'autre, tirés par des attelages de quatre bêtes. Les cochers étaient des sergents de l'Ordre teutonique, on les reconnaissait à leurs manteaux blancs ornés d'une croix en glaive noire, des tenues qui brillaient dans ce bouillon gris lorsque les roues ferrées des charrettes passèrent en grinçant dans les rigoles du chemin menant vers le nord. L'escorte du convoi était dirigée par un commandeur de l'Ordre aux cheveux blancs, qu'un document pontifical autorisait à transporter des tonneaux vers et depuis la ville portuaire de Rimini. Les gardes ne remarquèrent pas les caisses et les bahuts chargés à côté des fûts vides, ni la litière qui suivait le convoi. En revanche, ils notèrent la présence de deux jeunes dames de rang.

« Voilà que même les Allemands, avec leurs mœurs rigoureuses, se mettent à avoir des concubines », pensa l'officier de garde en ouvrant le rideau pour voir de ses yeux ces jolies femmes. La première aurait tout à fait pu passer pour une Romaine : ses cheveux bruns et épais, son nez droit rappelait ce type racé que l'*urbs* produisait en abondance. Mais quelle taille ! Mafalda le dépassait d'une bonne tête. L'officier s'abstint donc de lui lancer un clin d'œil familier.

Geraude, avec sa poitrine épanouie, sa peau claire et ses nattes blondes, lui parut en revanche susceptible d'apprécier un bref sifflement de reconnaissance. Mais elle baissa les paupières et rougit vertueusement. Elle lui fit cependant assez forte impression pour qu'il se dise qu'il faudrait l'inscrire dans ses tablettes. Lorsqu'il s'avisa du fait qu'il aurait surtout dû consigner le nom du commandeur, le cortège avait déjà disparu.

Jordi, assis sur le coffre au trésor de Yeza, et prêt à tout pour le défendre, sortit de la paille et s'installa à côté du cocher. Kefir dormait sur la dernière charrette, entre les tonneaux vides. Sigbert avait sorti la « cour » de ses sacs de paille, en pleine nuit, et Yeza, les yeux alourdis par la fatigue, les avait tous placés sous la direction de Jordi : il leur trouverait à Rimini un lieu où ils pourraient attendre leur maîtresse en toute sécurité. Elle-même ne voyagerait pas avec sa suite, mais elle souhaitait qu'on en ait l'impression, que la rumeur s'en propage et dure aussi longtemps que possible. Ce fut le bref adieu avant un long voyage.

Lorsque les chariots eurent traversé le Ponte Milvio, derrière lequel la Via Cassia se séparait bientôt de la Via Flaminia, le commandeur s'arrêta à son tour et transmit le commandement à Roderich, un jeune chevalier de l'Ordre qui plut aussitôt beaucoup à Mafalda. Elle apprécia désormais ce voyage inconfortable sur des voitures branlantes, dans cette froideur d'automne que l'on ressentait même en plein jour (sur les cols de l'Apennin, la première neige avait déjà dû tomber) : la nuit, il faudrait bien se couvrir. À peine le commandeur avait-il été englouti par la brume que déjà, le petit troubadour sortait son luth.

« *Ar em al freg temps vengut*
quel gels el neus e la faingna.
E l'aucellet estan mut,
c'us de chantar non s'afraingna ;
e son sec li ram pels plais –
que flors ni foilla noi nais,
ni rossignols no i crida,
que l'am e mai me reissida. »

Le soleil matinal ne perçait que çà et là la brume du petit jour, mais le pignon de la Porta Flaminia baignait dans un halo rose. La troupe des Chevaliers teutoniques traversa au galop le champ de Mars, le souffle chaud des animaux leur sortait du naseau comme de la vapeur. Le sergent de l'escorte connaissait le chef de garde. Celui-ci se permit donc de demander le nom du commandeur aux cheveux blancs qui, aux premières heures du jour, avait accompagné à Rimini un convoi de tonneaux qui paraissait de la plus haute importance.

— C'était Sigbert von Öxfeld, expliqua le chevalier de bon cœur. Commandeur de Starkenberg, escorte spéciale pour la dame Yeza Esclarmonde, vous savez bien, le couple royal ! Une mission secrète ! ajouta le Templier : après tout, on était entre connaissances.

— Je l'ai vue ! répondit le garde, exalté. Une jeune femme, et si blonde !

— Et cela partout ! s'exclama l'Allemand, avec une familiarité balourde.

— Et vous-mêmes, où allez-vous si vite ?

— À Viterbe ! répliqua-t-il tandis que les chevaliers, après avoir formé deux rangées régulières, franchissaient la porte au trot, en faisant résonner le basalte sous leurs sabots.

— Mais le Saint-Père est déjà...

— Certainement ! confirma l'Allemand. C'est précisément pour cette raison que tous les autres seigneurs doivent désormais être conduits à Rome aussi vite que possible !

— Je comprends ! s'exclama encore le gardien à l'attention du chevalier. Mais le roulement des fers à cheval s'éloignait déjà. L'officier crut avoir tout saisi, et prépara son rapport de garde. La relève pouvait arriver d'un instant à l'autre.

À bonne distance, Yeza leva un instant la visière de son heaume cylindrique pour respirer un peu d'air frais.

— Magnifique ! s'écria-t-elle. Voilà les papistes envoyés sur la bonne voie !

— Je vous en prie, ma reine, fermez votre visière, que la garde du pont ne vous reconnaisse pas !

Yeza, obéissante, suivit le conseil du chevalier. On étouffait, sous ce heaume pesant dont les seuls orifices étaient deux fentes pour les yeux et quelques petits trous devant les lèvres et les oreilles. Une fois passé le Ponte Milvio, elle fut la première à apercevoir le commandeur, qui les attendait à la fourche des chemins. Elle se détacha de la troupe de ses accompagnateurs, qui avaient pour instruction de s'infiltrer de nouveau dans la ville, pour les uns par la Salaria, pour les autres par la Porta Aurelia, au-dessus de Trastevere.

Elle remonta à côté de Sigbert la Cassia, vers le nord, qui la mènerait effectivement à Viterbe, la première ville notable sur ce chemin.

— C'est à l'ombre de la cathédrale, dit-elle pour

encourager le vieil homme, que le diable bâtit son nid le plus sûr !

Cela arracha un sourire colérique au commandeur.

— La fille préférée du démon ne devrait pas y séjourner plus longtemps que le strict nécessaire. (Il retrouva son sérieux.) Ensuite, vous devrez vous imposer toute seule, car je resterai à Viterbe et je disperserai vos poursuivants aux quatre vents.

— Dommage, murmura Yeza, j'aurais volontiers fait le chemin avec vous !

— La prochaine fois, ma reine. Lorsque la tempête se sera apaisée, je me rendrai auprès de vous, à Bologne.

Au service forcé de la couronne

Dans les profondeurs de la Kalsa, les lémures s'agitaient. C'était l'heure de la fermeture vespérale. Les détenus auxquels ils réservaient la faveur de manger sans chaînes leur dîner frugal revenaient dans leurs geôles, on entendait les clefs tinter contre les barreaux, et ils se retrouvaient pour la nuit semblables à des prisonniers ordinaires. Le cliquetis du métal cessa bientôt.

D'habitude, c'était l'heure à laquelle les lémures pouvaient eux aussi aller se reposer. Mais depuis que l'ambassadeur Nikephoros Alyattes, de Nicée, s'était installé dans les lieux, on avait rompu avec cette routine. Son Excellence aimait à tenir table ouverte encore aux environs de minuit, à réclamer des plats choisis et à se faire servir du vin résineux de sa patrie grecque. Alekos, le patron de l'« *Oleum atque Vinum* », jouait les fournisseurs de la cour, et cette situation satisfaisait tellement les lémures qu'ils devançaient le moindre désir de messire Nikephoros. Ce jour-là, il avait organisé pour lui-même et ses trois invités, les pauvres chevaliers du Languedoc, un repas aux huîtres et aux homards. Le résiné blanc coulait à flot et les bezants d'or volaient au-dessus des épaules du noble donateur : les lémures n'avaient plus qu'à se baisser. Les bougies plantées sur des chandeliers d'argent illuminaient la table revêtue d'une nappe en lin blanc sur laquelle s'amassaient les coquilles vides. À présent, on ne mangeait presque plus, on se contentait de boire.

— Voilà une vie de prisonnier qui me plaît bien ! grommela Raoul, qui était assis devant l'ambassadeur et arrachait les derniers restes de chair blanche dans les pinces.

— Si seulement on savait pour combien de temps, soupira Mas en observant fixement la montagne de coquilles, avec laquelle il avait édifié un château, avec des murs et des tours. Et comment cela s'achèvera-t-il ?

Il détruisit son ouvrage d'un mouvement brutal de la main. Les coquilles d'huître, les carapaces de homard, les antennes et les pattes brisées s'envolèrent dans tous les sens.

— Comment cela ? geignit Pons, mortellement effrayé. Qu'est-ce qu'ils peuvent bien faire de nous ?

— Les hommes droits seront menés à l'échafaud. Les serpillières comme toi seront pendues, lui répondit Mas. Et ce au petit matin !

— Aujourd'hui ? Pons avait la voix coupée par l'effroi. Il se mit à s'étrangler.

— Mes seigneurs ! les tança leur hôte. Dans cette maison, on ne plaisante pas sur les vétilles. Je voudrais lever mon verre au voyage qui attend mes trois compagnons de table : je souhaite à ces seigneurs qu'ils n'y arrivent jamais !

— Qu'est-ce que cela signifie ? (Raoul avait été le premier à reprendre ses esprits.) Expliquez-vous, je vous prie, ou je quitte cette table sur-le-champ

Mais il resta sur son siège. Mas demanda :

— Un voyage... et où donc ?

Nikephoros commença par vider sa coupe jusqu'à la dernière goutte.

— Je sais que vous serez embarqués au sein d'un contingent de quatre cents chevaliers, dont vous arrondirez le nombre. Vous partirez pour la Grèce, où vous devez aller vous battre contre mon empereur, pour le compte du despote d'Épire.

— Hourra, Hellade ! s'exclama Pons. Voilà qui me plaît. Là-bas, les femmes...

— Vous ne verrez même pas le dos des Grecques aux yeux de braise, parce que, après une traversée faite de privations, vous débarquerez dans une vulgaire crique inhospitalière. Taraudés par la faim, à demi morts de soif, vous rencontrerez, au bout de quelques jours de marche dans le désert rocheux, l'armée bien nourrie de Michel Paléologue. Ou bien elle vous anéantira, ou bien elle vous fera prisonniers. Vous regretterez notre bonne vieille Kalsa, ou bien vous vous plaindrez amèrement de ne pas être tombés au combat – ce qui serait de toute façon le plus raisonnable !

— Et si l'issue du combat est favorable à notre bannière ? s'enquit Raoul, parfaitement éveillé : son ivresse s'était dissipée.

— Vous resterez des étrangers au pays, même pour ceux qui feront appel à votre aide. Si la coalition, constituée au petit bonheur entre le beau-père et ses vassaux inégaux, devait remporter la victoire, on ne vous remerciera pas, on vous chassera. Mais oubliez cette possibilité ! Le Sebastocrator Jean, qui n'est vraiment pas un foudre de guerre, vient d'écraser le Despotikos près de Kastoria, avec une poignée de mercenaires. C'est la raison pour laquelle on lève à présent, pour un combat décisif, le dernier contingent, dont vous avez l'honneur de faire partie !

— Voulez-vous insinuer par là que l'on se moque totalement de ce que nous allons devenir ? s'insurgea Mas.

— L'armée impériale de Nicée est restée une machine de combat sur le chemin duquel personne n'ose se placer, où que ce soit autour de la Corne d'Or. Et le seul objectif de cette aventure est la reconquête de Constantinople ! Pourquoi iriez-vous y risquer votre peau ? C'est tout de même, au bout du compte, une affaire purement byzantine. Je vous le dis, faites en sorte de ne jamais voir le Péloponnèse, Épire ou Thessalie ! Mieux vaut sauter du bateau qui doit vous y mener !

Au même instant, les lémures arrivèrent devant leur table, très énervés.

— Voilà Maletta ! annoncèrent-ils, le souffle court. Allez, filez dans vos cellules !

Quelques gardiens attrapèrent la nappe, la tirèrent de la table avec les déchets, les cruches de vin et les coupes, en firent un ballot et la traînèrent dans la pièce obscure la plus proche. D'autres défirent les tréteaux et éloignèrent les sièges. Les détenus furent repoussés sans ménagement dans leurs cachots et on leur remit aussitôt leurs chaînes. On entendait déjà des pas s'approcher, des torches éclairaient la galerie souterraine qui, du port, menait directement dans les geôles de la Kalsa.

Le chambellan était entouré d'un nombre considérable de sbires en armes. Il paraissait grognon, ne dit pas grand-chose et commença par faire sortir Raoul de Belgrave de sa cellule. Le ton glacial sur lequel il le fit leur inspira les pires craintes, d'autant plus que les sbires, par habitude, échangeaient des plaisanteries comme « As-tu pris les mesures de son cou ? » ou bien « Tu as une femme, bientôt une veuve ? ».

Raoul fut conduit dans une pièce reculée où on lui défit ses liens. Deux sbires le tenaient, portant dans leur main libre un poignard court à la lame nue. Deux autres surveillaient la porte. Le chambellan prit place sur l'unique siège de la pièce et joua avec sa cravache.

— Le prix de votre liberté, Raoul de Belgrave, c'est le silence et l'obéissance. Transgressez un seul de ces commandements, et vous êtes un homme mort. Demain, vous serez conduit sur un navire avec vos compagnons. Au bout de deux jours de traversée, vous verrez une île qui semble ne pas avoir de port. Arrivé devant ce promontoire rocheux inhospitalier, le navire coulera. Veillez, l'arme à la main, à ce que personne, ni le capitaine, ni vos compagnons, ni qui que ce soit à bord, n'empêche ce naufrage. Alors, vous serez sauvé.

— Et mes compagnons ?

— Leur vie dépend de votre bon comportement – tout comme la vôtre, d'ailleurs.

Raoul se permit une dernière question sur son avenir.

— Et dans le cas où nous sortirons effectivement indemnes de cet accident, que se passera-t-il ensuite ?

Au lieu de lui répondre, Maletta lui décocha un coup de cravache en pleine face.

— Ne me montrez pas dès à présent que vous êtes incapable de respecter une instruction claire : obéissance et silence

Raoul hocha la tête et lécha le sang qui coulait de ses lèvres éclatées. Sur un signe du chambellan, il fut emmené dans une salle de la Kalsa qu'il ne connaissait pas encore, et où se trouvait un véritable lit. Il était sec.

Le capitaine grec de la *Nikè*, le voilier à bord duquel l'ambassadeur de l'empereur de Nicée était arrivé à Palerme, était toujours assis, à une heure tardive, dans l'« *Oleum atque Vinum* » d'Alekos. Il se soûlait. Pour être précis, il était déjà ivre au moment où il était entré en titubant dans l'auberge. Il était à présent le dernier client, mais il continuait à boire. Que lui restait-il d'autre à faire ? Son maître, l'ambassadeur, était dans les geôles, son navire était enchaîné. C'était cela son plus grand souci, et un seul verre ne suffisait pas à le dissiper. Lorsqu'il se mit à pleurer, Alekos lui prit sa coupe et enleva aussi la cruche encore pleine.

— Oh ! protesta le capitaine. Qu'est-ce qui te prend ?

Alekos s'assit face à lui et posa ses coudes sur la table, la tête cachée derrière ses pattes.

— Écoute-moi, murmura-t-il. Demain, tu pourras lever les voiles avec ton rafiot pour rentrer dans ta patrie. Chez toi ! Tu as compris ?

— Non ! dit l'homme ! Tu ne peux pas me faire ça !

— Si ! chuchota Alekos. Tu devras embarquer quelques hommes, des chevaliers avec leurs chevaux et leurs écuyers. En chemin, tu te dirigeras vers une île et tu les y déposeras.

— J'y vais tout de suite ! (Le capitaine avait repris ses esprits.) Où sont ces nobles sires ?

Il tenta de se relever.

— Demain, j'ai dit !

Alekos réprima sa soif d'agir et le força à se rasseoir.

— Mais c'est un secret absolu, nul n'est au courant, et tu ne dois en parler à personne. Sans cela, tu ne reverras jamais Hellade, parce qu'on te jettera en pâture aux poissons. Cela, je peux te le promettre !

— Je me tairai comme si j'étais ma propre tombe !

Le capitaine se demandait tout de même si Alekos n'était pas en train de lui jouer un de ses tours. Il prit les choses sur le ton de la plaisanterie.

— Alors, les chevaliers n'en savent rien, c'est une surprise ! Et comment s'appelle l'île ?

— Tu auras à ton bord un chevalier qui te le fera savoir en temps utile – et un autre qui te tuera si tu ne te conformes pas à l'ordre que tu as reçu !

— Ça s'arrose, Alekos ! s'exclama le capitaine, mais l'aubergiste le prit par les épaules et le souleva au-dessus de son siège.

— Pour ce qui me concerne, tu auras droit à un coup de pied aux fesses si tu ne disparais pas immédiatement d'ici !

Et il lui désigna la sortie. Le capitaine s'exécuta et franchit en titubant la porte de la gargote, qu'Alekos referma aussitôt derrière lui.

La nuit, toutes les geôles de la Kalsa bruissaient comme une forêt ténébreuse. Chaque goutte qui tombait du plafond tambourinait sur la tête du détenu. Les rats rongeaient et grattaient la peau tendue de ses mains et de ses pieds, dénudaient ses os, et leurs sifflements lui traversaient la moelle et les membres jusqu'à ce qu'il entende le cliquetis discret des chaînes de ses codétenus invisibles, comme si les lémures s'approchaient. Ils viennent te chercher ! Mas de Morency savait qu'il serait le prochain. Il grinça des dents et apprécia tout d'un coup la danse de Saint-Guy à laquelle se livraient les barreaux à la lueur des torches qui s'approchaient, le battement monotone des clefs contre les grilles de fer, le grincement dans la serrure. Lorsqu'ils arrivèrent enfin, il était empli d'une satisfaction courroucée. Il fallait bien que cela se produise un jour !

Mas fut jeté dans la pièce où l'attendait Maletta.

Le chambellan avait l'intention de le toiser en silence

avant de prononcer ses menaces à voix basse pour s'assurer de la docilité du garçon. Mais, quand il vit Mas courbé devant lui, il eut l'impression de regarder un miroir éloigné. Ce lascar, c'était lui, Maletta, lorsqu'il était encore jeune et affamé comme un loup. Inutile d'essayer l'intimidation avec celui-là. Il n'en aurait d'ailleurs pas besoin : Mas ferait tout ce qu'il lui demanderait, sans le contredire, sans hésiter, avec une ferveur maligne.

Maletta lui offrit le seul siège de la pièce, mais Mas résista :

— Que voulez-vous de moi ?

— Bien, dit le chambellan. Tu vas embarquer sur un bateau. Au bout d'un jour et d'une nuit, le capitaine se dirigera vers une île qui n'a pas de port. Tu attendras jusqu'au moment où tu verras la première personne sur l'île. Ensuite, tu descendras dans la quille et tu compteras, depuis le mât, quatre haubans en direction de la poupe. Là, tu trouveras des deux côtés, à hauteur de tes genoux, un bouchon dans la paroi, pas plus gros qu'un doigt. Tu l'enfonceras avec le pommeau de ton épée. Lorsque tu te seras assuré que l'eau entre par les deux trous, tu te rendras de nouveau sur le pont et tu attendras le canot qui vous recueillera avant que le navire ne se mette à couler.

— Dois-je attendre que tous les autres soient sauvés, ou bien la barque n'est-elle destinée qu'à moi ?

— Cela, c'est le pilote du canot qui en décidera ! Il n'est pas prévu de noyer qui que ce soit.

— Mais on dirait que vous souhaitez que nul ne survive !

— Ne te préoccupe pas de choses qui ne te concernent pas !

Contre toutes ses résolutions, Maletta avait laissé sonner une note presque bienveillante dans sa mise en garde, ce que Mas lui revalut aussitôt.

— Je ne fais pas partie de ceux qui coulent !

— Si tu n'accomplis pas ta mission exactement comme je te l'ai décrite, c'est-à-dire si le navire ne se met pas à sombrer au moment précis où il doit le faire, on s'emparera de toi. Tu feras alors partie de ceux qui seront pendus sur-le-champ.

— Il me reste un choix ?

— Un seul : trop d'eau ou pas assez d'air !

— J'aime les situations claires, déclara Mas en souriant au chambellan. Faites en sorte que je récupère mon épée.

— Je vois que vous êtes l'homme qu'il me fallait ! le félicita le chambellan, fier comme un voleur peut l'être de son fils dégénéré, l'essentiel étant qu'il reste dans la tradition familiale.

« À présent, reposez-vous. Au matin, vous obtiendrez ce que vous avez demandé, et vous entreprendrez cette traversée au cours de laquelle vous me revaudrez ma bonté !

Sur ces mots, le chambellan quitta la pièce.

L'APPEL DE L'AVENTURE

Derrière les hautes fenêtres du Palazzo Arcivescovile, on apercevait encore partout des rayons de lumière. Les ombres qui glissaient sur les murs et sur les escaliers témoignaient de la vive activité qui régnait dans les offices, au rez-de-chaussée, mais aussi dans les chancelleries et salles d'apparat des étages supérieurs.

L'archevêque était-il revenu de Rome pendant la nuit ? Nullement ! Jean de Procida avait rassemblé dans le bâtiment tous les participants à l'expédition d'Épire qui quitteraient la ville au petit matin, sous le commandement de Roç. Et il leur distribuait des déguisements de marchands arabes, le temps du voyage.

Roç lui-même était absent. Il avait été invité à un repas d'adieux par le roi Manfred, au Palazzo dei Normanni. C'était vraisemblablement à l'instigation du chancelier, qui souhaitait avoir les mains libres. Les rapports entre le jeune Trencavel et le roi s'étaient entre-temps tellement tendus que ce repas avait dû leur coûter à tous les deux. S'ils se comprenaient aussi mal, c'est que Roç n'avait cessé de repousser son départ ; l'enthousiasme que lui inspirait son aventure en Grèce ne s'était certes pas éteint, mais il voulait entendre de Manfred, avant de s'embarquer, une déclaration sans ambiguïté à propos de ses prétentions sur Jérusalem, une promesse qu'il devrait tenir immédiatement après son engagement contre Nicée.

Mais le roi refusait de se prononcer, prenait comme prétexte les droits de son neveu Conradin, pour lequel il avait du reste un mépris absolu. Cela rendait Roç de plus en plus méfiant et hésitant.

Le chancelier avait pour finir instamment conseillé à Manfred de faire toutes les déclarations souhaitées en faveur du couple royal. Depuis quand Sa Majesté se souciait-elle donc de tenir des promesses non écrites ?

Le repas de réconciliation fut pour Jean de Procida une occasion bienvenue de s'approcher du conseiller du couple royal, monsignore Gosset. Le chancelier avait lui aussi organisé un dîner, car il avait préparé une tout autre soupe et cherchait des convives susceptibles de l'apprécier. Le léger repas de mollusques et d'huîtres, de palourdes épicées et marinées dans le vin blanc et les échalotes fraîches baignant dans le jus de petits mollusques, était passé depuis longtemps.

— Je vous fais confiance, Gosset, déclara le chancelier à son invité. Vous êtes aussi un ami de Taxiarchos, cet homme que je vénère et que vous allez même pouvoir bientôt serrer dans vos bras amicaux.

— Comment cela ? s'inquiéta Gosset, suspicieux. Vous ne l'avez certainement pas dirigé vers la Grèce ?

Jean prit l'air mystérieux.

— Vous le rencontrerez d'ici deux jours et deux nuits, le *Mare Nostrum* n'est pas si large que vous puissiez vous y perdre.

— Bien, fit docilement Gosset. Taxiarchos nous guettera donc quelque part.

— Exact, reconnut le chancelier, et vous devrez ensuite vous décider. Je poserai la question en ces termes : si vous avez le choix entre la trirème d'Otrante et *L'Atalante*, quel navire préféreriez-vous ?

La question alarma Gosset au plus haut point.

— Je pensais que nous voyagerions sur la *Nikè*.

Jean secoua la tête.

— Pour que notre précieux Trencavel tombe aux

mains des Nicéens et soit accusé de piraterie ? Oh non ! Vous pouvez oublier tout de suite la *Nikè*, elle n'a qu'une seule mission : vous mener au point de rendez-vous avec notre ami Taxiarchos.

— Et à ce moment-là, nous aurons le choix entre la *Contessa di Otranto*, dont vous revendiquez la possession en tant qu'ancien navire de l'amiral de la flotte sicilienne, compléta Gosset, et le navire amiral des Templiers ? Je serais étonné que vous l'ayez reçu en cadeau. C'est la prunelle des yeux du grand maître, et il refuserait même de le prêter !

— Cela, c'est mon affaire, répliqua le chancelier. Ce que je veux connaître, c'est votre préférence, instinctivement.

— Alors je plaide pour cette bonne vieille trirème, je n'ai aucune envie que les Templiers viennent me chasser de *L'Atalante*.

— Ne faites donc pas dans vos chausses !

— Si, involontairement, répondit Gosset en ricanant. Ça vous arrive lorsque vous avez une corde autour du cou et plus rien sous les pieds.

Le chancelier se leva brusquement et parcourut la salle à grands pas. Il ouvrit la porte et regarda dans l'escalier, vers le bas. Des serviteurs traînaient des ballots et des caisses, les chevaliers grimés en riches marchands musulmans paradaient avant d'être menés un par un vers le port où l'on chargeait la *Nikè*.

Gosset l'avait rejoint.

— Vous n'avez pas laissé beaucoup d'hommes au Trencavel, pour les mener sous ses ordres contre Paléologue.

— Nous avons... j'ai envoyé la plupart d'entre eux à l'avance, parce que j'ai de meilleurs projets pour votre jeune seigneur. (Le chancelier fit revenir Gosset dans la chambre.) Le voyage vers la Grèce est pour Roç aussi absurde que dangereux. Si l'entreprise est couronnée de succès, ce dont je doute, personne ne lui en sera reconnaissant, surtout pas Manfred. Si l'aventure échoue, il risque de mourir sur le champ de bataille ou d'aller pourrir dans les cachots de Nicée.

— Ah ! dit Gosset. Et lequel de ces deux destins est lié à *L'Atalante* ?

Le chancelier révéla fièrement le fond de l'affaire.

— Elle accomplira exactement la mission pour laquelle elle a été conçue ! Un passage en force et une traversée pour aller chercher un butin sur les « Îles lointaines » !

— Et les Templiers ?

— Avant qu'ils n'aient compris qui file vers l'Ouest, les voiles gonflées, muni d'ordre secret, ce navire admirable aura déjà franchi les « Colonnes d'Hercule » et sera entré dans l'océan de l'Atlas. Taxiarchos connaît le chemin, et je lui donne le navire.

— Il ne manque qu'un équipage efficace ! se moqua Gosset. Roç doit aller chercher pour votre compte l'or des « Îles lointaines » dans la lave incandescente de volcans crachant le feu, dans des forêts sauvages et détrempées, dans les glaces éternelles de glaciers montant jusqu'au ciel. Et, pour le saluer, des gens aimables déverseront sur lui des nuages de flèches empoisonnées, leurs prêtres feront tout pour lui arracher tout vif le cœur de la poitrine, et leurs chefs de guerre se disputeront sa crinière et son cuir chevelu, sinon ses testicules et ce qui va avec.

— Vous connaissez aussi bien que moi les récits de Taxiarchos, Gosset, dit le chancelier. Réfléchissons donc franchement. Que peut-on gagner à Épire, hormis l'honneur ? La prise de Jérusalem coûtera de l'argent. La garde de la ville, encore plus – des sommes colossales !

— Exact ! répliqua Gosset. Malheureusement, aucune voie maritime ne mène à Jérusalem. Le Trencavel, avec l'or qu'il aura rapporté, devra d'abord franchir les barrages des Templiers qui, cette fois, ne seront pas surpris, mais vigilants et hostiles. À supposer que Roç parvienne à les duper une deuxième fois, c'est la Sicile qui l'attendra, car le roi Manfred a besoin de cet argent pour financer ses ambitions débordantes : de nouvelles conquêtes en Méditerranée, celle de la Grèce par exemple, ou des batailles défensives contre les envieux et les concurrents, comme l'Anjou.

— Je promettrai par écrit au Trencavel qu'il peut

conserver la moitié du butin et que nous n'émettrons aucune prétention sur Jérusalem.

— Sur le chemin du retour, il faudrait contourner l'Afrique par la mer, réfléchissait Gosset et, depuis le sud, entrer d'une manière ou d'une autre dans la mer Rouge. Avec une flotte gigantesque et quelques milliers d'hommes. On pourrait ainsi conquérir Jérusalem sans vous payer de droits de passage, ni à vous, ni aux Templiers. Vous pourriez aussi venir y prendre votre part. Qu'en pensez-vous ?

— Pas autant de mal que vous le pensez, Gosset, dit Jean de Procida. Puis-je en déduire que je vous ai convaincu ? Je verserai volontiers le prix pour venir à Jérusalem.

Gosset ne se laissa pas enserrer dans les filets du chancelier.

— Je vais essayer de gagner Roç Trencavel à votre cause. Je ne peux vous garantir le résultat !

— C'est une parole ! répondit le chancelier, satisfait. Vous pouvez allez vous reposer ici tranquillement avant qu'au petit matin, en dernier...

Il s'arrêta : son interlocuteur s'était endormi dans son siège. Et le chancelier se dirigea vers son pupitre.

Voyant que ni Raoul, ni Mas ne revenaient, le gros Pons songea que sa dernière heure était imminente. Le temps passait avec une infinie lenteur : on n'entendait pas le moindre son de cloche en bas, dans la Kalsa. Pons pleura beaucoup, d'abord sur le triste sort de ses compagnons, puis par autocompassion. Il se voyait déjà mené à l'échafaud. Le pilori était tendu de tissu noir. Un prêtre s'avançait – c'était ce Grec, Demetrios. Il lui tendait un crucifix d'argent pour qu'il l'embrasse. Pons de Levis espérait que son père, le comte de Mirepoix, le voyait à l'instant où il repoussait d'un geste impérieux le *signum* de cette Église abhorrée. Mon âme ne trouvera jamais le repos sous ce symbole ! C'était dans la meilleure tradition cathare. L'idée du Paraclet fit lentement remonter le cœur de Pons des profondeurs de son pantalon, où il semblait être tombé, jusqu'à son estomac, qui se fit particulièrement bruyant. Pons serra les fesses et commença fièrement à monter les marches recouvertes de drap.

Il y eut alors du mouvement parmi les badauds. Le guépard perça les premiers rangs, traînant derrière lui la femme-enfant rondelette. La belle princesse Constance cria : « Arrêtez ! le roi l'a gracié ! » et lui tendit la main. Pons vit les visages hébétés des lémures qui détachaient ses chaînes du mur ! Voilà, l'heure était venue ! Ils ne lui ôtèrent pas les chaînes qu'il portait aux pieds, et il ne pouvait faire que de petits pas, chacun lui valant un coup douloureux sur les chevilles. Les lémures ne le pressaient pas : chaque fois qu'il s'arrêtait, ils lui éclairaient précautionneusement le chemin. Il était peut-être déjà mort, sans même l'avoir remarqué.

Une porte s'ouvrit, et dans la lueur claire que diffusaient quelques torches sur les murs, le chambellan Maletta lui adressait un sourire encourageant.

— Je vous prie d'ôter ses chaînes au comte de Levis ! ordonna-t-il avec un sourire, avant d'ajouter, comme pour s'excuser : Les gardiens de la Kalsa sont trop abrutis pour pouvoir faire la différence entre un seigneur de haute lignée et un bandit de grand chemin. À leurs yeux enflés par la pénombre, tous sont semblables, puisqu'ils connaissent tous la même fin.

— Je suis prêt, déclara Pons, à peine libéré de ses liens de fer.

— Asseyez-vous, dit Maletta en désignant l'unique chaise de la pièce.

— Un Levis attend la mort debout et de face, répondit Pons d'une voix ferme, tout heureux de faire preuve d'une telle dignité.

Le chambellan, qui tenait à garder la plus grande distance possible, sourit et sortit un parchemin.

— Vous aurez la vie sauve si, demain, en haute mer, vous remettez cette lettre au capitaine du navire qui vous mènera d'ici jusqu'en Grèce, vous-mêmes et vos amis.

— S'il n'y a rien de plus à faire..., s'exclama Pons en tendant la main pour attraper le rouleau, mais le chambellan tint à le conserver encore un peu.

— Pour votre survie, il est extrêmement important

que nul ne vous voie le donner. Car nous avons aussi à bord des Assassins lancés contre vous, sur lesquels nous n'avons pas réussi à mettre la main. Ils vous poignarderaient de sang-froid, vous et le capitaine, pour entrer en possession de ce parchemin qui les dénonce. Vous devez avoir transmis cette lettre au capitaine en toute discrétion, et avant que ne retentisse la cloche de midi.

— Pourquoi les Assassins en voudraient-ils à ma vie ? demanda Pons d'une petite voix.

Et pourquoi pas ? songea le chambellan. De la même manière que je peux te la laisser ou te la prendre ! Mais Jean de Procida se contenta de donner ce renseignement ambigu :

— Cela a un rapport avec le serment que vous avez prêté devant le couple royal !

Pons s'insurgea.

— Je ne suis pas un vassal de Trencavel, et je ne le serai jamais !

— Vous l'êtes, Pons de Levis, si vous quittez ce lieu en vie. Votre maître a intercédé en votre faveur, il a prié qu'on vous laisse encore un sursis. Votre seule chance, c'est de remettre la lettre. Si vous en parlez à quiconque, y compris à vos amis ou au Trencavel, vous perdrez tout de même votre jeune vie. Sans même évoquer le fait que vous pourrez récolter à Hellade la gloire et la richesse !

Cela non plus, je n'y tiens pas ! se dit Pons, mais il répliqua à voix haute :

— Donnez-moi la lettre. Je vous obéirai !

— On vous la confiera au petit matin, lorsque vous serez conduit à bord. Ensuite, craignez le coup de poignard dans le dos !

— Dans ce cas, pour les heures qui me restent, je vais bien manger et dormir, comme on l'accorde à un condamné.

Le chambellan sourit.

Le matin pointait, d'un gris qui n'était guère avenant, lorsque Gosset s'approcha de la couche de son maître pour le réveiller. Il regrettait le jeune garçon Roç, que son entourage avait forcé depuis longtemps à devenir un homme, sans que ni ses ennemis, ni ses protecteurs lui aient laissé beaucoup de temps, ni l'occasion de vivre tranquillement sa jeunesse. Son visage brûlé par le soleil, entouré de courtes boucles brunes, montrait encore une tendresse qui, pour tous ceux qui connaissaient Roç, contrastait vivement avec la résolution implacable que la vie avait exigée de lui. La tête d'un Trencavel ! pensa le prêtre. Gosset faisait partie de ceux qui ne pouvaient plus s'imaginer en dehors de l'aura qui entourait le couple royal. Cela durait depuis le début de la funeste croisade du roi Louis. Gosset avait tout vécu, en tant que confesseur du roi de France, puis en tant qu'ambassadeur. Il était ensuite sorti du droit chemin et avait mis ses multiples compétences au service de Roç et de Yeza. Gosset, avec son pragmatisme inné qui le poussait à résoudre les problèmes aussi simplement que possible, n'approuvait pas cette tendance qu'avaient les deux enfants à chercher constamment le défi, pour le seul plaisir de le relever. Mais il admirait le couple royal, et tout particulièrement la ferme assurance avec laquelle il se consacrait à sa mission.

À l'extérieur, une fine pluie tombait. Une brise froide fouettait le visage.

Gosset contempla le dormeur avec affection.

— Roç, il est l'heure...

D'un seul coup, comme s'il avait fait semblant de dormir, Roç sortit des oreillers. Gosset désigna les splendides vêtements d'apparat qu'avait fait préparer le grand chambellan de la cour, et appela Beni et Potkaxl, qui servaient de serviteur et de suivante depuis la perte de Philippe, et étaient à ce titre chargés de l'habillement de Roç.

— Pourquoi, au juste, devons-nous voyager vers Hellade en tenue de musulmans ? Expliquez-moi cela, mon cher prêtre !

Gosset, qui avait lui-même échangé son habit noir contre une djellaba (en tissu sombre, elle aussi), répondit en souriant.

— Le vœu du chancelier est que nous puissions traverser la mer sans être inquiétés. Notre route grouille de pirates sarrasins payés par le Caire pour empêcher l'arrivée de nouveaux pèlerins. Actuellement, seuls passent les convois des navires de guerre de l'Ordre, car les Vénitiens et les Génois se livrent devant les côtes de la Palestine une bataille navale après l'autre. Même Pise est impliquée dans cette guerre pour les monopoles commerciaux dans les villes portuaires chrétiennes.

— Je comprends, dit Roç en attrapant le *shiroual ahmar*. Mais lorsque nous aurons franchi le cap d'Otrante, je veux redevenir un chevalier de l'Occident. Avec ce déguisement à la Ali-Baba, nous nous ridiculiserons aux yeux des Grecs dès notre arrivée.

Potkaxl arriva enfin, suivie par Beni.

— Sais-tu nouer un turban ? demanda Gosset au secrétaire, qui s'inclina et répondit :

— Je suis expert en la matière. Car mon maître, le grand et sage vizir Kefir Alhakim, me l'a enseigné !

— Dans ce cas, je peux prendre les devants, conclut Gosset. Je vous attendrai sur le port !

II

La caverne de L'Atalante

Les bergers

Le jeune chevalier de l'Ordre teutonique avançait seul sur les cols enneigés de l'Apennin. De temps en temps, lorsque son cheval descendait de l'une des collines vers la plus proche vallée, le blanc de l'hiver semblait engloutir cette mince silhouette enveloppée d'un clams. Seuls la croix noire en forme d'épée sur la poitrine et sur le dos, ainsi que son casque, se détachaient encore comme un signe cabalistique tracé sur la neige, où les traces de sabots étaient rapidement balayées par le vent. Malgré ces circonstances peu favorables, le cavalier maintenait son cheval à une allure rapide, ce qui soulignait encore la légèreté de cette silhouette fugitive aux yeux d'un observateur éloigné. Celui qui l'aurait suivie du plus près aurait ressenti combien ce combat avec la nature hostile était épuisant.

Les sabots de l'étalon glissaient souvent, cherchaient à prendre appui sur la roche, en dessous de ce manteau trompeur. Les naseaux du cheval fumaient, et le chevalier, lui aussi, paraissait haleter sous son lourd heaume cylindrique. Son corps mince ressentait chacun des coups provoqués par cette chevauchée incertaine. Yeza n'aurait que trop volontiers ôté son casque, pour se rafraîchir le visage trempé de sueur dans l'air froid, mais ses cheveux humides lui auraient aussitôt fait attraper la mort. En outre, cette région, qui paraissait tellement isolée, était loin d'être inhabitée. Des forêts, elle pouvait voir monter la fumée bleue des fours à charbon de bois, et sur les hauts plateaux, elle rencontrait constamment des cabanes de berger. Les sons des cloches de troupeaux invisibles lui parvenaient, parfois entrecoupés d'aboiements : des moutons se trouvaient près d'elle, quelque part dans la neige. Dans les vallées, elle rencontrait de temps à autre des fours à charbon de bois. Des bûcherons et des chasseurs étaient assis entre les arbres, loin du chemin, des femmes armées de verges en paille de riz et de grandes hottes la saluaient. Si elle n'avait pas porté son heaume, la chevelure blonde de Yeza l'aurait aussitôt trahie, et la nouvelle se serait répandue comme le feu sur une amorce : c'était une femme qui se cachait sous le manteau du chevalier teutonique. On aurait annoncé, de toutes parts, la progression d'une créature sans défense, toutes les cavernes de brigands, les plus sordides repaires de bandits auraient su qu'une proie facile avançait en rase campagne : on y gagnerait au moins un bon cheval, et certainement quelques autres objets utiles. Yeza se contentait donc, les dents serrées, de lever un bref instant sa visière lorsqu'elle se trouvait sur les crêtes des collines, en plein vent, pour avaler une gorgée du vin que contenait son outre. Elle pouvait aussi mâcher quelques fruits secs et des noisettes quand la visière de fer s'était refermée.

Elle remercia en silence le vieux Sigbert de ne pas l'avoir laissée partir de Viterbe sans habits appropriés pour cette chevauchée dans le froid. Il se serait sans doute mieux senti (et elle aussi) s'ils avaient pu poursuivre ensemble ce voyage. Mais la première patrouille lancée à sa recherche par le vicaire de l'empire était déjà apparue. On disait que, si Oberto Pallavicini était borgne, il n'était pas aveugle, et qu'il avait déjà réussi à savoir que la fugitive ne se dirigeait pas vers la côte de l'Adriatique. Comme l'avait prévu Sigbert, le vieil ours, il faudrait bientôt inventer une nouvelle ruse pour que Yeza puisse poursuivre son voyage – seule, sans doute, mais sans être inquiétée. Elle devrait désormais éviter toutes les routes principales, ne demander son chemin à personne, ni permettre que l'on puisse deviner la direction de sa chevauchée solitaire. Elle dormait donc dans la paille, dans des fermes isolées. Elle lançait une pièce aux paysans de ces contrées solitaires, grognait le mot « Dormir ! » d'une voix rauque et s'enroulait dans sa couverture avec son épée, en s'arrangeant toujours que l'on ne vît pas sa longue chevelure blonde. Yeza faisait son choix, lorsqu'elle l'avait, avant que la nuit tombe. Le plus souvent, elle devait s'accommoder de granges ou de bergeries. Et elle repartait avant que le soleil ne se lève, le ventre tiraillé par une faim de loup. Puis elle fourrait sa crinière sous une capeline de laine, la nouait fermement, tirait sa capuche dessus et cherchait une cabane d'où sortaient les lueurs d'un feu. On y trouvait toujours quelque chose à manger, et dans la plupart des cas, on ne la laissait même pas payer sa part. Dans les montagnes, les plus pauvres d'entre les pauvres considéraient l'hospitalité comme un devoir sacré, et toute tentative de les dédommager avec de l'or aurait attenté à l'honneur de ces gens simples. Yeza rompait donc le pain, le bénissait en silence, comme avait appris à le faire cette fille d'hérétique, et mangeait ce qu'on lui donnait en suffisance, une nourriture qui venait du fond du cœur. Souvent, on répondait au salut des cathares, car beaucoup de membres de la « pure doctrine » vivaient encore dans les vallées inaccessibles et les hauts plateaux de l'Apennin. Les inquisiteurs ne se hasardaient pas dans les régions situées en deçà des routes des cols, surtout pas sans escorte fortement armée. On ne posait jamais de questions à cet hôte silencieux. La croix noire sur le manteau blanc, l'épée étincelante et ce casque monstrueux n'y étaient pas étrangers.

Pour Yeza, cette chevauchée était une sorte de purification, une manière d'effacer les pensées insignifiantes, les réflexions vaniteuses et les intrigues. Elle se sentait de nouveau liée à sa mère défunte, la « pure » entrée par le feu dans un autre monde, meilleur. La faim, la soif et la fatigue donnaient aussi à Yeza le sentiment d'être détachée du physique, une étrange légèreté. Elle ressentait les privations comme un plaisir enivrant. Yeza rêvait sur le dos du cheval aubère qui la portait sûrement sur les sentiers abrupts, les passerelles étroites et branlantes, ou les montagnes d'éboulis. Elle voyait de plus en plus souvent apparaître Arslan, le sage de l'Altai dont elle avait tant appris pour mettre son corps en harmonie avec la nature.

Elle savait que le chaman était capable de transporter son apparence corporelle sur des distances fantastiques. Elle n'avait donc pas été étonnée de revoir Arslan sur les coteaux des Pyrénées. Yeza était sûre que lui aussi, cette fois, trouverait le chemin qui mènerait à elle si elle avait besoin de sa force. Elle sentit les yeux clairs du chaman qui reposaient sur elle. Cela lui donna du courage et de l'énergie. La jeune reine à la couronne invisible chevauchait ainsi incognito dans l'hiver, certaine d'être protégée par cette puissance secrète qui avait décidé de sa vie et la guidait à travers tous les obstacles pour qu'elle y mûrisse. Une puissance qui ne lui épargnait rien, mais qui intervenait toujours pour lui éviter la mort. Yeza finissait par être persuadée de se trouver entre les mains d'une divinité toute-puissante, qui l'aimait. Elle se demandait cependant parfois pourquoi ce dieu souverain lui portait, justement à elle, autant d'amour et d'attention.

Entre la transe et le rêve, la somnolence et l'ivresse des sommets, Yeza remarqua trop tard qu'elle était suivie. Assez souvent, des cavaliers étaient apparus sur les hauteurs des montagnes. Mais à présent, ils avançaient dans la haute vallée. Ils poussaient des chevaux sauvages avec de longues perches et des cordes enroulées qu'ils jetaient comme des nœuds coulants, séparant les mâles des juments, et celles-ci de leurs poulains. Mais surtout, ils approchaient de Yeza, et l'entouraient petit à petit. Lorsqu'elle comprit quel péril elle courait, l'anneau s'était déjà refermé.

Yeza n'avait aucune envie de se lancer dans une course-poursuite, ni de se servir de la lourde épée. D'ailleurs, en encerclant leur proie, les bergers n'avaient pas d'attitude menaçante : ils semblaient jouer, comme s'ils avaient pris par hasard un chevalier de l'Ordre teutonique dans leur filet, entre les chevaux sauvages. Ils restèrent à distance et poussèrent leur capture vers l'avant, empêchant toute tentative de fuite avec leurs longs et minces bâtons de berger pointés vers les flancs de l'animal. Comme Yeza fut bientôt entourée de près par les chevaux sauvages, elle se mit au galop rapide des animaux surexcités. La cavalcade continua jusqu'à ce que des barrières s'ouvrent devant elle. Derrière, des tentes et des cabanes en dur s'élevaient autour d'un feu de camp. Les chevaux entrèrent dans l'enclos, en renâclant et en hennissant.

Yeza attendit qu'une faille s'ouvre dans cette mêlée, éperonna sa monture et sauta au-dessus des barres de bois, au milieu des femmes et des anciens qui s'étaient réunis autour du feu. Elle atterrit devant les pieds d'un jeune homme qui attrapa d'un geste vif son cheval par la bride, comme s'il l'avait attendue. Elle l'entendit distinctement prononcer les mots « Bienvenue, reine ! » en souriant de toutes ses dents de fauve. Ses yeux brillaient.

Yeza comprit qu'il ne servait à rien de continuer à se cacher. Et puis elle voulait enfin se débarrasser de cet affreux casque cylindrique. Elle l'ôta de ses épaules à deux mains, enleva la capuche et le coussinet qui protégeait son crâne du poids et des coups du casque en fer, et secoua sa chevelure blonde jusqu'à ce qu'elle lui tombe à nouveau jusqu'en bas du dos.

— Je suis Sutor, dit l'homme, qui était manifestement le chef de ce peuple de bergers. Vous êtes sous notre protection !

Yeza voulut sauter de sa selle, d'un geste souple et énergique. Mais ses forces l'abandonnèrent. Ses jambes cédèrent. Elle dut supporter qu'un bras d'homme puissant la prenne par la taille et la dépose en sécurité sur le sol. Ses genoux tremblaient tellement qu'elle dut s'adosser au cheval pour ne pas s'en remettre totalement au berger ou tomber au sol.

— Vous exigez trop de vous-même, ma reine ! s'exclama Sutor. Mais il relâcha sa prise avant que Yeza ne soit obligée de le lui demander.

— Je ne suis pas une faible femme, je n'ai aucun besoin de soutien ! se défendit-elle. Mais je préfère chevaucher avec moins de fer sur les épaules.

Elle dévisagea l'homme, qui éloigna sa main, mais ne détacha pas d'elle son regard enflammé.

— La force n'est pas affaire de témérité, mais de la juste évaluation de sa propre puissance, et de son emploi à bon escient ! répliqua-t-il, au grand étonnement de Yeza. Elle ne se serait pas attendue à de telles paroles, dans la bouche d'un chef de meneurs de chevaux. Elle se reprit donc, pour lui répondre comme il le fallait.

— Les engagements élevés réclament plus que la simple audace. La volonté de se sacrifier est elle aussi une condition pour atteindre son objectif.

— Prenez place dans la maison de mes parents, ma reine, vous êtes épuisée, proposa-t-il en désignant la porte ouverte de la bâtisse ronde, en bois, qui se trouvait derrière lui. Ce sera un honneur.

Yeza franchit le seuil en titubant, sans marcher dessus. Elle avait gardé en mémoire cette règle des Mongols. Beaucoup de choses ici lui rappelaient d'ailleurs une yourte, à commencer par le trou d'aspiration de la fumée au-dessus de l'âtre, au milieu de la pièce. Aux murs et sur les bancs, on avait aussi tendu des peaux de bêtes. Elle se laissa tomber sur l'une des couches, posa la tête en arrière et étendit les jambes aussi loin que possible.

— Vous êtes sans doute sur le chemin de Bologne ? demanda Sutor sur un ton qui ne devait pas révéler qu'il connaissait déjà la réponse. Mais seul le silence lui fit écho. Épuisée, Yeza s'était endormie sur-le-champ.

Il prit une fourrure garnie de duvet et observa la mince silhouette. Dans son blanc manteau des chevaliers teutoniques, avec la longue chevelure blonde qui lui tombait sur les épaules, et la lourde épée en croix qui lui descendait de la poitrine jusqu'aux pieds, elle ressemblait à un ange harnaché pour la guerre. Son front haut, son nez droit renforçaient encore cette impression. Et pourtant, elle dégageait un grand charme féminin. Sutor était étrangement touché par ce mélange de virginité rude, presque repoussante, et l'attrait provocateur de son pubis gonflé et de sa poitrine bourgeonnante. En proie à des sentiments contradictoires, le berger musclé se tenait devant elle, la peau de bête à la main, captivé par la vue de cette pudeur parfaite mais déjà consumé par la passion. Le respect de son hôte finit par l'emporter, et il étala la peau sur la dormeuse, avec une tendresse maladroite.

Le soleil était au zénith lorsque Yeza s'éveilla. Par la porte ouverte, elle vit les bergers qui marquaient les poulains. Les plus vieux étaient sortis les uns après les autres de l'enclos, au bout d'une corde. Quant aux plus jeunes, les solides gaillards les soulevaient à la main et les portaient à proximité du feu où l'on préparait les fers rouges. Yeza pouvait voir leurs pattes tressaillir, ils hennissaient de douleur et, une fois le marquage achevé, revenaient en courant vers leur mère, qui léchait leurs blessures. Ils n'étaient plus nombreux à devoir supporter cette intervention brutale. Sur le feu dans lequel on avait déposé les fers rouges, une soupe épaisse bouillonnait dans une marmite de fer. Elle sentait les légumes frais, les oignons, les tubercules et les champignons. Yeza compléta par l'esprit ce repas tout simple avec une cuillerée d'huile, une pincée de sel et un morceau de pain en galette qui sortait du four. Elle eut faim et se leva.

On avait mis à sa disposition une cruche et une bassine d'eau fraîche. Elle tira le rideau et se lava. À l'extérieur, elle entendit les voix des hommes, mais ils parlaient un dialecte rocailleux qu'elle ne connaissait pas. Lorsque Yeza sortit de la cabane, Sutor vint à sa rencontre et la dirigea vers un siège surélevé, couvert de peaux de bêtes.

— Notre reine Yezabel ! annonça-t-il à ses camarades assis tout autour du feu, qui mangeaient à la cuiller dans leur écuelle.

Yeza adressa un sourire rayonnant à la ronde et s'installa parmi eux. Elle ne comprenait pas vraiment pourquoi ce peuple de bergers lui réservait les honneurs d'un monarque, et elle comptait commencer par demander des explications avant de remercier en termes bien pesés. Tout en mangeant sa soupe, Sutor se mit à parler du roi Enzio, ce qui l'étonna encore plus.

— Nous sommes des Sardes, commença-t-il, bannis de notre île parce que nous restons fidèles à notre seigneur, Enzio, le Hohenstaufen, éternellement roi de Torre et Galura. Vous, Yezabel, vous êtes sa reine légitime et vous êtes en chemin pour vous unir à lui. Le fruit encore à naître de cette glorieuse union, nous le vénérons déjà et nous lui jurons fidélité. Nous sommes prêts à n'importe quel sacrifice.

Il s'agenouilla devant Yeza, et tous suivirent son exemple, dans un silence plein d'espoir.

Yeza était épouvantée. Elle n'avait pas l'intention de laisser cette erreur se perpétuer. Si elle se rendait à Bologne, c'était parce qu'elle voulait acquérir la certitude qu'Enzio était bien son père naturel. Elle n'avait aucune intention de se faire engrosser par lui, qui s'était déjà marié deux fois et avait eu de nombreux enfants. Elle se leva.

— Le roi Enzio, le souverain légitime de son peuple fidèle et de son royaume insulaire, est encore vivant. Ne le trahissons pas en faisant allégeance prématurément à ses descendants, qu'ils soient déjà nés ou encore à naître. Consacrons toute notre intelligence et toute notre force à le libérer des prisons infâmes des Bolonais ! Le roi Enzio est encore trop jeune pour que nous puissions l'abandonner à son destin !

Les Sardes applaudirent, et Yeza reprit, enflammée :

— J'ai juré de ne porter aucun enfant de lui tant que je n'aurais pas tout entrepris pour le libérer ! C'est notre mission, et vous devez m'aider à la remplir !

Yeza attendit de nouvelles marques d'approbation. Mais une certaine agitation s'était emparée du campement. Des bergers à cheval étaient arrivés au galop pour voir Sutor. Celui-ci se dirigea vers Yeza.

— Vous avez raison, ma reine, de donner la priorité à l'étape la plus proche. Pour l'heure, le plus urgent n'est cependant pas de libérer notre roi, mais de conserver votre vie ! Les troupes d'Oberto prennent notre camp en tenaille.

— Voilà ce qui se passe lorsque l'on ne voit que d'un œil ! dit Yeza en riant. Messire le vicaire de l'empire est tombé amoureux de moi, et il ne sait quoi faire.

— Je ne me fierais pas à cela, ma reine. Votre tête et sa chevelure blonde pourraient bien suffire à Pallavicini.

— Que proposez-vous, Sutor ?

— Vous vous transformerez en un pâtre mal lavé. Et moi en chevalier de l'Ordre teutonique !

Yeza comprit aussitôt.

— Dans ce cas, échangeons nos vêtements, ordonna-t-elle, et elle le fit passer avant elle dans la cabane, dont Yeza ferma le rideau derrière elle. Elle laissa tomber le manteau blanc et lui demanda de l'aider à sortir de sa cotte de mailles. Sutor défit les courroies d' une main agile. Lorsqu'il lui eut ôté ce poids des épaules, Yeza n'avait plus pour vêtement que son linge.

— Les bergers portent-ils une chemise de laine ? demanda-t-elle d'un air de défi, avant de répondre elle-même d'un « non » énergique. Lorsqu'elle la passa au-dessus de la tête, lorsque ses seins tout fermes en jaillirent, Sutor s'en empara. Yeza le laissa faire. Elle sentit sa langue brûlante tournoyer sur ses tétons comme un animal, les dents de l'homme la mordillaient, sa tête et ses bras étaient toujours prisonniers du vêtement de laine. L'homme finit par bredouiller :

— Non, gardez votre chemise !

Yeza fit alors redescendre le tissu sur sa poitrine, et le repoussa.

— Donnez-moi à présent votre tablier, fit-elle, le souffle court. Il ôta le lin de son corps et le lui lança. Et tandis qu'elle le passait en tremblant, il mettait son armure. Lorsqu'elle en noua les courroies, elle ne ressentait plus aucun désir, et Sutor, lui aussi, avait repris le contrôle de lui-même. Il rouvrit le rideau et laissa Yeza passer devant lui. Il saisit sur l'âtre une branche carbonisée, la broya entre ses mains et lui étala la suie sur le visage et à la naissance des cheveux. Il teignit en noir ses sourcils clairs, mêla un peu de soupe froide à la neige terreuse et lui enduisit cette pâte sur le moindre morceau de peau dénudée, depuis le cou jusqu'aux mains.

— Voilà qui devrait suffire à dissiper tout désir de vous embrasser ! chuchota Sutor en riant, et Yeza lui répondit par l'un de ses regards étoilés.

— Jamais plus ?

Elle ne lui laissa pas le temps de flancher, éclata de rire à son tour et fit volte-face.

Lorsque les cavaliers du vicaire approchèrent sur deux flancs du camp des bergers, on fit avancer vers eux un troupeau de juments sauvages accompagnant leurs poulains tout juste marqués. Les bergers sales, avec leurs bottes pleines de boue et leurs visages souillés, entouraient le troupeau avec leurs chiens, qui empêchaient en aboyant toute tentative de fuite. Les deux groupes se croisèrent sans prendre particulièrement garde l'un à l'autre. Les soldats de Pallavicini essaimèrent pour contourner les enclos plein de chevaux et entourer la place centrale, lorsque, des cabanes situées à l'arrière, une troupe de bergers disparut au galop vers le nord. Des Sardes musclés, voire trapus, entouraient un chevalier dont le clams blanc tranchait nettement sur les vêtements de ses accompagnateurs, qu'il dépassait en outre d'une bonne tête.

D'un signe, le chef de l'escouade ordonna à ses hommes de se lancer à la poursuite des fugitifs. Au même instant, et d'un seul coup, les poutres avec lesquelles on avait refermé les enclos dès que les chevaux sauvages s'y étaient précipités, s'abattirent sur le sol. Les chevaux écrasèrent tout ce qui leur barrait le chemin, emportèrent les cavaliers ahuris et repartirent, dans un bruit de tonnerre, vers la haute vallée enneigée. Le chef chercha vainement à retenir ses soldats. Lorsqu'ils se furent rassemblés autour de lui, le chevalier blanc et son escorte avaient disparu depuis longtemps. Les hommes de Pallavicini repartirent au trot, de méchante humeur, et suivirent les traces dans la neige, sans grand espoir de parvenir à rattraper les fugitifs.

Le petit groupe qui entourait le plus jeune et le plus sale de tous les bergers (Yeza se sentait très bien dans ce déguisement) n'avait accompagné les chevaux que jusqu'au moment où, de toute évidence, l'adversaire avait fixé toute son attention sur le faux chevalier teutonique. Il s'était ensuite scindé : une partie était restée auprès du troupeau, pour veiller à ce que les poulains encore effrayés ne soient pas victimes des loups. Un autre groupe, composé d'une bonne dizaine de guerriers désignés au préalable par Sutor, accompagnait la jeune reine vers Bologne, par des chemins de traverse.

Yeza se rappelait sa chevauchée solitaire dans le désert blanc comme une aventure spirituelle bouleversante. Mais ce voyage dans un paysage de montagne pratiquement immuable la paralysa. Il lui rongeait le moral, et lui était physiquement pénible ; elle ressentait comme une piqûre chaque pas de son cheval, la neige scintillante la faisait pleurer, et son nez coulait. Elle avait de la fièvre, et, étrangement, elle pensait à Roç. Il lui manquait. Yeza renifla d'une manière très peu royale, toussa et cracha comme un matelot avant de s'essuyer la bouche avec la manche de son tablier. Son Trencavel voguait sans doute depuis longtemps sur la mer. Et s'il n'était pas tombé dans une tempête d'hiver, il s'en sortait certainement mieux qu'elle, sur les rivages ensoleillés du sud.

Son escorte sarde fit tout pour lui épargner les fatigues du voyage. Yeza ne souffrit ni de la faim, ni de la soif, et lorsqu'elle ne put plus dissimuler son épuisement, on s'arrêta plus fréquemment. On lui servit du lait chaud avec de la menthe et du miel, et tous firent en sorte qu'elle puisse se reposer autant que nécessaire, enveloppée dans de chaudes fourrures. Ils durent quitter les contreforts de la montagne pour descendre dans la plaine. Ils couraient de plus grands risques d'être découverts : là, on aurait tôt fait de remarquer des bergers venus de la montagne, d'autant plus qu'ils n'avaient pas beaucoup de possibilités de se dissimuler. Ils pouvaient tomber à n'importe quel moment dans les bras d'une patrouille de Pallavicini, d'autant plus que la ville de Bologne ne devait plus être bien loin.

Le village était coincé entre les dernières collines, à la sortie de la vallée. On y salua les Sardes comme de vieux amis. Après avoir pris un bain brûlant, Yeza se retrouva dans un véritable lit couvert de gigantesques édredons de plumes. Elle s'endormit aussitôt, malgré la sueur qui la trempa aussitôt.

Yeza rêva qu'elle était couchée toute nue dans la neige. Mais elle n'avait pas froid, elle ne ressentait qu'un picotement chaud qui, depuis les fesses, lui remontait dans le dos, sur les omoplates et jusque dans la nuque. Sa chevelure blonde était défaite, étalée comme un soleil aux doigts dorés. Yeza jeta sa tête d'un côté et de l'autre : elle ne pouvait pas la soulever. Un animal sauvage pesait sur elle, fouillait entre ses cuisses, entourait son corps par la taille avec de nombreuses serres. Une bouche lui suçait la poitrine et la mordait au cou. La fourrure trempée de sueur ne permettait pas à la jeune fille de voir le visage de la bête et lui coupait le souffle, l'empêchant de crier. Elle pensa d'abord que c'était Roç qui était revenu dans cette tenue et qui lui faisait une plaisanterie, mais ce n'étaient pas ses membres doux, solides et imberbes, ce n'étaient pas ses cheveux bouclés. Et le plus effrayant était qu'elle ne se défendait pas contre l'animal inconnu, mais le laissait faire. Elle jouissait de sa sauvagerie et n'éprouvait pas le moindre soupçon de honte, uniquement de la curiosité et du plaisir. Yeza ne voulait pas du tout savoir qui se cachait derrière ce fauve ; mais sa tête puissante avait de nombreux visages, et ils se démasquaient l'un après l'autre, sans qu'elle le veuille. Ce fut d'abord Taxiarchos qui lui envoya au visage son souffle brûlant, et lorsqu'elle l'eut éloigné d'un geste violent, tambourinant contre sa poitrine velue avec ses poings qui ne voulaient pas bouger, il laissa place au visage du berger. Sutor ne souriait même pas, ses griffes la tenaient encore plus solidement, lui entaillaient la poitrine, et sa queue de lion fouettait son bas-ventre. Yeza se cabra, désarçonna son cavalier, le frappa à coups de pied, lui cria après sans produire le moindre bruit ; la bête disparut. Dans le silence qui suivit, et le froid qui s'installait, un chevalier apparut, les cheveux et la barbe roux blond, le visage rayonnant, le front altier et les yeux vert gris sous des sourcils épais. En haut, il portait sa cuirasse ouverte sur une chemise courte ; en bas, il n'avait rien. Avant que Yeza n'ait pu décider si elle devait baisser les yeux ou adopter une attitude insolente (car l'organe qui apparaissait sous la chemise méritait de toute façon la considération), elle comprit en un éclair que le roi Enzio se trouvait devant elle. La terreur ne lui laissait plus beaucoup de temps pour songer à sa pudeur. Yeza s'éveilla, trempée de sueur, mais son front était glacé, la fièvre avait quitté son corps.

Des femmes entrèrent dans la chambre, la firent sortir des couvertures humides et la déshabillèrent comme si elle était l'une des leurs. Yeza comprit, par bribes, que le grand marché aurait lieu à Bologne d'ici quelques jours ; tous s'y rendraient pour vendre l'excédent de leur récolte, et des tressages de toutes sortes, de grandes corbeilles pleines de charbon de bois fin et de grandes barres où l'on avait accroché des jambons fumés ou séchés. Mais rien n'était aussi précieux, pour les citadins, que « l'or blanc ». Les femmes montrèrent à Yeza de charmantes corbeilles où se trouvait une petite motte de terre anodine, entourée d'un morceau de tissu. Cela sentait les épices puissantes et la pourriture, un parfum que Yeza n'avait encore jamais respiré.

— *Tartuffi !* lui chuchota une paysanne à l'oreille. Cela transforme l'homme en porc.

Les femmes se mirent à rire, mais une autre répliqua :

— Que vaut un homme à côté d'un bon cochon à truffes ! J'échange dix bûcherons contre une truie qui connaît ses chênes !

Elles rirent encore plus fort et refermèrent rapidement le tissu sur ce petit tubercule fripé dont le parfum parut extraordinairement excitant à Yeza, même si elle ne comprit rien à ce qui animait autant les femmes. Il s'agissait certainement d'un aphrodisiaque, qui exerçait son effet aussi bien sur les hommes que sur les porcs.

Le jour vint, où tous les villageois des bourgades éparpillées de la Romagne se mirent en route pour aller proposer leurs produits sur le grand marché libre de la ville. C'était leur droit. Pendant une journée, chaque mois, leurs seigneurs, religieux ou profanes, ne pouvaient prélever la dîme, et les gardiens des ponts ne pouvaient percevoir de péage sur les routes qui menaient à la ville ; quant aux gardes, il leur était interdit d'exiger l'octroi aux portes de la cité. La foule était donc considérable. On aurait plus facilement trouvé une aiguille dans une botte de foin que Yeza parmi ces femmes innombrables, vieilles et jeunes.

Pour être certain que nul ne la reconnaîtrait d'ici là, on avait emprunté un détour, par la forêt, là où vivaient les charbonniers et leurs nombreux enfants. Leurs visages blêmes étaient recouverts par la suie des fours à bois. Yeza, elle aussi, fut teintée de noire, racines des cheveux comprises. On cacha sa chevelure blonde dans un foulard paysan, et on lui donna à porter un panier plein de charbon. Elle franchit ainsi la porte de la ville sans être inquiétée. L'étape suivante consistait à atteindre discrètement le palais dans lequel le roi Enzio, prisonnier du Conseil municipal de Bologne, résidait avec tous les honneurs, et à s'y frayer un chemin, sans se faire remarquer ni soupçonner. On ne pourrait y vendre du charbon de bois – mais on parviendrait sans doute à y négocier les précieuses truffes. On lava donc le visage de Cendrillon dans une fontaine, les femmes tressèrent la crinière de Yeza pour en faire des nattes et la déguisèrent en enfant du pays.

En toute hâte, avant que la troupe des fidèles du roi assemblée devant le palais n'attire l'attention, les femmes frappèrent à la porte et demandèrent à pouvoir porter au roi Enzio, en cadeau, une corbeille « d'or blanc ». Les femmes poussèrent en avant Yeza et son petit panier, avant de reculer respectueusement.

Les gardes semblaient encore délibérer sur l'attitude à adopter. Yeza attendait toute seule, le cœur battant, devant la grande et lourde porte de madriers derrière laquelle elle savait que se trouvait l'objet de son voyage, aussi long que fatigant. Elle tenait à peine sur ses jambes.

Un battant de la porte finit par s'ouvrir, dévoilant... Oberto Pallavicini ! Son unique œil lança à Yeza un regard triomphant et narquois. Il se retourna lentement pour ordonner, d'une voix sèche :

— Gardes !

Il n'alla pas plus loin : Yeza, en réprimant un cri de colère, avait lancé sa corbeille contre le vicaire et fait jaillir, dans son autre main, son joli poignard. Oberto rattrapa la corbeille et, impassible, renifla son contenu d'un air reconnaissant.

— Pas mal ! se moqua-t-il avec arrogance. Arrêtez cette renifleuse !

Yeza voulut se précipiter sur lui. Mais un bras, de derrière, poussa le vicaire sur le côté. Enzio se tenait devant elle.

— Aidez-moi, père ! s'exclama-t-elle d'une voix misérable. Cet homme veut me tuer !

— Gardes ! criait à présent le vicaire, en faisant un pas de côté pour laisser passer les soldats. Yeza lança alors son couteau. Il tournoya dans l'air avant d'aller se planter en tremblant dans le bois de la porte, à côté de la gorge de Pallavicini. Pour l'éviter, il avait dû, encore une fois, barrer le chemin aux gardes. Yeza profita de ce dernier délai et se jeta en avant pour serrer les genoux d'Enzio. Celui-ci la rattrapa, l'entoura de ses bras pour la protéger et éloigna le vicaire comme un cabot importun. Oberto se contenta de secouer la tête, désapprobateur, tira la lame du bois et la tendit à Yeza.

— Je serais inquiet si vous étiez ma fille, ô ma reine ! dit-il sans la moindre trace de raillerie.

Yeza rangea le poignard à sa place, dans son col, sous ses cheveux, tandis qu'elle lui répondait :

— Celui qui devrait vous inquiéter, Oberto Pallavicini, c'est l'homme qui ne voit que d'un œil, mais dont le regard est redouté par ses amis comme par ses ennemis.

Yeza entendit pour la première fois le rire franc d'Enzio.

— Je vois que vous vous portez un amour ardent et réciproque !

— Ce n'est peut-être pas si loin de la vérité du borgne, dit le vicaire. Celui qui ne voit qu'à moitié ressent le mensonge de l'existence plus fortement que ce genre de consolations.

Enzio posa son bras sur les épaules de Yeza et, en passant devant le vicaire, lui prit la corbeille des mains.

— Achetez toutes les truffes de ces bonnes dames, ordonna-t-il aimablement à Oberto, et ajoutez à la somme une pièce d'or. Elles l'ont bien méritée !

Il regarda Yeza, éclata encore de rire et la conduisit à l'intérieur du palais.

Mutinerie sur la trirème

L'île se situait au milieu du *Mare Nostrum* ; un amas de petit coraux blancs polis par le vent et l'eau lui donnait une allure de grande roche claire. Aucun arbre, aucun buisson n'avait pu s'y agripper. Seules quelques agaves laissaient leurs larges feuilles charnues pendre mollement sous la fournaise, et leurs tiges aux fleurs fanées commençaient à pourrir. Il y avait pourtant de la vie sur Linosa. Des cavernes taillées dans la roche trahissaient la présence humaine ; au-dessus de l'île trônait un castel de pierre dont les murs avaient été maintenus dans un état que seule permettait la présence permanente d'une garnison. Linosa, au premier regard, paraissait ne pas avoir de môle auquel les navires auraient pu s'amarrer ; mais lorsqu'un vaisseau trouvait le passage entre les écueils, dressés comme d'étranges tours, une grotte gigantesque s'ouvrait à lui derrière une muraille de pierre, un port couvert que l'on ne pouvait apercevoir de la mer. Il était surveillé depuis une multitude de cavernes. Au-dessus, on avait accroché le château, d'où toutes sortes de galeries creusées dans la pierre descendaient vers le port. Linosa avait été une île-prison. Jadis, elle avait appartenu à la Sicile et servi de point de chute et de cachette aux pirates sarrasins. Puis l'ordre des Templiers avait affermé l'île et l'avait transformée en forteresse imprenable. Depuis, aucun navire étranger n'était autorisé à accoster sur l'île, même en cas de détresse. Les Templiers avaient déposé sur cette île solitaire un gigantesque voile de mystère ; on parlait donc beaucoup de ce tas de pierres inhospitalier dépourvu de tout rôle stratégique. On parlait des installations souterraines du Temple, dans lesquelles on pratiquait des rites sacrificiels païens sur de jeunes garçons kidnappés, on évoquait la « tête de Baphomet » utilisée dans la profondeur de la montagne pour transformer en or certains minerais. L'Ordre avait soumis Linosa à des règles strictes. On avait attribué aux esclaves une quantité déterminée de femmes que l'on considérait cependant comme un patrimoine commun, et qu'il fallait indemniser. Ces femmes, qui ne jouissaient pas non plus de leur liberté, pouvaient établir des relations fixes, mais si elles tombaient enceintes, l'Ordre les chassait sur-le-champ. Pour des raisons évidentes, le port et la possession d'armes étaient interdits aux esclaves. Seuls les gardes, qui se relayaient toutes les quatre heures, étaient pourvus de lances légères lorsqu'ils étaient en poste sur le château. Dans leurs longues capes qui les désignaient comme des turcopoles, ils contrôlaient sur leurs chemins de ronde non seulement le port dissimulé, mais l'île tout entière, et nul n'y posait le pied sans y avoir été autorisé. Les Templiers disposaient d'un moyen de pression extrêmement simple, mais bien suffisant : l'accès à l'unique source d'eau douce, qui jaillissait abondamment, tout en haut de l'île, derrière le mur du castel.

Même les pirates, qui grouillaient dans cette partie de la Méditerranée, évitaient cette île. Plus d'un navire qui s'en était simplement approché, ou avait même tenté d'y accoster secrètement pour lever le secret de Linosa, avait disparu corps et biens. On ne faisait manifestement pas de prisonniers : on les aurait, autrement, vus réapparaître sur un marché aux esclaves de la côte berbère toute proche.

Pour les gardes, l'apparition d'un navire à l'horizon était donc un événement. Celui-là faisait cap droit vers l'île. On constata bientôt qu'il ne s'agissait pas d'un voilier de l'Ordre, mais d'une trirème de Malte, de fabrication ancienne. Ce type de navires n'était plus courant depuis au moins un demi-siècle, et le superbe étendard qu'il avait hissé portait encore l'aigle noir de l'empire sur fond d'or, qui remontait à l'empereur Barberousse.

Les occupants du castel avaient certainement remarqué, eux aussi, ce navire aux trois rangées de rames brillantes : sur le mât du château, on hissait le fanion portant quatre croix rouges de saint André, signe annonçant aux visiteurs que le lieu était infesté par la maladie, mais ordonnant aussi aux équipes qui servaient les catapultes disposées autour du port de mettre celles-ci en position. Seul un œil suspicieux et très bien exercé pouvait, de la haute mer, apercevoir ces préparatifs ; car toutes les voies de communication qui parcouraient l'île ressemblaient à des galeries de termites creusées dans le roc. Tout juste voyait-on pointer, çà et là, les montants de bois des catapultes et des balistes.

Sur la trirème, Taxiarchos avait prescrit de réduire les voiles. Le navire approchait donc lentement de l'île, et l'on y prenait également les dernières dispositions. Dès qu'ils furent à portée de vue du château, les marins engagèrent un combat spectaculaire entre deux partis dont les membres avaient été désignés à l'avance. Les « mutins » eurent très vite le dessus. Plusieurs des fidèles du capitaine furent jetés à l'eau. De l'île, nul ne pouvait les voir nager jusqu'à la poupe du navire, où ils étaient remontés à bord. Quelques marins restèrent aussi allongés sur les planches, comme s'ils étaient morts ou blessés. Et c'est ainsi que la trirème, apparemment dépourvue de capitaine, se rapprocha des rochers de Linosa. Chacun des gardes dissimulés près du port, derrière les catapultes ou dans les locaux de la garnison, en haut, derrière les murs du castel, fut alors témoin du procès expéditif que les mutins victorieux réservèrent à leur capitaine. On amena Taxiarchos sur une planche, on lui noua un nœud autour du cou et l'on accrocha la corde à la grande bôme. Un moine lui fit le signe de croix au bord du bastingage. Les matelots lâchèrent la planche, qui dévala aussitôt, emportant Taxiarchos dans le vide. La corde se tendit – et cassa. Le corps fut précipité dans la mer. Un cri de colère accompagna cette exécution ratée ; Taxiarchos réapparut rapidement, la corde au cou. Comme on lui avait attaché les mains dans le dos, mais pas les pieds, il put, en lançant puissamment ses jambes en arrière, s'éloigner de la trirème et se diriger vers la rive. Les rameurs du navire, dont les pales brillaient comme des faux métalliques, avaient certes d'abord essayé de le harponner, mais ils ne firent pas mine de se rapprocher de la côte. La trirème reprit sa course, passa devant Linosa et disparut bientôt aux yeux de ceux qui avaient assisté à tout l'épisode. Quelques-uns des gardiens sautèrent à l'eau et nagèrent vers l'homme qui risquait de se fracasser la tête contre les récifs. Ils le tirèrent de l'eau, le hissèrent sur un banc rocheux et lui libérèrent les mains. Taxiarchos dénoua la corde autour de son cou et resta un certain temps couché, le ventre sur les pierres, complètement épuisé. Les gardes le firent monter au château.

Le château de Linosa avait d'abord été un bastion de l'époque phénicienne. Ses quatre grosses tours de garde étaient posées sur la crête des montagnes, aux quatre points cardinaux, et reliées par de larges murs. Elles se rejoignaient sur un épais donjon central qui les dépassait et d'où l'on pouvait voir tout ce qui survenait aux alentours. Comme l'effectif de la garnison ne suffisait pas, et de loin, à occuper les forts extérieurs, l'ordre des Templiers les avait tout simplement rasés, et les murs s'achevaient désormais par des ponts-levis donnant sur le donjon central. Mais ceux-là non plus n'avaient jamais été utilisés, les chaînes étaient attaquées par la rouille. Les Templiers avaient toute confiance dans les patrouilles de leurs milices et dans leurs méthodes pour assurer la docilité de leurs serfs. Le castel était ainsi accroché aux roches comme un poulpe de pierre auquel on aurait coupé les tentacules. Ou comme un dragon aux multiples têtes montant la garde sur un trésor. Mais quel trésor ?

En montant au château, Taxiarchos ne put rien découvrir de ce qu'il cherchait. On veilla à le faire passer par des détours, le plus souvent par des sentiers en tunnel d'où l'on n'apercevait jamais la grotte portuaire, même si le Pénicrate avait l'impression de l'avoir sous les pieds. Des escaliers creusés dans la terre menaient vers les profondeurs, mais chaque fois que l'on en croisait un, on le tirait rapidement vers l'avant.

L'intérieur du château était sobre, son ameublement réduit au strict minimum. Les salles du commandant du lieu ne faisaient pas exception. Taxiarchos reconnut aussitôt le jeune officier. C'était Simon de Cadet : la dernière fois qu'ils s'étaient rencontrés, ils se trouvaient à Rhedae. Le jeune homme se rappela lui aussi immédiatement cet aventurier que Gavin Montbard de Béthune avait envoyé aux « Îles Lointaines » et qui avait osé en ramener des enfants aux coutumes étrangères. Comme si l'Ordre n'avait pas prescrit, sous peine de mort, d'éviter tout ce qui pourrait mettre le secret en péril. Simon se donna du mal pour avoir l'air sévère.

— J'ai vu, Taxiarchos, se moqua Simon de Cadet, que l'équipage de votre propre navire, si c'était le vôtre, s'apprêtait à vous faire subir la peine que l'Ordre avait oublié de vous infliger.

Simon avait cependant prononcé ces mots sur un ton plutôt interrogateur, si bien que Taxiarchos se sentit obligé de répondre.

— Vous pouvez, Simon de Cadet, ne pas trouver condamnable le fait que votre Ordre n'ait pas versé à son capitaine son salaire et sa part de la prise, et regretter que celui-ci ait dû prendre le navire en gage. Ce compte-là est encore ouvert, mais il n'a rien à voir avec le malheur qui m'arrive aujourd'hui. J'étais effectivement le capitaine régulièrement désigné de cette trirème au service de la Sicile !

— Et pourquoi l'équipage s'est-il mutiné contre vous ?

— Je pourrais vous renvoyer la question : pourquoi vous a-t-on, Simon de Cadet, relégué sur ce morceau de roche ? Avez-vous perdu la faveur de Guillaume de Gisors ?

Le jeune Templier rougit jusqu'aux oreilles.

— Ne gaspillez pas ma magnanimité par des allusions que je pourrais rapporter à mon honneur, Taxiarchos !

— Loin de moi cette idée ! répondit aussitôt celui-ci. Je suppose que vous ne supportez pas la moindre offense à votre honneur. C'est aussi mon cas ! L'équipage avait entendu dire qu'au cours des journées à venir un navire de marchands arabes, chargé à ras bord d'or et de joyaux, devait passer ici ; ils me pressaient de jeter l'ancre, d'attendre l'occasion favorable et de passer à l'abordage. Mais j'ai donné au roi Manfred ma parole de conduire à son beau-père, à Épire, une section de chevaliers chrétiens. C'est ainsi qu'est survenu cet incident qui m'a si épouvantablement déçu, et m'a causé bien plus de douleur que la mort à laquelle j'étais destiné ! La majorité de mes chevaliers s'était placée du côté des rebelles. Ils se sont battus pour les mutins ! J'ai tenté de gagner cette île. On m'a accusé de haute trahison : vous avez vu de vos yeux la suite, la cour martiale, le verdict et l'exécution.

— Mais comme toujours, la Sainte Vierge veillait ! plaisanta Simon.

— Dans leur hâte d'envoyer leur capitaine dans l'au-delà, ces messieurs se sont sans doute emparés d'une corde pourrie. Cela m'a sauvé la vie !

Simon de Cadet observa Taxiarchos, songeur.

— Ma mission n'est pas de corriger l'insondable jugement de Dieu et de vous pendre pour avoir volé un navire de l'Ordre, d'autant plus que notre grand maître aurait déjà pu s'en charger à Palerme. Soyez donc mon hôte jusqu'à ce que le prochain navire qui accostera ici vous emporte avec lui.

— Je vous remercie de votre hospitalité, répondit gracieusement Taxiarchos. Mais ne m'en veuillez pas, je vous prie, de vouloir partir d'ici aussi vite que possible pour reprendre possession de mon navire et mener à bien ma mission, puisque j'ai promis au roi de l'accomplir.

Simon sourit.

— Ne comptez pas sur l'aide de l'Ordre s'il s'agit de laver l'affront qu'on vous a fait. Sur cette île, nous ne disposons même pas d'une barque de pêcheur.

— Comment ? Vous n'avez pas de navire ici ? demanda Taxiarchos en feignant l'étonnement.

— Non ! confirma le Templier d'une voix forte. Et même si nous en avions un...

— La trirème ne doit pas être loin d'ici, ils ne renonceront pas à leur prise.

— C'est une affaire entre les marchands sarrasins et votre brave équipage. C'est peut-être encore aussi une affaire entre eux et vous (après tout, vous êtes un bon nageur !). Mais ce n'est en aucun cas le problème de l'Ordre.

— Mon souci n'est pas Mammon et ses affres, croyez-moi, Simon ! Je veux la justice et l'ordre. Les chevaliers, conformément à leur serment de vassal, doivent achever dans la gloire leur voyage à Épire. Quant aux mutins...

— Ne vous transformez pas en juge, Taxiarchos, vous qu'une accusation identique a manqué envoyer devant le trône du juge suprême !

— Je n'aimerais pas que pareille injustice soit récompensée, qu'elle soit même payée en or massif !

Taxiarchos jouait l'indignation avec brio, mais sans succès.

— Je n'ai pas le choix, l'informa Simon de Cadet en le faisant emmener par les gardes qui attendaient encore, à droite et à gauche de la porte, l'instant où ils pourraient montrer à Taxiarchos la pièce où il séjournerait.

— Mon hospitalité se limite à ces murs, lui cria encore le jeune Templier. Il ne vous est pas permis de quitter le château sans mon autorisation.

Le Pénicrate hocha la tête, et Simon regarda à l'extérieur, par-delà la coupole rocheuse du port dissimulé, sur le bleu uniforme de la mer. C'était l'une de ces journées d'hiver où le sirocco avait balayé le ciel.

Les lamentos d'Enzio

« Tempo uene ki sale e ki discende,
tempo è da parlare e da taciere,
tempo è d'ascoltare e da imprende,
tempo da minaccie non temere. »

La voix du roi emprisonné résonnait, claire et distincte, par les hautes fenêtres à trois pans. Si aucun Bolonais ne les entendait, c'est que la chambre du « Re Enzio » avait sagement été installée à l'étage le plus élevé du palais que la ville lui avait assigné comme domicile.

« Tempo d'ubbidir ki ti riprende,
tempo di molte cose pruoedere,
tempo di uegghiare ki t'offende,
tempo d'infignere di non nedere. »

Pourtant, ses sonnets étaient dans toutes les bouches, et les poètes de Bologne se rencontraient volontiers chez leur royal collègue. Le destin mélodramatique du jeune Hohenstaufen animait leurs esprits, donnait des ailes à leur imagination et les élevait au-dessus de leurs mièvres concitoyens qui, depuis la victoire de Fossalto, n'avaient rien trouvé de mieux ni de pire à faire avec leur célèbre prisonnier que de le maintenir en vie. Dix années, assez précisément, s'étaient écoulées depuis, et ils s'étaient habitués à leur rôle, à mi-chemin entre l'hôte et le geôlier. Ce n'était pas le cas du roi.

« Però lo tegno saggio e canosciente
que 'ke i facti con ragione,
e col tempo si sa comportare. »

Yeza était assise aux pieds d'Enzio, entre les troubadours, les poètes, les ménestrels et de grotesques voleurs auxquels quelques heures passées dans l'aura de la tragédie historique et de la souffrance royale échauffaient suffisamment l'esprit pour le restant de la journée. Mais ils ne se souciaient pas une seule seconde du fait que ce noble donateur mesurait en lunes et en années le temps de sa détention.

« E mettesi in piacere de la gente
ke non si troui nessuna cagione
ke lo su'facto possa biasimare. »

Parfois, le roi était accablé par l'absurdité de sa situation, et il devait faire un grand effort pour ne pas chasser tous ceux qui l'entouraient. Il se murait alors dans un sombre mutisme, ce qui donnait l'occasion à ses serviteurs de raccompagner poliment les visiteurs. C'est aussi ce qui se passa ce jour-là. Au bout du compte, Yeza se retrouva enfin seule avec Enzio, dans cette haute salle.

— Vous vouliez me parler de votre amour pour ma mère ? commença-t-elle aussitôt, sans beaucoup d'égards pour les sentiments d'Enzio. Celui-ci ne répondit pas. Yeza était obstinée :

— Esclarmonde, qui m'a ensuite mise au monde !

Il fallut du temps pour que le roi réagisse.

— Esclarmonde, fit-il par murmurer avec l'air absent d'un visionnaire. Esclarmonde, la lumière du monde !

— Oui ! s'exclama Yeza, heureuse d'avoir pu le mettre sur la piste souhaitée. Elle rayonnait, en effet, car Esclarmonde était la gardienne du Graal !

Enzio, ahuri, regarda la jeune fille qui se trouvait à ses pieds.

— Vous pouvez, comme beaucoup, prendre le rayon pour la lumière. Mais la source était la pierre, la *lapis ex coelis*, la pierre noire qui, envoyée par le ciel, doit illuminer l'humanité, pour autant qu'elle est prête à...

Yeza ne le laissa pas changer de conversation : elle était subjuguée par cette vision qu'elle pouvait partager avec cet homme, qui était forcément son père.

— Nous portons en nous ce précieux savoir ! lui révéla-t-elle avec fierté. Car, à moi aussi, il m'a été donné de la voir, mes yeux ont pu apercevoir la pierre noire !

Jusqu'ici, Enzio avait eu l'air plutôt rétif. Mais, à cet instant, il éclata d'un rire joyeux.

— La pierre noire qui vous est apparue ne peut être que ce sarcophage de marbre des Templiers, celui qu'après des années de fouilles, ils ne sont même pas parvenus à mettre en pleine lumière, après l'avoir sorti des profondeurs de la montagne où se trouvait le temple des juifs et ses secrets. Oh non ! Entourée, dissimulée par le sombre Mysterium Hierosolymitanum Salomonis, la pierre a été traînée dans les abîmes païens de Rhedae ! (Il cessa de rire.) Je vous le dis, *ma damna*, c'est une tombe ! Les Templiers ont apporté leur propre pierre tombale en France, où ils veulent manifestement être enterrés !

— Comment savez-vous ces choses, Enzio ? demanda

Yeza d'une petite voix : quelque chose, dans le ton du roi, ébranlait ses convictions.

— Parce que, ces dix dernières années, j'ai eu le temps de réfléchir au cours du monde. Que ce soit en me fondant sur le grand rouage des idées dans lequel nous sommes pris aujourd'hui, *religiones et politica*, les esprits que nous avons invoqués... (Le roi Enzio paraissait songeur, à présent.) Ou bien en plongeant dans la mémoire de l'humanité. Je suis en quête, non pas tant du « comment » que du savoir secret sur le « pourquoi » de la création. En quête du Graal.

Les yeux de Yeza se mirent à briller d'espoir.

— Il existe donc tout de même, le Graal ?

Enzio baissa le regard vers elle, amusé.

— Pour toute personne qui a été appelée et qui est animée par la volonté, c'est-à-dire qui a la force et le talent nécessaires pour écouter le battement du cœur du cosmos, il devrait être évident que le Graal n'est pas un objet physique, ni une pierre, ni un calice. L'un comme l'autre sont sans doute le symbole de l'idée, du mystère. Nous autres êtres humains, nous courons toujours le risque de confondre le symbole et sa teneur intellectuelle, parce que nous vouons un culte au premier, qui mène ensuite sa propre vie et nous fait oublier son sens.

— Comment des gens aussi intelligents que les chevaliers du Temple ont-ils pu commettre une telle erreur ? interrogea Yeza, incrédule, et Enzio lui répondit en souriant doucement.

— Parce que ce qui les intéressait dans la pierre noire, ce n'était pas l'origine, mais le calice noir manquant !

— Oui, dit Yeza en réfléchissant, mais elle se garda, cette fois, de lui révéler ce qu'elle savait. Ils en ont totalement perdu la trace. Donne-t-il un pouvoir ? ajouta-t-elle, l'air aussi détaché que possible.

— Un pouvoir éphémère, certainement, mais il n'est pas le dernier maillon dans la chaîne du savoir. Il s'agit plutôt du symbole d'une union, et donc aussi de la mort. Car il faut franchir cette porte avant que l'homme en quête du Graal ne puisse puiser et boire à la source de la connaissance pure.

— Le destin du couple royal est-il de trouver et de garder le Graal ?

— Je vais vous donner trois réponses en une seule : beaucoup se sentent appelés à mener la quête dans ce monde, mais peu sont choisis pour y participer.

Yeza ressentit la profonde amertume de cet homme, parvenu si tard à une telle connaissance, et qui n'avait pas la liberté de la mettre en application. Comment n'aurait-il pas été aigri de voir d'autres que lui, plus jeunes, avoir la possibilité de consacrer leur vie au Graal et la gaspiller, ou encore de passer devant lui sans rien voir ? Enzio ne pouvait pas les aider, Roç et elle-même, Yeza le savait à présent. Mais leur mission pouvait-elle être de changer le destin du roi ? Yeza, qui était jusque-là restée sagement assise aux pieds du vénéré roi Enzio, étendit ses longues jambes et se releva. Elle ne se retourna pas vers lui, mais traversa la salle d'un pas souple, ce qui inquiéta le roi.

Yeza voulait remettre ses idées en ordre avant de prendre une décision. Libérer le roi Enzio des lieux peu glorieux où il était détenu à Bologne constituait-il une épreuve qu'elle devait réussir ? Cela n'avait de sens que si les liens du sang entre elle et le Hohenstaufen ne relevaient pas uniquement de son imagination. Il lui fallait regarder la réalité en face. Yeza s'arrêta, mais ne se retourna pas vers le roi.

— Êtes-vous mon père, Enzio ?

La question avait traversé la pièce comme une flèche, et le roi avait tressailli. Enzio leva son regard vers les hautes fenêtres, comme si quelqu'un l'avait épié de l'autre côté, au Palazzo del Podestà ou même dans la Torre dell'Arengo. Puis il descendit de son siège en forme de trône et marcha lentement vers la mince silhouette qui lui tournait toujours le dos, comme pétrifiée. Il posa précautionneusement une main sur son épaule.

— Allons nous promener un peu dans les rues, j'étouffe, ici.

Yeza, qui avait redouté que le roi ne réagisse brutalement, ne repousse toute possibilité de paternité ou ne nie purement et simplement sa relation avec sa mère, se sentit soulagée. Mais elle comprit que, s'il voulait bien parler de lui et d'Esclarmonde, il s'apprêtait en revanche à nier la conséquence « naturelle » de leur relation. Elle éprouva une certaine tristesse, et elle regretta presque d'avoir posé cette question. Sa mère, elle, avait fait preuve de plus de courage, pour la vie comme pour la mort.

Yeza tenta de changer le cours de la conversation.

— Lorsque je me suis jetée à vos pieds, comment saviez-vous au juste qui j'étais, pour me prendre sous votre protection contre Pallavicini ?

— Contre Oberto, je prendrais même parti pour la grand-mère du diable. Mais j'ai su immédiatement qui j'avais devant moi.

Enzio sourit, se dirigea vers une armoire et fit signe à la jeune fille de le rejoindre. Un portrait de Yeza était accroché derrière la porte. C'était l'un de ces portraits en miniature que Rinat Le Pulcin avait réalisé d'elle à Quéribus.

— C'est bien vous, n'est-ce pas ?

Yeza hocha la tête. Il n'y avait pas d'échappatoire. Enzio semblait avoir été entraîné, par ses pensées, très loin de la salle.

Il se demandait en réalité s'il devait aussi faire voir à Yeza l'autre image, celle que le peintre vénitien avait exécutée de lui. Elle le montrait dans un tonneau : c'est ainsi qu'un jour, il pourrait s'enfuir de la ville, lui avait dit Rinat en plaisantant. Aucun garde des portes ne trouverait sa cachette si des paysans revenant du marché passaient devant eux avec ce fût. Enzio l'observait souvent, cette peinture où il était représenté assis dans le fût, la chevelure blonde dépassant à l'extérieur. L'idée n'était pas mauvaise, mais il préféra ne pas en parler à Yeza. Du moins pas tout de suite.

Yeza laissa l'homme la mener hors de la salle aux hautes fenêtres. Devant la porte, les gardes se rallièrent même à eux, et ils descendirent tous deux le large escalier. Entourés par la garde personnelle que le conseil de la ville de Bologne mettait jour et nuit à la disposition de son hôte prééminent afin que rien ne lui arrive dans les murs (on trouvait partout des fanatiques du couteau, des papistes excités), ce couple étrange arriva sur la Piazza Maggiore. Sur cette place centrale, la commune lui avait spécialement bâti une cage dorée entre l'hôtel de ville, la bourse aux grains et l'arsenal. Ils gardaient ainsi toujours un œil sur Re Enzio, que l'on présentait aux visiteurs étrangers comme un animal exotique.

Cette fois encore, des centaines de paires d'yeux cachées derrière les rideaux des fenêtres regardaient le roi blond. Des passants lui faisaient signe des chemins obscurs qui menaient aux portes de la ville, certains mettaient bonnet bas, mais beaucoup se contentaient de s'arrêter et d'observer. Enzio les saluait distraitement, tirant Yeza par le bras. Il obliqua rapidement dans le Pavaglione, le chemin de treille qui séparait San Petronio, la basilique du patron de la ville, et le Gymnasion, le plus ancien bâtiment universitaire. Sous ses arcades, Enzio retrouva sa gaieté.

— Seul le Prieuré peut vous avoir convaincue de voir en moi votre père. Et il l'a fait en toute connaissance de cause.

Il tenta de communiquer sa gaieté à Yeza, sans songer un seul instant qu'elle voyait forcément les choses sous un tout autre jour. Elle rétorqua sèchement :

— Si c'est tout ce que vous avez à me dire, je préfère ne pas vous écouter !

Enzio se reprit.

— Bien, déclara-t-il, magnanime. Laissons la société secrète en dehors de tout cela, même si elle n'y est nullement étrangère et même si c'est à cause d'elle que je ne puis vous serrer aujourd'hui dans mes bras et vous appeler ma fille – ce que j'aurais vraiment fait de bon cœur.

— Vous devriez avoir honte de continuer à jouer avec moi. Adieu !

Yeza fit mine de revenir sur ses pas.

— Attendez, chuchota Enzio. Il faut que vous sachiez la vérité. Votre mère accompagnait son père, le vénéré Ramon de Perelha, lors d'une mission extrêmement secrète en Apulie. L'empereur y séjournait pour l'inauguration de son nouveau château de chasse, qu'il s'était fait édifier dans les forêts, près de sa résidence de Foggia, Castel del Monte. Moi aussi, j'étais allé présenter mes hommages à mon seigneur et géniteur, Frédéric. Esclarmonde n'était pas seulement charmante : parmi les participants à la chasse, elle passait pour un gibier à prendre. Si vous ne pouvez supporter l'histoire telle qu'elle s'est réellement déroulée, Yeza, je peux peut-être vous en faire grâce ?

Yeza lui lança un regard glacial et étincelant.

— Je connais certainement mieux le monde des hommes que ma mère, qui avait grandi protégée sur le Montségur. Plus rien ne peut m'effrayer. Seulement je n'aime pas avoir la nausée !

— Tous les hommes ne sont pas des porcs !

— Non, vous avez raison. En disant le contraire, on commet une cruelle injustice envers ces animaux soyeux. Bien, continuez, et racontez-moi vos hauts faits masculins, auxquels Esclarmonde était livrée sans défense parce qu'elle était, comme son père, adepte de la foi cathare et qu'elle avait vraisemblablement entrepris cette mission secrète afin de trouver de l'aide pour ses compatriotes oppressés dans le Languedoc. C'était bien cela ?

— Exact, dit Enzio, mais avant qu'il ne puisse continuer, Yeza avait déjà repris la parole.

— Les hommes rassemblés autour de l'empereur, y compris ses bâtards et ses courtisans, pouvaient donc la considérer comme une personne cherchant assistance et disposée à en payer le prix. Faux ?

— Non, murmura Enzio. Mais dur. Vous ne prenez pas de gants...

— Comme vous le savez, et le saviez déjà à l'époque, il n'y avait pas la moindre chance que l'empereur vienne au secours des cathares. En revanche, on pouvait encaisser le prix de cette aide, « prendre le gibier »...

— L'empereur détestait les hérétiques ! C'était une idée absurde de venir lui demander de l'aide, justement à lui. Il a même fallu cacher à Frédéric la raison pour laquelle les Perelha étaient venus. Sans cela, ils auraient couru un extrême danger physique, car les hérétiques étaient tous livrés aux flammes, sans exception. J'ignore vraiment qui leur avait conseillé d'entreprendre ce voyage.

— Des rêveurs, répondit Yeza. Des rêveurs irresponsables ; mais vous, Enzio, vous connaissiez la piètre situation de la charmante Esclarmonde et de son père.

— Pas du tout ! s'écria le roi, indigné. On ne m'a rien révélé du fond de l'affaire, même sous forme d'allusion. Ne m'accusez donc pas d'avoir abusé honteusement de la situation !

— C'est vous qui l'avez dit, riposta froidement Yeza. À l'époque, vous étiez déjà roi de Sardaigne... et parfaitement ingénu ? Je suis censée vous croire ? demanda-t-elle, moqueuse.

— Vous devez me croire ! On a joué avec moi un jeu si malveillant que j'ai honte de vous le raconter.

Enzio se tut un instant et regarda autour de lui. Tous ces gens qui l'épiaient lui devenaient pénibles.

— Dans mon dos, on a convaincu Esclarmonde de m'accorder un rendez-vous. Je ne sais pas comment, qui, j'ignore si l'on a fait pression sur elle pour qu'elle me reçoive la nuit dans ses appartements, en toute clandestinité, naturellement...

— Elle était peut-être effectivement tombée amoureuse de vous ? fit Yeza, moqueuse. Vous deviez être un sacré gaillard, aucune femme ne vous résistait.

— Moquez-vous donc de moi ! Il y a bien pire. Évidemment, à cette époque, je me serais imaginé qu'Esclarmonde n'aurait pas résisté aux doux yeux que je lui faisais depuis le premier jour. Mais je ne savais rien de ce rendez-vous ! La nuit dite, la bien-aimée m'attendait, mais dans la pénombre, c'est messire mon père qui est entré dans sa chambre ! Quelqu'un lui avait laissé entendre (en passant, certainement) qu'on lui avait préparé, comme on le faisait si souvent, une petite aventure. Après avoir copieusement bu, il est donc monté en titubant dans la tour qu'on lui avait indiquée. Je n'ose pas imaginer la suite, je connaissais bien la bête en Frédéric ! Combien je l'ai haï pour cela !

— Continuez, dit Yeza d'une voix atone, allez jusqu'au bout !

— Et puis ce n'était pas mon affaire. Le lendemain matin, on a annoncé à messire Ramon de Prelha que le mieux pour lui serait de prendre immédiatement le large avec sa fille. Ils sont partis sans que je puisse revoir Esclarmonde. Plus tard, j'ai établi que le vieux John Turnbull, un individu extrêmement douteux venu du Languedoc et que Frédéric envoyait parfois comme ambassadeur auprès du sultan, avait fait en sorte que l'empereur prenne ma place. Je ne l'ai pas interrogé sur ce point, par une pudeur compréhensible, et je n'ai jamais pu m'emparer de lui pour lui faire avaler ses couilles d'intrigant. Mais j'ai appris qu'il était un membre haut placé du Prieuré.

— Oui, confirma Yeza. Il l'était jusqu'à sa mort.

— Vous savez à présent qui est votre père, soupira Enzio comme si on lui avait ôté un poids sur le cœur. Et vous comprendrez aussi pourquoi je ne suis pas précisément bien intentionné à l'égard de cet ordre secret du Prieuré de Sion. Même s'il a tenté à plusieurs reprises, par la suite, de me faire entrer dans ses rangs.

— Il est vraisemblable, mon cher frère, dit Yeza en souriant, que vous en êtes membre depuis très longtemps, et sans le savoir.

Enzio la dévisagea, étonné.

— Pourquoi donc, chère sœur ? Comment pourrais-je encore leur être utile ? Ici, à Bologne, ils ne vont certainement pas faire représenter leurs intérêts par un emmuré vivant...

— Le Prieuré réfléchit autrement qu'on ne le pense, et lorsqu'un homme est mort, c'est lui qui le décide !

Ils étaient arrivés, en marchant, devant San Domenico, le splendide sépulcre de l'inventeur sanctifié de l'Inquisition.

— Quoi qu'il arrive, expliqua Enzio en passant son bras autour des épaules de Yeza, s'il m'est enfin donné de quitter cette vallée de larmes, c'est ici que je veux prendre mon dernier repos.

Yeza contempla la puissante basilique, son regard glissa sur la façade et se perdit dans le gris du ciel hivernal.

— Voulez-vous voir mon sarcophage ?

Elle secoua énergiquement la tête. Yeza songeait à Roç. Ils marchaient à présent vers les appartements du roi emprisonné. Roç n'agirait certainement pas autrement s'il se trouvait à sa place. Enzio était son frère. Le laisser agoniser ici, à Bologne, sans tenter de le libérer, était inconcevable. Elle, qui représentait le couple royal, ne pouvait se permettre de quitter la ville sans autre forme de procès. Elle était la fille du Graal, elle devait faire une tentative. Enzio pouvait bien penser ce qu'il voulait du Prieuré, l'échec ou la réussite de cette entreprise montrerait ce qu'avait décidé la puissance secrète. Mais elle ne dit rien de ce qui lui passait par la tête.

— N'avez-vous jamais eu envie, mon frère, de trouver le calice noir et de le vider jusqu'à la lie ?

Enzio la dévisagea, éberlué.

— Je ne le toucherai pas, je n'en boirai pas une goutte, et je ne peux que vous conseiller de m'imiter, Yeza

Elle savait ce qu'il fallait faire, mais aussi comment cela finirait. Celui qui craignait la vie portait déjà la mort en lui, sans aucun espoir en l'au-delà.

Yeza se serait mieux sentie si son chevalier avait été à ses côtés à cet instant. Mais messire Trencavel voguait vers une quelconque aventure, vraisemblablement en compagnie des trois jeunes Occitans, ces bons à rien. La nuit, il s'occupait de Potkaxl, elle n'y voyait aucun inconvénient, Beni le Matou se rattrapait certainement pendant la journée. Et monseigneur Gosset ? À lui, on pouvait se fier. Yeza se força à penser à ce bon vieux Sigbert, l'ami fidèle, le seul à l'attendre ici, à Bologne. Pouvait-elle faire appel à lui ? Elle devait prouver qu'elle était capable, même sans Roç, d'accomplir un grand acte. Mieux, c'est avant tout au Trencavel qu'elle devait montrer qu'elle n'était pas seulement sa moitié, mais qu'elle valait bien un homme. Elle le leur prouverait, à tous !

— Vous rêvez, ma sœur, cria Enzio par-dessus son épaule en constatant qu'elle s'était attardée. Je me demande ce qui peut bien se passer dans votre jolie petite tête... (Il rit, comme pour l'encourager.) Comment se sent la fille de l'empereur dans cette ville qui peut devenir un piège pour n'importe quel rejeton des Hohenstaufen ?

— Si vous ne voulez pas faire mon malheur, dit entre ses dents Yeza, effrayée, ne vous conduisez pas, je vous prie, comme un héraut impérial. Je ne sais pas ce qui vous prend de me désigner ainsi à tue-tête !

— Je ne pourrai plus jamais refuser votre charmante compagnie.

— Vous vous trompez, Enzio ! Mon destin n'est certainement pas de séjourner longtemps ici, à Bologne !

— Ne rejetez pas avec tant de mépris l'hospitalité de cette ville intelligente et travailleuse. Si nous ne disons rien à personne, nous pourrons nous marier, avoir des enfants et...

— Cela non plus n'est pas mon destin ! répliqua Yeza en riant pour couper court à cette belle idylle familiale.

Elle lui prit le bras. Ils étaient revenus devant le palais du roi Enzio.

Le nœud se resserre

La *Nikè*, le voilier de l'ambassadeur grec que les Siciliens avaient mis au service du Trencavel, avançait lentement. Les voiles semblaient prendre le vent à contrecœur, et même lorsqu'on faisait donner les rameurs dans une bonace, le navire n'avançait presque plus. Ce n'était pas un problème climatique. La réalité était que le capitaine et l'équipage étaient des Grecs de Nicée, alors que le transport forcé de Roç et de ses hommes devait servir au despote d'Épire. Le jeune chef de guerre avait beau menacer en silence et en serrant les dents le capitaine toujours prévenant, qui ne cessait de se lamenter sur le temps défavorable, cela n'améliorait pas la situation.

Roç avait eu quelques difficultés pour s'imposer à la tête de l'expédition. Comme on pouvait s'y attendre, les trois jeunes lascars du Languedoc refusèrent de collaborer dès le début du voyage. Raoul, leur chef, Mas le rusé et Pons, l'ahuri, se séparèrent du groupe et forgèrent à voix haute des plans incompatibles avec l'objectif de leur voyage. Ils firent savoir à tout le monde qu'ils jugeaient absurde d'intervenir dans les confrontations grecques, surtout du côté des perdants, car c'est au bout du compte l'empereur de Nicée qui emporterait le combat pour

Constantinople. Ils auraient préféré partir avec Taxiarchos pour les « Îles lointaines » où l'on trouve, sur de joyeuses plages, le paradis sur terre, entre des femmes douces et dociles, des fruits délicieux que l'on n'a qu'à éplucher, et autant d'or que de sable au bord de la mer. Cela frôlait l'incitation à la mutinerie.

La plupart des Chevaliers teutoniques, prenant leur devoir au sérieux, pressés d'aller se battre au soleil de l'Hellade et, au moins, d'être dédommagés par l'octroi de leur île personnelle, ne les écoutaient pas. Beaucoup d'entre eux ne comprenaient d'ailleurs pas très bien la langue d'oc. Mais, chez certains d'entre eux, le grain de la sédition germa sur le sol fécond de la curiosité. Roç le constata sans rien pouvoir y faire. Il n'appréciait guère les manières grossières des chevaliers, et il demanda à Gosset de se charger des relations avec eux. Le prêtre maîtrisait apparemment plusieurs langues, même s'il restait le plus souvent silencieux. Un gaillard aux cheveux blond clair l'inquiétait particulièrement. Dietrich von Röpkenstein passait toutes ses journées à endurcir son corps musclé. Il détruisait à poing nu tout objet qui n'était pas indispensable sur le bateau, et ne se montrait guère sourcilleux dans son choix : il déchirait des cordages et des draps de voile, parfois avec la main, parfois avec les dents, défonçait des tonneaux pleins, se suspendait au gréement avant de sauter sur le pont, d'une hauteur vertigineuse. Les Allemands répondaient docilement à chaque signe laconique qu'il leur adressait.

Roç pensait qu'il lui faudrait affronter un jour ou l'autre cette machine de guerre humaine s'il voulait affirmer son autorité sur l'agrégat des chevaliers. Mais c'est de sa propre escorte que surgit le problème qui transforma totalement la situation. Il avait sagement renvoyé dans sa cahute, à la poupe, la seule créature féminine du bord, Potkaxl. C'était moins pour se réserver sa chair ferme que pour ne pas exciter les hommes. Mais la Toltèque n'accepta pas de rester cachée. Elle enflamma bientôt les trois Occitans qui avaient pris leurs quartiers au pont inférieur. Beni, qui n'avait jamais manifesté aucune jalousie envers Roç, réagit en revanche avec fureur aux avances que les trois hommes faisaient à sa compagne. D'autant plus que Pons laissait courir le bruit qu'il avait déjà pu abondamment bénéficier des délices que savait dispenser la jeune princesse. On en vint presque aux mains, et l'incident troubla les Allemands, qui avaient jusqu'ici considéré l'abstinence comme une obligation liée à leur campagne militaire. Roç ne savait plus quoi faire, et se retrouva particulièrement désemparé lorsque Dietrich prit la parole (ce qui lui arrivait rarement) et s'adressa à lui d'une voix tonitruante :

— Trencavel, pourquoi ne jetez-vous pas tout simplement cette femelle par-dessus bord ?

Gosset intervint : c'était le doyen du navire, et si l'on ne pouvait pas encore considérer qu'il n'était plus concerné par les désirs charnels, il dégageait tout de même une autorité toute naturelle. Le prêtre avait consigné Potkaxl dans sa cabine, située en face de celle de Roç. Et celui-ci n'avait rien dit. S'il n'avait pas perdu son pouvoir de commandement, le Trencavel avait en revanche ainsi cédé une bonne part de son prestige au *monsignore*. Cela ne gênait pas Roç, même s'il était agacé par le fait que Gosset ne s'était pas entendu avec lui auparavant. Il n'eut pas d'autre affront à subir : une flotte entière apparut soudain à l'horizon.

— Roç ! conseilla le prêtre à son protégé lorsqu'un navire se détacha de l'armada et mit le cap sur la *Nikè*. Mieux vaut ne pas vous faire voir avant que nous ne sachions qui se dirige vers nous, ami ou ennemi.

— À en juger par la voile, le gréement et la hauteur de la proue, suggéra Dietrich, il s'agit d'un Marseillais. (Les yeux bleu acier de l'Allemand cherchaient à percer la brume qui recouvrait la mer.) Mais le voilà qui hisse le pavillon de l'empereur latin.

— C'est certainement le seigneur Baudouin qui revient d'une tournée de mendicité dans les cours européennes ! se moqua Roç, furieux de devoir se cacher pendant que Dietrich jouait les chefs de guerre expérimentés.

— Escorté par une flotte de guerre ?

L'Allemand savoura le plaisir de répondre aussi ironiquement au Trencavel. Gosset sentit la rivalité s'installer entre les deux hommes.

— Vous aussi, Dietrich von Röpkenstein, passez sous le pont, je vous prie !

Le prêtre chercha le regard du chevalier, et lui imposa sa volonté.

— Aucun déguisement ne me permettra de vous faire passer pour un commerçant musulman. D'ailleurs, nous devrions hisser à notre tour le pavillon grec !

L'Allemand parut disposé à obéir à l'ordre. Roç jugea donc qu'il valait mieux respecter l'invitation raisonnable de son mentor. Il entendit encore Gosset demander aux chevaliers qui l'entouraient, tous habillés en Arabes, de ne plus prononcer le moindre mot à partir de cet instant.

— Nous sommes une délégation commerciale maghrébine, des Berbères invités par l'empereur de Nicée ! rappela-t-il aux chevaliers allemands. Voilà ce qui explique votre teint clair. Ne me faites pas honte !

— Je devrais rester à votre portée, proposa alors Dietrich, car je parle couramment l'idiome des Tuari.

Roç ne voulut pas être en reste. Il se retourna aussitôt.

— Certainement pas mieux que moi ! grogna-t-il, et Gosset, résigné, haussa les épaules.

Le grand voilier était arrivé à leur hauteur. Comme la mer était calme, il mit un canot à la mer. On y fit embarquer un chevalier, qui fut conduit jusqu'à la *Nikè*. Il ressemblait à un noble de province, et ne fit pas mystère de son origine :

— Robert de Les Beaux, se présenta-t-il lorsqu'il fut monté sur le pont. En route pour Constantinople avec des amis grecs.

C'était un homme jeune au visage amène. Gosset se chargea de lui répondre :

— Nous venons du royaume de l'illustre *amir al mumin*, qui domine toute la terre à l'ouest du Nil, le désert et la montagne de l'Atlas, jusqu'à l'océan qui porte son nom. L'empereur grec de Byzance nous a envoyé son navire pour que nous fassions un bon voyage.

Ce renseignement parut réjouir messire de Les Beaux. La présence d'un prêtre romain ne le déconcerta pas du tout.

— Dans ces eaux, Monsignore, vous n'avez à craindre que les perfides Siciliens du bâtard Manfred, qui est l'ennemi de tous, de l'Église comme de Michel Paléologue de Nicée.

Le capitaine grec l'interrompit alors en battant des bras :

— Mensonge et trahison ! s'exclama-t-il. Je suis capitaine de l'empereur, ces hommes-là m'ont forcé à ...

Il n'alla pas plus loin : le coude replié de Dietrich l'atteignit sous le nez. On entendit ses dents craquer avant qu'il ne tombe comme un sac sur le visage, inconscient, la lèvre supérieure éclatée.

— Qu'est-ce que c'est ? laissa échapper messire Robert, effaré. À quel jeu joue-t-on ici ?

Et il revint vers le bastingage, pour se placer sous la protection de ses soldats.

— Ce brave homme n'a pas une juste vision des choses, répondit tranquillement Gosset en sortant de son vêtement un parchemin qu'il tendit au chevalier inquiet, de sorte que celui-ci put lire le mot *ambassadeur* souligné, la signature et le sceau du roi Louis.

— La Couronne de France tient beaucoup à la réussite de cette mission, ajouta-t-il avant de faire avancer les trois Occitans, d'un mouvement nonchalant de la main. Messires Raoul de Belgrave, Mas de Morency et le comte de Levis font escorte à la délégation du sultan de Marrakech, car sa Majesté, le commandeur de tous les croyants, a ici ses neveux... (Il désigna Roç et Dietrich, qui, depuis l'incident avec le capitaine, discutaient bruyamment en arabe et jouaient les indignés.)

Raoul de Belgrave vint alors à l'aide du prêtre :

— L'intervention indigne de ce misérable Grec a offensé nos hôtes musulmans.

Messire Robert se mit à rire.

— On ne devrait jamais se fier aux Grecs ! Nous aussi, nous sommes français, admit-il, des Provençaux du comte Charles d'Anjou. Le frère du roi nous a envoyés en mission secrète.

Il ne voulut pas en dire plus : il fit un signe d'adieu à l'équipage et s'inclina légèrement vers Gosset.

— Je vous souhaite beaucoup de chance pour la suite de votre traversée !

Puis il descendit en s'aidant d'une corde à nœuds, et ses soldats le raccompagnèrent en canot jusqu'à son navire. Dès qu'il y fut remonté, ses hommes lancèrent un signal au reste de la flotte, qui s'éloigna vers le nord-est, les voiles gonflées par le vent.

— Potkaxl, s'écria Roç avec un sourire de soulagement, verse-nous donc du bon vin de Manfred, et rafraîchis la gueule de ce capitaine trop bavard ! Nous en avons encore besoin. Qui d'autre pourrait diriger le navire ? demanda-t-il en se tournant vers Dietrich.

L'Allemand voulut répondre quelque chose, sans doute qu'il maîtrisait aussi parfaitement la navigation en haute mer, mais le regard de Gosset le força à tenir sa langue.

— L'Anjou est donc sur le sentier de la guerre, constata Gosset.

— Je donnerais beaucoup, murmura Roç, pour savoir ce qu'il nous mitonne.

— Un coup d'éclat contre notre Sicile, celle des Hohenstaufen ! grogna Dietrich. J'aimerais que nous soyons assez nombreux pour lui gâter sa soupe.

Potkaxl servit le vin, et le capitaine fut pansé par ses propres hommes. Il avait la mâchoire brisée, mais cela ne l'empêcha pas de reprendre le gouvernail.

Dietrich le garda discrètement à l'œil. Il vit Pons profiter de l'occasion pour s'approcher du capitaine en simulant la compassion. Il remit au Grec une lettre scellée que celui-ci cacha, agacé, tandis que Pons revenait en toute hâte auprès de ses jeunes compagnons.

Gosset leva sa coupe.

— Je suis fier de vous tous ! s'exclama-t-il. Il est bien dommage que nous ne mettions pas le cap sur l'Outremer. Avec une pareille équipe, nous pourrions conquérir Jérusalem, pour le compte du Trencavel, pour le couple royal !

Les Allemands lancèrent des *vivat* à Roç. Les trois garçons du Languedoc continuaient à faire des messes basses et montraient que cette proposition-là ne les intéressait pas non plus. Roç se mordit les lèvres, mais feignit d'approuver cet objectif auquel le prêtre avait fait une allusion parfaitement inutile : cela ne pourrait que créer de nouveaux troubles. Lorsque les autres furent occupés à boire, il prit son mentor en tête à tête.

— Qu'est-ce qui vous prend ? questionna-t-il entre ses dents, furieux.

Gosset ne se laissa pas intimider.

— Rien ne m'a « pris ». C'est ma ferme conviction !

— Il n'en est pas question ! rétorqua Roç. Nous n'avons pas mis le cap sur la Terre sainte, mais sur Épire ! Je tiens la parole que j'ai donnée à Manfred, et tous ceux qui font cette traversée avec moi ne doivent plus jamais en douter, s'exclama-t-il en haussant le ton.

La *Nikè* avait repris sa route et s'enfonçait doucement dans la pénombre du soir. Peut-être le capitaine maltraité n'avait-il pas envie d'en demander plus à son navire, maintenant qu'il avait corrigé le cap conformément aux instructions. Peut-être le marin devinait-il le destin qui l'attendait. En tout cas, les haubans gémissaient et la *Nikè* faisait du surplace. Les voiles mal tendues claquaient au vent. À l'Ouest, le soleil s'apprêtait à disparaître dans la mer, comme un disque incandescent.

La flotte de l'Anjou s'était depuis longtemps rassemblée pour le repos nocturne. Les navires avaient jeté l'ancre à l'abri d'une baie apparemment inhabitée.

— Elle s'appelle Linosa, expliqua Robert Les Beaux à son étrange passager, un homme qui ne l'inquiétait pas, mais lui paraissait extrêmement peu sympathique. Il se donna cependant la peine de l'accompagner courtoisement : après tout, il faut bien avoir quelques égards pour les infirmes. L'homme n'avait qu'un bras. Aujourd'hui, alors qu'on l'avait envoyé contrôler le navire grec, il avait subitement été pris d'une telle terreur qu'il était tombé dans une trappe de fond de cale. Mais, après l'incident, il ne laissa pas échapper la moindre explication sur sa crainte manifeste d'être reconnu.

On avait nommé Rinat Le Pulcin à la tête de cette petite escadre. Il paraissait être le seul, hormis les commandants, à savoir où et contre qui était dirigé ce voyage. Mais il n'en parlait pas. Comme l'homme, disait-on, était protégé par l'Anjou, Robert était disposé à ne pas en demander plus. Désignant l'île rocheuse qui leur faisait face, il ajouta simplement :

— Elle appartient aux Templiers, et ils n'aiment guère que l'on y accoste. Nous reprendrons donc la mer demain matin sans renouveler nos réserves d'eau potable.

Rinat était resté longtemps immobile, à scruter la nuit noire.

— La mise en œuvre de notre entreprise, déclara-t-il lentement, en détachant ses mots, ne s'est pas simplifiée. Savez-vous qui était à bord du navire grec ?

Le jeune seigneur Robert secoua la tête, attendant la réponse.

— Non seulement Roç Trencavel et son conseiller dévoué, Gosset, qui continue à se promener avec une lettre de créance du roi Louis alors qu'il a honteusement floué Sa Majesté il y a des années. À l'époque, il avait été envoyé comme ambassadeur auprès du grand khan des Mongols. Loin d'assumer sa mission, il a vidé sa caisse.

— Bien, ou plutôt : très mal, l'interrompit le jeune Les Beaux. Mais qui avez-vous encore vu pour être aussi impressionné ?

— Dietrich von Röpkenstein, le bourreau de l'empire, un homme d'Oberto Pallavicini, vicaire des Hohenstaufen ! Ceux qui tombent entre ses pattes entendent chacun de leurs os se briser jusqu'aux vertèbres cervicales. Ensuite, ils n'entendent plus rien. C'est une machine à tuer. La dernière fois, je l'ai vu au travail à Rome. La victime était Brancaleone.

— Et quel rapport avec notre entreprise ?

— Si je le savais, je me sentirais mieux, répondit Rinat avec un sourire. Pour l'instant, je sais seulement que Roç Trencavel est dans les parages. Et chaque fois qu'on le croise, les choses prennent un cours différent de celui que l'on avait imaginé. C'est une sorte de malédiction !

Lorsque l'aube se leva sur Linosa, on ne voyait plus aucun navire étranger à l'horizon. Taxiarchos se tenait à la fenêtre de la tour où on lui avait attribué un appartement, et regardait fixement la mer, vers l'Ouest, où il attendait l'arrivée de la *Nikè*.

— Alors, se moqua l'un des deux turcopoles qui se relayaient vingt-quatre heures sur vingt-quatre devant sa chambre, le trésor flottant n'est toujours pas arrivé ?

— Les Mongols ont mis depuis longtemps l'or du calife entre leurs petits doigts jaunes ! répondit son camarade, moqueur.

Cela n'empêcha pas les deux hommes de lancer eux aussi un regard scrutateur sur l'étendue scintillante qui, à la première lueur du soleil, se transforma en un tapis doré. À la même heure, des centaines de paires d'yeux observaient l'horizon. La garnison de la forteresse des Templiers était, pour sa plus grande part, composée de troupes auxiliaires sarrasines. Tous connaissaient l'histoire du capitaine dont l'équipage s'était mutiné parce qu'il ne voulait pas lui permettre d'attaquer et de piller le navire plein de trésors des riches marchands musulmans. Les Sarrasins avaient tous assisté à la scène : ils avaient voulu pendre Taxiarchos.

Mais leur propre commandeur ne les autoriserait pas non plus à quitter le port pour s'emparer du butin, même s'il passait à portée de main de Linosa. C'était une vétille, mais Simon de Cadet, le jeune commandant de l'île, était un têtu, et il aurait préféré se faire couper la langue plutôt que d'autoriser ses hommes à améliorer ainsi leur solde. Il était le seul à détenir la clef de la chaîne à laquelle ce navire inutile était accroché dans le bassin couvert.

Depuis longtemps, les esclaves rameurs qui logeaient dans les cavernes de pierre, au-dessus de la grotte artificielle, avaient entendu parler du navire plein d'or et de joyaux qu'attendait ce capitaine étranger qu'ils avaient sauvé. Malgré la quarantaine qu'on lui imposait, Taxiarchos avait fait en sorte que la rumeur se propage, et rien ne pouvait plus l'arrêter. Au commencement, on avait pu entretenir quelques doutes sur la véracité des descriptions du capitaine. Mais son récit fut confirmé plus tard par ses propres hommes, ceux qui avaient voulu l'envoyer au diable.

Comment on capture un rhinocéros

Depuis des jours, la trirème, le navire où l'on avait apparemment voulu exécuter Taxiarchos, tournait autour de l'île. Elle décrivait ses cercles comme un loup qui n'attend que l'instant où le mouton se séparera du troupeau pour s'abattre sur lui. La trirème croisait devant la baie du port pour pousser sa victime contre les rochers ; on pouvait voir ses armes briller comme des dents, prêtes à se planter dans le cou de sa proie et à lui arracher l'or de ses entrailles. Mais que pesait ce loup des mers face au monstre marin que les Templiers conservaient dans leur port caché de Linosa ?

— Aucun navire, sur toute la Méditerranée, ne pourrait faire quoi que ce soit contre notre *Atalante* ! affirma le jeune gardien du Taxiarchos. Il se frappa la bouche, car il était rigoureusement interdit de laisser échapper ne serait-ce qu'un seul mot sur le navire amiral de l'Ordre, surtout devant cet invité étranger que l'on traitait comme un prisonnier.

— Ne craignez rien ! le rassura Taxiarchos. *L'Atalante*, je la connais très bien. Elle était ancrée à côté de nous, à Palerme, lorsque le grand maître Thomas Bérard y était invité.

C'était un mensonge : à cette époque, les Templiers avaient préservé leur précieux navire des regards en le recouvrant de bâches, et un double cordon de sécurité avait fait en sorte que nul ne s'approche de trop près de *L'Atalante*. Taxiarchos avait cependant aperçu quelques raffinements nautiques de la construction, et surtout admiré la technique militaire achevée du voilier rapide. *L'Atalante* était une machine de guerre de haute lignée, certainement supérieure à tous les navires qu'il avait l'habitude de voir.

— Dommage, murmura-t-il accessoirement, que Messire Simon ne me la laisse pas pour mener une brève expédition punitive. Avec son équipage de rameurs expérimentés, ce serait un jeu d'enfant de donner une leçon à ces gredins avides d'or, sur la trirème, et de vous remplir les poches à tous !

— De toute notre vie, jamais une chance pareille ne s'est offerte à nous ! s'indigna le plus jeune. C'est inhumain, de la part du commandant, de nous priver de ce bonheur.

— Vous devriez le convaincre, avec des arguments frappants, qu'il ferait bien d'aller y jeter un coup d'œil, suggéra Taxiarchos.

— Messire Simon est un parfait commandant, rétorqua le plus ancien, je serais navré de le...

— Même en se contentant d'une douce violence, répliqua Taxiarchos pour atténuer leurs scrupules, mais en intervenant ensemble et fermement, vous devriez pouvoir inciter Simon à sortir la clef. Nul ne lui veut du mal...

— Qu'il ne se mette pas en travers de notre chemin ! s'exclama le plus jeune, furieux. Nous ne demandons pas plus !

Son camarade l'apaisa.

— Il n'aura pas vraiment le choix, assura-t-il. Les gardes du château sont unanimes, et la colère monte chez les esclaves rameurs. Ne serait-ce que pour éviter le pire, messire Simon devra accepter l'inéluctable.

— Regardez, s'exclama alors le jeune turcopole en désignant la mer : un navire solitaire !

Taxiarchos observa le point noir à l'horizon. Il sentit l'excitation le gagner : c'était peut-être bien la *Nikè*.

— C'est elle ? le pressa le jeune, et sans attendre la réponse de Taxiarchos, il s'exclama : Je préviens tout le monde ! et se précipita hors de la pièce.

— Je crois que c'est le voilier ! dit Taxiarchos, qui en était à présent convaincu. Il se pencha loin de la fenêtre, et ses yeux scrutèrent cette fois l'horizon vers l'est. À contre-jour du soleil levant, il crut discerner la silhouette bien connue de la trirème. Ses *lancelotti*, les braves gaillards, devaient eux aussi avoir repéré la *Nikè*, car la trirème se mit aussitôt à glisser sur la mer enflammée comme un dangereux insecte.

Taxiarchos hocha la tête et s'adressa au garde qui était resté près de lui :

— Allez-y et faites en sorte que tout se passe sans effusion de sang. Je ne bougerai pas d'ici.

L'homme accepta cette offre amicale et suivit d'un pas rapide son jeune compagnon. Taxiarchos s'installa sur son lit et fit comme s'il dormait. Mieux valait qu'il ne soit au courant de rien au cas où Simon viendrait lui rendre visite.

L'apparition des rochers de Linosa, qui sortirent tout d'un coup de la brume et de la pénombre, fut la première chose que virent Roç et ses chevaliers lorsque la nuit céda la place au jour. En quelques gestes, sans dire un mot, le capitaine grec donna à son équipage l'ordre de hisser de nouveau les voiles. Sa tête était entourée d'un bandage serré, qui lui tenait la mâchoire. Il ne pouvait pas parler, mais il se rappelait certainement qu'il serait plus supportable pour lui d'obéir sans résistance aux instructions. Il savait que la blonde brute allemande avait vu Pons, ce balourd, lui transmettre l'ordre écrit sous le sceau d'un secret bien mal gardé. Le document lui ordonnait de faire route sur Linosa. Il garda donc le cap sur l'île dont les contours se détachaient désormais clairement sur le soleil levant. Pour la plupart de ceux qui se trouvaient à bord et qui se frottaient les yeux éblouis par le soleil, c'était un spectacle émouvant. Mais pour Roç, cette île, avec son château qui trônait sur les rochers découpés à la hache, rappelait ces terres enchantées où de vieux dragons tiennent captive une merveilleuse princesse. Et c'était lui, le courageux chevalier Trencavel, qui arrivait à présent après avoir traversé la mer, afin de se battre contre le monstre et de libérer sa bien-aimée. Il avait mal dormi cette nuit-là, et rêvé de Yeza, qui ne cessait de se précipiter dans des situations où elle mettait en péril son corps et sa vie, et terminait chaque fois derrière des barreaux de fer. Beni lui apporta un baquet d'eau froide, et il se frappa le visage des deux mains, pour qu'au moins, cette image disparaisse avec la lumière du jour. Yeza l'attendait sur cette île, tout en haut, dans la tour ! Roç s'était même surpris à surveiller le donjon pour vérifier qu'elle ne lui faisait pas signe des créneaux. Beni lui tendit un drap pour qu'il se sèche le visage.

Gosset sortit de sa cabine et s'approcha de Roç sans dire un mot. Ensemble ils contemplèrent d'abord l'île, puis le pont qui se trouvait à leurs pieds et où régnait une intense activité. Les chevaliers s'occupaient de leurs chevaux, logés en bas, dans la cale ; ils leur lançaient de la nourriture par les trappes.

Dans ce tohu-bohu, personne ne remarqua que Mas de Morency descendait dans la partie réservée aux animaux – personne, sauf Dietrich, qui ne le lâchait guère des yeux. Mais l'Allemand ne broncha pas, sauf à considérer le frémissement de son menton comme un signe de satisfaction.

Mas passa devant les corps chauds des chevaux jusqu'à ce qu'il trouve, à la poupe, l'endroit des haubans qu'on lui avait indiqué. Comme on le lui avait décrit, deux chevilles aussi épaisses que des doigts dépassaient des poutres grossières de la coque. L'Occitan prit le pommeau de son épée, visa, enfonça l'extrémité émoussée contre le bouchon et le poussa d'un coup. Un trou apparut alors dans la paroi. L'eau de mer jaillit à toute vitesse dans la cale. Les premiers chevaux commencèrent à hennir, devinant le danger. Mas dégagea aussi l'orifice situé de l'autre côté, si bien que l'eau se mit à couler par les ouvertures. Il revint en courant à l'échelle, tandis que les animaux se mettaient à battre du sabot et hennissaient de plus belle. Mais les valets prirent cela pour de la simple impatience et continuèrent à les nourrir.

Mas revint discrètement auprès de ses compagnons, qui, à l'instar de Dietrich, s'étaient regroupés en haut, à la poupe, autour de Roç et de Gosset.

— Notre capitaine s'apprête-t-il à éperonner cette île ? plaisanta Roç en désignant le Grec qui, imperturbable, avait mis le cap droit sur les rochers.

— Je ne vois aucune entrée de port, constata Gosset, qui s'inquiétait de plus en plus, mais un bon nombre d'écueils. Cet homme devrait baisser les voiles.

— Je vais aller lui taper sur les doigts ! ânonna Dietrich, ce qui incita Raoul à intervenir.

— Laissez-moi me charger de ce pauvre type. Avec les mains brisées, il ne pourra certainement pas...

Il n'alla pas jusqu'au bout de sa phrase. Sur le pont, on entendait des cris : « Un trou ! Voie d'eau dans la cale ! La coque est percée, nous coulons ! »

Les cris devenaient de plus en plus forts, l'équipage ouvrit les trappes et se laissa descendre le long de cordes, auprès des chevaux qui tiraient furieusement sur leurs longes et trépignaient. On pouvait déjà voir l'eau qui s'engouffrait dans le navire, même à la poupe.

— Il faut sauver les chevaux ! geignit Beni, et personne ne le contredit. Les animaux avaient été conduits dans le navire par des trappes latérales, sous le pont, que l'on avait ensuite refermées et calfatées, avant le départ.

— Nous aurons peut-être encore le temps d'atteindre la terre ferme, affirma Roç, comme pour se donner du courage. Puis il ordonna à Raoul : Dis au capitaine qu'il garde le cap sur les rochers, et qu'il cherche au moins une baie, si l'on ne peut trouver un port !

Raoul sauta vers le gouvernail, l'épée sortie de son fourreau. Le navire s'enfonçait lentement.

— La clef ! donnez-nous la clef ! hurlaient, dans la cour du château, les esclaves qui avaient fait irruption par le portail ouvert. Ils étaient sortis des trous qu'ils habitaient dans la roche, s'étaient rassemblés dans les galeries avant de monter vers le château. Les gardes ne leur avaient opposé aucune résistance. Impassibles, les turcopoles se tenaient devant l'escalier qui menait au donjon, aux appartements des chevaliers du Temple et de leur jeune commandant, Simon de Cadet.

Celui-ci apparut à la fenêtre et regarda courageusement la foule en colère qui s'était assemblée en dessous de lui. Ses turcopoles l'avaient trahi. Ils lui laissaient encore un peu de temps : ensuite, ils ouvriraient aussi le dernier passage, et il serait livré aux mutins. Le regard de Simon ne s'éloigna d'eux qu'un bref instant, glissa sur les murs et, de là, sur la coupole de roche qui abritait le précieux navire placé sous sa garde. Dehors, à portée d'un archer, le voilier condamné luttait pour sa survie. Quelques pieds encore séparaient son bastingage des flots qui prenaient peu à peu possession de leur proie. Déjà, les premiers passagers sautaient à l'eau pour gagner la terre ferme à la nage. C'étaient certainement les marchands musulmans, qui transportaient avec eux de grandes quantités d'or et de joyaux. C'est du moins ce qu'avait affirmé ce Taxiarchos – et, malheureusement, d'autres que lui l'avaient entendu. « Le trésor du calife », puisque c'est ce nom que la rumeur lui avait donné, n'avait depuis cessé d'enfler, toujours plus gigantesque, toujours plus lourd. Comment le navire n'aurait-il pas coulé avec un poids pareil ? Simon eut un rire amer. Mais pourquoi justement devant sa porte ? Aux yeux de tous ces hommes qui, depuis des jours, n'avaient plus rien d'autre en tête ? Taxiarchos, en bavardant inconsidérément, avait d'ailleurs fait en sorte que tout se passe ainsi. Si cette oie d'or était simplement passée en nageant devant l'île, elle aurait tout au plus attiré contre elle des poings levés et quelques malédictions ; on l'aurait ensuite oubliée, aussi vite qu'elle avait disparu à l'horizon. Mais son agonie en direct était un défi pour tous ceux qui assistaient au spectacle : il fallait s'emparer du trésor avant que la mer ne le ravisse. Simon serra le poing et hurla aux gardes :

— Amenez-moi Taxiarchos !

Le jeune commandant savait que, s'il abandonnait sa place à la fenêtre, la meute passerait à l'assaut. Tous ses chevaliers se tenaient sur l'escalier de fer, l'arme au poing, prêts à sacrifier leur vie pour l'Ordre en respectant l'instruction du grand maître : il était interdit de remettre à quiconque la clef de la chaîne en fer à laquelle était amarrée *L'Atalante*, sauf si cette personne était porteuse d'une lettre de délégation. Ses frères d'Ordre se battraient jusqu'à ce que la mort les étrangle. Si cette horde arrivait jusqu'à lui, elle leur aurait d'abord passé sur le corps. Et il ne lui resterait plus alors qu'à se battre à son tour jusqu'à ses dernières forces.

Taxiarchos entra dans la salle et s'adressa à voix basse à Simon :

— Voulez-vous verser le sang ?

S'il avait parlé à Simon en criant, le jeune commandant serait resté pétrifié dans son attitude inflexible ; mais face au calme de son interlocuteur, il demeura abattu, profondément blessé dans son orgueil. Taxiarchos enfonça le coin :

— Le meurtre et l'assassinat ? Uniquement parce que vos hommes veulent aider un navire en détresse ?

— Mon honneur de chevalier du Temple...

— Votre raison de commandant ! rétorqua Taxiarchos en lui coupant la parole. Je ne vous demanderai pas de faire appel à votre expérience ; mais votre simple entendement devrait vous dire qu'en l'espèce, céder est la seule possibilité d'empêcher une tragédie, une tragédie inutile, qui plus est, car vous risquez tout, ici, y compris votre précieuse *Atalante,* que vous n'allez de toute façon pas pouvoir protéger du viol !

Simon, qui avait regardé par la fenêtre pendant tout ce temps, se retourna.

— Si je vous confiais le commandement de *L'Atalante,* pourriez-vous faire sortir le navire sans dommage, remorquer ce bateau qui sombre, puis revenir dans le port, immédiatement et sans dégâts ?

Taxiarchos hocha la tête.

— Si cela peut vous satisfaire, je m'en sens capable !

Simon lui fit signe d'approcher et sortit la grande clef qu'il avait cachée sous sa cuirasse. Taxiarchos la montra à la foule. Celle-ci commença par pousser un cri de joie sauvage, puis des bravos. Taxiarchos lui fit signe de se taire, et elle obéit immédiatement. Les esclaves rameurs étaient habitués à obéir.

— Chacun à sa place ! hurla-t-il dans la cour. Tous à mes ordres !

Roç, entouré par ses chevaliers déguisés en marchands arabes, se tenait sur la partie surélevée de la poupe. Les chevaux avaient de l'eau jusqu'à la naissance du cou. Dietrich avait veillé à ce qu'on les détache et qu'on arrache les planches au-dessus de leur tête, afin qu'ils aient une chance d'en réchapper lorsque le navire sombrerait. Les animaux étaient calmes, à présent, comme s'ils avaient instinctivement compris, plus vite que les humains, que le moindre mouvement de balancement ne pourrait que diminuer leurs chances de survie. Mais la peur se lisait dans leurs yeux.

De l'équipage grec, il ne restait plus à bord que le capitaine et ceux qui ne savaient pas nager. Ils regardèrent l'île, de l'autre côté, attendant un miracle qui pourrait encore les sauver au tout dernier moment. Sans cela, ils mourraient en hommes ou tenteraient de rejoindre les roches du rivage, agrippé à un morceau du navire. Dans le ventre du bateau, l'eau continuait à monter.

— Accrochez-vous aux chevaux ou aux caisses vides, ordonna Roç à ses hommes, et ôtez tout ce qui pourrait vous rendre plus lourds dans l'eau.

Potkaxl fut la première à suivre cet ordre ; elle était déjà toute nue lorsque, de l'autre côté, la proue d'un navire jaillit du corps de pierre de l'île, comme la gueule ouverte d'une murène. Un bélier en sortit, suivi par la cuirasse écaillée d'un lézard aux flancs étincelants, et animé par de longues courroies superposées, le tout si admirablement coordonné que les chevaliers, sur la *Nikè*, oublièrent pour un instant qu'ils étaient en train de couler et observèrent, fascinés, cette apparition irréelle.

— *L'Atalante* ! laissa échapper Roç, et Pons eut un sanglot.

— Les Templiers vont nous sauver !

— Ce dragon ne ressemble guère à un saint Christophe ! murmura son compagnon, Mas, qui regrettait depuis longtemps d'avoir exécuté si minutieusement l'ordre qu'on lui avait donné : il faisait en effet partie des non-nageurs. La proue tranchante de *L'Atalante* poussait son dard, comme un espadon, dans l'entrelacs des écueils qui protégeaient l'île. À présent, les rames battaient l'eau toutes au même rythme ; le monstre se cabra et fonça vers sa victime, pointe en avant.

— Ils vont nous embrocher ! hurla Pons, mais Raoul le rassura :

— Que veux-tu qu'ils fassent d'autre, s'ils veulent nous empêcher de couler ?

— Ce sont nos caisses qui les intéressent ! murmura Pons.

— Attention au moment du choc, s'écria Roç. Ne tombez pas à l'eau.

Effectivement, l'éperon s'approchait du flanc de la *Nikè*, mais les rameurs de *L'Atalante* freinèrent leur navire pour amortir le choc. L'éperon s'enfonça juste sous le bourrelet formé par les poutres du pont, dans le bois de la cale, on entendit un bruit grinçant, un couinement qui les fit tous frissonner. Malgré l'avertissement de Roç, quelques hommes tombèrent à l'eau. L'éperon pénétra à l'intérieur de la *Nikè*. Les chevaux l'évitèrent agilement. *L'Atalante* avait embroché la *Nikè* comme un héron pique un poisson doré. Alors qu'un soupir de soulagement parcourait les rangs des naufragés, regroupés à la poupe de la *Nikè*, un cri sauvage et furieux retentit sur *L'Atalante*. Les esclaves laissèrent les rames, les turcopoles, quittent les lieux où ils servaient les trébuchets et les catapultes, sautaient par-dessus les bancs des rameurs et se dirigeaient vers la *Nikè*, en passant par la proue étroite et le bélier. Beaucoup se retrouvèrent à l'eau, poussés par cette foule éperdue.

— Où sont les trésors du calife ? criaient-ils, excités.

Les caisses étaient tout simplement alignées devant eux. Les premiers à être passés à l'abordage se jetèrent à mains nues sur les bahuts fermés.

Roç regarda au-dessus de lui, vers la passerelle de commandement de *L'Atalante*. Taxiarchos s'y tenait debout et lui faisait signe en riant. C'est du moins ce que croyait Roç. En réalité, ces signes de la main étaient destinés à un autre navire. Sans que nul la remarque, la trirème les avait abordés sur le flanc.

Même sans ordres, les *lancelotti* savaient exécuter n'importe quelle manœuvre à la rame. En un éclair, à bâbord, ils enfoncèrent leurs faux, et la trirème glissa, presque sans à-coups, le long de *L'Atalante* abandonnée par son équipage. L'abordage eut lieu pratiquement sans bruit. Le joyau des Templiers était déjà passé sans combat aux mains des hommes du Taxiarchos lorsque les premières caisses furent portées sur la *Nikè* et ouvertes. Elles n'étaient pas pleines d'or, mais des cuirasses en fer de ces faux Arabes. Lorsque les esclaves furieux commencèrent à exprimer leur déception, les chevaliers descendirent de la passerelle de poupe, épée à la main. Ils étaient dirigés par le blond Dietrich, dont le buste nu leur causa plus d'effroi que les lames des autres hommes, dirigées vers eux. Dietrich attrapa le premier qu'il put capturer, le souleva au-dessus de sa tête et le lança contre le mur de ses compagnons, qui hésitaient encore. En tombant, l'homme fit une brèche dans ce front, et tous reculèrent, terrifiés. Mais ils virent alors les éclairs lancés par les faux : un mur de lames acérées. Quelques-uns se couchèrent au sol en signe de reddition. Ceux de l'arrière se jetèrent à l'eau.

Passant entre les *lancelotti*, Taxiarchos se fraya un chemin vers l'avant.

— Halte ! cria-t-il aux esclaves sarrasins de *L'Atalante*, éberlués et désespérés. Ne craignez pas pour votre vie ! *L'Atalante* reste sous mes ordres. Elle a besoin de la force de vos bras et de votre expérience. Mais avec moi, elle vous mènera vers la liberté. Qui vaut bien plus que de l'or !

À cet instant seulement, Roç comprit à quoi on les avait utilisés, lui et la *Nikè*. Ils avaient servi d'appât pour attirer *L'Atalante* hors de son repaire imprenable. Taxiarchos avait pris sa revanche, aussi bien sur les Templiers que sur le Trencavel. « Mes félicitations ! » songea Roç.

Tandis que les *lancelotti* triaient les esclaves rameurs utilisables parmi les Sarrasins (les plus forts et les plus habiles pouvaient repasser sur *L'Atalante* par la proue, les autres étaient jetés à l'eau), Raoul et Dietrich se rencontrèrent au gouvernail de la *Nikè*. Le capitaine grec y était agrippé comme s'il ne voulait pas se séparer de son navire détruit.

C'est aussi l'impression qu'il donna à Dietrich.

— Un capitaine coule avec son navire, déclara-t-il sèchement. Et son poing, qui avait déjà brisé le menton du capitaine, lui fracassa aussi le crâne. Sa calotte éclata comme une noix. Raoul réprima son haut-le-cœur et se détourna.

La fierté et la honte de l'Ordre

L'éperon de *L'Atalante* avait préservé la *Nikè* du naufrage. Mais on ne pouvait plus la sauver. Gosset fit aussitôt transporter les caisses sur la trirème. Taxiarchos répartirait les hommes sur *L'Atalante* selon son bon plaisir. On trouverait certainement aussi parmi eux certains des *lancelotti*, car la perspective d'un voyage aventureux sur le plus beau des navires, vers les légendaires « Îles lointaines », était plus séduisante que celle de servir à bord de la trirème d'Otrante. Celle-ci serait laissée à Roç, qui pourrait la faire voguer avec un personnel de deuxième choix. Tous les autres hommes resteraient sur l'île, qu'ils le veuillent ou non.

Mais on commença par faire disparaître la *Nikè*. Taxiarchos la tira aussi près que possible de la terre, pour que les chevaux (mais aussi les hommes) puissent nager jusqu'aux roches. Le corps puissant de *L'Atalante* recula, et l'éperon sortit peu à peu, avec un bruit qui rappelait une amphore de vin que l'on débouchonne. Un grand trou hideux béait dans la paroi de la *Nikè*. L'eau s'engouffra dans le malheureux navire, il coula rapidement, les chevaux perdirent pied et se mirent à donner de furieux coups de sabot. Dietrich avait choisi quelques hommes pour s'occuper des chevaux. Mais lui-même fut le premier à les rejoindre dans l'eau écumante. Il attrapa son étalon, le tranquillisa en le caressant et le dirigea vers un banc de sable qu'il avait aperçu entre les écueils. Les autres suivirent.

Roç s'adressa à Taxiarchos.

— Je suppose que vous tenez à ce que vos trois Occitans reviennent à votre service ?

Le Pénicrate éclata de rire.

— Bien au contraire, mon cher Trencavel. Désormais, c'est vous qui les aurez entre les pattes !

Roç se mordit les lèvres, tant la moquerie était visible.

— Et Potkaxl ? demanda Roç. Le jeune homme se serait volontiers débarrassé de cette charmante femelle, qui ne pourrait que semer le trouble parmi ses hommes.

— Je ne pense pas que la Toltèque ait envie de revoir

les « Îles lointaines ». Je ne tiens pas à faire cela à la petite princesse, répondit-il. Traitez bien cette enfant. Potkaxl a un grand cœur !

Roç déglutit, mais il se reprit et fouilla dans ses poches. Il garda la boussole serrée dans son poing.

— Vous aurez certainement besoin de cet indicateur, pour votre difficile périple sur l'Océan !

Et il posa la petite capsule dans la main du Pénicrate.

Le marin comprit aussitôt qu'il s'agissait de sa boussole. Même si Roç se l'était appropriée dans des conditions discutables, Taxiarchos fut ému par le geste du Trencavel. Il lui aurait presque donné l'accolade, mais Roç fit un pas en arrière et lui dit d'une voix guindée :

— Puisse-t-elle vous mener en sûreté au bout de votre route, Taxiarchos !

— Cette fois, répliqua le Pénicrate, nos chemins se séparent pour longtemps, peut-être pour toujours. Souhaitons-nous bonne chance. Vous avez en la personne de Gosset un conseiller que vous devriez écouter, et un ami, ce qui vaut plus que tout l'or de cette terre ! Saluez aussi Yeza de ma part, elle est le plus grand trésor que l'on puisse conquérir...

Il s'arrêta, ému, et serra Roç dans ses bras. Étrangement, cet accès de sentimentalisme donna du courage au jeune chevalier.

La plupart des chevaux étaient parvenus à atteindre la terre et se tenaient désormais sur le rivage, tremblants. Taxiarchos rendit un dernier service à Roç ; il pilota la trirème dans le canal sinueux qui donnait accès au port caché sous la roche. Les *lancelotti* restés avec Roç jetèrent des passerelles, et les chevaux furent conduits à bord les uns après les autres. Au dernier appel, Roç avait perdu plus de la moitié de ses chevaliers. Gosset réclama un départ immédiat.

— Une flotte des Templiers peut apparaître ici à n'importe quel moment. Je ne veux pas être pris pour avoir piraté *L'Atalante*.

Roç vit Raoul debout entre les rochers, avec ses

compagnons, auprès de Dietrich. Ils avaient de l'eau jusqu'aux genoux.

— Si vous ne voulez pas rester sur cette île, revenez à mon service !

— Nous partons pour « La Merica », déclara Mas d'un air mutin.

Mais c'est Gosset qui lui répondit :

— Je vais vous causer une amère déception. Vous n'êtes pas les bienvenus sur *L'Atalante*. Et vous ne serez acceptés sur notre navire que si vous jurez sur-le-champ de servir désormais fidèlement votre seigneur, Roç Trencavel.

Les trois garçons se dévisagèrent. Puis Raoul se décida.

— Nous le jurons.

— Agenouillez-vous ! ordonna Gosset, implacable. Levez la main et jurez-le : fidélité jusqu'à la mort.

Et ils s'agenouillèrent, suivant l'exemple de leur meneur.

— Et l'obéissance inconditionnelle ! réclama Gosset. Ils jurèrent.

— Si vous m'emmenez, s'exclama alors Dietrich, je me rallierai à ce serment. Chacun d'entre nous est prêt à engager sa vie pour la vôtre. Aucun d'entre nous ne survivra à votre mort !

Il s'agenouilla dans l'eau et leva les yeux vers Roç. Celui-ci se sentit étrangement touché par ce sombre serment. Il répondit pourtant :

— Qu'il en soit ainsi. Vous serez autour de moi chaque fois que je serai dans le bonheur et dans la détresse. Quant à moi, je m'occuperai de vous comme un bon pasteur !

Gosset les fit monter à bord et leur ordonna d'effectuer un dernier contrôle. Il ne manquait que Beni, serviteur de Roç et préféré de Potkaxl.

— Il a dû tomber à l'eau, suggéra froidement Dietrich. Mais Roç en doutait.

— Nous ne devrions pas perdre de temps, murmura Gosset. Il nous faut encore désigner le capitaine.

Roç avait une réponse toute prête :

— Mais c'est vous, mon cher Gosset ! Vous avez toute l'autorité nécessaire.

— Mais pas les connaissances nautiques. Ma place est à votre côté, pas au gouvernail. Je propose Dietrich von Röpkenstein !

Roç toisa le jeune homme blond. Il hocha la tête sans prononcer un mot et se rendit à la place qui venait de lui être attribuée. Il montra aussitôt ce qu'il savait faire en pilotant la trirème dans l'étroit goulet, sans effleurer une seule fois les rochers.

Sur *L'Atalante*, qui avait ancré au large de l'île, se trouvaient tous ceux qui voulaient tenter avec Taxiarchos ce long voyage vers l'inconnu. La plupart des *lancelotti* entrés à son service s'étaient séparés, le cœur lourd, de leurs chères rames à faux. Mais Taxiarchos y avait tenu, et Roç lui en était reconnaissant. Ces armes effrayantes étaient indispensables pour assurer la force de combat de la trirème, nettement plus petite que *L'Atalante*. Ils se firent signe les uns les autres lorsqu'ils glissèrent en dessous du haut navire et gagnèrent la haute mer. Seule Potkaxl avait les larmes aux yeux.

Sur *L'Atalante*, on préparait tout pour la grande traversée : le voyage qui menait aux « Îles lointaines » pouvait durer plusieurs lunes. Les esclaves rameurs installés à Linosa se pressèrent sur les bancs pour accomplir leur corvée habituelle : aucun ne voulait rester sur l'île et être livré au tribunal des Templiers, qui ne manquerait pas de les punir. Ils voulurent aussi emmener à bord leurs concubines, mais Taxiarchos s'y opposa aussitôt. *L'Atalante* aurait certes pu les accueillir, mais il savait ce qu'une seule femme est capable de déclencher au bout de quelques semaines de solitude sur la mer. Il s'apprêtait à donner l'ordre de lever l'ancre lorsqu'ils aperçurent un étrange cortège, qui se dirigeait vers le rivage rocheux. C'étaient les chevaliers du Temple, ceux qui avaient été chargés de défendre le château. Ils marchaient tête baissée, l'un derrière l'autre, tous liés les uns aux autres par une longue chaîne. Le premier avait déjà atteint la mer entre les rochers et avançait dans l'eau. Les autres le suivaient sans hésiter.

— Ils se suicident ! cria l'un des *lancelotti*. Ils préfèrent la mort à la honte !

« Si nous ne les prenons pas à notre bord... », se dit Taxiarchos en un éclair, avant d'ordonner :

— Un canot à la mer ! Mais faites bien attention à ce que ce ne soit pas une feinte, une ultime tentative désespérée pour reprendre *L'Atalante*.

Les *lancelotti* attrapèrent leurs armes et ramèrent vers les Templiers. Les premiers, qui avaient déjà de l'eau jusqu'à la poitrine, luttaient contre les vagues qui menaçaient de les renverser et d'emporter ceux qui les suivaient. Les Templiers ne prononçaient pas un mot, pas un appel au secours, ils ne les regardaient même pas. Les *lancelotti* prirent les plus avancés par les épaules et les tirèrent dans le bateau. Ils les hissèrent ainsi l'un après l'autre. Leurs liens n'étaient pas une plaisanterie : ces hommes s'étaient effectivement enchaînés les uns aux autres, prêts à mourir noyés. Et c'est avec la même passivité qu'ils se laissèrent sauver. Taxiarchos ordonna qu'on les transporte dans la cale, et qu'on vérifie encore une fois leurs liens. Aucun de ces arrogants ne lui avait accordé une réponse lorsqu'il avait demandé où se trouvait leur commandant Simon de Cadet. Il lui faudrait se débarrasser d'eux à la première occasion. Et Simon ? Il aurait tellement honte qu'il mettrait fin à ses jours, si ce n'était déjà fait. Dommage pour ce jeune lascar !

Il vit alors Beni qui descendait en courant depuis le château. Sur le rivage, il brandissait une grande épée et agitait furieusement les bras. Taxiarchos n'avait pas l'intention de se mettre en retard pour embarquer ce gamin. Mais il ordonna tout de même que l'on place *L'Atalante* à portée de voix de la côte.

— Sur la tour ! cria Beni, hors d'haleine. Yeza en danger !

— Quoi ? cria Taxiarchos.

— Son entreprise est condamnée à l'échec ! hurla Beni sans répondre à la question. Elle risque le bourreau !

— Où ? s'enquit le Pénicrate.

— À Bologne !

— En Pologne ?

— Non, dans les Marches !

Taxiarchos comprit qu'il n'y parviendrait pas ainsi.

— Je dois me rendre à terre, annonça-t-il aux *lancelotti* qui l'entouraient. Préparez un canot et accompagnez-moi. Ce pourrait être un piège : ma vie contre *L'Atalante*.

S'il ne se trompait pas, Simon ne disposait sans doute plus d'un seul chevalier, et encore moins d'un turcopole. Mais Taxiarchos était un vieux renard. Il conserva suffisamment de gardes pour ne pas perdre le commandement du navire et embarqua dans le canot avec une troupe de volontaires. Lui et ses hommes étaient armés jusqu'aux dents.

— Le commandeur est en haut, dans le donjon. Il voulait sans doute se précipiter dans le vide, lorsqu'un certain Guillaume a envoyé la nouvelle par l'intermédiaire du miroir..., annonça Beni dès que Taxiarchos eut mis un pied sur le rivage.

— Guillaume de Rubrouck !

Pour un instant, la tension se dissipa sur le visage du Pénicrate. Il ne put s'empêcher de sourire.

— Et que fais-tu ici, à Linosa ? demanda-t-il au gamin. Tu vas manquer à Potkaxl !

— J'en doute, répondit Beni en s'efforçant de se montrer maître de la situation. La dame n'a pas besoin de chevalier à ses côtés, c'est la raison pour laquelle je me suis séparé d'elle !

— Tu es tombé à l'eau ! se moqua Taxiarchos tandis qu'ils couraient vers le château.

— C'était un signe du ciel, expliqua Beni. Une voix m'a chuchoté : « Je te sauverai, Benedictus, si tu sauves d'autres vies. » Alors, je suis allé au château et j'ai dit : « Vous êtes tous des prisonniers de guerre. Descendez jusqu'à *L'Atalante* avec vos chaînes et rendez-vous ! »

Taxiarchos éclata de rire.

— Tu n'as laissé filer que le commandant ?

Ils avaient atteint le château

— Je venais de le trouver sur le donjon et de lui

ordonner « Votre épée, commandeur », lorsque est arrivée la nouvelle de Yeza

Ils montèrent en courant l'escalier qui menait à la tour, ce qui leur coupa le souffle à tous les deux. Derrière, leur escorte suivait en haletant. Arrivés en haut, ils virent Simon qui manipulait le miroir.

D'un geste rageur, Taxiarchos l'arracha du tabouret mobile.

— Vous avez informé l'Ordre ?

Simon éloigna la main du Pénicrate, qui avait enserré son clams. Ses traits étaient tirés.

— Tant qu'une goutte de sang coulera dans mes veines, je resterai un membre de mon Ordre ! Même si j'ai failli et si je mérite la peine la plus dure pour mon échec, je reste à mon poste.

— Je devrais vous tuer sur place, pour avoir révélé l'identité de l'homme qui a pris *L'Atalante*. La mort en héros vous irait très bien, ce serait le prix à payer pour avoir eu la bêtise de me sauver !

— Vous ne voulez pas savoir, auparavant, ce qu'un franciscain répondant au nom de Guillaume a à dire de tellement urgent à Roç Trencavel ?

— Je le sais : Yeza va échouer. Mais qu'est-ce que cela veut dire... et où se trouve-t-elle ?

— Dans la ville de Bologne. Prisonnière !

Cette information sobre et objective ne manqua pas son effet sur Taxiarchos, malgré ses airs supérieurs : il paraissait de plus en plus agité.

— Si vous ne venez pas avec moi de votre propre gré, Simon, il va me falloir... il va me falloir détruire cet admirable miroir, quelle que soit la peine que cela me fasse.

— Vous avez le choix, répondit froidement Simon : moi ou le miroir !

Au même instant, on aperçut de nouveau des signaux au loin, sur la mer. Simon se concentra aussitôt sur la nouvelle qui arrivait et n'attendait qu'une réponse.

— Permettez ? demanda-t-il d'une voix douce en poussant Taxiarchos sur le côté.

— D'où cela vient-il ? interrogea celui-ci, impressionné.

— D'Otrante, *via* Malte. Ne me dérangez pas ! murmura le Templier. Guillaume O.F.M. à Roç Trencavel. Le péril croît... le procès de Yeza est imminent ... Il faut faire vite si l'on veut encore la sauver... Terminé !

— Ce message n'arrivera jamais jusqu'à Roç, gémit Taxiarchos. Et même s'il lui parvient, il sera trop tard.

— Nous devons la sauver ! déclara Simon. Je viens avec vous !

Tous deux se regardèrent un instant, le Templier étonné d'avoir vu Taxiarchos en un instant de faiblesse, le Pénicrate ahuri par le revirement subit de Simon de Cadet. Puis ils se rendirent tous deux à la trappe et commencèrent à descendre l'escalier en colimaçon. Beni les suivait, tout fier. Il était l'un des hommes désignés pour aller au secours de Yeza.

III

Le roi prisonnier

La boucle blonde qui dépassait du fût

À Bologne, il n'existait pas de maison des Allemands. La ville fortunée et arrogante avait interprété à sa manière très personnelle le principe de « l'autonomie à l'égard de l'empire » et se considérait comme totalement indépendante de l'Imperium Romanum. Le gage principal de son intangibilité était le roi Enzio, le bâtard bien aimé de l'empereur Frédéric. La république, dirigée par des consuls, était certes située sur le territoire du Patrimonium Petri, mais elle était son propre maître. L'État religieux était déjà bienheureux qu'elle ne se rallie pas à ses adversaires gibelins, comme l'avait fait Ezzelino Romano, le tyran de Vérone, lequel avait épousé une autre fille naturelle de Frédéric. Les Bolonais n'avaient rien à voir avec les Hohenstaufen. Pourquoi auraient-ils autorisé l'ordre des Chevaliers teutoniques à tenir dans leurs murs leur propre concession ? Sigbert von Öxfeld dut donc prendre ses quartiers chez les Templiers. Cela n'empêcha pas le vieux guerrier de se promener sans crainte sous les treilles de la vieille ville, vêtu de sa cape blanche à croix noire, et de boire du vin dans l'une des nombreuses *osterias*. Les gens étaient extraordinairement chaleureux et aimables à son égard, car Bologne tenait beaucoup à sa tradition de tolérance. Le commandeur de Starkenberg, avec sa barbe blanche, était une figure connue et appréciée, d'autant plus qu'il était arrivé après que l'affaire du roi Enzio eut été réglée. Bien sûr, certains disaient que le vieil homme avait le crâne dur et que c'était lui qui, en sous-main, avait manipulé les fils. Mais les consuls ne partageaient pas cette opinion.

Jordi avait rejoint la ville en toute hâte lorsqu'il avait appris l'histoire dans laquelle Yeza paraissait s'être bêtement empêtrée. Il n'eut aucun mal à trouver Sigbert. Le vieil homme rayonnait d'un calme qui commença par indigner Jordi, encore tout excité par sa course, mais finit par l'apaiser.

— Racontez-moi ce qui s'est vraiment passé ! demanda le troubadour malformé, après avoir à peine trempé les lèvres dans le verre que Sigbert lui avait tendu.

— C'était le jour du marché, comme tous les mois. Les paysans des environs avaient afflué dans la ville, avec leurs femmes, leurs marchandises et leur bétail. Yeza s'était sans doute fait des amis parmi eux ; en tout cas, ils exécutaient aveuglément les ordres qu'elle leur donnait. Un certain Sutor, chef d'une tribu de bergers des Apennins, lui était particulièrement dévoué. Ses femmes ont demandé le matin même à pouvoir entrer dans le palais de notre pauvre roi, afin de lui déposer une charrette pleine de vin, on m'a dit qu'il y avait une dizaine de gros tonneaux...

— Re Enzio devait-il s'y baigner ? questionna Jordi, qui avait retrouvé son humour glacial.

— Notre roi a beaucoup d'invités. Des poètes, des chanteurs, tous de bons buveurs, pas des chipoteurs comme vous ! Quant au bain, à ce moment-là, c'est Yeza qui le prenait. Les gardes censés surveiller Enzio jour et nuit avaient tous quitté leur poste pour aller observer par les trous des parois de la buanderie. D'en haut, on pouvait très bien voir le baquet où elle baignait son joli corps. Pendant ce temps-là, on déversait, fût après fût, le vin nouveau dans le gigantesque tonneau de chêne où il devait vieillir.

Peu avant, Enzio s'était plaint d'un malaise et s'était retiré dans son lit en recommandant expressément que personne ne le dérange. Il priait la dame Yeza de bien vouloir l'excuser et de se rendre sans lui à la messe de San Domenico afin de prier pour le salut de son âme dans ce lieu où il voulait un jour connaître son dernier repos. Les gardes pouvaient donc se rincer l'œil sans la moindre gêne.

— Je comprends cela, bêla Jordi. Quand elle est nue, Yeza a de quoi faire rêver n'importe qui, elle vous emmènerait au paradis.

— Oh là ! Troubadour ! tonna Sigbert. En vérité, ce genre de regards indécents suffirait à vous envoyer au diable ! (Mais le commandeur ne paraissait pas considérer cette descente aux enfers comme un véritable problème.) De quelque manière que ce soit, grommela-t-il en buvant, forçant aussi Jordi à vider son verre.

— Personne, hormis ses propres domestiques tout dévoués, ne prit garde au fait que le roi Enzio, uniquement vêtu d'un pourpoint de cuir, s'était faufilé dans la cave à vin par une porte dérobée. Ses hommes le soulevèrent et le firent glisser dans l'un des fûts, que l'on referma aussitôt avec un couvercle préparé à l'avance. On l'avait spécialement laissé vide, il était même tapissé de coussins – dans le cas contraire, la vapeur d'alcool aurait tué son occupant. Il pouvait respirer par la bonde. Ensuite (Yeza était sortie du bain, les servantes l'avaient séchée et commençaient à l'habiller), on put de nouveau installer les fûts sur la charrette, sous la surveillance des gardes. Il y en avait dix. La charrette quitta la cour.

— Et Yeza ? demanda Jordi.

— Quelques minutes plus tard, la princesse Yezabel Esclarmonde sortit à son tour, à cheval. Elle s'était choisi pour galant le joli chef des bergers, qui s'était rendu aussi élégant qu'un noble et faisait belle figure sur sa selle, il faut bien le reconnaître.

— Il me semble, messire Sigbert, que vous n'étiez pas là, l'interrompit Jordi, confus. Comment savez-vous tout cela ?

— Croyez-vous donc, troubadour, que je me contente de traîner ici sous les tonnelles et de faire remplir mon ventre affligé de vin rouge, du matin jusqu'au soir ? Non, je reconstitue les événements comme les fragments d'une mosaïque, car il me reste une difficile tâche à accomplir : faire ressortir Yeza d'ici. Ce qui sera un honneur, l'accomplissement de toute ma vie.

— Je ne voulais pas vous interrompre, murmura Jordi en buvant sans qu'on l'y ait invité. Mais je ne vois toujours pas de quoi Yeza s'est rendue coupable.

— Nous nous approchons du point crucial. Yeza va donc à San Domenico, où l'on donne la messe. Devant le portail principal, elle prend congé de Sutor, qui garde les chevaux, elle entre dans l'église, visible de tous, marche jusqu'à l'autel, se plonge dans la prière, puis se rend à la chapelle latérale, celle où se trouve le futur sarcophage de Re Enzio. Elle y disparaît. Peu après, un franciscain quitte l'église par la porte de derrière, la capuche tirée sur le visage.

— Raffiné ! s'exclama Jordi, admiratif.

— Complètement idiot ! répliqua le commandeur. Quelqu'un lui aura mis ces crétineries dans la tête !

Jordi n'avait jamais vu le vieux chevalier teutonique aussi furieux.

— Je sais malheureusement depuis qu'elle avait concocté cela toute seule. Le frère mineur qui lui a prêté sa bure ne pouvait pas deviner où celle-ci allait choisir de se changer. Eh bien, à San Domenico, tout simplement. Vous vous rendez compte ?

— Comment cela ? demanda Jordi, qui tentait de prendre la défense de sa maîtresse si vivement attaquée. L'heure, la *missa pro defunctis*, le lieu, la tombe, ça n'était pas si mal choisi ?

Sigbert le dévisagea, éberlué.

— Vous n'avez plus tous vos esprits ? La tombe ! Ha, ha ! justement l'église de Domingo Guzman, le saint fondateur de l'ordre des *Canes Domini*, les inventeurs de l'Inquisition ! Mais aucun franciscain ne mettrait le pied dans un lieu pareil !

— Vous avez raison sur ce point ! admit Jordi d'une petite voix. Mais cela suffit-il à rendre son acte répréhensible ?

— Jugez-en vous-même ! grogna le commandeur. Si, jusque-là, tout s'était passé sans que quelqu'un y prête attention, les mouchards qui traînent dans toute la ville ont bien entendu aussitôt remarqué le « franciscain de San Domenico ». Et ils se sont mis à ses trousses.

— Oh mon Dieu ! Mais Yeza les aura semés ? chuchota d'une voix inquiète le petit troubadour.

Sigbert tonna :

— Pendant ce temps-là, tranquillement, sans se faire remarquer, la charrette portant les fûts descendait la Via San Stefano, en direction de la porte de la ville du même nom. Entre-temps, Yeza avait effectivement remarqué qu'elle était suivie. Elle ne savait pas pourquoi. Il était naturel de revenir au palais d'Enzio, mais ceux qui la poursuivaient en feraient autant. Elle aurait ainsi mis le roi en péril : on aurait découvert sa fuite prématurément. Elle n'avait pour le reste qu'un seul ami dans cette ville, le franciscain Laurent d'Orta, celui qui lui avait donné sa bure. Elle savait où le trouver, mais elle devait d'abord se débarrasser des hommes qui la traquaient, de plus en plus pressants. Ils gardaient certes leurs distances, mais ne se donnaient plus la peine de se dissimuler. Yeza se dirigeait déjà vers le mur de la ville lorsqu'elle remarqua une petite porte dérobée qu'elle avait découverte lors de ses promenades à travers la cité, non loin de la Porta Castiglione. Mais elle changea d'avis. De la crypte San Domenico, une galerie souterraine menait à un monastère en ruine qui débouchait dans des caves à vin désaffectées. Il était peu probable que cette entrée soit connue. Et elle pensait sans doute que, lorsque ses poursuivants trouveraient le passage, elle aurait filé depuis longtemps.

— Je ne supporte plus cette attente ! gémit Jordi. A-t-elle donc été abandonnée par sa bonne étoile ?

— On peut voir les choses ainsi ! acquiesça Sigbert en le laissant mijoter dans son jus. Ce n'est d'ailleurs pas de bonne étoile qu'il s'agit ici, mais de fantômes. Yeza, prenant les sbires par surprise, entra dans le calvaire de l'ancien monastère. Le jardin était certes revenu à l'état sauvage, mais le reste des lieux était encore bien conservé. Les poursuivants jubilaient, persuadés que le frère mineur était tombé dans un piège, et ils décidèrent de mettre un terme à leur partie. Ils se séparèrent et entrèrent dans le passage par la gauche et par la droite, certains d'être au bout de leur peine. Mais juste de l'autre côté, cachée aux yeux des poursuivants par les buissons qui avaient envahi le petit jardin, une porte pourrie qui pendait sur ses gonds donnait sur un escalier. Yeza l'ouvrit en s'efforçant d'éviter tout bruit suspect, et commença à descendre ces marches qu'elle connaissait bien. Des chauves-souris battaient des ailes autour d'elle. Yeza avait atteint la cave à vins depuis longtemps lorsque les sbires arrivèrent. Ils découvrirent sans doute aussitôt la porte, mais lorsqu'ils l'ouvrirent, les ombres noires montèrent vers eux comme un essaim. Cela les plongea dans un profond effroi. Le premier, horrifié, posa ses mains sur la nuque après qu'une aile l'eut effleurée. Son voisin se signa : le frère mineur avait sans aucun doute signé un pacte avec le diable ! Ils reculèrent et décidèrent, avec une belle unanimité, d'oublier cet épisode lugubre et de ne pas en faire état, car ils ne s'y étaient pas précisément couverts de gloire. Et puis les Services secrets ne prévoient pas que leurs membres aient peur des fantômes. Ils mirent donc un terme à leurs recherches et revinrent à San Domenico pour apaiser leur mauvaise conscience. Là, à leur grande colère, ils trouvèrent la bure brune du franciscain roulée derrière le sarcophage de marbre de Re Enzio. À cet instant seulement, ils décidèrent de sonner l'alarme : ils crurent que le roi Enzio en personne les avait bernés.

— Et lui, qu'était-il devenu ?

La tension était telle que Jordi oublia un instant l'inquiétude qu'il ressentait pour sa maîtresse déraisonnable. Sigbert, lui, ne perdait pas son calme.

— La charrette portant les fûts avait entre-temps atteint la Porta San Stefano, entourée des paysannes et des bergers qui revenaient du marché, une image bien connue des gardes. Elle roula dans la forêt où passait la route très fréquentée de Florence. La neige y était encore omniprésente, alors qu'en ville, elle s'était transformée en boue depuis longtemps.

— Et Yeza ? demanda Jordi.

— Notre reine secrète, reprit le commandeur à contrecœur, parce qu'il comptait poursuivre son récit sous un autre angle, eut une nouvelle fois de la chance dans son entreprise irréfléchie. Lorsqu'elle entra dans l'église par le portail principal, redevenue une dame, un noble seigneur arriva à cheval. Il voulait se confesser ou expier ses péchés d'une autre manière. Il attacha sa monture, un moreau tempétueux, et se précipita devant Yeza. Yeza ne réfléchit pas longtemps, sauta sur l'animal et fila au galop. Peu après, elle passa en trottant devant les sbires, qui la saluèrent courtoisement. Elle quitta la ville sans être inquiétée, en empruntant la porte voisine, celle du chemin fortifié qui menait à Castiglione. Elle attendit d'avoir atteint la forêt pour partir au grand galop. Les gardes firent aussitôt un rapport sur sa sortie sans escorte. Yeza obliqua peu après et se dirigea vers un lac de forêt, ou plutôt un étang au bord duquel elle avait donné rendez-vous à Sutor. Le chef des bergers enamouré lui avait.... (Sigbert baissa la voix, car ce qu'il avait à dire à présent le ferait accuser de complicité si on les écoutait) ... lui avait apporté le clams blanc que je lui avais déjà donné à Viterbe, pour fuir les espions de Pallavicini. Mais, dans ce déguisement, elle était connue comme le loup blanc. Elle échangea donc ses vêtements avec Sutor, au grand plaisir de celui-ci. Le plaisir fut bref, cela ne fait aucun doute !

— Avec ce froid !

Jordi ne pouvait pas non plus imaginer la passion de ces deux jeunes êtres qui s'étaient peut-être fait du lit blanc et glacial de la forêt une couche brûlante. Le vieux commandeur passa sur ce point.

— Elle portait encore les pantalons chauds et la tunique de son amant d'une heure. Ils sentaient certainement plus la chèvre que l'homme qui se tenait à présent devant lui, déguisé en chevalier teutonique.

— Allons, pas de jalousie masculine, mon cher Sigbert, releva Jordi avec une certaine audace.

Mais le commandeur n'avait en tête que l'uniforme de son Ordre :

— Un vulgaire berger ! fit-il, d'abord, indigné. Mais il ne put s'empêcher d'en rire : Allons, pour Yeza, les chevaliers teutoniques accepteront même cet outrage ! En tout cas, les deux fugitifs ne passèrent pas des heures à se poser la question et coupèrent à travers la forêt pour rejoindre la charrette portant les fûts. Les paysans que Sutor avait chargés de transporter ce précieux chargement avaient eux aussi quitté sans se faire remarquer la route principale. Ils avaient même réussi à ne pas laisser derrière eux de traces de roues reconnaissables. La joie et le soulagement furent considérables lorsqu'on se retrouva dans la clairière convenue, où attendaient aussi quelques bergers de Sutor.

Enzio, qui frappait énergiquement sur son tonneau, ne fut pas libéré. Mais on ouvrit le couvercle. Il put sortir la tête un instant pour respirer un peu d'air frais. Sutor proposa que le roi passe les vêtements de femmes de Yeza : avec ses longs cheveux blonds, cela lui irait parfaitement. Mais Re Enzio y vit une atteinte à sa dignité. Ils en discutaient encore lorsque les éclaireurs annoncèrent qu'une longue chaîne de cavaliers armés cernait la lisière de la forêt. Les hommes paraissaient attendre quelqu'un.

On remit en toute hâte Enzio dans son tonneau, et l'on referma le couvercle – sans remarquer qu'une boucle blonde s'y était coincée et pendait à l'extérieur.

Sutor demanda à Yeza de s'en aller au plus vite : sa présence éveillerait les soupçons. Yeza sauta donc à cheval et galopa vers la ville. Sutor prit les devants. Il fut le premier à sortir de la forêt, persuadé d'être protégé par sa tenue blanche à croix noire. Mais les cavaliers l'arrêtèrent immédiatement.

— Et Yeza ? demanda Jordi, qui avait bondi sur ses jambes. Pourquoi Enzio a-t-il...

— Pourquoi ? répéta Sigbert, narquois, qui s'était mis en rage à force de raconter son histoire. Et pourquoi notre vénérée Yeza devait-elle absolument s'unir, après avoir réussi à quitter la ville, avec ce gardien de chèvres en chaleur ?

— Un gardien de chevaux, et un chef de tribu libre ! corrigea Jordi.

— Si elle était partie en direction de Modène, elle aurait commencé par éloigner tous ses poursuivants de la charrette du roi ! Mais en procédant ainsi, les amoureux ne remarquèrent même pas que Yeza était de nouveau suivie, et depuis longtemps. Ils ont ainsi guidé à travers la forêt, vers la clairière cachée, une troupe de cavaliers qui avait alors atteint la taille d'un régiment. Yeza n'est pas allée loin. Elle s'est jetée droit dans les bras des hommes d'Oberto Pallavicini, qui concocte en ce moment avec les Bolonais je ne sais quelle cuisine et leur a donc rendu Enzio sur un plateau d'argent...

— Dans son tonneau ! remarqua Jordi, profondément déçu par l'issue de cette histoire. La boucle blonde l'avait trahi !

— Ils l'auraient retrouvé de toute façon, car ils savaient désormais qui ils recherchaient. On ramena donc le roi Enzio dans son palais, sans lui faire de reproches ni même limiter sa liberté de mouvement. En un mot, comme si rien ne s'était passé. On s'est rabattu sur ses complices. Yeza et Sutor ont été...

Le commandeur se tut : un vieux moine franciscain s'était approché de sa table à la dérobée, un charmant petit homme coiffé d'une maigre couronne de cheveux, et qui paraissait très agile malgré son grand âge. Jordi ne connaissait pas Laurent d'Orta.

— Voilà le criminel !

Sigbert éclata de rire et tendit sa couple pleine au petit moine.

— Je me suis permis de prévenir Guillaume, chuchota Laurent. Lui sait certainement où se trouve Roç à l'heure actuelle.

— Il n'y pourra pas grand-chose lui non plus, marmonna le commandeur.

— Mais qu'ont-ils donc fait à Yeza ? demanda anxieusement Jordi. Tout le reste lui paraissait secondaire.

— La dame est enfermée à la prison pour femmes de la ville, parmi les faiseuses d'anges, les sorcières herboristes, les vieilles convaincues d'hérésie et les charmantes vierges qui vous cajolent les bourses en vous coupant la bourse. L'Inquisition de saint Dominique est déjà tout feu tout flamme à l'idée de pouvoir interroger « la fille du Graal ».

Le loup des mers et la flotte des moutons

Taxiarchos faisait filer *L'Atalante* vers le nord-est, de jour et de nuit. Il ne connaissait certes pas ces parages, mais Corrado de Salente, l'un des plus vieux *lancelotti*, qui avait quitté la trirème pour partir avec lui, l'assura que l'on ne trouvait aucun récif jusqu'au cap de Lucques, devant lequel il leur faudrait se méfier. Ils manquèrent en revanche éperonner la trirème, qui surgit devant eux un jour, dans la pénombre du petit matin. Les *lancelotti* saluèrent leurs anciens camarades en faisant claquer leurs faux les unes contre les autres. Sur la trirème, la majeure partie de l'équipage dormait encore. Mais Roç était déjà éveillé et s'étonna de voir Taxiarchos en ces lieux. Et pourquoi se dépêchait-il tant ?

Taxiarchos ne se demanda qu'un très bref instant s'il devait informer Roç du danger où se trouvait Yeza. Il s'en abstint. Ils passèrent ainsi, à l'aube du troisième jour, la péninsule qui avançait loin dans la mer, puis obliquèrent dans le vent, vers le nord. De la côte libyenne, un sirocco brûlant soufflait dans les voiles qui se gonflèrent, teintes de rouge par le sable du désert. *L'Atalante* filait, elle semblait voler presque au-dessus des crêtes des vagues. Ce rythme anéantit aussi les espoirs des Templiers, qui pensaient que ce fou de Taxiarchos les déposerait quelque part dans les parages. Ils avaient entendu les *lancelotti* dire qu'eux aussi débarqueraient volontiers à Otrante pour serrer au moins un instant leurs bien-aimées dans leurs bras, après une si longue absence. Mais lorsqu'ils eurent franchi le dernier cap rocheux, lorsqu'ils se trouvèrent devant le golfe qui abritait le puissant château d'Otrante, il rencontrèrent un tout autre obstacle que la folie de leur capitaine, persuadé qu'il pourrait atteindre la Romagne à temps et bloquer le cours des événements dans la ville de Bologne. Pour sauver la jeune reine Yeza, vénérée de tous, ils étaient eux aussi disposés à n'importe quel sacrifice, y compris à oublier l'envie de revoir leurs femmes et leurs enfants. Mais, de toute façon, la question ne se posait plus : la flotte de l'Anjou était déployée sur toute la largeur de la baie. Les lourds navires de guerre avaient formé un demi-cercle menaçant autour du château, et les plus avancés livraient un violent duel avec les catapultes à longue portée de la forteresse. Et ce fut au beau milieu de cette puissance militaire amassée que *L'Atalante* arriva toutes voiles dehors.

Elle aurait pu se faufiler à travers l'anneau : à la vitesse qu'elle avait atteinte, nul n'aurait pu s'en emparer. Mais Taxiarchos ordonna :

— À la catapulte ! Sortez le bélier ! Parés au combat !

C'était tout à fait du goût des *lancelotti :* chacun d'entre eux avait un ami ou un parent dans le château de la comtesse. Beaucoup y avaient même leurs quartiers et leur femme. Taxiarchos, lui, se sentait lié au comte Hamo et à son épouse Shirat. Il brûlait en outre d'envie de voir *L'Atalante* mener un combat victorieux. Il fit mine de chercher un moyen de contourner la souricière. Mais, au dernier moment, Taxiarchos renversa le gouvernail et fila comme une flèche vers le premier obstacle.

— Pas de bélier ! cria-t-il à s'en casser la voix, et la pointe se souleva à la dernière seconde, tandis que la coque pointue perçait le navire ennemi en son milieu : *L'Atalante* l'avait proprement coupé en deux. Comme un dragon gigantesque, elle fonça sur les plates-formes où l'on avait ancré les mangonneaux, les balistes et les trébuchets. Les hommes qui les servaient n'en crurent pas leurs yeux : ils n'eurent pas le temps de retourner leurs armes et sautèrent à l'eau avant que leurs radeaux ne se mettent à craquer.

— Haut les faux ! ordonna Corrado à ses *lancelotti* : il avait compris à temps que cette fois, Taxiarchos cherchait à éviter le choc frontal, et voulait prendre ces gros bateaux par le côté. Cela lui plut. – Baissez les faux ! hurla-t-il dans le fracas du bois, et les lames affûtées passèrent au-dessus du pont du navire ennemi. Après leur passage, on n'y trouvait plus personne sur ses deux jambes !

L'Atalante se fraya ainsi un chemin, laissant derrière elle une creusée sanglante à travers la fierté de l'Anjou.

Lorsqu'elle fut parvenue de l'autre côté de cette mêlée et s'éloigna, intacte, des débris qui flottaient sur l'eau, les voiliers légers s'enfuirent en tous sens, pris de panique.

Pour son dessert, Taxiarchos choisit encore une dernière victime, celle qui le forçait à faire le plus petit détour. Il le traqua comme un lion poursuit la gazelle et lui coupa net la poupe : la proue se dressa peu après vers le ciel, et le navire disparut corps et biens. Mais *L'Atalante* s'était déjà précipitée vers le nord.

Ils étaient presque arrivés à la hauteur de Lucques lorsque Taxiarchos s'adressa, pour la première fois, à son invité Simon de Cadet.

— Ce voyage vous déplaît-il donc tellement ? Ou bien est-ce le mal de mer qui vous retourne l'estomac et vous rend aussi muet ?

Le jeune commandant des Templiers de Linosa était resté pendant tout la bataille immobile à côté du capitaine furibond, sans ciller ni se protéger. On aurait juré qu'il cherchait à être atteint par un projectile égaré. Mais à présent que tout était fini, il se sentait mal. Il fut forcé de vomir avant de se redresser pour répondre.

— C'est moi, au bout du compte, qui aurai à assumer la responsabilité des actes que vous commettez avec notre navire. N'attendez pas, en plus, que je les approuve. Votre comportement n'a pas seulement mis *L'Atalante* en péril : il attente à la réputation de l'Ordre. Cela, on ne vous le pardonnera pas.

— Ah ! riposta Taxiarchos, agacé. Vous êtes un rat de terre, et un raffiné, par-dessus le marché. Beaucoup de Templiers seront très honorés que leur navire renommé ait pu sortir son éperon au lieu de gondoler gentiment en transportant messire le grand maître d'une visite d'État à l'autre !

— Il y a au moins une raison pour laquelle ce fier navire ne devait pas tomber entre les mains d'individus qui n'y étaient pas autorisés. Vous en êtes la preuve éclatante, Taxiarchos !

Tous deux se turent. Ils pensaient au voyage vers les « Îles lointaines », la véritable raison pour laquelle l'Ordre avait laissé sur cale un navire comme *L'Atalante*.

La flotte de l'Anjou se rassembla autour du navire de l'amiral, encore intact.

— Ce ne peut être que ce monstre des mers que les Templiers, paraît-il, cachent dans une île, à proximité de la côte africaine, supposa Robert de Les Beaux, qui avait lui aussi pu faire sortir son navire indemne de cette rencontre. Je me demande seulement ce qui s'est passé dans la tête des Templiers..., grogna l'Amiral, un pansu incompétent, un marchand marseillais typique, qui n'occupait ce rang élevé que pour la richesse qu'il avait acquise en vendant des épices et des armes, et en faisant en sorte que les postulants plus compétents que lui aillent nourrir les poissons. C'est du moins ce que ce disait messire Robert. Mais il serra les lèvres pour ne pas engager cette conversation. Quant à Rinat Le Pulcin, ce misérable imposteur qui avait fait croire à l'Anjou, toujours avide de pouvoir, qu'il pourrait prendre Otrante en un tournemain et en faire une tête de pont appréciable, il commença par se taire. Puis il remarqua que l'amiral à la bouche de carpe le fixait d'un air qui n'avait rien d'amical. Il se sentit alors obligé de trouver lui aussi une excuse :

— Le capitaine doit être devenu fou ! En réalité, je ne connais qu'un seul homme capable de réaliser pareille diablerie, et qui a déjà été au service des Templiers...

— Et comment s'appelle ce porc, que je le fasse dépecer...

L'amiral était devenu cramoisi. Rinat se surprit à avoir peur.

— Taxiarchos, s'exclama-t-il, le tristement célèbre Pénicrate de Constantinople !

Mais l'amiral en colère avait cessé depuis longtemps de s'intéresser au peintre : Robert leur désignait froidement la côte.

Après que toute la flotte, ou ce qu'il en restait, se fut éloignée du château d'Otrante et de ses catapultes pour panser ses blessures, se reformer ou se retirer complètement, la trirème, qui arrivait sans se douter de ce qui venait de survenir, eut la possibilité d'entrer sans coup férir dans le port fortifié. Roç et ses hommes avaient certes remarqué à l'extérieur, dans la baie, la flotte rassemblée de l'Anjou, mais ils ne purent comprendre ce qui s'était passé avant d'avoir accosté sous le château. L'entrée de ce petit port, qui permettait tout juste le passage de la trirème, fut aussitôt refermée avec une lourde chaîne de fer. Les serveurs des balistes, sur les remparts, firent certes un signe joyeux pour accueillir ce renfort inattendu, mais ils ne quittèrent pas des yeux un seul instant la flotte des assaillants, qui attendait au large.

On accompagna aussitôt le célèbre Trencavel et Gosset au château, où les attendait la comtesse d'Otrante.

Pour Roç, ce ne furent pas seulement des retrouvailles avec les lieux de son enfance (s'il se souvenait bien, nulle part il n'avait pu séjourner plus longtemps qu'ici, dans cet impressionnant bastion aux confins de l'Occident), mais aussi l'accomplissement d'un rêve de jeunesse. Combien de fois s'était-il imaginé, petit garçon, en grimpant avec Yeza tout autour des murs, à quel point il serait excité si, au bout du compte, un ennemi attaquait le château et si la puissante forteresse pouvait montrer sa force. Roç connaissait tous ses bras armés, les tours avec leurs catapultes à longue portée, leur baliste précise, il connaissait les artères du château et ses entrailles. Le gigantesque ventre d'Otrante, c'étaient des salles remplies de provisions jusqu'au plafond, des citernes, des dépôts de munitions pleins de balles et de grosses amphores emplies de feu grégeois et de poix liquide. Il allait voir à présent tout ce mécanisme en action. Ce serait l'heure de la vérité, du mouvement et de l'épreuve !

Roç était tout joyeux. Il se précipita dans l'escalier qui remontait la roche, jetant de temps en temps un regard sur la mer pour vérifier si la flotte ennemie se formait de nouveau afin d'attaquer. Monseigneur Gosset, qui montait derrière lui en gémissant, secouait la tête.

— Une telle oasis de paix et de recueillement ! marmonna-t-il. Qui donc a pu mettre pareille idée dans la tête de l'Anjou ?

— Un homme qui a confondu le bout du monde, là où la poule et l'autour se disent bonne nuit, avec un lieu de villégiature, répondit une voix féminine.

La comtesse Shirat avait tenté d'envoyer sa fille Alena Elaia auprès des femmes, à l'intérieur de la tour, mais cette enfant sauvage avait répondu à son inquiétude par un éclat de rire.

— La sécurité de ces gros murs est faite pour les vieilles femmes. Ma place est ici, en haut, derrière les créneaux, à côté de ma mère courageuse !

— Très bien ! approuva Roç. Ce sont les dames qui ont fait la réputation combative d'Otrante, à commencer par Laurence de Belgrave, la fameuse « Abbesse ».

Roç plia le genou et prit la main de Shirat pour l'embrasser. Il n'alla pas plus loin : la jolie femme le souleva vers lui avec une énergie surprenante.

— Lorsque vous étiez encore un gamin, noble Trencavel, vous me serriez dans vos bras pour me saluer, même s'il vous était difficile de vous hisser aussi haut. À présent, vous me dépassez d'une tête, et vous voulez réserver vos bontés à la pointe de mes doigts...

Plus étonné que honteux, Roç se releva, mais n'osa pas l'embrasser sur la bouche. Il serra en revanche son corps contre le sien, plus longtemps qu'il ne l'aurait fallu, et c'est elle qui finit par se retirer.

— Ma mère est une voleuse de baisers, expliqua Alena Elaia. Mais elle est gênée quand je suis là.

C'en était trop pour Shirat.

— C'est la raison pour laquelle tu vas disparaître immédiatement ! Allez, au lit !

Elle chercha à attraper sa fille, mais celle-ci, d'un bond audacieux, se jeta aux pieds de Gosset.

— Je me place sous la protection de l'Église ! cria-t-elle. Mais le prêtre ne joua pas le jeu.

— Dans ce cas, obéis à ta mère ! Je vais aller dire avec toi la prière du soir !

Il la prit par la nuque comme un jeune chiot et la poussa vers les femmes de chambre, qui n'avaient pas encore osé poser la main sur ce petit animal sauvage. À cet instant apparurent dans la trappe du donjon deux jeunes personnes, un garçon qui devait avoir dix-sept ans, et une fille dont l'âge était difficile à évaluer. Tous deux avaient manifestement du sang arabe dans les veines. Le garçon avait les yeux sombres d'un fils du désert.

Alena Elaia se mit à crier.

— Salomé a tout juste la moitié de mon âge, et personne ne la renvoie !

— Si tu vas te coucher, je vais avec toi, répondit la petite, et Shirat s'attendrit.

— Allez, encore une heure, céda-t-elle, pour ajouter aussitôt : Que l'idée ne te prenne pas d'aller te promener en bas, vers la trirème ! L'ennemi est encore à la porte. (Puis, se tournant vers Roç et Gosset, elle expliqua :) Ils peuvent reprendre leurs attaques à n'importe quel moment et faire tomber sur le port une pluie de projectiles.

Les deux jeunes filles avaient disparu par la trappe. Seul le garçon hésitait encore.

— J'ai ordonné que l'on tende des filets sur la trirème, informa-t-il la comtesse à voix basse. Ce serait triste que votre navire, enfin rentré au port, soit endommagé !

— Merci, mon cher armurier ! le félicita-t-elle. Veillez seulement sur Otrante ; ensuite, nous pourrons tous aller nous coucher rassurés.

Le garçon au visage rond, qui ressemblait plus à un *studiosus* qu'à un héros guerrier, parut rayonner un instant. Il hocha la tête, l'air grave, et disparut.

— N'était-ce pas Mahmoud ? Le Diable du feu ! s'exclama Roç.

— Exact ! confirma Shirat. Mon neveu m'est très utile, maintenant que Hamo a dû partir pour Épire...

— C'est aussi ma direction ! expliqua fièrement Roç. Nous allons nous battre pour l'honneur du roi Manfred, contre cette Nicée qui a été prise de folie !

La comtesse le regarda, étonnée :

— Ce ne sera certainement pas avec ma trirème !

Roç ne put se contenir :

— Elle appartient au roi. Vous n'oserez pas y toucher !

Gosset finit par intervenir :

— L'heure n'est guère venue de s'en disputer la propriété, ni même l'usufruit. Pour l'instant, elle reste ancrée dans ce port tant que l'Anjou guettera au large.

Roç céda : il ne tenait certainement pas à affronter Shirat. Il savait bien comment il rendrait cette femme docile. Elle était privée de son époux depuis si longtemps...

— Comment messire Charles a-t-il eu l'idée de venir mordre les jarrets du roi ici, au bout du monde ?

Roç avait posé la question sur le mode de la plaisanterie, ne serait-ce que pour faire oublier sa sortie. Mais cela ne plut guère à la comtesse.

— Otrante, celle que vous appelez « *finis mundi* », mon grand stratège, est le poste du royaume de Sicile le plus avancé dans la mer. Elle domine l'Adriatique et contrôle la route de la Grèce. Pour l'Anjou, sa possession aurait une valeur inestimable. Car, même depuis la terre, la forteresse est à peu près imprenable, sauf à réussir une attaque surprise.

Roç rentra la tête après cette leçon. Mais il savait qu'il pouvait aussi se faire consoler par la comtesse en jouant l'escolier pris sur le fait, oreilles rouges et regard de chien. Cela menait souvent plus vite au succès qu'une attitude trop assurée.

— Nous étions prêts depuis quelque temps à essuyer une attaque de l'Anjou. Mais le roi Manfred nous a considérablement affaiblis en nous prenant la trirème, avec les *lancelotti* et les Maures, nos meilleurs chevaliers et nos soldats, qui manient avec précision les catapultes et les balistes à roue.

— C'est un miracle que vous ayez pu soutenir le siège face à une telle puissance, commenta Gosset.

— L'amiral de l'Anjou était tellement sûr de réussir en nous attaquant par la mer qu'il ne s'est même pas donné la peine de faire accoster des troupes dans notre dos et de nous couper des terres, répondit Shirat en souriant. J'aurais eu quelque peine à disposer suffisamment d'hommes sur les murs de ce côté là. Mais il y a aussi eu quelques signes du ciel et quelques miracles. Le premier a été le fait que nous avons démasqué un agent secret de l'Anjou. Il nous a échappé, mais nous étions au moins prévenus. C'était un peintre...

— Manchot ? (Roç n'était même pas surpris.) C'était Rinat Le Pulcin !

La comtesse n'eut qu'un geste de mépris pour l'artiste.

— C'est sans doute sur les recommandations de ce maître espion que l'amiral ennemi a massé ses catapultes juste devant notre château. Il comptait sans doute le bombarder jusqu'à ce qu'il soit prenable. Mais nous lui avons nous-mêmes envoyé quelques œufs dans les voiles, manière de lui indiquer que nous étions tout à fait capables de répliquer. Il a engagé le duel, au lieu de concentrer ses forces et, quitte à subir quelques pertes, prendre le port d'assaut pour arriver sous les murs. (Shirat éclata de rire). Cela aurait pu lui assurer la victoire, mais il n'a rien fait de tel. Il a préféré attendre un coup du sort, sachant qu'il avantage souvent les idiots. C'est à ce moment-là qu'est survenu le véritable miracle. Sorti du néant (ou plutôt du ciel nuageux) est apparu, envoyé par Allah, un ange exterminateur, un navire de combat comme je n'en avais encore jamais...

— *L'Atalante !* s'exclama Roç, enthousiaste.

Shirat ne se laissa pas atteindre par la joie du chevalier.

— Son capitaine doit être un admirateur caché. Ou bien il a pour l'Anjou une haine effroyable...

— C'est mon ami, ce fou de Taxiarchos, tel qu'en lui-même ! expliqua Gosset. C'est l'homme qui pilotait la trirème à la demande du roi...

— Ah ! s'exclama soudain Alena Elaia qui s'était de nouveau faufilée dans la tour, entraînant sa jeune amie dans son sillage. Un véritable aventurier qui m'a promis ma revanche lorsqu'il nous a pris la trirème. Vraiment, il a tenu sa parole !

— Et toi, maintenant, tu vas au lit ! répondit la comtesse.

Sa fille tenta une dernière fois d'éviter l'inéluctable (« Seulement si monsignore vient prier avec nous »). Gosset adressa un sourire à Shirat et poussa les deux jeunes filles vers l'escalier.

Pour la trirème d'Otrante

Lorsque la tête du prêtre eut disparu dans l'orifice, Roç osa prendre place à côté de la jolie femme, qui s'était installée sur un banc de marbre. Cette œuvre d'art, couverte d'incrustations et de décorations, était en réalité un siège pour deux personnes. Shirat aimait à s'étirer comme un chat sur son trône, comme elle l'appelait, ou s'y adosser et regarder la mer. Shirat ne sut pas comment prendre l'attitude de Roç. Comme si c'était tout naturel, celui-ci avait posé sa tête sur ses genoux. Pour éviter tout débordement érotique, elle fit ressortir son côté maternel.

— Vous brûlez certainement d'apprendre ce que font ici Mahmoud et la petite Salomé, commença-t-elle sur le ton d'une conteuse en jouant avec les cheveux ébouriffés de Roç. Vous étiez comme moi présent à Homs lorsque le petit Diable du feu a donné son spectacle pyrotechnique.

— Oh oui ! susurra Roç en serrant l'arrière de sa tête entre ses cuisses. Mahmoud, qui était encore à cette époque un gros garçon, avait fait sauter le grand chambellan du sultan ! ajouta-t-il.

— Son père Baibars, messire mon frère, l'Archer, ne s'attarda qu'un instant sur le don singulier de son rejeton, don qu'il jugea peu viril et guère honorable. Puis il l'envoya auprès de vieux savants du Cathai, à Alexandrie. Il y apprit l'enluminure et l'art littéraire oriental à l'université. Parallèlement, il menait des expériences de physique. Le sultan Saif ed-Din Qutuz encouragea ces études après une visite où il avait vu, à la place du feu d'artifice ordinaire, un château spécialement conçu pour l'occasion s'effondrer en quelques secondes dans un déluge de feu, d'éclairs et de tonnerre, jusqu'à ce qu'un arc de triomphe intact se dresse dans la fumée, une fois dissipée la tempête de feu. Le sultan put le franchir comme un conquérant glorieux. Mais le but de Mahmoud n'était pas de passer maître dans l'art de la destruction. Ce qui le préoccupait, c'était l'utilisation des forces volcaniques pour se déplacer, que ce soit dans l'eau, à terre ou dans les airs. Un art difficile, plein de revers et de déceptions, que les émirs mamelouks n'appréciaient guère, lorsqu'ils ne le méprisaient pas. Ce *stu-*

diosus appliqué souffrait des reproches et des sarcasmes de l'armée, notamment de son père. On lui refusait obstinément la possibilité de s'adonner à ses « chimères ». Son vieux maître Ko Chor King avait beau s'efforcer de ne pas le décourager, tout cela le rendait mélancolique. Mahmoud est attiré par la cour du sage roi Alphonse de Castille. Et surtout, il veut faire la connaissance de Villard de Honnecourt.

— Qu'est donc devenu Nur ed-Din Ali, le fils d'Aibek, qui lui avait succédé au trône de sultan ?

Roç n'était pas particulièrement intéressé par les souffrances spirituelles du jeune Mahmoud. S'il avait patiemment écouté le récit de Shirat, c'est parce qu'il se trouvait fort bien installé.

— Je l'ignore, lui répondit Shirat, heureuse que Roç se soit apparemment calmé. Il a été démis, m'a-t-on rapporté du Caire. Mais curieusement, ce n'est pas l'Archer, mon puissant frère, qui a accédé au trône. Il l'a laissé à son cadet et camarade, Qutuz...

— Et qui est Salomé ?

— La fille du sultan de Damas, qu'il a procréée avec Clarion.

— Ah oui, je me rappelle, c'était sa favorite.

Shirat ne mentionna pas le fait qu'elle avait jadis partagé la vie de la comtesse de Salente au harem d'An-Nasir.

— Pour épargner à sa fille un destin identique, Clarion a mené Salomé à Alexandrie, espérant y trouver un navire qui conduirait son enfant sous bonne garde à Otrante, où elle serait en sécurité. Car elle disposait encore et toujours du titre et des revenus de Salente, elle se les était fait confirmer par son demi-frère Manfred. À cette date, Mahmoud s'était déjà adressé au Faucon rouge, même s'il savait que c'était plutôt une cible pour son père. Mais Mahmoud vénérait cet émir intelligent.

— Oui, dit Roç, Constance aime à jouer les intermédiaires entre l'Orient et l'Occident.

Il n'était pas difficile de sentir que Roç, quelle que fût son admiration, éprouvait aussi de la jalousie envers cet homme.

— L'intervention active de Faucon Rouge est ensuite

devenue extrêmement nécessaire. Car Aphrodite, l'imprévisible déesse de l'amour, avait percé d'une seule flèche les cœurs des deux *emigrantes in pectore* lorsqu'ils s'étaient rencontrés par hasard dans le port. Clarion, la vieille entremetteuse, avait certainement un peu aidé le sort. Mahmoud a dû lui apparaître comme un accompagnateur aussi fiable que bien éduqué pour Salomé : un don du ciel ! Comme les espions grouillent à Alexandrie, les plans de fuite des enfants ont été livrés au sultan, au Caire, tandis qu'à Damas son rival se disait que sa fille Salomé ferait une épouse exploitable. C'est seulement à ce moment-là que le sultan An-Nasir a regretté l'absence de sa mère et de sa fille. Il a immédiatement envoyé des sbires chargés de les capturer tous les deux chez l'ennemi, à Alexandrie. Le vieux sage de Cathai, le maître du jeune *magister catapultaris et ignea tormenta expertus*, connaissait un cuisinier qui servait sur un navire de commerce vénitien, lequel passait régulièrement dans ces parages. Il lui demanda de faire monter clandestinement les deux jeunes créatures à bord, moyennant beaucoup d'argent, et de les emmener avec lui à Otrante. Mais les gardiens du port sont intervenus. Ce qui, pour Mahmoud, n'aurait été qu'un retour auprès de son père rigoureux (mais aurait certainement valu la bastonnade, ou pis, à son maître), aurait été un enfer pour la vierge Salomé. Une seule journée en prison serait restée gravée à tout jamais dans l'esprit de cette enfant.

— Sans même parler de l'inévitable viol collectif ! ajouta Roç.

Shirat n'aimait pas qu'on lui coupe la parole, et appréciait encore moins que l'on corrige ses propos.

— Mais à cet instant précis, Faucon rouge est intervenu. Il a mis toute son autorité dans la balance, bien qu'il ait été sûr que son acte lui vaudrait de sévères représailles. Le fils du glorieux grand vizir a fait en sorte que le voilier de la Serenissima lève l'ancre aussitôt avec ses deux passagers.

Contrairement à ce qu'il s'était promis de faire, Roç avait écouté attentivement.

— Au bout du compte, et de toute façon, il s'est

retrouvé dans une fâcheuse situation avec son sultan, nota-t-il à la fin de l'histoire. Et tel que je connais Faucon rouge, il aura certainement expliqué à son vieil adversaire Baibars qu'il allait placer Mahmoud à l'abri des sbires de Qutuz.

Shirat souleva énergiquement la tête de Roç de son giron et s'étira, ce dont Roç profita pour passer son bras autour d'elle et se rapprocher. Shirat comprit qu'il avait l'intention de l'embrasser et coinça en un éclair sa tête sous son menton : elle lui avait ainsi bloqué le passage sans qu'il puisse lui reprocher son manque de tendresse.

— Je suis heureuse de savoir que Salomé sert de compagne de jeu apaisante à ma petite chatte sauvage, et Mahmoud considère lui aussi qu'il s'agit d'une solution bienvenue. Il veut désormais faire des études à Bologne, apprendre l'algèbre de Fibonacci et l'action des forces physiques d'après Jordanus Nemorarius. Il veut réunir ces deux disciplines sous un chapeau de docteur en philosophie. Il placera son entreprise sous l'auspice d'esprits illustres, comme Albert le Grand et Roger Bacon, avec les savoirs secrets qu'ils détiennent en alchimie, sur les petites poudres et les décoctions de l'Extrême-Orient.

— Et c'est ensuite, chargé de savoir et d'années, qu'il ramènera sa jeune épouse fanée en Égypte ? demanda Roç d'un ton particulièrement moqueur, en tentant vainement de dégager sa tête.

— Mais bien sûr. Mahmoud s'est réconcilié, par lettre, avec son père. Il ne reviendra qu'au moment où Qutuz n'occupera plus les fonctions de sultan.

— Baibars compte renverser le sultan ?

Shirat haussa les épaules.

— Clarion est de nouveau dans les grâces d'An-Nasir. Le maître de Damas voit aujourd'hui dans cette liaison le grand talent diplomatique de sa vieille amie.

Shirat s'éloigna de lui avec la rapidité d'un chat, si bien que la tête de Roç alla cogner contre la pierre

— Et depuis, Otrante héberge un maître armurier envoyé par le ciel qui nous a jusqu'ici permis de défier les perfides attaques de l'Anjou.

— Et vous pensez sans doute vous être à présent

emparé de moi-même et de la trirème, ô comtesse Circé ? Vous vous trompez ! Nous sommes en route pour Épire, nous ne sommes pas venus libérer Otrante.

Ces mots déplacés et peu chevaleresques plongèrent Shirat dans une colère légitime. Mais elle était plus maligne que Roç, et ne montra pas sa fureur.

— Vous êtes libre de partir à tout moment. Pour atteindre Épire, je ne connais que la voie terrestre, par Venise, Zara et Raguse. Elle est longue et fatigante, mais si je ne m'abuse, elle mène au but à un moment ou à un autre. Je vous laisserais volontiers la trirème, tous ses *lancelotti* et ses Maures, qui vous suivront avec enthousiasme. Malheureusement, elle ne peut pour l'instant quitter ce port protégé. Et vous non plus, mon cher Roç, vous ne devriez pas risquer votre jeune vie sans la moindre perspective de succès...

Elle désigna la baie, où la flotte de l'Anjou était toujours rassemblée, capable, à tout moment, d'essaimer et de verrouiller tout le golfe d'Otrante. Cela n'impressionna guère Roç. À la manière des conquérants, il prit Shirat sous le menton et leva son visage si près du sien que la femme eut tout juste assez de place pour détourner les lèvres.

— Que m'offrirez-vous, demanda-t-il d'une voix rauque, si je reste à vos côtés ?

— De vous battre jusqu'à la dernière goutte de sang. Ensuite, la froideur glaciale de la mort !

Cette réponse cinglante, et le regard incendiaire qui l'avait accompagnée, n'empêchèrent pas Roç d'approcher encore ses lèvres du visage de la jeune femme. Mais il se retourna en entendant des pas.

— Nous ne voulions pas vous déranger, gémit Mas sur un ton qui révélait à quel point il appréciait d'avoir troublé cette conversation. Pons était sorti de la trappe après lui, et observait les lieux avec curiosité.

— Nous venions présenter nos hommages à la dame de la maison, annonça-t-il, et transmettre un message à Roç Trencavel.

— Je commencerai par me présenter, l'interrompit Mas avec sa voix moqueuse et tranchante, puisque notre général n'a pas jugé utile de le faire. Je suis Mas de Morency, un orphelin de sang hérétique. Et voici messire notre seigneur *in spe*, Pons de Levis, comte de Mirepoix !

Il désigna le gros Pons, qui s'était approché de la rambarde et, prudemment caché derrière un créneau, regardait la mer. Vue d'en haut, la situation paraissait encore plus menaçante. La trirème se berçait dans le port, toute petite et fragile. Vers la mer, elle n'était pas protégée par une quelconque muraille, mais par de simples brise-lames. Et derrière, dans le soleil couchant, l'ennemi avait déployé sa flotte de combat. On distinguait chacun de ses navires, et ils étaient nombreux !

— Soyez les bienvenus, nobles chevaliers ! répondit Shirat, manifestement heureuse de leur arrivée. Soyez chez vous à Otrante.

Elle se redressa et battit des mains. Roç n'attendit pas que les valets viennent servir à boire.

— Qu'avez-vous donc de si important à me transmettre pour justifier l'abandon de vos postes sur la trirème ?

Pons s'était recroquevillé. Mas, lui, cherchait la bagarre.

— Nous vous informons que nous, y compris Raoul de Belgrave, lequel vous fait transmettre ses salutations, comtesse, et assume pour l'heure la garde du port...

— Comment cela ? s'exclama Shirat. Belgrave ? Un parent de ma belle-mère, Laurence, un cousin ? Quel dommage que Hamo l'Estrange, mon cher époux, ne puisse être là pour l'accueillir. Mais vous allez retrouver le comte à Épire, et me le ramener sain et sauf à Otrante !

Ce déluge de paroles venu du fond du cœur ne plut guère à Mas.

— Je vais vous décevoir, noble dame, mais nous ne partons pas pour la Grèce. C'est aussi ce que nous venions annoncer à messire Trencavel...

— Je ne vous ai rien demandé ! aboya Roç, furieux. Et je n'ai rien entendu non plus. Sans cela, je serais obligé de considérer vos propos comme une mutinerie !

— Vous pouvez les considérer comme tels, répondit froidement Mas. Notre décision est irrévocable.

Roç regarda Pons, derrière Morency. Mais le garçon grassouillet baissa les yeux.

— Vous êtes en train de commettre un crime contre le droit martial, sur le territoire du roi. Et la désertion...

— À Otrante, la justice est rendue par le comte ! protesta Shirat, ce qui rendit Roç encore plus furibond.

— Je vous ferai jeter au cachot, lança-t-il à Mas. Nous verrons ensuite comment le roi Manfred décide de traiter votre cou d'insurgé.

— Vous n'avez pas non plus le pouvoir de remplir nos geôles, reprit Shirat. Je ferais mieux de vous y envoyer, pour que vous retrouviez vos esprits. Une fraîcheur agréable doit régner dans nos caves en été. Mais en cette saison, il vaudrait mieux vous habiller chaudement.

— Vous n'oserez pas ! Roç tremblait de colère. Il regarda du coin de l'œil sa ceinture et son épée, qu'il avait ôtées pour ne pas être gêné pendant sa conquête.

— Que m'offrez-vous, Trencavel, si je ne fais pas usage de mon droit ?

Pons se mit à rire, confus. Mas, lui, regardait la mer avec indifférence. Shirat répondit elle-même à sa question.

— Vous allez me jurer de me ramener le comte Hamo sain et sauf, afin que je puisse le serrer dans mes bras. C'est ma condition ! En contrepartie, je vous prêterai la trirème.

— Vous oubliez vos hôtes ! s'exclama Mas en désignant la mer. L'Anjou repart à l'attaque !

Effectivement, l'armada s'étirait à présent sur tout l'horizon, et les navires avançaient des deux côtés vers la côte. Gosset entra dans la pièce. Il avait déjà recueilli des informations précises.

— Ils débarquent des troupes et des armes pour nous attaquer aussi par les terres.

— *Ya' Allah !* s'exclama Shirat, désespérée. Je n'ai pas assez d'hommes pour défendre ces murs !

— Détachez-y l'équipage de la trirème, en ne laissant que quelques Maures pour éteindre les incendies, si l'on devait faire usage du feu grégeois, conseilla Mahmoud, qui venait de les rejoindre à son tour. De toute façon, nul ne pourra rien faire s'ils bombardent le port avec des boulets. Mais ici, sur les murs, nos catapultes peuvent empêcher les assaillants d'approcher du port. Renforcez donc de ce côté l'efficacité des machines, en les faisant servir par les Maures expérimentés, et placez les *lancelotti* ainsi libérés, sous la direction de leur blond capitaine, sur les murs donnant vers les Terres. Avec leurs faux, ils taperont sur les doigts des téméraires qui tenteront d'escalader les murailles !

— Je veux être avec ces découpeurs ! cria Mas. Viens, Pons ! Nous allons nous battre pour notre éminente hôtesse !

Et ils sortirent en courant, tous les deux, sans accorder à Roç le moindre regard supplémentaire. Les serviteurs apportèrent le vin. Mahmoud refusa poliment.

— Je veux organiser notre départ du port à la faveur de la nuit, qui ne va pas tarder à tomber. Chargez la trirème avec autant de sable qu'elle pourra en porter. Contre le feu grégeois, l'eau ne sert à rien !

— Laissez-moi vous aider, Mahmoud. (Roç bondit, s'agenouilla devant Shirat et lui baisa la main.) Permettez-moi, maîtresse, de réparer en chassant vos ennemis tout ce que j'ai pu vous faire.

Il n'attendit pas sa réponse, et partit à grands pas pour rattraper Mahmoud.

— Puis-je, messire l'armurier, vous faire une proposition qui devrait plaire à celui qui s'appelait jadis le Diable du feu ?

— Mais bien sûr, Roç Trencavel, s'exclama joyeusement Mahmoud. Dites-moi d'abord comment va votre bien-aimée ? Où est Yeza ?

— Si je le savais, je me sentirais mieux, répondit Roç tandis qu'ils descendaient l'escalier en courant. Telle que je la connais, cette admirable dame se trouve en proie à des difficultés où elle se sera elle-même placée. Elle a toujours besoin de se lancer des défis, elles brûle du désir non seulement de m'égaler, mais aussi de me dépasser. (Roç haletait : parler en courant lui coupait le souffle.) Je ne vaux pas beaucoup mieux qu'elle. Moi aussi, je cherche les baquets dans lesquels je peux tomber, les murs contre lesquels je vais foncer tête la première, et les portes ouvertes avec lesquelles...

— Assez de louanges, l'interrompit Mahmoud. Que proposez-vous pour assurer notre défense ?

Roç avala sa salive.

— Que les femmes et les domestiques se déplacent sur tous les bastions, des torches à la main, pendant toute la première moitié de la nuit. Qu'ils descendent vers le port, qu'ils déplacent leurs torches sur les murs situés vers les terres, afin de faire croire que nous sommes très nombreux et prêts à nous défendre. Cela dissuadera l'ennemi de lancer une attaque surprise au petit matin.

— Nous devons en tout cas faire en sorte que l'ennemi ne sache pas à quel point nous sommes faibles, dit Mahmoud lorsqu'ils furent arrivés dans la cour du château. Votre proposition n'est valable que si vous la mettez parfaitement en œuvre et faites réellement croire que nous sommes supérieurs en nombre. (Il toisa Roç.) Ce n'est pas un jeu, ce n'est pas un défi que l'on peut relever avec indifférence ou face auquel on peut se contenter d'un échec héroïque. Si les torches paraissent peu nombreuses, nous aurons obtenu exactement le contraire de ce dont nous avons grand besoin : le respect de notre ennemi !

Roç chercha à garder contenance. Il aurait aimé donner l'impression de ne pas avoir été touché par ces mots. Mais il ne pouvait rien faire contre l'accablement qui s'emparait de lui.

— Je ne voulais pas me placer sur un terrain où vous êtes le maître.

Mahmoud ne lui répondit rien ; il le mena à l'extérieur, sur les murailles qui entouraient et protégeaient le château d'Otrante jusqu'à la mer. Elles étaient abondamment pourvues en tours, et d'une hauteur impressionnante.

— Cela pourra compenser à peu près la faiblesse de notre garnison, songea Roç à voix haute. Plus les échelles d'assaut devront être longues, plus la tâche des défenseurs sera facile.

Mais nul ne savait encore comment procéderaient les assaillants. Ils étaient en train de former un large cercle autour du château, comme l'indiquaient les nombreux feux qu'ils avaient allumés.

— Ils veulent peut-être seulement nous tromper, pour que nous retirions autant de troupes que possible du côté de la mer, afin de nous y affaiblir ?

— La balle est pour l'instant dans le camp de l'attaquant, constata Mahmoud. Nous n'avons qu'un seul atout à jouer : avoir une réaction surprenante.

Il regarda Roç, qui restait les yeux fixés sur la chaîne lumineuse, dans l'arrière-pays.

— N'avez-vous vraiment pas reçu la nouvelle concernant Yeza, Roç ?

Cela ressemblait déjà beaucoup à des condoléances.

— De qui, je vous prie ? Quand, et où ?

— L'information est arrivée ici par le miroir, il y a quelques jours. Guillaume vous cherchait, et vous informait que Yeza est en danger.

— Il n'y a rien de neuf là-dedans !

— On l'a mise en prison à Bologne, et l'on veut lui faire un procès.

— Et pourquoi a-t-on attendu cet instant pour m'avertir ?

— Ne me faites pas de reproches, je vous ai vu avec ma tante Shirat et j'ai pensé...

— Et comment Guillaume est-il au courant ? Il était sur place ?

— Elle se trouve avec Sigbert, le commandeur de l'ordre des Chevaliers teutoniques.

— Belle consolation ! maugréa Roç.

— Je vous aiderai volontiers.

— Allons donc, riposta Roç, agacé. Elle se sortira bien toute seule de ce pétrin, sans l'aide de quiconque !

Il ne paraissait pas tout à fait convaincu. Roç était furieux contre tout et contre tous. Y compris contre sa dame, qui lui donnait mauvaise conscience.

Ils quittèrent les murs donnant sur les terres et descendirent vers la mer. Les marches étaient glissantes.

— La pénombre est peut-être une menace pour l'ennemi, mais on court le risque de se casser le cou.

Roç avançait à tâtons, derrière Mahmoud, sur ce sentier taillé dans la roche qui descendait, sinueux, jusqu'au port.

— Une torche ne serait effectivement pas de trop, dit Mahmoud d'un ton conciliant.

Après avoir emprunté deux virages profondément creusés dans la montagne, ils aperçurent de vives lueurs dans le port. Ils entendirent de la musique : manifestement, on faisait la fête. On voyait même monter des fusées dans le ciel nocturne. Elles illuminaient la mer comme en plein jour avant de s'éteindre dans un sifflement.

— Est-ce votre manière de montrer vos forces à l'ennemi ? demanda Roç, moqueur : il venait de voir, d'en haut, le grand feu de camp et Potkaxl, qui dansait entre les flammes pour les *lancelotti* et les Maures. Elle avait sorti des caisses l'une des tenues scintillantes de sa lointaine patrie ; celle-ci montrait plus de peau nue qu'elle n'en cachait, et les hommes lui faisaient un triomphe. Une fois encore, une étoile rayonnante s'éleva, éclata et redescendit en pluie d'étincelles.

— Cela permet aux gardes de voir si des navires ne s'approchent pas à la faveur de l'obscurité.

— Invitez donc tout de suite Robert de Les Beaux et ses seigneurs à venir faire la fête, ils verront ainsi quelle légion nous formons !

Ils étaient arrivés dans le port. Les Maures tambourinaient sur tout ce qui pouvait produire un son martial, et avant que Roç ne puisse donner le moindre ordre aux joyeux noceurs qui, pour le saluer, faisaient à présent claquer leurs faux les unes contre les autres, Dietrich von Röpkenstein se présenta devant eux et s'exclama :

— *Agli ordini, commandante !*

Mais ces mots étaient de toute évidence destinés à Mahmoud : pour Roç, il n'eut qu'un petit rot :

— Bienvenue, Roç Trencavel, dans notre légion céleste, les dernières troupes de l'Abbesse !

Il était ivre. Roç voulut se mettre à hurler, mais Mahmoud repoussa en souriant la coupe qu'on lui offrait.

— Je suis encore un musulman pratiquant ! (Il donna une bourrade reconnaissante sur l'épaule de ce gaillard blond qui le dépassait d'une bonne tête.) Envoyez les *lan-*

celotti renforcer la défense vers l'arrière-pays, nous en avons besoin d'urgence, *capitano* !

Dietrich s'abstint de répondre et hocha la tête au jeune armurier. Mais il se tourna vers Roç et mugit, en riant comme un gladiateur dans l'arène : — *Ave Caesar, morituri te salutant !*

— La fête est finie ! hurla Roç, qui ne se maîtrisait plus.

— Éteignez le feu ! ordonna Mahmoud aux Maures. Et transportez toutes les catapultes sur les murs, sans vous faire remarquer !

Ils obéirent aussitôt. Roç n'avait même plus la possibilité de passer au moins sa mauvaise humeur sur ces hommes qu'il considérait comme « les siens ». Il se trouvait extrêmement inutile, ici, et s'apprêtait à disparaître lorsque Gosset le rejoignit.

— Je veux me préoccuper de mettre à l'abri votre caisse de guerre, confia-t-il à voix basse, mais aussi le coffre qui contient mon argent. Car si l'on abandonne le port, la cale de la trirème ne sera peut-être pas l'endroit le plus sûr !

— Mais si ! chuchota Roç. Laissez-les là-bas. Je vais trouver le moyen de sortir d'ici, et certainement pas à pied.

— Yeza ? demanda le prêtre, compréhensif, mais Roç ne lui répondit pas.

— Faites en sorte que nos précieuses caisses soient abritées sous le sable, qu'un pot de feu grégeois égaré n'aille pas en faire fondre le contenu !

Gosset comprit aussitôt.

— La comtesse vous attend ! annonça-t-il.

Roç dissimula son triomphe.

— Celle-là peut attendre ! murmura-t-il. Mais il se mit en chemin vers le château.

Ange étrangleur et Diable du feu

La nuit laissa tout d'un coup place à l'aube grise, dans l'étroite cour de la prison de Bologne. Les murs qui l'entouraient étaient sombres, et le peu de lumière qui filtrait par les grilles dans le cachot était trouble. Yeza avait eu un sommeil très agité sur sa couche de pierre, non pas parce qu'elle avait une cheville blessée par sa chaîne, mais parce qu'elle ressentait une obscure menace. Elle s'était toujours promis de ne pas craindre la mort. Mais il était bien plus difficile de regarder en face l'incertitude qui pesait sur son existence. Elle n'eut pas peur, elle eut plutôt un sentiment de soulagement euphorique, lorsqu'elle entendit des bruits et des pas qui se rapprochaient. La clef fit grincer la serrure. Elle décida de ne pas ouvrir les yeux. Des hommes (elle les sentait : mauvaise haleine, ail, urine et sueur) entouraient sa couche, déconcertés, incapables de savoir si elle dormait, si elle avait perdu connaissance ou si elle était morte. Ils finirent par détacher du mur la chaîne qui lui entourait les pieds et la tirèrent. Yeza leur lança un regard furieux et se releva. Ces sbires au visage couvert d'une cagoule, à peine fendue pour les yeux, étaient venus la chercher et la mener à la mort, s'ils ne la tuaient pas tout de suite en l'étranglant ou en lui enfonçant une pointe dans le cœur.

Mais les valets l'accompagnèrent, avec une bienveillance maladroite, devant la fenêtre grillagée qui donnait sur la cour, lui levèrent les bras et l'accrochèrent devant les barreaux, si bien qu'elle était forcée de se tenir debout et d'observer le spectacle qui perçait la brume du matin. On ne voyait pour l'instant qu'un billot de bois. Les hommes s'éloignèrent sans mot dire, comme ils étaient venus, mais ils ne refermèrent pas derrière eux la porte de la cellule. Une infamie, pensa Yeza : cela permettrait au bourreau de s'approcher d'elle par-derrière, à pas feutrés, et elle ne verrait pas venir le coup de hache. À moins qu'ils ne veuillent lui faire peur, la faire gémir, crier, implorer... Elle s'immobilisa. Dans la cour, sur le côté, une lourde porte s'était ouverte. Les valets du bourreau poussèrent à l'extérieur un homme dont on avait lié les mains dans le dos. Sutor ! Le cri de Yeza lui resta dans la gorge. Ils le menèrent au billot. Yeza espéra qu'il lèverait les yeux vers elle, mais le roi des bergers lui tourna le dos au moment où il s'agenouilla. Le dernier à franchir la porte fut le bourreau, reconnaissable à l'épée gigantesque que deux de ses commis portaient sur une planche. Sous le tissu noir qui la cachait encore aux regards du condamné, l'arme paraissait à la fois menaçante et étrangement irréelle. On banda les yeux de Sutor. Le bourreau posa sa grosse main charnue sur l'arrière de sa tête, un geste presque paternel, le poussa doucement contre le billot, tâta la naissance de la nuque avant d'ôter sa main. Pendant ce temps-là, les valets avaient soulevé le drap. Yeza ne vit le reflet éclatant de la lame affûtée qu'au moment où son pommeau, tenu à deux mains, était déjà levé. Elle se força à garder le regard fixé sur le cou de Sutor, sur sa tête pressée de côté sur le bois. Mais, d'un seul coup, elle disparut, la lame d'acier s'était abattue, et il ne restait plus qu'un tronc qui ne tressaillit même pas, mais bascula mollement sur le côté. Elle ferma les yeux, elle ne vit plus le sang jaillir des épaules ni les valets brandir un instant la tête par les cheveux avant de la lancer dans la corbeille.

Yeza s'était recroquevillée, le front posé contre la grille froide. Elle ne sut plus, après coup, combien de temps elle était restée ainsi, suspendue aux fers. À un moment, les valets étaient venus la détacher, et elle était tombée dans les bras de Sigbert, qui la garda ainsi jusqu'à ce qu'elle ait cessé de trembler et que son sanglot se soit transformé en pleurs. Alors seulement, le vieux chevalier la ramena prudemment à sa couche. Les sbires avaient quitté la pièce depuis longtemps. Le commandeur aux cheveux blancs s'installa auprès d'elle, au bord de sa couchette, et lui tint la main.

— Avant de partir pour Ravenne, Oberto Pallavicini a obtenu que l'on ne touche pas un seul de vos cheveux, Yeza, dit-il pour la tranquilliser. Mais cela ne fit qu'attiser sa rage.

— Pas un cheveu ? se moqua-t-elle à voix haute. Mais qu'est-ce que Bologne compte encore m'infliger ?

— La prison au palais... jusqu'à nouvel ordre, l'informa le chevalier teutonique. On a décidé de passer sous silence la tentative d'évasion ou de libération de Re Enzio, qui a bien failli réussir. C'est la raison pour laquelle vous commencerez par rester ici, bien visible, en invitée, comme si rien ne s'était passé. Lorsque les vagues se seront tassées, lorsque personne ne bavardera plus sur l'incident, vous pourrez quitter la ville en femme libre.

— Je ne veux ni revoir Re Enzio, ni passer une minute de plus dans ces murs ! s'exclama Yeza. Mieux vaut qu'ils me tuent tout de suite.

— Cela leur vaudrait justement un intérêt indésirable. « La fille du Graal assassinée à Bologne » : la ville ne tient pas du tout à cette réputation-là. Soyez donc raisonnable, efforcez-vous plutôt de diminuer le temps qu'il vous faudra passer ici en vous comportant bien !

— Je chie sur cette ville et sur sa tranquillité ! fit Yeza dans un souffle en se cabrant si fort que le commandeur, pourtant fort comme un ours, eut du mal à la retenir. Moi, la complice, et le bon roi Enzio, qui voulait s'enfuir, ils nous épargnent au nom de leur « réputation ». Mais Sutor, lui qui ne comptait pour rien, un berger, ils l'ont tué ! Ces gros porcs pourris !

Sigbert attrapa la jeune femme furieuse par les deux épaules et la força à se rasseoir sur sa couchette.

— Une reine ne pense pas ainsi ! l'implora-t-il. À quoi vous sert un Re Enzio mort, alors que vivant, il est votre meilleur protecteur ? Un tribunal qui déciderait de votre exécution serait tout aussi absurde, d'un point de vue politique. Dans le meilleur des cas, cela entraînerait une insurrection et ferait surgir des puissances vengeresses. Bref, cela ne ferait que compliquer la vie des citoyens.

— J'en ferai un enfer, de leur vie ! cria Yeza. (Mais elle se laissa ensuite retomber sur sa paillasse, et des tressaillements parcoururent de nouveau son corps.) Faites-moi sortir d'ici ! demanda-t-elle enfin en sanglotant, et le vieux commandeur lui caressa le front et les cheveux jusqu'à ce qu'elle ait fermé les yeux et que son souffle se soit apaisé.

— Je ne vous abandonnerai pas, murmura-t-il, et il attendit auprès d'elle jusqu'à ce qu'elle soit endormie.

Le bombardement reprit avec le lever du soleil sur la mer ; mais on tirait cette fois-ci depuis l'arrière-pays, comme si l'amiral de l'Anjou voulait faire croire aux défenseurs d'Otrante que l'attaque serait lancée de ce côté. Les projectiles ennemis atteignaient cependant les murailles, même s'ils ne causaient pas beaucoup de dégâts aux pierres massives. Les catapultes embarquées sur les navires étaient trop légères pour pouvoir envoyer des boulets suffisamment lourds. Et il faudrait un certain temps pour que les assaillants parviennent à construire une machine de plus grande taille. Rien ne laissait penser non plus qu'ils avaient emmené avec eux un constructeur compétent. La comtesse Shirat avait envoyé des messagers dans la ville, pendant la nuit, et conseillé aux habitants de fermer les portes et de n'accorder aucune aide, d'aucune espèce que ce soit, si on la leur réclamait. Le conseil municipal avait fait répondre à Shirat que les murs étaient déjà surveillés et que la milice de la ville était prête, à n'importe quel moment, à prendre les assaillants par les flancs si cela se révélait nécessaire. Une nouvelle rassurante.

La comtesse et les seigneurs qui l'entouraient se rendirent du côté de la mer, où les falaises élevées et abruptes sur lesquelles on avait construit le château interdiraient un véritable bombardement tant que ses propres catapultes, bénéficiant de leur situation surélevée, tiendraient à distance les machines plus puissantes des assaillants. Il fallait seulement prendre garde aux projectiles des balistes, capables de tirer très loin des flèches grosses comme des bras, de véritables pieux qui atteignaient une telle vitesse qu'on les voyait à peine.

L'ennemi avait en outre changé de tactique. Ses gros navires, qui servaient de rampe de tir, ne se tenaient plus rassemblés, mais croisaient dans la baie, si bien qu'il était plus difficile de les atteindre. Les voiliers agiles prenaient part, eux aussi, au bombardement, en passant rapidement sous les murs et en faisant s'abattre sur les créneaux une grêle de flèches. Deux *lancelloti* tenaient leur bouclier au-dessus de Shirat lorsqu'elle observait la situation depuis sa terrasse.

— Il faut leur arracher le cœur ! dit Roç, qui s'était lui aussi réfugié sous un bouclier et, comme tous les autres, portait son casque. Le navire de l'amiral ! lança-t-il à Mahmoud. Si vous, éminent diable du feu, remplissiez un canot avec vos friandises diaboliques, si nous l'acheminions avec la trirème jusqu'au bateau de l'amiral, à la faveur de la nuit, il se pourrait bien que les poissons le mangent en petits morceaux...

— Vous pouvez en choisir la taille vous-même ! répondit Mahmoud, tout heureux. Il est facile aussi de retarder l'instant où l'on nourrira les poissons jusqu'à ce que notre navire soit revenu à l'abri depuis longtemps.

— Cette entreprise n'a pas de sens, objecta Dietrich, si l'on ne peut, de nuit, identifier l'objectif sans le moindre doute.

Le guerrier blond était le seul à ne porter ni bouclier, ni casque, ce qui avait déjà agacé Roç. Il n'aurait plus manqué qu'il dénude son buste en acier, pour montrer qu'il était aussi invulnérable que Siegfried ! Était-ce Shirat qu'il voulait ainsi impressionner ? De toute façon, elle lançait des regards émerveillés dès que son capitaine teutonique ouvrait la bouche.

— Nous ne pouvons pas envoyer la trirème faire une pareille traversée. Pour que l'attaque réussisse, il faut que deux nageurs approchent du navire de l'amiral, accrochent vos explosifs et reviennent ensuite à la nage, dans l'eau froide. Je suis de la partie si vous êtes le second, messire.

— Absurde ! grogna Gosset. Il n'y a encore aucune raison de risquer votre vie sans être même à peu près assuré du succès.

— Avec la trirème, je...

Roç s'arrêta net. Mais Shirat avait déjà réagi :

— Vous n'avez d'autre vœu, Roç Trencavel, que de décamper avec mon navire, de percer les lignes ennemies pendant la nuit pour rentrer en vitesse auprès de votre dame Yeza...

Ses mots claquaient comme des coups de fouet, et Roç lut pour la première fois la haine dans ses yeux.

— Vous vous êtes déjà assuré les services de mon

capitaine, Shirat Bunduktari, pour m'empêcher de commettre cet acte. Mais s'il devait arriver quelque chose à Yeza, je vous garantis que Hamo l'Estrange n'aura plus jamais l'occasion, lui non plus, de serrer de nouveau dans ses bras son épouse aimante !

— Je vous prie de cesser cette querelle indigne, messire ! intervint Gosset d'une voix forte. Nous sommes tous dans le même bateau, il n'y en a pas de deuxième, et il n'est pas question d'abandonner celui-là. Quant à vous, Comtesse, vous ne devriez pas exprimer à l'égard de mon maître des soupçons qui ne peuvent que le vexer.

— Suis-je encore la maîtresse d'Otrante ? répliqua Shirat d'une voix stridente. Mais un coup d'œil à Dietrich et à Mahmoud lui suffit pour comprendre qu'elle était allée trop loin. Tous deux évitèrent son regard. Shirat ne voulait pas passer pour une furie. Elle se dirigea vers Roç et le serra dans ses bras.

— Ne me maudissez pas, pardonnez-moi ! chuchota-t-elle en lui offrant ses lèvres.

Roç l'embrassa, beaucoup plus longuement et différemment que ce qu'aurait imaginé Shirat, et ce au vu et au su de tous. Puis il la laissa sur place. Le conseil de guerre se dispersa. La comtesse rentra dans ses appartements et Mahmoud alla remplir ses obligations d'armurier.

— La proposition du Trencavel ne me paraît pas si absurde que l'on doive l'écarter comme une mouche morte.

Le prêtre se tenait à côté de l'Allemand, et Dietrich regarda Gosset droit dans les yeux.

— Au contraire, je suis tout à fait disposé à prêter mon bras à un tel coup. Mais j'aimerais que les perspectives de succès s'améliorent un peu.

— Laissez-moi y réfléchir.

Gosset et Dietrich se tenaient encore dans la cour du château lorsque Raoul marcha vers eux. On était déjà aux alentours de midi.

— Un parlementaire se dirige à cheval vers le portail principal, leur cria-t-il. Je pense que nous ne devrions pas le laisser entrer, il pourrait être venu pour nous espionner.

— C'est exact, répondit Gosset, mais ce serait la preuve d'une piètre moralité.

— Et cela pourrait aussi être interprété comme un aveu de faiblesse, ajouta Dietrich. Nous devrions lui bander les yeux et le conduire ici, dans la cour. Il n'y verrait que quelques filles de cuisine, et aurait l'impression d'une extrême décontraction.

— Laissez-moi la lui donner, décida le prêtre. Amenez-le comme vous l'avez proposé, mais ne l'effrayez pas !

Dietrich et Raoul descendirent en courant le chemin creusé qui donnait vers la grande porte.

Gosset se fit apporter, de la cuisine, une table et des chaises, un plateau de fromages, du pain et des noix. Puis il se plongea dans son bréviaire, un précieux évangéliaire. Il ne leva pas non plus les yeux en entendant approcher les voix. Même lorsqu'il perçut celle de Dietrich :

— Eh bien, valeureux Sire de Les Beaux, nous nous retrouvons donc ! Vous connaissez déjà monsignore Gosset.

— À l'époque, rétorqua le parlementaire, le prêtre voyageait en fidèle serviteur de la France. Sa pensée va donc certainement à notre roi Louis, et je suis persuadé qu'il prie pour notre victoire.

Il n'avait pas dissimulé son ironie, et Gosset préféra le faire un peu attendre avant de répondre d'un ton léger :

— J'ai servi le roi assez longtemps pour pouvoir fort bien faire la part entre les intérêts de la couronne et ceux du comte Charles d'Anjou. Je parierais même que messire Louis ne sait pas, et ne doit surtout pas savoir quelles sont vos intentions, Robert de Les Beaux, en cet instant précis.

Le parlementaire ne put s'empêcher de montrer un sourire de reconnaissance.

— Bien, laissons notre pieux souverain hors du jeu. Mais mon intention est de vous faire une proposition, et elle doit être prise au sérieux. C'est en tout cas ce que je vous conseille, prêtre. Où se trouve au juste madame la comtesse, la maîtresse de ces lieux ?

— La comtesse fait la sieste, répliqua Dietrich. Nous ne pouvons pas la déranger pour de telles broutilles.

Gosset reprit son cahier, referma soigneusement son bréviaire et dévisagea messire de Les Beaux.

— À moins que vous n'ayez autre chose à nous offrir qu'une reddition sans condition avec la possibilité de quitter les lieux en liberté ?

— En emportant tous vos biens personnels ! ajouta le parlementaire, agacé. Et avec un sauf-conduit. Nous vous laissons même votre trirème.

Gosset leva vers lui des yeux chagrinés.

— Je suppose que vous attendez des renforts considérables par voie maritime et terrestre, alors que nous sommes coupés de toute l'aide que pourrait nous apporter le roi Manfred. (Gosset laissa agir ses mots avant de reprendre.) Pourtant, le château, ses habitants, tous les biens mobiles et fixes qui s'y trouvent, sont sa propriété.

— Laissez-nous régler cette question-là, suggéra messire Robert, heureux d'avoir un peu progressé. Nous sommes même en mesure de dédommager généreusement la comtesse. Notre caisse nous permet de payer une somme considérable en échange d'Otrante. Fixez un prix.

— Voilà de belles paroles ! s'exclama Dietrich sans qu'on lui ait rien demandé.

— Asseyez-vous et prenez donc une coupe de vin frais, offrit Gosset au parlementaire. Quant à vous, messire Dietrich, laissez-nous seuls.

L'Allemand prit l'air offensé, mais il s'éloigna. Il croyait avoir compris à quoi Gosset voulait en venir. Robert de Les Beaux prit place avec plaisir et se servit.

— Il me faut du temps, murmura Gosset entre deux gorgées qui lui servirent à faire descendre les noix qu'il mâchait jusque-là. Du temps pour convaincre la comtesse et le Trencavel, dont les chevaliers se battent à nos côtés.

Cette information inquiéta messire Robert : le Trencavel avait une réputation redoutable, notamment celle de réserver de mauvaises surprises. Il avait encore à l'esprit les paroles de Rinat Le Pulcin.

— Je propose un délai de réflexion de douze heures, dit Gosset avec assurance.

— Mais nous serons en pleine nuit ! objecta Robert.

— Peu importe ! le tranquillisa le prêtre. Votre amiral a sans doute à son bord un miroir à signaux.

— Bien sûr ! confirma Les Beaux avec joie. Certainement ! Si vous nous faites savoir ainsi que nos conditions sont acceptées, nous vous laisserons jusqu'à demain midi pour quitter le cha...

— Nous vous transmettrons nos conditions, répondit Gosset en l'interrompant et votre amiral fera bien de répondre précisément et en détail à chacun des points. Si nous tombons d'accord pendant la nuit, rien ne s'opposera à une rencontre demain à midi. Nous fixerons notre arrangement dans le détail et par écrit, nous échangerons des otages, et surtout, nous ferons transiter les fonds dont nous avons parlé.

« Ah, songea Robert de Les Beaux, voilà donc l'hameçon auquel cette vieille carpe de Gosset compte mordre ! » Il eut du mal à réprimer sa joie.

— Qu'il en soit ainsi ! Je fais immédiatement lustrer le miroir de l'amiral. Pour l'heure, le soleil est dans la première maison du méridien.

Gosset hocha la tête, l'air ennuyé.

— Les nuits sont longues en hiver, déclara-t-il, ambigu, et son invité se releva.

Dietrich sortit alors de l'ombre de la porte de la cuisine, apporta le bandeau noir et messire de Les Beaux accepta de nouveau qu'on lui bande les yeux.

— J'attends de vos nouvelles ! dit-il à monseigneur Gosset, qui s'était déjà replongé dans son bréviaire.

— Vous allez en avoir, marmonna le prêtre en faisant signe à Dietrich qu'il était temps d'emmener le parlementaire.

L'Allemand sourit et proposa son bras à messire de Les Beaux.

Le vicaire dans le ventre du dragon

De mémoire d'homme, le port de Ravenne avait toujours été enfoui dans le sable abandonné par la mer, qui ne cessait de s'éloigner des murailles de la ville. Après l'époque animée et glorieuse de l'impératrice Gallia Placidia, qui gouvernait depuis la « deuxième Byzance » l'empire romain occidental, le puissant « corbeau » antique du légendaire Dietrich de Berne avait connu une chute inexorable dans l'insignifiance. La ville avait cédé son rang de centre commercial à Venise, et c'est Rome qui s'était affirmée comme capitale. Derrière les puissantes murailles construites des siècles plus tôt, la cité jadis tellement animée s'était figée. On n'y trouvait plus trace de ce mélange bigarré de Langobardes, de Syriens, d'Égyptiens et de Grecs ; la grande magicienne dormait. Partout, on ne voyait plus qu'une campagne aride, des marais, du sable et des lagunes. Et quelque part, au loin, la mer infidèle. Les gardiens des murailles furent d'autant plus ahuris lorsqu'ils virent se diriger vers eux un puissant navire, qui paraissait glisser sur la friche déserte – à moins qu'il ne puisse voler ? Ils avaient oublié depuis longtemps le vieux canal envahi par les joncs : aucun voilier ne s'y était plus égaré depuis longtemps, et aucune galère n'avait encore osé remuer cette eau vaseuse couverte d'un tapis d'algues. Avec ses sombres ailes géantes relevées, comme, jadis, le légendaire griffon, *L'Atalante* approchait, toutes voiles dehors, poussée par le soleil de la fin de l'après-midi. Le battement de ses rames écartait les roseaux et fouettait l'eau noire. C'est seulement lorsque sa coque puissante fut arrivée sous les murs et que la lourde porte du port s'ouvrit en grinçant devant lui, que Taxiarchos fit donner les rames en sens inverse contre les flots troubles, et ramener les voiles. Les hauts gréements de *L'Atalante* se dressèrent devant la ville, comme un défi. Nul ne savait vraiment qui avait donné aux gardes l'idée que l'apparition de ce vaisseau d'apocalypse pourrait avoir un rapport avec les étranges hôtes qui avaient pris leurs quartiers depuis quelques jours dans l'auberge située derrière la porte. Chaque jour, l'un de ces étrangers apparaissait sur les murailles, regardait la campagne, songeur, et arrachait des notes mélancoliques à son luth. Dans son appel au secours, Jordi avait indiqué que le port le plus proche était celui de Ravenne. Il s'y était installé avec le reste de l'escorte de Yeza, espérant vaguement pouvoir encore faire quelque chose à Bologne, si quelqu'un avait capté le message désespéré du miroir et accourait pour sauver sa maîtresse.

Pour les habitants de la ville, le nain faisait partie de la cour d'un vieil homme bizarrement vêtu qui se faisait appeler « vizir » et que toute la cité observait en souriant lorsqu'il allait chercher des plantes rares au pas cadencé. Les deux dames de son harem restaient le plus souvent sous la garde du nain, ce qui attisa la curiosité qu'inspiraient celles qu'on appelait déjà « la douce » et « l'enflammée ». L'officier de garde le fit prévenir dès que *L'Atalante* fut apparue devant les murs : il s'était pris d'affection pour le petit homme qui lui avait souvent adouci ses quarts monotones en lui chantant des chansons.

Mais, depuis la veille, un autre invité séjournait aussi à Ravenne. Il n'avait vu ni les deux belles voilées, ni messire le vizir et son troubadour. Et il s'était encore moins attendu à voir surgir ici un navire comme *L'Atalante*. Mais il avait posé son œil cupide sur le bateau dès qu'il l'avait aperçu – et d'œil, il n'en avait qu'un. Oberto Pallavicini, vicaire de l'empire romain pour « l'Italie », c'est-à-dire pour le territoire situé au sud des Alpes, à quelques exceptions territoriales près, avait rendu une visite surprise à la « Signoria da Polenta ». Moins parce qu'il lui plaisait de séjourner dans l'une des villes provinciales les plus ennuyeuses de la Romagne, mais parce que Ravenne appartenait de droit aux terres pontificales.

La véritable raison était en fait que le vieux corbeau, dans ses grandes heures, avait occupé maintes glorieuses fonctions, dont celle d'« exarchate ». Cette dignité, plus éminente que toutes, était pour lui aussi belle qu'un titre royal. Et c'est elle que convoitait le « représentant » d'un empereur qui n'existait plus. Mais il lui fallait d'abord éliminer du jeu un personnage dont les pouvoirs étaient tellement étendus qu'il le gênait profondément : Ezzelino, le tyran de Vérone. C'est pour préparer ce coup qu'Oberto séjournait à Ravenne. Et ce navire fantôme venait à point. Ce pourrait être le Dragon qu'il chevaucherait sur le Pô afin d'aller cracher du feu sur le nid de son rival, et l'en faire déguerpir. Oberto, qui ne croyait rien d'autre que ce qu'il avait vu de ses propres yeux, décida donc d'aller inspecter en personne sa future passerelle de commandement, pour voir qui dirigeait *L'Atalante* et comment il pourrait rendre le maître du navire docile ou inoffensif. Ses sbires zélés lui avaient déjà indiqué que le grand maître du Temple n'était pas à bord ; le navire hébergeait en revanche quelques Templiers que la lumière du jour rebutait, et toute une troupe bizarroïde. Oberto Pallavicini s'apprêtait à sortir.

— Vous ne parviendrez pas à extraire Yeza de Bologne en un tournemain ! affirma Jordi à Taxiarchos. Vous mettriez sa vie en danger, mieux, vous y mettriez un terme assuré, au lieu de la sauver !

Le troubadour avait couru avec une telle détermination par la porte ouverte que les gardes n'avaient même pas eu le temps de le retenir. Taxiarchos venait tout juste de débarquer, escorté par une troupe de *lancelloti* impressionnants et quelques Chevaliers teutoniques. Il avait laissé aux Templiers, dirigés par Simon de Cadet, la liberté de quitter le navire à Ravenne, mais cette ville ne paraissait pas plaire à Simon. Il s'était retiré sous le pont avec ses hommes : il ne tenait pas à ce que leur présence visible de tous légitime l'entreprise de corsaire à laquelle se livrait le Pénicrate.

S'il y avait une chose dont Taxiarchos se moquait totalement en cet instant précis, c'était bien sa réputation.

— Les Templiers ne peuvent-ils pas réclamer qu'on livre, sous leur juridiction, la dame Yeza Esclarmonde ? suggéra-t-il. Après tout, Simon lui avait proposé son aide active. Mais Jordi secoua la tête.

— Les Bolonais sont un peuple obstiné. Ils ne cèdent pas à la pression.

— Qui pourrait nous aider ?

Lui, le fameux navigateur, avait pris l'initiative de violer l'orgueil des Templiers, avait franchi le barrage formé par la flotte de l'Anjou pour traverser l'Adriatique, ce cul-de-sac périlleux que dominait la Serenissima (laquelle, on le savait, était la meilleure amie de l'ordre du Temple). Ce n'était tout de même pas pour rester planté ici, dans la vase de Ravenne !

— Allons, vous avez toujours une idée pour vous en sortir, d'habitude, maître Jordi...

Le troubadour n'écoutait que d'une oreille.

— Il existe un homme dont la parole vaut aussi à Bologne, chuchota-t-il sans détourner son regard de la porte de la ville où, à sa stupéfaction, venait de surgir Oberto Pallavicini accompagné d'une petite escorte.

— Éloignez-vous immédiatement avec vos faucheurs, chuchota le nain à Taxiarchos. Je vais tenter d'attirer à bord messire le vicaire. Nous allons le prendre en otage. Allez, disparaissez, et ne revenez qu'au moment où je brandirai mon chapeau !

Taxiarchos fit un signe à ses hommes, et ils se mirent en marche sur le côté. Le bord élevé de *L'Atalante* cacha ainsi les hommes au vicaire et à sa troupe, qui descendaient à présent le chemin. Ils étaient à peine armés : Pallavicini venait rendre une visite de courtoisie.

Jordi se demandait encore convulsivement s'il devait lui-même aller à la rencontre de ce haut fonctionnaire pour l'inviter à bord, ou laisser cette tâche à Kefir Alhakim. Mais, à cet instant, Simon de Cadet vint le rejoindre : la curiosité avait été la plus forte. Ils virent tous deux Oberto Pallavicini désigner le navire, l'air ravi et étonné. Il envoya un page, qui arriva hors d'haleine sous le bastingage et demanda, au nom de son maître, la faveur de pouvoir saluer l'illustre personne qui voyageait sur ce beau vaisseau.

Au grand étonnement de Simon, Jordi donna poliment son accord, et le page repartit en courant vers Oberto, qui ne s'était manifestement pas attendu à une autre réponse et s'était déjà considérablement approché. Le troubadour eut l'impression que les planches du navire brûlaient sous ses pieds. Mais le soleil était de la partie : il fit tomber un rayon sur le vizir, que l'on amenait justement dans une litière ouverte, entouré par ses femmes voilées. Les porteurs, au pas de course, doublèrent le vicaire et son escorte. Mais celui-ci ne voyait que le bateau, devant lui. Kefir avait mis pourtant le plus gros de ses turbans.

— Imaginez une raison, chuchota le nain au Templier, pour laquelle vous avez accosté ici en mission secrète. Mais pas un mot sur Yeza !

Jordi se cacha derrière la rambarde du pont de quart : le vicaire, son escorte et la litière de Kefir Alhakim venaient d'arriver, presque en même temps, au pied du navire. Si le vizir n'était pas depuis longtemps à bord, c'est que Kefir se refusait obstinément à franchir la passerelle à pied, bien que les porteurs lui aient dit et répété qu'il tomberait à l'eau à coup sûr s'il y passait dans sa litière. Jordi eut la présence d'esprit de lui crier, sans montrer son visage :

— Illustre Kefir Alhakim, je me suis permis d'inviter le vicaire de l'empire à visiter le navire.

Le vizir trouva immédiatement le ton qu'il fallait à son rôle de dignitaire grotesque.

— C'est pour moi un honneur de pouvoir vous saluer au nom du sultan, vous, Oberto Pallavicini, homme glorieux et respecté. Acceptez donc cette invitation, afin que le regard d'aigle de votre œil redouté et le pas de votre pied puissant transforment les misérables planches de mon modeste petit navire en un grenier humant le bois de rose et la myrrhe. Soyez ici chez vous, mais je vous en prie, ôtez d'abord vos bottes.

Quelle mouche l'avait piqué ! Simon blêmit, mais se pencha tout de même pour enlever ses bottes. Tous à bord suivirent son exemple, et se retrouvèrent nu-pieds avant que la tête du vicaire n'apparaisse en haut de la passerelle.

Oberto, éberlué, observa la litière qui reprenait la direction de la ville. Il se dit ensuite qu'il existait sûrement des planchers de navire en bois exotique, tellement sensibles qu'on ne pouvait y marcher que pieds nus. Il était aussi possible que messire l'ambassadeur y déroule régulièrement son tapis de prière, et considère donc le sol du navire comme sa mosquée. Oberto tendit en tout cas ses jambes au page et quitta ses bottes en jurant à voix basse. Son escorte l'imita. Souliers à la main, tous montèrent au pas de l'oie sur le pont du navire, qui était effectivement construit dans le meilleur des bois, et d'une propreté étincelante. Oberto salua Simon de Cadet.

— Vous devez avoir toute la confiance de Thomas Bérard, votre grand maître, pour qu'il vous ait abandonné la prunelle de ses yeux.

Ce n'était pas une question, mais il attendait une réponse.

— Tout chevalier de l'Ordre lui doit obéissance, répliqua Simon. J'ai reçu l'ordre de venir prendre ici Son Excellence l'ambassadeur du sultan et de le conduire au lieu qu'il m'indiquera. Vous pouvez considérer cela comme une marque de confiance. Quant à moi, je ne fais que mon devoir.

Oberto prit l'air conciliant.

— Je vois, chevalier, que le grand maître savait bien pourquoi il vous confiait cette mission, malgré votre jeunesse. Mais je visiterais volontiers votre admirable navire ! ajouta-t-il, jovial.

Simon profita de l'occasion pour s'esquiver.

— Nul ne pourra mieux vous guider que notre bouffon. Faites-lui confiance !

Et le Templier alla rejoindre ses hommes sous le pont avant même que le vicaire n'ait pu lui répondre. Le petit troubadour prit son courage à deux mains. Ou bien le poisson avait mordu à l'hameçon, ou bien Jordi connaîtrait le sort du ver qui sacrifie inutilement sa vie. Il passa sa tête au-dessus de la rambarde et sourit insolemment à Pallavicini.

— Mais je te connais, espèce de gnome ! s'exclama Oberto en voyant Jordi se lancer par-dessus le bastingage et atterrir devant lui. N'étais-tu pas le troubadour...

Il fut interrompu par un cri sourd et rauque :

— Ce misérable rimeur et couineur ? Qui ne sait ni chanter, ni jouer du luth ? C'est mon pauvre frère jumeau, un arriéré mental !

Le vicaire secoua la tête.

— J'aurais juré vous avoir rencontré en Sicile...

— Ça lui ressemble bien ! Mais si vous voulez me suivre...

Il monta devant son hôte l'escalier de bois qui menait

au pont supérieur étroit. Celui-ci courait d'un mât à l'autre du navire, passant à la hauteur des têtes des rameurs les plus élevés. Les voiles avaient été amenées et dissimulaient les trébuchets orientables.

Devant les yeux étonnés de ses invités, Jordi ordonna aux Maures de dégager l'une des catapultes légères.

— Ce que vous voyez ici, expliqua fièrement le nain, le monde ne l'a encore jamais vu : des trépieds inclinables, capables de tourner à 360° et de tirer de tous les côtés sans gêner les manœuvres !

Oberto, intéressé, regarda dans les trappes rondes d'où dépassaient les têtes des catapultes. Elles étaient effectivement montées sur de gigantesques supports pivotants.

— J'irais volontiers voir cela d'en bas ! s'exclama Oberto, comme un *physicus* enthousiasmé par les jeux de la technique. (Il joua le curieux et chercha la provocation :) Mais vous cachez certainement aussi une arme plus puissante !

Il désigna d'un geste de propriétaire les constructions dissimulées par des voiles, sur le pont relevé. Jordi s'empressa de détourner son attention des mangonneaux et de l'attirer aussi vite que possible dans les profondeurs de la cale.

— Vous avez tout à fait raison ! fit le nain, flatteur. Les balistes à tension rotative sont installées sous le pont, derrière des trappes de bois. Leur apparition subite provoque l'effroi avant même que leur terrible puissance de feu ne répande effectivement la terreur.

— Le feu grégeois ?

Jordi eut un sourire ambigu et laissa son visiteur descendre sur l'escalier escarpé. Avant de le suivre, après avoir laissé passer l'escorte, il secoua son chapeau de velours comme pour s'éventer. Lorsqu'il eut constaté que Beni retransmettait le signal convenu, il descendit d'un pas léger. Le vicaire était déjà en train d'expliquer à son escorte, d'un ton de spécialiste admiratif, le fonctionnement des trébuchets inclinables. Les balistes sur roues lui avaient plu, elles aussi : cachées entre les rameurs, elles pouvaient tirer sans même qu'on les voie. Ce navire était une véritable merveille ! Il devait mettre la main sur cette machine de guerre.

— Si vous permettez, messire le Grand Armurier, fit-il en se tournant aimablement vers le nain et en glissant quelques pièces d'or au troubadour ahuri, je vais vous envoyer à bord mes meilleurs catapulteurs et arbalétriers, pour que vous leur appreniez le fonctionnement de tout cela. (Le vicaire réfléchit rapidement au nombre d'hommes qu'il lui faudrait pour prendre possession de *l'Atalante*.) Et je devrais moi-même venir suivre vos leçons !

Jordi s'était retiré sur la dernière marche de l'escalier : il avait vu la rangée supérieure des rameurs, celle des *lancelloti,* rentrer ses longues perches, puis les placer en hauteur, et pour finir diriger les pales en forme de faux vers l'intérieur du navire, prêtes à frapper des deux côtés.

— Vous n'allez pas en avoir le temps, Oberto Pallavicini !

La voix de Taxiarchos avait retenti au-dessus de leur tête. Un regard rapide à la ronde montra au vicaire qu'il était tombé dans un piège. Il n'était certes pas enchaîné, mais s'il tentait de fuir, les lames affûtées qui l'entouraient le découperaient, lui et son escorte, sans qu'il ait la moindre possibilité de se défendre. De l'escalier aussi, les faux descendaient à présent, menaçantes. Le nain s'était réfugié derrière elles.

— Quelle est cette mauvaise plaisanterie ? lança Oberto Pallavicini au petit homme. Que pouvez-vous bien attendre de moi, pour oser vous exposer au jugement de mon tribunal ? (Il tremblait de colère, mais il se força à feindre la légèreté.) Laissez-moi sortir, et j'oublierai cette farce insolente !

— Je n'ai aucune envie de plaisanter, cria Taxiarchos en descendant quelques marches, pour rejoindre le troubadour. Vous resterez mon prisonnier tant que vous n'aurez pas fait en sorte que les Bolonais libèrent Yeza, notre maîtresse !

— Ce n'est pas en mon pouvoir ! répondit le vicaire. Mais Taxiarchos ne le laissa pas s'esquiver :

— Il est en revanche en mon pouvoir de vous livrer à

Ezzelino, et c'est le sort qui vous attend si vous ne faites pas amener Yeza sur ce navire, sans délai et sans qu'on touche un seul de ses cheveux.

— Dans ce cas, libérez-moi, et je vous jure...

— Écrivez une lettre. Vous attendrez avec nous l'arrivée de la dame !

Oberto fit une dernière tentative pour se tirer par ses propres moyens de cette situation pénible.

— Si je n'y vais pas personnellement...

— Votre personne n'intéresse que le tyran de Vérone. Mais celui-là vous attend avec passion ! répondit Taxiarchos en éclatant de rire.

— Ezzelino va vous le couper en morceaux ! ajouta Jordi avec un malin plaisir. Le tyran va le passer au pressoir, jusqu'à ce que son unique œil lui sorte de l'orbite, juste avant que son crâne n'éclate comme une noix vide !

Taxiarchos fit en sorte que l'on donne au vicaire ce dont il avait besoin, et fit appeler Simon de Cadet.

— Vous vous êtes rallié à moi parce que vous souhaitiez sortir la princesse Yeza Esclarmonde du danger où elle se trouve. L'instant est venu où vous allez pouvoir tenir votre parole, chevalier. Vous allez partir pour Bologne avec la lettre du vicaire, et vous reviendrez avec notre reine !

— *Esclarmonde o la muerte !* s'exclama Simon.

— Vous pouvez emmener vos frères d'Ordre en escorte, je vous fais confiance !

— Je me fais confiance, répliqua Simon, j'irai seul. Donnez-moi seulement un deuxième cheval et une selle !

— Dix ! cria Taxiarchos au chevalier qui s'éloignait déjà, et il s'abstint de le mettre amicalement en garde au cas où il reviendrait avec la selle vide. Vous pouvez tous les épuiser !

La course enamourée du tigre

Tout était calme dans la baie d'Otrante. Le soleil vespéral transformait la flottille de l'Anjou, qui avait jeté l'ancre, en une marine picturale. Comme dans un dessin à l'encre d'Extrême-Orient, les coques noires et les fins gréements se détachaient sur le fond tantôt doré, tantôt vert-bleu et argent. Les mâts étaient encore nus, comme tracés d'un coup de plume rapide : les assaillants avaient ramené leurs voiles. Mais cela pouvait changer rapidement, à la faveur de l'obscurité.

— Nous ne pourrons pas les retenir une nuit de plus, expliquait Roç à son confident, le prêtre Gosset. Mais cette mise en garde était en réalité destinée au capitaine allemand qui, d'un geste de son menton proéminent, avait jusqu'ici repoussé tous ceux qui voulaient le presser.

— J'ai indiqué par signaux au navire amiral que nous pourrions, sur le principe, accepter l'idée de livrer Otrante sans combat, mais que nous devions encore régler toute une série de questions concernant notre départ en hommes libres, et surtout la possibilité d'emporter nos biens mobiles (y compris les catapultes et nos autres machines de guerre), expliqua Gosset. C'est la raison pour laquelle je viens de demander un nouveau délai de vingt-quatre heures.

— Et avec quel résultat ? s'enquit, narquois, Dietrich von Röpkenstein. Les Provençaux de messire Charles, ces corsaires marseillais, attaqueront de la mer, à la faveur de la nuit ! Ils se sont déjà tellement rapprochés de nos fortifications portuaires que seules les illuminations du Diable du feu nous ont permis de les découvrir et de les repousser avant qu'ils n'incendient la trirème...

— Vous tenez à ce navire comme si c'était le vôtre, capitaine ! se moqua Roç.

— Pas le mien, mais celui de notre comtesse. Depuis que vous avez ordonné d'évacuer la trirème pour la rendre apte au combat, elle n'a plus les sacs de sable qui la protégeaient ! ajouta Dietrich.

— Alors tentons enfin d'exécuter notre plan ! rugit Roç. À moins que vous ne soyez trop lâche pour cela ?

— Ne vous y fiez pas, Trencavel ! Vous nous devez encore la preuve de votre légendaire témérité. Vous avez déjà donné plusieurs fois celle de votre irrésolution !

Gosset s'interposa entre les deux hommes avant que ne partent les premiers coups de poing.

— Dans ce cas, capitaine, fit Roç entre ses dents, épargnez-vous d'autres réponses et exécutez mes ordres. Dès que la nuit tombera, Gosset entamera avec son miroir la négociation annoncée avec le navire de l'amiral, qui révélera ainsi sa position. Et nous nous mettrons en route.

— Une sortie côté terre ferait diversion et faciliterait notre entreprise, suggéra Dietrich sans bouger de sa place.

Mais Gosset, auquel était adressée cette suggestion, regardait, captivé, le spectacle sublime que le soleil déclinant mettait en scène sur la mer. Du disque incandescent sortit un point noir qui prit rapidement des contours et se dirigea droit vers la flottille ancrée dans la baie, à l'endroit précis où les bateaux étaient le plus serrés. Le puissant navire avait levé toutes les voiles, ses rames étincelaient dans l'eau et la proue écumante montrait dans quelle direction se dirigeait la poupe surélevée.

— *L'Atalante* ! s'exclama Roç, ébahi. Elle est revenue !

— Elle va donner une nouvelle leçon à l'Anjou, cette maîtresse des mers ! s'exclama Dietrich, et ils mirent la main au-dessus de leurs yeux pour que le soleil rougeoyant qui se couchait face à eux ne leur fasse rien perdre du spectacle qui s'annonçait..

Robert de Les Beaux fut le premier à voir arriver le malheur. Le jeune commandant était monté par le flanc du navire pour mettre au point avec l'amiral l'opération nocturne qui lui permettrait de duper les défenseurs d'Otrante. Mais l'amiral n'avait rien voulu savoir, et Les Beaux s'apprêtait à revenir sur son canot lorsqu'il vit *L'Atalante* qui se précipitait vers eux. Elle était encore trop éloignée pour qu'il puisse l'identifier avec précision. Mais il n'en avait pas besoin : cette vision lui fit l'effet d'un coup de poing au ventre.

— Oh non, la revoilà ! gémit-il en comprenant qu'il ne pouvait rien y faire.

— Fichez le camp ! hurla-t-il à ses hommes, qui calèrent aussitôt leurs rames contre le bord du navire amiral. Robert attrapa une corde qui pendait et se lança à bord de son propre navire comme un pirate à l'abordage. Ses hommes le récupérèrent à l'arrivée.

— Aux rames ! ! cria-t-il ! Fichons le camp d'ici !

Il n'eut pas besoin de donner d'autres ordres. On entendit des craquements, des éclats de bois volèrent : le navire de l'amiral avait la coque ouverte.

Taxiarchos avait fait sortir le bélier, mais ne l'avait pas enfoncé dans la coque de son adversaire, qui paraissait abasourdi. Une manœuvre fulgurante des voiles, soutenue par les *lancelotti*, lui avait permis de l'aborder par le flanc. Ils avaient coupé les rames du navire, lui avaient ouvert le ventre sur toute sa longueur et avaient balayé le pont avec leurs faux placées à l'horizontale. Des membres coupés tombaient de toutes parts, le sang giclait, et l'on entendait résonner des cris de terreur. *L'Atalante* était déjà repartie, non pas vers le large, mais au milieu de cet amas de navires incapables de manœuvrer. Cela coûta leur proue à deux nouvelles embarcations, qui se mirent aussitôt à couler. Robert de Les Beaux put remercier la sainte Vierge à genoux que cela n'ait pas eu lieu sur le côté où il s'était dirigé. Des deux navires touchés, on ne voyait plus que le mât oblique, la poupe dressée, puis une tache d'écume gargouillante. *L'Atalante* repartit à la charge. Cette fois, la plupart des matelots sautèrent par-dessus la rambarde avant le choc. Seul l'amiral resta dans son siège, sur la poupe, plus par stupéfaction que par sens du devoir. Taxiarchos avait fait rentrer le bélier, la proue massive de *L'Atalante*. Il heurta le navire amiral par l'arrière, dans un fracas terrifiant, broya le gouvernail et envoya en l'air l'amiral et son siège. Il eut encore le temps de voir son fier navire se coucher sur le flanc, puis il suivit son fauteuil vers les profondeurs. *L'Atalante* en resta là et fila au milieu de la flotte qui s'égaillait. Le navire du diable remit cap au sud et reprit sa croisière sauvage.

Messire de Les Beaux refusait de considérer que la perte du navire amiral avait sonné l'échec de toute l'entreprise. Il donna l'ordre de lever le siège. Mais il commença par s'occuper du gaillard qui leur avait mis toute cette opération en tête.

— Rinat Le Pulcin, annonça-t-il au peintre aux habits élégants, messire l'amiral souhaite vous voir auprès de lui, pour que vos conseils ne lui fassent pas défaut. Les poissons sont en effet incapables de lui indiquer comment on pourra prendre en un tournemain Otrante, cette bourgade sans défense. Il faut absolument que vous alliez le lui expliquer !

Sur un geste de Robert, des matelots attrapèrent le manchot sous les aisselles et par les chevilles, le balancèrent deux ou trois fois avant de le jeter par-dessus bord.

La nuit était tombée. De la passerelle de quart, Yeza avait suivi l'attaque lancée par Taxiarchos à côté de ce chevalier du Temple qu'elle regardait comme un sauveur. C'est tout de même Simon qui était venue la tirer des griffes de Bologne, alors qu'Enzio, qui se préoccupait surtout de son propre destin, avait lamentablement échoué ! Re Enzio n'avait même pas trouvé de mots pour la consoler, lorsqu'il lui avait enfin rendu visite dans son cachot, plusieurs jours après son évasion manquée. Au contraire, le bâtard trouvait parfaitement normal qu'elle paie cette tentative de sa jeune vie :

— Vous vous êtes sacrifiée pour moi, dame Yezabel Esclarmonde, cela vous rendra la mort plus légère, et je me souviendrai toujours de vous !

La réponse qu'elle lui avait faite n'était d'ailleurs pas digne d'une dame :

— *Vaseme 'a vuallera !*

Le grand seigneur n'avait pas compris cette phrase prononcée dans un napolitain très vulgaire, et s'en était allé en grommelant quelques mots sur « la jeunesse actuelle ». À côté de cette serpillière, Sigbert avait l'âme d'un jeune homme ! Yeza posa sa main sur le bras de Simon de Cadet. Sa tranquillité lui plaisait, elle avait déjà eu ce sentiment lors du tournoi de Montségur, mais aussi par la suite, lorsqu'elle l'avait de nouveau rencontré à Rhedae. À cette date, il portait déjà le clams des Templiers.

Mais ce simple contact fit tressaillir Simon. Et ce geste serra le cœur d'un autre homme : Taxiarchos brûlait de jalousie depuis que Yeza était revenue de Ravenne à côté de Simon.

Taxiarchos n'avait pas voulu prendre le risque de rendre la liberté à Oberto Pallavicini avant d'avoir quitté Ravenne, où tous semblaient lui obéir, et où il avait en tout cas au moins autant d'influence qu'à Bologne. Jusque-là, le corsaire n'avait donc pas tenu sa parole. Il repartit avec Oberto et son escorte, serrés dans sa cale comme des harengs. Il était bien décidé à les déposer à terre dès qu'une occasion favorable se présenterait. Et il en profiterait pour débarquer le Templier ! Taxiarchos regarda d'un œil torve Yeza et Simon debout l'un près de l'autre. S'il avait risqué sa tête, plongé dans la gueule du loup, ce n'était pas pour qu'un autre récolte les doux fruits de ses batailles ! Taxiarchos ne pouvait quitter sa place au gouvernail, l'obscurité exigeait une extrême attention, d'autant plus qu'il lui fallait trouver, avant d'atteindre le large de Santa Maria di Leuca, un endroit qui permettrait un accostage sans danger entre les roches de la côte.

Deux autres yeux brûlants dévoraient aussi secrètement le Templier et souhaitaient voir Yeza en enfer, ou du moins aussi loin que possible de cet ami de jeunesse. Mafalda était à portée de vue du couple et souffrait atrocement. Yeza s'en aperçut et en fut navrée. Elle offrit à Simon de laisser sa place à Mafalda, mais elle se montra ravie lorsqu'il lui demanda de ne pas l'abandonner à la lascivité notoire de la jeune femme. Yeza caressait l'idée de proposer à Simon de devenir son chevalier, une fois que le Templier aurait renoncé à ses vœux.

— Vous n'avez rien à attendre de votre Ordre, Simon de Cadet, en tout cas rien de bon, commença-t-elle prudemment. Mais le Templier se retourna, comme piqué par la tarentule.

— Que savez-vous, Yeza, de mon serment ? Pour nous, il n'y a que deux manières de sortir de l'Ordre : en être chassé conformément à la règle, ou être abattu pendant une tentative de fuite.

— La seconde ne vous concerne pas, répondit Yeza.

Mais pourquoi ne pas tenter la première solution ? (Elle lui prit la main, ils se serraient presque dans les bras, à présent.) Dans ce cas, sachez que je serais heureuse de vous avoir à mon service.

Simon se rapprocha d'elle.

— Je ne puis me débarrasser du serment que j'ai prêté comme s'il s'agissait d'une chemise trouée, comprenez-moi !

Yeza fit comme si elle comprenait, ce qui ne signifiait pas, loin de là, qu'elle acceptait le primat de l'Ordre et de son vœu. Elle fut d'autant plus agacée de voir surgir Beni, suivi par Geraude. Mais lorsque celle-ci l'informa que le bain était prêt, elle ne se soucia plus de Simon et lui tourna le dos sans ajouter un mot. Rien, pas même un homme ou deux, ne faisait plus envie à Yeza qu'un bain brûlant : la puanteur du cachot s'était collée à elle comme à un rat musqué. Et elle constata avec une parfaite indifférence que Mafalda avait immédiatement profité de l'occasion pour prendre sa place à côté de Simon, près du bastingage.

— La dernière fois que je me suis lavée pour un homme, annonça-t-elle à sa Première dame de cour, je suis tombée dans la merde jusqu'au cou ! Et pourtant, je préfère n'importe quel bain dans le purin chaud à la confiance que nous plaçons souvent dans les mâles !

Yeza fit venir Jordi auprès d'elle.

— Joue-moi quelque chose, mon bon troubadour, s'exclama-t-elle, car plus encore que la cajolerie de l'eau chaude, mon corps a besoin de ton chant pour se sentir de nouveau heureux et libre !

Cela ne l'aurait pas dérangée de se montrer toute nue devant le petit homme. Jordi était à la fois son confident et son admirateur, elle aimait qu'il la caresse et la chatouille avec ses chansons souvent grivoises. Jordi prit son luth et suivit les dames dans leurs appartements, à la poupe.

Kefir Alhakim, le vizir, fut prié de sortir et s'installa devant la porte. Son turban trop haut se balançait au rythme de la charmante mélodie qui s'éleva bientôt dans la nuit.

« *Por coi me bait mes maris ?*
Lassette !
Je ne li ai rienz meffait ?
Ne riens ne li ai mesdit
Fors c'accoleir mon amin Soulete.
Por coi me baits mes maris ?
Lassette !

Des rires stridents s'élevèrent de la tente des femmes, dressées à la poupe du navire. Peu après, Beni en sortit, trempé, le visage cramoisi. Yeza l'avait surpris en train de l'épier, Geraude l'avait puni en le plongeant dans le baquet, et l'avait chassé de la tente. Son père fut ainsi témoin de sa déconvenue. Les succès du Matou auprès des femmes étaient très limités. Yeza, sa reine, le traitait comme un page impubère, Mafalda comme son esclave personnel, mais sans jamais faire appel à sa virilité, et si Geraude le prenait bien dans son lit, c'était uniquement pour le bercer comme un bébé. Et voilà qu'elle l'avait trahi à son tour ! Beni le Matou rêvait de retrouver sa Potkaxl.

« *Por coi me bait mes maris ?*
Lassette !
Et c'il ne mi lait dureir
ne bone vie meneir,
je lou ferai cous clamerir, a certes.
Por coi me bait mes maris ?
Lassette !

Même les *lancelotti* cessèrent de polir et d'affûter leurs armes en entendant ces notes gaillardes. Les guerriers rameurs qui avaient quitté la trirème pour partir avec Taxiarchos avaient tous rattaché leurs faux à leurs rames. Ils ne voulaient pas renoncer à l'effet dévastateur de leurs armes préférées.

Taxiarchos se tenait tout en haut, à la poupe, et scrutait du regard la côte sombre. Juste après avoir détruit le cœur de la flotte d'Anjou, il avait caressé un instant l'idée d'apprendre à Yeza que son Roç était bloqué dans le château d'Otrante, car il était certain que la trirème n'avait pu quitter le port entre ses deux passages. Mais comme il était tout aussi persuadé que Yeza, si elle avait été informée, aurait exigé d'accoster, il avait préféré s'abstenir. Quant à Simon, qui savait quel message Guillaume avait envoyé par le miroir, il n'avait rien dit lui non plus. De la mer, on n'avait pu voir la trirème cachée dans le port. C'était une bonne chose. Il voulait être seul avec Yeza !

« Por coi me bait mes maris ?
Lassette !
Or sai bien que je ferai
Et coment m'an vangerai :
Avec mon amin gerai nüete.
Por coi me bait mes maris ?
Lassette !

Comme deux cerfs en rut

À Otrante, c'était l'enfer. Le Diable du feu se déchaînait ! Les fusées montaient à trois fois la hauteur des tours avant d'éclater dans le ciel. Entre deux départs, on entendait tonner des coups de canon : l'explosion de pots de terre que les catapultes envoyaient sur la mer. La flotte de l'Anjou, mise à mal, avait rassemblé en toute hâte les troupes envoyées à terre et avait pris le large.

— *Allah ya'allam !* Que personne ne se gêne, proclama Mahmoud, le jeune armurier, pour fêter une victoire que nous n'avons pas remportée nous-mêmes !

La comtesse avait autorisé Alena Elaia et Salomé à descendre avec leurs femmes et leurs suivantes jusqu'au port, afin de participer aux réjouissances des Maures et des *lancelotti*, des chevaliers étrangers et des troupes d'auxiliaires indigènes. Mais elle demanda à ses dames de cour de garder un œil sur sa fille indocile. Elle-même n'était apparue qu'un bref instant auprès de la trirème, avait savouré l'ovation que lui avaient réservée ses hommes et était convenue avec Dietrich de coordonner les tours de garde et les fêtes de telle sorte que tous en aient pour leur compte.

— Mais que la sécurité d'Otrante n'en souffre pas ! Faites-moi votre rapport à chaque heure, je vous prie, messire Dietrich. Quant à vous, mon cher Gosset, veillez à ce que ma fille regagne son lit à la fin. Elle vous écoute plus que sa mère !

— Vous ne priez vraisemblablement pas avec cette enfant ! lui répondit le prêtre en souriant. Le Coran connaît certainement aussi une supplique pour avoir un sommeil bien gardé ?

Shirat l'avait suivi des yeux par-dessus l'épaule, étonnée, non sans jeter aussi à Dietrich un regard que Gosset et l'Allemand perçurent et jugèrent tous deux bien étrange.

— Voulez-vous dire, monseigneur, que le prophète ne connaissait pas les délices du lit ? Dans ce cas, nous autres musulmans, nous devrions passer toutes nos nuits sans joie !

Et, sur ces mots, la charmante créature avait disparu.

Roç avait sans doute remarqué ce regard qui ne lui était pas destiné.

— Que reste-t-il en effet à la femme qui n'a pas d'homme si elle ne trouve même pas le repos dans le sommeil, dit-il à Gosset, d'une voix assez forte pour que l'Allemand l'entende. Roç avait déjà beaucoup bu, et était fermement décidé à ne pas s'arrêter là. Sans tenir compte du froncement de sourcils de Gosset, il avait choisi les trois Occitans comme compagnons de beuverie. Il s'entendait de mieux en mieux avec Raoul, et cette amitié incita Mas à mettre un terme à sa résistance au Trencavel. Quant à Pons, il put ainsi laisser libre cours à l'admiration qu'il éprouvait pour Roç.

Potkaxl était elle aussi d'heureuse humeur. En buvant et en dansant, elle ôtait ses vêtements pièce après pièce, en chantant sa fureur en notes gutturales, grondant parfois comme un tremblement de terre dans la montagne, lançant un peu plus tard des hurlements stridents semblables à des éclairs. Les Maures et les *lancelotti*, ignorant les chagrins d'amour de Potkaxl, applaudissaient et l'encourageaient. Elle fut bientôt toute nue, au grand agacement de Dietrich von Röpkenstein, qui craignait pour la discipline de ses hommes. Il s'efforçait de ne pas jouer les prudes, mais il ne faisait pas bonne figure lorsqu'il se présenta devant les trois Occitans.

— Pour le prochain quart, je prie ces messieurs de se rendre à présent aux murs extérieurs.

Dietrich avait donné ses instructions très calmement, mais Roç bondit aussitôt sur ses jambes, indigné.

— Vous restez ici et vous me tenez compagnie !

Il foudroya l'Allemand du regard, mais celui-ci continua à s'adresser à Raoul.

— Libérez je vous prie, trois hommes de garde, et envoyez-les ici, qu'ils puissent faire la fête à leur tour.

— Allez-y vous-même ! lança Roç. Un Röpkenstein vaut bien trois soldats !

Un rire contenu parcourut ceux qui assistaient à la querelle. Dietrich se maîtrisa. Raoul intervint et s'adressa doucement à Roç :

— Nous y allons, annonça-t-il d'une voix aimable. Nul ne doit être privé de fête à cause de nous !

Il donna une bourrade à Mas, qui espérait déjà que cette confrontation s'envenimerait, puis se dirigea vers l'escalier creusé dans la roche. Pons soupira, haussa les épaules pour s'excuser et les suivit.

— Je prends le quart, moi aussi, dit Dietrich à Gosset. Six hommes pourront ainsi participer à vos réjouissances !

— Ils ne peuvent pas tous faire la fête avec nous, général ? demanda insolemment Potkaxl à Dietrich.

Gosset voulut répondre, mais commença par demander aux femmes de couvrir la Toltèque : elle avait déjà la chair de poule en cette nuit d'hiver.

— La disparition de l'ennemi, expliqua-t-il à tous ceux qui voulaient l'entendre, pourrait aussi être une feinte. Nous devons donc rester sur nos gardes.

— Dans ce cas, je veux moi aussi accomplir mon service pour Otrante ! grogna Roç en se levant lourdement. Mais, mon cher Gosset, demain matin, pour ce qui me concerne, la forteresse sera remise entre les mains de Dieu. Nous, en tout cas, nous levons l'ancre. Vous pouvez faire préparer la trirème

Roç vida son gobelet et le jeta dans le port. Puis il monta les marches, en titubant un peu.

La fête avait atteint son apogée, mais Alena Elaia bâillait. Elle ne protesta pas lorsque Mahmoud proposa de la raccompagner au château avec Salomé. Les femmes les rejoignirent. Il ne restait plus devant le feu que quelques irréductibles, occupés à finir les fonds de vin dans les fûts. Gosset répartit les tâches à accomplir si la trirème devait effectivement quitter le port le lendemain.

— Que le bateau soit prêt au lever du soleil !

Puis il quitta le bord à son tour.

— Shirat ! Je sais que vous êtes à l'intérieur !

Roç commença par cogner avec le poignet, puis il frappa du plat de la main contre le panneau.

— Allons, ouvrez-moi ! (Il tira sur le bouton de bronze de la porte qui donnait sur les appartements de la comtesse.) Assez de ce jeu cruel ! (Il baissa un instant la voix, mais recommença presque aussitôt à tempêter :) Vous ne pouvez pas me laisser comme cela !

Shirat ne répondit pas. Rien ne bougeait dans la chambre, même les deux gardiens armés d'une hallebarde, de part et d'autre de la haute porte, ne bronchaient pas et faisaient comme si Roç n'existait pas. Cela lui évitait la honte, pour autant qu'il fût capable d'être honteux, ivre comme il l'était. En revanche, il vit Dietrich von Röpkenstein surgir du néant dans le sombre corridor, ce qui incita Roç à soupçonner qu'il venait de sortir par une issue de secrète de la chambre de la comtesse, et qu'il cherchait à donner l'impression de n'être là que par hasard, au retour d'une patrouille sur la muraille.

— L'Anjou menace-t-il le lit de la comtesse, lança-t-il, narquois, à l'Allemand, pour que vous veniez ici aussi contrôler la vigilance d'Otrante ?

— Messire de Les Beaux, lui, a compris qu'un siège est devenu absurde, dit-il en pesant chacun de ses mots.

D'autant plus que ce qu'il a dans ses pantalons n'y suffirait pas.

Avec un cri de fureur, Roç s'était jeté sur le guerrier blond, mais celui-ci l'évita habilement et le poing du Trencavel donna dans le vide. Roç s'immobilisa et, constatant que son adversaire n'avait pas d'arme, il attrapa sa ceinture et laissa sa rapière tomber par terre. Sans quitter Dietrich des yeux, il alla auprès de l'un des gardes et lui ôta d'un coup sa hallebarde. Le garde ne réagit pas. Roç brisa la lance juste derrière le fer, sur le parapet en pierre de la balustrade qui entourait le corridor. Le bois cassa presque sans éclat, et le fer atterrit dans la cour. Faisant passer la barre nue d'une main à l'autre, il lança à l'Allemand un regard de défi.

Dietrich avait pris l'arme du second garde. Celui-ci ne l'avait pas encore lâchée lorsque le soldat blond, d'un coup sec du tranchant de la main, sépara la partie métallique de la lance. Puis il se mit à son tour en position. Ils s'épiaient, le bâton prêt à frapper. Ils se toisaient, avançaient, reculaient d'un bond. Ensuite, comme un orage de grêle après l'éclair, les coups tombèrent, bois contre bois. Ce premier échange, qui était encore conforme aux règles, n'avait donné l'avantage à aucun des deux hommes lorsque Gosset monta l'escalier, suivi par Potkaxl. Ils s'arrêtèrent, mais ne dirent pas un mot : Gosset savait que, si l'on veut purifier l'air, il faut laisser les nuages d'orage se décharger.

Mais les coups devenaient de plus en plus perfides : ceux de Roç ne visaient plus le torse nu de l'Allemand, mais se dirigeaient aussi vers les jambes et les parties génitales de son adversaire. Dietrich, lui, frappait comme un marteau, et Roç avait bien du mal à parer ses attaques portées entre la tête et le cou : si l'une d'elles l'avait atteint là, il se serait retrouvé aussitôt dans les bras de Morphée, voire un étage plus bas. Entre les mains de ces deux hommes, les barres de bois devenaient des armes meurtrières, et seule leur maîtrise apparente donnait encore l'impression qu'il s'agissait d'un jeu. C'était en fait devenu depuis longtemps un combat à mort. Tous deux profitaient de la moindre occasion pour envoyer, en plus du reste, leur poing dans le visage de leur adversaire. Dans ce domaine, l'avantage revenait à l'Allemand. Ses coups étaient de plus en plus violents, le bois du Trencavel craquait déjà, près d'éclater. Roç simula une faille, Dietrich s'y engouffra aussitôt, les doigts pointés vers les yeux de Roç. Mais celui-ci recula agilement sur une jambe, tourna sur son axe et se retrouva le dos à l'adversaire avant de faire remonter sa jambe et d'atteindre Dietrich au menton, d'un coup de pied qui le fit tituber et lâcher son bâton. Le pied de Roç atteignit à plusieurs reprises la tête de son adversaire, jusqu'à ce que l'Allemand hurle de douleur, se précipite vers lui, attrape sa jambe et lui fasse perdre l'équilibre. Roç tomba, de dos, sur le sol de pierre. Le géant allemand se jeta de tout son poids dans sa direction pour achever le Trencavel au corps à corps. Mais il avait attendu un instant de trop. Avant que Dietrich von Röpkenstein ait pu écraser Roç, celui-ci s'était déjà jeté sur le côté, genoux pointés. Dietrich, atteint au plexus, en eut le souffle coupé. Il roula comme une colonne de marbre, alla s'échouer contre la balustrade et ne bougea plus. Roç leva les yeux. À cet instant seulement, il vit Shirat, qui souriait derrière la porte ouverte. Il se détourna, furieux.

Gosset s'agenouilla à côté de Dietrich et tenta de le ranimer en le frappant du plat de la main. Potkaxl arriva avec une coupe d'eau froide et la versa sur les cheveux blonds de l'Allemand, englués de sang. Dietrich ouvrit ses yeux gonflés. Gosset ordonna aux deux gardes de l'emporter.

— Vous aviez une chose urgente à me dire, mon cher Trencavel, susurra Shirat en désignant son lit, derrière elle. Roç franchit le seuil en titubant, sa tête résonnait comme une marmite à la forge. Il avait l'impression d'avoir perdu une oreille, et son nez n'était plus qu'une masse molle, sans doute cassée. Il alla jusqu'au lit et s'y laissa tomber sur le dos. Shirat l'avait suivi.

— Vous ne voulez pas fermer la porte ? (Roç avait suffisamment retrouvé ses esprits pour être gêné par la porte ouverte.)

— Vous ne supposez tout de même pas, mon cher

Roç, que je me considère à présent comme le lot du vainqueur... Et puis vous saignez du nez !

Elle s'assit à côté de lui et lui nettoya le visage. Avec une étrange substance.

— *Agrimonia eupatoria* mélangé à du boudin noir, dit-elle en souriant. Cela brûle affreusement, mais cela cicatrise le sang et fait désenfler.

Roç la laissa faire en gémissant. Lorsqu'elle se pencha vers lui, il l'attrapa des deux mains.

— Dites-moi où vous brûlez, et j'éteindrai le feu, chuchota-t-il. Apaisez mon désir ! (Il prit la main et la posa sur ses parties génitales.) Faites-moi désenfler, Shirat, je ferai fleurir votre poitrine et votre petit jardin.

Elle ne le laissa pas continuer, le regarda profondément, posa ses lèvres sur sa bouche et laissa sa main là où Roç en avait besoin — un besoin tellement impérieux que l'on en oublia de fermer la porte. Roç ne s'en souvenait déjà plus, mais Shirat ne l'avait pas oublié. Cela ne l'empêcha pas de donner à Roç plus que ces premiers secours. Elle conserva ses vêtements, et un œil ouvert en direction de la porte. Lorsque Gosset revint, Roç s'était déjà réconcilié avec le monde ; son nez était lui aussi en train de désenfler, grâce à cette remarquable médecine. Elle avait déployé une couverture au-dessus de lui. Il était plus proche du sommeil que d'une cavalcade dans les jardins et les buissons fleuris. Shirat resserra sa chemise sur sa poitrine.

— Roç Trencavel va me faire la promesse qu'il ira chercher et trouver mon époux bien-aimé à Épire et me le ramènera sain et sauf. (Le prêtre était resté sur le seuil.) En contrepartie, je le garde cette nuit dans mon lit et je l'autoriserai demain matin à utiliser ma trirème.

Elle éclata de rire. Mais Roç objecta d'une voix ensommeillée :

— Récupérer Hamo sain et sauf, dit-il en bâillant, suppose qu'il ne se soit pas laissé entraîner dans une rixe avec des inconnus et qu'on ne l'ait pas arrangé aussi bien que moi.

— Il n'y a rien à craindre de ce côté-là avec mon

Hamo. Alors jurez, noble Trencavel ! Quant à vous, Gosset, ne soyez pas le témoin de ce serment, mais son garant.

Roç se redressa en constatant qu'elle était sérieuse.

— Je jure sur votre corps, Shirat Bunduktari, que je vous ramènerai votre époux, même contre sa volonté, en surmontant toutes les résistances, cachots et blessures, maladies et faiblesses !

— Voilà qui me paraît correct, même si ce n'est pas spécialement prometteur, dit Shirat. Jurez-moi aussi que vous me ramènerez la trirème en bon état !

— On dirait que vous y tenez encore plus ! se moqua Roç, qui reprenait visiblement des forces. Quant à vous, Shirat, promettez-moi, cette fois, de fermer cette porte jusqu'au petit matin !

— Je m'en vais ! dit Gosset en tournant les talons. Profitez du crédit, puisque c'est sur moi que pèse la caution.

Il referma la porte derrière lui avec un sourire amusé. Shirat versa dans la coupe le liquide trouble d'une autre carafe, et acheva de la remplir avec du vin sombre.

— Buvez cela, ordonna-t-elle en laissant sa robe de chambre s'ouvrir, je veux un homme qui ait des forces.

Roç comprit. Il vida la coupe d'un seul trait et replongea dans les oreillers pour l'attendre. Shirat se pencha audessus de lui. Roç s'était endormi avant même qu'elle puisse le cajoler. Elle se contenta de lui déposer un baiser sur le front. Puis elle se glissa dans le lit, prit sa main ramollie et la serra entre ses cuisses. Elle se colla tendrement contre lui et se laissa elle aussi glisser dans le sommeil.

IV

Les flèches de Cupidon et quelques autres

QUAND CELA VOUS ATTEINT...

— Dites-moi juste une chose, Jordi, demanda Yeza avec un soupir. Qu'est-ce qui est passé par la tête de Taxiarchos, pour qu'il maltraite à ce point la flotte de l'Anjou ? Ce n'est pas que j'aie des remords, mais il a foncé sur les Provençaux comme un possédé.

Le nain leva les yeux vers elle. La pénombre de la nuit empêcha Yeza de remarquer son sourire mutin.

— Pour moi, notre capitaine a seulement épanché ses humeurs. Il avait besoin de décharger sa colère sur des navires étrangers, parce qu'il n'a pas la possibilité, sur son propre bateau (disons les choses ainsi) de montrer ses états d'âme sans perdre son aura de maître des lieux. Sa fierté le lui interdit.

— Qu'est-ce qui ne lui va pas ? questionna sincèrement Yeza. Peut-être une discussion franche pourrait-elle régler les choses ?

— Ou bien elle pourrait encore les aggraver, si c'est *vous* qui discutez avec lui. Il est jaloux et a honte de l'être. Mais c'est le rude destin d'un amoureux.

— Jaloux de Simon ? (Yeza ne put s'empêcher de rire.) J'aimerais qu'il ait la moindre raison de l'être. Simon prend son serment de virginité plus au sérieux que ne le prescrit la règle de son Ordre.

Jordi sentait le vent de la nuit lui balayer les

cheveux, ils se tenaient à la proue de *L'Atalante*, et sa petite taille ne lui permettait pas de regarder par-dessus le bastingage.

— Il n'est nul besoin de motif pour être jaloux, le moindre prétexte suffit, marmonna-t-il. C'est la raison pour laquelle il va sans doute débarquer aujourd'hui même Simon de Cadet et ses chevaliers...

— Mais c'est grotesque ! s'indigna Yeza. Je vais aller parler à ce seigneur !

Elle s'apprêtait à intervenir sur-le-champ, mais son troubadour la retint.

— Il me semble qu'il vaudrait mieux pour Simon ne pas se trouver sur *L'Atalante* si celle-ci devait être reprise par les Templiers. On pourrait l'accuser d'avoir couvert les actes de Taxiarchos, sinon d'en avoir été le complice !

Yeza le dévisagea.

— De nous, les femmes, on attend toujours que nous renoncions à quelque chose.

Jordi se tut : Geraude et Mafalda venaient d'arriver en courant.

— Pourquoi tolérez-vous..., s'enquit la Première dame de cour en tentant de se maîtriser, mais sa voix n'était qu'une vibrante accusation, pourquoi tolérez-vous que Simon soit mis dehors comme un cabot importun ?

Yeza fut agacée par ce manque de maîtrise.

— Parce que le « maître » de ce navire ne veut pas jeter à l'eau la chienne après laquelle il court !

— De qui parlez-vous ? feula Mafalda d'une voix stridente, prête à se précipiter sur Yeza.

— Mais de moi, bien entendu, ma chère ! répliqua-tranquillement Yeza. On eut un instant l'impression que la Première dame allait tout de même en venir aux mains, ce que Yeza attendait avec un mauvais plaisir. Pourquoi n'apaiserait-elle pas ses « humeurs », elle aussi ? Mais le petit Jordi s'était interposé entre les deux femmes. Mafalda, le souffle court, resta les yeux rivés sur sa maîtresse jusqu'à ce que Geraude se mette à sangloter bruyamment, ce dont la Première dame de cour profita pour tourner les talons, l'air offusqué.

— Viens, Jordi, dit Yeza, amusée, chante-nous donc

une petite chanson sur les joies et les peines de l'amour, les disputes stupides des idiotes, qui ne sont qu'un passe-temps pour les femmes !

— Je vous mettrai tout cela en musique à la première occasion, promit Jordi avec un sourire, en dressant sa tête vers le ponant qui lui caressait agréablement le cuir chevelu. Pour cette fois, je préfère un *canzo* de Gaucelm Faidit, qui pourra aussi consoler notre Geraude, dont les larmes viennent si vite.

« *Del gran golfe de mar*
e dels enois dels portz
e del perillos far
soi, merce Dieu, estortz,
don posc dir e comdar
que mainta malananza
i hai suffert'e maint turmen. »

Sous le pont de *L'Atalante*, on n'entendait rien de la chanson de Jordi. L'agitation qui y régnait avait empli les otages d'espoir. Mais il s'avéra bientôt que seuls les Templiers allaient débarquer. Ce n'étaient certes pas des prisonniers, même si on les traitait comme tels, et Simon fut quelque peu étonné de la rudesse avec laquelle les *lancelotti* leur hurlèrent, à lui et à ses chevaliers, de se préparer pour un « passage à terre ». La déception des hommes du vicaire de l'empire s'exprima par des jurons. Oberto Pallavicini, en revanche, ne prit pas la peine d'émettre une protestation qui n'aurait eu aucun sens. Il était convenu depuis longtemps avec l'un des Templiers qu'il échangerait ses vêtements avec lui à la première occasion, afin de pouvoir s'enfuir. Il fit discrètement signe au chevalier Guy de la Roche pour qu'il le suive dans un réduit où les autres chevaliers de l'Ordre ne pourraient les voir. Et Guy connaissait son salaire : il allait gagner un fief opulent dans la région de son choix. Oberto n'avait pas été chiche de promesses, il avait même l'intention de les tenir : il offrait régulièrement des fiefs aux chevaliers méritants. Guy répondit donc à l'invitation et, quelques minutes plus tard, il rejoignait les otages tandis que Pallavicini, portant le clams blanc d'un Templier, mais sans la visière sur les yeux, prenait place sur l'escalier avec les autres chevaliers du Temple. On allait leur restituer leurs épées, qu'ils n'avaient pas été autorisés à emporter sous le pont – une sage mesure. Corrado de Salante, le plus ancien des *lancelotti*, avait fait déposer les armes en tas sur les planches du navire. Chacun de ces seigneurs devait se pencher pour aller ramasser sa lame. Oberto sut transformer en avantage ce que la plupart d'entre eux considérèrent comme un affront de Taxiarchos, ce rustre ; il put ainsi dissimuler son visage défiguré lorsqu'il arriva en dernier pour prendre l'épée de sa doublure. Puis, comme tous les autres avant lui, il dut se diriger vers le bastingage, en franchissant la haie silencieuse des porteurs de faux. Il constata que *L'Atalante* s'était approchée si près du bord que l'on avait pied en en descendant — l'eau leur arrivait jusqu'aux hanches. Oberto Pallavicini sauta vers la liberté. Il n'avait pas l'intention de se faire identifier par Simon, et se dirigea donc au plus vite vers les rochers les plus proches. Il commença par s'y dissimuler aux regards des marins de *L'Atalante*, puis s'accroupit dans l'eau froide de telle sorte que seule sa tête en dépassât. Il entendit alors des cris : on venait de remarquer l'absence de frère Guy. Quelques hommes en blanc revinrent sur leurs traces, et cherchèrent un moment aux alentours. Puis on annonça que frère Guy s'était noyé, et les voix des Templiers s'éloignèrent en direction des terres. La coque noire de *L'Atalante* se dressait encore devant Oberto, découpant le ciel de la nuit. Il avait affreusement froid, mais n'osait pas bouger. Il entendit alors qu'on levait enfin l'ancre, et la silhouette menaçante s'éloigna. À cet instant, il crut voir une nouvelle silhouette blanche sauter par-dessus bord. Était-ce Guy qui l'avait suivi, contrairement à leurs accords ? Dans ce cas, sa fuite serait immédiatement éventée. Mais *L'Atalante* disparut. Oberto se leva, tout raide, et avança en vacillant jusqu'à la terre ferme.

Mafalda avait demandé à Geraude, qui tremblait de peur et que l'excitation empêchait de pleurer, de jeter derrière elle deux corbeilles : l'une remplie de bijoux (elle coula immédiatement, comme une pierre), une autre plus grande, avec ses plus beaux atours. Elle traîna celle-ci dans l'eau, jusqu'à la terre, en geignant de rage. Elle vit les clams blancs s'éloigner dans la pénombre. Elle voulut crier, mais une main se posa, par-derrière, sur sa bouche, et étouffa en un râle son « Simon, attends-moi ! ». Mafalda n'eut pas peur : lorsqu'elle vit le clams, elle fut parfaitement certaine que Simon l'avait attendue. Son effroi fut d'autant plus violent lorsqu'elle vit l'œil ravagé de Pallavicini. Elle tenta de nouveau d'ouvrir la bouche pour hurler, mais une gifle puissante l'en empêcha. Elle recommença donc à pleurer (elle n'avait pas de peine à le faire : il lui suffisait de penser à ses bijoux perdus). Mais cela ne servait à rien, le vicaire ne montrait aucune émotion. Elle se rappela donc bientôt sa position de Première dame de cour, née de Levis, comtesse de Mirepoix.

— Digne Sire, dit-elle, j'espère que vous n'avez pas l'intention de profiter de la situation ?

— Si, répondit froidement Oberto. Puisque je vous ai à mes chausses, je vais en tirer le meilleur profit. En commençant par ce détail : ou bien vous tirez votre bahut toute seule, ou bien vous l'abandonnez sur place.

— Mais je n'ai rien à me mettre ! se lamenta Mafalda. Demain matin, il faudra que vous m'aidiez à trouver mes bijoux, qui sont tombés dans...

Le rustre éclata de rire.

— Je vais essayer d'atteindre dès cette nuit le château d'Otrante. Si vous êtes une bonne marcheuse et si vous cessez de me ralentir, libre à vous de me suivre.

Oberto vit les yeux de Mafalda s'emplir à nouveau de larmes – mais c'était cette fois par sincère désespoir. Il changea de ton et se fit aimable.

— Là-bas, on vous donnera des vêtements secs et puis...

Dans un accès de générosité, il ôta son anneau d'or du doigt.

— ... cela pourra vous consoler de cette terrible perte.

Et il le passa au doigt de Mafalda, ahurie. Il était trop

large, ce que Pallavicini saisit comme prétexte pour reprendre aussitôt son cadeau, qu'il glissa à son annulaire.

— Je vous promets un bijou qui vous ira. (Dans son œil sain brillait une sorte de lueur de bonté.) La cassette de la comtesse Shirat est sans doute abondamment...

Il n'alla pas plus loin : Mafalda avait surmonté son dégoût et lui avait déposé, à sa grande surprise, un baiser sur la joue.

— À deux, nous y arriverons ! affirma-t-elle, pleine d'espoir. Je suppose que les Templiers ont eux aussi suivi la direction du château !

Oberto Pallavicini ne répliqua pas, et ils se mirent tous deux en chemin.

L'Atalante filait dans la nuit sous le ponant. On avait mis cap à l'ouest. La tente de Taxiarchos était dressée sur la poupe surélevée. Il avait laissé à Yeza et à sa suite les appartements qui lui revenaient sous le pont. Jordi et le vizir se partageaient la première pièce, le réduit situé derrière la salle d'eau et la buanderie de Yeza était occupé par la dame Mafalda et par Geraude, la servante. Le magnifique pavillon de tente de l'amiral était éclairé de l'intérieur, et sur l'espèce de parvis qui s'étalait devant elle, recouvert de cuivre, quelques Maures vaquaient à leurs offices comme s'ils n'avaient jamais exercé d'autre profession que celle de maître queux. Le feu, protégé du vent, montait entre les grosses pierres. Yeza avait faim, elle renifla et se dirigea vers la porte refermée de la tente. Les *lancelotti* lui sourirent. Beaucoup d'entre eux avaient toujours de Yeza l'image d'une petite fille insolente. Lorsque la blonde jeune fille avait été, pour la première fois, mise en sécurité à Otrante, ils l'avaient bercée sur leurs genoux. Ils étaient tous prêts à franchir le feu et l'eau pour leur princesse. À leurs yeux, la véritable héritière de la légendaire Abbesse, la redoutée comtesse Laurence de Belgrave, n'était ni Clarion, sa fille adoptive, ni Hamo, son fils, et encore moins Shirat, l'épouse de celui-ci. Non, c'était Yeza Esclarmonde, la fille du Graal !

L'intérieur de la tente ne devait pas trahir les efforts

de l'homme pour séduire Yeza, mais son désir était dans l'air et paraissait faire trembler les nombreuses bougies dans leurs chandeliers d'argent. La table débordait. On aurait pu croire que cet amiral des corsaires attendait la princesse et son escorte. Il l'avait pourtant invitée toute seule.

Taxiarchos bondit sur ses jambes en voyant Yeza apparaître à la porte. Il lui tomba presque dans les bras et la dirigea ensuite, très guindé, vers la place qu'il avait prévue pour elle, un gigantesque coussin de soie dans lequel elle s'enfonça aussitôt.

— Échangeons nos places, proposa-t-elle en riant lorsqu'elle eut réussi à s'en extraire. Laissez-moi votre banquette dure. Moi, je me réjouirai de vous voir vous enfoncer dans ce pouf !

Taxiarchos, qui avait déjà rempli deux coupes pour boire à son invitée, était embarrassé. Yeza trouva la solution.

— D'ailleurs, nous tiendrons bien à deux sur la banquette. (Elle lui prit la coupe des mains, l'avala d'un coup et s'assit à côté de lui.) J'ai une faim terrible !

Taxiarchos reposa en toute hâte la coupe qu'il s'apprêtait à porter à ses lèvres, et claqua des mains. Les Maures apportèrent des plateaux d'argent où l'on avait disposé toute sortes d'animaux marins, des crabes, des mollusques et des huîtres. Des citrons jaune-vert découpés et brillants étaient dispersés sur les plats.

Yeza plongea la main, ouvrit les mollusques, la chair tressaillit et Taxiarchos y saupoudra du poivre frais. Elle les aspira un à un, son hôte en fut tellement ravi qu'il ne mangea pas et ne s'en aperçut même pas. Lorsqu'elle en eut liquidé une bonne douzaine, avec trois coupes de ce vin clair et résineux, elle constata avec un rot charmant qu'elle se sentait mieux. Taxiarchos s'assit à côté d'elle en soupirant et passa timidement le bras autour de sa taille. Sa gaucherie incita Yeza à tolérer sa familiarité. Elle s'apprêtait à lui adresser un mot d'encouragement lorsque les *lancelotti* ouvrirent d'un seul coup le rideau et laissèrent entrer dans la tente Geraude, qui sanglotait.

— Mafalda, se lamenta-t-elle, Mafalda s'est jetée à la mer !

— Quelle idiote ! laissa échapper Yeza.

— Elle nous a quittés pour toujours ! geignit Geraude.

— Elle ne s'est peut-être pas noyée ! la tranquillisa Taxiarchos.

— Noyée ? (Geraude cessa de pleurnicher.) Elle a emporté tous ses bijoux et tous ses vêtements, l'eau de mer va tout lui esquinter, pauvre Mafalda !

— Allez, va te coucher, Geraude, ordonna Yeza, agacée. Et ne nous dérange plus !

La suivante se retira.

Les Maures apportèrent le plat de résistance, du homard tranché en deux, agrémenté de fenouil haché, d'ail, d'oignons et de gousses de poivre rôties à la braise. Ils voulurent présenter les plats, mais Taxiarchos les mit dehors et ferma ostensiblement le rideau. Yeza servit à boire, avant de s'attaquer au crustacé. Taxiarchos cassait les pinces et les pattes pour Yeza, qui n'avait plus qu'à en extraire la chair blanche du bout des dents. Elle le faisait avec délices : il ne quittait pas ses lèvres des yeux. Taxiarchos décida de rester prudent. Yeza commença à le nourrir à son tour, d'abord du bout des doigts, mais il évita de les toucher. Elle prit donc les morceaux de homard dans la bouche et lui tendit sa pitance entre les dents. Il faudrait bien qu'à un moment ou à un autre il se débarrasse de toutes ces carapaces, qu'il la prenne dans ses bras et l'embrasse. Bientôt, elle tiendrait l'appât si près d'elle qu'il n'aurait d'autre possibilité que de lui tomber dessus. Alors, elle se jetterait sur sa poitrine poilue, se courberait pour qu'il n'ait plus d'autre choix que de s'emparer de ses seins bien fermes, se laisserait tomber et ouvrirait les cuisses.

Mais il y eut du tumulte devant la tente. Cette fois, c'étaient les *lancelotti* qui, après un bref instant d'hésitation, tirèrent le rideau. Taxiarchos et Yeza s'étaient déjà éloignés l'un de l'autre lorsqu'ils entendirent crier « Oberto s'est échappé ! »

— Et merde ! s'exclama Yeza.

Taxiarchos, lui, s'était levé et s'était retrouvé à la porte d'un seul bond. Corrado de Salente, manifestement gêné par toute cette affaire (mais pas d'avoir dérangé le couple), fit son rapport :

— Il a certainement accosté avec les Templiers !

— Dans ce cas, celui qui l'a aidé à s'enfuir est encore à bord ! s'exclama Yeza de l'intérieur de la tente. Avez-vous vérifié ? demanda-t-elle au vieil homme, qui dut secouer la tête. Le reproche de la princesse lui était encore plus pénible que la perte du prisonnier. Plusieurs *lancelotti* descendirent aussitôt l'escalier et surgirent dans la cale, l'épée à la main. À leurs cris, on comprit que l'otage volontaire s'était immédiatement fait reconnaître : c'était le chevalier Guy de la Roche.

— Laissez-le croupir là-dessous ! hurla Taxiarchos, hors de lui. Mettez-le aux fers. Que ce traître ne me tombe pas sous les yeux, je pourrais me laisser aller !

Tout cela paraissait très martial, et cela n'aurait pas manqué d'impressionner une femme comme Mafalda. Mais pour Yeza, il était clair que cette soirée était définitivement gâchée. Elle se leva, quitta la tente sans dire au revoir et redescendit dans sa cabine.

Ménage à trois

On lisait de nouveau les mots à la proue de la trirème : « Comtesse d'Otrante ». Quelqu'un avait soigneusement repeint les lettres blanches effacées par le temps. Roç regarda avec colère « son » navire : amarré au port, on y portait les dernières provisions, dans des caisses et des ballots. On installait aussi les fûts pour l'eau potable et la nourriture pour les chevaux, en bas, dans la cale. Malgré son âge, la trirème avait été construite avec tant d'intelligence que l'on pouvait conduire les chevaux sous le pont, sous les cabines, sans qu'il fût nécessaire d'ouvrir la paroi latérale, comme on le faisait sur la plupart des navires de combat, ce qui forçait les équipages à calfater l'orifice chaque fois. Les Maures avaient nettoyé le sable que l'on avait disposé sur les planchers pour les protéger contre le feu et les projectiles, et remis la catapulte à sa place normale. Roç observa avec intérêt le graissage des chaînes qui remontaient le bélier sans que l'on ait à ralentir la course du navire, et pouvaient tout aussi vite laisser s'abattre l'arme secrète de la trirème. Roç se rappela comment Guillaume, alors que Yeza et lui-même étaient encore enfants, avait demandé qui pouvait bien être ce messire « Cidi-cidi », dont la vieille comtesse de Belgrave ordonnait l'emploi meurtrier. Les Maures avaient ri : « Cidi, Cidi », avaient-ils expliqué, signifiait « *Il cazzo della contessa del Diavolo* ». Il vit que les *lancelotti* qui n'avaient pas embarqué sur *L'Atalante* à Linosa s'installaient à leur tour sur le navire. Ils avaient soigneusement poli les faux de leurs rames : elles brillaient au soleil du matin.

Roç était de bien méchante humeur. Son nez bleu enflé et quelques écorchures à peine cicatrisées aux deux mains lui rappelaient la nuit passée. Il s'était foulé un pied : depuis qu'il avait quitté les Mongols, il ne s'était plus exercé à ce type de combats. Son corps avait perdu de sa souplesse et, au-delà des coups reçus, lui faisait aussi payer ceux qu'il avait donnés. C'est vrai, il avait vaincu, mais cela ne le satisfaisait guère. Il s'était apparemment endormi dès qu'il s'était retrouvé dans le lit de Shirat. Cette chatte s'était une fois de plus moquée de lui ! Roç n'avait plus qu'un désir, à présent : voir Otrante et sa maîtresse disparaître aussi vite que possible derrière l'horizon ! Et Dietrich ! Il espérait ne pas avoir si brutalement frappé son capitaine qu'il ne puisse reprendre son service. Dans son dos, Roç entendit le rire clair de Potkaxl, qui atterrit devant ses pieds, les fesses nues. Elle avait utilisé le toboggan de cuivre par lequel on faisait glisser les sacs, un plaisir auquel Yeza et lui-même, enfants, s'étaient adonnés avec joie, ne serait-ce que parce qu'il leur était interdit. Et, derrière Potkaxl, c'est Beni qui tomba du tuyau. Ne l'avait-on pas perdu à Linosa, celui-là, n'avait-il pas passé par-dessus bord, ne s'était-il pas noyé ? Roç pressentit des surprises désagréables, qui ne pourraient qu'ajourner encore le départ de la trirème.

— D'où viens-tu donc ? demanda-t-il d'une voix hargneuse à son serviteur.

— De la tour !

— Et de quelle tour, je te prie ?

— Du donjon, là-haut, celui où se trouve le miroir ! !

— Et qu'est-ce que tu y faisais ?

— J'ai appris comment on envoie les signaux : Toc — toc – pause – toc – toc – toc.

— Quoi ? s'exclama Roç. Qui a révélé le chemin qu'a pris *L'Atalante* ?

— Simon de Cadet a expliqué à madame la comtesse qu'en tant que chevalier, c'était son devoir sacré envers son Ordre, quels que soient les services rendus à Otrante par Taxiarchos !

— Et comment le Templier est-il arrivé à Otrante ?

— *Per pedes*, je l'ai guidé, parce qu'il m'a raconté comment, une nuit, Taxiarchos l'a déposé sur la côte, uniquement parce qu'il avait fait les yeux doux à dame Yeza...

— Qu'est-ce que tu racontes ? Yeza était à bord de *L'Atalante* ? Et elle est passée devant nous... sans me...

— Comment pouvait-elle savoir que vous étiez encore ici, et non à Épire ? Pour moi aussi, c'est une heureuse surprise...

— Beni le Matou a flairé sa Potkaxl à des lieues de distance, intervint Gosset, qui avait préféré ne pas emprunter le toboggan. Simon de Cadet et ses chevaliers prendront la mer avec nous dès que la prestation de serment aura eu lieu ici, dans le port, *coram publico*.

— Mais j'ai juré cette nuit même, s'insurgea Roç, que si Hamo l'Estrange croisait notre chemin, je le renverrais auprès de sa fidèle épouse.

— Shirat ne veut pas ouvrir la chaîne avant que nous ayons prononcé ce serment devant Dieu et le peuple tout entier.

— Faites-lui ce plaisir, intervint alors Raoul, qui s'était présenté sur le pont avec Mas et Pons, prêts à embarquer. Roç écouta son nouvel ami. Il sut à cet instant qu'il avait véritablement fait du tort à la comtesse et que la trirème compterait un passager de plus que ce que Shirat avait prévu. La veille, lorsqu'il avait ourdi son plan avec les trois Occitans ivres, il avait encore mauvaise conscience. Mais il se disait, depuis, qu'après tout, elle avait mérité ce qui lui arrivait. On pouvait donc se fier au trio. Cela l'encouragea, et il décida de ne pas se laisser gâter la joie du départ, même lorsqu'il vit la comtesse descendre l'escalier au bras de Dietrich. Simon et ses Templiers marchaient derrière elle. Elle guidait plus l'Allemand que l'inverse : la tête du chevalier était enveloppée par une telle surface de bandages que seuls ses yeux et sa chevelure blonde en émergeaient encore. Tandis que Gosset se hâtait d'aller saluer Shirat, Dietrich s'éloigna d'elle et se présenta devant Roç.

— Bien que je craigne que vous n'ayez déjà confié la place à quelqu'un d'autre, votre capitaine se présente à son poste, Roç Trencavel.

— Soyez remercié, messire Dietrich, je comptais sur vous !

La situation était ainsi de nouveau clarifiée, au moins provisoirement. Roç, suivi par ses hommes, marcha vers la comtesse pour saluer Simon de Cadet et expédier aussi vite que possible la prestation de serment que l'on attendait de lui.

Oberto Pallavicini tirait Mafalda par le bras. Il la traîna au bord du rivage : en avançant ainsi, ils atteindraient forcément le château salvateur à un moment ou à un autre. D'ailleurs, l'aube pointait déjà. Il avait tout de même autorisé la dame à sortir de sa caisse de linge quelques vêtements auxquels elle tenait particulièrement ; elle portait à présent sur la tête ce ballot imbibé d'eau.

— Je n'en peux plus ! geignait Mafalda.

Elle s'attendait à ce qu'Oberto, excédé, finisse par la gifler. Mais s'il leva effectivement la main, ce fut seulement pour la poser sur sa bouche, en désignant la plage, sans dire un mot. Entre les roches noires, une silhouette humaine rampait sur le rivage. Mais elle ne parvenait pas à sortir de l'eau, d'où seul son visage dépassait tant bien que mal. Il était impossible de dire de qui il s'agissait, on voyait seulement qu'il était blessé. L'un de ses bras paraissait abîmé – non, il était amputé ! En quelques bonds, Oberto, le borgne, rejoignit le naufragé et, peu secourable, le retourna sur le dos avec la pointe de sa botte. La lumière blême du matin tomba ainsi sur le visage de l'homme.

— Rinat Le Pulcin ! s'écria le vicaire, sans hostilité, juste un peu déçu de devoir une fois encore sauver la vie à cet individu. Qu'est-ce qui vous amène ici de si bonne heure ?

Le malheureux se contenta de tendre son bras valide à son sauveteur involontaire, et se fit hisser jusqu'à ce qu'il soit sur les genoux. Ensuite, il se releva en vacillant.

— J'ai pris un bain de mer, et j'ai été surpris par la pénombre.

— Au service de qui, cette fois ? demanda Oberto, acide. Mais la dame l'interrompit.

— Je suppose que ce pauvre hère était sur le navire que nous avons envoyé au diable.

— Si vous étiez à bord de *L'Atalante*, diablesse, je comprends mieux pourquoi mon ange gardien m'a laissé tomber !

— Il n'est pas question d'emmener cet individu auprès de la comtesse d'Otrante ! protesta Mafalda.

— Otrante ? Vous devenez folle ? Que voulez-vous faire là-bas ?

Ce n'était pas Pallavicini, mais Rinat, qui avait réagi aussi vivement.

— Tiens ! s'exclama le vicaire en s'adressant à sa compagne de route. Il a déjà été là-bas ! Terre brûlée ! Mieux vaut, reprit-il avec plaisir, que nous le laissions couché ici jusqu'à ce que les oiseaux arrivent et commencent par lui arracher les yeux avant de lui ronger l'autre bras jusqu'à l'os tandis que les fourmis, les vers et autre vermine...

— Ici, sur le rivage, il doit y avoir des crabes carnivores... Ils s'occuperont avec délices, ou plutôt avec écœurement, de ce qu'auront laissé les autres. Cela peut durer des jours, des semaines même.

— Et pourtant, ce n'est pas la moitié de ce qui vous attend, Oberto Pallavicini ! répliqua Rinat. À votre avis, messire le vicaire de l'empire, pour quelle raison est-ce que je veux éviter Otrante ?

— Vous voulez remettre la ville aux mains de Charles d'Anjou...

— Vous prenez les choses si légèrement, cela ne m'étonne pas qu'on vous ait laissé l'un de vos yeux bleus...

— Je pourrais aussi mettre un terme subit à votre misérable existence d'estropié ! (Le vicaire, toujours vêtu de son habit de Templier, posa la pointe de son épée sur la pomme d'Adam de Rinat.) Et rendre votre cadavre à la mer !

— Alors j'emporterai tout ce que je sais dans la tombe, un savoir que vous m'envierez bientôt, lorsque vous me suivrez, jeté aux poissons après avoir été découpé en petits morceaux.

— Ne tournez pas tant autour du pot, Rinat ! s'exclama Mafalda, qui avait froid. Déchargez votre âme noire ! J'ai quant à moi du mal à vous croire doté d'une conscience.

Rinat accepta cette proposition avec gratitude.

— Le fait que messire Manfred ait éloigné le comte d'Otrante de son château sans se soucier de placer l'un de ses représentants sur ce point stratégique a été une grave erreur. Ses étalons sont sortis comme s'il se trouvait sur l'île une jument de race.

— Vous ne connaissez pas la comtesse Shirat !

— Oh, si ! grogna Rinat. Ce n'est pas que je l'ai montée... D'ailleurs ce n'est pas ma manière !

— Il vous manque sans doute pour cela les deux petites boules dans leur sac, et le marteau qui va avec ! nota Mafalda, mais cela ne troubla pas le peintre.

— Michel Paléologue, empereur de Nicée, dont vous ne nierez sans doute pas la virilité, a vu toutes les raisons d'aller marcher sur les plates-bandes du roi de Sicile. Un beau jour, quelques marchands grecs en transit se sont ainsi présentés à Otrante, ils ont su transmettre gracieusement les salutations de l'époux, et la comtesse inquiète les a accueillis chaleureusement. Ils s'y sont si bien plu qu'ils n'ont pas voulu reprendre leur voyage. Désormais, Otrante a été plus byzantine que n'importe quelle autre ville d'Apulie. Les Grecs ont donc été de plus en plus nombreux à y entrer et à en sortir. Par hasard, une galère de guerre des Génois s'est retrouvée en détresse devant le château. Comme vous le savez, au contraire de la Serenissima...

— Dont vous êtes l'agent rémunéré !

— Mais oui, messire, je sers Venise de tout mon cœur !

— Votre cœur est loin, Rinat ! N'exagérez pas votre loyauté !

Cette histoire paraissait amuser le vicaire. Mais elle ne l'intéressait pas plus que cela, du moins pour le moment.

— Ce n'est pas un hasard si les Génois ont fraternisé avec les Grecs. Ils n'ont pas tardé à jouer les maîtres de maison, avec une insolente croissante. C'est cette situation insupportable pour la comtesse que j'ai trouvée en arrivant...

— Haha ! Oberto mugit de rire, mais Rinat alla fouiner dans sa tunique de cuir trempée, dont les poches cousues étaient remplies de petites plaques. Il en sortit une miniature et la tendit au vicaire d'un air triomphal.

— Shirat Bunduktari, annonça-t-il fièrement, s'était déjà adressée, dans sa détresse, à son frère, le puissant émir mamelouk d'Égypte. Celui-ci lui envoya immédiatement son fils Mahmoud, l'un des pyrotechniciens les plus doués qui soient, malgré son jeune âge. Elle demanda d'autre part de l'aide à Lucera, la ville des Sarrasins, que Frédéric avait fondée. Je n'avais voulu ni l'un, ni l'autre, et je n'en étais nullement responsable !

— Rinat Le Pulcin n'a encore jamais assumé la responsabilité des infamies qu'il avait ourdies.

— Pharisien ! répondit l'espion en bombant le torse. Je pense et j'agis en chrétien occidental. Les Génois, reprit-il, ont senti le vent tourner et sont repartis sans dire merci ni prendre congé. Pour les Grecs, ce fut une nuit des longs couteaux. Ils ont été assassinés par les Maures – ceux-là aussi des Sarrasins ! Les musulmans ont pris le pouvoir dans le château. Ils se sont attaqués à tous les hommes qui ne pouvaient réciter les principales sourates du Coran, leur ont infligé des tortures abominables, leur ont coupé les testicules avant de les leur faire avaler, ont fait sauter leurs yeux de leurs orbites, leur ont arraché la langue...

— Merci, cela me suffit ! Pourquoi diable avez-vous conservé la vôtre ?

— J'ai pu m'enfuir à temps, après avoir secrètement prévenu la flotte de l'Anjou, avec le miroir. Manifestement, vous avez vécu la suite. Si ce perfide agent de Nicée, ce Taxiarchos...

— Dans ce cas, Otrante serait à présent la première tête de pont de Charles d'Anjou dans ce royaume de Sicile très convoité. Et l'on vous aurait vraisemblablement remercié en vous accordant le château et le titre de comte.

— Mieux vaut cela que de voir Otrante tomber aux mains des païens ! répliqua Rinat, sans le moindre remords.

— Un siège d'évêque, et même la mitre de cardinal ne vous iraient pas mal non plus. Rome vous accueillerait à bras ouverts si vous vous mettiez à son service.

— Vous ne me jugez peut-être pas particulièrement pieux, répondit Rinat en riant, mais l'*Ecclesia catolica* a depuis longtemps abondamment recours à mes services.

Mafalda frappa de nouveau. Cette fois, sans se faire voir des deux hommes, elle était allée ramasser quelques pierres dans l'eau. Le peintre tomba à genoux au premier coup.

— Je sais à présent ce que ce porc, ce renégat était venu renifler à Montségur : la piste des hérétiques ! Un espion minable pour cette truie qui siège sur le trône de Saint-Pierre.

Passant devant le vicaire, elle frappa encore une fois Rinat à la tête avec l'une de ses pierres. Le peintre tomba en avant, le nez ensanglanté et la lèvre ouverte. Oberto arracha son arme à la jeune femme.

— La seule chose qui m'intéresse à Otrante, c'est le miroir, grogna-t-il, en tenant d'une main Mafalda à distance de l'espion. Mais il le frappa lui-même à coups de botte jusqu'à ce que Rinat se soit relevé.

— Je vous en implore, puissant Pallavicini, n'allez pas à Otrante ! (Il s'essuya le sang sur le visage et cracha sans doute une dent, car on entendit quelque chose cliqueter sur les cailloux.) Je connais une tour bien plus pratique, fit le peintre d'une voix plaintive. Elle n'est pas très loin d'ici, et elle n'est pas habitée : c'est le phare du Cap de Lucques, sur la pointe la plus méridionale de cette presqu'île.

— Eh bien soit, dit sèchement le vicaire. Si vous n'avez pas dit la vérité, vous allez regretter les couteaux des Sarrasins à Otrante. Je vous remettrai à dame Mafalda, elle vous déchirera avec ses griffes, vous mettra en morceaux à mains nues.

— Donnez-moi juste un sauf-conduit pour m'y rendre, gémit le peintre. Laissez le monstre vous précéder !

— Non, décida le vicaire. Vous marcherez devant nous. Un seul faux pas et...

Il laissa la menace planer sous le soleil du matin, mais prit Mafalda par la main. Ils firent demi-tour et revinrent sur leurs pas. À l'avant, Rinat avançait difficilement : il ne cessait de se retourner vers les deux autres.

— N'ayez pas peur, chuchota Pallavicini à sa complice. Lorsque nous serons arrivés et lorsque nous aurons envoyé la nouvelle, cet ennemi des Hohenstaufen n'appartiendra plus qu'à vous !

La trirème filait en écumant sur la mer, cap au sud. La douce brise qui soufflait depuis l'Adriatique gonflait les voiles, et les rameurs avaient pu s'étendre sur leurs bancs. Roç méditait sur la passerelle de quart. Il ne pouvait plus rattraper Taxiarchos, *L'Atalante* était trop rapide pour cela. Ce corsaire avait enlevé Yeza sous ses yeux ! Mais comme il connaissait sa compagne, elle réglerait son compte à ce lascar.

— Qu'est-ce qui vous a incité à partir avec moi ? demanda-t-il à Simon de Cadet. Vous n'espérez tout de même pas que je vais prendre d'assaut *L'Atalante* pour vous la restituer ?

— Vous auriez toutes les raisons de le faire, rétorqua sèchement le Templier. Car sans votre intervention, sans cette pitoyable comédie du naufrage de la *Nikè*, sans vos faux musulmans et leurs coffres pleins d'or, je n'aurais jamais commis cette faute ...

— Vous comptez donc vraiment vous présenter les mains vides devant votre grand maître ? Mais il va vous les couper !

— Mon corps et tous ses membres appartiennent à l'Ordre. Je vais aller à Saint-Jean-d'Acre et je me rendrai.

— Qu'est-ce qui vous fait croire que je vais changer de route pour vous être agréable ?

— Vous ne renoncerez pas à votre reine !

Roç se tut. L'avertissement du Templier l'agaça.

— Qu'est devenu, au juste, Oberto Pallavicini ? s'enquit-il pour changer de sujet. N'a-t-il pas été autorisé à regagner la terre avec vous ?

— Taxiarchos lui en avait donné l'autorisation, mais dans la nuit, il a préféré éloigner le vicaire de sa zone d'influence et ne pas mettre en péril son propre départ à bord de *L'Atalante*. Il s'en débarrassera sur la première île venue, je suppose.

Beni intervint alors dans la conversation.

— Vous vous trompez, messire le vicaire a profité de la protection que lui offrait la nuit, et surtout du manque de vigilance qui s'est instauré sur *L'Atalante* lorsque vous avez été débarqué en toute hâte, messire Simon. Je l'ai vu sauter par-dessus bord, enveloppé dans le clams d'un Templier, et attendre sur le rivage.

— Ton imagination te joue des tours, Beni ! le gronda Roç, mais le jeune garçon n'en démordit pas.

— N'étiez-vous pas huit, lorsque nous avons quitté Linosa ? demanda-t-il au Templier sur le ton d'un petit inquisiteur.

— Certainement ! acquiesça Simon. Malheureusement, un frère s'est noyé pendant le débarquement nocturne.

— Vous me permettrez d'en douter. Je parierais qu'il était mort avant cela, dans un coin sombre, et avec un couteau dans le dos !

— Et pourquoi dis-tu cela seulement maintenant ?

— J'ai l'habitude de garder mes suppositions pour moi jusqu'à ce que je puisse les prouver.

— *Si tacuisses !*

Roç mit ainsi un terme au débat et donna une bourrade à Beni pour le faire disparaître.

Simon, indécis, haussa les épaules.

— Oberto Pallavicini en aurait bien été capable.

Raoul de Belgrave rejoignit les deux hommes.

— Nous pourrions à présent laisser notre hôte involontaire prendre l'air, si vous l'ordonnez.

Roç hocha la tête, songeur, et Belgrave fit un signe à ses compagnons. Ils ouvrirent la porte d'une grande caisse renforcée par des ferronneries, sur laquelle ils étaient restés assis pendant tout ce temps. Le couvercle s'ouvrit, et le Diable du feu en jaillit aussitôt. Il ne réfléchit pas longtemps, envoya une gifle puissante, d'abord à Mas, puis à Pons, avant de dévaler l'escalier et de se planter devant Roç, furibond.

— Vous n'avez aucun droit de me ravir ma liberté, Trencavel ! lança-t-il au commandant. (Puis, observant les visages interrogateurs de tous ceux qui l'entouraient, il ajouta, furieux :) J'exige que vous me rameniez immédiatement chez moi !

Raoul éclata de rire à la place de Roç, laissant celui-ci proclamer à tous, au lieu de tranquilliser Mahmoud :

— Un voyage long et pénible nous attend. Le Diable du feu, avec son savoir-faire, va considérablement renforcer notre force de combat.

— Je ne me mettrai pas à votre service ! D'ailleurs, je ne veux plus gâcher mon art à des fins guerrières, je veux me consacrer à la science et à la paix !

Mahmoud avait prononcé ces mots sur un ton très résolu, après avoir constaté que ses idées n'intéressaient personne.

Dietrich fut le seul à répondre :

— Je me sentirais mieux dans ma peau si chaque participant à cette entreprise était volontaire pour le faire.

Gosset prit Roç à part.

— Vous auriez dû en discuter avec moi auparavant, je ne vous l'aurais pas conseillé, dit-il à voix basse.

— C'est exactement la raison pour laquelle je me suis dispensé de vous en parler, Gosset, rétorqua-t-il, piqué au vif. Vous vous prenez donc pour mon tuteur, pour le véritable chef sur ce navire, capable d'approuver ou de rejeter mes décisions ?

— Je suis votre conseiller, l'implora le prêtre en chuchotant, pour que l'équipage ne perçoive rien de leur dispute. Mais Roç voulait justement que tous y assistent.

— Écoutez-moi tous ! s'écria-t-il en poussant le prêtre sur le côté. Je vous réserve une autre surprise ! (Le silence était à présent complet sur la trirème, seul le vent chantait dans les gréements.) Nous ne partons pas pour Épire, ni vers aucun autre port de la Grèce. Nous mettons le cap sur la Terre sainte. Nous allons reconquérir Jérusalem ! Non pas pour le compte de la chrétienté, mais pour en faire le royaume du Graal, celui qui était promis au couple royal !

Les *lancelotti* frappèrent alors leurs faux les unes contre les autres, et lancèrent des vivats au Trencavel. Seul Gosset resta de marbre.

— Vous avez prêté serment, rappela-t-il d'une voix posée. Vous m'avez fait le garant de votre parole. (Sa voix devenait plus froide au fur et à mesure qu'augmentait le poids de son accusation.) Vous n'avez pas seulement trompé la comtesse d'Otrante, à laquelle vous devez ce navire, vous dupez aussi le roi Manfred, qui vous a équipé. Ce ne sont pas de bons auspices pour une entreprise...

Mais nul n'approuva Gosset, pas même les *lancelotti*. Il y eut dans l'équipage un grognement de protestation, qui augmenta au fur et à mesure que Gosset enfonçait son coin.

— La manière dont vous mènerez votre existence de parjure sera votre affaire et celle de tous ceux qui vous suivront. Nos chemins se séparent ici !

Roç l'avait laissé terminer son discours et avait empêché par un geste énergique de la main toute tentative de le contraindre au silence.

— Vous êtes mon éminence grise, et j'aurais attendu de votre part que vous me libériez de ces engagements obtenus de moi par la force et le chantage. Dieu m'en est témoin ! s'exclama-t-il avec emphase, et l'équipage l'acclama. Mais il sera fait selon votre bon vouloir. Je vous débarquerai sur la première île que nous apercevrons, et avec vous tous ceux qu'affligent des scrupules identiques.

— Ce sera Corfou ! répliqua froidement Gosset, avant de poser la main sur l'épaule de Trencavel. Je serais aussi disposé à me précipiter dans le malheur à votre côté, mais pas dans une *constellatio malae fortunae* volontairement provoquée et dans laquelle on ne discerne pas la moindre bonne étoile.

— Vous avez donc bien oublié les temps anciens, pour ne même plus vous rappeler quelle est notre destin : la quête du Graal !

— Au bout du chemin que vous empruntez, vous ne trouverez que le calice, le calice noir !

— Et quand bien même ! répondit Roç, mais il avait la bouche sèche.

Gosset s'était détourné de lui.

Depuis, ils s'évitaient.

TOUT COMBAT LAISSE DES TRACES

Un soleil brûlant réchauffait la mer Ionique. *L'Atalante* avançait lentement, car le vent irrégulier crachait la chaleur du désert vers le navire. Le libeccio coupait le souffle à l'équipage, lui faisait couler des perles de sueur par ses pores. Yeza se rendit au gouvernail, que Taxiarchos gardait cap au sud-est pour se diriger droit vers Alexandrie en passant devant la Crète, si le temps le permettait. Ils avaient franchi Corfou ; sur les côtes découpées de l'île, ils avaient une dernière fois embarqué de l'eau potable, devant la Crète. Une fameuse source y jaillissait depuis une nappe riche en minéraux, un liquide précieux que l'on recueillait dans un puits. Une tour le protégeait.

Ils s'étaient débarrassés des autres otages. Les gardes du vicaire avaient quitté le bord en lançant des jurons. Ils maudissaient Oberto Pallavicini, estimant à juste titre qu'il les avait abandonnés, mais aussi tous les Grecs et les Templiers. Guy de la Roche dut leur courir après comme un vieux chien, il n'aurait pas fallu grand-chose pour qu'ils lui lancent des pierres.

Les seigneurs qui s'étaient portés caution pour la libération de Yeza avaient ainsi disparu dans les collines de Corfou. Cela leur épargna la fournaise qui régnait désormais sur les planches de *L'Atalante*, où l'on ne pouvait même plus marcher pieds nus. Taxiarchos sentit que sa chemise lui collait à la poitrine et au dos. Il ne jeta qu'un bref regard à Yeza avant d'observer de nouveau la mer scintillante, sans même lui adresser la parole.

Yeza rompit le silence à sa manière. Elle fit signe à deux Maures qui puisaient de l'eau de mer avec des seaux et de longues cordes, et la déversaient ensuite sur le pont pour rafraîchir les planches. Elle ne portait qu'une longue robe de mousseline blanche. Lorsque, sur son ordre, on eut vidé sur elle le contenu de deux seaux, sa mince silhouette apparut comme si elle était nue. Yeza savait l'effet que cela produisait : la pointe de ses seins était dressée, et son pubis transparaissait. Yeza monta d'un pas souple, lent et excitant, l'escalier qui menait au pont supérieur et à sa tente. Elle laissa les rideaux d'entrée ouverts, s'allongea dos au sol sur le tapis qui couvrait la dure couche de l'amiral et l'attendit. Elle vit l'ombre de l'homme avant même que celui-ci n'apparaisse par l'ouverture de la tente et ne la referme derrière lui.

Taxiarchos se précipita à ses pieds, à côté de sa couchette, et commença par lui couvrir le corps de baisers avant de soulever, puis de déchirer le tissu trempé. Yeza ne comprit pas comment il avait réussi à se débarrasser de ses chausses. Mais lorsqu'elle écarta les cuisses, elle vit le sexe imposant du Pénicrate dressé devant lui. Elle se cabra, tendit la vulve dans sa direction et sentit le pénis de Taxiarchos entrer en elle, brûlant, sans lui faire mal, l'emplir, la prendre et s'enfoncer. Elle oublia alors qu'elle s'était promis de rester indifférente. Elle se cabra de nouveau, serra ses talons sur les hanches du marin, s'agrippa à son dos, car l'étalon qui la chevauchait menaçait de la déchirer. Taxiarchos l'attrapa par les fesses pour pénétrer encore plus profondément. Yeza se mit à gémir, à rire, à se tortiller et finalement à crier de plaisir. Elle tressaillit.

La tête de Taxiarchos tomba sur sa poitrine, ses lèvres cherchèrent celles de Yeza. Ce baiser hésitant avait le goût du sel. La sueur coulait en petites rigoles autour de leurs deux corps, emmêlés dans le tapis. Yeza avait le souffle court, elle se sentait détruite et ressuscitée. Elle avait retrouvé la force qui sommeillait dans son mince corps. Taxiarchos avait réveillé la femme en elle. Elle voulait le remercier, mais Yeza n'avait pas perdu la tête. C'était elle, la maîtresse, elle ne se soumettrait jamais à un homme.

— J'ai soif !

Taxiarchos la regarda, décontenancé. Il avait espéré un mot de tendresse ou des félicitations discrètes, pas ce retour aux besoins quotidiens !

Yeza sentit qu'il était déçu. Elle posa les deux mains sur sa poitrine.

— Savourons donc ensemble un rafraîchissement, mon cher.

Elle se donna beaucoup de mal pour faire sonner dans le dernier mot de l'affection et du charme, et elle y parvint. Avec un sourire de reconnaissance, il se releva en laissant sortir son membre des quartiers hospitaliers qu'elle lui avait offerts. Yeza accompagna ce retrait d'un soupir bienheureux.

Taxiarchos sortit remplir une cruche d'eau fraîche de Corfou. Yeza ne bougea pas. Ou bien il déversait sur elle, immédiatement, un seau d'eau de mer froide, ou bien ils continuaient. Elle était encore indécise lorsque l'homme revint.

— La cuisine vous propose des oursins frais, dit-il fièrement en désignant une corbeille.

Yeza ne regarda pas les fruits de mer épineux, mais le drap que Taxiarchos s'était noué autour des reins. En dessous se dressait un animal qui lui faisait beaucoup plus envie.

— Buvons à notre plaisir !

— Que nos corps apaisent leur faim ! chuchota-t-elle en tirant le drap, qui glissa sur le sol. Venez à moi ! gémit-elle en se retournant sur le ventre.

Taxiarchos posa en soupirant la cruche vide sur la corbeille.

Lorsque Corfou fut en vue, Roç mit immédiatement ses promesses à exécution. Il demanda à Dietrich de mettre le cap sur la première baie dans laquelle on pourrait accoster et donna sans mot dire son accord pour qu'on laisse Gosset quitter le navire. Les deux hommes n'avaient plus échangé un mot. Les Maures avaient de l'affection pour l'expulsé, et lui offrirent l'un des ânes qu'ils utilisaient pour transporter des provisions. Ils l'aidèrent aussi à charger son coffre au trésor, et Gosset partit. Il disparut rapidement dans les collines.

Au-dessus de la baie, sur une falaise abrupte, s'élevait une tour bien conservée. Quelques-uns des hommes y étaient montés. À leur retour, ils annoncèrent qu'un puits bien protégé y menait vers les profondeurs, et contenait de l'eau au très bon goût.

Roç ne vit aucune objection à ce que l'on remplisse encore les réserves avant d'entamer ce long voyage. Il alla à terre lui aussi, suivi par Simon et les trois Occitans. Sur le flanc de la chaîne de collines qui lui faisait face se trouvait un village, une petite ville. Sur les façades qui s'alignaient vers la vallée, ses maisons ne montraient que des meurtrières et des archères. Elles se resserraient au sommet pour former une citadelle. Tout paraissait étrangement mort, bien qu'aucun signe de ruine ne fût visible. Le puits situé en dessous, dans la tour, était manifestement l'unique source d'eau douce pour les habitants du village. Un chemin bien damé sinuait entre les contreforts de la vallée et s'achevait de l'autre côté, sur une entrée creusée dans la rangée de maisons, en dessous de la citadelle. De là, on ne discernait aucune porte de la ville.

Roç entra dans la tour. Il ne jeta qu'un bref regard en bas, dans le puits où une source paraissait effectivement jaillir, tout au fond : l'eau claire était agitée par des vagues. Il tenait d'ailleurs moins à savoir dans quelle direction coulait la source qu'à connaître l'endroit où se dissimulait l'accès vers le sommet de la tour. De l'extérieur, on apercevait certes quelques fenêtres étroites tout en haut, dans la muraille, mais aucune porte à laquelle on aurait pu accéder à l'aide d'une échelle. Roç revint, songeur, à la margelle de pierre qui entourait le puits. L'installation de puisage était constituée d'une solide poulie, et le seau était en chêne épais.

— Faites-moi descendre lentement dans le seau, demanda Roç à Raoul.

Simon l'aida à monter sur le rebord. De là, il se hissa dans le récipient en bois. En actionnant lentement la manivelle, Raoul et Mas firent descendre le Trencavel au bout de la chaîne.

— Si nous le laissions filer à présent, plaisanta Morency, nous serions libérés du joug de notre seigneur !

— Comme du gibier, mon cher Mas, trois bêtes à abattre ! répondit Belgrave à ses compagnons, mais Roç n'y attacha pas la moindre importance. Ses yeux scrutaient le mur de pierre le long duquel il descendait. Il n'y décelait pas la plus petite ouverture. Le fond du seau touchait presque la surface de l'eau lorsque la paroi du puits recula d'un seul coup. Sous le col de pierre apparut un passage qui mesurait à peu près la hauteur d'un homme et que l'on ne pouvait voir d'en haut. Juste derrière, dans la lumière crépusculaire, Roç aperçut le début d'un escalier de pierre. Lorsqu'il se retourna, il discerna, de l'autre côté, une porte défendue par des barreaux de fer massif. L'une des deux issues débouchait vraisemblablement en haut de la tour, par un escalier en colimaçon. Mais où l'autre pouvait-elle bien mener ?

Roç secoua la grille. Elle était fermée. Mais elle descendait jusqu'à l'eau : c'est là qu'elle suivait son cours souterrain. Roç comprit que le village situé sur le coteau était sans doute mieux approvisionné qu'il ne l'avait pensé, et disposait manifestement de chemins de fuite. Il se fit tirer vers le haut, et bondit hors de son seau.

— L'escalier qui mène dans la tour prend sa naissance en bas du puits, expliqua-t-il avant d'ordonner, dans le même souffle : Nous allons nous séparer ! Vous, lança-t-il à Belgrave, vous aller explorer les moindres recoins de cette tour...

— Un miroir à signaux se trouve vraisemblablement en haut ! répondit Simon. C'est pour cette raison que l'on a dissimulé l'entrée.

Roç hocha la tête.

— Mais, à présent, je suis impatient d'aller visiter ce village, en face, sur le coteau. Voulez-vous m'accompagner, Simon ?

Lorsqu'ils arrivèrent devant la tour, ils constatèrent que messire Dietrich et les Chevaliers teutoniques n'avaient pu, eux non plus, résister à la tentation d'approcher de plus près cette ville sinistre.

— L'attrait du butin facile donne des jambes aux Teutons ! plaisanta Simon en voyant les chevaliers grimper la colline dans leurs lourdes armures.

— C'est la première fois qu'ils partent au combat, répondit Roç, comme s'il voulait excuser les seigneurs qui l'avaient accompagné pour se battre en Hellade, pour le compte du roi Manfred.

Tandis que Roç descendait habilement sur les roches avec le Templier, il se rappela que Corfou faisait partie de la dot qu'Elena d'Épire, la jeune épouse, devait apporter au seigneur de la Sicile, la première pierre d'un empire qui engloberait toute la Méditerranée.

Mais de l'autre côté du vallon, tout d'un coup, alors qu'ils n'avaient pas même atteint les murailles de la petite cité, les chevaliers partirent en courant comme si une grêle de coups s'était abattue sur eux. On ne voyait plus que la crinière blonde de Dietrich à l'endroit où se situait certainement l'entrée de la ville.

Roç et Simon pressèrent le pas et arrivèrent sous les murs, devant les chevaliers qui se repliaient. Ils obliquèrent, se retrouvèrent face à des pieux acérés plantés de biais dans le sol, qui devaient sans doute protéger la brèche creusée dans le mur, derrière eux. Une tête était plantée sur chacun de ces pieux. Le sang avait à peine coulé des orbites. Un essaim d'oiseaux noirs s'éleva en craillant. Roç resta un instant tétanisé par l'idée qu'il allait trouver les traits de Hamo parmi ces visages suppliciés. Mais Simon le libéra de son cauchemar.

— Mon frère d'Ordre, Guy de la Roche murmura-t-il d'une voix atone. Il ne s'est donc pas noyé !

— Il a eu bien de la chance ! remarqua, sarcastique, Dietrich, qui les avait rejoints.

Roç, d'un regard rapide, avait constaté qu'il ne connaissait pas les autres crânes. Simon, lui, avait identifié les têtes.

— Toute l'escorte de Pallavicini est rassemblée ici...

— Il ne manque que le vicaire de l'empire, constata Dietrich. Beni avait raison. Taxiarchos a attendu d'être arrivé ici pour les débarquer, et cela ne leur a guère réussi.

— Quels monstres ont donc séjourné ici ?

— Si monstre il y a, il a sûrement installé sa tanière dans ces lieux, répondit Dietrich en désignant quelques crânes qui avaient déjà été rongés jusqu'à l'os.

Il fit signe aux Allemands effarouchés de le rejoindre.

— Nous allons maintenant entrer dans ce lieu, si vous le permettez, messire Trencavel.

Roç hocha la tête, perdu dans ses pensées. Lui aussi voulait savoir où ils étaient tombés. Ils resserrèrent leurs jugulaires, levèrent leurs boucliers et se frayèrent un chemin dans la brèche pour entrer dans les rues désertes. Ils tenaient depuis longtemps leur épée à la main. Tout indiquait que les habitants avaient quitté leurs maisons en toute hâte, ou qu'une épidémie les avait tous emportés : il n'y avait plus âme qui vive dans les étroites ruelles. Les chevaliers montèrent vers la citadelle en rangs serrés.

— Un combat a dû avoir lieu ici, songea Roç à voix haute. Les conquérants ont ouvert une brèche et organisé une cour martiale.

— Cela pourrait aussi être l'œuvre de défenseurs désirant effrayer d'autres agresseurs avec les têtes, objecta Simon. Les morts sont peut-être tombés au combat. Dans ce cas, c'est seulement après coup qu'on leur aurait ôté leur tête.

— Selon moi, expliqua Dietrich, il s'agit d'un message de bienvenue adressé par les Grecs à tous ceux qui viennent de la Rome occidentale pour prendre Byzance. Je ne serais pas étonné si la totalité des quatre cents chevaliers envoyés par Manfred avaient connu cette fin !

Pauvre Hamo ! se dit d'abord Roç. Mais après tout, le comte d'Otrante, qui ne tenait absolument pas à partir en guerre, était peut-être en train de moisir dans une geôle, ou bien était parvenu dans un tout autre lieu.

La porte de la citadelle, grande ouverte, donnait sur une cour intérieure soigneusement pavée et délimitée par un carré de murs qu'on aurait cru dressés par les Cyclopes. Des cabanes au toit de paille se pressaient contre les parois de pierre. Au milieu se trouvait un accès protégé à la citerne. Face au portail se dressait la tour proprement dite, un billot rectangulaire. Un escalier extérieur menait à sa porte, située en hauteur.

— Même si personne ne se montre, chuchota Roç à ses compagnons, je ne parviens pas à me défaire de l'impression que l'on nous observe.

— Laissez-moi monter, proposa Dietrich. Couvrez-moi ! cria-t-il aux Allemands, parmi lesquels on voyait quelques arbalétriers.

Comme un fauve, le géant blond grimpa les marches branlantes, posa son oreille contre la porte fermée, et l'ouvrit d'un coup de pied. La salle obscure était vide. Mais en faisant craquer le bois, Dietrich avait entendu des cris sourds et effrayés. Il n'eut aucun mal à découvrir le passage. Le réduit à ses pieds était rempli d'hommes et de femmes serrés les uns contre les autres, qui le regardaient avec terreur : des vieux, des enfants, pas un seul homme jeune. L'Allemand blond leur indiqua d'un signe qu'ils pouvaient sortir en confiance. Dans la coin de la cour, une plaque de pierre se souleva, hissée par plusieurs bras. Les habitants sortirent à la file indienne de leur refuge souterrain.

Roç fit venir auprès de lui leur doyen, qui se présenta sous le nom de Zaprota et lui apprit enfin que le village s'appelait « Pantokratos ».

Roç renvoya ces gens dans leurs maisons et ordonna aux Allemands de se poster sur les murs et d'y monter la garde. Ce nid montagnard ne lui disait rien qui vaille, et il voulait éviter les mauvaises surprises.

— Vous ne devriez pas rester ici ! l'implora le vieux lorsqu'il constata que ces étrangers n'étaient pas pressés de quitter cette citadelle. Ce n'est pas un lieu sûr.

— Nous nous en doutions un peu, s'écria Dietrich, depuis que nous avons découvert les épouvantails que vous avez installés pour nous accueillir...

— Mais nous n'y sommes pour rien ! protesta Zaprota, indigné.

C'était un très vieil homme, si l'on en jugeait à ses rides et à ses cheveux blancs comme neige, mais il se tenait droit. Roç se l'imaginait tout à fait une hache à la main, séparant une tête de son tronc.

— Qui était-ce, alors ? demanda Roç d'une voix ferme.

— Ugo, le Despotikos !

Zaprota tentait de rester auprès de Simon, sans doute parce que le clams des Templiers lui était familier. Mais Simon ne comprenait pas le grec.

— Ugo d'Arcady ! ajouta Zaprota lorsque Dietrich posa la pointe de son épée sur son pied nu. Il vit au castel Maugriffe, à l'autre bout de la baie, à quelques heures seulement d'ici. Et il vous déteste, vous, les étrangers !

— Cela se voit ! constata Dietrich. Mais pourquoi avez-vous peur de lui ?

Roç souleva la lame de Dietrich du pied du vieil homme, ce qui ne lui arracha qu'un sourire fatigué.

— Ugo punit Pantokratos chaque fois que la ville admet dans ses murs des étrangers venus de la mer. Il n'a pas seulement forcé nos jeunes hommes à se mettre à son service : il décapite un vieux dès qu'il vient « nettoyer la plage » et qu'il y trouve aussi des « immondices en provenance de Sicile ».

— Cet homme me paraît être un ardent patriote, même si son nom ne fait guère penser à celui d'un Grec ! Mais c'est souvent le cas avec les renégats.

Dietrich semblait ne prendre ni la situation, ni cet interrogatoire particulièrement au sérieux.

— Ugo est un bâtard du Villehardouin, le duc d'Achaïe. Et il affirme que Corfou lui a été promise...

— Ah ! s'exclama Roç. Et voilà que son beau-père ou son oncle par alliance, je ne trouve pas le mot juste pour désigner les relations familiales compliquées des Grecs, enfin, messire Michel d'Épire, a cédé l'île de Corfou à son beau-frère Manfred. Alors qu'elle ne lui appartient pas.

— C'est à nous qu'elle appartient ! répondit fièrement Zaprota.

— Fort bien, reprit Dietrich. Mais je ne comprends toujours pas pourquoi vous laissez les étrangers entrer dans vos murs, puisque vous savez que cela ne leur réussit pas plus qu'à vous.

— Les troupes venues de Sicile ne nous demandent pas longtemps le droit d'entrer. Chaque fois, elles prennent Pantokratos d'assaut et occupent la ville.

— Si les chevaliers étrangers sont aussi puissants et aussi nombreux, pourquoi ne peuvent-ils pas se défendre contre un coupeur de têtes comme Ugo ?

La question était visiblement désagréable au vieil homme, ou bien il n'en connaissait pas la réponse. Il resta muet.

— Et si nous vous aidions à vous libérer de ce despote ?

Cette offre ne parut pas particulièrement réjouir Zaprota.

— Il vaudrait mieux que vous remontiez dans votre bateau et que vous vous en alliez !

— C'est ce que nous allons voir ! éclata Roç, mais cette fois, le vieux lui coupa la parole.

— C'est exactement la phrase qu'ont prononcée tous ceux qui ont débarqué ici. Le lendemain, ils étaient morts ou en prison !

— Est-ce votre intérêt, de voir nos têtes rejoindre celles qui se trouvent déjà en bas ? (Cette fois, Dietrich enfonça la lame de son épée dans le pied du vieil homme, jusqu'à en faire jaillir le sang), ou bien allez-vous nous aider à contrer cet Ugo d'Arcady ?

Zaprota ressentit une telle douleur qu'il ne prit pas le temps de réfléchir :

— Ce sera comme vous voudrez, messire, gémit-il, mais je vous aurai prévenu !

Roç ordonna aux Chevaliers teutoniques d'évacuer les murs de la citadelle. Seuls les arbalétriers devaient rester. Il leur confia le vieux.

— Ne le quittez pas des yeux, ordonna-t-il. S'il tente de s'échapper, abattez-le.

Il avait crié ces mots en grec. Les Allemands n'y avaient rien compris, mais le vieux avait très bien entendu le message. Puis il quitta la citadelle avec Dietrich, Simon et la plupart des chevaliers. Ils ressortirent par la brèche et se rendirent à la tour du puits.

— Si vous voulez vous battre ici, Trencavel, avertit Simon, ne comptez pas sur nous, les Templiers. Nous n'avons aucune raison d'affronter les hommes d'un bâtard pour défendre la cause de l'autre. Ce sont des chrétiens, même s'ils sont grecs !

Roç ravala sa colère.

— Je vais vous proposer un rôle dans lequel vous ne vous salirez pas les mains !

— Mais votre âme si pure ! se moqua Dietrich.

— La conscience des Templiers est assez large pour accepter de jouer les appâts, proposa Roç. Ainsi, vous n'aurez pas été totalement inutiles, et vous n'aurez pas eu à prendre vos épées.

— Sauf si le Despotikos en décide autrement et s'en prend à vos nobles têtes, ajouta Dietrich, qui ne pouvait s'empêcher d'exciter Simon.

Roç sourit discrètement.

Battus ! mais ni vaincus, ni convertis

La fournaise qui régnait, à midi, devant le cap de Lucques dépassait tout ce que l'on pouvait imaginer en Occident. On aurait dit que la tour avait été transformée en autel et que son phare était maintenu en état d'incandescence permanente par les rayons du dieu soleil. L'édifice, qui s'affinait vers le haut, ne pouvait rivaliser avec son célèbre modèle, le fameux phare d'Alexandrie, qui se situait à plusieurs milliers de lieues de là. Mais ses feux portaient loin, la nuit, sur la mer Ionique, et annonçaient à temps aux navires l'unique entrée dans l'Adriatique. Traditionnellement, le service était assuré par des vétérans, car on pouvait aussi utiliser le miroir réfléchissant du phare pour recevoir et envoyer des signaux. Il servait donc à protéger une partie de la côte contre les pirates, des Sarrasins le plus souvent, mais aussi, parfois, des Grecs. Les deux vieux hommes étaient assis et pêchaient entre des rochers, au-dessus de la mer, lorsqu'ils virent trois personnages en haillons se traîner jusqu'à eux et utiliser leurs dernières forces pour leur demander de l'eau potable et un accès au miroir. Leur porte-parole, un Templier déchu, l'œil protégé par un bandeau noir, prétendit être le vicaire de l'empire, Oberto Pallavicini, ce que les deux gardiens considérèrent comme une suprême impudence. Ils n'avaient certes encore jamais entendu parler du plus haut fonctionnaire de l'empire, mais n'étaient pas disposés à croire qu'un si puissant seigneur avait fait naufrage ici, au bout du monde, avec une créature féminine (charmante au demeurant) et un manchot.

Les nerfs d'Oberto étaient aussi à vif que son cuir chevelu sous le soleil brûlant. Lorsqu'ils atteignirent la tour, il ôta le drap trempé de sueur qu'il avait noué à son cou, supposant qu'il allait à présent pouvoir savourer tous les rafraîchissements dont il avait rêvé pendant ces heures de marche entre les cactus et les rochers pointus. Sans un mot, il prit son épée et frappa du plat de la lame l'épaule du vieil homme rétif, qui s'agenouilla. Son camarade avait déjà attrapé un morceau de roche pour se défendre. Oberto posa donc la pointe de sa lame sur la gorge de l'homme à terre et ordonna à l'autre :

— Apporte-moi immédiatement de l'eau, ou bien ton ami n'aura plus jamais soif !

Le vieux gardien laissa tomber sa pierre et courut chercher ce qu'on lui réclamait, aussi vite que ses jambes pouvaient le porter.

— Quant à vous, madame, vous devez à présent me suivre jusqu'en haut de cet escalier tournant, qui est certainement très raide, dit Oberto à Mafalda sans relâcher le gardien du phare. Car si je vous laissais courir en bas, je me ferais du souci pour les yeux de Rinat.

Le peintre s'était installé sur le socle du mur, mais le soleil était à la verticale, et même là, il n'y avait pas d'ombre. Il ne quittait pas la dame des yeux.

L'autre gardien revint avec une cruche et un gobelet. Oberto but lentement avant de lever son épée et de tendre le gobelet à Mafalda.

— Emmener Rinat, réfléchit le vicaire à voix haute, ce serait éventer le secret de notre code.

Mafalda éclata de rire, et Rinat eut un sourire douloureux.

— Vous ne croyez tout de même pas sérieusement, messire le vicaire de l'empire, qu'il existe un seul secret que ce rat ne connaisse pas ?

— Je connais au moins le code « *Uno Regni ad imperium* », fit-il.

— Vos mains habiles sont peut-être même mieux exercées que les miennes à envoyer des signaux, grogna Oberto. Venez donc avec moi ! Mais malheur à vous si vous faites venir un navire vénitien !

— Ou byzantin, ou angevin, ou même...

Rinat comprit que son insolence dépassait les bornes et rengorgea le « véronais », car l'épée du vicaire était pointée sur son cou.

— Je préfère l'aide de Tarente ou de Lecce, les gouverneurs de ces deux lieux sont mes amis. Et ils se trouvent tout près de nous !

Oberto laissa le peintre passer devant lui ; son épée était toujours pointée sur le dos de Rinat.

Mafalda le suivit dans la tour, jusqu'aux premières marches de l'escalier. Elle s'y assit, heureuse de pouvoir reposer ses pieds. Les gardiens avaient pris la fuite.

— Avant toute chose, prenez une cuillerée de cela, proposa Kefir Alhakim à sa maîtresse en brandissant une carafe en verre pleine d'un liquide sombre et huileux. Et si vous ne parvenez pas, dans l'action, au sommet de votre plaisir, prenez-en trois pleines après !

Yeza, irritée, regarda le vizir plutôt que le brouet malodorant qu'il lui tendait.

— Tant qu'il ne contient pas l'ergot, le charbon ou l'asaret, contre lesquels Hildegard von Bingen met déjà en garde...

— Je ne sais pas avec quelle vigueur votre amie fait cela, répondit Kefir Alhakim en balançant la tête. Vous pouvez aussi manger le fruit de la grenade.

— Avant ou après ?

— À la place, ô dame soucieuse de précision, répondit le vizir. Autrement, il n'y a plus que le rhinocéros...

— Vous êtes parfaitement clair, maître Tue-Mouches. Mais dites-moi donc avec quelle quantité d'eau je dois avaler votre médecine, elle a un parfum un peu agressif...

Le vizir éclata de rire, pour la première fois depuis qu'il s'était mis à son service, modeste et discret.

— Lorsque vous sentez la colère vous monter au nez, madame, vous posez-vous l'huile curative de la rose et de l'ail sur le grand orteil ?

Yeza eut l'impression qu'il la menait en bateau. Mais Kefir Alhakim était dans son élément, et continua son exposé sans tenir compte de la honte de Yeza.

— Versez-le donc là où le sperme de l'homme fait craindre la fécondité !

Il paraissait se repaître des angoisses de la jeune femme, même si son ton demeurait paternel.

— Pour le mal de cou, j'ai à votre disposition un autre moyen, le jus de la pomme de paradis, dont le prophète dit déjà : « Il nettoie le corps de la haine et de la jalousie. »

Yeza lui arracha la carafe de la main.

— Je suppose que vous n'allez pas m'aider à l'appliquer, vizir ! lui lança-t-elle. Laissez-moi donc à présent, mais acceptez tous mes remerciements, mon bon Kefir Alhakim ! ajouta-t-elle alors que le vieil homme s'éloignait déjà, offensé.

Yeza se jeta sur le lit. Par la petite fenêtre de sa cahute, à la poupe, elle pouvait voir la mer qui scintillait sous la chaleur, jusqu'au lointain horizon. Elle se sentait très seule. Roç lui manquait, curieusement, même si elle savait qu'elle coucherait avec l'homme qui tenait fermement le gouvernail, au-dessus d'elle, aussi souvent que le temps et les circonstances le leur permettraient, et jusqu'à ce qu'ils aient atteint le but de leur voyage. Yeza prit la fiole dans la main, puis elle réfléchit et appela Jordi, qui dormait à l'ombre, devant sa porte. Le nain fut aussitôt sur ses jambes.

— Je t'en prie, mon bon ami, dit Yeza d'une voix

plaintive, appelle-moi Geraude, je dois prendre une médecine amère. Affaire de femmes ! ajouta-t-elle en souriant. Installe-toi à l'extérieur et joue pour moi, je suis tellement mélancolique !

Le troubadour avait à peine attaqué les premières notes lorsque Geraude arriva discrètement et passa dans la chambre de sa maîtresse.

« *E pos a Dieu platz q'eu torn m'en*
en Lemozi ab cor jauzen,
don parti ab pesanza,
lo tornar et l'onoranza
li grazisc, pos el m'o cossen. »

Kefir Alhakim s'assit à côté de Jordi.

— Le capitaine dit que nous atteindrons bientôt l'île du Minotaure, où nous referons le plein de nos réservoirs d'eau.

Jordi hocha la tête sans s'arrêter de chanter.

« *Ar hai derg de chantar,*
pos vei joi e deportz,
solatz e domnejar,
qar zo es vostr'acortz. »

Geraude referma doucement derrière elle la porte donnant sur la chambre de Yeza.

— Elle veut parler à Taxiarchos, chuchota-t-elle, livide, comme si tout le chagrin du monde reposait sur ses épaules.

Il n'aurait pas fallu beaucoup pour qu'elle se mette à pleurer. Mais elle n'eut pas à aller jusqu'au gouvernail : Taxiarchos apparut, trempé de sueur, mais de bonne humeur. Il secoua la tête en découvrant l'atmosphère mélancolique qui régnait parmi ses voyageurs, frappa d'un coup sec à la porte et entra.

« *E las fontz e l'riu clar*
fan m'al cor alegranza,
prat e vergier, qar tot m'es gen. »

— Monsieur notre amiral, déclara aussitôt Yeza à Taxiarchos, étonné, la Crète est devant nous, et je souhaite vous y quitter !

Le marin ne prit pas cette annonce pour argent comptant.

— Avez-vous, par hasard, déjà préparé Geraude à l'idée de rencontrer le taureau crétois, à demi homme, à demi bête...

— Comme vous, Taxiarchos ! plaisanta Yeza, mais le Pénicrate fit mine de ne pas entendre.

— ... et de lui être sacrifiée comme une victime, pour qu'il la ...

— Je vous demande pardon ? demanda Yeza.

— ... prenne sur ses cornes, acheva Taxiarchos. Car elle est au bord des larmes, et votre Jordi, lui aussi, joue d'une manière qui irait mieux à la déposition de croix sur le Golgotha qu'à une halte destinée à recueillir de l'eau fraîche sur une île joyeuse.

— Vous oubliez le destin d'Ariane ! objecta Yeza.

— Je n'ai pas l'intention de vous abandonner sur une quelconque île grecque, ma princesse !

— Et tel ne sera pas le cas, répliqua Yeza d'une voix ferme. Je vous libère de mon service si vous le voulez. Faites-moi quant à vous le plaisir de corriger le cap de *L'Atalante* du tiers d'un cercle, de cent vingt degrés précisément, et en déployant toutes vos voiles, si vous voulez offrir à mon cœur une image qui le réjouira.

— Et comment comptez-vous arriver à Alexandrie, puis en Palestine ?

— Laissez-moi m'en soucier, je vous prie. Préoccupez-vous pour votre part de mettre le cap à l'ouest jusqu'à ce que vous ayez l'Océan sous votre quille.

— Vous êtes un navigateur-né ! répondit l'amiral en souriant et en se penchant tendrement sur cette jeune femme qui ne lui avait jamais paru aussi désirable. Je vous propose de me piloter jusqu'aux « Îles lointaines ».

Yeza tenta en vain de le repousser en parlant. Mais elle passait déjà ses bras autour de son cou.

— Je ne vous ai jamais caché, Taxiarchos, que mon objectif est Jérusalem, parvint-elle encore à dire en gémissant, car l'homme se pressait déjà contre elle. Elle n'avait plus aucune envie de se disputer avec lui, en tout cas pas à propos des parcours qu'ils allaient devoir accomplir à présent, chacun de son côté. Elle remonta les genoux et lança, dans un souffle, un ordre qui n'avait plus aucun sens :

— Je vous ordonne de me quitter !

Il la souleva, et elle alla vers lui, répondant à son assaut.

— Et je vous interdis de m'obéir ! ajouta Taxiarchos.

Yeza, dans sa rage, dans son plaisir, tendit la langue vers lui et ferma les yeux. C'était trop lui demander, certainement ! Yeza se donnait, et l'homme la prenait comme s'il ne voulait plus jamais l'abandonner.

« Q'era no dopti mar ni ven
arbi, maistre ni ponen,
ni ma naus no m balanza,
ni no m fai doptansa
galea ni corsier corren.

Le Trencavel faisait ses préparatifs pour une nuit qu'il attendait ardemment. Après tous les complots, intrigues, jeux de dupe et occasions manquées qu'il avait dû traverser, après avoir dû vivre tant de situations humiliantes, il brûlait de pouvoir faire enfin ses preuves, seul, avec ses capacités et son courage. Il se rappela qu'il devait aussi, désormais, montrer l'habileté et la perspicacité d'un général. Il se surprit à regretter l'absence de Gosset.

Ils étaient arrivés devant la tour du puits. C'est de là qu'on avait la meilleure vue sur la situation. Raoul et ses deux compagnons n'avaient rien découvert de neuf sur son accès caché, si ce n'est que l'escalier en colimaçon ne menait pas seulement à son sommet, où l'on avait effectivement installé un miroir, mais aussi vers le bas, à travers les rochers, jusqu'à la mer, où les marches s'arrêtaient dans une grotte — les dernières d'entre elles baignaient du reste dans l'eau. Le miroir avait été utilisé peu de temps auparavant : il était reluisant, quelqu'un l'avait soigneusement nettoyé. Et puis ils avaient trouvé des restes de nourriture qui ne dataient pas de plus d'une journée.

Roç comprit qu'il fallait se presser. Il envoya Simon et ses Templiers à la citadelle. Mais il leur ordonna de ne pas demeurer dans la cour, même pour repousser une attaque contre la porte : ils devraient rester en haut, sur les murs et dans la tour. Roç éprouvait la plus grande méfiance à l'égard du réseau de galeries souterraines de Pantokratos. Les Templiers partirent. Il leur adjoignit Mahmoud, qui était tout feu tout flamme à l'idée d'utiliser son savoir-faire dans le combat qui s'annonçait. On lui apporta une corbeille pleine d'amphores ventrues, d'os creusés et de coquillages qu'il avait ramassés sur le sable.

Roç laissa la trirème aux mains des Maures. Comme Beni insistait pour qu'on lui confie, à lui aussi, une mission guerrière, il l'envoya en haut de la tour. Potkaxl l'accompagna. Roç plaça les *lancelotti*, comme tous les autres fantassins, sous les ordres de Dietrich et leur demanda de se tenir cachés au-dessus du village, derrière les murailles qui donnaient sur la montagne, juqu'à ce que l'attaque de l'ennemi dans la cour de la citadelle échoue et que les assaillants prennent la fuite.

Entre-temps, on avait préparé les montures des cavaliers. Roç se mit à leur tête. Il ne laissa pas les Allemands entrer dans la vallée ouverte située entre la tour et Pantokratos : il les fit descendre et mener leurs animaux par les rênes derrière la tour, si bien qu'on ne pouvait plus les voir de derrière la plaine. Raoul, Mas et Pons se trouvaient à côté de lui dans les falaises. L'attente commença. C'est de la tour que l'on voyait le plus loin, mais Roç voulait éviter d'attirer prématurément l'attention sur lui, afin que les cavaliers puissent attaquer par surprise. Il avait donc prié Beni et Potkaxl de ne pas se montrer et de ne pas faire signe s'ils remarquaient quelque chose de suspect, mais de lancer de petites pierres près de lui. Il avait été convenu avec la citadelle qu'on ne hisserait le drapeau, la bannière du royaume de Sicile, qu'au moment où l'on verrait l'ennemi s'approcher.

Roç avait progressé en rampant jusqu'à ce qu'il eût lui aussi la citadelle dans sa ligne de mire. Mais tout était calme. Le Trencavel était accroché aux rochers. Il avait la mer au-dessus de lui. Il se demandait encore s'il avait envisagé tout ce qui pouvait se produire lorsqu'il entendit le claquement de petits cailloux sur les casques des trois Occitans. La citadelle dormait-elle ? Aucun drapeau n'annonçait l'arrivée de l'ennemi. Roç entendit alors en bas, sur la plage, un bruit d'armes et d'armures. Il regarda derrière lui. Il vit à ses pieds une petite troupe de douze ou quinze hommes qui mettait pied à terre. Et Roç comprit d'un seul coup comment, chaque fois, les occupants de la citadelle avaient été pris par surprise. C'est ici, devant la tour, que les chevaliers montaient avant de s'abattre de l'autre côté sur les défenseurs ahuris, comme un renard faisant irruption dans le poulailler. Roç recula sans le moindre bruit. Ses hommes avaient eux aussi remarqué les intrus et s'étaient mis à couvert. Il ne s'était pas attendu à une attaque venant de ce côté, et l'on ne pouvait pas faire intervenir les chevaux entre les rochers. Ils devaient laisser approcher l'ennemi et tenter de l'affronter ici, sur le plateau où se dressait la tour du puits. Dans un premier temps, Roç ne demanda à personne de monter en selle, hormis les trois hommes qu'il envoya derrière la tour. Tous les autres se préparèrent au corps à corps. Roç fit passer la consigne à voix basse : ne pas se laisser entraîner entre les rochers à la faveur du combat. Il venait de remarquer que les assaillants avaient laissé sur les chevaux leurs cuirasses et leurs boucliers. Ils n'étaient que légèrement protégés par des tabliers de cuir, ce qui leur assurait une grande agilité. Ils portaient tous, en plus de leurs épées, des poignards courts et puissants. Roç sentit que le bloc rocheux derrière lequel il se tenait caché n'était pas stable. Il sursauta, craignant de dévoiler leur présence par sa maladresse. Il retint son souffle : sous la pierre, le substrat de terre et de cailloux commençait à s'effriter. Les hommes, en dessous de lui, montèrent les uns après les autres sur le sentier qui menait à la tour par les rochers. En entendant que le premier arrivé en haut criait « Trahison ! » et que les armes commençaient à tinter, le dernier s'arrêta tout en bas. Roç donna une poussée à la pierre et se lança en arrière pour ne pas être emporté avec elle. Le cri de l'homme retentit dans le fracas des blocs rocheux qui dévalaient à présent le chemin creux, à l'endroit précis où il se trouvait. Roç bondit, cria à Raoul : « À la plage ! Chassez les chevaux ! », puis se jeta dans la mêlée en brandissant son épée.

Les ennemis, surpris par cet éboulement subit, commirent l'erreur de se précipiter en haut, sur le plateau, où ils n'avaient rien à opposer aux coups des lourdes épées allemandes. S'ils étaient touchés, la lame traverserait leur cuir et les découperait jusqu'à l'os. Roç s'occupa de leur chef, un si bon combattant qu'il avait jusqu'alors pu parer tous les coups, abattre deux des Allemands et déchiqueter le bouclier d'un troisième. Roç lança son bouclier vers l'homme qui se défendait désespérément et attira sur lui la fureur du Grec, espérant avoir devant lui le seigneur d'Arcady. Mais lorsque l'inconnu, dès les premiers coups de Roç, comprit que celui-ci lui était supérieur, il lança son arme contre le Trencavel et bondit en arrière, entre les roches. Il dévala la pente d'éboulis et roula hors de portée de Roç. Il parvint à sauter sur l'un des chevaux et à partir au galop, juste avant que les trois Occitans ne surgissent et n'envoient les autres animaux en direction de la trirème.

Roç ne put que saluer leur perspicacité : ils avaient ainsi augmenté leurs réserves de chevaux. Il transperça l'un des derniers ennemis encore vivants : les Allemands avaient déjà réglé leur compte aux autres. Roç leva les yeux vers la citadelle, où l'on était en train de hisser le drapeau.

— À cheval ! ordonna-t-il aux Allemands, qui pensaient déjà avoir suffisamment participé aux combats. Ils montèrent en selle, un peu grognons. Roç les fit attendre.

De l'autre côté, une troupe de cavaliers avançait en bon ordre sous les murs de la citadelle, et faisait front à portée de tir. Un parlementaire se détacha de leurs rangs et trotta, apparemment très sûr de lui, jusque devant la brèche derrière laquelle s'étaient rassemblés les habitants de Pantokratos, tremblant de peur.

— Ugo d'Arcady, votre seigneur, qui gouverne sur votre vie et votre mort, cria le héraut qui n'avait même pas jugé nécessaire de brandir un drapeau blanc, exige la livraison immédiate des étrangers !

La foule tassée derrière les têtes empalées se taisait. Ces gens avaient leur destin sous les yeux.

— Où est passé Zaprota ? hurla le héraut.

Les regards se dirigèrent vers la citadelle, où deux Templiers montrèrent le vieil homme sur le mur.

— Ah ! s'exclama le négociateur avec mépris. Cette fois, ils sont déguisés en chevaliers du Temple ! Sortez et rendez-vous au Despotikos. Sans cela, nous viendrons vous chercher et ... (il désigna les pieux) ... il en reste suffisamment de libres !

Simon apparut sur le mur.

— Aucun Templier n'accepte d'ordres de qui que ce soit dans ce monde, et surtout pas d'un chien fou comme ce bâtard d'Ugo.

Le parlementaire en resta bouche bée. Il fit signe aux cavaliers de le rejoindre. Les habitants, derrière la brèche, coururent se cacher dans leurs maisons. Les pieux acérés forcèrent les hommes à cheval à progresser prudemment. Ils tirèrent une grêle de flèches sur les fugitifs, mais personne ne se montrait plus sur les murs de la citadelle. Seule la bannière de Manfred flottait encore comme un défi, sur la plus haute tour. À peine les cavaliers ennemis eurent-ils franchi la brèche dans le mur, que les premiers d'entre eux montèrent au galop le chemin pavé qui menait à la citadelle. Ils mirent pied à terre. On apporta un bélier. Dès le premier coup, la porte vola en l'air avec fracas. Ils se ruèrent dans la cour étroite de la citadelle, la plupart d'entre eux ne jugèrent même pas nécessaire de descendre. Il régnait une certaine confusion, et ils n'avaient manifestement pas de chef. Les premiers tentèrent de gravir les marches qui menaient aux murs et à la tour centrale, mais elles cédèrent sous leurs pas et ils furent précipités sur ceux qui les suivaient. Alors, tout d'un coup, la porte se referma en claquant, et une pluie d'os, de pots de terre et même de coquillages bizarres se mit à tomber du haut de la tour. Avant même d'avoir atteint le sol, ces récipients explosaient, projetant une pluie d'éclats sur les assaillants. D'autres restaient par terre en fumant et ne sautaient qu'au moment où l'on n'y prenait plus garde. Les chevaux blessés se cabraient, presque tous les assaillants étaient déjà en sang, beaucoup reposaient sur le sol et ne bougeaient plus, d'autres étaient piétinés à mort par leurs montures. On ouvrit la porte de l'extérieur, et un essaim de fuyards paniqués bouscula ceux qui tentaient d'approcher. Les amphores continuaient à tomber dans la foule, répandant leur contenu incandescent. Alors, les arbalétriers entrèrent en action à leur tour. Ils commencèrent par abattre les cavaliers sur leurs montures, et les animaux débridés, pris de panique devant les flammes, écrasèrent tout ce qui s'opposait à leur course sur le sentier pavé de la tour. Au bout de la route, ce fut alors Dietrich qui arriva avec les *lancelotti*. Leurs faux firent une effroyable récolte. Ils ne furent pas nombreux, dans l'armée du Despotikos, à survivre ce jour-là à l'enfer de Pantokratos, et aucun de ceux qui en réchappèrent n'en ressortit indemne. Devant les murs apparut alors un cavalier solitaire et sans arme, le corps couvert d'écorchures, le pourpoint et les chausses en lambeaux. Fou de colère, messire Ugo rassembla ses hommes, fit rattraper les chevaux errants et ordonna à tous ceux qui le pouvaient encore de monter en selle. Il avait la ferme intention de lancer une charge destructrice contre le village. Mais une forêt de faux scintillantes se dressa derrière la brèche, formant avec les pieux une phalange qu'aucun cavalier ne pouvait affronter. En tout cas, ses hommes, ou leurs chevaux, reculèrent. Lorsque Ugo se retourna, il était seul. De la hauteur de la tour du puits, les Chevaliers teutoniques arrivèrent alors en courant, menés par ce jeune guerrier qui avait déjà eu raison de lui au combat à pied. Ugo prit la fuite.

Dans l'attente de l'épouse

La petite ville portuaire de Trani, au sud de la côte de l'Adriatique, était accaparée par le grand événement qui s'annonçait lorsque Oberto Pallavicini, le redouté vicaire de l'empire, y arriva par la mer à la surprise de tous. Trani avait été choisie par le roi Manfred pour recevoir l'épouse que l'on attendait d'Épire, et c'est dans sa cathédrale que devaient être célébrées les noces. Cette petite ville de pêcheurs insignifiante s'orna ainsi de portiques et d'arcs de triomphe entourés de guirlandes. Le trajet que le couple emprunterait pour atteindre, en haut, la porte de bronze de la cathédrale, était déjà orné des bannières de tous les princes et de leurs vassaux, de toutes les villes et communes du royaume. Celles des grands et des puissants flottaient sur des mâts spécialement dressés, celles des bourgeois sur les balcons des maisons, ou le long de cordons tendus au-dessus de la rue. On préparait des gerbes de fleurs. « Les époux marcheront sur un tapis de fleurs ! » s'exclama Mafalda, qui avançait à côté du vicaire et accueillait avec satisfaction les saluts respectueux qu'on adressait à cet homme important.

— C'est ainsi que je m'imagine mon propre mariage !

Oberto Pallavicini lui lança un regard en biais.

— Avec moi, vos pieds ravissants fouleraient de l'or massif, si vous vous décidiez à accepter mon offre !

Dame Mafalda tressaillit comme sous un coup de fouet. Elle évita ensuite de regarder le borgne. Le vicaire de l'empire était marié depuis longtemps, et même s'il n'avait plus que moquerie pour sa vieille épouse qui s'étiolait quelque part, dans un château du nord du pays, Mafalda savait fort bien que l'Église ne prononcerait jamais le divorce. Elle se retourna pour vérifier que Rinat Le Pulcin trottait toujours derrière eux. C'est alors qu'elle aperçut les cheveux blancs de Sigbert von Öxfeld, le commandeur des Chevaliers teutoniques. Ne serait-ce que pour agacer Oberto, elle s'arrêta et cria :

— Quelle joie !

Elle connaissait le commandeur depuis Palerme, et savait que le vicaire n'avait guère d'estime pour le vieil homme : il était lié par une étroite amitié au couple royal, et avait certainement trempé dans la tentative de libération d'Enzo, à Bologne. Oberto décida de ne pas réagir au jeu de la dame, mais Sigbert le devança

— Oh, messire le vicaire de l'empire, si j'avais su que

vous vous promeniez vous aussi, nous aurions pu faire le voyage ensemble !

— Je ne vous le souhaite pas, messire Sigbert, le mien m'a mené en ce lieu par de fâcheux détours.

— Mais au bras d'une dame ravissante !

Il s'inclina gracieusement devant Mafalda et demanda, en répandant avec plaisir du sel dans les blessures du vicaire :

— Puis-je donc supposer que votre maîtresse Yeza Esclarmonde n'est pas loin, elle non plus ? Je la croyais depuis longtemps en *Terra sancta*, où je me sens moi aussi attiré, après toutes les expériences décevantes que j'ai faites dans un Occident qui nous a oubliés depuis longtemps, nous et Jérusalem.

— Cela ne tiendrait-il pas aussi au fait que messires les chevaliers de l'Ordre s'occupent de choses qui n'ont plus rien à voir avec leur destination originelle ?

— S'il est aujourd'hui donné aux seigneurs profanes de juger où et comment nous servons Dieu, au lieu de soutenir notre travail en nous envoyant les hommes et les moyens appropriés, vous pourriez avoir raison.

Oberto n'avait pas l'intention de céder.

— Dame Yeza est à bord de l'un de ces moyens regrettablement détourné de son objectif initial, sur le navire amiral du grand maître du Temple, un vaisseau volé, et elle s'apprête à sauver la sainte Jérusalem !

— Cela me réjouit et m'inquiète à la fois, dit Sigbert en tournant les talons. Effectivement, je ne dois pas séjourner plus longtemps ici dans le seul dessein de rendre hommage, au nom de l'ordre des Chevaliers teutoniques, au roi Manfred et à son épouse. Portez-vous bien !

Et le commandeur s'éloigna d'un pas énergique.

Oberto Pallavicini conduisit dame Mafalda dans un palais, à l'écart de la grand-rue. C'était un bâtiment modeste, mais un jardin plein de fleurs l'accueillit derrière le portail. Les chambres se trouvaient au rez-de-chaussée. Mafalda y découvrit un large lit à baldaquin. À côté, il n'y avait plus qu'une chambre sans fenêtre qui servait sans doute de garde-robe.

— Elle ira bien pour Rinat ! décida joyeusement le

seigneur, qui y poussa le peintre, referma la porte derrière lui et fit un clin d'œil complice à Mafalda.

Ce lascar pensait-il pouvoir choisir pour maîtresse une comtesse Levis de Mirepoix ?

— Prenez vos aises, mon ange.

Ce parvenu qui s'était élevé d'un simple poste de chef de mercenaires jusqu'aux plus hautes fonctions de l'État n'avait pas de manières, mais rien ne semblait pouvoir troubler son arrogance.

— Je vais aller visiter les alentours. Nous avons aussi besoin de vêtements fins pour les festivités imminentes. Immédiatement après la cérémonie, la noce se rendra sur le Castel del Monte tout proche — trois jours de danse, de chasse et des repas sans fin, avec le meilleur vin !

Il lança à Mafalda la clef de la porte derrière laquelle il avait enfermé Rinat.

— Je fais confiance à la dame de cette maison, ajouta-t-il. Ne tuez pas ce gredin, et ne le laissez pas filer. J'ai encore quelques projets pour lui.

Il s'en alla. Mafalda ne réfléchit pas longtemps. Elle prit un gobelet, passa au jardin et souleva prudemment quelques pierres plates jusqu'à ce qu'elle ait trouvé ce qu'elle cherchait. En un éclair, elle renversa le gobelet sur le scorpion effrayé. Puis elle fit entrer l'arachnide venimeux dans le récipient, et le porta à l'intérieur. Elle tira couvertures et draps, et plaça l'animal à hauteur des pieds. Ensuite elle ouvrit la chambre et cria :

— Vous pouvez sortir, *pulcino mio* ! Je ne vous frapperai plus, et je ne vous écorcherai pas tout vif !

Rinat, méfiant, passa la tête par la porte. Il tenait, caché dans sa manche, un mince stylet qu'il avait tiré de sa botte. Mafalda lui tournait le dos.

— Pressez-vous, Maestro ! babilla-t-elle d'une voix légèrement stridente. Je m'apprête à prendre congé en français du puissant vicaire de l'empire. (Elle riait.) Et je vous conseillerais de le faire avant d'être pendu comme espion de l'Anjou, pour célébrer cette journée.

Rinat sourit finement et s'inclina.

— Si vous voulez me prendre avec vous, dame

Mafalda, j'accepterai volontiers de vous servir de galant, et je vous serai bien utile !

Ils s'emparèrent de toutes les pièces d'or qu'ils trouvèrent dans le double fond du sac de voyage qu'avait apporté Pallavicini, un cadeau que le bailli de Lucques avait fait à son seigneur. Mafalda les partagea en deux. Peu après, deux femmes très dissemblables quittèrent la maison. La plus laide portait une cape élégante, et nul ne remarqua qu'il lui manquait un bras.

Devant la cathédrale ornée de fleurs, Oberto Pallavicini courut se jeter dans les bras du maître des Templiers, Guillaume de Gisors, auquel il n'avait jamais pu résister. Son visage lisse, cette tendresse si peu virile lui inspiraient pourtant une étrange répugnance, sans qu'il en eût jamais vraiment connu la cause. Le vicaire de l'empire savait aussi que certains donnaient au Templier le surnom de « Face d'Ange ». On ne pouvait pas en dire autant de lui, Oberto... Mais il savait aussi que Guillaume se situait sur la plus haute passerelle de commandement de cette funeste puissance qui avait pris le nom de « Prieuré de Sion », et qu'il était le successeur désigné de la Grande Maîtresse. Mieux valait, en cas de besoin, être en bons termes avec pareille société secrète.

— Très précieux chevalier, le salua-t-il avec une amabilité teintée de malice, en admirant la fine broderie de soie qui composait la croix rouge griffue appliquée sur le clams immaculé, êtes-vous toujours en quête de la prunelle des yeux du grand maître ?

L'Ange n'appréciait pas ce genre de familiarités.

— Seriez-vous victime d'une confusion ? Messire Thomas Bérard les a encore toutes les deux et se réjouit de les détenir !

— Je parlais de *L'Atalante*, rétorqua le vicaire. Il a certainement dû la prêter, car je l'ai vue récemment, commandée par un homme auquel je ne tendrais pas la main, par peur de ne plus y retrouver quelques doigts !

— Taxiarchos est un corsaire qui, moyennant rémunération, accomplit certaines traversées, répondit froidement le Templier. L'Ordre sait que son navire est entre des mains expérimentées !

Le vicaire éclata de rire.

— Vous n'avez pas vu votre amiral utiliser *L'Atalante* pour trancher en rondelles la flotte de l'Anjou ! Une hache qui mord le bois ou enfonce des clous de fer mène à côté de cela une vie contemplative. Il traite votre barque comme un Mongol manie une femme prise au combat.

— Cela ne fait que plaider pour la *repugnantia viris stupri* du navire ! Qui donc vous a rapporté l'épisode ?

Gisors s'efforçait de ne pas laisser paraître son intérêt. Mais Oberto Pallavicini était un vieux renard, et percevait fort bien l'inquiétude du Templier.

— J'ai vu de mes propres yeux l'anéantissement des Provençaux dans le golfe d'Otrante. Vous n'y trouverez plus *L'Atalante*. Taxiarchos a levé les voiles et fait route sous son propre commandement, il a fait monter Yeza à son bord.

— Qui est en route pour Jérusalem...

— Il va l'accompagner à Alexandrie.

— Le service du couple royal a toujours été un devoir pour l'Ordre !

Le Templier décida de mettre fin à l'entretien. Il en savait assez, désormais, et salua sèchement le vicaire de l'empire :

— Nous nous reverrons sûrement aux noces !

Oberto était satisfait, lui aussi. Il se frotta les mains en s'éloignant. Taxiarchos recevrait la punition qu'il méritait, et lui-même allait à présent s'occuper de cette fille de comte languedocien mal dégrossie.

UNE SÉPARATION À CONTRECŒUR

— Pourquoi ne m'avez-vous pas laissée partir ?

Yeza lança un regard furibond au Taxiarchos dès son arrivée dans la cabine. Elle avait bondi comme une tigresse lorsqu'il avait demandé à entrer, au lieu de le recevoir, comme d'habitude, allongée sur son lit.

— C'était déjà la troisième île ! Ne venez pas me

raconter que la mer était trop agitée ! Vous savez si bien manier le gouvernail, d'habitude, que vous n'auriez eu aucun mal à rapprocher suffisamment *L'Atalante* de la côte.

Le grand capitaine observa la jeune femme avec ce sourire supérieur qu'il avait coutume d'arborer lorsqu'il avait l'intention d'imposer sa volonté.

— Épargnez-vous ce maudit rictus ! lui lança Yeza en faisant mine de lui foncer dessus. Est-ce que je ne mérite même pas une explication ?

Elle laissa retomber ses poings dressés. Il aurait profité du mouvement de la jeune femme pour la tirer contre lui, et elle serait de nouveau tombée sur son lit, dans les bras de l'homme. Elle s'immobilisa et attendit, en bouillant intérieurement. Le capitaine s'installa sur le rebord du lit de la jeune femme comme si c'était le sien.

— Nous avions déjà mis le canot à la mer, se défendit Taxiarchos, sans beaucoup d'énergie. Mais il menaçait de chavirer, les vagues étaient trop puissantes.

Il avait de nouveau ce sourire insolent.

— Vous n'ignorez pas que je sais nager ! Alors ne me racontez pas d'histoires : vous ne *vouliez* pas me laisser partir.

En guise de réponse, Taxiarchos, muet, passa à la contre-attaque. Dans l'ardeur de leur discussion, Yeza s'était trop approchée de lui. La main du marin se posa sur sa hanche comme une serre, il la serra *gluteus* et commença à la tirer vers lui, dans un mouvement inexorable. Yeza parut d'abord céder, mais elle bondit ensuite sur le lit, le renversa et enfonça son genou dans ses parties tandis qu'elle lui attrapait la gorge des deux mains.

— Admettez au moins votre geste de canaille, Taxiarchos ! Vous êtes allé jusqu'à saboter le canot !

Taxiarchos se sentait pris au piège. Yeza avait-elle appris qu'ils étaient passés tout près de son Trencavel au moment où ils avaient rencontré la trirème ? Il aurait perdu cette femme sur-le-champ s'il le lui avait révélé. Face à l'aura gigantesque de Roç, il ne pouvait rien faire, et cela lui était particulièrement désagréable. Il n'aurait plus été qu'un amant usagé, et elle l'aurait sans doute rapidement oublié. Taxiarchos soupira. Il ne pouvait pas révéler non plus à Yeza que devant la Crète, sans qu'elle le remarque, il avait rencontré le voilier du Hafside, et qu'il avait alors couché Geraude endormie dans un canot qui avait dérivé sur les vagues jusqu'à la côte. Le Hafside avait réclamé la suivante parce que « son chaman en avait décidé ainsi », avait-il dit. Étrangement, le Pénicrate n'avait pas résisté. À Yeza, il avait ensuite raconté que Geraude était tombée à la mer, la pauvre, et que personne n'avait remarqué sa chute. Yeza avait montré une certaine tristesse, mais cela n'avait pas duré bien longtemps.

Il éloigna de son cou les mains de la jeune femme et la tira contre lui. Elle libéra son sexe et il laissa son tronc grandir en elle, ce qui n'était possible que lorsqu'elle y était disposée. Il lui laissa le soin de le chevaucher, et Yeza ne le déçut pas. Elle le fit avec une rage évidente, mais il ne s'en souciait plus. Il lui attrapa les hanches et régla lui-même leur rythme.

Yeza se laissa faire. Le cheval voulait suivre son chemin ? Qu'il le fasse ! De toute façon, il ne la jetterait pas au sol, c'est donc déjà à elle que revenait la victoire. Taxiarchos était un homme exceptionnel, il galopait comme le diable, et le péril mortel grandissait à chaque coup. Il défiait le plus puissant Ordre du monde, affrontait des royaumes pour le seul plaisir de la réjouir encore. L'aimait-il ? Taxiarchos inquiétait Yeza. Combien de barrages dressés par des Templiers avaient-ils déjà franchis sans même le remarquer, tant était grande leur ivresse ? Ni Oberto Pallavicini, ni Manfred, et moins encore le froid Gisors ne pardonneraient au Pénicrate tout ce qu'il avait entrepris pour sa princesse ! C'était un homme mort !

Yeza le comprit tout d'un coup. Elle tressaillit. Elle ne voulait plus regarder son amant dans les yeux. La peur lui coupa le souffle et son plaisir se figea au moment précis où la respiration de plus en plus lourde du Pénicrate se transformait en ce halètement qui annonçait l'éjaculation. Elle agita son bassin en gémissant pour simuler un orgasme, puis elle ferma les yeux. Elle tremblait, mais c'était de peur de voir mourir ce corps brûlant. Désespérée, elle lui caressa les cheveux, le cou, lui embrassa le visage en luttant contre les larmes. Elle se laissa tomber sur lui et posa la tête sur sa poitrine poilue pour écouter battre son cœur.

— Partez, partez ! fit-elle dans un souffle, presque atone.

— Je ne vous quitte pas ! murmura Taxiarchos, ému.

Après la glorieuse bataille de Pantokratos, le Trencavel victorieux passa ses troupes en revue. Il n'avait subi que des pertes minimes. Quelques-uns des Chevaliers teutoniques avaient perdu la vie lors de la mêlée devant la tour du puits ; l'un d'eux s'était cassé le cou en descendant à cheval. Deux arbalétriers avaient été tués sur les murs de la citadelle. Roç était en grande forme et s'apprêtait à aller rendre une visite secrète à messire Ugo dans son château de Maugriffe, ne serait-ce que pour ne pas mettre en péril les prisonniers qui y croupissaient. La seule chose qui le laissait ahuri était le fait que les habitants du village libéré ne manifestaient aucune joie, et encore moins de reconnaissance. Ils paraissaient toujours aussi hostiles, et semblaient à présent accablés. Roç fit venir Zaprota, qu'il comptait de toute façon interroger. Mas demanda à se charger de l'interrogatoire.

— Vous aimez cueillir les graines de tournesol et les olives fraîches ? lança aimablement Morency pour entamer la conversation, car le vieil homme n'avait pas dit un mot. C'est sans doute l'unique moyen possible pour avaler votre fromage immangeable…

L'homme de Corfou n'accepta pas que l'on attaque ainsi l'honneur de son île :

— Nos olives noires valent bien vos haricots verts ! Et avec des olives et des graines de tournesol, nos fromages sont délicieux !

— J'ai pu m'en apercevoir ! répondit joyeusement Mas. En haut, dans la tour, en lançant votre appel au Despotikos par le biais du miroir à signaux, vous avez craché un joli paquet de noyaux et de graines vides !

— Mais j'ignore totalement comment on envoie des messages ! protesta le vieil homme.

— Mais vous vous êtes certainement exercé, en une autre occasion, à couper au couteau un œuf d'oiseau cru et à le gober ?

— Ce n'était pas moi.

— Ça ne fait rien, le consola Morency. En tout cas, le message est parvenu à son destinataire, et il est arrivé à l'heure.

— Il n'a eu qu'un seul problème, l'interrompit le gros Pons : d'une manière totalement fortuite, nous avions fermé la galerie de taupe. Sans cela, les Templiers auraient connu dans la citadelle le même sort que leurs prédécesseurs, qui s'y croyaient en sécurité alors qu'ils étaient dans la nasse.

— Je ne sais pas de quoi vous parlez, jeune seigneur, répliqua nerveusement Zaprota. J'espère seulement que vous avez compris : vous n'êtes pas les bienvenus ici, remontez dans votre navire au plus vite et partez.

— Ah ! s'exclama Dietrich. Est-ce ainsi que l'on nous remercie de nos efforts ?

Le vieux ne répondit pas, et Roç décida de le renvoyer, mais sous la garde rigoureuse de la garnison.

— Je charge aussi messire Dietrich, à titre personnel, de veiller à ce que notre cher ami (il adressa à Zaprota un sourire aimable qui ne promettait rien de bon) ne trouve plus d'occasion de conspirer contre nous !

— Dans le cas contraire, confirma l'Allemand blond, il sait où il devra chercher sa tête. Nous, les Chevaliers teutoniques, nous occupons la citadelle.

Il fit emmener le vieux.

— Je vais entreprendre une petite expédition, annonça Roç. Je ne serai accompagné que par mes remarquables Occitans et par le Diable du feu. Où se trouve-t-il, au juste ?

À cet instant seulement, tous remarquèrent qu'ils n'avaient plus vu Mahmoud depuis qu'il avait déclenché son feu d'artifice dans la citadelle.

— Il sera revenu sur le navire.

— Non, répondit Béni, il n'y est pas.

— Il est sans doute sous terre, comme une taupe, pour comprendre enfin ce qui se passe là-dessous entre Pantokratos et son petit puits. On y trouve peut-être un temple datant de la nuit des temps ?

— Ou même la ville de Troie, ou un lieu de culte secret de la déesse Ishtar, assoiffée de sang. C'est à elle, en vérité, que l'on apporte ces têtes en sacrifice. Prends garde à toi, mon cher Pons : pour les sacrifices, on préfère les petits gros !

— Et Zaprota est son grand prêtre, conclut Dietrich. Nous aurions dû lui demander où est passé Mahmoud.

— À mon avis, intervint Simon, le vieux a toutes les raisons de vouloir se débarrasser de nous. Il est possible que nous soyons encore entourés de dangers dont il ne veut pas parler. Ugo pourrait revenir en secret et se venger.

— Je veux prendre les devants, confirma Roç. Je veux aller l'enfumer dans sa caverne, à Maugriffe.

— Comme toujours, une fois saisi par la folie, plus rien ne peut vous détourner de vos chimères, Trencavel !

Roç voulut lui répondre, mais le Templier ne le laissa pas reprendre la parole.

— Comme la trirème ne se lancera pas, au moins dans un délai prévisible, dans son périple à destination de Jérusalem, il ne me reste plus, à moi et à mes frères, qu'à prier la Vierge Marie pour qu'elle nous envoie un petit navire qui nous emmènera en Terre sainte !

— Comme c'est touchant ! répliqua Roç. Vous avez sans doute oublié ce qui vous attend : la Haute Cour de votre ordre, qui vous punira pour avoir cédé face à un homme comme Taxiarchos. Et qui punira aussi le fait que vous êtes encore en vie, alors que votre Temple ordonne l'obéissance jusqu'à la mort !

— Je peux encore arranger cela, dit Simon d'une voix blanche.

— Tentez plutôt de récupérer *L'Atalante* conseilla Dietrich. Pour votre ordre, elle vaut bien plus que votre vie.

— C'est la raison pour laquelle je vais monter la

garde ici, devant la tour, avec mes frères, jusqu'à ce que nous ayons pu embarquer dans un navire.

— Je serai revenu depuis longtemps, répondit Roç. Ne me faites pas perdre plus de temps !

Il remarqua que ses trois Occitans se tenaient de côté et n'avaient pas du tout l'air de se réjouir de leur départ. Raoul fit un pas en avant.

— Lorsque nous avons quitté Otrante, vous avez, Trencavel, annoncé que vous comptiez vous abstenir de toute aventure en Grèce. Où nous trouvons-nous à présent ? Sur la terre des Grecs ! Pas au centre, sans doute, mais les marges me suffisent bien. Nous sommes déjà empêtrés jusqu'au cou dans vos affaires douteuses ! Nous sommes intervenus, nous nous sommes bravement battus, nous avons vaincu. Ne serait-ce pas défier la déesse de la chance que de nous impliquer encore plus, à présent, dans les querelles familiales de cette tribu hellénique infidèle et trompeuse ? Pourquoi voulez-vous aller vous promener dans le nid d'une araignée meurtrière ?

Roç l'avait laissé parler tout son soûl. Il appréciait Raoul, auquel il enviait parfois ses manières de conquérant. Mais pour l'heure, c'était à lui, le Trencavel, de s'imposer ! Il ne pouvait pas lui expliquer que l'important n'était pas à ses yeux d'atteindre son objectif, qu'il s'agissait seulement de suivre son chemin, un chemin qui renaissait toujours de nouveau à partir de ses visions et des leçons données par ce pouvoir invisible qui veillait sur lui et tenter de forger son destin. Il n'y avait aucune bonne raison de s'engager dans l'aventure grecque. Il avait essayé d'y échapper. Mais il y était effectivement empêtré jusqu'au cou.

— Vous avez parfaitement raison, mes amis, répondit-il en s'adressant à tous. Il n'y a aucune raison valable d'agir ainsi. Mais c'est la manière dont je me représente une vie de chevalier. C'est elle qui me donne l'envie d'affronter les périls et de les vaincre. Ceux qui veulent me suivre doivent être animés par le même désir.

Raoul fit alors un pas de plus vers Roç, et se plaça sans un mot à côté de lui.

— Ah, qu'est-ce qu'on peut attendre de plus de la vie,

grogna Mas en suivant son compagnon. Pons resta tout seul, mais finit par rejoindre les Occitans, en déclarant bravement :

— Que seriez-vous sans le fils de mon père ?

— Il ne me déplairait pas de me joindre à vous ! lança alors Dietrich. Mais Roç le rabroua.

— Vous savez combien j'estime la force de votre main, le courage de votre cœur et la clarté de votre entendement, vous savez combien j'aimerais vous avoir avec moi. Mais l'un de nous deux doit rester ici et exercer le commandement. Comme messire Simon a déjà pris congé de nous, je ne vois personne qui soit mieux à même de le faire que vous, Dietrich von Röpkenstein.

Il prit l'Allemand dans ses bras et l'y garda plus longtemps que ne le requièrent, d'ordinaire, des adieux rapides entre amis.

— Savoir que vous m'épaulez ici, dit-il à voix basse, c'est presque comme si vous affrontiez l'aventure à mon côté !

— Et moi ? demanda Beni en se campant devant Trencavel.

— Vous, je vous charge de cette tour, où vous surveillerez le miroir, annonça Roç à son jeune *secretarius*. Votre mission sera aussi de garder le contact par signaux entre la trirème, en bas, et la citadelle, en haut. C'est très important !

Beni parut s'en contenter. Il regarda fièrement Potkaxl, puis il prit son courage à deux mains et entraîna le Trencavel à part.

— Maintenant que messire Gosset, votre conseiller, vous a quitté, je me permets de vous rappeler le coffre qu'il surveillait jusqu'ici et qui contient votre cassette de guerre. Puisque vous m'avez désigné comme gardien du miroir et que nous (il incluait donc Potkaxl dans ses plans) allons prendre nos quartiers ici, il me semblerait avisé d'y transporter aussi le coffre afin de le mettre sous ma protection.

Roç sourit.

— C'est exact, admit-il en chuchotant comme Beni. Faites-le porter par les Maures. S'il ne passe pas dans l'escalier en colimaçon, hissez-le au bout d'une corde. Et trouvez une idée pour barricader efficacement l'accès à la plate-forme, si jamais quelqu'un voulait s'emparer de vous et de la caisse !

Beni hocha la tête et fila. Roç fit signe à ses trois compagnons, et ils montèrent en selle.

— Le petit Diable du feu va nous manquer, constata Pons, qui tentait une dernière fois d'échapper à son destin, mais Roç ne l'écouta pas.

— Si nous ne sommes pas revenus d'ici six jours, dit-il au Templier, évacuez la citadelle et tentez, à l'aide du miroir, d'entrer en contact avec le Hafside ou de joindre Gosset. Pour le reste, saluez ma veuve Yeza. Ma dernière pensée sera pour elle !

— Veuillez pour cela nous laisser deux fois trois lunes, cher Trencavel. C'est le temps qu'il nous faudra pour vous chercher, moi-même et messire Dietrich !

Simon se hissa à son tour sur ses pieds et embrassa le chevalier qui s'en allait. Roç leur fit à tous un signe d'adieu, et la petite troupe se mit au trot.

PREUVES D'AMOUR ET DE POUVOIR

Après tant de journées brûlantes et de nuits froides, de plus en plus courtes, le delta du Nil s'étendit devant eux comme une main ouverte, parcourue de veines et portant au doigt un anneau orné d'une perle, un bijou unique et précieux : Alexandrie.

Yeza trouva Taxiarchos dans sa tente. Il était courbé, la tête entre les mains. Elle lui posa doucement la main sur la nuque.

— Nous avons connu assez d'adieux, et tellement divers, pour que la séparation ne nous gâche pas la joie de vivre et nous donne un avant-goût de la mort. L'heure est venue, et nous allons interdire à la tristesse d'amoindrir les joies que nous avons connues l'un avec l'autre, mon cher ami.

Elle passa ses doigts dans ses cheveux emmêlés,

quelques boucles crépues montraient les premiers reflets gris.

— Venez et aidez-moi à débarquer rapidement, les Maures doivent porter mes maigres biens sur le rivage. (Elle désigna la côte.) Là, où seul un tas de cubes cyclopéens rappelle encore la plus utile des sept merveilles du monde, le phare de plus de cent mètres de haut !

Taxiarchos s'était relevé en souriant.

— Je vois, princesse, que votre esprit si clair s'est déjà tourné vers de nouvelles contrées, qu'il a déjà plongé dans ce lieu unique où l'histoire glorieuse et la sagesse antique de l'Égypte se sont mêlées à la *sophia* des Grecs. Je vous envie, Yeza.

Il la garda longtemps au bout de ses bras tendus, comme s'il voulait conserver son image pour toujours. Puis il l'embrassa sur le front.

— Comme j'aimerais vous montrer la ville du grand Ptolémée !

— Vous suivez ses traces comme un digne fils ! répondit Yeza en lui souriant. Taxiarchos, le découvreur du Nouveau Monde ! (Elle se dégagea.) Soyez fier d'être grec, comme lui !

Pendant ce temps, *L'Atalante* s'était approchée si près de la plage désertique, à côté de la nouvelle Alexandrie, que les marins pouvaient déjà discerner les gigantesques blocs de pierre taillée et les colonnes de marbre éclatées qui dépassaient de la surface de l'eau. Taxiarchos fit jeter l'ancre et laissa les *lancelotti* former l'escorte de Yeza dans le canot, comme ils l'avaient demandé. Lorsque tous ses ballots, ses caisses et ses coffres eurent été chargés, Kefir et Jordi s'y laissèrent descendre au bout d'une corde. Yeza fut la dernière à quitter le bord. Elle ne se retourna pas. Les *lancelotti* s'installèrent aux rames, et le petit bateau trouva habilement son chemin entre les vagues. Yeza ne put s'empêcher de laisser son regard glisser vers *L'Atalante*. Taxiarchos, debout sur la proue, la suivait des yeux. « Dieu fasse qu'il atteigne les "Iles lointaines" et qu'il y soit heureux », murmura-t-elle. Elle se força à ne pas lui adresser un dernier adieu de la main. Elle était au désespoir. Comme elle aurait aimé pouvoir pleurer !

Le crissement du gravier sous le canot mit un terme à son doute et à sa détresse. Yeza fut la première à sauter dans l'eau et à rejoindre la terre. Derrière elle, Jordi s'occupa du déchargement. Des gamins serviables à la peau sombre proposèrent bruyamment leurs services de porteurs. Kefir fit tout empiler au pied d'un mur qui avait jadis servi de socle au gigantesque phare. Le claquement des faux contraignit Yeza à regarder en arrière. Les fidèles *lancelotti* avaient levé leurs rames, et le canot se balançait sur les vagues. *L'Atalante* avait mis toutes les voiles dehors, et s'éloignait d'eux à grande vitesse. Tel avait donc été le dernier salut de Taxiarchos : pour son bonheur et sa protection, il avait renoncé à ses *lancelotti*, il lui avait laissé ces soldats talentueux et expérimentés. La grand-voile gonflée rapetissait à vue d'œil, la coque élevée du navire avait déjà disparu derrière l'horizon, on ne distinguait plus que la pointe des mâts. Mais ils se dérobèrent à leur tour au regard de Yeza.

Faucon rouge, l'émir Fassr ed-Din Octay, fils de l'inoubliable grand vizir Fakr ed Din, connaissait les moindres recoins du palais du sultan, au Caire, et tout particulièrement ce large couloir interminable qui traversait les halls et menait devant le trône du gouvernant. Le visiteur, autour duquel les escortes se relayaient, mesurait ainsi les différentes zones de pouvoir : on commençait par les services de garde et de messagerie, c'étaient ensuite ceux du grand chambellan, de la conciergerie, des différents secrétariats, du maître des cérémonies et de cette garde qui fouillait tous les visiteurs et constituait le dernier cercle, la protection directe du sultan. Faucon rouge était une personnalité connue, l'ami et le conseiller du jeune Nur ed-Din Ali, même s'il n'avait pas pris la relève de son père et n'avait pas accepté le titre, mais aussi le fardeau qui s'attachaient aux fonctions de vizir.

Il était donc habitué à parcourir les salles et à franchir sans obstacle les portes qui s'ouvraient et se fermaient à son passage. Mais, cette fois, il fut frappé par le vide des pièces dans lesquelles se bousculaient d'ordinaire courtisans et quémandeurs, où s'entassaient d'innombrables légats réclamant une audience et où se pavanaient les militaires, presque toujours des émirs mamelouks. Aujourd'hui, les contrôleurs semblaient totalement indifférents. On laissait l'émir passer comme si l'objet déclaré de sa visite n'était pas le commandeur de tous les croyants, mais un simple kadi de province. Fassr ed-Din Octay aurait pu sans difficulté cacher un poignard dans ses vêtements et se présenter ainsi armé devant Ali, ce garçon assis, solitaire et perdu dans le grand cadre formé par le trône du sultan.

Le fils d'Aibek n'a pas les épaules suffisantes pour occuper ce trône. Ce n'était pas la première fois que cette idée venait à l'esprit de l'émir, qui s'inclina seulement un bref instant. Il fit signe au souverain comme si c'était un écolier, afin qu'il descende vers lui et approche de la fenêtre. Ce n'était pas un signe de mépris. Mais Faucon Rouge savait que ce siège coûteux à dossier haut, construit en marbre, en ébène, en or et en ivoire, renvoyait comme un écho le moindre mot, même chuchoté.

Ali ne songea d'ailleurs pas une seule minute à résister à cette invitation, tant il se réjouissait de la visite de l'émir. Faucon rouge ne prit pas beaucoup de temps :

— Un devoir qui n'a rien à voir avec les fonctions que j'exerce auprès de vous m'appelle à Alexandrie, Majesté.

— Ah, répondit Ali, les yeux brillants. Je parie que l'on réclame le gardien des enfants du Graal...

— Ce ne sont plus des enfants depuis longtemps, répliqua Faucon rouge, amusé, mais vous avez raison : Yeza Esclarmonde vient d'y arriver, sans prévenir et toute seule !

— Alors votre devoir est de courir la rejoindre. Non seulement je vous donne cette permission, mais je souhaite que vous transmettiez mes hommages à la princesse. Veillez seulement...

Tout d'un coup redevenu un petit bonhomme, sans la moindre trace de mauvaise humeur, le jeune sultan courut vers son trône, fouilla sous le coussin de velours et en fit sortir une tablette de bois qu'il porta aussi vite que possible à l'émir, en la pressant sur son cœur. La miniature était un portrait de Yeza. Faucon rouge ne la regarda pas longtemps.

— D'où tenez-vous cela ? s'enquit-il sèchement.

— Un cadeau officieux de la délégation commerciale vénitienne qui est passée récemment... Eh bien, quoi ? La princesse ne ressemble-t-elle pas à son portrait ? Vous l'avez bien aperçue à Palerme, non ?

Ali paraissait plus amoureux que soucieux, et l'émir songea aux bruits qui couraient sur les relations entre le jeune sultan et Madulain, l'épouse de Faucon rouge.

— Non, non, répondit-il pour tranquilliser le souverain. La fille du Graal est même sans doute devenue encore plus belle depuis que l'on a fait ce portrait.

— Dans ce cas, faites-la venir ici, je veux mettre Le Caire et toute l'Égypte à ses pieds !

L'émir posa la main sur ses épaules et le tira plus près de lui pour ne pas être forcé de parler à voix haute.

— Ma visite a un rapport avec l'Égypte et le Caire. On ne peut déposer aux pieds de quelqu'un que ce que l'on ne tient pas en main. Je me fais du souci pour vous, je parle avec mauvaise conscience...

— Vous craignez que je ne puisse affronter l'orgueil de Saif ed-Din Qutuz ?

— Depuis que vous êtes assis sur ce trône, Ali, des amis de votre père vous ont protégé de toutes les difficultés, si bien que vous n'avez jamais eu à subir la froideur et la dureté des mamelouks. Mais les temps ont changé. Les Mongols, à l'est, constituent désormais pour nous un danger auquel nombre de vos émirs veulent répondre énergiquement. Ils pourraient juger que Qutuz ferait un meilleur souverain ...

Ali était consterné par les mots de son ami.

— Le pensez-vous aussi ? demanda-t-il, méfiant et vexé.

— Si tel était le cas, vous ne vous trouveriez déjà plus ici. Mais aujourd'hui, Baibars est revenu, l'homme qui, pour fuir votre père, s'était réfugié à Damas. Ne nous racontons pas d'histoires ! Dans cette ville, c'est lui qui détient le pouvoir secret...

— Que dois-je faire ? demanda Ali d'une petite voix.

— Prouvez à l'Archer que vous savez utiliser vos prérogatives de souverain. Débarrassez-vous de Qutuz, cet homme avide de pouvoir, faites-le immédiatement. Dans le cas contraire, vous pourriez ne pas voir se lever le soleil demain matin !

— Sa tête ?

— Ou la vôtre, Ali ! répliqua Faucon rouge d'une voix basse et rauque. Faites appel aux Bédouins de mon père avant que votre adversaire ne fasse sortir ses bahrites des casernes du Nil, forcez Baibars et ses « chambellans », les gamdarites, à se placer à vos côtés. Faites lui savoir que son fils Mahmoud est en bonne santé auprès de Shirat, la comtesse d'Otrante, et sous la protection de mes amis du Prieuré.

— Qui est ce « Prieuré » ?

— Ce sont les gardiens du Graal expliqua Faucon rouge avec un regard encourageant. Il s'agit de la plus puissante société secrète de l'Occident. Les Templiers et les Assassins sont à ses ordres, et je lui obéis moi aussi. (Il prit le jeune sultan dans ses bras, l'embrassa sur les deux joues et sur la bouche.) C'est la raison pour laquelle il me faut vous quitter à présent. J'espère vous revoir ici !

Et, d'un pas énergique, l'émir quitta la salle du trône.

V

Le mal sur Maugriffe

On en réchappe encore une fois

La petite troupe formée par Roç et par les trois Occitans trottait vers le point où, selon Zaprota, devait se trouver le château Maugriffe. Ils n'avaient emmené qu'un seul cheval bâté, si bien qu'ils avançaient rapidement. Mais Roç ne pouvait espérer y parvenir avant la tombée de la nuit. Il ne voulait en aucun cas atteindre le château à une heure tardive et réveiller les occupants. Pareille visite aurait étonné, et convenait donc tout aussi peu qu'une arrivée au petit matin, où l'invité inattendu aurait été toute la journée un sujet de curiosité et de discussions. Le mieux serait d'apparaître à l'instant où l'on aurait desservi le dîner et où le maître du château se serait déjà retiré pour se reposer. Cela éviterait à Roç de devoir le saluer : ils s'étaient affrontés les yeux dans les yeux pendant la bataille, et il n'était guère probable que messire Ugo ait oublié cette déconvenue.

Roç n'avait pas de véritable plan sur la manière dont il entrerait à Maugriffe. Fallait-il y pénétrer secrètement, ou s'y présenter comme si de rien n'était ? La seule chose qui comptait à ses yeux était de ne pas tomber entre les mains des gardiens de la porte, mais de se retrouver en tête à tête avec le bâtard lui-même pour le placer devant ses responsabilités. Au grand étonnement de ses compagnons, Roç sortit du chemin et se dirigea vers une petite forêt.

— Nous nous déguisons, annonça-t-il laconiquement. En princes maures, on ne nous soupçonnera pas de faire partie des quatre cents hommes de Manfred.

— Un costume d'une discrétion absolue ! remarqua Mas lorsqu'ils se tinrent à couvert des arbres. Quel nom comptez-vous prendre, Ali Baba ou Haroun al-Rachid le jeune ?

Roç avait déjà mis pied à terre et défaisait les bâts du cheval.

— Fassr ed-Din Octay ! répondit-il après un bref instant de réflexion. Faucon rouge.

— J'ai déjà entendu ce nom-là, dit Pons, qui ne semblait guère convaincu. Et nous ?

— Imagine quelque chose, proposa Raoul. Sindbad ou Aladin ne seraient pas mal.

— Plus c'est long et mieux c'est, assura Mas d'une voix tonitruante, et il éclata de rire en voyant le gros Pons se coiffer d'un turban. Pense à Beni, le *filius* de notre vizir, Kard ibn Kefir ad-Din Malik Alhakim !

— Je ne me rappellerai jamais un nom pareil, gémit Pons.

— Fais comme moi ! lui conseilla Roç. Un tissu devant le visage, seuls les yeux doivent en dépasser !

Le castel Maugriffe se dressait dans la nuit, tout noir sur un rocher pointu. Il se trouvait bien au-dessus de la mer, ce qui expliquait pourquoi Ugo d'Arcady et ses cavaliers avaient remonté la plage à cheval : le chemin était certainement beaucoup plus court. Mais si Roç et ses compagnons distinguaient parfaitement le sombre château, avec toutes ses tours, ses murs et ses créneaux, ce n'était pas uniquement dû à la lune argentée, mais aux innombrables torches qu'on avait fixées partout dans des anneaux et qui, semblables à d'innombrables vers luisants plantés sur les murs, donnaient à Maugriffe une allure infernale. Une fête avait lieu ce soir-là, et les invités continuaient à affluer par le portail ouvert.

— Nous sommes des envoyés du sultan ! lança Raoul

d'une voix posée lorsqu'ils avancèrent vers les gardiens en livrée.

— Bienvenue, noble seigneur ! s'exclama le majordome. Le comte Ugo, le puissant despote, vous attend déjà !

Les serviteurs attrapèrent les brides des chevaux, aidèrent les nouveaux venus à descendre et les guidèrent vers un escalier en plein air où la moitié d'une armée formait une haie d'honneur. On les fit aussitôt entrer dans la grande salle des fêtes, où l'on avait disposé les longues tables des convives. Au milieu, sur une estrade, trônait messire Ugo. Un gigantesque blason (une serre) était suspendu au-dessus de lui. On lisait sa devise sur un mur : « Tant mieux je griffe, tant pis. » Roç espérait pouvoir prendre place au bout de la table. Mais on avait laissé des sièges libres à côté du Despotikos, et c'est là qu'on les conduisit. Ugo se leva même pour le saluer. Le silence qui s'était fait dans la salle était tel que Roç put entendre quelqu'un chuchoter respectueusement « Faucon rouge ! »

Raoul se reprit et annonça :

— L'émir Fassr ed-Din Octay...

Il n'alla pas plus loin : le Despotikos avait éclaté de rire.

— Votre arrivée est un honneur pour ma fête. Je l'attendais ardemment, Roç Trencavel du Haut-Ségur, fils et roi du Graal !

Il baissa la voix, ôta lentement ses deux mains des épaules de Roç et le pria de s'asseoir.

— Si bien que je ne ressens aucune honte à m'être dérobé devant votre épée ! ajouta-t-il avant de se tourner vers Raoul et les autres et de crier, fier comme un héraut : De vrais fils de l'Occitanie savent comment on célèbre les fêtes ! Bienvenue à Maugriffe ! Raoul de Belgrave, Mas de Morency, Pons de Levis, comte de Mirepoix !

Les trois jeunes gens, très honorés, prirent place. Mais Roç était resté debout. Il repoussa également la coupe qu'on lui tendait.

— Nous sommes venus, Ugo d'Arcady, pour demander la libération...

Le Despotikos l'interrompit aussitôt, sans perdre sa bonne humeur.

— Il n'y a pas de prisonniers à Maugriffe, juste de chers invités !

Il désigna les convives, qui saluèrent ses mots en applaudissant.

— Jugez-en vous-même !

— Comment cela ? cria Roç afin que chacun entende. Vous les avez tous...

Le mot « tués » fut couvert par les rires et les sifflements de la salle. Le Despotikos ne se laissa pas troubler, sa cruauté et son hilarité étaient indissociables.

— Tous ? répéta Roç, écœuré.

— Conformément à leur mission ils ont été envoyés au combat contre Nicée...

Cette fois, des applaudissements nourris l'empêchèrent de finir sa phrase. Mais Roç avait compris.

— Comment vous croire ?

— Commencez par boire avec moi ! (Ugo lui tendit lui-même la coupe.) Ensuite, sortez votre remarquable épée et posez-moi la pointe entre les omoplates, s'écria-t-il avec emphase. Livré à votre bon vouloir, je vous conduirai personnellement dans tous les cachots que vous souhaiterez voir !

Il leva son gobelet, et Roç dut boire avec lui.

— Et si vous flairez une trahison ou un mensonge, noble Trencavel, frappez !

Roç se tira de cette situation honteuse en plaisantant.

— Nous ferons demain cette promenade dans Maugriffe.

Il se donnait de la peine pour paraître détendu, et réussit à faire rire l'assistance en ajoutant :

— J'espère que vous ne me ferez pas trébucher !

— Demain, la grande fête débutera vraiment, révéla Ugo à son invité. L'arrivée de l'épouse ! Elena, cette beauté unique, ce frais bouton de rose d'Épire, partira pour la Sicile en compagnie et sous la garde du duc Lancia, prince de Salerne.

— Comment cela ? demanda Roç. Vous avez donc

vraiment mis un terme à vos querelles avec le roi Manfred ?

— Nous sommes alliés ! déclara le Despotikos en souriant. Messire mon père, le Villehardouin, prince d'Achaïe, s'est rallié à l'alliance contre Nicée !

— Buvons à cette alliance ! s'exclama Pons, soulagé, qui avait suivi avec des frissons les premières passes d'armes verbales.

Le Despotikos fit remplir les verres, puis il mit un terme au repas.

— Vous avez eu une journée fatigante, Trencavel. Quant à moi, le devoir m'appelle !

Il sortit de la salle. Le majordome conduisit le Trencavel et ses compagnons dans une grande salle où se trouvait un lit royal à baldaquin, entouré par trois autres couches.

— Mon seigneur vous souhaite un agréable repos nocturne !

— Je ne me reposerai pas dans ce lit-là, pour ce qui me concerne.

Mas avait commencé par éclairer sous le lit avec sa torche. Puis il avait regardé le plafond, où un lustre en fer forgé était suspendu juste au-dessus du baldaquin.

— S'il tombe, votre chemin vers l'enfer sera certainement très bien illuminé, mais...

— Mais..., dit Roç, qui s'était agenouillé et observait le sol de bois, mais le diable tient-il vraiment à ce que ses invités arrivent en charpie ?

Il sortit son épée et suivit une petite fissure que l'on avait cachée avec des incrustations. Elle courait en diagonale dans la pièce, de chacun de ses coins, comme le constata rapidement Mas.

— Ce n'est qu'une gigantesque trappe, elle donne directement sur le purgatoire.

— Dans ce cas, décida Roç, prenez les coussins et les couvertures. Raoul occupera le seuil de la porte en marbre, Mas le banc de la fenêtre et Pons... (Il ouvrit une porte minuscule dans la paroi) ... Pons se couchera dans le petit coin secret. Le diable l'a épargné parce qu'il donne sur les fosses du château.

— Mais ça pue ! protesta le gros garçon.

— Ça n'a encore jamais tué personne, le consola Mas.

— Et puis cet endroit est solidement encastré dans le mur, ajouta Roç.

— Et vous, Trencavel ? demanda Raoul, inquiet.

— J'irai dans cette armoire. (Il écarta une paroi de bois.) Tiens, c'est aussi le chemin que nous prendrons si nous sommes encore en vie demain matin, et si la porte par laquelle nous sommes arrivés est verrouillée.

Il éclaira le trou noir qui s'était ouvert derrière le placard. Un souffle d'air fit vaciller la flamme de sa bougie.

— La porte est déjà fermée de l'extérieur ! annonça Raoul, qui installait son lit sur le seuil.

Roç fut le dernier à éteindre sa torche.

Le siège opulent de l'ancien grand vizir se trouvait près de la ville de Gizeh, à portée de vue de la grande pyramide de Cheops. L'épouse du maître de maison avait pris l'habitude de doubler la garde chaque fois que son époux s'éloignait de la capitale toute proche. Elle donna aux Bédouins qui campaient aux environs l'ordre de disposer la moitié de leurs guerriers autour de la maison du seigneur, pour former un cordon de sécurité. Cette nuit-là, Madulain était restée longtemps éveillée. À la demande de Faucon rouge, elle avait envoyé la plupart des hommes au Caire pour protéger le sultan dans son palais. Princesse *Saratz*, Madulain ne connaissait pas la peur, mais elle savait très bien quels dangers peuvent faire courir en un instant les rébellions et les révoltes. Si l'on avait misé sur le mauvais cheval, la vengeance des vainqueurs s'exerçait sur les partisans du perdant. Faucon rouge n'avait jamais été du côté du pouvoir depuis que les mamelouks, sous les ordres de Baibars, avaient tenté leur coup d'État. Et le fait qu'il essaie aujourd'hui de maintenir Ali sur le trône était aux yeux de Madulain une manœuvre bien tardive. Depuis longtemps, Faucon rouge, en tant que vizir, aurait dû faire en sorte que le fils d'Aibek signe des décrets qui auraient rétabli l'ordre et le calme parmi les émirs mamelouks, quitte à faire rouler quelques têtes. Mais la famille du grand vizir était elle-même d'origine mamelouk, et il ne tenait pas à prendre ce genre de décisions. Il préférait partir pour des missions aventureuses dans les pays lointains, au-delà de la mer. Le prince Constance de Selinonte, son alter ego que l'empereur Frédéric avait fait chevalier de sa propre main, existait toujours. Ces différentes identités se cachaient sous un seul nom de guerre, Faucon rouge. Et c'est cet homme-là qu'elle avait épousé ! Madulain ne put que secouer la tête.

Comme si une cloche avait sonné, on frappa à la porte de sa chambre. On annonça l'arrivée de l'un des vieux Bédouins, chargé d'une nouvelle du Caire. Madulain le reçut immédiatement. C'était le fidèle Al-Khaf.

— Nous sommes arrivés trop tard pour sauver le trône du sultan Ali, mais assez tôt pour protéger sa vie. Nous l'avons fait sortir de la ville par des chemins dérobés et nous vous l'amenons, car on le traque, et sa famille n'est pas en mesure de se charger de lui.

— Vous avez bien fait, Al-Khaf. La maison du grand vizir doit être ouverte à tout fugitif. Mais il ne faudra pas longtemps avant que le nouveau sultan ne le sache et nous force à livrer Ali.

— Nous pourrions partir avec lui à cheval dans le désert ; là, le savoir du sultan du Caire ne va pas loin, pas plus que son pouvoir ! déclara fièrement le Bédouin.

— Laissez- moi réfléchir. Soyez remercié, cher Al-Khaf. Lorsque vos hommes arriveront avec Ali, j'aurai pris ma décision.

Elle se retira et fit réveiller ses serviteurs et ses suivantes, pour qu'ils préparent immédiatement leur départ. Car Madulain n'avait pas hésité un seul instant. Si Qutuz montait sur le trône, elle n'aurait pas une journée de sécurité, d'autant plus que Faucon rouge n'était pas auprès d'elle. Saif ed-Din Qutuz s'était insolemment approché d'elle chaque fois qu'il en avait eu l'occasion. Devenu sultan, son pouvoir serait sans limites ! Elle devait donc prendre la fuite avec Ali, quoi qu'en pense son époux. Elle ne lui avait jamais raconté qu'il l'avait importunée. Faucon rouge n'avait pas de pouvoir dans la capitale. Il ne disposait que de ses fidèles Bédouins, ici, hors de la cité.

Madulain descendit et fit venir autour d'elle tous les doyens de tribu qui s'étaient déjà rassemblés devant la maison.

— Je veux tenir cette demeure à l'écart de la guerre et de la destruction, et je ne veux pas mettre votre vie en péril, annonça-t-elle d'une voix ferme. Je vais donc partir à cheval avec quelques-uns d'entre vous et le fils d'Aibek, je traverserai le désert jusqu'à la mer Rouge, où nous serons en sécurité. Ensuite, prendrons-nous un navire, traverserons-nous le Sinaï ? *Hadha bi mashiat Allah*.

Même s'il n'était pas le plus âgé, c'est Al-Khaf qui s'exprima au nom des chefs.

— Vous avez des égards pour notre vie, et ce n'est pas une bonne chose de votre part. Notre vie vous appartient, et chacun, ici, s'estime heureux de pouvoir la donner. C'est vrai, nos corps sont comptés, et il est sage de votre part de ne pas attendre jusqu'à ce que l'ennemi marche sur nos cadavres et vous prenne tout de même, vous et le fils d'Aibek. Permettez cependant que nous retenions les poursuivants ici aussi longtemps que possible, jusqu'à ce que nous soyons certains que vous aurez atteint le désert. Là-bas, nous serons si nombreux à vous entourer qu'aucune main ne pourra s'abattre sur vous.

— Je vous remercie, Al-Khaf. Je vous en prie, décidez qui m'accompagnera et qui restera ici. Nous nous en irons dès que le jeune sultan arrivera.

Elle s'apprêtait à partir, mais une idée lui vint.

— Informez, je vous prie, *an-nisr al ahmar*, à Alexandrie, de l'endroit où je me trouve.

Il saura bien où me dénicher, songea-t-elle avec une sorte de colère. C'était le genre d'aventures qu'il appréciait ! Il avait passé toute sa vie ainsi. Roç et Yeza, *Allah ya'allam* y avaient joué un bien plus grand rôle que son épouse. Son épouse ? Sa compagne de combat, oui ! Mais après tout, cela lui convenait.

Roç et ses trois compagnons ne furent pas réveillés par le bruit qu'ils attendaient : le sol de leur chambre ne s'était pas ouvert comme une gigantesque trappe en emportant tout avec lui. Ils constatèrent, avec un certain agacement, que leurs lits les attendaient toujours au même endroit. Même le lustre était encore suspendu. On frappait doucement à la porte. Ils entendirent la voix du majordome :

— Messire Ugo vous salue amicalement. Il est parti à cheval, de bonne heure, pour accueillir l'épouse...

— Nous sommes ravis d'être réveillés par cette nouvelle réjouissante, s'écria Mas depuis son rebord de fenêtre en étirant ses membres engourdis.

Il avait le cou tordu par la fraîcheur de la nuit et le courant d'air de la fenêtre. Pons avait mieux dormi et avait donc d'autres soucis.

— Quand et où donne-t-on la collation des mâtines ? crailla-t-il depuis son réduit.

— Tout est dressé dans la cuisine ! répondit le majordome, et les pas s'éloignèrent. La porte était ouverte. Roç sortit de son armoire.

— J'ai déjà inspecté notre chambre par le bas, annonça-t-il à voix basse. Les choses sont bien telles que nous les avions imaginées. Mais je vous en prie, restez où vous êtes, car je n'ai pas confiance. Je veux faire un tour rapide de Maugriffe.

Avant de disparaître derrière la porte de son armoire, il entendit Pons geindre :

— Il va boire du lait frais et se bourrer de caviar parfumé sur une galette de pain tendre !

Cela faisait saliver le gros garçon. Roç, lui, ne s'intéressait qu'au chemin qu'il allait emprunter entre les murs épais du château. L'installation qui permettait de transformer le plancher de la chambre en trappe était extrêmement simple. Une lourde poutre de chêne était disposée au milieu du sol, quatre branches sciées retenaient chacune un triangle, et lorsqu'on tirait sur les cordes qui étaient enroulées au pied de la poutre, installée sur des rondins, trois des surfaces au moins basculaient à la verticale, et la quatrième, vraisemblablement, en biais, puisqu'elle serait entravée par la poutre. Mais cela suffisait certainement à tout faire tomber dans cette geôle sans fenêtre d'où ne partait aucun escalier ni aucune issue. Les cordes étaient actionnées d'une balustrade qui courait autour de la salle. Roç, satisfait, continua son parcours et parvint bientôt devant une porte de fer donnant accès à un puits étroit qui, sans doute camouflé de l'extérieur en mâchicoulis, débouchait dans les douves du château. Mais c'est dans la cour que Roç voulait arriver. Il trouva une descente à l'intérieur d'une cheminée désaffectée. À en juger aux fumets et aux voix de femmes, il s'était rapproché de la cuisine. Au risque de faire voir ses jambes avant de pouvoir découvrir les lieux, il descendit rapidement dans le conduit. Il se trouvait dans la fumerie. Il vit par le trou de la serrure de jeunes femmes servir du pain, du fromage et du jambon à quelques seigneurs bien habillés. Le vin était aussi sur la table. En entendant les questions que posaient les jeunes femmes en gloussant, et les réponses faites la bouche pleine, Roç comprit que ces hommes constituaient une sorte d'avant-garde, celle du prince Lancia. Roç attendit que les femmes repartent chercher des vivres, puis il ouvrit la porte et s'installa, comme si c'était tout naturel, auprès des soldats de Salerne. Il maîtrisait leur idiome et n'eut aucun mal à approfondir les informations qu'il avait déjà entendues.

— C'est ici que le duc Galvano rencontrera l'épouse ? demanda-t-il, l'air indifférent.

Il se servit abondamment et tendit un gobelet à la servante qui arrivait avec une nouvelle cruche.

— Pas directement, lui répondit-on. Il ira chercher notre reine Elena dès qu'elle débarquera, et viendra ici avec elle.

— Messire Ugo, le seigneur de ce château, ne se trouvait donc pas déjà sur la plage pour accueillir la reine Elena et le prince ?

— Pas le moins du monde ! Ce berger grec ne nous a pas gratifiés de la moindre salutation ! expliqua l'un des hommes, et un autre ajouta avec une pointe d'amertume : À notre arrivée ici, nous avons appris que ce bouc d'Arcady puant était parti dans ses terres, à la chasse !

— Avec toute son armée ! compléta le premier avec mépris. Enfin, je dis armée... disons ce que les Grecs réussissent à mettre sur pied en passant à leurs bergers une cape de cuir découpé sur le crâne et en leur fourrant une lance dans la main ! Les voilà, nos fabuleux alliés !

Roç en avait assez entendu. Il repartit en traversant la cuisine et en empruntant l'escalier normal. Il erra dans le labyrinthe de couloirs et de fausses portes, jusqu'à ce qu'il rejoigne celle qu'il cherchait. Il la reconnut depuis l'extrémité du long couloir : une douzaine d'hommes en tunique courte y montaient la garde et croisaient leurs lances d'un air martial. Ils portaient effectivement une sorte de casquette de cuir pendante.

— Je dois échanger quelques mots avec les prisonniers ! annonça-t-il en grec, d'un ton qui ne supportait aucune réplique. Comme les gardiens n'avaient manifestement qu'une seule instruction, celle de ne laisser sortir personne, ils lui ouvrirent le passage sans discuter. Roç manqua tomber sur Raoul, toujours couché sur le seuil.

— Place, espèce de chien puant ! brailla-t-il en refermant la porte derrière lui. Il posa aussitôt le doigt sur ses lèvres et ordonna à ses camarades, en chuchotant, de se diriger vers la porte de l'armoire. Puis il recommença à se disputer bruyamment avec eux, en langue d'oc.

— Nous devons repartir immédiatement ! les informa-t-il. Je crains le pire ! Prenez le chemin que je vais vous décrire, et attendez-moi sur la côte, éloignez-vous de Maugriffe, dans la direction d'où nous sommes venus, jusqu'à ce que vous ne puissiez plus voir ce château !

— Ça, c'est déjà mon cas, même en peinture ! répondit Mas, qui ne manquait jamais une occasion d'exprimer ses sarcasmes.

— Je vais essayer d'aller chercher les chevaux !

Toujours en criant, pour que les gardes pensent qu'ils se disputaient, il expliqua à Raoul comment on arrivait, par le puits, dans les fossés du château, et il les poussa l'un après l'autre par la porte creusée dans le lambris. Ensuite, il hurla en grec :

— Plus un mot ! À présent, vous allez écrire vos aveux en silence !

Roç fit les cent pas dans la chambre, en laissant cliqueter ses éperons. Lorsqu'il pensa que ses trois Occitans avaient pris le large, il disparut lui aussi en un éclair derrière la porte secrète et la referma soigneusement.

Un étage en dessous, Roç sauta sur la balustrade, attrapa l'extrémité des cordes et tira d'un seul coup sur le poteau de chêne. Il glissa aussitôt sur les rondins. Roç se précipita le long de la balustrade avec sa corde. Il y eut d'abord un léger craquement, puis un claquement sec, et les segments de bois exotique du plancher descendirent, suivis par les lits. Seul le baldaquin qui lui avait été destiné, situé sur le pan oblique, glissa lentement, mais irrésistiblement. La poutre finit par pencher, et la couche royale tomba dans les profondeurs avec un bruit mat. Roç lança un dernier regard sur les ravages qu'il avait causés. Puis il courut à sa cheminée, tomba dans le conduit plus qu'il ne le descendit, et rejoignit la porte en vitesse. Il n'y avait plus personne dans la pièce voisine. Il se faufila donc dans la cuisine, puis dans la cour, demanda les écuries et trouva immédiatement ses chevaux, que l'on n'avait même pas dessellés. Roç monta et se dirigea vers la porte en les tenant par les rênes.

— Avant-garde de l'épouse ! grogna-t-il aux gardes. Il manque des chevaux pour les dames de cour !

Les gardes haussèrent les épaules. Il passa au petit trot, et fut bientôt hors de vue de Maugriffe. Nous voilà sortis d'affaire, pensa Roç. Mais il se serait donné des gifles. Comment avait-il pu se faire tromper ainsi ! Et le pire les attendait encore. Le Trencavel décrivit un grand arc autour du château et galopa vers le point de rendez-vous où ses compagnons l'attendaient avec impatience.

— Au moment précis où nous nous faufilions hors des douves, raconta Pons, tout excité, sept Templiers sont arrivés au portail !

— Ils étaient prisonniers ? demanda Roç. La question était toute rhétorique : comment aurait-il pu en être autrement ?

— Pas du tout ! répondit Pons. Au contraire : ils avaient même des prisonniers avec eux.

— Je ne comprends pas, marmonna Roç.

Il força ses compagnons à remonter la plage au grand galop, cela réduirait considérablement leur trajet pour rejoindre Pantokratos. On pouvait éperonner les chevaux sans craindre un accident : mis à part de gros rochers noirs, bien visibles dans le sable, il n'y avait pas d'obstacles.

DES PALAIS AU FOND DE LA MER

Sur la plage d'Alexandrie, Yeza attendait toujours ses caisses, ses ballots de vêtements et ses bahuts d'ustensiles ménagers dans lesquels on avait caché, sans que Jordi les quitte jamais des yeux, les caisses pourvues de serrures et de verrous qui contenaient son argent liquide et ses bijoux. La dame tenait à leur prouver à tous, et surtout à elle-même, que le séjour sur place serait de courte durée. Sur ordre de Yeza, on emporta donc les tentes que l'on avait prises, et l'on chercha un abri dans les ruines du gigantesque édifice, au bord du rivage. C'étaient les restes du plus grand phare qu'ait jamais connu le monde. Mais un tremblement de terre l'avait précipité dans les flots. Les ruines de son socle, vues du sol, ressemblaient toujours à un château fort détruit. Elles grouillaient de la vermine qui peuplait la riche ville portuaire, petits escrocs et détrousseurs, bandits de grand chemin et lanceurs de couteau, faux infirmes et brigands estropiés auxquels le Kadi avait fait couper la main ou briser une jambe bien des années auparavant. Ils avaient d'abord reçu les intrus avec hostilité, mais en apercevant les biens qui les accompagnaient, ils avaient paru retrousser les babines. Yeza s'était donc contentée de demander aux *lancelotti* de nettoyer la partie des blocs de pierre qui jouxtait leur camp de toile, afin d'y entreposer tous les objets précieux et les armes. Car cet étrange château, sur le rivage, se trouvait sur un plan rocheux dépourvu de toute construction, et les tentes n'offraient guère de protection contre une attaque rapide lancée par des cavaliers. Il serait plus facile de défendre des pierres. Il restait la menace constante de cette racaille qui les entourait et pourrait toujours se faufiler entre deux roches. Les *lancelotti* les avaient certes éloignés à une distance respectable avec leurs faux, mais la nuit, ils cherchaient sans arrêt à entrer dans la « chambre au trésor » de Yeza. Celle-ci appréciait, d'une certaine manière, cette situation excitante. Taxiarchos, à en croire la manière dont il dirigeait sa meute de larrons à Constantinople, aurait certainement eu la tâche plus facile avec ces canailles.

Mais Yeza parvint elle aussi à se faire respecter par les lanceurs de couteau après avoir projeté l'un des plus solides d'entre eux entre les pierres, où il s'était abattu avec un craquement, et en avoir désarmé un autre d'un coup de pied sur la main. Il s'était finalement retrouvé couché sur son compagnon, qui avait eu trois côtes cassées. Depuis, Yeza pouvait se promener toute seule où bon lui semblait.

Elle n'avait pas encore décidé si, de là, elle repartirait directement, ou si elle irait d'abord revoir la grande pyramide. La dernière fois qu'elle y était passée, elle était encore une enfant, et elle avait subi passivement tout ce qu'elle y avait vécu. Elle avait gardé un souvenir violent des événements survenus à l'intérieur de la tombe de Cheops. Mais ses souvenirs étaient émaillés de nombreuses taches noires qu'elle désirait à présent éclaircir. Elle rêvait souvent de la pyramide. Même en plein jour.

Mais Yeza n'était pas de ces rêveuses qui se laissaient porter, comme un papillon, par n'importe quelle petite brise, passant d'une fleur à l'autre. Elle aimait faire des projets, mais elle avait toujours à l'esprit la possibilité de les mettre en œuvre. Sa vie entière ne suffirait pas à créer à Jérusalem un *museion* où seraient présentées toutes les manières de voir le monde, toutes les religions. Mais elle se croyait capable de créer une petite *universitas,* un centre d'études peuplé de sages, un pour chaque courant philosophique. Elle se rappela Arslan, et Mauri En Raimon. Était-il encore en vie ? Peut-être devait-elle commencer par Kefir Alhakim ? Ou par Jordi ? Rumi, le fameux soufi, devrait bien sûr en être, avec ses vers admirables, sa poésie si fine et pourtant si entière.

« Lorsque j'agissais comme on me l'avait dit, j'étais aveugle.

Lorsque je venais comme on m'avait appelé, j'étais perdu.

Je me suis donc détaché de chacun et de moi-même,
J'ai tout trouvé, moi compris. »

Elle était assise et récitait ces vers lorsque les vagues semblèrent s'ouvrir devant elle, et un jeune homme à la peau brune (non, c'était un homme dans la fleur de l'âge) sortit des flots. Il avait noué à l'une de ses cuisses une ceinture de cuir, et portait un poignard sur le côté. Yeza reconnut Hamo avant même que le plongeur n'ôte le bandeau sur son front et ne secoue ses cheveux trempés. Le comte d'Otrante avait pris du poids, ses hanches s'étaient chargées de deux poignées d'amour. Elle ne l'avait pas vu depuis plusieurs années.

— Hamo ! s'exclama joyeusement Yeza. D'où viens-tu donc ?

La question n'avait rien de très intelligent, mais elle méritait d'être posée.

— Je viens de l'Alexandrie engloutie, un autre monde d'une beauté sublime, s'écria Hamo avec enthousiasme. Je savais que je te rencontrerais ici. Aurais-tu un vêtement pour couvrir ma nudité ? J'ai sauté à l'eau sur l'autre côté de la baie, où se trouve mon navire. Je me perds chaque fois dans ce royaume fantastique qui n'appartient qu'à moi... et à quelques poissons. J'oublie tout, c'est comme une ivresse.

Yeza commença par regarder le corps de l'homme avant de lui tendre un châle de soie. Aucune comparaison ! Beaucoup trop de chair molle ! songea-t-elle, et elle ne ressentit aucun regret lorsque Hamo se noua la pièce de tissu autour de la taille.

— Tu savais donc que j'avais accosté, et tu as attendu cet instant pour sortir des flots comme une naïade masculine...

Le rire franc de Hamo coupa court à ce reproche, qui n'en était pas vraiment un.

— Vous ne pouviez pas m'échapper, princesse ! (Il

désigna le campement des Bédouins, dans le dos de Yeza.) Pour me faire pardonner, je vous invite dans mon palais, ce sera un séjour un peu plus confortable.

— J'ignorais que vous disposiez ici d'un lieu conforme à votre rang, Hamo l'Estrange.

— Je ne le savais pas non plus, répliqua le comte en souriant. Jusqu'à ce que mon beau-frère prenne pitié de moi, moins au nom de Shirat qu'en se rappelant le fait que son fils jouit de notre hospitalité à Otrante...

— Vous voulez dire que Baibars, le terrible Archer, met sa maison à la disposition d'un chrétien ?

— Avec une antique petite mère et des domestiques. Je me plais, ici !

— Et où se trouve votre cabane ?

Hamo désigna l'autre côté de la baie, où un coteau couvert d'arbres séparait la nouvelle Alexandrie de celle d'Alexandre le Grand. Quelques palais seulement brillaient à travers la masse verte des cyprès et les troncs minces des palmiers.

— Je vous attends !

Hamo traversa la plage et s'enfonça dans l'eau. Yeza, perdue dans ses pensées, le vit chercher prudemment son chemin entre les pierres. Sa tête dansa un instant entre les vagues, puis le comte d'Otrante disparut. Elle avait totalement oublié de lui demander pourquoi il était là et pas en Grèce, comme vassal de son roi. Peut-être avait-il vu Roç ? Et pourquoi passait-il ses journées à nager dans la mer au lieu de se trouver chez lui, auprès de sa femme ? Elle s'étonna, comme lorsqu'elle était petite fille, à Otrante, du temps infiniment long que Hamo était capable de passer sous l'eau. Il faudrait qu'il le lui apprenne ! Yeza appela Jordi auprès d'elle et le chargea d'organiser le déménagement.

— Je n'ai pour ma part aucune envie de partir d'ici, dit-elle. Mais je suppose que vous accepterez cette offre avec plaisir ?

Jordi la regarda droit dans les yeux.

— Ne serait-ce que pour votre sécurité. La maison de Baibars est...

— Elle peut aussi se transformer en piège, si l'Archer apprend qui sommeille dans son petit lit...

— Vous n'en êtes guère protégée non plus ici, sur la plage. Et en plus, vous y dormez mal !

Les tourments d'un sultan

Le lendemain matin, le palais du sultan grouillait comme une fourmilière dans laquelle un mamelouk aurait planté son cimeterre. C'était l'armée de l'émir qui, depuis quelques heures, siégeait sur le trône du Caire sous le nom de sultan Saif ed-Din Qutuz. Qutuz était fou de rage : il venait d'apprendre que son prédécesseur s'était échappé pendant la nuit.

— Il est évidemment allé rejoindre sa catin à Gizeh ! hurla-t-il à Naiman, son sbire aux yeux bigleux, l'homme des mauvais coups. Celui-ci joua des coudes pour échapper à la meute des courtisans excités et des officiers qui se pavanaient, et s'approcha du trône. Ainsi, il n'eut pas à crier pour se faire entendre.

— Je m'y étais attendu, et j'avais fait bloquer la route menant à Gizeh, mais les fugitifs en ont pris une autre !

— Et pourquoi n'êtes-vous pas allé jusqu'au nid d'amour de cette *Saratz,* pourquoi ne vous êtes-vous pas emparé de lui là-bas ?

— Parce que cette damnée racaille de Bédouins bloquait l'accès à la résidence de campagne du grand vizir.

— Eh bien prenez des renforts, deux, cinq, dix régiments ! Abattez-les ! Transformez-les en cendres...

— On règne mieux avec la tête froide qu'avec la queue brûlante, tonna un homme qui n'avait manifestement guère de respect pour le trône du sultan. C'était Baibars. Il ne s'approcha pas, mais resta immobile au milieu de la pièce, ce qui lui permit de parler aussi fort que Qutuz.

— Par ailleurs, reprit-il, notre cavalerie n'est pas un jouet dont on se sert pour déclencher des guerres civiles. Et, en troisième lieu, vous pouvez être certain que ceux que vous recherchez, illustre sultan, ont déjà quitté le pays !

— Quoi ? Même Mad... (Il rengorgea cette marque de familiarité.) Même la *Saratz ?* Elle est donc complice !

— Selon mes informations, mentit froidement Baibars, ils sont partis pour Damiette sur une galère rapide des Vénitiens, avec l'époux de la dame, notre ami et émir Fassr ed-Din Octay. Réjouissez-vous d'en être débarrassé !

Le sultan Qutuz ravala sa salive.

— Êtes-vous venu me gâcher le jour de mon accession au trône, Baibars, ou me rendre hommage ?

— Si cela vous fait plaisir, je me mettrai à genoux et je vous promettrai ce que vous voudrez, Majesté. (Mais le corps massif de l'Archer n'esquissa aucun geste de ce type.) Je suis ici pour discuter avec vous de choses plus importantes ! Mais en tête à tête ! Montrez-moi votre nouveau pouvoir, et commencez par les jeter tous dehors !

Il demeura campé sur ses jambes tandis que Qutuz donnait un ordre à Naiman, et que celui-ci le retransmettait aux gardes. Ils parvinrent effectivement à vider en un clin d'œil cette très large salle. Seul Baibars resta, comme un rocher dans le courant, entre les courtisans qui s'en allaient en chuchotant et les officiers qui prenaient congé, obéissants.

— Asseyez-vous près de moi, je vous prie, suggéra Qutuz. Je ne vous aurai plus sous le nez. Et encore moins dans le dos !

Baibars monta rapidement les marches, se dirigea droit vers Qutuz et tomba à genoux devant lui, si subitement que le sultan eut un mouvement de recul. Il se sentit agressé, et personne n'était là pour le protéger. Mais en voyant que l'Archer ne s'en prenait pas à sa vie, il lui donna l'accolade avec un sourire aigre-doux et voulut l'aider à se relever. Baibars se releva d'un bond, avec l'agilité d'un fauve, et s'assit près du trône.

— Le fait que ce soit vous qui occupiez le trône du Caire, et non plus le gamin, commença Baibars sans regarder le sultan, ce qui força le malheureux Qutuz à tourner la tête pour comprendre l'émir, a moins à voir avec vous qu'avec le grand khan, que je ne tiens pas du tout à avoir ici.

— Quelle bienveillance ! laissa échapper le sultan, qui écumait.

— Cela n'a rien à voir avec de la bienveillance, ni d'un côté, ni de l'autre, répliqua sèchement Baibars. Vous avez été choisi pour sauver l'Égypte et l'Islam de ce péril.

— Pourquoi pas vous ? demanda Qutuz avec une méfiance légitime.

— Parce que je me trouverai à la tête de l'armée lorsqu'aura lieu la bataille décisive contre les Mongols.

— *Allah ijazihum !*

— *Allah ikun be'ouna !* Nous devons battre nos ennemis nous-mêmes !

— Avons-nous de nouvelles informations sur la direction suivie par les hordes de Hulagu ?

— Ne parlez pas ainsi, et surtout ne pensez pas aussi dédaigneusement à un ennemi qui a, jusqu'ici, écrasé tout ce qui se trouvait sur son chemin. Nous aussi, nous allons devoir céder vers Bagdad un peu d'un terrain qui nous est cher jusqu'à ce que nous nous soyons placés dans une situation où nous pourrons attaquer et détruire avec quelques chances d'aboutir.

— Quels sacrifices, vous, le grand Archer, allez-vous donc encore exiger du peuple de la juste foi ? Nous devons immédiatement...

— Non, nous ne devons pas ! l'interrompit Baibars d'une voix tranchante. C'est notre avantage. Lui doit. Et nous, nous pouvons attendre. Il est très vraisemblable qu'il se tourne vers Jérusalem.

— La ville d'où Mahomet a commencé son voyage de nuit, là où son cheval a laissé son empreinte — sacré soit le lieu du Prophète !

— C'est la raison pour laquelle notre victoire sur les infidèles doit lui servir d'ornement.

— Pourquoi Jérusalem ?

— Vous avez entendu parler du couple royal ?

— Ces prétendus « enfants du Graal ? *Tasouir mafduh*, aucune dynastie, des imposteurs !

— Vous êtes bien placé pour le dire ! Il me suffit

qu'ils servent d'appâts pour attirer les Mongols dans une région qui ne correspond pas à leur mode de combat, mais que nous connaissons bien et qui placerait notre bataille sous de bons auspices ! Pensez à Saladin !

— Vous ne vous comparez pas à n'importe qui, se moqua le sultan. Mais Baibars ne releva pas la remarque.

— Yeza est déjà arrivée à Alexandrie. Roç Trencavel ne tardera donc pas. Leur objectif, c'est Jérusalem, Palerme nous en a informé.

— Si nous empêchons le couple d'accéder à la ville sainte, elle sera donc épargnée par les Mongols. Je vais immédiatement...

— Qutuz !

Baibars avait hurlé si fort à l'oreille du sultan que celui-ci avait bondi sur son trône.

— Je ne vous ai pas fait devenir sultan pour que vous veniez vous mêler de la stratégie des campagnes militaires. Les Mongols doivent avancer jusqu'à Hierosolyma, ils ne sont pas forcés d'entrer dans la ville. Là-bas, nous allons les anéantir, et avec l'aide des Francs !

— Vous comptez vous allier à ces chiens de chrétiens ?

— Trop de chiens font la mort du sanglier ! Ce que je ferai des chiens ensuite, c'est une autre histoire ! Je ne vous demande pas non plus de manger le gibier. Mais il y a une chose que j'exige immédiatement : jurez-moi que vous enlèverez vos pattes lorsque je dresserai la table !

Baibars avait de nouveau bondi sur ses jambes. Cette fois, il était derrière le trône, et répéta entre ses dents :

— Jurez !

Qutuz n'osa pas tourner la tête. Il sentit le fer glacé dans sa nuque.

— Je le jure, dit-il d'une voix rauque, presque un chuchotement.

— À voix haute ! « Je jure devant Allah le Tout-Puissant que je ne me mêlerai pas de choses auxquelles je ne comprends rien. »

Qutuz avait saisi que si Baibars parlait aussi fort, c'était surtout pour le ridiculiser auprès de tous ceux qui avaient l'oreille collée aux portes. Mais aucun de ces flagorneurs ne se précipita pour venir à son aide. Il était dans la main de Baibars, il la sentait sur sa tête, dans ses cheveux que ce terrible gaillard tiendrait fermement s'il venait à lui trancher le cou. Qutuz prononça donc d'une voix étranglée les phrases qu'avait dictées Baibars.

— Plus fort ! chuchota la voix derrière lui, encore plus basse. Ou je vous fais avaler de la viande de porc...

Qutuz commença à vomir au dernier mot. Mais Baibars était déjà parti, et les portes s'ouvrirent. Tous restèrent immobiles, à regarder le sultan qui rendait son repas sur le trône.

— Dehors ! hurla-t-il, et Naiman accourut avec une coupe.

Après les événements de la nuit, les salons de thé du Bab an-Nars étaient combles. Chacun savait raconter d'autres informations toutes fraîches sur la chute du jeune calife et sa fuite spectaculaire. Beaucoup n'arrivaient même pas à croire qu'il avait ainsi réussi à s'échapper, et pensaient qu'il s'agissait d'une manœuvre de ses partisans : qu'en réalité, le pauvre Ali, aveuglé et émasculé, attendait la mort dans le plus profond cachot de son palais, et que sa favorite secrète, la vieille épouse de Faucon rouge, avait déjà été conduite de force au harem de Qutuz. Tous attendaient que le fils du grand vizir, très apprécié dans le peuple, revienne au plus vite et, fou de colère, se venge atrocement de ce parvenu qui avait souillé son couple.

On servait avec beaucoup d'égards deux hommes âgés installés dans une niche surélevée. Comme leurs vêtements ne révélaient rien de leur rang et qu'ils n'avaient aucun bijou, c'étaient sûrement de célèbres érudits, en tout cas des sages. Ils ne participaient pas aux conversations, mais buvaient tranquillement leur *shai bi na'na'*.

— Dans quelle mesure les Templiers ont-ils effectivement un rapport avec le Graal ? demanda le fameux soufi Abu Bassiht à son invité d'Extrême-Orient que lui avaient recommandé des amis persans. Arslan, le chaman, n'avait pas dévoilé son identité. Il était habillé comme un simple moine itinérant, et sa manière de parler n'inspirait pas non plus le moindre doute.

— Pour pouvoir vous donner une réponse satisfaisante, *ya abuya*, il faudrait que l'un de nous soit déjà en mesure d'expliquer ce que le Graal représente aujourd'hui de manière essentielle. Moi, je ne le sais pas ! avoua Arslan avec franchise et modestie. Mais sur la signification qu'il dissimule, je ne peux parler avec personne mieux qu'avec vous.

— Je ne voulais pas semer la confusion dans votre esprit, mon cher Arslan. Je pensais simplement à un personnage qui se réclame de vous. Il s'agit d'un très vieux Templier qui croupit dans nos cachots depuis la bataille de La Forbie, je crois, et que son Ordre a oublié depuis très longtemps. En tout cas, personne n'a versé de rançon pour lui ou, plus exactement, il se refuse obstinément à faire partie d'un échange de prisonniers. Il dit qu'il lui a été promis de voir le Graal à Jérusalem avant d'y mourir.

— Et pourquoi ne l'envoyez-vous pas là-bas ? On verrait bien alors si le Graal lui apparaît ?

— Après La Mecque, Jérusalem est toujours la plus sainte des villes. Qui va prendre le risque qu'à côté des cris des juifs autour de leur temple, des simagrées des chrétiens autour de la tombe de leur messie, s'installent en plus les partisans d'un Graal réel ou imaginaire ? D'autant plus qu'il s'agirait de véritables fanatiques qui ne craignent même pas la mort par le feu !

— Vous ne devriez pas considérer ainsi les « Purs », comme ils s'appellent, précieux Abou Bassiht, qu'ils se donnent ce titre légitimement ou par arrogance. Il leur manque ce qui caractérise malheureusement toutes les autres religions du Dieu unique : l'intolérance ! Ils ne se battent pas pour leur foi, ils ne prennent jamais une arme, ils meurent pour elle parce qu'elle leur promet le Paradis !

— Nous l'offrons nous aussi, répondit le soufi en souriant. Mais il doit être acquis *khilal Allah an amalihi* !

— Les partisans du Graal sont certains d'aller au paradis, et tout aussi certains qu'on ne peut pas le trouver sur terre. Pour eux, ce monde est diabolique. À quoi bon le réjouir par de bonnes actions ?

— C'est plutôt par de mauvaises actions que l'on réjouit le diable !

— Vous pensez donc que nous devrions exaucer les vœux du chevalier à la longue barbe ?

— Parlez un peu plus fort ! chuchota Arslan. Nous sommes espionnés. Derrière le pilier, j'ai vu Naiman, l'œil du malin, lui aussi boite comme le *cheîtan*.

— C'est un des espions de Qutuz. Il est trop bête pour comprendre ce que nous disons ici.

— Je le connais depuis l'époque où il sévissait à Bagdad. Il a essayé de faire périr les enfants à Samarcande pour les empêcher de parvenir jusqu'au grand khan...

— Parlez plus doucement, mon cher Arslan, il y a des mots qui peuvent coûter la vie !

— C'est bien ce que j'ai dit à l'ambassadeur des Mongols, mais il n'a pas voulu me croire ! C'est le demi-frère du grand chambellan de la cour, Ata el-Mulk Dschuveni ! répondit le chaman, d'une voix assez claire. Les enfants du Graal sont aujourd'hui devenus le couple royal. Ils accéderont au trône de Jérusalem afin que le Graal s'y révèle à eux, sous le puissant bouclier de l'armée du grand khan. C'est une affaire entendue. Votre temple antique pourrait être une preuve par l'exemple. Dans ce cas, les croyants d'Égypte sauraient quelles sont les intentions d'Allah pour le peuple de son prophète. Si le Graal se révèle dans la sainte Jérusalem, les Mongols arriveront. Si l'événement n'a pas lieu, ou si le Graal se dissimule aux yeux de ceux qui sont appelés à le voir, alors tout sera de nouveau possible. Le couple royal n'abandonnera pas sa quête. Allah seul sait où elle mènera ! Peut-être est-ce un astre qui la guide, peut-être suivront-ils la trace de l'étoile jusqu'aux illustres pyramides ?

— *Al hami Allah !* s'exclama le soufi.

— Vous n'avez plus à avoir peur, dit Arslan, doucement, en reprenant un ton de discussion normal dans un salon de thé surpeuplé. Naiman, notre grande oreille, a entendu l'essentiel. Reste à savoir s'il a compris. Une chose est certaine : il est reparti d'ici en claudiquant pour rapporter nos propos tout chauds au palais !

Le nouveau sultan Qutuz, livide, était assis sur son trône. Il avait veillé à ce que l'on dispose deux rangées de gardes du corps derrière lui et sur ses côtés. La salle d'audience était de nouveau emplie de quémandeurs, courtisans et officiers, mais les gardes ne laissaient personne dépasser la première marche. Naiman avait du mal à se faire comprendre de son seigneur.

— Écris-le donc ! lui cria le sultan énervé.

— Okr' el-Mulk Dschuveni, ambassadeur extraordinaire du Il-khan Hulagu de Perse, souverain du monde occidental ! annonça un héraut.

La foule curieuse ouvrit un chemin au Mongol, qui put accéder au trône sans difficulté. L'ambassadeur ressemblait à un vieux castor aux dents jaunies. Il était chauve, et seule sa moustache descendant tout droit vers le sol impressionnait un peu.

— Au nom du tout-puissant grand khan de tous les Mongols..., commença-t-il d'une voix morne. Mais le sultan Qutuz lui coupa brutalement la parole :

— Es-tu venu me faire allégeance ? aboya-t-il au castor.

Tous les poils de la moustache de Dschuveni parurent se hérisser, et ses yeux aqueux se resserrèrent sur le sultan. C'était toujours la même chose, avec ces princes occidentaux, pensa-t-il : ils ne comprenaient pas, ou faisaient semblant de ne pas comprendre. C'était pourtant si simple...

— Mon illustre seigneur invite le sultan du Caire à se soumettre à lui, à payer un tribut dont le montant reste à déterminer, à livrer certaines forteresses situées sur la frontière et à mettre à sa disposition des divisions de l'armée, sur demande de mon maître.

Okr' el-Mulk Dschuveni ne se donnait aucune peine pour présenter ces désirs sous une forme plaisante. Il les jetait littéralement aux pieds du sultan. Ce n'était après tout que pure routine.

— D'ici la moitié d'une année, reprit-il, le sultan devra se présenter à Karakorom et faire allégeance à plat ventre, comme le veut la règle...

L'ambassadeur acheva son exposé monotone. Le sultan en resta bouche bée. Il vira au rouge, reprit son souffle et ne put, au bout du compte, que crier d'une voix éraillée :

— La tête !

Comme le plus grand silence régnait à présent dans la salle, les officiers l'entendirent et sortirent aussitôt leur cimeterre. Les gardes de la première rangée prirent eux aussi cet ordre pour eux. Plusieurs personnes s'emparèrent de l'ambassadeur et le forcèrent à s'agenouiller. Mais on ne parvenait pas à se mettre d'accord : qui aurait l'honneur d'exécuter le verdict du sultan ?

Le castor faisait preuve d'une certaine indifférence. Utilisant le temps qu'il lui restait, Okr' el-Mulk Dschuveni annonça :

— Cet acte vous fera passer pour un lâche sans honneur, qui ne respecte pas l'immunité des ambassadeurs.

Il avait parlé lentement. La pointe de ses moustaches tremblait de mépris.

Entre-temps, les gardiens soucieux de leur hiérarchie avaient désigné un Nubien à la stature de géant qui se fit tendre le plus grand des sabres recourbés et se fraya un chemin dans la foule pour arriver jusque dans le dos du condamné.

— Mon sang vous collera aux mains jusqu'aux jours où vous subirez la même...

Dschuveni n'alla pas plus loin. Le cimeterre lui avait tranché le cou, le sang jaillit et le corps tomba en avant.

— Faites-le sortir ! ordonna Naiman. Et nettoyez immédiatement !

Il était le seul à avoir gardé son calme. Ce n'était pas le cas de Baibars, qui arriva en trombe dans la salle.

— Dis-lui, souffla-t-il au boiteux, que c'était le premier et le dernier Mongol qu'il décapite sans mon autorisation !

L'Archer avait parlé suffisamment fort pour que le message atteigne directement son destinataire. Afin d'éviter une nouvelle querelle, Naiman répondit lui-même :

— Ce n'était pas un Mongol, mais un traître de l'Islam, passé à leur service.

Il veilla à rester à bonne distance de Baibars. Furieux,

l'Archer fendit la foule et sortit de la salle sans se retourner. Derrière lui, des serviteurs portaient le corps de Dschuveni au pas de course. Sa tête avait été posée dans une corbeille de sciure, dont on avait aussi répandu un peu sur le sol.

— Que voulais-tu me raconter, Naiman ? demanda le sultan à son mouchard.

— La chose est déjà partiellement réglée, mon seigneur et maître. Une princesse venue de Graal est arrivée hier d'Alexandrie.

— Je sais ! répondit Qutuz.

— Elle est en route pour Jérusalem.

— Pas encore, l'informa le sultan. Ne la perds pas de vue ! Autre chose ?

— Dans notre cachot réservé aux chiens chrétiens, nous détenons un certain Botho de Saint-Omer, quatre-vingt-treize ans, dont vingt-huit en prison, un chevalier du Temple...

— Dois-je le gracier en l'honneur de cette journée ? s'enquit Qutuz, moqueur, et Naiman changea de tactique.

— Une légende affirme que ce vieil homme ne peut mourir qu'à Jérusalem.

— Eh bien fais-le tuer, et cela mettra un terme à cette chimère chrétienne.

Qutuz ne gaspilla pas une seconde de plus sur le cas de ce vieillard. Il pensait déjà à autre chose.

— Envoie un message à Saint-Jean-d'Acre, mais pas en mon nom, et... (il pria Naiman de se rapprocher) fais en sorte que le texte ne tombe pas entre les mains de Baibars. (Il chuchotait, et était agacé de devoir le faire.) Nous informons le gouvernement de ce prétendu royaume que nous sommes très mécontents des projets secrets que le « couple royal »...

— Une certaine Yeza Esclarmonde, et Roç Trencavel, ajouta Naiman. Je connais ces deux imposteurs !

— Je sais ! (Qutuz perdait patience.) Mais ils ne sont pas inoffensifs ! Même Baibars a déjà succombé une fois à leur charme. Laisser ces aventuriers résider à Jérusalem constitue à nos yeux une rupture flagrante du cessez-le-feu. Nous attendons du gouvernement qu'il entreprenne les démarches nécessaires pour bloquer ces plans. Sceau de la chancellerie d'État !

— Secret et urgent ! Fiez-vous à moi !

— Ces barons pesants et infatués de Saint-Jean-d'Acre me causent du souci, je leur fourrerais volontiers un peu de poivre dans les fesses...

— La tête ! laissa échapper Naiman, et il le regretta aussitôt.

— Tu veux dire que nous devons aussi y fourrer leur tête ? Pour qu'ils voient comment le nouveau sultan traite ses ennemis... ?

— Je ne sais pas si cela serait très diplomatique, répondit Naiman, avec, peut-être, un peu trop de hâte. Cela pourrait avoir des conséquences inattendues, vous auriez Baibars sur le dos.

— Tu veux me donner des leçons ?

La voix du sultan ressemblait au sifflement du serpent.

— Je suis votre banquette, Majesté, votre serviteur qui se tait lorsque vous le désirez, mais qui risque sa langue pour aider vos pensées les plus secrètes à voir le jour.

— Ça ira ! le tranquillisa Qutuz. Fais-les moi entendre.

— Un cadeau de bienvenue pour Yeza, lorsqu'elle arrivera à Jérusalem, offert par un Templier à barbe blanche au cours d'une cérémonie de réception solennelle, une cassette précieuse, fermée à clef...

— Où veux-tu en venir ? demanda le sultan. J'avais pourtant bien fait comprendre que je ne tiens pas du tout à voir cette princesse à Jérusalem.

Mais, cette fois, Naiman ne se laissa pas troubler.

— Nous aurons du mal à l'en empêcher. L'émir Fassr ed-Din Octay est déjà en route pour Alexandrie...

— Pour Damiette ! répliqua le sultan, indigné.

— Comme vous voudrez, Majesté, concéda aussitôt le mouchard. En tout cas, il existe des puissances, beaucoup trop fortes, qui feront en sorte que Yeza atteigne son objectif. Mais que cela ne vous chagrine pas : nous allons même réserver à cette femme une réception éclatante.

— Il faudrait aussi qu'un Mongol assiste à la scène, et une délégation de Saint-Jean-d'Acre.

Le sultan avait enfin compris que c'étaient ses propres réflexions que développait Naiman.

— Le Templier Botho de Saint-Omer, reprit Qutuz, tend la cassette à la princesse du Graal, on l'ouvre...

— La tête !

Qutuz éclata de rire.

— Tu es imbattable, Naiman ! Mais il y a une petite variante. Fais en sorte, je te prie, que le porteur de la cassette perde lui aussi, immédiatement après, sa tête de vieillard ! Alors, tout sera rentré dans l'ordre, et l'effet sera d'autant plus grand !

— La confusion aussi.

Naiman était fier de lui. Malgré l'incompréhension de son seigneur, il avait imposé que l'on applique à la lettre le plan de ce Mongol camouflé en qui il avait reconnu Arslan. Mais les conséquences seraient différentes de celles qu'avait imaginées le chaman. Il se frotta les mains et, de son œil en bonne santé, fit un signe familier à Qutuz. Il ne lui restait plus à présent qu'à s'emparer de l'espion mongol et à faire en sorte qu'il soit, à Jérusalem, le témoin de son beau cadeau. Il prit quelques sbires et se rendit immédiatement au salon de thé du Bab an-Nasr. Mais le soufi et son acolyte étaient déjà partis.

Trompés, trahis, volés

Lorsqu'ils aperçurent au loin la « tour du puits » qu'ils connaissaient si bien et qui se dressait sur la falaise, au-dessus de la plage, le cœur de Roç cessa un peu de battre la chamade : on ne distinguait rien de suspect. Il fit obliquer sa petite troupe vers l'intérieur des terres. Il voulait commencer par inspecter la citadelle, afin d'être certain que personne ne les attaquerait par-derrière. Roç chevauchait en tête. Les trois Occitans remontèrent la dune en biais sur leur cheval. Lorsqu'ils arrivèrent sur la hauteur, Pantokratos paraissait calme et paisible. La ville semblait encore peuplée. Sur les murs de la citadelle, au moins, ils virent leurs hommes, les Allemands, et les drapeaux de la Sicile flottaient sur la tour.

Roç se dirigea vers la brèche creusée dans le mur. Les pieux acérés ne portaient plus les décorations atroces avec lesquelles ils avaient été reçus la première fois. Pons fit un signe vers les murailles, et les hommes en armes, derrière les créneaux, répondirent à son salut en agitant la main. Roç s'apprêtait à descendre de son cheval pour poursuivre son chemin à pied lorsqu'il buta sur un corps qui rampait devant lui, à moitié recouvert par le sable. C'était Dietrich, recouvert d'une gangue de sang coagulé. Il râlait :

— Disparais, Trencavel, ce ne sont pas des Allemands... Tous morts !

Roç descendit tout de même et se pencha vers le blessé.

— Qui ? demanda-t-il stupidement : il savait bien que le seul responsable possible était Ugo.

— Sauvez-vous !

Dietrich se redressa péniblement. Son torse musclé était bardé de flèches brisées.

— Laissez-moi mourir ici, gémit-il en faisant sortir son épée du sable où il l'avait posée. Je veux leur vendre ma mort un bon prix.

— Absurde !

Roç appela ses compagnons. Ils portèrent le blessé ensemble sur le cheval bâté. Comme Dietrich ne pouvait ni rester assis, ni tenir les rênes, ils l'installèrent sur le ventre, et le ficelèrent comme un sac sur la croupe du cheval.

— Sauvez-vous ! les implora le géant blond qui recommençait à saigner par les blessures qu'il portait aux épaules. Ils se mirent au trot et se dirigèrent vers la tour. Le Trencavel avançait en éclaireur, il se retourna pour s'assurer que ses Occitans arrivaient avec l'Allemand. Il vit alors des cavaliers surgir derrière les murs de Pantokratos et se mettre en formation. Son regard retourna vers la dune qu'ils venaient de quitter. Là aussi, des groupes de cavaliers se dressaient à présent, comme de gros matous disposés à laisser encore un peu de temps à la souris, afin de pouvoir mieux jouer avec elle.

Roç sentit son cœur battre la chamade. Mais il se força à recouvrer son calme, ne dit pas un mot et, surtout, n'accéléra pas le train. Le moindre signe de panique, ou même de fuite rapide, aurait fait perdre aux poursuivants leur calme stoïque, et l'hallali aurait été lancé ! Et l'identité du perdant ne faisait aucun doute. Le seul espoir de salut était cette tour, si elle était toujours tenue par Beni et Potkaxl. Roç regarda encore une fois derrière lui. Le filet se resserrait, les rabatteurs se regroupaient lentement, et la seule différence avec une chasse à courre était le silence de plomb qui régnait sur les lieux. Il n'était plus nécessaire de débusquer le gibier : il se promenait dans la cuvette formée par la vallée, comme un lot de souris aveugles.

Ils montèrent le sentier. En haut, sur la plus haute plate-forme de la tour du puits, Roç crut reconnaître les visages de Beni et Potkaxl. Dieu soit loué ! Elles n'étaient pas sur des pieux, puisqu'ils lui faisaient signe ! À moins que quelqu'un ne se soit trouvé derrière eux, agitant leur main figée par la mort ?

— Beni ! hurla Roç, pris d'un terrible pressentiment.

— Ne prenez pas l'escalier ! répondit la voix de la Toltèque. Il est barricadé !

— Attrapez la corde ! cria Beni à son tour. Nous allons vous lever !

Roç, avec un infini soulagement, vit la corde descendre vers lui. Mais ils n'auraient jamais le temps de monter tous les cinq jusqu'en haut de la tour, surtout avec un homme blessé et au bout de ses forces. Il se tourna vers les Occitans :

— Raoul, nos chemins se séparent ici. Débrouillez-vous pour vous frayer un chemin par la mer. Moi, je vais essayer de protéger Dietrich !

Ils étaient parvenus au pied de la tour. Les trois cavaliers attendirent, indécis.

— Nous y arriverons avant qu'ils ne soient ici ! déclara Raoul d'une voix ferme.

Ils avaient soulevé Dietrich de son cheval et l'avaient posé sur le socle de la tour.

— Mais fichez donc le camp ! grogna l'Allemand en

prenant appui contre la muraille, la pointe des doigts enfoncée dans les jointures. Et vous, Roç, ne jouez pas le héros ! Ma mission était de protéger votre départ, je l'ai quelque peu outrepassée. (Il se força à sourire au moment où il fut debout, vacillant.) Je vais vous accrocher la corde autour de la poitrine.

Les dents serrées, Dietrich saisit l'extrémité de la corde. Il la noua. Roç voulut attraper l'Allemand, non pas pour le serrer une dernière fois dans ses bras, mais pour le tenir, dans le vague espoir que Beni et Potkaxl seraient assez forts pour les hisser tous les deux. Mais il n'en eut pas le temps. Roç se sentit tiré vers le haut. Dietrich lui avait tourné le dos. D'un pas incertain, l'Allemand marcha vers les cavaliers qui parvenaient au pied de la falaise. Il portait son épée au poing. Roç s'élevait le long de la paroi. Il vit ses trois compagnons dévaler le chemin jusqu'à la plage pour remonter le rivage. Mais la corde à laquelle il était suspendu, impuissant, le retourna vers le mur.

En bas, Dietrich se dressa devant les premiers cavaliers. Il leur barra le passage jusqu'à ce qu'un javelot lui transperce la poitrine. Son épée tomba, et il s'effondra face contre terre. Ils poursuivirent leur chemin en évitant son corps. Il n'y avait pas d'archers parmi les assaillants. Leurs lances ne montaient pas assez haut : elles rebondirent contre le mur, sous les pieds de Roç. Il réussit à étendre les jambes et à caler ses pieds contre la paroi. Il donnait ainsi l'impression de vouloir escalader la tour à l'horizontale, mais cette position diminuait considérablement son poids. D'une main, il attrapa la rambarde. Beni rassembla ses dernières forces pour retenir la corde, Potkaxl agrippa le bras de Roç jusqu'à ce que celui-ci, le souffle lourd, se retrouve couché sur le ventre, sur les pierres formant la couronne du mur. Il lança un dernier regard en bas, vers la mer. Des hommes étaient en train de ligoter les trois chevaliers. Ils étaient tombés dans une embuscade, leurs adversaires avaient été trop nombreux. Pons se retourna et leva les yeux vers la tour, à contre-jour. Roç se dressa et lui fit signe. Le gros garçon reçut un coup de poing dans la nuque, et l'on emmena les trois Occitans. Je vous sortirai de là ! se promit Roç, qui bouillait de rage. Maugriffe ne lui faisait plus peur ! *Tant mieux je griffe, tant pis !* Le temps n'était plus aux rêves d'avenir héroïque : il venait d'être hissé dans une tour par un page et une suivante, comme un amant éperdu. Dietrich s'était sacrifié pour le sauver, lui, Roç, sans aucune nécessité : les cavaliers n'avaient manifestement pas l'intention de prendre la tour d'assaut, et restèrent là où Dietrich avait tenté de leur barrer la route. Ils n'avaient pas maltraité le cadavre de l'Allemand, ils ne lui avaient pas coupé la tête : il l'avaient déposé entre les rochers, presque avec respect. Ces cavaliers inconnus donnaient l'impression d'attendre un ordre, ou leur chef. Roç vit la tête de Dietrich glisser lentement sur le côté, puis son buste piqué de moignons de flèches tomba en avant. Étrange garçon que ce Germain. Roç n'aurait jamais pensé qu'il regretterait la disparition du guerrier blond. Il se surprit même à lui envier sa mort. Roç se redressa.

— Racontez-moi comment tout s'est passé, demanda-t-il, épuisé, à ses deux amis.

— D'abord, Mahmoud est sorti en courant de la galerie souterraine qui débouche en bas, près de la source, dans le puits, comme vous le savez sûrement, commença Potkaxl à toute vitesse. Il criait « Trahison ! Trahison ! » et a filé tout droit vers la plage, où se trouvait la trirème.

À cet instant seulement, Roç remarqua que le navire n'était plus là. Mais il était trop fatigué pour s'en soucier.

— Peu de temps après, nous avons vu la trirème se préparer à partir.

— On avait hissé les voiles compléta Potkaxl.

— Les Templiers, qui avaient établi leur campement en dessous de nous, l'ont vue aussi, et ont décidé de partir avec elle. Simon nous a prié de vous transmettre ses salutations.

— Merci, dit Roç.

— Mais ils ont trop attendu, compléta Potkaxl. Entretemps, une troupe de cavaliers était apparue devant la citadelle. Ils ont agité un drapeau blanc, et ceux de la citadelle ont répondu de la même manière à ce salut. Ensuite, une fraction des cavaliers est partie à pied dans la ville. Eux aussi portaient un drapeau blanc.

— Qui ? s'enquit Roç.

— Je ne sais pas non plus, dit Beni. En tout cas, les Templiers sont descendus vers la plage. Ils n'avaient pas fait la moitié du chemin lorsque la trirème a levé l'ancre...

— ... et leur a filé sous le nez, toutes voiles dehors, ajouta Potkaxl. Les Templiers lui ont couru après, ils ont même sauté à l'eau.

— À cet instant précis, en dessous de nous, des hommes armés ont surgi du puits, menés par ce barbu avec lequel vous aviez croisé le fer, Trencavel.

— Ugo ! s'exclama Roç. Enfin ! Je l'avais déjà oublié, cette canaille !

— Il ne se conduisait pas du tout comme un puissant despote ! répliqua Potkaxl. Il était crasseux et en haillons, à la tête de ses soldats qui n'étaient pas en meilleur état.

— Ils étaient en fuite !

— Car l'ennemi était partout ! s'écria Beni en désignant les alentours. Comme maintenant, d'ailleurs.

— Qu'est-ce que vous racontez ? interrogea Roç, agacé. Quel « ennemi » ? Ce n'étaient pas les propres cavaliers d'Ugo ?

Beni secoua la tête.

— Ceux-là, il les avait sans doute laissés devant Pantokratos en prenant la fuite par les canalisations d'eau. Ils se sont retrouvés d'un seul coup encerclés par des troupes bien supérieures en nombre, qui les ont forcés à mener une bataille à cheval.

— Elle n'a pas duré longtemps, compléta Potkaxl. Et à la fin, le Despotikos n'avait plus un seul cavalier.

— Qui était donc cet adversaire surgi tout d'un coup du néant ? voulut savoir Roç.

Mais Potkaxl avait autre chose à lui raconter.

— Cette mêlée à laquelle Beni donne généreusement le nom de « bataille de cavaliers » a laissé une petite pause à Ugo, suffisante pour s'abattre sur les Templiers qui remontaient de la plage vers la tour, tristes et déçus. Il leur a tendu une embuscade. Nous avons crié à nous égosiller pour prévenir Simon et ses sept chevaliers de la présence du lâche Depostikos.

— Ils ne voulaient pas comprendre qu'ils couraient

un risque, reprit Beni, qui aimait bien ces récits de combats. La petite troupe d'Ugo comptait plus du double d'hommes, ce qui, à vrai dire, ne signifie pas grand-chose lorsqu'on affronte les Templiers. Mais, avant que ces messieurs ne comprennent qu'ils étaient la cible de l'attaque, trois des sept chevaliers étaient déjà morts, tués par les flèches des arbalètes qui, à cette distance, percent n'importe quelle cotte de mailles.

— Simon ?

— Simon vivait encore, en tout cas lorsque...

Potkaxl ôta les mots de la bouche de son ami.

— Les vaincus ont été poussés ou tirés en toute hâte dans la tour, qu'ils soient morts ou vivants.

— Peu après, les « chevaliers du Temple », tout juste au nombre de sept, ont quitté en toute hâte la tour du puits. Ils poussaient devant eux une bonne douzaine de prisonniers et paraissaient extrêmement pressés de quitter les lieux.

— L'un d'eux était le Despotikos, je le jurerais, avec sa barbe noire !

— Comment ? s'enquit Roç, confus. Comme prisonnier ? et Simon ?

— Simon n'y était pas, expliqua Potkaxl. C'est messire Ugo qui portait désormais son clams, échappant sans doute ainsi à l'emprise de ses ennemis.

— Oui, murmura Roç, ce lascar y est parvenu.

— Selon mes calculs, reprit Beni d'une voix trop forte, Simon et ses quatre Templiers devraient se trouver en dessous de nous, dépouillés de leurs tenues de chevaliers.

— Je serais heureux qu'ils puissent sauver leur peau nue ! Mais au fait, demanda Roç, suspicieux, où est passée ma caisse ?

En entendant cette question, qu'ils s'étaient bien gardés d'aborder jusque-là, ses compagnons de souffrance se turent.

— Ils viennent vers nous !

Beni n'avait pas tenté de faire une diversion : effectivement, la troupe qui stationnait au pied des falaises s'était mise en mouvement. Certains des hommes montèrent, sans prêter la moindre attention aux occupants de la tour. Ils sautèrent de leur selle, formèrent un cercle autour de l'édifice et attendirent. Roç et ses jeunes amis regardaient vers le bas, tendus. Zaprota fut le premier à sortir par la grande porte. C'était sûrement lui qui avait guidé dans la galerie souterraine les hommes qui se pressaient à présent vers l'extérieur. À cet instant seulement, les spectateurs auxquels nul ne pensait plus constatèrent que le vieux avait les mains liées dans le dos. Le chef des soldats tira sur la corde et lui cracha au visage.

— Ton ami Ugo nous a échappé parce que tu nous as mal guidés !

Un autre avait déjà son épée dans le dos de Zaprota, et le vieil homme tomba à genoux. Un troisième voulut lui couper la tête, mais leur chef le lui interdit, sortit un poignard court et lui donna le coup de grâce dans la nuque. Alors, Simon et trois des frères d'Ordre qui survivaient encore arrivèrent. Ils n'avaient plus qu'un pagne à la ceinture, et portaient sur leurs épaules le lourd coffre au trésor de Roç.

Le Trencavel adressa un regard de reproche à Beni, qui accepta de s'expliquer à voix basse :

— Nous ne sommes pas arrivés à lui faire prendre l'escalier. Il était trop étroit. Les Maures ont eu beau faire, il se coinçait dans tous les coins.

— Et il était beaucoup trop lourd pour qu'on puisse le soulever au bout d'une corde, ajouta Potkaxl. Et puis, à ce moment-là, le Diable du feu est arrivé en courant et en criant « Trahison ! » Alors les Maures ont jeté le coffre dans le puits et sont repartis en courant vers le navire, derrière Mahmoud...

— Bon, dit Roç en se forçant à arborer un sourire pincé. Me voilà aussi débarrassé de ma cassette de guerre, et mon armée n'est plus composée que de vous, mes deux héros !

Ils regardèrent ensemble, du haut de la tour, la plaine qui se vidait de ses cavaliers. Les inconnus partirent avec leur butin et tous les prisonniers, y compris les morts. On emporta aussi le corps de Dietrich. Roç vit la crinière blonde de l'Allemand que l'on avait couché sur la croupe d'un cheval, les bras ballants.

— Ugo d'Arcady est une telle canaille, il a un tel mépris de son prochain, résuma Roç, que je le crois capable d'avoir imaginé pareille mise en scène : lancer l'une contre l'autre deux parties de son armée pour se débarrasser d'alliés dont il n'a plus besoin.

— C'était peut-être une mutinerie ? suggéra Potkaxl. Une rébellion contre le Despotikos, qui l'aurait forcé à prendre la fuite devant ses propres hommes ?

— Pourquoi, alors, n'a-t-il pas emporté la caisse au trésor ?

— Il ne l'aura pas vue. L'important, pour lui, c'étaient les tenues de l'Ordre, elles lui ont peut-être sauvé la vie.

— En tout cas, la clef de l'énigme se trouve toujours au castel Maugriffe !

— Pour moi, tous les Grecs se valent, en ce qui concerne la fausseté et la trahison ! conclut Beni.

— Ça n'est pas le problème, rétorqua Potkaxl. Et puis la bassesse se trouve partout où les hommes s'affrontent sans aucune perspective de se réconcilier.

— Nous avons perdu Dietrich et les Allemands, énuméra Beni, Simon et ses Templiers ont été enlevés, les trois Occitans sont prisonniers. Et la trirème est partie !

— Et nous n'avons plus de chevaux non plus ! ajouta Roç avec un soupir.

— Il y a encore suffisamment de montures sans maîtres en dessous de nous, corrigea Potkaxl, nous n'avons qu'à nous en emparer. Et à partir au galop pour libérer les prisonniers !

— C'est exactement ce que nous allons faire ! confirma Roç en souriant. Et ensuite, nous prendrons Jérusalem !

Malheureuse est la favorite du sultan

Le castel Maugriffe brillait dans la pénombre comme une comète tombée du ciel, projetant dans toutes les directions des particules étincelantes qui disparaissaient en décrivant un grand arc de cercle incandescent au-dessus de la mer.

— Le Despotikos se serait-il, en plus, emparé de notre Diable du feu, pour qu'il célèbre sa victoire ? plaisanta le Trencavel en découvrant le spectacle. Puis il se rappela qu'Ugo avait annoncé une grande fête pour ce jour-là, car Lancia, l'oncle de l'époux, devait venir prendre l'épouse de Sicile, la charmante Elena. Le maître du château n'avait donc pas lésiné pour présenter sous le meilleur jour son sombre château fort. Roç était toujours vêtu comme un prince des Mille et une Nuits : il n'avait rien d'autre à porter, même si ses pantalons damassés et son pourpoint de soie étaient sortis de cette journée peu glorieuse effilochés, troués et tachés. Le Trencavel brida son cheval et se tourna vers ses troupes, qui se partageaient le dos d'un seul animal : ils n'avaient pu capturer que deux montures.

— Vous ne m'accompagnerez pas, informa-t-il son aile droite. Je puis à présent me retrouver les yeux fermés dans les sombres recoins de Maugriffe. Et cette fois-ci, messire le Despotikos ne m'attend pas.

Beni hocha la tête, mais la partie toltèque de la cavalerie n'accepta pas le départ en solitaire de Roç.

— Vous devez essayer d'approcher Lancia sans vous faire voir, et de lui ouvrir les yeux pour qu'il comprenne les sombres manigances du maître des lieux, expliqua l'intelligente jeune femme. Pour y parvenir, une charmante princesse à votre côté serait peut-être un atout inestimable ?

Roç ne put s'empêcher de rire.

— Si je ne suis pas revenu d'ici demain matin, considérez que le Despotikos s'est assuré de mon silence définitif. (Roç prit l'air grave.) À ce moment-là, vous serez libres de reprendre votre chemin, car je vous interdis de me suivre. En revanche, je vous demande de saluer ma très chère Yeza et de lui dire...

Il n'alla pas plus loin : le chagrin l'empêchait de parler.

— Ne serait-ce que dans ce but, il vaut mieux que vous restiez ensemble, pour que vous ne connaissiez pas le même sort que moi.

Il serra Beni dans ses bras et embrassa Potkaxl sur la bouche, qu'elle lui tendait avec ardeur.

— Attendez donc ici !

Roç se retourna, laissa son cheval sous leur garde et marcha vers ce monstre étincelant.

Cette fois, les invités venaient de toutes parts : des dames en litière, avec leur escorte en grande livrée, des chevaliers suivis de leurs valets, de leurs porte-bannières et de leurs musiciens. Roç traversa une piste de tournoi que l'on venait d'aménager ; des guirlandes ornaient les tribunes. Depuis le haut du remblai, il ne pouvait certes pas regarder par-dessus les murs, mais il entendait très bien tout ce qui se passait. On avait sans doute installé des tables et des bancs jusque dans la cour du château. Les musiciens jouaient des danses. Sous le remblai se creusait le fossé du château. Roç chercha le mâchicoulis mais ne parvint pas à le trouver. Il remarqua en revanche un trou qui se situait d'ordinaire en dessous de la surface de l'eau, dans les douves. Il buta contre une grille de fer. Elle céda. Roç la poussa vers l'intérieur et rampa dans la galerie. Ce n'était pas un égout, contrairement à ce que pouvaient laisser croire quelques rats effrayés, mais le canal d'évacuation des déchets de cuisine. Roç respira, soulagé : il connaissait désormais les lieux.

Du moins le croyait-il. Arrivé devant un escalier, il se laissa tenter par l'idée d'en monter les marches. Il grimpa et grimpa encore, jusqu'à une galerie horizontale. Il avança en tâtonnant et sentit le fer-blanc d'une porte. Il tenta prudemment de l'ouvrir. Il s'arrêta, osant à peine respirer, car un rayon de lumière passait par une fente dans le bois, au-dessus de lui. Il épia. Constatant que rien ne bougeait, il estima que la pièce était vide, poussa doucement la porte du placard et se retrouva face à deux yeux sombres qui l'observaient fixement. La charmante créature à laquelle ils appartenaient était agenouillée sur le lit et dit, avec un soupir de soulagement :

— Je pensais que vous étiez un rat !

— Ce n'est qu'une impression, répondit Roç. Je suis

le Trencavel, et je me suis perdu. Et vous, belle dame, qui êtes-vous ?

Elle le dévisagea, l'air encore plus étonné, et dit d'une voix mutine :

— Si vous ne le savez pas, vous vous êtes effectivement égaré, et je dois appeler les gardes : vous êtes un intrus insolent qui s'approche trop près de ma vertu.

— Laissez-moi un peu de temps pour cela ! répondit Roç en souriant. Je sais, à présent : vous êtes Elena d'Épire.

Il fit un pas vers elle pour lui baiser gracieusement la main, en oubliant totalement le spectacle qu'il lui offrait. La farouche créature sauta de l'autre côté du lit :

— Encore un pas, et je vais devoir me boucher le nez, menaça-t-elle. Si vous vous approchez, je m'évanouis.

— Je vous en prie, ma reine, dites-moi seulement où je trouverai Ugo, le maître de ce château ?

À présent, la belle semblait prise de sérieux doutes.

— De quel Ugo parlez-vous ? demanda-t-elle avec méfiance. Il n'y a qu'un seul maître ici, le prince Lancia de Salerne, et je devrais lui livrer le garçon vacher insolent qui se fait passer pour le célèbre Trencavel !

— Je peux vous prouver..., commença Roç à l'instant précis où l'on entendit des pas fermes approcher dans le couloir.

— Le voilà, il vient me chercher !

Roç entendit que l'on frappait à la porte de la chambre. Elena referma celle de l'armoire derrière lui. Dans sa hâte, Roç manqua l'entrée dans l'escalier, et passa dans une autre ouverture. Une plaque de pierre céda sous ses pas et le précipita dans une rigole que l'on n'avait pas nettoyée depuis des années. Incapable de s'arrêter, il glissa vers les profondeurs, d'abord sur son fond de pantalon damassé, puis sur les fesses nues. À l'instant où il crut qu'il ne pourrait plus supporter la douleur, il atterrit dans un bassin d'eau croupie. Il y resta un instant assis, heureux de ce rafraîchissement imprévu. Il était entouré par les rats. Au cliquetis des chaînes, Roç comprit où il se trouvait. Il ne put distinguer qu'une silhouette, suspendue à l'un des piliers. Roç sortit du bassin et recula, effrayé.

On avait creusé une ouverture ronde dans la voûte, sans même prendre la peine d'y installer une grille. De là, la lueur très faible de torches éloignées tombait dans le cachot. L'amas humain qui se trouvait en dessous devait aussi avoir emprunté ce chemin : c'étaient les Templiers, ou du moins leurs cadavres, les clams imbibés de sang. Il était difficile de les reconnaître, car si leurs têtes étaient bien là, elles n'étaient pas en revanche reliées aux troncs auxquels elles appartenaient. Roç apaisa son effroi en se rappelant qu'il avait vu Simon et ses trois frères d'Ordre en vie, lorsqu'ils étaient partis en emportant son trésor.

Roç escalada le tas de cadavres, provoquant les piaillements des rats, qui craignaient d'être privés de leur festin. Ils lui sautèrent dessus, furieux. Il les chassa à coups de pied et marcha vers l'homme attaché au pilier. Il le reconnut à sa barbe épaisse. Mais là où se trouvaient jadis deux yeux enflammés, il ne vit plus que deux orbites creuses et ensanglantées, un spectacle tellement hideux qu'il ne put s'empêcher de détourner le regard.

— C'est vous, Trencavel ? demanda Ugo avec la voix tranquille d'un homme sûr de son affaire. Il m'a épargné, poursuivit-il. Mon exécution aura sans doute lieu demain, elle doit faire partie du programme des festivités. Le pal ou l'écartèlement, je suppose.

— Je ne pense pas, Ugo d'Arcady, que le prince veuille gâcher l'ambiance de fête en offrant une telle vision. Je suppose que le bourreau vous étranglera dans la plus grande discrétion. Il vous torturera peut-être un peu auparavant, pour distraire son seigneur, qui apprécie ce genre de choses.

Ugo eut un éclat de rire amer.

— Je vois, j'entends, que votre cœur n'est pas empli de haine et de rancune.

— En quoi ce qui m'a poussé ici compte-t-il encore, Ugo d'Arcady ? Votre pire ennemi ne pourrait pas vous souhaiter supplice plus atroce. Mais racontez-moi donc ce qui s'est passé, après que vous avez habilement échappé à vos ennemis, près de Pantokratos. Qui, au juste, vous avait attaqué ?

— Je n'ai plus grand-chose à vendre, je ne dispose

plus que de ma vie, et pour peu de temps. Je vais vous dire tout ce que vous souhaitez savoir si vous me donnez votre parole de me tuer aussitôt après.

Roç eut du mal à trouver ses mots.

— Je n'ai encore jamais fait passer un homme de vie à trépas autrement que pendant une bataille. Je ne ferai ni un bon meurtrier, ni un bourreau !

— Avez-vous une arme ?

Le silence de Roç confirma la supposition du Despotikos.

— Laissez-la-moi lorsque vous partirez !

C'était une imploration, même si le condamné à mort ne s'était pas départi de son ton sarcastique.

— Soit, dit Roç. Mais en contrepartie, je veux entendre la vérité. Et ne pensez pas que je vous cède mon poignard de bon cœur.

— Considérez cela comme un prêt. Si mon sang ne vous dérange pas. Vous pourrez toujours l'essuyer.

— Où est mon coffre, tout mon or ?

— Quel coffre ? demanda Ugo. Même si je l'avais trouvé, il ne me serait rien resté de votre or. Mais je vais vous raconter, vous poserez vos questions après, si vous pensez que je vous ai passé quelque chose sous silence ou que j'ai laissé quelque chose dans le flou, car ce n'est pas mon genre !

— Je ne voulais pas vous offenser. Mais vous pourriez vous soucier de votre gloire posthume...

Le Despotikos éclata de rire.

— Ma postérité, je m'en suis suffisamment occupé de mon vivant, vous ne pourriez pas l'embellir, même si vous aviez la langue d'un ange !

— Vous vous êtes donc mis en marche pendant la nuit ?

— Je voulais vous donner une leçon, Trencavel. Nous sommes arrivés au petit matin devant Pantokratos. Nous ne pouvions emprunter le passage secret menant de la tour du puits à la citadelle, parce que vos hommes connaissaient désormais ce chemin. J'ai utilisé un moyen très peu honorable...

— Le drapeau blanc d'un parlementaire intouchable ! grogna Roç.

— Exact ! De la citadelle, le drapeau de Manfred nous a salués, et des chevaliers nous ont fait signe d'approcher. Je suis entré dans la citadelle avec une troupe d'assassins, tous expérimentés dans l'usage perfide du poignard. Malheureusement, nous sommes tombés sur des hommes qui n'avaient rien à nous envier quant à la ruse et à la trahison. Nous avons engagé un combat au corps à corps, mais nos adversaires nous attendaient et avaient, de toutes parts, pointé sur nous leurs arbalètes. Je suis parvenu, avec beaucoup de chance, à faire sortir une douzaine de mes hommes par les tuyaux du puits. Mais, là encore, nous avons payé le passage au prix fort. Zaprota avait révélé aux ennemis l'existence de cette galerie ! En traversant la citerne, nous avons trouvé, entassés, les corps de vos chevaliers teutoniques. Ils avaient tous eu la gorge tranchée pendant leur sommeil.

— Vous leur auriez vraisemblablement réservé le même sort, objecta Roç. À moins que ce ne soit vous qui ayez leur mort sur la conscience ?

— Vous pouvez partir du principe que je ne mens pas, Trencavel ! Je n'affirmerai pas que nous n'aurions pas soulagé nos nerfs sur eux. Mais cela ne s'est pas passé ainsi...

— Mais dites-moi enfin qui..., demanda Roç, agacé.

— Je pensais que c'était évident. Je vous ai pourtant déjà expliqué que mon géniteur Villehardouin, le prince d'Achaïe, s'est rallié à Épire dans son combat contre Michel Paléologue, l'empereur autoproclamé de Nicée. Son frère Jean, qui se donne avec arrogance le titre de « Sebastocrator », avait, le soir même où nous donnions banquet à Maugriffe...

— ... et où vous aviez déjà décidé de me prendre par la ruse...

— ... déjà débarqué des troupes à Corfou pour me punir de mes méfaits.

— Je ne sais pas, commença Roç en lui coupant la parole, si vous méritiez tant d'attention. Je crains plutôt qu'il n'ait eu l'intention de s'emparer de l'épouse.

— Voilà qui me plairait bien !

— Vous restez une fripouille ! dit Roç, écœuré, en pensant à l'enfant aux yeux brûlants qui l'avait pris pour un vacher et ne l'avait pourtant pas dénoncé. Le reste, avec les Templiers, je le connais. Vous en avez tué trois pour vous emparer de leurs misérables vêtements.

— Ils sont tombés en combat régulier.

— Vous les avez abattus au cours d'une embuscade !

— Ne soyez pas mesquin comme un pharisien, Trencavel. J'aurais voulu vous voir à ma place.

— Les gens de l'Ordre, contrairement à ce que vous auriez pu penser des cavaliers de Manfred, n'étaient même pas vos ennemis, dit Roç d'une voix chargée de reproche. J'avais emmené ces braves garçons, ils attendaient un passage en *Terra sancta.*

— Les Templiers, répondit Ugo, moqueur, vivent dans une aussi grande familiarité avec la mort violente qu'avec leurs chausses ! Une liaison à vie, sans alternative ! D'ailleurs, leurs hardes puantes ne nous ont pas porté chance. Nous avons fait à pied la plus grande partie du chemin du retour. Ensuite, nous sommes parvenus à capturer quelques-uns des chevaux qui, le matin même, portaient encore mes fiers cavaliers devant ce damné Pantokratos, et qui couraient à présent dans tous les sens.

Le Despotikos regrette sincèrement la mort de ses hommes, songea Roç. Quelque chose comme une conscience se cacherait-il donc en lui ?

— Nous n'avions que sept clams à croix griffue. Les autres ont dû se déguiser en « prisonniers » et courir à côté de nous. Cela a suffi à tromper les Nicéens que nous avons rencontrés sur le chemin. Nous avons eu bien du mal à les empêcher de partir avec les prisonniers. Enfin, nous sommes revenus à Maugriffe, où Lancia était arrivé. Épuisés mais fiers, au bout du compte, d'y être parvenus, nous sommes entrés à cheval dans la cour du château. Je me suis présenté devant le prince pour lui souhaiter la bienvenue. Il m'a regardé comme s'il était éberlué de mon arrivée — ou même de me revoir vivant. Au lieu d'une salutation amicale, il a crié :

« Quoi ? Vous osez reparaître devant mes yeux ? » Ses gardes s'étaient déjà emparés de moi et avaient désarmé mes compagnons. « Si j'en juge à votre déguisement, il est donc bien exact que vous avez lancé une conjuration pour vous emparer de l'épouse !

— Vous vous trompez, mon prince, ai-je répondu, je viens d'échapper à un piège que m'avaient tendu les Nicéens...

— Peuh ! Nicée ! répliqua-t-il. C'est *vous* qui avez assassiné ces quatre cents noble sires que Manfred avait aimablement envoyés, c'est *vous* qui avez porté la main sur Corfou, qui devait revenir en dot à Manfred ! Et à présent, vous voulez lui voler sa reine ! Disparaissez avec vos traîtres grecs ! »

— La plus grande partie de ces accusations n'a rien d'injuste, constata Roç.

— Si ! se rebella le Despotikos. Sur les quatre cents chevaliers, seule un peu moins de la moitié est effectivement arrivée en Grèce. Parmi ceux qui ont débarqué ici, j'en ai effectivement fait passer un petit nombre au fil de l'épée...

— Et les autres ? J'étais là lorsqu'ils ont quitté Palerme, ils étaient bien plus de trois cents, sans compter les valets et les écuyers.

Ugo haussa les épaules.

— Ils ont accosté ailleurs, peut-être ont-ils été capturés. Si c'est pour cela que Lancia m'a fait aveugler...

À présent, le Despotikos avait la mine d'un parfait innocent auquel on aurait arraché les yeux par erreur.

— Dans l'exercice de votre hospitalité hellénique, c'est-à-dire au cours de l'accueil attentif que vous, et pas Nicée, avez réservé aux chevaliers de Manfred, un certain Hamo l'Estrange, comte d'Otrante, vous est-il tombé entre les mains ? Dites-moi la vérité !

Ugo réfléchit longtemps avant de parler.

— Oui, dit-il, je l'ai vendu.

— À qui ?

— À un marchand d'esclaves qui travaille dans nos eaux pour le compte du Hafside. (Ugo déglutit.) Si c'était votre ami, je suis navré.

— Absolument pas ! répondit Roç. Je suis heureux de l'entendre. Car cela me laisse un espoir qu'il soit encore en vie, un privilège qui n'a manifestement pas été accordé à beaucoup de monde, ici, à Hellade. Le Hafside est un de nos bons amis.

— Que voulez-vous encore savoir de moi ? questionna Ugo, impatient. Le temps presse, vous pouvez à présent tenir votre part de notre accord.

— Vous m'avez facilité ma décision, Ugo d'Arcady — vous méritez effectivement la mort. Dites-moi seulement une chose : vouliez-vous réellement enlever la belle Elena ?

— L'avez-vous vue, vous êtes-vous trouvé devant elle ?

— Oui, elle est comme du lait et du miel, une rose en bouton.

— Je sais, dit Ugo à voix basse, mais c'est une partie d'un rêve de jeunesse. Mon père a reçu sa sœur, et je... Mais je vous en prie, ne me forcez pas. Je veux garder son image dans mon cœur telle que je me la rappelle, et l'emporter dans la mort !

Roç sortit son poignard, puis il changea d'avis.

— Portez-vous sur vous quelque chose pour écrire ? demanda-t-il sans grand espoir, mais Ugo répondit :

— Si vous cherchez dans ma poche de poitrine, vous trouverez une pointe d'argent et un support adapté, je les porte toujours sur moi.

Roç surmonta son dégoût et plongea la main dans le vêtement trempé. Il eut l'impression de sentir battre le cœur du condamné. Il sortit le stylet et un petit portrait de bois. C'était celui d'Elena, l'une de ces miniatures que seul Rinat Le Pulcin savait réaliser. Roç reconnut immédiatement la patte de l'artiste. Il ne dit pas qu'il en avait déjà vu un semblable chez le roi Manfred. Il ne dit rien du tout.

— Que voulez-vous écrire ? s'enquit Ugo, inquiet. Je ne veux pas lui laisser d'adieux. Elle ne sait certainement même pas que j'attends la mort ici, dans ce souterrain. Et je ne veux pas l'importuner avec cela.

— J'écris, dit Roç. « Gardez-vous de Nicée ! Maugriffe n'offre plus de protection à l'épouse. »

Le Despotikos attendit jusqu'à ce qu'il entende le stylet d'argent gratter sur le petit tableau de bois.

— Alors, ajoutez « *Tant pis* », je vous prie, et Roç exauça son vœu.

— Il faut que l'on trouve cette mise en garde sur vous, déclara Roç, ne la cachez pas. Puisque vous ne pouvez pas diriger le poignard avec vos mains enchaînées, je vais vous l'accrocher dans le dos, à la hauteur du cœur. (Il fit passer la lame sur les doigts d'Ugo.) Le reste, c'est votre affaire. Si vous ne poussez pas suffisamment du premier coup, ou s'il tombe, vous n'aurez pas eu de chance, car je serai déjà parti.

Ugo se pencha en avant, autant que le lui permettaient les chaînes. Roç poussa la lame à travers un anneau de fer, sur le pilier, si bien que la poignée de l'arme était calée contre le mur et que sa pointe était dirigée vers le dos d'Ugo, juste sous l'omoplate gauche. Puis Roç approcha prudemment le corps d'Ugo contre le fer, afin qu'il puisse sentir où l'attendait la mort.

— Veuillez patienter jusqu'à ce que je sois parti ! dit-il en guise d'adieu. Cela n'a pas été un plaisir pour moi !

Trencavel se retourna et poursuivit son chemin dans le cachot. Il trouverait certainement une issue à un moment ou à un autre. Il entendit un coup sourd derrière lui, les chaînes cliquetèrent doucement, il y eut un long soupir, puis le silence.

Roç buta contre une porte. Elle n'était pas verrouillée. Un long couloir donnait sur d'autres cellules dont les grilles de fer étaient toutes ouvertes. Quelques-uns des rongeurs le suivaient pas à pas. Mais, au bout du couloir, il ne trouva qu'une autre cave voûtée, totalement vide. Même les rats ne se promènent pas ici, songea Roç en se rappelant l'horrible repas auquel il avait assisté un peu plus tôt.

Là aussi, un orifice circulaire laissait passer la lumière de l'étage supérieur, et l'on entendait des voix. Roç évita le cercle lumineux dessiné sur le sol de pierre et se faufila vers la sortie. Une pierre tomba derrière lui, dans le cône de lumière. Roç se retourna, effrayé. Des poings lui attrapèrent les bras par-derrière et les lui tirèrent dans le dos, on lui lia brutalement les mains et on le traîna sous l'orifice de la voûte. Il reçut un coup au creux des genoux, et l'on tira sa tête vers l'arrière, par les cheveux. Les traits grossiers de ses bourreaux laissèrent place à un spectacle inattendu : deux visages dissemblables qui étaient apparus en haut, dans le trou. C'étaient le crâne anguleux de Lancia et, juste à côté, le visage charmant de la jeune reine. Ils ne manifestaient aucune émotion, aucune excitation. Ils se tenaient là, dans le firmament de la voûte, comme le soleil et la lune, des larves sans cœur dont les yeux étaient déjà morts, même si leurs bouches s'ouvraient encore.

— C'est lui ? demanda le prince.

— C'est lui, répondit la jeune reine.

— Fouettez-le ! ordonna Lancia aux gardiens. Et jetez-le dans le fossé !

Les deux visages d'ange disparurent du cercle, on souleva Roç et on le jeta sur un cheval d'arçon. L'un des sbires déchira la chemise de soie, dévoilant son dos, l'autre lui attacha les jambes. Cela ne suffisait pas : lorsqu'il vit les fesses de Roç, que la glissade avait maltraitées, il lui ôta aussi son pantalon avec un rire méprisant, tandis que l'autre lui détachait les mains jusqu'à ce qu'il puisse les poser des deux côtés du cheval, dans des anneaux de fer. Les valets ne firent pas de longs préparatifs, ils se crachèrent dans les mains, crachèrent aussi sur le dos velouté de Roç, et commencèrent à fouetter. Il frappaient chacun son tour, pour tuer le temps ; le but du jeu était de taper plus fort que l'autre. Roç apercevait tout juste leurs pantalons et leurs chaussures. Mais il cessa bientôt de s'y intéresser, cela ne l'aidait plus à supporter le sifflement du fouet, le claquement du coup et la vague de douleur. Sa chair éclatait, les rigoles de sang aux lisières des plaies enflaient en une masse sanguinolente. Il se mit à crier, d'abord en aboyant, puis en un long hurlement effroyable, qui se transforma en sanglot. Puis tout disparut. Il avait perdu conscience, et ses bourreaux perdirent l'envie de continuer.

LE SCEAU DE SALOMON

I

Le tarot d'Alexandrie

Le tapis du cabaliste

Yeza se rendit avec Kefir au bazar. Préparer ses affaires pour le départ l'excédait, et aucune de ses suivantes n'était restée avec elle. Seul Jordi lui était encore fidèle. Le vizir lui avait raconté, tout excité, qu'il avait rencontré sur le marché un vieux juif qui lui avait proposé sous le manteau des rouleaux de papyrus et quelques parchemins rescapés de la fameuse bibliothèque. Yeza tenait à voir cela. Elle aimait les bazars de l'Orient, avec leurs sombres grottes, leurs parfums mystérieux, enivrants, et la mélopée des vendeurs qui vantaient leur marchandise au rythme des coups de marteau aigus des forgeurs de cuivre et celui, plus sourd, des selliers qui attendrissaient leur cuir. Kefir longeait les arcades, il savait où il allait. On avait accroché aux murs quantité de poignards tachés (par du sang séché ?) et de cimeterres ciselés reluisants, une vue à laquelle elle ne put résister. Kefir se dirigea vers la cour intérieure d'un marchand de tapis. Il échangea quelques mots avec le propriétaire, qui lui indiqua la direction.

— Mon cabaliste change de lieu chaque jour, expliqua le vizir sur un ton de conspirateur, sans doute parce que la vente de ces objets précieux est illégale !

À un coin animé où se croisaient deux des rues couvertes du bazar et où des conducteurs d'ânes et des porteurs de litières se disputaient la priorité avec force jurons, on voyait au mur une planche peinte à la main qui annonçait « l'horoscope personnel, les numéros de la chance, la chiromancie » dans toutes les langues courantes dans ce port du Nil. En dessous dormait un vieil homme en cafetan, le menton sur la poitrine. Yeza retint son vizir et se faufila derrière le coin de la maison.

— Pouvez-vous me tirer le tarot alexandrin du huitième Sephirot, Ezer Melchsedek ?

Le vieil homme sursauta, effrayé, et attrapa ses petites tables pliantes, devant lui, pour faire disparaître les plaques interdites sous un drap noir. Yeza n'était pas encore sortie de sa cachette. Le chiromancien ne se tourna pas non plus vers elle, mais un sourire parcourut son visage, comme si un rayon de soleil s'y était égaré. Il fouilla dans le bric-à-brac que dissimulait le drap noir, jusqu'à ce qu'il ait trouvé ce qu'il cherchait : un seul petit tableau. Sans dire un mot et sans se retourner, il en tendit le verso en direction du coin où se tenait Yeza. Elle vit son propre portrait, l'une des miniatures réalisées par Rinat.

— Vous vous connaissez ? demanda Kefir, comme si c'était nécessaire. Alors, l'authenticité des rouleaux de papyrus, des autres parchemins et de leur origine est...

— Chut ! répondit Ezer. Ils sont parfaitement authentiques ! chuchota-t-il fièrement. Travail d'écriture très raffiné de votre vieil Ezer Melchsedek ! Je ne vais tout de même pas, ajouta-t-il en voyant le visage indigné du vizir, vendre à ma princesse Yeza les produits de mon agilité personnelle comme des originaux vieux de plus de mille ans. Je les lui offre !

Yeza était sortie de l'ombre du mur. Elle voulut serrer Ezer dans ses bras, mais se rappela juste à temps à quel point il empestait, jadis. Cela n'avait pas changé depuis. Elle lui tendit donc gracieusement la main et, de l'autre, attrapa son portrait.

— Au contraire, grand maître, je vous achète tout — y compris les travaux à venir. Je vous reprends à mon service, et ce avec la plus grande joie.

Alors, le vieux bondit sur ses jambes, renversa sa petite table et passa la manche de son cafetan autour de

Yeza avant qu'elle n'ait eu le temps de s'en rendre compte. La bouffée d'air chargé de sueur et d'ail, d'urine de vieil homme et d'haleine fétide renversa presque Kefir, qui se tenait pourtant à distance. Yeza crut qu'elle allait étouffer. Mais il fallait ramasser le tarot dispersé sur le pavé, ce qui la sauva une fois de plus. Elle se demanda, abasourdie, si son offre n'avait pas été un peu hâtive, car Ezer ronflait aussi, au moins aussi épouvantablement que Guillaume ! Mais Melchsedek avait un cerveau aux multiples facettes, il était chez lui dans toutes les cultures de la Méditerranée et s'était montré fort débrouillard lorsqu'il l'avait fallu. Non, elle emmènerait de toute façon le cabaliste jusqu'à Jérusalem. Jakov lui revint alors à l'esprit. Elle le retrouverait avec l'aide du Doge, ou celle du Hafside.

— Comment va votre franciscain personnel, le pieux Guillaume de Rubrouck ? demanda Ezer pour bavarder, tout en emballant ses affaires, heureux de pouvoir échanger l'existence misérable d'un vendeur à la sauvette contre l'honneur de servir la princesse.

— J'aimerais bien savoir où il se cache, avoua Yeza. La dernière nouvelle que j'ai reçue de lui provenait d'Antioche.

Ezer Melchsedek la regarda, songeur, puis il fouilla à l'aveuglette dans son sac. « Les amants » : ce fut la première carte qu'il tira.

— Roç va bientôt s'unir à vous !

Puis il tira « le pendu ».

— Quelqu'un a des objections. Voyons de qui il s'agit.

La troisième carte était « le bouffon » !

— Guillaume prend donc son temps !

Il tira la quatrième image.

— « La grande prêtresse » ! Avez-vous, princesse, dans votre entourage immédiat, une vierge du temple, une jeune fille qui se livre à la prostitution rituelle ? Guillaume, ce vieux bouc à putains, avec sa peau rose et ses cheveux roux, en est tombé totalement fou.

— Pour tout vous dire, je n'ai pas de relations très fréquentes avec les *houris*, répondit Yeza. D'ailleurs, en ce moment, je n'ai aucune femme autour de moi, uniquement des hommes de toute nature.

— Et pourtant, je vois une étrangère, qui tient autant à vous qu'aux joies de la chair.

Elzer Melchsedek n'en démordait pas, et cela irrita Yeza.

— Comment Guillaume, que je n'ai pas vu depuis une éternité, pourrait-il s'adonner aux joies de l'amour avec une charmante personne qui prétend m'être familière et m'aimer, mais que je ne connais pas ?

— *Turuq Allah amiqa !* glissa le vizir.

— Le tarot ne ment pas ! affirma Ezer.

— Dans ce cas, précieux maître, déclara Kefir, dirigeons-nous vers le lieu où sont cachés les mots, pour que vous puissiez les remettre à ma maîtresse. Ensuite, nous visiterons notre nouveau palais.

Ezer Melchsedek passa devant. Ils se retrouvèrent dans la cour du marchand de tapis. Ezer lui chuchota quelques mots. L'autre désigna un vieux tapis roulé dans le coin et prononça à voix haute une somme pour laquelle un connaisseur ne se serait même pas laissé convaincre d'acheter tout l'éventaire. Ezer paraissait désespéré : ses trésors étaient manifestement enroulés dans ce vieux paillasson.

— Dites-lui, demanda Yeza à son vizir, que pour ce prix-là, je l'achète aussi, lui, ses fils et ses petits-enfants. Je les ferai mijoter avec de la viande de porc bien grasse pour récupérer au moins un dixième de mon bon argent. Et, pour la différence, il recevra chaque jour des dix prochaines années une bastonnade bien comptée. Je pourrai alors me réjouir en entendant le son de sa voix, puisque je n'aurai plus le bruit de mon argent. Donnez-lui une pièce, pas plus, et qu'il prie Allah à genoux pour que je veuille bien l'oublier, lui, sa maison et le chemin qui y mène.

— Mais ce tapis a été noué au paradis, ses franges, à elles seules, valent de l'or ! Regardez seulement l'épaisseur des nœuds, chacun est une perle ! bêla le marchand. Le prophète a prié dessus avant que...

— Fourre-lui la pièce dans la gueule ! ordonna Yeza à son vizir, qui la jeta aux pieds de l'homme. Qu'il transporte cette misérable serpillière mangée aux mites dans la maison de Baibars !

En entendant ces mots, le commerçant eut un instant les yeux exorbités par la terreur. Il bondit, alla ramasser la pièce dans la poussière et la rendit humblement à Kefir.

— Permettez au moins, Monseigneur, que je porte moi-même ce haillon rongé par les chats, ce paillasson d'infidèle sur lequel se sont roulés des porcs, où ont craché des mendiants et... (Il était à court de métaphores répugnantes.) Je vais juste l'envelopper dans un tapis de mon propre cabinet, afin que moi-même et mes descendants ne soyons pas un objet de raillerie chez le grand Archer. Qu'Allah lui donne longue vie !

Yeza et son escorte n'entendirent pas le reste. Ils étaient déjà partis. Pendant ce temps-là, le marchand, les mains tremblantes, avec l'aide de tous ses fils, enveloppait le vieux Boukhara dans un lourd tapis de Täbriz, un cylindre aussi épais qu'un tronc d'arbre, que quatre de ses fils portèrent ensuite au pas de course derrière ces illustres visiteurs.

— Avec mes salutations les plus dévouées ! leur cria encore le marchand.

Le fou, la tour, le pendu

Roç ne se voyait pas lui-même. Son corps s'était décomposé, ses membres lui refusaient l'obéissance. Il ne les sentait même plus. Avait-il déjà franchi la frontière de la vie ? Un gigantesque poing pressait son visage dans le sable fin qui le gelait et lui coupait le souffle. Il était incapable de soulever sa tête des plumes blanches. On pouvait tuer un homme ainsi ; pourtant, il ne pouvait s'empêcher de respirer. Mais ensuite, chaque fois, il se retrouvait gelé, il était couché dans la vaste plaine, rien ne bougeait, surtout pas lui, et son regard refroidi se promenait sur la surface gelée, s'arrêtait sur cette forme humaine qu'on avait allongée à une distance insurmontable, après l'avoir jetée comme un vieux tapis. Ce n'était pas lui, c'était l'autre qu'il voulait sauver, c'est pour cela qu'il vivait encore. Seul le dos du torse nu et musclé de Dietrich dépassait encore, seules les épaules sortaient de la neige, comme des formations rocheuses polies par le vent froid. Un corps humain transpercé de flèches plus ou moins longues, certaines courbées, cassées, tirées indistinctement, sans le moindre sens de l'esthétique à laquelle un corps comme celui de l'Allemand aurait pu prétendre, même dans la mort.

« La belle mort ! » Rien ici ne rappelait le champ de bataille de Pantokratos. C'est donc qu'ils se trouvaient déjà au ciel, l'un transpercé par les flèches, un martyr aux boucles blondes, l'autre fouetté à mort comme un pâtre inutile. C'est bien ce qu'il était. Et Roç, en fidèle berger, voulut éveiller à la vie l'agneau du sacrifice, Dietrich. Il se disait sourdement que lui, le grand Trencavel, aurait pu éviter ce désastre en déployant beaucoup moins d'efforts. Mais avait-il demandé le sacrifice du guerrier blond ? Non. Cela avait été une entreprise absurde, dans laquelle Roç lui-même se considérait comme une victime. Pourquoi aurait-il dû en assumer toute la faute ? Il s'était peut-être montré un piètre général. Mais était-il là pour protéger son frère ? N'était-il lui-même qu'un pion dans le grand jeu ? Il était là, couché, uni à la vaste plaine à l'extrémité de laquelle des lignes noires se dressaient comme autant de lances acérées vers l'horizon laiteux. Les longues lances montèrent de plus en plus haut, comme des traits de plume. Ce fut ensuite la masse sombre et resserrée des casques en forme de pot. Alors seulement apparurent les chevaliers fantômes, sans corps, dans leurs manteaux blancs. Le regard incrédule de Roç se promena sur le fond ; la surface qui le séparait de l'Allemand allongé dans la neige se souleva au-dessus de lui et glissa sur le terrain. Il s'était transformé en échiquier de marbre, analogue à ceux qu'il avait vus dans la Constantinople de sa jeunesse. Le « centre du monde » : c'est le nom qu'on avait donné à la haute salle du Palais Kallistos, dont les zones les plus basses, représentant les mers, pouvaient être inondées, alors que les zones en promontoire émergeaient au-dessus des flots. À présent, des blocs de glace recouvraient l'Égée, de la neige s'était déposée sur le Péloponnèse. Les chevaliers de l'Ordre avancèrent vers lui sans bruit, formant un large front. C'étaient les Templiers — Gavin les menait-il à leur dernière bataille ? Ils passèrent sans prendre garde au-dessus de Dietrich. Beaucoup de visages rappelaient quelque chose à Roç, mais ils ne lui étaient pas familiers et ne lui inspiraient pas confiance. Ils déposèrent sans mot dire la litière noire. La Grande Maîtresse prit la place de la reine, celle du grand maître resta libre. Le voile, devant ses yeux, cacha les yeux de la vieille femme comme derrière une toile d'araignée. L'*alfiere* qui vint se placer à côté d'elle était Guillaume de Gisors, le visage aussi livide que celui d'un mort. Au premier rang des Pedones avançaient Simon de Cadet et les chevaliers de Linosa, dégradés au rang de piétaille pour ne pas avoir défendu *L'Atalante* jusqu'à la mort. Une poussière de glace cristalline soulevée en tourbillons par les sabots des chevaux sauta au visage de Roç et l'empêcha de voir les tours et les cavaliers. À peine les chevaliers blancs à la croix rouge griffue avaient-ils pris position que les blocs de glace s'ouvrirent en face d'eux, et l'on vit surgir des profondeurs les rouges, leurs vieux ennemis, les chevaliers de Saint-Jean. Immobiles, visières fermées, ils montèrent et se transformèrent en bâtons de glace, comme les Templiers. Le cavalier blanc sortit alors des rangs ; c'était un centaure. Il resta immobile entre les fronts. Les visières des chevaliers de Saint-Jean installés au premier rang se soulevèrent d'un seul coup, dévoilant des visages imberbes, avec de petits nez plats et des yeux en amande. Roç connaissait la deuxième rangée des Mongols. Leurs tours solides étaient représentées par le grand juge chauve et par le bon général Kitbogha, qui avaient toujours été ses amis. Ils étaient flanqués par Ata el-Mulk Dschuveni, le grand chambellan perfide, et par le vizir Muwayad ed-Din, cet intrigant ; ces deux-là étaient moins bien disposés à l'égard de Roç. Au milieu des rouges se tenait le tout-puissant grand khan, entouré par ses frères. Le cavalier, qui s'était beaucoup avancé, prit son élan pour sauter de nouveau lorsqu'un nuage de flèches s'abattit du ciel comme une boule de feu, jetant à terre l'animal au torse humain. Roç vit alors aussi la tête. Le signe de feu gravé sur la nuque lui révéla qui était couché là, avant même que Gavin n'ait pu tourner vers lui son visage anguleux et lui adresser un sourire hautain. Les flèches n'avaient pas été tirées par les Mongols, mais de ses propres rangs, derrière lui. Pour rétablir l'équilibre de l'honneur, les chefs mongols arrivèrent en rangs serrés et décapitèrent leurs propres fous. Puis les deux fronts se figèrent de nouveau comme des statues de sel. Et le vent souffla sur le haut plateau glacé de l'Altai. Roç rampa vers l'avant, il n'aurait pas pu se déplacer autrement, cela ne le remplit pas non plus de satisfaction : son corps n'était plus qu'un poids. Le vent hurlait autour de lui, un sifflement strident qui lui parcourait le crâne. Les doigts nus, Roç fouilla dans la neige pour trouver le corps de Dietrich von Röpkenstein, passa ses mains brûlantes sous le torse et le souleva de son lit chaud. Produisant un effort surhumain, il courba son dos écorché, força ses genoux et la musculature de ses jambes à redresser non seulement son propre corps, mais aussi le poids qu'il portait sur les bras. Roç avança par saccades, en s'efforçant toujours de marcher d'un pas sur le champ rouge, de l'autre sur le champ blanc de l'échiquier, et surtout pas sur le « seuil », la ligne qui délimitait chaque champ. Il haletait, il trébuchait mais il savait que, s'il faisait un faux pas, s'il abandonnait, s'il laissait l'autre glisser de ses bras raides, il était perdu. Les deux fronts hostiles regardaient son combat, impassibles. Les Templiers ne tenaient plus le champ blanc depuis longtemps : l'oriflamme flottait à présent au-dessus du trône de Saint-Denis, où Roç crut distinguer le roi Louis entouré par ses frères. Mais il s'y vit ensuite lui-même, le bord de la couronne imprimé sur le front. À ses côtés, une vague frisée en ondulation constante. Ce devait être Yeza. Non, ce n'était pas elle : Dietrich tournait vers lui sa tête bouclée, son visage était endeuillé. Roç se retourna d'un mouvement vif et dirigea son œil impérieux sur la reine de son rival rouge. Elle était là, bien entendu, sa dame, elle en faisait toujours à sa tête et ne voulait pas partager cette dignité avec lui. Elle portait la couronne, messire Simon de Cadet avait su se contenter de rester à côté d'elle et de lui tenir la main. Yeza, reine rouge des ismaélites d'Alamut, reine des Assassins ! Elle adressa un doux sourire à celui qui lui faisait face et fit signe à Dietrich de la rejoindre. Roç tenta de le retenir, mais il était déjà aux pieds de Yeza. Arslan, le chaman, que Roç avait inconsciemment appelé à l'aide lorsqu'il avait erré dans le monde enneigé de l'Altai, le corps du guerrier blond sur les bras, mais dont la grotte n'avait pas voulu lui apparaître, le vieil Arslan surgit alors parce que Yeza le voulait, de petites flammes s'élevèrent autour de Dietrich, déposé sur une civière, et le chaman dansa autour de lui, il dansait pour Yeza ! Et chaque fois que ses doigts d'oiseau émergeaient de son manteau enchanté, une flèche sortait d'un seul coup de la poitrine, du ventre tendu, des bras musclés et des cuisses dures, la blessure se refermait comme si le trou n'avait jamais été percé. Chaque flèche repartait ainsi vers l'arrière et ralentissait sa course avant de se poser docilement dans la main de Yeza, qui en tenait déjà tout un faisceau. Mais, lorsque la dernière pointe mortelle eut quitté le cœur, les flammes s'élevèrent, menaçant d'engloutir Roç. De la fumée en sortit, et lorsque le feu diminua, il ne restait plus de l'Allemand qu'un petit tas de cendres, aussitôt balayé par un souffle de vent glacé. Il n'y avait plus aucune trace de Dietrich. À moins que... Un aigle ouvrit les ailes, s'éleva dans le ciel bleu clair et se laissa porter de plus en plus haut par les vents, vers le soleil dont la lumière finit par l'absorber. Le *bab al djanna*, la porte du paradis, s'était ouverte. Roç détourna le regard. Sur la tribune de pierre, les *fida'i* étaient assis, tout raides, mais leurs regards brillaient sous leur capuche d'une profonde haine. Ils le poussèrent, lui aussi, vers le dernier parcours, la marche vers le paradis. Ils possédaient ce pouvoir, et Roç connaissait ses ennemis. Ils s'étaient retrouvés ici pour le détruire. Le grossier Vitus de Viterbe qui, même sur ses béquilles, n'avait pas voulu abandonner le combat. Yves le Breton, meurtrier condamné mais entré au service du roi, plus dangereux que tous les Assassins réunis, car il vénérait à sa manière le couple royal, haïssait sa fonction de bourreau sans pouvoir cependant résister aux conseils du mauvais Charles d'Anjou. Juste à côté, le « Père du Géant », le nain, grand maître de la cour du sultan, qui avait lancé les lions contre eux et que le Diable du feu avait fait sauter. Pourquoi s'étaient-ils tous rassemblés ici ? On voyait aussi le cuisinier fou de l'évêque, celui qui avait jeté son propre molosse aveugle sur les pointes de la herse. Un rang plus loin se cachait le favori de l'imam, qui avait tenté de les faire périr alors que la Rose disparaissait déjà dans un déluge de feu. Avaient-ils tous conservé leur méchanceté par-delà la mort, pour qu'ils tentent tous encore de saisir l'aigle dans leurs serres et de le précipiter vers le sol ? Ils attendaient là, tous, comme de vieux vautours, l'instant où Roç ferait le saut dans le grand vide. Seule la présence d'Yves le Breton avait quelque chose de rassurant : attendre que survienne la mort de son adversaire n'était pas son genre. Tant qu'Yves vivait, il représentait un danger mortel, et cela incita Roç à rester sur ses gardes, à combattre pour la vie jusqu'à son dernier souffle. Il regarda discrètement le Breton, derrière lui. Il vit certes ses yeux qui brillaient. Mais il n'y avait pas de haine dans son regard : juste un effroyable désespoir et une tristesse abyssale. Le *bab al djanna,* une porte de bois usée par les intempéries, s'était refermé depuis longtemps. Trois jeunes gens tout de blanc vêtus se présentèrent alors devant l'assemblée immobile. Le premier d'entre eux portait les trois poignards encastrés, le symbole du pouvoir de vie et de mort que détenait le grand maître. Ils défilèrent devant le Grand Da'i, qui s'était redressé, et Roç regarda le visage ravagé de l'imam, qui serrait dans ses bras les trois jeunes gens condamnés à mourir. Puis il se tourna vers le deuxième, qui avait entouré son bras du morceau de lin, l'avertissement envoyé par le grand maître à quiconque, dans le monde, n'obéissait pas à ses ordres. Roç ne s'étonna pas en découvrant le visage livide de Kito. Le fils du général Kitbogha n'était pas un membre de l'Ordre des Assassins, mais sa victime. Pourtant, le Grand Da'i l'embrassa, lui aussi. Le troisième était Roç lui-même. Il fit un pas en arrière, non par peur, il s'y était attendu, mais par écœurement à l'idée d'être embrassé par le hideux imam. Le Grand Da'i le punit en ne le regardant même pas, et reprit sa place. Le silence était maintenant absolu, mis à part le bruit du vent et les cris de l'aigle. Les portes du *bab al djanna* se rouvrirent lentement. À travers l'orifice, on voyait le vaste paysage, les plateaux couverts de neige de l'Altai, qui se trouvait à présent à la lumière du soleil. Alors, quelques-uns des *fida'i* se mirent à applaudir en rythme, d'autres les imitèrent, la cadence accéléra, devint plus vive, extatique, et la première victime désignée sauta d'un bond vers le chemin, mais les flammes s'étaient déjà emparées de lui. Devenu une torche vivante, il tituba, manqua s'affaler et franchit en courant la porte ouverte. Son corps parut rester immobile un instant, comme un ange enflammé planant dans les airs, puis il tomba et disparut. D'un seul coup, les applaudissements cessèrent, le silence revint, et tous virent un grand aigle déployer ses ailes et s'éloigner d'un seul battement. Les vents le portèrent vers le soleil, et Roç le perdit des yeux. Il tenait désormais dans les mains le bâton composé des trois poignards en gigogne. Mais Roç n'avait aucune intention de se laisser forcer à accepter cet « honneur » et c'est Kito, conscient de son devoir, qui se présenta à sa place. Il s'inclina devant Roç sans le regarder en face, et déposa le lin sur le bras du Trencavel. Les paumes de main battirent plus vite, se transformèrent en un roulement de tambour. Kito baissa le front et courut, les yeux fermés, il trébucha devant la porte quand on lui coupa la tête, il avait tout juste eu le temps d'atteindre le seuil et tenait les bras écartés, mais aucun aigle ne prit son envol. Il fut précipité dans l'abîme comme une pierre, et seul son crâne, séparé du tronc, resta un bref instant sur le seuil, comme s'il pouvait s'offrir un instant d'indécision avant de rejoindre le reste du corps. Il n'y eut pas de cri de l'aigle, juste le souffle du vent qui caressait les murs et se prenait dans les battants ouverts du *bab al djanna*. Roç était indécis. Il sentait la pression de tous ceux qui attendaient son sacrifice. Il regarda Yves le Breton qui secoua la tête, un refus que Roç accepta avec reconnaissance, résolu à ne pas se plier à toutes les règles des Assassins, chez qui un seul signe du grand maître suffisait pour qu'on se précipite dans la mort. Roç vit alors la silhouette frêle et les cheveux blancs de John Turnbull apparaître comme une aura à côté de la porte du paradis. Il hocha la tête dans sa direction, pour l'encourager. Ce fut décisif. Roç jeta les poignards et le lin aux pieds de l'imam ahuri, ce qui déclencha un hurlement de rage. Il partit en courant d'un pas souple et fit signe à toute l'assistance, ce qui augmenta encore la colère. Quelques *fida'i* en tenue blanche s'étaient déjà levés et tentaient de l'attraper. Roç augmenta sa vitesse, trouva le précipice et se laissa porter, car il savait qu'il pouvait voler. L'aigle s'éleva avec un cri sauvage, traça un cercle hautain au-dessus de l'assemblée et disparut vers les sommets enneigés de l'Altai. Roç planait, comme en apesanteur. Ici, le vent ne sifflait plus, il jouait et chantait dans les rochers comme sur une harpe. Roç regarda en bas, vers les steppes vertes et infinies des Mongols, il vit des monastères blancs aux bulbes dorés et des pagodes de bois rouge aux toits ornés de clochettes qui tintinnabulaient au moindre souffle d'air. Il vit des légions de moines en tenue jaune safran et au crâne chauve. Ils frappaient sur un gigantesque gong, le son balayait la terre en ondes gigantesques, comme ces cercles qu'engendre la chute d'un caillou dans l'eau. Il vit les chars à bœufs hauts comme des hommes, chargés des yourtes noires et rassemblées pour le départ. De gigantesques légions marchaient vers le soleil couchant. Loin devant eux roulait, seule, la voiture qui enlevait l'arbre à boire en argent du grand khan. Yeza et lui étaient assis sur le siège du cocher, avec Guillaume. Était-ce la paix ? Non pas la *pax mongolica*, la paix pour le monde, mais la certitude de reposer en soi-même. Comme elle lui manquait, cette confiance ! Roç regrettait la sécurité qu'il ressentait chaque fois qu'ils se retrouvaient tous les trois, qu'ils se disputaient et se réconciliaient : lui, sa dame obstinée et le franciscain rondouillard. Le premier éclair frappa comme un coup de fouet. Le ciel s'était assombri, passant au bleu profond, mais à l'horizon il se teintait déjà de noir, et les coups de tonnerre grondaient dans le lointain. La foudre était tombée dans le gigantesque arbre à boire. Le chef-d'œuvre de l'orfèvrerie française, avec son système de tuyaux dissimulé dans les branches, était en flammes. Les chevaux s'emballèrent, Guillaume tomba du siège sans que quiconque le remarque, pas même Roç. Semblable à une torche géante, le véhicule fou fonça dans la montagne jusqu'à ce que les chevaux, trempés de sueur, s'arrêtent au puits d'Iskenderun. Le village qui avait porté ce nom n'existait plus. À la lueur des éclairs, les yeux d'aigle de Roç cherchèrent des restes, des traces. Aucune pierre ne témoignait plus du fait que des êtres vivants avaient vécu ici jadis, des Assassins qui avaient gardé jusqu'à la mort le secret de la Rose. Alamut se trouvait quelque part, en bas, dans la nuit noire. Les éclairs qui se succédaient rapidement éclairèrent sa peau nue en fer martelé, la protection impénétrable du pistil, tandis que les feuilles du bourgeon s'ouvraient avidement pour recueillir les trombes de pluie. La mince tige ne paraissait pas affectée par la tempête, la régularité de son fonctionnement n'était liée qu'au cours des astres, symbolisé par la lune d'argent qui continuait à tourner, de la lumière à l'ombre, de l'ombre à la lumière. Roç refit défiler ces images devant son œil intérieur, incapable de supporter l'idée que la rose majestueuse, cette création enchantée digne d'un Hermes Trismégiste, devait avoir subi le même sort misérable qu'Iskenderun. Cette machinerie unique au monde était plus que le siège de l'imam, plus que la forteresse centrale et imprenable des ismaélites. La rose d'acier était née de la *coniunctio aurea*, immortelle, le « grand œuvre » pour toute l'éternité !

Le temple, le jeune homme, la pharaone

Yeza était certaine de rencontrer Hamo l'Estrange sur la plage, devant les ruines du phare. Mais elle ne s'était pas attendue à le trouver dans les bras de Simon. Les deux hommes ne se livraient nullement à des actes coupables, mais la seule vision de leurs corps brillant comme du bronze, couchés dans le sable et exposés aux rayons du soleil lui serra le cœur. Ils avaient sans doute nagé ensemble dans la mer, Hamo avait peut-être emmené le Templier avec lui, dans le monde englouti de Cléopâtre, et cette idée suffisait à attiser la jalousie de Yeza.

Elle ne savait rien de l'aventure peu glorieuse que Simon avait vécue avec Roç à Corfou, et ne se doutait nullement qu'il avait été fait prisonnier. C'est le Hafside qui l'avait libéré de l'esclavage et lui avait permis de se rendre en Terre sainte. Mais, pour l'instant, il n'avait pas dépassé Alexandrie.

Le Templier salua Yeza d'un hochement de tête amical, comme si le revoir dans le delta du Nil était la chose la plus naturelle au monde. Yeza le regarda sans mot dire.

— Il ne sert à rien de nier, messires ! finit-elle par lâcher, d'en haut, pour dissimuler son étonnement. Les gouttes d'eau sur la peau trahissent les traîtres !

— Comment aurais-je pu vous trahir, princesse, s'exclama Hamo en clignant les yeux vers le haut, mais sans se relever pour autant.

— Vous avez plongé sans moi.

Yeza se jeta dans le sable, à côté de Hamo.

— Déshabillez-moi, chuchota-t-elle d'une voix rauque et tentatrice. Ouvrez-moi au moins mes boutons, ajouta-t-elle en constatant que Hamo ne réagissait pas. Simon se pencha vers elle et s'attaqua maladroitement au haut de sa robe, mais Hamo resta immobile.

— Où avez-vous donc laissé Philippe, notre serviteur, que nous vous avions prêté pour votre campagne héroïque contre Hellade ? Il ne se ferait pas autant prier, et ne serait pas aussi maladroit qu'un...

Yeza ne voulut pas vexer Simon et s'épargna la comparaison. Mais sa question directe avait douloureusement touché Hamo.

— Philippe, laissa-t-il échapper d'une voix tourmentée, m'a accompagné comme un brave écuyer dans ce combat stupide. (Le comte cherchait ses mots.) Quand on nous a emprisonnés, nous, les seigneurs de l'Ouest, pour nous rendre plus tard contre une bonne rançon, les Grecs qui s'étaient battus à notre côté ont été triés et séparés de nous.

Hamo se tut, l'air sombre, mais Yeza ne céda pas.

— Et que leur est-il arrivé ?

— Nous avons appris plus tard qu'on les avait tous passés par le fil de l'épée ! fit-il d'une voix faible et indignée. Si j'avais su quel destin les attendait, je l'aurais racheté, évidemment. Mais on ne m'a pas posé la question ! se défendit-il, honteux. Je suis navré pour Philippe.

— Ces seigneurs de haute lignée ont donc été épargnés, se moqua Yeza, tellement révoltée par l'attitude de Hamo qu'elle ne ressentit aucune douleur, plutôt une rage sourde. Vous n'avez pas rencontré Roç, par hasard ? demanda-t-elle au fils de la comtesse, en s'efforçant de ne laisser aucune inquiétude percer dans sa voix.

Yeza commença à se déshabiller. Hamo secoua la tête avec une expression de regret, mais Simon prit la parole :

— Lorsque nous sommes tombés entre les mains des Nicéens, à Corfou, le Trencavel se tenait encore dans un puissant donjon, avec ses serviteurs. J'ignore cependant combien de temps il a pu y résister, car on nous a emmenés en captivité.

— C'est là que nous nous sommes rencontrés, ajouta Hamo en souriant. Le Hafside a jugé bon de nous affranchir...

— Vous avez eu bien de la chance, Hamo l'Estrange ! dit Yeza d'une voix mutine, en pensant une dernière fois à ce fidèle serviteur auquel cette chance n'avait pas été donnée.

— Ne croyez pas que le marchand d'esclaves ait été animé par une pure volonté de faire le bien, répondit Hamo, indigné. Il nous a fait signer une reconnaissance de dettes pour une somme trois fois plus importante.

— Mais vous êtes en vie ! rappela Yeza pour couper court au lamento. Elle s'était entre-temps débarrassée toute seule de ses vêtements et se préparait à descendre dans l'eau. Elle devait combattre le mépris croissant qu'elle éprouvait pour Hamo. Il l'avait sans doute senti : il se mit à parler, sans qu'on le lui ait demandé.

— Il faut s'entraîner pour pouvoir plonger, ma princesse. Je ne peux pas vous prendre par la main et vous tirer par le fond. Vous ne le supporteriez pas, ou vous resteriez en bas pour toujours. Les filles de Neptune n'attendent que des jeunes filles comme vous, celles qui se jettent à l'eau pour noyer leurs chagrins d'amour !

Il rit de sa plaisanterie. Simon, lui, ne savait plus où

il devait diriger son regard : Yeza venait d'enlever son pagne.

— La douleur que je ressens à l'idée de devoir me passer de vous, Hamo l'Estrange, est si vive que je suis contrainte de tenter ce pas vers le Paradis...

Elle se leva d'un bond et courut nue vers les vagues.

— Attendez, stupide fille de la terre ! s'exclama Hamo en se redressant à son tour. Commencez, je vous prie, par regarder le Paradis d'en haut ! Posez votre visage sur l'eau, habituez vos yeux au sel et apprenez à prendre votre souffle !

Yeza s'était déjà jetée dans les flots. Elle ne voyait rien, évidemment, et eut rapidement le nez et la gorge pleins d'eau, elle cracha et toussa, mais elle ne voulait pas non plus retourner sur la plage. Elle se laissa donc aller et rêva de son vol dans les profondeurs comme une mouette qui se précipiterait vers le sol. Devant ses yeux, elle vit surgir dans l'eau claire de gigantesques palais de granit rose et de basalte noir, dont les portes étaient ornées de carapaces de tortues ; les halles à colonnes de temples lumineux, dans lesquels elle se vit nager dans des essaims de sirènes et d'hippocampes. Franchissant le rideau battant d'une haute fenêtre, le corps de poisson argenté de Yeza se faufila dans une chambre d'albâtre blanc. Le large lit était d'ébène et d'ivoire, entouré par une telle quantité d'anémones de mer et recouvert de coraux tellement pullulants qu'elle crut voir une silhouette féminine étendue, vêtue uniquement d'un collier de perles. C'était certainement la belle pharaone Cléopâtre ! Yeza ressentit une piqûre brûlante sur la tendre peau de sa poitrine. Elle avait été touchée par une méduse. Yeza battait des bras, non parce que cela la brûlait comme du feu, mais par fureur d'avoir été tirée de ses beaux rêves. Elle ne voulait pas abandonner.

Yeza ne savait pas combien de temps elle s'était laissé balancer par les vagues. Deux mains masculines s'emparèrent d'elle et elle se retrouva dans les bras de Simon. Mais, à son grand regret, elle ne lut rien d'autre dans ses yeux que de l'inquiétude. Et il ne la laissa pas serrer ses bras autour de lui : il la ramena sur le rivage comme une vieille femme fragile. Hamo avait décidé de s'éloigner de la plage, pour ce jour-là..

La grande prêtresse, la lune, le char de combat

Roç se plaisait dans sa peau d'aigle. D'un puissant battement d'ailes, il descendit sur l'observatoire, au sommet du minaret d'Alamut. Kasda, la fine prêtresse des étoiles, était couchée dans son croissant de lune. Un drap de mousseline évanescent laissait plus transparaître de son corps si mince qu'il ne le recouvrait. L'aigle se pencha sur elle. Ses yeux clairs brillèrent vers le roi ailé, et s'offrirent aux serres qui déchirèrent le tissu fin, depuis le cou jusqu'au pubis. L'aigle prit la forme de Roç, mais l'oiseau garda sa tête. La prêtresse prit les traits de Yeza. Roç pénétra son amante, mais sa reine, elle aussi, voulait l'aigle et le lui fit sentir. Ne sachant pas précisément qui était gratifié par son *penis triumphans*, il poursuivit, infatigable, jusqu'à ce que le grand magicien l'éloigne du croissant de lune. Et parce que l'âme errante, indécise, l'avait tellement désiré, Roç put cette fois s'entretenir avec un être vivant, même s'il était à des lieues de lui. Guillaume de Rubrouck lui parlait à travers la paroi de fer comme Yahvé depuis le buisson ardent. Avant que l'éclair et le tonnerre ne mettent un terme à leur dialogue, Guillaume lui conseilla de ne pas abandonner le monde et ses splendeurs. Roç devait se livrer au tyran pour approcher de lui. Trempé, le chevalier entra au « Paradis », le harem du grand maître, que celui-ci protégeait comme la prunelle de ses yeux. Il n'avait encore jamais été donné à Roç d'entrer dans ces jardins artificiels où des arbres dorés et pleins de fruits penchaient leurs branches vers le bas, où le bois de santal et la myrrhe coulaient dans des encensoirs, où les roses et la lavande répandaient en fontaines la gaieté et l'excitation. Yeza avait souvent séjourné ici, et avec plaisir, songea-t-il non sans une once de jalousie. Comme il aurait aimé y rencontrer sa *damna* ! La première *houri* lui tendit ses fesses d'albâtre, et lui rappela sa lointaine amante. Il se sépara de ses vêtements crasseux et se proposa de faire entrer sa lance dans le fourreau offert. Mais il ne s'était pas encore exécuté lorsque la fière détentrice de ce bouclier infernal tourna le visage vers lui, dans l'attente du premier coup, et Roç découvrit les yeux de Shirat, débordant de moquerie. Il était prévenu, mais ne prit pas la fuite. Shirat éclata de rire et lui enleva l'appât en roulant sur le côté, comme un chat. Une fine toile de fer tomba alors du plafond. Roç se retrouva suspendu au-dessus du « Paradis » : il était tombé entre les mains de l'imam. Roç aurait préféré offrir meilleure figure, mais il avait atteint son but, il allait regarder le tyran, les yeux dans les yeux. Comment le maître des lieux punirait-il cette intrusion dans son harem ? La pluie tambourina sur la peau de la Rose comme si les légions d'un ciel furieux prenaient la citadelle d'assaut. Neptune avait ouvert toutes ses écluses, Jupiter lançait ses éclairs et son fils belliqueux lâchait derrière lui ses coups de tonnerre. Roç découvrit le bouc, cet instrument de torture mis au point par l'imam : l'engin l'attendait. Alors, un éclair traversa la pièce, les chaînes de Roç, mais aussi son adversaire et ses gardiens furent aussitôt entourés de flammes jaunes et sulfureuses. Le coup de tonnerre, à l'intérieur de la Rose, s'amplifia comme le battement d'une cloche, le projeta contre les murs, de part et d'autre, jusqu'à ce que le fracas laisse dans son esprit place à un silence inquiétant.

Lorsque Roç vit de nouveau quelque chose, il tourna lentement son regard vers le haut. Là-bas, sur la balustrade de la salle de fête de l'imam, c'est Paléologue qui avait pris place sur son trône. Des centaines de bougies illuminaient le corps écartelé de Roç. La victime pouvait regarder son bourreau dans les yeux. En réalité, l'empereur de Nicée n'avait pas le droit de découper Roç en petits morceaux. À côté du tyran assoiffé de sang, un tapis lourd, qui montait jusqu'au plafond et était orné de bijoux précieux, recouvrait la place d'honneur. La cour gardait une distance respectueuse, et des serviteurs attendaient, cordons entre les mains, l'instant où ils pourraient tirer le rideau. Dans ce silence attentif, on n'entendait que le crépitement monotone de la pluie, l'orage paraissait s'être éloigné. Le Paléologue leva la main comme un César, pour annoncer le début du spectacle. Des masses d'eau s'abattirent alors sur la Rose, on l'aurait crue arrosée par une cascade. Le rideau ouvrit alors, lentement et solennellement. Quelle diablerie le Despotikos avait-il imaginée cette fois-là ? Roç observa, curieux, la fente qui s'élargissait entre les deux morceaux du tapis. On vit apparaître un trône tout aussi somptueux, en ivoire et en ébène taillés en formes obscènes représentant des corps nus d'animaux et d'hommes copulant. Et au milieu, assise les cuisses ouvertes, offrant sans pudeur sa poitrine aux nombreuses mains qui se tendaient vers elle, Yeza Esclarmonde, la « Grande Putain de Babylone ! » Elle découvrit avec satisfaction la situation de Roç. Un sourire narquois parcourut son visage, une sorte de masque entouré par des boucles blondes qui tournaient comme des serpents autour de son front. Roç resta captivé devant cette créature. Il essaya d'effacer cette image, il banda tous ses muscles pour arracher le masque de cette putain : il ne pouvait pas s'agir de sa *damna* bien-aimée. La traction sur ses membres, la douleur qui augmentait ne devaient pas lui ôter la foi inébranlable qu'il avait dans l'amour. Roç serra les dents, il voulut juste pousser un cri : *Yeza mi amor !* Des gouttes d'eau tombèrent sur sa poitrine. Des larmes, pensa-t-il, sa dame pleurait pour lui. Roç leva les yeux. La pluie avait trouvé son chemin à l'intérieur de la Rose, la tempête faisait éclater ses pétales, éteignait les bougies, et un flot d'eau se déversa d'un seul coup sur le tyran. Il libéra le squelette de la Rose, ces tuyaux métalliques incorporés comme des veines dans son épiderme. Un coup de vent furieux parcourut le palais suspendu, les premiers éléments se détachèrent, d'autres s'envolèrent, et le mât se brisa lentement. En bas, dans la Rose, les gens se noyaient. Certains voulurent défaire les liens de Roç, mais il était trop tard, l'engin de torture se mit à vaciller, et des grappes humaines entières furent précipitées dans l'eau. Alamut allait disparaître avec lui. Roç ferma les yeux, il n'avait jamais imaginé qu'il finirait ainsi, noyé et enchaîné. Il regarda au-dessus de lui, il cherchait le ciel. Le lustre en flammes se détacha de son support et tomba en lançant des étincelles, un astre aux mille éclats. Roç fut tiré sous l'eau, il était mi-homme, mi-dauphin dans la mer claire. Il glissa et sauta au-dessus de navires engloutis, contempla le monde d'en bas, des villes inconnues aux palais bleus et aux temples d'or. À travers les flots scintillants, il aperçut au-dessus de lui le plus gigantesque donjon qu'il ait jamais rencontré, qui s'affinait au fur et à mesure qu'on s'approchait de son sommet, et où se trouvait un miroir étincelant dont la lumière pénétrait loin dans les profondeurs. Ce n'était plus la Rose, c'était le Ziggourat de Babylone. Ou bien était-ce l'autre merveille du monde, le Phare, cette montagne lumineuse en marbre blanc ? Les flots brillaient comme du cristal, les masses de pierre blanche se détachèrent, d'abord par blocs de plusieurs tonnes, puis par éclats de roche, et disparurent dans la mer écumante. Roç sut qu'il était trop tard pour leur échapper. Les masses d'eau soulevées par leur chute le repoussèrent, les premiers morceaux dévalèrent vers lui comme une avalanche. Il vit alors le calice noir. Il dansait sur l'éboulis, le tremblement de mer ne paraissait pas l'affecter. Captivé, Roç le fixa du regard, voulut l'attraper, mais la coupe lui échappa, glissa dans une fissure qui venait de s'ouvrir et disparut dans les profondeurs ténébreuses. Roç sut alors qu'il devait remonter à la lumière.

Le calice, l'agneau, l'ours

La pierre noire ! Elle était là, profondément enfouie sous le sable. Le soleil scintillait en éclats sur le fond clair. L'eau était si limpide que Yeza eut l'impression de pouvoir l'attraper. Mais elle savait parfaitement qu'il s'agissait d'une illusion. Elle ne pouvait pas plonger aussi profond, sa tête éclaterait, l'air s'échapperait de ses poumons et elle ne serait plus qu'un joli cadavre. Yeza s'arracha à ce spectacle et remonta lentement vers la surface, comme le lui avait montré Hamo. Lui avait peut-être la capacité de descendre jusqu'au fond, mais devait-elle pour autant lui révéler le secret ? Elle avait vu la pierre, et ce n'était sûrement pas pour la dernière fois. La pierre suivait le calice. Elle se révélait au couple royal, et jamais à Yeza toute seule. Roç en avait donc pris conscience, lui aussi. Son Trencavel allait de nouveau s'unir à elle, elle en était certaine, désormais. Yeza perça la surface de l'eau où jouait le soleil et inspira profondément l'air du ciel, un gigantesque sentiment de bonheur l'inonda : la gratitude de compter au nombre des vivants. En dessous d'elle, elle avait découvert les restes grandioses d'un monde des morts, de somptueux bâtiments qui avaient jadis abrité tout le savoir de l'humanité, avant de brûler et d'être engloutis. Ces palais d'où l'on gouvernait des royaumes gigantesques, d'un faste et d'un luxe indescriptibles : tout cela était en morceaux, en ruine. Des colonnes de granit grosses comme des tours, des statues colossales de reines, de divinités animales et de créatures fabuleuses, comme les sphinx, portaient témoignage des temples engloutis et de leurs trésors. Des allées pavées de basalte y menaient à travers des arcs de triomphe et des ponts à plusieurs niveaux qui reliaient les îles et les ports. Mais qu'en était-il resté ? Un tas de pierres dans la mer ! Elle, pourtant, avait vu « sa » pierre et savait désormais qu'elle était sur la bonne voie. La pierre noire lui indiquait le chemin de Jérusalem ! Yeza décida de ne plus descendre pour ce jour-là. Certaines tentations punissent durement ceux qui y cèdent. Et puis elle savait qu'elle ne retrouverait pas la pierre noire. Elle s'était montrée à Yeza, et elle sentait désormais le péril que l'objet lui faisait courir. Yeza rentra à la nage vers la rive, où Hamo l'attendait déjà avec impatience.

— Un jour, Cléopâtre te gardera auprès d'elle, tout au fond, plaisanta-t-il avec une pointe d'inquiétude. Mais Yeza put le tranquilliser.

— N'aie pas peur. Mon César m'attend à Jérusalem !

— Prenez votre temps pour partir. Mon cuisinier prépare un agneau à la broche ! répondit le maître de maison. J'en ai plus qu'assez du poisson ! Et si nous arrivons trop tard, le plat sera brûlé !

Il tendit à Yeza ses vêtements. Elle les passa rapidement, car le soleil descendait dans la mer et l'air devenait froid. Le vent soufflait, dessinant sur la mer de petites vagues d'écume.

La maison de Baibars était un vrai palais, du moins extérieurement. À l'intérieur de ses vastes salles régnait la sobriété propre au soldat et au chasseur. Des trophées, des ramures de toute sorte constituaient l'unique ornementation, et les peaux de lion ne manquaient pas. Le repas avait lieu dans l'atrium, recouvert de toiles de tentes. Yeza n'aimait guère l'agneau, mais elle n'eut d'autre choix que de partager le repas : dès son arrivée, la très vieille mère de l'Archer lui serra énergiquement la main et la mena jusqu'au grand feu où l'animal tournait sur sa broche. Elle découpa elle-même à Yeza le meilleur morceau de l'épaule et le lui tendit à la pointe de son couteau gigantesque.

— Pour que tu prennes des forces, mon enfant, expliqua la petite femme à la peau fripée, d'une voix bienveillante, mais sévère. Tu es beaucoup trop maigre pour trouver un bon mari, et un voyage fatigant t'attend à travers le désert.

Elle désigna un invité dont le visage penché était totalement dissimulé par la capuche de son burnous. À cet instant seulement, il rejeta la tête en arrière, et Yeza reconnut Faucon rouge.

— C'est mon fils qui l'a envoyé. Vous allez devoir partir dès demain matin ! ajouta-t-elle avec regret. Je t'aurais volontiers gâtée un peu plus longtemps, j'aurais fait de toi le gras ornement de n'importe quel harem, ma pauvre petite colombe ! ajouta-t-elle en caressant gentiment le bras de Yeza.

Yeza avala le morceau de viande, remercia, refusa une deuxième tranche et s'éloigna de la bonne vieille femme.

— Vous êtes comme une mère attentionnée, murmura-t-elle en se demandant comment une femme aussi douce pouvait avoir donné le jour à un homme aussi coriace que l'Archer. Faucon rouge avait suivi la scène avec amusement.

— Je vois qu'on ne vous laisse pas dépérir, ici, princesse Jambes-de-Cigogne. (Il la toisa sans la moindre gêne.) Vous avez peut-être quelque chose comme une poitrine ! plaisanta-t-il. Et, même sans cela, vous pourriez plaire aux hommes.

— Je vous attendais, Fasr ed-Din Octay, répliqua Yeza, qui avait toujours la bouche pleine mais ne voulait pas rester sans répondre. Enfin un homme qui sait rendre hommage à mes charmes, quand tant d'autres passent devant sans les voir ! Mais mes seins remplissent la main de mes amants, mes fesses invitent à la poussée, et le nid de cigogne entre mes longues jambes a incité plus d'un oiseau à venir prendre la becquée sans jamais s'en lasser ! ajouta-t-elle avec un sourire à Faucon rouge. La petite Yeza est devenue agile, elle sait très bien se défendre contre les rapaces de votre espèce.

— Oh là ! s'exclama l'émir, confus. Vous avez effectivement changé, princesse, et je ne l'ai pas remarqué !

— Que cela reste ainsi, mon prince. Comment va mon amie Madulain ? J'espère qu'une femme qui vous a pour mari n'a pas à souffrir de la faim ?

Elle s'installa auprès de lui, assembla une boule avec le maïs et les légumes qu'on y avait cuits, et la tendit à l'invité.

— Votre bouche est encore tellement ouverte, plaisanta-t-elle. Commencez par mastiquer, ensuite avalez gentiment, mon ami.

Faucon rouge obéit.

— Lorsque j'ai quitté Le Caire, la maîtresse de mon foyer se portait bien.

Il s'efforça de se libérer la bouche, mais Yeza continua à l'alimenter.

— La mère de Baibars m'a annoncé un départ imminent. Êtes-vous à l'origine de cette étrange annonce ?

Cette fois, l'émir n'avait plus envie de plaisanter.

— La vieille a dit cela ? demanda-t-il, soudain alarmé. Elle a une étrange relation avec son fils. Autrefois, je pensais qu'ils échangeaient des pigeons voyageurs, mais...

— Mais quoi ?

— Elle a un sixième sens, chuchota Faucon rouge. En réalité, Baibars ne m'a pas envoyé. Quelque chose doit s'être passé qui...

Il sauta sur ses jambes et se dirigea calmement vers la vieille, qui continuait à découper avec son grand couteau les meilleurs morceaux de l'agneau, pour que les serviteurs les distribuent aux invités. Il la tira de côté et lui parla doucement. La mère de Baibars finit par sortir un petit rouleau en parchemin d'une poche de sa djellaba. Faucon rouge le parcourut du regard et revint en toute hâte auprès de Yeza.

— Le sultan Ali a été renversé par l'émir Qutuz. Madulain s'est réfugiée auprès des Bédouins de mon père. Vous êtes en danger ! Jusqu'ici, Baibars a pu empêcher que le nouveau sultan envoie l'armée à votre poursuite, mais l'Archer exige que je vous fasse quitter l'Égypte et que je vous mette en sécurité au royaume des Francs.

Hamo paraissait lui aussi avoir appris entre-temps ce qui se passait : il venait de se mettre debout et discutait avec Simon. Jordi était apparu à la porte. Il faisait signe à Yeza, mais elle n'eut pas le temps de le rejoindre.

— Pourquoi la vieille n'en parle-t-elle que maintenant ? s'indigna Yeza.

— Elle le sait depuis l'aube, répondit Faucon rouge en haussant les épaules. Mais elle voulait absolument faire rôtir cet agneau en votre honneur, c'est sa spécialité, et elle vous vénère beaucoup, elle vous aime comme sa propre fille !

— Voilà un magnifique amour maternel, se moqua Yeza. Elle me fait courir le risque de finir comme ce mouton...

— Vous n'êtes vraiment pas assez grasse pour cela. Et puis il ne sert à rien de s'exciter. Nous partirons à chameau, demain matin. Il était donc utile que je sois ici au bon moment. Peut-être rien n'a-t-il changé depuis Montségur.

— Si, maintenant je sais faire pipi toute seule. Et je suis même capable de réfléchir : pourquoi ne prenons-nous pas le bateau ?

— En avons-nous un ? Les autorités du port ne vous en prêteront plus, à présent, même contre beaucoup d'argent !

Yeza eut une idée salutaire :

— Mais Hamo a un navire !

— Le chef de la capitainerie vient de le faire enchaîner, annonça Jordi, qui les avait rejoints.

— Dans ce cas, nous n'irons pas loin non plus avec les chameaux, dit Yeza, résignée. Et puis il est presque impossible de traverser le delta du Nil d'ouest en est, faute de ponts.

À cet instant, Ezer Melchsedek s'approcha du groupe qui entourait Yeza.

— La mère de Baibars veut vous voir, lui chuchota-t-il.

— Excusez-moi, répondit Yeza, hors d'elle, mais je ne pense pas que le moment soit bien choisi pour me donner des conseils sur ma capacité de me marier.

Mais Ezer n'en démordait pas.

— Vous ne pouvez pas repousser cette demande, elle est tout de même...

— Oui, je sais : la mère de l'Archer !

— Justement. Suivez-moi donc, je vous prie.

La vieille femme s'était retirée dans ses appartements. Dès qu'elle eut franchi le seuil, Yeza s'étonna du luxe qui y était déployé. De coûteux tapis de soie étaient tendus sur les murs, les hautes pièces où des palmiers poussaient jusqu'au plafond étaient ornées de fontaines pleines de poissons d'ornement et de volières. Et cela grouillait de chats.

— Je n'aimerais être ni un oiseau, ni un poisson ici ! murmura Ezer, qui avait accompagné Yeza.

— Laissez-nous seules entre femmes, précieux maître du passé et de l'avenir ! ordonna la mère de Baibars. Le présent nous appartient !

Elle était couchée sur un divan, vêtue d'un riche mantelet en velours brodé de perles, et caressait deux chats persans aux yeux d'ambre.

— Approchez, ma fille !

Elle désigna un coussin qui engloutit presque Yeza lorsqu'elle s'y assit.

— Que fait donc une vierge avisée lorsqu'elle est poursuivie par de nombreux garçons qui en veulent à sa vertu ?

Dieu du ciel ! songea Yeza, c'est bien le moment de me parler de cela. Je vais exploser ! Mais elle ne répondit pas. La vieille dame reprit :

— Bref, que fait une personne intelligente qui sait qu'elle est poursuivie, même si elle ne voit pas ses poursuivants et si ceux qui la traquent ne l'ont encore jamais vue en face ?

Yeza secoua sa chevelure bouclée. La vieille sourit.

— Elle va à leur rencontre !

— Ah ! laissa échapper Yeza, que le récit de la femme commençait à intéresser.

— Il n'y a plus qu'une route ouverte : personne n'a eu l'idée que tu puisses prendre un boutre et descendre le Nil en direction du Caire !

— Superbe ! approuva sincèrement Yeza.

— J'ai un petit bateau de ce genre, il est extrêmement confortable et offre suffisamment de place pour toi et pour ta suite. Personne n'osera le fouiller. Quand vous aurez dépassé depuis longtemps la ville du sultan, à la hauteur de Memphis, débarquez. Ce sera près d'Hélouân, où une route des caravanes mène à la mer Rouge. Le fils du grand vizir vous assurera la protection des Bédouins. Ensuite, si j'étais toi, je prendrais un navire pour contourner le Sinaï, au lieu de le traverser à pied. Alors, tu te dirigeras vers Jérusalem par le sud, là où nul ne t'attend.

— J'en reste sans voix, dit Yeza. Il ne me reste plus qu'à demander à un vieil ami de m'envoyer, au bout de la route des caravanes, une galère qui nous permettra de poursuivre notre parcours, car la mer y est infestée de pirates.

— Tu as raison, répliqua la femme en souriant. La route qui coupe le désert n'est utilisée que par les caravanes d'esclaves. J'ai donc déjà prévenu le Hafside, qui y dispose de plusieurs navires. L'un d'eux vous attendra et vous emportera à Aqaba.

— C'est magnifique ! s'exclama Yeza, et elle embrassa la vieille dame avec tant de force que les deux chats persans s'enfuirent d'un bond. Comment puis-je vous remercier ?

La vieille dame au large manteau bleu nuit calma les

matous en plongeant la main dans l'une des boules de cristal rondes. Elle y attrapa d'un geste vif comme l'éclair, sans regarder, deux petits poissons à la queue magnifique, qu'elle jeta aux Persans.

— Le fils de mon fils...

— Ah, dit Yeza, Mahmoud, le Diable du feu !

C'était la première fois que Yeza surprenait la vieille dame.

— Comment l'appelles-tu ? « Le Diable du feu ? » Cela me plaît beaucoup : Mahmoud, le Diable du feu ! Maintenant, reviens auprès de tes amis et profite de ce bon agneau bien gras ! Tu le regretteras, pendant ton voyage dans le désert !

Et d'un geste presque impérieux, elle congédia Yeza.

— Je m'occuperai de tous les préparatifs ! cria encore derrière elle l'étonnante vieille femme. Je te mettrai un peu d'agneau pour le voyage, enveloppé dans des feuilles de palmier fraîches ! En tranches fines, même froid, il a encore du goût !

Roç ne savait pas combien de temps il était resté dans le fossé. Il ne savait d'ailleurs strictement plus rien lorsque Beni et Potkaxl le trouvèrent enfin. Ils n'osèrent même pas soulever et ôter de la boue son corps ensanglanté. Ils restèrent ainsi auprès de lui pendant des jours et des nuits, à rafraîchir la plaie gigantesque qu'il portait au dos et à la recouvrir de toutes sortes d'herbes, espérant qu'elles l'apaiseraient. Ils ignoraient quoi faire devant ces blessures épouvantables. Mais instinctivement, ils s'efforcèrent surtout de ne pas laisser l'âme tourmentée de Roç quitter son corps enfiévré et s'élever vers les cieux, en les laissant tous deux comme deux orphelins auprès d'un cadavre. Sans prendre garde à leur propre épuisement, ils lui parlèrent, le caressèrent, lui chantèrent des chansons, ils firent même l'amour à côté de lui. Beni et Potkaxl le tinrent dans leurs bras, le forcèrent à rester auprès d'eux, sans se soucier de la proximité de Maugriffe. Ils défiaient le château, et personne ne vint leur interdire de demeurer dans la douve auprès du moribond.

Le soir même où le Trencavel s'était rendu seul au château, toutes les torches avaient été éteintes. Il y avait eu beaucoup d'agitation, les invités étaient partis, et la troupe que le prince avait amenée avec lui avait quitté les lieux en toute hâte, avec des domestiques d'Ugo, qui étaient encore là. Sous escorte fortement armée, Lancia avait conduit l'épouse en litière vers la mer, où ses navires étaient déjà prêts. Ils avaient levé l'ancre et pris le large au plus vite.

Un homme aux cheveux blancs rejoignit Beni et Potkaxl. Il regarda de près le dos de Roç, qui était devenu un champ de blessures suppurantes. Il revint, cette fois avec une petite voiture tirée par un chien qui ressemblait à un ours, mais était doux comme un agneau. Le vieil homme apporta des flacons remplis de différents onguents et teintures. Il fit aussi boire quelque chose à Roç, et laissa plusieurs amphores pleines du même produit. Il ne donna pas son nom, et n'exigea pas de paiement. Le grand chien lécha la main de Potkaxl. Le vieux sourit, reconnaissant, et disparut. Peu après, Roç donna pour la première fois un signe de vie : il se mit à respirer régulièrement.

II

Trompeuses sont les vagues de la mer

La capture de Taxiarchos

L'Atalante volait vers l'ouest, les vagues étaient gonflées par le sirocco, si puissant que la mer écumait et qu'il n'était pas nécessaire de mettre en œuvre les trois rangées de rames superposées. Il n'aurait de toute façon pas pu les faire actionner toutes en même temps : après tous ces avatars, il ne lui restait plus que les esclaves partis avec lui à Linosa, et qui ne savaient quoi faire, sinon continuer leur route sur *L'Atalante* : le puissant navire amiral des Templiers était leur seul foyer. Taxiarchos était de toute façon heureux que le vent l'emmène si vite loin de la côte où il avait dû laisser sa bien-aimée, et le porte vers de nouvelles aventures, vers les « Îles lointaines » où il pourrait tout oublier. Il était seul à la barre, laissait le vent du désert lui ébouriffer les cheveux, et réfléchissait. Il rêvait aux baies limpides de La Merica, où les palmiers se reflétaient dans l'eau et où des arbres peints en couleur et sculptés semblaient souhaiter la bienvenue à l'étranger. Le ciel était bleu, sans le moindre nuage. Il vit alors les voiles à l'horizon, le drap blanc à la croix griffue rouge. Les navires s'étaient déployés et lui barraient le chemin, alignés sur plusieurs rangées. S'ils conservaient cette tactique, Taxiarchos n'aurait pas de mal à passer : *L'Atalante* filerait comme une flèche à travers leur chaîne, sans même en toucher un seul ! Mais ils se replièrent tous vers la côte, comme des perles sur un fil invisible. Ils lui ouvraient le passage ! Taxiarchos ne pouvait y croire — et il avait raison : car au nord, il aperçut alors les pointes des mâts, aussi denses que les longues lances d'une troupe de cavaliers. En voyant les premières bannières, des aigles noirs sur fond d'or, des croix blanches sur drap rouge et beaucoup d'autres couleurs encore, il sut que les Siciliens et les Génois, les Pisans et les navires d'Amalfi étaient aussi de la partie de chasse. Tout l'empire semblait avoir suivi l'appel des Templiers, même le Lion de Saint-Marc couvrait l'Ordre dans sa chasse à *L'Atalante*. En Terre sainte, entre Saint-Jean-d'Acre et Tyr, tout ce petit monde était comme chien et chat, ils se brûlaient mutuellement leurs flottes, ils se coulaient, se massacraient. Mais ce n'était pas le cas ici : l'essentiel était désormais d'imposer l'ordre et le droit. Tous les hommes du Pénicrate avaient rejoint leur poste depuis longtemps et attendaient son commandement. Mais Taxiarchos n'avait pas l'intention d'envoyer à l'abattoir ses turcopoles, les Maures d'Otrante et les quelques *lancelotti* qui lui étaient restés.

— Ramenez les voiles ! ordonna-t-il. Jetez vos armes ! Nous ne nous défendrons pas ! cria-t-il depuis sa passerelle. Je vous remercie des services que vous m'avez rendus jusqu'ici. Notre grand périple sur l'océan est terminé.

Les *lancelotti* frappèrent violemment leurs faux les unes contre les autres, prêts à se battre avec lui jusqu'à la dernière goutte de sang. C'est précisément ce que Taxiarchos voulait éviter.

— Je vais me rendre, annonça-t-il, et me livrer à la justice de l'Ordre.

Taxiarchos garda sa place au gouvernail, *L'Atalante* ralentit et s'arrêta peu à peu. La maîtresse des mers se laissait à présent balancer par les vagues. Les voiliers adverses les plus avancés s'approchèrent lentement en gardant une distance respectueuse. On laissa la priorité aux Templiers. Leurs navires formèrent bientôt une gerbe dense autour de la fierté retrouvée de la flotte. Le Temple avait retrouvé son *Atalante* ! Les premiers canots furent chargés de chevaliers en clams blanc et s'approchèrent rapidement du navire.

Taxiarchos donna son dernier ordre :

— Hissez le pavillon à croix griffue !

Il avait aussi sur le navire la bannière royale de Sicile. Mais à quoi bon impliquer le roi Manfred ? S'il avait respecté l'ordre secret que lui avait donné Jean de Procida, il aurait été depuis longtemps de l'autre côté du grand océan, hors de portée de quiconque.

Les chevaliers du Temple montèrent sur le pont et se dirigèrent vers le Pénicrate, d'un pas tranquille.

Taxiarchos resta à son poste et les regarda, l'air songeur. Il pensait à Yeza. C'était elle, l'île lointaine, et il l'avait atteinte. Son engagement avait valu la peine, bien plus que tous les trésors de La Merica. Il rêva à ses cheveux d'or, à son corps mince, qu'elle lui avait offert. Ses yeux verts le regardaient. Son regard étoilé l'accompagnerait tant que son cœur battrait.

UN DOUX BALANCEMENT SUR LA MER CALME

— Son front s'est rafraîchi ! annonça une voix extrêmement satisfaite, et Roç sentit qu'une main chaude et charnue s'éloignait de son front. Lorsqu'il ouvrit les yeux, il se vit sur une couche assez dure, entouré de draps de lin trempés de sueur, dans une tente où filtraient les rayons du soleil. Le pavillon, luxueusement aménagé, se dressait à la proue d'un grand voilier. Roç le reconnut aussitôt : il appartenait au Hafside, et il était paisiblement ancré dans un port. N'avait-il donc fait que rêver tout cela ? Il passa prudemment la main sur son dos, et constata que toute sa cage thoracique était entourée de bandages. Et cette simple rotation du corps lui fut particulièrement douloureuse.

— Vous devriez bouger aussi peu que possible, cher seigneur, dit une voix féminine. Mais Geraude se pencha au-dessus de lui, et il aperçut dans son tablier entrouvert ses seins laiteux et tendres. Elle lui passa un linge humide sur le front.

— Nous avons dû vous attacher au lit, expliqua-t-elle,

un peu honteuse, pour que vous n'en tombiez pas. Car nous avons essuyé une tempête sévère...

À cet instant seulement, Roç constata que tout le gréement était en lambeaux et que le grand mât était brisé. Son lit était arrimé avec toutes sortes de cordes.

— Où suis-je ? gémit-il d'une voix ténue : même la parole, le moindre mouvement du diaphragme, lui causaient une douleur infernale.

— Saint Symeon ! C'est le nom du port d'Antioche, tonna aimablement le Hafside, qui avait accouru dès qu'il avait entendu dire que son célèbre invité avait repris conscience. Le prince Bohémond brûle d'impatience à l'idée de vous saluer, noble Trencavel.

Roç fit un petit signe de la main à Abdal, pour qu'il s'approche de lui, au moment où Geraude était partie remplir une bassine d'eau fraîche.

— Comment est-elle arrivée à bord ? murmura-t-il.

— Votre *secretarius*, Benedictus, a été assez intelligent pour faire revenir la Toltèque à la tour. Cet enfant attentif avait en effet à peu près noté le procédé permettant d'envoyer des informations par le biais du miroir, et lui-même se considérait comme indispensable ici, à votre chevet, en sa qualité d'herboriste.

Le Hafside goûtait encore, après coup, les émotions qu'il avait vécues. Dans sa profession, la plupart des traversées étaient bien moins aventureuses.

— *Qadda oua qaddr,* je croisais justement devant la côte des Hellènes, car le marché n'y a jamais été aussi favorable. Les Nicéens vainqueurs bradaient de la marchandise chrétienne de première qualité que leur avait laissée le despote d'Épire — moins chers à la douzaine !

Il vit que Roç se fatiguait rapidement, et passa sur ces informations qui lui paraissaient pourtant importantes afin de ne pas faire de digressions supplémentaires dans son récit.

— J'ai immédiatement laissé tomber tout ce que je faisais, et j'ai mis les voiles pour aller vous récupérer à Corfou.

— Cela n'explique toujours pas... (Roç soupira, il était difficile d'établir si c'était d'impatience ou de douleur) ... comment la suivante de ma *damna* se retrouve sur votre navire, Abdal.

— À hauteur de la Crète, nous avons rencontré mon ami, ce fou de Taxiarchos. Ce dément n'avait pas seulement volé aux Templiers leur vache sacrée, il voguait avec elle sur la Méditerranée comme...

— Avec Yeza ?

La jalousie fit oublier son dos à Roç, pour un bref instant. Il se dressa sur son lit, où une douleur vive le rejeta aussitôt. Abdal, pris par son récit, ne l'avait pas entendu.

— ... comme si sa tête n'avait pas été mise à prix ! Au lieu de prendre le large au plus vite et de franchir les Colonnes d'Hercule !

Le Hafside était furieux. Il y avait des comportements qu'un sage comme Abdal ne pouvait tout simplement pas comprendre.

— Le plus sain, pour lui, aurait été de disparaître à tout jamais dans l'océan Atlantique, au moins pour assez longtemps.

— Mais certainement pas en emmenant ma dame ! Ce misérable brigand ! Le *Penikratos* ! lança Roç avec mépris sans se préoccuper des piqûres qui torturaient sa peau martyrisée. Le roi des coupe-bourse et des voleurs à la sauvette !

Le Hafside s'efforça de revenir à son récit en Crète.

— Nous, c'est-à-dire l'effroyable Pénicrate et l'abominable marchand d'esclaves, nous nous sommes retrouvés en tête à tête et nous avons décidé de ne pas inquiéter votre dame, car les nouvelles que nous avions de votre état de santé ne nous laissaient guère d'espoir. Nous avons donc décidé que Geraude tomberait par-dessus bord, tout simplement ! En fait, on me l'a amenée sur mon bateau, dans un profond sommeil !

— Comment saviez-vous donc, à cette époque, que je...

Roç avait l'esprit confus. Mais ce qui l'inquiétait le plus, c'était ce qui avait bien pu inciter Yeza à confier sa vie à *L'Atalante* et à ce corsaire.

— Et dans quelle direction Taxiarchos faisait-il route ? demanda-t-il, suspicieux.

— Votre *damna* souhaitait être acheminée à Alexandrie, où elle compte approfondir ses connaissances et mener des recherches avant de poursuivre sa route vers Jérusalem avec les sages qu'elle aura réunis dans la ville. C'était sa ferme intention, ajouta le Hafside, apparemment impressionné. Et Yeza Esclarmonde ne m'a pas donné l'impression d'être femme à revenir sur ses décisions !

— Tout cela paraît très rassurant, répondit Roç, résigné. Par conséquent, la dame devrait donc à présent semer l'agitation dans le delta occidental du Nil...

— Si elle n'est pas déjà partie pour Jérusalem, car un certain temps s'est déjà écoulé sur vos souffrances, précieux Trencavel. Par ailleurs, votre escorte de Templiers a insisté pour revenir par le chemin le plus rapide en *Terra sancta*.

— Quels Templiers ? lâcha Roç. Je pensais que le Taxiarchos devait éviter l'Ordre comme le diable évite l'eau bénite...

— Dans le stock de Jean, le Sebastocrator, général des armées de Nicée, j'avais aussi acheté quelques Templiers, dont Simon de Cadet...

— Et ma caisse ? demanda Roç, tout d'un coup parfaitement éveillé.

— Votre malle au trésor a été confisquée comme butin pris sur l'ennemi, parce que vous étiez au service du roi Manfred...

— Je ne le suis pas ! protesta Roç, indigné, sans susciter de réaction chez Abdal.

— Vous pouvez encore aller la récupérer, répliqua celui-ci. Mais je ne vous le conseille pas !

— Vous avez donc échangé quatre Templiers contre mon argent, conclut Roç, moqueur. Et où avez-vous vendu ces chevaliers ?

— Je leur ai offert la liberté, car je tiens plus à ma bonne entente avec l'Ordre qu'à l'argent liquide qu'ils m'ont coûté. Je n'ai pas eu à faire appel à vos misérables réserves de guerre. J'ai confié un ami aux Templiers, pour qu'ils l'emmènent jusqu'à Alexandrie.

Roç eut du mal à ne pas éclater de rire.

— C'est admirable ! Taxiarchos fait tout pour se débarrasser des Templiers avant d'entrer en mer Ionique (car il voyait sans doute en Simon un dangereux rival pour les faveurs amoureuses de ma dame). Je les ai traînés jusqu'à Corfou, où ils ont été capturés ! Et vous les libérez !

Le corps de Roç était secoué par un rire convulsif. Mais il hurlait en même temps de douleur.

— Et vous les lui reposez sur ses parties mal lavées, comme des *papillons d'amour* suceurs de sang !

Le marchand d'esclaves s'amusait désormais beaucoup, lui aussi. Après s'être repris, il tenta de mettre un point final à son récit.

— L'essentiel, c'est que vous, Roç Trencavel, vous soyez aujourd'hui sur la voie de la guérison, car nous ne donnions pas cher de votre peau. Si Beni et Potkaxl n'avaient pas été là...

— Et où se trouvent au juste mes petits sauveurs ? demanda Roç en s'adressant à Geraude avec une amabilité appuyée. Sans vouloir diminuer les mérites de vos mains curatrices, chère Geraude, ajouta-t-il en la caressant.

Elle rougit, pudique.

— Votre *secretarius,* répondit Abdal, vous a précédé à Jérusalem, écumant de colère, à pied et tout seul !

— Pourquoi donc ?

— Parce que votre suivante toltèque, cette Samaritaine de grand talent pour les héros blessés et autres chevaliers en détresse, a accepté la proposition de Gosset (Abdal avait du mal à garder son sérieux, et Roç à ne pas se laisser contaminer par son hilarité) : jouer le rôle de *prima peregrina meretrix* dans sa nouvelle maison des plaisirs !

— Cette *houri !* s'exclama Roç.

— Vous êtes très injuste ! Elle s'est sacrifiée pour vous faire traverser la vallée de la mort et vous ramener sur l'étroite crête de la vie, elle vous a poussé et tiré ! Elle a mérité votre gratitude jusqu'à la fin des temps !

— Pardonnez-moi ! répondit Roç, gêné, en voyant que les yeux clairs de Geraude s'emplissaient de larmes. Bref, monseigneur Gosset, mon conseiller tout aussi méritant, est redevenu le patron d'une auberge du plaisir vénal... Quelle carrière !

— « L'âme s'élève hors du monde oppressée, lorsque l'homme a quitté le droit chemin. »

Jakov paraissait toujours se prendre pour l'incarnation de Joseph le Charpentier. Il sortit du gréement détruit, où il s'occupait, marteau et rabot à la main, du mât qui avait beaucoup souffert. Il effrayait bien plus les marins du Hafside en déclamant les passages de l'Ancien Testament d'une voix tonitruante qu'avec ses numéros d'équilibriste entre la vigie et le pont. Mais le cabaliste était un artisan éprouvé, et se balançait comme un vieux gibbon, entre les cordes et les bômes.

— « Lorsque l'âme est digne et qu'elle porte l'habit précieux qui la préserve, alors, et alors seulement, les légions célestes sont prêtes à s'unir à elle et à la guider vers le jardin d'Éden ».

Lorsque le charpentier se balança à une corde, au-dessus du pont, pour atterrir sur la plate-forme surélevée de la poupe avec l'habileté d'un acrobate, Roç constata que Jakov portait toujours la même tenue qu'à Rhedae et à Ustica.

— « Mais lorsqu'elle ne l'est pas, ce sont les anges de la confusion qui se vengent sur elle. »

À cet instant apparut un gigantesque vieil homme qui guidait un ours. L'animal tirait une petite voiture. Il n'y avait rien à l'intérieur. Roç se dit qu'il avait déjà rencontré le montreur d'animaux, et demanda à Jakov, en chuchotant :

— Qui est-ce ? D'où connaissez-vous cet homme ?

Jakov fit comme s'il n'avait pas entendu la question.

— « À l'intérieur d'une puissante roche, dans une

région reculée du Ciel, il existe un palais que l'on nomme le palais de l'amour. C'est un lieu où se dissimulent les trésors les plus précieux, ceux où le roi donne ses baisers d'amour. Car c'est là qu'entrent les âmes aimées du roi. »

Le géant barbu s'approcha du lit de Roç et lui posa en silence sa grande main sur le front, ce que Roç ressentit comme un immense apaisement. Il ferma les yeux et recueillit la force curative que lui donnait cet homme, une énergie qui passait de sa nuque à son dos et s'y répandait, bienfaisante.

— « C'est là que le Tout-Puissant trouve l'âme sanctifiée, la prend dans la main, l'embrasse et la cajole, la laisse monter à lui et joue avec elle, comme le fait un père avec sa fille préférée. »

Roç oublia qu'il comptait demander à Jakov si le calice noir lui avait été remis, car lui, Roç, l'avait vu dans un autre monde, un monde de malheur. Que symbolisait le calice noir ? Roç sentit qu'il ne pouvait pas le comprendre, il ne souhaitait plus qu'une chose : le vide absolu. Il voulait s'y laisser glisser, et la main de l'homme à l'ours allait l'y aider. Roç oublia totalement de l'interroger sur sa présence et son rôle, et il aurait sombré dans un sommeil bienfaisant si le Hafside n'avait pas repris le récit des événements d'une voix de stentor.

— Ce bon seigneur Bohémond a laissé à Monsignore la tour des Templiers, avec lesquelles il est en bisbille, il les a chassés de sa principauté et du comté de Tripoli.

L'ours s'était couché devant le lit de Roç et léchait la main de Geraude. Le géant souriait avec l'air reconnaissant d'un enfant qui vient de recevoir un cadeau.

— Si vous vous redressez un peu, mon Trencavel, recommanda Abdal sans tenir compte de l'état de Roç, vous pourrez apercevoir l'établissement « La Table ronde du roi Arthur », là-bas, à l'extrémité du môle. (Roç ne bougea pas.) C'est là que votre Potkaxl sert désormais la coupe noire aux clients qui paient bien.

— Une copie à bon marché ! l'interrompit doucement Jakov.

— Les trois chevaliers (Monsignore n'a pas encore pu en rassembler un plus grand nombre autour de lui) chantent les louanges de leur noble mécène, et se partagent la donatrice de toutes les joies. Tiens, les voilà justement !

Après avoir cligné les yeux un instant, Roç se décida à les ouvrir.

Légèrement éméchés, les trois Occitans se hissèrent sur la passerelle et montèrent en titubant l'escalier qui menait à la poupe.

— *Ave Caesar*, ceux qui ne sont disposés à aucun sacrifice te refusent leur salutation ! balbutia Mas, sur le deuxième palier, tandis que Raoul s'était déjà précipité en avant pour saluer Roç. Il ne pouvait pas s'agenouiller au chevet du lit, la place était déjà occupée par l'ours. Il attrapa donc les pieds du Trencavel.

— Nous sommes si contents de vous..., s'exclama Pons, qui avait encore grossi. Il n'alla pas plus loin : il trébucha sur la corde tendue et tomba devant la gueule de l'ours, qui lui lécha le visage. Pons était figé par la terreur.

— Le comte de Mirepoix a trouvé son animal emblématique : non plus *mira peix*, mais cet « ours lécheur » sans précédent dans l'histoire de l'héraldique.

— Nul n'est plus heureux que moi, dit Roç, de vous voir sortis en bonne santé de cette effroyable captivité ! (Il essaya de se relever pour mieux les voir.) Le Hafside, dans sa magnanimité, a volontairement passé sous silence le fait qu'il vous avait aussi libé...

— Quelle captivité ? demanda Mas.

— Je les ai vus de mes propres yeux s'emparer de vous, et je n'ai rien pu y faire, dit Roç, honteux, en s'asseyant sur son lit. Comment vous êtes-vous sortis des geôles de Nicée ?

— Des geôles ? grogna Pons. Il avait envie de rire, mais ne savait pas comment l'ours allait prendre la chose : l'animal le regarda tristement ramper sur le ventre et mettre son visage hors de portée de sa langue rêche.

— Pourquoi parlez-vous donc de geôles, mon cher Trencavel ? demanda Mas, en riant à la place de son compagnon.

— Nous nous sommes fait passer pour des chevaliers occitans en quête d'aventure..., expliqua enfin Raoul.

— C'est bien ce que nous sommes ! précisa Mas.

— Des chevaliers qui n'avaient aucun rapport avec Manfred. Le Sebastocrator nous proposa alors d'entrer dans son armée pour y quérir la gloire et l'honneur, et toucher notre part du butin, car la victoire de l'empereur ne faisait pas de doute.

— Comme je vous l'ai déjà fait savoir, intervint le Hafside, c'est pour nous que l'affaire a été fructueuse !

— Racontez-moi donc, mon cher Raoul, comment s'est achevée cette affaire, demanda Roç à Belgrave, et ce que j'ai manqué.

— Si vous vous étiez battu du côté d'Épire, ce serait vite raconté. Mais nous, nous avons vécu cette campagne comme des généraux privilégiés. Le soir, nous étions assis à la table de Jean, le Sebastocrator, nous avions des femmes et...

Pons était tellement fier de ses états de service qu'il en avait oublié la hiérarchie. Raoul dut le faire taire d'une gifle avant de reprendre lui-même le récit :

— L'armée que l'empereur de Nicée avait donnée à son frère n'était composée que d'une toute petite proportion de Grecs. Les mercenaires slaves et les tribus turques en constituaient la plus grande part, ce qui explique la promotion de Pons au rang de chef de section. Entretemps, le despote d'Épire avait reçu une bonne partie des armes offertes en aide par les Allemands et les Siciliens. Son autre beau-fils, Guillaume d'Achaïe, avait lui aussi mis sur pied une armée nombreuse en pratiquant la conscription forcée dans sa principauté. Ces armées réunies partirent pour la Thessalie, où se rallièrent à eux le fils bâtard du despote, celui qui est marié à la fille du prince des Valaches, et le duc d'Athènes, Otto La Roche, un vassal du Villehardouin. Ils ont emprunté la Via Egnatia, l'ancienne route militaire qui, en traversant la campagne, mène de Constantinople à la côte adriatique. Près de Pelagonia, nous attendions avec le Sebastocrator le choc des armées, avec un peu de crainte, car les alliés étaient numériquement supérieurs. L'empereur Michel nous envoya des estafettes nous demandant d'éviter le combat ouvert et de faire en sorte de semer la discorde dans l'alliance adverse.

— Ah ! s'exclama Pons. Arrête ! Au risque d'en reprendre une en travers de la figure, je ne tolérerai pas que mes deux compagnons mettent leur lumière sous le boisseau.

Raoul eut un rictus, mais il laissa Pons continuer.

— Ces deux héros que vous voyez ici devant vous, noble Trencavel, ont mis leur jeune vie en péril. Ils se sont rendus par des détours dans le camp adverse, comme s'ils étaient les derniers retardataires des troupes envoyées par Manfred. Quelques seigneurs les connaissaient effectivement comme tels. Nul ne douta donc de leur parole.

— Nos missions étaient très différentes, expliqua Mas. La mienne était ingrate, la sienne n'était pas sans attrait ni sans récompense. J'avais les poches pleines d'or, que je devais répartir habilement parmi les chevaliers de Sicile pour les inciter à la désertion. Les Allemands refusèrent avec indignation, et il me fallut me réfugier auprès des gens d'Achaïe. Ceux-là faisaient de toute façon leurs petites affaires à part, car le prince Guillaume de Villehardouin lorgnait lui aussi le trône de Byzance. Leur morale s'était par ailleurs relâchée, et ils se plaisaient à inquiéter le fils bâtard du despote et à le vexer en faisant une cour éhontée à son épouse, la Valache enflammée.

— Laisse-moi au moins raconter ma modeste part dans la victoire du grand Morency, l'interrompit Raoul. Je cherchai donc l'amitié du bâtard, je simulai l'indignation face au comportement infâme de quelques chevaliers...

— Avec lesquels j'avais entre-temps parié de grosses sommes, ajouta Mas, qu'ils ne parviendraient pas à séduire la dame, une variante propre de la corruption. Bref, la bonne dame était entre-temps si brûlante...

Raoul reprit sèchement son récit :

— Affolée par le tourbillon autour de sa vertu, elle me confia sa protection. Son mari me serra même la main avec reconnaissance lorsqu'il me demanda de dormir sur le seuil de la tente de la dame, pour veiller sur elle. Au milieu de la nuit, Mas et ses parieurs attirèrent le mari pour une discussion urgente, importante et très secrète. Je déplaçai immédiatement mon poste de garde devant le lit de la dame, qui, avec la hâte qui convenait, fit parler son cœur reconnaissant.

— Croyez-moi, je vous prie, Roç, déclara Mas. Lorsque nous avons ouvert avec nos épées la toile de la tente pour en faire des rideaux, tout le camp a vu qu'elle n'avait pas laissé parler que son cœur. Ou alors cet organe lui avait glissé dans les profondeurs de sa chemise ! Elle chevauchait notre bon Raoul sur le tapis, si bien que même le plus compatissant ne pouvait dire qu'elle avait été forcée.

— Si quelqu'un a été violé, gémit Raoul, ce fut bien moi. Ensuite, j'ai dû prendre la fuite pour sauver ma vie, car les Valaches énervés voulaient me découper comme la toile de la tente.

L'émotion avait fait monter le rouge au front de Geraude. Ou bien était-ce parce que Roç avait glissé la main sous son tablier ? Jakov et l'homme à l'ours avaient de nouveau quitté la pièce. Le Hafdside, lui aussi, connaissait déjà le récit. Et puis il n'aimait pas tant que cela les histoires racontées par d'autres que lui. Il laissa la place à Raoul.

— Les Épirotes étaient de toute façon déjà énervés, car ils avaient eu vent des ambitions du Villehardouin. Le bâtard, dans sa fureur, n'eut donc pas de mal à convaincre son père qu'il valait mieux ne pas se précipiter au combat avec de tels alliés, et qu'il serait bien plus avisé d'attendre une occasion plus favorable dans la maison d'Épire. Le despote hésita un peu, par décence : après tout, c'est lui qui avait lancé cette campagne. Mais ensuite, les Chevaliers teutoniques, trop lourds, se sortirent fort mal d'une escarmouche contre les Nicéens. Ce fut aussi le cas de ceux d'Achaïe, parce qu'ils étaient corrompus. La décision était prise. La nuit suivante, le despote partit avec ses proches, suivi, au lever du soleil, par son armée tout entière. Lorsque Villehardouin et La Roche constatèrent, à leur réveil, avec la troupe de Manfred, que leurs alliés grecs avaient pris la poudre d'escampette, il était trop tard : le Sebastocrator les attaquait déjà. Certains furent abattus pendant le combat. Mais la plupart ont été capturés.

— Ce fut le cas de Hamo l'Estrange ! précisa Pons.

Le comte d'Otrante s'est rendu à moi, je l'ai salué de la part de sa fidèle épouse et de vous-même. Il s'est alors relevé. Il n'avait pas pu se battre, faute d'avoir trouvé son épée.

— C'est tout Hamo, ça ! dit Roç en souriant douloureusement. Qu'en avez-vous fait ? Vous l'avez rendu à sa Shirat, j'espère !

— Nous l'avons immédiatement racheté avec notre propre argent, confirma Raoul, et nous l'avons pourvu d'un cheval, et de suffisamment de moyens pour qu'il soit revenu à Otrante depuis longtemps.

— J'ai fait une meilleure prise, fanfaronna Mas, mais il utilisa la première personne du pluriel dès qu'il eut remarqué les sourcils levés de Raoul : Nous sommes parvenus, tous les deux... enfin bon, d'accord, Raoul l'a vu le premier, il s'était caché dans une grange, déguisé en paysanne...

— Mais qui donc ? demanda Roç.

— Raoul l'a reconnu tout de suite à ses dents en avant : Guillaume de Villehardouin, prince d'Achaïe !

— C'est cela qui nous a rendus riches ! ajouta Pons en souriant et en allongeant les lèvres. Notre cher petit lapin !

— Par conséquent, vous êtes tous les trois en pleine forme, conclut Roç, aguerris au combat, reposés et bien en caisse, si bien que vous pouvez reprendre votre service auprès de moi sans vivre pour autant à mes crochets.

Le ton interrogateur qui s'était glissé dans son affirmation l'agaça : ne lui avaient-ils pas donné sa parole, après tout ? Mais le Trencavel dut constater, au silence qui s'ensuivit, qu'aucun des trois ne ressentait d'enthousiasme à l'idée de revenir à son service. C'est Belgrave, une fois de plus, qui lui répondit :

— À Corfou, Roç Trencavel, vous nous avez...

— Laissés tom...

Mas ravala le reste de sa phrase : seul un bond rapide sur le côté lui avait permis d'éviter le poing de Raoul.

— ... vous nous avez congédiés, reprit celui-ci, et de votre propre chef ! N'importe quel tribunal d'honneur verrait les choses ainsi. Il faudrait donc établir entre nous un nouveau lien de vassalité. Or nous ne souhaitons pas le contracter ici et maintenant. Nous avons surmonté sans vous notre épreuve du feu. Nous avons eu de la chance, nous avons sauvé notre peau et nous avons réussi à remplir nos poches. Nous voulons à présent commencer par jouir de notre existence. Vous ne pouvez nous offrir pareilles joies, vous en êtes vous-même l'exemple frappant et frappé. Ne nous en veuillez donc pas si, cette fois, nous ne vous suivons pas.

Raoul avait eu du mal à tenir sa petite conférence. Il avait peut-être honte de refuser son aide au Trencavel, placé dans une si piètre situation. En tout cas, il ferma les yeux et évita le regard de Roç. Mais le Trencavel était beaucoup trop affaibli pour reprocher leur attitude aux Occitans.

— Le couple royal, murmura Roç d'une voix lasse, ne peut forcer personne à faire confiance à l'inconnu comme à une étoile lointaine. Les étoiles ne montrent le chemin qu'à ceux qui sont choisis pour les voir, et trouvent la force d'y croire. (Il fit une pause et sourit à Raoul) Dites-moi seulement, précieux Belgrave, pourquoi monseigneur Gosset ne se montre pas !

La question était manifestement désagréable au jeune noble. Il chercha une diversion.

— Vous l'avez brutalement chassé au lieu d'écouter son conseil, commença-t-il prudemment. Lorsque nous sommes entrés au service du Sebastocrator...

— Lorsqu'on nous y a fait entrer, corrigea Mas en restant à bonne distance.

— ... Monsignore s'y trouvait déjà. Gosset nous a ouvert la voie, car il jouissait d'un grand prestige auprès des Nicéens, en tant qu'ambassadeur du roi de France. Ils lui ont procuré un passage sur un navire et il nous a donné rendez-vous ici, à Antioche, où il voulait « prendre ses quartiers » sur son « chemin vers Jérusalem ».

— Il a vraiment dit cela ? demanda Roç, incrédule, mais tout disposé à se laisser émouvoir. Pourquoi à Antioche ?

— Cela tenait à l'homme qu'il espérait rencontrer ici...

Raoul s'arrêta d'un seul coup, comme s'il avait déjà trop parlé. Mais Mas ne put s'empêcher de reprendre :

— Il a malheureusement accueilli à la « Table ronde du roi Arthur » le moine qu'il voulait vous amener.

— Guillaume ? interrogea Roç.

— Sans doute ! répondit Mas. Guillaume de Rubrouck, ce franciscain dévoyé. Votre meilleur ami, à ce qu'il paraît !

— C'est la réalité ! s'indigna Roç. Et je ne tolérerai pas que l'on parle de lui en ces termes ! (Son regard chercha celui de Belgrave.) Faites en sorte que l'orateur se taise ou disparaisse !

Mas avait déjà compris qu'il lui fallait choisir entre les coups de son chef et des excuses.

— Pardonnez mes dures paroles, noble Trencavel, fit-il, le souffle court. Mais le franciscain nous casse les bonbons, si je peux me permettre !

Raoul, qui avait déjà attrapé Morency par la chemise, le laissa filer et éclata de rire, si bien que Pons se crut en droit de donner à son tour une explication.

— Monsignore joue l'offensé. Mais en réalité, il ne se soucie que de vous, Trencavel. Il a ainsi fait sortir Guillaume de Rubrouck de la ville d'Antioche pour lui permettre de descendre au port afin qu'il puisse venir vous saluer dès qu'il serait arrivé. Mais ce franciscain qui n'est pas des plus chastes, permettez-moi de vous le rappeler, avait à peine franchi le seuil de notre foyer que déjà, son regard s'abattait sur Potkaxl !

Raoul reprit le récit :

— Depuis, ils copulent tous les deux comme s'ils en avaient fait le vœu. Notre gros moine lubrique doit renoncer trois fois par jour au postérieur de la Toltèque. À ce moment-là, Mas, le branleur, peut à son tour remettre la main à la patte.

Raoul semblait trouver cela particulièrement amusant, se passer de Potkaxl ne paraissait pas le gêner beaucoup, mais Pons, lui, était furieux.

— Si seulement je pouvais comprendre ce que notre princesse trouve à ce franciscain rouquin et bouffi, avec ses deux enfants. Parce qu'il est marié, en plus !

Roç éclata de rire.

— Je pourrais vous citer bien d'autres dames de haut rang qui n'ont pas fait de manières longtemps avant de lui céder.

— Bref, grogna Mas. Depuis que Guillaume est entré dans la tour, c'en est fini de notre vie amoureuse si bien réglée. Et il n'y a pas que cela. Depuis tôt le matin jusqu'au milieu de la nuit, nos oreilles doivent supporter le ramdam, les gémissements, les couinements, les grognements, sans interruption, sans le moindre espoir de pause...

— Guillaume ne sait-il donc pas que je suis alité ici ? l'interrompit Roç.

— Oh, si ! affirma Raoul. Il voulait que nous ne vous révélions pas où il se trouve. Il a peur de se présenter devant vous : cela le forcerait à quitter Potkaxl. Et elle l'a déjà informé qu'elle ne le suivrait pas.

— Eh bien, dit Roç, dans ce cas, l'affaire est toute simple. Comme ni vous, ni Gosset ne voulez partir avec moi, j'ai besoin de Guillaume. Je peux vous demander ce service, pensez à l'opération « *cheîtan annar* », trouvez une idée quelconque, Gosset n'y verra certainement aucune objection.

— Bien au contraire, il est profondément malheureux que Guillaume s'oublie à ce point. Il aimerait bien se débarrasser de nouveau du moine !

— Eh bien, proposa Roç, dans ce cas, je vais me mettre d'accord avec le Hafside. Il pourra lever l'ancre dès que mon Guillaume sera à bord et sous bonne garde. Ensuite, comme nous en étions convenus, nous redescendrons le long de la côte, jusqu'à Ascalon.

— Cette fois, vous pouvez nous faire confiance, Trencavel, assura Raoul en s'approchant du lit avec ses deux compagnons. Vous allez le retrouver, votre frère mineur, et si cela pouvait aider à éliminer la poisse qui vous a collé ces derniers temps aux talons, il se pourrait bien que nous nous revoyons tous à Jérusalem, y compris monsignore et Potkaxl. Dans le cas, bien sûr, où vous souhaiteriez nous revoir...

— Chaque fruit a besoin de temps pour arriver à

maturité, répondit Roç en leur tendant à tous la main. Cela vaut aussi pour moi !

— Sauf quand il est rongé par les vers ! s'exclama le Hafside, qui les avait rejoints sans se faire remarquer. Sa remarque concernait manifestement les trois chevaliers, mais Roç ne voulut pas la laisser sans réplique.

— Dieu, le Créateur, se moque bien de savoir si le fruit est consommé par des hommes ou par des vers, chaque chose a sa signification, et au bout du compte, nous retournons tous à la terre, que seule notre âme, et pas notre corps, peut quitter un jour !

Tempête au chapitre

Saint-Jean-d'Acre, le siège du « Royaume de Jérusalem », se trouvait à l'extrémité nord de la baie d'Haifa. Richard Cœur de Lion avait conquis en un tournemain audacieux la citadelle et son port. Mais la ville ne pouvait plus revendiquer le titre de « cité royale » : le pitoyable reste de l'Outremer était géré par la maison royale de Chypre. Or celle-ci n'avait nommé qu'un bailli pour gouverner ses points d'appui sur la terre ferme. Parmi les autres villes portuaires, seule Tyr méritait d'être mentionnée, et elle était en vive concurrence avec Saint-Jean-d'Acre, au plus tard depuis que Venise y avait repoussé les Génois, au cours de batailles navales dévastatrices. Le reste était composé de châteaux forts éparpillés à proximité des côtes, le plus souvent aux mains des ordres de chevalerie qui n'étaient pas soumis au roi, mais au pape, du moins en théorie. Il n'y avait donc pas grand-chose à gouverner. Malgré tout, le Conseil ou la Haute Cour siégeaient en se donnant des allures de puissances mondiales, pratiquaient une politique d'alliances, signaient des traités ou jouaient les arbitres. On y trouvait un sénéchal, un connétable, pléthore de maréchaux, mais pas d'armée en état de marche : le pouvoir royal, éloigné et affaibli, dépendait entièrement de la bienveillance des barons et des trois grands Ordres. Or ceux-ci préparaient depuis longtemps leur petite soupe dans leur cuisine respective : les chevaliers de Saint-Jean à Damas, les Templiers au Caire, les Chevaliers teutoniques dans la lointaine Baltique. Pour combler le tout, le grand incendie mongol était aux portes du royaume. Si les nombreux cuisiniers n'avaient toujours pas fini de goûter leurs plats, c'est seulement que la réputation dont jouissait le royaume comme maître queux était incomparablement plus élevée que son art culinaire véritable. On continuait à donner à Saint-Jean-d'Acre le rôle de la plume qui fait basculer la balance, et les membres de la table royale n'avaient vraiment pas de rivaux pour ce qui concernait l'arrogance. Ainsi, la reine veuve Plaisance de Chypre était arrivée pour présider en personne le haut conseil de son royaume. La réunion eut lieu au château royal, à égale distance des forteresses des Templiers, des chevaliers de Saint-Jean et des Chevaliers teutoniques, mais suffisamment loin des quartiers appartenant aux républiques maritimes rivales.

Dans la salle somptueuse, la reine était entourée par son bailli, monseigneur Godefroy de Sargines, tout juste nommé, et, faute de patriarche, par le légat pontifical Thomas Agni de Lentino. Face à elle se trouvaient les sièges des trois grands maîtres. Mais Hanno von Sangershausen était reparti, une fois de plus, pour l'Allemagne : aux yeux de son Ordre, conquérir la Baltique était bien plus important que de garder de maigres possessions en Outremer. Il avait laissé procuration à Sigbert von Öxfeld, le vieux commandeur de Starkenberg. Lorsque le grand maître du Temple l'apprit, il désigna lui aussi un représentant et fit savoir qu'il n'était pas disponible. Il avait fait appel au commandeur d'Ascalon, messire Georges Morosin. Il considérait certes que cet homme était à peine moins intéressé et moins impérieux que la plupart des hauts gradés du Temple, mais leurs châteaux étaient tous en terres incertaines, alors que la situation était claire à Ascalon, que les Égyptiens tenaient d'une main ferme. Seul le vice-grand maître de l'Hospital, Bruno de Revel, s'était présenté en personne : il venait de prendre ses fonctions et voulait se faire connaître.

Parmi les barons, seuls deux grands noms étaient

venus : Philippe de Montfort, seigneur incontesté de Tyr, et Julien de Sidon et Beaufort, son adversaire juré, un homme arrogant, vaniteux et imprévisible.

La reine Plaisance avait aimablement salué l'assistance avant de donner la parole à son bailli.

Godefroy en vint tout de suite à l'essentiel :

— Le seigneur d'Alep, l'atabegh Turanshah, digne et sage oncle du sultan de Damas, nous a envoyé un ambassadeur de haut rang qui voudrait évoquer avec nous le péril mongol, car depuis la chute de Bagdad, Alep se sent menacé par Hulagu. Dois-je faire entrer l'émir ?

— Non ! s'exclama Philippe de Montfort. Nous devons d'abord déterminer, entre nous, notre position à l'égard des Mongols.

Le légat intervint :

— Ce n'est pas la question. C'est nous qui les avons appelés, nous avons envoyé d'innombrables ambassadeurs dans la lointaine Karakorom pour appeler à l'aide, et ils sont là à présent. Ce sont des chrétiens, comme nous. Et vous demandez...

— Alep a toujours été pour nous un voisin auquel on pouvait se fier, certes pas un ami, comme les gens de Damas, mais on a toujours respecté les traités...

— Alep reste un ennemi de la foi chrétienne, l'interrompit le légat avec une pointe d'étonnement. C'est pour vaincre ces ennemis que nous sommes partis en croisade !

— Vous oubliez, marmonna le Doge, venu parler au nom des Templiers, que plus de cent cinquante ans se sont écoulés depuis. Nous qui sommes rassemblés ici, poursuivit-il d'une voix plus décidée, nous ne pouvons plus revendiquer le nom de « croisés ». La plupart de nos familles sont installées sur cette terre depuis des générations, beaucoup d'entre nous y sont nés, et les rapports de voisinage ont une importance bien réelle !

— Traître ! (Julien de Sidon avait bondi.) Pour un bon chrétien, un musulman demeure un ennemi à combattre au cout...

— Ha, ha ! s'exclama Philippe en interrompant cette tirade haineuse. Écoutez donc qui parle ! « Pour un bon chrétien » ?

— Messieurs, tonna Sigbert von Öxfeld, n'offrez pas une image aussi lamentable à notre reine ! Asseyez-vous, demanda-t-il à Julien, et taisez-vous donc, si vous n'avez rien de mieux à offrir que les paroles d'un gamin immature !

— Je ne me laisserai pas injurier par un commandeur venu d'ailleurs...

Le grand maître de l'Hospital bondit alors devant l'Allemand, qui tremblait de fureur, et répondit à sa place, d'une voix tranchante :

— Personne ne parlera ainsi d'un chevalier qui a d'aussi grands mérites que le très respecté commandeur de Starkenberg.

Julien s'assit, mais marmonna quelque chose comme « Bande de traîtres et de lâches », ce qui incita Hugo de Revel à ajouter :

— Et si quelqu'un s'y hasarde, je le traînerai devant la Haute Cour !

— Nous vous y aiderons, ajouta le Doge. La conservation de ce royaume est uniquement le fruit d'une politique habile et avisée. La haine ne sort que des têtes sottes !

Philippe de Monfort plaida pour la raison :

— Le traitement de la demande d'Alep dépend toujours de notre attitude à l'égard des Mongols.

— Ce n'est pas nous qui les avons appelés, nous qui devons et voulons vivre ici, rétorqua Julien de Sidon, pour une fois d'accord avec son voisin mal aimé venu de Tyr, mais des personnes extérieures, ou des hôtes de passage, qui ont invité les Mongols en passant par-dessus nos têtes, et sont ensuite repartis.

— Dites donc clairement qui vous accusez ! lança le légat. Le Saint-Père et le pieux roi Louis ! Vous n'avez pas honte, de qualifier le pape de « personne extérieure » !

— C'est pourtant bien la réalité, répliqua Philippe. Nos familles dirigent ce pays, même si elles s'affrontent, et nous tenons à ce que ce *statu quo* soit préservé. Si nous nous acoquinons de manière trop visible avec les Mongols, nos voisins musulmans ne nous le pardonneront pas. Or nous devrons aussi compter avec eux à l'avenir.

— À moins que les Mongols ne les découpent tous en

morceaux, comme cela s'est passé à Bagdad, où seuls les chrétiens ont été épargnés.

Le légat ne précisa pas s'il considérait cela comme souhaitable. Mais, à l'entendre décrire la scène, on pouvait le supposer, et cela agaça profondément Sigbert.

— L'Église est effectivement capable de penser, mais aussi d'agir ainsi. Elle l'a déjà bien assez prouvé au Languedoc !

— Hérétique ! grogna le légat, mais Sigbert ne releva pas l'injure.

— *Shoukr Allah !* La mise à mort de tous les peuples, de toutes les tribus qui se réclament de l'Islam n'est pas non plus une voie utilisable pour les Mongols, dit-il avec un calme provocateur. Ils se contenteront donc de gouverner d'en haut...

— Mais vous non plus, Sigbert, l'interrompit le Doge, vous ne pouvez dire si les Mongols vont remporter cette victoire, ou si les mamelouks parviendront à repousser l'attaque. Dans le second cas, nous nous retrouverons en fâcheuse posture, car ils se vengeront effroyablement sur nos propres personnes. Nous, chrétiens de Terre sainte, nous ne sommes qu'une poignée, et il est facile de nous décapiter tous autant que nous sommes.

— Cela vaut particulièrement pour les membres des ordres de chevalerie, le consola le seigneur de Tyr, car votre devise est : « Combattons les ennemis de la foi. » Et votre mission ne s'arrête qu'avec la mort.

— C'est du passé ! répondit le Doge en souriant. Nous aussi, aujourd'hui, nous sommes une grande union familiale qui possède le pouvoir territorial, mais surtout la puissance commerciale.

— Dans ce cas, notre intérêt ne peut pas être de voir les Mongols échouer, estima Hugo de Revel. Car ils laisserons nos terres en l'état et, si nécessaire, nous élèveront au rang d'instruments de pouvoir sur les peuples de l'islam.

— Une belle élévation ! grogna Julien. Devenir les subalternes du grand khan !

Ce fut alors au bailli de la reine de se lever et de parler, après avoir eu une longue conversation à voix basse avec Plaisance.

— Votons pour savoir si nous prêterons assistance à Alep. Qui est pour ?

Seules les mains des seigneurs Philippe, Sigbert et du Doge se levèrent. La demande était repoussée.

— Je vais à présent convoquer l'émir devant le conseil, et lui faire connaître notre décision ! déclara Godefroy de Sargines en adressant un signe au gardien.

Entra alors l'émir de Homs, el-Ashraf, dont un œil louchait effroyablement. Il s'inclina devant l'assemblée et salua la reine.

— Nous ne pouvons prêter assistance à Alep, lui annonça le bailli, la mine blême. Mais le bigleux eut l'air ravi.

— Quelle décision intelligente, puissante reine ! On ne peut pas tenir Alep. An-Nasir, le sultan de Syrie, ne dispose même pas à Damas de troupes suffisantes pour apporter à son oncle une aide efficace. Et puis les mamelouks saisiraient avec plaisir l'occasion de voir l'épouse de la Syrie dénudée. Je plaide pour une bonne entente avec les Mongols : se soumettre et payer le tribut au lieu de verser le sang en pure perte.

— Vous l'avez déjà obtenu pour Homs ? s'enquit Hugo de Revel, le chevalier de Saint-Jean, qui connaissait déjà cette situation mais voulait être sûr de la réponse. Est-il exact que le prince Bohémond d'Antioche et de Tripoli envisage une démarche analogue ?

— Ce pleutre ! bêla de nouveau Julien. Mais cette fois, le commandeur des Allemands tendit la main au seigneur de Sidon, comme en signe de reconnaissance, et celui-ci eut la légèreté de la prendre. D'une poigne de fer, Sigbert lui écrasa les doigts, et Julien perdit toute envie de cracher son fiel.

El-Ashraf s'étonna du comportement des chevaliers en conseil, et répondit par une autre question.

— Vous savez sans doute qui est le beau-père du jeune prince ?

— Le roi d'Arménie, répliqua Hugo en hochant la tête, a été le premier à comprendre ce qui se passait, et à aller prêter allégeance à Karakorom. Depuis, le roi Hethoum continue à exercer tous ses pouvoirs dans son royaume. Qu'y a-t-il donc de plus tentant que de recommander à son beau-fils de faire la même démarche ?

— Il n'en est pas question ! s'écria Julien, qui se sentait concerné. Je préférerais rendre sa fille à Hethoum !

— L'occasion est favorable, se moqua Philippe.

— Nous considérons certes que se soumettre aux Mongols est une démarche hâtive, mais cela n'en reste pas moins une victoire de la raison — et de la juste foi ! proclama le légat d'une voix aigre, et le bailli prit rapidement congé de l'émir avant qu'une nouvelle querelle ne s'enflamme.

À peine el-Ashraf avait-il disparu, étonnamment heureux du résultat, que messire Godefroy aborda un autre sujet.

— Nous avons devant nous un écrit provenant du Caire, où l'on nous demande avec insistance de ne pas laisser ce prétendu « couple royal » se rendre à Jérusalem. Le sultan considérerait cela comme un acte hostile, et nous en rendrait responsables.

L'assemblée resta un instant muette : elle n'était guère coutumière du sujet. C'est le Doge qui finit par apporter une réponse :

— En réalité, ce qui énerve le sultan Qutuz, c'est la présence du Trencavel à Antioche ! Il y flaire une conjuration avec le prince Bohémond, en accord avec les Mongols. C'est une simple manière de dissimuler son incapacité de retenir la dame Yeza Esclarmonde à Alexandrie. Et nous devrions à présent obtenir ce qu'il n'a manifestement pas réussi à imposer ?

— Vous êtes étonnamment bien informé sur ce petit couple d'imposteurs qui sème le désordre, lança le légat, venimeux.

— C'est ma mission, riposta sèchement le Doge.

— Pourquoi devons-nous nous en occuper ? grogna Philippe de Montfort. L'administration de la ville de Jérusalem est aux mains des mamelouks.

— Et surtout, pourquoi devrions-nous nous transformer en simples sbires, marmonna Sigbert d'une voix audible de tous, si Roç et Yeza y instaurent un royaume de la paix ?

— Hérésie ! s'écria le légat. Je comprends à présent pourquoi le patriarche nouvellement nommé, le pieux Jacob Pantaleon, ne vient pas à Saint-Jean-d'Acre d'abord et se rend tout droit à Jérusalem : il veut sauver la ville sainte de ces envoyés du diable !

— C'est le mal qui s'exprime à travers vous ! s'exclama Sigbert. Mais le Doge posa sa main charnue sur le bras du vieil homme, pour le calmer.

— Pourquoi n'êtes-vous capable de réfléchir qu'en inquisiteur, Éminence ? Jacob Pantaleon, le cordonnier de Troyes, sait de qui il dépend, en tant que patriarche de Jérusalem !

— Je vais tous vous confier à l'Inquisition ! cria le légat, la voix brisée par l'indignation.

— J'aimerais bien voir ça ! répliqua joyeusement Sigbert. Manifestement, Jérusalem est devenue pour l'Église un lieu extrêmement suspect. Lorsque mon empereur, Frédéric, l'a reprise à l'Islam, Rome ne voulait déjà plus entendre parler de cette ville jadis tellement sacrée à ses yeux. Et maintenant, elle s'en prend même au patriarche...

— Le Hohenstaufen a fait perdre sa sainteté à Jérusalem.

— La venue de l'exorciste Pantaleon est d'autant plus nécessaire, avec son encens et son goupillon !

— Vous vous moquez des sacrements de l'*Ecclesia catolica* !

— Et vous souillez la mémoire de milliers de croisés chrétiens qui ont donné leur vie pour Jérusalem !

— Messieurs, modérez-vous ! cria le bailli en constatant que la reine Plaisance secouait la tête, effarée. Nous ne pouvons pas laisser sans réponse cet avertissement du Caire. Annonçons-nous une quelconque mesure de notre part, ou repoussons-nous la demande ? Qui est favorable à une réponse positive ?

Seul le légat leva la main, suivi, avec hésitation, par le grand maître de l'Hospital.

— Refusé ! annonça le bailli.

— Je suis partisan de conquérir Jérusalem, proclama Julien de Sidon, puisque le sultan Qutuz nous y invite !

— Seul un esprit malade peut envisager d'y rétablir l'ordre par les armes ! lui répliqua Montfort.

— Mieux vaut un esprit malade qu'un esprit intelligent qui produit de la merde ! rétorqua Sidon. Je demande un vote immédiat !

— Refusé ! (C'était l'une des rares fois où la reine intervenait dans ces débats brûlants.) Il n'en est pas question.

Le bailli confirma :

— Nous restons en dehors de cette affaire, dit-il en se tournant malicieusement vers le légat. L'Église partage certainement ce point de vue.

— *Hierosolyma non est locus !* (Monsignore Thomas d'Agni ne resta pas longtemps à soupeser le poids de sa sentence.) Si nous avons besoin d'aide ici, nous, les chrétiens, il y a un seul homme à qui la demander : le puissant seigneur Charles d'Anjou, un authentique serviteur de l'Église !

— Le prix en serait la couronne de ce royaume. (Ce qui ne paraissait pas bien cher, aux yeux du vice-grand maître des chevaliers de Saint-Jean.)

— Eh bien, proposons-lui ! suggéra naïvement Hugo de Revel. Quelqu'un est-il contre ?

Les deux barons levèrent le bras en même temps comme s'ils avaient été piqués par la même tarentule. Mais les représentants des autres Ordres refusèrent eux aussi. Et la reine annonça de bon cœur :

— La demande n'aura pas lieu.

— Dans ce cas, il ne m'est pas nécessaire de rester plus longtemps dans ce lieu que Satan tient depuis longtemps entre ses griffes. Que sa disparition expie les péchés qui seront commis contre la sainte Église !

Le légat resserra ses vêtements et sortit de la salle, tête droite.

— Ce ne sont pas les fausses alliances avec nos ennemis, qu'ils portent le nom de Mongols ou de mamelouks, qui nous feront décliner, s'exclama Julien à sa suite, mais notre lâcheté à mettre en œuvre de nouvelles conquêtes. Les hommes de Sidon sont armés, ils ne resteront pas longtemps inactifs. Notre devise, c'est Jérusalem !

— Nous vous interdisons... (Le Bailli était tellement indigné qu'il en perdait la voix.)

— Tyr barrera le passage à l'aveuglé ! proclama messire Philippe, non sans plaisir. Mais c'est le représentant du Temple qui assena à Julien le coup décisif.

— Quelque chose ne semble décidément pas bien fonctionner dans votre tête, commença le Doge avec l'amabilité d'un médecin. Vous souffrez de troubles de mémoire. Vous avez cédé Sidon à mon Ordre par écrit, il y a trois semaines, comme garantie pour les fonds que vous avez dilapidés en absurdes ferraillages ! Le gage sera à nous d'ici cinq jours !

— Vous n'oserez pas ! hurla Julien ! Bande de vautours ! Coupe-gorge !

— Ce dernier point n'est pas prévu au contrat, répondit froidement le Doge, mais si vous refusez et si vous nous y forcez...

Il n'acheva pas sa menace. Julien avait déjà traversé toute la pièce.

— Tentez donc de plonger vos serres dans la chair chaude de Sidon, vautour à la croix rouge ! hurla-t-il depuis la porte. Vous vous en repentirez !

Et il sortit.

— L'audience est levée, proclama le bailli après avoir recueilli l'accord de la reine. Plaisance paraissait extrêmement maussade, mais soulagée d'avoir mené cette réunion jusqu'à son terme.

Le Doge parcourut à grand pas le quartier abandonné par les Génois. Passant devant l'église contestée de Saint-Sabbas, il arriva au château du Temple, sur la pointe de terre qui se dressait dans la mer comme une épine rocheuse. Son grand maître le reçut immédiatement. Mais, avant même que le Doge puisse l'informer du déroulement et du résultat de l'assemblée du conseil, Thomas Bérard lui annonça, rayonnant de bonheur :

— Nous avons repris *L'Atalante*. En bon état, presque sans dommage !

— J'en suis très heureux, répondit le commandeur

Georges Morosin. Je me réjouis aussi que Taxiarchos soit tardivement revenu à la raison.

— Trop tardivement, Georges ! répliqua le grand maître avec un sourire pincé. Et puis il ne s'agit guère de retour à la raison. Nous avons dû coincer ce pirate en pleine mer, en déployant la plus grande armada qui se soit jamais rassemblée. Ne serait-ce que pour cette raison, un procès est inévitable.

— Le Pénicrate n'est pas un pirate ordinaire ! protesta le Doge. L'Ordre lui doit d'avoir effectué le trajet secret vers les « Îles lointaines », qu'il a mené à bien et avec brio...

— Pour mettre ensuite ses connaissances au service du roi Manfred, l'interrompit le grand maître d'une voix acide, et s'emparer par la ruse de notre *Atalante*, afin d'accomplir le voyage suivant.

— Ce dernier point est incontestable, mais je ne crois pas qu'il ait eu l'intention de duper l'Ordre, et particulièrement de révéler le secret de l'itinéraire qui traverse l'océan Atlantique !

— Ce corsaire (vous me passerez bien cette expression) pourra présenter lui-même ses excuses pendant le procès.

Thomas Bérard perdait son calme. Cette discussion lui paraissait inutile.

— Vous pouvez sans doute assurer sa défense en exerçant votre droit domestique...

— Comment cela, vous n'allez pas le faire comparaître ici, devant votre siège ?

La patience du grand maître s'étiolait.

— Précieux Georges Morosin, sauf miracle provoqué par la Sainte Vierge, le procès se conclura sur une peine capitale. Pour cela, nous n'avons même pas besoin de procès, le vol aggravé (celui-là est incontesté) y suffit largement. Mais je veux savoir, et c'est de vous que j'attends la réponse, dans quelle mesure la Sicile ou d'autres ont participé à la planification et à la mise en œuvre. (Le grand maître sentit que le Doge allait refuser cette mission. Sa voix se fit plus dure.) J'ai entendu dire que Roç Trencavel avait joué un rôle déterminant, tout comme la trirème du comte d'Orante. Si cela devait s'avérer, ils seraient eux aussi inculpés, tout comme nos propres chevaliers, notamment le commandant responsable, Simon de Cadet...

— Vous voulez tous les traîner devant le...

— Certainement ! répliqua sèchement Thomas Bérard. Et, pour éviter des prolongements susceptibles de gêner notre Ordre, le procès se déroulera à huis clos. Nous ne voulons nullement violer le droit, nous n'avons pas peur du public, mais nous parlerons inévitablement des « Îles lointaines ». Ne serait-ce que pour cette raison, nous ne voulons ni de questions idiotes, ni des indiscrétions commises par les curieux ou les jaloux. Ascalon est le lieu qui convient. Nous nous y trouvons certes en terre égyptienne, mais il nous est permis d'y tenir tribunal et d'exécuter les verdicts !

— Vous l'avez déjà prononcé ! s'indigna le Doge.

— Ne soyez pas idiot ! s'exclama le grand maître en serrant les dents pour garder son calme. À cette fin, nous vous élevons, Georges Morosin, au rang de commandeur. Un titre que vous portez déjà depuis quelque temps sans en avoir le droit. Et nous attendons de vous que vous prépariez et meniez ce procès avec habileté, comme vous savez magistralement le faire, pour que l'Ordre n'ait pas à en pâtir. Si notre réputation devait être atteinte, ou si vous ne défendez pas nos intérêts, je vous en rendrai personnellement responsable.

— Je ne ferai ni un bon accusateur, ni un inquisiteur ! répondit le Doge dans une ultime tentative pour éviter ce rôle déplaisant.

— Ne vous souciez donc pas de vos faiblesses ! lui rétorqua le grand maître. D'autres s'en chargent déjà. Ils ont moins de scrupules, mais ont montré qu'ils respectaient sans condition et avec zèle leur serment de Templier ! Et puis vous n'avez pas été nommé juge...

— Mais larbin ! compléta le Doge, lui-même étonné de sa hardiesse.

Le grand maître passa sur cet accès de colère.

— ... ni bourreau, ni même maître des lieux, facilitant la tâche de ses frères d'Ordre, qui doivent accomplir une mission difficile ! ajouta-t-il avec un sourire crispé. Sortez, maintenant, je vous prie, avant que je ne me mette à douter de la justesse de mon choix !

Le Doge s'inclina et quitta la salle du chapitre. Il décida d'aller rendre visite à Sigbert von Öxfeld à la maison des Allemands, située à l'autre extrémité de la vieille ville, à proximité immédiate de l'enceinte intérieure, une citadelle massive dont les tours d'angles étaient intégrées aux fortifications. Le vieil homme le conseillerait courtoisement. Le commandeur de Starkenberg tiendrait sans doute moins à sauver la tête de Taxiarchos qu'à parer le danger qui planait sur tous les autres, notamment sur Roç Trencavel. Après tout, on le considérait comme le gardien du couple royal.

Au-delà du rivage, le désert

Le voyage sur le Nil, à bord du bateau démodé que la mère de l'Archer avait si aimablement mis à sa disposition, aurait été tout à fait au goût de Yeza si elle avait pu faire un usage abondant des commodités du bord. Les planchers étaient en bois noble et recouverts de plusieurs couches de tapis précieux. On y avait installé des divans tendus de soie protégés du soleil par des voiles couleur ivoire et des mouches par des pans de gaze bleuâtre. Un Nubien grand comme un arbre rafraîchissait les passagers avec un éventail en plumes de paon, une Soudanaise de bonne stature redressait les coussins, et un Pygmée noir comme jais, qui disparaissait sous son turban gigantesque, proposait depuis un tabouret en argent des sucreries raffinées, avec du *shai bi na' na* ou un *'assir limoun* rafraîchissant agrémenté de dattes et de figues grillées.

Malheureusement, Yeza n'était pas allongée sur un divan, à regarder défiler devant elle le paysage fluvial. Elle était assise dans une tente étouffante de laquelle elle observait avec nostalgie, par une fente étroite, les minarets et les coupoles étincelantes du Caire, et les Pyramides, dont la vision lui parut irréelle. À plusieurs reprises, Yeza fut tentée de quitter sa cachette et d'ordonner aux rameurs de se diriger vers la rive. Mais elle y renonça et resta dans l'obscurité de la tente jusqu'à ce que la tentation se fût dissipée. Le puissant enchantement agissait encore bien après que la dernière pointe eut disparu. À la hauteur de la ville du sultan, il fallait être prudente, Faucon rouge le lui avait rappelé : Le Caire connaissait le but de son voyage, et ne l'approuvait guère. Yeza enviait ses hommes, les rares à être restés auprès d'elle. Tous vêtus comme des musulmans, ils étaient assis sur des coussins, sur le pont, tiraient sur leur narguilé et n'avaient pratiquement pas accordé le moindre regard à la tombe de Cheops.

Simon de Cadet et ses trois Templiers avaient débarqué avant Le Caire pour prendre, près d'Héliopolis, l'ancienne route des caravanes qui passait par El-Suwais et menait vers l'est, afin d'atteindre au plus vite un territoire chrétien. C'était sans aucun doute le chemin le plus court pour Jérusalem, mais ce serait aussi le plus pénible : il leur faudrait traverser d'abord le Sinaï, puis le désert du Néguev. Faucon rouge leur avait instamment recommandé de se diriger plus au sud, vers la mer Rouge (la route des caravanes était contrôlée par les guetteurs du sultan), puis de prendre un bateau, de contourner la presqu'île, de ne débarquer qu'à Aqaba, puis de remonter la vallée du Jourdain. Ensuite, Faucon rouge les avait quittés, extrêmement inquiet de l'état dans lequel il allait retrouver sa maison et la cour. Il avait débarqué avant Gizeh, mais avait promis qu'il ramènerait bientôt des chevaux frais et de l'eau à la petite troupe, qui entamerait son chemin dans le désert au plus tard à la hauteur de Memphis. Yeza disposait ainsi de deux guerriers puissants, Kefir Alhakim et Jordi Marvel et, pour couronner le tout, du cabaliste Ezer Melchsedek. Grâce au geste de Taxiarchos, elle pouvait aussi compter, *bis mashiat arrabb*, sur les *lancelotti*. Ceux-ci avaient mis de côté leurs faux redoutées et aidaient les esclaves à ramer, ne serait-ce que pour ne pas perdre la main. Ils poussaient le navire contre le flot paresseux lorsque Ezer sauta sur ses jambes.

— Nous avons franchi Hélouân ! s'exclama-t-il. Mettez le cap sur la rive gauche !

Yeza sortit de la tente.

— Notre voyage sur le Nil s'achève ici, annonça Jordi à sa maîtresse. C'est dommage.

Le petit troubadour n'avait guère envie de quitter les planches du navire pour le dos d'un chameau. Yeza, elle, hocha la tête. Tout lui convenait. Ou rien du tout

Du fleuve, Faucon rouge s'était rendu à cheval vers Gizeh, où se trouvait, face à la grande pyramide, la ferme de son père. De loin, déjà, il remarqua qu'il n'y régnait pas l'animation habituelle. Plus il s'en rapprochait, plus il constatait l'état de désolation où se trouvait son bien. Quelques silhouettes familières apparurent sur le côté du chemin : des Bédouins qui gardaient leurs troupeaux aux alentours. Ils paraissaient accablés.

— Nous avons mauvaise conscience, crièrent-ils à Faucon rouge en se jetant au sol, même si nous ne sommes pas coupables, car la maîtresse l'avait voulu ainsi !

— Levez-vous ! ordonna l'émir en mettant pied à terre. Que s'est-il passé ici ?

Les Bédouins se retournèrent les uns vers les autres, confus, jusqu'à ce qu'un ancien prît la parole :

— Pour protéger la fuite de votre épouse et du jeune sultan Ali, il nous a été ordonné de défendre aussi longtemps que possible l'accès de votre maison aux soldats de Qutuz.

— Où est passée ma femme ?

Faucon rouge s'efforçait de ne pas montrer de mouvement d'humeur, surtout pas la colère qui s'emparait peu à peu de lui.

— Elle a rejoint les camps de notre tribu dans le Sinaï. La plupart des nôtres l'ont escortée, si bien qu'elle devrait (*inch'allah !*) être en sécurité depuis plusieurs jours. Nous autres, qui étions restés ici, nous n'avons pas pu résister bien longtemps. Beaucoup ont donné leur vie, seigneur. Mais les soldats ont été pris de fureur en constatant qu'ils s'étaient battus pour rien. Et ils ont dévasté votre maison.

Faucon rouge n'eut qu'un bref instant d'hésitation.

— Je ne veux pas voir cela maintenant. Mais laissez tout en l'état. À mon retour, les coupables seront punis. (Il regarda la petite troupe des Bédouins.) De combien de chameaux et de cavaliers pouvez-vous vous passer ?

L'ancien secoua la tête.

— Décidez quel doit être le nombre d'hommes protégeant vos biens pour éviter aux moins que les voleurs et les pilleurs ne succèdent aux profanateurs.

— Six hommes et dix chameaux me suffiront, avec des provisions et de l'eau potable pour une semaine.

— Tout ce qu'il me reste de fils vous accompagnera, répondit le vieil homme, heureux de voir l'émir prendre les dégâts avec autant de détachement. Mais permettez-nous à tous de laver l'affront qui nous a été fait, à vous comme à nous-mêmes, dans le sang de ces canailles, dès que vous aurez trouvé et ramené votre épouse.

Faucon rouge hocha la tête. Il ignorait comment il devrait se comporter face à Madulain s'il la rencontrait un jour chez les Bédouins. Certainement pas en époux jaloux. Une bonne chose que sa mission, pour l'instant, soit de protéger le chemin de Yeza vers Jérusalem.

Simon traversait le désert avec ses trois chevaliers. Ils souffrirent bientôt de la faim, puis de la soif, mais ils prirent cela comme une expiation pour la faute qu'ils portaient (et pour lui, le commandant, elle pesait encore plus lourd) depuis qu'ils s'étaient laissé duper à Linosa et qu'ils ne s'étaient pas battus jusqu'à la mort pour empêcher le départ de *L'Atalante*. Le tribunal du chapitre avait vraisemblablement prononcé depuis longtemps sa culpabilité *in absentia*. Simon était disposé à le payer de sa vie, mais il voulait éviter à ses camarades la punition qui l'attendait. Ce serait bien sûr une grâce de la Vierge, qu'on lui donne encore l'occasion de faire ses preuves, d'engager sa vie pour le bien de l'Ordre, de se dévouer à la gloire et à l'honneur du Temple.

Marie avait-elle entendu sa prière ? Ou bien était-ce un mirage qui apparaissait à Simon, dans la chaleur écrasante, la soif qui les faisait délirer et la lumière scintillante ? En tout cas, il vit tout d'un coup une caravane de guerriers musulmans qui semblaient emmener avec eux un prisonnier, un chevalier du Temple. Plus ils se rapprochaient, plus son doute initial se dissipa. Ils n'avaient pas le moindre soupçon. Car même s'ils avaient forcément vu depuis très longtemps Simon et ses hommes, ils ne manifestaient ni une prudence particulière, ni une quelconque hostilité. Mais les Templiers ne regardaient que le vieil homme à la longue barbe d'argent dont le clams blanc à la croix griffue rouge indiquait son appartenance à l'Ordre. Simon se frotta les yeux pour être sûr de ne pas être en proie à une hallucination. La sueur le brûla plus fortement encore et troubla son regard. Mais ses compagnons s'arrêtèrent eux aussi pour observer la troupe qui avançait lentement.

— Prions ! lança Simon aux siens, à voix basse ; ils descendirent d'un seul bond de leurs chevaux et se jetèrent dans le sable.

— Seigneur, nous Te remercions ! sanglota l'un des trois chevaliers, tandis qu'un autre balbutiait : Miracle de la Grâce ! Vierge céleste !

— C'est à Elle que nous vouons notre vie, qui appartient au Temple ! s'écria Simon, et ils remontèrent en selle.

Les ennemis étaient bien quatre fois supérieurs en nombre. Il y avait parmi eux un émir, sans doute de haut rang, car il voyageait dans une litière ouverte au-dessus de laquelle on portait une ombrelle. Ce tableau pacifique était souligné par le fait que les musulmans, loin de tirer leur prisonnier derrière eux, au bout d'une corde, l'avaient installé sur le dos d'un chameau. Ils ne l'avaient même pas ligoté ! Mais Simon ne se laissa pas abuser par cette ruse.

— C'est à nous qu'il revient de délivrer ce frère au grand âge ! lança-t-il entre ses dents à ses compagnons. Sortez vos armes !

Les trois hommes obéirent, les yeux brillants. Marie, la sainte mère de Dieu, avait eu pitié d'eux, ils pouvaient se rendre une dernière fois dignes de l'Ordre qui les avait justement exclus, le servir au prix de leur sang ! *Gloria in excelsis !*

— *Bauséant a la riscossa !* hurla Simon comme s'il portait avec lui la bannière invisible. Ils se jetèrent sur la longue caravane dont les hommes parurent totalement hagards en voyant les Templiers dévaler vers eux depuis une dune de sable. Ils n'eurent pas beaucoup de temps pour s'étonner : les premiers d'entre eux tombaient déjà des chameaux, taillés en pièces par les Templiers. La moitié d'entre eux fut bientôt au sol. L'émir, dans la litière, se cachait la tête, tandis que les autres s'enfuyaient dans le désert. Les Templiers ne firent même pas mine de les poursuivre : ils entourèrent leur vieux frère d'Ordre. L'effort les faisait haleter, mais ils rayonnaient de bonheur.

Le Templier regarda ses sauveurs ; il semblait de fort méchante humeur.

— Jeunes frères, mon destin est de mourir à Jérusalem. C'est la raison pour laquelle le nouveau sultan m'y a fait conduire, en signe de bonne volonté.

Le vieil homme jeta un regard désapprobateur sur les épées ensanglantées de ses libérateurs, et alla présenter ses excuses à l'émir, dans la litière.

— Ces seigneurs se sont comportés comme des bandits de grand chemin. Ils ont bien mal rendu leur service à vos hommes courageux, et m'ont gâché mon dernier voyage !

L'émir se contenta de hausser les épaules. Les Templiers, honteux, regardaient le sol. Simon s'adressa tout de même à son vieux frère d'Ordre, qui lui paraissait avoir l'esprit un peu confus.

— Ne vous faites pas de souci pour cela, nous allons immédiatement vous conduire dans la sainte Jérusalem !

Le vieil homme le regarda, l'air encore plus ahuri.

— Vous ne connaissez même pas votre chemin ! gronda-t-il. Comment voulez-vous m'y conduire, jeunes ingénus, alors que je dois à présent vous mener à Ascalon ?

— Même dix chevaux ne m'entraîneront pas à Ascalon ! répliqua Simon.

— Vous allez vous présenter au chapitre de l'Ordre,

insista le vieil homme, pour répondre de votre désobéissance, de votre manque de discipline et d'une grossière transgression des règles de votre service ! conclut-il.

— Et moi, que vais-je devenir, illustre Botho de Saint-Omer ? demanda Naiman, plus timide qu'agacé. Qui va enterrer les morts ?

— Que vous importe, Naiman, c'étaient des incroyants comme vous-même, laissez-les en pitance aux oiseaux ! répondit l'homme à la barbe blanche. Poursuivez votre chemin vers Jérusalem, et remplissez la mission que vous a confiée votre seigneur !

Du bout du doigt, il désigna la précieuse cassette que le bigleux avait placé devant lui dans la litière.

— Ensuite, ajouta-t-il en guise d'adieu, si vous n'êtes pas déjà en enfer, faites-moi ce plaisir : allez au diable !

III

Les bourreaux d'Ascalon

RÉPARTITION AGITÉE DE RÔLES TRÈS CONVOITÉS

Lorsque les navires de la flottille des Templiers approchèrent de la fortification portuaire la plus avancée sans diminuer leur vitesse, des coups précis, portés devant leur proue par les catapultes des deux tours de protection, vinrent les mettre en garde. Guillaume de Gisors, qui avait fait hisser bien haut la bannière de l'ordre, était moins agacé par la garnison mamelouk que par ses propres hommes sur place, qui auraient dû mieux préparer son arrivée, d'autant plus que tous savaient bien qu'il avait à son bord des prisonniers que l'on venait juger ici. Mais le gouverneur du lieu, le « Doge », Georges Morosin, un homme qui lui avait toujours paru suspect, ne se montra même pas pour le saluer. Le grand maître désigné du puissant Prieuré supporta l'humiliation : un seul navire, le sien, fut admis dans le port. Les autres durent rester ancrés à l'extérieur, devant la jetée. La lourde chaîne de fer qui bloquait l'entrée fut détendue, juste assez pour qu'il puisse prudemment glisser dessus. Lorsqu'ils accostèrent, on lui donna l'ordre de se présenter au commandement du port, ce qui était le summum de l'insolence — ou une méchante mise en scène du Doge, qui désirait sans doute l'impressionner. Guillaume de Gisors décida de s'attirer la bienveillance des mamelouks, pour compenser l'hostilité qui semblait se dégager de ses propres rangs. Il choisit dans son bahut aux trésors un précieux cimeterre de parade avec son fourreau (une prise de guerre) et le fit remettre au chef suprême des autorités du port en soulignant qu'il savait fort bien que son Ordre n'était ici qu'un hôte, et qu'il ne pouvait compenser cette hospitalité que par un bien modeste cadeau. Car, ajouta-t-il, être placé sous la protection particulière du sultan du Caire était un privilège extraordinaire.

Le brave homme fut subjugué de voir un Templier de haut rang se montrer aussi modeste et promit aussitôt d'offrir sa vie pour son hôte si cela devait se révéler nécessaire, et de devancer le moindre de ses désirs.

Guillaume s'était ainsi ménagé une sorte de porte de sortie, si des puissances hostiles devaient s'en prendre à lui. Il savait bien cependant que l'attention qu'on leur portait ne lui était pas destinée, mais à Taxiarchos, qui comptait sans doute des amis dans la place. Gisors maudit l'idée de Thomas Bérard, qui avait décidé que le jugement du pirate se déroulerait précisément à Ascalon. Mais les seigneurs qui se trouvaient derrière tout cela allaient être étonnés de l'inflexibilité avec laquelle il allait mener ce procès, jusqu'à ce que le lascar pende au bout d'une corde !

Il but encore un peu de thé. Enfin, un sergent apparut et lui annonça qu'il venait se charger du prisonnier. Guillaume de Gisors était plus près de l'étouffement que de l'accès de rage, mais seul son visage tendre (jadis, on l'appelait « Face d'Ange ») se tordit un peu. Il fit savoir au messager qu'il préférait commencer par inspecter les locaux de l'Ordre avant de transférer directement le détenu du bateau au cachot. Le mamelouk lui proposa de l'escorter jusqu'au donjon du Hafside.

— Le donjon du Hafside ? répéta Gisors, ahuri. Vous ne parlez tout de même pas du marchand d'escl...

— Si, si ! confirma le sergent. Le Hafside est désormais le propriétaire de l'ancienne commanderie des Templiers. L'Ordre, représenté par le Doge, n'y est qu'un sous-locataire.

— Infamie ! grogna Gisors. Pourquoi ne me l'a-t-on pas...

— Cette symbiose dure depuis des années, poursuivit le sergent, impassible. Et elle s'est révélée extrêmement profitable pour le commerce !

Le Templier suivit le sergent en silence. Les mamelouks s'arrêtèrent devant le portail du gigantesque palais, où s'achevait sa mission. Ils ne précisèrent pas qu'Abdal le Hafside n'aimait guère voir des hommes en armes (les siens exceptés) pénétrer dans sa propriété. Guillaume de Gisors, lui non plus, n'aurait pas aimé apparaître devant le Doge et le Hafside avec cette escorte de sabreurs. Il traversa la cour : personne n'était venu l'accueillir. Il s'agissait sûrement d'un ancien caravansérail. Le sergent expliqua qu'on n'y manquait pas de cachots, et que le maître des lieux, Abdal le Hafside, n'était pas là. Le Doge, en revanche, l'attendait. Ils étaient arrivés au pied du donjon qui, semblable à une citadelle, s'élevait au-dessus de toute la propriété et de vastes parties de la ville.

Le Doge reçut le visiteur dans la pièce de travail d'Abdal, sans même se lever. Il avait cependant passé son clams. Guillaume avait l'humeur d'un ange exterminateur. Il bouillait.

— Savez-vous au juste qui se tient devant vous, sans que vous jugiez seulement utile de vous lever ? demanda-t-il d'une voix saccadée.

— Guillaume de Gisors, je suppose, répondit le Doge avec un sourire obligeant, avant de préciser aussitôt : Lequel n'a aucun rang dans l'ordre des Templiers, sauf erreur de ma part. L'homme qui se tient assis devant vous a pour sa part la dignité de commandeur. Je puis donc à présent vous proposer de prendre place et de me faire votre rapport.

Guillaume de Gisors resta un certain temps immobile, incapable de dire un mot. Puis il se laissa tomber sur le siège qu'on lui avait offert.

— Comptez-vous me réserver pour toute la durée du procès l'attitude hostile que vous avez manifestée jusqu'ici ? s'enquit-il ensuite d'une voix basse et menaçante. Je suis venu parce que j'ai une mission à remplir. Pas pour vous rendre une visite.

— Bien, répliqua le Doge. Moi aussi, j'aime les situations claires. Je souhaite donc que vous reconnaissiez l'objectivité de mon attitude. Car nous avons à mener un procès, et pas un tribunal vehmique où le verdict est déjà établi.

— Doutez-vous par hasard de la culpabilité du... ?

— Merci ! répondit froidement le Doge. Vous venez déjà de vous disqualifier comme juge, vous ne pouvez plus être qu'un accusateur !

— Est-ce à vous de le décider ? interrogea Gisors, qui tremblait de nouveau de colère.

Le Doge lui mit sous le nez un ordre du grand maître.

— Unique responsable de la bonne mise en œuvre... Avec lettre et cachet !

— Cela fait de vous un président de tribunal, mais pas un juge, loin s'en faut !

— Je n'aimerais pas être le juge, assura le Doge.

— Vous, le commandeur Georges Morosin, vous n'allez tout de même pas assumer la défense de ce pirate ?

— Cela me plairait bien, admit le Doge avec une pointe de regret. Puisque vous, Guillaume de Gisors, avez déjà fait de votre cœur une âme de meurtrier, je ne vous céderai en rien en fausse franchise : de même que vous êtes pressé comme un chien de chasse qui poursuit le renard après l'avoir enfin débusqué de son terrier, je souffre pour ma part avec la créature qui a suivi son instinct et a plongé le grand poulailler dans l'excitation et l'effroi.

— Voulez-vous offenser l'Ordre auquel vous appartenez ?

— Celui qu'ornent les plumes, il se les met au chapeau ! Vous voulez avoir le chapeau du chasseur et dépecer le renard, l'un comme l'autre sont honorables, mais le chasseur ne peut pas être aussi le boucher !

— Voulez-vous aussi me contester le droit de porter l'accusation ?

— Je veux très certainement vous libérer d'une activité qui ne vous revient plus depuis votre arrivée à Ascalon, celle de sbire ou de maître de geôles ! Le prisonnier doit être confié au tribunal. Les cachots, ici, assurent une sécurité totale, y compris au détenu, au cas où quelqu'un voudrait devancer le verdict.

— L'attention que vous accordez au criminel devrait inquiéter les autorités de l'Ordre ! commenta Gisors, menaçant. Il y a certainement un miroir, ici ?

Le Doge ne souriait plus.

— Il est à votre disposition. Par ailleurs, vous pourrez remonter sur le navire avec lequel vous êtes arrivé dès que le prisonnier sera ici en bonne santé.

— Êtes-vous devenu fou ? Vous osez me menacer ?

Le regard de Guillaume, que le calme de son interlocuteur avait alerté, se dirigea en haut, vers la balustrade. Il y vit au moins dix arbalétriers, qui avaient tous leurs armes braquées sur lui.

— C'est le pire chantage que j'aie...

— Le prisonnier n'est pas votre propriété personnelle, et vous ne disposez pas de son sort. Il appartient à l'Ordre. Vous vous êtes opposé à sa livraison, et l'Ordre se voit contraint de faire appliquer le droit.

Le Doge se leva pour la première fois et tendit à Gisors un parchemin déjà rédigé.

— Signez ! Mon sergent se rendra à votre bord avec ce document et se fera remettre Taxiarchos. Vous pouvez attendre ici, et vous vous convaincrez ensuite de la sûreté de notre cachot. À moins que vous ne vouliez la vérifier tout de suite ?

Le Doge ne laissait aucune échappatoire. Gisors signa. Le sergent prit la lettre et disparut. Les deux Templiers n'échangèrent plus le moindre mot.

Depuis que Yeza avait quitté la luxueuse barque de la mère de l'Archer, elle observait sur le rivage du large fleuve limoneux le déchargement du navire. Elle vit alors une troupe de chameliers se diriger vers elle. Elle eut un instant de frayeur : elle se rappelait les menaces qu'avait proférées le nouveau sultan à son encontre. Mais c'est Baibars qui avançait en tête du groupe, et il ne se montra même pas désagréable, malgré sa brutalité habituelle. L'Archer sauta de sa chamelle.

— Soyez saluée, princesse ! tonna-t-il. Je devrais mieux connaître mon illustre mère ! Lorsqu'on m'a dit que sa barque était passée devant le Caire sans faire halte et sans émettre de signal, j'aurais dû me douter qu'elle n'était pas à bord.

— Allah doit vous aimer plus que tout autre, noble Bunduktari, répliqua Yeza, pour vous avoir donné pareille mère. Ce fut pour moi un plaisir de lui tenir compagnie sur ses tapis. Il me faut hélas quitter ici sa protection bienveillante, et confier mon sort au dos de chameaux que je dois encore acheter.

— C'est inutile ! Prenez donc les miens !

— Je ne puis accepter ! répondit Yeza, courtoise.

— Mais si ! Ne serait-ce que parce qu'il me plaît de vous surprendre, Princesse, ce qui n'est pas si simple. Je vais vous accompagner jusqu'à la mer Rouge, car je tiens beaucoup à ce que vous arriviez saine et sauve à Jérusalem.

Yeza regarda le visage anguleux de l'Archer. Il ne trahissait aucune des pensées qui se cachaient derrière son front ridé.

— Dans ce cas, vous savez aussi que j'ai rendez-vous, pour traverser le désert, avec Faucon rouge ?

— L'émir Fassr ed-Din Octay pourrait être retenu... Ou bien il a d'autre soucis.

— Madulain ? demanda Yeza, trop hâtivement.

— Elle lui a filé entre les doigts, avec Ali, le sultan déposé !

Yeza enregistra l'information et préféra se taire. Les fidèles *lancelotti* prirent congé d'elle, comme il avait été convenu avec Hamo. Elle aurait pu demander qu'ils l'accompagnent jusqu'à la mer, et même jusqu'à Jérusalem. Mais elle savait que chacun de ces hommes était attendu par les siens à Otrante. La séparation fut difficile.

— Partons à présent, suggéra l'Archer une fois qu'il se fut assuré que tous les biens de sa protégée avaient été déchargés et répartis sur les chameaux. S'éloigner trop longtemps du palais ne profite jamais à ceux qui détiennent une part du pouvoir.

— Ne vous sacrifiez surtout pas pour moi, Baibars !

Yeza tentait de plaisanter, mais l'émir colérique, l'homme le plus puissant au sultanat des mamelouks, n'entra pas dans le jeu. Et ils entamèrent en silence leur chevauchée dans le désert.

Le voilier du Hafside ancrait toujours à Saint-Symeon, le port d'Antioche. L'état de Roç s'améliorait à vue d'œil, même s'il était encore cloué au lit, malgré les soins attentifs de Geraude. Lorsque la femme au tendre cœur quittait la tente qu'on avait dressée pour lui sur la passerelle arrière, il commençait secrètement à s'exercer. Il courbait son dos maltraité et tentait de faire ses premières tractions. Roç serrait les dents. Mais au bout de trois ou quatre efforts, chaque fois, il retombait sur le ventre. Il aurait hurlé de rage ! C'est dans un moment de désarroi comme celui-là que les trois Occitans lui rendirent visite.

Mas de Morency ouvrit immédiatement sa grande bouche :

— Le Trencavel, fou d'amour, n'a pas encore remarqué que de sa molle couche Geraude s'est enfuie depuis longtemps pour pleurer des larmes brûlantes sur ses pitoyables performances !

Roç décida de ne pas perdre son calme.

— C'est la pure jalousie qui parle !.

Raoul tendit la main au Trencavel.

— Messire de Morency qui, on le sait, se branle trois fois par jour dans son matelas dur en s'imaginant...

— Lui ne dit pas à qui il pense, trompeta Pons, mais à en juger par sa chaleur finale, il s'agit encore et toujours de sa lointaine mère adoptive !

Le gros garçon eut juste le temps de se réfugier derrière la couche de Roç pour échapper aux coups de pied de Mas.

— Voulez-vous que je vous raconte, Roç, comment sa grande sœur Mafalda en a roulé une à son petit frère ?

— Ça suffit, à présent, bande de porcs occitans ! ordonna Raoul avant de s'adresser à Roç : Guillaume de Rubrouck est parti pour Alep.

— Il a pris la fuite devant Potkaxl ! ricana Mas. Elle l'a surpris au moment où il rendait visite à sa femme, qui habite en ville, au palais princier.

— Guillaume n'est même pas marié, objecta Pons, mais il a deux enfants !

— Ni l'un ni l'autre ne sont de lui, contra Roç. Et Xenia n'est pas non plus leur mère naturelle. Mais pourquoi à Alep ?

Raoul reprit le récit :

— Monsignore, le cupide, s'est laissé convaincre par ce moine insatiable qu'une véritable « table ronde des plaisirs exaucés », puisque c'est ainsi que ce brave Gosset appelle sa cour du roi Arthur, que ce lieu, donc, ne peut tenir sa promesse si son unique source de plaisirs de la chair est cette Toltèque. Potkaxl n'est tout de même pas le Graal, capable d'abreuver le monde entier jusqu'à plus soif !

— Non, confirma Roç dans un soupir, Dieu sait que non !

— C'est la raison pour laquelle Monsignore a puisé, le cœur lourd, dans sa caisse au trésor, et a remis au frère mineur une somme...

— ... qui suffira tout juste à acheter une Pygmée...

— ... et encore, une toute petite ! ajouta Mas.

— En tout cas, reprit Raoul, Guillaume, une fois de plus déguisé en marchand musulman, est parti pour Alep en compagnie d'Abu Bassiht, parce que c'est là que se tient le mieux pourvu des marchés aux esclaves.

— Et il y est allé avec un soufi, en plus ! gémit Roç. Ils ne connaissent strictement rien à la manière dont on achète à bon prix ce genre de marchandises.

— Vous devriez lire les vers dans lesquels il chante les mérites des *houris* ! intervint le Hafside avec un rire tonitruant. Même s'il s'agit sans doute plutôt, en l'occurrence, des *houris* du Paradis ! (Le marchand d'esclaves avait du mal à retrouver son calme.) J'ai proposé à Guillaume les plus belles femmes : des Tcherkesses aux seins en poire, des Nubiennes bien grasses, des Somaliennes aux jambes de gazelle, des Géorgiennes au ventre mou. Mais non, il a absolument voulu aller faire son choix lui-même, avec sa main baladeuse et son regard « expérimenté ». (Abdal le Hafside retrouva son sérieux.) Il faudra peut-être attendre longtemps avant que le moine ne revienne parmi nous. S'il revient ! Car si les gardes du marché découvrent à qui ils ont affaire, nous pourrons le racheter à la livre : ils l'auront découpé en morceaux !

— Ce genre de choses n'arrive pas si facilement à Guillaume ! dit Roç, pour se tranquilliser. Et puis il a Abu Bassiht comme ange tutélaire.

— Une tête de lard sourde se fait guider par un aveugle à l'esprit confus ! Je ne peux en aucun cas attendre que Guillaume revienne dans vos bras, Trencavel. Mes affaires m'appellent à Ascalon. Vous pouvez m'accompagner, vous serez mon invité, ou bien il vous faudra prendre vos quartiers auprès de votre ami Gosset jusqu'à ce que votre franciscain réapparaisse.

— J'attends Guillaume ! annonça Roç sans prendre beaucoup de temps pour réfléchir.

— Comme vous voudrez ! répondit le Hafside. Par ailleurs, j'ai des nouvelles indirectes de votre *Damna,* elle...

Roç se redressa d'un seul coup.

— De Yeza ?

— La princesse Yeza Esclarmonde a demandé un navire qui doit la conduire à Aqaba par la mer Rouge. Elle est en route pour Jérusalem !

— Pensez-vous que je devrais...

Roç se laissa retomber sur sa couche, en gémissant.

— Je ne pense rien. C'est à vous de décider. Il faudrait juste ajouter que cette nouvelle est arrivée par l'intermédiaire du Caire, et qu'elle porte le code de l'Archer.

— Je trouve cela tranquillisant, déclara Roç, qui en était profondément convaincu. Baibars n'a que de bonnes intentions à l'égard de ma dame. Je ne peux imaginer meilleure protection !

Il avait ainsi touché Abdal à son point le plus sensible : le marchand d'esclaves se considérait lui-même comme le plus sûr des boucliers pour tous ceux qu'il prenait sous son aile. Jugeant que Roç n'était guère reconnaissant, il sortit sans dire au revoir, non sans ordonner à ses marins de porter sur le quai la couche et le convalescent.

— Et avec tout cela, la tente, *Allah ia' alam bi kubr qalbi !*

Il se demanda un bref instant s'il devait prendre congé de Gosset, mais décida de partir sans autre formalité. Le Hafside était devenu nerveux, et n'avait plus qu'une seule hâte : rentrer à Ascalon par le chemin le plus court.

Taxiarchos avait été installé dans une cellule vaste et claire équipée d'une couchette en pierre, creusée dans une niche et ornée de plusieurs couches de tapis. On y trouvait aussi une table en maçonnerie et un siège, tout aussi dur. Mais aucun objet dans la pièce ne lui aurait permis d'attenter à ses jours. On avait donc aussi renoncé à lui lier les mains. La porte était construite en madriers épais, et la fenêtre à barreaux donnait sur une grande cour dont on ne se servait guère. Taxiarchos faisait les cent pas. Lorsqu'il se couchait, il avait l'impression que le plafond s'écroulait sur lui. Jusque-là, il n'avait reçu qu'une seule visite du Doge, lequel lui avait seulement demandé s'il existait quelqu'un qu'il lui serait particulièrement agréable de rencontrer. Sans hésiter, le Pénicrate avait réclamé son ami Gosset. Le Doge avait promis de faire de son mieux. Pour le reste, il était demeuré très froid. Les repas lui étaient apportés par le sergent qui était venu le chercher dans son réduit puant, dans la cale du bateau. De son geôlier, il savait seulement qu'on l'appelait « Harun », et qu'il n'était pas non plus très bavard. Le tribunal n'était pas encore réuni : c'était la seule information qu'il avait pu lui arracher.

Immédiatement après avoir placé son prisonnier sous la garde de l'ancienne commanderie de l'Ordre, Guillaume de Gisors s'était précipité vers la plus haute plate-forme du donjon. En haut, il trouva certes le miroir reluisant, mais aussi un Noir à la stature gigantesque dont le buste nu et huilé brillait au soleil — pas autant, cependant, que son grand cimeterre argenté. Il suivit chacun de ses mouvements en roulant des yeux, l'air attentif. Guillaume de Gisors n'était pas certain que ce colosse comprenait le message qu'il envoyait à Saint-Jean-d'Acre, mais sa présence l'incita à être concis. Puis il attendit la réponse.

— Es-tu au service du Hafside ou du Temple ? demanda-t-il au géant, très lentement, en détachant les syllabes comme s'il s'adressait à un enfant. Le Noir répondit en inclinant son sabre de telle sorte que la lame nue aveugle son interlocuteur. Guillaume commença par reculer. Mais il comprit ensuite que l'homme lui renvoyait un message dans son propre code :

— Ques-tion i-di-ote !

Guillaume ne perdit pas son calme et reprit :

— Co-nnais-tu le com-man-dant du port ?

Et le cimeterre lui répondit de nouveau :

— Ques-tion i-di-ote !

— Qui es-tu ? interrogea Guillaume, qui espérait toujours pouvoir trouver un allié utile dans ce nid de guêpes.

Le noir lui renvoya la réponse, une joie puérile dans les yeux :

— Ah-med — le — bour-reau — de — ceux — qui — posent — des — ques-tions — i-dio-tes !

Gisors serra les lèvres. Il évita de regarder l'homme. Mais le miroir se mit alors à briller : on lui envoyait la réponse. Le Noir avança vers la coupe de verre, ce qui fit reculer Guillaume, et émit d'une main experte le signal de reconnaissance du donjon d'Ascalon. À cet instant apparut le Doge, accompagné par le sergent. Guillaume ne put donc déchiffrer tout de suite la décision prise par le grand maître dans la lointaine cité de Saint-Jean-d'Acre :

« Aucun membre de l'Ordre ne doit assumer la défense de l'accusé. Georges Morosin est confirmé dans son rôle de maître du tribunal, et peut jouer celui d'assesseur. Cela est laissé à son seul jugement. Guillaume de Gisors présentera l'accusation au nom de l'Ordinis Sacrae Domus Christi Militiae Templi Salomonis Hierosolymitani Magistri.

Thomas Bérard, locus sigilli.

Post-Scriptum : on vous envoie un juge suprême. »

Ainsi s'achevait le message.

Guillaume de Gisors ne put dissimuler son triomphe, et s'adressa au doge, moqueur :

— Alors, comment s'exprime « votre seul jugement » ?

Le regard de Morosin alla de la Face d'Ange au reflet du cimeterre.

— Aux questions idiotes, dit-il lentement, on a le droit de répondre par le silence.

Guillaume de Gisors préféra quitter les lieux.

— As-tu touché le Hafside ? demanda le Doge à Ahmed.

Le muet répondit par un signal lumineux, que traduisit Harun, le sergent.

— Abdal a quitté ce matin en toute hâte le port d'Antioche avec Jakov, avant que Gosset ne puisse lui transmettre notre message. Mais on peut supposer qu'il a mis le cap au plus court vers Ascalon !

— Merci, Ahmed, dit le Doge. Informe Gosset, je te prie, qu'il doit lui aussi arriver le plus vite possible.

— Nous ne pourrons le faire qu'en fin d'après-midi, objecta Harun. À midi, le soleil n'est pas propice !

Le Doge donna son accord en hochant la tête, mais Ahmed avait encore un message :

— Gisors, traduisit le sergent, a demandé à Saint-Jean-d'Acre un voilier de l'Ordre, chargé de conduire un certain « Roç Tren-ca-vel » d'Antioche à Ascalon, et immédiatement.

— Tiens donc ! s'exclama le Doge. Qui notre petit Ange veut-il encore installer sur le banc des accusés ? Il me semble que nous devrions informer sa belle-mère, pour qu'elle mette de l'ordre dans ce bazar !

Joyeux intermède sur le marché aux esclaves

La prière de midi était terminée. Les hommes se serraient devant la grande mosquée d'Alep. Parmi eux, on remarquait deux marchands manifestement fortunés. Guillaume avait tenu à ce que Abu Bassiht, vêtu de haillons raides de crasse, s'habille décemment. Comme le soufi n'accordait pas la moindre valeur aux choses extérieures et n'avait pas une seule pièce sur lui, le moine lui avait même payé de sa poche ses vêtements coûteux et ses chaussures de cuir. Devant la mosquée, comme toujours et partout, étaient assis les mendiants qui, aux yeux de tout musulman croyant, avaient un droit à l'aumône. Guillaume joua parfaitement son rôle d'homme riche, il sema les pièces à la volée en sortant, ce qui lui valut de chauds remerciements. Mais Abu Bassiht commença par oublier ses *sanadel* devant la porte. Lorsque Guillaume le lui fit doucement remarquer, il ne les retrouva pas : il n'avait pas noté où il les avait déposées, ni à quoi elles ressemblaient. Cette incertitude lui valut les premières marques d'attention désobligeante. Lorsqu'il eut retrouvé ses souliers, le soufi voulut rejoindre Guillaume mais oublia totalement de verser le *bakchich* de rigueur. En tant que soufi, il était plus habitué à recevoir des dons qu'à en faire. Un hurlement de protestation s'éleva, et Abu Bassiht se mit à fouiller désespérément dans ses poches. On était à deux doigts de l'émeute. Guillaume voulut revenir sur ses pas, mais il était trop tard, la foule en colère le séparait déjà du malheureux. Les sbires du marché voisin arrivèrent en courant, commencèrent par distribuer quelques coups de bâton à l'aveuglette, puis attrapèrent quelques-uns des fauteurs de trouble. Ils s'emparèrent malheureusement aussi du soufi, qui ne se défendit même pas. Guillaume savait qu'il serait absurde (et coûteux) de discuter avec les gardiens. Il ne pourrait obtenir quelque chose qu'en haut lieu. Voire tout au sommet de la hiérarchie

Vu depuis la mosquée, le Tell se dressait au milieu de la ville comme un gigantesque piton, un château fort surélevé, plus massif que la grande pyramide du Caire. Ses flancs étaient presque lisses. Comme tous les gouvernants avaient rigoureusement veillé à ce qu'on ne construise rien sur ses flancs et à ce que la plate-forme supérieure ne soit protégée que par des mâchicoulis, la colline n'était plus qu'une grande citadelle. À droite, seulement, une étrange fortification descendait vers la ville. À la première porte, flanquée de tours impressionnantes, succédait un pont de pierre en montée qui n'autorisait pas de recul, sauf à sauter dans le vide. Alors seulement, celui qui désirait entrer se retrouvait devant le somptueux portail. Là, on le laissait passer ou on lui prenait la vie.

C'est là que se trouvait pour l'instant Guillaume de Rubrouck, le faux musulman auquel les gardiens demandèrent sèchement son nom et sa requête. Ils le regardaient de la galerie. Certains l'avaient déjà mis en joue. Guillaume s'était longuement et minutieusement préparé à cette question, mais plus rien ne lui venait à l'esprit :

— Dites à votre seigneur Turan-Shah que Guillaume de Rubrouck est venu exiger des explications.

Cela impressionna tellement les gardiens qu'ils détournèrent leurs armes et allèrent prévenir le souverain. La réponse arriva très promptement : les gardiens ouvrirent au plus vite les deux battants du portail et se jetèrent au sol. Guillaume enjamba leurs corps. Le grand eunuque l'attendait déjà derrière la herse levée et lui demanda pardon, avec force courbettes : son maître Turan-Shah ibn az-Zahir avait été surpris dans son bain par cette haute visite, et le priait donc de bien vouloir l'excuser s'il l'y recevait.

Guillaume n'y voyait aucune objection. Il aurait lui aussi apprécié un séjour rafraîchissant au hamam. Enveloppé dans des draps blancs, Turan-Shah était assis au bord du grand bassin des thermes, et observait, l'air soucieux, la vapeur qui montait. Guillaume n'en comprit la raison qu'au moment où il s'approcha : dans l'eau, les yeux fermés, s'ébattait en effet l'émir de Homs, El-Ashraf. Et il déversait sur son oncle un flot de paroles.

— Les Mongols s'abattront sur Alep comme un vol de sauterelles. Ils épargneront vos chrétiens réfugiés dans les églises, mais tous ceux qui, comme vous et moi, n'abjureront pas la foi du Prophète, seront abattus ! Et vous ne pourrez rien y faire. La ville est trop grande pour protéger les murailles. N'attendez pas d'aide de mon cousin An-Nasir, il veut sauver son trône de sultan à Damas. D'ailleurs, il n'y parviendra pas non plus.

L'émir ouvrit son œil bigleux et reconnut le frère

mineur malgré ses *amana oua barnas*. Il prit aussitôt à témoin le franciscain déguisé :

— Guillaume de Rubrouck connaît les Mongols mieux que personne. Vous resterez ici pendant quelques jours, perché sur le Tell, tandis que la ville, en dessous, se noiera dans le sang. Et vous verrez ensuite ces termites escalader les coteaux par milliers et s'abattre sur vous. Mais il sera trop tard. Ils vous tortureront jusqu'à ce que vous leur livriez vos trésors enfouis. Puis, en guise de punition pour avoir si longtemps hésité, mais aussi un peu par plaisir, ils vous trancheront la chair par petits morceaux. Et lorsque vous arrêterez de hurler, ils vous couperont la tête. N'est-ce pas la vérité, Guillaume de Rubrouck ?

Le franciscain n'avait jamais eu beaucoup d'estime pour l'émir, et le vieux Turan-Shah lui faisait pitié : ces fantasmagories atroces s'abattaient sur lui comme des flots glacés.

— Cela n'arrive que dans des cas exceptionnels, répondit Guillaume au bigleux. Lorsqu'on n'excite pas stupidement un général aussi froid et conciliant que Kitbogha, lorsqu'on se soumet dignement à lui, la population, qu'elle soit chrétienne, juive ou musulmane, ne subit pratiquement aucun dommage. Mais ils occuperont la citadelle une fois que les défenseurs en seront librement sortis, car les Mongols respectent le courage guerrier !

— Voilà qui prend déjà une tout autre allure.

Turan-Shah se tourna vers le moine, qu'il ne connaissait jusqu'ici que par ouï-dire.

— Est-il vrai que je devrai, pour sauver Alep, ramper jusqu'à la croix devant les chrétiens mongols ?

Guillaume ne put lui dissimuler la vérité.

— Les Mongols ne sont pas des combattants de la foi, ils ne portent pas la croix dans les batailles, comme les Francs, et nul ne doit ramper devant eux. La prosternation est une affaire purement formelle. Mais l'émir a raison : vous ne pourrez pas tenir Alep une fois que les Mongols seront devant la ville. Mieux vaut éviter un épanchement de sang inutile. Acceptez tout de suite l'inévitable.

Turan-Shah regarda longuement Guillaume de ses yeux tristes.

— Il faut que j'y réfléchisse, déclara-t-il. En tout cas, je vous dois ma gratitude. Que puis-je faire pour vous ?

Guillaume n'hésita pas longtemps, d'autant plus qu'El-Ashraf s'exclamait lui aussi de son bain :

— Demandez donc quelque chose !

— Vos gardes ont arrêté mon compagnon de voyage, le soufi Abu Bassiht, et l'ont jeté au cachot !

— Et moi qui ne savais même pas, grommela Turan-Shah, consterné, que le grand maître se trouvait dans ma ville !

Il claqua dans ses mains, et le grand eunuque accourut avec quelques serviteurs du bain.

— Allez immédiatement chercher ce saint homme, ordonna le souverain, et ramenez-le-moi, pour que je lui demande pardon et lui fasse un cadeau. J'aime ses vers.

Guillaume s'inclina.

— Permettez-moi de prendre congé. Nous sommes venus acheter une belle femme pour un ami sur votre célèbre marché aux esclaves. Nous devrions nous dépêcher, sans cela il ne restera plus que les ratées et les laides.

— El-Ashraf vous accompagnera. Il a mauvais goût, mais les marchands l'aiment bien parce qu'il achète toujours trop cher. Avec lui, on vous gâtera sur le marché comme si vous étiez le Premier gardien du harem du sultan !

Guillaume leva les mains pour refuser, mais El-Ashraf sortait déjà du bain.

— Je vais vous présenter les plus somptueuses *houris* du royaume d'Arménie, des femmes à la cuisse si dure qu'on peut y écraser un pou, alors que leurs fesses sont tendres comme un coussin de velours !

Guillaume détourna pudiquement le regard jusqu'à ce que le grand eunuque ait enveloppé l'émir dans des draps secs.

— À moins que vous ne préfériez la peau noire, dont le portail vous invite comme un coquillage rose tendu vers l'extérieur, des femmes aux seins comme des citrouilles ?

Guillaume roula des yeux pour montrer au vieux

Turan-Shah qu'il était désespéré. Mais on interpréta cette attitude comme une expression de pur ravissement.

— Je vois que vous ne méprisez pas la bonne chair ! plaisanta le vieillard presque édenté. Précédez-nous, je pourvoirai Abu Bassiht de tout ce que son cœur souhaitera, pour que cet homme vénéré oublie au plus vite l'affront qui lui a été fait !

Le grand eunuque fit sortir Guillaume du hamam.

Le marché aux esclaves se tenait dans la grande cour du caravansérail de Shadbakti, un bâtiment à deux étages qui se dressait au cœur du souk des marchands de draps. De l'extérieur, il paraissait aussi accueillant qu'une forteresse. Mais tout autour de la cour intérieure pavée, des colonnades adoucissaient cette image rigoureuse. Au milieu du carré, près du bassin, se trouvait une estrade de bois à laquelle menait un petit escalier à plusieurs marches. Elle était couronnée par un bloc surélevé et pourvue d'un poteau à anneaux de fer. C'est là qu'on accrochait la marchandise vendue aux enchères lorsqu'elle se montrait indocile. Deux côtés des galeries étaient attribuées aux négociants, avec leurs chambres et leurs caves, et séparées du reste de la foule par des grilles sévèrement gardées. Les esclaves défilaient rapidement, changeaient de maître ou étaient renvoyés à leur place lorsqu'il n'y avait pas eu d'acheteur. On criait, on braillait, la voix des marchands qui vantaient les corps à vendre était couverte par les jurons poussés par les acheteurs lorsque les prix paraissaient excessifs, ce qui était le plus souvent le cas. Guillaume de Rubrouck resta en retrait jusqu'à ce qu'El-Ashraf finisse par apparaisse avec ses gardes du corps, qui lui frayèrent à coups de poing un chemin jusqu'à l'estrade. Les gardiens laissèrent immédiatement l'émir bien connu franchir l'enclos et entrer dans le secteur réservé aux marchands. Abu Bassiht invita Guillaume à se joindre à eux. À l'intérieur, la foule ne se pressait pas. Les affaires suivaient discrètement leur cours : les acheteurs et les vendeurs communiquaient par signes de la main. Il était en revanche courant de s'assurer de la qualité des marchandises en les tâtant un peu. Les femmes supportaient en général stoïquement ce procédé. On remarqua d'autant plus une furie qu'un petit bonhomme émacié faisait traîner jusqu'au poteau, tout en haut de l'estrade. La créature criait dans une langue étrange. Guillaume reconnut immédiatement l'idiome du Languedoc et écouta attentivement ce que hurlait la malheureuse.

— Cet imposteur m'a fait boire un somnifère pour m'enlever ! Je suis la fille du comte Jourdain !

Lorsque Mafalda remarqua que nul ne s'apitoyait sur son sort, elle changea de tactique : elle se mit à balancer son joli corps et à faire tourner son bassin en montrant autant de peau que possible. Guillaume, fasciné, resta les yeux rivés sur ces seins opulents qui semblaient vouloir bondir hors des vêtements qui les enveloppaient. Le soufi, lui aussi, était extrêmement intéressé par cette prestation.

— N'y a-t-il donc pas ici un chevalier chrétien auquel je verserai trois fois le prix payé s'il me fait sortir d'ici, demanda alors la belle, et auquel je donnerai en outre le salaire d'amour qui lui reviendra ?

Elle regarda à la ronde, provocatrice. Guillaume détourna les yeux. Cette femme n'était pas ce qu'il avait imaginé pour compléter la petite Toltèque. Celle-là le fatiguait déjà. Elle ne ferait que semer le trouble à la « Table ronde du roi Arthur ». Mais Abu Bassiht était enflammé ; il alla parler à l'émir, avec une énergie qu'on ne lui connaissait guère. Guillaume écouta d'une oreille et comprit qu'El-Ashraf avait lui-même posé son œil bigleux sur la fille du comte. Le soufi, bien entendu, n'avait pas d'argent. Mais Guillaume en possédait certainement assez pour enchérir, d'autant plus qu'avec son attitude indécente elle avait déjà effrayé la plupart des clients musulmans. Moins pour faire un plaisir à Abu que pour en ôter un à l'émir, Guillaume décida de participer aux enchères. Il fit signe au marchand. Guillaume remarqua que le bonhomme n'avait plus qu'un bras ; la tromperie et la ruse se lisaient sur son visage. Mais le moine s'abstint de l'interroger sur l'origine de la belle, pour ne pas amoindrir ses chances.

— Je souhaite rester incognito, chuchota-t-il au marchand. À chaque offre que vous recevrez, regardez-moi ! Si mon doigt est posé sur mon nez, j'augmente de la moitié, 50 % en plus ! dit-il dans un arabe parfait. Rinat Le Pulcin lui tendit la main, et Guillaume la serra.

— Vous aurez beaucoup de plaisir avec cette femme, mentit sans le moindre scrupule le fier propriétaire. Je l'ai achetée à Abdal le Hafside il y a quelques jours seulement, c'est une carmélite de pur sang, une nonne que nul n'a encore touchée.

— Ah oui ? Et où cette chance vous a-t-elle été donnée ?

— À Ayas, en Arménie, répondit insolemment Rinat après avoir lancé un regard bref et méfiant au moine.

Pas mal inventé, songea Guillaume en souriant.

— Commencez la vente, à présent, sans quoi le fruit *fi shams Allah* va être gâté !

— Très bien, monseigneur !

Rinat se fraya un chemin jusqu'à l'estrade, où Mafalda s'était recroquevillée devant son poteau comme un petit tas de misère. Aucun marchand n'était venu sans la moindre pudeur expertiser sa poitrine (« seins pendants ! »), lui pincer les fesses (« cul de jument ! ») et lui ouvrir la mâchoire pour observer sa denture impeccable. « Mordante comme un crocodile, venimeuse comme un cobra ! » Seul le soufi l'avait observée et lui avait posé la main sur le bras, pour l'apaiser. Elle le vit ensuite tenter de convaincre l'autre noble seigneur, mais le gros rouquin ne semblait pas particulièrement s'intéresser à elle. En revanche, le troisième homme du groupe s'approcha de Mafalda, la toisa de son regard bigleux comme s'il s'agissait d'une chamelle, et Rinat, le gredin, lui souleva jusqu'aux reins sa jupe déchirée.

— Son giron promet mille joies humides, mais supportera aussi mille coups de votre glorieuse épée ! Ensuite, je vous l'échangerai contre une plus jeune, proposa le porc mutilé.

— Guillaume, implorait le soufi, pensez à mon grand âge ! Qui me réchauffera les membres, si vous ne m'achetez pas à présent ce four brûlant ?

— Je vais voir ce que l'on peut faire, *ya abuya*, le consola le franciscain. Et vérifier si nous avons assez d'argent !

Les gardiens remirent brutalement Mafalda sur ses jambes. Rinat s'épargna la peine de vanter encore sa marchandise : il savait qu'il n'aurait que deux acquéreurs. Ce gredin la mit à prix soixante bezants, El-Ashraf hocha la tête et Guillaume posa son doigt sur son nez.

— Cent ! demanda Rinat.

L'émir regarda autour de lui, étonné, parce qu'il n'avait entendu aucun cri et n'avait vu aucune main se lever.

— Cent vingt ! cria El-Ashraf pour conclure l'affaire.

Les doigts de Guillaume firent monter Rinat à deux cents bezants. L'émir était furieux :

— Trois cents, et pas un sou de plus !

Rinat regarda Guillaume. Le doigt dressé lui donna le courage de réclamer cinq cents bezants.

El-Ashraf fit un signe négatif.

— Gardez-la !

— Cinq cents ! Quelqu'un offre-t-il plus ? demanda de nouveau Rinat.

Les marchands riaient.

— Cinq cents, trois fois ! cria Rinat ! La marchandise est acquise par un acheteur connu de moi seul !

Il chercha Guillaume des yeux, mais celui-ci avait quitté sa place. Le vendeur trouva en revanche le soufi juste devant lui, qui venait lui verser l'argent.

— Mais il n'y a que trois cent cinquante bezants ! s'écria Rinat.

— Cinquante de plus que la dernière offre de l'émir, rétorqua Abu Bassiht.

Rinat vit l'émir quitter la cour avec Guillaume. Si les deux hommes étaient de mèche, il était de toute façon trop tard pour l'établir. Il regarda avidement les pièces qui lui étaient destinées. Il fit un signe agacé aux gardiens, pour qu'ils détachent Mafalda de son poteau et qu'ils la remettent au soufi.

— Emportez cette femelle ! fit Rinat entre ces dents. Pas de reprise, pas de retour !

Mafalda avait toujours les poignets liés lorsqu'on tendit la corde à Abu Bassiht, qui remit la somme convenue.

— Merci, *ya munqadhi an-nasib,* bredouilla-t-elle. Puis elle suivit son nouveau maître.

— Ce n'est pas moi qu'il faut remercier, répondit Abu Bassiht, confus, mais Guillaume de Rubrouck !

L'ACCUSATEUR, L'AVOCAT, LES JUGES

Le retour du Hafside à Ascalon ne se déroula pas du tout comme le puissant marchand d'esclaves y était accoutumé. D'ordinaire, lorsqu'il avait amarré son voilier au quai, le commandant égyptien courait lui rendre les honneurs, s'enquérir de sa précieuse santé et de ses affaires, recevoir un cadeau et lui transmettre les dernières nouvelles. Dans la plupart des cas, Abdal le Hafside était mieux informé que le gouverneur officiel du Caire. Mais cette fois, on ne baissa même pas la lourde chaîne qui barrait l'entrée du port, et aucun canot ne vint s'en excuser. Le Hafside fut contraint de jeter l'ancre devant le môle extérieur et de se rendre à pied jusqu'aux murailles. Il se fit accompagner par Jakov, qui portait comme toujours sur lui le sac contenant ses biens. Dans la *maktab al mina,* il fut salué avec arrogance par un sergent du Temple, un turcopole, qui lui apprit enfin, lorsqu'il eut versé avec beaucoup de générosité ses « taxes portuaires » que l'administration musulmane avait abandonné la ville et le port pour ne pas être coupée de l'Égypte : les troupes mongoles avaient occupé Gaza. En accord avec Le Caire, les affaires de la ville étaient gérées par l'ordre des Chevaliers du Temple jusqu'à ce que la situation se soit clarifiée.

Le Hafside pressentit immédiatement un mauvais coup :

— Cela signifie-t-il que ma maison n'est plus...

Le Templier lui coupa brutalement la parole :

— Notre commanderie, si c'est à cela que vous faites allusion, est bien entendu revenue entre nos mains !

— Et mes biens, mes domestiques ?

— Votre ami le Doge s'en est soucié. Le départ en

hâte d'un grand nombre de vos coreligionnaires a libéré des palais très prestigieux. Cela dit, la plupart de vos serviteurs ont eux aussi pris leurs jambes à leur cou !

Rien, chez le sergent, ne permettait de savoir s'il se réjouissait des désagréments du Hafside. Le cadeau qu'il avait reçu était suffisamment important pour qu'il puisse au moins feindre la compassion. Le Hafside décida de ne pas faire entrer son voilier dans le port, qui pourrait se transformer en piège, mais de le laisser devant le môle. Il se rendit à la ville à pied.

— « Le sage a ses yeux dans la tête, mais la porte erre dans la pénombre », déclara Jakov, qui était jusqu'ici resté silencieux. Vous n'êtes plus maître chez vous, votre main ne peut plus protéger vos amis, pas plus que votre vie et vos biens. J'ai une mission à remplir. Mais pas en ce lieu : à Jérusalem. On ne peut pas m'en empêcher. Je ne veux donc pas pénétrer dans l'Ascalon des Templiers. Le sang coulera sans que ce sacrifice réjouisse le seigneur, et vous ne pourrez pas l'empêcher.

Il prit son sac à l'épaule et s'en alla.

Le réfectoire de l'ancienne commanderie du Temple, qui, du temps du Hafside, avait servi de halle de stockage pour sa marchandise (en témoignaient encore les anneaux de fer et les chaînes scellés dans les murs) avait été aménagé pour accueillir le tribunal de l'Ordre. La salle avait été badigeonnée de blanc, ce qui ne la rendait pas beaucoup plus souriante. Les fenêtres étaient hautes, et seule une faible lumière tombait sur le sol de pierre, les bancs de bois et les longues tables étroites. Guillaume de Gisors avait fait installer une estrade. La table du juge se trouvait au milieu, flanquée des pupitres du défenseur, à droite, et de l'accusateur, à gauche. Pour l'accusé, on n'avait prévu qu'un banc de bois qui, situé sous le podium, le forçait à lever les yeux vers ses juges. Pour l'instant, l'homme qui était assis sur l'estrade, non point sur le siège surélevé du *iudex caput collegii,* mais sur celui d'un assesseur, était le commandeur Georges Morosin, qui le regardait avec l'air triste d'un vieux saint-bernard. Guillaume de Gisors, derrière son pupitre, tentait d'assombrir encore l'humeur du Doge.

— Je vais aussi inculper votre Roç Trencavel, pour complicité de vol ! annonça-t-il.

Sans même accorder un regard à l'accusateur, Morosin répondit, l'air ennuyé :

— Premièrement, que signifie « votre » ? Je ne suis pas membre du Prieuré. Deuxièmement, ce reproche est grotesque. L'interrogatoire du capitaine a clairement prouvé que nul n'était au courant sur la *Nikè*, et surtout pas Roç.

— Et pourquoi donc, alors, a-t-elle coulé juste devant l'entrée du port de Linosa ? demanda Gisors, triomphant.

— En troisième lieu, poursuivit le Doge comme s'il n'avait pas entendu, il faudrait d'abord mettre la main sur Roç pour le traîner devant votre tribunal, qui n'aurait sans doute pas la compétence de le juger.

— Cela, c'est mon affaire ! rétorqua l'Ange, narquois. Le terme « votre », tel que vous venez de l'employer vous aussi, est décidément intéressant. Reconnaissez-vous par là que vous ne vous considérez plus comme un membre de l'Ordre ?

— Cela vous conviendrait certainement, Gisors, mais Dieu merci, votre mère vénérée fait toujours office d'instance suprême. (Le coup porta, les traits du visage de Gisors se tordirent de haine, même s'il s'abstint de répondre.) Si elle devait un jour ne plus remplir cette fonction, la question de ma présence dans les rangs de l'Ordre se poserait effectivement.

— La Grande Maîtresse a autre chose à faire qu'à assister aux condamnations de pirates.

— Si vous posez la main sur le couple royal, le coup de bâton maternel est assuré !

— D'ailleurs, ce n'est que ma mère adoptive. Et elle n'osera pas..., riposta Guillaume, déjà fou de rage, lorsqu'on annonça l'arrivée de Templiers venus du désert.

— Simon de Cadet et...

— Ce traître ose-t-il encore se présenter à mes yeux ? hurla Gisors.

— Modérez-vous ! tonna le Doge. Sinon *in res*, du moins *in modo* !

— Celui-là aussi doit être installé sur le banc des accusés ! aboya l'Ange. Mais il se tut aussitôt : le premier, qui entra la tête droite, était un Templier aux cheveux blancs qui rayonnait d'une étrange dignité. Il était suivi par Simon et ses trois compagnons, l'air de chiens battus. Le Doge fit usage de son droit de maître de maison, s'abstint de saluer et demanda aussitôt :

— Qui êtes-vous, chevaliers ?

— Le Templier Botho de Saint-Omer est l'un des derniers survivants de La Forbie, déclara Simon. Il a croupi d'innombrables années dans les geôles du Caire, avant que nous ne parvenions à le libérer des mains des Égyptiens.

— Cela n'intéresse que les rats des caves ! répliqua méchamment Gisors. Je veux savoir ce qui l'amène ici !

Alors, le très vieil homme le transperça du regard et dit :

— Je suis le juge, le juge de l'Ordre ! Dieu m'envoie pour juger.

Le Doge fut le premier à réagir.

— Nous vous attendions, frère Botho. Vous êtes le bienvenu. Vous devrez présider le Tribunal en toute neutralité, et dire le droit.

Gisors allait éclater de fureur, mais il se rappela au dernier instant que le Doge avait le privilège de choisir le juge. C'était même peut-être un bon choix. Car le moins qu'on puisse dire était que ce Templier aux cheveux blancs ne rayonnait pas de douceur. Le vieil homme observa Simon et les trois chevaliers.

— Enchaînez-les ! ordonna-t-il au Doge. Jetez-les au cachot ! Ils ont transgressé la règle de l'obéissance, et se sont rendus coupables de lâcheté devant l'ennemi.

Tous semblèrent un instant frappés par la foudre. Guillaume de Gisors reprit la parole :

— Qu'est-ce qu'attend encore le maître de ce procès ? lança-t-il au Doge. Faites entrer les gardes et qu'ils fassent leur office !

Simon et les trois autres se laissèrent emmener sans résister.

— Nous voici donc dotés d'un juge rigoureux ! commenta Guillaume, tout heureux. Le procès peut commencer !

— Je n'ouvrirai pas de procès sans défenseur. Contre personne !

Le Doge sortit du réfectoire, sans même saluer.

Georges Morosin comptait aller rendre visite à Taxiarchos, c'est la mission qu'il s'était fixée pour cette journée. Il voulait s'assurer qu'aucun mal n'était fait au prisonnier avant le verdict, puisque les Templiers avaient pris le pouvoir militaire sur la ville et que la protection de son ami Abdal n'existait plus. C'est un serviteur fidèle du Hafside qui accueillit le visiteur dans la cour.

— Le Sidi est revenu ! annonça-t-il. Je dois vous mener à lui.

Le Hafside avait utilisé l'escalier secret qui menait au donjon, juste sous leur salle de travail commune, dans un entresol que l'on ne distinguait pas de l'extérieur. Abdal prit, comme d'habitude, la situation avec sarcasmes, ce que le Doge apprécia.

— Nous pouvons remercier les Mongols au nez aplati de nous avoir plongés dans une merde pareille ! lança-t-il en accueillant son ami. Ah, ces peuples qui ne voyagent pas en mer...

— Ils ont conquis Gaza par la mer, corrigea le Doge, grâce à des navires arméniens.

— Et nos mamelouks ont pris la fuite devant cette puissance maritime ?

— Baibars ne veut rien précipiter. De petits replis précèdent souvent les grandes batailles.

— Mais cela peut coûter sa tête à notre ami le Taxiarchos.

— Cela lui vaudra peut-être le paradis... Nous devons le libérer !

— Quand avez-vous inspecté le cachot pour la première fois ? demanda le Hafside, avec une nuance de moquerie dans la voix.

— Hier, admit le Doge.

— Si vous tentiez d'y pénétrer aujourd'hui, vous y trouveriez un double cordon de sécurité formé par vos frères d'Ordre, la porte verrouillée par trois serrures et les chaînes renforcées, comme s'il s'agissait de retenir Samson. Une douzaine de gardiens dorment même dans sa cellule !

— Que conseillez-vous, Abdal ?

— La seule mesure efficace serait de prendre un otage de haut rang.

— Notre Ordre ne cède jamais aux chantages, grommela le Doge. Même si vous vous empariez de notre grand maître, il ne serait jamais échangé. C'est une règle d'airain.

— Les Assassins ?

— Ils ne se confrontent pas aux Templiers. Surtout pas maintenant, avec les Mongols dans le dos. Ils seront heureux de ne pas subir ici le même destin qu'à Alamut.

Le Hafside ne s'avouait pas vaincu aussi vite.

— La Grande Maîtresse ?

— Nul n'a encore osé..., répondit le Doge, effrayé.

— Nous aurions d'autant plus de chances d'y réussir !

— Elle va venir, réfléchit le Templier à voix haute, parce que Gisors a commis l'erreur d'impliquer le Trencavel dans cette affaire. Mais nul ne sait quand, où ni comment.

— Cela, je peux vous le dire : Roç attend à Antioche l'arrivée de Guillaume de Rubrouck, qui est allé chercher pour Gosset...

— Je parlais de l'arrivée de la Grande Maîtresse, l'interrompit Morosin. Ce serait effectivement un otage de premier ordre, mais on l'estime absolument intouchable. À moins que son fils, qui la déteste...

— Voilà une information très utile, dit le Hafside avec reconnaissance. Nous devrions à présent attendre que Roç Trencavel arrive. Lui a l'oreille de la vieille dame.

Le Doge pensait à autre chose.

— C'est vous, Abdal, qui devriez assurer officiellement la défense du Pénicrate. Sans cela, le procès va nous filer entre les mains. Guillaume de Gisors et son juge suivront alors une procédure expéditive.

— Vous voulez me rendre responsable de la vie et de la mort d'un vieil ami ?

— Et qui d'autre ?

Dans la tour de la « Table ronde du roi Arthur » de Saint-Symeon, à Antioche, la vie amoureuse des chevaliers et des dames était sens dessus dessous. Mafalda avait pris la direction de la cour de plaisirs. Elle avait même surpassé Potkaxl, et était devenue une attraction pour les clients. Elle avait introduit des nouveautés inouïes, et monsignore Gosset lui avait laissé carte blanche. Car, pour la première fois (même si c'était secrètement et en pleine nuit), le jeune prince Bohémond avait fait à la « Table ronde » l'honneur de sa présence.

L'escorte ayubbide que le gouverneur d'Alep avait donnée au fameux ami et ambassadeur du grand khan, Guillaume de Rubrouck, pour son trajet de retour avait naturellement abandonné son protégé en atteignant la frontière de la principauté, où les Francs, toujours imprévisibles, auraient pu les tailler en pièces. Le moine et le soufi s'étaient ainsi retrouvés seuls avec l'esclave achetée à prix d'or et leurs porteurs. Lorsqu'ils apparurent à Saint-Symeon, la cage était devenue une litière ouverte dans laquelle trônait Mafalda. Guillaume et Abu Bassiht rampaient devant elle, des fers au cou et aux mains. La dame leur assenait des coups de fouet qui n'avaient rien de fictifs. Ils l'en remerciaient encore lorsqu'ils atteignirent enfin la tour de la « Table ronde ».

Mafalda n'avait pas poussé des cris de joie, loin de là, en y retrouvant son frère et ses compagnons. Elle ne salua pas non plus avec beaucoup de chaleur la princesse toltèque. Mais le fait que Roç et Geraude séjournent à proximité, eux qu'elle avait quittés en sautant du navire devant Otrante, à quelques milliers de milles de là, ne paraissait pas l'impressionner particulièrement. Elle se fit attribuer la meilleure chambre par Gosset, comme si c'était tout naturel, et s'y enferma après avoir jeté son linge sale aux pieds de Potkaxl, pour que celle-ci le lave. Un peu plus tard, la dame convoqua auprès d'elle Guillaume et le soufi. Les deux hommes, qui s'étaient à peine remis et avaient fait une rapide toilette, la suivirent sans discuter.

Le gros Pons parvint à trouver un trou dans la paroi. Peu de temps après, il entendit d'étranges claquements dans la pièce, accompagnés de gémissements sourds. Pons fit signe à ses compagnons. Ce qu'ils virent les décontenança tellement qu'ils allèrent chercher la Toltèque.

Mas ne se laissa pas écarter de son trou.

— D'un derviche tourneur, je me serais attendu à pas mal de choses, chuchota-t-il, mais que le fleuron des franciscains aille aussi loin, ça...

Il finit par céder sa place, à Raoul. À travers le trou du mur, celui-ci ne vit que le torse de Mafalda, toute nue, hormis une ceinture de chasteté en or, ornée de cuivre. Il reconnut en revanche les deux religieux, qui ne portaient qu'une corde autour du ventre. Ils rampaient à quatre pattes sous les cuisses écartées de Mafalda, et recevaient à chaque passage des coups de fouet en peau d'hippopotame.

— Ça me plairait bien, à moi aussi, soupira Pons en lançant un sourire triste à Potkaxl.

— Il n'en est pas question ! s'exclama-t-elle, écœurée. Je ne veux même pas le regarder, ça me rappelle l'abattoir, les sacrifices humains !

Et elle partit en courant.

— Notre Toltèque est rattrapée par son passé de vestale ! se moqua Raoul tandis que Mas tentait de prendre sa place. À cet instant, Gosset arriva à son tour, et ne jeta qu'un bref regard à travers la paroi, comme s'il ne s'était pas attendu à découvrir un autre tableau.

— Guillaume devrait passer une bure sur sa corde ! cria-t-il derrière la porte fermée. Roç Trencavel nous rejoint !

Mas vit le franciscain à la peau rose se relever d'un seul coup : il s'en serait fallu de peu qu'il ne soulève sa dominatrice sur son dos. Abu Bassiht, pour sa part, se laissa tomber sur le ventre.

Raoul éloigna ses compagnons du spectacle.

— Il n'est pas nécessaire que Roç Trencavel voie à quel niveau sont tombés ses chevaliers ! Allons le saluer !

Roç boitait encore un peu. Il s'appuyait sur Geraude pour marcher. Potkaxl vint à leur aide en annonçant d'une voix distinguée :

— Je suis profondément heureuse que vous ayez retrouvé vos forces !

Les Occitans n'entendirent que l'ambiguïté de la phrase. La franchise de la Toltèque les fit éclater de rire. Geraude vint à son aide :

— Ce sera une grande joie pour notre maîtresse Yeza Esclarmonde, que vous puissiez bientôt reprendre les rênes, dit-elle au Trencavel, qui s'était installé en gémissant sur le banc, devant le mur. Notamment pour rappeler leurs devoirs aux jeunes chevaliers, afin qu'ils ne se laissent plus aller à leurs idées stupides.

— Il n'est pas si stupide que cela de consacrer ses forces à chevaucher de belles juments, répliqua Mas en regardant insolemment Geraude, les yeux dans les yeux. Ni les juments idiotes, d'ailleurs.

Le coup qu'il reçut sur la nuque n'était ni de Roç, ni de Raoul, mais de Mafalda.

— Tous les boucs puent, Mas. Toi, tu es parfumé à la branlette !

La Première dame avait passé une robe somptueuse qui effaçait tout souvenir de sa tenue précédente. Derrière elle apparut Guillaume de Rubrouck, qui se dirigea vers Roç et lui posa les deux mains sur les épaules.

— Comme ils sont minuscules, tous les délices de ce monde, à côté du bonheur d'être de nouveau uni à vous !

Roç tira vers lui la tête du franciscain et l'embrassa sur le front.

— Mon vieux filou de Flamand ! dit-il avec émotion. Maintenant que vous êtes revenu parmi nous, plus rien n'ira de travers. Car du malheur, nous en avons eu notre dose, et vous n'y étiez pour rien, Guillaume !

À peu près à la même heure, un voilier rapide de l'ordre des Templiers arriva dans le port. Peu après, une délégation de chevaliers en clams blanc à croix griffue rouge se présenta devant Roç. Leur chef annonça :

— Nous sommes venus vous conduire à Jérusalem, noble Trencavel !

Roç eut l'impression que ces hommes lui étaient envoyés par le ciel. Il ne les interrogea pas sur leur origine et les causes de leur venue, et se leva aussitôt, par ses propres moyens.

— Je ne veux pas perdre un seul instant ! s'exclama-t-il tandis que Guillaume se dépêchait de lui proposer son bras. Suivez-moi tous ! ajouta Roç à l'attention de Raoul et des autres.

Mais les trois lascars baissèrent la tête, Mafalda fronça le nez, hautaine, Potkaxl détourna le regard, l'air confus. Seuls les yeux de Geraude s'emplirent de larmes.

— Eh bien soit, dit Roç, dont l'élan s'était considérablement atténué. Vous savez où trouver le couple royal. Venez, Guillaume, en route vers Jérusalem !

Il suivit les Templiers la tête haute, au bras du franciscain. Ils se rendirent directement à bord du voilier, qui détacha aussitôt les amarres. Au dernier instant, Gosset arriva en courant par la porte de la ville.

— Halte ! cria-t-il. Emmenez-moi avec vous, Roç Trencavel !

On rabaissa la passerelle. Le prêtre, lui non plus, n'emportait rien de plus que ce qu'il avait sur lui. Le voilier leva l'ancre, tourna avec élégance dans l'étroit bassin du port et glissa vers la pleine mer en passant devant la tour de « La Table ronde du roi Arthur », avant même que les gardiens du port, hagards, aient eu le réflexe de signaler l'apparition insolente d'un navire du Temple.

— Où est Guillaume ?

Abu Bassiht, se réveillait. Il se frotta les yeux et eut tout juste le temps d'apercevoir la dernière pointe de mât.

— Je reste avec vous ! déclara-t-il, l'air d'un chien fidèle, à dame Mafalda, sa maîtresse d'élection. Mais celle-ci le regarda sévèrement :

— Et qui va payer pour vous, soufi ? s'exclama-t-elle

sans pitié. Le frère mineur s'est dérobé à ma généreuse éducation pour participer au destin du couple royal, ce qui est une peine bien plus sévère. Vous devriez vous aussi vous rendre à Jérusalem.

— Mais le navire est parti ! rappela Potkaxl pour défendre le pauvre homme.

— Un soufi véritable marche jour et nuit, traverse les déserts, franchit les montagnes jusqu'à ce qu'il ait atteint la vie véritable, la Sainte Jérusalem ! répliqua Mafalda.

Abu Bassiht noua son balluchon et se mit en route.

Yeza menait son chameau à côté de celui de Baibars. Elle ne tenait pas spécialement à discuter avec l'Archer, mais elle souhaitait montrer qu'ils étaient sur un pied d'égalité, d'autant plus qu'elle ne disposait pas d'une cour susceptible d'appuyer ses prétentions seigneuriales. On ne ferait pas un très grand État avec Kefir et Jordi. Elle aurait bien aimé savoir ce qui poussait l'homme le plus puissant du Caire à guider ainsi à travers le désert une souveraine sans couronne et sans terres. Mais Baibars se taisait, et elle ne serait pas la première à briser le silence. Ils voyaient déjà l'eau, une côte isolée sur le Golfe, lorsque Baibars se retourna. Une colonne de poussière s'élevait derrière eux, annonçant des cavaliers au galop. Yeza fut inquiète : elle pensa d'abord au sultan du Caire. Mais Baibars la détrompa.

— Votre ami Faucon rouge, grommela-t-il d'une voix qui trahissait sa jalousie.

— Il ne vous croit pas capable de faire ce parcours tout seul dans le désert avec une jeune dame, l'Archer !

Yeza avait tenté d'amuser son accompagnateur grognon. Elle n'y parvint pas.

— Fassr ed-Din Octay ferait mieux de se soucier de sa propre épouse. Un homme d'honneur ne laisse pas sa femme seule avec un jeune gaillard, que ce soit dans le désert ou sur la mer ! railla Baibars. Deux gardiens pour votre vertu, Princesse, c'est un de trop. Mon escorte vous accompagnera jusqu'au terme de votre voyage. Mais ma présence est désormais inutile.

Baibars s'efforça de ne pas paraître vexé.

— Vous êtes un cavalier rapide, aussi rapide que le vol du faucon, dit-il pour accueillir l'arrivant.

Il n'avait pas bridé son cheval, et Faucon rouge reprit cette salutation au vol.

— Mais la flèche de l'Archer va plus vite que le battement d'ailes du griffon. Vous m'attendiez, Baibars. Sans cela, je ne vous aurais jamais rattrapé.

— Votre maison tient encore debout ? l'interrompit brusquement Yeza.

— Qutuz a calmé ses nerfs dans mon jardin, comme un enfant qui décapite des fleurs.

— Je n'ai pu l'empêcher, dit Baibars. L'essentiel était que votre épouse ne se promène plus dans le jardin à ce moment-là. Ce n'est pas à la tête de la rose Madulain que le sultan se serait intéressé !

— Si l'Archer vous offre déjà son escorte, dit Faucon rouge sans relever l'allusion, vous n'avez plus besoin de moi à vos côtés.

— Je prends congé ici, répliqua aussitôt Baibars, puisque je sais que la princesse est à présent sous la protection d'un chevalier. Votre mission de dame, ajouta-t-il en s'adressant à Yeza, sera d'apaiser le cœur blessé de Faucon rouge jusqu'à ce que cet oiseau sérieusement ébouriffé soit de nouveau uni avec son épouse. Portez-vous bien, dit-il en rejoignant ses Bédouins, et envoyez-moi un pigeon lorsque vous aurez heureusement atteint Jérusalem. Mais utilisez le miroir situé sur l'étoile de David, si quelque chose vous menace !

L'Archer leva la main pour les saluer, quitta la troupe des chameliers et obliqua droit vers le nord. Ses cavaliers le suivirent. Les Bédouins de Faucon rouge prirent leur place et se dirigèrent vers la plage toute proche, avec la petite escorte de Yeza.

— Vous n'êtes pas forcé de me sacrifier votre temps, déclara Yeza à son vieil ami, dont le front paraissait embrumé. Je retrouverai seule mon chemin vers Jérusalem, avec mon admirable guerrier.

Faucon rouge fut le premier à apercevoir le voilier immobilisé sur la mer, voiles abattues.

— Vous êtes déjà attendue, Yeza, déclara-t-il. J'accepte votre offre généreuse. Déposez-moi en face, sur la côte. Je vous rejoindrai à Aqaba dès que j'aurai rejoint mon épouse, dont je sais qu'elle se trouve sous la garde de mes Bédouins dévoués.

Yeza le regarda, l'air songeur.

— Vous risquez de mettre plus de temps à traverser le Sinaï qu'à le contourner à la voile. Je ne vous attendrai pas : je vais poursuivre mon voyage. Si, en chemin, vous ne tombez pas sur nos ossements blanchis par le soleil, vous pourrez être certain que nous sommes arrivés avant vous à Jérusalem.

Ils allumèrent un feu sur la plage et firent signe au navire. Celui-ci leva les voiles et se dirigea vers le rivage.

Lorsque le voilier rapide des Templiers passa, sans ralentir sa course, devant le port et le château de Jaffa, Roç s'insurgea.

— Nous avons pour mission de vous conduire à Ascalon, expliqua le capitaine en ajoutant, pour le tranquilliser : de là, le chemin terrestre qui mène à Jérusalem est presque aussi long. Mais nous pourrons vous y offrir une escorte, alors que le prince de Joppe n'est pas maître chez lui.

Il désigna les tours de la citadelle, sur la côte. Effectivement, un croissant de lune sur fond vert y flottait sur un mât. Roç comprit, avec un pincement au cœur, que Yeza atteindrait sans doute avant lui leur objectif. Mais la joie insensée qu'il ressentait à l'idée de pouvoir de nouveau la prendre dans ses bras fut la plus forte.

— Tu sais, Guillaume, confia-t-il au franciscain, il n'y a pas deux femmes comme Yeza dans ce monde !

— J'en ai pris conscience, assura le moine en souriant, dès que je vous ai bercés sur mes genoux, quand vous étiez tout petits, lorsque Yeza ne voulait pas se laisser décrocher de moi parce que tu avais le droit d'aller faire pipi tout seul, et debout...

— Je sais, rétorqua Roç, tu racontes toujours la

même histoire. Notre Guillaume devient peu à peu sénile, dit-il à Gosset.

Mais le prêtre ne voulut pas participer aux attaques contre le frère mineur, qu'il connaissait et estimait depuis les journées passées au palais du Pénicrate, le Kallistos.

— Quinze années de chemin avec vous, Roç Trencavel, et la dame Esclarmonde, d'abord enfants du Graal, puis couple royal : il y a de quoi vieillir un homme prématurément ! C'est un miracle que les cheveux de Guillaume ne soient pas depuis longtemps blancs comme neige !

Ils rirent tous les trois jusqu'à ce que Roç déclare, avec le plus grand sérieux :

— Une fois parvenus à Jérusalem, il va bien falloir que nous le trouvions !

Gosset sut aussitôt de quoi parlait Roç. Mais Guillaume ne comprit pas :

— Qui donc ?

Roç allait lui éclater de rire au visage, quand Gosset l'en empêcha habilement :

— Notre Roç Trencavel cherche le calice noir, issu d'une pierre noire. Celle-ci est une partie d'une météorite noire que notre terre a jadis reçue du cosmos, comme un stigmate du mal, un signe du fait qu'elle lui appartient.

Roç leva les yeux, étonné.

— Vous avez fait des progrès, monsignore, se moqua-t-il. Moi qui croyais que vous trouviez tout votre bonheur à gérer des maisons de plaisir.

— L'homme ne vit pas que de pain, répliqua le prêtre. *Domitas habere libidines !* Nulle part au monde, on n'atteint la paix des sens plus rapidement que sous des *houris* accomplissant leur besogne avec zèle. Croyez-moi, elles sont la serrure du paradis.

— Vous avez décidément tous deux l'art de vous faufiler dans l'existence, constata Roç. L'un ne supporte rien, l'autre ne s'engage à rien. Moi, je n'ai jamais pris que des coups !

— C'est le Perceval en vous, une émergence de l'esprit des Trencavel.

— Tant que vous ne tendez pas une hostie au fils

d'une hérétique..., plaisanta Guillaume. Mais Roç s'énervait.

— Vous êtes tellement intelligents, tous les deux ! lança-t-il brutalement à Gosset. Alors, dites-le-moi : ce calice est-il le Graal ?

— Pas du tout, rétorqua le prêtre. Tout juste un substitut.

— Un vénéneux ! ajouta Guillaume. Extrêmement dangereux !

— Le calice est un leurre. (Gosset avait retrouvé son sérieux.) Il utilise le symbole prestigieux de la communauté du Graal, fait croire qu'il a le même noble contenu, et remet l'âme de celui qui le cherche entre les mains du Démiurge.

— Et pourtant, il désigne la direction, à chaque intersection, dit Guillaume. C'est toujours la direction opposée !

Lorsque Faucon rouge atteignit le col de Mitla, qui surplombe l'accès nord du Caire, dans le désert où il savait que se situaient les terres d'origine des Bédouins fidèles à son père, il ne rencontra que quelques vieillards, des femmes et des enfants. On lui raconta que l'émir mamelouk était passé là. L'Archer avait levé tous les hommes en état de porter les armes et s'était dirigé avec eux vers Gaza en toute hâte. L'épouse de Faucon rouge et le jeune sultan les avaient suivis.

Le fils du grand vizir réprima un juron. Courir après les fugitifs n'avait aucun sens, cela le rendrait grotesque, surtout aux yeux de son vieux rival Baibars. Revenir au Caire ? Sans le soutien de l'Archer, il ne pouvait pas affronter Qutuz. Il ne lui restait que deux possibilités. Il se rendrait à Damas où Madulain se retrouverait certainement tôt ou tard, et se mettrait au service d'An-Nasir, qui l'accueillerait certainement les bras ouverts. Savoir comment le sultan ayyubide se comporterait à l'égard du jeune Ali était une autre affaire. Faucon rouge n'avait pas lui non plus de sentiments particulièrement bienveillants à l'égard de ce gamin, depuis que Madulain avait pris fait et cause pour le sultan détrôné. Il était de plus en plus difficile de deviner quelle serait la prochaine démarche de Madulain. Il restait le chemin de Jérusalem, où il pourrait rencontrer Yeza, comme il l'avait promis. Elle avait certes elle aussi la tête dure, mais elle, au moins, nourrissait des projets de haut vol. Le grand projet ! Comment avait-il pu en douter ! Il se sentait lié à lui, il avait été choisi pour veiller sur Roç et Yeza. Faucon rouge sentit la certitude tranquillisante, et la fierté non négligeable de savoir que la puissance secrète du Prieuré soutenait son engagement. Qu'il aille à présent à Gaza, à Damas ou à Jérusalem, il ne pouvait pour l'instant suivre qu'une seule piste, celle qui traversait le Sinaï et le désert du Néguev. Plein d'assurance, il se mit en route.

Un procès, et des considérations supérieures

À Ascalon, le procès que l'ordre des Templiers comptait faire à Taxiarchos avait débuté. Mais l'accusation ne s'était pas imposée aussitôt : compte tenu des preuves incontestables, Gisors pensait qu'on délibérerait seulement sur la nature de la peine. Si l'on respectait les formes, c'est à Botho de Saint-Omer, le juge, qu'on le devait — au grand agacement de Guillaume de Gisors. Le vieux soldat commença par se faire raconter dans les moindres détails la prise de *L'Atalante*, en interrogeant exclusivement les rares témoins oculaires. Mis à part l'accusé lui-même, il ne disposait pour l'instant que de Simon de Cadet et des trois autres Templiers. Guillaume de Gisors aurait préféré voir ses frères d'Ordre assis à côté de Taxiarchos sur le banc des accusés, mais celui-ci y était toujours seul, regardait en souriant autour de lui et se taisait, comme le lui avait conseillé son défenseur, le Hafside. C'est donc à Simon qu'il revint de raconter les événements survenus à Linosa. Dès qu'il eut fini, le Doge l'interrogea.

— Je retiens que Taxiarchos était déjà sous votre surveillance, frère Simon de Cadet, quand la *Nikè* est apparue devant l'île.

— Oui, il avait nagé jusqu'à l'île lorsqu'une mutinerie avait éclaté sur la trirème...

— Étiez-vous donc totalement hébété, l'interrompit Guillaume, pour ne pas avoir trouvé bizarre que tous ces événements extraordinaires, qui auraient pu se dérouler en n'importe quel point de la vaste Méditerranée, soient justement survenus devant l'entrée cachée du port de Linosa !

— L'accusation est priée de respecter une certaine retenue dans l'usage d'expressions imagées ! rappela le juge.

Simon remercia le vieil homme d'un hochement de tête.

— Lorsque le premier navire, qui fut d'abord tout seul, apparut au large, nous n'avions aucune raison de le soupçonner.

Simon se défendait seul, pour l'instant : il n'était pas encore accusé.

— Mais cette « mutinerie » était déjà un subterfuge ! répliqua Guillaume.

— Voilà une affirmation sans aucune preuve ! rétorqua le Hafside.

— Ma question au témoin était différente, reprit le Doge. Par quel biais toute la garnison de l'île a-t-elle su d'un seul coup que la *Nikè* allait arriver chargée d'or ? Est-ce Taxiarchos qui a répandu cette rumeur ?

— Ni directement, ni volontairement, admit l'ancien commandant. Son premier interrogatoire a eu lieu au vu et au su de tous, car nul ne pouvait deviner ce qu'il allait raconter sur la *Nikè* et sur son or. La nouvelle s'est propagée comme un feu de brousse anodin, cela n'avait rien de l'incendie de forêt qui s'est déclenché au moment où la *Nikè* est arrivée et s'est mise à couler sous nos yeux.

— Et même là, vous ne trouviez toujours rien d'inquiétant, messire Simon ?

— Il était trop tard ! s'exclama le Hafside.

— Comment Taxiarchos s'est-il comporté à votre égard, lorsque votre maison s'est retrouvée en flammes ?

— Il a tout fait pour éteindre l'incendie et nous aider.

À cet instant, on fit entrer Roç dans la salle du tribunal. Il s'était étonné que ses compagnons de voyage, les Templiers, le conduisent à la commanderie immédiatement après leur arrivée à Ascalon, éludent ses questions sur le Hafside et sur le Doge, et tentent de le séparer de Guillaume et de Gosset. Roç était hors de lui et s'apprêtait à protester contre ces méthodes brutales lorsqu'on le poussa dans la salle.

Guillaume de Gisors salua aussitôt son arrivée :

— Voici l'homme qui commandait la *Nikè*. J'accuse Roç Trencavel de compli...

— Taisez-vous ! tonna Botho de Saint-Omer. Roç Trencavel, qui se présente ici de son propre chef, peut tout au plus être entendu comme témoin !

Roç avait immédiatement compris la situation. Il lança un regard à Gosset pour l'implorer de ne pas répliquer.

— Ma place est à côté de Taxiarchos ! s'exclama-t-il en tirant Guillaume par la manche et en le forçant à s'asseoir sur le banc des accusés.

Taxiarchos n'eut pas l'air étonné de ce geste spontané. Il se contenta de sourire discrètement au nouveau venu, comme on salue quelqu'un à la *qahua* lorsqu'il prend place à votre table. Guillaume de Gisors avait quant à lui préparé ses arguments pour une nouvelle attaque.

— Dans ce cas, le témoin Roç Trencavel peut nous expliquer comment et pourquoi il a fait couler la *Nikè*.

— Cette demande est infâme, répondit Gosset. Le Trencavel ignorait que se cachait parmi ses chevaliers le plus dangereux saboteur de l'empire : Dietrich von Röpkenstein !

— Qui êtes-vous donc, demanda Gisors, énervé, pour oser me parler ainsi ?

— Mon identité vous est sans doute connue, répondit monsignore en s'asseyant à côté du Hafside. Ici, vous pouvez voir en ma personne l'assistant judiciaire de Roç Trencavel.

— Ce qui ne signifie pas, protesta aussitôt Roç, que j'approuve les calomnies contre un...

Il ne trouva pas l'expression juste. Le mot « ami » aurait pu produire une impression déplacée.

— *De mortibus nihil nisi bene !* intervint Guillaume en se jetant dans la brèche, suivi par le Hafside :

— En tout cas, nous ne pouvons en aucun cas rendre responsable Taxiarchos des événements qui se sont produits à bord de la *Nikè*.

— Nous ne pouvons pas non plus les attacher à la corde déchirée à laquelle il aurait déjà dû pendre à cette époque ! railla Gisors.

— Taxiarchos a empêché que nous soyons lynchés par les mutins ! s'indigna Simon, mais cela ne toucha guère l'accusateur.

— Une main lave l'autre. Vous le sauvez, il vous sauve. Et en remerciement, vous lui donnez la clef !

— Dans le cas contraire, elle m'aurait été prise par la force, et des mains malhabiles auraient causé des dommages à *L'Atalante*.

— Et puis il s'agissait de sauver des naufragés ! objecta le Hafside. Les actes d'altruisme sont-ils tellement mal vus, désormais, chez les Templiers, que vous les dénonciez comme des crimes ?

— Ils auraient aussi pu nager jusqu'au rivage !

— Chacun ne maîtrise pas cet art. Et les chevaux étaient sous le pont. Auriez-vous aussi voulu les sacrifier, par hasard ? (Le Hafside perdait son calme.) L'intervention de *L'Atalante* était un devoir moral, chrétien et chevaleresque. Honte sur quiconque aurait voulu se conduire autrement ! D'autant plus que le retour du bateau salvateur dans le port ne faisait aucun doute. Seulement, à ce moment-là, est apparue la trirème.

— Elle aussi pour sauver les naufragés ? se moqua l'accusateur. Une rencontre fortuite de Samaritains ! D'agneaux innocents ! L'équipage, qui était encore un instant plutôt composé de mutins, se soumet alors de bonne grâce au commandement de ce Taxiarchos qu'il voulait pendre ?

Gisors fut pris d'un fou rire qui manqua l'étouffer. Son visage d'ange se déforma en une face rouge et enflée. Le Hafside le laissa se calmer, puis répliqua calmement :

— L'accusation oublie totalement que c'est l'équipage de *L'Atalante* qui s'est emparé de son propre navire. Tout le reste n'est que réaction à cette situation extrêmement périlleuse.

— Halte, l'interrompit le juge. Quelle est la conclusion : s'agissait-il d'une opération de sauvetage (adaptée ou non) pour sauver des naufragés, ou l'essentiel était-il l'or de la *Nikè* ?

— Il n'y avait pas d'or dans la *Nikè* ! aboya Gisors, toujours cramoisi.

— C'est précisément cette découverte qui a déclenché l'insurrection des esclaves rameurs, répliqua le Hafside. Dans le cas contraire, ils se seraient retirés dans le port, satisfaits, avec leur proie et *L'Atalante*. Mais à présent, plus rien ne pouvait les dompter. Taxiarchos a été contraint de reprendre le commandement. Sinon, ils seraient repartis avec *L'Atalante* et se seraient certainement écrasés contre le premier écueil venu.

— Je constate que Taxiarchos est le sauveteur de *L'Atalante*, trancha Botho de Saint-Omer, implacable, et j'espère que l'accusation me suivra. Ce navire lui est tombé sur les genoux comme un sac d'or étranger. La seule question qui se pose est de savoir combien de temps on peut conserver et utiliser un tel objet trouvé sans que son inventeur sincère se transforme en voleur.

La question était adressée à Gisors.

— L'accusé savait à qui appartenait le navire, et n'a rien fait pour le restituer au propriétaire, bien au contraire.

— Merci, dit le juge. Et je vais encore attirer votre attention sur autre chose. Selon les assertions de la défense, c'est le fait que la *Nikè* n'ait pas contenu d'or qui a déclenché l'insurrection. Mais qui, le premier, et le seul, a fait courir l'histoire de l'existence de cet or dans le petit monde de Linosa ?

Gosset vit le piège plus vite que le Hafside.

— Mais cet or existait réellement ! s'écria-t-il afin de dissiper la mauvaise impression produite par la phrase de Saint-Omer. Au moment où Taxiarchos a quitté Palerme, la *Nikè* avait effectivement à son bord des masses d'or considérables que l'ambassadeur de Grèce transportait avec lui. L'accusé ne pouvait pas savoir qu'entre-temps ce trésor avait été confisqué et l'ambassadeur emprisonné.

— Ce qui me paraît important, répondit le juge, ce n'est pas la réalité de l'or, mais le bruit qu'il faisait. Il a suffi pour déclencher les événements.

— On peut aussi se servir de fausses pièces, suggéra joyeusement Gisors. C'est moins cher, et cela paraît sans risque, mis à part la mort au bout d'une corde.

— Guillaume de Gisors, intervint le Doge, vous laissez fâcheusement transparaître votre unique objectif ! Si j'interprète correctement tout ce qui a été dit (il chercha à s'assurer de la bienveillance du président, mais celui-ci ne se départit pas de sa mine impénétrable), alors ni la présence ou l'absence de l'or, ni le naufrage de la *Nikè* ni la sortie de *L'Atalante* n'ont un rapport manifeste avec l'accusé. La seule question est de savoir si son comportement a été correct lorsqu'il s'est retrouvé malgré lui au gouvernail de *L'Atalante* sans être le maître du navire !

— Supposons, répondit Gisors, qu'il se soit comporté comme la Vierge a mis son enfant au monde. Alors, il est tout de même incontestable que ce pauvre diable de Taxiarchos a pris le pouvoir sur le navire, car ses errances (il a parcouru l'Adriatique dans les deux sens, écumé la mer Ionique, il est passé au large de la Crète et a fait route jusqu'à Alexandrie) ne respectaient pas, je suppose, la volonté de son équipage. A-t-il cherché le plus proche port tenu par les Templiers pour leur restituer ce bien qui n'était pas le sien ? Nenni ! Il a soigneusement évité nos garnisons...

— Objection ! s'exclama le Hafside. Nous devons considérer que, s'il tenait effectivement le gouvernail, il devait en revanche procéder avec d'extrêmes précautions à l'égard de son équipage insurgé. Croyez-vous donc qu'ils l'auraient laissé se rendre à Saint-Jean-d'Acre ou à Tyr ? Ils l'auraient taillé en pièces ! Il lui fallait d'abord les tranquilliser, gagner leur confiance et les habituer à sa direction. Lorsque votre armada a arrêté *L'Atalante*, Taxiarchos était en route pour Linosa !

L'audace de ce scénario laissa même Gisors bouche bée.

— Le tribunal se retire pour délibérer, annonça Botho de Saint-Omer, l'air impénétrable.

Le Doge et Abdal le Hafside étaient assis l'un en face de l'autre dans leur bureau commun, au donjon d'Ascalon. L'expropriation n'avait pas duré bien longtemps ; Georges Morosin avait réussi à imposer ses droits auprès du grand maître. L'Ordre, représenté par Guillaume de Gisors, avait dû restituer au marchand d'esclaves sinon toute sa propriété, du moins la tour de l'ancienne commanderie. Les liens d'Abdal avec les Templiers étaient trop forts, et les affaires discrètes que l'on résolvait avec son aide étaient trop juteuses pour qu'on puisse agir autrement.

— Vous devriez être en train de délibérer, en tant qu'assesseur de ce juge entêté, mon ami, au lieu de me tenir compagnie.

Le Hafside aspirait tranquillement son narguilé, un plaisir que le Doge, cette fois, ne voulut pas partager avec lui.

— Botho de Saint-Omer estime qu'il suffit bien qu'il délibère avec soi-même, d'autant plus que mon sens du droit a été entamé, pour ne pas dire empoisonné, par mes longues relations avec des incroyants comme vous ! Il m'a claqué la porte au nez.

— Pensez-vous que Taxiarchos ait encore des chances de sauver sa tête ?

— Je ne suis guère optimiste ! déclara le Doge. Vous avez fait ce qui était possible, vous avez tendu au juge des perches d'or dont il aurait pu faire usage en toute bonne conscience. Mais ce Botho de Saint-Omer a la rigueur de l'Ancien Testament.

— Il veut une victime pour apaiser ce dieu furieux qui s'est détourné des Templiers. Ce qui lui importe, ce n'est pas d'obtenir la tête de notre ami, mais d'émettre un signal provoquant la rénovation intérieure de l'Ordre. Vous, Georges, vous lui répugnez profondément, et l'attitude que vous avez prise le dégoûte.

— Dois-je disparaître pour ne pas lui donner envie de prononcer un jugement sanglant ?

— Gardez pour une meilleure occasion la possibilité de partir en protestant ! (Le Hafside était plus touché par cette affaire qu'il n'y paraissait. Il avait cessé depuis longtemps de se comporter en spectateur impartial.) D'autre part, seule votre position de commandeur, et donc de maître des lieux, empêche que l'accusation et le juge se mettent d'accord pour pratiquer une justice assassine, à laquelle il ne manquera plus qu'un bourreau.

— Notre véritable adversaire, c'est Gisors. Taxiarchos lui a manqué de respect.

— Lui non plus ne se soucie guère de la tête du Pénicrate. Ce qui lui importe, c'est son pouvoir au sein de l'Ordre ! Il veut échapper à tout prix à la tutelle de sa mère adoptive. Cela le pousse même à s'opposer à Roç et à Yeza.

— Je crains que mon influence ne suffise pas à empêcher le pire, grommela le Doge. Vous devriez faire des préparatifs pour libérer Taxiarchos par la force. Il existe dans cette ville un nombre suffisant d'hommes en armes. Une attaque rapide, et cette farce sera...

— Cela n'ira pas sans épanchement de sang, objecta le Hafside. Je préférerais une solution plus diplomatique. La balance penche trop facilement du mauvais côté...

— Les Mongols ?

Si le Doge avait prononcé ces mots, c'est qu'il avait entendu Guillaume descendre l'escalier qui menait au miroir, en haut du donjon. Les deux hommes se turent. Guillaume ouvrit doucement la porte et leur sourit.

— Ils envoient une délégation de Gaza avec la lettre que nous leur avons demandée : aucun jugement ne peut être exécuté sans l'autorisation du Il-Khan !

Le soulagement fut général. Gosset, qui revenait d'une visite aux cachots, put en prendre sa part.

— Taxiarchos est étrangement détendu, rapporta-t-il.

— Et Roç ? l'interrompit Guillaume. Ce pauvre garçon n'a-t-il pas besoin de réconfort ?

— Le Trencavel a accepté avec humour l'arrogance des Templiers, qui l'ont enfermé dans la même salle que le délinquant. Il ne craint rien pour lui-même.

— Il a sans doute raison ! dit le Doge. La main qui

le protège est trop puissante pour que ce tribunal puisse toucher un seul de ses cheveux.

— Guillaume de Gisors lui ferait au moins administrer la bastonnade, s'il le pouvait.

— Sur ce point, notre seigneur est extrêmement sensible, songea Guillaume à voix haute. Je devrais peut-être descendre dissiper ses inquiétudes ?

— Restez ici, rétorqua Gosset. Lui et Taxiarchos sont justement en train de se parler, ils ont beaucoup de choses à se dire. Et cela ne peut qu'être agréable au Pénicrate. Nos paroles de consolation ne feraient que lui peser.

— Attendons l'arrivée des Mongols !

Lui et le Doge restèrent donc là, observant les deux autres avec espoir. Georges Morosin prit le tuyau du narguilé pour calmer sa nervosité. Monsignore et le franciscain regardaient par la fenêtre dans la cour de l'ancien caravansérail. Mais il n'y avait aucun mouvement à la porte. Au bout d'un moment, un sergent les invita à rejoindre la salle d'audience.

Roç et Taxiarchos étaient déjà assis sur le banc des accusés. Mais, cette fois, ils étaient serrés. Il n'y avait plus de place pour Guillaume ; Simon de Cadet et ses Templiers avaient dû rejoindre les deux autres sur ce siège étroit. La salle paraissait encore plus sombre : les nuages avaient obscurci le ciel, et les fenêtres haut placées ne laissaient entrer qu'une lumière diffuse. Gisors tournait autour de son siège. Botho, le juge, se faisait attendre.

— Un neveu du général Kitbogha apportera la lettre ici en personne.

Guillaume, en chuchotant, cherchait à rasséréner le prêtre, accablé par la peur qu'il éprouvait pour son vieil ami, Taxiarchos. On aurait dit qu'une pince de fer lui enserrait le cou. Gosset ne répondit pas. Tous ses espoirs se portaient sur Roç, qui aurait peut-être le pouvoir de mettre un terme à ce cauchemar.

Le Hafside prit place à côté de l'accusateur. Sa seule crainte était que le verdict ne soit exécuté immédiatement après avoir été prononcé. Si le juge prenait une telle disposition, il lui faudrait aussitôt entreprendre quelque chose. Il avait mis en état d'alerte l'équipage de son voilier, et renforcé son personnel à l'intérieur de la commanderie. Ses hommes surveillaient constamment le cachot et n'attendaient qu'un signe pour frapper. Prendre des otages n'avait aucun sens. Le combat serait donc rude : les Templiers, sous les ordres de Gisors, étaient sur leurs gardes. Même ici, dans le tribunal, ils avaient leur épée à la ceinture et leur casque sous le bras.

La tension pesait sur toute l'assistance telle une armure de plomb. Seul Taxiarchos plaisantait avec Roç comme s'il s'agissait d'une soirée entre amis. Le Hafside les entendit rire.

Botho de Saint-Omer entra enfin dans le réfectoire, suivi par le Doge, auquel on n'avait même pas fait appel pour prendre la décision finale. Sa seule mission avait été d'aller chercher le juge dans sa cellule monacale. Il avait trouvé le vieil homme agenouillé, et il ne priait sans doute pas pour obtenir la grâce de la miséricorde, car les derniers mots de son imploration étaient : « Donne-moi, seigneur, ta dureté, pour arracher ce qui ne te sert pas. Ta rigueur, pour éliminer les traces du pécheur ! »

Ce n'était guère encourageant.

Botho, la démarche raide, traversa la salle sans regarder autour de lui, et prit place sur l'estrade.

— *In nomine Dei Patris*, dit-il d'une voix grinçante, *et Sacrae Domus Militae Templi Hierosolymitani Magistri*, je proclame...

Tous s'étaient levés à son entrée, même Taxiarchos s'apprêtait à suivre cet ordre tacite, mais Roç le retint et le fit se rasseoir sur le banc. Le vieux juge lui lança un regard courroucé.

— La justice de cette maison a formulé son verdict...

— Je conteste la compétence de l'Ordre ! cria Roç d'une voix claire dans le silence respectueux. Le Pénicrate n'a jamais prêté serment à un Ordre. Son procès doit avoir lieu devant un tribunal laïc !

— Taisez-vous, Trencavel, ou je vous fais expulser et ramener au cachot ! tonna le vieil homme. Bien, continuez ! lança-t-il au juge, ce qui déclencha un rire contenu dans l'assistance.

Botho, décontenancé, fit semblant de ne pas l'entendre.

— Simon de Cadet est accusé de désobéissance, de lâcheté devant l'ennemi...

Roç l'interrompit de nouveau.

— L'ennemi dont vous parlez, c'étaient les turcopoles et les esclaves de l'Ordre ! Un commandant a un devoir d'assistance à leur égard !

— Et un pouvoir de commandement ! beugla Gisors. Allons-nous nous laisser instruire par le Trencavel de ce que sont les droits et les devoirs d'un Templier ?

— Je condamne Simon à « l'exclusion temporaire », c'est-à-dire pour une année et un jour ! conclut le vieil homme, qui tremblait encore devant l'incartade de Roç.

— J'avais demandé en *esgard* la « perte de la maison » ! aboya Gisors, cette fois-ci à l'attention du juge. Pour toujours !

Le juge secoua la tête d'un air décidé.

— Les trois chevaliers qui se trouvaient sous ses ordres et ont suivi son exemple sont condamnés à la « perte de l'habit dans la main de Dieu », c'est-à-dire au sursis. Ils feront un service renforcé. Frère Simon, en revanche, est banni à Jérusalem pour la durée de sa peine.

Les condamnés furent invités à quitter la salle. Simon dut ôter sur-le-champ son clams blanc à croix rouge.

— Nous en venons à présent au procès central, reprit le vieux juge. Taxiarchos, accusé devant ce tribunal, n'a pas été convaincu sans le moindre doute d'incitation à la mutinerie. *In dubio pro reo*, je l'acquitte de cette accusation.

Gisors, furieux, se laissa tomber sur son siège, mais cela n'impressionna pas le moins du monde Botho de Saint-Omer.

— Pour ce qui concerne la complicité avec une bande anonyme de mutins dangereux, Taxiarchos aurait pu, au plus tard à partir de Corfou, mettre le cap sur le port de Linosa, ou se diriger vers la plus proche garnison des Templiers en Terre sainte. Il en aurait eu la possibilité :

car à cette date, l'équipage de *L'Atalante* lui obéissait. On l'a bien vu lorsque le navire a été cédé sans résistance…

— Une autre preuve de l'innocence de Taxiarchos ! s'exclama Gosset. Il savait aussi diriger *L'Atalante* au combat, comme l'a montré sa confrontation victorieuse avec la flotte de l'Anjou !

— Une nouvelle preuve qu'il s'était arrogé le commandement, et qu'il l'exerçait bel et bien ! siffla Gisors.

— Au lieu de cela, poursuivit le juge, impassible, Taxiarchos a mené le navire à Alexandrie, c'est-à-dire bien loin de l'objectif qu'il aurait dû chercher à atteindre s'il avait pu espérer le moindre reste de compréhension de la part de l'ordre. Mais il ne songeait pas à rendre son butin. Taxiarchos doit donc être reconnu coupable de vol aggravé !

Le vieux juge ne s'était pas rendu la tâche aussi facile que l'aurait espéré Guillaume de Gisors.

— Et cela mérite la peine capitale ! lui cria celui-ci.

— C'est à moi qu'il revient d'en décider. Et c'est *moi* qui prononce la peine capitale !

Le mot terrible était tombé. Même ceux qui, dans la salle, avaient souhaité ce verdict, restèrent paralysés. Mais avant que des manifestations d'assentiment ou de protestation n'aient pu s'élever, Botho poursuivit :

— Comme l'a noté Trencavel, à fort juste titre, l'Ordre peut sans doute exiger mon jugement, mais pas l'exécuter. Le coupable doit donc être remis au pouvoir laïc !

C'était un coup dans la face de l'ange et une lueur d'espoir pour les amis de Taxiarchos. Qui donc, en effet, représentait le « pouvoir laïc » à Ascalon ? Le royaume de Jérusalem, qui aurait docilement satisfait les désirs de l'Ordre ? Certainement pas ! Les organes du pouvoir souverain, c'est-à-dire les Égyptiens, s'étaient enfuis. Les Mongols n'avaient pas encore pris leur place, et nul ne savait s'ils en avaient l'intention. Gisors comprit seulement à ce moment-là que le procès se déroulait dans un espace sans pouvoir. Il perdit son contrôle et se mit à crier au juge :

— Il n'est pas nécessaire de trouver un subterfuge

pour ne pas devoir exécuter votre verdict, Botho de Saint-Omer, l'exécution n'est pas l'affaire du juge !

— Et certainement pas celle de l'accusateur, Guillaume de Gisors !

Roç s'était mis debout et s'était placé devant Taxiarchos, pour le protéger. Au même instant, il y eut du bruit à la porte de la salle. Les personnes qui étaient dans le secret pensèrent que la délégation mongole convoquée par Guillaume était arrivée. Mais ce furent quatre chevaliers entièrement vêtus de blanc qui entrèrent, le visage caché derrière leurs visières baissées. Ils portaient sur leurs épaules deux grandes perches d'argent où reposait une sobre litière noire. Elle franchit la porte, suivie par quatre autres hommes en blanc, qui soutenaient la partie arrière des barres d'argent. Ils avancèrent d'un pas lent jusqu'au milieu du réfectoire et y déposèrent précautionneusement la litière. Un rayon de soleil perça les nuages et tomba sur le groupe. Le silence s'était fait dans la salle, tout juste troublé par le cliquètement d'une armure. Guillaume de Gisors avait avancé devant son banc, il courbait le genou et baissait la tête, l'air soumis.

— La Grande Maîtresse ! chuchota Roç à Taxiarchos.

On frappa trois coups. L'abaque d'ivoire apparut brièvement, de derrière le rideau ; Botho de Saint-Omer, le Doge et tous les chevaliers présents dans la salle s'agenouillèrent. L'abaque rentra dans l'ombre, et l'on entendit s'élever une voix grinçante :

— Qu'est-ce donc qu'un navire, pour qu'on le mette en balance avec la vie d'un homme ?

La vieille dame qui parlait avait un ton légèrement moqueur et très froid.

— Mais *L'Atalante* n'est pas un navire ordinaire. Et Taxiarchos le savait. *L'Atalante* est le moyen d'atteindre un objectif caché. Cela aussi, Taxiarchos le savait, car il faisait partie des rares élus auxquels cela a été révélé. Et il a atteint ce but à la demande de l'Ordre, avec les instruments que celui-ci lui avait fournis !

La voix sortait, claire et distincte de la litière noire. Mais elle paraissait de plus en plus sarcastique.

— Son savoir et nos moyens, s'est dit Taxiarchos,

devraient pouvoir être mis en commun de manière profitable. Pour mener à bien ce plan désintéressé, il a fait semblant de se vendre à une puissance étrangère aussi cupide que lui-même. C'est elle, pas le trompeur trompé ni le Trencavel, (lui ne se doutait de rien) qui nous a ravi *L'Atalante* en montant une habile mise en scène. Mais cela ne change rien au fait que Taxiarchos était prêt à trahir, même s'il n'a pas accompli son acte. Cet état de fait n'a pas à être puni de mort, d'autant plus qu'aucun chevalier du Temple de Salomon ne devrait se donner le pouvoir de juger de simples mortels. (La voix de la Grande Maîtresse baissa.) Mais Taxiarchos, s'il était laissé en liberté, représenterait pour l'Ordre un danger permanent. Par son biais, le chemin menant à l'objectif caché pourrait tout de même être révélé, par sa volonté, malgré lui, ou par la force. *Videant consules !*

L'abaque invisible frappa trois fois, les huit chevaliers blancs reprirent la litière et quittèrent en silence la salle du tribunal.

Roç fut le premier à retrouver sa langue.

— Si vous projetez un meurtre vehmique, lança-t-il à Gisors, sachez que vous me trouverez au côté de Taxiarchos !

Guillaume de Rubrouck enfonça le même coin :

— Si l'on touchait à un seul cheveu de l'homme qui se trouve désormais sous la protection du Trencavel, aucun d'entre vous ne quitterait Ascalon en vie. Le gouverneur du Il-Khan à Gaza s'est prononcé sans la moindre ambiguïté, et les Mongols ne détestent rien autant que ceux qui s'opposent à leurs ordres.

— Je vous garantis en outre une nuit d'insurrection, car le peuple d'Ascalon, qu'il soit islamique, chrétien ou juif, se soulèvera !

— Si vous l'y incitez, Hafside, lança Gisors entre ses dents. Et je ne vous le conseille pas !

— Messieurs ! s'exclama le Doge. (Le vieux juge paraissait pétrifié et ne disait rien.) La grande maîtresse n'a pas prononcé le mot « tuer », ce qui nous laisse la possibilité du *murus strictus*, et nous devrions l'utiliser avec modération. Enfermons donc le délinquant, en attendant que les Mongols, ou un autre représentant du pouvoir laïc, ait pris sa décision et assume la responsabilité d'une exécution.

— Nous pourrons tous accepter cette sage décision, dit Gosset en souriant à Taxiarchos. Y compris notre accusé !

— Vous pensez que nous ne devrions pas juger le traître ? demanda Gisors, agacé.

— Mon bourreau personnel..., annonça le Hafside, en ajoutant avec un regard en biais à Face d'Ange, indigné : ... Ahmed, celui des questions bêtes, reprendra la garde de Taxiarchos dans son cachot.

— Mais alors, qui gouverne la Terre sainte ? laissa échapper le vieux juge, et tous se mirent à rire, s'ils en avaient encore le cœur.

DANS LA VASE DE L'ÉTANG DE SILOAH

La maison du chef de la communauté juive, le rabbi Jizchak, se trouvait près de la boulangerie d'Elia, sur la route de la porte du lion, que les juifs continuaient obstinément à appeler route de Jehosaphat, dans ce que l'on nommait le « Quartier syrien ».

Le rabbin avait perdu son épouse lors du massacre au cours duquel les hordes des Choresmii avaient non seulement définitivement arraché Jérusalem au pouvoir des croisés chrétiens, mais l'avaient aussi reléguée au statut insignifiant d'une ville reculée de province. Sa fille unique, Miriam, venait tout juste d'avoir trois semaines. La femme abattue avait enterré son enfant sous elle, pour la protéger. À présent, Miriam avait seize ans, et ses seins coupaient le souffle aux hommes. Ce fut le cas pour Beni le Matou, qui avait été accueilli pour dormir dans la maison du rabbin. Cela n'impliquait malheureusement pas qu'il partage le lit de la charmante jeune fille. Il n'entra même jamais dans sa chambre : pour y accéder, il fallait emprunter une échelle, et celle-ci se trouvait à côté du lit de son père. Par ailleurs, Miriam n'appréciait guère les manières de Beni. Comme il l'avait épiée à plusieurs reprises alors qu'elle prenait son bain dans les étangs voisins, Miriam avait convaincu ses amies d'aller fréquenter désormais des eaux plus éloignées et bien cachées.

Beni ne s'aventurait guère auprès d'elles : le Matou ne savait pas nager. Autrement, il aurait certainement sauté à l'eau pour tenir compagnie à ces jeunes souris. C'est ainsi, en quête de ces joies du bain dont il était désormais privé, que Beni se retrouva dans les coins les plus reculés de ce tas de ruines qu'était devenue Jérusalem, depuis que les chrétiens avaient abandonné la ville. Ne trouvant pas ce qu'il cherchait entre les murs, il alla flâner devant la porte de cette ville enchantée qui paraissait dormir dans ses pierres comme une épouse dans la roseraie, attendant le prince qui la réveillerait d'un baiser. Cette idée rappela tout d'un coup à Beni l'existence du couple royal, dont il avait dû préparer l'arrivée. Non loin de l'endroit du mur où, jadis, les premiers croisés avaient ouvert la brèche sous la direction de Godefroy de Bouillon, avant de s'abattre sur la ville et de provoquer le pire bain de sang dont Beni ait jamais entendu parler (mis à part la prise d'assaut de Bagdad par les Mongols) se trouvait une tour avancée qu'ils appelaient le « Belvédère » parce qu'elle offrait une vue superbe aux quatre points cardinaux. Beni y grimpa difficilement : les marches s'étaient effondrées, et le reste semblait ne pas être loin de la ruine. Des créneaux recouverts d'herbe, il aperçut un chemin creux que la muraille avait sans doute dû protéger autrefois. Il y vit avancer un vieil homme solitaire, sans bagages, uniquement armé d'un long bâton. Mais cette grande canne paraissait extrêmement précieuse : elle était dorée et portait à son extrémité une étrange double croix abondamment ornée de joyaux étincelants. Le Matou, qui n'avait encore jamais eu sous les yeux une croix de patriarche, pensa qu'il s'agissait d'une crosse d'évêque. La barbe épaisse du promeneur confirma cette impression. Le digne vieillard avançait tête nue, le regard joyeux dirigé vers les murs, les tours et les coupoles de la sainte Jérusalem. Au milieu du chemin pierreux, il tomba à genoux et loua son dieu. La voix ne monta pas jusqu'à Beni, qui l'observait toujours. Mais le Matou vit avant le vieil homme les bandits qui épiaient jusqu'alors dans les buissons, au-dessus du chemin, et qui venaient de se dresser pour s'abattre sur le pieux pèlerin.

Beni cria « Prenez garde ! » ce que seuls les pillards entendirent. Ils agitèrent dans sa direction un poing menaçant. Beni détacha une pierre de la couronne du mur et la lança vers le bas. Le vieil homme leva les yeux et vit les brigands qui se laissaient glisser vers le chemin creux. Le vieux sortit alors sa magnifique croix de sa tige. Un stylet acéré en sortit, et le bâton se transforma en lance. Avec une agilité inattendue, l'homme attaqué commença par utiliser le bâton pour parer les coups. Puis il le fit tourbillonner et embrocha l'un des voleurs, tandis qu'il en atteignait un autre à la nuque avec sa lourde croix. D'un bond, le patriarche se retrouva devant le chef, le dernier à descendre le coteau sur le fond de son pantalon, en maudissant le monde entier : « *Mala'oun abu dunya ! Kuss umlak !* »

Le hurlement du bandit cessa lorsque la pointe acérée du bâton s'enfonça sous son menton, mais pas assez profondément pour qu'il ne puisse encore émettre un râle que ses hommes comprirent comme une invitation à délaisser cette ingrate victime et à prendre la fuite. Deux des bandits étaient encore au sol, immobiles. Le vieil homme laissa enfin filer le chef. Beni descendit alors de sa tour et lança courageusement des pierres derrière les voleurs, avant de se présenter au vieil homme comme son sauveur héroïque. Le patriarche replaçait sa croix. Beni constata, étonné, que la poutre inférieure était de biais. Le patriarche venait de la replacer sur la pointe de sa lance lorsque les brigands revinrent, cette fois très lentement et plus prudemment. Le vieil homme se retourna et vit que le chemin de la ville lui était à présent barré par un mur humain.

— Celui qui jette la première pierre, dit le vieillard avec une joyeuse nonchalance, ne donne qu'un mauvais exemple aux pauvres pécheurs.

Beni remarqua seulement à cet instant que tous les bandits avaient des pierres dans les mains. Il esquiva le regard du patriarche, moins par pudeur que par pure angoisse : les deux groupes se rapprochaient.

— Mais celui qui lève l'épée périra par l'épée !

Beni attendait impatiemment l'instant où le vieil homme ferait de nouveau surgir son arme terrible, mais il se contenta de s'agenouiller et de prier à voix haute :

— Seigneur, mon Dieu, tu as permis à Ton serviteur de voir la sainte Jérusalem, et comment T'a-t-il remercié ? Mais, dans Ta grâce et ton infinie bonté, Tu récompenses l'indigne, Tu le fais mourir de la mort du martyr. Gloire à Toi !

La foule, menée par un capitaine, s'arrêta et recula. Un ours adulte était apparu par-derrière, dans le chemin creux. Il était debout sur ses pattes, un homme conduisant une charrette le menait au bout d'une chaîne. Mais ce n'était pas l'animal qui avait provoqué leur effroi : l'homme à la charrette était le même que celui qui priait devant eux. Son visage était identique, il portait les mêmes vêtements, même sa crosse était reproduite ! Les brigands, terrifiés, jetèrent leurs pierres au loin et se réfugièrent dans les buissons. Lorsque ceux qui attendaient au bout du chemin creux virent cette scène, ils se dispersèrent à leur tour.

Beni s'agenouilla à côté du patriarche.

— « *Te Deum laudamus, Te dominum confitemur.* »

Beni se retourna, suspicieux. On ne voyait plus la moindre trace de l'ours, ni de l'homme à la charrette. Le Matou se rappela alors qu'il avait déjà vu une fois et étrange attelage, lorsque Trencavel luttait contre la mort, devant le castel Maugriffe. Il se rappela aussi qu'il était censé trouver un abri pour le couple royal.

— « *Tibi omnes Angeli, Tibi coeli et universae Postestate* ». Je suis Jacob Pantaleon, dit le vieil homme lorsqu'il eut achevé sa prière, sans avoir remarqué ce qui s'était déroulé dans son dos. Je suis le nouveau patriarche de Jérusalem ! Mène-moi au chef de la communauté juive, que je puisse lui présenter mes hommages !

L'étang de Siloah, entouré d'un épais maquis, se trouvait au pied du mont Sion, et la plupart en avaient oublié l'existence depuis longtemps. Seuls quelques bergers y empruntaient encore un sentier sinueux. C'est là que Miriam et ses amies se baignaient désormais, bien qu'il leur eût été rigoureusement interdit de se déplacer en dehors des murs de la ville. Pour que leurs escapades ne se remarquent pas, elles avaient négocié avec un berger qui n'avait pas tous ses esprits et n'était pas juif, le droit de mener ses animaux. Mustafa était si bête qu'il ne se rappelait pas dans quelle direction les jeunes filles étaient parties. Sa cabane était une tour effondrée qui se trouvait juste à côté de la porte, une ruine qu'on avait murée depuis longtemps. Le seul chemin qui permettait d'en sortir passait par l'étable dans laquelle Mustafa dormait. Mais il y régnait une telle odeur que seuls les bergers y mettaient le nez.

Cette fois, lorsqu'elles arrivèrent à leur étang, les jeunes filles entendirent des cris et des lamentations. Elles trouvèrent deux hommes qui battaient des mains dans l'eau, manifestement incapables de nager. L'étang de Siloah était, sur ses bords, rempli d'une vase profonde, si bien qu'on ne pouvait pas y tenir debout. Il ne se creusait que vers le milieu. Et c'est dans cette direction que glissaient les deux hommes, qui tentaient d'attraper un objet dans le fond vaseux.

— Je l'ai ! cria le premier avant de plonger la tête dans l'eau pendant que l'autre le tenait — mais il ressortit les mains vides.

Son maigre compagnon plongea lui aussi dans ce bouillon, et ne reparut pas. Les jeunes filles cessèrent de rire, d'autant plus qu'elles virent le corps de l'homme resurgir là où l'on n'avait plus pied, sur le dos, comme s'il s'était noyé. L'autre chercha à l'attraper et disparut lui aussi dans l'eau noire, mais il eut le temps d'appeler au secours. Miriam et ses amies se demandaient encore comment on pouvait aider ces pauvres fous lorsque les branches des arbustes s'écartèrent sur le rivage, laissant passer un ours debout, qui entra dans l'eau. Sans se soucier du limon, il avança vers le milieu de l'étang et tendit sa patte à l'homme qui flottait sur le dos. Celui-ci sortit de sa léthargie et se jeta avec ses dernières forces sur la patte de l'animal, la saisit et se fit tirer hors de l'eau. Son compagnon s'agrippa à la fourrure de l'ours, qui se dirigea vers la rive avec ses deux petits paquets couverts de vase. Ils n'abandonnèrent leur sauveur qu'au moment où ils sentirent le sol ferme sous leurs pieds, tombèrent sur le ventre et aboyèrent. L'ours ne regarda même pas dans leur direction, et disparut entre les buissons, aussi vite qu'il était venu. Alors, un homme à l'allure insignifiante approcha des malheureux, couchés sur le sol, leur passa dessus et plongea dans l'eau. Il portait un long manteau de feutre noir, décoré de toutes sortes de miroirs ronds et argentés, des ailes d'oiseaux, de petits os et des poupées de tissu. Le manteau s'écarta comme les feuilles d'un nénuphar, il reposait sur l'eau. L'homme se courba et pêcha d'un geste ferme un objet noir enfoui dans la vase, qui ressemblait à une lourde coupe de pierre. Le montreur d'ours la nettoya soigneusement et repartit. Il déposa le calice noir à côté de l'homme maigre couché dans l'herbe, et suivit son animal.

Les jeunes filles entendirent une charrette qui s'éloignait, mais le maquis épais ne leur permit pas de la suivre des yeux. Les deux hommes, sur le rivage, se levèrent comme s'ils sortaient d'un profond sommeil, virent le calice que le maigre pressa aussitôt contre sa poitrine avant de le faire disparaître sous ses vêtements crasseux.

— « Si tu veux trouver une perle, ne la cherche pas dans la vase d'un étang ! » lui lança son compagnon.

— « Celui qui cherche une perle doit plonger dans les profondeurs de l'océan ! »

— Et qui finira par trouver la perle ? Seuls ceux qui ressortent de l'eau de la vie, et qui ont encore soif !

L'homme émacié, livide, observa son compagnon. Puis ils éclatèrent de rire tous les deux. Ils bondirent et disparurent à leur tour entre les buissons.

Le rabbin Jizchak était assis sur le banc, devant sa maison, lorsque Beni arriva en courant.

— Un ours a sauvé un homme des brigands ! cria-t-il. Je vous amène...

Le rabbin sourit avec douceur :

— Il n'y a pas d'ours ici, Beni !

— Si ! répliqua Beni, le souffle court. Je vous amène, pour vous le prouver, le patriarche de Jérusalem, un goy !

— Il n'y a pas non plus ici de patriarche chrétien, Beni ! lui répondit le rabbin, amusé.

Mais Jizchak aperçut l'homme au bâton d'or qui remontait la route de la porte de Jehosaphat. Et comme un miracle ne vient jamais seul, il lança un regard rapide de l'autre côté, où il découvrit un homme conduisant une charrette et un ours adulte qui marchait debout. Mais ceux-là se dirigeaient vers la colline du Temple.

— *O mai* ! soupira le rabbin. La journée va être fatigante !

Et il se leva pour saluer Jacob Pantaleon.

Jakov Ben Mordechai et son compagnon Abu Bassiht étaient sortis de l'étang de Siloah et marchaient comme deux oiseaux trempés vers la sainte ville. Après que LUI, le Seigneur, leur avait révélé la cachette du calice en dehors des murs, et qu'IL avait parlé à Jakov depuis le buisson, IL avait jeté à l'eau son serviteur effrayé. Et IL l'avait aussi sauvé de la noyade parce que Jakov devait apporter le calice à Jérusalem. Les deux plongeurs ne s'étonnèrent pas, en sortant du maquis, de ne pas trouver la moindre trace de l'homme et de son ours. Ils étaient en revanche suivis par une troupe de jeunes filles menant des moutons. Elles se moquaient d'eux. Ils n'avaient pu se débarrasser de ces bergères qu'en arrivant devant la ville : ils n'étaient pas passés par la porte murée (ce qui, pour LUI, n'aurait certainement pas été un obstacle), mais avaient longé les murs de la ville : ils ne tenaient pas à parcourir les rues dans ce concert de moqueries.

Ils avaient finalement découvert un étroit passage, et lorsque Jakov Ben Mordechai et le soufi qui l'accompagnait fidèlement avaient monté l'escalier étroit, entre les gravats et les blocs de marbre, les chapiteaux effondrés et les tronc de colonnes brisés, ils s'étaient retrouvés au milieu des écuries du roi Salomon.

— *Alhami Allah !* s'exclama Abu Bassiht, effrayé. Ce sous-sol appartient aux Templiers !

— On ne peut pas parler de propriété ! le tranquillisa Jakov. Mais attendez-moi ici jusqu'à ce que j'aie trouvé une cachette qui LUI plaira.

Jakov se tourna vers un trou sombre et béant dans le mur, qui menait vers les profondeurs.

— Vous n'allez tout de même pas me laisser ici tout seul ! répondit le soufi d'une voix faible. Ici, les esprits des Templiers morts tournoient comme des chauves-souris !

— Des *djinns* à croix griffue ? se moqua Jakov. Allons, j'ai une gousse d'ail dans ma poche ! C'est plus efficace que le Crucifié des chrétiens !

Et il descendit dans la sombre caverne.

Le rabbin Jizchak et son hôte, le patriarche, étaient montés sur la colline du Temple lorsque Miriam leur avait raconté que deux hommes avaient été sauvés par un ours après être tombés dans l'étang de Siloah. La jeune fille lança un clin d'œil à Beni pour qu'il n'aille pas raconter qu'elles s'y baignaient. Mais son père s'intéressait surtout à l'ours, et voulait juste savoir dans quelle direction les étrangers étaient partis.

— Sur la colline du Temple ! mentit Beni pour faire plaisir à Miriam.

— C'est bien ce que je pensais, répondit le rabbin.

Ils se retrouvèrent alors sur le gigantesque plateau, devant la cathédrale rocheuse, et regardèrent en bas, vers la mosquée d'Al-Aqsa, l'ancien monastère que les Templiers avaient jadis confisqué pour en faire leur maison de l'Ordre.

— Une ville difficile, soupira le patriarche. Qui la dirige aujourd'hui ?

Le rabbin regarda l'homme digne, avec son étrange crosse.

— C'est peut-être LUI, le Seigneur ?

Lorsque Guillaume de Rubrouck revint à Ascalon, le soir, de retour de Gaza, la situation avait totalement changé. Les amis de Taxiarchos l'avaient envoyé auprès des Mongols chercher l'ordre promis : aucune condamnation à mort, ni officielle, ni secrète ne pourrait être exécutée sans l'autorisation du grand khan. Mais le frère mineur revenait les mains vides, et de la citadelle de la ville d'Ascalon, il vit la bannière de l'Anjou battre au même vent que le Beauséant des Templiers.. C'était une mauvaise surprise : cela annonçait l'entrée en jeu d'une puissance laïque qui ne s'embarrassait guère de scrupules. Et ce n'était certainement pas un hasard. Guillaume s'attendait déjà au pire : être revenu trop tard pour sauver Taxiarchos. Le franciscain avait pourtant chevauché comme un diable jusqu'à Gaza, avec les serviteurs du Hafside ; et, sur le chemin du retour, ils avaient galopé comme des furies. Mais aux portes de la ville, ils se retrouvèrent de nouveau devant des musulmans. Ils ne les laissèrent pas passer, arrêtèrent tous les cavaliers et les conduisirent non point à la commanderie, où on les attendait, mais à la capitainerie du port, où on le retint jusqu'à ce que la commanderie ait décidé ce qu'on devait faire de lui. Guillaume n'avait pas la moindre crainte pour sa propre personne, mais il commença à s'inquiéter en voyant toute son escorte expulsée du port, dans un canot qui se dirigeait vers le voilier du Hafside, ancré devant le môle. Le sergent du Temple commandant la capitainerie lui expliqua que le marchand d'esclaves se trouvait à bord, lui aussi ; il avait été banni de la ville, en même temps que ce monsignore Gosset, tous deux s'étant affichés comme des amis de Taxiarchos.

— Est-il encore vivant ? laissa échapper Guillaume.

— Ah ! s'exclama le Templier. Vous faites aussi partie de la bande ?

— Je suis le confesseur de Roç Trencavel, répondit Guillaume.

— Encore pire ! répliqua le sergent en riant. Mais cela ne va pas durer longtemps. Bientôt, votre Taxiarchos sera au bout d'une corde, et le calme reviendra.

Guillaume, décontenancé, préféra ne pas répondre, si

bien que le Templier le jugea digne de l'entendre lui retracer les événements : il n'avait personne d'autre ici à qui faire partager son opinion.

— Le départ des Mongols de Gaza a provoqué l'arrivée dans la ville d'une avant-garde des mamelouks. Nous les avons accueillis amicalement. Conséquence immédiate, Le Caire a confirmé que l'Ordre exerçait le pouvoir provisoire dans la ville et sur le port, et les musulmans n'ont laissé ici qu'une poignée de leurs hommes. Cela nous a permis de faire approcher du renfort, une flottille. (Il désigna le quai, où étaient amarrés plusieurs voiliers rapides des Templiers.) Mais aussi suffisamment de turcopoles pour pouvoir exercer un pouvoir réel sur la population. L'étape suivante, inspirée par des motifs qui pourraient vous être étrangers, en tant que moine, fut d'établir ici, à titre provisoire, une troisième force. Car, pour rétablir le droit et l'ordre, il nous fallait malheureusement une puissance laïque !

— Ah ! dit Guillaume, et l'Anjou est arrivé comme si on l'avait appelé...

— En réalité, admit le sergent, ce haut seigneur n'est pas arrivé en personne à Ascalon. Il était représenté par l'un de ses agents qui portent le nom de « bailli », et nous a envoyé son drapeau, une escorte d'honneur, et un bourreau compétent.

— C'est tout ce dont a besoin la bonne Justice : une bannière, des demoiselles d'honneur et un maître de la corde ! se moqua Guillaume. L'Ordre va ainsi pouvoir définitivement régler son compte à Taxiarchos tout en s'en lavant les mains. Comment s'appelle donc ce fameux vicaire de Rome ?

— Le bailli de l'Anjou est le noble sire Rinat Le Pulcin, il n'a qu'un bras...

— Quoi ? laissa échapper Guillaume. Un seul bras, malingre et madré ?

— Admirable description ! s'étonna le sergent. On dit que lui et l'Anjou avaient un vieux compte à régler avec Taxiarchos, mais il est difficile de pendre un homme deux fois de suite, et notre seigneur Gisors ne se laisse pas ôter le *ius primi supplicii* !

— Je suppose que l'Anjou réclame réparation pour ce que lui a fait *L'Atalante* ! Le Doge n'a-t-il rien objecté à l'envie frénétique de faire payer Taxiarchos de sa vie ?

— Gisors l'a dépossédé de tout pouvoir en le faisant emmurer dans son donjon, et avec lui le vieux Botho de Saint-Omer, qui aurait volontiers renié son jugement. Seul le grand maître ou le chapitre peut destituer ces deux frères trop tièdes.

— Et le fils de la Grande Maîtresse ne rencontre guère de sympathie auprès de ces autorités ?

— Vous l'avez dit, Guillaume de Rubrouck !

Une poignée de turcopoles se présenta dans le port pour venir chercher le moine et le conduire à la commanderie. La nuit était tombée.

Le verdict d'un exécutant

La chambre que l'on avait attribuée au bourreau se trouvait au rez-de-chaussée, juste à côté de celle du condamné. La grosse porte de madriers ne laissait pas passer le moindre bruit dans la cellule, mais un œilleton dissimulé permettait au bourreau d'observer sa victime. Yves le Breton n'en fit pas usage. Il était triste et furieux. Une fois de plus, il s'était laissé prendre aux vagues promesses de Charles d'Anjou, qui lui avait proposé un poste de gouverneur dans une ville extrêmement exposée et menacée de la Terre sainte, à la frontière du sultanat mamelouk du Caire. Il avait accepté la mission avec reconnaissance, et même avec une secrète satisfaction. Car l'Anjou avait aussi promis au Breton qu'il collaborerait étroitement avec les Templiers stationnés dans la ville. Yves avait toujours rêvé d'être admis dans cet ordre qui l'attirait tant depuis sa prime jeunesse. Il était devenu prêtre, car sa famille n'était pas de sang noble, il s'était formé parallèlement au métier des armes, mais tout cela ne suffisait pas à remplir les conditions rigoureuses d'admission parmi les chevaliers du Temple. Yves, exerçant sa propre justice, avait finalement abattu un brigand de grand chemin. À l'époque, c'était le roi en personne qui l'avait sauvé du bourreau et en avait fait son garde du corps. Mais le Breton était comme un ours en chaîne. Le frère cadet du roi Louis, le comte Charles d'Anjou, avait rapidement su mettre à profit l'insatisfaction et la soif d'action du Breton. Ces deux hommes inégaux étaient liés par une ambition inassouvie et le refus des liens imposés par la féodalité. Combien de fois l'Anjou avait-il déjà promis à Yves l'adoubement, cette clef tellement désirée qui lui permettrait d'entrer au service des Templiers ? Mais à chaque reprise, il lui avait fallu rendre un unique et tout dernier service. Ce coup-ci, l'Anjou avait procédé encore plus perfidement, ce n'était pas *lui* qui avait posé la condition. Lorsque Yves était arrivé à Ascalon, de bonne humeur et insouciant, c'étaient les Templiers qui avaient confié au Breton une tâche dont il devait s'acquitter au plus vite. Et il n'était pas question de récompense. Yves se sentait mal entouré, avec ce petit rat qui était venu le trouver à Beyrouth et lui avait soumis la proposition de l'Anjou. Yves avait demandé une confirmation personnelle de messire Charles, et ce Rinat Le Pulcin la lui avait apportée. Et il se retrouvait à présent, lui, Yves, comme un chien dans cette cellule, chargé de couper la tête à un homme, rien de moins. Le Breton s'était juré de ne plus jamais prêter la main à ce genre d'entreprises, les crânes qui jonchaient déjà son chemin lui suffisaient, ils lui apparaissaient la nuit en rêve, leurs orbites creuses fixées sur lui. Il avait fini par regarder brièvement dans l'œilleton. Son souffle s'arrêta : à côté de cet homme enchaîné qu'il ne connaissait pas, mais dont on lui avait dit la bravoure, oui, aucun doute... À la droite du pirate qu'il lui fallait exécuter se trouvait Roç Trencavel ! Cela aussi, Yves se l'était juré : il ne lèverait plus jamais la main contre Roç et Yeza, le couple royal

Il avait donc refusé d'obéir aux Templiers. Il avait brutalement renvoyé ce Guillaume de Gisors, venu lui parler de corde comme s'il avait devant lui un bourreau ordinaire. Et lorsque Rinat, le rat, était ensuite venu lui parler d'un unique « coup d'épée de la Justice », il l'avait fait sortir à coups de pied. Ce Taxiarchos ne lui avait jamais rien fait. Il quitterait Ascalon le lendemain matin sans regretter son titre de gouverneur.

Guillaume de Rubrouck arriva tard, pendant la nuit, à la commanderie. On le conduisit immédiatement, à sa demande, dans la geôle où se trouvait Roç.

— Le noble Trencavel est naturellement libre de quitter à tout instant la pièce où l'on garde le pirate, lui expliqua le Templier en ouvrant la porte, mais il s'y refuse.

Roç reçut Guillaume avec un regard interrogateur, et le moine ne put que répondre par un signe négatif, dont il espérait qu'il ne mettrait pas Taxiarchos au désespoir. Mais celui-ci semblait d'humeur à plaisanter. Il éternua si fort que ses chaînes en cliquetèrent.

— J'espère que vous ne m'avez pas rapporté un rhume, en plus du reste ! Comment voulez-vous vous moucher quand votre tête est...

Guillaume et Roç eurent un rire un peu forcé, et Ahmed, le fidèle garde du corps du Hafside, les imita bien qu'il n'ait rien compris. Lui aussi avait opposé un refus à Gisors lorsque celui-ci, escorté par des hommes en armes, avait demandé au « Bourreau pour les questions bêtes » s'il ne voulait pas, « moyennant un bon salaire », exercer ses fonctions d'exécuteur des basses œuvres, lui qui possédait une si belle épée. Ahmed avait renvoyé la réponse par le reflet de son *shimtar al badi'a*. Gisors connaissait la signification de ces éclats lumineux : « Question bête ! » Et l'ange de la vengeance était reparti furieux, en claquant la porte.

— Les Mongols évacuaient Gaza au moment où je suis arrivé, raconta Guillaume, parce que Baibars avait fait son apparition, par la mer et par la terre. J'étais tombé dans l'un de ces groupes de Bédouins qui se montrèrent devant les murs tandis que les voiliers des mamelouks quittaient le port pour donner aux partants la possibilité d'abandonner la ville en bon ordre. Manifestement, aucun des deux partis ne voulait l'affrontement. Auprès des Bédouins se trouvait un bigleux nommé Naiman, un homme du nouveau sultan...

— Celui-là, je le connais ! s'exclama Roç. Il boite ! Il a cherché à nous tuer à Samarcande, lorsque nous nous rendions chez le grand khan. À l'époque, c'était encore l'agent du calife de Bagdad.

— C'est certainement le même. Il portait sur lui une tête puante, celle d'un ambassadeur mongol, paraît-il. Il l'a fait catapulter dans la ville, pour que les Mongols prennent peur et s'enfuient plus rapidement !

— Une canaille répugnante ! jugea Roç pour finir. Je ne tiens pas à le rencontrer une nouvelle fois.

On servit le maigre déjeuner. Roç avait pris l'habitude de jouer les goûteurs pour Taxiarchos — il l'avait aussi annoncé bruyamment, car il n'avait aucune envie de périr empoisonné, des crampes au ventre et l'écume à la bouche. Le repas était fait d'une soupe aqueuse où nageaient des têtes de poisson, de quelques os que même des chiens n'auraient pas acceptés, et d'une demi-galette de pain rassis.

— Quand on a faim, ça passe, déclara Roç en voyant Ahmed se précipiter sur le plat.

— J'ai entendu dire, annonça Guillaume, qu'un gredin manchot auquel j'ai acheté votre Mafalda serait arrivé ici pour tenir les fonctions de « bailli de l'Anjou ».

— Rinat Le Pulcin ? s'écria Roç en manquant s'étrangler. Mais il est mort ! Quelle infection ! (Il tendit l'écuelle à Taxiarchos.) Ce brouet n'est pas empoisonné, mais son goût pourrait le laisser croire. Je m'étonne que Rinat ose se présenter en un lieu où il sait pouvoir me rencontrer. (Roç cracha un œil de poisson.) Car si je lui mets la main dessus, je le tuerai, même si cela doit me faire vomir.

Mais l'attention de Guillaume avait été distraite :

— Mais qu'est-ce qui lui arrive, à notre bon Ahmed ?

Le Nubien avait glissé contre son pilier, face à Taxiarchos. Son écuelle en terre cuite lui tomba des mains et se brisa. Il roula des yeux en gémissant jusqu'à ce qu'on n'en vît plus que le blanc. De l'écume lui sortit de la bouche, son occiput cogna contre le pilier de fer, comme pour anesthésier le feu d'enfer qui lui brûlait les entrailles, puis il s'effondra lentement sur le côté jusqu'à ce qu'il touche le sol froid : il était mort.

On ouvrit la porte de la geôle, et les turcopoles qui la gardaient entrèrent dans la cellule. Ils ne se donnèrent pas la peine de feindre la surprise, mais essayèrent immédiatement d'arracher son cimeterre à Ahmed. Le mort tenait si fort son arme qu'il aurait fallu lui couper le poing pour la lui ôter. Les gardiens tirèrent Ahmed par les pieds et le sortirent avec son arme, le dos traînant sur le sol.

Guillaume de Gisors fit son entrée. Il était entouré de si près par ses gardes du corps qu'aucune attaque contre lui n'avait la moindre chance d'aboutir. Il devinait sans doute que Roç lui aurait volontiers sauté au visage. Les Templiers repoussèrent le Trencavel et Guillaume sur le côté, si bien que Gisors put se camper sans difficulté devant Taxiarchos. Il ne toisa pas son prisonnier avec son air sarcastique, comme d'habitude, mais sembla implorer la compréhension et la coopération du Pénicrate :

— Il faut mettre un terme à cette histoire.

Le corsaire lui adressa un sourire insolent et lui cracha aux pieds.

Roç s'attendait à ce que l'Ange l'abatte lui-même avec le cimeterre qu'on venait de lui apporter, et dont le pommeau était encore taché de sang. Mais Gisors ne toucha pas son arme. Il ordonna de détacher Taxiarchos du pilier et de l'amener à l'unique fenêtre de la pièce, qui donnait sur la cour intérieure. Taxiarchos regarda par les barreaux de fer, tenta de percer la pénombre où l'on distinguait des mouvements rapides et nerveux. Sur un ordre invisible, on alluma des torches, et à leur lueur vacillante, Taxiarchos vit des hommes en haillons, enchaînés en longues rangées, agenouillés sur le sol. Les visages étaient tournés vers lui, ils le regardaient. C'étaient ses hommes, l'équipage de *L'Atalante* au grand complet.

— Je les fais décapiter comme mutins, dit Gisors d'une voix mielleuse. Sauf si vous payez pour eux de votre vie, Taxiarchos, en vous reconnaissant seul responsable.

Taxiarchos ne se retourna pas, il continuait à parler comme s'il plaisantait.

— Ce qui est étonnant, ce n'est pas ce chantage ignoble, Guillaume de Gisors, mais votre obstination.

Toutefois je mourrai volontiers pour mes hommes, si ce verdict repose sur quelque chose.

L'Ange sourit.

— Je savais qu'on pouvait s'entendre avec vous. Que diriez-vous de cette solution : le Saint-Siège a donné en fief au comte d'Anjou la couronne de Sicile. Le bâtard Manfred, qui y règne illégitimement, doit donc être accusé de haute trahison, et avec lui tous ceux qui lui ont prêté la main. C'est exactement votre cas, Taxiarchos. Vous avez agi en capitaine pirate sur ordre du Hohenstaufen, et vous avez donc mérité la mort.

— Par l'épée ! réclama Taxiarchos. Je n'ai aucune envie d'être pendu comme pirate. J'exige l'honneur de l'épée !

Gisors sortit de sa poche un parchemin déjà rédigé.

— Dans ce cas, signez ici !

— Laissez-moi d'abord le lire ! s'exclama Guillaume, par-derrière, mais Taxiarchos refusa.

— Pourquoi devrais-je me méfier de ma propre mort, si un chevalier du Temple m'en garantit la forme, comme vous l'avez tous entendu ici. Je ne perds que ma tête, lui perdrait la face !

— Jurez, Gisors ! cria Roç en tentant de se frayer un chemin entre les gardes du corps. Je ne suis pas armé, vous le savez, et je veux voir votre main lorsque vous le jurerez. Jurez-le sur l'honneur de votre mère.

Face d'Ange laissa retomber la main.

— Si ma parole de Templier ne vous suffit pas, alors choisissez une autre mort. (Il se tourna vers Taxiarchos.) Et vous aurez celle que vous méritez !

— Je vous mets en garde, Gisors ! gronda Roç. Je n'ai certes pas le pouvoir d'offrir la vie à Taxiarchos contre la volonté déclarée de la Grande Maîtresse, mais si vous ne tenez pas votre promesse, je saurai le venger. Cela, je le jure sur mon honneur !

— Merci, Roç ! dit Taxiarchos. Mais ne vous mettez pas dans l'embarras pour moi !

Il prit la plume que lui tendait un Templier et signa sans même avoir jeté un regard sur le document.

— Voilà une bonne chose de faite ! s'exclama-t-il,

d'excellente humeur. Je puis à présent demander du bon vin pour moi et mes amis. Et la visite du prêtre, monsignore Gosset.

Les Templiers l'éloignèrent de la fenêtre et le rattachèrent au pilier. Mais ils lui laissèrent les mains libres, il fallait bien qu'il puisse boire. Gisors quitta la pièce sans un mot. Peu après, des artisans vinrent colmater l'ouverture avec de grosses planches.

— Le condamné ne doit pas suivre l'édification de l'échafaud, plaisanta Taxiarchos, ça gâcherait la surprise !

On apporta le vin. Le goûteur en but sous leurs yeux et les laissa choisir les gobelets.

— Bon millésime ! chuchota-t-il. Ce serait dommage de le couper à la ciguë ou à la belladone.

Les charpentiers burent eux aussi avant de repartir.

Naiman fut le dernier à entrer en boitant dans le grenier où Gisors avait rassemblé les agents du sultan et de l'Anjou. Même s'il avait besoin d'eux, il ne tenait pas à se montrer en leur compagnie. Les cheveux de Naiman lui collaient sur le crâne, pleins de pulpe et de pépins de fruits, comme s'il était tombé tête la première dans un bac à déchets.

— Avez-vous apporté le cimeterre ? demanda aussitôt Gisors au pied-bot.

— Pas seulement cela ! J'ai montré à cette tête de lard bretonne l'affûtage de cette admirable lame de Damas, je me suis même coupé le doigt. Je lui ai fait sentir le poids du sabre d'acier en découpant une pastèque devant ses yeux, sans prendre d'élan, comme si c'était une motte de beurre. Mais il n'a pas eu un mot de reconnaissance envers ce chef-d'œuvre de nos forgerons. (Naiman paraissait très déçu.) Et il n'a pas pris le sabre dans ses mains.

— Il le prendra, affirma Rinat Le Pulcin. L'avez-vous informé de ce que je vous avais confié ?

— Lorsque je l'ai averti qu'il ne quitterait pas ces murs en vie s'il continuait à refuser, il a pris la moitié de la pastèque et me l'a écrasée sur la tête comme un chapeau. Je ne voyais plus rien, je n'entendais plus rien.

Aucun des membres de l'assistance ne parut s'en amuser.

— En fait, moi non plus, cela ne me plaît guère que ce pirate insolent pose en tout honneur son cou crasseux sur le billot, au lieu d'être pendu jusqu'à ce que ses grosses fesses lui coupent le souffle !

— Une potence se construit vite ! suggéra aussitôt Rinat.

— N'importe quel crochet sur une voûte suffit à tenir la corde pendant qu'on enlève un tonneau sous les pieds du criminel, remarqua Naiman.

— Roç Trencavel va nous faire des difficultés, objecta Gisors, il m'accusera de parjure.

— Eurêka ! s'exclama Rinat, l'œil brillant. Voilà l'idée ! Il faut que cela ressemble à un billot, mais à l'instant de vérité, cela se révélera être une potence !

— Voilà une bonne idée ! soupira Guillaume de Gisors. Je vous laisse carte blanche !

— Que faisons-nous avec les mutins ? s'enquit Naiman, qui s'apprêtait à sortir.

— Passez-les tous au fil de l'épée, répliqua Gisors sans la moindre hésitation.

Mais Rinat Le Pulcin leva les bras :

— Vous pourrez organiser ce massacre ensuite. Pour l'instant, il ne ferait que déranger nos préparatifs et mettre nos amis de mauvaise humeur. Car cela aussi contrevient à l'accord que vous avez conclu.

— *Pacta cum infidelis et Graecis non sunt servanda !*

— Vous devriez rajouter les Templiers à la liste, murmura Naiman, offusqué, en quittant le grenier.

— Pourquoi choquez-vous cet homme ? demanda Rinat, agacé. J'ai besoin de sa collaboration !

— Je ne supportais plus son regard, répondit Gisors en guise d'excuse. Dépêchez-vous, à présent ! La nuit est bien avancée. À l'aube naissante, je veux voir ce pirate se balancer au bout de sa corde.

Les trois amis passèrent le reste de la nuit à boire du vin..

— Un sacré nectar ! admira Gosset. Gisors ne se refuse rien !

Le prêtre était arrivé à temps pour faire ses adieux à son vieux compagnon. Buvant joyeusement, ils se rappelaient le temps qu'ils avaient passé ensemble à Constantinople, les grandes heures du Pénicrate, le roi des mendiants de la Corne d'Or, aussi célèbre que redouté. Ils évoquèrent les églises pillées, la maison de plaisir sur le port, les parties d'échecs au « centre du monde » inondé, les beuveries, les joies des putains et les orgies du palais Kallistos, puis la découverte de sa chambre au trésor. Leur rire tonitruant résonnait dans le cachot.

Roç n'était pas d'humeur à faire la fête. Il se tenait de côté et tentait de jeter un regard dans la cour par les fentes des poutres, devant la fenêtre. La pénombre était encore complète. Le matin s'annonçait à peine. Entre les rires de ses amis et le tintement des gobelets, Roç avait entendu un martèlement. Mais il le garda pour lui et trinqua avec les autres. Chaque fois, il vidait son gobelet, mais ses pensées furent soudain auprès de Yeza. Il était heureux qu'elle n'ait pas à vivre ces heures-là en sa compagnie.

— À la tienne ! lança Guillaume à Taxiarchos, comme s'il avait encore à se soucier de sa santé !

C'était une danse des morts absurde. Mais il était peut-être plus facile de marcher vers la fin en s'enivrant plutôt qu'en échangeant des considérations profondes sur le salut de l'âme... D'ailleurs, Gosset, le prêtre, n'avait manifestement aucune intention de s'adresser à la conscience de son ami.

On ouvrit la porte. Le sergent entra et annonça à la compagnie que tout était prêt, et qu'il fallait songer à prendre congé.

— Nous ne faisons rien d'autre depuis des heures ! répliqua Taxiarchos.

Le sergent le détacha de son pilier. On lui laissa cependant ses chaînes aux pieds, qui l'empêchaient de marcher trop vite, et son collier de fer.

— Celui-là, nous ne l'enlèverons que plus tard, le

consola le sergent. Nous allons quitter cette salle par l'autre porte.

Le Templier désigna le portail situé de l'autre côté, qui était jusqu'ici toujours resté fermé.

— Le bourreau attend derrière ! songea Roç, tout d'un coup. Il regarda discrètement le condamné, se demandant si cette pensée lui était venue en même temps qu'à lui. Mais Taxiarchos serrait Guillaume dans ses bras. Ils s'embrassèrent joyeusement, comme deux amis qui se retrouvent, sans échanger de grandes paroles ni des regards lourds de sens. Roç dut se reprendre pour afficher la même indifférence. Taxiarchos sentit la douleur du jeune homme. Et comme si c'était à lui de lui donner du courage, il marcha vers Roç et le prit dans ses bras puissants.

— Nous nous reverrons, Trencavel, assura-t-il. J'ai été heureux de pouvoir partager une partie du chemin du couple royal. Soyez remercié pour tout — et épargnez la douleur à Yeza !

Penser à la jeune femme parut briser sa résistance : sa main pesa soudain lourdement sur l'épaule de Roç. Il se détourna rapidement. Plusieurs Templiers étaient entrés dans la pièce pour escorter le condamné. Taxiarchos s'adressa à ses amis :

— Je ne veux pas que vous m'accompagniez plus loin. Je veux faire seul la dernière partie du chemin.

Gosset l'attira à l'écart.

— Le Hafside vous envoie cette amulette, lui chuchota monsignore. Tenez-la fermement contre vous pendant votre route vers le paradis !

Et il lui glissa dans la main une petite plaque de bois de la largeur d'une paume. Personne ne put la voir. Yeza ! Taxiarchos porta le portrait à ses lèvres.

Le sergent ouvrit le portail. Roç ne fit pas attention au cimeterre posé sur la table devant le bourreau, mais à l'homme qui était assis derrière et méditait, la tête courbée sur ses lourdes mains. Celui-ci leva lentement les yeux vers le condamné. C'était Yves le Breton !

Les Templiers voulaient mener rapidement le condamné de l'autre côté de la salle du bourreau, vers la sortie qui donnait dans la cour. Mais Taxiarchos s'arrêta devant cet homme qu'il voyait pour la première et la dernière fois. Il lui tendit la main, ce qui déconcerta Yves, qui venait d'apercevoir Roç. Un sourire parcourut le visage vérolé du Breton. Le Taxiarchos crut qu'il lui était destiné. Il y répondit et relâcha lentement la main du bourreau.

— Voilà, vous avez vu le gentil monsieur, lui dit le sergent comme s'il s'adressait à un enfant. À présent, nous allons vous bander les yeux, et je vais vous prendre par la main.

— J'avais déjà une collerette de fer, vous n'allez pas m'imposer un bandeau en plus ! protesta Taxiarchos. Je veux aller les yeux ouverts vers mon avenir, sans personne pour me guider, seul !

— C'est la règle ! geignit le sergent.

— Je ne suis ni faible, ni malade, ni aveugle ! cria Taxiarchos en repoussant le Templier. Mais on lui passa le bandeau de force, et on le noua. Roç s'était frayé un chemin devant Yves, jusqu'à la porte. Il pouvait à présent apercevoir la cour. L'échafaud avait été installé de l'autre côté, c'était une simple estrade de bois à laquelle menaient quelques marches. Le billot de bois massif y avait été déposé. Le tout était disposé sous une arcade. Roç aperçut aussitôt la chaîne de fer qui courait sur une poulie installée au pignon et que l'on avait accrochée en bas, près du plus proche pilier. Elle servait sans doute à hisser des céréales dans le grenier. Trois gros sacs se trouvaient en haut, au bord de l'orifice, comme si l'on venait de les y déposer. Mais l'autre extrémité de la chaîne y était encore attachée. Roç distingua alors la silhouette de Naiman, dans la pénombre. Il n'était pas en train de détacher la chaîne, mais de vérifier qu'elle tenait bien. Si le boiteux poussait les sacs, ils basculeraient dans le vide, l'autre extrémité de la chaîne serait soulevée tout d'un coup, même si un homme adulte tentait de s'y opposer de tout son poids. Et plus encore si l'on avait accroché l'autre bout de la chaîne à un collier de fer porté autour du cou. Roç avait compris l'immonde stratagème avant de découvrir Rinat : il s'était caché derrière le pilier où l'on avait fixé le bout de la chaîne.

Roç se retourna, au seuil de la porte.

— Yves ! lui cria-t-il. Fais cela par amour pour moi, cours, et décapite mon ami.

— Je ne peux plus ! gémit le Breton en cachant sa tête dans ses mains. Ne plus rien voir, ne plus rien entendre !

Roç bondit vers lui et le secoua.

— Je t'en implore, Yves, aide-moi ! Sauve son honneur malgré ces porcs, ces imposteurs.

De l'autre côté, Taxiarchos était arrivé devant l'échafaud. Il commençait à monter les marches.

— Yves ! cria Roç. Je t'en prie !

Le Breton leva les yeux et attrapa le cimeterre. Il se redressa lentement et sourit à Roç, l'air aussi absent qu'un instant plus tôt, face à Taxiarchos.

— Vite ! hurla Roç en courant.

C'était à présent une question de secondes. Taxiarchos était arrivé en haut, sur l'échafaud, il s'agenouilla et allait poser la tête sur le billot. On ne lui avait bien sûr enlevé ni son bandeau, ni son collier de fer. Rinat sauta vers lui avec sa chaîne et s'efforça nerveusement, d'une main, d'accrocher la chaîne à l'anneau soudé au collier. Le rat vit venir Roç. Naiman siffla, d'en haut, pour le prévenir. Les doigts tremblants, Rinat cherchait à faire passer le crochet de la chaîne dans l'anneau.

— Mafalda, cria Roç d'une voix stridente, voilà le rat, Rinat est là, tu le tiens !

Rinat, effrayé, regarda autour de lui. Au même instant, le crochet entra dans l'anneau, mais, semblable à l'ombre d'un grand oiseau, Yves sauta sur l'estrade, le gigantesque cimeterre fila le long de la chaîne, la main de Rinat n'était pas encore retirée lorsque Naiman fit basculer le poids. La lame découpa le cou de Taxiarchos, le collier de fer fut arraché par la chaîne, la tête de Taxiarchos s'éleva comme une amphore de feu grégeois, une comète enflammée qui fila vers le Templier comme pour l'anéantir. Elle l'atteignit à la poitrine, la croix griffue disparut sous une gigantesque tache rouge, le clams immaculé ressemblait à un tablier de boucher. L'Ange tomba à la renverse et se retrouva, à son grand effroi, avec la tête sanglante entre les mains.

Après le coup, Yves n'avait même pas cherché à sortir l'arme du bois où elle s'était profondément enfoncée. Il avait rebroussé chemin et traversait lentement la cour.

Lorsque Roç vit que Rinat ne s'éloignait pas, il tira de toutes ses forces sur le cimeterre, mais celui-ci tenait bon. Rinat Le Pulcin ne pouvait pas lever la main : il n'en avait plus, elle était posée sur le sol, devant lui, tendre et blanche. Il vit Roç parvenir enfin à sortir du bois l'arme effroyable et, dans le même élan, la lui planter dans le bas-ventre. Lorsque Roç retira la lame de sa chair, le peintre tomba en avant, le visage sur la main. Il se colla contre elle et attendit le coup de grâce. Il ne vint pas : Roç s'était précipité dans l'escalier pour régler son compte à Naiman. Le boiteux s'enfuit par le grenier et sauta par la fenêtre. Il atterrit dans la fosse à purin, vit le Trencavel froncer le nez au-dessus de lui, sortit du lisier et fila.

Lorsque Roç revint dans la cour, le sergent qui faisait d'ordinaire office de capitaine du port pour les Templiers arrivait en courant.

— Baibars est à l'entrée du port avec la flotte égyptienne, annonça-t-il, pris de panique. Il est furieux !

Gisors ne l'écouta que d'une oreille : il observait Roç et son cimeterre.

— Il dit que le Temple n'avait aucun droit de remettre Ascalon à l'Anjou.

Roç n'accorda pas le moindre regard à Gisors. Il se dirigea vers Guillaume, qui traversait la cour avec Gosset.

— Tous les membres de l'ordre des Templiers, à l'exception du Doge, ont exactement une heure pour quitter la ville, sans rien emporter de leurs biens. Les navires restent dans le port, tout comme les prisonniers !

— La mort de ce Taxiarchos va nous coûter cher, murmura Guillaume de Gisors.

— Vivant, il aurait été meilleur marché, répondit le sergent enhardi. Le prix de son sang sera la confiscation de notre flotte. Abdal le Hafside recevra trois navires de son choix pour compenser la perte de son ami.

— Le prix du secret de *L'Atalante* est élevé. Sa trahison devait être punie de mort, déclara Gisors, qui s'efforçait de se montrer ferme. Repartons donc d'Ascalon, jusqu'à la prochaine fois ! Ramenez le Beauséant et donnez l'ordre du départ ! ordonna-t-il aux deux sergents.

— Et que devons-nous faire du vieux Botho de Saint-Omer qui se trouve encore dans le donjon ?

— Ne perdez pas un temps précieux ! Il lui a été prophétisé qu'il mourrait à Jérusalem !

La vue claire de la citadelle

La caravane était petite, mais suffisamment gardée. Les *as-saiidun ath-tahlath* n'emportaient pas beaucoup de bagages avec eux. De loin, rien ne distinguait Yeza de ses accompagnateurs masculins, hormis le fait que sa silhouette droite inspirait le respect. On ne pouvait guère en dit autant de Jordi et de Kefir Alhakim. Ezer Melchsedek n'avait pas voulu d'un chameau. Il avait insisté pour faire à pied le chemin de Jérusalem depuis qu'ils avaient débarqué à Aqaba. Yeza avait pris comme escorte une partie de l'équipage du bateau. Mais le vieux cabaliste avait aussi refusé qu'un de ces hommes l'accompagne : « C'est mon pèlerinage au pays de mes pères ! »

Yeza rêvassait au pas chaloupé de sa monture.

La ville qui s'étalait devant elle ne dissimulait pas seulement une joyeuse promesse, mais aussi un grand nombre de secrets. Jérusalem ne lui était certes pas inconnue, mais Yeza discernait dans les images que lui offrait la ville de sombres profondeurs qui l'attiraient comme par magie. Elle passait dans des salles souterraines, des grottes noires comme la nuit, parfois éclairées par d'étranges lumières.

Les cavaliers bridèrent leurs animaux lorsqu'ils eurent gravi la colline depuis laquelle la vision de la ville sainte subjugue pour la première fois le voyageur. Elle était là, Jérusalem, et la coupole de la cathédrale rocheuse brillait comme un joyau. Yeza prit le temps d'apprécier cette vision. Elle avait atteint son objectif. Ses compagnons jetèrent simplement un bref regard sur l'entrelacs de murs, de tours et de coupoles. Jordi commença par vérifier qu'aucun des chameaux bâtés ne manquait, surtout celui auquel on avait confié le transport de la caisse de Yeza. Kefir brisa ce silence, né de l'émotion autant que de l'épuisement.

— Et où allons-nous coucher notre tête épuisée ?

— Nous devrions d'abord apaiser notre faim ! suggéra Jordi.

Yeza ne détacha pas son regard de la ville, au loin. Elle rêvait d'un bain rafraîchissant et décida, l'air rêveur :

— Cherchons des quartiers modestes, un monastère désaffecté, peut-être, avec un cloître paisible, envahi par les herbes, plein de fleurs et de fruits. Et avec une fontaine jaillissante.

— Ce bâtiment devrait se trouver entre les quartiers habités par les juifs, les musulmans et les chrétiens, juste au milieu, déclara Jordi. Il devrait aussi posséder une véritable cuisine et une grande salle à manger dans laquelle nous... dans laquelle tous les représentants des différentes religions pourraient prendre des repas en commun.

— Devant nous se trouve la ville des villes, commenta Yeza. L'un pense à son ventre, l'autre à son lit !

Elle donna à son escorte le signe du départ. Elle passa en premier, descendit la colline sur son chameau, vers la route qui devait mener à Jérusalem.

Les deux nouvelles arrivèrent en même temps au gouverneur d'Alep. Turan-Shah ibn az-Zahir attendait l'une d'elles depuis un certain temps. C'est la raison pour laquelle il renonça stoïquement aux agréments de son bain dans les Thermes, et courut avec son équipement sous l'*ebai* et son cimeterre accroché à la ceinture. De sa citadelle haut perchée, il regarda la ville qui lui avait été confiée, espérant apercevoir à un moment ou à un autre, à l'horizon, le chatoiement de milliers de pointes de lance, l'instant où la chaîne de collines rocheuses ne serait plus qu'une masse mouvante dans laquelle on ne distinguerait plus chevaux ni cavaliers, mais une bête gigantesque et vorace qui se fraierait à coups de dents un chemin vers l'avant : les Mongols ! Il avait toujours su qu'ils arriveraient un jour. Et ce jour-là était venu.

On lui annonça une délégation. Ils allaient lui ordonner de se soumettre et de rendre la ville. Il décida de ne pas commettre l'erreur qu'avaient faite de nombreux princes aux alentours, qui avaient accueilli les ambassadeurs mongols avec moquerie, et avaient cruellement méprisé leur immunité diplomatique. Ceux qui avaient commis de tels actes avaient dû par la suite, disait la rumeur, manger crue et en tranches leur propre chair, ce qui ne devait rien avoir de très gastronomique. Turan-Shah décida donc d'accueillir aimablement ces seigneurs et de les informer que malheureusement, il obéissait aux ordres de son sultan à Damas, et qu'il n'avait pas encore reçu l'ordre de se rendre. Il appela son grand eunuque et lui ordonna de réserver à la délégation un accueil princier. Il voulait d'abord parler à l'autre visiteur, dont on venait aussi de lui annoncer la présence : il s'agissait d'El-Aziz, le fils de son sultan. Turan-Shah ne pouvait s'imaginer ce qu'il pouvait bien faire ici. À moins que ce gamin ne lui apporte la nouvelle qu'il attendait ardemment : une armée considérable en provenance de Damas était en marche pour sauver Alep.

El-Aziz était un garçon aux membres d'une finesse étonnante, comparé à son père à la stature de bœuf. Le fils du sultan avait un visage tendre, des traits presque féminins, et des yeux bleus rayonnants, le tout encadré par une chevelure sombre et bouclée.

— Quand l'armée sera-t-elle ici ? demanda avec impatience Turan-Shah après l'échange des formules de politesse usuelles.

— Quelle armée ? répondit le jeune homme, ce qui accabla le gouverneur. Je me rends auprès du Il-Khan Hulagu, reprit le gamin avec ardeur, parce que messire mon père voudrait montrer à quel point il apprécie les Mongols. On dit qu'il ont à leur cour une princesse vénérée dont je pourrai conquérir le cœur, afin qu'elle prenne à ma place le pouvoir sur toutes les terres situées entre les hordes du khan et les mamelouks installés sur les rives du Nil.

Il sortit de sa chemise un petit médaillon de bois qu'il tendit à son grand-oncle. On y voyait le portrait d'une jeune femme blonde, encore très jeune, dont le visage charmant révélait la hardiesse, l'énergie et une maturité précoce.

Turan-Shah secoua la tête, désolé. De toute évidence, ce gamin allait servir d'otage entre les mains des Mongols. Mais il se voyait comme un prince bienvenu offrant un beau mariage, le futur seigneur d'une terre que les hordes s'apprêtaient à conquérir.

— Et qui est donc son père ?

Turan-Shah regardait le portrait de Yeza, comme s'il s'agissait d'une créature venue d'une autre étoile.

— Son nom est Yeza Esclarmonde. Son père est le grand empereur, celui que les Mongols aiment et craignent eux aussi.

El-Aziz pensait sans doute à l'empereur Frédéric, décédé depuis longtemps : il n'y en avait pas eu d'autre depuis.

— Magnifique, marmonna Turan-Shah en lui rendant la miniature. Vous allez certainement conquérir son amour. Le bonheur et la prospérité récompenseront votre union !

El-Aziz soupira.

— Combien j'aspire à...

— Êtes-vous donc certain, l'interrompit le vieux gouverneur, que messire votre père n'a pas levé d'armée pour venir à notre aide ?

— Je n'en ai vu aucune. C'est la raison pour laquelle il m'envoie, afin que j'offre la paix aux Mongols, que j'évite une attaque contre notre pays et que je libère cette princesse.

Turan-Shah toussota et ravala toutes ses objections. Il devait éloigner ce doux rêveur d'Alep, aussi vite que possible, et, pourquoi pas, le livrer personnellement au grand khan, dans sa résidence en Perse. Car si ce gamin tombait entre les mains du général commandant les troupes d'invasion, et si celui-ci comprenait l'étroitesse du lien parental entre le gouverneur d'Alep et le sultan de Damas, les Mongols traîneraient immédiatement El-Aziz enchaîné devant les murailles et menaceraient de lui déposer sa jolie tête devant les pieds si la ville ne se rendait pas sur-le-champ. Cela, Turan-Shah ne le voulait à aucun prix. L'ambassade mongole ne devait tout simplement pas voir El-Aziz.

— Je ne veux pas vous retenir plus longtemps, informa-t-il paternellement le jeune garçon. La princesse, votre épouse, attend certainement votre venue avec impatience, elle brûle de savoir si elle vous plaira...

— Oh ! s'exclama El-Aziz, je me consume de désir.

— Dans ce cas filez, aussi vite que vous porteront vos chevaux ! cria le gouverneur. Le Il-Khan n'aime guère qu'on le fasse attendre.

À peine avait-il chargé l'un de ses grands eunuques d'accompagner le fils du sultan à la porte de la ville que El-Ashraf, un autre de ses neveux, se précipita dans la salle d'audience.

— L'ambassade des Mongols est repartie ! cria à son oncle l'émir bigleux de Homs. Ils ne sont pas habitués à ce que l'on fasse attendre aussi longtemps les émissaires du Il-Khan. Le destin d'Alep est à présent scellé.

Le gouverneur ne put s'empêcher de sourire.

— Ils ont dit cela ? demanda-t-il sans perdre son calme.

— Dit, non, mais pensé, certainement ! admit l'émir, qui ne se maîtrisait plus. En fait, ils voulaient seulement savoir si nous hébergions dans nos murs un couple royal.

— Comment cela ? laissa échapper Turanshah. S'agirait-il d'une blonde princesse du Nord et d'un garçon à boucles n...

— C'est exactement ainsi qu'ils décrivent Roç Trencavel et Yeza Esclarmonde, répliqua l'émir. Je les ai connus tous les deux alors qu'ils étaient encore deux enfants. On les appelait les enfants du Graal !

— Je croyais qu'elle était la fille de l'empereur des Romains ?

Turan-Shah aimait les situations claires.

— Le royaume du roi Graal doit avoir disparu, mais

les Mongols veulent le rétablir, avec le couple royal à sa tête.

— Et comment les Mongols en sont-ils venus à penser que ces Majestés séjournaient justement à Alep...

— On a vu Guillaume de Rubrouck ici, et les Mongols sont fermement persuadés que, lorsqu'il se trouve quelque part, Roç et Yeza ne sont pas bien loin non plus.

— Autant que je me rappelle, répondit Turan-Shah, étonné, le fameux franciscain s'est contenté de visiter ici, *incognito*, le marché aux esclaves, avec le soufi...

— Cet imposteur ! confirma El-Ashraf en se souvenant de la manière dont les deux hommes s'étaient joués de lui. Ils ont acheté une femme superbe !

— Ce n'était donc pas l'ambassadeur du grand khan ? (Turan-Shah commençait à avoir du mal à s'y retrouver. Mieux valait, pensa-t-il, qu'il s'en tienne à la version des Mongols, ils lui feraient bien comprendre ce qu'ils voulaient.) Et, pour le reste, les légats de Hulagu n'ont rien exigé ?

— Si, se rappela l'émir. Vous devez vous soumettre.

— Et qu'avez-vous répondu ?

— Que je vous le recommanderais.

— Il n'en est pas question !

— C'est bien ce que je pensais !

— Vous auriez mieux fait de leur donner tout de suite la bonne réponse.

— Ce n'était pas une question, c'était un ordre, répliqua l'émir. Mais je vais aller les rejoindre et le leur faire savoir.

— Ils le remarqueront bien tout seuls, grommela le vieux gouverneur.

El-Ashraf s'inclina devant son oncle obstiné.

— Je n'aimerais pas me trouver encore à Alep à ce moment-là !

Puis il le quitta à reculons, la tête courbée.

Turan-Shah donna l'ordre de placer la ville et la citadelle en état de défense. Il vit bientôt l'horizon se mettre en marche, tout autour de lui. Ce n'était pas un mirage : les Mongols étaient en train de prendre Alep en tenailles. Au moment où on lui annonçait que l'émir de Homs avait quitté la ville, le gouverneur apprit qu'un messager du sultan était parvenu à se faufiler entre les mailles des troupes mongoles pour rejoindre Alep. Il n'avait aucune envie d'entendre encore les promesses vides d'An-Nasir. Il était trop tard pour cela. Il allait prendre un bain chaud : qui sait s'il en aurait de nouveau l'occasion ?

— Il s'agit d'une femme !

Turan-Shah le regarda, incrédule.

— C'est l'ancienne favorite du sultan, la fille de l'empereur ! ajouta le grand eunuque, légèrement indigné.

— Dans ce cas, envoyez-la-moi aux bains !

Turan-Shah jeta un coup d'œil satisfait par la fenêtre. Les murailles de la ville d'Alep se peuplaient. Les catapultes étaient prêtes, les blocs anguleux dont on se servait comme projectiles formaient de petits monticules. Tout était prêt pour envoyer les meilleurs salutations. L'anneau des Mongols s'était refermé, mais leurs hordes gardaient encore une distance respectable.

Clarion de Salente ne s'était jamais soumise aux mœurs de l'islam au point de ne plus se déplacer en toute indépendance, surtout lorsqu'il fallait aller discuter avec des hommes, notamment lorsque ceux-ci étaient au hamam. Elle laissa sa petite escorte à l'extérieur et entra dans le bain de vapeur par une porte dérobée : le grand eunuque aurait été gêné de l'escorter sous le portail principal des Thermes, ce portail orné de mosaïque où s'était réfugiée la cour de Turan-Shah, sans doute pour profiter de la proximité apaisante de leur seigneur, face au danger imminent.

Turan-Shah était couché dans le *tepidarium*, l'eau tiède d'un bassin peu profond où nageaient des pétales de roses et des fleurs de mauve. Sa tête était posée sur un traversin de marbre. Il laissait les vaguelettes courir en souriant sur son corps ridé. Il n'y avait pas grand-chose à voir, mais cela se laissait voir tout de même : telle fut la première pensée de Clarion lorsqu'elle s'approcha du bassin, au grand effroi de son accompagnateur.

— S'il vous plaît de me recevoir ici, dit aimablement Clarion en guise de salut, je préfère vous avoir face à moi.

— Je suis désolé, répliqua le gouverneur en la regardant comme si c'était elle qui était nue, que vous ayez fait l'effort d'arriver jusqu'ici. Cela va vous forcer à partager le sort d'Alep.

Clarion regarda autour d'elle, comme si elle cherchait quelque chose.

— Le véritable motif de mon voyage était l'espoir de rattraper le fils de mon seigneur avant qu'il n'aille se livrer comme otage entre les mains des Mongols.

— Un geste absurde !

— Le sultan l'a compris entre-temps !

— Trop tard !

— Ce stupide rêveur en quête d'une épouse ! tonna Clairon. Son père lui a brossé un faux portrait de la situation pour lui donner envie d'accomplir ce chemin dangereux. Il lui a fait croire que Yeza était une princesse à libérer ! Alors que la fille du Graal est liée par le destin à Roç Trencavel, et depuis sa naissance.

— Les Mongols le savent-ils aussi ? demanda Turan-Shah en se redressant et en repliant les genoux, ce qui masqua un peu sa nudité. Manifestement, ils ignorent pour l'instant où ils séjournent : ils cherchaient cette princesse ici, à Alep.

— An-Nasir a appris depuis que Yeza ne séjourne pas ici, ni chez les Mongols, mais qu'elle est sur la route qui mène de l'Égypte à Jérusalem, où elle s'unira secrètement avec son Trencavel.

— Pourquoi An-Nasir expose-t-il sa progéniture à pareils désagréments ?

Turan-Shah avait fait signe aux serviteurs du bain, qui accoururent pour envelopper son corps de draps préchauffés.

— Ni les cadeaux, ni les enfants, reprit-il, ne dissuaderont le Il-Khan de poursuivre sa campagne de conquête, sauf si le sultan en personne venait se prosterner devant lui. Il demande la soumission, et rien d'autre !

— Allez faire comprendre cela à un homme comme votre neveu ! répondit Clarion en riant. Sa vie durant, An-Nasir a lancé sa tête épaisse contre les murs. Il croit ferment que les Mongols vont faire une exception pour lui !

Le vieux Turan-Shah s'était assis au bord du bassin et réfléchissait.

— Et le couple royal, peut-on s'en servir ?

Clarion ne sut quoi répondre.

— Je pourrais imaginer, reprit-elle après un temps de réflexion, que si Roç et Yeza étaient animés par le vœu d'arrêter la progression des hordes, et l'exprimaient clairement... (Clarion pesait chacun de ses mots), les Mongols respecteraient cette exigence.

Turan-Shah la regarda, dubitatif.

— Il est donc si puissant que cela, le pouvoir de ce couple royal qui n'a pas de terre ni d'armée à son service ?

— C'est l'attente des Mongols qui est grande, leur foi dans le royaume de paix de Roç et Yeza, et dans la souveraineté de ces jeunes rois sur la partie du monde qui est tellement étrangère à leur peuple. D'une part, les Mongols, héritiers de Gengis-Khan, se sentent appelés à dominer la terre entière. Mais d'un autre côté, ils ont certaines difficultés à comprendre le « Reste du monde », qui ne paraît pas prêt à admettre cette domination. C'est la raison pour laquelle les Mongols ont fait venir les enfants du Graal à Karakorom. Ils comptaient les modeler, en faire leurs régents, des souverains à leur manière, comme Dieu a créé sa réplique avec de l'argile.

— Et ensuite, Roç et Yeza...

— Ils ont filé. Ils n'ont pas accepté cette exigence.

— Je peux les comprendre, marmonna le gouverneur, amusé. Cela me les rend sympathiques. Une pensée me vient... Vous êtes certaine, vénérée Clarion, demanda-t-il prudemment, que le couple royal se trouve déjà à Jérusalem ?

Clarion hocha la tête. Il reprit :

— Si l'on parvenait à vous faire sortir d'Alep assiégée, et si l'on vous conduisait par le chemin le plus court auprès de Roç et de Yeza, vous qui êtes une femme courageuse et avisée, pourriez-vous les inciter à arrêter la marche des Mongols ?

— Permettez-moi de vous interrompre, valeureux Turan-Shah, je ne peux ni voler, ni faire de la magie !

— Alors Alep est perdue.

— Mais pas tout à fait en vain ! répondit Clarion, impassible. Il faut parfois faire des sacrifices pour que les crânes épais s'entrouvrent. Votre neveu An-Nasir, mon seigneur, vous fait parvenir ses nouvelles à la vitesse des éclairs qui vont de tour en tour. Si le sultan se plaçait sous la protection du couple royal, ce serait un signal qu'ils accueilleraient avec joie.

Turan-Shah la regarda, l'air chagrin.

— Vous connaissez An-Nasir. (Ce n'était pas une question). Il ne veut même pas plier devant une légion de milliers de cavaliers armés. Comment puis-je l'inciter à remettre le destin de Damas et de toute la Syrie entre les mains de deux jeunes gens ?

— Il n'est plus maître du destin de la Syrie. Il ne peut pas vous aider, et il ne tiendra pas non plus Damas.

— Vous ne parlez pas comme une fille de ce pays. Même si vous vous êtes convertie à l'islam, Clarion de Salente, vous êtes restée une étrangère au fond de votre cœur. C'est cela qui vous permet de voir les choses avec lucidité.

— Vous pouvez tout à fait dire qu'elle est impitoyable, noble Turan-Shah, mais ne doutez pas de ma fidélité à An-Nasir.

La silhouette maigre du gouverneur se redressa.

— Je vais tenter de convaincre mon seigneur et sultan d'accomplir cette démarche. En attendant, je tiendrai Alep, car c'est pour cela que je suis ici. Soyez mon hôte, digne jeune femme, et voyez comment un vieil homme se défend contre les hordes qui se précipitent sur lui !

IV

Pax Hierosolymitana

Le choix du bon lieu

C'était une affaire entendue : Yeza pénétrerait dans la Sainte Jérusalem par la porte de Sion. Elle avait intégré le « Mont y Sion » à son nom et se sentait, à ce titre, tenue d'effectuer la difficile ascension de la montagne homonyme, où s'élevaient les ruines d'une basilique consacrée à la Vierge Marie, et depuis laquelle la ville était à portée de main des pèlerins.

— Ici a séjourné votre ancêtre toulousain, le comte Raimon de Saint-Gilles, expliqua Jordi à sa maîtresse en déchiffrant une inscription effacée par les intempéries, lorsque Jérusalem a été conquise, en la sainte année 1099.

Yeza baissa le regard vers lui, amusée.

— Avec les deux soldats de ma dernière armée, je vais avoir du mal à faire couler autant de sang.

Ses dernières troupes ne comptaient plus en effet que le troubadour et Kefir Alhakim, son vizir : les Maures qui l'accompagnaient ne resteraient plus longtemps avec elle. Maintenant qu'elle avait atteint son but, elle allait devoir rendre au Hafside les matelots qu'il lui avait prêtés. Mieux valait donc qu'elle prenne tout de suite congé de son escorte et qu'elle entre discrètement à Jérusalem. Alors que Jordi, qui tenait à la fois le rôle de majordome, de chambellan et de chancelier, se chargeait de distribuer les soldes, Yeza laissa glisser sur la ville un regard satisfait. Elle y était arrivée !

À sa gauche, juste devant eux, la citadelle émergeait de la muraille. C'est certainement là aussi que se trouvait la porte du Roi David. Couronnée par la coupole d'or de la cathédrale rocheuse, la colline du Temple s'élevait à droite, et c'était bien plus qu'un pendant spirituel au château ! Même si elle semblait se serrer dans le coin sud-est des fortifications, elle demeurait le centre des lieux sacrés, puisqu'elle avait jadis abrité le Saint des Saints. C'est dans cette direction que Yeza se sentait attirée.

Elle donna un coup de cravache à son chameau et descendit la montagne. Arrivée devant la porte, elle s'apprêta à descendre de sa monture : elle voulait entrer à pied dans ce lieu qu'elle avait tant souhaité découvrir. Elle devait de toute façon attendre que ses compagnons arrivent avec les bagages. Elle était en train de nouer un foulard autour de sa tête lorsqu'elle aperçut Beni. Mais au lieu de lui souhaiter la bienvenue, le petit Matou essayait de se faufiler hors de la grande porte de la ville. Roç était-il parvenu à atteindre Jérusalem avant elle ? D'un bond, elle attrapa le gamin par le col.

— Curiosité ou mauvaise conscience ? On n'échappe ni à l'un, ni à l'autre, lui lança-t-elle sans desserrer son emprise. Et à moi, encore moins

Beni attrapa les brides et força le chameau à s'agenouiller, ce qui permit à Yeza de descendre.

— Je voulais vous réserver l'accueil qui revient au couple royal ! expliqua-t-il du tac au tac.

— Dis-moi plutôt où je trouverai mon Trencavel !

Jordi et Kefir s'étaient approchés eux aussi, ce qui inspira un malaise supplémentaire au fils perdu.

— Roç Trencavel m'a envoyé en éclaireur, j'ai établi vos quartiers ici, dans le château de David ! mentit éhontément Beni. Ces murs usés par l'histoire ont été le siège souverain de tous les rois de Jérusalem !

— Mais moi, je veux m'installer sur le mont du Temple ! l'informa Yeza.

— Ne commencez pas votre séjour en ville sainte en donnant un coup de pied dans le nid de guêpes des religions qui s'affrontent ! Pardonnez-moi la hardiesse qui m'incite à résister à votre vœu, ma maîtresse, mais je connais bien les lieux ! (Yeza avait lâché le Matou, qui joua l'offusqué.) Commencez par étudier la situation, et faites-vous une idée par vous-même, si vous méprisez mon conseil.

— Ton conseil, mon fils, ne tient pas compte du fait que le choix du lieu sera immédiatement interprété comme un signal, répondit le vizir en guise de salutations à son rejeton. Pour toute prétention à la souveraineté spirituelle, la ville sainte d'où le prophète a entamé son voyage nocturne me paraît infiniment mieux choisie, par sa valeur symbolique, que le château des rois, qui ne peut désigner que le pouvoir profane !

Au début, Yeza fut un peu amusée. Mais l'intelligence de son vizir finit par l'impressionner. Cela ne coupa pas la langue au petit.

— Et pourtant, objecta Jordi, Beni a raison. C'est précisément parce que s'emparer du Saint des Saint des juifs et des musulmans pèse si lourd qu'il vaut mieux commencer par s'enquérir, dans le calme et la sécurité, de l'ambiance qui règne au sein de la population et du type de prêtres auquel nous avons affaire !

— Commençons donc par occuper le château, conclut joyeusement Beni. J'y ai déjà tout installé !

Yeza abandonna la discussion.

Le petit *secretarius* menait fièrement le chameau de sa maîtresse par la longe lorsqu'ils franchirent le pont délabré qui donnait dans la cour de la citadelle, par une porte si mal accrochée à ses gonds qu'un simple coup de poing aurait suffi à la faire tomber. De l'herbe poussait entre les pierres, des hirondelles nichaient dans les trous. Malgré la chaleur accablante, une foule de personnages en haillons était prête à recevoir Yeza.

— Et voilà les chrétiens !

Beni désigna les porteurs de croix qui étaient apparus avec des bannières déchirées ; on y voyait Marie prendre l'enfant au sein ou un agneau perdre son sang, les pattes antérieures pliées. On remarquait dans la foule beaucoup de vieilles femmes, le plus souvent en tenue de nonnes ;

mais elles formaient de petits groupes qui ne se mélangeaient pas et ne se parlaient pas.

— Des Grecs orthodoxes et des Arméniens, des Syriens et des Coptes ! expliqua Beni. Il ne manque que les catholiques romains. À ceux-là, il est interdit sous peine d'*excommunicatio* d'échanger avec vous ne serait-ce qu'un seul mot. Car le patriarche tient à ce que vous alliez d'abord lui présenter vos hommages, et seule, sans escorte !

— Le raccommodeur de chaussures veut mettre à l'épreuve votre juste foi ! plaisanta Jordi. Permettez-nous donc d'être particulièrement aimables avec ces schismatiques, cela lui rongera les nerfs !

Yeza accepta cette proposition.

— Donnez une pièce à chaque personne qui se sera présentée ici pour nous saluer, et envoyez-les ensuite au diable, avec toute la bonté d'âme dont vous serez capables.

Tandis que les chrétiens se battaient pour ramasser les aumônes que Jordi faisait sortir à pleines mains de la caisse, Jakov et le soufi arrivèrent. Abu Bassiht s'inclina devant Yeza et récita :

— « Seul le derviche connaît le secret de l'escorte, son regard transperce le ciel infini, il reconnaît Dieu et le Maître comme un seul être. »

Il accompagna sa mélopée d'un léger balancement du corps.

— « Si tu veux changer en or ton âme rouillée, cherche la proximité du Maître : l'alchimiste, c'est lui ! »

— Rumi ! répondit Yeza, et Abu Bassiht lui lança un regard rayonnant.

— Le maître vous salue !

Le soufi s'inclina encore une fois et fit un pas en arrière pour laisser le passage à Jakov. L'érudit à la mince silhouette semblait parler par-dessus la tête de Yeza, dans ce vent tiède qui ne parvenait pas à adoucir la chaleur :

— Que vos chemins soient des « chemins de l'amour » et vos sentiers des « sentiers de la perfection » ! (Il s'arrêta et baissa la voix, mais sans regarder Yeza.) Un mystère se dissimule dans cette phrase comme dans un flacon magique.

Yeza s'en tint aux règles de la révélation, elle ne chercha pas le regard de Jakov lorsqu'elle posa sa question :

— Le calice noir ?

Et Jakov fit comme s'il n'avait pas entendu.

— Je souhaite vous informer tout de suite, vizir, dit-il à Kefir, de ce que nous, les juifs de Jérusalem, ne considérons nullement comme souhaitable. Les musulmans de cette ville désirent que le couple royal dresse ses tentes sur la montagne de la mosquée Al-Aqsa. Ils veulent qu'Abu Bassiht y devienne leur mufti.

Yeza se tourna vers le soufi :

— Est-ce aussi votre souhait ?

Elle espérait fortement qu'il refuserait cette offre annonciatrice de trahison et de captivité. Abu Bassiht sourit et fit ce qu'elle espérait, mais seulement à moitié.

— Ah, mon frère ! dit-il en s'adressant au vieux Kefir. Servez-moi le vin clair de l'amour et de la liberté ! Vous, en revanche, Kefir Alhakim, vous seriez la gloire des fidèles d'Allah si vous preniez la direction de la mosquée et protégiez la cathédrale rocheuse ! (Il donna une bourrade d'encouragement sur l'épaule du vizir.) Présentez-vous aux suffrages des musulmans de la ville, ils ne trouveront pas de meilleur enseignant !

Mais Kefir Alhakim fut plutôt effrayé par cette proposition.

— Les juifs me lapideront, les Romains me crucifieront ! protesta-t-il aussitôt en se retournant vers Yeza. Je préfère rester le vizir dévoué de ma reine !

— Vous êtes le bienvenu auprès de moi, Kefir, le consola-t-elle avec un sourire, mais je ne veux pas faire obstacle à votre vocation !

Le soufi ne s'avoua pas si facilement vaincu.

— Soyez comme une maison ouverte ! dit-il à Yeza avant d'ordonner à l'hésitant : *Assiq laiati amam illa idha kana mabni alla assas Allah*. Tenez-vous en aux mots du sage Ibn Arabi, qui a justement dit à ce propos : « Mon cœur offre de la place à tous. Il cache un pâturage pour les gazelles ; un monastère pour les moines chrétiens ; un temple pour ceux qui suivent les idoles ; un écrin sacré pour les pèlerins ; c'est là que se trouvent les tableaux de la Thora et le livre du Coran. »

— Vous m'avez demandé de commencer par réfléchir, répliqua Yeza. Il serait juste et normal que vous accordiez aussi cette possibilité à Kefir Alhakim avant que vous ne preniez votre service sur la colline sacrée.

— Et pourtant, ma noble dame, assura Jakov, intraitable, le sol sacré, là-haut, demeure votre destination. Vous ne pouvez vous y dérober.

Yeza avait hâte de mettre un terme à cette discussion.

— Avez-vous vu Arslan, le chaman ? demanda-t-elle à brûle-pourpoint. J'ai le sentiment qu'il est près de nous.

Tous secouèrent la tête. Mais Beni avait dressé l'oreille.

— Cet Arslan a-t-il un ours avec lui ?

La question lui valut un regard réprobateur de son père. Les deux autres se regardèrent un bref instant et se turent.

— Un ours ? répéta Yeza en riant. Ça lui ressemblerait bien !

Comme Beni se taisait, elle devança les autres pour prendre enfin possession du château de David.

— Vous, Jakov, et vous, Abu Bassiht, soyez invités à ma table et sous mon toit. Occupez les pièces qui vous plairont.

Le choix n'était pas si vaste que cela, ils purent le constater rapidement. Dans la plupart des pièces, on pouvait dormir à la belle étoile : le plafond s'était effondré, ce qui ne promettait rien de bon en cas de pluie et de froid. Beni avait bien nettoyé les quelques pièces voûtées qui se trouvaient au niveau du sol, mais elles étaient sombres et humides. Il n'y avait pas de mobilier, hormis des sacs de paille sur la terre nue ou le sol de pierre, et ils devaient les partager avec toute sortes de créatures animales.

Beni ne songeait pas un seul instant à céder le lit qu'il occupait chez le chef de la communauté juive, Rabbi Jichzak. D'une part, parce qu'il ne souhaitait pas revenir sous la tutelle directe de son père. D'autre part, parce qu'il espérait toujours rencontrer un jour la fille du rabbin sans ses amies à l'étang de Siloah. Miriam et les jeunes filles, pour leur part, étaient en train de ramasser dans les maisons de leurs parents des couvertures, des coussins, un tapis, des vases, des *skamlat* et d'autres meubles avec lesquels elles pensaient aménager les pièces austères de la tour. Et elles se dirigèrent ensemble vers le château.

Le patriarche de Jérusalem

Yeza s'était rendue en compagnie de Jordi, Kefir, Jakov et Abu Bassiht au palais du patriarche. Ils le trouvèrent en chemise, dans le jardin de son palais : il venait de retourner de sa main un petit carré de terrain dans le parc envahi par les herbes folles, et plantait des bulbes d'ail. Il ne parut nullement confus, même lorsque Yeza lui présenta avec joie le cabaliste, le soufi, le troubadour et son vizir. Pantaleon s'essuya les mains sur son tablier, et l'on alla s'installer à l'ombre. La chaleur était torride. Il n'y avait plus le moindre souffle d'air. La voix du patriarche était douce lorsqu'il s'adressa à Yeza :

— Vous avez à votre service, vous qui méprisez les bénédictions de l'*Ecclesia catolica*, l'unique Église de notre seigneur, un enfant chrétien baptisé, un certain Benedictus, élevé dans la juste foi.

Yeza observa cet homme à l'allure de paysan. Elle sentait sa mauvaise humeur grandir, mais elle lui fit tout de même signe de continuer.

— Il loge dans la maison d'un juif, le rabbi Jizchak. Je ne puis le tolérer, d'autant plus qu'il pourrait m'assister comme lecteur dans l'église du Saint-Sépulcre.

Pantaleon s'attendait à n'importe quelle objection, mais pas à la question que lui posa alors Yeza :

— Et qui donc est enterré là-bas ?

Le patriarche en resta bouche bée, et Jakov put prendre sèchement la parole :

— Vous semblez moins vous préoccuper du lieu où Jésus de Nazareth, de la maison de David, prend son dernier repos, que de votre propre lit, pour désirer à ce point la présence de ce gamin ?

Le patriarche devint tellement cramoisi que les autres s'attendirent à le voir frappé d'apoplexie.

— Racaille hérétique ! grogna-t-il. Je vous ferai tous...

— Quoi donc ? demanda joyeusement Jordi. Crucifier ?

— Bande de juifs ! Vous avez déjà tué le fils de Dieu...

— Arrêtez ! C'étaient les Romains ! objecta immédiatement Jakov. Nous, les juifs, nous l'aurions lapidé. Mais pourquoi l'aurions-nous fait ? C'était notre Messie ardemment désiré, nous le voulions comme roi, comme roi des juifs !

— Vous êtes des porcs, vous avez assassiné l'agneau de Dieu, vous l'avez abattu, abattu ! Mais Christ est ressuscité, c'est le roi des chrétiens ! Il n'appartient donc qu'à nous, avec sa peau et ses cheveux !

— Le pauvre, dit Yeza en se relevant. Il n'a pas mérité cela !

— Je vais vous faire chasser de la ville ! brailla le patriarche. Vous êtes démoniaques !

— Je ne suis pas responsable de l'enfer, répondit Kefir Alhakim, mais de mon fils, que vous appelez Benedictus. Je vais lui conseiller d'abjurer son serment chrétien. L'enseignement de notre prophète Mahomet se prête bien mieux à la vie que votre doctrine de haine. *Inch'Allah !*

— Je sauverai son âme pour le Christ, si le Seigneur m'y aide ! Mon Dieu ! Quant à vous, je vais vous...

Il avait pris son bâton et l'agitait devant le vizir et Jakov.

— Nous devrions peut-être montrer un peu nos semelles au cordonnier, proposa Jordi à sa maîtresse. Il a bien mérité quelques coups de pied...

— Tu veux offrir un nouveau martyr à l'Église ? demanda Yeza.

Au même instant, l'érudit avait attrapé le bâton du patriarche et le lui avait arraché des mains avec une agilité dont nul ne l'aurait cru capable. Il le brisa tranquillement sur son genoux. Décontenancé, Pantaleon observa le crucifix qu'on lui tendait.

— « Tout homme en colère est semblable à l'idolâtre », invoqua Jakov, « et la bile est l'épée de l'Ange de la mort. » (Il poussa lentement le patriarche devant lui, comme un exorciste marchant vers le Malin.) « Quiconque transgresse l'interdiction de verser le sang, de servir les idoles et de se livrer à la lubricité, son âme se dénude et il se dirige vers l'enfer ! »

Jakov planta dans la terre, aux pieds du patriarche, la partie du bâton qui portait le crucifix, et lui jeta l'autre moitié devant les pieds. Jacob Pantaleon s'agenouilla et pria son Sauveur en silence.

— Bien, fit Yeza, concluons donc cette visite de courtoisie, en souhaitant que ce soit la première et la dernière !

— Que le patriarche s'occupe de ses gousses d'ail, approuva Jordi. Cela lui sera d'une grande utilité avec des femmes comme vous.

— Tu veux dire que le représentant de Rome empestera tellement que je resterai à distance ?

En tout cas, ils laissèrent le patriarche dans son jardin.

— Nous nous retirons sur la montagne du Temple, annonça Yeza après avoir quitté le palais.

— Et nous faisons fermer l'église du Sépulcre, proposa Jordi. Le monde s'en sortirait très bien sans la religion chrétienne.

Depuis que Jérusalem, la Ville sainte, était définitivement retombée entre les mains de l'islam, en 1244, sous forme d'un tas de ruines pratiquement vidé de sa population, nul ne s'était plus donné la peine de remettre en état les murs, les tours et les portes. Les Francs chrétiens du royaume jugeaient que cette cité était intenable, et sa reconquête paraissait donc absurde. Les Égyptiens, qui en étaient officiellement les maîtres, considéraient qu'elle était trop isolée pour servir de fort avancé aux frontières, et qu'elle n'avait aucune signification stratégique. Lorsqu'ils comprirent que les croisés n'avaient plus aucune prétention sur ce lieu auquel ils avaient jadis tellement tenu, on n'y laissa même plus une garnison entière. Il n'y resta que quelques gardiens en loques qui vivaient des *bakchich* que leur versaient en guise de droit de passage les pèlerins de plus en plus rares.

Lorsque Julien de Sidon aperçut la ville, avec ses spadassins armés jusqu'aux dents, après des journées de chevauchée rapide dans la vallée du Jourdain, il ordonna d'ôter les armures et de les cacher avec casques et épées dans les sacs de paille qu'ils avaient apportés. Personne ne remarqua donc qu'ils amenaient aussi deux chevaux sellés. On les prit pour de pieux pèlerins se rendant au Saint-Sépulcre, et ils franchirent sans être inquiétés le Bab el-Amud, l'ancienne porte Saint-Stéphane. Ils avaient même parmi eux un véritable religieux.

Ce moine (il s'agissait du franciscain Laurent d'Orta), ils l'avaient trouvé en chemin et l'avaient emmené après qu'il eut reconnu sans la moindre gêne être un proche du couple royal et se diriger vers Jérusalem pour lui rendre visite. Julien considéra cette rencontre comme un signe du destin : lui ne savait même pas à quoi ressemblaient Roç Trencavel et sa dame Yeza. Il se garda bien d'informer le frère mineur de son sombre projet : s'emparer des enfants du Graal pour s'en servir comme monnaie d'échange avec les Mongols. Il déclara au contraire tenir à présenter ses hommages au jeune couple. Julien, qui en était le protecteur, prétendait régner sur le royaume, et avait un atout de poids contre Philippe de Montfort, son vieil adversaire. Avec ce Laurent d'Orta, il s'introduirait auprès de Roç et de Yeza sans éveiller l'attention. Il aurait alors tout le temps de venir vérifier sur place comment il pourrait mettre en œuvre son projet de la manière la plus discrète possible.

Emmener ce frère mineur avait sérieusement ralenti l'entreprise de commando conduite par Julien de Sidon. Laurent, déjà passablement indolent, n'était pas habitué aux chevauchées rapides ni aux autres aléas du voyage. Ils durent au bout du compte l'attacher au cheval qu'ils lui avaient attribué d'office pour qu'il n'en tombe pas. Mais le chevalier-brigand ne s'était pas donné tant de mal pour rien : Laurent était la peau de mouton sous laquelle se dissimulerait le loup. Il atteindrait ainsi sa cible plus sûrement et plus commodément que par une simple attaque armée. Julien ne tenait ni à attirer l'attention, ni à verser inutilement le sang.

Lorsque la troupe leur demanda où séjournaient Roç et Yeza, les gardiens de la porte les renvoyèrent au château de David. Julien partit ainsi avec ses hommes au cœur de la ville. Ils avaient déjà dépassé l'église du Saint-Sépulcre lorsqu'un homme d'un certain âge leur barra le chemin. Il brandissait un crucifix devant les prétendus pèlerins et désignait le portail de l'église.

— Voici le lieu dont vous avez besoin, pécheurs, pour obtenir le salut !

— Fiche-moi le camp, vieil homme ! tonna Julien. Nous avons plus important à faire.

— Qu'y a-t-il de plus urgent pour un chrétien que de faire pénitence devant la tombe de celui qui est mort pour toi sur la croix ?

Le solide patriarche (que rien, dans ses vêtements, ne permettait de reconnaître) sauta devant le cheval du gredin et attrapa les rênes.

— Je suis Jacob Pantaleon, gardien de ce lieu saint. Et je vous ordonne de descendre !

Julien éperonna son cheval, qui se cabra. Le patriarche effrayé lâcha les rênes. La troupe passa devant lui en riant bruyamment. En entendant l'homme se présenter, Laurent d'Orta avait rabattu sa capuche et avait veillé à ne pas se faire remarquer.

La soirée avait déjà commencé. Yeza et ses derniers compagnons, Jakov et Abu Bassiht, étaient les hôtes du rabbi Jizchak. Jordi et Kefir s'étaient rendus à la montagne du Temple pour vérifier qu'il était possible de s'installer dans l'ancienne résidence des Templiers, le monastère situé à côté de la mosquée Al-Aqsa, au-dessus des écuries de Salomon. À la table du rabbi se trouvait un vieil ami d'Alexandrie, le chiromancien Ezer Melchsedek. Il prétendait avoir parcouru à pied le chemin depuis Aqaba, par les rives de la mer Morte. Il paraissait pourtant très frais.

— Vous avez dû voler ! dit Yeza, incrédule. À moins que des aigles ne vous aient porté ?

— Sur les ailes de l'aigle, par-delà les montagnes, répondit Ezer sans se laisser décontenancer, sur le dos d'un taureau, lorsqu'il fallait franchir l'eau, avec la tête du lion à travers le désert.

— Vous avez dévoré notre modeste repas comme un homme qui a dû jeûner pendant sept jours, remarqua le rabbin, amusé.

— Ce monde n'est-il pas « une fête sans fin, où chacun a ce dont il a besoin ? Nous mangeons, nous mangeons, nous nous resservons deux, trois fois, et la table demeure pourtant toujours abondamment couverte »

Abu Bassiht adressa un sourire à Yeza : il savait combien elle se réjouissait lorsqu'il citait son poète préféré, Jalaluddin Rumi.

— Restez donc, il y a suffisamment de place pour un autre invité à notre table !

— Vous manquez de sérieux ! l'interrompit son ami Jakov. Notre rabbi Jizchak veut expliquer à la fille du Graal la promesse messianique du peuple juif. Les juifs de cette ville ne sont pas les seuls à se demander si le couple royal peut et doit remplir cette attente.

Abu Bassiht bondit et se mit à danser dans la pièce.

— Oh, mes frères, servez le vin pur de l'amour et de la liberté.

Le rabbin chercha à le ramener sur le terrain des réalités.

— Cela pourrait provoquer des troubles, une terrible tempête !

Jizchak était sincèrement inquiet. Mais cela ne servit à rien.

— Plus de vin ! gémit le soufi en commençant à tourner plus vite sur lui-même. Nous allons apprendre à cette tempête comment l'on tournoie !

Il se mit à décrire des cercles, comme un tas de feuilles d'automne soulevé par un petit cyclone, montant et descendant dans son manteau. La danse des derviches !

Yeza avait écouté attentivement le vieil homme, et avait préféré ne pas intervenir dans cette étrange discussion. Elle fut assez surprise d'entendre quelles chimères agitaient ces têtes presque chauves. Et s'il ne s'agissait pas de folies... Roç et elle-même étaient-ils capables d'assumer le fardeau d'un pareil espoir ? Ils avaient atteint Jérusalem, l'objectif qu'ils s'étaient fixé ! Yeza frissonna en comprenant d'un coup ce que signifiait, pour elle, d'avoir mis le pied dans cette ville. Son destin allait s'accomplir ici. Les temps de l'errance étaient terminés, le Prieuré s'était pris au piège de ses propres prophéties — et eux, les anciens enfants du Graal, devaient à présent en subir les conséquences. Mais ne l'avaient-ils pas toujours su ? Yeza avait grande hâte que Roç la rejoigne. Elle ne pouvait pas prendre seule les indispensables décisions, et elle ne le voulait pas non plus !

Ce n'est pas Roç qui arriva, mais Beni, suivi par une toute jeune femme laiteuse qui avait sans doute tourné la tête du Matou.

— Qu'y a-t-il, mon enfant ? demanda le rabbin, qui présenta fièrement la jeune créature : Miriam, ma fille !

Mais Beni, surexcité, était déjà en train de raconter son histoire :

— Nous étions en train de rendre le château de David habitable pour que le couple royal puisse s'y sentir à son aise lorsqu'un tas de chevaliers y a fait irruption en brandissant son épée, et s'est immédiatement précipité dans les appartements destinés au couple royal. (Le Matou reprit un bref instant son souffle.) Ils m'ont vu, moi et Miriam, dans le cercle de ses compagnes, dont elle ressortait comme la perle entre les grains de sable de l'huître ! (Le père accueillit d'un froncement de sourcil cet enthousiasme pour sa fille.) « Êtes-vous Roç Trencavel et la dame Yeza Esclarmonde ? » a demandé leur chef, d'un ton rogue, en regardant fixement Miriam. Ils avaient aussi amené un moine avec eux, un franciscain malingre. Celui-ci a hoché la tête et a dit : « Vous vous trompez, messire Julien, ce n'est nullement le couple que vous recherchez ! » J'ai compris ce qui se passait, je porte tout de même le titre de *secretarius* ! et Miriam s'est présentée comme une simple servante, à l'instar de ses compagnons de jeu... Messire Julien était furieux contre le frère mineur. « Vous vouliez pourtant nous présenter le couple royal, Laurent d'Orta ! » lança-t-il au pauvre moine, qui se défendit pied à pied : « C'est vous qui l'avez cru, messire Julien ! Vous ne m'avez pas posé la question ! » Le chevalier a avalé la couleuvre. « Et où trouverons-nous à présent Roç et Yeza ? » demanda-t-il poliment. C'est moi qui lui ai répondu : « Mes seigneurs séjournent auprès du patriarche latin qui les a invités dans son palais, escortés par une imposante troupe de chevaliers. Dois-je vous y conduire ? » Là-dessus, messire Julien a poussé un juron fort peu chrétien et a quitté le château avec sa bande. Je les ai suivis du regard, ils ont franchi au grand trot la porte la plus proche et ont tourné le dos à la ville !

— Et Laurent d'Orta ? demanda aussitôt Yeza. C'est un bon et vieil ami...

— ... et il le restera ! assura le franciscain en entrant dans la pièce.

— Que nous voulaient-ils ? demanda Yeza dès qu'elle eut serré le petit frère mineur dans ses bras.

— Ces messieurs ne m'ont pas mis dans la confidence, mais cela ressemblait fort à un enlèvement. Ils avaient même amené deux chevaux sellés, j'ai rencontré leur troupe par hasard alors que je me rendais auprès de vous, ma reine !

— Et maintenant ? s'enquit Beni, d'une voix trop forte.

— La dame Yeza Esclarmonde dormira cette nuit sous mon toit ! décida le rabbi. Miriam lui cédera son lit.

— Il n'en est pas question, répliqua Yeza. Nous allons nous le partager !

La fille unique rougit de bonheur, tandis que s'assombrissait la sombre mine du Matou, jusqu'alors pleine d'espoir : il s'imaginait déjà qu'une souris sans nid ferait une proie facile... Jizchak, son père, lui lança un regard sévère.

— Mais nous voulions boire quelque chose, rappela Abu Bassiht, avant de nous en aller chercher un lieu de repos pour nous autres, vagabonds de longue date. (Il désignait ainsi Jakov et Laurent.)

Tandis que Miriam et Yeza se retiraient en haut de la maison, le rabbin descendait dans la cave et allait chercher un peu plus de vin. Il choisit avec soin, car c'était une journée particulière. La tentative d'enlèvement l'avait confirmé. Le rabbi Jizchak se fraya un chemin entre les amphores disposées contre les murs de la cave humide qui, passant sous la rue Jehosaphat, jouxtait les contreforts de la colline du temple, pressa son front contre la pierre et remercia son dieu à voix haute.

Yeza avait pris le temps d'apprécier la nudité de Miriam, puis la chaleur de la peau de la jeune fille, qui répondit tendrement à son enlacement. Elle laissa avec délices ses lèvres tendres, puis sa langue rêche cajoler la pointe dure de ses seins, et aurait volontiers appris d'autres plaisirs à sa jeune compagne de lit, pour autant que la chose fût encore nécessaire, mais la fatigue fut plus forte que le plaisir. Blottie entre les bras de la fille du rabbin, elle s'endormit aussitôt profondément. Elle vit les piliers des écuries souterraines du roi Salomon, noyées sous l'eau. Elle y nageait comme un poisson, sans le moindre problème de respiration. Le plus petit battement de main suffisait à la faire replonger dans les profondeurs ténébreuses. Aucun rayon de soleil ne l'atteignait plus. Puis elle vit le calice noir descendre en brillant devant ses yeux. Elle ne l'attrapa pas, mais suivit son éclat. Elle l'aurait pourchassé jusque dans les profondeurs de la terre si elle n'avait pas entendu une sonnerie qui s'amplifia et résonna dans l'eau, lui fit bourdonner les oreilles et la tête tout entière. Elle sursauta et vit la silhouette de Myriam debout devant la fenêtre ouverte. Elle regardait à l'extérieur. Yeza sortit du lit et s'approcha de la jeune femme. Des voix excitées montaient vers elles du parvis. Elle se colla à Miriam, et elles tentèrent de saisir des bribes de la conversation. C'est la voix puissante de Jordi qui dominait.

— C'est certainement le patriarche qui les a dénoncés. La populace chrétienne est montée vers le château de David pour lapider le couple royal. Comme ils n'ont trouvé personne dans les appartements, ils ont brisé les meubles, pillé et emporté tout ce qui leur paraissait précieux, ont détruit tout le reste et y ont mis le feu.

À cet instant seulement, Yeza remarqua l'éclat d'un incendie à l'autre extrémité de la ville, une lueur vacillante.

— Ils avaient attrapé Kefir, qu'ils prenaient pour un juif. L'ambiance était au pogrome : le patriarche, au cours d'une messe nocturne, avait fait comprendre que les juifs voulaient s'emparer de l'église du Saint-Sépulcre pour la transformer en synagogue.

— Il n'y a pas dans tout Jérusalem assez de juifs pour remplir la basilique, soupira Miriam avec une once de regret.

Yeza passa ses bras autour de la jeune fille, qui commençait à frissonner dans la fraîcheur du matin. Ses mains glissèrent vers le bas de ce corps tremblant.

— Viens, chuchota-t-elle, retournons sous la couverture chaude, les hommes n'ont pas mérité mieux.

Elles entendirent toutes deux que l'on ramenait Kefir. Il était donc encore vivant.

— Lorsque quelques gardiens des portes sont arrivés mollement, raconta-t-il, les chrétiens ont quitté le château de David en jurant qu'ils abattraient tout juif qui s'aventurerait à proximité de leurs églises et de leurs lieux saints.

— Sur ce point, toutes les confessions sont d'accord, si hostiles qu'elles puissent être d'ordinaire, conclut Jordi. Kefir Alhakim doit à l'intervention des mamelouks d'avoir pu échapper à la foule, roué de coups, sans doute, mais les os et les dents intacts.

— Eh bien, notre guérisseur va pouvoir se soigner tout seul ! dit Yeza en chuchotant à l'oreille de Miriam : Viens !

En dessous, les hommes entrèrent dans la maison. Et le silence revint dans la rue de Jehosaphat.

L'ÉMIR, SON ÉPOUSE ET LE PETIT GARÇON

À Damas, la perle de la Syrie, l'ambiance n'était pas aussi pesante, mais les habitants étaient profondément inquiets, et se réfugiaient dans une activité frénétique. Aucun ne savait vraiment quoi faire, à commencer par le souverain qui oscillait quotidiennement entre les appels guerriers à la résistance et des projets de fuite sous la protection d'alliés puissants.

Madulain, l'épouse de l'émir mamelouk Fassr ed-Din Octay, qui avait quitté le Caire pour échapper aux assiduités du nouveau sultan, était habituée à ce genre de troubles.

— Vous n'avez pas fait preuve d'intelligence, An-Nasir, reprocha-t-elle sans ambages à son hôte, et vous vous êtes humilié inutilement, en demandant au Caire, sous cette forme, une aide fraternelle. Pour commencer, Qutuz n'est pas votre frère, mais l'un des officiers mamelouks qui ont assassiné votre cousin ayyubide au cours d'une révolte de palais, afin de monter lui-même sur le trône ! Comment avez-vous pensé qu'il prendrait votre appel au secours ? Comme une invitation à se mettre aussi et enfin Damas sous la dent !

— Ce gamdarite parvenu n'osera pas ! tonna An-Nasir, qui avait jusqu'alors écouté en méditant, assis devant la table, une montagne de chair affaissée, les mains jointes sur sa nuque courbée, comme s'il ne voulait rien entendre et rien voir.

Ce n'était pas une fausse impression : le sultan aurait effectivement préféré que tout ce qui s'abattait sur lui se révèle être un mauvais rêve, des rumeurs absurdes, des papotages de bonnes femmes ! Mais il savait fort bien que Madulain, cette souveraine née, savait garder la tête froide. Il est terrible, songea An-Nasir, de constater la force dont peuvent faire preuve les femmes lorsque l'homme est dans la détresse ! « Dans le péril, la voie médiane mène à la mort » ! Cette phrase, c'était son ancienne favorite, Clarion, qui la lui avait jetée à la face avant de partir, furieuse, pour Alep, afin de retenir El-Aziz qu'il avait envoyé comme otage auprès des Mongols sans s'entretenir d'abord avec la fille de l'empereur.

— Pensez-vous vous aussi, demanda An-Nasir à son hôte, que mon fils n'obtiendra aucun résultat si je l'envoie auprès du Il-Khan ?

Madulain le dévisagea, étonnée.

— Il est en tout cas absurde de remettre entre les mains des Mongols la chair de votre chair, votre unique héritier, si vous voulez partir en campagne contre eux, avec ou sans les mamelouks. Qu'est-ce que cela signifierait ?

An-Nasir gémit.

— Mais je ne peux pas me rendre moi-même au camp de Hulagu et me jeter à ses pieds pour lui demander grâce !

— La question n'est pas de savoir si vous le pouvez, mais ce que vous voulez obtenir.

— Qu'ils me laissent en paix, moi et la Syrie, je veux conserver Damas !

— Seul conserve l'autorité sur un pays celui qui s'en montre digne, par sa sagesse ou par son pouvoir. Le vôtre ne suffit pas à résister aux Mongols. Il était donc parfaitement avisé de s'adresser aux mamelouks. Seulement vous n'auriez pas dû le faire en quémandeur soumis, mais en allié, à égalité de droits, dans la *djihad* de l'islam unie contre l'ennemi commun de la foi !

— Vous avez la parole facile, femme ! protesta le sultan. Si Baibars, avec notre aide, chasse du pays le choléra mongol, j'aurai ensuite la peste mamelouk dans mes frontières.

Madulain éclata de rire.

— Vous auriez dû y penser plus tôt, avant d'abandonner Alep ! Ce sont ses troupes qui vous manquent aujourd'hui, sous le commandement d'un chef d'armée compétent, comme votre oncle Turan-Shah. Vous permettez au Il-Khan de prendre tous les bastions de l'islam à la file ... (La voix de Madulain se fit tranchante comme un rasoir) parce que vous êtes obtus et que vous ne pensez qu'à vous-même. Quoi ! Vous passez vos journées à méditer et vous n'agissez jamais ! Comme si Bagdad, déjà, n'avait pas connu son destin tragique !

— Je ne sais pas pourquoi je tolère qu'une femme me lance tout cela à la tête, se plaignit An-Nasir avant de se relever en gémissant. (Quatre serviteurs au moins accoururent pour soutenir son corps massif. Il vacilla dangereusement ; il avait trop bu, en plus du reste.) Peut-être parce que je regrette Clarion, ma fidèle conseillère, qui m'avait habitué à pareil traitement. Mais vous êtes pire qu'une chienne enragée. Rien d'étonnant à ce que votre époux vous ait chassée !

— Ne vous souciez pas du couple que je forme avec Faucon fouge ! répondit sèchement Madulain.

La jeune femme avait cessé depuis longtemps de craindre ce colosse aux pieds d'argile. Son problème était plutôt de savoir si elle devait encore attendre longtemps son mari à Damas. Si elle poursuivait son voyage, cela ressemblerait à une fuite, on prendrait son attitude pour un aveu de ses relations supposées avec le jeune Ali, ou du moins pour une reconnaissance du fait qu'elle préférait la compagnie du jeune homme. De cela, il n'était pas question !

— Vous vous inquiétez sans doute aussi pour le jeune Ali ? demanda An-Nasir comme s'il avait deviné ses pensées.

— Dans un couple comme dans l'art de gouverner, il y a des périodes où la jeunesse sait nous procurer du plaisir, comme vous vous l'êtes vous-même procuré avec les *houris*, An-Nasir. Mais, dans le dilemme où vous vous trouvez aujourd'hui, vous aspirez à retrouver la sage raison d'une Clarion de Salente, et moi, j'aspire à retrouver le bras puissant et le sage conseil que peut m'apporter Faucon rouge.

— Vous espérez qu'il vous pardonnera ? Moi, je ne vous...

— Il n'y a rien à pardonner, répliqua-t-elle brutalement. Avez-vous des nouvelles d'Alep ?

Le sultan tressaillit.

— La ville est totalement encerclée. Mon gouverneur se bat courageusement !

Ce fait ne semblait guère le préoccuper, ce qui agaça la *Saratz*.

— Mais vous auriez encore la capacité de lui venir en aide.

An-Nasir ne voulut pas en entendre parler. Il faisait pourtant partie de ces hommes qui, d'ordinaire, écoutent attentivement les avis, paraissent convaincus, et n'en font, au bout du compte, qu'à leur tête.

Madulain prit congé. Elle voulait aller rendre visite à Ali, qui s'abstenait de participer aux repas communs : il ne supportait plus les propos grossiers d'An-Nasir à l'égard des mamelouks, et notamment de son père défunt. Depuis qu'elle était arrivée à Damas, Madulain ne s'était plus guère intéressée aux plaisirs sexuels que lui offrait le jeune garçon. Elle ne voulait pas présenter de faille à An-Nasir, qui aurait immédiatement flairé l'adultère. Ali, qui l'aimait toujours et la désirait ardemment, souffrait terriblement de la froideur de la jeune femme. Après la basse attaque d'An-Nasir, Madulain était justement d'humeur à faire une entorse à ses principes. Elle entra sans frapper dans les appartements d'Ali et ferma la porte derrière elle.

Le sultan de Damas ne reçut pas l'envoyé du Caire dans la somptueuse salle d'audience, mais dans l'un des jardins discrets du palais. Naiman n'était d'ailleurs pas le légat officiel qu'espérait An-Nasir, mais un envoyé « secret ». C'était d'ailleurs exactement l'impression qu'il donnait.

— C'est Baibars qui m'envoie, chuchota (par pure habitude) le bigleux en s'inclinant devant le puissant souverain que sa garde couchait sur un banc de pierre surmonté d'un paravent. Des serviteurs le calèrent avec des coussins et l'éventèrent. Naiman dut pour sa part rester sous le soleil.

— L'Égypte n'abandonnera jamais son frère syrien, le sultan vous le jure *bismillah*, annonça le messager.

— Quand ? demanda An-Nasir pour couper court au sermon qui s'annonçait.

— Dès que nous aurons levé l'armée, elle se mettra en marche au pas de charge. Mais d'ici là, il vous faudra contenir les Mongols.

— Comment ? grogna An-Nasir, visiblement déçu. La flotte ne peut-elle pas...

La question ne laissa pas longtemps Naiman dans l'embarras.

— Tous les ports qui reliaient jadis Damas à la mer, celui de Tripoli et celui d'Antioche, sont aujourd'hui entre les mains des Mongols ou de leurs alliés.

— J'ai déjà envoyé mon fils El-Aziz en gage au camp de Hulagu, le Il-Khan, soupira le sultan. Je suis en train de sacrifier Alep. Qu'est-ce que je peux faire de plus ?

— Rassemblez votre armée, alliez-vous aux Francs du royaume.

— Ce dernier point n'est guère prometteur. Ce sont eux, tout de même, qui ont fait entrer ces hordes dans le pays.

Naiman réfléchissait. Il tournait en rond en traînant la jambe.

— Le fils de notre dernier sultan ne séjourne-t-il pas dans votre cour ? demanda l'espion, avec un méchant reflet dans l'œil.

— Ali ?

— Tout à fait ! confirma Naiman. Il ne vous sert pas à grand-chose. Il ne vous sert même à rien du tout, pour être précis. Mais en tant que nouvel otage, que « fils du sultan du Caire », il pourrait inciter Hulagu à la réflexion...

— S'il ne lui coupe pas la tête !

— C'est lui qui court le risque, pas vous, répondit Naiman pour balayer cette objection inattendue. Vous n'avez tout de même pas l'intention de demander son accord à cet Ali ?

An-Nasir songeait surtout à la résistance de Madulain, qui ferait tout pour empêcher le départ du jeune garçon. Il parviendrait certes à obtenir le départ de l'otage. Mais si Ali était accepté avec respect, ne serait-il pas alors un rival pour El-Aziz, dans la course à la main de la princesse ?

— Qui est au juste cette Yeza, la *moudiat al'alam* que les Mongols vénèrent tellement et qui a l'oreille du grand khan ?

— Qu'en espérez-vous donc, illustre sultan ? demanda Naiman, légèrement déconcerté par ce coq-à-l'âne subit.

— Une influence apaisante, révéla fièrement An-

Nasir. Peut-être la paix ! ajouta-t-il avec emphase. Et Naiman dut lui remettre au plus vite les pieds sur terre.

— Le couple royal est un rêve auquel les Mongols se sont laissé prendre. Mais jusqu'ici, cela ne les a pas fait abandonner leur attitude guerrière ; ils considèrent sans doute Roç Trencavel et Yeza Esclarmonde comme un simple *muchaddir* capiteux censé nous abasourdir. Car ils n'abandonneront certainement pas leur volonté de conquête. Ne vous laissez pas prendre au piège !

Le bigleux constata que ses mots ne produisaient pas grand effet. Il reprit son discours :

— D'autre part, le couple royal s'est séparé des Mongols, justement pour cette raison. Yeza traverse actuellement le Néguev en direction de Jérusalem, elle y est même vraisemblablement déjà arrivée. Roç a été retenu à Ascalon à la suite de différends avec les Templiers, qui constituaient jusqu'ici la puissance protectrice de ce couple. Aujourd'hui, ils n'ont l'un et l'autre aucun pouvoir, aucune terre, aucun moyen. Ce sont des mendiants dans les ruines de Jérusalem !

An-Nasir sembla touché, mais d'une manière différente de ce à quoi s'était attendu son interlocuteur. Il allait lever une armée, et sur-le-champ ! Non pas, cependant, pour marcher contre les Mongols, mais pour prendre Jérusalem et entrer en possession de ce couple royal. Il tiendrait ainsi quelque chose qui pourrait assouplir les Mongols.

— Je vais suivre votre conseil, précieux Naiman, conclut le sultan. Damas va prendre les armes et accrocher au drapeau de l'islam la gloire de la victoire. *Allah jurid dhalek !*

Pour le visiteur tardif, Damas offrait l'image d'une ruche où un ours aurait posé la patte. Dans toutes les rues, la lumière éclairait vivement les maisons. Les gens étaient assis devant les feux de camp ou formaient des attroupements pour discuter du sens que pouvait bien avoir l'appel du sultan. Devaient-ils prendre les armes au plus vite, ou s'enfuir ? Les hommes se pressaient dans les souks pour acheter les vivres indispensables. Devant les bâtiments publics éclairés par des torches, les jeunes qui venaient répondre à l'appel aux armes se rassemblaient. Des vétérans se chargeaient de répartir les lames d'acier tranchant qui avaient fait la réputation de Damas et que l'on avait amassées sur de longues tables. On tirait des chargements entiers d'arcs, de flèches et de lances.

Faucon rouge connaissait admirablement la ville. Il n'eut donc aucun mal à entrer, malgré la confusion générale, dans le palais du sultan. Au cœur de la termitière, chacun le prenait pour ce qu'était finalement Fassr ed-din Octay : un émir de haut rang qui rejoignait son souverain en toute hâte afin de se mettre à sa disposition pour le combat imminent. Il donnait son nom en toute franchise lorsqu'on le lui demandait. Il ne réclamait cependant pas de voir le sultan, mais sa propre épouse. Les chambellans perfides le menèrent de bonne grâce aux appartements d'Ali.

Dans la grande cour intérieure du palais, une place immense où l'on donnait les défilés, les réceptions et les cérémonies, le sultan saluait les délégations de ses vassaux et alliés. Ses cousins, les seigneurs de Hama et Kerak, venaient tout juste d'arriver. An-Nasir avait renoncé à se faire transporter dans une litière (il fallait généralement huit porteurs pour cela), et déplaçait comme un général sa masse impressionnante. Quatre eunuques gigantesques et quatre puissants officiers de sa garde personnelle turque devaient le soutenir pour que cet obélisque ne bascule pas vers l'avant. Une fanfare militaire montée à dos de chameau faisait sonner les cors et battait un rythme martial sur de grandes timbales. Partout flottaient les bannières des unités, on prêtait serment, cimeterre au clair, on vantait les mérites du sultan, on se moquait de l'ennemi et on le maudissait. An-Nasir se traînait d'un groupe à l'autre, se faisait embrasser les pieds, le manteau et les joues, promettait la victoire et de beaux butins, le salut de l'islam et *barakat Allah*. Il finit tout de même par monter dans sa litière de combat. On installa un escabeau, vingt gardes l'aidèrent à le gravir, marche après marche, car cette caisse molletonnée à l'intérieur et couverte de métal à l'extérieur était accrochée sur le dos d'un éléphant. Celui-ci accueillait en outre quatre arbalétriers légers dont le sultan pouvait surveiller l'efficacité par de fines fentes creusées dans la cabine. Sa propre bannière, le drap vert du prophète orné de la demi-lune argentée, était portée à l'avant par un pachyderme de plus petite taille. Les chefs laissèrent An-Nasir décrire un tour sur toute la place avant de rentrer dans son palais sous les cris de joie, les coups de cymbales et de tambour. Le départ de l'armée était prévu pour le lendemain.

Madulain venait juste d'interrompre sa chevauchée sur les minces flancs d'Ali, et se tenait encore assise sur le lit en bataille. Elle était allée chercher ce dont elle avait envie, et il avait donné le meilleur de lui-même. Ali savait qu'elle l'aimait lorsqu'il lui cajolait les seins, qui ne trouvaient jamais leur compte dans l'ardeur de la bataille. Il était donc agenouillé derrière son amante et caressait son corps nu lorsque Faucon rouge entra et se dirigea vers le divan, au milieu de la pièce.

— Loin de moi l'idée de troubler votre séance de soins corporels, ma dame, commença-t-il d'un ton léger, sans regarder les deux amants.

Madulain s'était aussitôt reprise.

— Continue, dit-elle au garçon qui la caressait et dont les mains étaient retombées. Ce sont surtout les muscles qui tiennent les seins, depuis l'épaule. (Les mains d'Ali se dirigèrent, hésitantes, dans la direction qu'elle lui indiquait.) Allez-y, mon ami, n'ayez pas peur, je suis solide.

Une suée d'angoisse monta au front du jeune garçon : Faucon rouge venait d'ôter sa rapière, et il garda son cimeterre en main un peu plus longtemps que nécessaire. Il souriait.

— Après une longue chevauchée, poursuivit-il d'un ton badin, mes pauvres os auraient bien besoin de détente, eux aussi. (Il passa son *qamis* énergiquement au-dessus de la tête et se retrouva le buste nu.) An-Nasir semble vouloir réserver une fin rapide à son sultanat, il jette son armée contre les Mongols, raconta Faucon rouge en se laissant tomber sur le coussin pour enlever ses chausses.

Madulain l'observait avec suspicion, mais lui répondit tout de même.

— J'ai conseillé à An-Nasir de se soumettre s'il ne parvient pas à convaincre Qutuz, je veux dire : Baibars, d'agir de concert avec nous.

— Cette alliance ne durerait pas bien longtemps, marmonna l'émir, qui sortait de son *soual dachili*. Ou plus exactement : en procédant ainsi, la Syrie se retrouverait unie à l'Égypte, comme du temps du grand Saladin.

Faucon rouge était nu, à présent, à l'exception de ses longues bottes, ce qui incita enfin Madulain à s'arracher aux mouvements nerveux d'Ali et à se jeter sur la poitrine de son mari.

— Ensemble, nous vaincrons ! s'écria-t-elle avec un patriotisme assez inattendu.

Mais il se contenta de l'embrasser fugitivement sur le front et l'écarta de son chemin.

— Je t'ai déjà dit que j'avais besoin d'un bon massage, ma chérie, j'espère que ton suceur de seins ne me refusera pas cela. J'apprécie les mains puissantes et expérimentées des jeunes hommes !

Il marcha vers la couche où Ali le reçut en rougissant, agenouillé. Faucon rouge lui tendit la main droite, que le gamin serra avec ardeur, se plaçant ainsi sous la coupe de l'émir, qui n'était pas du tout d'humeur conciliante. D'un coup, il fit sortir Ali de ses coussins, et Faucon rouge s'y laissa tomber sur le dos. Il glissa, implacable, une botte entre les cuisses du gamin, qui lui présentait malgré lui son postérieur.

— Tenez-la ferme, valet de pied ! ordonna l'émir au fils du sultan en posant l'autre botte contre ses fesses jusqu'à ce que la première ait glissé. Puis il reprit la procédure jusqu'à ce que la seconde botte soit sortie. Faucon rouge s'installa à l'endroit où sa femme était encore couchée un instant plus tôt.

— Allez-y ferme, mon ami, ordonna-t-il au jeune Ali, je suis encore plus solide qu'une femme !

Ali, désorienté, chercha le regard de Madulain, espérant qu'elle lui apporterait son aide, mais elle se contenta de hausser les épaules. Le jeune homme se retourna et commença à masser le dos qu'on lui présentait. Faucon rouge gémit de plaisir.

— Allez dans votre chambre ! ordonna-t-il à Madulain sans même lui accorder un regard. C'est une affaire d'hommes ! À moins que vous ne désiriez regarder ?

Madulain reprit ses habits et sortit de la pièce, furieuse.

L'armée de Damas s'était regroupée à l'extérieur de la ville. Le sultan s'apprêtait à la rejoindre sur son éléphant lorsque Faucon rouge lui coupa la route.

— Attendez, An-Nasir ! s'écria-t-il avant de disparaître sous le ventre de l'animal.

Le sultan, un descendant de Saladin, savait que par le sang, l'émir était un mamelouk, l'ennemi juré de tous les Ayyubides. Mais pour lui, Fassr ed-Din Octay était avant tout le fils du grand vizir Fakhr ed-Din, un homme vénéré et irréprochable. Il lui avait donc fait confiance d'emblée, et l'avait pris à son service. À cela s'ajoutait le fait que sa femme infidèle, Madulain, était son hôte, et donc un gage de la loyauté de Faucon rouge.

— Je m'en doutais ! déclara l'émir, à peine sorti de sous le pachyderme. Les courroies sont découpées. Un seul sursaut de l'animal, et vous serez précipité dans le vide avec votre litière de combat.

An-Nasir, tout en haut, n'osait pas bouger. Faucon rouge reprit :

— J'ai vu dans votre armée l'un des plus dangereux agents du Caire, Naiman, un pied-bot bigleux.

— Il m'a offert ses services, répondit An-Nasir, le souffle lourd.

— C'est un saboteur ! l'informa l'émir. Même si ce n'est pas une tentative d'assassinat, c'eût été un mauvais présage, que le sultan de Damas soit précipité du haut de son éléphant et se brise les côtes ! J'ai surpris Naiman en train de conspirer avec quelques membres de votre garde turque, je ne serais pas étonné si...

À cet instant, les quatre arbalétriers sautèrent de leur poste, jetèrent leurs armes et partirent en courant.

— Eux aussi, c'étaient des Turcs ! souffla le gros An-Nasir, horrifié. Ma propre garde du corps ! (Le sultan tremblait de tous ses membres.) Retour au palais ! ordonna-t-il d'une voix pitoyable.

— Permettez-moi de poursuivre les fuyards et d'arrêter ce Naiman.

— Allez-y. À qui d'autre puis-je me fier ?

Faucon rouge n'alla pas loin : il rencontra presque aussitôt les cousins ayyubides du sultan.

— Les Turcs sont tous partis pour l'Égypte avec ce Naiman ! L'armée se disperse !

Ils rentrèrent ensemble au palais. An-Nasir s'était fait déposer dans son lit, mais on laissa aussitôt entrer Faucon rouge.

— Alep est tombée ! annonça une voix féminine que Faucon rouge reconnut immédiatement : Clarion !

— Les Mongols ont massacré tous les musulmans, les chrétiens ont été épargnés, mis à part quelques orthodoxes qui n'ont pas été reconnus comme tels dans la mêlée, raconta Clarion. Turan-Shah a eu l'intelligence de regrouper la majeure partie de ses troupes dans la citadelle, qu'il défend à présent.

— Et moi, qu'est-ce que je fais ? grogna An-Nasir, comme s'il pouvait rendre l'une des personnes présentes responsable de sa situation.

— Vous vous soumettez au couple royal de Jérusalem ! lui recommanda sa fidèle conseillère. Vous resterez ainsi le maître de Damas...

— Sous la coupe de Jérusalem ? protesta faiblement le sultan.

— Certainement ! Car ensuite, ce sera à Roç et à Yeza de se confronter avec les Mongols.

— Mais vous ne vous demandez pas comment je m'en sortirai, moi, avec ce couple de souverains !

— C'est à eux que vous auriez dû envoyer votre fils El-Aziz ! lui lança Clarion.

— Ne vaudrait-il pas mieux que je m'allie avec Saint-Jean-d'Acre ?

— À quoi bon ? rétorqua aussitôt Faucon rouge. Lever une armée dangereuse ne remettrait ni les Francs, ni nos amis sur leurs jambes. Les enfants du Graal, eux, disposent au moins d'un charisme qui impressionne les Mongols.

— Et Jérusalem est de toute façon un lieu spirituel unique au monde, ajouta Clarion. Son esprit éminent...

— J'ignorais que ma favorite s'y connaissait aussi dans l'univers des *djinn* ! se moqua le sultan en tirant le drap sur sa tête. Soyez remerciés, mes amis ! Je vais laisser le sommeil me porter conseil.

Entrée du couple royal

Roç n'avait pas un long chemin à parcourir pour rejoindre Jérusalem. La première nuit, lui-même, Guillaume et Gosset prirent leurs quartiers chez les chevaliers de Saint-Jean, au château Blanchegarde ; puis ils chevauchèrent jusqu'à Beth-Gibelin. L'Ordre avait certes abandonné les lieux depuis longtemps, mais la garnison des mamelouks accueillit très aimablement les amis du Hafside. Le troisième soir, ils atteignirent Bethléhem et rencontrèrent le vieux Botho de Saint-Omer et Simon de Cadet, eux aussi en route vers la Ville sainte, l'un pour trouver enfin la mort qu'on lui avait promise, l'autre pour accomplir sa peine. Roç et son escorte n'éprouvaient pas la moindre envie de poursuivre leur chemin avec le juge implacable. Mais Roç avait au moins une bonne raison de s'asseoir à la même table que les Templiers devant les murs de la prometteuse Jérusalem, d'autant plus qu'ils partageaient le même gîte. À peine l'aubergiste avait-il débarrassé les reliefs du repas et rempli la cruche que Roç commença à présenter son projet.

— Ce que nous venons de vivre, dit-il d'un ton léger, n'est aux yeux de personne une page de gloire. Votre Ordre (il baissa la voix en s'adressant à Simon) a toutes les raisons de ne pas révéler le secret de *L'Atalante* et de ses voyages secrets aux « Îles lointaines », auxquels notre ami a été sacrifié. Je propose donc de raconter que Taxiarchos est mort l'épée à la main, lors d'un combat héroïque contre une légion de pirates ! Il a pu sauver le navire qui lui avait été confié, mais l'a payé de sa vie !

Tous hochèrent la tête, même si Simon ne put s'empêcher de lâcher un « c'est cela ! » narquois. Seul le vieux Templier parut pétrifié.

— Sanctifier un pirate ? grogna-t-il.

C'est Gosset qui se chargea de le remettre à sa place.

— Si l'on ne comprend pas la proposition, mieux vaudrait faire semblant de ne rien savoir !

— Cela ne devrait pas vous être si difficile, reprit à son tour Guillaume. Vous n'avez jamais été à Ascalon, c'est tout. Vous arrivez tout droit des cachots du Caire !

— Quiconque dira le contraire ne sera qu'un esprit embrumé ! ajouta Roç.

— Mais moi, j'avais une tête... (Botho paraissait effectivement avoir un peu perdu le nord) ... je devais l'apporter à Jérusalem... Je ne me rappelle plus à qui je devais porter ce cadeau...

Comme personne ne pouvait l'aider à combler son trou de mémoire, il cessa de se le demander.

— Avec l'âge, on oublie facilement, le consola Roç avant de poursuivre à voix basse : Je tiens moins à préserver la mémoire du Pénicrate qu'à épargner une douleur inutile à Yeza. (Il regarda à la ronde et leva son gobelet.) Je vous remercie, mes amis !

Et ils burent jusque tard dans la nuit.

Le lendemain matin, Roç et ses compagnons partirent de bonne heure. Ils aperçurent bientôt Jérusalem. Les deux Templiers se tenaient à part, bien qu'ils aient le même objectif. Personne ne leur avait demandé de se rallier au Trencavel. À peine étaient-ils à portée de vue des murs qu'une foule considérable afflua vers eux depuis la porte de David : des vieillards, des femmes, des enfants en tenue de fête, les juifs de la ville. Ils agitaient des feuilles de palmier. Les jeunes filles tenaient en main des fleurs printanières. Yeza était assise en amazone sur un palefroi mené à la longe par Beni. Jakov Ben Mordechai et Ezer Melchsedek secondaient le rabbin Jizchak, qui avait passé pour l'occasion une étole de renard beaucoup trop chaude et marchait à la tête du cortège.

« A l'entrada del temps clar,
eya,
per joia recomençar,
eya,
e per jelos irritar,
eya,
vol la regina mostrar
qu'el es si amorosa. »

Kefir Alhakim, en grande tenue de vizir, tentait vainement de donner une note solennelle à l'entrée dans la ville du jeune roi et de son épouse. Derrière Yeza, Jordi chantait une chanson gaie dont nul ne comprenait le sens, mais Abu Bassiht et Laurent d'Orta dansaient sur son rythme, bientôt imités par Miriam et ses compagnes.

« A la vi'a la via jelos,
laissatz nos, laissatz nos
balar entre nos, entre nos. »

Roç sauta de cheval, lança ses rênes à Gosset et courut vers Yeza. Il filait sans prendre garde aux pierres ni aux racines, il manqua dévaler le chemin de gravier, passa devant les trois vieillards sans les saluer, se fraya un chemin parmi les jeunes filles qui lançaient des fleurs jusqu'à ce qu'il arrive, le souffle court, aux pieds de sa princesse, et puisse lui attraper les jambes. Elle se laissa glisser de sa selle et tomba dans ses bras. Le baiser du couple royal fut si long que Jordi chanta une strophe supplémentaire.

El'a fait pertot mandar,
eya,
non sta jusqu'à la mar,
eya,

piucela ni bachalar,
eya,
que tuit non vengar dançar
en la dança jalosa. »

Lorsque la dernière note eut cessé de résonner, les deux amants se séparèrent.

Roç Trencavel se hâta alors d'aller saluer les dignitaires juifs, puis le petit troubadour, le fier vizir, le *secretarius* qui ne l'était pas moins, le soufi et Laurent.

Yeza serra Guillaume dans ses bras avec un cri de joie, fit une révérence amusée devant Gosset, et adressa même un signe cordial à Simon, qui était resté timidement sur le côté. Mais le Templier fut éloigné par son vieux frère d'Ordre. Botho, qui venait de comprendre et ne voulait pas être impliqué dans le spectacle qui s'annonçait.

— Pur blasphème ! marmonna-t-il ! Imitation de l'entrée du Messie !

Et il éperonna son cheval.

Cela ne troubla en rien la joie des retrouvailles. Le cortège se remit en marche en chantant, en dansant et en riant. On se dirigeait vers la porte de David.

« *A la vi'a la via jelos,*
laissatz nos, laissatz nos
balar entre nos, entre nos. »

Jordi avait distribué d'imposants *bakchich* aux gardiens mamelouks : les pillards de la nuit précédente n'avaient pas remarqué la caisse, dissimulée sous une voûte sombre du château. Abu Bassiht et Laurent aidèrent le nain à distribuer les pièces d'or au peuple. Les juifs de Jérusalem formaient une haie au bord du chemin, agitaient leurs palmes et criaient « Hosanna ! » Rabbi Jizchak jubilait lorsqu'il entra dans la ville :

« Heureux ton élu, ton familier, il demeure dans tes parvis. »

Mais d'un seul coup, les premiers œufs pourris s'abattirent sur eux, mêlés d'entrailles et d'excréments. Des chrétiens, orthodoxes et catholiques, grecs et arméniens, affluaient par les rues latérales du quartier du patriarche. Une voix se mit à brailler :

— Nous avons déjà utilisé les intestins et les panses pour chasser l'Antéchrist de la ville de notre seigneur Jésus-Christ !

Le cortège pacifique n'avait aucun moyen de se défendre contre cette agression. Les premiers os et sabots de porc se mêlaient déjà aux projectiles. Roç sauta immédiatement sur son cheval, mais les deux Templiers étaient déjà accourus. Ils parvinrent à repousser les trublions. Les Juifs se réfugièrent dans leur quartier, à l'exception de Miriam et de ses amies, qui avaient laissé tomber leurs fleurs pour s'emparer de graviers et les lancer sur l'adversaire. Les jeunes filles formaient un anneau serré autour de Yeza, comme s'il leur fallait protéger leur reine.

Le couple royal poursuivit son chemin dans le quartier des musulmans, jusqu'à la montagne du Temple. Roç et Yeza y furent accueillis avec une curiosité amicale, qui tourna au bout du compte à une relative indifférence. Yeza était remontée en selle depuis longtemps, comme un homme cette fois-ci, à son habitude. Elle aurait aimé participer à la contre-attaque. Roç plaça son cheval à côté du sien. Les deux Templiers les précédèrent vers la Belle Porte.

— Ils vont occuper avant nous le temple de Salomon, et y planter le Beauséant ! supposa Yeza. Pour affirmer leur vieux statut de propriétaire !

Roç s'efforça de suivre du regard les deux chevaliers qui mettaient pied à terre et disparaissaient dans un portail étroit, que l'on avait construit suffisamment bas pour que personne ne puisse y entrer à cheval.

— L'Ordre n'a jamais eu aucun droit sur la mosquée Al-Aqsa, et il ne détient sûrement plus aujourd'hui le droit du vainqueur.

Tout se passa cependant comme Yeza l'avait prévu. Lorsqu'ils eurent franchi le portail, Botho regardait déjà par la fenêtre, en haut, et Simon montait la garde devant la porte, avec la bannière.

— Ceci est la maison de l'Ordre ! annonça-t-il.

Kefir se sentit défié en sa qualité de vizir et de futur mufti.

— Vous vous trompez, chevalier ! cria-t-il à Botho. C'est ici que va s'installer le couple royal. Et il ne vous accordera l'hospitalité que s'il lui plaît de le faire.

— Il faudra me passer sur le corps ! hurla Botho en voyant Simon se placer sur le côté pour laisser le passage à Roç et à Yeza.

— La prophétie de votre mort à Jérusalem ne s'accomplira pas aussi vite ! s'exclama Kefir. Et puis vous voudrez sûrement mourir par l'épée, et pas sous les coups de canne des mamelouks que je vais appeler immédiatement si vous vous opposez de nouveau à mon ordre.

La tête de Botho de Saint-Omer disparut. Peu après le vieil homme quittait fièrement le bâtiment, par la porte du bas.

— Vous êtes une honte pour la chrétienté ! lança-t-il à Roç en passant devant lui.

— Cela ne nous concerne pas ! répliqua Roç en lui riant au visage.

— Nous sommes des hérétiques, les enfants du Graal ! ajouta Yeza.

Suivi par Jordi et Guillaume, Laurent et Abu Bassiht, le couple royal entra dans le bâtiment monacal situé à côté de la mosquée et qui allait désormais leur servir de résidence. Il était encore plus dévasté que la citadelle. Ce n'étaient pas des rois qui avaient résidé ici, mais des moines guerriers qui ne s'attachaient guère à l'ordre et à la propreté. Par la suite, ces cellules humides et sombres avaient servi de relais pour la nuit aux derviches itinérants, qui faisaient leurs besoins dans n'importe quel coin sombre. Seuls les anciens appartements du grand maître étaient dépourvus d'excréments, vraisemblablement parce que les fenêtres étaient plus grandes ici et que la lumière du soleil y tombait abondamment. Et puis les pigeons y étaient plus nombreux que les rats.

— Nous allons dresser notre campement ici ! décida Yeza. Toute personne ayant de bons sentiments à notre égard sera la bienvenue à la cour !

— Si j'en crois mes expériences avec ces esprits troublés, la première chose que vous ayez à faire est de vous procurer une garde personnelle efficace.

— Et où sont donc passés vos vaillants guerriers d'Occitanie, mon cher Trencavel ? demanda aussitôt Yeza.

— Dès que le Trencavel a quitté Antioche, répondit gaiement le soufi, le prince Bohémond les a pris à son service. Il leur a offert des fiefs avantageux — mais à une condition : ils devaient affranchir les trois dames dont l'activité à la « Table ronde du roi Arthur » était devenue intolérable pour le haut clergé. Scandale ! Scandale !

— Comment donc ? s'exclama Roç. Les héros ont accepté ?

— La contrepartie était abondante ! répliqua le soufi. Et les dames consentantes ! Raoul de Belgrave a donc pris la sauvage Mafalda, dont il a aussitôt senti les éperons. Il aurait préféré la douce abondance de Geraude, mais dans ce cas, nul ne se serait occupé de la comtesse de Levis, car Pons, son frère, ne pouvait s'en charger. Et lorsqu'on envisagea de la confier à Mas, elle a menacé de mettre fin à ses jours.

— Je peux le comprendre, dit Yeza. Pour moi aussi, Raoul aurait été le moindre mal.

— Vraiment ? marmonna Roç. Moi, si je faisais mon choix aussi librement, je sentirais votre fouet sur mon dos !

— Non, mon cher, mon poignard ! le consola Yeza. Mais laissez-moi plutôt deviner qui votre Geraude, votre vache rose aux pis tendres, a bien pu emmener : le gros Pons ?

— Erreur ! rétorqua le soufi. La tendre et douce Geraude a attrapé Mas par les parties, sans la moindre hésitation. Il n'est donc plus resté à Pons que la princesse toltèque, qu'il connaissait déjà fort bien.

— Quel malheur ! s'exclama Guillaume, sincèrement soucieux.

— Il ne s'agit sans doute pas d'une alliance pour la vie, mon frère ! lui répondit Gosset en lui tapant sur l'épaule. Cela durera jusqu'à ce qu'un nouveau navire arrive dans le port.

— Tout cela ne règle pas la question de votre garde personnelle, objecta Jordi.

— Nous nous sommes toujours protégés nous-mêmes, déclara Yeza. Il me paraît plus important d'édifier ici un bastion de l'esprit et de nous mettre d'accord sur nos buts et notre cause.

— Jusqu'ici, confirma Roç, le chemin était l'objectif. Mais nous voici arrivés à Jérusalem, et le Prieuré nous laisse...

— Le Prieuré ne vous abandonne ni sur le bord du chemin, ni dans l'embarras, si c'est ce que vous vouliez dire, l'interrompit Laurent.

Roç et Yeza se dévisagèrent. Pour ne pas laisser naître une conspiration, le franciscain poursuivit d'une voix sans appel :

— En tant que doyen, c'est à moi de le représenter ici. Je propose que nous nous rafraîchissions et que nous nous rejoignions ensuite dans la salle ronde de la coupole.

Le conseil des sages

Roç avait espéré pouvoir être enfin seul avec Yeza. Après cette longue période de séparation, il voulait lui dire ce qu'il avait sur le cœur, et connaître la réponse à une question essentielle : l'aimait-elle encore ? Il en était sûr, ou du moins s'en était toujours convaincu, mais il voulait l'entendre de sa bouche.

Mais la dame était constamment entourée de sa cour, à laquelle s'étaient ajoutées Miriam et ses amies. Et elle ne paraissait pas avoir envie de les renvoyer. Leur amour ne passait-il pas avant les problèmes d'emménagement et de garde du corps ? Depuis qu'ils s'étaient retrouvés, Yeza se comportait comme si elle s'était juste absentée un instant pour faire pipi derrière un buisson, et n'avait pas passé des mois sur les mers avec ce Taxiarchos.

Yeza, elle, s'étonnait de l'attitude de Roç. Elle s'était attendue à ce que son chevalier la prenne par la main et l'entraîne derrière le premier coin sombre venu pour lui faire éprouver à quel point il l'aimait et s'assurer concrètement de son amour. Elle voulait enfin sentir à nouveau son sexe en elle, par plaisir, par envie, pour que toute chose retrouve sa place. Mais le Trencavel ne paraissait pas accorder beaucoup plus d'importance à leurs retrouvailles qu'à celles de ses vieux amis. Roç et elle s'étaient endurcis, le Prieuré les avait forgés. Mais pour qui ? Pour quoi ? Rien ne devait être plus important que leur amour. Yeza s'approcha de l'une des hautes fenêtres et regarda à l'extérieur.

Devant le temple de Salomon, on avait dressé une tente, et l'on avait planté à l'entrée le Beauséant : une protestation silencieuse de Botho de Saint-Omer, qui y avait établi ses quartiers avec Simon de Cadet. Il était fermement décidé à demander des renforts — mais à qui ? Il ne voyait qu'une seule personne pour aller appeler l'Ordre à leur secours, à Saint-Jean-d'Acre : le patriarche. Dès qu'il l'eut compris, Botho se mit en route.

La halle aux piliers située sous l'Al-Aqsa servait pour les grands jours fériés de l'islam, lorsque la mosquée ne pouvait plus accueillir le flot des croyants. Mis à part le sol couvert de tapis, elle était d'une parfaite austérité. C'est la raison pour laquelle beaucoup préféraient faire leur prière ici, où rien ne venait troubler ou détourner leur ferveur.

Yeza présida cette petite réunion.

— Je vous ai invités, mes chers amis, parce que l'heure de la vérité supérieure va bientôt venir dans le Saint des Saints, celle où le grand mystère doit se révéler à nous.

Elle fit une pause, accordant à chaque personne présente un regard, une salutation qui lui permit aussi d'évaluer les états d'esprit. Yeza n'avait pas l'intention de tourner longtemps autour du pot. Mais Roç prit la parole.

— Il faut nous demander comment nous, le couple royal, devons nous comporter pour avoir notre part du Graal, car je ne peux imaginer notre règne à Jérusalem si la grâce de sa découverte ne nous a pas touchés auparavant.

Il regarda Yeza et constata que ses mots ne lui avaient guère fait plaisir. Il s'inclina en indiquant d'un sourire qu'il s'abstiendrait désormais d'intervenir. Elle le remercia pareillement.

Ezer se racla la gorge.

— Qu'il me soit permis, en tant que doyen de l'assistance, de souligner l'importance de ce lieu aux yeux de mon peuple. C'est ici que Dieu s'est révélé à notre père Abraham, c'est ici qu'a été conclue la première alliance...

— Il faut inclure un bien plus grand mystère encore.

Jakov avait interrompu le cabaliste avec une pointe de colère. Yeza ne l'avait encore jamais vu aussi excité.

— Il s'agit du sceau...

— Nous voulions parler du royaume de paix des rois du Graal que nous avons choisi ! intervint Gosset en lui coupant sèchement la parole. Pas de mystères inexpliqués, ni des promesses non tenues du vieux Yahvé !

Laurent d'Orta enfonça le même clou.

— Le Prieuré sait pourquoi il a élu ce lieu, il n'a pas besoin de l'aide de l'Ancien Testament !

— Je ne laisserai pas, s'indigna Jakov, une obscure société secrète m'empêcher de parler, d'autant plus qu'elle n'a rien de comparable, ni en âge, ni en dignité, avec...

— Comment justifiez-vous au juste, Jakov Ben Mordechai, que vous, juif orthodoxe, vous veniez jouer les fiers à bras sur la montagne du Temple, que la Thora vous interdit strictement de fouler ?

Gosset avait glissé dans ses paroles une bonne dose de moquerie. Mais Laurent reprit la balle au bond.

— Ezer Melchsedek n'est pas concerné par ces mesures rigoureuses. De toute façon, un cabaliste comme lui, venu qui plus est d'Alexandrie, n'a aucune valeur à ses yeux. Mais vous, qui revendiquez...

— Ah ! l'arrêta le charpentier. De quel droit vous érigez-vous en juge ? Que savez-vous, vous, membre dévoyé de l'*Ecclesia catolica*, du sang pur de notre grand prêtre, et de sa lignée authentique ? Je sais ce que je peux faire.

Jakov Ben Mordechai a le droit de s'approcher du Saint du Saint, du lieu sacré où s'élevait le temple de Salomon.

— Et où il s'élève toujours, invisible pour les goy, l'aida Ezer.

— Oublions donc pour un instant la question de savoir qui a le droit de se promener sur cette colline, proposa en souriant Abu Bassiht. Sans quoi nous allons pouvoir dissoudre l'assemblée tout de suite.

Laurent, lui aussi, prit un ton plus conciliant.

— Si faible que soit notre nombre, je voudrais donner à notre réunion le nom de « Concile du Graal », mes chers amis, pour que nous gardions toujours notre objectif à l'esprit. (Il regarda à la ronde. Lorsqu'il fut certain de l'approbation de tous, il reprit :) Il ne s'agit ni du destin humain de tel ou tel individu, même s'ils sont mis en valeur par leur rang et leur naissance. Il ne s'agit pas non plus du chemin qu'ils doivent suivre. Il s'agit de l'objectif, du Graal.

C'est un autre franciscain, Guillaume de Rubrouck, qui le contredit aussitôt et avec force.

— Pendant toute leur jeune vie, le Prieuré a expliqué et répété à Roç Trencavel et à sa dame, Yeza Esclarmonde, que le chemin était l'objectif. Et maintenant, de par le rang secret que vous occupez, vous proclamez *ex cathedra* qu'il n'en va pas ainsi, mais exactement à l'inverse !

Guillaume était sincèrement indigné.

— Vous n'avez pas bien écouté, mon cher Guillaume, ou, comme si souvent, vous n'avez pas tout à fait compris. Je ne suis pas en contradiction avec cette ligne, d'autant plus que l'inverse constitue toujours une alternative de même valeur, ne renonçons pas non plus à ce droit-là !

Yeza reprit la direction de la discussion.

— Voilà comment je vois les choses : au bout du compte, le Prieuré se moque bien du destin de ceux avec lesquels il joue ! L'essentiel, c'est que le char, la *rota fortunae,* roule sur le chemin dont des textes apocryphes promettent qu'il est « l'objectif ». Ceux qui passent sous les roues ont simplement eu de la malchance !

— Cela ne peut pas être le sens du Graal ! s'exclama

Roç, outré. Nous n'avons pas seulement le droit de le chercher. Nous avons aussi besoin de l'espoir de le trouver !

Il regarda chacun des participants. À côté de Laurent d'Orta était assis le soufi Abou Bassiht, un hôte apprécié de tous. Il n'avait certes aucun rapport avec toute cette histoire, mais Yeza avait tenu à ce qu'un représentant de l'islam participe au concile, puisque Kefir Alhakim, qui avait mis ces lieux à disposition, considérait que sa dignité encore non officielle de mufti ne lui permettait pas de prendre position. Ce « Graal » lui était étranger, il l'inquiétait et il était heureux que cette assemblée se déroule dans les salles inférieures.

Après les paroles indignées et teintées de désespoir de Roç, un silence consterné se fit dans la salle. Abu Bassiht se vit contraint de détendre l'atmosphère en citant l'un de ses vers.

— « Tu affirmes être maître dans tout art, t'y connaître en toute science ! Mais tu n'es même pas capable d'entendre ce que te conseille ton propre cœur. »

Il avait prononcé ces mots d'un ton léger, sans s'adresser à personne en particulier. Mais c'est à présent Laurent qu'il regardait dans les yeux.

— « Sans entendre cette simple voix, tu veux être le gardien des mystères ? Comme un voyageur sur ce chemin ? »

Laurent ne baissa pas les yeux, mais ne répondit pas. C'est Gosset qui reprit la parole :

— Il y a sans doute deux choses à élucider : « Qu'est-ce que le Graal ? » et « Qui est élu ? » (Il s'en prit prudemment à Roç.) Je ne crois pas pour ma part que le Graal ait le devoir moral de se révéler à celui qui a parcouru un long et douloureux chemin pour le chercher, ni à celui qui l'espère ardemment.

— N'accordez-vous donc aucune valeur à la ferveur de la prière et à la piété de l'action sur ce chemin terrestre, lorsqu'il s'agit d'atteindre l'objectif céleste ? demanda alors Ezer. N'oubliez pas le pouvoir des astres, qui permet au céleste d'intervenir dans notre vie, d'élever l'un et de corrompre l'autre.

— Il n'existe qu'une seule révélation, et elle pèse

beaucoup plus lourd : celle du sceau de Salomon, derrière laquelle se dissimule le mystère. (Jakov reprit son souffle lorsqu'il comprit que personne, cette fois-ci, ne l'empêcherait de parler.) La pierre noire dans laquelle Salomon, après un combat long et acharné, a banni les démons vaincus, se tient comme la pierre d'une porte devant le dernier lieu. Après lui se trouve la lumière. Elle garde le Graal et repousse tous ceux qui ne peuvent pas encore voir la lumière.

— Et comment, dans ce cas, peut-on découvrir le Graal ? s'insurgea Guillaume.

— Si nous en croyons Kyot, répondit Gosset, c'est le manque de compassion qui a provoqué l'échec de Perceval.

— Mais cela ne signifie pas, loin de là, riposta Guillaume, entêté, que le Graal éprouve des sentiments aussi tendres pour celui qui le recherche.

— De quel bois devons-nous donc être faits, reprit patiemment Yeza, pour être admis dans l'illustre cercle des élus, dès lors que ni les mots, ni les actes ne comptent ?

— Oh, si ! On les compte ! s'exclama Ezer. Mais nous ne savons pas à quelle aune on les mesure, la Cabale...

— Je vous en prie ! s'écria Gosset. Restons-en à notre problème : « *Daz was ein dinc, daz hiez der Grâl, erden wunsches überwal. C'était un objet qui s'appelait le Graal, qui abritait des miracles innombrables.* »

— Je ne vois pas, répliqua Jakov d'une voix pincée, pourquoi il faudrait accorder moins de valeur au langage si clair des chiffres qu'à ce genre de rimailleries ?

— Messieurs ! s'interposa Laurent, nous n'avancerons pas ainsi !

Abu Bassiht prit la parole à son tour.

— Je défendrai volontiers les poètes, eux qui voient les choses dissimulées à nos yeux. Écoutez les vers de Rumi !

— Oh non, pas encore ! gémit Laurent, qui tenait à ce que la réunion suive son cours. Mais Yeza s'exclama :

— Je veux les entendre !

Le derviche se leva et se mit à danser en tournant. Il

était impossible de lire sur le visage d'Abu Bassiht s'il était en colère ou s'il se moquait des autres.

— Oho ! « Ne dites pas que les soufis sont fous. N'allez pas dire que les chrétiens sont irrécupérables et les incroyants perdus ! » (Il s'arrêta brutalement, et son doigt désigna la poitrine du cabaliste.) Oh non ! *Ton* esprit est confus. Voilà pourquoi tout autre te semble perdu.

Et il s'inclina devant Yeza.

— Maintenant, je veux savoir, déclara Roç, impatient. Le Graal existe-t-il ? Sommes-nous dignes de lui, nous, le couple royal, et que devons-nous faire pour en avoir notre part ?

— Si vous avez soif de lui, il prend forme, lui répondit Jakov, on ne peut le découvrir qu'ici, et il n'apparaît qu'au pur, au dernier de la lignée du roi David. (Il haussa le ton, menaçant.) Le sceau de Salomon protège le Graal, afin qu'aucun impur ne le réclame.

— Moi, il me réclame, intervint Yeza d'une voix ferme, et Roç fit un pas en avant. Il s'agenouilla, joignit les mains et leva les yeux vers la coupole. Nous implorons sa grâce !

Yeza s'était installée à côté de Roç. Mais aucun rayon de lumière ne descendit, aucun pigeon ne se dirigea vers eux en battant des ailes.

— Il vous attend ici, dans cette montagne du Saint des Saints, bien en dessous de nous, annonça Jakov d'une voix solennelle.

— Le calice noir ?

— Les Templiers, par un geste scélérat, ont ôté à la pierre noire la partie qui abrite le savoir de ce monde. Mais elle est source de mort si on l'utilise sans le lien, le calice de la connaissance. C'est pour cette raison que le calice a été ôté aux Templiers et réuni avec la pierre. C'est lui, la clef !

— Je m'étais toujours imaginé le Graal blanc, clair, lumineux, objecta Guillaume.

— Noir ou blanc, répondit Jakov, c'est uniquement une question d'ombre et de lumière, la vision du Paraclet, monté aux cieux, ou du Démiurge, précipité dans les profondeurs. Le calice n'est qu'un reflet. Seul celui qui le franchit participe à l'ultime connaissance.

Jakov se tut, et tous l'imitèrent jusqu'à ce que Gosset tente de résumer ce qui n'avait pas été dit :

— « *Den Wunsch von pardiîz, bêde wurzeln unde rîs.* »

— Amen, dit Laurent. *Ite missa est*, mes amis, que le Seigneur guide le couple royal vers la destinée qu'a voulue Dieu !

Et sur ces mots, l'assemblée se dispersa.

Le Messie indésirable

Roç et Yeza montèrent dans leurs appartements, que Miriam et ses amies avaient nettoyés et à peu près aménagés, sous la supervision de Beni. On avait installé au milieu de la pièce un lit opulent, composé de tapis et de peaux, avec des couvertures ourlées de fourrure et des coussins de soie.

Lorsque Gosset et Guillaume sortirent sur le parvis de la mosquée Al-Aqsa, ils virent les musulmans qui s'y étaient regroupés en priant. C'était déjà l'heure de la prière du soir.

Allahu Akbar ! Allahu Akbar ! La illahha illallah !

Kefir Alhakim descendit dignement du minaret. Il s'était déjà présenté aux adeptes du Prophète en sa qualité de « grand mufti de Jérusalem ».

— J'ai adressé un message au Caire, expliqua-t-il fièrement, pour que le sultan envoie des troupes au plus vite. (Il désigna la tente des Templiers, où Simon montait la garde, solitaire.) Ils devront empêcher toute agression contre le plus haut dignitaire de l'islam, le gardien, engagé par Dieu, des traces du Prophète.

Les fidèles s'inclinèrent en direction de la Kaaba, à La Mecque.

« *Ashaddu ana la illaha illa Allah ! Ashaddu ana Mohamad ar-rassoul Allah !* »

« Allah nous offrira la victoire sur nos ennemis » :

c'est ce qu'entendirent alors les deux vieux juifs, qui venaient à leur tour de sortir.

— Si les chrétiens et les musulmans se disputent déjà, de nouveau, le Saint des Saints, marmonna Ezer Melchsedek, soucieux, comment voulez-vous faire venir au monde l'État de Dieu juif ? Les Francs vont nous massacrer aussitôt, et sans faire de distinction entre les personnes. Quant aux mamelouks, lorsqu'ils offrent la vie à un juif, c'est pour lui sucer le sang !

— C'est bien pour cela que nous devons enfin apprendre à nous défendre. C'est par la ruse que les chiens attaquent les lions !

— Et c'est le rôle que vous confiez au couple royal ? demanda Ezer, visiblement en proie au doute.

— Derrière Roç et Yeza, il y a les Mongols ! Ceux-là se moquent bien de la foi qu'ont choisie leurs sujets. Sous leur protection, le peuple élu de Yahvé pourra survivre et prendre des forces si cela lui plaît, afin de créer un jour superbe, sous sa propre égide, l'État de Dieu en Israël, la terre promise, lorsque personne ne parlera plus depuis longtemps des héritiers de Gengis-Khan, lorsque les premiers rois seront redevenus poussière.

Les deux hommes quittèrent la montagne du Temple. Ezer n'avait pas perdu une seule des paroles de cet exalté.

— Sous cet angle, l'hostilité affichée des chrétiens et le refus dissimulé des musulmans à l'égard du couple royal pourront même servir vos plans, Jakov. Je comprends à présent pourquoi l'on vous appelle le « Charpentier » ! (Le vieux cabaliste s'inclina respectueusement.) Vous construisez le nouveau Temple d'Israël sur le seul terrain authentique.

— Roç et Yeza, les enfants du Graal, sont un don du ciel ! répondit modestement Jakov. Nous, les juifs, nous avons beaucoup à apprendre d'eux. Et notamment comment on peut poursuivre obstinément un objectif élevé.

Ils étaient à proximité de la maison du rabbi Jizchak.

Roç et Yeza étaient couchés sur le large lit composé de tapis et de peaux qui recouvrait le sol de la pièce. Dehors, le soleil se couchait sur Jérusalem.

Ils avaient donné quartier libre à leur escorte. Kefir se consacrait entièrement à sa nouvelle mission de chef spirituel des musulmans, qu'Abu Bassiht l'avait convaincu d'accepter. Il ne lui manquait plus qu'une confirmation venue du Caire, mais lorsqu'on avait occupé les hautes fonctions de gouverneur impérial à Ustica, on ne vous refusait certainement pas la reconnaissance de votre titre. Même dans une Jérusalem occupée par les mamelouks, seul un homme aussi expérimenté que le « vizir du couple royal » était capable de défendre les intérêts de l'islam contre les zélateurs chrétiens et les juifs entêtés. C'est en tout cas ce qu'on pouvait lire dans la lettre de « l'adepte du Prophète qui lutte héroïquement contre la puissance supérieure des infidèles », missive qu'il avait envoyée au Caire par pigeon voyageur. Kefir Alhakim l'avait rédigée lui-même.

Guillaume de Rubrouck était allé manger dans la vieille ville avec son nouvel ami, Abu Bassiht. Monsignore Gosset s'était joint à eux. Beni le Matou rôdait autour de la maison du rabbi Jichzak, espérant toujours pouvoir surprendre Miriam au moment où elle reviendrait de chez ses compagnes de jeu, et avant que son père extrêmement attentionné ne la reprenne sous sa protection. Seul Jordi était resté au temple de Salomon. Son luth et le son de sa voix parvenaient par bribes à Roç et à Yeza.

« Ab la dolchor del temps novel
foillo li bosc, e li aucel
chanton, chascus en lor lati,
segon lo vers del novel chan :
Adonc esta ben c'om s'aisi
D'acho don hom a plus talan. »

Roç et Yeza se surprirent à se toiser l'un l'autre, et dissipèrent leur gêne d'un sourire douloureux. Yeza ne portait qu'un seul vêtement, et son amant impétueux trouva aussitôt ce qu'il voulait. Elle l'aida à ôter ses chausses et lui attrapa les testicules. Elle voulait sentir son membre durcir dans ses mains, mais il la repoussa, lui écarta les cuisses et la pénétra. Yeza voulut lever son bassin vers lui, mais il l'avait déjà attrapé des deux mains. Elle céda avec délices à cet assaut. Des cercles enflammés dansaient devant ses yeux. Yeza se força à les garder ouverts. Elle voulait voir Roç, il devait la regarder dans les yeux, des étincelles devaient former un arc entre eux deux. Elle n'aspirait pas seulement à cette fusion tempétueuse de leurs deux corps : elle s'y précipitait. Roç la regardait, il savait que tout était redevenu comme avant. Il sourit, libéré, et cacha sa fierté en couvrant les seins fermes de la jeune femme de baisers maladroits. Yeza le remercia en faisant briller ses pupilles vert-gris. Ils étaient de nouveau unis ! Yeza se cabra, Roç augmenta la force de ses poussées, il haletait lorsqu'il s'épancha en elle. Yeza noua ses jambes autour de ses hanches, les agrippa, le tira en elle tandis que ses mains s'enfonçaient dans son dos. Elle était son amante, nulle ne savait le prendre comme elle le faisait. Roç était un navire entre les vagues. Aucune autre femme ne pouvait lui donner cette mer, cet océan ! Yeza le tira de la tempête pour le ramener au port, les coups de rames ralentirent, il se laissa tomber. Yeza pleurait. Il sanglotait lui aussi, répétait son prénom et le mot « amour ». Il noya son visage sous les baisers. Ils restèrent longtemps ainsi. La crinière blonde de la jeune femme le grattait, ses mains lui cajolaient le dos. Elle parcourut tendrement du doigt les cicatrices que lui avaient laissées les fouets de Maugriffe.

— Quelle femme t'a donc arrangé ainsi ? plaisanta Yeza.

— Elles étaient deux ! répondit Roç en riant.

Dois-je lui dire à présent que Taxiarchos est mort ? se demanda-t-il. Mais il n'eut pas le cœur de le faire, Yeza était tellement heureuse. L'autre lui avait-il aussi procuré pareil bonheur ?

— As-tu vu Arslan, ces derniers temps ? s'enquit-elle à brûle-pourpoint. Je le sens proche de nous, il est certainement ici, avant l'arrivée des Mongols.

Yeza avait échappé à Roç, comme si son corps, qui était toujours uni à celui de la jeune fille, ce corps dont elle sentait forcément le poids et la pulsation, s'était dissipé dans l'air.

— Lorsque j'ai eu ces quelques petits problèmes, j'ai vu apparaître un homme avec un ours, réfléchit-il à voix haute. J'étais entre la vie et la mort...

— C'était sans doute lui, répliqua Yeza. Je lui demanderais volontiers de stopper l'avancée des Mongols, au moins pour l'instant.

— Si tu le souhaites fermement, il t'entendra ! dit Roç, sans pouvoir dissimuler une once de moquerie. Mais pourquoi n'en veux-tu pas ici ?

Yeza revint vers lui et le força à la regarder dans les yeux.

— Ni le pape, ni les musulmans n'attendent quoi que ce soit de nous, au contraire : nous les dérangeons. Seuls les juifs, le peuple élu, attendent encore le Messie. Nous devons répondre à leur espoir de salut, nous...

— Je ne suis pas le Messie, plaisanta Roç, et ces patriarches n'accepteraient jamais un Messie féminin. Et puis nous sommes liés l'un à l'autre, nous ne faisons qu'un.

— C'est exactement cela, approuva Yeza en approchant ses yeux si près de lui que leurs lèvres se touchèrent. (Elle savoura lentement ce baiser, sans laisser jouer sa langue.) C'est de nous que doit naître le Sauveur, chuchota-t-elle. (Elle sentit que le sexe de Roç était rentré en elle.) De nous seuls. C'est la raison pour laquelle je ne veux pas de protecteurs mongols autour de moi, tant que je ne l'aurai pas mis au monde. Nul ne doit penser que nous donnons le jour à un gouverneur mongol. Le Messie naîtra dans des circonstances défavorables, la misère et la persécution.

Roç en était restée bouche bée. Un enfant, maintenant ?

— Est-ce que tu serais déjà..., bredouilla-t-il maladroitement.

— On ne procrée pas aussi vite que cela, mon cher, répondit-elle en éclatant de rire. Je veux vivre cela en toute conscience, et tu devrais faire de même.

Roç se tourna un peu, mais n'osa pas la heurter en se retirant d'elle. Il n'avait même plus le droit de s'endormir ! Elle le mépriserait, le prendrait pour un lâche !

— Ne pouvons-nous pas attendre que...

— Que veux-tu donc attendre, Roç Trencavel ? Je suis assez forte pour porter l'enfant dans mon corps pendant neuf lunes, et tu as peur de me le faire ? Que crains-tu donc, Trencavel ? Est-ce que tu t'imagines que je porte en moi le fruit de Taxiarchos ?

— Dieu du ciel, Yeza ! Ne dis pas cela ! Je n'y ai pas songé un seul instant !

— Je suis désolée, répondit Yeza en l'observant. J'ai honte de te... (Elle luttait contre les larmes.) Je pensais que tu serais heureux de faire un enfant avec moi, un enfant de notre amour...

Elle sanglotait à présent. Roç sentit son sexe enfler de nouveau en elle.

— Taxiarchos est mort, murmura-t-il en s'efforçant de ne pas laisser percer son émotion. Il est tombé au combat.

— Je le pressentais, dit Yeza d'une voix triste. Il l'a voulu ainsi. (Elle s'agrippa à lui et parvint à ne plus pleurer.) Aime-moi ! dit-elle dans un souffle, et Roç lui céda. Entends-tu Jordi chanter ?

Yeza fit semblant d'écouter les notes qui montaient lentement vers eux.

« *Dous Dieus, metetz li en coratge*
qu'elam retenha per ami,
mas ela es de si grand parage
qu'ela mi metra en oblit. »

Yeza souhaitait que Roç se détende enfin. Quelle mouche l'avait donc piquée, de lui prêter des sentiments aussi bas ? Elle l'avait blessé, elle le savait, et avait obtenu exactement l'effet inverse de celui qu'elle désirait.

« *Cortez'e sage,*
cler lo viztge,
ni anc de mos hueils plus bela non vi :
Vos m'aves mes al cor le rage,
Si de moi non aves mersi. »

C'était à elle, à présent, de prendre les commandes. Roç résista, et cela l'excita fabuleusement. Elle voulait un enfant, elle le lui arracherait. Si le Trencavel se montrait indifférent, c'est son bassin à elle qui l'emmènerait, d'abord doucement, plus de plus en plus vite, de plus en plus sauvagement, jusqu'à ce qu'elle ne soit plus capable que de trembler et de tressaillir dans les délices du feu grégeois, avançant vers cette sublime inconscience, ce triomphe final.

« Por li fas soner ma vïele
tant doucement et main et soir
d'un douz penser qui me resveille
des biens que je soloie avoir. »

Mais elle n'y trouva pas son compte : Roç s'éveilla soudain, se mit à galoper en solitaire et l'empêcha d'atteindre le sommet avec lui.

— Pas aujourd'hui ! grommela-t-il en cherchant à peine une excuse. Il souligna son refus en se détachant d'elle d'un seul coup, en feignant mal l'épuisement et en roulant sur le ventre, dans les peaux de bête.

— Je pense que nous devons d'abord trouver le mystère du Graal, dit-il pour l'apaiser, celui dont Jakov, notre charpentier, soupçonne l'existence en ces lieux, dans les profondeurs de la colline du Temple.

— Il a parlé d'un miroir que nous devions traverser.

Yeza avait compris qu'elle n'obtiendrait rien en le prenant par surprise. Ils avaient peut-être effectivement besoin de découvrir le Graal avant qu'elle ne puisse espérer mettre au monde un nouveau Messie. Roç, exceptionnellement, avait sans doute raison. Elle se pencha vers sa nuque et lui embrassa tendrement le cou, ce qu'il appréciait beaucoup.

— Ce sera comme il vous plaira, mon seigneur et maître. (Sa langue vint lui caresser l'oreille.) Je vous aime, c'est mon malheur

Roç lui en fut reconnaissant. Ils se connaissaient depuis si longtemps. Et pourtant, tout était toujours tellement beau, tellement excitant, entre eux.

— Je t'aime plus que tout au monde, Yeza ! soupira Roç. À tout jamais !

Et il se tourna de nouveau vers elle.

« *Enquer me membra d'un mati*
que nos fezem de guerra fi,
e que m'donel un don tan gran,
sa drudari' e son anel :
enquer me lais Dieus viure tan
c'aia mas manz soz so mantel. »

V

Armageddon

UN ROYAUME DES ORDRES ET DES BARONS

La maison des Allemands à Saint-Jean-d'Acre se situait contre le deuxième anneau des murailles, entre la « Tour maudite » et la « Porta Pontis », l'accès fortifié au nouveau port. C'était un bloc de pierre massif, défendu par des créneaux, si large qu'il composait deux des tours de la ceinture de défense et si élevé qu'il en surmontait les murailles. Comme la forteresse disposait d'une large cour lumineuse, elle n'avait pas besoin de fenêtres vers l'extérieur, où seules apparaissaient d'étroites meurtrières. Les appartements du grand maître et du haut maître en exercice étaient sobrement meublés.

Hanno von Sangershausen était en ces lieux plus un hôte qu'un résident : depuis longtemps, l'ordre Teutonique avait cessé de s'intéresser à la Terre sainte et porté toute son attention sur le nord, la Prusse et la Baltique. Et s'il restait représenté ici, au siège du gouvernement du royaume de Jérusalem, c'était par souci des convenances, comme aimait à le répéter le grand maître. La garnison y était si faible que Sigbert von Öxfeld, le commandeur de Starkenberg, avait sonné le rappel de tous les hommes, chevaliers et écuyers, pour remplir au moins le réfectoire à travers lequel l'invité devait être mené vers le grand maître, présent par hasard en ces lieux.

« Schoeniu lant rîch unde hêre,
swaz ich der noch hân gesehen,
so bist dû ir aller êre :
Waz ist wunders hie geschehen.

Tous les Chevaliers teutoniques réunis ce jour-là chantaient avec ardeur.

Godefroy de Sargines, le bailli du royaume, tenait à connaître l'opinion des Allemands avait de se confronter aux deux autres grands ordres de chevalerie. Et comme ceux-ci étaient en compétition permanente, le point de vue des Teutoniques pourrait être, comme cela avait déjà été le cas, la petite plume qui ferait pencher la balance.

« *Daz ein magt ein kint gebar*
hêre übr aller engel schar,
was daz niht ein wunder gar ? »

Messire Godefroy était un homme vénérable et soucieux de régler au mieux les affaires gouvernementales. Cela aussi lui valait plus de compréhension en ces lieux que chez les arrogants Templiers ou chez les chevaliers de Saint-Jean, dévorés par l'orgueil. Il salua respectueusement le grand maître, puis, très chaleureusement, le vieux commandeur, et en vint aussitôt au fait.

— La citadelle d'Alep est tombée à son tour ! annonça-t-il. Et nul ne sait s'il s'agit d'un message de malheur ou d'une nouvelle réjouissante.

— Ce n'est en tout cas pas une nouvelle inattendue, répondit le vieux Sigbert. Turan-Shah s'est battu longtemps et courageusement.

— Cela a même plus impressionné que courroucé le Il-Khan, ajouta Sargines. Alors que quatre semaines plus tôt, pendant la prise de la ville, nul n'avait été laissé en vie...

— Les chrétiens ont été épargnés, corrigea le grand maître.

Le bailli fit un geste de la main, comme pour chasser une mouche importune, et reprit son récit.

— En raison de son grand âge, on n'a pas touché un

cheveu du courageux combattant. Hulagu l'a laissé partir avec son escorte et ses biens personnels...

— Eh bien, Sigbert, vous voyez, vous avez votre chance, vous aussi, si un jour Starkenberg devait tomber sous l'assaut de nos chers amis venus de l'Est.

— J'espère ne plus être là pour le voir, répondit le commandeur aux cheveux blancs. Pour l'instant, je suppose que la prochaine cible sera Damas ?

— C'est la raison, messire, pour laquelle je voulais m'entretenir avec vous, dit Godefroy. Nous ne pouvons plus rester la tête dans le sable.

Hanno von Sangershausen regarda fixement par l'étroite fente du mur, qui donnait sur la mer et permettait de surveiller une tour à l'entrée du port.

— Voilà les Pisans qui filent à leur tour, marmonna-t-il. Apparemment, ils s'allient avec les Vénitiens. Cela fait plusieurs jours que ceux-là sont prêts à prendre le large, devant la « tour des mouches ».

— La bataille navale ne se fera pas attendre longtemps, confirma le commandeur, qui les avait rejoints. Tout comme ces nuages gris qui s'y amassent vont nous apporter un orage !

— Les Génois n'oseront pas essayer une fois de plus, assura messire Godefroy pour dissiper ses craintes. Il ne nous manquait plus que cela. D'abord une querelle commerciale, ensuite une guerre civile, et pour finir l'invasion mongole.

— Pourquoi vous, le bailli du royaume, ne vous comportez-vous pas comme le prince d'Antioche ? demanda le grand maître à Sargines. Bohémond s'est soumis, pour la forme, à Hulagu, et il est resté le maître d'Antioche et du comté de Tripoli.

— La reine Plaisance ne renoncera pas à la sécurité de l'île de Chypre pour se rendre au camp des Mongols et s'y prosterner. (Le bailli était vraiment très soucieux.) Moi, son représentant, je peux bien ramper pendant des heures sur le ventre devant Hulagu, il se servira de moi comme paillasson, mais n'acceptera pas mon allégeance !

— Ils vous écorchera vif ! précisa Sigbert, amusé, mais il reprit aussitôt son récit. D'un point de vue formel, les Mongols sont nos alliés, c'est nous qui les avons appelés. Pas pour leur proposer notre soumission, mais pour vaincre les incroyants à leurs côtés.

— Et voilà que ce gamin stupide, ce Bohémond (son père n'aurait jamais fait une chose pareille !), a donné au Il-Khan le goût de soumettre les chrétiens, déplora Godefroy de Sargines.

— C'est son beau-père qui l'a convaincu de le faire, expliqua Sigbert au bailli. Hethoum d'Arménie n'a vu que cette possibilité d'assurer la survie de son royaume, sans doute à juste titre, car ses terres se situent au milieu de la zone de pouvoir des Mongols, elles sont totalement coupées des nôtres. Antioche n'avait sans doute pas d'autre choix non plus, après la chute d'Alep.

— Devinez donc, mon cher Sigbert, entre les mains de qui le bienveillant Il-Khan a remis l'administration de la ville...

Le commandeur secoua la tête.

— El-Ashraf ! tonna Hanno. L'émir de Homs a réussi à hériter de son grand-oncle !

— Personne ne peut donc plus arrêter la marche des Mongols ?

Godefroy de Sargines était proche du désespoir, ce que le grand maître jugea déplacé.

— Vous ne vous êtes jamais demandé, messire Godefroy, ce qui se passerait si Damas et Le Caire s'alliaient sous la pression des Mongols, et s'ils parvenaient effectivement à porter à l'ennemi déclaré de l'islam un coup qui empêcherait nos frères chrétiens d'avancer plus encore vers le Proche-Orient, ou même de rebrousser chemin ? (Hanno von Sangershausen était sévère avec le bailli, qui ne voyait pas de réponse.) Vous croyez sans doute que tout redeviendrait comme avant, comme aujourd'hui, où nous pouvons nous permettre de détruire nos flottes devant nos propres côtes, dans une querelle honteuse pour les monopoles commerciaux ? *Hic la Superba ! Hic la Serenissima !* Nous nous incendions réciproquement nos entrepôts, nos maisons et nos églises. *Hic* le Temple, *hac* l'Hospital ! (Le grand maître était en colère, sa voix s'était d'abord cassée, et il riait même de rage, à présent.) Non !

Non ! Trois fois non ! Si nous ne le retenons pas, un général mamelouk comme Baibars nous réglera notre compte sans la moindre émotion et nous repoussera impitoyablement vers la mer. Plus de cent cinquante années de croisades auront été vaines !

Le bailli avait baissé la tête en attendant la fin de la tempête. Il la releva ensuite timidement, mais il n'avait toujours pas changé d'idée :

— Nous devons donc nous soumettre à ces Tatars mal dégrossis ?

— Mais certainement, messire ! Ce que vous appelez « mal dégrossi » avec votre arrogance occidentale, est une force jeune, non corrompue ! Avec les Mongols, vous pouvez en avoir fini en deux ou trois générations, en les convertissant à la *civitas*. Mais le monde de l'islam nous est supérieur dans de nombreux domaines, notamment culturels. Les Syriens et les Égyptiens disposent d'un patrimoine intellectuel auquel nous n'avons pas grand-chose à opposer. Mais c'est avec ce pas grand-chose que nous nous sommes maintenus, que nous nous sommes agrippés jusqu'ici à ces côtes. C'est cela que vous mettez en jeu si vous admettez une *unio regni* de tous les musulmans.

— Il faut donc bien stopper l'avancée des Mongols. Vous avez dit vous même que la pression qu'ils exercent pourrait justement engendrer cette unité du camp islamique qu'il convient d'éviter. (Godefroy de Sargines reprenait confiance en lui-même ; cela ne lui permettait guère que de ressortir le même cercle vicieux.) Si nous nous allions avec les Mongols, nous pouvons peut-être battre les musulmans, une fois, deux fois. Mais nous ne pouvons pas les anéantir — même les Mongols ne pourraient pas couper autant de têtes ! Ils se multiplieront, et un beau jour ils s'abattront sur nous ! Si nous nous allions avec les mamelouks, nous pouvons certes vaincre les Mongols, et même les chasser. Mais ensuite, tôt ou tard, ce sera notre tour. Belles perspectives !

Sigbert, qui était resté longtemps silencieux, prit la parole.

— Il y a peut-être un moyen de conserver le statu

quo. Faire en sorte que les Mongols cessent d'avancer, mais restent une menace. Cet équilibre de la menace constante empêchera quiconque d'entreprendre quoi que ce soit.

— Et qui devrait mettre cette stratégie en œuvre ? demanda le bailli, incrédule.

— Le couple royal de Jérusalem ! révéla le vieux commandeur. Il pourrait faire jouer son influence.

— Vous le croyez vraiment, Sigbert von Öxfeld ? demanda le grand maître, lui aussi plus que sceptique.

— Cela mériterait au moins une tentative, répondit son commandeur.

Godefroy de Sargines accepta l'offre avec avidité.

— J'espère qu'il n'est pas trop tard ! s'exclama-t-il avant s'ajouter, pris d'une subite excitation : Je dois prendre congé. Je vous remercie pour cet entretien, messieurs !

Puis il se dirigea vers la porte, traversa le réfectoire et alla vers le portail.

— Il court voir le Temple, à présent, commenta Sigbert à son grand maître. Depuis quelques jours, déjà, Guillaume de Gisors avait l'intention de se rendre à Jérusalem avec une troupe nombreuse de Templiers, et d'y faire régner « l'ordre », pour reprendre son expression. Son intelligente mère adoptive, la Grande Maîtresse, le lui a interdit. Et Thomas Bérard, qui oublie son statut de grand maître et se transforme en sergent lorsque la vieille dame est présente, a obéi au commandement.

— Pourquoi Marie de Saint-Clair est-elle présente ? demanda messire Hamo. Les Templiers ont toujours été les protecteurs exclusifs de ces enfants, non ?

— Les temps changent, commenta Sigbert en passant sous silence le procès d'Ascalon. Messire Guillaume a décrété, sans qu'on lui ait rien demandé, que Roç et Yeza se livraient indiscutablement à une « haute trahison » et à une « captation illégale » des biens que l'Ordre détient sur place.

— Et vous aimeriez bien sûr, Sigbert, vous rendre sur-le-champ à Jérusalem, vous aussi ? supposa le grand maître avec un fin sourire. Je ne vais pas vous retenir, mais je puis vous demander de faire en sorte que votre absence soit brève, car il me faut rentrer sur le *Marienburg*. Et puis strictement rien ne me retient en cette *terra violata*. Je ne veux surtout pas être enterré ici.

— Je vous remercie pour votre compréhension. (Sigbert s'inclina devant son supérieur.) J'ai consacré ma vie à cette terre, et j'y recevrai volontiers la mort, pourvu que j'emporte dans ma tombe la certitude que Roç Trencavel et Yeza Esclarmonde ont atteint leur objectif !

— S'ils arrêtent le rouleau des Mongols, tout me conviendra, même cela !

Il prit congé du vieil homme et regarda de nouveau par la fenêtre, vers le port. Devant les débarcadères de Saint-Jean-d'Acre se pressaient les navires, une forêt de mâts sans voiles. Le ciel avait pris une teinte bleu-noir. Les premiers éclairs strièrent le ciel, et le tonnerre roula, depuis la mer, vers Saint-Jean d'Acre.

— Les Allemands veulent livrer Jérusalem aux Mongols !

C'est en prononçant cette phrase que le bailli du royaume, dégoulinant de pluie, fit irruption dans la « tour des maîtres » installée sur la falaise rocheuse, et à laquelle on n'accédait que par une galerie souterraine creusée en profondeur dans la pierre.

— Leur couple royal doit, de là-bas, régner sur tous les pays qu'ils conquerront désormais.

— Vous ne m'apprenez rien, messire Godefroy, répondit avec un sourire Thomas Bérard, le grand maître de l'ordre des Templiers. C'est aussi la raison pour laquelle nous n'y avons envoyé aucun de nos chevaliers, contrairement à ce que demandait avec tant d'insistance ce patriarche à très courte vue.

— Notre frère d'Ordre, Botho de Saint-Omer, s'est rallié à cet appel au sauvetage des Lieux ...

— J'ai dit « non ! », Guillaume de Gisors ! l'interrompit sèchement Thomas Bérard. Frère Botho a vécu la plus grande partie de son temps au sein de l'Ordre dans les cachots obscurs du Caire, et s'il a encore toute sa tête, il ne sait tout de même pas comment les choses ont évolué. (Il se tourna vers le bailli, pour les lui expliquer.) Lorsque les Ayyubides l'ont jeté dans leurs prisons, personne, ou presque, n'avait encore entendu parler des Mongols.

— Bien, admit Face d'Ange. Laissons de côté les radotages de ce vieux stupide. Mais qu'avons-nous obtenu, avec notre attitude de refus ? Les chevaliers de Saint-Jean se sont installés avec délices aux places que nous avions libérées ! Hugo de Revel n'a pas laissé passer la chance...

— Ce seigneur vient d'arriver. (La voix huileuse du grand maître dégoulinait de raillerie.) Nos sièges sont trop hauts pour ses chevaliers de l'Hospital. Ils pourraient bien en dégringoler.

— Ou s'y accrocher fermement ! s'énerva Sargines. Les chevaliers de Saint-Jean se sont mis en route avec une troupe considérable, dirigée par Jean de Ronay, un maréchal qui a fait ses preuves. Ils se mettront à la disposition du patriarche, et pas du couple royal.

— Depuis quand cela inquiète-t-il un bailli du royaume ? demanda le grand maître, l'air amusé. Vous feriez mieux de vous occuper de cela, dehors. (Il désigna la mer secouée par la tempête.) Une bataille navale s'y annonce !

Les fortifications des Templiers occupaient toute la côte rocheuse qui avançait loin dans la mer et dominait le vieux port, avec les quartiers des républiques maritimes en conflit.

— La flotte de Gênes, numériquement bien plus importante, est susceptible d'arriver à n'importe quel instant. Philippe de Montfort marche déjà avec les troupes de Tyr, le long de la côte.

— Tant que durera cette tempête, il n'arrivera rien ! répondit le bailli pour dissiper ses craintes, si c'en étaient vraiment. En tout cas, la garde civile de Saint-Jean-d'Acre est prête.

— Dans ce cas, ne la privez pas de votre commandement, qui a déjà fait ses preuves, lança le grand maître, ce qui revenait à mettre le bailli à la porte. Dans cette situation, nous ne pouvons nous priver d'aucune de nos troupes ici, à Saint-Jean-d'Acre. Mais d'un autre côté, je crains des problèmes à Jérusalem, si ce balourd de Maréchal s'y laisse atteler devant l'autel portable du Patriarche.

— Ne devrais-je pas... (Cette fois, l'Ange s'efforça de présenter ses intentions avec plus de prudence.) Ne devrais-je pas éloigner Roç et Yeza de Jérusalem, et peut-être les faire revenir ici, sous votre garde ?

— Vous pensez y parvenir ? s'enquit Thomas Bérard, sans cacher ses doutes. Vous n'êtes certes pas un crétin comme Ronay, mais vous êtes un zélateur, et vous êtes empli de colère envers les enfants du Graal, comme s'ils menaçaient votre accession future à la tête du Prieuré.

Le visage de Guillaume de Gisors tourna au rouge vif.

— Ils mettent en péril l'Ordre qui a chargé Gavin de les protéger, comme les Assassins. Qu'est-ce que cela leur a apporté ? Je ne dirai qu'un mot : Alamut !

Thomas Bérard réfléchit longuement, en regardant la mer et les nuages. Seul un éclair tombé sur la tour, accompagné d'un craquement effroyable et d'une odeur de soufre infernale, le tirèrent de sa méditation.

— Vous savez que Julien de Sidon s'est lui aussi rallié à nos amis de l'Hospital. Il brûle de mener sa première tentative d'enlèvement.

— Ce n'est qu'un bretteur imbécile !

— Nous devons préserver la sécurité du couple royal là où il se trouve, dans la Ville sainte. Sans cela, les Mongols n'iront jamais aussi loin vers le sud. Et c'est à nous, pas aux chevaliers de Saint-Jean, qu'il revient de fournir la garde du corps. C'est la manière la plus sûre de présenter notre ordre comme puissance de pacification auprès du Il-Khan.

Gisors ne dissimula pas son étonnement.

— Vous comptez donc proposer aux Mongols le royaume de Jérusalem ?

— Le royaume de Jérusalem doit d'abord être instauré, messire. À moins que vous n'ayez sérieusement l'intention de donner ce nom à ces deux villes côtières hostiles, et de vous contenter de cela ?

— Vous m'autorisez donc à partir ? (L'Ange n'était plus capable de maîtriser sa colère.)

— Je vous en donne l'ordre ! l'informa son supérieur.

Et j'attends de vous que vous remplissiez votre mission telle que je viens de vous la confier !

— Si je vous ai bien compris, vous voulez que les enfants vous aiment comme une mère lointaine pendant que je jouerai la nourrice qui les bercera tendrement dans leur sommeil et les nourrira au sein lorsqu'ils ont soif...

— Permettez-moi de douter que vous soyez capable de les allaiter. Mais tout le reste me convient : l'État de l'ordre des Templiers ne pourra être créé qu'en Terre sainte, pas en France. Et pour cela, nous avons, dans un premier temps, besoin de Roç Trencavel et de sa dame.

— Et des Mongols ?

— Aujourd'hui, certainement, répondit le grand maître. Pour ce qui concerne l'avenir, nous ne le verrons peut-être ni l'un, ni l'autre, mais ce qui doit avoir lieu aura lieu. À nous de le préparer comme il convient.

— *Beauséant alla riscossa !*

Guillem de Gisors s'en alla sur ces mots, passablement furieux. Il saurait bien prendre tout seul les premières mesures.

Thomas Bérard s'approcha de la fenêtre et regarda la tempête. Les navires s'étaient serrés comme un troupeau de moutons noirs flairant la proximité du loup. Dommage, pensa le grand maître. Quel gaspillage insensé de combattants valeureux et de matériel coûteux !

Il avait cessé de pleuvoir. La petite troupe choisie de l'Ordre était déjà en selle dans la cour de la forteresse lorsque sortit Guillaume de Gisors. Son regard tomba immédiatement sur l'homme installé à l'aile : il dépassait les autres d'une tête, et ne portait pas leur uniforme. Sigbert von Öxfeld arborait, bien visible, la croix noire de l'ordre Teutonique sur son clams blanc. L'Ange marcha droit vers lui.

— Qu'est-ce qui vous amène chez nous, Sigbert ? demanda-t-il d'une voix forte pour que tous l'entendent éconduire cet hôte indésirable.

Mais celui-ci se contenta de lui tendre en silence un parchemin. Guillaume pâlit en reconnaissant le sceau.

C'était un ordre de la Grande Maîtresse : elle demandait à Sigbert de se rallier au convoi en partance pour Jérusalem, et l'exemptait explicitement de toute obéissance à son fils adoptif.

— Je vous surveillerai ! tonna le vieil homme, heureux d'être entendu de toute la troupe. Pour que vous ne fassiez pas de bêtises !

Les dents serrées, Guillaume donna à ses hommes le signal du départ.

Les trois grands maîtres et leur escorte se tenaient devant l'église Saint-Sabbas, devant laquelle s'était enflammée, voici des années, « la grande querelle de Saint-Jean-d'Acre ». On avait évacué les gravats et les cendres des deux quartiers voisins, ceux des Génois et ceux des Pisans. Mais les entrepôts calcinés et les fenêtres borgnes témoignaient encore de la guerre civile. Le quartier des commerçants de Gênes paraissait totalement éteint. Ses habitants s'étaient réfugiés à Tyr. C'était aux chevaliers de Saint-Jean, dont l'hospice était situé juste à côté, que revenait la surveillance des ruines.

— Rendons-nous donc sur le Montjoie, proposa Hanno von Sangershausen. Nous y serons en terrain neutre, et nous verrons mieux !

Les deux autres, le grand maître de l'Hospital et celui du Temple, eurent un sourire forcé. Mais ils suivirent l'Allemand.

— On vient de m'informer, annonça Thomas Bérard, qu'une armée provenant de Damas descend la vallée du Jourdain. Elle est passée sans s'arrêter à droite de Banyas, la forteresse des Sarrasins.

— Je peux vous annoncer, précisa Hugo de Revel d'une voix nasillarde, que l'on a déjà vu son avant-garde sur l'autre rive du lac de Tibériade.

— An-Nasir la mène-t-il en personne ? demanda l'Allemand, intéressé.

— Certainement pas ! répondit messire Thomas en riant. Celui-là n'ose ni avancer, ni reculer. Non, c'est Faucon rouge qui commande ces troupes.

— Ils se dirigent vers Jérusalem ! comprit aussitôt Sangershausen.

Bérard hocha la tête. Hugo de Revel fut le seul à ne pas comprendre :

— Pourquoi donc ?

— L'Hospital n'est pas le seul à avoir eu l'idée d'y envoyer des cavaliers, plaisanta méchamment le Templier.

— Vous êtes encore jeune dans vos fonctions, expliqua Hanno pour consoler le chevalier de Saint-Jean. Sans cela, vous sauriez qui est Faucon rouge.

— Un émir mamelouk ! répondit Revel avec dédain.

— L'un des plus doués ! le corrigea le Templier. Et un ami intime de Roç et Yeza, le couple royal !

— Quelque chose se prépare, soupira Hanno von Sangershausen. Une troupe envoyée par les mamelouks se dirige elle aussi vers Jérusalem.

— Sous les ordres de Baibars ? demanda immédiatement messire Thomas.

— Non, c'est un certain Naiman qui les conduit. Ils ont quitté Gaza hier, de bonne heure.

— Et ils vont vers Bethléhem ! C'est ce que m'a indiqué notre fort frontalier de Beth-Gibelin !

Hugo, le grand maître des chevaliers de Saint-Jean, était fier de la rapidité de ses services. Mais le Templier détruisit son petit triomphe.

— Eux aussi chevauchent vers Jérusalem.

Les trois seigneurs étaient arrivés à leur but, une hauteur déboisée au-dessus de l'ancien arsenal. Le vent sifflait. Ils frissonnèrent. On ne voyait plus grand-chose des navires. Ils avaient relevé les voiles et mettaient le cap vers le nord, formant une longue chaîne. On ne distinguait plus à l'horizon que les pointes des mâts, ornés de leurs bannières.

— Le Lion de Saint-Marc montre ses griffes à Gênes ! annonça joyeusement le grand maître des Templiers, allié depuis toujours des Vénitiens. Les chevaliers de Saint-Jean, eux, s'appuyaient de temps en temps sur les Génois.

— La Serenissima se fera taper sur les doigts avant d'être à la hauteur de Tyr, répliqua aussitôt messire Hugo.

— Pour ma part, je ne trouve rien de réjouissant à ce genre de querelles fratricides ! gronda Hanno. L'essentiel me paraît être le fait que l'armée principale des Mongols, sous les ordres du général Kitbogha, s'est arrêtée tout d'un coup devant la « Porte de Syrie ». J'ignore ce que cela signifie, mais cela m'étonne.

— Ils n'osent peut-être pas affronter les mamelouks ? proposa timidement Hugo.

— Ce serait bien la première fois ! rétorqua le Templier. Il y a forcément une autre raison. D'ailleurs, une petite troupe continue d'avancer à grande vitesse.

— Une petite ? Combien de milliers ? plaisanta messire de Sangershausen.

— À peine une centaine ! répondit Thomas, qui n'avait pas l'esprit à plaisanter.

— Il pourrait s'agir de punir la forteresse de Harenc, supposa Hugo de Revel, qui n'était pas un fin stratège, mais connaissait bien le nord du pays.

— Curieusement, cette attaque n'a pas eu lieu non plus, marmonna l'Allemand. D'autre part, ils ont déjà franchi Shaizar sans piller la ville.

— Plus loin, plus loin ! s'exclama Thomas. Cette troupe semble avoir des ailes, elle a déjà atteint Baalbek ; elle a un ours avec elle.

— Mais un ours ne peut pas voler ! tenta de plaisanter Hugo.

— Par Dieu le Juste ! gémit Hamo von Sangershausen. Ceux-là ne vont tout de même pas arriver aussi à Jérusalem ?

— Et pourquoi pas ? demanda Thomas Bérard, le Templier. Le couple royal aura demandé l'arrêt du gros des troupes et appelé cette centurie à Jérusalem pour délibérer.

— Avec l'ours ?

Nul ne s'arrêtait plus aux plaisanteries de Hugo.

— Considérez-vous vraiment que ce Roç Trencavel et sa dame Yeza Esclarmonde exercent une telle influence qu'ils aient la capacité d'arrêter les hordes de Gengis-Khan, ce que ni l'empereur, ni le pape ne sont arrivés à faire ? demanda l'Allemand, incrédule, mais avec un certain respect.

— Le couple royal exerce un pouvoir spirituel qui

découle de leur statut d'enfants du Graal, mais dont les seuls effets sont ceux que la puissance secrète qui les soutient juge souhaitables. Roç et Yeza sont à la fois de jeunes personnes qui n'ont rien d'infaillible et des espèces de créatures divines. C'est ce second trait qui domine pour l'instant. Contrairement à nous, les Mongols ont compris cette possibilité.

— Je vois beaucoup de sang couler sur les lieux saints, dit messire Hanno en frissonnant. Si j'ai bien compté, et cette tâche me revient puisque nous, Chevaliers teutoniques, sommes les seuls à ne pas avoir envoyé de troupes, cinq partis aux intentions totalement différentes convergent actuellement vers le couple royal.

— Sans compter ceux qui affûtent déjà leurs couteaux à l'intérieur de la ville sainte ! ajouta le chevalier de Saint-Jean.

— Mes valeureux seigneurs, annonça le grand maître de l'*Ordo Equitum Teutonicorum,* nous devrions tous à présent nous demander si nous avons agi sagement ou de manière malhabile, si nous pouvons encore limiter les dégâts ou si nous n'avons plus qu'à observer la suite des événements. Le sang versé retombera sur nous. Que Dieu protège le couple royal !

Et ils se séparèrent sans un mot.

Le sous-sol caché du Temple

La nuit était déjà tombée lorsque Jakov leur apporta les aubes, deux longues tenues blanches telles que les cathares avaient eux aussi coutume d'en porter pour la cérémonie du *consolamentum,* et qu'ils gardaient ensuite constamment disponibles pour le franchissement de la porte, le passage qui leur ferait quitter ce monde et les mènerait au paradis.

Roç et Yeza ne furent pas étonnés de ce don. Un regard vers le firmament leur indiquait avec la clarté des astres le chemin qu'ils avaient emprunté. Jakov s'éloigna sans un mot. Il ne voulait pas troubler le début de l'*endura* du couple royal en leur indiquant inutilement que tout était prêt. Un regard sur Roç et Yeza lui avait suffi, ils l'avaient compris. Mais Jakov ne se serait pas appelé « le charpentier » s'il n'avait pas enfoncé un clou, par sécurité. Dans le vestibule, il rencontra Guillaume de Rubrouck. Le moine contemplait la voûte céleste limpide à travers une longue-vue que lui tenait Ezer Melchsedek, et murmurait des chiffres que le franciscain confirmait chaque fois en hochant la tête et en soufflant. Laurent d'Orta était présent, lui aussi, et consignait tout, bien proprement, sur une plaquette. Soudain, le cabaliste parut s'agiter. Guillaume tendit l'oreille.

— Cela concerne Roç et Yeza ?

— Nous ne connaissons même pas l'année exacte de leur naissance ! fit Laurent, apaisant. Comment voulez-vous...

— Pour moi, le couple royal est dans le signe des gémeaux, l'informa Ezer. Mercure, l'androgyne inconstant y a sa maison, Mars et Vénus sont les décans aériens.

Guillaume s'en contenta. Ezer n'avait pas dit un seul mot sur Algol, qu'il a avait vu traverser la scène. L'étoile claire en Perseus annonçait inévitablement le meurtre et l'assassinat.

Jordi, assis dans un coin, les observait en silence. Ses doigts de nain taquinaient les cordes de son luth. À chaque combinaison de chiffres, il faisait doucement sonner un accord qui planait dans l'espace comme une musique céleste. C'est à lui que s'adressa Jakov :

— « Lorsque les âmes s'élèvent vers le lieu du "recueil de toute vie", elles y jouissent, au reflet du miroir, d'une lumière qui rayonne depuis un lieu éminent entre tous. Mais si l'âme ne s'entourait pas alors d'un nouvel habit de lumière, elle ne pourrait pas s'approcher de cet éclat. »

— Frère Jakov, dit Ezer en interrompant sa série de chiffres cabalistique, tu utilises le livre de Sohar comme si tu voulais transformer Roç et Yeza en ce nuage depuis lequel avancerait vers toi un fondateur d'État comme Moïse, qui reçoit sur la montagne les Tables de la Loi pour ton peuple — pour notre peuple. Le couple royal cherche une autre lumière !

— Il n'y a qu'une seule source de lumière, tout le

reste n'est que reflet, précieux Ezer ! répondit Jakov d'une voix douce, mais agacée. Et c'est une relation mystérieuse. (Il s'assura que le troubadour le suivait.) « Comme on donne à l'âme un habit qui lui permet d'exister en ce monde, on lui donnera un habit lumineux, de nature supérieure, pour exister dans cet autre monde et regarder dans le miroir qui, depuis ce pays de la vie, reçoit sa lumière ! »

Ezer le dévisagea, mais s'abstint de répondre. Laurent, lui, posa sa petite plaquette et dit :

— Il faut éviter que Roç et Yeza ne disparaissent dans le miroir pour ne plus être tiraillés de toutes parts. Les musulmans sont le moins concernés ; depuis que Kefir est à leur tête, ils sont en attente. Les chrétiens orthodoxes les poursuivent de leur haine, tout comme les Pharisiens ont persécuté le Messie. Mais les juifs sont les pires : ils serrent le couple royal dans leurs bras avec la ferveur de l'Ancien Testament. Yeza et Roç en perdent presque le souffle. Nous devrions laisser de côté les projets que nous avons pour ces créatures remarquables, cesser de nous demander comment nous pouvons les faire entrer dans nos plans, nous devrions leur tendre la main pour qu'ils puissent exaucer leur vœu : leur ouvrir le chemin qui leur permettra de parvenir au Graal.

— Vous êtes bien placé pour donner des leçons ! gronda Jakov. Quel exemple fournit donc le Prieuré ?

— Faites-vous votre opinion selon ce que vous comprenez, répliqua Laurent. Remerciez votre Yahvé pour la légèreté de votre fardeau. La véritable connaissance est bien lourde à porter. (Il se releva en gémissant.) Je prends la charge sur mes faibles épaules.

Lassé de cette querelle, et faute de nouvelles constellations, Guillaume avait baissé vers la sombre terre le télescope qui lui permettait d'observer le firmament. Il aperçut les âtres des Bédouins dans le désert. Puis son œil tomba sur un feu de camp tellement vif qu'il distingua clairement l'homme qui bondissait comme une corneille noire tout autour des flammes. Le manteau de l'étranger était couvert de fétiches, d'osselets et de plaquettes d'argent qui brillaient à la lumière des flammes. C'était certainement Arslan. Un ours était couché à côté du foyer. Il fallait en informer Roç et Yeza au plus vite. Ils se réjouiraient à coup sûr. Guillaume ne mentionna pas sa découverte lorsque Laurent s'adressa à lui et à Jordi.

— Les conditions spirituelles de l'accession au règne seront décidées dans un lieu supérieur, annonça le petit franciscain avec l'autorité pesante du Prieuré de Sion. Il n'est pas nécessaire que vous soyez présents, mais le couple royal a besoin de vous pour la marche qui l'attend. Accompagnez Roç et Yeza tant qu'ils voudront vous savoir près d'eux, mais ensuite, arrêtez votre pas et laissez-les seuls.

C'était plus qu'un ordre : une exhortation. Le charmant vieil homme dont les yeux respiraient souvent la plaisanterie était à la hauteur de sa mission.

— Car la terre déserte qui jouxte la frontière t'est inconnue et le restera ! (Il lança à Guillaume un regard sévère.) Garde-toi de vouloir encore jouer le protecteur à ce moment-là, Guillaume, lorsque cela ne te sera plus accordé.

Il connaissait bien son frère d'Ordre.

Suivis par Jordi et Guillaume, qui portaient deux torches, Roç et Yeza s'étaient faufilés, de nuit, dans la mosquée devant laquelle le mufti Kefir Alhakim avait fait poster des gardes. Ils étaient descendus par un escalier caché derrière le *minbar* surélevé, dans le sous-sol jalonné de piliers : les écuries de Salomon. D'infinies rangées de mangeoires en pierre et d'anneaux de fer, interrompues par des colonnes et des rampes, s'étiraient sous tout le complexe de bâtiments, jusqu'au coin sud-est des murs extérieurs de la colline du Temple. Une porte à hauteur d'homme, trop étroite pour un cheval, menait à l'air libre. Le trou par lequel on faisait passer le foin évacuait l'air vicié ; de la lumière tombait d'en haut par les barreaux de fer des citernes qui alimentaient les animaux en eau potable. Les tuyaux des aqueducs formaient une installation complexe et raffinée dans laquelle la petite troupe butait régulièrement.

Yeza et Roç portaient tous deux les longues tenues blanches. Ils savaient cependant qu'ils ne pouvaient pas s'attendre à trouver ce qu'ils cherchaient à ce niveau. Comme le sol était rarement en terre battue et qu'il était constitué, pour le reste, de roches ou de plaques de pierre, on pouvait supposer que des salles mobiles se trouvaient encore en dessous. Roç, qui se taisait comme Yeza, regardait par le rebord de chacun des bassins. Mais ils étaient tous remplis jusqu'à leur bonde, ce qui ne permettait pas de penser qu'ils cachaient une galerie dans leur partie inférieure. Toutefois chaque plaque de pierre, chaque pilier pouvait dissimuler un passage secret.

— Il faut frapper sur les murs pour trouver les espaces creux ! venait de dire Roç afin d'encourager Jordi, qui l'éclairait et ne semblait pas avoir beaucoup d'espoir. À cet instant, ils entendirent derrière eux un bruit de chute de pierres et le cri contenu de Guillaume. À la lumière de la torche tombée au sol, ils virent Guillaume enfoncé jusqu'à la poitrine dans un trou qui s'était ouvert sous ses pieds. Une plaque de pierre avait basculé vers le bas comme une trappe, libérant le début d'un passage étroit qui menait à pic dans la pénombre.

— J'ai à peine touché la corniche, grogna le gros franciscain en désignant un pilier semblable à tous les autres.

Yeza lui tendit la torche.

— Priorité à l'inventeur, dit-elle, impassible.

Guillaume descendit les marches à tâtons. Yeza le suivit. Elle posa sa main sur l'épaule de Guillaume, en constatant que le pauvre moine tremblait de peur. Roç fit de même avec elle, pour lui montrer que son chevalier la protégeait, mais aussi pour participer à cette certitude tranquille qui poussait Yeza vers son objectif. Jordi fermait la marche.

— Le petit homme de votre Prieuré, dit Ezer à Gosset en désignant une terrasse située en contrebas, a fait preuve d'une extrême arrogance. Il a profondément blessé le Joseph qui se cache en Jakov Ben Mordechai.

En dessous d'eux, comme deux ombres, Laurent d'Orta et le charpentier faisaient les cent pas et poursuivaient leur confrontation. Leurs chemins se croisaient, mais ils ne se rencontraient pas. En haut, derrière les créneaux de la tour, se trouvaient le prêtre, le cabaliste, et Abu Bassiht, le soufi, qui regardait les étoiles sans se servir de la longue-vue d'Ezer.

Gosset se moquait bien des reproches que l'on pouvait adresser à la société secrète dont il était membre. Le Prieuré, lui aussi, se sentait au-dessus de ce type d'attaques. L'important, pour lui, était d'ôter au juif l'illusion que son peuple était toujours le peuple élu.

— Puisqu'un homme qui est devenu charpentier se croit déjà appelé à devenir l'architecte d'un État, répliqua Gosset au cabaliste, il n'y a rien de mal à ce qu'on le fasse redescendre de ses hauteurs. Sans cela, n'importe quel pigeon se prendra pour l'aigle de l'empire !

— Lorsqu'un homme caresse le rêve du royaume de Dieu sur terre, où régneraient la paix et le bonheur, laissez-le donc le fonder, répondit Ezer Melchsedek. Votre Prieuré ne veut rien d'autre. Seulement lui n'a pas de peuple.

— Nous avons le couple royal, Roç Trencavel et la dame Yeza Esclarmonde, les futurs rois de la paix ! éclata Gosset. Eux seuls sont les garants du salut...

— Nous les acceptons de tout cœur, nous les aimons, et ils ont besoin de nous, s'exclama le cabaliste avec emphase mais Gosset brisa net son discours :

— Ce que Jakov Ben Mordechai a en tête, c'est un royaume des juifs, avec Jérusalem comme capitale. Il se sent comme un nouveau Salomon, il veut sûrement aussi reconstruire le Temple...

— Est-ce une ignominie ?

— Non, c'est une erreur de calcul ! grogna Gosset. Cela exclut les musulmans. Quant à nous, chrétiens, cette perspective ne peut que nous gêner !

— Vous préférez donc obtenir ce résultat déplaisant : renvoyer ceux qui étaient enfin venus nous apporter le salut ?

— Ne déformez pas la réalité, Ezer Melchsedek !

C'est nous qui avons mené le couple royal en ce lieu sacré pour qu'il fasse rayonner la paix de Dieu sur toutes les fois, et dans le monde entier. N'allez pas confondre le Prieuré de Sion avec ces croisés excités, et encore moins avec l'Antéchrist de Rome ! Roç et Yeza doivent se tenir au-dessus des religions hostiles, et non pas aider l'une d'entre elles à remporter une victoire tardive, surtout si cette religion est celle dont Jésus, déjà, pensait qu'elle avait besoin d'être renouvelée.

— Le peuple d'Israël demeure tout de même le peuple élu, protesta Ezer. Et c'est à nous, à nous seuls que la terre est promise !

— *Jafki ! Jafki !* Assez de ces papotages ! s'exclama Abu Bassiht. Nous nous éloignons de l'unique créature d'amour, qui ne peut de toute façon plus nous supporter. (Le soufi avait bondi sur ses jambes.) Tournons le dos à La Mecque ! Oublions la Thora ! Jetons nous-mêmes les apôtres hors de la ville !

Abu dansait autour des deux autres. Il était impossible de savoir s'il était en colère, s'il plaisantait ou s'il parlait sérieusement.

— Voilà ! dit-il en reprenant son souffle après un dernier tournoiement. « Quand, très cher, vas-tu enfin venir ? »

Ils n'avaient cessé de s'enfoncer dans les profondeurs. Ils avaient parcouru des galeries obscures, puis humides. Les piliers avaient laissé place à de grossières colonnes qui transformaient les salles en voûtes étroites. Les plafonds étaient de plus en plus bas. L'air était vicié. Roç et Yeza avançaient toujours plus difficilement ; leurs tenues de moines se salissaient peu à peu. Roç avait l'impression de tourner en rond. Mais Yeza avançait devant lui, d'un pas si ferme et si rapide que Jordi avait du mal à lui éclairer le chemin avec sa torche. La galerie qu'ils avaient empruntée donnait sur une salle ronde, sous une coupole, et Guillaume résuma ce qu'ils pensaient tous :

— Nous voilà devant une paroi qui cache quelque chose.

Il dirigea sa torche entre les piliers à demi taillés dans le roc. Les murs étaient composés de caissons soigneusement travaillés qui paraissaient s'assembler sans la moindre faille. Il découvrit un trou encadré. On aurait dit une porte basse, avec corniche et tympanon, mais l'orifice était si petit que Guillaume recula.

— Je ne passerai jamais là-dedans ! déclara-t-il.

Jordi estima que c'était à lui d'intervenir. Le nain se courba et disparut sans prendre le temps de discuter.

— Cela va mieux que je ne l'aurais cru, annonça par le trou sa voix assourdie. Ça se rétrécit... je suis dans une chambre dorée.

— Reviens ! cria Yeza.

Mais ils n'entendirent qu'un halètement.

— Jordi ? demanda Yeza en se penchant, anxieuse, vers l'orifice.

— Je n'y arrive pas ! dit-il d'une petite voix. La galerie est trop étroite !

— Absurde ! fit Roç pour le tranquilliser. Si tu es entré...

— Je ne peux pas l'expliquer, répondit Jordi. Il n'y a pas de chemin de retour. C'est une chambre funéraire.

Le troubadour parlait moins fort, mais la peur se mêlait à sa voix.

— Il y a des ossements là-dedans.

— Chante une chanson, Jordi ! demanda Guillaume.

— Arrête donc ces crétineries ! rétorqua brutalement Roç. Ne consomme pas l'air. Nous allons te sortir de là !

— Qu'il chante tranquillement, répliqua Yeza, si cela lui donne du courage.

Peu après, la voix du chanteur retentit, sourde mais confiante, de la chambre funéraire.

« *Ab l'alen tir vas me l'aire*
qu'eu sen venir de Proensa ;
tot quant es de lai m'agensa,
si que, quan n'aug ben retraire,
ieu m'o escout en rizen
e'n deman per un mot cen :
tan m'es bel quan n'aug ben dire. »

Le bassin dans la pierre noire de la mer

Lorsque Abu Bassiht et Ezer le rejoignirent, Gosset venait de constater que Roç et Yeza n'étaient pas là où il pensait les trouver. Pour le leur prouver, le prêtre souleva le lourd tapis qui servait de rideau (le domicile des Templiers n'avait plus de portes). La couche installée au milieu de la pièce était en grand désordre, et curieusement, les vêtements du couple royal étaient dispersés sur le sol.

— Je savais que Roç et Yeza entreprendraient leur voyage cette nuit, murmura Gosset, blessé par le fait qu'ils n'aient pas pris le temps de lui faire leurs adieux.

— Cela vous dérange, qu'ils soient nus ? demanda le soufi.

— Ils portent sans doute l'aube, répondit Gosset, la chemise blanche de la mort ! Mais nous ne pouvons pas les laisser seuls..., s'indigna-t-il faiblement. Jakov et Laurent nous ont dupés. Ils leur ont envoyé Guillaume et Jordi, le signal du départ ! Et nous ne savons même pas où ils se trouvent à présent.

Ezer hocha la tête, satisfait. Pour le cabaliste, tout cela était normal. Laurent d'Orta et Jakov Ben Mordechai entrèrent d'un même pas dans la pièce et prirent l'air étonné lorsque Gosset leur cria :

— Le couple royal nous a quittés !

— Et pourquoi donc n'êtes-vous pas à genoux, pourquoi ne priez-vous pas pour le salut de leurs âmes, tonna Jakov en reprenant la voix qu'il avait adoptée pour sa réincarnation en charpentier.

Gosset n'en fut nullement effrayé, il connaissait l'organe de basse de saint Joseph depuis Rhedae, mais sa puissance troubla Laurent, et ses mots choquèrent Ezer Melchsedek.

— Que devons-nous faire ? se mit-il à gémir. Il n'était pas question de mort... Qu'avez-vous ?

Abu Bassiht intervint rapidement.

— Je vais prier de bon cœur pour vous tous, qui avez peur de la mort. (Il se balança, comme chaque fois qu'il commençait sa danse de derviche, et se mit à réciter une litanie.) « Voyez-vous, aveugle comme Jakov, il cherche le fils perdu », dit-il en entourant le charpentier, « et il retrouve la vue. Qui donc a tant de chance ? » (Il reprit son tournoiement, cette fois vers Laurent.) « Moïse s'approcha du buisson desséché dans le désert et découvrit le feu de mille soleils ! Qui donc a tant de chance ? » (Le tournoiement du soufi s'accéléra, il se dirigea vers le prêtre, le seul à s'être agenouillé.) « Jésus entra dans une maison pour échapper à l'arrestation, et découvrit le chemin vers un autre monde. Qui donc a tant de chance ? »

— Mais lui est allé volontairement au sacrifice ! gronda Botho, le vieux Templier, qui était entré sans se faire remarquer, en compagnie de Kefir Alhakim. Et il est ensuite glorieusement ressuscité.

Nul ne prit garde à ses protestations.

— Eh bien ! fit Abu Bassiht en haletant et en arrêtant son tournoiement. « Qui a tant de chance ? »

— Vous blasphémez ! tonna le Templier, furieux, en se précipitant hors de la pièce. Mais son bref passage avait mis l'assemblée en mouvement, plus efficacement que ne l'aurait fait un tonneau du meilleur vin.

— Ouvrez-nous la mosquée, exigea Gosset, excité par l'arrivée du « grand mufti » Kefir. Il faut que nous retrouvions Roç et Yeza !

— Nul n'a pénétré dans le *beit as-salah* ces dernières heures, du moins pas après la dernière prière du soir ! répliqua Kefir. Et surtout pas un infidèle !

— Est-ce donc ainsi, que vous, le raccommodeur d'Ustica, vous récompensez la bienveillance du couple royal, qui vous a conduit ici, nourri et habillé ?

Gosset donnait l'impression d'avoir bu. Laurent d'Orta rétablit le calme.

— Nous allons, devant la porte fermée, honorer notre Dieu par des chants de piété ! proposa-t-il habilement.

— *Bismillah !* fit le mufti, qui n'avait pas résisté bien longtemps. Dans ce cas, je préfère que vous le fassiez derrière les gros murs, que personne ne vous entende !

Ils descendirent tous l'escalier et passèrent à l'air libre, là où Simon montait la garde devant la tente du Templier.

À l'intérieur, Botho se tenait couché devant deux bougies allumées, et priait à voix haute : « *Pater dimitte illis, non enim sciunt qui faciunt.* » Et Kefir ouvrit les portes de la mosquée.

Ils n'avaient plus qu'une torche, celle que tenait Guillaume. À sa lumière, Roç examinait les caissons de pierre. Ils devaient faire vite : la flamme commençait déjà à décliner. Yeza observait les efforts des deux hommes, l'air amusé. Depuis la crypte, on entendait toujours résonner la voix de son petit troubadour :

« *E s'ieu sai ren dir ne faire.*
Ilh n'aia l grat, que sciensa
m'a donat e conoissensa,
per qu'ieu sui gais e chantaire.
E tot quand fauc d'avinen
ai del sieu bell cors plazen,
neis quan de bon cor consire. »

En vérité, c'est de Jordi qu'elle se souciait. Mais Roç, lui aussi, s'inquiétait pour leur fidèle serviteur. Il passait la pointe des ongles dans les joints des caissons, espérant découvrir une fissure. Yeza observait à distance la paroi où se trouvait le funeste orifice. Elle avait remarqué le pignon triangulaire de la porte. Il ne portait pas de poids.

— Roç ! s'exclama-t-elle. Accrochez-vous donc à la pointe du tympan.

Son compagnon, par habitude, s'apprêtait à lui dire qu'elle n'y connaissait rien, mais Guillaume s'exécuta aussitôt. Le pignon céda sans grincer et tourna sur un axe invisible. On entendit un grondement sourd à l'intérieur de la pierre, puis le bruit cessa. Le chant de Jordi s'arrêta lui aussi.

— Continuez, continuez ! s'exclama-t-il. Une porte est en train de s'ouvrir !

Mais la paroi située devant la chambre funéraire se transforma elle aussi, presque sans un bruit. Puis le silence complet revint. Le trou s'était suffisamment agrandi pour que même Guillaume puisse se frayer un chemin entre les pierres. Roç le retint :

— Je passe devant !

Dès qu'ils furent entrés dans cette galerie désormais haute comme un homme, ils entendirent la voix effrayée de Jordi.

— Au secours, un ours !

Yeza, qui avait immédiatement suivi Roç, le poussa vers l'avant.

— Jordi, attends-nous ! Nous arrivons !

Mais le troubadour ne répondait plus.

— Jordi ! supplia-t-elle. Reste où tu es !

Puis, penché vers Roç, elle chuchota :

— Arslan ?

Son chevalier hocha la tête, sans dire un mot. Roç se faufila dans le passage. Il comprenait à présent pourquoi son troubadour n'avait pas réussi à revenir sur ses pas : jusque-là, les murs étaient disposés en pointes coniques. Cela permettait uniquement une progression vers l'avant. Le torse humain se comportait comme un bouchon : il ne passait que dans un sens. À présent, l'une des parois s'était décalée, et l'on pouvait zigzaguer entre les pierres pointues. Mais lorsqu'ils arrivèrent dans la chambre funéraire décrite par Jordi, ils n'y virent ni le petit troubadour, ni l'ours. En revanche, une porte noire, semblable à la précédente, était béante. Mais les battants de celle-ci, ouverts vers l'intérieur, étaient en pierre massive. Comme tout le reste de la pièce, ils étaient ornés de mosaïque dorée et recouverts d'une écriture étrangère, des signes d'une simplicité archaïque, qui rappelaient les hiéroglyphes. On ne distinguait aucune représentation imagée, juste des symboles tissés dans un réseau d'incrustations en paillettes d'or et sur les pierres, souvent précieuses, que l'on avait disposées aux angles : des rubis et des émeraudes, des topazes et des améthystes qui resplendirent lorsque Guillaume fit tomber sur eux la lumière déclinante de la torche.

— On croirait un langage des étoiles ! dit Yeza. Un message d'un autre monde.

Roç, lui aussi, était captivé et suivait attentivement

les lignes incandescentes, les nœuds scintillants et les espèces de runes, qui pouvaient aussi être des chiffres. Un code secret ? Un message des premiers gardiens du Graal ?

Guillaume s'arrêta, intimidé : dès que ses yeux se furent accoutumés à la nuit profonde, il remarqua une lumière bleuâtre vers laquelle marchaient Roç et Yeza, devant lui. Il vit leurs silhouettes en tenue blanche, prit son courage à deux mains et les suivit. Il ne parvenait pas à voir d'où provenait la lumière, mais elle avançait en même temps que le couple royal, comme un mur de brouillard. S'il ne voulait pas rester dans la pénombre, il était forcé de les imiter. Il se rappela l'exhortation de Laurent d'Orta. Il se serait volontiers arrêté, mais il avait peur, à présent, de rester tout seul. Le franciscain se faufila derrière Roç et Yeza, avec le mauvais sentiment de faire quelque chose de mal, pire qu'un homme qui épie deux amants. Tandis qu'ils paraissaient planer, détachés de leur corps, Guillaume descendit l'escalier en tâtonnant, marche après marche, dans la crainte perpétuelle que la puissance pour lui inconcevable qui se trouvait derrière chaque événement ne l'empêche de passer, l'aveugle d'un éclair ou ne fasse éclater son cœur palpitant. Il tituba, dut se retenir à la paroi, ses pieds semblaient ne plus vouloir obéir à ses ordres.

Une gigantesque grotte s'ouvrait devant lui, non pas une caverne à stalactites, mais une salle à coupole ; il n'en avait jamais vu d'aussi grande sans pilier de soutènement, et ne pouvait s'imaginer qu'une main humaine ait réalisé pareil prodige. Les architectes inconnus avaient dépassé toutes les lois de l'art des voûtes. Aucun pilier ne soutenait le plafond, aucune colonne latérale ne captait la pression. On aurait dit un ciel : dans le bleu profond de la nuit s'étalait le firmament, saturé d'astres brillants qui paraissaient se déplacer, projetant des étincelles ou des éclairs. Mais ils ne diffusaient pas de lumière, ils se contentaient de la refléter, et ils ne lançaient pas d'ombres non plus. Qui leur donnait leur puissance ? Guillaume en eut le souffle coupé, ses genoux tremblaient. Il dut s'asseoir en se pressant contre la pierre lisse. Était-ce cela, le « Takt », la mystérieuse église du Graal, à l'intérieur de la terre ? Le sol de cette vaste salle était recouvert de morceaux de roches et de cailloux aux reflets d'or et d'argent, comme si l'on avait laissé ici les gravats extraits de la plus productive d'entre les mines. À moins que quelqu'un n'ait empêché l'achèvement de cette précieuse crypte ?

Roç et Yeza franchirent ce terril rocheux sous les yeux de Guillaume, sans lancer le moindre regard aux pierres précieuses qui brillaient entre les éclats de cristal et les blocs minéraux. Alors seulement, le moine vit lui aussi la pierre. Un gigantesque cylindre noir comme jais au reflet mat sortait du sol inégal comme si un projectile lancé depuis le cosmos était venu se planter là. Il paraissait circulaire et d'une régularité parfaite, taillé dans un matériau visiblement plus dur que le champ de granit dans lequel il s'était enfoncé sans éclater. Une pierre travaillée de cette taille-là (cinq, six, huit hommes n'auraient pu en faire le tour en se tenant la main), même un attelage de cent bœufs ou dix mille esclaves répartis en onze cordées n'aurait pu la déplacer. À sa surface légèrement inclinée, on avait rempli d'eau claire, jusqu'au rebord, un rectangle creusé qui formait un bassin. Guillaume eut l'impression que le miroir était tantôt lisse, tantôt fripé, comme si un souffle de vent passait dessus. L'idée d'une vulve ouverte dans le giron de la grande mère universelle s'imposa à lui. Guillaume n'eut pas le temps d'avoir honte de son obscénité ou de s'étonner de son imagination : déstabilisé par sa mauvaise conscience, il glissa de son poste d'observation.

En entendant ce bruit, Roç et Yeza se retournèrent. Ils reconnurent aussitôt leur futé Flamand. Yeza sourit, et Roç prit lui aussi la peine de ne pas donner l'impression de le chasser.

— Tu ne dois pas nous suivre plus loin, mon vieil ami, dit-il, et l'on avait l'impression qu'il le regrettait.

— Nous avons parcouru ensemble de longues parties d'un long voyage, mon cher Guillaume, ajouta Yeza, tu as été notre porte-bonheur dans l'aventure, notre source de joie dans la détresse...

Roç remarqua que Yeza avait les larmes aux yeux. Il

l'avait rarement vue ainsi. Il posa tendrement le bras autour de ses épaules et mit un terme à ces adieux.

— Nous devons parcourir tout seuls le dernier segment de notre chemin. Mais nous nous reverrons ! promit-il en parlant vite, car lui aussi avait la gorge nouée.

Guillaume ne se sentait pas beaucoup mieux. Il se retourna d'un seul coup et gravit les marches de l'escalier. Mais cela ne dura pas longtemps : il ne put résister à la tentation, et regarda derrière lui. Roç et Yeza avaient atteint le rebord de la pierre noire. Roç se tourna vers sa compagne.

— Ce creux rectangulaire ne te rappelle-t-il pas la pierre noire de la source, celle devant laquelle Rinat nous a peints ? (Roç toisa le bassin.) Elle s'encastrerait exactement ici ! s'exclama-t-il, enthousiaste. Même si...

Yeza se contenta de lui lancer un regard étonné.

— Cela a-t-il une importance, pour le moment ?

Roç chercha à éviter de nouveaux reproches.

— Je suis prêt à tout pour toi, Yeza, mais dis-moi, je t'en prie, ce que tu attends.

Yeza le scruta des yeux. Roç lui avait refusé leur enfant, il avait préféré découvrir le Graal. Et c'est lui qui posait cette question, à présent !

— L'accomplissement ! répondit-elle d'un ton solennel. Nous errons sur cette terre depuis notre enfance. Je veux enfin savoir, à présent, quelle est la réalité de cette promesse.

Roç lui passa le bras sur les épaules, pour qu'elle sente qu'il la comprenait — ce qui n'était d'ailleurs pas le cas.

— Je veux savoir qui je suis, dit-il, l'air songeur. Jusqu'ici, je ne l'ai entendu que de la bouche d'autres personnes, et c'était souvent aussi contradictoire que notre vie : d'autres que nous l'ont guidée. (Il se pencha vers elle et l'embrassa derrière l'oreille.) Lorsque je le saurai enfin, chuchota-t-il, je t'offrirai l'enfant que tu désires, et il sera le Messie.

Yeza prit la tête de Roç entre ses mains.

— Dans ce cas, menons notre chemin à son terme, mon chéri, dit-elle d'une voix ferme.

Ses yeux brillaient comme des étoiles. Ou bien s'était-elle mise à pleurer ?

Guillaume ne put se faire une certitude sur ce point : il venait d'apercevoir le calice. C'était un récipient lourd, presque grossier, qui se tenait sur le bord du bassin. Il était manifestement du même matériau que la pierre elle-même ; il en faisait partie, comme Jakov le leur avait raconté. Le calice lui semblait beau, avec sa forme trapue. Il paraissait imposant, mais aussi inquiétant, peut-être même dangereux.

Roç et Yeza virent le calice, eux aussi, ils l'avaient forcément remarqué, mais quelque chose les fit hésiter à s'en emparer. Roç plongea sa main dans l'eau. Guillaume se retourna, indécis. Une niche dans la cage d'escalier l'incita à se cacher. Il céda à son envie de demeurer le gardien des deux enfants — ou à son désir de ne pas se laisser exclure. Le franciscain rondouillard se fit une place dans la cachette.

Roç puisa dans l'eau avec les mains nues et voulut en goûter, mais au même instant,Yeza lui tendit le calice noir. Guillaume vit qu'ils ne le remplissaient pas, mais le portaient à leurs lèvres. C'est donc que la coupe contenait la boisson dont tous deux avaient soif. Ils burent à tour de rôle. Guillaume eut l'impression que le contenu du calice ne voulait pas se tarir — sorcellerie ! Peut-être ce lieu magique n'était-il pas du tout la porte invisible vers des sphères extra-terrestres, mais le vestibule scintillant du royaume de Lucifer ? Le reflet trompeur du paradis céleste ? Le moine frissonna. Tout ce qu'il voyait de ses yeux n'était-il qu'une illusion, une suggestion du Malin ? Le démiurge, en les faisant boire dans le calice, avait-il acquis un pouvoir sur le couple royal ? Alors, lui aussi, Guillaume, était désormais entre ses mains ! La fierté s'empara du gros frère mineur ; il avait toujours partagé le destin des enfants. Cette fois, il irait en enfer avec eux !

Roç et Yeza se faisaient face, immobiles, et se regardaient. Puis Roç, d'un mouvement vif, jeta le calice contre la roche. Guillaume pensa qu'il allait entendre un bruit de verre brisé, mais il ne perçut qu'un choc sourd. Des étincelles jaillirent de la pierre que le calice avait heurtée. Le couple royal n'y accorda aucune attention. Yeza souleva lentement sa robe, la fit glisser sur ses cuisses, son ventre et sa poitrine. Guillaume vit l'ombre de son pubis et sentit, à son grand effroi, sa queue enfler sous sa bure. Diablerie ! Il n'avait jamais désiré charnellement sa reine ! La chevelure blonde de Yeza disparut sous le drap blanc relevé, elle se libéra et se retrouva nue devant son amant, qui paraissait figé. D'un geste rapide, Yeza tira sur la tunique de Roç et la lui arracha à hauteur de la poitrine. Le bruit du tissu déchiré fit frissonner Guillaume jusque dans la moelle de ses os. L'aube tomba devant Roç. Il l'éloigna de lui d'un coup de pied.

Yeza lui prit la main, et ils montèrent ensemble dans le bassin sombre de la pierre noire et ronde. Au grand étonnement du moine, qui respirait lourdement, l'eau n'arrivait qu'aux genoux des deux amants.

Ils s'enlacent comme deux personnes qui se noient, pensa d'un seul coup Guillaume, avant même de prendre conscience du fait que les corps s'enfonçaient dans la pierre, d'abord lentement, puis de plus en plus vite. Guillaume voulut crier pour les mettre en garde, mais sa voix ne lui obéissait plus. Il vit, muet d'effroi, l'eau sombre atteindre leur poitrine, recouvrir leurs épaules puis se refermer sur leur tête, sans gargouillis ni bulles d'air, comme si le noble Roç Trencavel et sa courageuse dame Yeza Esclarmonde n'avaient jamais existé.

Guillaume dévala les marches et se précipita vers le bassin, dans la pierre noire. La surface de l'eau était lisse. Guillaume crut un instant apercevoir dans les profondeurs la chevelure blonde de Yeza, mais c'était sans doute une illusion. Pris de panique, il remonta en courant, aveuglé par les larmes, l'escalier qui devait le mener dans la froide mosquée, sur la colline du Temple.

Ressuscités des ténèbres

La tranquillité de la nuit régnait dans la mosquée Al-Aqsa. Jérusalem dormait, seul Simon montait la garde devant la tente des Templiers. Le vieux chevalier Botho de

Saint-Omer y dormait en ronflant, du sommeil du juste. Kefir Alhakim avait refermé le bâtiment avec sa lourde clef après être parvenu à attirer à l'extérieur, à l'aide d'une amphore de bon vin du mont Sion, le prêtre Gosset, le soufi Abu Bassiht et le vieux cabaliste Ezer Melchsedek. Les trois hommes étaient assis sur un banc de pierre, sous les colonnades de la « Belle Porte », et ils buvaient avec bonheur. Kefir, lui aussi, était disposé à profiter de la faveur de la nuit et à se joindre à eux, lorsque des coups violents retentirent contre la porte de la mosquée.

— Le *cheîtan* vient te chercher, Kefir ! lança Abu Bassiht au mufti. Il connaît avant toi tes plaisirs interdits !

Mais ce n'était pas le diable : dès qu'ils eurent ouvert la porte, ils virent jaillir Guillaume, qui courait comme s'il était poursuivi par des furies.

— À l'aide ! bredouilla-t-il, effaré. Venez à leur secours, mes amis, Roç et Yeza se sont noyés !

— Comment cela ? demanda Ezer. Dans quel étang ?

— Suivez-moi ! les implora Guillaume. Je vais vous mener sur le lieu de l'accident.

— Qui vous dit qu'ils ont eu un accident ? s'exclama Abu Bassiht, qui se leva pourtant aussitôt. Ils ont peut-être réussi à quitter ce monde. Tous les autres univers ne peuvent être que meilleurs ! expliqua-t-il avant de citer son refrain favori, « Qui donc a tant de chance ? »

— Mieux vaut le demander aux personnes concernées ! répondit Ezer, sceptique, en se ralliant à la troupe qui disparut rapidement à l'intérieur de l'Al-Aqsa, suivie par Gosset.

Botho avait été réveillé par ce tumulte. Il sortit devant sa tente, encore à moitié endormi.

— Le couple royal est monté au ciel ! dit Kefir au Templier.

— C'est en enfer qu'ils sont descendus, ces imposteurs !

Kefir se rappela sa position de mufti des musulmans, et le fait que nul n'était plus là pour les entendre.

— Ils se sont vraisemblablement noyés, admit-il. Et puis vous avez raison : seuls les véritables prophètes réussissent leur ascension.

— Pieds nus, marmonna Botho, et pas à dos de cheval !

Il allait se retirer lorsqu'une grille de citerne s'ouvrit au milieu du parvis du Temple, soulevée par une main invisible.

— Le cheîtan ! gémit Kefir. *Allah uchfurli nafsi al chati'a !*

Jordi passa la tête hors du trou.

— C'est un ours qui m'a guidé jusqu'ici ! s'exclama-t-il. Il m'a sauvé la vie !

— Certainement ! grogna Botho. Il a dû vous prendre pour une ruche, avec votre babil incessant !

Et il tira le rideau de la tente derrière lui, d'un geste agacé. Kefir préféra lui aussi s'éloigner, si bien que le troubadour, lorsqu'il eut fini son escalade, se trouva seul avec Simon.

— Où sont donc passés tous les autres ?

Simon était heureux que quelqu'un lui parle, mais il redoutait la colère du vieil homme. Il posa l'index sur ses lèvres, et ils attendirent que le ronflement recommence.

— Messire Jakov est allé voir le rabbin Jizchak pour qu'il réveille les juifs. Messire Laurent s'est rendu chez le patriarche, pour qu'il rameute les chrétiens. Tous les autres sont... (Il désigna le sol couvert de plaques de pierre, à leurs pieds, et chuchota :) En bas, c'est l'enfer ! Réjouissez-vous d'avoir échappé au mal sans que votre âme chrétienne en souffre !

— Qui vous le dit ? demanda avec un rictus le petit troubadour. J'ai perdu ma maîtresse quelque part là-dessous, je n'ai plus mon luth !

— Vous pouvez aussi louer le Seigneur sans lui !

— Mais je ne le veux pas ! protesta Jordi en redescendant dans la citerne.

Guillaume tremblait toujours de peur pour la vie de ses deux protégés. Il parvint pourtant à guider la petite troupe tout droit sur le lieu du drame. Mais lorsqu'ils eurent franchi la porte de la chambre funéraire en or, lorsque le large escalier s'ouvrit devant eux, la pénombre était complète. Il n'y avait plus trace de ce brouillard lumineux qu'avait décrit Guillaume. Il n'y avait rien là-dedans, aux yeux de Gosset, qu'une grotte ordinaire, qui n'avait rien à voir avec la *gleyiza* magique ou le grand « Takt » ! Il ignorait aussi comment ils pourraient bien venir en aide à Roç et Yeza s'ils étaient effectivement montés dans un puits et s'étaient noyés. Il ne savait même pas nager, encore moins plonger, et ne pensait pas que le soufi ou le cabaliste en soient plus capables que lui. Et puis bien trop de temps s'était écoulé pour qu'on puisse encore les récupérer vivants. Mais le prêtre ne dit rien : ils entendirent un sanglot au pied de l'escalier. Ils avaient emporté suffisamment de torches, et ils découvrirent bientôt le petit troubadour qui pleurait, assis sur les marches, son luth brisé dans les mains.

— Ils m'ont quitté, gémit-il, ils ne reviendront plus jamais !

Ezer caressa le nain sur la tête.

— Tant que tu n'abandonneras pas, ils seront toujours auprès de toi !

— Ne pense pas à ce que tu as perdu, réjouis-toi de ce que tu gagnes ! ajouta Abu Bassiht.

— Je donnerais volontiers ma vie, mon corps et mon âme pour eux, si seulement...

— Oh, non ! (Le soufi adressa un sourire à Jordi.) Pour retrouver ceux que tu aimes tant, tu dois devenir comme eux.

Jordi pleura encore plus fort. Guillaume enviait ses larmes au troubadour. Lui-même avait bien plus de motifs d'être désespéré. Il était descendu jusqu'à la base de la pierre noire, en avait fait le tour, avait cherché le calice. Il était prêt à le boire jusqu'à la lie pour être de nouveau uni à ses petits rois. Mais le récipient mystérieux n'était plus entre les roches, là où Roç l'avait lancé. En revanche, les deux aubes étaient bien rangées, toutes proches, à côté du bassin. Cela signifiait, et cette idée le remplit de bonheur, que quelqu'un les avait précédés en ces lieux. Et ce quelqu'un s'attendait forcément à ce que Roç et Yeza refassent surface. Pourquoi, autrement, aurait-on déposé les vêtements... À moins que quelqu'un n'ait voulu dissimuler l'événement ?

Jordi avait cessé de pleurer.

— J'ai entendu une voix qui sonnait comme le tonnerre, confia-t-il à ses amis. Et je crois aussi l'avoir reconnue. (Il n'exprima pas son soupçon.) Elle criait : « On met fin aux ténèbres, on fouille jusqu'à l'extrême limite la pierre obscure et sombre. »

— C'était forcément Jakov ! laissa échapper Gosset.

Les autres secouèrent la tête, incrédules. Il est vrai qu'eux n'avaient pas été présents à Rhedae. Mais Abu Bassiht confirma :

— C'est lui qui a apporté à Jérusalem le calice noir dont tu parles, Guillaume.

— Alors, c'est lui qui a leur mort sur la conscience ! gémit Jordi, qui recommença à pleurer.

— S'il en a une, grogna le prêtre.

Mais le soufi désigna l'eau, dans le bassin : sa surface commençait à s'agiter comme si une source allait jaillir des profondeurs.

— Même l'eau de la vie est jalouse des larmes que verse celui qui aime.

Honteux, comme un gamin prit sur le fait, Jordi s'essuya les yeux et sourit. Une lumière bleuâtre commença à emplir l'air au-dessus de la pierre, des bulles apparurent dans l'eau, comme si elle allait entrer en ébullition.

— Partons d'ici ! demanda Guillaume à ses compagnons, non par crainte, mais en se rappelant l'exhortation de Laurent. Je vous en prie, faites demi-tour, évitez ce lieu ! implora-t-il d'une voix qui tremblait de bonheur.

Ils suivirent son exemple et se rendirent entre les rochers voisins, sans bien comprendre pourquoi ils devaient se cacher. Seul Jordi demeura au bord du bassin. Il s'y assit même.

— Pourquoi devrais-je avoir peur alors que mon vœu est exaucé ? chuchota-t-il à voix basse à Guillaume. Pourquoi la honte, lorsque la pureté se révèle ?

Jordi tenta d'arracher quelques notes à l'unique corde encore présente sur son luth, qu'il avait détruit sous le coup de la fureur et de la tristesse. Le petit troubadour paraissait à présent se contenir bien mieux que tous les autres, qui ne pouvaient dissimuler leur émotion.

— Si le couple royal dépasse la mort, nous connaîtrons le mystère de Salomon ! s'exclama Gosset, avec une joie à peine réprimée.

— Chut ! siffla Abu Bassiht en souriant. Le mystère de la vie ne se transmet que dans le silence.

Tout bruit cessa alors dans la haute salle. Même Jordi cessa de jouer. La lumière bleue s'intensifia, l'eau décrivit quelques vagues dans le bassin. Guillaume, qui était monté bien plus haut dans les rochers que ses amis plus curieux, vit le premier les cheveux bouclés de Yeza sortir des profondeurs ; puis leurs têtes suivirent, la lumière devint vive, enveloppa leurs corps, aveugla les spectateurs.

Roç et Yeza étaient de nouveau dans le bassin, étroitement enlacés, tels que Guillaume en avait gardé le souvenir. Ils se détachèrent l'un de l'autre sans un mot et attrapèrent les tenues qu'on leur avait préparées. Ils s'aidèrent à passer leurs aubes. Dès que leur nudité fut voilée, un craquement retentit dans la salle. Un mur de pierre avait éclaté quelque part ; la lumière bleue disparut aussitôt que les premiers rayons dorés du soleil levant entrèrent par une faille, dans le mur extérieur de la colline du Temple et illuminèrent le couple royal, transformant les aubes blanches et austères en somptueux manteaux de souverains. Roç et Yeza se prirent par la main sans dire un mot et marchèrent vers la fissure qui s'était ouverte dans le mur. Devant eux, à leur hauteur, s'étalait la plaine de Kidron, qui descendait doucement jusqu'à l'étang de Siloah. Ils ne prêtèrent aucune attention à leurs amis, que la joie fit sortir de derrière leurs rochers, et qui s'apprêtaient à les suivre. Seul Jordi était encore au bord du bassin. Lorsque Guillaume s'avança vers le nain pour le sortir de sa torpeur, il constata que toute vie l'avait abandonné. Il était froid comme de la glace. Jordi devait avoir éprouvé un immense plaisir ; sa bouche esquissait encore un sourire. Mais ses yeux avaient roulé dans leur orbite : on n'en voyait plus que le blanc. Guillaume eut peur, il n'osa pas lui fermer les paupières, et rejoignit les autres, décidé à ne rien leur révéler de sa découverte. Ce qui l'attristait, c'est que ni Roç, ni Yeza n'avaient remarqué la présence de leur fidèle serviteur, alors qu'il se trouvait à leurs pieds. Ils l'avaient forcément vu ! Mais ils ne semblaient se rappeler aucun de leurs vieux amis. Quelque chose en eux s'était transformé.

Guillaume frissonna. Il se hâta de quitter ce lieu effroyable pour sentir enfin, de nouveau, la chaleur du soleil.

DÉCHAÎNEMENT DES LÉGIONS INFERNALES

Avant même le lever du jour, le mugissement des cornes de bélier avait tiré les juifs de leur sommeil. Le rabbi Jizchak ne put savoir qui avait osé faire retentir la corne sacrée devant les murs de la synagogue. Quelques anciens de sa communauté affirmèrent qu'ils avaient aperçu Jacob, l'ancêtre, mais il s'était avéré que nul ne l'avait vu de ses yeux : chacun l'avait entendu dire par un autre. C'est de la même manière que s'était propagé l'ordre de s'habiller en tenue de fête, de partir pour la colline du Temple et de quitter la ville par l'ancienne double porte, là où se trouvait désormais la Zawijha Khantunihja, l'abri dévasté où l'on accueillait les derviches itinérants. De mémoire d'homme, cette porte n'avait jamais été utilisée. Pourtant, lorsqu'ils y arrivèrent, les battants étaient grands ouverts. On n'y voyait aucun garde. Le rabbin, hésitant, mena ses fidèles à l'extérieur pour respecter ce commandement. Ils virent alors, à leur grand effroi, qu'en dessous de la petite entrée latérale qui assurait l'aération des écuries et que l'on appelait « Porte d'Ophel », la paroi abrupte située au sud de la colline du Temple s'était partiellement effondrée, sans qu'aucun d'entre eux ait ressenti l'ombre d'un tremblement de terre. À moins qu'une vieille porte ne se soit ouverte d'un seul coup, une porte située en profondeur et murée du temps d'Hérode ?

Le rabbin observa, méfiant, le nuage bleu noir qui planait au-dessus de la vallée, vers Siloah. Une chaleur lourde, inhabituelle pour un petit matin, pesait sur la campagne. La terre avait-elle donc tremblé ? Le rabbin songea à la santé de sa fille unique, qu'il avait enfermée à la maison pour que ce gamin chrétien non circoncis ne puisse pas aller l'importuner, ce qui était une honte, d'autant plus que le père de ce fils dégénéré occupait à présent les fonctions de mufti. Le rabbi Jizchak n'eut pas le temps d'y réfléchir plus longtemps : ses fidèles se mirent à crier « Messie ! Messie ! » et dévalèrent la colline. Dans leur hystérie, ils manquèrent le renverser. Le rabbin fut contraint de courir avec eux, si indigne que cela ait pu lui paraître.

Le couple royal, vêtu de blanc, sortit de la fissure ouverte dans le mur sacré. Les juifs s'arrêtèrent et formèrent une haie d'honneur le long du coteau. Ils cessèrent de crier. Roç et Yeza ne les regardaient pas. Derrière le couple royal, Guillaume de Rubrouck et le prêtre Gosset sortirent à leur tour de la roche, suivis par Abu Bassiht et par Ezer Melchsedek, ce charlatan d'Alexandrie qui se donnait le nom de « cabaliste ». Comment pouvait-il trahir la foi de ses pères jusqu'à se mêler à pareille escorte ? Mais que faisaient ses propres hommes ? Ils couraient comme des agneaux derrière la petite procession qui descendait à présent la vallée de Kidron, le couple royal à sa tête. Le rabbin Jizchak devait-il rester à l'écart ?

Le soufi était le seul à s'être détaché du groupe et à attendre. C'est à lui que le rabbin s'adressa : il était impatient de savoir ce qui se passait. Lui aussi était fâché de voir le mur du Temple endommagé.

— Ces seigneurs ne peuvent-ils pas emprunter la porte, comme chacun d'entre nous, s'ils veulent aller se baigner dans l'étang de Siloah ? grogna-t-il.

— Le grand amant est venu dans la nuit et est reparti au premier rayon du soleil. Les aimés ne doivent-ils pas alors percer le mur avant que le matin ne devienne le jour ?

Le rabbin sursauta.

— Ils ne vont tout de même pas nous quitter ? gémit-il. Nous voulions les honorer comme notre pain quotidien.

— Qu'ont-il à faire de vos boulettes ? C'est une autre main qui leur donne la vie !

Et il s'éloigna en dansant, tandis que le rabbin pensait

qu'il avait bien agi en attirant ce goy insolent, ce matou de Beni, dans le piège du patriarche, qui avait promis de le garder comme lecteur. Où allait-on, s'il était désormais permis aux chrétiens enamourés de franchir les murailles avec la tête !

Le rabbin Jizchak courut rejoindre le groupe. Il se trouva juste sur la trajectoire de la première pierre, qui l'atteignit en plein front. La populace chrétienne accourait avec des cris de haine vers la « porte du fumier », projetant une grêle de pierres sur les juifs qui, malgré eux, protégeaient de leur corps le petit cortège. Les chrétiens s'en seraient aussi pris aux juifs avec des gourdins et des faux si, de l'autre côté, des hommes en armes n'avaient pas dévalé d'un seul coup le mont des Oliviers — une troupe menée par Faucon rouge, arrivé à point nommé devant les murs de Jérusalem avec les soldats que le sultan lui avait confiés.

L'émir ordonna aux archers de Damas de s'agenouiller. Leurs flèches clouèrent au sol les premiers assaillants, et décimèrent les rangs suivants. Les survivants criaient de rage, mais ils s'arrêtèrent et remontèrent le coteau en rampant, puis regagnèrent avec force jurons et gémissements la porte par laquelle ils avaient afflué.

Guillaume et Gosset s'étaient jetés au sol dès le début de l'attaque ; seul Ezer avait continué à marcher droit, sans se soucier de la flèche perdue qui s'était plantée dans son dos. Le couple royal ne regardait ni à droite, ni à gauche, et encore moins derrière lui. Même lorsque Ezer Melchsedek, qui les suivait, prononça les mots « Le jour n'apporte pas le bonheur » et tomba sur le sentier pavé, face en avant.

Les juifs qui les accompagnaient prirent cela pour un mauvais présage, et ils s'arrêtèrent. Ils s'aperçurent alors que leur rabbin avait lui aussi perdu conscience. Ils abandonnèrent le cabaliste et coururent prendre leur rabbin sur leurs épaules avant de rentrer chez eux en pleurant.

Guillaume et Gosset étaient sortis indemnes de la poussière. Ils se dirigèrent vers Ezer Melchsedek.

— Ça commence bien, dit Guillaume, pour encourager Ezer, couché sur le sol. Mais comme celui-ci ne répondait pas, Gosset murmura :

— Et la fin ne va pas être bien meilleure !

Puis ils reprirent rapidement leur marche. Roç et Yeza s'étaient déjà bien éloignés.

Faucon rouge avait gardé les chevaliers de Damas en arrière-garde, et n'avait envoyé que les archers dans la vallée, afin qu'ils couvrent la marche du couple royal et de ses deux derniers compagnons. Il dirigea alors son cheval vers le bas du mont des Oliviers, pour que Roç et Yeza lui indiquent eux-mêmes où les menait leur chemin, et ce qu'il devait entreprendre pour les protéger. Faucon rouge était accompagné par Ali, le fils du sultan, qu'il n'avait pas tenu à laisser sous la garde de son épouse. L'émir et son écuyer étaient arrivés à mi-hauteur de la colline lorsqu'ils aperçurent, au sommet du mont Sion qui leur faisait face, l'armée des chevaliers de Saint-Jean. Faucon rouge brida son cheval : il avait cru reconnaître le maréchal de Ronay. Les rapports entre l'ordre de l'Hospital et Damas étaient régis par une sorte d'accord tacite : les uns s'efforçaient de ne pas entraver les démarches des autres. Lorsque la phalange des tuniques rouges, croix blanche sur la poitrine, s'approcha de lui, l'émir s'aperçut qu'ils étaient tellement imbibés de sang que l'on ne distinguait pratiquement plus les croix. Quelques chevaliers, qui n'appartenaient manifestement pas à l'Ordre, portaient fièrement des têtes découpées qui, si l'on se fiait à leurs turbans, avaient sans doute appartenu à des musulmans.

Faucon rouge ne connaissait pas messire Julien de Sidon. Mais il reconnut très bien la tête de Kefir Alhakim au bout de sa lance. Quelques minutes plus tôt, le mufti lui avait souhaité la bienvenue avec enthousiasme au nom des partisans du prophète. L'islam, lui avait-il expliqué, connaissait de sérieuses difficultés dans la ville de Jérusalem depuis que Yeza et Roç y étaient entrés. Ils n'avaient aucune responsabilité personnelle dans cette situation, mais leur apparition avait réveillé tous les chiens dormants, notamment les chrétiens. Ils se contentaient encore d'aboyer, lui avait-il dit, mais qu'il vienne à leur manquer un seul os sacré, et ils se mettraient à mordre.

Faucon rouge put constater, à la vue du turban ensanglanté, que le mufti ne s'était pas trompé. Il se rappela alors qu'il était un mamelouk. Mais, avant de donner le signal de l'attaque, il voulut attendre que les chevaliers de Saint-Jean soient arrivés dans la vallée. Il envoya Ali auprès des archers de Damas, avec l'ordre de se détacher du couple royal et d'occuper les coteaux de part et d'autre.

Roç et Yeza avançaient comme deux somnambules, sans se soucier le moins du monde de ce qui se préparait dans leur dos. Guillaume et Gosset avançaient en trébuchant derrière eux, car le chemin était jonché de pierres, ce qui ne semblait pas non plus déranger la progression de leurs protégés. Le couple royal ne disait rien à personne, Roç et Yeza ne s'adressaient même pas la parole l'un à l'autre. Les deux accompagnateurs jugèrent sans doute la chose extrêmement étrange, mais ils préférèrent respecter leur mutisme.

Comme les chevaliers de Saint-Jean, contre toute attente, ne se précipitaient pas dans la vallée, mais restaient en formation à la même hauteur que lui, Faucon rouge décida de jouer les appâts. Il descendit au galop le reste de la pente, fit danser son étalon et leva son bouclier et son épée pour les défier. La phalange des chevaliers de l'Ordre ne bougea pas. Messire Sidon et ses compagnons répondirent à la provocation, mais sans se presser particulièrement. Que pouvait bien faire contre eux un unique cavalier, surtout un musulman ? Au même instant, un chevalier du Temple descendit la colline au galop, dans une pluie de cailloux. C'était Botho de Saint-Omer. Son clams blanc était tellement ensanglanté qu'on aurait pu, de loin, le prendre pour un chevalier de Saint-Jean.

— Ce maudit mamelouk m'appartient ! cria-t-il à Sidon et Montfort, ahuris. Ne prenez pas le risque d'essayer de le dérober à ma lame !

Messire Julien fit arrêter ses troupes. Il avait déjà remarqué ce vieux fou qui menait la populace chrétienne dans les rues du quartier juif et se déchaînait contre les enfants d'Israël comme s'il s'agissait de gagner la sainteté.

Il les avait tous abattus, vieux, femmes, enfants, il avait même massacré de sa main les membres du cortège funèbre qui ramenait chez lui le corps du rabbin. Les chrétiens qu'il avait guidés n'avaient pratiquement plus qu'à achever le pogrome. Jean de Ronay avait escorté les survivants dans le palais du patriarche.

— Mets-toi en position, fils de putain égyptienne, crailla le vieil homme de sa voix de vieillard, que je te...

On n'entendit pas le reste : le Templier furieux s'était précipité vers l'émir. Seul son bouclier, qu'il portait encore imprudemment sur le dos, lui évita de mourir dès le premier coup que lui assena Faucon rouge après avoir laissé son assaillant se ruer sur lui, et le manquer. Botho de Saint-Omer se retrouva sur la nuque de son cheval, le souffle bloqué, et seul le fait que son adversaire ne l'ait pas attaqué à son tour lui permit d'arrêter sa monture à une certaine distance pour respirer un peu. Saint-Omer aperçut alors, pour la première fois, le nuage d'orage sombre et dense. Il paraissait avancer lentement, comme une menace. Il comprit pourquoi l'air lui paraissait si pesant, pourquoi il était aussi fatigué. Il plaça cependant son bouclier bosselé devant sa poitrine, abaissa la visière et remit sa lance à l'horizontale. Il allait relancer son cheval au trot lorsqu'un vieux guerrier, un Chevalier teutonique, arriva derrière lui, depuis la sortie de la vallée.

— Arrière ! Hors de mon chemin ! hurla Botho.

Mais, au lieu de lui répondre, le chevalier passa devant lui et lui arracha sa lance.

— Personne ne parle ainsi à Sigbert von Öxfeld ! répondit le soldat.

Botho de Saint-Omer en resta pantois. Mais son adversaire était déjà de l'autre côté. Il lui fallait d'abord mettre pied à terre et ramasser sa lance. Ah, s'il avait emmené Simon ! Mais le jeune Templier s'était détourné de lui avec dégoût lorsque Botho l'avait invité à venir tuer les juifs en sa compagnie.

Sigbert avait rejoint Faucon rouge, qui se préparait pour le tour suivant.

— Vous êtes encore jeune, Constantin, et vous avez une femme aimante !

Le commandeur de Starkenberg mit son cheval en travers et éclata de rire avant d'ajouter d'une voix douce et grave :

— Je vais retenir ici la meute à votre place. Vous, galopez vers Siloah ! Les Templiers, Face d'Ange à leur tête, y ont installé un barrage pour capturer Roç et Yeza, sinon pire...

— Ne sont-ils pas leurs gardiens ? demanda l'émir, incrédule, tout en s'apprêtant à suivre les conseils du chevalier.

— Les chiens de berger se sont transformés en loups ! répondit Sigbert avec mépris.

Le vent brûlant lui soufflait du sable dans la figure. Son cheval, lui aussi, pressentait la tempête imminente et s'agitait.

— Mais je vais commencer par faire sortir ce vieux fou de notre chemin !

Le commandeur éperonna son cheval. Botho galopait déjà vers eux en hurlant, la lance dirigée vers deux hommes, comme s'il comptait les embrocher d'un seul coup. Sigbert n'avait même pas soulevé la sienne : il la tenait en travers du cou de son cheval, si bien que l'assaillant ne pourrait l'éviter s'il voulait que son attaque soit efficace. L'Allemand laissa la lance du Templier glisser sur le bouclier de Botho et heurter le casque de l'homme qui passait au galop devant lui. On entendit un craquement. Botho vacilla sur sa selle, assommé. La force du choc avait fait éclater l'arme de Sigbert. Il la jeta et tira son épée. Faucon rouge bondit devant lui. Les deux vieux compagnons de combat se saluèrent en se présentant leur lame. Alors seulement, Sigbert vit que son bouclier était crevé et sa cotte de mailles déchirée et ensanglantée au-dessus de la hanche. Le Templier avait certainement dû accrocher une pointe à son arme, pour lui avoir causé pareille blessure. Von Öxfeld sentit alors la douleur, et la colère s'empara de lui. Il fit tourner son cheval, l'air songeur, comme s'il n'avait pas remarqué que le Templier lui fonçait à nouveau dessus. Cette fois, Botho tenait sa lance bien droite, pour l'enfoncer dans le corps de son adversaire. Mais il s'était laissé abuser par l'inattention feinte de Sigbert, qui avait placé toute sa concentration dans le bond puissant qu'il imprima à son cheval au dernier moment. Le coup tomba dans le vide, et Botho perdit sa lance, qu'il ne tenait pas assez solidement. Sigbert était dans son dos, et n'hésita pas un seul instant. Il serra les dents et lui assena un coup si violent à la nuque que la tête de Botho et son casque tombèrent d'un coup sur la poitrine. Lorsque son cheval, effrayé, se remit au galop, la tête et le tronc glissèrent chacun de leur côté.

Julien de Sidon laissa échapper un cri de rage. Ses compagnons saisirent l'occasion pour se jeter enfin sur l'adversaire, même s'il s'agissait d'un chevalier chrétien dont tous connaissaient le caractère irréprochable. Sigbert von Öxfeld avait certainement deux fois l'âge de la plupart de ces jeunes spadassins. Cela ne l'empêcha pas de frapper avec fureur, fort de l'expérience de tant de batailles gagnées. Il disposait aussi d'une série de feintes suffisante pour que ses adversaires s'épuisent à faire des trous dans l'air épais : le vieil homme, lui, savait comment frapper pour découper un bras à la hauteur du coude ou sectionner les tendons d'un cheval. Il se défendit admirablement contre cette meute. Mais trop de chiens causent la perte de l'ours même le plus puissant. Le vieux commandeur tenait encore en selle, mais il n'était pratiquement plus capable de lever le bras qui portait son épée. Furieux, Jean de Ronay, le maréchal des chevaliers de Saint-Jean, s'interposa : un Templier décapité n'était tout de même pas une raison suffisante pour tailler en pièces un Allemand respectable. Mais son intervention à la tête de quelques chevaliers de l'Hospital transforma, sans qu'il l'ait voulu, le combat en bataille.

Ali, le fils du sultan, n'avait certes aucune expérience du combat, mais son maître d'armes l'avait admirablement formé. Faucon rouge avait renvoyé le jeune homme en le chargeant de mener l'armée des chevaliers ayyubides vers Siloah. Lorsqu'il aperçut les chevaliers de Saint-Jean, en bas, dans la vallée, il ne put résister à la tentation. Il donna le signal de l'attaque, et toute la cavalerie de Damas descendit le mont des Oliviers dans un bruit de tonnerre. Ils coururent ainsi à leur perte. Car les hommes de l'Hospital eurent tout le temps de les voir arriver. Ils oublièrent les désagréments que leur causait Julien de Sidon et accueillirent l'ennemi qui descendait à grand-peine les coteaux non consolidés et les pentes impraticables ; les soldats se gênaient les uns les autres et venaient s'empaler sur les lances, coincées dans leur direction sur le sol rocheux. Les survivants se jetèrent courageusement dans le combat au corps à corps.

On n'entendit que la sourde rumeur de la bataille au bord de l'étang de Siloah balayé par le vent, comme si un troupeau de buffles attaqué par un lion dévalait la vallée de Kidron. Le nuage noir approchait. Il recouvrit bientôt le ciel tout entier, au sud de la ville. La poussière tournoyait.

L'espoir exsangue et l'apocalypse

Faucon rouge aperçut de loin le couple, qui continuait à marcher, imperturbable. Dans leurs longs habits blancs, Roç et Yeza avaient l'air de deux anges radieux. Derrière eux, image de faiblesse pitoyable et d'attachement émouvant, le gros franciscain avançait en titubant dans sa bure brune. Plus loin encore marchait le prêtre Gosset. Il ne prenait garde ni au danger qui approchait par derrière, ni au mur de nuages noirs qui se dressait devant lui. Il tenait la tête baissée et priait en silence. Faucon rouge brida son étalon. Roç et Yeza lui faisaient l'effet de deux créatures lumineuses, venues d'un autre monde. L'image était d'autant plus forte qu'un autre mur se dressait devant eux : celui formé par les chevaliers du Temple, serrés les uns contre les autres. Ils avaient tous fermé la visière de leur heaume, si bien qu'aucun visage humain ne saluait Roç et Yeza. Seuls des yeux morts les regardaient de derrière les fentes étroites, taillées dans le fer-blanc de ces longs casques informes. Ils tenaient leurs lances à la verticale, ce qui renforçait encore l'impression de se trouver face à une paroi infranchissable. Devant eux paradait Guillaume de Gisors. Son clams paraissait plus blanc que celui de ses chevaliers, et la croix rouge griffue brillait comme une blessure. Il tournait volontairement le dos aux enfants du Graal. Faucon rouge décida de ne pas intervenir pour le moment, et d'observer la scène : les Templiers oseraient-ils effectivement barrer le chemin au couple royal, ou même porter la main sur eux ? Il voulait attendre les renforts de la cavalerie menée par Ali. Les bruits de combat qui parvenaient des environs de la ville inquiétèrent l'émir. Son regard glissa vers le haut du mont Sion. Une litière noire escortée par des Templiers venait d'y apparaître. Les porteurs l'avaient déposée sur le sol et se tenaient figés à côté d'elle, comme des piliers de sel. Le rideau de la litière était immobile. Faucon rouge sentit pourtant le regard de la femme qui l'observait.

Le vaniteux Guillaume de Gisors eut la même impression. Répondant à un ordre qui n'avait pas été prononcé, il releva sa visière et monta le coteau avec son cheval. La Grande Maîtresse n'aimait pas qu'on la fasse attendre. Mais cette fois, le Templier avait bien l'intention de montrer à sa mère adoptive qu'elle ne pourrait le désavouer chaque fois devant tous ses hommes. Guillaume lança sa monture sur la première terrasse et refusa à Marie de Saint-Clair l'obéissance qu'il lui devait. À cet instant précis, Roç et Yeza n'étaient plus qu'à trois longueurs de cheval des Templiers. Sigbert, accroché au cou de sa monture, fila alors devant Faucon rouge et dépassa le couple royal avant d'aller s'effondrer à grand fracas sur le sol. Il saignait de tout son corps. Ni lui, ni son cheval ne se relevèrent.

L'émir s'était attendu à ce que Roç et Yeza s'occupent aussitôt de leur vieil ami. Mais il lui fallut bien constater qu'ils passaient devant le commandeur sans même accorder un regard à l'homme couché au sol. Cela serra tellement le cœur de Faucon rouge qu'il voulut leur barrer le chemin et leur faire la leçon. Mais il n'en eut pas le temps : Roç et Yeza avaient atteint le front des Templiers sans ralentir leur pas un seul instant. Ils avancèrent droit sur les premiers d'entre eux, touchant presque les naseaux des chevaux. Alors, les Templiers reculèrent en silence et formèrent une haie que le couple royal franchit, tête haute, sans regarder ni à gauche ni à droite. Guillaume de Gisors assista à la scène depuis la hauteur, et la haine lui remplit l'âme. Ce n'étaient pas des enfants du Graal ! Satan s'était introduit en eux, ils apportaient le mal dans le monde ! Il se mit à brailler d'une voix stridente :

— Abattez-les, ces démons ! Ne les laissez surtout pas s'échapper !

Faucon rouge lança encore un regard rapide vers la litière pour s'assurer qu'aucune attaque ne viendrait de cette direction. Gisors dévala le coteau comme s'il était devenu fou. Faucon rouge vola à sa rencontre avant qu'il ne puisse atteindre la haie des Templiers. Roç, Yeza et même Guillaume étaient déjà hors de sa portée. Face d'Ange s'en prit donc au dernier homme du petit cortège : d'un seul coup, en écumant de fureur, il fendit le crâne au prêtre Gosset. Puis il se tourna vers l'émir.

— À ton tour de partir en enfer, mamelouk ! couina Gisors, le visage déformé par la haine. Faucon rouge attrapa son cimeterre par la lame, sous le pommeau, assena un coup violent de l'angle du bouton sur l'os nasal du Templier qui continuait à vociférer, et lui entailla la bouche avec la poignée ornée de pierres précieuses, qui lui découpa la gencive avant de lui mettre la lèvre inférieure en lambeaux. Personne ne parlera plus jamais de « Face d'Ange », se dit l'émir avec une satisfaction hargneuse. Il fut alors emporté par un flot qui se déversa comme un torrent dans la vallée de Kidron : c'étaient ses cavaliers de Damas, qui fuyaient devant les chevaliers de Saint-Jean. Ceux-ci les repoussaient vers les Templiers. En les voyant arriver, les chevaliers à la croix griffue abaissèrent avec jouissance leurs lances à hauteur de la poitrine. La haie s'était refermée depuis longtemps, Guillaume avait tout juste eu le temps de la franchir, comme une souris brune affolée.

Faucon rouge frappa autour de lui et tenta de gagner le coteau. Sur le mont Sion, la litière noire avait disparu dès que le cri de douleur de Gisors était parvenu jusqu'à elle. Ensuite, on n'entendit plus que son hurlement, recouvert, peu à peu, par le mugissement du vent. Le nuage noir était descendu très bas au dessus de la vallée, la poussière soulevée par la tempête aveugla presque Faucon rouge. Il vit, sans rien pouvoir y faire, les premiers rangs de la cavalerie qu'on lui avait confiée se jeter, dans un bain de sang, sur les lances des Templiers. L'émir grinça des dents. Ce sacrifice était indispensable. Autrement, rien ne pourrait percer la phalange formée par les Templiers. Et s'ils n'y parvenaient pas, les soldats de Damas seraient de toute façon broyés comme du grain entre les meules formées par les deux Ordres, si hostiles l'un à l'autre en temps normal. Mais les Templiers n'ouvrirent pas de brèche. De nouvelles pointes acérées sortaient du deuxième rang lorsque celles du premier fléchissaient sous le poids des corps embrochés, hommes et chevaux. À l'arrière, les chevaliers de Saint-Jean taillaient les fuyards en pièces. L'émir ne voulut pas rester plus longtemps à l'écart de ce massacre. Mieux valait mourir au combat que vivre avec la honte d'avoir stupidement mené son armée au désastre. Mais comment en était-on arrivé là ? Qu'est-ce qui les avait tous poussés à se battre à mort devant les murs de Jérusalem, comme s'il y avait un empire à conquérir ? Faucon rouge distinguait en bas, sur le chemin, le cadavre de Sigbert. Celui du prêtre reposait juste à côté de lui. Les combattants les piétinaient. Combien allaient encore perdre la vie pour le « royaume de la paix » ? Roç et Yeza devaient mettre un terme à tout cela !

L'émir vit une possibilité de contourner les Templiers par le mont Sion, afin de rejoindre les enfants. De toute façon, il ne restait plus rien de la fière cavalerie qu'il avait menée depuis Damas. Mais dès que les chevaliers de Saint-Jean, pris d'une véritable ivresse sanguinaire, eurent déchiqueté le dernier porteur de turban, ils s'en prirent aux Templiers. L'effet de surprise leur valut d'abord un succès fulgurant. Les chevaliers en clams blanc étaient fatigués de se tenir à cheval. Certains avaient encore leur lance baissée, immobilisée par le poids des cadavres. Leur commandant ne parvenait plus à se faire comprendre, alors que le maréchal de l'Hospital était maître de ses troupes. Celles-ci auraient rapidement massacré tous les Templiers si une effroyable grêle de flèches ne s'était pas abattue sur eux. Le ciel déjà sombre s'obscurcit comme pendant une éclipse, tant était dense la pluie de projectiles qui tombaient à la verticale sur les chevaliers de Saint-Jean et les derniers cavaliers de Damas, perçant même les cuirasses et les épaulières. Les chevaux roulaient sur le sol, écrasaient sous leur poids les chevaliers précipités par terre, ou leur enfonçaient le casque dans le crâne à coups de sabot. Les mamelouks, qui venaient d'arriver sur le lieu du combat et affluaient des deux côtés comme des essaims de sauterelles, sauvèrent la vie aux Templiers. Les yeux de Faucon rouge cherchèrent leur chef. Ce n'était pas Baibars qui commandait ces troupes, mais l'immonde Naiman. Cette créature bigleuse, ce fidèle de Qutuz n'était ni officier, ni mamelouk : ce n'était qu'un piteux agent des Services secrets du Caire. Il se tenait loin du champ de bataille et faisait tirer les chevaliers de Saint-Jean d'en haut, comme des lièvres. L'émir aperçut alors Ali, qui se défendait en riant contre deux attaquants. Ce fut l'élément décisif. Faucon rouge renonça à poursuivre Roç et Yeza et se précipita dans la mêlée. Comme chacun frappait depuis longtemps sur tout le monde, il n'eut pas de mal à se frayer un chemin jusqu'au fils du sultan, qui s'amusait encore avec ses adversaires : il coupa le bras droit au premier, et atteignit le second sous le bouclier, dans les parties génitales.

— Les mamelouks ont abattu tous les chiens chrétiens à Jérusalem ! lui cria Ali, rayonnant de joie. Ceux qui n'ont pas pu se réfugier au château de David, comme le patriarche et sa couvée, on leur a coupé les pieds, on a ouvert le ventre des femmes, arraché les yeux des enf...

— Tais-toi ! hurla l'émir. Sans cela, je te fais subir le même traitement, pour que tu comprennes...

Faucon rouge garda pour lui le reste de sa phrase, en voyant le visage abasourdi du gamin, qui ne comprenait absolument pas sa réaction. Ils avaient donc tous perdu leurs esprits ? À cet instant seulement, l'émir remarqua les petites têtes sur les pieux, les boucles enfantines collées par le sang séché. C'était l'œuvre des mauvais *djinn*, sortis de leurs cachettes sombres. Seul un homme damné par Allah pouvait les avoir libérés ! Et ils se déchaînaient à présent. C'était le début d'Armageddon, le grand massacre de la fin du monde ! Les cadavres s'accumulaient déjà, formant de si hautes haies qu'on ne les franchissait plus à cheval. Couverts de sang, ennemis et amis ne se distinguaient plus les uns des autres. Et après tout, quelle différence cela faisait-il ? Le sang des uns et des autres s'unissait pour former un torrent qui courait dans la vallée de Kidron.

— Partons d'ici ! cria Faucon rouge à Ali.

Mais le gamin avait déjà replongé dans la bataille. Il fit se cabrer son cheval lorsque deux chevaliers de Saint-Jean voulurent s'emparer de lui. Les sabots atteignirent le premier au visage, tandis qu'il enfonçait son arme dans la gorge du second. L'émir dut attraper les rênes du cheval pour éloigner le fils téméraire du sultan, ivre de sang !

Les chevaliers de Saint-Jean comprirent qu'il ne leur restait plus qu'une issue. Leur maréchal, dont le cheval avait été abattu, s'approcha de Gisors, qu'il avait à peine reconnu.

— Frère dans le Christ ! lança Jean de Ronay au Templier. Laisse-nous passer, ou nous sommes tous morts !

Mais Gisors eut un rire sarcastique.

— Quelle perte épouvantable ! laissa-t-il échapper entre ses morceaux de lèvres déchiquetées, et il cracha.

— Ne vous damnez pas ! implora le chevalier de Saint-Jean.

Mais celui-ci finit par comprendre qu'il n'émouvrait pas le Templier au visage ravagé et se mit à hurler : Soyez maudit ! Que le diable emporte aussi votre...

Il n'alla pas plus loin : une flèche venait de lui entrer dans l'œil.

Guillaume de Gisors se mit à rire. Le sang jaillissait de sa gueule déchiquetée. Mais ses Templiers écœurés reculèrent et desserrèrent leurs rangs, laissant passer les chevaliers de Saint-Jean, et s'en allèrent en direction de Siloah. Guillaume de Gisors les suivit du regard, ahuri. La poussière soulevée par les fugitifs lui sauta au visage, le sable grinçait entre ses dernières dents, il crachait du sang.

— Abattez-les ! bredouilla-t-il.

Puis un coup du maréchal l'atteignit dans le dos. Il tomba, la face dans la boue ensanglantée, et se tut.

Roç et Yeza avaient dépassé l'étang de Siloah sans se retourner une seule fois. Guillaume avançait toujours derrière eux. Le vent brûlant du désert avait pris une telle force que la poussière l'aveuglait constamment. Il avait peur de les perdre. Il se voyait lui-même courir derrière eux dans un nuage, mais l'autre Guillaume, devant lui, savait qu'il ne les rattraperait jamais. Il avançait pourtant, en titubant, en trébuchant, parce qu'il ne pouvait pas faire autrement. Le désert s'ouvrit devant eux, non pas une dune de sable, mais une terre pierreuse et aride. Ils n'ont même pas pris d'eau à la source, songea Guillaume, qui en avala quelques gorgées avant de reprendre sa course, désespéré de la mutation incompréhensible qui semblait avoir frappé Roç et Yeza. « Puissent-ils négliger ce calice », s'était exclamé Gosset lorsque Guillaume était venu l'appeler à l'aide pour sauver les noyés de l'eau de la pierre noire. Lui, Guillaume, n'avait pas dit un mot du calice noir, ni du fait qu'ils y avaient déjà bu. Ils avaient sur lui cette avance : ils avaient vu le Graal, la connaissance douloureuse d'un savoir qui englobait toutes choses. Il lui paraissait impossible de faire pareille découverte dans la joie. Elle faisait sans doute éclater toutes les capacités de l'entendement humain. Peut-être était-elle simplement inhumaine ? Guillaume regarda autour de lui, effrayé. Comme les cavaliers de l'Apocalypse, les Templiers se ruaient dans leur direction, en compagnie des chevaliers de l'Hospital, puis des derniers soldats de Damas et de la meute des mamelouks. Cette union inouïe ne pouvait être qu'un subterfuge du Malin... Peut-être voulait-il s'emparer ainsi du couple royal ? Il fallait qu'il prévienne Roç et Yeza, Guillaume ouvrit la bouche pour crier, mais un vent brûlant étouffa son appel. La tempête s'était levée comme un typhon entre lui et les enfants qui s'éloignaient, un mur de sable et de pierres tournoyantes, haut comme un clocher d'église, l'avait jeté au sol, ce qui lui évita d'être découpé en morceaux par les guerriers qui approchaient. Eux aussi furent emportés, pêle-mêle, comme fétus au vent. La tempête de sable se déchaîna sur les chevaliers, leur ôta la vue, le sens de l'orientation, et ils renoncèrent à rejoindre le couple royal. Chacun ne combattait plus désormais que pour sa survie, pour pouvoir respirer. Mais même dans cette situation, Guillaume pensait à ses chers protégés, à Roç et Yeza. Peut-être n'étaient-ils plus de ce monde ?

À lui, Guillaume, leur compagnon de la première heure, cette vallée de larmes ne serait pas épargnée. Il était enterré sous le sable, sentait les grains fins lui emplir le nez et la bouche, ils allaient l'étouffer. Tous les amis du couple royal avaient payé leur fidélité de leur vie, à commencer par ceux qui s'étaient toujours déclarés prêts à se rendre aux enfers pour eux, s'il le fallait. Mais Roç et Yeza y étaient descendus eux-mêmes, ils l'avaient traversé. L'angoisse lui nouait à présent la gorge : les pires souffrances lui étaient certainement réservées à lui, Guillaume, le plus fidèle des fidèles, même à l'heure ultime, il venait de le prouver en les suivant pas à pas. Guillaume se reprit, désespéré, pour ne pas se laisser emporter par la mort. Il se força à faire apparaître l'image de Yeza dans son esprit. Elle lui parlait, il voyait ses lèvres bouger, mais il ne pouvait pas l'entendre. Une voix retentit alors :

— J'ai invoqué les esprits de la tempête, pour que le couple royal puisse enfin aller à son véritable destin.

Guillaume leva les yeux. Il vit au-dessus de lui Arslan, qui lui tendait une main secourable.

— Tu es le seul véritable gardien, dit-il amicalement en l'aidant à se lever, car tu les aimes pour eux-mêmes. Tous voulaient leur royaume de paix, mais uniquement au nom de leur propre idole, celle qu'ils prient et au nom de laquelle ils se massacrent les uns les autres.

L'air se purifia devant Guillaume, la tempête se coucha et le laissa découvrir le désert. Roç et Yeza étaient tournés vers Guillaume. Un sentiment de bonheur le submergea. Il entendit alors la voix de Yeza :

— Celui qui veut connaître le Graal doit être prêt à brûler dans la lumière des lumières, car il voit Dieu dans toute sa splendeur.

— Et le monde du démiurge, ajouta Roç, dans toute sa misère.

Puis il se tourna pour reprendre sa route.

— Qu'est-ce que le Graal ? cria Guillaume derrière eux.

Il n'obtint pas de réponse, mais Yeza lui offrit un dernier regard. Elle laissa son fidèle gardien regarder au fond de ses yeux étoilés, et il sentit qu'elle compatissait avec ce monde où ils l'abandonnaient. Guillaume ferma les yeux, reconnaissant. Il vit les deux silhouettes qui s'éloignaient. Et, pourtant, elles demeuraient si proches de lui, elles resteraient éternellement à ses côtés. Cela le consola. Comme un souffle, il comprit tout d'un coup que le dernier secret, le grand secret de la création, ne pouvait être exprimé en mots par des êtres humains. Dieu seul connaissait ces paroles :

ἐν ἀρχή ἦ ὁ λόγος

NOTES

LE SECRET DES TEMPLIERS

I. Lucifer à Rhedae

Rinat Le Pulcin : Peintre de cour, dans la suite de Roç et Yeza, les enfants du Graal.

Damna : (occitan) Dame.

Gosset : Prêtre envoyé en ambassade par le roi Louis IX, accompagna les enfants du Graal et les franciscains Guillaume de Rubrouck et Bartholomée de Crémone pendant un voyage présumé auprès du grand khan des Mongols.

Trencavel : Nom de la lignée des vicomtes de Carcassonne (Vescomtat de Carcassey), étroitement liée à la maison des souverains occitans de Toulouse qui, à sa grande période, avait un pouvoir et un territoire tout à fait comparables à ceux du royaume de France. Le nom de « Trencavel » a muté, au cours de la formation de la légende qui s'est tissée autour du plus fameux membre de cette lignée, Roger Ramon II, pour donner « Perceval ».

Clericus maledicus : (lat.) Prêtre de mauvaise réputation.

E cels... : (vieux français) Et ceux de Carcassonne se sont bien armés / Ce jour-là, ils donneront des coups, ils en prendront / Et des deux côtés, il y aura des morts et du sang.

Pïereiras... : Les balistes et les catapultes sont dirigées vers les murs / tirent (sur la citadelle) jour et nuit, de près et de loin. Lorsqu'il le vit (le roi), le vicomte accourut / et tous ses chevaliers furent saisis par une grande joie. (*La conquête de Carcassonne*, in *Les croisades contre le Sud, 1209-1219*, auteur : Guilhèm de Tudèla, XIIIe siècle, & anonyme)

Baro... (refrain) : Baron de Quéribus, Xacbert de Barbera, lion dans la bataille.

Xacbert de Barbera : (1185-1275) Dit « Lion de Combat », seigneur de la guerre et cathare excommunié par le pape. Souvent exilé pour avoir constamment résisté (en vain, au bout du compte) à la France (Toulouse 1218-1219 et Carcassonne 1240-1241). Sous les ordres du roi Jacques Ier d'Aragon (cf. ci-dessous), a participé à la conquête de Majorque. S'est finalement installé, sous la protection de Jacques, dans la citadelle de Quéribus. Xacbert était apparenté aux Trencavel de Carcassonne et aux comtes de Foix.

Jacques d'Aragon : (Don Jaime ; Jaime el Expugnadorà), Jacques Ier (le conquérant), roi d'Aragon (1213-1276), conquit les Baléares et les émirats de Valence et Murcia.

Quéribus : Le château imprenable de Xacbert de Barbera, tombé entre les mains du sénéchal de Carcassonne, et donc de la couronne de France, à la suite de la trahison d'Olivier de Termes (voir ci-dessous).

Jordi Marvel : Troubadour, dans l'escorte des enfants du Graal

Francos : les Francs.

Olivier de Termes : né en 1198 ; son père, Ramon de Termes, fut tué après la chute de la ville en 1211 ; son oncle Benoît était l'évêque cathare de Rhedae (Razès). Termes fut transmis à Alain de Roucy, qui avait abattu Pierre II, roi d'Aragon, lors de la bataille de Muret en 1213 (cf. ci-dessous : *croisades des Albigeois).* Olivier, qui était ainsi devenu un proscrit *(faidit),* soutint le dernier Trencavel. Après l'échec de celui-ci, il rejoignit les bannières de la France et entra dans une lutte acharnée contre Xacbert de Barbera, qui continua à résister avec résolution aux Français.

Roç et Yeza : Les enfants du Graal. Roç, de son nom entier Roger-Ramon-Bertrand, né vers 1240/1241, parents inconnus ; il adopta par la suite le nom de « Trencavel du Haut-Ségur », ce qui permet de conclure à un lien avec la lignée éteinte de Perceval. Le dernier descendant de Perceval (vicomte de Carcassonne), Roger Ramon III, tomba au combat en 1241 en essayant de reprendre Carcassonne.

Yeza, Isabel-Constance-Ramona, née vers 1239-1240, parents inconnus, choisit le nom de « Yezabel Esclarmonde du Mont y Sion ». Sa mère n'était vraisemblablement pas la fameuse Esclarmonde de la légende de Perceval, mais Esclarmonde de Perelha (Pereille), fille du châtelain de Montségur. Son père était peut-être le fils bâtard de Frédéric II, Enzio, né en 1216, qui mourut en 1272 dans les geôles de Bologne, ou encore l'empereur lui-même.

En 1244, peu avant la capitulation de Montségur, sur ordre du prieuré de Sion (voir ci-dessous), les enfants furent mis en sécurité auprès de la comtesse d'Otrante par les chevaliers Créan de Bourivan, Sigbert von Öxfeld et Constance de Selinonte, *alias* Faucon rouge, ainsi que Gavin Montbard de Béthune (précepteur de l'ordre des Templiers).

Leur surnom, « enfants du Graal », laisse penser qu'ils portaient le sang royal de la maison de David.

Es viven... : (occitan) Que vivent les enfants du Graal !

Reyes de paz : (espagnol) Rois de la paix.

Graal : Le Graal était le grand mystère qui ne se révélait qu'aux initiés, pas seulement aux cathares, mais à beaucoup d'autres personnes au cours du Haut Moyen Âge. On ne sait pas précisément, jusqu'à nos jours, si le Graal était un objet (une pierre, un calice ayant recueilli des gouttes de sang du Christ), ou un savoir secret concernant la dynastie de la maison royale de David, allant de Jésus de Nazareth jusqu'au mythe celte des chevaliers du Graal, à la table ronde du roi Arthur. En outre, au plus tard depuis la disparition des Mérovingiens, une thèse affirme que le saint Graal doit être lu comme « Sang Réal », « Sang sacré ». En alchimie, le Graal s'identifie à la « pierre philosophale ».

Grazal dos tenguatz... : (catalan-occitan) « C'étaient les deux enfants du Graal, ils furent sauvés de grands périls la dernière nuit de Munsalvätsch. Beaucoup de chevaliers risquèrent leur vie pour Roç et Yezabel, les enfants du Graal. Depuis, on ne parle que d'eux, Roç Trencavel et son Esclarmonde. »

Papa di Roma... : Le pape, à Rome, en veut à leur vie. Ils sont protégés par le pouvoir magique de Sion, il les guide sur les profondeurs de la mer, Byzance est à leurs pieds. Roç et Yezabel, les enfants du Graal. Elle court à tout jamais, la nouvelle de Trencavel et de son Esclarmonde (Ballade « Les enfants du Graal » de Miguel Cortes, d'après la traduction de Peter Berling).

Grazal lo venatz... : (catalan-occitan) Gardiens du Graal, ils font leurs preuves dans le désert des Tatars ; vaincre le Vieux de la montagne, conquérir la couronne des Mondes, Roç et Yezabel, les enfants du Graal, Roç Trencavel et son Esclarmonde. (*Ibid.)*

Ni sangre reis... : (catalan-occitan) La ronde des mondes n'a jamais vu un plus noble homme de sang royal, une plus belle dame courageuse et avisée. Leur royaume secret, c'est l'amour, pour que vainque l'espoir de l'homme. Roç et Yezabel, enfants du Graal, héros de la dernière heure, Roç Trencavel et son Esclarmonde. (*Ibid.)*

Etant... : (catalan-occitan) Et tant que la montagne est encore debout, il n'y a pas de meilleur chevalier, ni au près, ni au loin, un noble courage uni à la bonté du cœur. (*La Conquête de Carcassonne*, voir ci-dessus).

Pog : Cf. ci-dessous, *Montségur*.

Perceval : L'idée qu'il existait une lignée du sang royal sacré connut une nouvelle vogue lorsque le catharisme (voir plus bas), qui se propagea à la fin du XIe siècle, prit une dimension religieuse. Les deux courants se rejoignirent dans l'idée du Graal. La reprise d'une légende celte de l'époque des Grandes Migrations, le mythe du roi Arthur et de ses chevaliers, colportée par les troubadours, donna naissance à l'idée de gardiens du Graal et de la famille du Graal, qui fut ensuite incarnée avec le début des persécutions en Occitanie. Ce fut le début de l'épopée de Perceval, liée à la personne du malheureux vicomte de Carcassonne. Roger- Ramon, de la lignée des Trencavel (« coupe bien »), dit « Perceval » (de « percer »). La mère de ce Trencavel (l'avant-dernier) portait le nom d'Adelaïde de Burlats-Toulouse (Herzeloïde) Esclarmonde. Il n'avait pas de sœur, mais une tante nommée Esclarmonde de Foix, qui s'engagea avec force pour les cathares persécutés. En 1209, une croisade menée par la France et par Rome balaya le Languedoc, brûla les villes et les hommes, détruisit la culture et la langue du pays. Perceval fut capturé et empoisonné, le comté de Toulouse devint français. Seul Montségur résista jusqu'en 1244 — mais on ne trouva pas le Graal lors de sa conquête.

Bezù de la Trinité : Inquisiteur de l'Occitanie, dominicain.

Fernand Le Tris : capitaine français au service du sénéchal de Carcassonne, frère de Bezù de la Trinité.

Faidits : Les proscrits (de l'arabe *faida*).

Montségur : (Munsalvätsch) Le plus célèbre des châteaux cathares, situé sur un piton rocheux (le « Pog ») dans l'Ariège (comté de Foix). En 1204, à la demande d'Esclarmonde, il fut transformé en forteresse. Jusqu'en 1244, ce fut l'un des derniers bastions des cathares du sud de la France. Un lieu de culte celte se trouvait déjà sur le Pog avant l'édification de Montségur. Les ruines du château, bien conservées, peuvent encore être visitées aujourd'hui.

Mas cò qu'es... : (catalan-occitan) Mais à ce que le destin décide, aucun homme ne peut se dérober. Il est mort après minuit, aux premières lueurs de l'aube. (*La conquête de Carcassonne, idem*)

Ladoncs... : (catalan-occitan) On y voyait beaucoup d'hommes et de femmes qui se lamentaient à voix haute. (*La conquête de Carcassonne*)

Catharisme : (du grec *hoi katharoi*, les purs). Mouvement de rénovation religieuse qui se détacha radicalement de l'Église officielle catholique romaine. Cette hérésie trouva autant de partisans dans le Languedoc qu'en Provence, en Lombardie et en Allemagne. La doctrine des « purs » avait son origine dans le manichéisme persan, un courant dualiste qui fait la distinction entre le dieu bon, invisible, et le « méchant créateur des mondes », le démiurge. Au cours du XIIe siècle, le catharisme devint un contre-pouvoir menaçant pour Rome. Le peuple, mais aussi la noblesse locale, se rallièrent à cette foi. Les communautés cathares élurent des évêques (Carcassonne était elle aussi un évêché cathare). Ils ne revendiquaient aucun pouvoir : ils avaient plutôt une activité d'organisation et de direction spirituelle. La plus haute instance de décision était le « Conseil des Parfaits ».

Les croisades qu'on lança contre eux au début du XIIIe siècle ne provoquèrent pas l'élimination des cathares. L'élément décisif fut plutôt la « contre-mission » lancée par les dominicains. C'est dans la lutte contre les hérétiques que l'Église mit au point la procédure de l'Inquisition, qui fut partiellement consignée dans des « manuels ». La création des tribunaux de l'Inquisition dura de longues années. On peut considérer qu'elle remonte à la bulle « *Ad abolendam* » (1184 ; pape Lucien III). Grégoire IX codifia la procédure d'inquisition en 1231. Innocent IV la résuma dans la ville « *Ad extirpanda* », et en rendit les principes encore plus rigoureux.

Rennes-le-Château : l'un des sièges des Templiers dans le sud de la France, issu de l'ancienne ville gothique de Rhedae, que les conquérants français détruisirent presque totalement pendant les guerres des Albigeois.

Aragon : Royaume du nord-est de l'Espagne, créé par Sancho le Grand de Navarre à sa mort (1035) ; ancienne capitale Jaca, dans les Pyrénées, puis Saragosse ; au XIIe siècle s'y ajoute le comté de Catalogne, avec Barcelone.

Gavin Montbard de Béthune : Chef (précepteur) de la maison de l'Ordre à Rennes-le-Château. Son prédécesseur, André de Montbard, était l'un des membres fondateurs et le quatrième grand maître de l'ordre des Templiers, fondé après la première croisade, celle de 1096-1099. Conon de Béthune, issu d'une famille noble du nord de la France, était un ménestrel connu, mort en 1219. Son fils fut de 1216 à 1221 régent de l'Empire latin et mourut en 1224. Gavin, jeune chevalier, avait été utilisé en 1209 par les meneurs de la croisade des Albigeois pour proposer un sauf-conduit au vicomte de Carcassonne (Trencavel, Perceval). Mais cette parole ne fut pas tenue.

Les Templiers : La date et les circonstances de la fondation de cet Ordre médiéval puissant, entouré de scandales et de mystère, sont encore inconnues. La rumeur prêtait aux Templiers des trésors gigantesques et un savoir mystique secret. Juste après la conquête de Jérusalem, après la première croisade, quelques chevaliers (parents de Bernard de Clairvaux) reçurent l'autorisation de s'installer dans un bâtiment annexe de la mosquée Al-Aqsa, sur la montagne du Temple. En 1118, le premier grand maître Hugues de Payns demanda la reconnaissance comme ordre de chevalerie, qui eut lieu en 1120. L'ordre des « Sacrae Domus Militiae Templi Hierosolymitani Magistri » fut dissous en 1307 après un procès en hérésie (Philippe le Beau / Pape Clément V). Le dernier grand maître, Jacques de Molay, fut brûlé en 1314 à Paris. Une partie de la fortune du Temple fut reprise par le roi de France, les bailliages et les concessions de l'Ordre furent remis aux chevaliers de Saint-Jean. De nombreux Templiers échappèrent à l'arrestation en fuyant par les Pyrénées, où le roi de Castille leur permit de survivre sous un autre nom. La fameuse flotte des Templiers se réfugia en Écosse. Ce sont les deux pays où l'ordre des Templiers subsiste encore de nos jours, sous la direction d'un grand Prieur.

Le roi Louis : Louis IX, né en 1214, roi de France, marié à Marguerite de Provence. Il fut nommé « Saint Louis » avant même sa mort, et fut canonisé en 1297. Ses deux croisades malheureuses en Égypte (1248-1254) et en Tunisie (1270) ne lui rapportèrent aucun profit matériel, mais une grande popularité, à une époque où la mystique des croisades n'était vivante qu'au sein du peuple. Louis mourut à Tunis, lors de la VIIe croisade.

Tympan : (grec) Pignon triangulaire installé au sommet des portes ou des fenêtres.

On met fin... : Job, 28, 3 (Bible de Jérusalem).

Hic Domus... : (latin) C'est ici la maison de Dieu.

Ainsi chemineras-tu... : Proverbes, 2, 21.

Alamut : Siège principal et forteresse des Assassins, dans le massif persan du Khorassan. C'était la principale citadelle des Assassins, qui en possédaient une trentaine, le quartier général et le siège de l'imam, au sud-ouest de la mer Caspienne, le long de l'ancienne route de la Soie. Il n'en reste plus aujourd'hui que des ruines difficilement accessibles.

Assassins : secte secrète chiite ismaélienne, dont le siège était Alamut mais qui prit pied en Syrie en 1176. Son premier grand maître en Syrie fut le cheikh Rachid ed-Din Sinan, devenu célèbre sous le surnom de

« vieux de la montagne ». Ce surnom a été porté comme un titre par tous ses successeurs.

Masyaf : forteresse principale des Assassins de Syrie, entre Homs et Hama, à la hauteur de la ville portuaire de Tortosa (Tartus), dans le massif du Noasiri.

Sigbert : Cf. plus bas : *Sigbert von Öxfeld.*

Chevaliers teutoniques : L'Ordre teutonique des chevaliers et frères de la maison allemande de Jérusalem (Ordo Equitum Teutonicorum) fut fondé en 1190 devant Saint-Jean-d'Acre. C'était une fraternité destinée à apporter des soins. En 1198, elle devint un ordre de chevalerie (manteau blanc à croix noire). En 1225, l'Ordre s'installa aussi en Prusse et s'unit, en 1237, avec les frères Porte-Glaive. Après la chute de Saint-Jean-d'Acre, en 1291, le siège de l'Ordre fut d'abord Venise (jusqu'en 1311), puis le Marienburg (jusqu'en 1809).

Protopoma : (grec) Symbole, archétype.

Gesta Dei per francos : (latin-occitan) Que Dieu accorde sa faveur aux Français ! Au Moyen Âge, expression figée et assez répandue.

Cabaliste : Interprétateur de la cabale, la science secrète juive (développée aux IXe et XIIIe siècles). Pratique les interprétations mystiques de l'Ancien Testament ; transposition des connaissances en nombres et en formes

Jakov Ben Mordechai Gerunde : Cabaliste de Gerone.

Abaque : à l'origine, planche à compter. Le terme fut ultérieurement utilisé pour désigner le bâton de commandement des seigneurs Templiers.

Pons de Levis : fils du comte de Mirepoix.

Las de Morency : Fils d'une famille noble du sud-ouest de la France

Raoul de Belgrave : issu d'une lignée normande anglaise de Leicester, arrivée dans le pays avec Simon de Montfort.

Pier de Voisins : Sénéchal de Carcassonnne.

Gengis-Khan : (Djinggs-Quyan, 1167-1227) ; unificateur des peuples mongols vers 1195 ; souverain absolu à partir de 1206. Marié à Börke.

Le nichmat : Prière prononcée lors de l'office matinal des sabbats et jours de fête.

Talmud : (hébreux : l'enseignement) Recueil du judaïsme post-biblique, composé de la Mishna et de la Gemara, recueil des commentaires explicatifs et critiques sur la Mishna.

Les Dioscures : Castor et Pollux

Chiron : Célèbre centaure de la mythologie grecque. Se sacrifia pour Prométhée en descendant aux Enfers à sa place. Zeus le plaça, pour cette raison, au firmament.

Nessos : Le chasseur, autre centaure de la mythologie grecque.

Aigle : Cette ancienne constellation « fixe » a été remplacée plus tard par celle du Scorpion. On la retrouve dans les caractéristiques astrologiques de l'apôtre saint Jean.

La colline du Golgotha : On a d'abord cru qu'il s'agissait d'un lieu d'exécution public devant Jérusalem. Mais elle se trouvait sur les terres privées de Joseph d'Arimathia.

Priape : Faune de la mythologie grecque, représenté avec des pieds de bouc, parfois des cornes, et toujours avec un membre gigantesque en érection.

Baphomet : Idole à trois visages, dont on dit que les Templiers la vénéraient secrètement. Aujourd'hui encore, on n'explique ni son nom, ni son origine.

Il-Khan : Titre de Hulagu (Hüleyu, 1218-1294), d'origine mongole, Il-Khan de Perse.

Takt : Salle à coupole circulaire et soutenue par des piliers ; la légende dit que c'est là que se tenaient les rites secrets des Templiers. On la retrouve aussi dans la mythologie du Graal.

Gea : (grec) Déesse de toute vie ; la Terre, épouse d'Uranus.

Hic sunt leones : (latin) Les lions sont ici.

Astrolabe : (grec) Instrument astronomique historique destiné à mesurer les angles d'après la voûte céleste.

Kasda : Fille de Mustafa Ibn-Daumir, *alias* Crean de Bourivan, ambassadeur des Assassins ; astrologue de l'observatoire d'Alamut.

Djebl-al-Tarik : (arabe). Le Gibraltar actuel. « Montagne » ou « cône rocheux du Tarik », d'après le nom du chef de guerre des Moajades qui avait quitté Tanger en 711 pour y vaincre l'armée des Wisigoths, dirigée par Roderich.

Atlas : Géant de la mythologie grecque, il porte le ciel debout, au bord du disque terrestre. L'océan auquel on a donné son nom était censé entourer la terre.

Taxiarchos, le Pénicrate : Ancien roi des mendiants de Constantinople. Le terme de Taxiarchos (« colonel ») est ici utilisé comme nom propre. Pénicrate (grec) signifie « seigneur des pauvres » ou « roi des mendiants ».

Beauséant alla riscossa : (occitan-italien) À l'attaque ! À la reconquête ! À l'origine, c'était un appel au secours lorsque des Templiers au combat se trouvaient en situation difficile ; cri de guerre des Templiers.

Guillaume de Rubrouck (1222-1293), né sous le nom de Willem dans le village de Roebruk (également Rubruc ou Roebroek), dans les Flandres. Fait ses études à Paris sous le nom de Guilelmus, franciscain. Professeur d'arabe du roi de France Louis IX. En 1243, celui-ci l'envoie comme délégué au siège de Montségur. Il participe au sauvetage des enfants du Graal, dont il accompagne ensuite le destin. En 1253, le roi nomme Guillaume ambassadeur et l'envoie comme missionnaire auprès du grand khan des Mongols, un voyage dont il profite pour ramener les enfants du Graal. Guillaume a rédigé une chronique officielle sur ce voyage, l'*Itinerarium*.

Status animae : (latin) État d'âme. Employé ici avec ironie.

Potkaxl : dernière descendante d'une lignée de souverains toltèques.

Toltèques : peuple indien de l'ancien Mexique, installé sur le haut plateau du Mexique (Tollan), d'une grande culture et d'un haut niveau artistique. Période de prospérité aux environs des XIe-XIIe siècles. Roi-prêtre Quetzalcoatl.

Meridies, oriens, occidens : (latin) Sud, est, ouest.

Beauséant : bannière de guerre des Templiers. Pendant le combat, elle devait toujours être brandie à la verticale.

Chanterai... : (vieux français) Je veux chanter pour consoler mon cœur, car je ne veux mourir ni perdre la raison, malgré ma grande peine. Je ne vois jamais personne revenir de ce pays désert où vit celui qui réconforte mon cœur lorsque j'entends parler de lui.

Dex, quant... : (refrain) Dieu ! Lorsque leur cri, « Outree » (du vieux français « Outremer », qui désignait la Terre sainte) retentit, aide les pèlerins pour lesquels je tremble, car les Sarrasins sont cruels.

Soufrerai : Je veux être patient et supporter mon sort jusqu'à ce que je le voie revenir. Il est parti en croisade, j'espère ardemment son retour. Car je ne voudrais en prendre un autre pour époux. Fou celui qui m'en parle. (Auteur : Guiot de Dijon ; IIIe Croisade, 1189)

Xolua : Frère cadet de Potkaxl, prince toltèque.

Le Prieuré : Le Prieuré de Sion, mystérieuse société secrète qui s'était, dit-on, vouée à conserver la lignée dynastique de David, puis des Mérovingiens, et se manifesta pour la première fois en 1099, après la conquête de Jérusalem. L'ordre des Templiers aurait été son bras séculier. Le Prieuré s'opposait avec virulence à la papauté. À cette époque, il était dirigé par Marie de Saint-Clair, dite « La Grande Maîtresse ».

Guillaume de Gisors : (né en 1219) Commandeur de l'ordre des Templiers, successeur désigné de sa mère Marie de Saint-Clair aux fonctions de grand maitre de l'ordre secret du Prieuré de Sion. En 1269, il fut admis dans « l'Ordre du navire et du double croissant de lune » que Louis IX avait créé pour les nobles ayant participé à la VIe croisade.

Chevalier, mult estes... : (ancien français) Messires mes chevaliers, le salut vous est assuré, puisque Dieu vous a appelé contre les Turcs et les Almoravides qui ont tant froissé son honneur. Car ils se sont accaparé ses fiefs. Cela doit nous inspirer une profonde douleur, car c'est là-bas que Dieu, pour la première fois, a été servi et reconnu comme souverain. (Auteur anonyme, IIe croisade, 1147)

Alum conquer... : (vieux français) Allons conquérir le pays de Moïse, qui repose sur le Mont Sinaï. Il ne doit plus rester aux mains des Sarrasins, pas plus que son bâton, avec lequel il sépara d'un coup la mer Rouge lorsque le peuple élu le suivit et que Pharaon le traqua jusqu'à ce que tous ses soldats périssent misérablement. (Auteur anonyme)

De ce suit... : (ancien français) Le chagrin s'empare de moi, car je ne l'ai pas accompagné lorsqu'il est parti. Il m'a envoyé la chemise qu'il portait, pour que je la serre dans mes bras. La nuit, lorsque mon amour pour lui me fait mal, je prends sa chemise avec moi dans mon lit et je la serre contre mon corps nu pour apaiser mes douleurs. (Auteur anonyme)

II. Sous le signe de la croix rouge griffue

Concurrunt universi : (bas latin) Ils sont tous venus, le peuple joyeux, riches et pauvres, de haut et de bas rang.

Principes... : Princes, généraux de sang royal, seigneurs de ce monde en possession de la grâce.

Peccaminium... : Confessez vos péchés à voix haute, battez votre coulpe, agenouillez-vous et criez : Louée soit la Vierge ! (Chant de pèlerinage d'un auteur anonyme, extrait du *Llibre Vermell* de Montserrat, 1399.)

Rostand Masson : Cardinal, nonce pontifical à la cour de Louis IX.

La reine Marguerite : Épouse de Louis IX, reine de France, fille du comte Raymond-Berengar IV de Provence. Elle épouse Louis en 1234 ; leur fils et successeur fut Philippe III, le Téméraire. Les sœurs de Marguerite ont elles aussi épousé des rois. Eleonore, en 1236, le roi Henri III d'Angleterre, Sancha en 1244 Richard von Cornwall, (anti-) roi allemand, Béatrice en 1246, Charles d'Anjou, le futur roi de Naples.

Gilles Le Brun : Successeur du connétable de France, Imbert de Beaujeau, après la mort de celui-ci lors de la croisade de Louis IX.

Esclarmonde : Dans la légende, sœur de Perceval. En réalité, sa tante. Le fils d'Esclarmonde, Bernard Jourdain, épousa India de Toulouse-Lautrec, la sœur d'Adélaïde de Toulouse, mère de Perceval ; ce décalage de génération a conduit à voir en Perceval et Esclarmonde un frère et une sœur. En réalité, Esclarmonde était de la lignée des comtes de Foix ; elle a largement contribué à l'achèvement du Pog de Montségur (première pierre le 12 mars 1204) et est entrée dans la légende comme la gardienne classique du Graal.

L'empereur Hohenstaufen Frédéric : L'empereur Frédéric II, 1194-1250, fils de l'empereur allemand Henri VI et de l'héritière normande Constance de Hauteville, petit-fils de l'empereur Frédéric Barberousse. En 1197, roi de Sicile, en 1212 roi d'Allemagne, en 1220 empereur. Épouse Constance d'Aragon († 1222), Isabelle de Brienne (reine de Jérusalem, dite « Yolande », † 1228) et Isabelle-Elisabeth d'Autriche († 1241). De ces mariages, et de nombreuses autres relations, sont issus quatre enfants légitimes et onze « naturels ». « Conradin », exécuté en 1268 par Charles d'Anjou, était le petit-fils de Frédéric. Débordant de talents, d'énergie et d'idées, Frédéric était une personnalité étonnante, à laquelle ses contemporains donnèrent déjà le surnom de « stupor mundi », la stupeur du monde. Après un conflit virulent avec le pape, Frédéric fut excommunié. Mais il mena encore une croisade (1227-1229) au terme de laquelle le sultan d'Égypte restitua en 1229 aux chrétiens Jérusalem et les lieux saints. En 1245, le concile de Lyon (sous le pape Innocent IV) proclama une nouvelle fois l'excommunication de Frédéric, et le démit. Il mourut en Apulie en 1250. Par testament, il légua son empire et le royaume de Sicile à son fils Conrad IV.

Le comte Jean de Joinville : Né en 1224 ou 1225, deuxième fils du comte de Joigny. La mort de son père et de son frère en fait l'héritier du comté dès la fin 1238. Vers 1241, il devient sénéchal de Champagne. Dès 1244, il est occasionnellement au service du roi Louis IX, qu'il accompagne dans sa croisade en Égypte. Ensuite, Joinville devient conseiller royal, une fonction que lui confiera à son tour le successeur de Louis, Philippe III. Celui-ci nomme Joinville régent de la Champagne jusqu'à la majorité de Jeanne, qui épousa plus tard le roi Philippe le Bel. Cette reine demanda en 1305 au vieux sénéchal de rédiger la *Vie de Saint-Louis*. Joinville est mort en 1317 ou 1319.

De mortibus nihil nisi bene : (latin) Des morts, on ne dit que du bien.

Charles d'Anjou : Depuis 1246, comte titulaire d'Anjou. Épouse Béatrice de Provence, mais la Provence ne lui revient qu'en 1267. En 1265, le pape le nomme roi de Naples. En 1266, Charles bat Manfred, le bâtard Hohenstaufen, à la bataille de Bénévent, et en 1268 le dernier Hohenstaufen, Conradin, près de Taglicozzo.

Robert de Sorbon : ancien chapelain et confesseur de Louis IX, ouvrit en 1253 à Paris une école de théologie, qui a donné son nom à la « Sorbonne ».

Militiae templi Salomonis : Les combattants du temple de Salomon, une partie du titre officiel de l'ordre des Templiers, qui se réfère au lieu de sa fondation, bien qu'à cette date, le temple juif n'ait plus existé. Les premiers Templiers établirent leur siège dans l'aile résidentielle de la mosquée Al-Aqsa.

Yves le Breton : né vers 1224, étudia à Paris la théologie et l'arabe dans l'intention de devenir prêtre, abattit en 1244, en légitime défense, quatre sergents royaux, mais fut gracié par le roi Louis, qui le prit comme garde du corps à son service.

Si le grand œuvre devait réussir : (latin : *opus magnum*), la création de la « pierre philosophale », dans le sens alchimique du terme, le catalyseur qui transforme les métaux bas en or, dans le sens métaphysique, l'obtention de la sagesse divine.

Les noces chimiques : Notion d'alchimie, accomplissement du « grand œuvre », découverte de la « pierre philosophale », fusion de l'eau et du feu.

Thomas de Bérard : grand maître des Templiers de 1256 à 1273.

Librarius multiplex : (latin) « écrivant plusieurs fois » : désigne ici un engin précurseur de la presse à imprimerie.

Villar de Honnecourt : architecte français du XIIIe siècle, connu pour son *Carnet des croquis* où l'on trouve des indications sur la nouvelle technique de construction des cathédrales gothiques ; il s'est également fait un nom en inventant des outils et installations techniques (croquis d'une scierie actionnée par une roue à eau, qui ne fut vraisemblablement pas réalisée, et d'un *perpetuum mobile*) Une écluse en Hollande et un trébuchet ont été construits selon ses croquis.

Eo ipso : (latin) De lui-même.

Imprimendum mecanicum : (latin) Presse mécanique. Ici, reproduction d'écrits grâce à la presse à imprimer.

Veni creator spiritus : (latin) Viens, esprit créateur (hymne des Croisés)

Marie de Saint-Clair : dite « La Grande Maîtresse », née en 1192, grande maîtresse de l'ordre secret du Prieuré de Sion, épousa en 1220 Jean de Gisors alors que celui-ci était déjà sur son lit de mort, pour assurer la succession au titre de grand maître de l'Ordre à Guillaume de Gisors (né en 1219), la mère de celui-ci, Adelaïde de Chaumont, étant morte en couches. Marie de Saint-Clair est considérée comme la mère de Blanchefleur, fille de l'empereur et nonne (1224-1279).

Alphonse de Poitiers : (Alphonse, duc de Poitou), devenu à la suite d'un mariage (forcé) avec l'héritière Jeanne (fille de Raymond VII) comte de Toulouse (*de facto* depuis 1226, *de jure* à la mort de Raymond en 1249).

À la mort d'Alphonse, en 1271, le Poitou et Toulouse devinrent des terres de la Couronne française.

Patrimonium Petri : (latin) Possessions pontificales : les territoires italiens qui formaient, au Moyen Âge, l'État de l'Église : le Latium, des parties contestées de la Toscane, de l'Ombrie et des Marches (Bologne, Ferrare, Ancona).

Le Grau de Maury : massif montagneux et dans le Roussillon, où se situait aussi le château de Quéribus.

Aliénor d'Aquitaine : Épouse du roi de France Louis VII. Elle l'accompagnera lors de la IIe croisade de 1147 (« croisade des rois », ce fut un échec) et lui compliqua l'existence en négociant avec son oncle, le prince d'Antioche. Les ménestrels disent que c'était la plus belle femme de son époque. Après avoir divorcé de Louis, elle épousa Henri II, le fils de son amant Godefroy le Bel d'Anjou. Ce mariage en fit la reine d'Angleterre, et la mère de Richard Cœur de Lion.

Richard Cœur de Lion : Richard Ier, né en 1157, succéda à son père Henri II sur le trône (1189-1199). En 1190, il se rendit à la IIIe croisade avec Philippe de France. Sa mère Aliénor le maria à Berengaria de Navarre. Richard reprit Saint-Jean-d'Acre et prit Chypre. Il quitta la Terre sainte en 1194, et fut capturé pendant le voyage du retour par le duc Léopold d'Autriche, qui l'emprisonna à Vienne. Après en être sorti en 1194, contre une forte rançon, il dut céder son trône et son pays aux ambitions de son frère Jean Sans Terre. Richard, qui était déjà devenu de son vivant l'idole de la chevalerie occidentale, mourut en 1199 dans les bras de sa mère, devant le château de Chalus, dans le Poitou, à la suite d'une blessure par flèche.

Leur joyeux frère mineur : les frères mineurs étaient des moines des Ordres mendiants. En l'occurrence, c'est un franciscain.

Le grand projet : document secret, vraisemblablement rédigé par John Turnbull, rédigé à l'intention du Prieuré de Sion. Il donnait sous une forme cryptée des renseignements sur le destin des enfants du Graal. On ignore dans quelle mesure le Prieuré reprit à son compte le grand projet.

Au royaume des Mongols : l'unificateur des tribus Tatares (appelées plus tard Mongols) fut Gengis-Khan. Il laissa quatre fils : Jöchi, Dschagetai, Ögedai et Toluy. À Ögedai, son successeur au trône de grand khan, ne succéda pas, comme il était prévu, son fils Chiremon, mais, en 1246, son fils aîné Guyuk. Le roi Hethoum d'Arménie envoya alors son frère Sempad faire allégeance. Guyuk était marié avec Ogul Kaimish, qui reprit la régence après sa mort, en 1248. Les successeurs au trône de grand khan ne furent pas les fils de Guyuk, mais ceux de Toluy, dont la veuve, Sorghaqtani, une princesse keraïte, fit en sorte que le *Kuriltay* (l'assemblée des Mongols) élise d'abord Möngke, puis Kubilai (futur empereur de Chine) au titre de grand khan, tandis que son troisième fils, Hulagu, devenait grand khan de Perse. Batou, le fils de Jöchi, renonça au titre de grand khan et fonda avec son fils Sartaq le khanat de la Horde d'Or.

Un précieux bréviaire : le *breviarium* était un livre de prière des hommes d'Église catholiques, contenant les prières des huit heures de la journée : mâtines, laudes, prime, tierce, sixte, none, vêpres et complies.

O.F. M. : Ordo Fratrum Minorum, Ordre des franciscains.

Möngke : (Monka, Mangu, 1208-1259), petit-fils de Gengis-Khan, élu en 1251, au Kuriltay, successeur de son cousin Guyuk au trône de khagan (grand khan).

Les chrétiens nestoriens : Adeptes de la doctrine du patriarche Nestorius de Constantinople, chassé de l'Empire romain comme hérétique en 431 (IIIe Concile d'Éphèse). Les nestoriens fondèrent une Église en Perse, avec un patriarchat à Ctésiphon. Ils évangélisèrent l'Inde, la Chine, l'Afrique et les Mongols, sans rompre avec le chamanisme. Doctrine dualiste, refus du culte de la Vierge.

Berke : Successeur de Sartaq, frère de Bartus.

Ayyubides : Dynastie fondée par le sultan Saladin ; régna sur la Syrie (Damas) et l'Égypte (le Caire) où elle fut déposée en 1249 par une révolte de palais, tandis que la branche syrienne prenait son autonomie et subsista jusqu'en 1260.

An-Nasir (al-Malik an-Nasir II Salah-ad-Din). Souverain ayyubide, petit-fils de Saladin, malik (roi) d'Alep à partir de 1237 ; prit Damas lors d'un coup de main après l'assassinat du dernier sultan ayyubide du Caire par les mamelouks, et s'y proclama sultan de Syrie en 1250 ; il y régna jusqu'à la prise de la ville par les Mongols, en 1260.

Ata el-Mulk Dschuveni : Grand chambellan du Il-Khan Hulagu, musulman sunnite.

Kitbogha : (Kitbuqa) général mongol de foi chrétienne (nestorienne), chef d'armée sous le Il-Khan Hulagu ; exécuté en 1260 par Baibars.

Hamadan : ville située à peu près à mi-distance de Bagdad et de Téhéran ; Hulagu y installa son armée pendant la conquête de Bagdad.

Kito : fils de Kitbogha, chef de section, tué par les Assassins pendant le siège d'Alamut, en 1257-1258.

Manfred de Sicile : né en 1232, issu d'un mariage morganatique légalisé (sur le lit de mort de Frédéric II) avec la comtesse Bianca Lancia (comtesse de Lecce), qui fut de longues années la maîtresse de l'empereur ; Manfred obtient le titre de « prince de Tarente », devient en 1250, pour le compte de Conrad IV, gouverneur de la Sicile, puis se proclame roi après la mort de Conrad (1254), sans tenir compte de la dynastie.

Constance de Sélinonte : alias Fassr ed-Din Octay, né en 1215, fils du grand vizir Fakhr ed-Din et de l'esclave chrétienne Anna. Surnommé « Faucon rouge ». Élevé à la cour de Palerme, l'empereur le fait chevalier, d'où son titre de « prince Constance de Sélinonte ». Son père était d'une famille mamelouk.

Madulain : née en 1229, ancienne maîtresse de Guillaume de Rubrouck, épouse de Faucon rouge. Provient d'une famille *saratz* de l'Engadine, région qui fut conquise en 850 par un fraction détachée de l'armée Sarrasine, qui se mêla aux habitants ; d'où son surnom de « princesse des *Saratz* ». Les Sarrasins des Alpes (comme ceux de l'Apulie et de la Provence) furent toujours « impériaux » (gibelins, c'est-à-dire fidèles aux Hohenstaufen).

Henri III : (1216-1272) Roi d'Angleterre, fils de Jean Sans Terre, marié à Éléonore de Provence, une fille de Marguerite, l'épouse de Louis IX. Gouvernant faible, il perdit pendant sa régence une partie considérable des territoires anglais sur le continent.

Alexandre IV : Rainaldo di Jenna, pape de 1254 à 1261, de la lignée des comtes de Conti. Choisit son prénom pontifical d'après son modèle, Alexandre le Grand, roi de Macédoine.

Richard de Cornwall : (1209-1272) Frère de Henri III, neveu de Richard Cœur de Lion, comte de Cornwall depuis 1225. Fut l'invité de Frédéric II en Sicile en 1240-1241, lors de son retour de croisade. Après la mort de Frédéric, il est engagé contre les Hohenstaufen avec Alphonse de Castille, antiroi allemand (1257-1272).

Bagdad : Fut de 752 à 1258 la capitale du royaume abbasside et le siège du califat ; instance spirituelle et laïque suprême de l'Islam, mais dont le pouvoir ne fut plus que théorique lorsqu'il fut conquis par les Mongols.

Le Calif el-Mustasim : (1242-1258), al Mustqs'imn, 27e et dernier calife abbasside de Bagdad. Les Abbassides étaient une dynastie sunnite de califes, qui s'étendit de 759 à 1258, successeurs des Omeyades. Ont été anéantis par les Mongols.

Mawayad ed-Din : grand vizir (« ministre des Affaires étrangères ») du calife de Bagdad, chiite, nommé nouveau gouverneur de Bagdad par les Mongols après la conquête de la ville.

Le dawatdar Aybagh : chambellan du calife de Bagdad et chancelier, essentiellement chargé de la politique intérieure.

Le royaume des Choresmii : royaume nomade dont le seigneur portait le titre de chah. Situé au sud-est de la mer Caspienne, il s'étendit parfois jusqu'en Inde, *via* la Perse. Ils eurent quatre dynasties, de 990 à 1231, puis les Choresmii ne furent plus que des hordes sans gouvernant. Mais on les engageait souvent comme mercenaires, et ils allèrent à ce titre jusqu'en Turquie et en Égypte. Ils sont célèbres pour avoir repris définitivement et détruit Jérusalem en 1244.

Baitschu : général et gouverneur mongol.

Seldjoukides : Ethnie turque d'Asie centrale, qui fonda en Asie Mineure le puissant sultanat d'Ikonium (Rum) ; les Seldjoukides de Rum soumirent pendant une brève période la partie orientale du monde islamique et entravèrent l'accès des chrétiens au Saint-Sépulcre.

Arménie : Il s'agit de la Petite Arménie, qui n'existe plus aujourd'hui ; sa capitale était Sis, elle se situait au sud-est de la Turquie, avait des frontières communes avec la Syrie et la principauté d'Antioche. La Grande Arménie, dont les restes subsistent encore, se situait au sud du Caucase, entre la Perse et la Géorgie, mais elle avait été occupée au XIIIe siècle, d'abord par les peuplades turques, puis par les Mongols.

Xenia : Veuve arménienne.

Antioche : La principauté d'Antioche fut créée pendant la première croisade par le duc normand Bohémond de Tarente, sur la route de Jérusalem. Son neveu Tancred de Lecce le reprit ensuite ; lorsque sa lignée s'éteignit, la principauté revint aux Toulousains, qui la firent fusionner avec leur comté de Tripoli.

Amàl : Fille de l'Assassin Omar d'Iskenderun.

Imam : (arabe) Descendant de Mahomet, et donc chef religieux des chiites.

Assalamu : (arabe) Que la paix et la miséricorde soient avec vous tous !

Damas : capitale de la Gézireh, c'était une sorte de « ville libre de l'empire » ; elle était la troisième force du camp islamique, entre Bagdad (siège du calife) et Le Caire (siège du sultan). Elle fut le plus souvent dirigée par un « malik » (roi). Homs, Hama et Kerak étaient des émirats syriens.

Clarion, comtesse de Salente : née en 1226, « effet secondaire » de la nuit de noces de Brindisi (9 novembre 1225, au cours de laquelle Frédéric II engrossa Anais, la fille du vizir Fakhr ed-Din, demoiselle d'honneur de Yolanda. Clarion grandit à Otrante ; elle reçut de Frédéric un titre et un apanage.

Les barons du royaume de Jérusalem : Le royaume de Jérusalem, produit de la première croisade, en 1099, comprenait une ceinture côtière s'étendant jusqu'à Gaza, au sud, et Beyrouth, au nord. Sa capitale était Jérusalem. Lui étaient associés les comtés de Tripoli et la principauté d'Antioche. En 1188, Saladin reprit Jérusalem. La capitale devint alors Saint-Jean-d'Acre. Au XIIIe siècle, le royaume de Jérusalem ne comprenait plus que ce port fortifié et celui de Tyr.

Saint-Jean-d'Acre, ville portuaire située au nord de Haifa, servait de capitale au royaume de Jérusalem depuis 1191. Dernière forteresse chrétienne, elle tomba en 1291.

L'émir mamelouk Rukn ed-Din Baibars Bunduktari : dit l'Archer (1211-1277). En 1269, après l'assassinat du sultan Aibek par le sultan, il tua son successeur Qutuz et se proclama lui-même sultan. Il voulait chasser définitivement les chrétiens de la Terre sainte, mais il n'y parvint pas de son vivant. « Bunduktari » est le nom de famille de Baibars.

Turan-Shah : Sultan du Caire (dernier sultan ayyubide), abattu par Baibars.

Izz ed-Din Aibek : (Al-Mu'zz 'Izz-ad-Din Aybak), général mamelouk. Après l'assassinat du dernier sultan ayyubide, premier sultan mamelouk du Caire. Assassiné par les eunuques du palais à la suite d'une intrigue de son épouse, Shadjar ad-Durr.

Mahmoud : fils de l'émir Baibars.

Sigbert von Öxfeld : né en 1195 ; servit sous les ordres de son frère Gunther pour le compte de l'évêque d'Assise, se rallia en 1212 à la Croisade des enfants, fut prisonnier en Égypte. Après sa libération, entre dans l'ordre des Chevaliers teutoniques, et devient leur commandeur à Starkenberg.

Starkenberg : siège originel de l'ordre des Chevaliers teutoniques, situé dans les montagnes, au nord de Saint-Jean-d'Acre, il fut acheté pour le compte de l'Ordre par des marchands de la Hanse, de Lübeck, et reconstruit ; les croisés appelaient aussi cette forteresse « Montfort ».

Serenissima : Surnom de la République de Venise ; avec Gênes et Pise, l'une des trois grandes républiques commerciales de la Méditerranée.

Les Vénitiens tenaient... : Vers la fin du XIe siècle, Venise se proclama ville-république et élut son premier doge. Au fil du temps, la république maritime devint indépendante de l'empire et se mit, grâce à sa flotte, à édifier son pouvoir sur l'Adriatique, puis sur l'ensemble de la Méditerranée.

Makika : patriarche de Bagdad, installé par les Mongols après la conquête de la ville. Chrétien nestorien.

Nur ed-Din Ali : Fils d'Izz ed-Din Aibek (cf. plus haut). Qutuz le chassa de la succession au trône.

Shadjar ad-Durr : Ancienne esclave d'origine arménienne, veuve de Turan-Shah, future épouse d'Izz ed-Din aibek, qu'elle fit assassiner pour prendre le pouvoir. Dans l'histoire de l'islam, on n'avait jamais vu une femme prendre le titre de sultan. Elle fut assassinée sur ordre de Said ed-Din Qutuz après qu'il eut fait provisoirement proclamer Ali comme nouveau sultan.

Musa el-Ashraf : l'un des petits-fils de la sultane Shadjar ; origine ayyubide. Co-sultan du Caire (dans son enfance) aux côtés de Nur ed-Din Ali.

Saif ed-Din Qutuz : Émir, adversaire de la sultane après l'assassinat d'Aibek ; pendant les troubles qui suivent l'assassinat du sultan, se bat dans le camp d'Ali.

Halafan... : (arabe) Formule de serment.

Fal yahya... (arabe) Vive le sultan Nur ed-Din Ali !

Mossoul : Ville du nord de l'Irak.

Abdal le Hafside : marchand d'esclaves du Maghreb, partenaire commercial des Templiers.

Georges Morosin : dit « Le Doge », vénitien, représentant des Templiers à Ascalon.

Né dans l'empire latin : Empire fondé à Constantinople par des Vénitiens et des croisés, lors de la IVe croisade, en 1204. À l'origine, la croisade à laquelle le pape Innocent III avait appelé la noblesse d'Europe était dirigée contre l'Égypte. La république de Venise, qui ne tenait pas du tout à ce que l'on se fixe cet objectif, força l'armée à se retourner contre l'empire chrétien de Byzance. Constantinople fut prise en 1204, mise à sac, et l'on proclama « l'empire latin ». Baudoin de Flandres fut le premier empereur, tandis que Boniface de Montferrat devenait roi de Thessalonique. D'autres seigneurs se proclamèrent princes d'Achaïe, d'Athènes, de Thèbes et de l'Archipelagos. Byzance, le puissant rempart contre la progression de l'Orient, fut détruite à tout jamais par cet éparpillement.

Muezzin : Crieur qui appelle à la prière depuis le minaret.

Salat... : (arabe) prière de midi.

Allahu... : (arabe) Dieu est grand !

La illaha... : (arabe) Il n'y a pas d'autre dieu qu'Allah.

Shai : (arabe) Thé.

Citrus medicatus : (latin) : remède miracle obtenu à partir du citronnier.

La doctrine ismaélienne : doctrine des chiites extrémistes. Les abbassides, qui régnaient à Bagdad, étaient des sunnites ; ils furent donc combattus dans le sang par les Assassins chiites.

Amors me... : (vieux français) Je suis empli d'amour, je ne peux m'empêcher de penser constamment à cette douce fille que je ne puis oublier. Ses yeux sont clairs, son visage rayonnant.

Je ne puis... : Je ne peux et ne veux pas quitter ma douce amie ; cela m'est trop douloureux, puisqu'elle ne peut me donner son amour.

Ne me maus... Si elle ne peut me récompenser ma peine. Ah, je ne puis vivre sans elle, elle me fait payer un prix trop élevé pour l'amour que je ressens pour elle. Ah, douleur, combien je regrette l'instant où je l'ai vue pour la première fois, car je ne puis supporter la douleur qu'il me faut endurer à cause d'elle. (Auteur : troubadour anonyme du XIIIe siècle, chant de l'époque des croisades.)

John Turnbull : (1170 ou 1180-1251) Pseudonyme du Conde Jean-Odo du Mont-Sion. Il fut de longues années durant membre du Prieuré de Sion, et à ce titre protecteur et éducateur des « Enfants du Gral », auteur du « grand projet ».

III. La nuit de Montségur

Bartholomée de Crémone : Dit « Le Triton », franciscain, travaillait pour les Services secrets de la curie, accompagnateur officiel de Guillaume de Rubrouck lors de sa mission auprès des Mongols, de 1253 à 1255, il aurait en fait été représenté par son frère d'Ordre Laurent d'Orta.

Le cardinal gris : Mystérieuse fonction au sein de la curie au Moyen Âge. Superviseur de l'Inquisition, et chef des Services secrets, il avait sa résidence au château Saint-Ange ; lorsque la curie fut chassée de Rome, le Castel d'Ostia, à l'embouchure du Tibre, lui servit de quartier de repli.

Dòmna, pòr vos... : (occitan-catalan) Oh, ma dame, puisque je vous ai choisie, acceptez-moi de bonne grâce, car je vous appartiens avec toute ma vie, je suis à vous et à vos ordres. (Troubadour anonyme, XIIIe siècle.)

Consolamentum : (latin) Consolation ; sacrement du catharisme, remplace l'extrême onction chrétienne ; on y célèbre une vie ascétique.

Pierre Valdès : (Petrus Valdesius, Waldensis) Marchand de Lyon qui, au milieu du XIIe siècle, fit traduire la Bible en langue vulgaire (provencale). Excommunié en 1184 ; fonde une doctrine dont les adeptes sont nommés les « valdésiens » ; bien qu'ils n'aient pas eu le désir de mort qui caractérisait les cathares, les Valdésiens furent mis dans le même sac que les « purs », sous le terme général « d'Albigeois » (voir ci-dessous). Mais ils ont pu se frayer un chemin à travers les troubles des croisades et ont survécu jusqu'à nos jours.

A vòstre command... : (occitan-catalan) Je suis à votre service tous les jours de ma vie. Je ne vous quitterai jamais pour une autre femme, quelle qu'elle soit. (Troubadour anonyme, XIIIe siècle)

La nuit de Montségur : Lors de la capitulation de la dernière citadelle cathare, Montségur (1244), les assiégés demandèrent un délai qu'ils utilisèrent pour célébrer leur fête de la « Maximae Constellationis » ; après cette « dernière nuit », au cours de laquelle les enfants du Graal furent sauvés, ils rendirent la forteresse et marchèrent volontairement vers les bûchers de l'Inquisition.

Mauri En Raimon : l'un des rares prêtres cathares à avoir échappé à l'Inquisition en Occitanie ; il vivait dans les montagnes du Roussillon.

Un « bonhomme » : Expression désignant les « purs » admis dans la communauté cathare.

Que Diaus vos bensigna ! : (occitan) Dieu vous bénisse.

Na India : Herboriste du Roussillon, cathare.

Geraude : Fille de Na India.

Les bures noires des dominicains : Les dominicains étaient un ordre religieux fondé par Domingo Guzman de Calruega, saint Dominique (1170-1221). Les prédicateurs itinérants avaient pour mission de convertir les cathares. À partir de 1231-1232, ils furent chargés de « l'Inquisition » des hérétiques.

Paraclet : (latin, de paracletus = assistance) Celui qui plaide pour Dieu, souvent employé pour désigner Jésus-Christ.

Démiurge : (latin, de *demiurgus* : créateur de mondes), dans la foi cathare, le mauvais créateur du monde terrestre, déchu par Dieu.

Camp des Crematz : (occitan) « champ des brûlés », coteau en pente douce situé en dessous de Montségur, sur lesquels les cathares de cette forteresse furent brûlés en 1244 sur les bûchers de l'Inquisition. Ce coteau porte encore ce nom aujourd'hui.

Notre ami le prince Bohémond : Bohémond VI d'Antioche, dit « Bo », né en 1237, gouverna de 1251 jusqu'au 29 mai 1268, date à laquelle la principauté d'Antioche fut prise par les mamelouks de Baibars.

Nâch den kom... : (moyen haut allemand) Alors, la reine entra, son visage exaltait une telle clarté que tous pensaient que le jour allait se lever. Comme robe, la vierge portait le plus beau tissage d'Arabie. Sur un aquamarin vert, elle portait le prix du paradis, de la sainte racine, tronc et riz. C'était un objet qui s'appelait le Graal, un lieu de miracles innombrables. (Wolfram von Eschenbach.)

Herzeloïde : Dans la légende, mère de Perceval.

Kundry : Tante de Perceval ; dans la légende, magicienne chevauchant un âne.

Amfortas : Le roi blessé et souffrant de la légende.

Vitus de Viterbe : (1208-1251) Fils bâtard de Rainer de Capoccio, et vraisemblablement, de Loba La Louve, une faidite cathare. Chargé par son père, le « cardinal gris » en fonction, de liquider les enfants du Graal, il mourut lors de sa dernière tentative, dans la forteresse des Assassins à Masyaf.

Loba, La Louve : (Loba, occitan, la lionne), née en 1194, surnom d'une parfaite cathare nommée Roxalba Cécelie Stéphanie de Cabaret (Cab d'Aret), famille noble occitane ; son cousin, Pierre-Roger de Cabaret, était l'un des chefs des faidits ; Loba aurait été la mère de Vitus de Viterbe, qui l'étrangla.

Quelle ellipse... : ici, le cours du destin.

Des Grâl was... : (moyen haut allemand) Par la nature sublime du Graal, ceux qui voulaient s'en montrer dignes devaient être des cœurs prudes, purs et dénués de toute fausseté. La reine s'inclina solennellement avec ses vierges et posa le Graal devant le seigneur. Perceval était assis, songeur, et lui lança un regard hostile. (Wolfram von Eschenbach, *Parzival*.)

Jourdain de Levis, comte de Mirepoix : Père de Pons de Levis. La famille noble des de Levis avait, après la croisade contre le Graal (1209-1213), reçu le vice-comté de Mirepoix, dont faisait aussi partie Montségur.

Wolf de Foix : Faidit, parent avec la maison Trencavel. Le frère de la célèbre Esclarmonde, Roger-Bernard II, était mort en 1241. Roger-Bernard III lui succéda, dont le frère bâtard Wolf, « Lops de Foisch », devint un célèbre faidit. Sa sœur était Esclarmonde d'Alion.

Simon de Cadet : Neveu de Jourdain de Levis.

Burt de Comminges : Beau-fils de Jourdain de Levis.

Gaston de Lautrec : Beau-frère de Jourdain de Levis, époux d'Esterel, l'épouse de Jourdain.

Mon cher cousin : Terme de courtoisie utilisé par les membre de la haute noblesse.

Principiis : (latin) Empêchez les commencements !

Fete fu pour... : Elle a été créée pour la joie de tous, et chacun devait l'aimer. À peine l'avais-je aperçue, je l'ai enfermée dans mon cœur, et je n'ai jamais pu l'oublier.

IV. Carnaval et autodafé

Coram publico : (latin) : Publiquement, devant le monde entier.

Feu grégeois : Arme découverte par Kallinikos de Byzance, en 671. Elle était expédiée par des catapultes dans des pots fermés, et même l'eau ne pouvait l'empêcher de brûler. C'était un mélange de soufre, de salpêtre, de résine, de pétrole, d'asphalte et de calcaire brûlé ; il fut utilisé avec succès par les Byzantins, en 672, pour défendre Constantinople contre les Arabes.

Constellatio maxima : (latin, astrologie) Constellation de planète ayant une signification extrême.

Hugues d'Arcis : Prédécesseur de Pier de Voisins dans les fonctions de sénéchal de Carcassonne. Dirigea l'attaque contre Montségur.

Pierre-Roger de Mirepoix : Oncle de Guy de Levis, vicomte de Mirepoix, commandant des défenseurs de Montségur.

Jean de Procida : Né en 1210. Médecin dont la chaire se trouvait dans sa ville natale de Salerne. Fut au cours des dernières années de sa vie le médecin personnel de l'empereur ; resta ensuite aux services des Hohenstaufen. Manfred le nomma chancelier de l'empire.

Vila cadaver eris... : (latin) Tu seras un misérable cadavre, pourquoi ne te tiens-tu pas loin du péché ? Pourquoi cherches-tu à t'élever ? Pourquoi cours-tu après l'argent ? Pourquoi portes-tu de beaux vêtements ? Pourquoi cherches-tu les honneurs ? Pourquoi n'es-tu pas prêt à reconnaître tes péchés ? Pourquoi ne t'occupes-tu pas de ton prochain ?

Quam felices : Comme ils seront bienheureux, ceux qui régneront un jour avec le Christ, la joie rayonnera de leur visage. On te dira le sacré Seigneur du Sabaoth.

Et quam tristes... : Et comme ils seront tristes, ceux qui seront condamnés à tout jamais, qui ne pourront jamais se libérer ni échapper à l'anéantissement. Ah, ah, crient les maudits, car ils n'en sortiront jamais.

Ni conversus... : Si tu n'es pas innocent et pur comme un enfant, si tu ne règles pas ta vie sur les bonnes actions, tu n'arriveras jamais dans le royaume sacré de Dieu, dans le royaume sacré de Dieu. (Anonyme, chant de pèlerin, extrait du *Llibre Vermell* de Montserrat, 1399.)

Electio : Celui qui a l'élection a le supplice.

Miserabiliter infectus : (latin) Tombé misérablement malade, empoisonné.

Interdictum : Interdiction de tout acte administratif religieux, punition infligée à une personne ou un territoire.

Vita brevis... : (latin) Brève est la vie, et elle sera de plus en plus courte, la mort arrive plus vite qu'on ne le croit. La mort éteint tout et n'épargne personne.

Cloaca maxima : (latin) Grand égout.

Tuba cum... : (latin) La trompette sonne pour le dernier jour et le juge apparaît, il annonce, avec une sévérité éternelle : les élus iront au ciel, les damnés en enfer.

Arslan : Chaman mongol, conseiller des khans mongols descendants de Gengis-Khan.

Niketa Burdu : Neveu du général Kitbogha.

Chrétien de Troyes : Poète important, auteur de romans courtois. Ses œuvres principales furent créées entre 1160 et 1190 environ. Parmi elles, *Lancelot* ou *Le Chevalier de la Charrette*, ainsi que (inachevé) *Perceval* ou *Le conte du Graal* (vers 1180)

Uf einem ... : Sur un aquemarin vert, elle portait le prix du paradis : c'était un objet qu'on appelait le Graal. (Wolfgang von Eschenbach, *Parzifal.)*

Deis war : On t'appelle Parsifal, un mot qui signifie « coupe au milieu » (*idem*)

Raymond Berengar IV : (1209-1245) Comte de Provence. Il eut quatre fille. Margarete épousa Louis IX, roi de France (1234), Eleonore (1236) Henri III, roi d'Angleterre ; Sancha (1244) Richard de Cornwall, antiroi d'Allemagne ; Béatrice (1246) Charles d'Anjou, frère de Louis IX, qui le nommera roi de Naples en 1265. La Provence échappa à l'empire allemand parce que Berengar la légua entièrement à sa fille Béatrice pour éviter une partition.

Tolosa : Toulouse. Après Raymond VI (1194-1222), c'est Raymond VII, fils de son quatrième mariage avec Joan Plantagenet (la sœur de Richard Cœur de Lion) qui prit nominalement le titre de comte et reconquit la ville en 1218 (à Simon de Montfort), mais il perdit définitivement le comté en 1229, avec le traité de Meaux, qui le rendait définitivement à la France. Dernière insurrection ratée en 1242. En 1249 meurt le denier comte de Toulouse de droit.

Les guerres des Albigeois : Les Albigeois, un groupe de cathares provenant d'Albi, dans le sud de la France, prônaient une ascèse rigoureuse, la pauvreté, le refus du monde terrestre. Leur nom finit par symboliser tous les hérétiques, qu'ils soient cathares ou valdésiens. Lorsque, le 15 janvier 1208, le légat Pierre de Castelnau fut assassiné par un page de Raymond VI de Toulouse, Innocent III appela à la croisade contre les Albigeois. Les croisés prirent d'abord Béziers, en 1209, puis Carcassonne. Simon de Montfort prit les terres de Raymond, à l'exception de Toulouse et de Montauban. Le roi Pierre II d'Aragon, qui accourut à l'aide de ses vassaux, fut battu par Montfort en 1213, lors de la bataille de Muret, et mourut. Le IVe Concile du Latran retira ses terres à Raymond VI, ce qui provoqua l'insurrection du Languedoc. En 1218, Simon de Montfort fut tué pendant le siège de Toulouse. Mais les croisés ne l'emportèrent qu'au moment où le roi de France, Louis VIII, intervint dans les combats (1226). Les principaux succès furent sanctionnés en 1229 par le traité de Paris : indemnités pour l'Église, mesures contre les hérétiques, villes et châteaux rasés. Dans le Languedoc, on entreprit d'autres campagnes militaires contre les hérétiques. Elles débouchèrent entre autres sur la prise de Montségur.

Les incroyants dévoués au croissant de lune : les musulmans.

Tengi : « Seigneur de la voûte céleste recouvrant toute chose », suprême divinité des Mongols.

A Diaus !... : (occitan) Dieu soit avec vous !

Bulgai : De son vrai nom Chigi Khutukhu ; grand juge des Mongols, chef des Services secrets du grand khan.

Nizamiya : La plus ancienne école coranique de Bagdad.

Madrasa : École coranique.

Mustamsiriya : Fameuse école coranique de Bagdad.

Ma'abad : (arabe) Temple des morts.

Chevaliers de Saint-Jean : Ordre de chevaliers issu de la Fraternité de l'Hospital de Jérusalem. Avant même la première croisade, il y soignait des pèlerins malades. En 1099, le procurateur de l'Hospital, Gerald de Provence, décida la création de l'Ordre. Elle fut confirmée en 1113 par le pape Pascal II. En 1220, le premier grand maître Raymond du Puy (de Poggio) le transforma en ordre de chevalerie, et le saint patron de l'Ordre fut remplacé par saint Jean l'Évangéliste, un personnage plus combatif. Tenue de l'Ordre : manteau noir. En guerre, pourpoint rouge à croix blanche. Les chevaliers de Saint-Jean furent ainsi nommés d'après le lieu de leur fondation, chevaliers de « l'hospital ». En 1291, après la chute de Saint-Jean-d'Acre, l'Ordre se retira à Chypre, en 1309 à Rhodos, en 1530 à Malte (jusqu'en 1798, d'où leur nom de « Chevaliers de Malte »). L'Ordre existe encore aujourd'hui à Rome sous le nom d'« Ordre souverain de Malte », en zone extraterritoriale (Aventin).

Les trois républiques maritimes : il s'agit de Venise, la « Serenissima », de Pise et de Gênes, « La Superbe ». Pise régna sur la Sardaigne vers la fin du XIIe siècle ; elle possède une colonie à Byzance, et de riches concessions en Syrie, à Tyr et à Saint-Jean-d'Acre. À peu près à la même époque, Gênes, bien que déchirée par des querelles internes incessantes, devient une grande puissance fondée sur sa prospérité économique. En 1191, l'empereur Henri IV lui confirme sa souveraineté sur les côtes, de Porto Venere jusqu'à Monaco, elle contrôle la plus grande partie de la Corse, dispose de privilèges spéciaux en Sicile, de concessions et de droits spéciaux à Byzance et dans plusieurs villes de la Terre sainte.

Viterbe : Ville située en Moyenne-Italie. Les papes y avaient un palais (XIIIe siècle) où ils se réfugièrent plusieurs fois. Eugène III fut le premier pape à s'y réfugier après que la Commune de Rome se fut soulevée contre le pouvoir pontifical.

Brancaleone : (Brancaleone degli Andalo) gibelin, conte du Casaleccio, meneur d'un mouvement populaire qui chassa de Rome le pape et la noblesse ; sénateur, créa une république entre 1252 et 1258.

Des houris : (arabe) Les compagnes du paradis.

V. Un joyeux tournoi

Melisende : Fille aînée de Jourdain de Levis, épouse de Gaston de Lautrec.

Mafalda : Fille cadette de Jourdain de Levis.

Gers d'Alion : chevalier promis à Mafalda ; nièce de Jourdain de Levis.

Pez de fica : (occitan) Un morceau de vulve.

Aries : (latin) Bélier.

Chevalier du lys d'or : Chevalier de la France.

Novel'amor : (franco-occitan) Un nouvel amour, qui me plaît tant, qui fait chanter mon cœur de joie. Mes pensées ne cessent de renouveler mon chant.

M'amor... : (J'ai) donné mon amour, et je n'exige rien d'elle. Elle ne sera pas trompée, la chérie qui est la mienne, si elle m'aime de tout son cœur. (Auteur : Rogeret de Cambrai, XIIIe siècle, dans une traduction anonyme en occitan.)

Le fils de Bélisse : Presque tous les vassaux des comtes de Foix et de Mirepoix, ainsi que le vicomte de Carcassonne (Perceval) portaient aussi le titre de « fils de Bélisse ». Ce nom fait allusion à une origine mythique, la descendance de la reine de la lune Belissena, l'Astarte celte-ibérique. C'est la raison pour laquelle la lune, le poisson et la tour apparaissent aussi fréquemment sur leurs blasons. C'est cet élément toujours païen dans les conceptions religieuses de l'Occitanie et du Languedoc qui a provoqué l'intervention de l'Église romaine catholique contre les « parfaits ».

E la vescoms... : (vieux français) Et le vicomte Trencavel monta sur les murs, dans la plaine se tenait la gigantesque armée des croisés. Il appela aussitôt ses soldats et ses chevaliers, les meilleurs à la lance, les meilleurs à l'épée : « Debout, barons, s'exclama-t-il, sellez vos chevaux de combat. » (« La conquête de Carcassonne », extrait de *Les croisades contre le Sud, 1209-1219,* auteur : Guilhèlm de Tudéla & l'Anonyme.)

Lionel de Belgrave : Grand-père de Raoul de Belgrave, escorte de Simon de Montfort, originaire de Leicester.

Nuestra Señora de Quéribus : (espagnol) Notre chère Vierge de Quéribus, navire dédié à la Sainte Vierge. Quéribus fut la dernière citadelle des cathares dans le sud-ouest de la France ; elle ne tomba aux mains des Français qu'en 1255, à la suite d'une perfidie d'Olivier de Termes.

La croix de saint André : Une croix dotée d'une poutre en diagonale, nommée d'après l'apôtre André, qui serait mort sur une croix de ce type.

VI. Que Diaus vos bensigna !

La basilique Sainte-Madeleine : Basilique située à Rhedae, cœur du château des Templiers de Rennes-le-Château, surnommé « la porte de l'enfer ».

David : Au cours du IIe siècle av. J.-C., roi de Judée, puis d'Israël, avec pour capitale Jérusalem, la « ville de David ». À l'époque du déclin d'Israël, on ranima le souvenir du grand souverain ; on attendait que David revienne en personne, ou que son successeur, le Messie, vienne au secours d'Israël.

Joseph d'Arimathia : Adepte et oncle de Jésus, il réclama son cadavre et l'enterra dans une tombe de roche ; après la crucifixion, il aurait emmené à Marseille les enfants de Jésus. Dans la légende celte, il passe pour le premier gardien du Graal.

Magus medicus : (latin) Ici : médecin doté de pouvoirs magiques.

Le royaume de Thule : royaume insulaire légendaire. Il s'agit peut-être d'un territoire découvert dans l'Antiquité par Pyteas, au nord de la Bretagne. On le considérait comme l'extrémité la plus septentrionale du monde.

Ai, Capitan !... : (espagnol) Bien, capitaine !

Nuestro Señor : (espagnol) Vive le destin ! Vive la mort ! Notre seigneur l'amiral !

Non meta... : (latin) Non pas l'objectif, mais le chemin.

Joseph, leur saint patron : Fils de Jacob, personnage principal de l'histoire de Joseph (Genèse 37-50), qui décrit le conflit entre Joseph et ses frères. Ceux-ci vendent Joseph comme esclave en Égypte, où il devient le plus haut fonctionnaire du royaume. Les fils de Jacob (d'Israël) incarnent aussi les tribus d'Israël.

L'adepte de Maimonide : de son vrai nom Mose ben Maimon, Maimonide (1125-1204) était un philosophe juif, de la religion qui exerça aussi une grande influence sur la pensée chrétienne du Moyen Âge. Recueillit et publia les lois de la religion juive.

Codex militaris : (latin), loi militaire.

Esséniens : Fraternité, secte juive rigoureuse qui exista entre environ 150 avant J.-C. et 100 après J.-C.. Le fondateur en serait le légendaire « maître de l'équité » (Avatar Melchi-Tsedeq) ; le même maître invisible se retrouve chez les soufis sous le nom de « Khidr-Elias ». Les esséniens ésotériques unissaient les enseignements monothéistes de Moïse et de Zarathoustra. Jésus de Nazareth aurait été un Essénien.

Quand sa chair... : Job, 33, 21 (Bible de Jérusalem)

Trismégiste : (grec) Se rapporte à Hermes Trismegiste, le « trois fois le plus grand » ; dix-sept livres qui lui sont attribués ont vraisemblablement été rédigés au cours des premiers siècles après le Christ, dans l'école ésotérique d'Alexandrie. Ils traitent de l'astrologie, des rituels du Temple et de la médecine.

Doctores : (latin) L'Université médiévale était divisée (au maximum) en cinq facultés : la faculté des artistes (les arts libres, le cours fondamental), la théologie, la médecine, le droit canonique et civil. Les études étaient longues ; rares étaient les étudiants qui allaient au-delà de la faculté des artistes ; et, parmi eux, beaucoup n'allaient pas jusqu'au titre de docteur, pour lequel, en général, il fallait attester de six années de faculté des artistes et de six autres années d'études de droits ou de médecine. Les *doctores* constituaient ainsi une élite intellectuelle et sociale.

In nomine... : (latin) Au nom du Père, du Fils et du Saint-Esprit, je t'absous de tes péchés.

Da servis... : (latin) Donne la paix à ton serviteur.

Le traité de paix de Corbeil : Dans le traité de Corbeil (1258), Louis IX reconnaissait le roi d'Aragon, qui avait renoncé à la souveraineté sur la Gascogne, comme souverain de la Catalogne, du Roussillon et de Montpellier.

Altas undas... : (occitan) Hautes vagues qui venez de la mer, fouettées par le vent, vous qui y êtes chez vous, pouvez-vous mc donner des nouvelles de mon ami qui y est jadis parti ? Il n'est jamais revenu ! (auteur : Rimbaut de Vaqueiras)

La sainte Révélation : Dernier livre du Nouveau Testament, son thème principal est le triomphe imminent du règne de Dieu, dont la victoire définitive a déjà commencé avec la résurrection du Christ, et le Jugement dernier. Les cathares le considéraient comme l'unique évangile authentique de Jésus, dont ils avaient peut-être une autre version que celle, officielle, de la Bible.

Endura : Chez les cathares qui avaient atteint le rang de « perfectus » et étaient ainsi admis dans la « gleyiza », méthode courante pour accélérer la mort par refus complet de toute alimentation (et de l'eau). Débutait après l'obtention du *consolamentum*.

Mal amar... : (occitan) Il est difficile d'aimer le vassal d'un autre pays, car ses yeux et son rire suscitent les larmes. Je n'aurais jamais cru que mon ami me trompait, car en amour, je lui donnais tout ce qu'il demandait. (Refrain :) Ah ! Comme avec cette amour, il m'a souvent causé de la joie et de la peine ! (Auteur : Rimbaut de Vaqueiras, 1180-1205)

L'ÉPOUSE DE PALERME

I. Le testament du précepteur

Le cardinal Octavien degli Ubaldini : Le cardinal gris, maître des Services secrets de la Curie.

Trastevere : Le nouveau découpage de Rome, entrepris par Auguste, créa en guise de quatorzième quartier l'arrondissement du « Trans Tiberium », « Au-delà du Tibre », considéré comme le quartier le plus romain et le plus populaire de la ville.

Le château Saint-Ange : Situé juste au bord du Tibre, sur le tombeau de l'empereur Adrien, il servait de refuge aux papes en cas d'attaques ou d'insurrections.

Via Cassia : Voie romaine antique, qui sort de Rome vers le Nord.

Colli Albani : (italien) Les Monts d'Albanie, situés à une vingtaine de kilomètres de Rome, jusqu'à 950 mètres de hauteur ; la ville fortifiée d'Anagni, en particulier, était un refuge des papes. Le castel Gandolfo sert aujourd'hui encore de résidence d'été au pape.

Les pleins pouvoirs au sénateur... : Lorsque le sénat romain fut recréé, en 1144, il était constitué de 56 membres, et cette organisation subsista presque sans interruption jusqu'en 1204 ; après cette date, il était courant de ne désigner chaque année qu'un ou deux sénateurs qui disposaient de conseillers.

Podestà : (italien) Chef de la ville, bourgmestre élu par le conseil de la ville. Signe de la croissance du pouvoir politique de la bourgeoisie dans les villes d'Italie du Nord et du Centre situées à proximité immédiate de l'empire.

Le pape Innocent IV : en fonction du 24 juin 1243 au 7 décembre 1254, successeur de Célestin IV, qui ne régna que 26 jours, à l'automne 1241, avant d'être éliminé. Innocent combattit l'empereur Hohenstaufen Frédéric II, puis, après sa mort, son fils et successeur Conrad IV et, en Italie du Sud, son fils bâtard Manfred de Sicile. Il s'efforça de trouver pour le royaume de Sicile, qu'il considérait comme un fief, des souverains disposés à en chasser les Hohenstaufen.

Commentatio Rerum Sicularum : (latin) « Prise de position sur l'affaire sicilienne.

Conrad IV : né le 25 avril 1228, fils et successeur de Frédéric II sur le trône allemand. Conrad est issu du deuxième lit (fils de Yolande de Brienne, qui mourut en couches) ; à sa naissance, il devint nominalement « roi de Jérusalem », épousa le 1er septembre 1246 Élisabeth de Bavière (fille d'Otton II de Wittelsbach) ; de ce mariage est issu Conrad V, dit Conradin.

Conradin : (Conrad V, 1252-1268) Duc de Souabe, fils de Conrad IV, petit-fils de Frédéric II. Mort au cours de la bataille de Tagliacozzo en tentant de reprendre le royaume sicilien, dont il avait hérité, à Charles d'Anjou, auquel le pape avait donné la Sicile en fief.

Lucera : Ville d'Apulie, à proximité de la résidence impériale de Foggia. La ville fut aménagée par Frédéric II pour les Sarrasins insurgés qu'il avait éloignés de Sicile. Ils devinrent ses plus fidèles partisans, si bien que, par la suite, les Hohenstaufen leur confièrent même leur trésor d'État.

Omissis : (latin) Omis, abandonné. Expression propre aux copistes, qui invitait à ne pas reprendre un mot ou un passage.

Uno regni : (latin) l'union du royaume (de Sicile) avec l'empire (allemand), une réalité politique qui indignait les papes, parce qu'elle prenait l'État religieux en tenailles.

Saluti suae consulens : (latin) En tenant compte de sa santé.

Philome : (latin) Louons le rossignol et sa voix tendre, comme nous l'enseigne la musique, sans l'art véritable de laquelle les chants n'ont aucune valeur.

Cum telluns... : Lorsqu'au printemps nouveau, la vie jaillit de la terre, lorsque les branches s'habillent de vert, le parfum du miel suave monte des fleurs des plantes.

Hilarescit ... : Il est joyeux, le rossignol, connaissant le son suave, et en tournant son petit cou, il chante vers le soleil.

Istat nocti... : Jour et nuit, obstinément, il vole dans cette suave mélodie, il apaise le dormeur avec sa voix qui monte et descend, et ôte la peine au promeneur.

Vocis eius... : Le beau son de sa voix, plus clair que la note de la lyre, l'emporte sur les vols d'oiseaux qui remplissent la forêt et les bois de leurs trilles. *De Luscinia*, attribué à Fulbert de Chartres (vers 960-1029).

Olov ha shalom : (hébreu) La paix (soit) avec lui.

Sanctus : (latin) Saint, saint, saint, Seigneur, Dieu des légions, le ciel et la terre sont emplis de ta splendeur. Hosanna au plus haut des cieux !

Benedictus... : Beni soit, celui qui vient au nom du seigneur. Hosanna au plus haut des cieux.

Kyrie eleison... : (grec-latin) Seigneur, prends pitié de nous. Tout puissant créateur du ciel et des étoiles. Christ, prends pitié de nous.

Qui mundum... : (grec-latin) Celui qui a sauvé le monde en versant son sang. Seigneur, prends pitié de nous. Sainte Trinité, qui règne pour l'éternité. (chant religieux latin).

Croix griffues : Les armes des Templiers.

Sphère armillaire : Instrument classique de mesure des angles en astronomie. Ce fut avec l'astrolabe l'instrument de calcul préféré de l'astrologie, jusque dans les temps modernes. On attribue son invention à Thalès ou Anaximandre (IVe siècle avant J.C.)

Terribilis... : (latin) Ce lieu est terrible !

Exequien : (latin) : Dans l'Église catholique, toutes les cérémonies qui relèvent de l'enterrement religieux. Également : messe des morts, cérémonie d'enterrement.

Allah isamhak ! : (arabe) Dieu nous garde !

Pacta sunt servanda : (latin) Il faut respecter les traités.

Mashiat Allah ! : (arabe) Que Dieu m'aide !

Alma Virgo... : (latin) Belle vierge parmi les vierges, couronnée dans le ciel, intercède pour nous auprès de ton fils !

Et post hoc... : Et lorsque nous sortons de la vie, viens à notre secours, intercède pour nous.

Iam est... : L'heure est déjà venue de se relever du bref sommeil de la mort.

Ad mortem... : Nous allons joyeusement à la mort et nous nous préservons du péché. (Extraits de *Ad mortem festinamus*, chant de pèlerin anonyme du « Llibre Vermeil »)

Zig' rono... : (hébreu) Puisse-t-il se relever !

Oleh l'shalom ! : (hébreu) Puisse sa mémoire être une bénédiction.

Veneficus : (latin) Mélangeur de poisons.

Et la nuit... : Psaume 139, 12.

II. LES CHERCHEURS DE TRÉSOR

Le palais royal de Palerme : Frédéric n'était pas seulement roi d'Allemagne (il céda cette dignité à son fils Conrad IV dès 1237), mais aussi, de 1198 à sa mort en 1250, roi de Sicile. Sa cour de Palerme passait pour la plus somptueuse de l'Occident. De là (et de ses palais d'Apulie), il gouvernait l'empire. Au cours des années de sa régence (1220-1250), Frédéric ne demeura pas plus de quatre années en Allemagne.

La comtesse Biancia di Lancia : Elle fut de longues années durant la maîtresse de Frédéric II, qui eut avec elle deux enfants « naturels » : Manfred, prince de Tarente, né en 1232, et Constance, dite « Anna », future épouse de Jean Vatatses, empereur de Nicée. Sur son lit de mort, Frédéric déclara ces enfants « légitimes » et éleva leur mère, Bianca, au titre de comtesse de Lecce.

Bomba : (italien) Récipient d'argile empli de feu grégeois ou de poix liquide, utilisé comme projectile et envoyé par une catapulte.

Nicée : Ville antique située au nord-ouest de l'Anatolie, sur la rive orientale du lac d'Isnik. Siège des premier (325) et septième (787) conciles œcuméniques.

Il a envoyé Vatatses... : L'empereur Jean III Ducas (1193-1254). Après la fondation de l'empire latin, en 1204, les membres de la maison des souverains byzantins avait quitté l'Asie Mineure et y avaient fondé les royaumes de Trebizonde et de Nicée. De là, ils tentèrent de reprendre Constantinople. Ils y parvinrent en 1261 sous les ordres de Michel Paléologue, qui recréa l'empire de Byzance.

Jamala ua... : (arabe) une chamelle du nom de...

Hijab : (arabe) Le voile des femmes.

Homs : Ville et émirat de l'ouest de la Syrie, au bord de l'Orontes.

Hama : Ville et émirat à l'ouest de la Syrie.

Saladin : Salh ad Din Youssouf Ibn Ayub ; (né en 1137 ou 1138 ; mort en 1193 à Damas) a remplacé la dynastie des fatimides et s'est proclamé en 1176 sultan d'Égypte et de Syrie ; a conquis Jérusalem en 1187.

El-Aziz : Fils d'An-Nasir, sultan de Syrie.

Granata franscecana : (italien) La « grenade franciscaine », plaisanterie désignant Guillaume de Rubrouck.

Constance : La fille de Manfred, issue de son premier mariage, avec Béatrice de Savoie.

L'infant d'Aragon : Don Pedro. Devait épouser Constance.

Guillelmus ante portas : (latin) « Guillaume est à nos portes ! » Parodie du cri de terreur romain, « *Hannibal ante portas !* »

Limassol : (en grec, Lemesos) Ville située sur la côte centrale du sud de Chypre, sur la baie d'Akrotiri ; ancien château byzantin du XIIe siècle. Servit fréquemment de siège gouvernemental aux rois de Chypre.

Demetrios : Prêtre grec.

Théodor Ier *:* Fils et successeur de Jean Vatatses.

Arsenios : Patriarche de Nicée.

Achaïe : (Achée) Région antique, située au nord du Péloponnèse, principauté latine.

Anna : Sœur aînée de Michel, souverain d'Épire.

Helena Angelina d'Épire : Sœur cadette de Michel d'Épire, deuxième épouse de Manfred de Sicile.

Nomen est omen : (latin) Le nom l'indique à lui seul.

Constance de Hauteville : (1154-1198) Fille et héritière du roi Roger II de Sicile, épousa Henri VI en 1186 et gouverna à partir de 1197 pour son fils Frédéric-Roger, le futur Frédéric II, qu'elle fit couronner roi de Sicile alors qu'il avait quatre ans.

Épire : Région montagnarde historique sur la mer Ionique, montant à plus de 2600 mètres (Pindos), chaînes calcaires couvertes de forêts, élevage de moutons et de chèvres.

L'orthodoxie schismatique : Le refus de certains dogmes catholiques et de la souveraineté du pape par le patriarche de Constantinople provoqua en 1054 le schisme, la scission entre Rome et l'Église orientale. Celle-ci, sous le nom d'orthodoxe (« de la juste foi »), devint l'Église d'État du royaume de Byzance.

Lapis excellens, lapis ex coelis : (latin) La pierre excellente, la pierre du ciel. Querelle d'interprétation, qui se rapporte au Graal.

Baudouin : L'empereur Baudouin II (1228, démis le 25 juillet 1261, † en 1273).

Hellade : Nom classique (et officiel, depuis le début du XIXe siècle) de la Grèce)

Iocalia : Les joyaux de la couronne.

Berthold von Hohenburg : Sénéchal de l'Italie du Sud sous le roi Conrad IV.

Trébuchet : Grande catapulte démontable doté d'un bras de lancer long sur un châssis élevé.

L'église du Saint-Sépulcre : à Jérusalem, bâtie au IIIe siècle après J.-C. à l'instigation d'Hélène, la mère de l'empereur Constantin, au-dessus de la tombe supposée du Christ. A été plusieurs fois détruite et reconstruite par la suite.

O Maria... : (occitan) Ô Marie, mère de Dieu, Dieu, tu es le fils et le père : Sainte Vierge, prie pour nous ton fils céleste.

Eva creet... : Ève a cru le serpent, un ange rayonnant, c'est donc une bonne chose pour nous, cela fit de Dieu un véritable humain.

Car de femna... : Car il a été engendré par une femme, Dieu a sauvé la femme, et l'Homme est né pour que l'être humain soit sauvé.

Vida qui mort... : La vie qui a vaincu la mort nous a ouvert le paradis afin que la gloire, celle que nous a donnée Dieu, se réalise. (*O Maria, Deu Maire*, troubadour anonyme, XIIe siècle)

Que Diaus : (occitan) Dieu te bénisse !

Trou des tipli'es : Le trou des Templiers. Une ruine portant le même nom se trouve à l'est de Rennes-le-Château, mais son accès est interdit.

Oy, aura dulza... : (occitan) Ah, toi douce brise qui vient de là où mon ami dort, vit et a trouvé abri, porte-moi son souffle doux, je l'inspire, tant mon désir est grand. (Rimbaut de Vaqueiras, 1180-1205)

V. Des îles lointaines

L'évêque de Grigenti : Grigenti était l'actuelle Agrigente.

Episcopus provinciae : (latin) Un évêque de la province.

Constance d'Aragon : Première épouse de Frédéric II, décédée en 1222, veuve du roi de Hongrie. Au moment de son mariage, à vingt-quatre ans, elle était de dix années plus jeune que Frédéric.

Enzio : (1216-1272), fils naturel de Frédéric II, roi de Torre et Gallura (Sardaigne) ; fait prisonnier par les Bolonais près de Fossalta. Frédéric a tenté, en vain, de faire céder les Bolonais par les menaces et la corruption. Ils répondaient qu'ils avaient prêté serment de ne jamais libérer Enzio.

Orefici fiorentini : (italien) Les orfèvres florentins.

Cassaro : La rue centrale de Palerme, qui mène de la Cala, le port, au Palazzo dei Normanni.

Qsar : Terme d'origine arabe par lequel les Hohenstaufen désignaient le Palazzo dei Normanni à Palerme.

Camino real : (italien) La voie royale.

Maletta : Grand chambellan et maître de cérémonie de Manfred.

Palazzo Arcivescovile : Siège de l'archevêque de Palerme.

Atalante : Navire amiral des Templiers, trirème.

Trirème : Navire de combat à trois ponts, animé par trois rangées de rameurs superposés et par des gréements.

La comtesse d'Otrante : Dite « L'Abbesse », Laurence de Belgrave, née en 1191, née du mariage morganatique de Livia de Septimsoliis-Frangipane avec Lionel, lord de Belgrave. Laurence devient Abbesse du couvent des carmélites sur le Monte Sacro, à Rome. En 1217, elle est chassée de Rome par l'Inquisition et se rend à Constantinople. Devient tenancière de bordel. Plus tard, se taille une sinistre réputation de pirate et de marchande d'esclaves. En 1228, elle épouse l'amiral de l'empereur Frédéric II, le comte Henri de Malte, et hérite, après sa mort, d'Otrante et de la trirème.

Les colonnes d'Hercule : Le détroit de Gibraltar.

Oleum atque Vinum : (latin) L'huile et le vin.

Alekos : marchand de vin à Palerme.

Henri, comte de Malte : Amiral anobli par Frédéric II. Envoyé en 1221 comme éclaireur à Damiette. En 1228, il capture la fameuse pirate Laurence de Belgrave ; au lieu de la pendre, il l'épouse. Elle devient ainsi comtesse d'Otrante.

Terra di Lavoro : Bande de terre située sur la mer Tyrrhénienne.

La princesse valache : La Valachie était un territoire qui s'étendait entre les Carpates du Sud et le Danube, dans la Roumanie actuelle.

Hugues de Revel : Chevalier de Saint-Jean, représentant du grand maître ; grand maître de 1259 à 1278.

Guillaume de Châteauneuf : Grand maître des chevaliers de Saint-Jean à Saint-Jean d'Acre (1244-1259) ; était tombé entre les mains des Égyptiens à la bataille de La Forbie, dès son entrée en fonction ; il ne fut libéré qu'en 1251.

Bezant : Pièce d'or en circulation depuis les croisades.

Ustica : Petite île située devant la côte nord de la Sicile, dans la mer Tyrrhénienne.

Kefir Alhakim : Raccomodeur et charlatan, gouverneur autoproclamé de Frédéric II sur l'île d'Ustica.

Trachinidae, Scorpaena : poissons dont le poison déclenche des douleurs vives, et même, pour le premier, des crises d'étouffement.

Myketologia : (grec) Connaissance des champignons et des éponges.

Muscaria : Champignons contenant du muscarin (alcaloïde particulièrement dangereux).

Nebbich ... : (origine incertaine) Et même, un miracle !

Tibère : (Tiberius Julius Caesar Augustus), fils de Livia et de Tiberius Claudius Nero, 42 avant-J.-C., 37 près J.-C. ; empereur romain à partir de 14 après J.-C. ; beau-fils et fils adoptif d'Auguste.

Kadr ibn kefir ad-Din Malik Alhakim Benedictus, dit Beni le Matou, fils de Kefir Alhakim.

Grazal dos Tenguatz : Ballade *Les Enfants du Graal* de Miguel Cortes.

Hanno von Sangershausen : Vice grand maître de l'ordre des Chevaliers teutoniques ; grand maître de 1257 à 1274.

Oberto Pallavicini : Vicaire (gouverneur) de l'empire pour la Lombardie et la Toscane ; seigneur de Crémone (1250) ; Podestà de Pavie et Vercelli (1254)

Galvano de Lancia : Prince de Salerne.

Ezzelino de Vérone : (Ezzelino da Romano) Maître de Vérone, réputé pour sa cruauté. Marié avec Selvaggia, l'une des six filles illégitimes de Frédéric II ; depuis 1236-1237, Ezzelino gouvernait Padoue, Trévise et Vicenza.

Capella Palatina : Chapelle normande byzantine, au premier étage du palais royal de Palerme.

Croisade des enfants : Dans le cadre du mouvement de croisade de 1212, cortège de plusieurs milliers d'enfants de dix à quinze ans, parti de Vendôme et des pays rhénans. La plupart moururent de faim et de maladie pendant le voyage ; une partie d'entre eux furent capturés pendant la traversée de la Méditerranée, à la suite d'une trahison, et vendus comme esclaves.

Alexandrie : Ville portuaire égyptienne située dans le delta occidental du Nil, fondée en 331 avant J.-C. par Alexandre le Grand ; la ville possédait l'une des sept merveilles du monde, la tour lumineuse de Pharos ; à l'époque de Ptolémée, la ville était connue pour sa bibliothèque, le centre artistique et scientifique du monde.

Dir balak... ! : (arabe) Prends garde, Immà !

Xavier d'Urgel : (d'Urgel le Jeune) Sculpteur sur bois, créateur du groupe du Golgotha à Rhedae.

Michel Paléologue : Général de l'empereur Théodor II de Nicée ; coempereur avec Jean IV ; empereur de Nicée sous le nom de Michel XIII à partir de 1258 ; recréa l'empire de Byzance en 1261, après la reconquête de Constantinople.

Jean IV : Laskaris Vatatses ; fils et unique héritier de Théodor II ; coempereur avec Michael Paléologue.

Karakorom : (Qara-Qorum) Ville que Gengis-Khan éleva vers 1220 au rang de centre de l'empire mongol.

L'archimandrite... : (grec) Archiprêtre dans l'Église orthodoxe.

Capitano... : (italien) Capitaine en mission spéciale.

Homo mortuus : (latin) Homme mort.

Caput Stragis : (latin) Chef de la dévastation.

Nécropoles : Villes des morts, lieux funéraires de l'Antiquité.

Orchis maculata : (latin) Les racines de cette orchidée sont utilisées, sous différentes formes, comme aphrodisiaque.

Latifolia : (latin) Orchidée aux feuilles en forme de lancettes.

Éleusis : Importante ville grecque de l'Antiquité sur le golfe d'Égine, relié par la Voie Sacrée à Athènes, située à environ 20 kilomètres à l'Ouest.

Kaolin : Jeune fille toltèque.

La Corne d'Or : Nom donné à la baie portuaire de Constantinople.

La Merica : Nom donné, dans des documents et cartes maritimes médiévales, aux « Îles lointaines », de l'autre côté de l'Atlantique.

Aquil : vent du nord-est.

Rota septentrionalis : (latin) Itinéraire nord-nord-ouest.

Le cercle de rotation du Cancer : Cercle de déclinaison sur la sphère céleste, sur lequel se trouve le soleil au moment du solstice d'été (21 juin)

Cheîtan : (arabe) Le diable.

Crux fidelis... : (latin) Plus fidèle de toutes les croix, plus noble de tous les troncs : aucune forêt n'a produit des arbres, des feuilles, des fleurs et des branches comme toi.

Dulce lignum... : (latin) Vous portez du bois aimable, des clous aimables, un poids aimable.

Pange lingua ... : Chante, langue, le combat courageux du Glorieux, que la Croix soit notre signe de victoire.

Sit patri... : Au père et au fils, par la plus haute grâce, avec l'esprit de l'éternelle Trinité, que soit donnée la louange, le salut et l'honneur.

Quae cravit... : Qui nous a créés, nous a sauvés et nous illumine. (Chant grégorien, choral de la semaine de Carême.)

IV. Un cadeau pour le roi

Jacob Pantaleon : (Pantaleone) Patriarche de Jérusalem.

Maremma : zone côtière de Toscane du Sud, sur la mer Ligurienne et Tyrrhénienne.

Outremer : Terme en usage à l'époque pour désigner la Terre sainte.

Impetus : (latin) Moteur, impulsion.

Suum cuique : À chacun le sien !

Hamo l'Estrange : Né en 1229, fils unique de la comtesse d'Otrante, qui avoua que le père de Hamo n'était pas le comte Henri de Malte.

Ave Maris Stella : (latin) Chant religieux. « Étoile de la mer, je te salue ».

Sir Darius Turnbull : Envoyé du roi anglais Henri III auprès du pape Alexandre IV.

Civitavecchia : Ville portuaire située sur la mer Tyrrhénienne, au nord-ouest de Rome.

Vinum... ! : (latin) Du vin, Alekos ! Le bonheur rit dans le vin !

Rota Fortunae : (latin) L'itinéraire de la chance ; étroit passage maritime qui mène aux « Îles lointaines ».

Shirat : Plus jeune sœur de l'émir Baibars, épouse de Hamo l'Estrange.

Alena Elaia : Fille de Shirat et de Hamo l'Estrange.

Hildegard von Bingen : 1098-1179 ; sainte, bénédictine, mystique. Œuvre littéraire abondante, écrits scientifiques, médicaux et mystiques.

Soufi : (arabe : porteur de vêtements de laine) Mystiques de l'islam qui avaient élevé l'exploration du spirituel au rang d'une science et utilisaient la méditation ; fortes influences sur la scolastique occidentale du Moyen Âge. À cette époque, leur principal représentant était Ahmed Badawi (1199-1277). Il vivait à La Mecque, il avait des visions dans lesquelles lui apparaissait le prophète Mahomet.

Le grand Rumi : Mevlana Jellaludin Rumi, mystique soufiste d'Afghanistan ; pour échapper aux Mongols, se réfugia chez les Seldjoukides Rumi (Ikonium). Fut en 1244 le disciple de Shams-i Täbrisi. Selon la légende, c'est Rumi qui a inventé la danse des « derviches tourneurs », le « sema », pour exprimer la douleur que lui inspirait la perte de son ami Shams, mort assassiné. Son œuvre la plus fameuse est le *Mesnevi,* rédigé en persan.

La Ligue lombarde : Regroupement de villes ne dépendant pas de l'empire, en Italie du Nord et du Centre, qui s'allièrent souvent avec les guelfes pour rejeter les prétentions de l'empereur.

Liturgie grégorienne : Choral à une voix de la liturgie catholique, qui tient son nom du pape Grégoire Ier le grand.

Regulae... : (latin) Directives de l'administration judiciaire.

Venenum : Poison.

Lancelotti : Nom que se donnaient les nobles rameurs-combattants sur la trirème de la comtesse d'Otrante, d'après leurs rames équipées de faux, et qui servaient aussi d'armes de combat.

V. Une coupure douloureuse

Laurent d'Orta : Franciscain, né en 1222, Portugais, envoyé par le pape Innocent IV à Antioche en 1245 afin d'apaiser la querelle religieuse avec les orthodoxes grecs.

Kungdaitschi : Expression mongole désignant les membres de la dynastie des Gengis.

Jean le Sebastocrator : Frère de Michel Paléologue, empereur de Nicée ; commandant suprême de l'armée.

Guillaume d'Achée : Prince Guillaume de Villehardouin, Prince d'Achaïe, auquel Louis donna en 1249 le droit de battre monnaie. Son oncle, Guillaume Ier, était issu d'une lignée parallèle des comtes de Champagne, et avait participé à la croisade de 1204 contre Constantinople, dont il fut aussi le chroniqueur. C'est de lui que son secrétaire John Turnbull reçut le fief de Blanchefort. Achaïe (Achée) tomba en 1267 aux mains de l'Anjou.

Guido la Roche : Guido Ier, de la lignée des aventuriers de la Roche ; seigneur de Thèbes (1208) ; grand seigneur d'Athènes (1225) ; le roi Louis IX le fit duc en 1260.

Hagia Sophia : (grec : sagresse sacrée), église construite à Constantinople entre 532 et 537.

Kerkyra : (Kerkira) Ville portuaire grecque, sur la côte orientale de Corfou.

Guardia dei Saraceni : (italien) Garde sarrasine.

Le roi normand Roger : Roger Ier, 1031-1101, grand comte de Sicile, premier souverain normand de Sicile, qu'il reçut en fief en 1061, de son frère Guiscard.

Regaleali : Vin blanc sicilien.

Le miracle de la transsubstantiation : Dogme proclamé lors du IVe concile du Latran, à Rome, concerne la transformation du pain et du vin en corps du Christ par la bénédiction accordée lors de la messe.

Da'adam... : (arabe) Laisser saigner !

Approbatio universitatis : (latin) Agrément médical accordé par Frédéric pour le Royaume de Sicile.

Nikephoros Alyattes : Envoyé de l'empereur de Nicée.

Regium : (Rhegium) L'actuel Reggio Calabria, à la « pointe de la botte » italienne. Fondation grecque.

Va, cansonetta... : (italien) Vole, petite chanson, et salue pour moi le seigneur, raconte-lui le malheur qui m'est arrivé. Ceux qui me tiennent en leur pouvoir me serrent si fort que je ne peux plus vivre.

Salutami toscana... : Salue pour moi la Toscane, la princière où règne (encore) l'esprit de chevalerie. Vole sur les plaines de l'Apulie, la Lamagna, la Capitana, là où se trouve mon cœur, jour et nuit. (Chanson du roi Enzio, citée d'après Masson, H., p. 374)

Henri de Chypre : Henri Ier, régent du royaume de Jérusalem de 1247 à 1259 (pour Conrad IV, puis Conrad V). La succession au trône du royaume de Jérusalem était héréditaire, y compris par les descendants de sexe féminin (primogéniture). Mais les époux ne restaient pas forcément rois à la mort de leurs épouses, titulaires du titre. Frédéric II perdit ainsi son titre en 1229 lorsque Yolanda mourut en couche ; mais il resta régent de son fils Conrad IV, qui venait de naître. Comme le régent devait être présent sur place, il transmit la régence à Alice de Champagne, qui épousa Hugues Ier, roi de Chypre. Hugues se donna même le titre de roi titulaire de Jérusalem. Alice mourut en 1246, Hugues en 1247 ; la régence revint à son fils, le roi Henri Ier de Chypre. Le roi fut ensuite le Hohenstaufen Conrad IV ; Conrad V (Conradin) lui succéda en 1254.

LA PISTE DU CALICE

I. Vers de nouveaux rivages

Stretto : (italien) Détroit ; ici, le détroit de Messine.

Ponant : Vent soufllant au nord-ouest.

Castel d'Ostia : château pontifical situé dans la ville d'Ostia (Ostic), qui fut dans l'Antiquité le principal port de Rome, situé à environ 25 km.

Mappa Terrae Mongalorum : (latin) Carte mondiale qui montrait pour la première fois le royaume du grand khan des Mongols.

Gobi : Bassin d'altitude très sec, presque dépourvu de cours d'eau et entouré de montagnes, en Asie centrale. Paysage de désert et de steppes.

Altai : Montagnes de Mongolie occidentale.

Senatus... : (latin) Sénat et peuple de la ville de Rome.

Maison des Allemands : Château de l'ordre des Chevaliers teutoniques à Rome.

Venerarius venerabilis : (latin) Vénérable empoisonneur.

Aventin : L'une des sept collines de Rome.

Théâtre de Marcellus : Théâtre antique de Rome, ainsi dénommé d'après Marcus Claudius Marcellus, consul, 50 avant J.-C.

Albergo del Paradiso : (italien) Auberge du Paradis.

San Giovanni in Laterano : Basilique Saint-Jean du Latran. Jusqu'au XIVe siècle, ce n'est pas Saint-Pierre, mais Saint-Jean qui était considérée comme « la mère de toutes les églises ». C'est encore aujourd'hui la plus élevée dans la « hiérarchie » des églises du monde catholique, et l'église épiscopale du pape (en tant qu'évêque de Rome).

De don plus... : (vieux français) De là où réside toute ma vie, je n'ai reçu ni message, ni lettre scellée. Mon cœur ne rit et ne dort plus, et je n'ose pas faire un pas de plus avant de savoir si l'harmonie existe toujours entre nous, comme je le souhaite.

La nostr'amor... : Il s'agit de notre amour, comme les branches de l'aubépine qui tremblent la nuit, exposées à la pluie et au gel jusqu'à ce qu'au matin, le soleil inonde de sa lumière les feuilles et les brindilles vertes. (« Ab La Dolchor Del Temps Novel », Guillaume de Peitieus, 1071-1127.)

Capitole : L'une des sept collines de Rome, qui fut dans l'Antiquité le centre public et religieux de la ville ; aujourd'hui encore, siège du sénat de Rome.

Khamsa : (arabe) « Main de Fatima », amulette en forme de main, censée détourner le malheur et le mauvais œil.

Les Goths : Peuple germanique qui colonisa à la fin du IIe siècle avant J.-C. le territoire situé au nord de la mer Noire. En 248 après J.-C., premières attaques des Goths contre Rome ; au milieu du IIIe siècle, scission entre Ostrogoths et Wisigoths. En 378, victoire des Wisigoths sur l'armée romaine près d'Adrianople ; en 410, sac de Rome. En 493, l'Ostrogoth Théodoric devint le grand roi d'Italie.

Et in Arcadi ego : (latin) Moi aussi, j'étais en Arcadie.

Guelfes : Dans l'Italie du Moyen Âge, ce terme désignait les partisans du pape et de l'Église.

Gibelins : À la même époque, désignant les partisans de l'empereur et de l'empire.

Porta Flaminia : À côté de la Porta Pia, l'une des deux portes septentrionales de Rome.

Les murailles de Borgo : Le « Passetto ». Le château Saint-Ange a toujours été au cœur des combats pour la domination de Rome. Depuis la fin dû XIIe siècle, il était la propriété incontestée des papes. En 1277, Nicolas III le fit relier au Vatican par le Passetto, un mur pourvu d'une galerie couverte.

Adrien : Publius Aelius Hadrianus (76-138 après J.-C.), empereur romain depuis 117, construisit des murailles frontalières en Allemagne (Limes) et en Angleterre (mur d'Adrien) ; écrasa l'insurrection juive menée par Bar Kochba.

Marie-Madeleine : Une Galiléenne libérée des démons par le Christ, témoin de la crucifixion et de la mise en tombe. Dans d'autres versions, c'était son épouse (issue de la maison royale de Benjamin) et la mère de ses enfants, avec lesquels elles se serait enfuite pour Marseille, après la crucifixion, en compagnie de Joseph d'Arimathia.

Le monastère d'Andechs : Abbaye bénédictine et lieu de pèlerinage en Haute Bavière.

Champ de mars : (Campus Martius) Plaine située entre le Tibre et les collines de Pincius, du Quirinal et du Capitole, à l'origine à l'extérieur des murs de la ville. À l'époque républicaine, c'est ici qu'on levait l'armée romaine. La plaine fut ensuite construite, et fortement peuplée au temps de l'empire.

Ponte Milvio : Pont antique sur le Tibre, sur lequel l'empereur Constantin battit en 312 l'antiempereur Maxence.

Via Flaminia : Rue centrale de Rome, donnant sur l'Italie du Nord, ainsi baptisée d'après Gaius Flaminius. Construit vers 220 après J.-C.

Roderich : Jeune chevalier de l'Ordre à Rome.

Ar em al freg... : (occitan) Nous voici arrivés à la saison froide, avec le gel, la neige, la boue glacée. Les oiseaux se sont tus, aucun n'a envie de chanter ; les branches sont nues, on ne voit plus ni fleurs ni feuilles. Le rossignol ne chante plus, qui m'éveillait au mois de mai. (Azalais de Porcairages, femme troubadour, vers 1170.)

Par la Salaria... : La Via Salaria, qui doit son nom au fait que les Romains vivant dans la région de Reate (aujourd'hui Rieti) s'approvisionnaient en sel par cette voie, dans l'Antiquité.

Porta Aurelia : Porte dans le mur de la ville, qui permettait de sortir de Trastevere vers la Via Aurelia.

Nikè : Voilier de l'ambassadeur de l'empereur de Nicée. Porte le nom de la déesse grecque de la victoire.

Mare Nostrum : (latin) Littéralement : notre mer, la Méditerrannée.

Shiroual... : (arabe) Pantalons bouffants.

II. La caverne de *L'atalante*

Sutor : Chef d'un peuple de bergers fidèles aux Hohenstaufen et bannis de Sardaigne.

La croix noire en forme d'épée : Emblème des Chevaliers teutoniques.

Torre et Galura : Ancienne désignation de la Sardaigne.

Tartuffi : (italien) Les truffes.

Romagne : Partie sud-orientale de la plaine du Pô (Émilie-Romagne)

Linosa : Île située entre la côte sud de la Sicile et la côte nord-africaine, à environ 100 km à l'ouest de Malte. Ancienne île-pénitencier, appartint jadis à la Sicile. Elle servait de repaire aux pirates sarrasins. Elle fut ensuite affermée par l'ordre des Templiers, et transformée en une forteresse imprenable.

Turcopoles : Nom des troupes indigènes des barons d'outremer et des ordres de chevalerie. Souvent, les turcopoles n'étaient même pas des chrétiens, mais de simples mercenaires. Dans les ordres, on avait créé spécialement pour eux le poste de commandeur des turcopoles.

L'empereur Barberousse : L'empereur Hohenstaufen Frédéric Ier (vers 1125-1190), fils du duc Ferdinand de Souabe et de la guelfe Judith. Roi d'Allemagne en 1152, empereur en 1155. Pour rétablir le pouvoir de l'empire, Barberousse partit cinq fois en campagne contre le pape et les villes de Haute Italie. En 1189, à la tête de la chrétienté, il fut le chef de la IIIe croisade, avec une armée de 12 à 15 000 hommes. Le 10 juin 1190, Barberousse se noya dans le Saleph, un petit fleuve, et fut enterré à Tyr.

Baliste : Grande arbalète sur roues, qui tirait avec précision des pieux affûtés ; le plus souvent, sa corde était tendue par le biais d'une roue.

Sirocco : Vent brûlant du sud de l'Europe, qui vient du Sahara et souffle au-dessus de la Méditerranée.

Tempo uene : (italien ancien) Vient le temps où l'un monte et l'autre tombe, le temps des mots, le temps du silence, le temps de l'écoute et de l'apprentissage, le temps où l'on n'a plus de menace à craindre. (Roi Enzio, cité d'après Masson, p. 375.)

Re Enzio : Le roi Enzio (sur sa biographie, voir plus haut) comptait au nombre des plus célèbres poètes de son époque. Il a écrit en prison, à Bologne, sans doute les plus beaux sonnets de ce que l'on a appelé l'école sicilienne. Aujourd'hui encore, le palais où Enzio était détenu s'appelle le Palazzo di Re Enzio. Il y tenait cour dans un cercle de poètes, qui ont fortement contribué à propager en Italie centrale la poésie de l'école sicilienne.

Tempo d'ubbidir... : (italien ancien) Le temps d'écouter celui qui te blâme, de se préoccuper de beaucoup de choses, de veiller sur celui qui t'offense, le temps de faire semblant de ne rien voir.

La bataille de Fossalto : (Fossalta) Elle opposa les troupes d'Enzio et les Bolonais ; c'est là qu'Enzio fut capturé.

Però lo tegno... : (italien ancien) Et pourtant il me paraît sage et avisé d'aborder les faits avec sagesse, et avec le temps, on sait bien se comporter.

E mettesi : (italien ancien) Et de plaire aux gens, afin qu'il n'y ait pas de motif de critiquer ton comportement.

Mysterium Hierosolymintanum... : le mystère de la Jérusalem de Salomon.

Palazzo del Podestà : (italien) Palais du maire.

Ramon de Perelha : Père d'Esclarmonde, châtelain de Montségur

Castel del Monte : En Apulie, le plus beau et le mieux conservé des châteaux de Frédéric II. Son architecte était vraisemblablement l'empereur lui-même. L'unique mention écrite contemporaine de ce château de chasse se trouve dans une note du registre impérial de 1240.

San Domenico : Saint Dominique.

Dietrich von Röpkenstein : Chevalier allemand.

Tuari : Les Touaregs, nomades, éleveurs de chameaux de Sahara.

Robert de Les Beaux : Noble provençal.

Amir al mumin : (arabe) Commandeur des croyants.

Refermées et calfatées : Les trappes étaient fermées avec des planches de bois et les bords colmatés avec du goudron ou de la poix, si bien que la coque était étanche et que le navire pouvait reprendre la mer.

III. Le roi prisonnier

« L'autonomie à l'égard de l'empire » : Indépendance politique sous la seule souveraineté du roi. À long terme, les seules à obtenir cette autonomie en Allemagne furent les villes situées sur le territoire de l'empire. Les autres durent, au bout du compte, reconnaître le pouvoir d'un souverain régional. En Haute et Moyenne Italie, de nombreuses villes autonomes se transformèrent en républiques libres.

Missa pro... : (latin) Messe des morts.

Castiglione : (italien) Ville portuaire en Toscane, province d'Arezzo. Après avoir changé de souverain à plusieurs reprises, elle tomba aux mains de Florence en 1384. Aujourd'hui, il n'en reste plus que des restes des murs médiévaux.

Ravenne : importante ville provinciale de l'Italie centrale, port de l'Adriatique dans l'Antiquité (située aujourd'hui à environ 10 km à l'intérieur des terres).

Corrado de Salente : Lancelotto sur *L'Atalante*, le navire amiral des Templiers.

Mangonneaux : Catapultes basses et mobiles, dont la force provenait du déroulement d'une corde enroulée sous tension ; bras de lancer courbe.

Salomé : Fille de Clarion de Salente et d'An-Nasir, sultan de Damas.

Mahmoud : dit « Le Diable du feu », neveu de Shirat, fils de l'émir Baibars.

Cathai : Terme utilisé pour désigner le nord de la Chine, dérivé du nom des Kitan (peuple vivant en lisière de la Chine au début du Moyen Âge.)

Alphonse de Castille : Alphonse X le Sage, 1252-1284, petit-fils de Philippe de Souabe, fils de Ferdinand III (« le Saint »), roi de Castille, et de Béatrice de Hohenstaufen. Élu roi d'Allemagne en 1257 sans s'être jamais rendu dans le pays. Grand mécène des arts et des sciences.

Emigrantes in pectore : (latin) Ceux qui ont l'intention d'émigrer.

Magister... : (latin) Professeur en machines de jet et expert en feu grégeois.

Fibonacci : Leonardo, Pisan, auteur du « Traité sur la planche à calculer » (1212). C'est à lui que l'on doit l'introduction des chiffres arabes en Europe, du zéro, du calcul des fractions et du pourcentage.

Jordanus Nemorarius : (Jordanus Saxo, Jordanus de Namora) Né vers 1180 en Allemagne du Nord, † 1237, théologien et mathématicien allemand. Fondateur de l'université de Toulouse, rédigea des textes sur l'arithmétique, l'algèbre, la géométrie et les mathématiques à partir des connaissances des Grecs et des Arabes.

Albert le Grand : (Albertus Magnus) Dominicain, de son nom véritable Albert, comte de Bollstädt (1193 ou 1206 — 1280) ; l'un des principaux érudits du Moyen Âge ; chercheur en sciences naturelles, théologien, scholastique ; enseigna à Paris et à Cologne. Il fut le maître de saint Thomas d'Aquin.

Roger Bacon : (Rugerius Baconis) dit « Doctor mirabilis » (1214-1292 ou 1294) ; franciscain, philosophe anglais de la scolastique, chercha, sur la base de la philosophie aristotélicienne et arabe une nouvelle forme de savoir empirique. Il ouvrit de nouvelles voies en mathématiques et enseignant à la même époque qu'Albert le Grand à Paris.

Allah ya'allam ! : (arabe) Allah le sait.

Ya' Allah ! : (arabe) O Allah !

Agli ordini... ! : (italien) Aux ordres, commandant !

Gallia Placidia : Fille de l'empereur Theodosius Ier, né vers 390 après J.-C. : lorsqu'en 425 son fils Valentinien III devint empereur, alors qu'il était encore un enfant, Gallia devint *de facto* souveraine de l'Empire romain occidental. Elle mourut à Rome en 450.

Dietrich de Berne : Personnage masculin d'une légende d'abord gothique ; modèle de Théodoric le Grand ; Dietrich apparaît dans de nombreuses épopées allemandes et nordiques du Moyen Âge, entre autres dans le chant des Nibelung.

Signoria da Polenta : (italien) La souveraine de la *polenta* ; surnom de Ravenne, allusion à la spécialité culinaire du lieu.

Exarchate : L'exarchate était le nom donné aux provinces byzantines, notamment à celle de Ravenne (553-771), qui regroupa d'abord toute l'Italie et fut plus tard limité au territoire situé autour de la ville. L'exarchate était d'abord le titre du gouverneur de l'empereur de Byzance, puis, dans l'Église orientale, le représentant du Patriarche pour un territoire donné.

Vicaire : Ici, équivalent de gouverneur.

Vasama la... : (arabe) Embrassez-vous les testicules !

Por coi me... : (vieux français) Pourquoi mon époux me bat-il, pauvre de moi ? Je n'ai pourtant rien fait de mal, je ne lui ai pas dit de mauvaises paroles, je n'ai fait qu'enlacer en secret mon doux ami. (...) il ne tolère pas que je mène une vie joyeuse et heureuse. Je vais sûrement le dénoncer bruyamment pour ses coups. (...) Allons, je sais bien ce que je vais faire et comment je me vengerai pour cela : la nuit, je me coucherai auprès de mon ami. (Motet médiéval français, auteur inconnu.)

IV. Les flèches de Cupidon et quelques autres

Canzo : (italien) Chanson.

Del gran golfe... : (occitan) Les profondes lames de la mer, les perfidies du tour, les risques du phare, je les ai surmontés, dieux soit loué ! À présent je peux parler des maux et des tourments que j'ai soufferts là-bas. (« Del Gran Golfe, écrit vers 1172-1203.)

Il cazzo : (italien) La queue de la comtesse du diable ; désigne le bélier de la trirème.

Coram publico : En public.

Sourate : (arabe) Fractions du Coran, qui est composé de 114 sourates.

Si tacuisses : (latin) Si tu t'étais tu !

Constellatio malae fortunae : (latin) Funeste constellation des étoiles.

Zaprota : Doyen du village de Pantokratos.

Pantokratos : Village de l'île de Corfou.

Ugo, le despote : Ugo d'Arcady (Hugues d'Arcadie), bâtard de Villehardouin, duc d'Achaïe et de Corfou.

E pos a Dieu... : (occitan) Et si cela devait lui plaire, je reviendrais le cœur joyeux à la place que j'ai quittée avec tant de tristesse. Je le remercierai pour ce retour et pour le bonheur qu'il m'a offert. (« Del Gran Golfe »)

Ar hai dreg... : (occitan) Je n'ai pas de raison de chanter, puisque je reconnais à présent la joie et les plaisirs, la distraction et les jeux de l'amour, si tel est votre bon plaisir. (*idem*)

E las fontz... : (occitan) Les sources et les torrents limpides réjouissent mon cœur, tout comme les jardins. Tout est tellement aimable, ici. (Azalais de Porcairages, vers 1170.)

Taureau de Crète : Le Minotaure, monstre de la mythologie grecque, mi-homme, mi-taureau, enfermé dans un labyrinthe par le roi Minos de Crète, et tué par Thésée.

Ariane : Personnage de la mythologie grecque. Fille de Minos. Donna à Thésée une pelote de fil à l'aide de laquelle il trouva la sortie du labyrinthe après avoir tué le Minotaure.

La Palestine : « Pays des Philistins », désigne depuis l'Antiquité le territoire situé entre la côte orientale de la Méditerranée et le Jourdain, le Liban au bord et la presqu'île du Sinai, et le golfe d'Aqaba au sud. Également désigné sous le nom de Canaan dans l'Ancien Testament.

Q'era no dopti... : (italien ancien) Je ne crains plus la mer ni les vents, qu'ils soufflent du sud, du nord ou de l'ouest. Mon navire n'est plus le jouet des flots, je n'ai donc plus peur des galères ni des pirates. (Auteur inconnu)

Trani : Petite ville portuaire de la côte adriatique.

Ishtar : (Istar, Ischtar) Divinité féminine principale des Babyloniens ; fille du dieu de la Lune, Sin, et sœur du dieu du soleil, Shamash. Étoile du matin, elle est la déesse du combat, étoile du soir elle est la déesse de l'amour.

Ptolémée : Claude, vers 100-180 avant J.-C. Astronome, mathématicien et géographe (géographie en 8 volumes) ; a travaillé en 127-151 à

Alexandrie. Son œuvre principale, *L'Almageste,* une « syntaxe mathématique » en treize volumes, a été intégralement transmise. On y trouve le savoir astronomique du IIe siècle avant J.-C. La terre est considérée comme une sphère et comme le centre du monde.

Bahrites : Unités des mamelouks, ainsi nommés ainsi d'après leurs casernes, situés au bord du Nil (*bahr* en arabe).

Gamdarites : Mamelouks.

Haroun Ar-Rachid : Calife de Bagdad.

V. Le mal sur Maugriffe

Al-Khaf : Guerrier bédouin au service de l'émir Fassr ed-Din Octay.

Hadha : (arabe) C'est entre les mains d'Allah.

An-nisr al ahmar : (arabe) Le Faucon rouge.

Allah ya ... : (arabe) Allah le sait.

Naiman : Sbire du sultan Saif ed-Din Qutuz.

La bibliothèque d'Alexandrie : La plus grande et la plus célèbre bibliothèque de l'Antiquité, de la période de Ptolémée Ier. Détruite en 47 avant J.-C. Sous Ptolémée II, elle aurait contenu 700 000 ouvrages.

Un museion : (grec) Une académie où des savants célèbres enseignent toutes les sciences.

Lorsque j'agissais... : poème de Rumi.

Allah ijazihum !... : (arabe) Puisse Allah les damner !

Allah ikun... ! : (arabe) Qu'Allah nous assiste.

Hadha tasouir mafduh ! : (arabe) C'est une grossière falsification !

Bab an-Nasr : (arabe) : Porte du Nil, nom d'une porte de la cité.

Shai bi... : (arabe) Thé à la menthe fraîche.

Abu Bassiht : Soufi d'Iconium (Konya).

Ya Abuya : (arabe) Précieux Abu.

Khilal rida... : (arabe) Des actes appréciés par Allah.

Samarcande : L'une des plus anciennes villes d'Asie centrale, mentionnée pour la première fois en 329 avant J.-C.

Al hami Allah ! (arabe) Qu'Allah les protège !

Botho de Saint-Omer : Chevalier du Temple.

Damiette : (Dumjat) Ville portuaire égyptienne dans le delta oriental du Nil. Place commerciale importante au Moyen Âge.

LE SCEAU DE SALOMON

1. Le tarot d'Alexandrie

Sephirot : Palier dans l'enseignement secret de la cabale juive.

Ezer Melchsedek : Cabaliste et chiromancien d'Alexandrie.

Turuq Allah... : (arabe) Les voies du seigneur sont impénétrables.

Le centre du monde : Nom de la salle de stratégie dans l'ancien palais Kallistos (Callixte) à Constantinople, dont le sol de marbre représentait la Méditerranée sous la forme d'un gigantesque jeu d'échecs sur lequel des joueurs en costumes se déplaçaient devant l'empereur en fonction des opérations militaires.

Alfiere : Porteur de bannière du pape. Titre honorifique, décerné à des nobles pour leurs mérites envers l'Église.

Bab al djanna : (arabe) Porte du Paradis, désigne ici les jardins du harem du grand maître. C'est là, selon la légende, que les novices et les initiés de l'Ordre, enivrés par le haschich, avaient le droit de jeter un rapide coup d'œil sur les *houris* (en arabe : les compagnes) ou de rester un peu avec elles, afin qu'ils soient submergés par le désir du paradis et ne craignent pas la mort.

Fida'i : Novice dans l'ordre des Assassins, qui n'est pas encore initié, mais a déjà prêté serment.

Le père du géant : Surnom d'Abu al-Amlak.

Gran Da'i : chef des ismaéliens. Le titre était porté par les membres de l'ordre des Assassins et désignait le plus haut degré de l'initiation, tandis que le titre « d'imam » les désignait comme chefs spirituels et porteurs de la lignée légitime du prophète Mahomet.

Pax Mongolica : (latin) Paix mongole ; pacification du royaume des Mongols par les lois promulguées par Gengis-Khan.

Coniunctio aurea : (latin) Conjonction d'or ; concept astrologique désignant une constellation déterminée de planètes.

Memphis : Ville située au bord du Nil, au nord du Caire.

Hélouân : Bourg situé sur la rive droite du Nil, au sud du Caire, connu pour ses sources salines et sulfureuses.

Aqaba : Ville située à l'extrémité nord-orientale du golfe d'Akaba.

Qadda oua qaddr : (arabe) Par une heureuse disposition d'Allah.

Prima peregrina : (latin) prostituées d'élite étrangères.

L'âme s'élève... : Moïse, 21, 7 sq (même référence pour les deux citations suivantes.)

À l'intérieur d'une puissante roche : Moïse, 29, 11.

C'est là que le Tout-Puissant : Isaïe 64,3.

Mira peix : Mira-peixes (occitan), littéralement : admire le poisson. Armes des comtes de Mirepoix.

Thessalie : Région grecque située sur la côte nord-occidentale de l'Égée.

Via Egnatia : Ancienne voie militaire menant de Constantinople à la côte adriatique.

Pelagonia : Région macédonienne.

II. Trompeuses sont les vagues de la mer

Ascalon : Ville portuaire de Palestine (aujourd'hui en ruine), objet de combats fréquents, bastion le plus méridional du royaume de Jérusalem.

Amalfi : Ville située sur le Golfe de Salerne.

Le Lion de Saint-Marc : Venise.

Bailli : Haut-fonctionnaire régional, administrateur des terres de la maison royale de Chypre en Terre sainte.

Plaisance de Chypre : Sœur de Bohémond VI d'Antioche, épousa le roi Henri Ier de Chypre.

Godefroy de Sargines : Bailli de la veuve du roi, Plaisance de Chypre.

Thomas Agni de Lentino : légat pontifical en Terre sainte.

Philippe de Montfort : L'un des principaux barons d'Outremer, descendants du fameux Simon de Montfort, qui mena l'armée pendant la croisade des Albigeois. Les Montfort étaient installés en Terre sainte, notamment à Tyr.

Julien de Sidon et Beaufort : Adversaire de Philippe de Montfort.

Atabegh Turanshah : Gouverneur et malik (roi) d'Alep.

Shoukr Allah ! (arabe) Allah soit loué !

Hethoum : Roi d'Arménie.

Hierosolyma... : (latin) Jérusalem n'est pas le lieu.

Héliopolis : Ville et temples situés à l'est du Caire, aujourd'hui Masr el-Gedida.

Néguev : Zone désertique située au sud d'Israël.

Bi mashiat... : (arabe) Louange à Dieu.

Grande pyramide : La pyramide de Cheops, la plus grande d'Égypte.

III. Les bourreaux d'Ascalon

Tcherkesses : Les Tcherkesses sont un groupe de tribus du Caucase occidental, le plus souvent bergers des montagnes.

Allah ia'alam : (arabe) Allah soit témoin de ma grandeur d'âme.

Ahmed le Bourreau : Garde du corps nubien d'Abdal le Hafside.

In nomine ordinis : (latin) Au nom des combattants sacrés de la Maison du Christ et des seigneurs du temple de Salomon à Jérusalem. (Nom entier des Templiers.)

Locus sigili : (latin) Place pour le sceau. Comparable à notre « Signé... »

Anama... : (arabe) Turban et burnous.

Fi shams : (arabe) Au soleil d'Allah.

Ya munqadhi : (arabe) Mon noble chevalier.

Maktab al mina : (arabe) Bureau du commandant du port.

Gaza : Ville du sud-ouest de la Palestine, non loin de la côte, fondée vers 2750 avant J.-C., islamique à partir de 675 après J.-C., à l'exception de la période 1100-1170.

Le sage... : Kohelet, 2, 14, cité d'après *Der Sohar*, p. 151.

Iudex caput... : (latin) Président du tribunal.

In res : (latin) Sur le fond.
In modo : (latin) Sur la manière.
Sidi : (arabe) Seigneur.
Princesse Sybille : Fille du roi Hethoum Ier d'Arménie, 1224-1269 ; sœur de Sempad et de Léon III, épousa en 1254, sur proposition de Louis IX, le jeune prince Bohémond VI d'Antioche.
Habitus : (latin) Manière, habitude.
Circe : magicienne de la mythologie grecque (*Odyssée*) qui transformait les hommes en cochons.
Domitas ... : (latin) Les désirs sont domptés.
Qahua : (arabe) Salon de thé.
De mortibus : (latin) Des morts, on ne doit dire que du bien.
In nomine Dei... : (latin) Au nom de Dieu le père et des chevaliers de l'ordre du Temple de Jérusalem.
Esgard : Punition infligée par l'ordre du Temple en cas de manquement à la règle.
In dubio pro reo : (latin) Au bénéfice du doute.
Videant consules ! : (latin) Puissent les consuls s'en occuper (transmission au bras séculier).
Murus strictus : (latin) Emmuré vivant.
Rabbi Jizchak : Chef de la communauté juive à Jérusalem.
Miriam : Fille de Jizchak.
Jehosaphat : Le quartier syrien à Jérusalem ; chrétien.
Godefroy de Bouillon : Duc de Basse-Lorraine (1088-1100), obtient un titre de duc pour ses mérites comme maréchal de l'empire (occupation de Rome) ; le titre n'était pas héréditaire, raison pour laquelle Godefroy prit part à la première croisade. Il vainquit les Sarrasins près d'Ascalon ; auparavant, il avait vendu son comté à l'évêque de Liège, frère de Baudouin, premier roi de Jérusalem, qui n'avait pas, lui non plus, de droits héréditaires.
Mala'oun... ! : (arabe) Maudit soit le père du monde ! Maudit soit le ventre de ta mère !
Te Deum... : (latin) Nous te louons, ô Dieu, nous te faisons confiance.
Tibi omnes... : Tous les anges t'obéissent, seigneur du ciel et du monde. (Chant liturgique.)
Mustafa : Berger de Jérusalem
Si tu veux trouver une perle : Rumi.
Goy : (pl. : Goym) Terme désignant un non-juif.
Alhami Allah ! : Qu'Allah (nous) protège.
La cathédrale rocheuse : (en arabe, Kubbat As Sahrat) Mosquée située dans la régions des temples de Jérusalem, appelée à tort Mosquée Omar. Fut bâtie de 688 à 691 par le calife Abd Al Malik, au-dessus de la roche sainte sur laquelle Abraham aurait préparé le sacrifice d'Isaac. L'un des lieux les plus sacrés du monde musulman.
Al-Aqsa : À l'extrémité méridionale de la zone des temples de Jérusalem. La première pierre en a été posée au début du VIIIe siècle. Après la conquête de Jérusalem par les croisés (1099), on a édifié sur le côté ouest de la mosquée le palais des rois latins de Jérusalem, dans lequel Baudouin Ier résida jusqu'en 1118, date à laquelle il s'installa dans le nouveau

palais royal, dans le jardin arménien, laissant les bâtiments à Hugues de Payen et ses camarades. Ils y fondèrent l'ordre des Templiers et utilisèrent en partie la mosquée et ses bâtiments annexes comme église et quartier général. Après sa victoire sur les Chevaliers teutoniques, le sultan Saladin fit de nouveau transformer le bâtiment en mosquée (1187).

Ius primi Supplicii : Droit à la première exécution.

Shimtar al Badi'a : (arabe) Sabre géant.

Pacta cum... : (latin) Les traités conclus avec des incroyants et des Grecs n'ont pas à être respectés.

Les as-saiidun : (arabe) Trois seigneurs.

Sous l'ebai : (arabe) Sous la tunique.

Tepidarium : (latin) Salle contenant une piscine d'eau tiède.

IV. Pax Hierosolymitana

Seul le derviche : Rumi, *op. cit.*, p. 41.

Assiq laiati : (arabe) Un toit au-dessus de la tête n'offre aucune sécurité si ses murs ne reposent pas sur Allah.

Mon cœur offre... : Cité d'après Star/Shiva, p. 53.

Skamlat : (arabe) Tabouret.

Quiconque transgresse l'interdiction : Commentaire du Sohar sur Moïse, 2, 13, *op. cit.*, p. 157.

Une fête sans fin... : Rumi, *op. cit.*, p. 32.

Djihad : (arabe) Ici, dans la signification originelle de « effort ».

Bismillah : (arabe) Au nom d'Allah.

Moudiat al'alam : (arabe) Celle qui éclaire le monde.

Muchaddir : (arabe) Narcotique.

Allah jurid dhalek ! : (arabe) Allah le veut !

Barakat Allah : (arabe) Et la bénédiction d'Allah !

Qamis : (arabe) Chemise.

Siroual dachili : (arabe) Sous-vêtements.

Djinn : (arabe) Esprits.

A l'entrada... : (vieux français) Lorsque le beau temps est venu, heia, pour faire refleurir les joies, heia, et faire fondre la neige, heia, la reine voulut faire savoir qu'elle était tellement amoureuse.

A la vi'a... : Va-t'en, va-t'en, la glace ! Laisse-nous, laisse-nous danser ensemble. (Refrain)

El'a fait... : Et elle a ordonné, heia, que jusqu'à la côte de la mer, heia, aucune jeune fille et aucun escolier, heia, ne reste en dehors de la joyeuse ronde. (Anonyme, chant pour une danse, fin du XIIe siècle.)

Heureux ton élu : Psaumes, 65,5.

Chassé l'Antéchrist : Allusion à Frédéric II, excommunié, qui fut injurié en 1229 par les chrétiens locaux.

Rota fortunae : (latin) La roue de la fortune.

Tu affirmes... : Rumi, *op. cit.*, p. 36.

Daz war... : Wolfram von Eschenbach, *op. cit.*

Ne dites pas que les soufis... : Rumi, *op. cit.*, p. 33.

Den Wunsch von pardîz : Le prix du paradis, de la sainte racine, du tronc et du riz. (Eschenbach)

Allahu akbar : (arabe) Dieu est plus grand ! Il n'y a pas d'autre Dieu que Dieu ! (Début de la prière du soir des musulmans.)

Minbar : Siège surélevé (du prédicateur).

Ashaddu ana... (arabe) Je crois qu'il n'y a pas d'autre Dieu que Dieu. Je crois que Mahommet est le prophète de Dieu !

Ab la dolchor... : (occitan) Dans la douce chaleur de la première saison, les forêts bourgeonnent, les oiseaux chantent, chacun dans sa langue, au rythme d'un nouveau chant. Il est donc juste que chacun ouvre son cœur pour ce à quoi il aspire le plus. (Guillaume de Peitieus (1071-1127), troubadour occitan.)

Dous Dieus... (ancien français-occitan) Dieu, le doux, fais en sorte qu'elle me garde comme son préféré, mais elle est de si haute extraction qu'elle me vouera à l'oubli. (Version occitane du chant de danse « Nouvele Amor Qui si m'agrée » de Rogeret de Cambrai, XIIIe siècle, strophe 2).

Cortez'e... : Si courtois et sage, le visage gai, mes yeux n'en ont jamais vu de plus belle. Vous avez plongé mon cœur dans la hâte, puisque vous n'avez pas pitié de moi. (*Idem*, strophe 3).

Por li fas ... : Pour elle, je fais sonner ma viole doucement, matin et soir, et une tendre pensée me rappelle les bienfaits que l'on m'a réservés. (*Idem*, strophe 4).

Enquer me... : Je me rappelle encore ce matin-là, lorsque nous avons mis un terme au combat. Elle m'a donné un grand cadeau, son amour et sa maturité. Puisse Dieu me laisser vivre encore assez longtemps pour pouvoir (un jour) poser mes mains sous son manteau. (*Idem*, strophe 5)

V. Armageddon

Armageddon : (hébreu) D'après la révélation de saint Jean, lieu sur lequel les mauvais esprits rassemblent les souverains de la terre pour le grand combat.

Schoenius lant... : (moyen haut allemand) Dans mes voyages, j'ai vu de beaux pays bénis. Aucun n'est comparable à toi : quels miracles sont survenus ici ! (Walther von der Vogelweide, *Palestinalied.)*

Daz ein... : (moyen haut allemand) Une servante a donné le jour à un enfant, le seigneur au-dessus de la légion des anges, n'était-ce pas un miracle ? (*Ibid.)*

Hic la Superba... : (latin) Ici Gênes, là Venise.

Civitas : (latin) Ici : la civilisation.

Unio regni : Union du gouvernement.

La grande querelle de Saint-Jean-d'Acre : La guerre entre Gênes et Venise pour les monopoles commerciaux.

Jafki ! Jafki ! (arabe) Assez ! Assez !

Quand, très cher... : Rumi, *op. cit.*, p. 85.

Ab l'alen... : (occitan) Je respire profondément dans la douce brise, je sais qu'elle vient de Provence, tout ce qui me vient de là-bas me met d'humeur joyeuse, même lorsque j'entends que l'on dit du bien d'elle, j'écoute et j'attends en souriant le parfum bien connu. Telle est la joie que je ressens. (Peire Vidal).

Jésus entra dans une maison ... : Rumi, *op. cit.*, p. 120.

Beit as-salah ! (arabe) Maison de la prière.

Pater dimitte... : (latin) Seigneur, pardonne-leur, car ils ne savent pas ce qu'ils font. (Saint Luc, 23, 34).

E s'ieu sai... (occitan) Tant que je puis parler et agir, advienne ce que doit. Toute ma gratitude vous appartient donc, car c'est vous qui m'avez donné connaissance et talent, qui font de moi un joyeux poète. Toute la joie qui s'écoule de moi, qui sort de mon cœur pour entrer dans mes pensées, je la dois à votre corps charmant et plein de grâce. (Peire Vidal)

Allah uchfurli... : (arabe) Qu'Allah ait pitié de mon âme de pécheur !

On met fin... : Job, 28,3.

ἐν ἀρχῄ ῆ ὀ λόγος : (grec) *En arche en o logos :* Au commencement était le Verbe.

L'auteur adresse tous ses remerciements à :

Michaël Görden, pour l'aide amicale qu'il a prêtée à l'auteur et l'intérêt inépuisable qu'il a accordé au texte, auquel il a contribué de manière essentielle en y apportant ses connaissances abondantes en ésotérisme et sur le domaine apocryphe des religions. Je remercie tout autant Regina Maria Hartig pour son travail de lectrice consciencieuse et dévouée. Elle a su conforter l'auteur à chaque phase de son travail sans renoncer à porter sur le texte un regard critique.

Le Pr Dario Della Porta, pour ses conseils sur la liturgie chrétienne et la philologie classique.

Le Pr N. Popoff et Roland Belgrave, de la Bibliothèque nationale de Paris, pour leurs recherches sur l'héraldique occitane.

Daniel Speck et Jubrail Mashael pour leurs contributions sur l'Islam et la langue arabe, ainsi que le Pr Wieland Schulz-Keil pour ses précieuses indications dans le domaine du judaïsme.

Tout particulièrement, au Dr Michael Korth, dont la connaissance profonde de la musique des troubadours, du *canzo* et du chant courtois a été extrêmement précieuse à l'auteur, et à Schirin Fatemi, pour ses connaissances en *materia medica*, en toxicologie et en pharmacologie.

À mes collaboratrices indispensables et infatigables, Anke Dowideit et Sylvia Schnetzer, qui ont saisi sur ordinateur les bien plus de deux mille pages que comptait mon manuscrit. Je sais qu'écrire est un rude labeur.

Les collaborateurs de « l'agentur spezial » à Ilsede-Bülten, pour leurs illustrations très sensibles et leur cartographie (pour l'édition allemande), Alexandre Aspropoulos, Anne-Kristin Baumgärtel et Andreas Henk pour leur travail sur la vignette et la couverture.

Last, but not least, à Arno Häring pour la coordination de la fabrication.

Je suis particulièrement heureux de l'hommage de mon ami Enki Bilal, qui s'est laissé inspirer par le personnage de Yeza pour dessiner les portraits repris en annexes (dans l'édition allemande), et qui sont très proches de l'image que je me faisais moi-même de Yeza.

Peter Berling, Rome, le 20 mars 1997

BIBLIOGRAPHIE

J'ai trouvé de nombreuses citations dans l'ouvrage *A Garden Beyond Paradise, The Mystical Poetry of Rumi*, Jonathan Star et Shahram Shiva (éd.), Bantam Books, New York 1992 : un choix réussi de la poésie du fameux soufi Rumi.

Je peux en dire autant des ouvrages *Der Sohar ; Das Heilige Buch der Kabbala*, Ernst Müller (éd.), Eugen Diederichs Verlag, Munich 1993, et *Parzival* de Wolfram von Eschenbach, dans l'édition de Walther Hofstaetter pour les éditions Philipp Reclam Jr., Stuttgart 1956.

La source de toute la bibliographie que j'ai utilisée pour mon travail est l'ouvrage *Der Kreuzzug gegen den Gral* d'Otto Rahn, Urban Verlag, 1933 (rééd. 1997 chez le même éditeur), livre auquel je dois mon intérêt pour le Haut Moyen Âge.

Le chef-d'œuvre de l'historiographie des croisades reste à mes yeux le livre *A History of the Crusades*, de Steven Runciman, Cambridge University Press, 1950-1954, pour la pondération de son point de vue, qui tient compte aussi bien du point de vue occidental que des multiples perspectives de l'Orient. J'ai d'autre part eu recours aux ouvrages suivants :

Bedu, Jean-Jacques, *Rennes-le-Château*, Loubatières, 1990.

Billings, Malcolm, *The Cross and the Crescent*, BBC Books, 1987.

Bosworth, C. E., *The Islamic Dynasties*, Edinburgh Univ. Press, 1967.

Bradbury, Jim, *The Medieval Siege*, The Boydell Press, 1992

Brenon, Anne, *Le vrai visage du Catharisme*, Loubatières, 1991.

Charpentier, John, *L'Ordre des Templiers*, Ullstein Verlag, 1965.

Costa i Roca, Jordi, *Xacbert de Barberà, Lion de combat, 1185-1275*, Llibres del Trabucaire, 1989.

Demurger, Alain. *Vie et mort de l'ordre du Temple*, Le Seuil, 1989.

Eschenbach. Wolfram von, *Parzival*, Bd. 1, Reclam, Stuttgart 1989. (On trouve une édition partielle de *Parzival* en français aux éditions 10/18, 1989.)

Marti, Claude (éd), *Guilhèlm de Tudèla & L'Anonyme* (Extraits) Loubatières, 1994.

Forey, Alan, *The Military Orders*, Macmillan Education Ltd., 1992.

Fuentes, Pastor, *Jésus, Crónica Templaria*, Iberediciones, 1995.

Garnier, Patrick, *Le trébuchet de Villard de Honnecourt*, Association la promotion du patrimoine en Midi-Pyrénées, 1995.

Gimpel, Jean, *The Medieval Machine*, Victor Gollancz Ltd., 1976.

Girard-Augry, Pierre (éd.), *Aux origines de l'Ordre du Temple*, OPERA, 1995.

Godwin, Malcolm, *The Holy Grail*, Labyrinth Publishing, 1994.

Goldstream, Nicola, *Medieval Craftsmen*, British Museum Press, 1991

Graetz, Heinrich. *Das Judentum im Mittelalter* (vol. 4, *Volksgeschichte der Juden*), Benjamin HarzVerlag, 1923.

Knight, Chris et Lomas, Robert, *The Hiram Key*, Century, 1996.

Levy, Reuben, *A Baghdad Chronicle*, Cambridge Univ. Press, 1929.

Lewis, Bernard. *The Arabs in History*, Oxford Univ. Press, 1958.

Loiseleur, Jules, *La Doctrine Secrète des Templiers*, Tiquetonne éditions, 1973.

Maalouf, Amin, *Les Croisades vues par les Arabes*, J.-C. Lattès, 1983.

Lampel, Yvi (éd.), *Maimonides', Introduction to the Talmud*, Judaica Press, 1975

Martin, Bernd et Schulin, Ernst (Hg.), *Die Juden als Minderheit in der Geschichte*, dtv, 1981.

Masson, Georgina, *Das Staunen der Welt*, R. Wunderlich-Verlag, 1958.

Matthew, Donald, *The Norman Kingdom of Sicily*, Cambridge Univ. Press, 1992.

Matthews, John, *The Grail. Quest for the Eternal*, Thames and Hudson, 1981.

Niel, Fernand, *Albigeois et Cathares*, Presses Universitaires de France, 1955.

Obermeier, Siegfried, *Walther von der Vogelweide. Der Spielmann des Reiches*, Ullstein 1982.

Prawer, Joshua, *The History of the Jews in the Latin Kingdom of Jerusalem*, Oxford Univ. Press, 1988.

Prutz, Hans, *Entwicklung und Untergang des Tempelherrenordens*, G. Grote'scheVerlagsbuchhandlung, I888 ;

Reznikov, Raimonde, *Cathares et Templiers*, Loubatières, 1993.

Roquebert, Michel, *Les Cathares et le Graal*, Éd. Privat, 1994.

Runciman, Steven, *The Medieval Manichee*, Cambridge Univ. Press, 1947.

Runciman, Steven, *The Sicilian Vespers*, Cambridge Univ. Press, 1959.

Smail, R.C., *CrusadingWarfare, 1097-1193*, Broadwater Press, 1956.

Van Buren, Elizabeth, *Refuge of the Apocalypse : Doorway into Other Dimensions*, Burlington Press, Cambridge, 1986.

TABLE

Le sceau de Salomon

Aubin Imprimeur
LIGUGÉ, POITIERS